(भारतीय विश्वविद्यालयों के त्रिवर्षीय बी॰ए॰, (ऑनर्स, पास एवं सब्सिडियरी) के
नवीन पाठ्यक्रमों एवं यू॰ जी॰ सी॰ मॉडल पर आधृत

आधुनिक सामान्य मनोविज्ञान

(MODERN GENERAL PSYCHOLOGY)

अरुण कुमार सिंह
एम॰ ए॰ (स्वर्णपदक प्राप्त), पी-एच॰ डी॰
पूर्ववर्ती विभागाध्यक्ष
स्नातकोत्तर मनोविज्ञान विभाग
पटना विश्वविद्यालय, पटना-800 005
एवं
पूर्ववर्ती निदेशक
मनोवैज्ञानिक शोध एवं सेवा संस्थान
पटना विश्वविद्यालय, पटना-800 005

मोतीलाल बनारसीदास
पब्लिशिंग हाउस • दिल्ली
Email: mlbd@mlbd.in • Website: www.mlbd.in

तेरहवाँ पुनमुर्द्रण : दिल्ली, ***2022***
दसवाँ संशोधित एवं परिवर्द्धित संस्करण : दिल्ली, 2015
प्रथम संस्करण : 2001

ISBN: 978-93-90713-17-2 (सजिल्द)
ISBN: 978-81-949826-3-0 (अजिल्द)

मुद्रक एवं प्रकाशक
आर॰ पी॰ जैन *के द्वारा*
मोतीलाल बनारसीदास पब्लिशिंग हाउस
ए-44, नारायणा इंडस्ट्रियल एरिया, फेज़-1,
नई दिल्ली-110 028 **(भारत)**
Email: mlbd@mlbd.in
Website: www.mlbd.in

प्रस्तावना

'आधुनिक सामान्य मनोविज्ञान' मूलतः बी०ए० स्तर के पाठ्यक्रमों को ध्यान में रखते हुए लिखा गया है। इस पुस्तक से बी०ए० कक्षा में ऑनर्स, पास एवं सबसिडीयरी पाठ्यक्रमों पर आधृत परीक्षाओं की तैयारी में भरपूर मदद मिलेगी। पुस्तक 11 अध्यायों में लिखा गया है। सामान्य मनोविज्ञान के सभी प्रमुख अध्यायों को जिन्हें बी०ए० स्तर पर पढ़ाया जाता है, इसमें सम्मिलित किया गया है। अंतिम अध्याय सांख्यिकी (Statistics) का है जिसमें मूलतः केन्द्रीय प्रवृत्ति के विभिन्न मापों (measures) तथा परिवर्तनशीलता के विभिन्न मापों के उदाहरण एवं उनकी विशेषताओं पर प्रकाश डाला गया है। इस अध्याय से छात्रों को प्रयोगात्मक मनोविज्ञान के क्षेत्र में उपयोग होने वाले वर्णनात्मक सांख्यिकी (Descriptive Statistics) का ज्ञान होगा। पुस्तक के अंत में कुछ निबंधात्मक एवं वस्तुनिष्ठ प्रश्नों (objective questions) को दिया गया है ताकि छात्र उनका अभ्यास करके अपने ज्ञान को तेजी से विकसित कर सकें।

प्रत्येक अध्याय में तथ्यों की व्याख्या करने में नवीनतम मनोवैज्ञानिक अध्यायों का समावेश किया गया है। यथासम्भव भारतीय परिपेक्ष्य में किए गए महत्त्वपूर्ण अध्ययनों को भी इसमें सम्मिलित किया गया है।

पुस्तक के लेखन में हमें जिन पुस्तकों एवं शोध जरनलों का सहारा लेना पड़ा है, उनके लेखकों के प्रति मैं अपना हार्दिक आभार व्यक्त करता हूँ।

अन्त में, मैं श्री कमला शंकर सिंह, जो शाखा प्रबंधक के पद को सुशोभित करते हैं, के प्रति भी अपना आभार व्यक्त करता हूँ क्योंकि उनका प्रोत्साहन इस पुस्तक के लेखन में अहम् स्थान रखता है।

जुलाई, 2011

अरूण कुमार सिंह

दशवाँ संशोधित एवं परिवर्द्धित संस्करण

'आधुनिक सामान्य मनोविज्ञान' का दशवाँ संस्करण आपके हाथ में है। इस संस्करण में छात्रों एवं शिक्षकों के मूल्यवान सुझावों के आलोक में यत्र-तत्र परिवर्तन करके उसे पहले से अधिक उत्तम एवं लाभदायक बनाने की कोशिश की गयी है।

आशा है कि इस संस्करण से पाठकगण पहले से भी अधिक लाभान्वित होंगे।

अगस्त, 2015

अरूण कुमार सिंह

समर्पण

अर्द्धांङ्गिनी कुमुद
रानी को जो
आशीष की अम्मा
भी हैं।

विषय-सूची

(Contents)

❑

अध्याय 1

विषय-प्रवेश
(INTRODUCTION)

मनोविज्ञान का स्वरूप एवं कार्यक्षेत्र
(Nature and Scope of Psychology)

प्राक्-वैज्ञानिक काल (pre-scientific period) में मनोविज्ञान, दर्शनशास्त्र (philosophy) का एक शाखा था। जब विल्हेल्म वुण्ट (Wilhelm Wundt) ने 1879 में मनोविज्ञान का पहला प्रयोगशाला खोला, मनोविज्ञान, दर्शनशास्त्र के चंगुल से निकलकर एक स्वतंत्र विज्ञान का दर्जा पा सकने में समर्थ हो सका। मनोविज्ञान एक ऐसा विज्ञान है जो प्राणी के व्यवहार तथा मानसिक प्रक्रियाओं (mental processes) का अध्ययन करता है। दूसरे शब्दों में, यह कहा जा सकता है कि मनोविज्ञान एक ऐसा विज्ञान है जो क्रमबद्ध रूप से (systematically) प्रेक्षणीय व्यवहार (observable behaviour) का अध्ययन करता है तथा प्राणी के भीतर के मानसिक एवं दैहिक प्रक्रियाओं जैसे- चिन्तन, भाव आदि तथा वातावरण की घटनाओं के साथ उनका सम्बन्ध जोड़कर अध्ययन करता है। इस परिप्रेक्ष्य में मनोविज्ञान को व्यवहार एवं मानसिक प्रक्रियाओं (mental process) के अध्ययन का विज्ञान कहा गया है। व्यवहार में मानव व्यवहार तथा पशु व्यवहार दोनों ही सम्मिलित होते हैं। मानसिक प्रक्रियाओं में चिंतन, भाव, संवेग एवं अन्य तरह की अनुभूतियों का अध्ययन सम्मिलित होता है।

मनोविज्ञान के क्षेत्र (Field) या कार्य क्षेत्र के बारे में जानने का एक आसान तरीका उन विषयों तथा समस्याओं पर ध्यान देना है जिसमें आधुनिक मनोवैज्ञानिक अधिक अभिरुचि दिखलाते हैं तथा उनका विशेष अध्ययन कर रहे हैं। मनोविज्ञान आजकल अमेरिका में सबसे ज्यादा विकसित एवं मजबूत शास्त्र (discipline) के रूप में उभरा है और यह विकास अन्य देशों में मनोविज्ञान की प्रगति को न केवल प्रभावित किया है बल्कि कुछ अर्थ में उसे नियंत्रित भी करता है। अमेरिका में आजकल मनोवैज्ञानिकों का दो महत्त्वपूर्ण संगठन (Organizations) है—

(क) अमेरीकन मनोवैज्ञानिक संघ (American Psychological Association or APA)

(ख) अमेरीकन मनोवैज्ञानिक समुदाय (American Psychological Society or APS)

APA की स्थापना 1892 में जी० स्टेनले हॉल (G. Stanley Hall) द्वारा हुआ। इसमें कुल 56 डिविजन (Division)[1] हैं जिनसे मनोविज्ञान के क्षेत्र के बारे में स्पष्ट ज्ञान होता है। मनोविज्ञान के इन सभी डिविजनों को तालिका 1 में दिखलाया गया है। APS की स्थापना 1988 में हुई जिसका उद्देश्य मनोविज्ञान के शैक्षिक एवं वैज्ञानिक आधारों को मजबूत बनाना है। दोनों संगठनों के सदस्य आपस में मिलकर काम करते हैं तथा मनोविज्ञान को अधिक सार्थक बनाने की कोशिश करते हैं।

तालिका 1 : अमेरीकन मनोवैज्ञानिक संघ डिवीजन, 1991
(American Psychological Association Division, 1991)
(Division)[1]

1. सामान्य मनोविज्ञान (General Psychology)
2. शिक्षण का मनोविज्ञान (Teaching Psychology)

1. डिवीजन की खास विशेषता यह है कि इसमें डिवीजन संख्या 4 एवं 11 नहीं है। अतः APA में कुल 54 डिवीजन हैं जिनसे मनोविज्ञान के विभिन्न क्षेत्रों का सम्पूर्ण ज्ञान होता है।

3. प्रयोगात्मक मनोविज्ञान (Experimental Psychology)
4. खाली (Vacant)
5. मूल्यांकन, मापन तथा सांख्यिकी (Evaluation, Measurement and Statistics)
6. दैहिक एवं तुलनात्मक मनोविज्ञान (Physiological and Comparative Psychology)
7. विकासात्मक मनोविज्ञान (Developmental Psychology)
8. व्यक्तित्व एवं समाज मनोविाान (Personality and Social Psychology)
9. सामाजिक समस्याओं के मनोवैज्ञानिक अध्ययन का समाज (Society for the Psychological Study of Social Issues)
10. मनोविज्ञान एवं कला (Psychology and the Arts)
11. खाली (Vacant)
12. नैदानिक मनोविज्ञान (Clinical Psychology)
13. परामर्शी मनोविज्ञान (Consulting Psychology)
14. औद्योगिक एवं संगठनात्मक मनोविज्ञान का समाज (Society for Industrial and Organisational Psychology)
15. शिक्षा मनोविज्ञान (Educational Psychology)
16. स्कूल मनोविज्ञान (School Psychology)
17. परामर्श मनोविज्ञान (Counselling Psychology)
18. जनसेवा में मनोविज्ञानिक (Psychologist in Public Service)
19. सैन्य मनोविज्ञान (Military Psychology)
20. वयस्क विकास एवं उम्रप्रभाव (Adult Deveiopment and Aging)
21. प्रयुक्त प्रयोगात्मक एवं अभियंत्रणी मनोवैज्ञानिक (Applied Experimental and Engineering Psychologists)
22. पुनर्वास मनोविज्ञान (Rehabilitation Psychology)
23. उपभोक्ता मनोविज्ञान (Consumer Psychology)
24. सैद्धान्तिक एवं दार्शनिक मनोविज्ञान (Theoretical and Philosophical Psychology)
25. व्यवहार का प्रयोगात्मक विश्लेषण (Experimental Analysis of Behaviour)
26. मनोविज्ञान का इतिहास (History of Psychology)
27. सामुदायिक मनोविज्ञान (Community Psychology)
28. मनोऔषधशास्त्र (Psychopharmacology)
29. मनश्चिकित्सा (Psychotherapy)
30. मनोवैज्ञानिक सम्मोहन (Psychological Hypnosis)
31. राज्य मनोवैज्ञानिक संघ कार्य (State Psychological Association Affairs)
32. मानवतावादी मनोविज्ञान (Humanistic Psychology)
33. मानसिक दुर्बलता एवं विकासात्मक अयोग्यता (Mental Retardation and Development Disabilities)
34. जनसंख्या एवं पर्यावरणी मनोविज्ञान (Population and Environmental Psychology)
35. महिलाओं का मनोविज्ञान (Psychology of Women)
36. धार्मिक समस्याओं में रुचि रखनेवाले मनोवैज्ञानिक (Psychologists interested in Religions issues)
37. बाल, युवा एवं पारिवारिक सेवाएँ (Child, Youth and Family Services)
38. स्वास्थ्य मनोविज्ञान (Health Psychology)
39. मनोविश्लेषण (Psychoanalysis)
40. नैदानिक न्यूरोमनोविज्ञान (Clinical Neuropsychology)
41. अमेरीकन मनोविज्ञान कानून समाज (American Psychology–Law Society)

42. स्वतंत्र सेवा में मनोवैज्ञानिक (Psychologists in Independent Practice)
43. पारिवारिक मनोविज्ञान (Family Psychology)
44. विलासी एवं स्त्री समलिंगकामुकता की समस्याओं को मनोवैज्ञानिक अध्ययन का समाज (Society for the Psychological Study of Lesbian and Gay issues)
45. प्रजातीय अल्पसंख्यक समस्याओं के मनोवैज्ञानिक अध्ययन का समाज (Society for the Psychological study of Ethnic Minority issues)
46. मीडिया मनोविज्ञान (Media Psychology)
47. व्यायाम एवं खेलकूद मनोविज्ञान (Exercise and Sports Psychology)
48. शांति मनोविज्ञान (Peace Psychology)
49. सामूहिक मनोविज्ञान एवं सामूहिक मनश्चिकित्सा (Group Psychology and Group Psychotherapy)
50. व्यस्नी व्यवहारों का मनोविज्ञान (Psychology of Addictive Behaviours)
51. पुरुष एवं पुरुषत्व के मनोवैज्ञानिक अध्ययन के लिए सोसाइटी (Society for Psychological Study of Men and Masculinity)
52. अन्तर्राष्ट्रीय मनोविज्ञान (International Psychology)
53. किशोर मनोविज्ञान तथा नैदानिक बच्चों का सोसाइटी (Society of Clinical Child and Adolescent Psychology)
54. बाल चिकित्सा मनोविज्ञान (Pediatric Psychology)
55. औषध चिकित्सा के विकास के लिए अमेरीकन सोसाइटी (American Society for Advancement of Pharmacotherapy)
56. अभिघात का मनोविज्ञान (Trauma Psychology)

लिण्डजे, हॉल तथा थॉम्पसन (Lindzey, Hall & Thompson, 1989) ने मनोविज्ञान के कार्यक्षेत्र (scope) की समीक्षा किया है और कहा है कि मनोवैज्ञानिकों को तो कई दृष्टिकोण से श्रेणीकृत किया जाता है। उदाहरणस्वरूप, उन्हें प्राप्त प्रशिक्षण (training) (जैसे डाक्टरीय उपाधि या एम॰ ए॰ की उपाधि आदि) के अनुसार, जहाँ वे कार्य करते हैं, विश्वविद्यालय, अस्पताल, स्कूल, निजी सेवा के अनुसार तथा अपनी पेशा से प्राप्त आय (income) के अनुसार उन्हें कई भागों में बाँटा जाता है। परंतु मनोविज्ञान के कार्यक्षेत्र (scope) को सही ढंग से समझने के लिए सबसे महत्त्वपूर्ण श्रेणी वह श्रेणी है जिससे यह पता चलता है कि मनोविज्ञानी क्या करते हैं? किये गये कार्य के आधार पर मनोविज्ञानियों को तीन श्रेणियों में विभक्त किया जा सकता है— पहली श्रेणी में उन मनोविज्ञानियों को रखा जाता है जो शिक्षण कार्य में व्यस्त हैं, दूसरी श्रेणी में उन मनोवैज्ञानियों को रखा जाता है जो मनोविज्ञानिक समस्याओं पर शोध करते हैं तथा तीसरी श्रेणी में उन मनोविज्ञानियों को रखा जाता है जो मनोवैज्ञानिक अध्ययनों से प्राप्त तथ्यों के आधार पर कौशलों एवं तकनीक का उपयोग वास्तविक परिस्थिति में करते हैं। इस तरह से मनोविज्ञानियों का तीन प्रमुख कार्य क्षेत्र है— *शिक्षण* (teaching), *शोध* (research) तथा *उपयोग* (application)। इन तीनों कार्य क्षेत्रों से सम्बन्धित मुख्य तथ्यों का वर्णन निम्नांकित है—

1. शैक्षिक क्षेत्र *(Academic areas)*—शिक्षण तथा शोध, मनोविज्ञान का एक प्रमुख कार्य क्षेत्र है। इस दृष्टिकोण से इस क्षेत्र के तहत निम्नांकित शाखाओं में मनोविज्ञानी अपनी अभिरुचि दिखाते हैं—

(i) जीवन-अवधि विकासात्मक मनोविज्ञान (Life-span developmental Psychology)
(ii) मानव प्रयोगात्मक मनोविज्ञान (Human experimental Psychology)
(iii) पशु प्रयोगात्मक मनोविज्ञान (Animal experimental Psychology)
(iv) दैहिक मनोविज्ञान (Physiological Psychology)
(v) परिणात्मक मनोविज्ञान (Quantitative Psychology)
(vi) व्यक्तित्व मनोविज्ञान (Personality Psychology)
(vii) समाज भनोविज्ञान (Social Psychology)

(viii) शिक्षा मनोविज्ञान (Educational Psychology)
(ix) संज्ञात्मक मनोविज्ञान (Cognitive Psychology)
(x) असामान्य मनोविज्ञान (Abnormal Psychology)

(i) जीवन-अवधि विकासात्मक मनोविज्ञान *(Life-span developmental Psychology)*—बाल मनोविज्ञान का प्रारंभिक सम्बन्ध मात्र बाल विकास (child development) के अध्ययन से था परंतु हाल के वर्षों में विकासात्मक मनोविज्ञान में किशोरावस्था, वयस्कावस्था तथा वृद्धावस्था के अध्ययन पर भी बल डाला गया है। यही कारण है कि इसे जीवन-अवधि विकासात्मक मनोविज्ञान कहा जाता है। विकासात्मक मनोविज्ञान में मनोविज्ञानी मानव के लगभग प्रत्येक क्षेत्र जैसे— बुद्धि, पेशीय विकास, सांवेगिक विकास, सामाजिक विकास, खेल, भाषा विकास का अध्ययन विकासात्मक दृष्टिकोण से करते हैं। इसमें कुछ विशेष कारक जैसे— आनुवंशिकता, परिपक्वता, पारिवारिक पर्यावरण, सामाजिक-आर्थिक अन्तर (socio-economic differences) का व्यवहार के विकास पर पड़ने वाले प्रभावों का भी अध्ययन किया जाता है। कुल मनोविज्ञानियों के 5% मनोवैज्ञानिक विकासात्मक मनोविज्ञान के क्षेत्र में कार्यरत हैं।

(ii) मानव प्रयोगात्मक मनोविज्ञान *(Human experimental Psychology)*—मानव प्रयोगात्मक मनोविज्ञान मनोविज्ञान का एक ऐसा क्षेत्र है जहाँ मानव के उन सभी व्यवहारों का अध्ययन किया जाता है जिस पर प्रयोग करना सम्भव है। सैद्धान्तिक रूप से ऐसे तो मानव व्यवहार के किसी भी पहलू पर प्रयोग किया जा सकता है परंतु मनोविज्ञानी उसी पहलू पर प्रयोग करने की कोशिश करते हैं जिसे पृथक किया जा सके तथा जिसके अध्ययन की प्रक्रिया सरल हो। इस तरह से दृष्टि, श्रवण, चिन्तन, सीखना आदि जैसे व्यवहारों का प्रयोगात्मक अध्ययन काफी अधिक किया गया है। मानव प्रयोगात्मक मनोविज्ञान में उन मनोवैज्ञानिकों ने भी काफी अभिरुचि दिखलाया है जिन्हें प्रयोगात्मक मनोविज्ञान का संस्थापक कहा जाता है। इनमें विलियम वुण्ट, टिचेनर तथा वाटसन आदि के नाम अधिक मशहूर हैं।

(iii) पशु प्रयोगात्मक मनोविज्ञान *(Animal experimental Psychology)*—मनोविज्ञान का यह क्षेत्र मानव प्रयोगात्मक मनोविज्ञान (Human experimental psychology) के समान है। सिर्फ अन्तर इतना ही है कि यहाँ प्रयोग पशुओं जैसे—चूहों, बिल्लियों, कुत्तों, बन्दरों, वनमानुषों आदि पर किया जाता है। पशु प्रयोगात्मक मनोविज्ञान में अधिकतर शोध सीखने की प्रक्रिया तथा व्यवहार के जैविक पहलुओं के अध्ययन में किया गया है। पशु प्रयोगात्मक मनोविज्ञान के क्षेत्र में स्कीन्नर, गथरी, पैवलव, टॉलमैन आदि का नाम प्रमुख रूप से लिया जाता है। सच्चँाई यह है कि सीखने के आधुनिक सिद्धान्त तथा मानव व्यवहार के जैविक पहलू के बारे में हम आज जो कुछ भी जानते हैं, उसका आधार पशु प्रयोगात्मक मनोविज्ञान ही है। इस मनोविज्ञान में पशुओं के व्यवहारों जैसे—सीखना, चिन्तन, स्मरण आदि का अध्ययन करके मनुष्यों के ऐसे ही व्यवहारों को समझने की कोशिश की जाती है। कुछ लोगों का मत है कि यदि मनोविज्ञान का मुख्य सम्बन्ध मानव व्यवहार के अध्ययन से है तो पशुओं के व्यवहारों का अध्ययन करना कोई अधिक तर्कसंगत बात नहीं दिखता। परंतु मनोविज्ञानियों के पास कुछ ऐसी बाध्यताएँ हैं जिनके कारण वे पशुओं के व्यवहार में अभिरुचि दिखलाते हैं। जैसे पशु व्यवहार का अध्ययन कम खर्चीला होता है। फिर कुछ ऐसे प्रयोग हैं जो मनुष्यों पर नैतिक दृष्टिकोण से करना सम्भव नहीं है तथा पशुओं का जीवन-अवधि (life span) का लघु होना प्रमुख ऐसे कारण हैं। मानव एवं पशु प्रयोगात्मक मनोविज्ञान के क्षेत्र में कुल मनोविज्ञानियों की संख्या का करीब 14% मनोविज्ञानी कार्यरत हैं।

(iv) दैहिक मनोविज्ञान *(Physiological Psychology)*—दैहिक मनोविज्ञान में मनोविज्ञानियों का कार्यक्षेत्र प्राणी के व्यवहारों के दैहिक निर्धारकों (physiological determinants) तथा उनके प्रभावों का अध्ययन करना है। इस तरह के दैहिक मनोविज्ञान मनोविज्ञान की एक ऐसी शाखा है जो जैविक विज्ञान (biological science) से काफी जुड़ा हुआ है। इसे *मनोजीवविज्ञान* (Psychobiology) भी कहा जाता है। आजकल मस्तिष्कीय कार्य (brain functioning) तथा व्यवहार के सम्बन्धों के अध्ययन में मनोवैज्ञानिकों की रुचि अधिक हो गयी है। इससे एक नयी अन्तरविषयक विशिष्टता (interdisplinary speciality) का जन्म हुआ है जिसे 'न्यूरोविज्ञान' (neuroscience) कहा जाता है। इसी तरह के दैहिक मनोविज्ञानी हारमोन्स (hormones) का व्यवहार पर पड़ने वाले प्रभावों के अध्ययन में भी अभिरुचि रखते हैं। आजकल विभिन्न तरह के औषध (drug) तथा उनका व्यवहार पर पड़ने वाले प्रभावों का भी अध्ययन दैहिक मनोविज्ञान में किया जा रहा है। इससे भी एक नयी विशिष्टता (new speciality) का जन्म हुआ है जिसे *मनोफर्माकोलॉजी* (Psychopharmacology) कहा जाता है तथा जिसमें विभिन्न औषधों के व्यवहारात्मक प्रभाव (behavioural effects)

से लेकर तंत्रीय तथा चयापचय (metabolic) प्रक्रियाओं में होने वाले आणविक शोध (molecular research) तक का अध्ययन किया जाता है।

(v) परिमाणात्मक मनोविज्ञान *(Quantitative Psychology)*—इस मनोविज्ञान का मुख्य उद्देश्य मानव व्यवहार को समझने तथा उसका अध्ययन करने के लिए गणितीय (mathematical), सांख्यकीय (statistical) तथा परिमाणात्मक विधियों को विकसित करना है। कई मनोविज्ञानी इस क्षेत्र में व्यवहारिक सांख्यिकी (applied statistics) जैसे विषय में अधिक अभिरुचि लेने लगे हैं। व्यवहारिक सांख्यिकी में अन्य बातों के अलावा प्रयोगों के डिजाइन तथा आँकड़ों के विश्लेषण का विशेष रूप से अध्ययन किया जाता है ताकि एक तर्कपूर्ण एवं विश्वसनीय निष्कर्ष पर पहुँचा जा सके। कुछ मनोविज्ञानी परीक्षण (tests) या मापनी (scales) विकसित करने में भी प्रयत्नशील है ताकि मानव व्यवहार के विभिन्न पहलुओं का अध्ययन करने के बाद एक आंकिक प्राप्तांक (numerical score) पर पहुँचा जा सके। ऐसे प्राप्तांकों के आधार पर मानव व्यवहार के बारे में वस्तुनिष्ठ व्यवहार (objective explanation) सम्भव है। सभी मनोवैज्ञानिक परीक्षाओं का विकास कार्य परिणात्मक विधि (quantitative methods) से पूर्णतः साहचर्यित है। अभी हाल के कुछ वर्षों में मनोविज्ञानियों ने अपना प्रयास सांख्यकीय विश्लेषण (statistical analysis) से आगे बढ़कर कुछ ऐसे गणितीय मॉडल (mathematical model) के निर्माण की ओर किया है जो व्यवहार के महत्त्वपूर्ण श्रेणियों के बारे में पूर्वकथन (prediction) करते हैं। मनोविज्ञान के इस भाग को *गणितीय मनोविज्ञान* (Mathematical psychology) कहा जाता है जिसका सबसे अधिक गहरा सम्बन्ध संवेदी मनोविज्ञान (Sensory psychology), सीखना तथा निर्णय करने की प्रक्रिया (decision making) आदि से होता है।

(vi) व्यक्तित्व मनोविज्ञान *(Psychology Personality)*—व्यक्तित्व मनोविज्ञान का सम्बन्ध व्यक्ति तथा व्यक्तियों के बीच विभिन्नता के अध्ययन से है। व्यक्तित्व मनोविज्ञानी व्यवहार के अभिप्रेरणात्मक पहलू (motivational aspects) के बारे में अध्ययन करने में अधिक रुचि दिखलाते हैं। इस तरह के मनोविज्ञान में सामान्य तथा विचलित (deviant) दोनों तरह के व्यक्तित्व का अध्ययन किया जाता है। इस क्षेत्र में मनोविज्ञानियों का अधिकतर समय व्यक्तियों को उनके शीलगुणों के आधार पर वर्गीकृत करने में तथा उन आयामों या विमाओं का पता लगाने में भी किया जाता है जिसके आधार पर एक व्यक्ति की समानता या विभिन्नता दूसरे व्यक्ति से स्थापित की जा सकती है। इस क्षेत्र के मनोविज्ञानियों ने कुछ ऐसे व्यक्तित्व मापों (personality measure) का भी विकास किया है जिसके आधार पर सामान्य तथा रोगात्मक (pathological) व्यवहार का वर्णन सम्भव है। इस तरह से व्यक्तित्व मनोविज्ञानियों की मुख्य अभिरुचि एक व्यक्ति से दूसरे व्यक्ति की विभिन्नता का अध्ययन में है। इस क्षेत्र में कुछ मनोविज्ञानी तो ऐसे है जो व्यक्ति के अपूर्व गुणों (unique qualities) के अध्ययन को ही अपना मुख्य कार्य समझते हैं।

(vii) समाज मनोविज्ञान *(Social Psychology)*—समाज मनोविज्ञान मनुष्यों को एक सामाजिक पशु (social animals) के रूप में अध्ययन करता है। सामाजिक पशु आपस में अन्तःक्रिया करते हैं और एक परिवार या समाज बनाकर रहते हैं। समाज मनोविज्ञान का क्षेत्र समाजशास्त्र के क्षेत्र से काफी सम्बन्धित है। यही कारण है कि बहुत सारे समाजशास्त्री भी अपने आप को समाज मनोविज्ञानी कहने में फक्र का अनुभव करते हैं। समाज मनोविज्ञानियों का अध्ययन क्षेत्र में समूह का व्यक्ति पर पड़ने वाले प्रभाव तथा व्यक्ति का समूह पर पड़ने वाले प्रभावों का अध्ययन किया जाता है। इसके अलावा वे और भी कई तरह के व्यक्तिगत अन्तःक्रियाओं (personal interactions) का भी अध्ययन करते हैं। जैसे—एक समाज मनोविज्ञानी के अध्ययन क्षेत्र में अन्तर्वैयक्तिक पसंद (interpersonal preference) को निर्धारित करने वाले कारक, पूर्वाग्रह तथा विभेद को सम्पोषित एवं विकसित करने वाले कारक, मनोवृत्ति परिवर्तन तथा विकास को प्रमाणित करने वाले कारक, समस्या समाधान पर समूह के पड़ने वाले प्रभाव का अध्ययन, सामाजिक रूप से विचलित व्यवहार आदि का अध्ययन सम्मिलित होता है। मनोविज्ञानियों के कुल संख्या के करीब 6% मनोविज्ञानी इस क्षेत्र में कार्यरत हैं।

(viii) संज्ञानात्मक मनोविज्ञान *(Cognitive Psychology)*—संज्ञानात्मक मनोविज्ञान में मानसिक प्रक्रियाओं जैसे—प्रत्यक्षण, चिंतन, सीखना, बुद्धि, स्मृति आदि के अध्ययन के महत्त्व पर बल डाला जाता है। इन मनोविज्ञानियों का मत है कि मानव व्यवहार की सम्पूर्ण एवं वैज्ञानिक व्याख्या उद्दीपक-अनुक्रिया सम्बन्ध (Stimulus-response connection) के रूप में संतोषजनक ढंग से नहीं की जा सकती है। इन मनोविज्ञानियों का मत है कि प्रत्येक उद्दीपक (stimulus) के प्रति व्यक्ति कुछ निर्णय करने के बाद ही अनुक्रिया करता है। प्रत्येक निर्णय की प्रक्रिया में अन्य उद्दीपकों के साथ व्यक्ति

उन उद्दीपकों की तुलना करता है जिसके प्रति उसे अनुक्रिया करना होता है, उसके अर्थ को समझता है तथा अपने पुराने ज्ञान के आधार पर कुछ ऐसे नियमों की खोज करता है जो उसे चिन्तन एवं समस्या समाधान में मदद भी करता है।

(ix) असामान्य मनोविज्ञान *(Abnormal Psychology)*—असामान्य मनोविज्ञान मनोविज्ञानियों का ऐसा कार्यक्षेत्र है जिसमें वे कुसमायोजित व्यवहार (maladaptive behaviour) या असामान्य व्यवहार के कारणों, लक्षणों, प्रकारों आदि का अध्ययन करते हैं। व्यक्ति के कुछ व्यवहार ऐसे होते हैं जिन्हें असामान्य कहा जाता है। इन व्यवहारों के समझने के लिए मनोविज्ञानी उनके लक्षणों का क्रमबद्ध अध्ययन करते हैं तथा उत्पत्ति के कारणों को समझने के लिए व्यक्ति के जैविक पृष्ठभूमि (biological background), मनोवैज्ञानिक पृष्ठभूमि (psychological background) तथा सामाजिक सांस्कृतिक पृष्ठभूमि (socio-cultural background) का विस्तृत रूप से अध्ययन करते हैं। अतः मनोविज्ञान के इस शाखा में अभिरुचि रखने वाले मनोविज्ञानियों के सामने यह एक कठिन एवं जटिल कार्य होता है क्योंकि उक्त कारकों का विश्लेषण निश्चित रूप से अपने आप में एक असाधारण कार्य है।

(x) शिक्षा मनोविज्ञान *(Educational Psychology)*—शिक्षा मनोविज्ञान का क्षेत्र एक महत्त्वपूर्ण क्षेत्र है जिसमें मनोविज्ञानियों की सक्रियता अधिक पायी गयी है। शिक्षा मनोविज्ञानी शैक्षिक प्रक्रिया के मनोवैज्ञानिक पहलुओं का विशेष अध्ययन करते हैं। सीखने के नियमों के अध्ययन के अलावा शिक्षा मनोविज्ञानी और भी कई पहलुओं पर अपना ध्यान देते हैं। जैसे— छात्रों का शैक्षिक निष्पादन किस तरह से वैयक्तिक विभिन्नता, व्यक्तित्व कारक तथा सामाजिक अन्तःक्रिया आदि से प्रभावित होता है। अपने शोध कार्य में कुछ विशेष चरों जैसे—शिक्षक-छात्र अन्तःक्रिया (teacher-student interaction) एवं सीखने तथा छात्रों के मनोबल पर पड़ने वाले प्रभावों का भी अध्ययन किया जा सकता है। कुछ बड़े पैमाने पर स्कूल के सामाजिक संगठन को तथा शिक्षकों के चयन एवं प्रशिक्षण का भी अध्ययन करते हैं। संक्षेप में, यह कहा जा सकता है कि शिक्षा मनोविज्ञानी का सम्बन्ध मुख्यतः सीखने तथा अभिप्रेरण के बारे में मनोवैज्ञानिक ज्ञान का उपयोग करके छात्रों में सीखने की क्षमता को बढ़ाना है। कुल मनोविज्ञानियों का करीब 6% मनोविज्ञानी इस क्षेत्र में कार्यरत हैं।

2. प्रयुक्त मनोविज्ञान के क्षेत्र *(Area of applied Psychology)*—मनोविज्ञान का कुछ क्षेत्र ऐसा है जिसमें मनोवैज्ञानिक व्यक्तियों तथा समूह के मनोवैज्ञानिक समस्याओं के समाधान में अपने कौशल एवं शोध का उपयोग करते हैं ताकि उन समस्याओं का समाधान किया जा सके तथा व्यक्तियों का सही मार्गदर्शन किया जा सके। इस तरह के क्षेत्र को *प्रयुक्त मनोविज्ञान* (applied psychology) कहा जाता है। इसके तहत निम्नांकित शाखाओं में मनोविज्ञानी कार्यरत हैं—

(i) नैदानिक मनोविज्ञान (Clinical Psychology)
(ii) सामुदायिक मनोविज्ञान (Community Psychology)
(iii) परामर्श मनोविज्ञान (Counselling Psychology)
(iv) स्कूल मनोविज्ञान (School Psychology)
(v) औद्योगिक एवं संज्ञानात्मक मनोविज्ञान (Industrial and Organisational Psychology)
(vi) सैन्य मनोविज्ञान (Military Psychology)

इन सभी शाखाओं का वर्णन निम्नांकित है—

(i) नैदानिक मनोविज्ञान *(Clinical Psychology)*—नैदानिक मनोविज्ञान, मनोविज्ञान का सबसे प्रचलित एवं बड़ा प्रयुक्त शाखा है। मनोवैज्ञानिकों की कुल संख्या का 43% मनोवैज्ञानिक केवल नैदानिक मनोवैज्ञानिक हैं। नैदानिक मनोविज्ञानी कई तरह के कार्य करते हैं जिनमें सबसे प्रमुख कार्य मनोवैज्ञानिक समस्या से ग्रसित लोगों को चंगा करना है ताकि वे अपने दिन-प्रतिदिन की दुनिया में ठीक ढंग से समायोजन कर सके। नैदानिक मनोविज्ञानी तो ऐसे कई क्षेत्र में सक्रिय हैं परंतु उनके द्वारा मुख्य रूप से तीन कार्य अधिक किये जाते हैं—*शोध* (research), *निदान* (diagnosis) तथा *उपचार* (treatment)। मनश्चिकित्सा (psychotherapy) के विभिन्न विधियों के माध्यम से ये लोग मानसिक रोग का उपचार करते हैं। नैदानिक मनोविज्ञानियों द्वारा बहुत तरह के निदानसूचक प्रविधियों (diagnostic tool) जैसे— साक्षात्कार, मनोवैज्ञानिक परीक्षण आदि का उपयोग नैदानिक मूल्यांकन में किया जाता है। इनका शोध का क्षेत्र विस्तृत होता है परंतु मूलतः मनोवैज्ञानिक समस्याओं के उपचार में यह अधिक केन्द्रित होता है। नैदानिक मनोविज्ञानी विश्वविद्यालय, उपचारगृह (clinic), मानसिक अस्पताल आदि के क्षेत्र में अधिक सक्रिय है।

प्रायः नैदानिक मनोविज्ञान तथा मनोरोगविज्ञानी (Psychiatry) के क्षेत्र में संभ्रांति (confusion) उत्पन्न हो जाता है क्योंकि दोनों ही द्वारा रोगियों को चिकित्सा प्रदान की जाती है। इन दोनों द्वारा मनोवैज्ञानिक रोगों के विकृतियों की विभिन्न लक्षणों को दूर करने के ख्याल से चिकित्सा की जाती है। फिर भी इन दोनों क्षेत्र में अन्तर है। नैदानिक मनोविज्ञानी मानसिक रोगों की चिकित्सा करते समय चिकित्सा के जैविक विधि (biological methods) का उपयोग नहीं करते हैं जबकि मनोरोगविज्ञानी (psychiatrists) इन विधियों का उपयोग खुलकर करते हैं।

(ii) सामुदायिक मनोविज्ञान *(Community Psychology)*—सामुदायिक मनोविज्ञान मनोविज्ञान का एक ऐसा क्षेत्र है जो मनोवैज्ञानिक नियमों, विचारों एवं तथ्यों का उपयोग सामाजिक समस्याओं के समाधान में करते हैं तथा व्यक्ति को अपने कार्य एवं समूह में समायोजन करने में मदद करते हैं। दूसरे शब्दों में, सामुदायिक मनोविज्ञान का सम्बन्ध मनश्चिकित्सा (psychotherapy) तथा मनोनिदान (psychodiagnosis) से नहीं होता है बल्कि उस पर्यावरण परिस्थिति से होता है जिसमें व्यवहारात्मक क्षुब्धता (behavioural disturbance) उत्पन्न होती है या उत्पन्न हो सकती है। सामुदायिक मनोविज्ञानी पर्यावरण में परिवर्तन लाकर समस्या को दूर करने में अधिक विश्वास रखते हैं। ऐसे मनोवैज्ञानिक किसी भी व्यक्ति विशेष के व्यवहार में परिवर्तन लाने की अपेक्षा सामान्य पर्यावरण में परिवर्तन जैसे—स्कूल के संगठन तथा प्रशासन में परिवर्तन, पूरे समाज के किशोरों एवं बच्चों के अन्तःक्रिया शैली में परिवर्तन आदि करके समस्या की गम्भीरता को कम करने की कोशिश करते हैं। सचमुच में सामुदायिक मनोविज्ञानी *सामुदायिक मानसिक स्वास्थ्य आन्दोलन* (Community Mental Health Movement) के विशेष भाग माने जाते हैं। कुछ सामुदायिक मनोविज्ञानी लोगों के मानसिक स्वास्थ्य के बारे में अध्ययन न करके सामुदायिक समस्याओं (community problems) के अध्ययन के बारे में अधिक रुचि दिखलाते हैं। इन्हें *सामाजिक समस्या सामुदायिक मनोविज्ञानी* (Social problem community psychologists) कहा जाता है। समुदाय के समूहों में विद्वेष, पुलिस तथा समुदाय के बीच खराब सम्बन्ध एवं रोजगार के अवसर में कमी के कारण उत्पन्न पीड़ा आदि के अध्ययन में सामाजिक समस्या सामुदायिक मनोविज्ञानी की अभिरुचि अधिक होती है।

(iii) परामर्श मनोविज्ञान *(Cunselling Psychology)*—परामर्श मनोविज्ञानी का कार्यक्षेत्र नैदानिक मनोविज्ञानी के कार्यक्षेत्र से काफी मिलता-जुलता है। मात्र अन्तर इतना ही है कि परामर्श मनोविज्ञान व्यक्ति के साधारण सांवेगिक एवं व्यक्तिगत समस्याओं को दूर करने का प्रयास करते हैं जबकि नैदानिक मनोविज्ञान में इससे थोड़ा जटिल एवं कठिन समस्याओं को दूर करने का भी प्रयास किया जाता है। दूसरे शब्दों में, यह कहा जा सकता है कि परामर्श मनोविज्ञान सामान्य व्यक्तियों को ही अपनी समायोजन क्षमता को मजबूत करने में मदद करता है। परामर्श मनोविज्ञानी व्यक्ति के सापेक्ष कमजोरियों एवं गुणों का पर्दाफाश करता है। इस कार्य में वे मनोवैज्ञानिक परीक्षणों (psychological tests) का भी उपयोग करते हैं। अधिकतर परामर्श मनोविज्ञानी छात्रों को अपनी उपलब्धियों में समायोजन करने में भी मदद करते हैं तथा छात्रों को अपने भविष्य के जीवन वृत्ति (career) के बारे में योजना तैयार कराने में भी सक्रिय भूमिका निभाते हैं। मनोविज्ञानियों की कुल संख्या का करीब 10% मनोविज्ञानी परामर्श मनोविज्ञान के क्षेत्र में कार्यरत हैं।

(iv) स्कूल मनोविज्ञान *(School Psychology)*—स्कूल मनोवैज्ञानिक का कार्य सामुदायिक मानसिक स्वास्थ्य कार्यकर्त्ताओं एवं परामर्श मनोविज्ञानी से अंशतः काफी मिलता-जुलता है। स्कूल मनोविज्ञानी मुख्यतः प्राथमिक तथा माध्यमिक स्कूलों में कार्य करते हैं तथा वे छात्रों को अन्य विशेषज्ञों के पास विशेष उपचार के लिए भी भेजते हैं। स्कूल में वे मुख्यतः व्यावसायिक एवं शैक्षिक परीक्षण-कार्य करते हैं तथा परामर्श एवं प्रशिक्षण कार्यक्रम (training programme) को संगठित करके जो शिक्षक को छात्रों एवं अन्य शिक्षकों के साथ संगठित करने में तथा स्कूल के प्रशासन की समस्याओं से सम्बन्धित प्रश्नों का हल ढूँढने में लाभदायक होता है, महत्त्वपूर्ण सेवा प्रदान करते हैं। इसके अलावा स्कूल मनोविज्ञानी नये प्रशिक्षण कार्यक्रम की प्रभावशीलता का भी अध्ययन करते हैं। शिक्षकों या छात्रों के मनोबल का अध्ययन करते हैं, गैरकानूनी औषध उपयोग के कारणों का पता लगाकर उसका निदान ढूँढ़ते हैं तथा औषध उपयोग करने के पैटर्न को परिवर्तित करने के शैक्षिक कार्यक्रम की उपयोगिता पर भी अधिक बल डालते हैं। मनोविज्ञानियों की कुल संख्या का करीब 5% मनोविज्ञानी स्कूल मनोविज्ञान के क्षेत्र में कार्यरत हैं।

(v) औद्योगिक एवं संगठनात्मक मनोविज्ञान *(Industrial Psychology and Organisational Psychology)*—उद्योग एक अन्य ऐसा क्षेत्र है जिसमें मनोवैज्ञानिक नियमों एवं सिद्धान्तों का उपयोग किया जाता है। औद्योगिक मनोविज्ञान में उद्योग में कार्यरत कर्मचारियों के मनोवैज्ञानिक समस्याओं का अध्ययन किया जाता है तथा उनका पर्याप्त समाधान ढूँढ़ने का प्रयास किया जाता है। औद्योगिक मनोविज्ञान का सम्बन्ध कर्मचारियों एवं कार्यों (jobs) के

विभाजन, कार्मिक चयन (personnel selection), कार्य मूल्यांकन (job appraisal), कार्य मनोवृत्ति (job attitude), कार्य के भौतिक वातावरण (physical environment of work) आदि के अध्ययन से होता है। औद्योगिक मनोविज्ञानी मनोवैज्ञानिक परीक्षणों एवं साक्षात्कार का उपयोग कर्मचारियों के चयन एवं स्थान निर्धारण (placements) में भी करते हैं। औद्योगिक मनोविज्ञानी अपने कर्मचारियों एवं वरिष्ठ प्रबंधकों (senior managers) के लिए विभिन्न तरह के प्रशिक्षण कार्यक्रम (training programme) का भी आयोजन करते हैं। ऐसे प्रशिक्षणों से कर्मचारियों का तकनीकी कौशल (technical skills) को उन्नत किया जाता है, उनके मनोबल को बढ़ाया जाता है तथा समूह के तनाव को कम किया जाता है। ये लोग कम्पनी (company) को एक मानव संगठन (human organization) के रूप में समझते हैं और उनमें कुछ वैसे परिवर्तनों की सिफारिश करते हैं जिनसे कम्पनी की उत्पादकता में वृद्धि हो सकती है। औद्योगिक मनोविज्ञान का एक ऐसा भी विशेष क्षेत्र है जिसमें कर्मचारियों एवं मशीनों के डिजाइन के बीच खास तरह के सामंजस्य पर बल डाला जाता है। इस नये क्षेत्र को *अभियांत्रिकी मनोविज्ञान* (Engineering psychology) या *मानव अभियांत्रिकी* (Human engineering) भी कहा जाता है। मनोविज्ञानियों की कुल संख्या का करीब 4% मनोविज्ञानी औद्योगिक मनोविज्ञान के क्षेत्र में कार्यरत हैं।

संगठनात्मक मनोविज्ञान, औद्योगिक मनोविज्ञान का ही नवीनतम एवं विकसित रूप है। संगठनात्मक मनोविज्ञान में मनोविज्ञानियों की अभिरुचि न केवल उद्योग में बल्कि अन्य संगठनों जैसे—स्कूल, अस्पताल, सरकारी दफ्तरों, बैंक आदि में कार्यरत कर्मचारियों की मानवीय समस्याओं का अध्ययन करने में होता है।

(vi) सैन्य मनोविज्ञान *(Military Psychology)*—इस मनोविज्ञान में मनोवैज्ञानिक नियमों एवं सिद्धान्तों का उपयोग सैन्य क्षेत्रों में किया जाता है। अमेरिकन सैन्य बलों (American Military Force) में मनोविज्ञान के सिद्धान्तों एवं तथ्यों का पहली बार उपयोग किया गया था। भारत में द्वितीय विश्व युद्ध के बाद से भारतीय सैन्य बलों में मनोविज्ञान का उपयोग किया जा रहा है तथा इसके लिए भारत सरकार ने रक्षा मंत्रालय के तहत एक विशेष संस्था भी खोल रखा है जिसे *साइकोलॉजिक इन्स्टीच्यूट ऑफ डिफेन्स रिसर्चेज* (Psychological Institute of Defence Researches) की संज्ञा दी गयी है। इस क्षेत्र के मनोवैज्ञानिकों का मुख्य कार्यक्षेत्र निम्नांकित पाँच तरह की गतिविधियों तक फैला हुआ है—

(a) विभिन्न स्तरों पर रक्षा कर्मियों का चयन

(b) विशेष कार्यक्रम का आयोजन करके ऐसे कर्मियों में नेतृत्व गुणों (leadership qualities) को विकसित करना।

(c) विशेष ऐसे प्रशिक्षण कार्यक्रमों को विकसित करना जिनसे कर्मियों में सुरक्षा कौशलों (defence skills) का विकास हो सके।

(d) सैन्य बलों में मनोबल को विकसित करने के लिए विशेष कार्यक्रम तैयार करना।

(e) कुछ विशेष सैन्य समस्याओं जैसे अधिक ऊँचे स्थानों में उचित व्यवहार करने सम्बन्धी सैनिकों की समस्याएँ, चिंता तथा तनाव आदि से उत्पन्न समस्याओं का अध्ययन करना।

चित्र से यह स्पष्ट है कि कुल मनोविज्ञानियों का 43% नैदानिक मनोविज्ञान में, 4% औद्योगिक मनोविज्ञान में, 5% विकासात्मक मनोविज्ञान में, 5% स्कूल मनोविज्ञान में, 6% समाज एवं व्यक्तित्व मनोविज्ञान में, 6% शिक्षा मनोविज्ञान में, 10% परामर्श मनोविज्ञान में, 14% प्रयोगात्मक मनोविज्ञान में तथा 7% अन्य मनोविज्ञान में कार्यरत है।

3. मनोविज्ञान के नये उभरते क्षेत्र *(New emerging fields of psychology)*—मनोविज्ञान लगातार विकसित हो रहा है तथा मनोवैज्ञानिकों के कार्यक्षेत्र में नयी-नयी विशिष्टताएँ

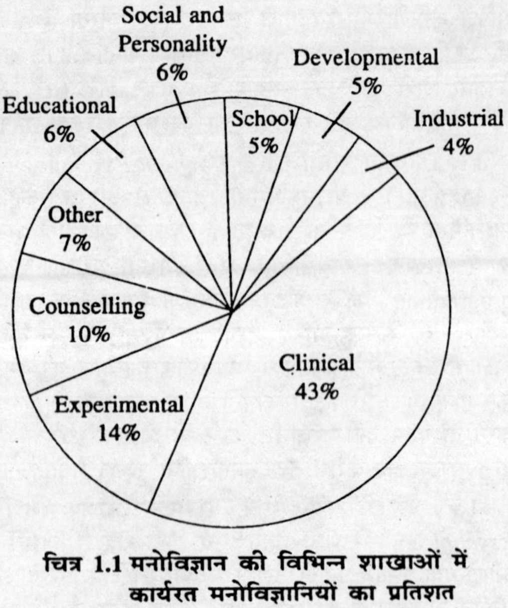

चित्र 1.1 मनोविज्ञान की विभिन्न शाखाओं में कार्यरत मनोविज्ञानियों का प्रतिशत

प्रवेश करते जा रही है। फलतः मनोविज्ञान के कुछ नयी शाखाओं का प्रादुर्भाव हो रहा है जिनमें निम्नांकित प्रमुख हैं—

(i) पर्यावरणी मनोविज्ञान (Environmental Psychology)
(ii) स्वास्थ्य मनोविज्ञान (Health Psychology)
(iii) सुधारात्मक मनोविज्ञान (Correctional Psychology)
(iv) वायुदिक् मनोविज्ञान (Aerospace Psychology)
(v) न्यायिक मनोविज्ञान (Forensic Psychology)
(vi) खीड़ा का मनोविज्ञान (Sports Psychology)
(vii) राजनीतिक मनोविज्ञान (Political Psychology)
(viii) जेरोमनोविज्ञान (Geropsychology)
(ix) आर्थिक मनोविज्ञान (Economic Psychology)
(x) यातायात एवं परिवहन मनोविज्ञान (Traffic and Transport Psychology)

इन क्षेत्रों में मनोविज्ञानियों की भूमिका निम्नांकित है—

(i) पर्यावरणी मनोविज्ञान *(Environmental Psychology)*—मनोविज्ञान के इस शाखा में पर्यावरण (environment) तथा उसके व्यवहार पर पड़ने वाले प्रभावों का अध्ययन किया जाता है। पर्यावरण के विभिन्न पहलुओं जैसे— स्कूल, घर, आवाज, प्रदूषण, मौसम, भीड़-भाड़ आदि का व्यवहार पर स्पष्ट प्रभाव पड़ता है। इन प्रभावों का अध्ययन *पर्यावरणी मनोविज्ञान* (environmental psychology) में किया जाता है। पर्यावरण मनोविज्ञानी अपने विशेष अध्ययन तथा शोध में यह जानने की कोशिश करते हैं कि पर्यावरण के कीमती खजानों को कैसे बचाया जा सकता है तथा पर्यावरण के दोषपूर्ण पहलू से मानव को किस तरह बचाकर उनके जीवन के गुणों या विशेषताओं को उन्नत बनाया जा सकता है।

(ii) स्वास्थ्य मनोविज्ञान *(Health Psychology)*—मनोविज्ञान के इस क्षेत्र में स्वास्थ्य विशेषकर शारीरिक स्वास्थ्य को प्रभावित करने वाले कारकों का अध्ययन किया जाता है। दूसरे शब्दों में, स्वास्थ्य मनोविज्ञान में स्वास्थ्य तथा उन्हें प्रभावित करने वाले चरों (variables) के बीच के सम्बन्धों पर प्रकाश डाला जाता है। इस क्षेत्र में विशेषकर तनाव, चिन्ता आदि का हृदय रोग, कैंसर आदि की उत्पत्ति में क्या भूमिका होती है या हो सकती है, इसका अध्ययन किया जाता है। इसमें डॉक्टर-रोगी सम्बन्ध, अस्पताल के पर्यावरण में उपलब्ध सुविधाओं तथा उनके प्रति रोगियों की प्रतिक्रियाओं का अध्ययन किया जाता है।

(iii) सुधारात्मक मनोविज्ञान *(Correctional Psychology)*—मनोविज्ञान के इस शाखा में मनोविज्ञानी उन मानव व्यवहारों का अध्ययन करते हैं जो सामाजिक नियम तथा कानून का उल्लंघन से सम्बद्ध होता है। मनुष्यों के ऐसे व्यवहारों को सुधारने का पर्याप्त प्रयास मनोवैज्ञानिक तथ्यों एवं विधियों द्वारा किया जाता है। इसमें अपराधी एवं किशोर अपराधियों के व्यवहारों को सुधारने का पर्याप्त प्रयास किया जाता है। अतः इस मनोविज्ञान का सम्बन्ध जेल के पर्यावरण तथा न्यायिक कोर्ट आदि के वातावरण से भी काफी होता है।

(iv) वायुदिक् मनोविज्ञान *(Aerospace Psychology)*—मनोविज्ञान की इस शाखा में व्यक्ति के व्यवहार में होने वाले उन परिवर्तनों का अध्ययन किया जाता है जब वे दिक् (space) में काफी ऊँचाई पर वायुयान में कार्यरत होते हैं। जब व्यक्ति पृथ्वी से अधिक ऊँचाई पर चला जाता है तो वहाँ उसे पूर्णतः भिन्न तरह के मौसम तथा पर्यावरण का सामना करना पड़ता है। ऐसी परिस्थिति में उनके व्यवहार में पूर्णतः परिवर्तन आ जाता है। व्यक्ति को पर्यावरण के साथ समायोजन की समस्या खड़ी होती है। इन समस्यात्मक पहलुओं तथा उनके यथोचित समाधान पर इस मनोविज्ञान में अध्ययन किया जाता है।

(v) न्यायिक मनोविज्ञान *(Forensic Psychology)*—मनोविज्ञान तथा कानून का सम्बन्ध पुराना है। न्यायिक मनोविज्ञान में इन दोनों के सम्बन्धों का मनोवैज्ञानिक अध्ययन किया जाता है। किसी व्यक्ति पर मुकदमा चलाया जा सकता है कि नहीं, इसका निर्धारण करने में मनोवैज्ञानिक निदान (psychological diagnosis) की भूमिका अहम होती है। जेल के भीतर मनोवैज्ञानिक एक चिकित्सक, पुनर्वास विशेषज्ञ (rehabilitation expert) आदि के रूप में कार्य करते हैं। पुलिस विभाग द्वारा अक्सर मनोवैज्ञानिकों की सेवा इस उम्मीद से ली जाती है कि वे उन्हें जटिल मानव इच्छाओं एवं अभिप्रेरणों

को ठीक ढंग से समझने में मदद करेंगे। कानूनी तंत्र (legal system) के दूसरे छोर पर यह भी देखा गया है कि मनोवैज्ञानिक शोधों का उपयोग कभी-कभी जटिल न्यायिक निर्णय लेने में सफलतापूर्वक किया जाता है।

(vi) क्रीड़ा मनोविज्ञान *(Sports Psychology)*—क्रीड़ा मनोविज्ञान, मनोविज्ञान की एक ऐसी शाखा है जिसमें न केवल पुरुष खिलाड़ी (sportsmen) तथा महिला खिलाड़ी (sportswomen) के व्यवहारों एवं अनुभूतियों का बल्कि कोच (coach), रेफरी (refree), क्लब तथा खेल-कूद संघों के प्रबन्धकों (managers) तथा श्रोताओं (audiences) के प्रतिक्रियाओं का भी अध्ययन होता है। क्रीड़ा मनोविज्ञानी व्यक्तियों के गत (past) एवं वर्तमान निष्पादनों का ही सिर्फ अध्ययन नहीं करते बल्कि खेल-कूद की घटनाओं एवं परिस्थितियों के बारे में पणधारियों (Stakeholders) के बीच होनेवाले गत एवं वर्तमान अंतक्रियाओं का भी अध्ययन करते हैं।

क्रीड़ा मनोविज्ञान का पहला वर्ल्ड कांग्रेस (World Congress) रोम में 1965 में हुआ और यह कांग्रेस अपने आप में इस मनोविज्ञान के विकास के लिए आगे चलकर नील का पत्थर साबित हुआ। इसी के बाद खेल-कूद मनोविज्ञान का अन्तर्राष्ट्रीय सोसाइटी (International Society of Sports Psychology) का भी जन्म हुआ। फिर भी इस क्षेत्र में अग्रगामी (pioneering) मनोवैज्ञानिक शोध का शुभारम्भ 1895 में हो गया था जब फिट्ज (Fitz) ने खेल-कूद क्षमता तथा प्रतिक्रिया समय (reaction time) के जाँच का उपयोग किया गया। अमेरिका में 1898 में 1900 के बीच साइकिल चलानेवालों के निष्पादन पर प्रतियोगिता के पड़ने वाले प्रभाव का अध्ययन करने के लिए कई अध्ययन भी किये गए। इसी ढंग की गतिविधियाँ यूरोप (Europe) में आरम्भ हुई जहाँ जुसेराण्ड (Jusserand) ने फुटबॉल के मनोविज्ञान पर 1901 में एक पुस्तक का प्रकाशन किया। बाद में 1913 में कोबर्टिन (Coubertin) ने क्रीड़ा मनोविज्ञान पर लिखे गये लेखों को संग्रहित कर प्रकाशित किया।

क्रीड़ा मनोविज्ञान के क्षेत्र को निर्धारित करने में निम्नांकित तरह के अध्ययनों का विशेष योगदान रहा है—

(a) खिलाड़ियों तथा उनके कौशलों के शीर्ष निष्पादन (peak performance) तथा व्यक्तिगत वर्द्धन (personal growth) में मनोवैज्ञानिक कारकों की भूमिका से सम्बद्ध अध्ययन।

(b) कोच (coach), पुरुष खिलाड़ी तथा महिला खेलाड़ी के बीच हुए अंतक्रियाओं एवं कोचिंग की प्रभावशीलता में अभिप्रेरणात्मक कारकों एवं अधिगम अनुभूतियों की भूमिका से संबद्ध अध्ययन

(c) रेफ्री द्वारा लिए गये निर्णयों एवं व्याख्याओं को प्रभावित करने में संज्ञानात्मक तथा संवेदी-पेशीय कारकों की भूमिका

(d) खेल-कूद क्रियाओं एवं अभिरुचि को बढ़ावा देने वाले या उसमें बाधा पहुँचाने वाले संगठनात्मक एवं प्रबंधकीय कारकों की भूमिका

(e) खेल-कूद के मैदान में उपस्थित दर्शकों एवं प्रशंसकों की भूमिका का विश्लेषण

(f) जिन लोगों द्वारा खेल-कूद क्रियाओं को अपना एक शौक या अपने जीवन-अवधि (life span) में शारीरिक रूप से फिट रखने के लिए जो अभ्यास किये जाते हैं, के दौरान सफलता, असफलता, चोट लगना आदि से उत्पन्न धनात्मक एवं ऋणात्मक मनोवैज्ञानिक परिणामों का अध्ययन

(g) कुछ शारीरिक या मानसिक अक्षमताओं वाले व्यक्तियों के लिए खेल-कूद तथा अन्य सम्बन्ध दैहिक अभ्यासों की उपयोगिताओं का अध्ययन

क्रीड़ा मनोवैज्ञानिक प्रयोगात्मक डिजाइन का उपयोग करके प्रयोगशाला में भी अध्ययन करते हैं ताकि वे उत्तम खेलाड़ियों के उन मनोजैविक कारकों, संज्ञानात्मक प्रक्रियाओं तथा विशिष्ट गुणों की पहचान कर सके जिनसे उनके निष्पादन प्रभावित होते हैं। इसके अलावा वे लोग क्षेत्र अध्ययन, सर्वे, पेनल समूह तथा अन्य समान विधियों का उपयोग करके स्टेडियम (Stadium) तथा व्यायामशाला (Gymnasium) में की जानेवाली क्रियाओं का प्रेक्षण एवं अध्ययन करते हैं। वे विभिन्न प्रश्नावलियों, परीक्षणों, साक्षात्कारों, आत्म-प्रेक्षण (self-observation) तथा आत्म-प्रतिवेदन आविष्कारिका (self-report inventories), मनोदैहिक प्रोटोकोल (psychophysiological protocol) आदि का उपयोग करके मनोवैज्ञानिक मापन भी करते हैं। सामान्यतः खेल-कूद मनोवैज्ञानिकों को क्लब, संघ (Federation) तथा अन्य विशेष इन्स्टीच्यूट द्वारा नियोजित (employed) किया जाता है क्योंकि वे जानते हैं कि महिलाओं एवं पुरुष खिलाड़ियों में किस तरह से सामर्थ्यता (competence) तथा उत्तम निष्पादन (performance) उत्पन्न किया जा सकता है। 2000

तक खेल-कूद मनोवैज्ञानिकों द्वारा कुछ ऐसे परीक्षण आदि भी विकसित किये गये हैं जिनके माध्यम से वे खेलाड़ियों के विभिन्न व्यवहारों का अध्ययन आसानी से कर लेते हैं। सामान्यतः पौराणिक मापन विधियों द्वारा ऐसा अध्ययन सम्भव नहीं हो पाता था।

(vii) राजनीतिक मनोविज्ञान *(Political Psychology)*—राजनीतिक मनोविज्ञान, मनोविज्ञान की एक ऐसी उभरती शाखा है जिसमें मूलतः इस बात का अध्ययन मनोवैज्ञानिक करते हैं कि लोगों पर शासन कैसे किया जाय। इस तथ्य का समर्थन फ्रांस में जी॰ ली वोन (G. Lee Bon) द्वारा पुस्तक *'पौलिटीकल साइकोलॉजी एण्ड सोशल डीफेन्स'* (Political Psychology and Social Defence) जिसका प्रकाशन 1910 में हुआ था, में किया गया। अमेरिका में एच॰ डी॰ लास्सवेल (H. D. Lasswell) को उनकी पुस्तक *साइकोपैथोलॉजी एण्ड पोलिटिक्स* (Psychopathology and Politics) के प्रकाशित होने के बाद राजनीतिक मनोविज्ञान का उन्हें जनक (Father of political psychology) माना जाता है।

राजनीतिक मनोविज्ञान में जनमत में परिवर्तन, देश के मूल्य तंत्रों एवं विश्वास में परिवर्तन, प्रेरणा, आत्म-सम्मान (self-esttem) तथा निर्णय प्रक्रिया से सम्बद्ध नेतृत्व एवं सहभागिता (participation) समस्याओं का गहन रूप से अध्ययन किया जाता है। इतना ही नहीं, इसके अतिरिक्त सरकार में भ्रष्टाचार (corruption) से सम्बद्ध समस्याओं, प्रजातिवाद (racism), राष्ट्रवाद (nationalism), अलगाववाद (separatism), आतंकवाद (terrorism) तथा अल्पसंख्यकों एवं बहुसंख्यकों के बीच की अंतक्रियाओं का अध्ययन भी राजनैतिक मनोविज्ञान में किया जाता है। अपने विषय-वस्तु के अध्ययन में राजनैतिक मनोविज्ञानियों द्वारा जिन विधियों का उपयोग किया जाता है, उनमें से, प्रयोगशाला प्रयोग, क्षेत्र अध्ययन, दूरभाष से साक्षात्कार, केस अध्ययन, अंतर्वस्तु विश्लेषण (content analysis), महत्त्वपूर्ण राजनीतिज्ञों के मनोविश्लेषणात्मक पुनर्व्याख्या आदि प्रमुख हैं। इन लोगों द्वारा राजनीतिक जिंदगी, घटनाओं एवं प्रवृत्तियों का अध्ययन वैज्ञानिक एवं तकनीकी दोनों ढंगों से किया जाता है। बोहनेग एवं बार-टाल (Boehnke & Bar-Tal, 1998) के अनुसार 1980 से *पौलिटीकल साइकोलॉजी* (Political psychology) नाम का जरनल का प्रकाशन शुभारम्भ होने से इस क्षेत्र में किये जा रहे अध्ययनों को एक वैज्ञानिक प्रारूप एवं क्रमबद्धता (systematization) मिल गया है।

(viii) जेरोमनोविज्ञान *(Geropsychology)*—मनोविज्ञान के इस क्षेत्र का प्रादुर्भाव आज से लगभग 30 वर्ष पहले हुआ है जिसमें वृद्ध लोगों (Old people) के मानसिक स्वास्थ्य का अध्ययन किया जाता है। इसमें विशेष रूप से यह अध्ययन किया जाता है कि वृद्ध लोगों के मानसिक स्वास्थ्य के मूल्यांकन एवं उपचार की विधियाँ क्या व्यस्क लोगों के मानसिक स्वास्थ्य के मूल्यांकन एवं उपचार की विधियों से भिन्न होती है या एक समान ही होती है। साथ-ही-साथ इसमें इस बात का भी अध्ययन किया जाता है कि जैसे-जैसे व्यक्ति की आयु बढ़ती है, वैसे-वैसे उनके मनोवैज्ञानिक कार्यो पर सामाजिक-आर्थिक स्तर, समूह सम्बन्धन, व्यक्तिगत एवं प्रजननी (generational) इतिहास का क्या प्रभाव पड़ता है। अध्ययनों मे सुविधा के ख्याल से इस क्षेत्र के मनोवैज्ञानिक, वृद्धावस्था को तीन भाग में बाँटते हैं—*कमसीन वृद्ध* (Young-old) जिसमें 65 से 74 वर्ष के आयु के लोगों को रखा जाता है, *वृद्ध-वृद्ध* (Old-Old) जिसमें 75 से 85 वर्ष से ऊपर की आयु के व्यक्तियों को रखा जाता है तथा *पुरा-वृद्ध* (Oldest-old) जिसमें 85 वर्ष की आयु से ऊपर के व्यक्तियों को रखा जाता है। जेरोमनोविज्ञान में व्यक्ति के तैथिक आयु (chronological age) तथा *कार्यात्मक आयु* (functional age) में स्पष्ट अंतर किया जाता है। तैथिक आयु से तात्पर्य व्यक्ति के जन्म से लेकर आजतक के समय से होता है तथा गिरो मनोवैज्ञानिक इस तैथिक आयु को उसके कार्यात्मक क्षमताओं का सही सूचक नहीं मानते हैं क्योंकि कुछ व्यक्ति की तैथिक आयु कम होने पर भी उनकी कार्यात्मक क्षमता अच्छी नहीं होती है तथा कुछ लोगों को ठीक उसके विपरीत तैथिक आयु अधिक होने पर भी उत्तम कार्यक्षमता बनी होती है। बिरेन तथा कन्निघम (Birren & Cunningham, 1985) के अध्ययन के आधार पर कार्यात्मक आयु (functional age) द्वारा उम्रप्रभाव (ageing) के तीन पहलुओं अर्थात् जैविक, सामाजिक एवं मनोवैज्ञानिक पहलू प्रतिबिम्बित होती है। जैविक आयु (biological age) द्वारा व्यक्ति के सामान्य जीवन अवधि (potential life span) के संदर्भ में उसके वर्तमान स्थिति का पता चलता है। चिकित्सक व्यक्ति के विभिन्न महत्त्वपूर्ण अंग तंत्रों की जाँच कर उसके जैविक आयु का पता लगाते हैं। सामान्यतः आयु बढ़ने से व्यक्ति के इन अंगों का आत्म-नियंत्रण क्षमता कमती है और वह मृत्यु के करीब पहुँच जाता है। सामाजिक आयु (social age) से तात्पर्य समाज के अन्य व्यक्तियों की तुलना में व्यक्ति की आदत, भूमिकाओं एवं अन्य सम्बन्धित व्यवहार से होता है। व्यक्ति का पोशाक, भाषा एवं अन्तर्वैयक्तिक शैली से उसके सामाजिक आयु का पता चलता है। मनोवैज्ञानिक आयु

(psychological age) से तात्पर्य परिवर्तित वातावरण में व्यक्ति को समायोजन करने की क्षमता से होता है। इस पर व्यक्ति के साकारात्मक कार्य, अभिप्रेरण तथा आत्मसम्मान का काफी प्रभाव पड़ता है। जेरोमनोविज्ञान में वृद्ध लोगों के मानसिक स्वास्थ्य के अध्ययन में इन तीनों तरह के आयु पर संयुक्त रूप से विचार किया जाता है।

भारत में मास्टर स्तर (Master level) पर उम्र प्रभाव (ageing) के मनोविज्ञान का अध्ययन 1973 में श्री भेनकेटेश्वर विश्वविद्यालय (Shri Ventateshwara University) के मनोविज्ञान विभाग में प्रारंभ किया गया। विश्वविद्यालय अनुदान आयोग (University grant commission) ने इस विभाग को इस कार्य के लिये स्पेशल असिस्टेन्ट प्रोग्राम (Special assistance programme) के तहत चयन किया। 1983–84 में इस विभाग में उम्र प्रभाव पर शोध के लिए एक विशेष केन्द्र भी बनाया गया। उम्रप्रभाव (ageing) के अध्ययन में अभिरुचि को विस्तारित एवं मजबूत करने के ख्याल से **एशोसिएशन ऑफ जेरोनटोलोजी इण्डिया** (Association of Gerontology India) की स्थापना 1982 में किया गया। इसके साथ ही **जेरिएट्रिक सोसाइटी ऑफ इन्डिया** (Geriatric society of India) की भी स्थापना किया गया। 1999 में भारत सरकार द्वारा वृद्ध व्यक्तियों के लिए एक राष्ट्रीय नीति (National policy on Older Persons or NPOP) की भी घोषणा की गयी तथा वृद्ध व्यक्तियों के लिए राष्ट्रीय परिषद (National council for Older Persons or NCOP) की स्थापना की गयी जिसका उद्देश्य NPOP की नीतियों को लागू करना था। जेरोमनोविज्ञान के क्षेत्र में किये गये शोधों को प्रकाशित करने के लिए जयपुर से **दी इन्डियन जरनल ऑफ जेरोनटोलौजी** तथा कलकत्ता मेट्रोपोलिटन इनस्टिच्यूट ऑफ जेरोनटोलोजी (Calcutta Metropolitan Institute of Gerontology) द्वारा एक अन्य जरनल **ऐजिंग एण्ड सोसाइटी : दी जरनल ऑफ जेरोनटोलोजी** (Ageing and Society : The Journal of Gernotology) का प्रकाशन होता है।

(ix) आर्थिक मनोविज्ञान *(Economic Psychology)*—'आर्थिक मनोविज्ञान' जैसे पद का उपयोग सबसे पहले-पहल 1901 में हुआ क्योंकि यह उस पाठ्यक्रम का नाम था जिसे टार्डे (Tarde) ने पेरिस विश्वविद्यालय में पढ़ाया करते थे। आर्थिक मनोविज्ञान, मनोविज्ञान की वैसी शाखा है जिसमें यह अध्ययन किया जाता है कि व्यक्ति किस तरह से अर्थव्यवस्था द्वारा प्रभावित होता है और जब वे जीवन के श्रेष्ठ चीजों को प्राप्त करने के बारे में निर्णय लेते हैं, तो उनके इस आर्थिक व्यवहार में कौन-कौन मनोवैज्ञानिक प्रक्रियाएँ सम्मिलित होतीं हैं। इस क्षेत्र के मनोवैज्ञानिक निम्नांकित तीन पहलुओं का गहन अध्ययन करते हैं—

(a) आम व्यक्तियों, उपभोक्ताओं एवं विभिन्न चीजों के निर्माताओं (producers) के आर्थिक व्यवहार के पीछे किस तरह के विश्वास, मूल्यों (values), मनोवृत्ति, योजनाएँ एवं उद्देश्य हैं?

(b) इन लोगों द्वारा लिए गये निर्णयों के परिणाम (consequences) क्या हैं?

(c) इन लोगों की आथिक आवश्यकताओं की संतुष्टि का स्तर कितना कम या अधिक है।

आर्थिक मनोविज्ञानी प्रयोगात्मक डिजाइन का उपयोग करके अपने विषय-वस्तु अर्थात् आर्थिक व्यवहार का अध्ययन करते हैं। इन मनोवैज्ञानिकों द्वारा परिणामात्मक आँकड़ों को इकट्ठा करने के लिए प्रश्नावली, सर्वे, व्यवहार रेटिंग्स (behaviour ratings), शब्दार्थ विभेदक मापनी (semantic differential technique) का उपयोग किया जाता है तथा गुणात्मक आंकड़ों को इकट्ठा करने के लिए साक्षात्कार, समूह विवेचन (group discussion), व्यवहार अभिलेख (behaviour records), शब्द साहचर्य परीक्षण (world association tests) का उपयोग किया जाता है। 1981 में **जनरल ऑफ इकोनॉमिक साइकोलॉजी** (Journal of Economic Psychology) का शुभारम्भ होने से मनोविज्ञान की यह शाखा में किये गए शोधों की उपयोगिता और बढ़ गयी।

(x) यातायात एवं परिवहन मनोविज्ञान *(Traffic and Transport Psychology)*—यातायात तथा परिवहन मनोविज्ञान मनोविज्ञान की एक ऐसी नयी उभरती शाखा है जिसमें यातायात नियमों एवं ओटोमोबाइल चालकों (automobile drivers) के मनोवैज्ञानिक आशय (psychological implications) का अध्ययन किया जाता है। सबसे पहले-पहल 1900 में पैट्रीजी (Patrizi) ने औटोमोबाइल एवं ट्राम (tram) चालकों के मनोवैज्ञानिक मापन में अभिरुचि दिखलाया तथा ध्यान के स्थायित्व (persistence) के महत्त्व को बतलाया। इस मनोविज्ञान में मूलतः दो तरह की सूचनाओं के अध्ययन पर बल डाला जाता है— दुर्घटनाओं का रोकथाम से सम्बद्ध सूचना तथा इन चालकों के निष्पादन की प्रभावशीलता से सम्बद्ध सूचना। इस क्षेत्र के मनोवैज्ञानिकों द्वारा पेशेंवर चालकों (professional drivers) का अनिवार्य रूप से मनोवैज्ञानिक जाँच करने पर बल डाला जाता है ताकि इनसे होनेवाले दुर्घटनाओं में तो कमी आये ही

साथ-ही-साथ चालकों के निष्पादन की प्रभावशीलता भी बढ़ जायँ। स्पेन संसार का एकमात्र इकलौता देश है जहाँ चालकों को अनुज्ञापात्र (license) प्राप्त करने के लिए मनोवैज्ञानिक परीक्षण अनिवार्य रूप से करना होता है। यातायात मनोवैज्ञानिक सामान्यतः चालक मूल्यांकन केन्द्र (driver assessment centers), पेशेवर चालकों के प्रशिक्षण केन्द्र, बीमा कम्पनी, रेलवे तथा बस कम्पनी आदि में कार्यरत होकर अपनी सेवाएँ प्राप्त करते हैं।

स्पष्ट हुआ कि मनोविज्ञान का कार्यक्षेत्र काफी विकसित तथा विस्तरित है। चूँकि मनोविज्ञान की उपयोगिता जीवन के विभिन्न स्रोतों में बढ़ती जा रही है, अतः हम इस बिन्दु पर आशा व्यक्त कर सकते हैं कि मनोविज्ञान के कार्यक्षेत्र में आगे आनेवाले दिनों में और भी नयी-नयी शाखाओं का प्रवेश होगा।

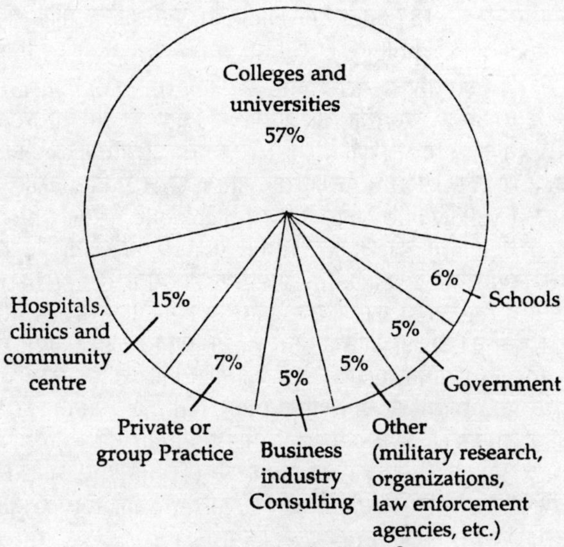

चित्र 1.2 : विभिन्न स्थानों में कार्यरत मनोवैज्ञानिकों का प्रतिशत

स्पष्ट हुआ कि मनोविज्ञान का कार्यक्षेत्र (scope) काफी विस्तृत है। इससे यह भी संकेत मिलता है कि मनोविज्ञानी भिन्न-भिन्न क्षेत्रों में ही नहीं बल्कि भिन्न-भिन्न स्थानों या जगहों में कार्य करते हैं। वोनईयू एवं कुका (Boneau & Cuca, 1990) के अनुसार करीब 57% मनोवैज्ञानिक कॉलेज एवं विश्वविद्यालयों में कार्यरत हैं तथा बाकी 43% मनोवैज्ञानिक अन्य क्षेत्रों जैसे—अस्पताल, उद्योग, स्कूल, सरकारी दफ्तर, सैन्य संगठनों आदि में कार्यरत हैं। इसे चित्र 1.2 में विस्तृत रूप से दिखलाया गया है।

चित्र से यह स्पष्ट है कि 57% मनोवैज्ञानिक कॉलेज एवं विश्वविद्यालय में, 15% अस्पताल, उपचार गृह (clinics) तथा सामुदायिक केन्द्रों में, 7% निजी या सामूहिक पेशा (private) 5% उद्योग तथा व्यवसाय में, 5% सैन्य संगठनों तथा नियम पालक संस्थानों (law enforcement organisations) में, 5% सरकारी दफ्तरों में तथा 6% स्कूल में कार्यरत हैं।

मनोविज्ञान का संक्षिप्त इतिहास
(Brief History of Psychology)

'मनोविज्ञान' का अंग्रेजी रूपान्तर 'Psychology' है जो दो ग्रीक शब्दों अर्थात् Psyche तथा Logos के मिलने से बना है। 'Psyche' का अर्थ आत्मा (Soul) से होता है तथा Logos का अर्थ अध्ययन या विवेचना करने से होता है। शाब्दिक अर्थ को ध्यान में रखते हुए तब यह कहा जाता है कि मनोविज्ञान आत्मा के अध्ययन का विज्ञान है। परन्तु आजकल इस अर्थ का विशेष महत्त्व नहीं रह गया है और अभी मनोविज्ञान की विषय-वस्तु (subject-matter) आत्मा का अध्ययन करना नहीं है बल्कि जीव (organism) जिसमें मनुष्य तथा पशु दोनों शामिल हैं, के व्यवहार (behaviour) तथा अनुभूति (experience) का अध्ययन करना है।

आत्मा (soul) के अध्ययन से लेकर व्यवहार तथा अनुभूति या मानसिक प्रक्रियाओं (mental processes) के अध्ययन के बीच मनोविज्ञान का एक लम्बा इतिहास छिपा है। इस इतिहास का विस्तृत वर्णन तो यहाँ सम्भव नहीं है, फिर भी इसके एक संक्षिप्त रूप पर हम अवश्य ही विचार करेंगे। मनोविज्ञान के इतिहास को मूलतः दो भागों में बाँटा जा सकता है—

(अ) पूर्ववैज्ञानिक काल (Prescientific Period)

(ब) वैज्ञानिक काल (Scientific Period)

(अ) पूर्ववैज्ञानिक काल *(Prescientific Period)*

पूर्ववैज्ञानिक काल की शुरूआत ग्रीक दार्शनिकों (Greek Philosophers) जैसे प्लेटो (Plato), अरस्तू (Aristotle), हिपोक्रेट्स (Hippocrates) आदि के अध्ययनों एवं विचारों से प्रारम्भ होकर 19वीं शताब्दी के उत्तरार्द्ध (latter half)

तक विशेषकर 1878 तक माना जाता है। पूर्ववैज्ञानिक काल की घटनाएँ (phenomenon) जिनका आधुनिक मनोविज्ञान (Modern Psychology) पर सीधा प्रभाव पड़ा है, को निम्नांकित पाँच भागों में बाँटा जा सकता है—

(1) शारीरिक गठन कारक *(Constitutional factors)*—ग्रीक दार्शनिकों ने मानव व्यवहार की व्याख्या करने के लिए अनेक सिद्धान्तों का प्रतिपादन किया जिनमें शारीरिक गठन प्रकार का सिद्धान्त (theory of constitutional types) काफी महत्त्वपूर्ण था। इस सिद्धान्त का प्रतिपादन ग्रीक दार्शनिक हिपोक्रेट्स (Hippocrates) ने 400 B. C. ने किया था। इस सिद्धान्त के अनुसार मानव शरीर में चार तरह के द्रव (fluids or humors) होते हैं जिनके नाम हैं—*पीला पित्त*, (yellow bile) *काला पित्त* (black bile), *खून* (blood) तथा *श्लेष्मा* (phlegm)। जब शरीर में पीला पित्त अन्य तीनों द्रवों की अपेक्षा अधिक मात्रा में हो जाता है, तो व्यक्ति में आक्रमणशीलता (aggressiveness) तथा उत्तेजनशीलता (excitability) अधिक हो जाती है; जब काला पित्त (black bile) अन्य द्रवों की अपेक्षा अधिक हो जाता है, तो व्यक्ति का व्यवहार शांत तथा गैरमिलनसार (withdrawn) हो जाता है; जब रक्त (blood) की मात्रा अन्य तीन द्रवों की अपेक्षा अधिक होती है, तो व्यक्ति काफी खुश एवं आशावादी (optimist) बन जाता है और जब श्लेष्मा (phlegm) अधिक मात्रा में पायी जाती है, तो व्यक्ति सुस्त तथा थका-थका महसूस करता है। यद्यपि हिपोक्रेट्स के इस प्रारम्भिक सिद्धांत को अवैज्ञानिक (unscientific) घोषित कर दिया गया है, फिर भी इससे यह स्पष्ट पता चलता है कि 'ग्रीक दार्शनिकों' ने उस समय भी मानव व्यवहार की व्याख्या शारीरिक गुणों के रूप में करने का प्रयास किया था। इसका प्रभाव आनेवाले मनोवैज्ञानिकों पर काफी पड़ा और शेल्डन (Sheldon) ने बाद में चलकर व्यक्तित्व के वर्गीकरण के एक विशेष सिद्धांत जिसे *'सोमैटोटाईप सिद्धांत'* (Somatotype theory) कहा गया, का निर्माण हिपोक्रेट्स (Hippocrates) के ही विचारों से प्रभावित होकर किया।

(2) मन-शरीर समस्या *(Mind-body problem)*—पूर्ववैज्ञानिक काल में मन-शरीर की समस्या दूसरी ऐसी महत्त्वपूर्ण समस्या थी, जिसपर दार्शनिकों (philosophers) ने अधिक बल डाला था और साथ-ही-साथ जिसका प्रभाव आधुनिक मनोविज्ञान पर काफी पड़ा। कुछ ग्रीक दार्शनिक जैसे अगस्टाईन (Augustine) तथा थोमस (Thomas) का विचार था कि मन (mind) तथा शरीर (body) दोनों दो चीजें हैं और इन दोनों में किसी प्रकार का सम्बन्ध नहीं होता है। दूसरे शब्दों में, शरीर से सम्बन्धित घटनाओं का प्रभाव मन पर नहीं पड़ता है तथा मन से सम्बन्धित घटनाओं का प्रभाव शरीर पर नहीं पड़ता है। परन्तु देकार्ते (Descartes), लिबनिज (Leibnitz) तथा स्पिनोजा (Spinoza) आदि ने इसका विरोध किया और बतलाया कि सचमुच में मन और शरीर दोनों ही एक-दूसरे से सम्बन्धित हैं और एक-दूसरे को प्रभावित करते हैं। आधुनिक मनोविज्ञान पर मन तथा शरीर से सम्बन्धित इस वाद-विवाद का काफी प्रभाव पड़ा और मनोदैहिक क्षेत्र (psychosomatic field) का अध्ययन इस प्रभाव का सीधा नतीजा है।

(3) जन्मजात विचार *(Innate ideas)*—कुछ ग्रीक दार्शनिकों जैसे देकार्ते (Descartes) का मत था कि प्रत्येक व्यक्ति में जन्म से ही कुछ विशेष विचार (ideas) होते हैं। परन्तु अन्य दार्शनिक जैसे लॉक (Locke) का मत था कि व्यक्ति जन्म के समय 'टेबूला रासा' (tabula rasa) होता है अर्थात् उसका मस्तिष्क एक कोरे कागज के समान होता है और बाद में उसमें नये-नये अनुभवों (experiences) से नये-नये विचार उत्पन्न होते हैं। लॉक का स्पष्ट मतलब यह था कि विचार (ideas) जन्मजात नहीं बल्कि अर्जित (acquired or learnt) होते हैं। बाद में यह वाद-विवाद कि विचार जन्मजात होते हैं या अर्जित, द्वारा एक नये संप्रत्यय (concept) का जन्म हुआ जिसे *मूलप्रवृत्ति* (instinct) की संज्ञा दी गयी और ऐसा समझा जाने लगा कि प्रत्येक व्यवहार की व्याख्या इस मूलप्रवृत्ति के रूप में ही हो सकती है। आधुनिक मनोविज्ञान में जन्मजात विचार तथा मूलप्रवृत्ति के संप्रत्यय का अध्ययन एक नये संप्रत्यय (concept) जिसे 'स्पीशीज-स्पेसिफिक' (Species-specific) कहा जाता है, के अन्तर्गत किया जाता है। 'स्पीशीज-स्पेसिफिक' के अन्तर्गत उन व्यवहारों के अध्ययन पर बल डाला जा रहा है जो सीखने की प्रक्रिया द्वारा नहीं के बराबर प्रभावित होते हैं परन्तु वे जीव के विशिष्ट (specific) जाति (species) में ही होते हैं।

(4) मानव स्वभाव *(Human nature)*—दार्शनिकों के बीच इस बात का भी वाद-विवाद काफी तीव्र रहा है कि मनुष्य का स्वभाव (nature) कैसा होता है? कुछ दार्शनिकों जैसे रूसो (Rousseau) का कहना था कि मनुष्य जन्म से अच्छे स्वभाव (good nature) का होता है परन्तु समाज के कटु अनुभव उसके स्वभाव को बुरा बना देती है। दूसरी तरफ, स्पेन्सर (Spencer) जैसे दार्शनिक का मत ठीक इसके विपरीत है। उनका कहना था कि मनुष्य में जन्म से ही स्वार्थता (selfishness), आक्रमणशीलता (aggressiveness) आदि जैसे गुण मौजूद होते हैं जो समाज द्वारा नियंत्रित कर दिये जाते है। फलतः व्यक्ति का स्वभाव (nature) असामाजिक से सामाजिक हो जाता है। यद्यपि आजकल मनोवैज्ञानिकों द्वारा 'मानव स्वभाव' (human nature) जैसे पद (term) का उपयोग कम किया जाता है, फिर भी इसका स्पष्ट प्रभाव आधुनिक मनोविज्ञान पर हमें देखने को मिलता है। आजकल मनोवैज्ञानिकों की जो विशेष अभिरुचि है कि मानव व्यवहार

किस तरह से संस्कृति (culture) तथा सामाजिक मानक (social norms) द्वारा प्रभावित होता है, बहुत कुछ मानव स्वभाव से सम्बन्धित इसी वाद-विवाद का परिणाम है।

(5) चेतना तथा संवेदी प्रक्रियाएँ *(Consciousness and sensory process)*—19वीं शताब्दी के प्रारम्भ में दो प्रमुख क्षेत्रों में जो अध्ययन किया गया उसका आधुनिक मनोविज्ञान पर सबसे गहरा असर पड़ा। पहला क्षेत्र दर्शनशास्त्र का था जिसमें लोग चेतना (consciousness) तथा उसमें उत्पन्न विचारों (ideas) का अध्ययन करते थे तथा दूसरा क्षेत्र भौतिक (physical) तथा जैविक विज्ञान (biological sciences) का था जिसमें ज्ञानेन्द्रिय (sense organs) के कार्य के अध्ययन पर अधिक बल डाला गया।

19वीं शताब्दी के अधिकतर ब्रिटिश दार्शनिकों द्वारा चेतना में होनेवाले विचारों (ideas) का जोर-शोर से अध्ययन प्रारम्भ किया गया। इन दार्शनिकों में जेम्स मिल (James Mill) तथा उनके पुत्र जॉन स्टुआर्ट मिल (John Stuart Mill) का नाम अधिक मशहूर था। इनके सामने समस्या थीं— विचार किसे कहते हैं (What are ideas)? मस्तिष्क में विचारों का आपस में संगठन के लिए कौन-कौन-सी स्थिति होनी चाहिए? क्या विचार भिन्न-भिन्न प्रकार के होते हैं? क्या साधारण विचार आपस में मिलकर जटिल विचार (complex ideas) पैदा करते हैं? आदि, आदि। इन दार्शनिकों का विचार था कि जटिल विचार (complex ideas) हमेशा साधारण विचारों (simple ideas) के संगठन (composition) में नहीं बनता है। कभी-कभी यह भी देखा गया है कि जटिल विचार (complex idea) साधारण विचारों द्वारा उत्पन्न किये जाते हैं लेकिन जटिल विचार का गुण उत्पन्न करनेवाले साधारण विचार के गुणों से भिन्न होता है। यह बात ठीक वैसे ही है जैसे रसायन शास्त्र (chemistry) में यौगिक (compound) का गुण उसके तत्त्वों (elements) (जिससे मिलकर यौगिक बना होता है) के गुणों से भिन्न होता है। जिस प्रक्रिया द्वारा जटिल विचार (complex ideas) का निर्माण (formation) होता है, उसे *मानसिक रसायन* (mental chemistry) की संज्ञा दी जाती है।

शरीरक्रिया विज्ञान (Physiology) में किये गये शोध (research) तथा कार्य का प्रभाव आधुनिक मनोविज्ञान को अधिक प्रयोगात्मक (experimental) रूप देने में सबसे अधिक सक्षम था। इस क्षेत्र में दो वैज्ञानिकों का नाम अधिक मशहूर है— एक वेबर (Weber) तथा दूसरा फेकनर (Fechner)। वेबर इस बात के अध्ययन पर अधिक बल डालते हैं कि वातावरण में हुए परिवर्तन तथा उस परिवर्तन को प्रत्यक्षण (perceive) करने की क्षमता (ability) में क्या सम्बन्ध होता है? अपने शोध के आधार पर उन्होंने बताया कि इन दोनों में एक-एक का सम्बन्ध (one-to-one relationship) नहीं होता है। उदाहरणस्वरूप, यदि किसी कमरे में दो मोमबत्तियाँ पहले से जल रही हो और उसी आकार की यदि तीसरी मोमबत्ती जलायी जाय, तो रोशनी में हुए परिवर्तन को व्यक्ति आसानी से प्रत्यक्षण कर लेता है परन्तु यदि कमरे में 20 मोमबत्तियाँ पहले से जल रही हैं और उसमें एक मोमबत्ती और जलायी जाय, तो सम्भवतः रोशनी में होनेवाले परिवर्तन को व्यक्ति प्रत्यक्षण नहीं कर पायेगा।

बाद में फेकनर ने वेबर के इस नियम को एक अधिक वैज्ञानिक तथा गणितीय (mathematical) रूप दिया। वेबर स्वयं किसी प्रकार के सूत्र का निर्माण नहीं किये थे। फेकनर ने अपने शोध के आधार पर यह बतलाया कि वातावरण या उद्दीपक में परिवर्तन (changes in stimulus) तथा उससे उत्पन्न संवेदन (sensation) के बीच में एक लघुगणक सम्बन्ध (logarthmic relationship) होता है। दूसरे शब्दों में, जब उद्दीपक में परिवर्तन अंकगणितीय क्रम[1] (arithmetical progression) में होता है तो संवेदन में (अर्थात् व्यक्ति के प्रत्यक्षण करने की क्षमता में) ज्यामितीय क्रम (geometrical progression) में वृद्धि होती है। इसे *वेबर-फेकनर नियम* (Weber-Fechner law) की संज्ञा दी गयी। फेकनर ने संवेदन का अध्ययन करने के लिए तीन विधियों का भी प्रतिपादन किया। वे तीन विधियाँ हैं—

सतत् उद्दीपन विधि (method of constant stimuli), *सीमा विधि* (method of limits) तथा *औसत त्रुटि विधि* (method of average error)।

सच पूछा जाय तो वेबर तथा फेकनर द्वारा मनोभौतिकी (Psychophysics) के क्षेत्र में किये गये कार्यों से ही प्रयोगात्मक मनोविज्ञान (Experimental psychology) में लोगों की अभिरुचि काफी बढ़ गयी। अन्य मनोवैज्ञानिकों के मन में भी यह विचार बार-बार आने लगा है कि संवेदन के समान ही व्यवहार के अन्य पहलुओं (aspects) को, जैसे प्रत्यक्षण, सीखना, अभिप्रेरण, चिन्तन आदि का क्या प्रयोगात्मक अध्ययन नहीं किया जा सकता? आदि, आदि। इसका परिणाम यह हुआ कि धीरे-धीरे मनोविज्ञान दर्शनशास्त्र से अलग होता गया और एक ऐसा भी समय आया जहाँ से मनोविज्ञान को एक स्वतंत्र प्रयोगात्मक विज्ञान (independent experimental science) समझा जाने लगा।

---

1. 2, 3, 5, 7, 9 .... अंकगणितीय क्रम (arithmetical progression) के उदाहरण है जबकि 2, 4, 8, 16, 32 .... ज्यामितीय क्रम (geometrical progression) के उदाहरण हैं।

(ब) वैज्ञानिक काल (*Scientific period*)

अधिकतर मनोवैज्ञानिकों के बीच इस बात की सहमति है कि मनोविज्ञान का वैज्ञानिक काल (scientific period) 1879 से शुरू हुआ है। इसी वर्ष विल्हेल्म वुन्ट (Wilhelm Wundt) ने जर्मनी के लिपजिग विश्वविद्यालय में मनोविज्ञान की पहली प्रयोगशाला खोली थी। वैज्ञानिक काल (scientific period) को, सुविधा के विचार से दो भागों में बाँटा जा सकता है— प्रारंभिक काल (early period) तथा आधुनिक काल (modern period)। प्रारंभिक काल में मनोविज्ञान का विकास भिन्न-भिन्न 'स्कूल' (School) के रूप में हुआ। प्रत्येक स्कूल द्वारा मनोविज्ञान की विषय-वस्तु (subject-matter) तथा विधि (method) अलग-अलग बतलायी गयी। आधुनिक काल (modern period) में मनोविज्ञान का कोई भी स्कूल नहीं है और प्रत्येक मनोवैज्ञानिक अपने शोध (research) तथा प्रयोग के परिणाम को किसी स्कूल की विचारधारा से अन्तर्बद्ध (tied) न कर स्वतंत्ररूप से विकसित कर रहे हैं। आधुनिक काल में मनोविज्ञान के विकास पर प्रकाश डालने के पहले प्रारंभिक काल के महत्त्वपूर्ण स्कूलों की विचारधाराओं पर तथा वुन्ट की प्रयोगशाला के कार्यक्रमों पर गौर करना आवश्यक है।

प्रारम्भिक काल में मनोविज्ञान (*Psychology in early period*)—वुन्ट के प्रयोगशाला का कार्यक्रम (Activities in Wundt's laboratory) मनोविज्ञान के इतिहास में एक काफी महत्त्वपूर्ण विषय है। वुन्ट ने मनोविज्ञान का पहला प्रयोगशाला जर्मनी के लिपजिग विश्वविद्यालय में 1879 में खोला। इस प्रयोगशाला में वुन्ट ने दृष्टि (vision) से सम्बन्धित संवेदनाओं को अधिक अध्ययन किया। बाद में उन्होंने प्रतिक्रिया काल (reaction time), अवधान (attention), संवेदन तथा स्मृति में होनेवाले साहचर्यात्मक प्रक्रियाओं (associative processes) का भी विस्तृत रूप से अध्ययन किया। इन विभिन्न मानसिक प्रक्रियाओं का अध्ययन करने के लिए वुन्ट (Wundt) ने अन्तर्निरीक्षण विधि (introspection method) का उपयोग किया। इस तरह से वुन्ट के लिए मनोविज्ञान चेतन अनुभूति (conscious experience) के अध्ययन का विज्ञान था तथा इसकी विधि अन्तर्निरीक्षण (introspection) थी। वुन्ट के अनुसार चेतन अनुभूति का विश्लेषण (analysis) दो तत्त्वों अर्थात् संवेदन (sensation) और भाव (feeling) में किया जाता है। संवेदन को चेतना का *वस्तुनिष्ठ तत्त्व* (objective element) तथा भाव (feeling) को चेतना का *आत्मनिष्ठ तत्त्व* (subjective element) माना गया। उन्होंने *भाव का एक त्रिविमीय सिद्धांत* (tri-dimensional theory) भी विकसित किया जिसके अनुसार भाव की तीन विमाएँ (dimension) होते बतलायी गयी—सुखद-दुखद (pleasantness-unpleasantness), आवेश-शांत (excitement-calm), तथा तनाव-शिथिलता (tension-relaxation)। वुन्ट की प्रयोगशाला में जो कार्यक्रम चल रहे थे उसका प्रभाव विदेश के मनोवैज्ञानिकों पर काफी पड़ा और विदेश से अनेक मनोवैज्ञानिक वुन्ट की प्रयोगशाला में मनोविज्ञान का अध्ययन करने पहुँचे। इसमें प्रमुख जी॰ एस॰ हॉल (G.S. Hall), जे॰एम॰ कैटेल (J.M. Cattell), इ॰बी॰ टिचेनर (E.B. Titchener) आदि थे जो अमेरिका से आये थे। जी॰ एस॰ हाल जर्मनी से अमेरिका लौटने के बाद जॉन हापकिन्स विश्वविद्यालय (John Hopkins University) में उस देश में मनोविज्ञान का पहला प्रयोगशाला 1883 में खोले हालांकि विलियम जेम्स ने इससे पहले यानी 1875 में हारवार्ड विश्वविद्यालय (Harward University) में एक छोटा-सा निर्देशन प्रयोगशाला (demonstration laboratory) खोल रखा था परन्तु वुन्ट के प्रयोग तथा उनके मनोवैज्ञानिक अध्ययनों के सामने विलियम जेम्स की प्रयोगशाला कोई विशेष महत्त्वपूर्ण स्थान नहीं प्राप्त कर सका और न ही मनोवैज्ञानिकों ने विलियम जेम्स के प्रयोगशाला को मान्यता ही दिया था।

वुन्ट की प्रयोगशाला में हुए अध्ययनों का सीधा प्रभाव यह हुआ कि मनोविज्ञान एक तरह के प्रयोगात्मक विज्ञान (experimental science) का दर्जा प्राप्त करने की ओर अग्रसर होने लगा। वुन्ट के समकालीन कुछ अन्य वैज्ञानिक (scientists) भी थे जिनका प्रभाव मनोविज्ञान को प्रयोगात्मक विज्ञान का दर्जा दिलाने में काफी महत्त्वपूर्ण रहा। इसमें इंगलैंड के सर फ्रेंसिस गाल्टन (Sir Francis Galton), डार्विन (Darwin) तथा वियाना के फ्रायड (Freud) आदि का नाम काफी प्रसिद्ध है।

अब हम लोग इस बात की चर्चा करेंगे कि मनोविज्ञान का विकास भिन्न-भिन्न 'स्कूल' (school) में कैसे हुआ और उन स्कूल पर वुन्ट के मनोविज्ञान का क्या प्रभाव पड़ा। मनोविज्ञान के ऐसे प्रमुख स्कूल निम्नांकित है—

1. संरचनावाद (*Structuralism*)—संरचनावाद (structrualism) जिसे अन्य नामों जैसे अन्तर्निरीक्षणवाद (introspectonism) तथा अस्तित्ववाद[1] (existentialism) से भी जाना जाता है, की बुनियाद तो विल्हेल्म वुन्ट (Wilhelm Wundt) द्वारा की गयी परन्तु उसे औपचारिक स्कूल के रूप में वुन्ट द्वारा नहीं बल्कि उनके ही शिष्य टिचेनर

---

1. अस्तित्ववाद (Existentialism) पद (term) का प्रयोग बाद में मनोवैज्ञानिकों ने करना इसलिए बन्द कर दिया क्योंकि वह अस्तित्वात्मक मनोविज्ञान (Existential Psychology) जो उससे बिल्कुल ही भिन्न है. के साथ संभ्रान्ति (confusion) पैदा करने लगा था।

(Titchener) द्वारा अमेरिका के कोर्नेल विश्वविद्यालय (Cornell University) में 1892 में प्रारम्भ किया गया। संरचनावाद के अनुसार मनोविज्ञान का विषय-वस्तु चेतन अनुभूति (conscious experience) थी। टिचेनर ने चेतना (consciousness) तथा मन (mind) में अन्तर किया। चेतन से उनका तात्पर्य उन सभी अनुभवों (experiences) से था जो व्यक्ति में एक दिये हुए क्षण (moment) में उपस्थित होता है, जबकि मन से तात्पर्य उन सभी अनुभवों (experiences) से होता है जो व्यक्ति में जन्म से ही मौजूद होते हैं। टिचेनर (Titchener) के अनुसार चेतना के तीन तत्त्व (elements) होते हैं—संवेदन (sensation), भाव या अनुराग (feeling or affection) तथा प्रतिमा या प्रतिबिम्ब (images)। वुन्ट ने प्रतिबिम्ब को चेतना का तत्त्व नहीं माना था। टिचेनर ने संवेदन को प्रत्यक्षण (perception) का महत्त्वपूर्ण अंग बतलाया और अपनी पुस्तक *'एन औटलाइन ऑफ साइकोलॉजी'* (An Outline of Psychology) में संवेदन के मुख्य 42, 415 प्रकार बतलाए। गुण (quality), तीव्रता (intensity), अवधि (duration), स्पष्टता (clarity), विस्तार (extensity) आदि संवेदन के प्रमुख गुण बतलाये गये। भाव (feeling or affection,) टिचेनर के अनुसार, संवेदन के समान ही होते हैं परन्तु अन्तर यह माना गया है कि संवेदन में स्पष्टता (clarity) का गुण होता है जबकि भाव में यह गुण नहीं होता है। भाव को उन्होंने संवेग का एक प्रमुख अंग माना और वुन्ट के भाव के त्रिविमीय सिद्धांत (tri-dimensional theory) को अस्वीकृत (reject) करते हुए कहा कि भाव का सिर्फ एक ही विमा (dimension) होता है—सुखद-दुःखद (pleasantness-unpleasantness)। टिचेनर ने वुन्ट के ही समान, अन्तर्निरीक्षण को मनोविज्ञान की एक प्रमुख विधि (method) माना है। अन्तर्निरीक्षण चूँकि निरीक्षण (observation) की एक विधि है, अतः इसका उपयोग सिर्फ प्रशिक्षित व्यक्ति (trained person) द्वारा ही की जाने की सिफारिश टिचेनर ने की। टिचेनर ने अन्तर्निरीक्षण को सफल बनाने के लिए निम्नांकित नियम (rule) बनाये—

(i) अन्तर्निरीक्षण करने वाले व्यक्ति को निष्पक्ष (impartial) होना चाहिए।

(ii) ऐसे व्यक्ति को अपने अवधान (attention) पर पूर्ण नियंत्रण रखना चाहिए।

(iii) अन्तर्निरीक्षण करने वाले व्यक्ति का शरीर (body) तथा मन (mind) तरोताजा (fresh) होना चाहिए। दूसरे शब्दों में, ऐसे व्यक्ति के मन तथा शरीर में किसी प्रकार की थकान (fatigue), सुस्ती आदि नहीं होनी चाहिए।

(iv) ऐसे व्यक्ति का स्वभाव सांवेगिक रूप से अस्थिर नहीं हो तथा व्यक्ति को अन्तर्निरीक्षण (introspection) के कार्य में अभिरुचि हो।

वुन्ट ने अन्तर्निरीक्षण विधि को अधिक सफल बनाने के लिए इस तरह का कोई सुझाव नहीं दिया था।

ऊपर के तथ्यों को ध्यान में रखते हुए यह कहा जा सकता है कि टिचेनर (Titchener) ने वुन्ट के सिद्धान्तों तथा तथ्यों में अधिक सुधार लाकर उसे लोगों के सामने उपस्थित करने की कोशिश की हे। शायद यही कारण था कि टिचेनर को वुन्ट (Wundt) से भी अधिक वुन्टीयन (Wundtian) अर्थात् अधिक श्रेष्ठ (superior) समझा जाता था। *(Titchener was more Wundtian than Wundt himself).*

2. प्रकार्यवाद या कार्यवाद *(Functionalism)*—कार्यवाद (functionalism) का जन्म संरचनावाद (structuralism) के विरोध में हुआ। विलियम जेम्स (William James) ने 1890 में एक पुस्तक लिखा जिसका शीर्षक *'प्रिंसपुल्स ऑफ साइकोलॉजी'* (Principles of Psychology) था। इस पुस्तक में उन्होंने संरचनावाद का विरोध करते हुए कहा कि मनोविज्ञान का विषय-वस्तु चेतना के तत्त्वों का अध्ययन करना नहीं बल्कि चेतना की उपयोगिताओं का अध्ययन करना है। मनोविज्ञान का सम्बन्ध इस बात से है कि चेतना क्यों और कैसे कार्य करता है? (Why and how the consciousness functions?) न कि सिर्फ इस बात से है कि चेतना के कौन-कौन से तत्त्व हैं (Of what the consciousness is made up of ?)। अतः जेम्स के अनुसार मनोविज्ञान का विषय-वस्तु तो चेतना (consciousness) अवश्य थी, परन्तु उन्होंने इसमें चेतना की कार्यात्मक उपयोगिता (functional untility) पर अधिक बल डाला था। उन्होंने इस तरह की चेतना के निम्नांकित पाँच *गुण* (merits) बतलाये हैं—

(i) चेतना व्यक्तिगत (personal) होता है। इसका मतलब यह हुआ कि कोई भी व्यक्ति अपनी ही चेतन अनुभूतियों के बारे में कुछ कह सकता है, दूसरों की चेतन अनुभूतियों के बारे में नहीं।

(ii) चेतना सदा परिवर्तनशील होता है। जेम्स का कहना था कि चेतना नदी के बहते हुए पानी के समान होता है जो कभी स्थिर नहीं होता। जैसे, नदी का पानी काफी तेजी से बहता है तो कभी धीरे-धीरे, ठीक उसी प्रकार चेतना में कभी तेजी से परिवर्तन आता है तो कभी धीरे-धीरे। इस तरह चेतना हमेशा परिवर्तनशील होता है।

(iii) चेतना सतत् (continuous) होता है। जेम्स ने कहा है कि नींद के दौरान चेतना की सत्यता (continuity) में थोड़ी रुकावट आ जाती है परन्तु जागृत अवस्था में सभी चेतन अनुभूतियाँ एक-दूसरे से सम्बन्धित होती हैं।

(iv) चेतना का सम्बन्ध किसी वस्तु विशेष से होता है।

(v) चेतना हमेशा चयनात्मक (selective) होता है। दूसरे शब्दों में, हम यह कह सकते हैं कि हमारे मस्तिष्क में जो अनुभूतियाँ उत्पन्न होतीं हैं, उनमें से कुछ खास-खास अनुभूतियों (experiences) को ही हम चेतना में ला पाते हैं।

ऊपर वर्णन किये गये गुणों से स्पष्ट हो जाता है कि जेम्स के लिए चेतना (consciousness) का अर्थ वुन्ट तथा संरचनावादियों (Structuralists) द्वारा बताये गये अर्थ से भिन्न था। वुन्ट तथा संरचनावादियों ने चेतना को सिर्फ उसके तीन तत्त्वों में विश्लेषण करने पर ही अधिक बल डाला था।

जेम्स के विचार का प्रभाव आगे चलकर यह हुआ कि कुछ मनोवैज्ञानिकों ने जिसमें जौन डिवी (John Dewey), जे० आर० एंजिल (J. R. Angell), एच० ए० कार (H. A. Carr) तथा ई० एल० थॉर्नडाईक (E. L. Thorndike) का नाम अधिक मशहूर है, ने मिलकर मनोविज्ञान का एक नया स्कूल अर्थात् कार्यवाद (Functionalism) की स्थापना शिकागो विश्वविद्यालय (University of Chicago) में किया। इस तरह से विलियम जेम्स (William James) को कार्यवाद का अनौपचारिक संस्थापक (informal founder) माना जाता है परन्तु औपचारिक संस्थापक के रूप में डिवी (Dewey), एंजिल (Angell) तथा कार्र (Carr) ने ही इस स्कूल को मान्यता प्रदान की है। कार्यवाद (Functionalism) के अनुसार मनोविज्ञान का सम्बन्ध मानसिक प्रक्रियाओं (mental processes) या कार्य (functions) के अध्ययन से होता है न कि चेतना के तत्त्वों (elements) के अध्ययन से होता है। एंजिल[1] (Angell) ने 1906 में अमेरिकन मनोवैज्ञानिक ऐसोसियेशन (American Psychological Association) में अपने प्रेसिडेन्सियल भाषण (Presidential speech) में कहा कि चेतना की मूल उपयोगिताओं (fundamental utilities) से तात्पर्य मानसिक क्रियाएँ (mental activities) जिसमें प्रत्यक्षण (perception), स्मृति (memory), भाव, इच्छा (feeling), निर्णायकता (judgement) आदि सम्मिलित होता है, से होता है। कार्यवाद के अनुसार व्यक्ति अपनी चेतन अनुभूतियों को इस तरह से धारण एवं संगठित करता है कि उसे वातावरण के साथ समायोजन (adjustment) या अनुकूलन (adaptation) करने में मदद मिलती है। इस तरह से कार्यवाद चेतन अनुभूतियों के समायोजन या अनुकूलन के पक्ष पर अधिक बल डालता है। अतः मनोविज्ञान का सम्बन्ध किसी तत्त्व (elements) से नहीं बल्कि प्रक्रिया (process) या कार्य (function) से होता है। कार्यवाद ने मानसिक प्रक्रियाओं के अध्ययन की विधि अन्तर्निरीक्षण (introspection) तथा प्रयोग (experiment) दोनों को ही माना है। कार्यवादियों (Functionalists) के अनुसार अन्तर्निरीक्षण करने के लिए प्रशिक्षण (training) की जरूरत नहीं होती है क्योंकि व्यक्ति में चेतना अनुभूतियों को पकड़ने की स्वाभाविक क्षमता (natural ability) होनी चाहिए।

इस तरह से हम देखते हैं कि कार्यवाद (Functionalism) का सतत् प्रयास (effect) यही रहा है कि किस तरह से संरचनावाद (Structuralism) के चंगुल से मनोविज्ञान को अलग कर उसकी विषय-वस्तु (subject-matter) को अधिक उपयोगी बनाया जाय तथा मनोविज्ञान के क्षेत्र (scope) को अधिक विस्तृत किया जाय।

तुलनात्मक अध्ययन (comparative study) के विचार से संरचनावाद (Structuralism) तथा कार्यवाद (functionalism) की समानताओं (similarities) तथा विषमताओं (dissimilarities) को इस प्रकार उपस्थित किया जा सकता है—

संरचनावाद तथा कार्यवाद (*Functionalism*) में समानता एवं विभिन्नता

इन दोनों स्कूलों में प्रमुख समानताएँ निम्नांकित हैं—

(i) संरचनावाद तथा कार्यवाद दोनों स्कूलों ने मनोविज्ञान की विषय-वस्तु (subject-matter) के रूप में चेतना (consiousness) को ही माना है।

(ii) संरचनावाद तथा कार्यवाद दोनों ने ही अन्तर्निरीक्षण (introspection) को मनोविज्ञान का महत्त्वपूर्ण विधि बतलाया है।

इन समानताओं के बावजूद भी इन दोनों स्कूलों में निम्नांकित *विभिन्नताएँ* (dissimilarities) हैं—

(i) संरचनावाद (Structuralism) का सम्बन्ध चेतना (consciousness) के तत्त्वों (elements) अर्थात् संवेदन (sensation), भाव (feeling) तथा प्रतिबिम्ब (images) के अध्ययन से है जबकि कार्यवाद (Functionalism) का सम्बन्ध चेतना के कार्य या मानसिक प्रक्रियाओं (mental process) के अध्ययन से है।

---

1. "Functionalism is the psychology of the fundamental utilities of consciousness.'

— James R. Angell : The Province of Functionalism : *Psychological "Review.* Vol. 14 (1970), 70.

(ii) संरचनावाद (Structuralism) का सम्बन्ध चेतना के सिर्फ सैद्धान्तिक विश्लेषण (pure analysis) से था और संरचनावादियों द्वारा कभी भी इस बात की कोशिश नहीं की गयी कि उनके द्वारा किये गये विश्लेषण का कोई व्यावहारिक उपयोग (practical application) भी हो सकता है या नहीं। कार्यवादियों (Functionalists) द्वारा हमेशा यह दिखलाने की कोशिश की गयी कि मानसिक प्रक्रियाओं का उपयोग व्यक्ति अपने वातावरण के साथ समायोजन (adjustment) करने में किस तरह से कर सकता है। इस तरह से हम कह सकते हैं कि संरचनावादियों का सम्बन्ध इस बात से था कि चेतना के कौन-कौन तत्त्व होते हैं। (Of what elements the consciousness is made of?) जबकि कार्यवाद का सम्बन्ध चेतना कैसे (how) और क्यों (Why) कार्य करता है, से था (How and why the consciousness work?)। इस तरह से कार्यवाद चेतना के कार्यों (functions) पर अधिक बल डालता है जबकि संरचनावाद चेतना के विश्लेषण पर अधिक बल डालता है।

(iii) संरचनावादियों (structuralists) ने अन्तर्निरीक्षण (introspection) को मनोविज्ञान की मुख्य विधि माना है। कार्यवादियों ने अन्तर्निरीक्षण विधि को स्वीकार तो किया परन्तु साथ-ही-साथ यह भी कहा कि मनोविज्ञान के विषय-वस्तु को ध्यान में रखते हुए यही कहा जा सकता है कि सिर्फ अन्तर्निरीक्षण विधि द्वारा ही मनोविज्ञान के विषय-वस्तु को ठीक ढंग से अध्ययन नहीं किया जा सकता है। अतः इनलोगों ने अन्तर्निरीक्षण के अलावा प्रयोग (experiment) की विधि को भी अपनाया।

(iv) संरचनावादियों ने प्रशिक्षित अन्तर्निरीक्षक (trained introspectionist) पर अधिक बल डाला। इनलोगों का कहना था कि अन्तर्निरीक्षण की विधि ऐसी है जिसके द्वारा सभी लोग सही ढंग से चेतन अनुभूति का अध्ययन नहीं कर सकते हैं। अतः इसके लिए प्रशिक्षण (training) की जरूरत है। कार्यवादियों के अनुसार अन्तर्निरीक्षण के लिए प्रशिक्षण (training) की जरूरत नहीं है। अन्तर्निरीक्षण करने की क्षमता व्यक्ति में एक स्वाभाविक क्षमता (natural ability) है। अतः इसे कोई भी व्यक्ति आसानी से कर सकता है।

(v) संरचनावादियों (Structuralists) का कहना था कि मानसिक प्रक्रियाएँ (mental process) जिस पर कार्यवादियों ने इतना बल डाला है, चेतना (consciousness) से बाहर की चीज है जिसका अन्तर्निरीक्षण (introspection) नहीं हो सकता है। कार्यवादियों ने इसे गलत बताया है और कहा है कि चेतना का वास्तविक उपयोग मानसिक प्रक्रियाओं के रूप में ही होता है। फलतः इसका अन्तर्निरीक्षण (introspection) आसानी से किया जा सकता है।

इस तरह से हम देखते हैं कि कार्यवाद स्कूल, संरचनावाद स्कूल से भिन्न था।

3. व्यवहारवाद *(Behaviourism)*—व्यवहारवाद की संस्थापना (foundation) वाटसन (Watson) द्वारा 1913 में की गयी। व्यवहारवाद की स्थापना इन्होंने अचानक नहीं किया बल्कि उन्होंने अनेक बातों से काफी प्रभावित होकर ही किया था। पहली बात तो यह थी कि रूस में पैवलव (Pavlov) अनुबंधित प्रतिवर्त्त (Conditioned reflex) पर काफी शोध (research) कर चुके थे जिसका प्रभाव वाटसन पर काफी पड़ा और दूसरी बात यह थी कि वे कार्यवाद (functionalism) के सिद्धांत (principles) से भी काफी प्रभावित हो चुके थे।

वाटसन ने पी-एच॰ डी॰ की उपाधि शिकागो विश्वविद्यालय से एंजिल (Angell) के अन्तर्गत शोध कार्य कर प्राप्त किया था। एंजिल चूँकि एक महत्त्वपूर्ण कार्यवादी (Functionlist) थे, अतः यह स्वाभाविक था कि वाटसन का विचार अपने गुरु के विचार से प्रभावित होता।

यद्यपि वाटसन कार्यवाद (Functionalism) की विचारधाराओं से प्रभावित हुए थे, फिर भी वे काफी संतुष्ट नहीं थे। फलतः उन्होंने इस बात का खण्डन किया कि मनोविज्ञान का विषय-वस्तु (subject-matter) जैसा कि कार्यवादियों ने कहा था, चेतना है। वाटसन का विचार था कि मनोविज्ञान एक वस्तुनिष्ठ (objective) तथा प्रयोगात्मक (experimental) मनोविज्ञान है। अतः इसका विषय-वस्तु सिर्फ व्यवहार (behaviour) हो सकता है चेतना नहीं क्योंकि सिर्फ व्यवहार का ही अध्ययन वस्तुनिष्ठ एवं प्रयोगात्मक ढंग से किया जा सकता है। वाटसन ने किसी मनोवैज्ञानिक घटना (psychological phenomenon) को एक उद्दीपक (stimulus) से शुरू होते माना है तथा जब उसके प्रति अनुक्रिया (response) की जाती है, तो वह घटना वहीं समाप्त समझी जाती है। इस तरह से वाटसन के व्यवहारवाद ने उद्दीपक-अनुक्रिया (Stimulus-Response) मनोविज्ञान को जन्म दिया। उद्दीपक (stimulus) से वाटसन का तात्पर्य वातावरण में उपस्थित वस्तु (object) से था या व्यक्ति के ऊतक (tissue) या माँसपेशियों में हुए परिवर्तन से था। उन्होंने कहा कि उद्दीपक

साधारण (simple) भी हो सकता है तथा जटिल (complex) भी। अनुक्रिया से तात्पर्य व्यक्ति या पशु की क्रियाओं (activities) से था। अनुक्रिया अर्जित (earned) भी हो सकती है तथा अप्रकट (covert) भी। बातचीत करना, टहलना आदि प्रकट अर्जित अनुक्रिया (over learnt response) के उदाहरण है। चिन्तन करना, प्रत्यक्षण करना आदि अप्रकट अर्जित अनुक्रिया (covert learnt responses) के उदाहरण हैं। सभी स्वाभाविक सहज क्रियाएँ (reflex actions) जैसे आँख का मटमटाना, रोना, साँस लेना, खाँसना आदि प्रकट जन्मजात अनुक्रियाओं के उदाहरण हैं। अप्रकट जन्मजात अनुक्रिया (covert unlearnt responses) के रूप में पाचन क्रिया, रक्तचाप, हृदय का धड़कना आदि लिया जाता है।

1914 तक वाटसन आनुवंशिकता (heredity) के कारक को काफी महत्त्वपूर्ण मानते रहे। लेकिन अगले 7 वर्षों में उन्होंने जो शोध किया उससे स्पष्ट हो गया कि वातावरण तुलनात्मक रूप से अधिक महत्त्वपूर्ण कारक होता है जिससे व्यक्ति का व्यवहार निर्धारित होता है। 1920 में वाटसन वातावरण-सम्बन्धी कारकों (environmental factors) के बहुत बड़े समर्थक बन गये। 1925 में उन्होंने स्पष्ट कहा,[1] *''मुझे एक दर्जन स्वस्थ बच्चा दीजिए, उनकी क्षमता नहीं रहने पर भी मैं यादृच्छिक रूप से किसी एक को लेकर तथा प्रशिक्षण देकर डाक्टर, वकील, कलाकार, व्यापारी और यहाँ तक कि भिखारी या चोर भी बनाने की गारंटी लूँगा।''*

मनोविज्ञान की विधि के रूप में अन्तर्निरीक्षण (introspection) को वाटसन ने अस्वीकृत किया और उन्होंने मनोविज्ञान की चार मुख्य विधियाँ (methods) बतलाया जो निम्नांकित हैं—

(a) प्रेक्षण (Observation)

(b) अनुबन्धन (Conditioning)

(c) परीक्षण (Testing)

(d) शाब्दिक रिपोर्ट (Verbal report)

वाटसन के समकालीन मनोवैज्ञानिकों ने जैसे ए॰ पी॰ विश (A. P. Weiss), कार्ल लैशले (Karl Lashley), डब्ल्यू. एस॰ हन्टर (W. S. Hunter), इ॰ बी॰ हॉल्ट (E. B. Holt) आदि वाटसन द्वारा बताये गये तथ्यों एवं सिद्धान्तों को भिन्न-भिन्न क्षेत्रों में उपयोग किया और व्यवहारवाद को विकसित किया। इन समकालीन मनोवैज्ञानिकों को *प्रारम्भिक व्यवहारवादी* (early behaviourists) भी कहा गया है।

सन् 1930 आते-आते वाटसन (Watson) ने मनोविज्ञान के सम्बन्ध में कुछ भी लिखना तथा अध्ययन करना करीब-करीब बन्द कर दिया था। परन्तु उनके द्वारा बताये गये तथ्य का प्रभाव जारी था। ई॰ आर॰ गंथरी (E. R. Guturie), सी॰ एल॰ हॉल (C. L. Hall), बी॰ एफ॰ स्किन्नर (B. F. Skinner), अलवर्ट बैण्डुरा (Albert Bandura) तथा जे॰ आर॰ कैन्टर (J. R. Kantor) आदि ने 1930 के बाद भी मनोविज्ञान के भिन्न-भिन्न क्षेत्रों में वाटसन द्वारा बताये गये तथ्यों एवं सिद्धान्तों का उपयोग किया। इन मनोवैज्ञानिकों को *उत्तरकालीन व्यवहारवादी* (later behaviourist) कहा गया।

4. गेस्टाल्ट मनोविज्ञान *(Gestalt Psychology)*—जिस समय अमेरिका में वाटसन ने व्यवहारवाद (Behaviourism) की संस्थापना की, करीब-करीब उसी समय जर्मनी में गेस्टाल्ट मनोविज्ञान (Gestalt Psychology) की स्थापना की गयी। गेस्टाल्ट स्कूल की स्थापना मैक्स वरदाईमर (Max Wertheimer) ने 1912 में किया, जब उन्होंने प्रकट गति (apparent movement) के प्रत्यक्षण (perception) से सम्बन्धित अनेक शोध-लेख (research papers) प्रकाशित किया। कोहलर (Kohle.) तथा कौफ्का (Koffka) इस स्कूल के सह-संस्थापक (co-founders) थे। 'Gestalt' एक जर्मन शब्द है जिसका अंग्रेजी रूपान्तर 'form', 'shape', 'configuration', 'organization' आदि के रूप में सामान्यतः किया गया है। हिन्दी में सामान्यतः इसका रूपान्तर 'आकृति' (form), आकार (Shape) तथा 'समाकृति' (configuration) किया गया है। गेस्टाल्ट स्कूल के अनुसार मनोविज्ञान का सम्बन्ध मानसिक प्रक्रियाओं के संगठन (organization) के अध्ययन से था। इन लोगों ने इस बात का विरोध नहीं किया कि मनोविज्ञान में चेतना का विश्लेषण भिन्न-भिन्न तत्त्वों (elements) में हो सकता है। इन लोगों ने मनोविज्ञान का सम्बन्ध चेतन अनुभूतियों (conscious experiences) तथा व्यवहार (behaviour) दोनों से माना है परन्तु इन सब का विश्लेषण (analysis) कर अध्ययन नहीं हो सकता है। गेस्टाल्ट स्कूल ने स्पष्ट शब्दों में बताया कि मनोविज्ञान मानसिक क्रियाओं के संगठन (organization) का विज्ञान है। हम मानसिक

---

1. "Give me a dozen healthy infants .. I shall guarantee to take any one at random and trained him to become any type of specialist I might select—doctor, lawyer, artist, merchant-chief and yes, even beggarman and thief regardless of his talents..." J. B. Watson : *Behaviourism,* 1925. p. 82.

क्रियाओं जैसे प्रत्यक्षण (perception), सीखना (learning) तथा चिन्तन (thinking) आदि का अध्ययन पूर्णरूपेण (as a whole) से कर सकते हैं। अगर इनका विश्लेषण (analysis) कर हम अध्ययन करेंगे तो वह निरर्थक होगा क्योंकि किसी मानसिक प्रक्रिया का पूर्ण रूप[1] (whole form) उसके भिन्न-भिन्न अंगों या हिस्सों (parts) के योग से भिन्न होता है, हालांकि इन हिस्सों (parts) के एक खास सम्बन्ध (relationship) से ही पूर्ण रूप बनता है। एक उदाहरण लीजिए— आप किसी व्यक्ति के चेहरे (face) के प्रत्यक्षण यदि करते हैं, तो चेहरे का पूर्ण रूप (whole form) देखते हैं न कि आँख, नाक, कान, भौं, होंठ आदि को अलग-अलग देखते हैं। लेकिन सच्चाई यह है कि आपको आँख, नाक, कान, भौं, होंठ आदि का भी प्रत्यक्षण हो रहा है। यदि इन सभी प्रत्यक्षणों को जोड़ दिया जाय, तो भी वह प्रत्यक्षण चेहरे के पूर्णरूपेण किये गये प्रत्यक्षण से भिन्न होगा और अगर भिन्न नहीं होता तो प्रत्येक व्यक्ति का चेहरा एक समान दिखाई पड़ता क्योंकि प्रत्येक व्यक्ति के चेहरे का आँख, नाक, कान, होंठ, भौं आदि करीब-करीब एक ही रूप-रंग के होते हैं। इस उदाहरण से स्पष्ट है कि हम किसी मानसिक प्रक्रिया का विश्लेषण कर वैज्ञानिक अध्ययन नहीं कर सकते हैं। गेस्टाल्ट मनोवैज्ञानिकों द्वारा व्यवहारवाद का विरोध किया गया परन्तु साथ-ही-साथ संरचनावाद का कोई समर्थन भी नहीं किया गया। अतः गेस्टाल्ट मनोवैज्ञानिकों का स्थान इन दोनों तरह के मनोवैज्ञानिकों के बीच का था। गेस्टाल्ट मनोवैज्ञानिकों का सबसे महत्त्वपूर्ण योगदान प्रत्यक्षण (perception) के अध्ययन में था, बाद में उन्होंने अधिगम (learning), चिन्तन आदि प्रक्रियाओं के अध्ययन में भी अपना सक्रिय योगदान दिया।

5. मनोविश्लेषण *(Psychoanalysis)*—जिस समय अमेरिका में व्यवहारवाद (Behaviourism) तथा जर्मनी में गेस्टाल्ट स्कूल की तूती बोलती थी, करीब-करीब उसी समय आस्ट्रिया (Austria) के वियाना (Vienna) में एक नये स्कूल की स्थापना की गयी जिसे *गयात्मक मनोविज्ञान* (Dynamic Psychology) कहा गया। इसे गयात्मक मनोविज्ञान इसलिए कहा गया क्योंकि इसमें अभिप्रेरण (motivation) तथा व्यक्तित्व के अन्य गतिकी (dynamics) पर अधिक बल डाला गया था। गयात्मक मनोविज्ञान के अनेक पहलुओं में सबसे अधिक महत्त्वपूर्ण पहलू मनोविश्लेषण (Psychoanalysis) का है जिसे एक स्कूल के रूप में सिगमंड फ्रायड (Sigmund Freud) ने स्थापित किया। फ्रायड के अचेतन (unconscious) का सिद्धान्त काफी महत्त्वपूर्ण माना गया है और उन्होंने सभी तरह के असामान्य व्यवहारों (abnormal behaviour) का कारण इसी अचेतन में होते दिखलाया। फ्रायड के अनुसार अचेतन में ही बचपन के सभी तरह की अनुभूतियाँ (experiences) तथा अन्य लैंगिक अनुभव (sexual experiences) संचित होते हैं जो व्यक्ति के व्यवहार को नियंत्रित करते हैं। अचेतन के बारे में अध्ययन करने की अनेक विधियाँ उन्होंने बतलाया है जिनमें मुक्त साहचर्य विधि (free association method), सम्मोहन (hypnosis) तथा स्वप्न की व्याख्या (dream interpretation) आदि महत्त्वपूर्ण है। अमेरिकन मनोवैज्ञानिकों के बीच फ्रायड ने अपने मनोविश्लेषण के सिद्धान्त की पूर्ण व्याख्या 1909 में अनेक भाषणों में किया जिसे उन्होंने जी॰ एस॰ हाल (G. S. Hall) के निमंत्रण पर आकर क्लार्क विश्वविद्यालय (Clark University) में दिया था।

भारत में मनोविज्ञान का उदय
(Rise of Psychology in India)

भारत में मनोविज्ञान का अपना एक इतिहास है। हालांकि कि इतिहास संक्षिप्त है, परंतु दिलचस्प है। पश्चिमी बंगाल (West Bengal) के कलकत्ता विश्वविद्यालय में दर्शनशास्त्र विभाग में मनोविज्ञान को एक विषय के रूप में प्रथम बार सम्मिलित किया गया। 1905 में सर ब्रोजेन्द्र नाथ सील (Sir Bojendra Nath Seal) ने प्रयोगात्मक मनोविज्ञान का पाठ्यक्रम तैयार किया और साथ ही मनोविज्ञान का प्रयोगशाला की भी स्थापना किया। परंतु उसकी लोकप्रियता कुछ कारणों से सीमित रह गयी। इसके 11 साल बाद अर्थात् 1916 में कलकत्ता विश्वविद्यालय में पहला मनोविज्ञान विभाग की स्थापना की गयी। प्रोफेसर एन॰ एन॰ सेनगुप्ता (N.N. Sen Gupta) इस विभाग के अध्यक्ष बने। इन्होंने अपना पी-एच॰ डी॰ हारवार्ड विश्वविद्यालय से हूगो मुनस्टरवर्ग (Hugo Munsterberg) के साथ किया था और मुनस्टरवर्ग, विल्हेल्म ऊण्ट (Wilhelm Wundt) के शिष्य थे। प्रोफेसर एन॰ एन॰ सेन गुप्ता के बाद प्रोफेसर गिरिन्द्र शेखर बोस (Girindra Shekher Bose) 1922 में मनोविज्ञान विभाग के अध्यक्ष बने जिनका साहचर्य सिगमड फ्राण्ड (Sigmund Freud) से अधिक था। प्रोफेसर बोस सबसे पहला भारतीय मनोवैज्ञानिक थे जिन्हें मनोविज्ञान में पी-एच॰ डी॰ की उपाधि

---

1. The whole is different from the sum of its parts: the whole consists of parts in relationship —Author

मिली थी। इन्होंने *'इण्डियन साइकोएनालिटक सोसाइटी'* (Indian Psychoanalytic Society) की स्थापना किया, जिसे 1924 में *'इन्टरनेशनल साइकोएनालिटिक सोसाइटी'* से सम्बन्धन (affiliation) प्राप्त हुआ। 1924 में ही *'इण्डियन साइकोलॉजिकल एशोसिएशन'* (Indian Psychological Association) की स्थापना की गयी। 1925 में इसके द्वारा एक जरनल प्रकाशित किया गया जिसका नाम *'इण्डियन जरनल ऑफ साइकोलॉजी'* (Indian Journal of Psychology) रखा गया। 1938 में कलकत्ता विश्वविद्यालय में मनोविज्ञान विभाग में एक अनुप्रयुक्त मनोविज्ञान (Applied Psychology) का शाखा भी खोला गया तथा सायंस कांग्रेस (Science Congress) में युंग (Jung), मेयर्स (Meyers) तथा स्पीयरमैन (Spearman) जैसे विश्वप्रसिद्ध मनोवैज्ञानिक को बुलाया भी गया। कलकत्ता विश्वविद्यालय द्वारा युंग को सम्मानी उपाधि (Honorary Degree) भी प्रदान की गयी। 1947 के पहले मैसूर विश्वविद्यालय 1924 में तथा पटना विश्वविद्यालय में 1946 में मनोविज्ञान विभाग की स्थापना की गयी। इस तरह से प्राक् स्वतंत्र भारत (pre-independent India) में पहला मनोविज्ञान विभाग कलकत्ता विश्वविद्यालय में और उसके बाद मैसूर विश्वविद्यालय में 1924 में और फिर 1946 में पटना विश्वविद्यालय में स्थापित हुआ हालांकि दर्शनशास्त्र (Philosophy) में मनोविज्ञान पाठ्यक्रम का पठन-पाठन लखनऊ में 1929, अलीगढ़ में 1932, पटना में 1934 तथा वाराणसी में 1938 से ही हुआ करता था। प्रोफेसर एम॰ भी॰ गोपाल स्वामी (M. V. Gopal Swami) जिन्होंने लंदन विश्वविद्यालय में प्रो॰ स्पीयरमैन से प्रशिक्षण प्राप्त किया था, मैसूर विश्वविद्यालय के मनोविज्ञान विभाग के अध्यक्ष बने। 1946 में पटना विश्वविद्यालय में मनोविज्ञान की पढ़ाई दो अलग-अलग विभाग में प्रारम्भ की गयी—प्रयोगात्मक मनोविज्ञान का विभाग (Department of Experimental Psychology) तथा अनुप्रयुक्त मनोविज्ञान का विभाग। प्रयोगात्मक मनोविज्ञान का विभाग स्नातकोत्तर मनोविज्ञान विभाग में अवस्थित हुआ तथा अनुप्रयुक्त मनोविज्ञान विभाग मनोवैज्ञानिक शोध एवं सेवा संस्थान में अवस्थित हुआ। प्रो॰ एम॰ जेड आब्दीन (Prof. M. Z. Abdin) इस स्नातकोत्तर मनोविज्ञान के प्रथम अध्यक्ष हुए। इस संस्थान में अनुप्रयुक्त मनोविज्ञान की पढ़ाई भी प्रारम्भ की गयी तथा साथ-ही-साथ निर्देशन (guidance) तथा परामर्श (counselling) सेवाएँ भी प्रारम्भ की गयी। कलकत्ता विश्वविद्यालय के प्रो॰ एन॰ पी॰ मैत्ती (Prof. H. P. Maiti) इस संस्थान के प्रथम निदेशक (Director) हुए तथा इस संस्थान का उद्घाटन स्वर्गीय पंडित जवाहर लाल नेहरू के कर कलमों द्वारा किया गया। 1950 में जब प्रो॰ गार्डनर मर्फी (Gardner Murphy) ने 'सामाजिक तनाव' (Social Tension) पर भारत सरकार के यूनेस्को सलाहकार (UNESCO Consultant) के रूप में कार्य कर रहे थे, तो इस मनोवैज्ञानिक शोध एवं सेवा संस्थान को ही शोध केन्द्र के रूप में चुने थे। 1960 के दशक के दौरान भारत में कई विश्वविद्यालय में मनोविज्ञान का विश्वविद्यालीय विभाग (University Department) की स्थापना की गई। विश्वविद्यालय के प्रांगण से हटकर मनोविज्ञान विभिन्न तरह के संस्थानों (Institute) जैसे प्रबंधन सस्थान (Management Institute), शिक्षा संस्थान (Institute of Education), रक्षा सेवा (Defence services) आदि में भी काफी लोकप्रिय हुआ और भारतीय मनोवैज्ञानिक की सक्रियता इसमें काफी अधिक रही है। भारत में मनोविज्ञान से सम्बन्धित महत्त्वपूर्ण घटनाओं को तालिका 1 A में देखा जा सकता है।

तालिका 1A : भारत में मनोविज्ञान से सम्बन्धित महत्त्वपूर्ण घटनाएँ

वर्ष (Year)	**घटनाएँ (Events)**
1905	सर वोजेन्द्र नाथ सील द्वारा प्रयोगात्मक मनोविज्ञान का पाठ्यक्रम तैयार किया गया तथा एक छोटा-सा मनोवैज्ञानिक प्रयोगशाला की स्थापना भी की गयी।
1916	कलकत्ता विश्वविद्यालय में मनोविज्ञान का सबसे पहला विभाग की स्थापना प्रो॰ एन॰ एन॰ सेनगुप्ता की अध्यक्षता में की गयी
1921	गिरिन्द्र शेखर बोस (Girinder Shekher Bose) द्वारा प्रसिद्ध पुस्तक **कनसेप्ट ऑफ रिप्रेसन** (Concept of Repression) प्रकाशित किया गया जिसकी प्रशंसा सिगमंड फ्रायड ने काफी की थी।
1922	इण्डियन सायंस कांग्रेस एसोसियेशन (Indian Science Congress Association) में मनोविज्ञान को सम्मिलित किया गया।
1925	इण्डियन साइकोलॉजिकल एसोसियेशन (Indian Psychological Association) की स्थापना की गयी।
1926	इण्डियन जनरल ऑफ साइकोलॉजी (Indian Journal of Psychology) का शुभारंभ।
1938	कलकत्ता विश्वविद्यालय में अनुप्रयुक्त मनोविज्ञान (Applied Psychology) की शाखा का शुभारभ।
1938	मायर्स (Myers), युंग (Jung) एवं स्पीयरमैन (Spearman) द्वारा इन्डियन सायंस कॉग्रेस (Indian Science Congress) में भाग लिया जाना।

1940 कलकत्ता में लुम्बिनी पार्क मानसिक आरोग्यशाला (Lumbini Park Mental Hospital) का शुभारंभ।

1945 रक्षा शोध (Defence Research) का मनोवैज्ञानिक विंग (Psychological Wing) की शुरुआत।

1946 मनोवैज्ञानिक शोध एवं सेवा संस्थान (Institute of Psychological Research and Service) का पटना विश्वविद्यालय में शुभारंभ।

1947 श्री अखिलानन्द द्वारा हिन्दू मनोविज्ञान (Hindu Psychology) का प्रकाशन।

1922 इन्डियन साइकोएनालिटिक सोसाइटी (Indian Psychoanalytic Society) की स्थापना कलकत्ता विश्वविद्यालय में की गयी।

1949 भारत के डिफेन्स सायंस ऑरगानाइजेशन (Defence Science Organization) के मनोवैज्ञानिक शोध विंग की स्थापना की गयी।

1955 *नेशनल इंस्टीच्यूट ऑफ मेन्टल हेल्थ एण्ड न्यूरोसायंस* (National Institute of Mental Health and Neuroscience or NIMHANS) का बंगलौर में स्थापना।

1962 राँची में मानसिक रोगों के अस्पताल की स्थापना की गयी।

1966 इन्डियन एकेडेमी ऑफ अपलायड साइकोलोजी (Indian Academy of Applied Psychology or IAAP) की स्थापना की गयी।

1969 प्रो॰ दुर्गानन्द सिन्हा द्वारा लिखित पुस्तक *'इंडियन भिलेजेज इन ट्रानजिसन'* (Indian Villages in Transition) प्रकाशित।

1972 भारत में मनोविज्ञान में पहला सर्वे शोध (First Survey of Research in India) प्रकाशित।

1968 प्रो॰ जे॰ पांडे द्वारा *साइकोलॉजी इन इण्डिया* (Psychology in India) तीन जिल्द (three volumes) में सम्पादित (edited) एवं प्रकाशित।

1968 *इन्डियन एशोसिएशन ऑफ किलिनिकल साइकोलोजी* (Indian Association of Clinical Psychology or IACP) की स्थापना किया गया।

1980 *इन्टरनेशनल एसोसिएशन फॉर क्रॉस-कल्चरल साइकोलोजी* (International Association for Cross-cultural Psychology or SACCP) का अन्तर्राष्ट्रीय काँग्रेस भुवनेश्वर में सम्पन्न।

1980-81 भारत में किये गये मनोवैज्ञानिक शोधों का दूसरा सर्वे (Survey) जिसे प्रो॰ उदय पारीख (Prof Udai Pareekh) ने संपादित किया था, प्रकाशित किया गया।

1982 DRDO दिल्ली के साइकोलोजिकल रिसर्च विंग (Psychological Research Wing) को एक सम्पूर्ण संस्थान बनाकर उसका नाम *डिफेंस इन्स्टीट्यूट ऑफ साइकोलोजिकल रिसर्च* (Defence Institute of Psychological Research or DIPR) रखा गया।

1982 *एसोसिएशन ऑफ जिरोन्टोलोजी इन्डिया* (Association of Gerontology India or AGI) का गठन।

1989 *नेशनल एकेडमी ऑफ साइकोलॉजी* (National Academy of Psychology or NAOP) की स्थापना।

1991 NCERT द्वारा मानसिक मापन (Mental Measurement) पर प्रथम पुस्तिका (Handbook) प्रकाशित।

1998 NCERT द्वारा मानसिक मापन पर द्वितीय पुस्तिका प्रकाशित।

1999 भारत सरकार द्वारा नेशनल पॉलिसी ऑन ओल्डर परसन्स (National Policy on older Persons or NPOP) की घोषणा।

2000 प्रो॰ जे॰ पांडे द्वारा *'साइकोलॉजी इन इन्डिया रिभिजिटेड'* (Psychology in India Revisited) तीन जिल्द (three volumes) में सम्पादित (edited) एवं प्रकाशित।

2005 आर्थिक व्यवहार (economic behaviour) में द्वन्द्व (conflicts) तथा सहयोग (cooperation) का बोध के लिए क्रीड़ा सिद्धान्त (Game theory) के उपयोग से संबंधित कार्य के लिए थोमास शेलिंग (Thomas Schelling) को नोबुल पुरस्कार (Nobel prize) से सम्मानित किया गया।

2009-11 प्रो॰ गिरिश्वर मिश्रा द्वारा *साइकोलोजी इन इन्डिया* (Psychology in India) चार जिल्द (three volumes) में सम्पादित एवं प्रकाशित।

मनोविज्ञान में आधुनिक संदर्श
(Modern Perspectives in Psychology)

आधुनिक काल में मनोविज्ञान का कोई स्कूल (school) नहीं है। प्रथम विश्वयुद्ध (First World War) तथा द्वितीय

विश्वयुद्ध (Second World War) के बीच मनोविज्ञान का विकास काफी तेजी से हुआ। इसका प्रभाव विशेषकर 1930 के बाद से यह हुआ कि मनोविज्ञान में स्कूल का महत्त्व धीरे-धीरे समाप्त होने लगा और मनोवैज्ञानिकों के बीच विशिष्टीकरण (specializaiton) के प्रति झुकाव बढ़ने लगा। स्कूल का महत्त्व धीरे-धीरे कम होने के कई कारण लोगो ने बतलाया हैं, जिसमें निम्नांकित प्रमुख है—

(i) प्रत्येक स्कूल का दृष्टिकोण मनोविज्ञान के प्रति संकीर्ण (narrow) था।

(ii) प्रत्येक स्कूल द्वारा यह कोशिश की जाती थी कि मनोविज्ञान के विषय-वस्तु (subject-matter) को एक खास सीमा में बाँधकर रखा जाय।

(iii) प्रत्येक स्कूल द्वारा मनोविज्ञान की कुछ सीमित अध्ययन विधियों द्वारा ही विषय-वस्तु का अध्ययन करने की कोशिश की जाती थी।

1930 के पहले जब मनोविज्ञान का कार्यक्षेत्र (scope) सीमित था, तब तो इसका विकास स्कूल की चहारदिवारी (boundary) के बीच अच्छा होता रहा। परन्तु जब उसके बाद मनोविज्ञान का कार्यक्षेत्र काफी विकसित हो गया तो किसी भी एक स्कूल के मनोवैज्ञानिकों के लिए उन सभी क्षेत्रों में कार्य करना सम्भव नहीं रह गया और इनके बीच विशिष्टीकरण (specialization) की प्रवृत्ति तीव्र हो जाने से यह कठिनाई और भी बढ़ गयी।

अब प्रश्न यह उठता है कि आधुनिक काल (modern period) में जब स्कूल नहीं रहा तो मनोविज्ञान के भिन्न-भिन्न क्षेत्रों में किस तरह का विकास (development) हो रहा है जिससे कि इसका महत्त्व दिनोंदिन काफी बढ़ रहा है? आजकल मनोविज्ञान का विकास विभिन्न मनोवैज्ञानिक संदर्शों (perspectives) में हो रहा है। प्रत्येक मनोवैज्ञानिक संदर्श में सामान्य या असामान्य व्यक्तियों के व्यवहार की व्याख्या के लिए एक विशेष दृष्टिकोण अपनाया जाता है। कोई भी मनोवैज्ञानिक कोई एक संदर्श तक बंधे नहीं रहते हैं। अधिकतर मनोवैज्ञानिक इन संदर्शों में कई संदर्श का उपयोग करके किसी विशेष व्यवहार या मनोवैज्ञानिक समस्या का अध्ययन करते हैं। दूसरे तरफ, कुछ मनोवैज्ञानिक एक विभिन्न दर्शनग्राही (eclectic) दृष्टिकोण अपनाकर व्यवहार की व्याख्या करते हैं। ऐसे प्रमुख मनोवैज्ञानिक संदर्श निम्नांकित हैं:—

(1) जैविक संदर्श (Biological perspective)

(2) मनोवैश्लेषिक संदर्श (Psychoanalytic perspective)

(3) व्यवहारपरक संदर्श (Behavioural perspective)

(4) संज्ञानात्मक संदर्श (Cognitive perspective)

(5) मानवतावादी संदर्श (Humanistic perspective)

(6) विकासवादी संदर्श (Evolutionary perspective)

(7) सामाजिक-सांस्कृतिक संदर्श (Socio-cultural perspective)

इन सभी मनोवैज्ञानिक संदर्शों का वर्णन निम्नांकित हैं—

(1) जैविक संदर्श *(Biological perspective)*—जैविक संदर्श में मुख्य रूप से इस बात पर बल डाला जाता है कि मानव व्यवहार का एक जैविक आधार (biological basis) होता है। इस संदर्श की शुरूआत की जड़ें (roots) देकार्ते (Descartes), हौब्बस (Hobbes) तथा डार्विन (Drawin) के विचारधाराओं में मिलता है। कुछ नैतिक एवं कुछ कार्यविधि (methodology) से सम्बन्धित कठिनाइयों के कारण इस संदर्श में मानव पर शोध न करके पशुओं पर अधिक किया जाता है। जो शोधकर्त्ता या सिद्धान्तवादी जैविक संदर्श को अपनाकर मानव व्यवहार एवं मानसिक प्रक्रियाओं की व्याख्या करते हैं, उन्हें दैहिक *या शारीरिकक्रिया मनोवैज्ञानिक* (physiological psychologist), *मनोजैवविज्ञानी* (psychobiologist) या न्यूरोमनोवैज्ञानिक (neropsychologist) कहा जाता है।

जैविक संदर्श में व्यवहार एवं मानसिक प्रक्रियाओं को समझने एवं उनकी व्याख्या करने में जैविक प्रक्रियाओं (biological processes) एवं आनुवंशिकता (heredity) की अहम् भूमिका बतलायी गयी है। सामान्य या असामान्य व्यक्तियों के चिंतन, संवेग एवं व्यवहार का अध्ययन करने के लिए जैव-उन्मुखी मनोवैज्ञानिक (biologically oriented psychologists) मस्तिष्क तथा केन्द्रीय तंत्रिकातंत्र की संरचनाओं, न्यूरोन्स के कार्यों, न्यूरोट्रासमीटर एवं हारमोन्स (hormones) के संतुलन तथा जीन्स एवं गुणसूत्र आदि का सघन अध्ययन करते हैं। जैसे, हमलोग यह भली-भाँति जानते हैं कि मस्तिष्क में विभिन्न न्यूरोट्रांसमीटर का जरूरत से ज्यादा या जरूरत से कम निकलने का सम्बन्ध प्रत्यक्ष रूप से विभिन्न मनोवैज्ञानिक रोगों जैसे मनोविदालिता (schizophrenia) तथा विषाद (depression) से होता है। औषध का उपयोग करके मस्तिष्क में जैवरसायन संतुलन बनाने की कोशिश की जाती है ताकि व्यक्ति को इन मानसिक बीमारियों से दूर जा सके। मेडिकल तकनीकी में सतत विकास होने से दैहिक मनोवैज्ञानिकों के उपर्युक्त प्रयासों में काफी सफलता हासिल हुई है। कार्लसन (Carlson, 1999) के अध्ययन के अनुसार आजकल मनोवैज्ञानिकों द्वारा मानव व्यवहार एवं मानसिक प्रक्रियाओं को समझने में इन जैविक आधारों की भूमिकाओं को काफी सराहा गया है।

(2) मनोवैश्लेषिक संदर्श *(Psychoanalytic perspective)*—मनोवैश्लेषिक संदर्श जिसे मनोगतिकी सदर्श (Psychodynamic perspective) भी कहा जाता हैं, का विकास सिगमंड फ्रायड (Sigmund Freud) के सिद्धान्तों से हुआ है। मनोवैश्लेषिक उपागम गत कई दशकों में नवफ्रायडवादी मनोवैज्ञानिकों के योगदानों के परिणामस्वरूप काफी परिवर्तित हो गया है। आजकल मनोवैश्लेषिक संदर्श में मानव व्यवहारों एवं मानसिक प्रक्रियाओं को समझने एवं व्याख्या करने में अचेतन अभिप्रेरक (unconscious motivation) तथा आरम्भिक वाल्यावस्था की अनुभूतियों पर काफी बल डाला जाता है। मानव का कोई भी व्यवहार अपने आप होता नहीं समझा जाता है बल्कि प्रत्येक व्यवहार चाहे वह भले ही अर्थहीन ही क्यों न लगे, का कारण अचेतन अभिप्रेरण माना गया है। वयस्कावस्था का निर्धारण भी वाल्यावस्था की अनुभूतियों में होता समझा जाता है। आजकल वैसे मनोवैज्ञानिक भी जो फ्रायड द्वारा प्रतिपादित व्यक्तित्व सिद्धांत एवं मानसिक विकृतियों की व्याख्या से असहमत है, इतना तो अवश्य ही स्वीकार करते हैं कि मानव व्यवहार प्रायः वैसी प्रवृत्तियों, बलों एवं प्रेरणाओं से प्रभावित होता है जो व्यक्ति के चेतन पहचान से परे होते हैं।

(3) व्यवहारपरक संदर्श *(Behavioural perspective)*—व्यवहारपरक संदर्श की शुरुआत वाटसन तथा स्कीन्नर आदि के योगदानों में मिलता है। व्यवहारपरक संदर्श में प्राणी के व्यवहार को अधिगम (learning), अनुभूति (experience) एवं पर्यावर्णी कारकों के द्वारा सुगठित (shape) किया जाता है। इस संदर्श की मान्यता यह है कि पर्यावर्णी कारकों से ही व्यवहार का सुगठन होता है। व्यवहार के कारणों को समझने के लिए मनोवैज्ञानिकों को इन पर्यावर्णी कारकों का विश्लेषण करना आवश्यक होता है और व्यवहार परिमार्जन (behaviour modification) के कार्यक्रम द्वारा समस्यात्मक व्यवहार को बदलने का प्रयास किया जाता है। वाटसन तथा स्कीन्नर दोनों ने प्राणी की आंतरिक अवस्थाओं (internal states) को व्यवहार का महत्त्वपूर्ण निर्धारक नहीं माना है। दूसरे शब्दों में यह कहा जा सकता है कि इन लोगों द्वारा उद्दीपक चर (stimulus variables) तथा अनुक्रिया चर (response variables) को ही महत्त्वपूर्ण बतलाया गया क्योंकि कि इन दोनों को मापना सम्भव है।

परंतु हाल के कुछ व्यवहारवादियों द्वारा व्यक्ति के आंतरिक अवस्थाओं जिन्हें प्राणी चर (organisimic variable) कहा जाता है, को भी व्यवहार का महत्त्वपूर्ण निर्धारक बतलाया गया और इस तरह से उद्दीपक चरों (stimulus variables) तथा अनुक्रिया चरों (response variables) के बीच आने वाला प्राणी चर (organismic variables) के महत्त्व को भी उजागर किया गया। इसे **S-O-R** सूत्र के नाम से सामान्यतः जाना जाता है। टालमैन (Tolman), हल (Hull) तथा स्पेंस (Spence) के विचारधाराओं में इन प्राणी चरों (organismic variables) के महत्त्व को दिखलाया गया है। जैसे, मान लिया जाए कि चूहा को स्कीन्नर बकस में बार-बार भोजन देकर लीभर दबाने की अनुक्रिया को सीखलाया जाता है। परंतु प्रश्न उठता है कि क्या पशु लीभर दवाने की अनुक्रिया को भूख नहीं रहने पर भी करेगा? शायद नहीं। इससे प्राणी चर (organismic variable) अर्थात् प्रणोद (drive) या भूख की भूमिका अपने आप स्पष्ट हो जाती है। हल्ल (Hull) ने ऐसी परिस्थिति से निबटने के लिए यह बतलाया है कि लीभर दबाने के बाद दिया गया पुनर्बलन की बारंबारता से एक प्राणी में आदत-शक्ति (habit strength) की उत्पत्ति होती है तथा कितने घंटों से प्राणी को भोजन से वंचित रखा गया है, द्वारा एक अन्य प्राणी चर अर्थात् प्रणोद (drive) की उत्पत्ति होती है। जब प्रणोद की तीव्रता अधिक होती है, तो वह आदत-शक्ति के साथ संयोजित हो जाता है और उससे फिर अन्य प्राणी चर (organismic variable) अर्थात् *उत्तेजन अंतःशक्ति* (excitatory potential) का जन्म होता है जिससे किसी प्रेक्षित व्यवहार (observed behaviour) की उत्पत्ति होती है।

मनोविज्ञान में किसी भी प्राणी चर से एक वैध अनुमान (valid inference) ज्ञात करने के लिए यह आवश्यक है कि उद्दीपक (stimulus) तथा अनुक्रिया (response) को अधिक-से-अधिक विस्तृत एवं वस्तुनिष्ठ ढंग से परिभाषित किया जाए। परिणामस्वरूप सभी मनोवैज्ञानिकों ने प्राणी चर को संक्रियात्मक ढंग से (operationally) परिभाषित करने की कोशिश किये हैं। इस परिभाषा में प्राणी चर को उन प्रयोगात्मक विधियों के रूप में परिभाषित किया जाता है जिनके माध्यम से उद्दीपक को परिभाषित किया जाता है तथा अनुक्रियाओं को मापा जाता है। हल्ल द्वारा प्रतिपादित सिद्धांत में भोजन वंचन को अवधि भूख प्रणोद (hunger drive) की संक्रियात्मक परिभाषा (operational definition) है। इस तरह से व्यवहारपरक संदर्श में पर्यावरणी कारकों अर्थात् उद्दीपक कारकों को तो व्यवहार का सबसे महत्त्वपूर्ण कारक माना गया है परंतु साथ-ही-साथ आंतरिक कारकों को पूर्णतः अस्वीकृत नहीं किया गया है। क्लासिकी व्यवहारवादियों जैसे वाटसन एवं स्कीन्नर ने आंतरिक कारकों को महत्त्वहीन परंतु आधुनिक व्यवहारवादियों जैसे टालमैन, हल्ल तथा स्पेंस (Spence) ने इन आंतरिक कारकों को भी महत्त्वपूर्ण माना है।

(4) संज्ञानात्मक संदर्श *(Cognitive perspective)*—संज्ञानात्मक संदर्श में मानसिक प्रक्रियाओं (mental processes) के अध्ययन पर सर्वाधिक बल डाला जाता है। इसमें मानव व्यवहार को समझने के लिए यह जानने की कोशिश की जाती है कि व्यवहार से पहले क्या हुआ तथा व्यवहार के बाद क्या हुआ। इस तरह संज्ञानात्मक संदर्श में व्यवहारपरक संदर्श द्वारा उपेक्षित पहलू अर्थात् मानसिक प्रक्रिया पर उसे सबसे महत्त्वपूर्ण समझकर उसपर ध्यान दिया जाता है। इस संदर्श में प्रमुख मान्यता यह होती है कि मात्र उद्दीपक (stimulus) से व्यवहार की उत्पत्ति नही होती है

बल्कि जब व्यक्ति के सामने उद्दीपक आता है, तो वह उस उद्दीपक को ठीक ढंग से प्रत्यक्षण करता है, याद करता है, उसे संगठित करता है, उसके बारे में सोचता है, विश्लेषित करता है, किसी निर्णय पर पहुँचता है और अंत में अनुक्रिया करता है। व्यवहार की सम्पूर्ण व्याख्या करने के लिए इस संदर्श में कुछ महत्त्वपूर्ण संज्ञानात्मक प्रक्रियाओं जैसे प्रत्यक्षण, चिंतन, स्मृति, भाषा तथा अन्य प्रक्रियाओं पर ध्यान देना आवश्यक समझा जाता है।

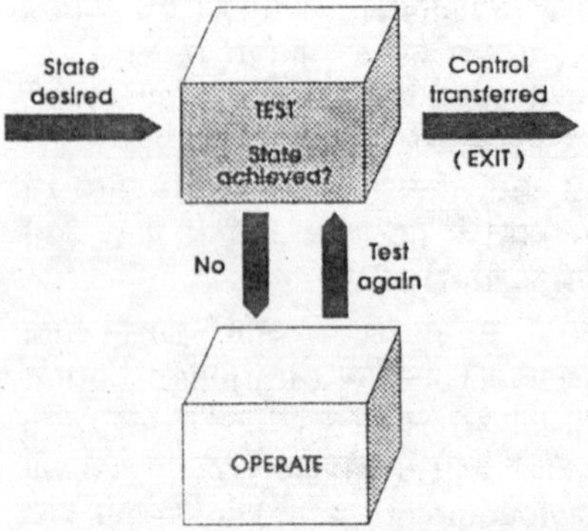

चित्र 1.3 : टीओटीई मॉडल (TOTE Model)

संज्ञानात्मक संदर्श में संज्ञानात्मक प्रक्रियाओं द्वारा जिस तरह से सूचनाओं को संसाधित किया जाता है, वह बहुत कुछ कम्प्यूटर (computer) द्वारा किये गये सूचना संसाधन (information processing) के सादृश्य होता है। वातावरण में उपस्थित अनिश्चितता को दूर करने के खयाल से व्यक्ति को एक सूचना संसाधक (information processor) के रूप में तथा पुनर्निवेशन (feadback) प्राप्त कर व्यवहार करने वाला एक प्राणी के रूप में व्याख्या करने के मानव व्यवहार का यह मॉडल संज्ञानात्मक संदर्श की एक प्रमुख विशेषता है। इस मॉडल को *टीओटीई मॉडल* (TOTE Model or Test-Operate-Test-Exit Model) कहा गया है जिसका प्रतिपादन मिल्लर, गैलेन्टर तथा प्रिब्राम (Miller, Galanter and Pribram, 1960) द्वारा किया गया। यह मॉडल वाटसन के अनुबंधित प्रतिवर्त (conditioned refex) को प्रतिस्थापित कर सकने में समर्थ हो सका। टीओटीई मॉडल को चित्र 1.3 में दिखलाया गया है। इस मॉडल की शुरूआत एक वांछित अवस्था (desired state) की प्राप्ति से होती है। जैसे, मान लिया जाए कि आपके आँख के पलक पर किसी चीज का एक छोटा-सा कण आ गिरता है जिसे आप तुरंत हटाना चाहेंगे। पहले यहाँ आप एक आरम्भिक जाँच (test) करके यह देखेंगे कि कण हटाये जाने की वांछित अवस्था सम्पन्न हो गयी है या नहीं। यदि ऐसा नहीं हुआ है, तो आप एक संक्रिया (operation) जैसे आँख का पलक को मटमटाना आदि प्रारम्भ करेंगे ताकि वांछित अवस्था की प्राप्ति हो जाए। इसके बाद पुनः एक दूसरी जाँच (test) की जायेगी ताकि यह निश्चित हो सके कि कण हट गया है। अगर कण हटाने की वांछित अवस्था की प्राप्ति हो गयी है तो फिर नियंत्रण (control) दूसरे तरफ या तंत्र की ओर चला जाता है और इस तरह से व्यक्ति का चिंतन अब उस ओर हटकर अन्यत्र हो जाता है।

संज्ञानात्मक संदर्श में चाहे जिस विषय (topic) का अध्ययन क्यों न किया जाए, व्यक्ति को मुख्यतः एक तर्कसंगठन निर्णयकर्त्ता (rational decision maker) ही समझा जाता है। यद्यपि यह भी सही है कि मानव तर्कणा (rationality) अपूर्ण होता है और इसमें कई तरह की त्रुटियाँ हो जातीं हैं, संज्ञानात्मक संदर्श हमेशा तर्कसंगत चिंतन (rational thought) के सिद्धांत या नियम पर ही बल डालकर मानव व्यवहार की व्याख्या करता है।

(5) मानवतावादी संदर्श *(Humanistic perspective)*—मानवतावादी संदर्श की उत्पत्ति अंशतः मनोविश्लेषण जिसे *प्रथम बल* (first force) कहा जाता है तथा अंशतः व्यवहारवाद जिसे *द्वितीय बल* (second force) कहा जाता है, के प्रति प्रतिक्रिया (reaction) का परिणाम माना गया है। मानवतावादी संदर्श में मनुष्यों के अपूर्वता (uniqueness) तथा उनके वर्द्धन, चयन एवं मनोवैज्ञानिक स्वास्थ्य की क्षमता पर बल डाला जाता है। इस संदर्श में मनुष्यों को एक उत्तम तथा अपने आप को उन्नत बनाने वाला प्राणी के रूप में देखा जाता है। यह संदर्श मनोवैश्लेषिक संदर्श के उस विचारधारा को अस्वीकृत कर देता है कि व्यक्ति का व्यवहार अपने आंतरिक द्वन्द्व (internal contlict) से निर्देशित होता है और वह अचेतन अभिप्रेरण के इशारे पर नाचता है। मानवतावादी संदर्श व्यवहारवादी संदर्श के उस विचारधारा को भी अस्वीकृत कर देता है कि व्यक्ति की अपनी कोई स्वतंत्र इच्छा नहीं होती है और उसके व्यवहार का निर्धारण वातावरण के सिर्फ उद्दीपकों (stimuli) द्वारा होता है।

मानवतावादी संदर्श जिसे सामान्यतः *तीसरा बल* (third force) कहा जाता है, में इस बात पर बल डाला जाता है कि मनुष्य मूलतः चेतन एवं सर्जनात्मक (creative) होता है तथा उसमें अपने को उन्नत बनाने की एक जन्मजात इच्छा होती है। मनोवैज्ञानिकों को प्रत्येक व्यक्ति के व्यवहार को अलग से एवं स्वतंत्र ढंग से अध्ययन करना चाहिए। इस संदर्श के प्रमुख समर्थक हैं—एब्राहम मैसलो (Abraham Maslow) तथा कार्ल रोजर्स (Carl Rogers)। इनलोगों का मत है कि मनुष्यों में आत्म-सिद्धि (self-actualization) की इच्छा होती है अर्थात् प्रत्येक व्यक्ति में अपनी अंतशक्ति (potential) को पहचानने की क्षमता होती है और वास्तविकता को समझकर व्यवहार करने की एक क्षमता जन्म से ही मौजूद होती है।

मैसलो ने फ्रायड द्वारा प्रस्तावित मानव अंतशक्तियों के निराशावादी दृष्टिकोण पर आपत्ति किया और कहा कि फ्रायड ने ऐसा दृष्टिकोण इसलिए अपनाया है क्योंकि उनके आंकड़े मात्र क्षुब्ध व्यक्तियों (disturbed people) से प्राप्त

किये गए थे। मैसलो द्वारा मानव प्रकृति के धनात्मक दृष्टिकोण पर अधिक बल डाला गया। उनका विश्वास था कि व्यक्ति में सचेत होकर तर्कसंगत पसंद (rational choices) करने की क्षमता होती है जिससे उसका वर्द्धन एवं मनोवैज्ञानिक स्वास्थ्य उत्तम होता है। उन्होंने अभिप्रेरण का एक सिद्धांत का भी प्रतिपादन किया जिसमें आवश्यकताओं का एक पदानुक्रम (hierarchy) होता है तथा जिसमें दैहिक आवश्यकताएँ पदानुक्रम के सबसे निचले स्तर पर तथा उसके ऊपर में सुरक्षा आवश्यकता (safety need), स्नेह आवश्यकता, सम्मान आवश्यकता (esteem need) और अंत में सबसे ऊपर आत्म-सिद्धि (self-actualization) की आवश्यकता होती है। मैसलो का मत है कि व्यक्ति में उच्चस्तरीय आवश्यकता की उत्पत्ति तब होती है जब उसके नीचे की आवश्यकताओं की पूर्ति हो चुकी होती है। नेहर (Neher, 1991) मैसलो के इस विचार से सहमत नहीं है और उन्होंने अपने एक अध्ययन में यह दिखला दिया है कि साधारण एवं गरीब परिवार के बहुत से लोग ऐसे भी होते हैं जिनकी निम्नस्तरीय आवश्यकता अर्थात् दैहिक एवं सुरक्षा आवश्यकताओं की पूर्ति नहीं होने पर भी उनका सामाजिक सम्बन्ध काफी मजबूत होता है और उनमें उच्चस्तरीय आवश्यकता जैसे आत्म-सम्मान (self-esteem) की आवश्यकता प्रबल होती है। फिर भी मैसलो ने यह स्पष्ट किया है कि प्रत्येक व्यक्ति में पदानुक्रम के सबसे उच्च स्तरीय आवश्यकता अर्थात् आत्म सिद्धि (self-actualization) की क्षमता होती है। अगर व्यक्ति अपना प्रयास अपने पसंद के क्षेत्र में लगाता है, तो वह निश्चित रूप से एक सर्जनात्मक जिंदगी (creative life) व्यतीत कर सकता है और एक आत्मसिद्ध व्यक्ति बन सकता है। ऐसे तो आत्म-सिद्ध व्यक्ति की कई विशेषताएँ होतीं हैं परंतु उनमें वास्तविकता को प्रत्यक्षण करने की उत्तम क्षमता, अपने एवं अन्य लोगों के साथ हास्य-व्यंग्य करने की क्षमता, सहनशीलता आदि काफी होता है। ऐसे लोग न तो विद्वेष दिखलाते हैं और न ही दूसरों की आलोचना करते हैं। ऐसे लोगों में पराकाष्ठा की अनुभूतियाँ (peaked experience) अधिक होतीं हैं जिसके दौरान उन्हें अपने भीतर गहरा अर्थ, सूझ एवं सामंजस्य दीखता है।

रोजर्स (Rogers) ने भी मानव प्रकृति को मूलतः उत्तम (good) होने का दावा किया है। अगर व्यक्ति को बिना किसी तरह के बाह्य वाधा पहुँचाए अपने आप विकसित होने के लिए छोड़ दिया जाता है तो वह बहुत खुश एवं मनोवैज्ञानिक रूप से स्वस्थ्य दीखता है। रोजर्स के अनुसार प्रत्येक व्यक्ति कुछ जन्मजात क्षमताओं के साथ इस दुनिया में जन्म लेता है। रोजर्स के अनुसर जिन्दगी का लक्ष्य इन जन्मजात क्षमताओं का पूर्णरूपेण विकास करना होता है। उन्होंने व्यक्ति के इस जैविक प्रयास को वस्तुवादी प्रकृति (actualizing tendency) कहा है। इस तरह की वस्तुवादी प्रवृत्ति सभी प्राणियों अर्थात् मनुष्यों एवं पशुओं दोनों में होता है। परंतु, जिन्दगी निर्वाह करने के दौरान मनुष्य अपने बारे में एक विशेष प्रतिमा (images) भी बनाता है जिसे *आत्म-सम्प्रत्यय* (self-concept) कहा जाता है। *आत्म-सम्प्रत्यय* से तात्पर्य व्यक्ति में इस ज्ञान से होता है कि वह क्या है और वह क्या करना चाहता है। जिस तरह से व्यक्ति अपने जैविक अभिप्रेरकों को पूरा करने का प्रयास करता है, उसी तरह से वह अपने आत्म-संप्रत्यय को भी पूरा करने की कोशिश करता है। रोजर्स ने इस विशेष प्रवृत्ति को आत्म-सिद्धि प्रवृत्ति (self-actualizing tendency) कहा है। रोजर्स के अनुसार जब व्यक्ति का आत्म-संप्रत्यय उसके आंतरिक क्षमताओं (inborn capacities) से काफी सुमेलित होता है, तो वह व्यक्ति एक *सम्पूर्णरूप से कार्यरत व्यक्ति* (fully functioning person) बन जाता है। ऐसे लोग आत्म-निर्देशित (self-directed) होते हैं। ऐसे लोग अपने लिए क्या किया जाए इसका निर्णय वे स्वयं लेते हैं। ऐसे लोग अपने प्रति एवं अन्य व्यक्तियों के प्रति एक खुला विचार रखते हैं। रोजर्स ने यह भी बतलाया है कि अगर व्यक्ति को शर्त्तहीन धनात्मक सम्मान (unconditional positive regard) देकर पाला-पोषा जाता है तो वह तेजी से एक सम्पूर्ण रूप से कार्यरत व्यक्ति बनने की दिशा में अग्रसर होता है।

जब व्यक्ति अपने जन्मजात अंतशक्ति को नहीं पहचान पाता है, तो वह सख्त, संकीर्ण एवं सुरक्षात्मक (defensive) प्रकृति का हो जाता है। वह चिंतित नजर आता है और सांवेगिक रूप से अस्थिर भी दीखता है। उसे घबड़ाहट होती है। ऐसी परिस्थिति में व्यक्ति को अपने आप से संतुष्टि भी नहीं होती है ऐसे लोगों को कभी-कभी यह भी पता नहीं होता है कि वे क्या है और वे क्या चाहते हैं।

मानवतावादी संदर्श के कुछ खामियाँ (demerits) भी हैं जो इस प्रकार हैं—

(i) मानवतावादी संदर्श का सबसे प्रमुख मान्यता कि प्रत्येक व्यक्ति में अपने जन्मजात अंतःशक्ति को पहचानने की पर्याप्त क्षमता होती है, एक कठिन नहीं तो निश्चित रूप से असम्भव मान्यता है जिसका वैज्ञानिक अध्ययन सम्भव नहीं है।

(ii) कुछ आलोचकों का कहना है कि मानवतावादी संदर्श में मानव प्रकृति (human nature) के बारे में जरूरत से ज्यादा आशावादी विचार दिखलाया गया है और मानव प्रकृति में जो बुरे तत्व होते हैं, उन्हें नजरअंदाज किया गया है।

(iii) कुछ आलोचकों का मत है कि मानवतावादी संदर्श में आत्म-केन्द्रिता, (self-conteredness), आत्मरति

(narcissism) तथा व्यक्तियों के उपलब्धियों के पश्चिमी मूल्यों को दिखाने में न कि सार्वजनिक मानवीय अंतःशक्तियों (universal human potential) को प्रतिबिम्बित करता है।

इन परिसीमाओं के बावजूद मानवतावादी संदर्श उन सभी मनोवैज्ञानिकों के लिए एक मुख्य प्रेरणा स्रोत है जो मानव प्रकृति को उसके अपूर्व परिप्रेक्ष्य में समझना चाहते हैं।

(6) विकासवादी संदर्श *(Evolutionary perspective)*—व्यवहारात्मक (behavioural) तथा मानसिक अनुकूलता (mental adaptiveness) ही इस संदर्श का आधार है। इस संदर्श की मुख्य मान्यता यह है कि मानव क्षमताएँ—मानसिक एवं दैहिक दोनों ही हजारों साल से गुजरकर आज व्यक्ति के अनुकूली उद्देश्यों को पूरा करने लायक बन सकी हैं। निसवेट्ट (Nisbett 1990) के अनुसार इस संदर्श में इस बात पर बल डाला जाता है कि विभिन्न तरह के पर्यावर्णी दबावों के होते हुए भी मनुष्य किस तरह से विकसित हुआ है और साथ-ही-साथ उन व्यवहारों को अनुकूलित किया है जो उन्हें जिंदा रहने के लिए आवश्यक है। ऐसे मनोवैज्ञानिकों द्वारा मूलतः यह अध्ययन किया जाता है कि मनुष्यों की जन्मजात प्रवृत्तियाँ एवं गुण व्यवहारों के विभिन्न परास (range) को किस तरह से प्रभावित करता है अर्थात् यह व्यवहार कि हमलोग अपने साथियों का चयन कैसे करते हैं, से लेकर हमलोग किस तरह का बौद्धिक विकास दिखलाते हैं तथा अपने ही प्रजाति के अन्य लोगों को हमलोग क्यों मदद करते हैं, का अध्ययन किया जाता है। अधिकतर विकासात्मक मनोवैज्ञानिकों का यह मत है कि व्यक्ति का जीन्स अकेले व्यक्ति का तकदीर का निर्धारण नहीं करता है। हमलोगों की जन्मजात प्रवृत्तियाँ किसी ठोस चीज में बंद नहीं होती हैं।

(7) सामाजिक-सांस्कृतिक संदर्श *(Socio-cultural perspective)*—इस संदर्श में मानव व्यवहार पर पड़ने वाले सामाजिक एवं सांस्कृतिक प्रभावों का अध्ययन किया जाता है तथा जब हम अन्य व्यक्तियों के व्यवहारों की व्याख्या करते हैं तो उनको समझने में उन प्रभावों के महत्त्व पर बल डाला जाता है। ऐसा प्रायः देखा गया है कि किसी अन्य संस्कृतिक में पले-बड़े व्यक्तियों के व्यवहारों एवं हाव-भाव को हम ठीक ढंग से नहीं समझ पाते हैं क्योंकि हम उनके सांस्कृतिक परिप्रेक्ष्य से भली-भाँति अवगत नहीं होते हैं। इससे सीधा अर्थ यही निकलता है कि किसी के व्यवहार को पूर्णतः समझने के लिए हमें उन सामाजिक-सांस्कृतिक कारकों को भी समझना होगा जिसमें व्यक्ति व्यवहार करता है।

स्पष्ट हुआ कि आधुनिक समय में मनोविज्ञान में कई तरह के संदर्शों (perspective) को विकसित किया गया है ताकि मानव व्यवहार को ठीक ढंग से समझा जा सके।

मनोविज्ञान का अन्य विज्ञानों से सम्बन्ध
(Relation of Psychology with other Sciences)

मनोविज्ञान व्यवहारपरक विज्ञान (behavioural science) का एक प्रमुख शास्त्र (discipline) है। अतः यह स्वाभाविक है कि इसका सम्बन्ध व्यवहारपरक विज्ञान के अन्य शास्त्रों (disciplines) से हों। व्यवहारपरक विज्ञान के अन्य दो शास्त्र हैं— समाजशास्त्र (sociology) तथा मानवशास्त्र (anthropology)। अतः मनोविज्ञान का इन दोनों के साथ सम्बन्धों पर विशेष रूप से प्रकाश डालेंगे।

1. मनोविज्ञान तथा समाजशास्त्र *(Psychology and Sociology)*—मनोविज्ञान का समाजशास्त्र से सीधा एवं प्रत्यक्ष सम्बन्ध वैज्ञानिकों द्वारा बतलाया गया है। समाजशास्त्र का अध्ययन मनोविज्ञान के लिए न केवल लाभदायक है बल्कि महत्त्वपूर्ण भी है। समाजशास्त्र को परिभाषित करते हुए यह सामान्यतः यह कहा जाता है कि समाजशास्त्र सामाजिक सम्बन्धों, उनके प्रकार, प्रारूप (forms) तथा जो कुछ भी उन्हें प्रभावित करता है तथा जिन्हें वे प्रभावित करते हैं, का वैज्ञानिक अध्ययन करता है। इस परिभाषा से यह स्पष्ट है कि समाजशास्त्र में अंतर वैयक्तिक सम्बन्ध (inter personal relationship), सामूहिक व्यवहार, सामाजिक संस्थाओं (social institutions) आदि का अध्ययन किया जाता है। मनोविज्ञान में मानव व्यवहार एवं मानसिक प्रक्रियाओं (mental processes) का अध्ययन किया जाता है। मनुष्य एक सामाजिक पशु (social animal) है और विभिन्न सामाजिक समूहों का सदस्य बनकर अपनी जिंदगी व्यतीत करता है। समाजशास्त्र जहाँ विभिन्न तरह के अन्वैयक्तिक सम्बन्धों का अध्ययन पर विशेष रूप से बल डाला जाता है, के तथ्य एवं अध्ययनों के परिणाम मानव व्यवहार एवं मानसिक प्रक्रियाओं को समझने में अभूतपूर्व मदद करते हैं। इस तरह से मनोविज्ञान का सम्बन्ध समाजशास्त्र से प्रत्यक्ष होता है।

मनोविज्ञान के अब तक 48 शाखाओं की पहचान सफलतापूर्वक की गयी है। इन शाखाओं में एक शाखा समाज मनोविज्ञान (social psychology) का है जिसमें मानव व्यवहार पर अंतर्वैयक्तिक सम्बन्धों के पड़ने वाले प्रभावों का अध्ययन किया जाता है। अतः मनोविज्ञान का यही शाखा अर्थात् समाज मनोविज्ञान, समाजशास्त्र से मनोविज्ञान को

नजदीक लाता है। इस बिंदु पर मोटवानी (Motwani, 1965) जो एक जाने-माने समाजशास्त्री हैं, बहुत ही सटीक टिप्पणी किये हैं जो इस प्रकार है— *''समाज मनोविज्ञान समाजशास्त्र तथा मनोविज्ञान के बीच एक कड़ी है।'' (Social Psychology is the link between Sociology and Psychology)*। मैकाइवर[1] (MacIver, 1975) ने अपनी प्रसिद्ध पुस्तक 'समाजशास्त्र' (Sociology) में बहुत ही स्पष्ट शब्दों में कहा है, ''समाजशास्त्र मनोविज्ञान को विशेष सहायता प्रदान करता है ठीक उसी प्रकार जिस प्रकार मनोविज्ञान समाजशास्त्र को विशेष सहायता प्रदान करता है।''

इतना होने के बावजूद भी समाजशास्त्र तथा मनोविज्ञान विशेषकर समाज मनोविज्ञान के दृष्टिकोणों में विभिन्नताएँ हैं—

(i) समाज मनोविज्ञानी (Social psychologist) की अभिरुचि वैयक्तिक व्यवहार (individual behaviour) के अध्ययन में होता है जबकि समाजशास्त्री का अध्ययन समूह व्यवहार (group behaviour) के अध्ययन में होता है।

(ii) समाजशास्त्र तथा समाज मनोविज्ञान के दृष्टिकोण में भी अंतर है। समाजशास्त्र में समाज का अध्ययन सम्मिलित सामुदायिक तत्त्वों (community elements) के खयाल से किया जाता है कि जबकि समाज मनोविज्ञान में सामाजिक व्यवहार का अध्ययन सम्मिलित मनोवैज्ञानिक कारकों के ख्याल से किया जाता है।

इन अंतरों के बावजूद समाजशास्त्र तथा मनोविज्ञान में बहुत ही घनिष्ठ सम्बन्ध है।

2. मनोविज्ञान एवं मानवशास्त्र *(Psychology and Anthropology)*—मानवशास्त्र जिसका अंग्रेजी रूपांतर Anthopology है, दो ग्रीक शब्दों अर्थात् एन्थ्रोपोस (Anthropos) तथा लोगोस (logos) से मिलकर बना है। 'एन्थ्रोपोस' से तात्पर्य आदमी तथा लोगोस तात्पर्य अध्ययन से होता है। दूसरे शब्दों में 'एन्थ्रोपोलौजी का अर्थ आदमी का अध्ययन करना होता है। मानवशास्त्र को तीन भागों में सामान्यतः बाँटा गया है— दैहिक मानवशास्त्र (Physical anthropology), सांस्कृतिक मानवशास्त्र (Cultural anthropology) तथा सामाजिक मानवशास्त्र (Social anthropology)। दैहिक मानवशास्त्र में पुरातन व्यक्तियों एवं उनके समकालीन तथ्यों का अध्ययन किया जाता है। सांस्कृतिक मानवशास्त्र में आरम्भिक मानवों तथा उनकी सांस्कृतिक पृष्ठभूमियों का विशेष रूप से गहन किया जाता है। सामाजिक मानवशास्त्र में पहले और वर्तमान मानव सम्बन्धों का अध्ययन किया जाता है। इस विभाजन से यह स्पष्ट है कि मानवशास्त्र में मानव एवं समयानुकूल विकसित होनेवाले संस्कृतियों का अध्ययन किया जाता है। मानवशास्त्र में सामान्यतः सामूहिक व्यवहार (group behaviour) के अध्ययन पर बल डाला जाता है। मनोविज्ञान में वैयक्तिक व्यवहार (individual behaviour) के अध्ययन पर बल डाला जाता है।

वैसे वैज्ञानिक जो मानव व्यवहार के अध्ययन में अभिरुचि रखते हैं, के लिए मानवशास्त्र एक अत्यन्त ही महत्त्वपूर्ण क्षेत्र है। इसका एक प्रधान कारण यह है कि मानवशास्त्र के अध्ययन से मानव व्यवहार को सही ढंग से समझने एवं अध्ययन करने की दिशा में एक महत्त्वपूर्ण बाधा जो 'आत्मकेन्द्रितावाद' (ethnocentricism) से उत्पन्न होता है, दूर हो जाता है। आत्म-केन्द्रितावाद का शाब्दिक अर्थ किसी एक विशिष्ठ संस्कृति पर ही ध्यान केन्द्रित करना होता है। जब व्यक्ति किसी एक संस्कृति में समाजीकृत होता है, तो उस संस्कृति के मूल्य, प्रेरणा, आकांक्षाएँ तथा अन्य विशेषताओं द्वारा अन्य संस्कृति में पले-बड़े व्यक्तियों के बारे में लिया गया निर्णय प्रभावित होता है। जैसे, हम भारतीय को यदि किसी जापानी व्यक्ति के व्यवहार का अध्ययन करना पड़े, तो हम अपनी सांस्कृतिक के मूल्यों एवं मानकों के ही अनुरूप उसकी व्याख्या करेंगे जिससे त्रुटि होने की सम्भावना काफी अधिक है। मानवशास्त्र आत्मकेन्द्रिता से उत्पन्न होने वाले ऐसी कठिनाइयों को दूर करता है ताकि संतोषजनक स्तर तक दूसरे संस्कृति वाले लोगों के व्यवहारों का वस्तुनिष्ठ ढंग से अध्ययन किया जा सके।

मनोविज्ञान के लिए मानवशास्त्र का एक सटीक एवं महत्त्वपूर्ण पाठ यह है कि एक संस्कृति से दूसरे संस्कृति में मानव व्यवहार में काफी विभिन्नताएँ होती हैं। गत 100 वर्षों में संसार के विभिन्न क्षेत्रों से प्राप्त किये गए सबूतों से यह स्पष्ट हुआ है कि व्यक्ति का व्यवहार मूलतः उस संस्कृति से निर्देशित एवं नियंत्रित होता है जिसमें वह रहता है तथा तरह-तरह के अन्तर्वैयक्तिक सम्बन्ध दिखलाता है।

उपर्युक्त तथ्यों को ध्यान में देखते हुए यह कहा जा सकता है कि मानवशास्त्र तथा मनोविज्ञान का सम्बन्ध पारस्परिक रूप से गहरा है जिससे मानव व्यवहार तथा उनपर पड़ने वाले सांस्कृतिक प्रभावों का अध्ययन सफलतापूर्वक किया जाता है।

1. "Sociology in special gives aid to Psychology, just as Psychology gives special aid to Sociology".

—MacIver : *Sociology,* 1975.

मनोविज्ञान के लक्ष्य
(Goals of Psychology)

जैसा कि हम जानते हैं, मनोविज्ञान मानव एवं पशु के व्यवहार एवं संज्ञानात्मक प्रक्रियाओं का वैज्ञानिक अध्ययन करता है। ऐसे अध्ययन के पीछे उसके कुछ छिपे लक्ष्य (goals) होते हैं। मनोविज्ञान के मुख्य लक्ष्य निम्नांकित तीन हैं—

(i) मापन एवं वर्णन (Measurement and description)

(ii) पूर्वानुमान एवं नियंत्रण (Prediction and Control)

(iii) व्याख्या (Explanation)

इन तीनों लक्ष्यों का वर्णन निम्नांकित हैं—

(i) मापन एवं वर्णन *(Measurement and description)*—मनोविज्ञान का सबसे प्रथम लक्ष्य प्राणी के व्यवहार एवं संज्ञानात्मक प्रक्रियाओं का वर्णन करना तथा फिर उसे मापन करना होता है। प्रमुख मनोवैज्ञानिक प्रक्रियाओं जैसे— चिंता, सीखना, मनोवृत्ति, क्षमता, बुद्धि आदि का वर्णन करने के लिए पहले उसे मापना आवश्यक होता है। इसे मापने के लिए कई तरह के परीक्षण (test) की आवश्यकता होती है। इसलिए मनोविज्ञान का एक मुख्य लक्ष्य मनोवैज्ञानिक प्रक्रियाओं को मापने के लिए परीक्षण या विशेष प्रविधि का विकास करना है। किसी भी मनोवैज्ञानिक परीक्षण या प्रविधि में कम-से-कम दो गुणों का होना अनिवार्य है— विश्वसनीयता (reliability) तथा वैधता (validity)। विश्वसनीयता से तात्पर्य इस बात से होता है कि बार-बार मापने से व्यक्ति का प्राप्तांक में कोई परिवर्तन नहीं आता है। जैसे— यदि कोई बुद्धि परीक्षण एक ही व्यक्ति पर क्रियान्वयन करने पर एक समय में उच्च प्राप्तांक तथा दूसरे समय में निम्न प्राप्तांक देता है, तो इसे विश्वसनीय नहीं माना जायेगा। परंतु विश्वसनीयता ही काफी नहीं है। परीक्षण में वैधता (validity) का भी गुण होना चाहिए। वैधता से तात्पर्य इस बात से होता है कि परीक्षण वही माप रहा है जिसे मापने के लिए उसे बनाया गया है। जैसे— यदि कोई व्यक्ति एक फीता लगाकर व्यक्ति के सिर की परिधि को मापकर उसकी बुद्धि-लब्धि को मापता है, और प्रत्येक बार ऐसा करने पर उसे एक ही प्राप्तांक आता है (अर्थात विश्वसनीयता है) परंतु उसमें वैधता (validity) नहीं होगी क्योंकि मापने की प्रविधि अर्थात फीता का बुद्धि मापन से कोई सम्बन्ध नहीं है। हाँ, यदि इसका मापन कोई उत्तम बुद्धि परीक्षण से किया जाता, तो इसमें वैधता होती।

मापने के बाद मनोवैज्ञानिक उस व्यवहार का वर्णन करते हैं। जैसे— बुद्धि परीक्षण द्वारा बुद्धि मापने पर यदि किसी व्यक्ति का बुद्धि लब्धि (intelligence quotient) 130 आता है तो मनोवैज्ञानिक यह समझते हैं कि व्यक्ति तीव्र बुद्धि का है और वह विभिन्न परिस्थितियों में बुद्धिमत्तापूर्ण व्यवहार (intelligent behaviour) कर सकता है।

(ii) पूर्वानुमान एवं नियंत्रण *(Prediction and Control)*—मनोविज्ञान का दूसरा लक्ष्य व्यवहार के बारे में पूर्वकथन करने से होता है ताकि उसे ठीक ढंग से नियंत्रित किया जा सके। जहाँ तक पूर्वकथन का सवाल है, इसमें सफलता, मापन (measurement) की सफलता पर निर्भर करता है। सामान्यतः मनोवैज्ञानिक गत व्यवहार के मापन के आधार पर ही यह पूर्वकथन करते हैं कि व्यक्ति अमुक परिस्थिति में क्या कर सकता है तथा कैसे कर सकता है? जैसे— अगर हम किसी छात्र के सामान्य बौद्धिक स्तर का मापन करके उसके बारे में सही-सही जान लें तो हम स्कूल में उसके निष्पादन (performance) के बारे में पूर्वकथन आसानी से कर सकते हैं। उसी तरह के किसी व्यक्ति की अभिक्षमता (aptitude) को मापकर मनोवैज्ञानिक यह पूर्वकथन करते हैं कि व्यक्ति को किस काम में लगाया जा सकता है ताकि उसे अधिक-से-अधिक सफलता मिल सके। कुछ मनोवैज्ञानिक मानव व्यवहार के बारे में पूर्वकथन करने के लिए क्षमता (ability), अभिक्षमता (aptitude) के अलावा अभिरुचि (interest) का भी मापन किये हैं। व्यक्ति की अभिरुचि को मापकर मनोवैज्ञानिक यह पूर्वानुमान लगाते हैं कि व्यक्ति को किस तरह के कार्य (job) में लगाना उत्तम होगा ताकि उसे अधिक-से-अधिक सफलता प्राप्त हो सके।

सचमुच में पूर्वकथन तथा नियंत्रण साथ-साथ चलता है और मनोवैज्ञानिक जब भी किसी व्यवहार के बारे में पूर्वकथन करता है तो उसका उद्देश्य उस व्यवहार को नियंत्रित भी करना होता है। जैसे— मनश्चिकित्सक (psychotherapist) रोगी के व्यवहार को नियंत्रित तथा परिवर्तित इसलिए करते हैं कि उसके बारे में एक पूर्वानुमान लगाया जा सके; एक औद्योगिक मनोवैज्ञानिक अपने कर्मचारियों के व्यवहार को इसलिए नियंत्रित करते हैं कि उसके बारे में वे सही-सही

पूर्वानुमान लगा सके। स्पष्ट हुआ कि पूर्वकथन एवं नियंत्रण का कार्य मनोवैज्ञानिक साथ-साथ करते हैं।

(iii) व्याख्या *(Explanation)*—मनोविज्ञान का अंतिम लक्ष्य मानव व्यवहार की व्याख्या करना होता है। व्यवहार की व्याख्या करने के लिए मनोवैज्ञानिक कुछ सिद्धान्त (theories) का निर्माण करते हैं ताकि उनकी व्याख्या वैज्ञानिक ढंग से की जा सके। ऐसे सिद्धान्त ज्ञात स्रोतों से तथ्यों को संगठित करते हैं और मनोवैज्ञानिक को उस परिस्थिति में तर्कसंगत अनुमान लगाने में मदद करते हैं जहाँ वे सही उत्तर नहीं जान पाते हैं। कुछ लोगों का मत है कि मानव व्यवहार की व्याख्या करना मनोविज्ञान का सबसे अव्वल लक्ष्य है क्योंकि जबतक मनोवैज्ञानिक यह नहीं बतला पाते हैं कि व्यक्ति अमुक व्यवहार क्यों कर रहा है, अमुक मापन प्रविधि क्यों काम कर रहा है तो वे सही-सही न तो उस व्यवहार के बारे में पूर्वकथन ही कर सकते हैं और न ही उसका ठीक ढंग से नियंत्रण ही सम्भव है।

स्पष्ट हुआ कि मनोविज्ञान के तीन लक्ष्य हैं और ये तीनों लक्ष्य एक-दूसरे से सम्बन्धित हैं। जबतक किसी व्यवहार का ठीक ढंग से मापन तथा वर्णन नहीं होता है, हम उसके बारे में कोई उत्तम पूर्वकथन (prediction) नहीं कर सकते हैं ओर न ही उसका नियंत्रण ही सम्भव है। अगर हम किसी तरह ऐसे व्यवहार के बारे में पूर्वकथन कर भी दें, तो उसकी वैज्ञानिक व्याख्या अर्थात किसी सिद्धान्त के तहत उसकी व्याख्या हम नहीं कर पायेंगे।

मनोविज्ञान की विधियाँ
(Methods of Psychology)

मनोविज्ञान में व्यक्ति के व्यवहार एवं मानसिक प्रक्रियाओं को अध्ययन करने के लिए कई तरह की विधियों को अपनाया जाता है जिसमें निम्नांकित प्रमुख हैं—

1. अन्तर्निरीक्षण विधि या आत्मगत प्रेक्षण विधि (Introspection method or Method of subjective observation)
2. प्रेक्षण विधि (Observation method)
3. प्रयोगात्मक विधि (Experimental method)
4. सर्वे विधि (Survey method)
5. प्रश्नावली विधि (Questionnaire method)
6. साक्षात्कार विधि (Interview method)
7. नैदानिक या केस अध्ययन विधि (Clinical or Case study method)
8. क्षेत्र अध्ययन विधि (Field study method)

इन सभी विधियों का वर्णन निम्नांकित है—

अन्तर्निरीक्षण विधि या आत्मगत प्रेक्षण विधि
(Introspection method or Method of Subjective Observation)

अन्तर्निरीक्षण का अर्थ होता है अन्तस् या अन्दर का निरीक्षण। दूसरे शब्दों में, जब कोई व्यक्ति अपने भीतर की अनुभूतियों का स्वयं निरीक्षण करता है तो इसे अन्तर्निरीक्षण कहा जाता है। इस विधि का प्रतिपादन विल्हेल्म वुण्ट (Wilhelm Wundt) तथा उनके शिष्य टिचेनर (Titchener) ने जिन्होंने संरचनावाद (Structuralism) नामक स्कूल की स्थापना की, द्वारा किया गया। इन लोगों ने मनोविज्ञान को चेतन अनुभूति (conscious experience) का विज्ञान कहकर परिभाषित किया था और बतलाया था कि चेतन अनुभूतियों (conscious experiences) को अध्ययन करने का विधि सिर्फ अन्तर्निरीक्षण ही है। इन लोगों ने चेतन अनुभूति के तीन तत्त्व (elements) बतलाएँ हैं जो इस प्रकार है— *संवेदन* (sensation), *भाव* (feeling) तथा *प्रतिमा* (image)। यदि कोई व्यक्ति अपने चेतन अनुभूति का वर्णन इन तत्त्वों (elements) के रूप में करता है तो इस तरह का वर्णन निश्चित रूप से अन्तर्निरीक्षण कहलायेगा। एक उदाहरण लीजिए— मान लीजिए कि कोई व्यक्ति एक मृत युवक को सड़क पर पड़ा देखता है। इसे देखकर उसके चेतन अनुभूति (conscious experience) में कुछ खास-खास बातें आती हैं जिसका वर्णन वह स्वयं ही इस प्रकार करता है—

''मृत युवक के शरीर को देखकर उसे बहुत ही दुःख हुआ और ठीक इस तरह की एक घटना कल मेरे घर के सामने घटी थी जिसमें इसी उम्र के एक व्यक्ति को किसी ने मार कर फेंक दिया था।''

ऊपर किया गया वर्णन अन्तर्निरीक्षण का एक अच्छा उदाहरण है क्योंकि इसमें हम पाते हैं कि व्यक्ति ने अपने चेतन अनुभूति (conscious experiences) में तीनों तत्त्वों का समावेश किया है। मृत युवक के शरीर को देखना एक दृष्टि (visual) संवेदन का उदाहरण है। मृत शरीर को देखने से व्यक्ति में दुःख का भाव (feeling) उत्पन्न हुआ। मृत शरीर को देखकर व्यक्ति के मन में एक खास प्रतिमा (image) अर्थात् पिछले दिन की घटना जिसमें समान उम्र के युवक का मृत शरीर की याद आना शामिल है, उत्पन्न होती है। इस तरह से स्पष्ट है कि जब व्यक्ति अपने चेतन अनुभूतियों (conscious experience) का वर्णन इस प्रकार करता है कि उसमें एक खास संवेदन, भाव एवं प्रतिमा सम्मिलित होता है, तो उसे हम अन्तर्निरीक्षण (introspection) की संज्ञा देते हैं।

कभी-कभी देखा गया है कि व्यक्ति अपने चेतन अनुभूतियों का निरीक्षण न करके कुछ बाहरी तथ्यों (facts) का निरीक्षण कर उसके बारे में बतलाता है। इस तरह की प्रक्रिया को आत्मनिरीक्षण (self-observation) कहा जाता है न कि अन्तर्निरीक्षण (introspection) क्योंकि इसमें व्यक्ति अपने चेतन अनुभूति के संवेदन, भाव एवं प्रतिमा आदि का वर्णन नहीं करता है। एक उदाहरण लीजिए— जब कोई व्यक्ति अपने सिर के बाल को देखकर कहता है कि उसके अधिकतर बाल उजले हो गये हैं तो यह मात्र आत्मनिरीक्षण (self-observation) का उदाहरण होगा अन्तर्निरीक्षण (introspection) का नहीं। हाँ, यदि वह यह कहता है कि इस तरह के उजले बाल देखकर उसे काफी दुःख होता है तथा साथ-ही-साथ उसे अपने दादा जी के सिर का बाल याद आने लगता है, तो यह निश्चित रूप से अन्तर्निरीक्षण (introspection) का उदाहरण होगा। इसका मतलब यह हुआ कि किसी आत्मनिरीक्षण को अन्तर्निरीक्षण कहलाने के लिए उसमें चेतन अनुभूतियों का वर्णन निश्चित रूप से शामिल होना चाहिए।

टिचेनर (Titchener, 1890) के अनुसार अन्तर्निरीक्षण विधि (introspection method) की सफलता निम्नांकित बातों पर निर्भर करती है:—

(i) अन्तर्निरीक्षण करने वाले व्यक्ति में किसी प्रकार का पूर्वाग्रह (prejudice) तथा पक्षपात (bias) की भावना न हो।

(ii) अन्तर्निरीक्षण करने वाला व्यक्ति को अपने ध्यान या अवधान (attention) की प्रक्रिया पर पूर्ण नियंत्रण हो।

(iii) अन्तर्निरीक्षण करने वाला व्यक्ति शारीरिक एवं मानसिक रूप से तरोताजा (fresh) हो। उसमें थकान (fatigue) तथा मानसिक उब (monotony) आदि की भाव न हो।

(iv) अन्तर्निरीक्षण करने वाले व्यक्ति को अन्तर्निरीक्षण की प्रक्रिया में अभिरुचि (interest) हो तथा उसकी चित्तप्रकृति (temperament) शांत हो।

गुण *(Merits)*

अन्तर्निरीक्षण विधि के प्रमुख गुण (merits) निम्नांकित हैं—

(i) अन्तर्निरीक्षण विधि द्वारा व्यक्ति की मानसिक प्रक्रियाओं जैसे— उसकी इच्छाओं, भावों का अध्ययन एवं विश्लेषण ठीक ढंग से हो पाता है। कुछ मानसिक समस्याएँ ऐसी होतीं हैं जिन्हें सिर्फ अन्तर्निरीक्षण विधि द्वारा ही अध्ययन किया जा सकता है। जैसे— यदि कोई अध्ययनकर्त्ता यह देखना चाहता है कि चिन्तन की प्रक्रियाओं में मानसिक प्रतिमाओं (mental images) का हाथ है या नहीं तो इसका अध्ययन अन्तर्निरीक्षण विधि द्वारा ही ठीक ढंग से हो सकता है।

(ii) अन्तर्निरीक्षण विधि एक तरह का आत्म-निरीक्षण (self-observation) है। यदि हम आत्मर्निरीक्षण निष्पक्ष एवं बिना किसी दबाव के करते हैं तो मानसिक प्रक्रियाओं के बारे में वैज्ञानिक निष्कर्ष पर पहुँचने के लिए इससे बढ़कर और कोई दूसरी विधि नहीं हो सकती है।

(iii) अन्तर्निरीक्षण विधि मनोविज्ञान की सबसे पहली तथा पुरानी विधि है। इस विधि के सहारे ही मनोवैज्ञानिक चेतन अनुभूतियों (conscious experience) का अध्ययन कर मनोविज्ञान को दर्शनशास्त्र से अलग कर एक प्रयोगात्मक (experimental) रूप दे पाये। अतः यह कहा जा सकता है कि अन्तर्निरीक्षण विधि एक ऐसी विधि है जिसके सहारे मनोविज्ञान को एक प्रयोगात्मक स्तर (experiemental status) मिल पाया है।

दोष (*Demerits*)

अन्तर्निरीक्षण विधि के कुछ दोष (demerits) भी हैं। इसके प्रमुख दोष (demerits) निम्नांकित हैं—

(i) मनोवैज्ञानिकों ने अन्तर्निरीक्षण विधि का सबसे बड़ा दोष यह बतलाया है कि यह विधि व्यक्तिगत (personal) तथा आत्मनिष्ठ (subjective) होता है। व्यक्ति अन्तर्निरीक्षण करके जो भी कह रहा है, उसे मानना ही है। ऐसा भी सम्भव है कि उसे अनुभूति कुछ हो रहा है और वह कह कुछ और ही रहा है। उदाहरणार्थ, किसी कुत्ता को देखकर मान लीजिए कि व्यक्ति में दुःखद अनुभूतियाँ उत्पन्न हो रहीं हैं परन्तु वह इसे न बताकर यह कह सकता है कि इस कुत्ता को देखकर मुझे काफी सुखद अनुभव एवं यादें आ रही हैं। इस तरह से स्पष्ट है कि अन्तर्निरीक्षण विधि में आत्मनिष्ठता (subjectivity) की गुंजाइश काफी है। इससे इस विधि की सार्थकता तथा वैधता (validity) कम हो जाती है।

(ii) व्यक्ति जब अपने चेतन अनुभूतियों का अन्तर्निरीक्षण करना शुरू करता है तो ऐसा देखा गया है कि धीरे-धीरे अनुभूतियाँ अपने आप ही परिवर्तित होना शुरू हो जाती है। फलतः उनका अन्तर्निरीक्षण ठीक ढंग से नहीं हो पाता है। उदाहरणस्वरूप, मान लीजिए कि आप बहुत क्रोधित हो गये हैं। इस क्रोध की अवस्था में उत्पन्न मानसिक अनुभूतियों का यदि आप अन्तर्निरीक्षण करना प्रारम्भ कर देते हैं तो सम्भव है कि क्रोध ही समाप्त हो जाय और फिर आप कुछ भी अन्तर्निरीक्षण नहीं कर पाएँगे। कुछ मनोवैज्ञानिकों ने इस तरह के दोष को हटाने के लिए यह कहा है कि मानसिक अनुभूतियों का अन्तर्निरीक्षण किसी विशेष मानसिक स्थिति के दौरान न करके उसके समाप्ति के तुरंत बाद करना चाहिए। जैसे— क्रोध की अवस्था में होने वाले अनुभूतियों का आत्मनिरीक्षण क्रोध की अवस्था के समाप्त होने के तुरंत बाद कर लेनी चाहिए। इस तरह की प्रक्रिया को मनोवैज्ञानिक ने अनुदर्शन (retrospection) की संज्ञा दी है। यद्यपि अनुदर्शन (retrospection) द्वारा अन्तर्निरीक्षण विधि का यह दोष कुछ हद तक कम हो जाता है, परन्तु अनुदर्शन कुछ समय बाद यदि किसी कारण से किया जाता है तो इससे भी कोई सार्थक परिणाम नहीं निकल पाता है।

(iii) कुछ अनुभूतियाँ स्वभाव से ऐसी होतीं हैं जिनका अध्ययन अन्तर्निरीक्षण विधि द्वारा करना सम्भव नहीं होता है क्योंकि व्यक्ति इन अनुभूतियों से अवगत तो रहता है, परंतु उसकी अभिव्यक्ति भाषा के रूप में नहीं कर सकता है। जैसे— यदि किसी व्यक्ति से मूली खाते समय उसके स्वाद की अनुभूतियों को बतलाने के लिए कहा जाय, तो उन अनुभूतियों का वर्णन वह किन शब्दों में करेगा, यह कहना मुश्किल है। सम्भव है कि वह उसकी अभिव्यक्ति उचित ढंग से कर ही न पाये। कुछ मनोवैज्ञानिकों ने इस तरह के दोष को अन्तर्निरीक्षण विधि का दोष न मानकर भाषा का दोष माना है। सच्चाई यह है कि इसमें भाषा का दोष तो है ही परन्तु इस विधि का भी दोष है। कोई भी विधि उस समय वैज्ञानिक न रहकर अवैज्ञानिक हो जाती है जब वह भाषा-सम्बन्धी दोष से ग्रसित हो जाती है। इसका मतलब तब यह हुआ कि अन्तर्निरीक्षण विधि वैज्ञानिक नहीं है।

(iv) अन्तर्निरीक्षण विधि का प्रयोग पशु, पक्षियों, छोटे-छोटे बालकों एवं पागलों आदि पर नहीं किया जा सकता है क्योंकि वे किसी भी परिस्थिति में अपनी चेतन अनुभूतियों का अध्ययन कर उसकी अभिव्यक्ति भाषा द्वारा ठीक से नहीं कर सकते हैं।

(v) अन्तर्निरीक्षण विधि में अनुभव करने वाला तथा अनुभूतियों का निरीक्षण करनेवाला व्यक्ति एक ही होता है। अतः एक ही व्यक्ति को दोहरा कार्य करना पड़ता है। इस तरह का दोहरा कार्य सभी व्यक्ति ठीक ढंग से सभी तरह की मानसिक प्रक्रियाओं के अध्ययन में नहीं कर सकते हैं। कुछ लोग यदि ऐसा कर भी लेते हैं तो वह वैज्ञानिक दृष्टिकोण से उचित नहीं हो पाता है क्योंकि कुछ ऐसी मानसिक प्रक्रियाएँ हैं जिन्हें व्यक्ति चाहकर भी ठीक ढंग से अनुभव एवं निरीक्षण साथ-साथ नहीं कर सकता है।

(vi) कुछ मनोवैज्ञानिकों का कहना है कि अन्तर्निरीक्षण विधि का प्रयोग हर परिस्थिति में सम्भव नहीं है। जैसे— जब व्यक्ति लापरवाह, मस्तमौला तथा मानसिक रूप से अधिक चंचल होता है, तो वह अपनी मानसिक प्रक्रियाओं यानी अनुभूतियों का अध्ययन ठीक ढंग से नहीं कर पायेगा। फलतः अन्तर्निरीक्षण विधि का प्रयोग यहाँ उचित नहीं होगा।

इस तरह से हम देखते हैं कि अन्तर्निरीक्षण विधि के दोष तथा गुण दोनों ही हैं। इन गुणों एवं दोषों को ध्यान में रखते हुए यह कहा जा सकता है कि अन्तर्निरीक्षण विधि को मनोविज्ञान की विधि के रूप में पूर्णरूपेण अस्वीकृत नहीं किया जा सकता है। यही कारण है कि आज भी इस विधि का उपयोग प्रयोगात्मक विधि (experimental method) के पूरक (supplement) के रूप में किया जाता है।

प्रेक्षण विधि
(Observation Method)

प्रेक्षण विधि मनोविज्ञान की दूसरी प्रमुख विधि है। सन् 1913 में जब वाटसन (Watson) ने व्यवहारवाद (Behaviourism) की स्थापना किया तो मनोविज्ञान को नये ढंग से परिभाषित करते हुए यह कहा गया कि मनोविज्ञान व्यवहार का विज्ञान है जिसका अध्ययन विधि अन्तर्निरीक्षण (introspection) न होकर प्रेक्षण विधि (observation method) है। तभी से प्रेक्षण विधि का जन्म हुआ और आज भी यह विधि मनोवैज्ञानिक अध्ययनों का एक प्रमुख विधि बना हुआ है।

इस विधि में अध्ययनकर्त्ता प्राणी या जीव के व्यवहारों को निष्पक्ष भाव से प्रेक्षण या अवलोकन करता है। अपने अवलोकन के आधार पर वह एक विशेष रिपोर्ट तैयार करता है जिसका विश्लेषण कर वह उस प्राणी के व्यवहार के बारे में एक निश्चित निष्कर्ष पर पहुँचता है। प्रेक्षण (observation) को वस्तुनिष्ठ (objective) बनाने के लिए प्राणी के व्यवहारों का अवलोकन वह भिन्न-भिन्न परिस्थितियों में करता है। कई प्रेक्षक मिलकर प्राणी या जीव के व्यवहारों का अवलोकन एक साथ करते हैं। शायद यही कारण है कि इस विधि को वस्तुनिष्ठ प्रेक्षण विधि (objective observation method) भी कहा गया है। अध्ययनकर्त्ता प्राणी के दोनों तरह के व्यवहारों यानी बाह्य व्यवहार (external behaviour) जैसे—दौड़ना, रोना, खेलना तथा आंतरिक व्यवहार (internal behaviour) जैसे— रक्तचाप में परिवर्तन, हृदय की धड़कन में परिवर्तन आदि का प्रेक्षण करते हैं।

वस्तुनिष्ठ प्रेक्षण (objective observation) की मुख्य दो विशेषताएँ होती हैं—

(i) प्रेक्षण हमेशा उद्देश्यपूर्ण तथा सूक्ष्म होता है। दूसरे शब्दों में यह कहा ज़ा सकता है कि प्रेक्षक किसी उद्देश्य से प्राणी के व्यवहार के किसी खास पहलू पर अधिक ध्यान देते हुए प्रेक्षण करता है।

(ii) प्रेक्षण का उद्देश्य अध्ययन नियमों से सम्बन्धित चरों (variables) के बीच पारस्परिक सम्बन्धों का पता लगाना होता है।

प्रेक्षण निम्नांकित तीन प्रकार के होते हैं—

(क) सहभागी प्रेक्षण (Participant observation)

(ख) असहभागी प्रेक्षण (Non-participant observation)

(ग) स्वाभाविक प्रेक्षण (Naturalistic observation)

इन तीनों तरह के प्रेक्षण का वर्णन निम्नांकित हैं—

(क) सहभागी प्रेक्षण *(Participant observation)*—प्रेक्षण की इस विधि में प्रेक्षक उन व्यवहारों में हाथ बँटाते हुए प्रेक्षण करते हैं जिनका उन्हें अध्ययन करना होता है। यहाँ प्रेक्षक भी लोगों के काम को उनके साथ मिलकर करते हैं तथा उनके व्यवहार का प्रेक्षण भी करते जाते हैं। जैसे— उद्योग या किसी व्यवसाय में कार्यरत श्रमिकों की समस्याओं का अध्ययन करने के लिए सम्भव है कि मनोवैज्ञानिक इस उद्योग या व्यवसाय में एक श्रमिक के रूप में अपने आप को नामांकन कराकर उनके साथ मिलकर कार्य करे तथा साथ-ही-साथ उनके व्यवहारों का प्रेक्षण भी करता जाए।

(ख) असहभागी प्रेक्षण *(Non-participant observation)*—प्रेक्षण की इस विधि में प्रेक्षक व्यक्तियों के उन व्यवहारों में हाथ नहीं बँटाता है जिनका उसे प्रेक्षण करना होता है। प्रेक्षक दूर से ही व्यक्ति के व्यवहारों का अध्ययन करता है। नैदानिक, शैक्षिक, सामाजिक तथा औद्योगिक परिस्थितियों में व्यक्तियों के व्यवहारों का प्रेक्षण प्रायः इस विधि से किया जाता है।

(ग) स्वाभाविक प्रेक्षण *(Naturalistic observation)*—जब प्रेक्षण का उपयोग एक स्वाभाविक परिस्थिति में विशेषकर पशुओं के व्यवहारों का अध्ययन करने के लिए किया जाता है, तो इस तरह के प्रेक्षण को स्वाभाविक प्रेक्षण कहा जाता है। जैसे— मनोवैज्ञानिक प्रायः बन्दरों, मधुमक्खियों, चीटियों आदि के व्यवहारों को उनके स्वाभाविक रूप से रहने के स्थानों में जाकर अध्ययन करते हैं। प्रायः ऐसे पशुओं में वे आक्रामकता, प्यार, सामाजिक संगठन (social organization) जैसे व्यवहारों का अध्ययन करते हैं। इस तरह के प्रेक्षण का उपयोग कभी-कभी मानव शिशुओं के कुछ व्यवहारों के अध्ययन में भी किया जाता है। इस तरह के प्रेक्षण की मुख्य विशेषता यह है कि प्राणी के व्यवहारों का

अध्ययन उसमें बिना किसी तरह के फेर-बदलाव या जोड़-तोड़ (manipulation) के ही अर्थात् जैसे वे अपने वास्तविक रूप में घटित होते हैं, अध्ययन किया जाता है। इसे *क्षेत्र अध्ययन विधि* (Field study method) या *क्रमबद्ध प्रेक्षण* (systematic observation) भी कहा जाता है। क्षेत्र अध्ययन विधि का विस्तृत वर्णन हम आगे एक स्वतंत्र विधि के रूप में करेंगे क्योंकि इसकी महत्ता मनोविज्ञान में अन्य प्रेक्षणों की तुलना में अधिक है।

ऊपर के विवरण से तब यह स्पष्ट हो जाता है कि वस्तुनिष्ठ प्रेक्षण विधि वैसी विधि है जिसमें अध्ययनकर्त्ता निष्पक्ष रूप से प्राणी के व्यवहारों का निरीक्षण एक विशेष परिस्थिति (natural situation) में करता है।

प्रेक्षण का एक उदाहरण—मान लीजिए कि एक अध्ययनकर्त्ता यह निश्चित करता है कि 6-7 साल का बच्चा खेल के समय किन-किन तरह के व्यवहारों को करता है। इसका अध्ययन वह वस्तुनिष्ठ प्रेक्षण विधि से करना चाहता है। इसके लिए वह 6-7 साल के बच्चों का एक छोटा समूह लेगा और उनलोगों के सामने कुछ खिलौना भी दे देगा। अध्ययनकर्त्ता चाहे तो बच्चों के साथ स्वयं भी खेल सकता है और साथ-ही-साथ उसके व्यवहारों का प्रेक्षण भी कर सकता है। परन्तु ऐसा करने में इस बात की अधिक उम्मीद बढ़ जायेगी कि बच्चे अपना स्वाभाविक व्यवहार में थोड़ा परिवर्तन कर दे। अतः छिपकर ही प्रेक्षण करना अच्छा होगा। प्रेक्षक स्वयं कहीं ऐसी जगह छिप जायेगा जहाँ से वह सभी बच्चों के व्यवहार को देख सके लेकिन कोई भी बच्चा उसे नहीं देख पाये। खिलौना से खेलते समय बच्चे भिन्न-भिन्न प्रकार का व्यवहार दिखला सकते हैं। कुछ बच्चा हँसेगा, कुछ रोयेगा, कुछ चुपचाप बैठा रह सकता है, कुछ अपने खिलौनों को दूसरों को देगा और फिर दूसरों से अपना खिलौना लेने की कोशिश करेगा, आदि-आदि। अध्ययनकर्त्ता बच्चों के इन सभी व्यवहारों को क्रमबद्ध रूप से प्रेक्षण करता जायेगा और उसके विश्लेषण के आधार पर वह एक खास निष्कर्ष पर पहुँचेगा। सम्भव है कि वह इस निष्कर्ष पर पहुँचे कि अमुक बच्चा अधिक दब्बू (submissive) है तथा अमुक बच्चा काफी प्रबल (dominant) है, आदि-आदि। ध्यान रहे कि अध्ययनकर्त्ता किसी निष्कर्ष पर पहुँचने के पहले बच्चों के समूह को कई दिनों तक उसी परिस्थिति में रखकर प्रेक्षण करेगा। यदि कोई अध्ययनकर्त्ता बार-बार एक ही तरह के कार्य को दोहराना नहीं चाहता है तो वैसी परिस्थिति में कई अध्ययनकर्त्ता एक साथ मिलकर बच्चों के समूह के व्यवहार का प्रेक्षण करेंगे और जो तथ्य सभी अध्ययनकर्त्ता के निरीक्षण में सामान्य (common) होगा, उसे वास्तविक निष्कर्ष (actual conclusion) समझा जायेगा। जैसे—ऊपर के ही उदाहरण में यदि मान लिया जाय कि पाँच निरीक्षक हैं और पाँचों निरीक्षक अपने निरीक्षण के रिपोर्ट में यह बतलाते हैं कि अमुक लड़का खेल में दब्बूपन दिखलाया है तभी इस निष्कर्ष पर पहुँचा जायेगा कि वह बच्चा दब्बू (submissive) है।

वस्तुनिष्ठ प्रेक्षण (objective observation) विधि द्वारा ही एक प्रेक्षण (observation) कर जोन्स तथा जोन्स (Jones & Jones, 1928) ने यह दिखला दिया है कि भय (fear) एक जन्मजात संवेग नहीं बल्कि अर्जित संवेग (acquired emotion) होता है। इस अध्ययन में 15 बच्चों जिनका औसत उम्र 15 से 21 महीना का था, का एक समूह लिया गया तथा 90 कॉलेज के छात्रों का दूसरा समूह लिया गया। इन दोनों समूहों के बीच बारी-बारी से एक 6 फुट का लम्बा विषरहित साँप रखा गया। परिणाम में यह देखा गया कि 15 बच्चों में से सिर्फ दो बच्चे ही साँप देखकर डरे जबकि 90 में से 60 कॉलेज के छात्र विषरहित साँप को देखकर डर गये। इस अध्ययन के आधार पर जोन्स तथा जोन्स ने यह बतलाया कि कॉलेज के छात्र पहले से ही साँप को देखकर डरना सीख चुके थे। परन्तु छोटे बच्चों में ऐसी बात नहीं थी। यह अध्ययन निश्चित रूप से वस्तुनिष्ठ प्रेक्षण का उदाहरण है क्योंकि प्रेक्षण स्वाभाविक परिस्थिति में किया गया और अध्ययनकर्त्ता ने निष्पक्ष भाव से बच्चों एवं कॉलेज के छात्रों के डर में होने वाले संवेगात्मक व्यवहार का प्रेक्षण कर विश्लेषण किया।

गुण (*Merits*)

प्रेक्षण विधि के प्रमुख गुण (merits) निम्नांकित हैं—

(i) इस विधि में प्रेक्षण वस्तुनिष्ठ (objective) तथा अवैयक्तिक (impersonal) होता है। फलस्वरूप, इससे प्राप्त निष्कर्ष काफी विश्वसनीय तथा वैध (valid) होते हैं। एक उदाहरण लीजिए— अगर कोई व्यक्ति किसी परिस्थिति में जोर-जोर से बोल रहा है एवं उसकी आँखें तथा चेहरा लाल है तो इसका प्रेक्षण करके कोई व्यक्ति इस निष्कर्ष पर पहुँचेगा कि व्यक्ति क्रोधित है। इस तरह से स्पष्ट है कि इस विधि में जो प्रेक्षण होता है, वह वस्तुनिष्ठ एवं अवैयक्तिक होता है जिससे व्यक्ति को सही निष्कर्ष पर पहुँचने में मदद मिलती है।

(ii) इस विधि ने मनोविज्ञान का अध्ययन क्षेत्र काफी विस्तृत कर दिया है। अन्तर्निरीक्षण विधि का प्रयोग सिर्फ वयस्क व्यक्तियों पर ही किया जाता था। फलस्वरूप मनोविज्ञान में सिर्फ इन्हीं व्यक्तियों की मानसिक प्रक्रियाओं का अध्ययन किया जाता था। परन्तु प्रेक्षण विधि का प्रयोग छोटे-छोटे बच्चों, वयस्कों, पागलों, अपाहिजों, पशुओं

आदि पर भी आसानी से किया जाता है। फलस्वरूप, इस विधि के उपयोग से मनोविज्ञान का कार्यक्षेत्र काफी विस्तृत हो गया है।

(iii) इस विधि द्वारा एक समय में एक से अधिक प्राणियों के व्यवहारों का निरीक्षण आसानी से किया जा सकता है। जैसे— यदि अध्ययनकर्त्ता भीड़ व्यवहार (crowd behaviour) का अध्ययन करना चाहता है तो इस विधि का प्रयोग काफी आसानी से करके उस तरह के व्यवहार के बारे में जाना जा सकता है।

(iv) इस विधि से प्राप्त आँकड़ों का सांख्यिकीय विश्लेषण (statistical analysis) काफी आसानी से किया जा सकता है क्योंकि प्रायः आँकड़े आवृत्ति (frequency), प्रतिशत (percentage) आदि में प्राप्त होते हैं। इसका परिणाम यह होता है कि प्रेक्षण विधि से प्राप्त निष्कर्ष की वैधता (validity) काफी बढ़ जाती है।

(v) चूँकि प्रेक्षण विधि में सांख्यिकीय विश्लेषण सम्भव है तथा साथ-ही-साथ इसके द्वारा कई व्यक्तियों का एक साथ अध्ययन किया जा सकता है, अतः इससे प्राप्त परिणाम का सामान्यीकरण (generalization) अन्य दूसरे व्यक्तियों के लिए भी काफी दृढ़ता से की जा सकती है।

दोष *(Demerits)*

इस विधि के प्रमुख दोष (demerits) निम्नांकित हैं—

(i) प्रायः यह देखा गया है कि प्रेक्षण करते समय प्रेक्षक की अपनी पूर्वाग्रह (prejudice), आवश्यकताएँ (needs), मनोवृत्तियाँ आदि का भी प्रभाव उनके प्रेक्षण पर पड़ता है। दूसरे शब्दों में, यह कहा जा सकता है कि प्रेक्षक द्वारा किया गया प्रेक्षण वस्तुनिष्ठ (objective) न होकर आत्मनिष्ठ (subjective) हो जाता है। ऐसी परिस्थिति में प्राप्त निष्कर्ष बहुत अधिक विश्वसनीयता तथा वैध (valid) नहीं रह जाता।

(ii) इस विधि में प्राणी के व्यवहारों का प्रेक्षण कर उसके मानसिक क्रियाओं के बारे में जानने की कोशिश की जाती है। परन्तु इस दिशा में हमेशा सफलता प्रेक्षक को नहीं भी मिल सकती है। एक उदाहरण लीजिए— गाँव में अभी भी जब दो स्त्रियाँ एक-दूसरे से काफी दिन पर मिलतीं हैं तो अपनी खुशी प्रकट करने के लिए रोती हैं। अब कोई भी प्रेक्षक रोने के इस व्यवहार का प्रेक्षण करने पर इसी निष्कर्ष पर पहुँचेगा कि दोनों स्त्रियाँ किसी कारण से दुःखी हैं जबकि सच्चाई यह है कि ये दोनों स्त्रियाँ रोकर अपनी खुशी प्रकट कर रहीं हैं। इस उदाहरण से स्पष्ट हो जाता है कि वस्तुनिष्ठ प्रेक्षण के आधार पर हमेशा मानसिक प्रक्रियाओं का सही-सही अर्थ निकालना सम्भव नहीं है।

(iii) इस विधि में प्रेक्षण स्वाभाविक एवं अनियंत्रित परिस्थिति में किया जाता है। इसका परिणाम यह होता है कि प्राप्त निष्कर्ष की व्याख्या उचित कारण-परिणाम सम्बन्ध (cause-effect relationship) के रूप में नहीं की जा सकती है। जैसे—ऊपर में जोन्स तथा जोन्स (Jones & Jones, 1928) के ही अध्ययन को लें। कॉलेज के छात्र साँप देखकर डर जाते हैं। यहाँ डरने की सांवेगिक प्रक्रिया किस कारण हुई, कहना मुश्किल है। साँप के आकार से भी छात्रों में डर हो सकता है, उसके भयावह रूप से भी डर हो सकता है, उसके चाल से भी डर उत्पन्न हो सकता है, आदि-आदि। अतः परिणाम (डर) किस कारण (cause) से उत्पन्न हुआ, नहीं कहा जा सकता है। दूसरे शब्दों में, इस विधि में कारण-परिणाम सम्बन्ध का पता लगाना कठिन है क्योंकि प्रेक्षण अनियंत्रित एवं स्वाभाविक परिस्थिति में की गयी थी।

(iv) प्राणियों के कुछ व्यवहार ऐसे भी होते हैं जिनका अध्ययन वस्तुनिष्ठ निरीक्षण विधि से करना सम्भव नहीं है। उदाहरणार्थ, स्त्री-पुरुष के लैंगिक व्यवहार (sexual behaviour) का अध्ययन प्रेक्षण विधि द्वारा करना सम्भव नहीं है क्योंकि कोई भी स्त्री-पुरुष ऐसा नहीं चाहेंगे कि उसके लैंगिक व्यवहार का प्रेक्षण कोई दूसरा व्यक्ति करे।

इस तरह से हम देखते हैं कि वस्तुनिष्ठ प्रेक्षण विधि के गुण तथा दोष दोनों ही हैं। इन गुण-दोष को ध्यान में रखते हुए यही कहा जा सकता है कि इस विधि को मनोविज्ञान का एक अभिन्न विधि माना जा सकता है क्योंकि समूह व्यवहारों (group behaviour) के अध्ययन में यह विधि अन्य विधि से विशेष रूप से उत्तम समझा जाता है।

प्रयोगात्मक विधि
(Experimental Method)

मनोविज्ञान का सबसे प्रमुख एवं वैज्ञानिक विधि प्रयोगात्मक विधि है। मनोविज्ञान का विज्ञान होने का दावा अन्य बातों के अलावा उसके इस प्रयोगात्मक विधि के कारण भी है। आज का मनोविज्ञान इतना अधिक प्रयोगात्मक हो गया है कि

सचमुच में सिर्फ उन्हीं तथ्यों एवं सिद्धान्तों की मान्यता प्राप्त रह गयी है जिनका प्रयोगात्मक समर्थन (experimental support) है।

प्रश्न उठता है कि प्रयोगात्मक विधि क्या है? प्रयोगात्मक विधि उस विधि को कहा जाता है जिसका आधार प्रयोग होता है। अब प्रश्न यह उठता है कि प्रयोग (experiment) किसे कहते हैं? साधारणतः किसी व्यवहार एवं मानसिक प्रक्रिया (mental process) को किसी नियंत्रित अवस्था में क्रमबद्ध अध्ययन या प्रेक्षण करना ही प्रयोग[1] (experiment) कहलाता है। इस परिभाषा से स्पष्ट है कि प्रयोग में व्यवहारों का अध्ययन किसी नियंत्रित अवस्था में की जाती है। व्यवहारों का अध्ययन चरों (variables) के माध्यम से किया जाता है। अब प्रश्न उठता है कि चर किसे कहते हैं? शाब्दिक अर्थ में चर (variable) किसी भी ऐसी घटना (event), परिस्थिति (situation) या व्यक्ति का गुण होता है जिनका मान परिवर्तनशील होता है। वैज्ञानिक (scientific) अर्थ में चर वैसी घटना (event) परिस्थिति या व्यक्ति का गुण होता है जिसे मापा जा सकता है तथा जो परिमाणात्मक रूप से (quantatively) परिवर्तित होता है। जैसे— उम्र, बुद्धि, थकान आदि कुछ चर के उदाहरण हैं जिन्हें मापा भी जा सकता है तथा जो परिमाणात्मक रूप से परिवर्तित भी होते हैं।

किसी भी मनोवैज्ञानिक प्रयोग (psychological experiement) में मुख्यतः तीन तरह के चर होते हैं— *स्वतंत्र चर* (independent variable), *आश्रित चर* (dependent variable) तथा *संगत चर* (relevant variable) या *नियंत्रण चर* (control variable)। स्वतंत्र चर (independent variable) वैसे चर को कहा जाता है जिसमें प्रयोगकर्त्ता जोड़-तोड़ (manipulation) करता है तथा जिसके प्रभाव को दूसरे चर पर अध्ययन भी किया जाता है। इसे *नियंत्रित चर* (controlled variable) भी कहा जाता है परंतु आधुनिक प्रयोगात्मक मनोविज्ञानियों द्वारा स्वतंत्र चर के लिए नियंत्रित चर (controlled variable) का उपयोग नहीं किया जाता है। आश्रित चर[2] (dependent variable) वैसे चर को कहा जाता है जिसके बारे में प्रयोगकर्त्ता प्रयोग करके पूर्वकथन (prediction) करना चाहता है। इसे आश्रित चर इसलिए कहा जाता है क्योंकि इसमें होने वाला परिवर्तन स्वतंत्र चर (independent variable) में किये गये जोड़-तोड़ (manipulation) पर निर्भर करता है। प्रायः मनोविज्ञान के प्रयोग में कुछ ऐसे भी चर होते हैं जिनके प्रभाव को प्रयोगकर्त्ता नियंत्रित करके रखता है क्योंकि वह आश्रित चर पर उन चरों के प्रभाव का अध्ययन नहीं करना चाहता है। इस तरह के चर को संगत चर (relevant variable) या नियंत्रण चर (control variable) कहा जाता है। *छात्र यहाँ ध्यान देंगे कि नियंत्रण चर (control variable) तथा नियंत्रित चर (controlled variable) में अंतर है।*

आश्रित चर (dependent variable), स्वतंत्र चर (independent variable) तथा नियंत्रण चर (control variable) के आपसी सम्बन्ध को एक उदाहरण द्वारा हम इस प्रकार समझा सकते हैं। मान लीजिए कि एक प्रयोगकर्त्ता प्रयोग कर यह देखना चाहता है कि सीखने की प्रक्रिया पर पुरस्कार का प्रभाव क्या पड़ता है। इस प्रयोग में वह स्पष्टतः सीखने की प्रक्रिया के बारे में पूर्वकथन (prediction) करना चाहता है। अतः सीखना या अधिगम (learning) यहाँ एक आश्रित चर (dependent variable) का उदाहरण है। पुरस्कार (reward) यहाँ एक स्वतंत्र चर (independent variable) का उदाहरण है क्योंकि वह पुरस्कार में जोड़-तोड़ (manipulation) करेगा और इस जोड़-तोड़ के प्रभाव को आश्रित चर यानी सीखने की प्रक्रिया पर देखेगा। यही कारण है कि प्रयोग (experiment) को लेफ्रानकोइस[3] (Lefrancois, 1983) ने परिभाषित करते हुए कहा है कि प्रयोग एक ऐसा शोध प्रविधि (research procedure) है जहाँ प्रयोगकर्त्ता एक या एक से अधिक चर में जोड़-तोड़ करता है तथा उसका प्रभाव दूसरे चर पर देखता है। किसी भी स्वतंत्र चर में जोड़-तोड़ (manipulation) दो तरह से किया जाता है—पहली विधि तो वह है जिसमें स्वतंत्र चर की मात्रा को घटा-बढ़ा कर जोड़-तोड़ किया जाता है तथा दूसरी विधि वह है जिसमें स्वतंत्र चर को एक परिस्थिति में उपस्थित रखा जाता है तथा दूसरी परिस्थिति में उसे अनुपस्थित रखा जाता है। उदाहरणार्थ, इस उदाहरण में पुरस्कार एक स्वतंत्र चर (independent variable) है। इसमें जोड़-तोड़ करने के लिए प्रयोगकर्त्ता बच्चों का दो तुल्य समूह (equivalent group) ले सकता है। दोनों समूह को सीखने के लिए समरूप पाठ (identical task) दिया जायेगा। परन्तु एक समूह में प्रयोगकर्त्ता जल्द सीखने पर बड़ा पुरस्कार (जैसे प्रत्येक को 100-100 रुपया) देने की घोषणा कर सकता है तथा दूसरे समूह में जल्द

1. "Experiment is the systematic study or observation of behaviours and mental processes under controlled situation.
—Author

2. "A dependent variable is one about which we make a prediction." —Hill : *Learning* 1980, p. 16

3. "In brief, an experiment is a research procedure where experimenters control one or more variables of a situation and observe the effects of this control on other variables in the situation."
—Lefrancois : *Psychology,* 1983 p. 12

सीखने वालों को छोटा इनाम (जैसे प्रत्येक को 10-10 रुपया) देने की घोषणा कर सकता है। ध्यान रहे कि यहाँ स्वतंत्र चर (पुरस्कार) दोनों समूह में उपस्थित है परन्तु उसकी मात्रा में घट-बढ़ हुई है। अतः यहाँ स्वतंत्र चर में जोड़-तोड़ उसकी मात्रा में कमी-वेशी करके की गयी है। ऐसा भी हो सकता है कि वह एक समूह में जल्दी सीखने वालों के लिए तो पुरस्कार की घोषणा करें लेकिन दूसरे समूह में कोई ऐसी घोषणा नहीं करे और प्रयोज्य को यथासम्भव जल्द-से-जल्द पाठ को याद करने के लिए सिर्फ कहे। यहाँ स्वतंत्र चर (पुरस्कार) में जोड़-तोड़ उसे एक समूह में उपस्थित कर तथा दूसरे समूह में अनुपस्थित कर किया जा रहा है। जिस समूह में स्वतंत्र चर (independent variable) उपस्थित रहता है उसे *प्रयोगात्मक समूह* (experimental group) तथा जिस समूह में स्वतंत्र चर अनुपस्थित रहता है, उसे *नियंत्रित समूह* (control group) कहा जाता है। यहाँ ध्यान देने वाली बात यह है कि इस उदाहरण में दोनों समूह को तुल्य (equivalent) रखा गया है। क्यों? इस प्रश्न का जवाब देने के पहले यह बताना उचित होगा कि तुल्य से मतलब क्या होता है। दो समूह को उस समय तुल्य (equivalent) कहा जाता है जब दोनों समूह उम्र, बुद्धि, यौन (sex) आदि के ख्याल से समरूप हो। इन दोनों समूह को तुल्य इसलिए रखा गया क्योंकि ऐसा नहीं होने पर आश्रित चर यानी सीखने की प्रक्रिया (learning process) उम्र में अन्तर, बुद्धि में अन्तर, यौन में अन्तर आदि से प्रभावित हो जाता। चूँकि इन चरों के प्रभाव को प्रयोगकर्त्ता अध्ययन नहीं कर रहा है फलतः दोनों समूहों को इन चरों पर तुल्य बनाकर उनके पड़ने वाले प्रभाव को नियंत्रित कर दिया गया है। अतः इन सबको नियंत्रण चर (control variable) या संगत चर (relevant variable) कहा जायेगा। उपयुक्त उदाहरण में यदि पुरस्कार पाने वाला समूह पुरस्कार नहीं पाने वाला समूह की अपेक्षा तेजी से पाठ को सीखता है, तो प्रयोगकर्त्ता इस निष्कर्ष पर पहुँच सकता है कि पुरस्कार देने से सीखने की प्रक्रिया तीव्र गति से होती है।

प्रयोग विधि के मुख्य तीन उद्देश्य (purpose) होते हैं जो निम्नांकित हैं—

(i) प्रयोगात्मक विधि में स्वतंत्र चर (independent variable) तथा आश्रित चर (dependent variable) के बीच का सम्बन्ध पता लगाया जाता है। इन दोनों के सम्बन्ध को पता लगाने के लिए प्रयोगकर्त्ता पहले से एक खाका तैयार कर लेता है जिसमें इस बात का साफ-साफ उल्लेख होता है कि स्वतंत्र चर में कैसे जोड़-तोड़ किया जायेगा, प्रयोगात्मक समूह तथा नियंत्रित समूह कितने होंगे एवं इनका संगठन कैसे किया जायेगा आदि-आदि। इस खाका को मनोवैज्ञानिकों ने *प्रयोगात्मक डिजाइन* (experimental design) की संज्ञा दी है।

(ii) प्रयोगात्मक विधि द्वारा किसी सिद्धान्त (theory) या शोध (research) द्वारा किये गये पूर्वकथन (prediction) की जाँच होती है।

(iii) प्रयोगात्मक विधि किसी नये सिद्धान्त का प्रतिपादन के लिए भी महत्त्वपूर्ण आँकड़े (data) प्रदान करती है।

गुण *(Merits)*

प्रयोगात्मक विधि के प्रमुख गुण (merits) निम्नांकित हैं—

(i) प्रयोगात्मक विधि में प्राणी या जीव (organism) के व्यवहारों एवं मानसिक प्रक्रियाओं से सम्बद्ध चरों का अध्ययन एक नियंत्रित अवस्था (controlled condition) में (यानी सामान्यतः प्रयोगशाला में) की जाती है। परिणामस्वरूप, इससे प्राप्त निष्कर्ष की आन्तरिक वैधता (internal validity) काफी अधिक होती है। अपने इसी गुण के कारण प्रयोगात्मक विधि अन्य विधियों से भिन्न है क्योंकि इतना अधिक नियंत्रित परिस्थिति दूसरी विधि में नहीं मिल पाती है। एटकिन्सन, एटकिन्सन तथा हिलगार्ड[1] (Atkinson, Atkinson & Hilgard 1983) ने ठीक ही कहा है, ''चरों पर सख्त (precise) नियंत्रण करने की क्षमता ही प्रयोगात्मक विधि को प्रेक्षण के अन्य विधियों से अलग करता है।''

(ii) प्रयोगात्मक विधि में पुनरावृत्ति (replication) का गुण होता है। एक प्रयोगकर्त्ता स्पष्ट रूप से अपने रिपोर्ट में यह लिखता है कि उसका प्रयोगात्मक डिजाइन (experimental design) क्या था, उसमें प्रयोज्य (object) की संख्या क्या थी, उसने स्वतंत्र चर में जोड़-तोड़ कैसे किया, आदि-आदि। यदि किसी दूसरे अध्ययनकर्त्ता को पहले अध्ययनकर्त्ता द्वारा प्राप्त निष्कर्ष पर किसी प्रकार की शंका है तो उसे दोहराकर निष्कर्ष की जाँच आसानी से कर ले सकता है। इस ढंग की सुविधा दूसरी विधि में नहीं है।

---

1. "The ability to exercise precise control over variables distinguishes the experimental method from other methods of observation." —Atkinson, Atkinson & Hilgard : *Introduction to Psychology,* 1983, p. 19

(iii) प्रयोगात्मक विधि काफी वस्तुनिष्ठ (objective) होती है क्योंकि इसमें प्रयोगकर्त्ता को एक खास ढंग से एवं खास विधि से प्रयोग करना होता है। चाहकर भी वह किसी प्रकार का पक्षपात या पूर्वाग्रह (prejudice) आदि नहीं कर पाता है। चूँकि विधि वस्तुनिष्ठ होती है, अतः इससे प्राप्त आँकड़ों (data) का गुणात्मक (qualitative) तथा परिमाणात्मक (quantitative) विश्लेषण आसानी से किया जा सकता है।

(iv) प्रयोगात्मक विधि में स्वतंत्र चरों (independent variable) का जोड़-तोड़ (manipulation) काफी अधिक एवं उचित ढंग से हो पाता है। फलस्वरूप प्रयोगकर्त्ता किसी मनोवैज्ञानिक समस्या (psychological problem) का अध्ययन कई तरह से कर सकने में समर्थ होते हैं।

दोष (*Demerits*)

प्रयोगात्मक विधि के प्रमुख दोष (demerits) निम्नांकित हैं—

(i) प्रयोगात्मक विधि का सबसे महत्त्वपूर्ण दोष यह बतलाया गया है कि प्रयोग की नियंत्रित अवस्था वास्तविक (real) न होकर कृत्रिम (artificial) होती है। फलस्वरूप, इसका सम्बन्ध जीवन के वास्तविक परिस्थिति (real situation) से कम होता है। इसलिए प्रयोगात्मक विधि से प्राप्त निष्कर्ष का सामान्यीकरण (generalization) वास्तविक परिस्थिति के लिए सम्भव नहीं है। मार्गन, किंग तथा रॉबिन्सन[1] (Morgan, King & Robinson, 1981) ने भी ऐसा ही विचार व्यक्त किया है, ''प्रयोग से प्राप्त निष्कर्ष कृत्रिम प्रयोगात्मक परिस्थिति (artificial experimental situation) तक सीमित है तथा इसका समान्यीकरण (generalization) वास्तविक या स्वाभाविक परिस्थिति (real or natural situation) के व्यवहारों के बारे में नहीं की जा सकती है।''

(ii) प्रयोगात्मक विधि में कुछ विशेष प्रकार का दोष स्वाभाविक रूप से सम्मिलित होता है। प्रयोक्ता पूर्वाग्रह (experimenter bias) तथा प्रतिदर्श पूर्वाग्रह (sampling bias) दो ऐसे महत्त्वपूर्ण दोष हैं। प्रयोक्ता पूर्वाग्रह (experimenter bias) में प्रयोगकर्त्ता या प्रयोक्ता की अपनी उन्मीद या प्रत्याशाएँ (expectations), पक्षपात (bias) आदि प्रयोग के परिणाम तथा प्रेक्षण प्रक्रिया को प्रभावित करता है। प्रतिदर्श पूर्वाग्रह (sampling bias) से तात्पर्य प्रयोज्यों (subjects) को प्रतिनिधिक (representative) न होने से होता है। कभी-कभी ऐसा देखा गया है कि प्रयोगकर्त्ता को जो भी व्यक्ति, सुविधानुसार मिल रहा है, सभी को वह प्रयोज्य (subject) बना लेता है। इसका परिणाम यह होता है कि प्रयोज्य उस समूह का प्रतिनिधित्व नहीं करते जिनके बारे में प्रयोग करके पूर्वकथन (prediction) करना होता है। इतना ही नहीं, कभी-कभी यह भी देखा गया है कि प्रयोग में प्रयोगात्मक समूह (experimental group) तथा नियंत्रित समूह (control group) तुल्य (equivalent) नहीं होते हैं। फलतः उसका परिणाम वैध (valid) तथा विश्वसनीय (reliable) नहीं हो पाता है।

(iii) कुछ प्रयोग ऐसे होते हैं जिन्हें पशु पर तो किया जा सकता है परन्तु मनुष्यों पर नहीं किया जा सकता है। इसका परिणाम यह होता है कि प्रयोगात्मक विधि का कार्य-क्षेत्र सीमित हो जाता है। उदाहरणार्थ, यदि प्रयोग ऐसा है कि उसमें शरीर का कोई अंग जैसे मस्तिष्क का ही एक विशेष अंग को काटकर निकाल देना है और उसका प्रभाव व्यवहार पर क्या पड़ता है, यह देखना है तो मनुष्य के साथ इस ढंग का प्रयोग करना अनैतिक माना जायेगा और शायद कोई मनुष्य ऐसा करवाने के लिये तैयार भी नहीं होगा। परन्तु पशुओं के साथ आसानी से इस तरह का प्रयोग किया जा सकता है और किया जा भी रहा है। पशुओं के अध्ययन से प्राप्त निष्कर्ष को मनुष्यों के लिये भी सही मान लिया जाता है, हालांकि इसमें कुछ त्रुटि (error) की सम्भावना बनी रहती है।

इन दोषों (demerits) के बावजूद भी प्रयोगात्मक विधि मनोविज्ञान की सबसे वैज्ञानिक विधि मानी गयी है। आज मनोविज्ञान में उन सिद्धान्तों एवं तथ्यों की कोई मान्यता नही है जिनका प्रयोगात्मक समर्थन (experimental support) नहीं है।

---

1. "The conclusions from an experiment may be limited to the artificial experimental situation—they may not apply to natural situations or even to other experimental situation."

—Morgan, King & Robinson : *Introduction to Psychology*, 1981, p. 23

सर्वे विधि
(Surevey Method)

मनोविज्ञान में कुछ ऐसी समस्याएँ हैं जिनका वैज्ञानिक अध्ययन यदि कोई अध्ययनकर्त्ता एक छोटा प्रतिदर्श (sample) (व्यक्तियों की संख्या जिन्हें अध्ययन में शामिल किया जाता है, प्रतिदर्श कहा जाता है) लेकर कना चाहे, तो ठीक ढंग से वह नहीं कर पाता है। इस तरह की समस्याओं के अध्ययन के लिये प्रतिदर्श (sample) का बड़ा होना तथा समाज के भिन्न-भिन्न वर्गों से व्यक्ति को लेना अनिवार्य हो जाता है। समाज में बच्चों के पालन-पोषण के अभ्यास (child-rearing practices) के प्रति मनोवृत्ति (attitude) का अध्ययन, शादी से पहले होने वाले लैंगिक सम्बन्धों का अध्ययन करना, किशोरों में विशेष औषध (drug) का प्रयोग से सम्बन्धित समस्या आदि कुछ ऐसी ही समस्याएँ हैं जिनका अध्ययन के लिए प्रतिदर्श (sample) को बड़ा तथा सभी वर्गों से प्रतिनिधित्व (representation) का होना अनिवार्य है और इसी तरह की समस्याओं के अध्ययन के लिए मनोवैज्ञानिकों द्वारा सर्वे विधि को अपनाया जाता है।

सर्वे विधि में आँकड़े चार विधियों द्वारा संग्रहित किये जाते हैं। वे चार विधियाँ निम्नांकित हैं—

(i) साक्षात्कार सर्वे (Interview survey)
(ii) डाक सर्वे (Mail survey)
(iii) पेनल सर्वे (Panel survey)
(iv) टेलिफोन सर्वे (Telephone survey)

इन सभी विधियों का वर्णन निम्नांकित है—

(i) साक्षात्कार सर्वे *(Interview survey)*—इसमें किसी समस्या के बारे में आँकड़े संग्रह करने के लिए प्रतिदर्श (sample) में सम्मिलित किये गये सभी व्यक्तियों का एक-एक कर अध्ययनकर्त्ता साक्षात्कार (interview) लेता है। साक्षात्कार करते समय अध्ययनकर्त्ता समस्या से सम्बन्धित कुछ प्रश्नों को पूछता है, जिसका जवाब व्यक्ति को देना होता है। सभी व्यक्तियों द्वारा दिये गये उत्तर के आधार पर अध्ययनकर्त्ता एक निश्चित निष्कर्ष पर पहुँचता है।

(ii) डाक सर्वे *(Mail survey)*—इसमें अध्ययनकर्त्ता व्यक्तियों द्वारा उत्तर दिये जाने वाले प्रश्नों को एक जगह छपवाकर एक पुस्तिका तैयार कर लेता है और उन्हें डाक द्वारा अध्ययन में शामिल किये गये प्रत्येक व्यक्ति के घर पर भेज दिया जाता है। इन व्यक्तियों को सभी प्रश्नों का सही-सही उत्तर देकर उस पुस्तिका को पुनः डाक द्वारा ही अध्ययनकर्त्ता को लौटा देना होता है। इस तरह से डाक प्रश्नावली द्वारा देश के दूर-दूर के कोनों में फैले व्यक्तियों से भी आसानी से समस्या से सम्बन्धित प्रश्नों के प्रति उत्तर प्राप्त हो जाते हैं।

(iii) पेनल सर्वे *(Panel survey)*—इसमें व्यक्तियों के एक ही समूह या प्रतिदर्श (sample) को कई बार साक्षात्कार (interview) लिया जाता है। दूसरे शब्दों में, एक ही प्रतिदर्श से समस्या से सम्बन्धित प्रश्नों को कम-से-कम दो-तीन बार भिन्न-भिन्न समय अन्तराल पर पूछा जाता है और उनका विश्लेषण कर अध्ययनकर्त्ता एक निश्चित निष्कर्ष पर पहुँचता है। इस विधि द्वारा आँकड़े संग्रह करने में फायदा यह होता है कि अध्ययनकर्त्ता को यह साफ-साफ पता चल जाता है कि वे कौन-कौन से कारक (factors) हैं जो समस्या के प्रति व्यक्तियों की मनोवृत्ति (attitude) में अन्तर लाते हैं।

(iv) टेलिफोन सर्वे *(Telephone survey)*—इसमें अध्ययनकर्त्ता अध्ययन में सम्मिलित किये गये व्यक्तियों से टेलिफोन द्वारा ही प्रश्नों का उत्तर पूछ लेता है। इस तरह से टेलिफोन सर्वे में आँकड़े तो जल्द संग्रह कर लिए जाते हैं परन्तु देखा गया है कि टेलिफोन पर व्यक्ति प्रश्नों का सही-सही जवाब विशेषकर वैसे प्रश्नों का जवाब जिसका सम्बन्ध नैतिकता से होता है, नहीं दे पाता है। भारत जैसे देश में टेलिफोन सर्वे का एक और दोष यह हो जाता है कि यहाँ कम ही व्यक्तियों के पास टेलिफोन की सुविधा है। अतः टेलिफोन सर्वे का महत्त्व अपने आप में काफी सीमित हो जाता है।

सर्वे विधि के कुछ गुण (merits) तथा दोष (demerits) हैं।

गुण *(Merits)*

इस विधि के प्रमुख गुण निम्नांकित हैं—

(i) इस विधि का सबसे बड़ा गुण यह है कि इसके द्वारा कम समय में अधिक-से-अधिक व्यक्तियों से आँकड़े संग्रह किये जा सकते हैं।

(ii) चूँकि इस विधि में समाज में भिन्न-भिन्न वर्गों से व्यक्तियों का चयन करके उन्हें अध्ययन में शामिल किया जाता है, अतः इससे प्राप्त निष्कर्ष में सामान्यीकरण (generalization) का गुण अधिक होता है। दूसरे शब्दों में, यह कहा जा सकता है कि इस विधि से प्राप्त निष्कर्ष को अधिक-से-अधिक व्यक्तियों के लिए सही माना जा सकता है, यानी सर्वे विधि में बाध्य वैधता (external validity) का गुण काफी अधिक होता है।

अवगुण *(Demerits)*

सर्वे विधि के प्रमुख अवगुण (demerits) निम्नांकित हैं—

(i) इसका प्रयोग शिशुओं (infants) पर नहीं किया जा सकता है।

(ii) इस विधि में समस्या से सम्बन्धित जो आँकड़े संग्रह किये जाते हैं, उसकी वैधता (validity) पर लोगों को शक बना होता है। उदाहरणार्थ, डाक प्रश्नावली द्वारा प्राप्त सूचनाएँ या आँकड़े सही ही हैं, इसे निश्चितपूर्वक कैसे कहा जा सकता है। हो सकता कि इस प्रश्नावली के प्रश्नों को उचित व्यक्ति जवाब न देकर कोई दूसरा ही दिया हो। ऐसा भी सम्भव है कि व्यक्ति कुछ ही प्रश्नों का जवाब देकर प्रश्नावली को लौटा दे। अतः यह कहा जाता है कि सर्वे विधि द्वारा प्राप्त आँकड़े की वैधता बहुत अधिक नहीं होती है। इस विधि में कुछ दोष होने के बावजूद भी इसका प्रयोग मनोवैज्ञानिकों द्वारा काफी किया जाता है।

नैदानिक या केस अध्ययन विधि
(Clinical or Case Study Method)

मनोविज्ञान की यह एक प्रमुख विधि है। इसे मनोवैज्ञानिकों ने चिकित्साशास्त्र (medicine) से ग्रहण किया है। इस विधि का उपयोग नैदानिक मनोवैज्ञानिकों (clinical psychologists) द्वारा व्यक्तियों के रोगात्मक लक्षणों (pathological symptoms) की पहचान करने तथा उसके कारणों को पता लगाने में काफी किया जाता है। यही कारण है इसे *नैदानिक विधि* (clinical method) भी कहा जाता है।

इस विधि में मनोवैज्ञानिक किसी एक व्यक्ति के व्यवहार को समझने के लिए उसके जीवन के सभी तरह की घटनाओं जो उसके साथ माँ के गर्भ में आने के समय से ही घटित हो रहा होता है, एक विस्तृत इतिहास तैयार करते हैं। इसलिए इस विधि को *केस विवरण विधि* (Case history method) भी कहा जाता है। केस विवरण तैयार करते समय मनोवैज्ञानिक निम्नांकित तथ्यों पर अधिक ध्यान देते हैं—

(i) **प्रारम्भिक सूचनाएँ** *(Preliminary information)*—इसके अन्तर्गत व्यक्ति के नाम, उम्र, यौन, माता-पिता का उम्र, शिक्षा, पेशा, सामाजिक स्तर (social status), परिवार में सदस्यों की संख्या आदि जैसे तथ्यों को सम्मिलित किया जाता है।

(ii) **गत इतिहास** *(Past history)*—इसके अन्तर्गत गर्भधारण से वर्तमान समय तक का इतिहास तैयार किया जाता है। जब व्यक्ति माँ के गर्भ में होता है, तो उस समय माँ की स्थिति कैसी थी, माँ में उस समय कोई भयंकर शारीरिक या मानसिक बीमारी हुई थी या नहीं, जन्म लेते समय की अवस्था कैसी थी, क्या जन्म सामान्य ढंग से हुआ था या नहीं, किसी प्रकार की शारीरिक आघात आदि की घटना हुई थी या नहीं, से सम्बन्धित तथ्य इकट्ठा किये जाते हैं। इसके अलावा बालक का जन्मक्रम (birth order), बचपनावस्था में किसी भयंकर शारीरिक बीमारी या प्रभाव आदि से सम्बन्धित तथ्यों को इकट्ठा किया जाता है।

(iii) **वर्तमान अवस्था** *(Present condition)*—केस विवरण (case history) तैयार करने में व्यक्ति के वर्तमान अवस्था के बारे में भी एक लेखा-जोखा तैयार कर लिया जाता है। जैसे—बालक की बुद्धि स्तर, उसकी रुचि, शौक (hobby), अभिक्षमता, सांवेगिक स्तर, शैक्षिक उपलब्धि (achievement) के बारे में तथ्य इकट्ठा किया जाता है।

केस विवरण तैयार करने में मनोवैज्ञानिक विभिन्न प्रविधियों जैसे— साक्षात्कार, प्रश्नावली, व्यक्तित्व परीक्षण, मापनी (scale) आदि का उपयोग करते हैं। केस विवरण तैयार करने में प्रायः मनोवैज्ञानिक व्यक्ति के अलावा उनके माता-पिता, दोस्त, पड़ोसियों आदि का भी साक्षात्कार लेते हैं। केस विवरण तैयार करने के बाद उसका विश्लेषण किया जाता है और उस विश्लेषण के आधार पर व्यक्ति के व्यवहार के बारे में एक सामान्य निष्कर्ष पर पहुँचा जाता है।

इस विधि के कुछ गुण (merits) तथा अवगुण (demerits) हैं।

गुण *(Merits)*

इसके प्रमुख गुण (merits) निम्नांकित हैं—

(i) नैदानिक विधि में मनोवैज्ञानिक चूँकि प्रत्येक अध्ययन किये जाने वाले व्यक्ति का एक अलग विस्तृत इतिहास तैयार करके उसके कारणों का पता लगाते हैं, इसलिए इस विधि द्वारा व्यक्ति का गहन अध्ययन सम्भव है।

(ii) नैदानिक विधि द्वारा व्यक्ति के मानसिक तथा शारीरिक विकासक्रम को अच्छी तरह जाँचा जा सकता है। इस विधि द्वारा अध्ययन करने में मनोवैज्ञानिकों को इस बात की भरपूर जानकारी हो जाती है कि व्यक्ति किन-किन वैयक्तिक अवस्थाओं से गुजर चुका है तथा उनका प्रभाव उनके शारीरिक एवं मानसिक विकास पर क्या पड़ा है।

(iii) नैदानिक विधि में चूँकि अध्ययन का आधार केस विवरण (case history) होता है, अतः इस विधि में व्यक्ति की समस्याओं एवं उनके सम्भावित कारणों पर सीधा प्रकाश डालने का सुनहरा अवसर मनोवैज्ञानिक को प्राप्त होता है।

अवगुण *(Demerits)*

इन गुणों के बावजूद इस विधि के कुछ प्रमुख अवगुण (demerits) हैं जिनमें निम्नांकित प्रमुख हैं—

(i) नैदानिक विधि में व्यवहार के अध्ययन का आधार व्यक्ति का गत इतिहास (past history) होता है जो व्यक्ति के माता-पिता, दोस्त तथा पड़ोसियां द्वारा दिये गये सूचनाओं पर आधारित होता है। अक्सर देखा गया है कि माता-पिता, दोस्त या पड़ोसी व्यक्ति की सच्ची घटनाओं या तथ्यों को विशेषकर वैसी घटनाओं या तथ्यों को जिनका सम्बन्ध नैतिकता से होता है, छिपा लेते हैं। फलस्वरूप, उनके द्वारा प्रदत्त सूचनाएँ दोषपूर्ण हो जातीं हैं और उनके आधार पर जो अध्ययन किया जाता है, वह अधिक निर्भर योग्य नहीं रह जाता है।

(ii) व्यक्ति के बारे में पूर्ण विवरण तैयार करने में जो सूचनाएँ प्राप्त होतीं हैं या जो इतिहास तैयार होता है, उसकी सत्यता की जाँच करने का कोई उपयुक्त तरीका नैदानिक विधि में नहीं है।

(iii) नैदानिक विधि द्वारा व्यक्ति की समस्या का अध्ययन करने के लिए यह आवश्यक है कि मनोवैज्ञानिक काफी प्रशिक्षित हो तथा उन्हें साक्षात्कार तथा मनोवैज्ञानिक परीक्षणों का उत्तम ज्ञान हो। प्रायः देखा गया है कि इस विधि का उपयोग एक साधारण मनोवैज्ञानिक भी करने लगते हैं। ऐसी परिस्थिति में इनसे प्राप्त तथ्यों पर अधिक भरोसा नहीं किया जा सकता है।

(iv) नैदानिक विधि में वस्तुनिष्ठता (objectivity) कम तथा आत्मनिष्ठता (subjectivity) एवं अन्तर्दशिता (intuitiveness) अधिक है। व्यक्ति के एक ही केस विवरण (case history) का विश्लेषण यदि अलग-अलग मनोवैज्ञानिकों द्वारा की जाती है तो उसमें एकरूपता की कमी पायी जाती है। इससे नैदानिक विधि की विश्वसनीयता (reliability) में कमी आ जाती है।

उपयुक्त अवगुणों के बावजूद नैदानिक विधि का उपयोग मनोविज्ञान में विशेषकर नैदानिक मनोविज्ञान में काफी अधिक होती है। मात्र यही एक ऐसी विधि है जिसके माध्यम से व्यक्ति के व्यवहारात्मक समस्याओं का अध्ययन वैज्ञानिक ढंग से की जा सकती है।

क्षेत्र अध्ययन विधि
(Field Study Method)

यह एक तरह का प्रेक्षण विधि (observation method) है। इस विधि को *स्वाभाविक प्रेक्षण विधि* (natural observation method) भी कहा जाता है। जैसा कि हम जानते हैं कि इस विधि में प्रेक्षक प्राणी के व्यवहारों का अध्ययन क्षेत्र (field) में अर्थात् कार्य करने या रहने के स्वाभाविक स्थान (natural place) में जाकर करते हैं। इस विधि में मानव व्यवहारों का स्कूल, कॉलेज, फैक्टरी, दफ्तर आदि में तथा पशु-पक्षियों के उनके स्वाभाविक रूप से रहने के स्थान में

1. "Field studies are non-experimental scientific inquires aimed at discovering the relations and interactions among sociological, psychological and educational variables in real social structure."

—Kerlinger : *Foundations of Behavioural Researches,* 1986, p. 372

जाकर उनके व्यवहारों का अध्ययन प्रेक्षक द्वारा किया जाता है। क्षेत्र अध्ययन (field study) को करलिंगर[1] (Kerlinger, 1986) ने इस प्रकार परिभाषित किया है, ''क्षेत्र अध्ययन एक ऐसा अप्रयोगात्मक शोध है जो वास्तविक सामाजिक परिस्थिति में समाजशास्त्रीय, मनोवैज्ञानिक एवं शैक्षिक चरों में अन्तःक्रियाओं एवं उसके सम्बन्धों की खोज करता है।''

यदि क्षेत्र अध्ययन की उक्त परिभाषा का विश्लेषण किया जाए तो इस विधि के बारे में कुछ महत्त्वपूर्ण तथ्य प्राप्त होते हैं—

(i) क्षेत्र अध्ययन विधि मनोविज्ञान का एक अप्रयोगात्मक विधि (non-experimental method) है। इसका मतलब यह हुआ कि मनोविज्ञान की इस विधि में व्यवहार के जिन पहलुओं के बारे में मनोवैज्ञानिक अध्ययन करते हैं, उनमें अपनी ओर से किसी तरह का जोड़-तोड़ (manipulation) नहीं करते हैं बल्कि उसका हू-ब-हू ठीक वैसे ही रूप में अध्ययन करते हैं जिस रूप में वे घटित होते हैं।

(ii) क्षेत्र अध्ययन विधि में एक वास्तविक परिस्थिति होता है। स्कूल, कॉलेज, फैक्टरी आदि वास्तविक परिस्थिति के कुछ उदाहरण हैं जहाँ मानव व्यवहार का प्रेक्षण किया जाता है। उसी तरह से बन्दरों के व्यवहारों का अध्ययन उनके रहने के झाड़ीनुमा स्थान, पक्षियों के व्यवहार का अध्ययन घोंसले में, चींटियों के व्यवहार का अध्ययन उनके बिलों के पास करना, वास्तविक परिस्थिति में पशुओं के व्यवहारों के अध्ययन का कुछ नमूना है।

(iii) क्षेत्र अध्ययन में विभिन्न तरह के चरों (variable) की आपसी अन्तःक्रियाओं तथा उनके सम्बन्धों के अध्ययन पर प्रकाश डाला जाता है। यही कारण है कि मनोविज्ञान में क्षेत्र अध्ययन को एक वैज्ञानिक शोध माना जाता है।

क्षेत्र अध्ययन विधि के कुछ गुण (merits) तथा अवगुण (demerits) हैं।

गुण *(Merits)*

इसके प्रमुख गुण (merits) निम्नांकित हैं—

(i) क्षेत्र अध्ययन विधि के परिणाम में सत्यता अधिक होती है क्योंकि इसमें अध्ययन हमेशा वास्तविक परिस्थिति (realistic situation) में की जाती है जिसमें व्यवहारों का अध्ययन बिना किसी तरह के जोड़-तोड़ (manipulation) के भी किया जाता है।

(ii) क्षेत्र अध्ययन विधि में विभिन्न तरह की सामाजिक अन्तःक्रियाओं (social interaction) तथा सम्बन्धों का प्रत्यक्ष प्रेक्षण करने का मौका मनोवैज्ञानिक को मिलता है। दूसरे शब्दों में, मनोवैज्ञानिकों को यहाँ व्यक्तियों की अन्तःक्रियाओं का प्रत्यक्ष रूप से अध्ययन करने का मौका मिलता है। शायद यही कारण है कि यह कहा जाता है कि क्षेत्र अध्ययन विधि में यथार्थवाद अधिक होता है।

(iii) क्षेत्र अध्ययन विधि में मनोवैज्ञानिक प्राणी के व्यवहारों का अध्ययन लम्बे समय तक करते रहते हैं। इसका फायदा यह होता है कि वैसे चर (variable) जिन्हें अध्ययन में शामिल किया गया था, उसका स्वरूप तथा उसे प्रेक्षण करने में लगा समय दोनों का ही पता आसानी से लग जाता है।

अवगुण *(Demerits)*

इस गुणों के बावजूद क्षेत्र अध्ययन विधि की कुछ परिसीमाएँ (limitation) या अवगुण (demerits) हैं जो निम्नांकित हैं—

(i) क्षेत्र अध्ययन विधि का स्वरूप चूँकि अप्रयोगात्मक (non-experimental) होता है अतः इससे प्राप्त निष्कर्ष पर उतना अधिक भरोसा नहीं किया जा सकता है। यह इसलिए भी कहा जाता है क्योंकि चरों में जोड़-तोड़ मनोवैज्ञानिक नहीं कर पाते हैं।

(ii) क्षेत्र अध्ययन विधि में जो भी चर सम्मिलित होते हैं, उनका मापन सही-सही नहीं हो पाता है। जब चरों का ही मापन सही ढंग से नहीं हो पाता है तो उसके अध्ययन की वैधता काफी प्रभावित होती है।

(iii) क्षेत्र अध्ययन विधि से व्यवहारों का अध्ययन करने में मनोवैज्ञानिकों को अधिक समय एवं श्रम लगता है। फलस्वरूप, व्यवहारिक ढंग से यह विधि अधिक मान्य नहीं है।

(iv) क्षेत्र अध्ययन विधि से अध्ययन करने में मनोवैज्ञानिकों को लगातार कई दिनों तक प्रेक्षण करना पड़ता है। फलतः, उन्हें प्रयोज्यों से सतत मदद (continuous help) की जरूरत पड़ती है जो हमेशा नहीं मिल पाती है।

उपर्युक्त परिसीमाओं या अवगुण के बावजूद क्षेत्र अध्ययन विधि अधिक लोकप्रिय है तथा इसकी उपयोगिता अन्य विधियों से किसी अर्थ में कम नहीं है।

प्रश्नावली विधि
(Questionnaire Method)

प्रश्नावली (questionnaire) मनोविज्ञान में आँकड़े संग्रह करने एवं शोध समस्याओं (research problems) का अध्ययन करने का काफी प्रचलित एवं लोकप्रिय साधन है। पहले हम इस प्रश्न पर विचार करें कि प्रश्नावली किसे कहते हैं (What is a Questionnaire?)

प्रश्नावली एक ऐसे प्रश्नों की माला होती है जिसमें शोध समस्या से सम्बन्धित कई प्रश्न दिए होते हैं तथा जिसे ध्यानपूर्वक पढ़कर प्रत्यर्थी (respondent) उनका उत्तर अपने अनुभव के आधार पर देता है और पुनः उसे शोधकर्त्ता को लौटा देता है। प्रायः प्रश्नों को एक पुस्तिका के रूप में छपवा दिया जाता है जिसे **प्रश्नावली पुस्तिका** (questionnaire booklet) कहा जाता है। गुडे तथा हाट[1] (Goode & Hatt, 1981) ने प्रश्नावली को परिभाषित करते हुए कहा है, ''सामान्यतः प्रश्नावली से तात्पर्य एक ऐसे साधन से होता है जिसमें एक फार्म के सहारे प्रश्नों के उत्तर दिये जाते हैं तथा जिसे प्रत्यर्थी स्वयं भरते हैं।'' इस तरह की परिभाषा अन्य शोध वैज्ञानिकों द्वारा भी दी गई है। अब इस परिभाषा का यदि विश्लेषण किया जाय तो हम निम्नांकित निष्कर्ष पर पहुँचते हैं—

(i) प्रश्नावली में प्रश्नों की कड़ी या माला होती है। दूसरे शब्दों में, जब किसी शोध समस्या के चर (variable) को मापने के लिए उस चर से सम्बन्धित कई प्रश्न एक साथ तैयार कर लिए जाते हैं, तो इन प्रश्नों की कड़ी को प्रश्नावली कहा जाता है। उदाहरणार्थ, यदि प्रभुत्व (dominance) जैसे व्यक्तित्व शीलगुण की माप करने के ख्याल से प्रभुत्व से सम्बन्धित कुछ प्रश्नों की माला-तैयार कर ली जाय, तो इसे हम प्रश्नावली की संज्ञा देंगे।

(ii) प्रश्नावली को एक फार्म के रूप में तैयार किया जाता है जिसमें प्रश्न, उसके उत्तर एवं उसके उत्तर के लिए जगह, प्रत्यर्थी (respondent) का नाम, पता, योग्यता आदि लिखने के लिए भी पर्याप्त स्थान होता है।

(iii) प्रश्नावली की एक विशेषता यह भी है कि इसे प्रत्यर्थी (respondent) स्वयं पढ़ता है तथा पुस्तिका में छपे प्रश्नों का उत्तर भी स्वयं देता है। यह उत्तर उसे अपने पूर्व अनुभवों के आधार पर देना होता है। चूँकि प्रश्नावली में प्रत्यर्थी (respondent) अपने बारे में स्वयं वर्णन करता है इसलिए इसे कुछ विद्वानों ने *आत्म-रिपोर्ट प्रविधि* (self-report measure) भी कहना पसन्द किया है।

प्रश्नावली के प्रकार *(Types of Questionnaire)*

व्यवहारपरक विज्ञानों (behavioural sciences) में प्रयुक्त होने वाले में प्रश्नावली (questionnaire) को दो कसौटियों (criteria) पर विभिन्न भागों में बाँटा गया है—

(क) प्रश्नावली में व्यवहृत एकांशों के आधार पर *(On the basis of items used in questionnaire)*— प्रश्नावली में व्यवहृत एकांशों (items) के आधार पर प्रश्नावली को मूलतः दो भागों में बाँटा गया है—

(1) निश्चित या सीमित एकांश वाले प्रश्नावली (Fixed or closed-items questionnaire)

(2) विस्तृत एकांश वाले प्रश्नावली (Open-ended items questionnaire)

(ख) क्रियान्वयन के तरीकों के आधार पर *(On the basis of modes of administration)*—प्रश्नावली को क्रियान्वयन (administration) के तरीका के आधार पर निम्नांकित दो भागों में बाँटा गया है—

(1) आमने-सामने क्रियान्वित प्रश्नावली (face-to-face administrated questionnaire)

(2) डाक प्रश्नावली (Mail questionnaire)

इस तरह से यह स्पष्ट है कि प्रश्नावली के चार प्रकार होते हैं। इन सबका वर्णन हम एक-एक करके इस प्रकार कर सकते हैं—

(1) निश्चित या सीमित एकांश वाले प्रश्नावली *(Fixed or closed-items questionnaire)*

जैसा कि नाम से ही स्पष्ट है, इस ढंग की प्रश्नावली के एकांशों (items) का स्वरूप ऐसा होता है जिनका उत्तर सीमाबद्ध या नियंत्रित होता है। इस तरह के प्रश्नावली में प्रत्येक एकांश (items) या प्रश्न के कुछ निश्चित उत्तर दे दिये जाते हैं और उन उत्तरों में से सही उत्तर को चुनकर प्रत्यर्थी (respondent) अपनी अनुक्रिया व्यक्त करता है। इस ढंग के प्रश्नों या एकांशों का एक नमूना निम्नांकित हैं—

---

1. "In general, the word questionnaire refers to a device for securing answers to questions by using a form which the respondent fills in himself." —Goode & Hatt : *Methods in Social Research,* 1981. p. 133

1. आपने मनोविज्ञान में सम्मान (Honours) क्यों लिया है?

(अ) एक रुचिकर विषय होने के कारण।

(ब) अन्य विषयों की तुलना में सरल होने के कारण।

(स) प्रतियोगिता परीक्षाओं (competitive examinations) में इसका विशेष महत्त्व के कारण।

(द) माता-पिता या शिक्षक के सुझाव के कारण।

प्रत्यर्थी (respondent) के सामने उपर्युक्त प्रश्न या एकांश में चार अनुक्रिया विकल्प (response options) दिये गये हैं जो उस प्रश्न का सम्भावित उत्तर है। उसे इन उत्तरों में से जिसे वह अपने लिए सही समझता है, को चुनकर अपनी अनुक्रिया व्यक्त करेगा। इनमें से कोई एक उत्तर सभी प्रत्यर्थी के लिए सही नहीं होगा और न ही सभी प्रत्यर्थी एक ही उत्तर के रूप में अपनी अनुक्रिया व्यक्त करेंगे।

निश्चित या सीमित-एकांश वाली प्रश्नावली (fixed or closed items questionnaire) का सफलतापूर्वक प्रयोग करने के लिए कुछ पूर्वकल्पनाएँ (assumptions) की जातीं हैं; जो निम्नांकित हैं—

(a) प्रतिदर्श (sample) अर्थात् अध्ययन में सम्मिलित किये गये व्यक्तियों के समूह प्रश्नावली की विषय-वस्तु (subject-matter) से भली-भाँति परिचित हो।

(b) शोधकर्त्ता को यह पहले से पता होना चाहिए कि प्रतिदर्श द्वारा सम्भावित उत्तरों (possible answers) का विशिष्ट स्वरूप क्या होगा। जैसे, मान लिया जाय कि शोधकर्त्ता राजनैतिक पार्टी (political party) के प्रति व्यक्तियों की मनोवृत्ति (attitude) का अध्ययन कर रहा है, तो वैसी परिस्थिति में शोधकर्त्ता को यह पता होना चाहिए कि व्यक्तियों द्वारा दिये जाने वाले उत्तर कुछ महत्त्वपूर्ण पार्टियों जैसे कांग्रेस (ई), जनता दल, भारतीय जनता दल आदि तक ही सीमित रहेंगे। ऐसा नहीं होने से शोधकर्त्ता को सभी राजनैतिक पार्टियों का नाम अनुक्रिया विकल्प (response option) में देना होगा जिससे एकांश (items) या प्रश्न (question) की वैधता (validity) पर प्रतिकूल (adverse) प्रभाव पड़ने की सम्भावना बढ़ जाएगी।

निश्चित या सीमित एकांशवाली प्रश्नावली (fixed or closed items questionnaire) के कुछ गुण (advantages) तथा दोष (disadvantages) हैं।

गुण (*Merits*)

इसके प्रमुख गुण (advantages) निम्नांकित हैं—

(i) निश्चित या सीमित अनुक्रिया वाले एकांशों या प्रश्नों का प्राप्तांक लेखन करना (scoring) तथा कूटबद्ध करना (coding) करना काफी आसानी होता है। कूटबद्ध करना (coding) एक ऐसी प्रक्रिया को कहा जाता है जिसमें शोधकर्त्ता अनुक्रियाओं (response) को एक-दूसरे से अलग करने तथा उनका सांख्यिकीय विश्लेषण (statistical analysis) करने के ख्याल से विशेष अंक (number) प्रदान करता है। जैसे, जनता दल के प्रति अनुक्रिया के लिए 1, भारतीय जनता दल के प्रति अनुक्रिया के लिए 2, तथा कांग्रेस (ई) के प्रति अनुक्रिया के लिए 3 देकर शोधकर्त्ता प्रत्यर्थी (respondent) द्वारा दिये गये उत्तरों का कूटबद्धकरण कर सकता है। इससे एक विशेष फायदा यह होता है कि बाद में शोधकर्त्ता इसके आधार पर विशेष सांख्यिकीय विश्लेषण (statistical analysis) आसानी से कर पाता है।

(ii) निश्चित या सीमित अनुक्रिया वाले एकांशों (items) या प्रश्नों में प्रत्यर्थी (respondent) को कुछ लिखना नहीं पड़ता है। वह सिर्फ दिये गये उत्तरों में से जिसे वह सही उत्तर समझता है, पर एक चिह्न लगाकर अपनी अनुक्रिया व्यक्त कर देता है। इससे विशेषकर उस प्रत्यर्थी को अधिक लाभ पहुँचता है जो किसी कारण से अपनी विचार को शाब्दिक रूप से (verbally) व्यक्त करने में असमर्थ होता है।

(iii) निश्चित या सीमित-अनुक्रिया वाले प्रश्न (fixed response questions) का उत्तर देने में कम समय लगता है। अगर ऐसे प्रश्नों या एकांशों वाली प्रश्नावली (questionnaire) यदि लम्बी भी हो, तो प्रत्यर्थी उनका उत्तर देने में उतना समय नहीं लेते जितना कि एक ऐसी प्रश्नावली के प्रश्नों का उत्तर देने में वे लेते हैं जिनके उत्तर देने के लिए कुछ लिखित शब्दों या लिखित वाक्यों का प्रयोग अनिवार्य होता है।

इन गुणों के बावजूद निश्चित या सीमित अनुक्रिया वाले प्रश्नों (fixed response questions) के कुछ अवगुण

(limitations) हैं जो निम्नांकित हैं—

(i) निश्चित या सीमित अनुक्रिया वाले प्रश्नों का एक मुख्य अवगुण यह बतलाया गया है कि अक्सर शोधकर्त्ता प्रत्यर्थी (respondent) के सामने सभी तर्कपूर्ण एवं संगत (relevant) विकल्पों (alternatives) को नहीं रख पाते हैं। इसका प्रमुख कारण यह होता है कि शोधकर्त्ताओं को प्रत्येक अनुक्रिया विकल्पों (response alternatives) को सामान्यतः एक सीमित संख्याओं जैसे दो, तीन या चार में व्यक्त कर देना होता है और इन विकल्पों में वे सही तरह के संगत विकल्पों (relevant alternatives) को दर्शाने में अक्सर असमर्थ रहते हैं। फलस्वरूप, शोधकर्त्ता को ऐसे प्रश्नों के उत्तरों या अनुक्रियाओं से जो सूचनाएँ मिलती हैं, वे अधिक वैज्ञानिक या तर्कसंगत नहीं रह जाती है।

(ii) निश्चित या सीमित अनुक्रिया वाले प्रश्नों (fixed response questions) में प्रत्यर्थी प्रायः द्रुत गति (rapidity) बनाये रखने के ख्याल से प्रश्नों के दिये गये अनुक्रिया विकल्पों (response options) को ठीक से पढ़े बिना ही किसी अनुक्रिया पर चिह्न या टिक लगाकर उत्तर दे देता है। इस प्रकार की अनुक्रिया वृत्ति (response set) विशेषकर उन प्रश्नावलियों में अधिक देखने को मिलता है जिनकी लम्बाई अधिक होती है यानी, जिनमें प्रश्नों की संख्या अधिक होती है।

(2) विस्तृत-एकांश वाली प्रश्नावली *(Open-ended item questionnaire)*

इस तरह की प्रश्नावली में प्रत्यर्थी (respondent) को दिये गये प्रश्नों का उत्तर अपने शब्दों में देता है। शोधकर्त्ता निश्चित या सीमित अनुक्रिया वाले प्रश्नों (fixed response questions) के समान यहाँ अपनी ओर से कोई अनुक्रिया विकल्प (response options) नहीं तैयार करता है। प्रत्यर्थी (respondent) दिये गये प्रश्नों को पढ़कर तथा उन्हें समझकर उनका उत्तर अपने शब्दों में प्रश्न के नीचे दिये खाली जगह में लिखता है। ऐसे प्रश्नों का उत्तर वह एक पंक्ति या एक से अधिक पंक्तियों में भी दे सकता है। इस तरह के प्रश्नों का एक नमूना निम्नांकित है—

(a) आपने मनोविज्ञान विषय में सम्मान (Honours) क्यों लिया है?

(b) आपको मनोविज्ञान कैसा विषय लगता है?

(c) आपको मनोविज्ञान में अभिरुचि कैसे उत्पन्न हुई?

(d) किन्हीं तीन ऐसे मनोवैज्ञानिकों के नाम बतलाइए जिनसे आप काफी प्रभावित हुए हों।

स्पष्ट है कि विस्तृत-एकांश वाले प्रश्नों में प्रत्यर्थी द्वारा दिये गये उत्तरों के आधार पर उनके उत्तर के कारण एवं संदर्भ (context) का भी पता आसानी से चल जाता है।

विस्तृत-एकांश वाली प्रश्नावली (open-ended questionnaire) के भी कुछ गुण-दोष बतलाये गये हैं।

इसके प्रमुख **गुणों** (merits) को इस प्रकार दर्शाया गया है—

(i) इस ढंग की प्रश्नावली उस परिस्थिति में काफी लाभदायक (useful) सिद्ध होती है जहाँ शोधकर्त्ता को प्रतिदर्श (sample) या अध्ययन में सम्मिलित किये गये व्यक्तियों के बारे में जो पूर्वसूचना प्राप्त है, वह अपर्याप्त है। चूँकि प्रत्यर्थी (respondent) को ऐसे प्रश्नों का उत्तर विस्तृत रूप से देना होता है, इसलिए वे अपने उत्तर के माध्यम से अपनी मनोवृत्ति (attitude), मत (opinion), ज्ञान (knowledge) आदि की पूर्ण अभिव्यक्ति (expression) कर देते हैं। अतः मात्र उनके उत्तरों के ही आधार पर शोधकर्त्ता प्रत्यर्थी (respondent) के बारे में महत्त्वपूर्ण सूचनाएँ प्राप्त कर लेता है।

(ii) विस्तृत-एकांश वाली प्रश्नावली उस परिस्थिति में भी अधिक लाभदायक सिद्ध होती है जहाँ शोधकर्त्ता प्रत्यर्थी (respondent) की संगठनात्मक क्षमता (organisational ability), सूझपूर्ण व्यवहार (insightful behaviour) आदि की गहराई में जाना चाहता है। टुकमैन (Tuckman, 1990) द्वारा एक अध्ययन कर यह दिखला दिया गया है कि विस्तृत एकांश वाली प्रश्नावली द्वारा प्रत्यर्थी की संगठनात्मक क्षमता तथा सूझपूर्ण व्यवहार की जितनी गहराई से जाना जा सकता है, उससे काफी कम मात्रा में सूचना हमें निश्चित या सीमित-एकांश वाले प्रश्नों से ही मिल पाती है।

विस्तृत-एकांश वाली प्रश्नावली (open-ended questionnaire) के कुछ **दोष** (demerits) भी बतलाये गये हैं जो निम्नांकित हैं—

(i) विस्तृत-एकांश वाली प्रश्नावली (open-ended questionnaire) का सबसे बड़ा अवगुण या दोष यह बतलाया गया है कि ऐसे प्रश्नों के प्रति दिये गये उत्तरों (answers) या अनुक्रियाओं (responses) को वैज्ञानिक ढंग से वर्गीकरण (classify) करके उससे एक निश्चित निष्कर्ष पर पहुँचना यदि असम्भव नहीं तो कठिन अवश्य है। प्रश्नावली के एक ही एकांश (item) या प्रश्न का विभिन्न प्रत्यर्थियों (respondents) द्वारा दिये गये उत्तर एक समान दिखलाई दे सकते हैं परन्तु वास्तव में प्रत्येक प्रत्यर्थी (respondent) का अर्थ अलग-अलग हो सकता है तथा उसका मूल्य (value) भी अलग-अलग हो सकता है। आँकड़ा विश्लेषण (analysis) के ख्याल से शोधकर्त्ता ऐसे सभी उत्तरों को एक ही श्रेणी में रखकर विश्लेषण (data analysis) कर सकता है परन्तु सचमुच में इस ढंग के विश्लेषण से मिलने वाला अन्तिम निष्कर्ष गम्भीर रूप से (seriously) दोषपूर्ण माना जायेगा।

(ii) विस्तृत-एकांश वाली प्रश्नावली (open-ended questionnaire) का प्रयोग उस परिस्थिति में नहीं किया जा सकता है जब प्रतिदर्श (sample) या अध्ययन में शामिल किये गये व्यक्तियों में शाब्दिक रूप से (verbally) या मौखिक रूप से (orally) अपने आप को अभिव्यक्त (express) करने की क्षमता नहीं होती है।

(iii) विस्तृत एकांश वाले प्रश्नावली (open-ended questionnaire) का एक दोष यह बतलाया गया है कि इससे शोध-समस्या के बारे में आँकड़े (data) संग्रह करने में अधिक समय लगता है। बहुत सारे प्रत्यर्थी (respondent) ऐसा महसूस करने लगते हैं कि सभी प्रश्नों को पढ़कर उत्तर देने का अतिरिक्त समय उनके पास नहीं है और न वे इन प्रश्नों के उत्तर देने में कोई रुचि ही दिखलाते हैं।

(3) डाक प्रश्नावली *(Mail questionnaire)*

डाक प्रश्नावली में, जैसा कि नाम से ही पता चलता है, प्रश्नावली को शोधकर्त्ता प्रत्यर्थी (respondent) के घर या दफ्तर के पते (address) से डाक द्वारा भेज देता है। प्रश्नावली के साथ प्रश्नावली के प्रश्नों का उत्तर देने सम्बन्धी निर्देश (instruction) तथा एक लिफाफा (envelop) भी भेज दिया जाता है। प्रत्यर्थी से अनुरोध किया जाता है कि वे प्रश्नों का उत्तर देकर लिफाफा पर छपे पते पर डाक द्वारा ही उसे यथाशीघ्र लौटा दें।

डाक प्रश्नावली (mail questionnaire) के भी कुछ गुण-दोष बतलाये गये हैं।

इसके प्रमुख **गुण** (merit) निम्नांकित हैं—

(i) डाक प्रश्नावली (mail questionnaire) द्वारा बहुत ही कम समय मे देश के कोने-कोने में बिखरे हुए व्यक्तियों से आसानी से आँकड़े संग्रह कर लिए जाते हैं। इसका परिणाम यह होता है कि इस तरह की प्रश्नावली द्वारा अध्ययन करने में खर्च भी कम लगता है तथा समय भी बहुत ही कम लगता है।

(ii) डाक प्रश्नावली (mail questionnaire) में प्रत्यर्थी (respondent) के साथ सीधा सम्पर्क अर्थात् आमने-सामने की सम्पर्क की जरूरत नहीं होती है। इसके दो फायदे होते हैं— पहला तो यह कि शोधकर्त्ता उन सभी समस्याओं से बच जाता है जो प्रत्यर्थी के साथ सीधा सम्पर्क उत्पन्न करने से सम्बन्धित होते हैं तथा दूसरा यह कि प्रत्यर्थी प्रश्नों का उत्तर देते समय शोधकर्त्ता की उपस्थिति से होनेवाली घबड़ाहट तथा संकोचशीलता से भी बच जाता है।

इन गुणों के बावजूद डाक प्रश्नावली के कुछ **अवगुण** (disadvantages) बतलाये गये हैं जो निम्नांकित हैं—

(i) डाक प्रश्नावली (mail questionnaire) का सबसे प्रमुख अवगुण यह बतलाया गया है कि इस ढंग की प्रश्नावली को प्रत्यर्थी (respondents) कम महत्त्व देकर उसके प्रति कोई अनुक्रिया (response) प्रायः नहीं

करते हैं तथा उसे पुनः डाक द्वारा शोधकर्त्ता को लौटाते ही नहीं है। ब्लैक तथा चैम्पियन[1] (Black & Champion, 1976) ने इस पर टिप्पणी करते हुए कहा है "यद्यपि डाक प्रश्नावली के प्रति अनुक्रिया-न-देने (non-response) का आकलन (estimate) परिवर्तित होता रहता है, सामान्य प्रत्याशा (common expectation) यह है कि करीब 70 प्रतिशत डाक प्रश्नावलियों को लौटाया ही नहीं जाता है।" ऐसी परिस्थिति में शोधकर्त्ता के लिए किसी भी तरह के अन्तिम निष्कर्ष पर पहुँचना कठिन हो जाता है और संग्रह किये आँकड़े अर्थहीन हो जाते हैं।

(ii) डाक प्रश्नावली (mail questionnaire) में इस बात की कोई गारंटी नहीं होती है कि प्रश्नों का उत्तर देनेवाला व्यक्ति ठीक वही है जो उसके प्रतिदर्श (sample) में सम्मिलित किया गया है। ऐसा सम्भव है कि पति को प्रतिदर्श में सम्मिलित किया गया हो परन्तु पत्नी को नहीं और प्रश्नों का उत्तर किसी कारण से पति की जगह पर पत्नी देकर उस प्रश्नावली को शोधकर्त्ता को पास लौटा दे। ऐसी परिस्थिति में शोधकर्त्ता को प्रश्नावली के आधार पर जो आँकड़े प्राप्त होंगे, वे निश्चित रूप से दोषपूर्ण होंगे।

(iii) डाक प्रश्नावली में हमेशा इस बात की सम्भावना बनी रहती है कि प्रश्नों का गलत अर्थ प्रत्यर्थी (respondent) द्वारा लगा दिया जा सकता है। चूँकि शोधकर्त्ता प्रत्यर्थी के सामने उत्तर देते समय स्वयं मौजूद नहीं रहता है, इसलिए ऐसी सम्भावना बनी रहती है कि प्रत्यर्थी (respondent) उसका गलत अर्थ लगाकर या अनुपयुक्त अर्थ (inappropriate meaning) लगाकर उसका उत्तर दे दे। ऐसी परिस्थिति में भी शोधकर्त्ता को वास्तविक आँकड़े नहीं प्राप्त हो जाते हैं।

(iv) डाक प्रश्नावली के प्रश्नों के उत्तरों को एक-दूसरे से पूर्णतः स्वतंत्र (independent) नहीं माना जा सकता है क्योंकि अक्सर देखा गया है कि प्रत्यर्थी (respondent) उत्तर देना प्रारम्भ करने के पहले पूरी प्रश्नावली को एक बार पढ़ लेता है।

(v) डाक प्रश्नावली (mail questionnaire) साधारणतः उन परिस्थितियों में अधिक लाभप्रद साबित होता है जहाँ शोध समस्या (research problem) से सम्बन्धित प्रश्न आसान एवं सीधा (straight forward) होता है। परन्तु जब तकनीकी (technical) तथा जटिल प्रश्न पूछे जाते हैं तो अक्सर ऐसे प्रश्नों का उत्तर प्रत्यर्थी नहीं देता है या उसका गलत अर्थ लगाकर वह कुछ दूसरा ही उत्तर दे देता है।

स्पष्ट है कि डाक प्रश्नावली में एक ओर जहाँ समय एवं धन की मितव्ययिता (economy) है, तो दूसरी ओर इसके साथ अनेक प्रकार की जटिलताएँ (complexities) भी शामिल हैं।

(4) आमने-सामने क्रियान्वित प्रश्नावली *(Face-to-face administered questionnaire)*

आमने-सामने क्रियान्वित प्रश्नावली वैसे प्रश्नावली को कहा जाता है जिसे शोधकर्त्ता (researcher) प्रत्यर्थियों (respondents) के एक समूह पर (सामान्यतः जिसमें प्रत्यर्थियों की संख्या 20–30 होती है, हालांकि ऐसा कोई निश्चित नियम नहीं है) अपनी उपस्थिति में क्रियान्वित (administer) करता है। इस ढंग की प्रश्नावली को क्रियान्वयन करने में शोधकर्त्ता स्वयं समूह में खड़ा होकर मानक निर्देश (standard instruction) देता है तथा यदा-कदा प्रत्यर्थी द्वारा प्रश्नों को समझने में होने वाली गलतफहमियों को भी दूर करता है। क्रियान्वयन (administration) प्रारम्भ करने के पहले शोधकर्त्ता प्रत्यर्थियों (respondents) के साथ एक सोहार्द्रपूर्ण सम्बन्ध (cordial relationship) भी स्थापित कर लेता है ताकि उसे प्रत्यर्थी से अधिक-से-अधिक सहयोग मिल सके।

आमने-सामने क्रियान्वित प्रश्नावली (face-to-face admiistered questionnaire) के भी कुछ गुण-दोष बतलाये गये हैं।

इसके प्रमुख **गुण** (advantages) निम्नलिखित हैं—

(i) इस प्रश्नावली को करीब-करीब सभी प्रत्यर्थी (respondent) पूरा (complete) करके लौटाते हैं। ऐसा न के बराबर होता है कि प्रश्नों को अधूरा छोड़कर प्रश्नावली को लौटा दिया गया हो। इससे आँकड़े पर निर्भरता अधिक बढ़ जाती है।

(ii) इस प्रश्नावली में शोधकर्त्ता को यह पता होता है कि सही प्रत्यर्थी (correct respondent) ही प्रश्नों का जवाब दे रहा है।

---

1. "Although estimates of non-response to a mailed questionnaire vary, it appears to be a normal expectation that nearly 70 per cent of the questionnaires mailed will not be returned."

—Black and Champion : *Methods and issues in Social Research,* 1976, p. 389

(iii) इस प्रश्नावली में शोधकर्त्ता प्रत्यर्थी द्वारा किसी प्रश्न को समझने में हुए कठिनाई या संभ्रांति (confusion) को दूर करने के लिए मौजूद रहता है। फलस्वरूप, प्रत्यर्थी (respondent) द्वारा जो भी उत्तर दिये जाते हैं, उसमें मिलने वाला आँकड़ा वैज्ञानिक होता है।

इन गुणों के बावजूद इस तरह की प्रश्नावली के कुछ **दोष** या परिसीमाएँ बतलायीं गयीं हैं जो निम्नांकित हैं—

(i) डाक प्रश्नावली (mail questionnaire) की तुलना में आमने-सामने क्रियान्वित प्रश्नावली (face-to-face administered questionnaire) अधिक खर्चीली (costly) तथा समय लेने वाली प्रविधि मानी गयी है क्योंकि इससे शोधकर्त्ता को आँकड़ों का संग्रहण अक्सर प्रत्यर्थियों (respondents) से व्यक्तिगत रूप से सम्पर्क स्थापित करके करना होता है।

(ii) आमने-सामने क्रियान्वित प्रश्नावली (face-to-face administered questionnaire) में प्रतिदर्श (sample) की संख्या छोटी होती है या फिर उन्हीं व्यक्तियों को प्रतिदर्श में शामिल कर लिया जाता है जो आसानी से उपलब्ध हो जाते हैं। ऐसी परिस्थिति में इन प्रश्नावलियों (questionnaires) से प्राप्त परिणाम में कहाँ तक सामान्यीकरण (generalizability) का गुण होगा, यह कहना मुश्किल है। क्या ऐसे प्रतिदर्श (sample) से प्रश्नावली द्वारा प्राप्त आँकड़ों को पूरी जीवसंख्या (whole population) के लिए सही ठहराया जा सकता है? इसका सही-सही उत्तर नहीं दिया जा सकता है।

निष्कर्षतः यह कहा जा सकता है कि इन विभिन्न तरह की प्रश्नावलियों (questionnaires) में से शोधकर्त्ता किस तरह की प्रश्नावली को अधिक महत्त्व देगा, यह इस बात पर आधारित होगा कि शोध समस्या (research problem) का स्वरूप क्या है तथा शोधकर्त्ता का उद्देश्य (purpose) क्या है।

एक अच्छी प्रश्नावली की विशेषताएँ
(Characteristics of a Good Questionnaire)

एक अच्छी प्रश्नावली की कुछ खास-खास विशेषताएँ होतीं हैं। इन विशेषताओं में निम्नांकित प्रमुख हैं—

(i) प्रश्नावली में दिये गये प्रश्नों का सम्बन्ध शोध विषय (research topic) से सीधा एवं स्पष्ट होना चाहिए ताकि प्रत्यर्थी (respondent) प्रश्नों के महत्त्व को समझ सके तथा उसका सही उत्तर दे सके।

(ii) यथासम्भव प्रश्नावली की लम्बाई (length) कम होनी चाहिए क्योंकि अधिक लम्बी प्रश्नावली से प्रत्यर्थी में मानसिक नीरसता उत्पन्न होती है और वह प्रश्नों का उत्तर छिन्न-भिन्न मन से दे पाता है। प्रश्नावली की लम्बाई से मतलब प्रश्नावली में रखे गये प्रश्नों की संख्या से है।

(iii) प्रश्नों में प्रयुक्त होने वाले शब्द तथा वाक्य यथासम्भव सरल हों ताकि उससे प्रत्यर्थी (respondent) के मन में किसी प्रकार की सम्भ्रांति (confusion) उत्पन्न न हो। प्रत्येक प्रश्न में एक ही स्पष्ट विचार सम्मिलित होना चाहिए। दूसरे शब्दों में प्रश्न दिशासूचक नहीं होना चाहिए।

(iv) प्रश्नों को वस्तुनिष्ठ (objective) होना चाहिए और उससे किसी भी कीमत पर सम्भावित उत्तरों के बारे में कोई संकेत नहीं मिलना चाहिए।

(v) ऐसे प्रश्नों को जिनसे प्रत्यर्थी (respondent) लज्जित (embarrassed) हो जाय, नहीं पूछना चाहिए।

(vi) प्रश्नावली का निर्देश (instruction) पूर्ण एवं स्पष्ट होना चाहिए।

(vii) प्रश्नों का क्रम (sequence) मनोवैज्ञानिक तथा प्रभावकारी होना चाहिए। सामान्यतः प्रश्नावली में सामान्य प्रश्नों (general questions) को पहले तथा विशिष्ट प्रश्नों (specific questions) को बाद में उपस्थित करना चाहिए या अनुकूल प्रश्नों (unfavourable questions) को पहले तथा प्रतिकूल प्रश्नों (unfavourable questions) को बाद में रखना चाहिए।

(viii) प्रश्नावली को देखने में सुन्दर एवं आकर्षक होना चाहिए। उसकी छपाई सुन्दर एवं सुव्यवस्थित होनी चाहिए।

साक्षात्कार विधि
(Interview Method)

साक्षात्कार की परिभाषा एवं विशेषताएँ *(Meaning and Characteristics of Interview)*

मनोविज्ञान में कुछ ऐसे प्रदत्तों या आँकड़ों (data) की माँग होती है जो व्यक्ति के अपने अनुभव पर आधारित होते

हैं तथा जिसे व्यक्ति स्वयं ही वर्णित करता है। ऐसे आँकड़ों के संग्रह के लिए साक्षात्कार विधि (interview method) का प्रयोग किया जाता है। सामान्यतः दो या दो से अधिक व्यक्तियों द्वारा किसी विशेष उद्देश्य से आमने-सामने की गयी बातचीत को साक्षात्कार कहा जाता है। डेजिन[1] (Dezen, 1970) ने साक्षात्कार को कुछ इसी अर्थ में परिभाषत करते हुए कहा है, ''साक्षात्कार आमने-सामने किया गया एक संवादोचित आदान-प्रदान है जहाँ एक व्यक्ति दूसरे व्यक्ति से कुछ सूचनाएँ प्राप्त करता है।'' इसी ढंग की मिलती-जुलती परिभाषा करलिंगर[2] (Kerlinger, 1985) ने दी है, ''साक्षात्कार एक आमने-सामने अन्तरवैयक्तिक भूमिका परिस्थिति है जिसमें एक व्यक्ति (अर्थात् भेंटकर्त्ता) साक्षात्कार देने वाले व्यक्ति (अर्थात् प्रत्यर्थी) से शोध समस्या से सम्बन्धित उत्तरों की प्राप्ति के लिए प्रश्न करता है।''

करीब-करीब इसी अर्थ में अन्य वैज्ञानिकों जैसे हाइमैन (Hyman, 1954), मैकोबी तथा मैकोबी (Maccoby & Maccoby, 1954) तथा थियोर्डोसन एवं थियोर्डोसन (Theodorson & Theodorson, 1969) ने भी साक्षात्कार को परिभाषित किया है। यदि हम उपर्युक्त एवं अन्य वैसी ही परिभाषाओं का विश्लेषण करें तो हमें साक्षात्कार के स्वरूप (nature) के बारे में कुछ महत्त्वपूर्ण तथ्य प्राप्त होते हैं जिनमें निम्नांकित प्रमुख हैं:—

(i) साक्षात्कार एक आमने-सामने की परिस्थिति होती है *(Interview is a face-to-face situation)*—साक्षात्कार में आमने-सामने की परिस्थिति होती है जिसमें एक तरफ साक्षात्कारकर्त्ता या भेटकर्त्ता (interviewer) होते है और दूसरी तरफ साक्षात्कार देने वाले व्यक्ति उपस्थित होते हैं।

परन्तु कुछ वैज्ञानिकों का यह भी मत है कि साक्षात्कार में हमेशा आमने-सामने की परिस्थिति नही होती है। जैसे, ब्लैक तथा चैम्पियन (Black & Champion, 1976) का मत है कि साक्षात्कार टेलीफोन द्वारा भी संचालित किया जा सकता है। ऐसे साक्षात्कार में आमने-सामने की परिस्थिति नही होती है। परन्तु अधिकतर वैज्ञानिकों का मत इस पक्ष में है कि साक्षात्कार को एक आमने-सामने की ही परिस्थिति माना जाय। आधुनिक समय के इन्टरनेट के माध्यम से किया गया साक्षात्कार में भी आमने-सामने की परिस्थिति सम्मिलित नहीं होती है।

(ii) साक्षात्कार में प्रश्न पूछे जाते हैं तथा उनके उत्तर शाब्दिक रूप से दिये जाते हैं *(In interview questions are asked & responses are given verbally)*—साक्षात्कार में साक्षात्कारकर्त्ता साक्षात्कार देने वाले व्यक्तियों से शाब्दिक रूप से (verbally) प्रश्नों को पूछता है जिनका उत्तर साक्षात्कार देने वाले व्यक्ति को भी शाब्दिक रूप से देना होता है। सामान्यतः साक्षात्कार में एक साक्षात्कारकर्त्ता (interviewer) तथा एक साक्षात्कार देनेवाला व्यक्ति होता है जिनमें शाब्दिक आदान-प्रदान (verbal exchange) होता है परन्तु साक्षात्कार में व्यक्तियों की संख्या दो से अधिक भी हो सकती है। किसी विशेष साक्षात्कार में एक से अधिक साक्षात्कारकर्त्ता हो सकते हैं तथा एक से अधिक साक्षात्कार देनेवाले व्यक्ति भी हो सकते हैं।

(iii) साक्षात्कार में साक्षात्कारकर्त्ता द्वारा न कि प्रत्यर्थी द्वारा सूचनाओं को रिकार्ड किया जाता है *(In interview information is recorded by interviewer & not by respondent)*—साक्षात्कार की एक विशेषता यह भी है कि उसमें जो सूचनाएँ प्राप्त होतीं हैं उन्हें साक्षात्कारकर्त्ता द्वारा न कि साक्षात्कार देने वाले व्यक्ति या प्रत्यर्थी (respondent) द्वारा रिकार्ड किया जाता है। साक्षात्कार का यह गुण प्रयोग (experiment) तथा अन्य प्रेक्षणात्मक विधियां (observational methods) की विशेषता के समान है क्योंकि इन प्रविधियों में भी प्रयोगकर्त्ता या प्रेक्षक (observer) द्वारा ही सूचनाओं का अभिलेखन (recording) किया जाता है।

(iv) साक्षात्कारकर्त्ता तथा साक्षात्कार देने वाले व्यक्ति के बीच का सम्बन्ध विशिष्ट ढंग से संरचित होता है *(The relationship between interviewer & interviewee is structured in specific ways)*—साक्षात्कारकर्त्ता तथा साक्षात्कार देने वाले व्यक्ति के बीच का सम्बन्ध खास ढंग से संरचित होता है यानी परिभाषित होता है। जैसे, साक्षात्कारकर्त्ता (interviewer) तथा साक्षात्कार देने वाले व्यक्ति के बीच का सम्बन्ध अल्पकालिक (transitory) होता है। अवधि (duration) के ख्याल से तथा साथ-ही-साथ प्रश्न-उत्तर के रूप में किये गये संवादोचित आदान-प्रदान (conversational exchange) के ख्याल से साक्षात्कार एक निश्चित बिन्दु से शुरू होता है और एक निश्चित बिन्दु पर

1. "An interview is any face-to-face conversational exchange where one person elicits information from another."
—Dezen : *The Research Act*, 1970, p. 195

2. "The interview is face-to-face interpersonal role situation in which one person, the interviwer, asks a person being interviewed, the respondent questions designed to obtain answers pertinent to research problem."
—Kerlinger : *Foundation of Behavioural Research*, 1985, p. 441

समाप्त हो जाता है। स्पष्टतः यहाँ साक्षात्कारकर्त्ता तथा प्रत्यर्थी (respondent) या साक्षात्कार देने वाले व्यक्ति के बीच जो सम्बन्ध स्थापित होता है, वह अल्पकालिक (transitory) होता है। उसी तरह यह भी कहा जाता है कि साक्षात्कारकर्त्ता (interviewer) तथा साक्षात्कार देने वाले व्यक्ति के बीच का सम्बन्ध ऐसा होता है जिसमें दोनों ही एक-दूसरे के लिए अजनबी (strangers) होते हैं।

(v) साक्षात्कार के प्रारूप में काफी लचीलापन होता है *(There is considerable flexibility in the format of the interview)*—साक्षात्कार की एक विशेषता यह भी है कि इसमें शोधकर्त्ता या साक्षात्कारकर्त्ता जितना अधिक-से-अधिक प्रश्न पूछना चाहे, पूछ सकता है। आँकड़े संग्रह करने की कम ही ऐसी विधि है जिसमें शोधकर्त्ता को इतना अधिक लचीलापन (flexibility) आँकड़ों को संग्रहण करने में प्राप्त होता है।

स्पष्ट है कि साक्षात्कार की कुछ अपनी विशेषताएँ हैं जिनके आधार पर इसे आँकड़े संग्रह करने की अन्य विधियों से भिन्न माना गया है।

साक्षात्कार के प्रकार
(Types of Interview)

संरचना (structure) के अनुसार साक्षात्कार (interview) के निम्नांकित दो प्रकार बतलाये गए है—

(i) संरचित साक्षात्कार (Structured interview), तथा

(ii) असंरचित साक्षात्कार (Unstructured interview)

(1) संरचित साक्षात्कार *(Structured interview)*—संरचित साक्षात्कार (structured interview) वैसे साक्षात्कार को कहा जाता है जिसमें साक्षात्कारकर्त्ता (interviewer) विषयी (interviwee) से पूर्व निर्धारित प्रश्नों को एक निश्चित क्रम (fixed sequence) में पूछता है तथा विषयी द्वारा दिए गए उत्तरों को एक माननीकृत फार्म (standardized form) में रिकार्ड किया जाता है। इस तरह से इस साक्षात्कार में साक्षात्कार देने वाले सभी व्यक्तियों से एक ही तरह का प्रश्न एक निश्चित क्रम में पूछकर साक्षात्कारकर्त्ता एक खास निष्कर्ष पर पहुँचने की कोशिश करते हैं। इस तरह के साक्षात्कार को अन्य नामों जैसे *औपचारिक साक्षात्कार* (formal interview) या *प्रतिकृत साक्षात्कार* (patterned interview) से भी जाना जाता है।

चूँकि संरचित साक्षात्कार (structured interview) में प्रश्नों को पूछने का तरीका माननीकृत (standardized) होता है इसलिए इससे प्राप्त परिणामों की विश्वसनीयता (reliability) तथा निर्भरता (dependability) अधिक होता है। यह इसका एक मुख्य लाभ बतलाया गया है। इसका दूसरा प्रमुख लाभ यह बतलाया गया है कि चूँकि इस तरह के साक्षात्कार की परिस्थिति (situation) काफी संरचित (structured) होती है, अर्थात् उसके प्रश्न पूछने का क्रम (sequence) तथा प्राप्तांक-लेखन विधि संरचित (structured) होती है, अर्थात् उसके प्रश्न पूछने का क्रम (sequence) तथा प्राप्तांक-लेखन विधि (scoring methods) सभी पहले से ही निश्चित होती है, इसलिए कम प्रशिक्षित साक्षात्कारकर्त्ता (less trained interviewer) भी इस तरह के साक्षात्कार को आसानी से संचालित कर सकते है।

इन लाभों (advantages) के बावजूद भी संरचित साक्षात्कार (structured interview) के दो **अवगुण** (limitation) बतलाए गए हैं जो निम्नांकित हैं—

(i) संरचित साक्षात्कार (structured interview) के संचालन की प्रक्रिया अधिक खर्चीली (expensive) तथा समय लेनेवाली (time consuming) होती है। इसलिए इसका प्रयोग करने में साक्षात्कारकर्त्ता के बीच हिचकिचाहट अधिक होती है।

(ii) गिलफोर्ड (Guilford, 1966) ने अपने अध्ययनों के आधार पर यह बतलाया है कि संरचित साक्षात्कार (structured interview) द्वारा प्राप्त परिणाम (results) की वैधता (validity) सामान्यतः जीवनी-आँकड़े विश्लेषण (bio-data analysis) तथा माननीकृत मनोवैज्ञानिक परीक्षण (standardized psychological test) से प्राप्त परिणामों की वैधता से काफी कम होती है।

(iii) संरचित साक्षात्कार में लचीलापन (flexibility) के गुण का अभाव होता है।

(2) असंरचित साक्षात्कार *(Unstructured interview)*—असंरचित साक्षात्कार (unstructured interview) में

साक्षात्कारकर्त्ता (interviewer) साक्षात्कार देने वाले व्यक्तियों से जो प्रश्न पूछता है, पूर्व निर्धारित (predetermined) नहीं होता है और न तो वह किसी एक खास क्रम (definite order) में ही इन प्रश्नों को पूछता है। सच्चाई यह है कि इस तरह के साक्षात्कार में साक्षात्कारकर्त्ता किस ढंग का प्रश्न किस क्रम (sequence) में किस विषयी (interview) से पूछेगा,यह पहले से निर्धारित नहीं होता है। इन सभी चीजों को साक्षात्कारकर्त्ता की मरजी पर छोड़ दिया जाता है और वह जैसा उचित समझता है, वैसा ही करता है। इस तरह के साक्षात्कार में कोई समय-सीमा भी नहीं होती है। किसी-किसी विषयी से कई मिनटों तक प्रश्नों को पूछा जाता है तो किसी-किसी विषयी से चन्द मिनटों में ही निबट लिया जाता है। असंरचित साक्षात्कार (unstructured interview) पर टिप्पणी करते हुए, ब्लैक तथा चैम्पियन[1] (Black & Champion, 1976) ने इस प्रकार कहा है, ''साक्षात्कार संदर्भ किसी तरह के नियमन (regulation) तथा चेतन प्रतिबन्ध (conscious constraint) से जहाँ तक सम्भव हो मुक्त या स्वतंत्र रहता है।''

असंरचित साक्षात्कार के कुछ लाभ (advantages) एवं दोष (limitations) हैं।

इसके प्रमुख **लाभ** (advantages) निम्नांकित हैं—

(i) असंरचित साक्षात्कार की परिस्थिति एक स्वाभाविक परिस्थिति (natural situation) के समान होती है। अतः इस तरह के साक्षात्कार में स्वतः प्रकृति या स्वाभाविकता (spontaneity) का गुण पाया जाता है।

(ii) असंरचित साक्षात्कार (unstructured interview) में साक्षात्कारकर्त्ता की समस्या के विभिन्न पहलुओं के बारे में अप्रतिबन्धित ढंग से (unrestricted manner) प्रश्नों को पूछने का पर्याप्त अवसर रहता है। दूसरे शब्दों में, इस तरह के साक्षात्कार में लचीलापन (flexibility) का गुण अधिक होता है।

इन लाभों (advantages) के बावजूद असंरचित साक्षात्कार (unstructured interview) के कुछ **दोष** (demerits) या अवगुण है जो निम्नांकित हैं—

(i) असंरचित साक्षात्कार (unstructured interview) में एक साक्षात्कार से प्राप्त आँकड़ों (data) को दूसरे साक्षात्कार से प्राप्त आँकड़ों के साथ वैज्ञानिक तुलना नहीं की जा सकती है। इसका प्रधान कारण यह है कि इस तरह के साक्षात्कार में प्रश्नों के तरीके पर साक्षात्कारकर्त्ता का कोई नियंत्रण नहीं रहता है।

(ii) असंरचित साक्षात्कार में अधिक समय देकर भी विषयी (respondents) से अर्थपूर्ण सूचनाओं को प्राप्त करना मुश्किल है क्योंकि इस तरह के साक्षात्कार में प्रश्न पूछे जाने का क्षेत्र (area) पहले से परिभाषित नहीं रहता है।

(iii) असंरचित साक्षात्कार (unstructured interview) में प्राप्त आँकड़ों (data) का विश्लेषण (analysis) करना कई कारणों से कठिन हो जाता है। इस तरह के आँकड़ों पर सांख्यिकीय परीक्षणों (statistical tests) का सही-सही अर्थ में उपयोग नहीं किया जा सकता है। चूँकि भिन्न-भिन्न साक्षात्कारकर्त्ता द्वारा साक्षात्कार देने वाले व्यक्तियों से भिन्न-भिन्न तरह के प्रश्न पूछे जाते हैं, अतः उनसे प्राप्त तथ्यों (facts) को इस रूप में संक्षिप्त करना (summarize) सम्भव नहीं हो पाता है जिसका ठीक ढंग से विश्लेषण किया जा सके। ऐसी परिस्थिति में असंरचित साक्षात्कार से प्राप्त तथ्यों की निर्भरता समाप्त हो जाती है।

इस तरह से हम देखते हैं कि साक्षात्कार के कई प्रकार हैं। इन विभिन्न प्रकारों से असंरचित साक्षात्कार (unstructured interview) का प्रयोग तुलनात्मक रूप से साक्षात्कार के अन्य प्रकारों की तुलना में अधिक किया जाता है।

साक्षात्कार के लाभ तथा सीमाएँ
(Advantages & Limitations of Interview)

साक्षात्कार का चाहे जिस प्रकार (type) का उपयोग क्यों न किया जाए, उसके कुछ सामान्य (common) लाभ एवं सीमाएँ (limitations) हैं जिन पर प्रकाश डालना अपेक्षित है। साक्षात्कार के सहारे किए गए अनेकों अध्ययनों की समीक्षा (review) करने के बाद गोर्डन (Gorden, 1969) ने साक्षात्कार के कुछ **लाभों** का उल्लेख किया है जिनमें निम्नांकित प्रमुख हैं—

(i) साक्षात्कार द्वारा साक्षात्कारकर्त्ता कम समय में ही वांछित सूचनाओं (desired information) को प्राप्त कर लेता है।

---

1. "The interviewing context is as free of regulation and conscious constraint as possible."

—Black and Champion : *Methods and Issues in Social Research*, 1976, p. 365

(ii) साक्षात्कार ही एक ऐसी विधि है जिसमें शोधकर्त्ता (researcher) पूर्णतः यह आश्वस्त हो जाता है कि प्रत्यर्थी (respondent) ने पूछे गए प्रश्नों की व्याख्या ठीक ढंग से की है।

(iii) साक्षात्कार में प्रश्नों में लचीलापन (flexibility) होने के कारण शोधकर्त्ता के लिए कम समय में गहन जानकारी प्राप्त करना सम्भव हो पाता है। इसके अन्तर्गत प्रश्न नहीं समझ में आने पर उसे पुनः दोहरा कर या कुछ परिवर्तन कर पूछा जा सकता है। इस ढंग की सुविधा प्रश्नावली विधि में नहीं है।

(iv) साक्षात्कार में शोधकर्त्ता के लिए परिस्थिति पर नियंत्रण रखना काफी आसानी होता है जिसका परिणाम यह होता है कि साक्षात्कारकर्त्ता उचित प्रश्नों को पूछ पाता है तथा साथ-ही-साथ प्रत्यर्थी उसका उत्तर सही-सही ढंग से दे पाता है।

(v) साक्षात्कार में शोधकर्त्ता या साक्षात्कारकर्त्ता को प्रत्यर्थी (respondent) से कुछ अशाब्दिक संकेत (non-verbal cues) भी प्राप्त होता है। दूसरे शब्दों में, शोधकर्त्ता प्रत्यर्थी की भाव-भंगिमा का भी अवलोकन कर पाता है जो अन्यथा सम्भव नहीं है। इससे मिलने वाले संकेतों के आधार पर प्रत्यर्थी द्वारा दिये गये उत्तरों का अर्थ सही-सही ढंग से समझा जाता है।

(vi) साक्षात्कार का एक लाभ यह भी है कि इसका प्रयोग सभी तरह के व्यक्तियों पर, चाहे वे शिक्षित हों या अशिक्षित हों, आसानी से किया जा सकता है।

इन लाभों के बावजूद साक्षात्कार की कुछ **सीमाएँ** (limitations) हैं जो निम्नांकित हैं—

(i) साक्षात्कार में विषयी या प्रत्यर्थी (respondent) द्वारा दी गई शाब्दिक अनुक्रिया (verbal responses) की वैधता (validity) को शोध वैज्ञानिकों (research scientists) ने चुनौती देते हुए कहा है कि चूँकि साक्षात्कार में कही गई बातों के अनुसार शायद ही कभी प्रत्यर्थी अपनी वास्तविक जिन्दगी में अन्तःक्रिया (interaction) करता है, अतः साक्षात्कार में की गई शाब्दिक अनुक्रिया (verbal responses) के आधार पर लिया गया कोई भी निर्णय को अधिक वैध (valid) नहीं माना जा सकता है।

(ii) कई कारणों से ऐसा देखा गया है कि साक्षात्कारकर्त्ता का ध्यान साक्षात्कार के दौरान प्रत्यर्थी द्वारा की गई अनुक्रियाओं (responses) पर ठीक ढंग से नहीं जा पाता है। जैसे, यदि साक्षात्कारकर्त्ता काफी थका हुआ है तो वह प्रत्यर्थी की अनुक्रियाओं (reponses) को ठीक ढंग से रिकार्ड नहीं कर पाता है। ऐसी स्थिति में साक्षात्कार के आधार पर कोई अर्थपूर्ण निष्कर्ष पर पहुँचना सम्भव नहीं है।

(iii) साक्षात्कार में आत्मनिष्ठता (subjectivity) का गुण जाता है। अक्सर देखा गया है कि साक्षात्कारकर्त्ता पहले से ही कुछ पूर्वनिश्चित धारणाओं, आशाओं, पूर्वकल्पनाओं को लेकर साक्षात्कार में पहुँचता है। इस आत्मनिष्ठता (subjectivity) के कारण साक्षात्कारकर्त्ता प्रत्यर्थी के बारे में कुछ आवश्यक अनुमान, व्याख्या आदि करना प्रारम्भ कर देते है जिससे साक्षात्कार से प्राप्त आँकड़ों की विश्वसनीयता (reliability) समाप्त हो जाती है।

(iv) सिकोऊरेल (Cicourel, 1964) ने यह बतलाया कि साक्षात्कार संदर्भ (interview context) एक साक्षात्कार से दूसरे साक्षात्कार तक समान (constant) नहीं रहता है। कभी-कभी देखा गया है कि साक्षात्कार एक नम्र माहौल में सम्पन्न हो जाता है तो कभी-कभी साक्षात्कार एक सख्त माहौल में पूरा किया जाता है। इसका परिणाम यह होता है कि साक्षात्कार संदर्भ (interview context) में भिन्नता आ जाती है और साक्षात्कारकर्त्ता द्वारा अलग-अलग किए गए साक्षात्कार के आधार पर किसी निश्चित निष्कर्ष पर सम्भव नहीं हो पाता है।

(v) ब्लैक तथा चैम्पियन (Black & Champion, 1976) ने यह बतलाया कि साक्षात्कार में अन्तरसाक्षात्कारकर्त्ता भिन्नता (inter-inteviewer variability) पाया जाता है जिसके कारण भी इसके परिणाम दोषपूर्ण हो जाते हैं। जब कई साक्षात्कारकर्त्ता एक साथ मिलकर किसी समस्या का अध्ययन करते हैं तो अक्सर देखा गया है कि वे एक ही प्रत्यर्थी या प्रत्यर्थी के समूह से प्राप्त सूचनाओं के आधार पर अलग-अलग अर्थ निकालते हैं। कुछ लोग प्रत्यर्थी का धनात्मक रेटिंग (positive rating) करते हैं तो कुछ लोग प्रत्यर्थी का ऋणात्मक रेटिंग (negative) करते हैं। इसका परिणाम यह होता है कि साक्षात्कार के आधार पर किसी ठोस निष्कर्ष पर पहुँचना असम्भव-सा हो जाता है।

(vi) साक्षात्कार समय लेने वाला एक प्रविधि है। साक्षात्कार का स्वरूप चाहे संरचित (structured) हो या असंरचित

(unstructured) हो, इससे आँकड़ों का संग्रहण करने में अधिक समय लगता है जिसके कारण भी कुछ शोध मनोवैज्ञानिकों ने अक्षुब्धता दिखलाई है।

(vii) कुछ शोध विशेषज्ञों (research experts) जिसमें करलिंगर (Kerlinger, 1986) तथा फेस्टिंगर (Festinger, 1976) का नाम प्रधान है, बतलाया है कि साक्षात्कार में एक समस्या यह भी उठती है कि प्रत्यर्थी (respondents) द्वारा दी जा रही सूचनाओं को कैसे रिकार्ड किया जाए। अभी तक कोई ऐसी विधि नहीं विकसित की गई है जो सबको मान्य हो। कुछ लोगों ने साक्षात्कार के दौरान प्रत्यर्थी द्वारा दिये गये अनुक्रियाओं (responses) में से सिर्फ प्रमुख अनुक्रियाओं को साक्षात्कारकर्त्ता द्वारा रिकार्ड करने की सिफारिश किया है तो कुछ लोगों ने साक्षात्कार में साक्षात्कारकर्त्ता तथा प्रत्यर्थी (respondent) के बीच हुए पूरे अन्तःक्रिया (interaction) का रिकार्डिंग करने की सिफारिश किया है। आलोचकों का मत है कि जब भी साक्षात्कार के दौरान साक्षात्कारकर्त्ता कुछ लिखता है, तो इससे प्रत्यर्थी (respondent) पर बुरा मनोवैज्ञानिक प्रभाव पड़ता है और उसका मानसिक असंतुलन जैसी स्थिति उत्पन्न होने की सम्भावना बढ़ जाती है जिससे साक्षात्कार से मिले अनुक्रिया की विश्वसनीयता (reliability) तथा वैधता (validity) समाप्त हो जाती है।

इस तरह से स्पष्ट है कि साक्षात्कार में अनेक अच्छाइयाँ होते हुए भी उसमें खामियाँ हैं जिनके कारण इस विधि के महत्त्व पर थोड़ी आँच आई हैं। फिर भी इस विधि का प्रयोग प्रश्नावली (questionnaire) तथा अनुसूची (schedule) के साथ मिलाकर काफी किया जा रहा है।

साक्षात्कार में त्रुटियों के प्रमुख स्रोत
(Important Sources of Errors in Interview)

यद्यपि साक्षात्कार का प्रयोग मनोवैज्ञानिक शोधों (psychological research), शैक्षिक शोधों (educational researches) एवं समाजशास्त्रीय शोधों (sociological researches) में काफी होता है, फिर भी विशेषज्ञों ने स्पष्ट रूप से कुछ वैसे स्रोतों (sources) की पहचान कर रखी है, जिनसे साक्षात्कार में नाना प्रकार की त्रुटियाँ उत्पन्न हो जाती हैं। इन स्रोतों (sources) में निम्नांकित प्रमुख हैं—

(1) साक्षात्कारकर्त्ता की मनोवृत्ति *(Attitude of the interviewer)*—गोर्डन (Gorden, 1971) ने साक्षात्कारकर्त्ता की मनोवृत्ति को साक्षात्कार में होने वाले त्रुटियों का एक प्रमुख स्रोत माना है। जब साक्षात्कारकर्त्ता (interviewer) प्रत्यर्थी (respondent) के बारे में पहले से एक निश्चित प्रतिकूल (unfavourable) या अनुकूल (favourable) मनोवृत्ति बना लेते हैं, तो इससे प्रत्यर्थी द्वारा दिए गए उत्तरों का सही-सही मूल्यांकन तथा अभिलेखन (recording) साक्षात्कार-कर्त्ता द्वारा नहीं हो पाता है और इससे फिर कई तरह की त्रुटियाँ (errors) साक्षात्कार में उत्पन्न हो जाती हैं।

(2) प्रश्नों की अबोधगम्यता *(Incomprehensibility of the questions)*—जब साक्षात्कार में पूछे गए प्रश्नों का स्वरूप ऐसा होता है जिसे प्रत्यर्थी (respondents) ठीक-ठीक ढंग से नहीं समझ पाता है, तो इसका उत्तर भी वह सही-सही नहीं दे पाता है और तब ऐसी परिस्थिति में साक्षात्कार में त्रुटि होना अवश्यम्भावी हो जाता है। ऐसी अवस्था में जो आँकड़े प्राप्त होते हैं, उनके आधार पर साक्षात्कारकर्त्ता हमेशा एक त्रुटिपूर्ण निष्कर्ष पर ही पहुँच पाते हैं।

(3) साक्षात्कार परिस्थिति में हार्दिकता की कमी *(Lack of warmth in the interview situation)*—गोर्डन (Gorden, 1979) ने यह बतलाया है कि जब साक्षात्कार की परिस्थिति में साक्षात्कारकर्त्ता द्वारा हार्दिकता तथा स्नेहपूर्ण व्यवहार नहीं दिखलाया जाता है बल्कि इसके जगह पर साक्षात्कारकर्त्ता कटाक्ष व्यवहार दिखलाते हैं, तो इससे प्रत्यर्थी भी सही-सही सूचनाएँ प्रदान करने में पूर्ण सहयोग नहीं करता है और इसका परिणाम यह होता है कि जो भी आँकड़े साक्षात्कारकर्त्ता द्वारा इकट्ठे किये जाते हैं, वे दोषपूर्ण एवं त्रुटिपूर्ण होते हैं।

(4) प्रत्यर्थी में प्रेरणा की कमी *(Lack of motivaiton in respondents)*—जब साक्षात्कार के लिए बुलाए गए प्रत्यर्थी किसी कारण से साक्षात्कार देने के लिए अधिक प्रेरित नहीं होता है, तो वैसी परिस्थिति में भी साक्षात्कार के आँकड़े त्रुटिपूर्ण हो जाते हैं क्योंकि इन आँकड़ों में वास्तविकता नहीं होती है और वह प्रत्यर्थी के वास्तविक विचार का प्रतिनिधित्व नहीं करते हैं। प्रेरणा के अभाव में प्रत्यर्थी साक्षात्कार में प्रश्नों का उत्तर मात्र 'हाँ', 'नहीं' में देकर हट जाना चाहते हैं। साक्षात्कारकर्त्ता द्वारा जोर दिये जाने पर वे कभी कुछ बोल देते अवश्य हैं परन्तु उससे कोई खास मतलब सिद्ध नहीं होता

है। स्वभावतः ऐसी परिस्थिति में प्राप्त आँकड़े त्रुटिपूर्ण एवं दोषपूर्ण इस हद तक हो जाते हैं कि उससे किसी प्रकार का वैज्ञानिक निष्कर्ष पर पहुँचना सम्भव नहीं हो पाता है।

(5) साक्षात्कार की लम्बी अवधि *(Long duration of interview)*—क्रेसी (Cressey, 1990) का मत है कि साक्षात्कार की अवधि लम्बी नहीं होनी चाहिए। इन्होंने 15–20 मिनट के साक्षात्कार को एक आदर्श साक्षात्कार कहा है और ऐसे साक्षात्कार से प्राप्त आँकड़े अधिक विश्वसनीय (reliable) होते हैं। परन्तु यदि साक्षात्कार की अवधि उससे भी लम्बी खींच जाती है, तो वैसी परिस्थिति में सामान्यतः त्रुटिपूर्ण आँकड़ों के मिलने की सम्भावना बढ़ जाती है। लम्बी अवधि तक साक्षात्कार होने से प्रत्यर्थी (respondents) में घबड़ाहट एवं अन्य संवेगात्मक अस्थिरता बढ़ने लगती है और उनके द्वारा दिए गए उत्तरों से कोई स्पष्ट निष्कर्ष पर पहुँचना सम्भव नहीं हो पाता है।

इस तरह से हम देखते हैं कि साक्षात्कार में त्रुटियों (errors) के अनेक स्रोत (sources) हैं। इन स्रोतों को ध्यान में रखकर ही साक्षात्कारकर्त्ता को साक्षात्कार की रस्म सम्पन्न करनी चाहिए।

उद्दीपन-प्राणी–अनुक्रिया मनोविज्ञान
(Stimulus-Organism – Response Psychology)

मनोविज्ञान पर वाटसन (Watson) के व्यवहारवाद का काफी अधिक प्रभाव पड़ा। सचमुच में वाटसन तथा उनके सहयोगियों जैसे—थॉर्नडाइक (Thorndike) तथा स्कीन्नर (Skinner) ने मिलकर यह स्पष्ट किया था कि किसी उद्दीपक (stimulus) के प्रति की गयी अनुक्रिया का परिणाम यदि संतोषप्रद होता है तो उस उद्दीपक तथा अनुक्रिया के बीच एक साहचर्य स्थापित हो जाता है। इसे *उद्दीपक-अनुक्रिया मनोविज्ञान* (Stimulus-Response Psychology) कहा गया। उद्दीपक से तात्पर्य किसी भी भौतिक घटना से होता है जिसमें व्यवहार को प्रभावित करने की क्षमता होती है। अनुक्रिया से तात्पर्य उद्दीपक के प्रभाव के कारण उसके प्रति की गयी प्रतिक्रिया से होती है।

परंतु आधुनिक मनोवैज्ञानिक वाटसन के इस उद्दीपक-अनुक्रिया मनोविज्ञान से भिन्न मत जाहिर किये हैं। इन लोगों का कहना है कि मानसिक घटनाओं की भी भूमिका अहं है और इसकी उपेक्षा नहीं की जा सकती है। ये लोग इस मत से सहमत हैं कि स्पष्ट व्यवहार (overt behaviour) को प्रत्यक्ष रूप से तो निश्चित रूप से प्रेक्षण किया जा सकता है परंतु वे यह भी कहते हैं कि ऐसे व्यवहार के आधार पर उन मानसिक घटनाओं (mental phenomena) के बारे में भी अंदाज लगाया जा सकता है जिनका प्रत्यक्ष रूप से प्रेक्षण नहीं किया जा सकता है। फलतः वाटसन के S-R (उद्दीपक-अनुक्रिया) मॉडल का एक विकल्प मॉडल जिसे S-O-R (उद्दीपक-प्राणी-अनुक्रिया) कहा जाता है, उसे ज्यादा महत्त्वपूर्ण बतलाते हैं। इस मॉडल के अनुसार प्राणी (organism) की विशेषताओं जैसे— चिन्तन प्रक्रिया, व्यक्तित्व चर तथा सांवेगिक प्रतिक्रियाएँ (emotional reactions) आदि को सम्मिलित किया गया है और उद्दीपक के प्रति की गयी अनुक्रिया पर इनका भी प्रभाव पड़ते बतलाया गया है।

S-O-R मॉडल की उत्पत्ति का श्रेय आर॰ एस॰ वुडवर्थ (R. S. Woodworth) को जाता है जो एक प्रकार्यवादी मनोवैज्ञानिक (Functionalist psychologist) थे तथा थॉर्नडाइक के दोस्त एवं सहकर्मी भी थे। इन्होंने 1921 में एक पाठ्य-पुस्तक (text book) लिखा जिसमें छात्रों के व्यवहार की व्याख्या *उद्दीपक-अनुक्रिया सम्बन्ध* (S-R connection) के रूप में करने का सलाह दिया है। परंतु वुडवर्थ व्यक्ति के अभिप्रेरण (motivation) के अध्ययन में भी पर्याप्त अभिरुचि लेते थे और वे इस बात पर बाद में काफी बल डाले कि उद्दीपक-अनुक्रिया सम्बन्ध (S-R connection) से व्यक्ति के अभिप्रेरणात्मक प्रक्रियाओं (motivational process) की व्याख्या ठीक ढंग से नहीं होती है। जैसे—भूखा होने पर भोजन की टेबुल जिसपर भोजन लगा होता है, काफी आकर्षक दिखता है और उसके प्रति हम खास ढंग से व्यवहार करते हैं। परन्तु भूख मिट जाने के बाद वही टेबुल उतना आकर्षक नहीं लगता है और उसके प्रति व्यक्ति दूसरे ढंग से व्यवहार करता है। यहाँ टेबुल (उद्दीपक) वही है परंतु अनुक्रिया में परिवर्तन हो रहा है जिसका कारण व्यक्ति की भीतरी अवस्था (internal stage) अर्थात् अभिप्रेरण (motivation) होता है। इसलिए वुडवर्थ ने उद्दीपक-अनुक्रिया सूत्र को परिवर्तित करके उसे *उद्दीपक-प्राणी-अनुक्रिया* (Stimulus-Organism-Response) सूत्र का रूप दिया है। यहाँ प्राणी या 'O' द्वारा व्यक्ति की भीतरी अवस्था अर्थात् अभिप्रेरण की व्याख्या हो पाती है।

आजकल मनोविज्ञान के सभी शाखाओं में S-O-R सूत्र के महत्त्व को पूर्णरूपेण स्वीकार किया गया है। मनोवैज्ञानिक अपने शोधों में उद्दीपक अवस्थाओं (stimulus conditions or S) की पहचान कर लेते हैं, फिर उसके प्रति की गयी अनुक्रियाओं (Response or R) का वस्तुनिष्ठ मापन करते हैं और प्राणी (Organism or O) के मनोवैज्ञानिक गुणों जैसे– व्यक्तित्व कारक या अभिप्रेरण आदि का अनुमान लगाते हैं ताकि S एवं R के बीच के सम्बन्ध की व्याख्या की जा सके। इस अर्थ में करीब सभी मनोवैज्ञानिक आज व्यवहारवादी दृष्टिकोण को अपना रहे हैं क्योंकि उनका अनुमान हमेशा व्यवहार के कुछ प्रकार पर ही आधारित होता है।

अध्याय सारांश — CHAPTER SUMMARY

1. मनोविज्ञान व्यवहार तथा मानसिक प्रक्रियाओं का विज्ञान है। मनोविज्ञान का कार्यक्षेत्र (scope) काफी विस्तृत है जिसे तीन मुख्य भागों में बाँटकर उपस्थित किया गया है— शैक्षिक क्षेत्र (academic area), प्रयुक्त मनोविज्ञान का क्षेत्र (area for applied psychology) तथा मनोविज्ञान के कुछ नये उभरते क्षेत्र (new emerging fields of psychology)।
2. मनोविज्ञान के इतिहास को संक्षिप्त कर प्रस्तुत किया गया है ताकि यह स्पष्टतः समझ में आ जाए कि इसके विकास के क्रम विभिन्न अवधियों में किस तरह के रहे हैं।
3. भारत में मनोविज्ञान के उदय का संक्षिप्त इतिहास भी प्रस्तुत किया गया है।
4. मनोविज्ञान के तीन प्रमुख लक्ष्य हैं— मापन एवं वर्णन (measurement and description), पूर्वानुमान एवं नियंत्रण तथा व्याख्या (explanation)।
5. मनोविज्ञान की कई विधियाँ हैं जिनके सहारे मनोविज्ञानी प्राणी के व्यवहार तथा मानसिक प्रक्रियाओं का अध्ययन करते हैं। इन विधियों में प्रमुख हैं— अन्तर्निरीक्षण विधि, प्रेक्षण विधि, प्रयोगात्मक विधि, सर्वे विधि, प्रश्नावली विधि, साक्षात्कार विधि, नैदानिक या केस अध्ययन विधि तथा क्षेत्र अध्ययन विधि। प्रत्येक विधि के गुण एवं दोषों का सविस्तार वर्णन किया गया है।
6. मनोविज्ञान में उद्दीपन-प्राणी-अनुक्रिया का विशेष महत्त्व है जिस पर वुडवर्थ (Woodworth) ने सर्वाधिक बल डाला है।

□

अध्याय 2

व्यवहार का दैहिक आधार
(PHYSIOLOGICAL BASES OF BEHAVIOUR)

ग्राहक, प्रभावक तथा समायोजक प्रक्रम
(Receptor, Effector and Adjustor Mechanism)

प्राणी किसी उद्दीपक (stimulus) के प्रति ठीक ढंग से अनुक्रिया कर सके इसके लिए यह आवश्यक है कि उसके अनुक्रिया प्रक्रम (response mechanism) का विस्तृत रूप से विश्लेषण किया जाए। शरीरक्रिया मनोवैज्ञानिकों ने प्राणी के शरीर की कोशिकाओं (cells) को मूलतः तीन भागों में बाँटा है— *ग्राहक कोशिका* (receptor cell), *प्रभावक कोशिका* (effector cell) तथा *समायोजक कोशिका* (adjustor cell)। इन कोशिकाओं का वर्णन निम्नांकित है—

(क) ग्राहक कोशिका *(Receptor cell)*—ग्राहक कोशिका से तात्पर्य वैसे कोशिका से होता है जो विशेष तरह के उद्दीपकों से उत्तेजित होती है या उनके उत्तेजन को ग्रहण करते हैं। सामान्य प्राणी में जो ग्राहक पाये जाते हैं, वे चार तरह के उद्दीपकों से प्रभावित होते हैं— तापीय (thermal), यांत्रिक (mechanical), रासायनिक (chemical) तथा रोशनी (light)। तापीय ग्राहक में त्वचा के ठंडे एवं गर्म ग्राहक कोशिकाएँ होतीं हैं। इससे व्यक्ति को ठंड एवं गर्म उत्तेजनों का ज्ञान होता है। यांत्रिक ग्राहक में श्रवण (hearing), संतुलन (balance) तथा स्पर्श (touch) संवेदन की कोशिकाएँ होतीं हैं। रासायनिक ग्राहक में स्वाद, घ्राण (smell) तथा रासायनिक संवेदनशीलता की कोशिकाएँ होतीं हैं। रोशनी ग्राहक (light receptor) की कोशिकाएँ आँख में होतीं हैं।

स्पष्ट हुआ कि ग्राहक (receptor) एक तरह से विशिष्टता प्राप्त तंत्रिका कोश (specialized nerve cells) होते हैं जो वातावरण (environment) तथा शरीर के भीतर होने वाले परिवर्तनों का ज्ञान कराते हैं। इसे साधारण बोल-चाल की भाषा में *ज्ञानेन्द्रियाँ* (sense organs) भी कहा जाता है। सदियों से लोग यह समझते आ रहे थे कि ज्ञानेन्द्रियाँ पाँच हैं। परंतु इस क्षेत्र में किये गए अध्ययनों से यह स्पष्ट हो गया है कि ज्ञानेन्द्रियों की कुल संख्या पाँच से कहीं अधिक है। वेनगर, जोन्स तथा जोन्स (Wenger, Jones & Jones, 1956) के अनुसार ग्राहक के चार सामान्य प्रकार (general types) है— *बाह्यग्राहक* (exteroceptor), *मध्यग्राहक* (propriopceptor), *अन्तर्ग्राहक* (interoceptor) तथा *नोसीग्राहक* (nociceptor)। इन चार सामान्य ग्राहकों में से प्रत्येक के भीतर कई तरह के विशिष्ट ग्राहक होते हैं जिनका विस्तृत वर्णन तालिका 2.1 में किया गया है।

तालिका 2.1 : ग्राहक का सामान्य वर्गीकरण
(General Classification of Receptor)

वर्ग (Class)	संवेदीज्ञान (Senses)	वर्गीकरण का आधार (Basis of classification)
बाह्यग्राहक (Exteroceptor)	त्वक् दर्द (Cutaneous pain) त्वक् दवाब (Cutaneous pressure) त्वक् गर्मी (Cutaneous warmth) दृष्टि (Vision) घ्राण (Olfaction) स्वाद (Gustation)	शरीर के सतह पर आधारित ग्राहक जो मुख्यतः उद्दीपकों के प्रति अनुक्रिया करते हैं। प्रायः शारीरिक गति (bodily movements) के रूप में अनुक्रिया की जाती है।

वर्ग (Class)	संवेदीज्ञान (Senses)	वर्गीकरण का आधार (Basis of classification)
अन्तर्ग्राहक (Interoceptor)	आंगिक दर्द (Organic pain) आंगिक दबाव (Organic pressure) आंगिक गर्मी (Organic warmth) आंगिक ठंड (Organic cold)। घ्राण (Olfaction) स्वाद (Gustation)	ऐसे ग्राहक शरीर के भीतर विशेषकर पाचन एवं मूत्र तंत्रीय क्षेत्रों में होते हैं तथा शरीर के भीतर के उत्तेजनों (stimulation) के प्रति अनुक्रियाशील होते हैं। प्रायः आन्तरिक परिवर्तन के रूप में यहाँ अनुक्रियाएँ की जाती हैं।
मध्य ग्राहक (Proprioceptor)	माँसपेशीय गति बोध (Muscle kinesthesis) कंडरा गतिबोध (Tendor kinesthesis) संधि गतिबोध (Joint kinesthesis) वेस्टीब्यूलर गतिबोध (Vestibular kinesthesis)	ऐसे ग्राहक मांसपेशियाँ, कंडरा (tendor), संधि (joints) तथा अश्रवण अन्तःकर्ण (non-auditory inner ear) में होते हैं तथा वे मूलतः शारीरिक गतियों (bodily movement) के प्रति अनुक्रिया करते हैं। शारीरिक गति (bodily movement) के रूप में ही इनके द्वारा अनुक्रियाएँ की जाती है।
नोसी ग्राहक (Nociceptor)	त्वक् दर्द (Cutaneous pain) आंगिक दर्द (Organic pain) गतिसंवेदी दर्द (Kinesthetic pain)	प्राणी के पूरे शरीर में ऐसे ग्राहक फैले होते है तथा मूलतः घातक उद्दीपकों के (injurous stimuli) के प्रति अनुक्रिया करते हैं। नमन या मोड़ (flexion) के रूप में इनके द्वारा मुख्य रूप से अनुक्रिया की जाती है।

तालिका 2.1 के विवरण एवं वर्गीकरण से यह स्पष्ट है कि ग्राहकों में जो विशिष्टीकरण (specialization) पाया जाता है, वह निरपेक्ष (absolute) न होकर सापेक्ष (relative) होता है। शायद यही कारण है कि आँख में जो रोशनी ग्राहक (light receptor) पाये जाते हैं, वे तापीय (thermal) या रासायनिक उद्दीपक के प्रति भी अनुक्रिया करते हैं यदि वे (तापीय या रासायनिक उद्दीपक) तीव्र होते हैं। उसी तरह से एक यांत्रिक ग्राहक (mechanical receptor) तीव्र रासायनिक उद्दीपक के प्रति अनुक्रिया करते हैं। उसी तरह से घ्राण (olfaction) तथा स्वाद उद्दीपक के प्रति बाह्यग्राहक (exteroceptor) तो क्रियाशील होते ही हैं साथ-ही-साथ अन्तर्ग्राहक भी विशेष परिस्थिति में क्रियाशील हो उठते हैं।

(ख) प्रभावक कोशिका *(Effector cell)*—प्रभावक कोशिका से तात्पर्य उन कोशिकाओं से होता है जिनकी मदद से प्राणी उद्दीपक के प्रति अनुक्रिया कर पाता है। ऐसी कोशिकाओं में भी कार्य एवं संरचना की विशिष्टता पायी जाती है। निम्नांकित दो तरह के प्रभावक (effector) प्राणी में पाये जाते हैं—

1. माँसपेशियाँ (muscles) 2. ग्रंथि (glands)

इन दोनों का वर्णन निम्नांकित है:—

1. माँसपेशियाँ *(Muscles)*—माँसपेशीय का निर्माण कई तरह के वैयक्तिक कोशिकाओं (individuals cells) जिन्हें माँसपेशी रेशा या तन्तु (muscle fibers) कहा जाता है, से होता है। मानव शरीर में तीन तरह की माँसपेशियाँ (muscles) पायी जाती हैं—चिकनी माँसपेशियाँ (smoothed muscles), रेखित माँसपेशियाँ (striped muscles) तथा हृदय की माँसपेशियाँ (cardiac muscles)। इन तीनों का वर्णन निम्नांकित है:—

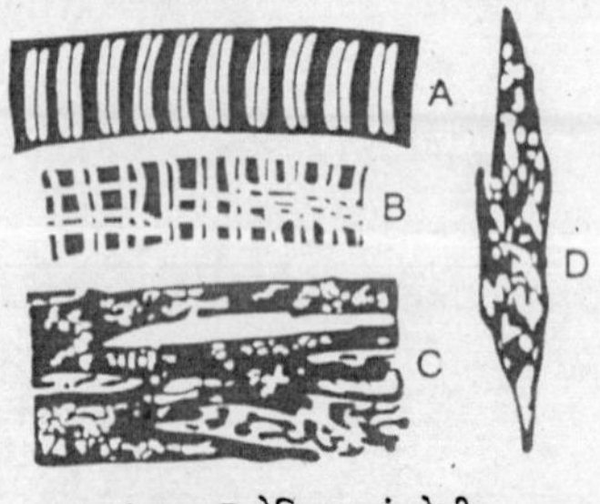

A तथा B-रेखित मांसपेशी;
C-हृदय मांसपेशी; D-चिकनी मांसपेशी
चित्र 2.1 : मांसपेशियों के तीन प्रकार

(i) चिकनी माँसपेशियाँ *(Smoothed muscles)*—इन्हें धारीदार या अरेखित माँसपेशियाँ (unstriped muscles) भी कहा जाता है। इस तरह की माँसपेशियाँ अन्तरावयवी अंगों (visceral organs) जैसे—आँत, पेट, रक्तवाहिनी (blood vessels) आदि में पाया जाता है। इन माँसपेशियों में फाइब्रिले (fibrillae) नाम

के एक विशेष तत्त्व पाया जाता है जिसपर इनकी संकुचन क्रिया निर्भर करती है इसे चित्र 2.1 के D में देखा जा सकता है।

(ii) रेखित माँसपेशियाँ *(Striped muscles)*—इस तरह के माँसपेशी को *कंकाली माँसपेशी* (skeletal muscles) भी कहा जाता है। ऐसी माँसपेशियाँ देखने में धारीदार या रेखांकित होतीं है। इस तरह की माँसपेशियाँ बाँह, हाथ, पैर आदि अंगों में पायी जाती है। ऐसी माँसपेशियाँ चिकनी माँसपेशी से अधिक लम्बी होती है तथा एक विशेष लचीलेदार झिल्ली में बन्द होती है जिन्हें *सारकोलेमा* (sarcolemma) कहा जाता है। ऐसी माँसपेशियों के संकुचनशील तन्तु दो विशेष तत्त्वों में बँटे होते है जिसमें से एक-दूसरे की तुलना में अधिक सघन (darker) होता है। इस तरह के बँटवारा के कारण ही ऐसी माँसपेशियाँ देखने में धारीदार दिखती हैं। इसे चित्र 2.1 के A तथा B में देखा जा सकता है।

(iii) हृदय की माँसपेशी *(Cardiac muscles)*—जैसा कि नाम से ही स्पष्ट है, ऐसी माँसपेशियाँ हृदय में होती हैं और उनके संकुचन तथा फैलाव से हृदय अपना कार्य करता है। सच पूछा जाए तो हृदय माँसपेशी रेखित माँसपेशी (striped muscles) का ही एक भाग होता है। हृदय माँसपेशी की मुख्य विशेषता यह है कि ऐसी माँसपेशी के तन्तु (fibers) न तो सामानान्तर होती है और न ही किसी प्रकार के झिल्ली में घिरी होती है परन्तु इनमें कुछ शाखाएँ होतीं हैं जो आपस में एक-दूसरे से मिलकर जालीनुमा दीख पड़ती है।

माँसपेशियों का चाहे जो भी प्रकार क्यों न हो, उनके द्वारा संकुचन (contraction) का कार्य सर्वत्र किया जाता है। समायोजक (adjustor) या केन्द्रीय तंत्र (central nervous system) से जैसे ही माँसपेशी को उत्तेजन मिलता है, उनमें दैहिक एवं रासायनिक घटनाएँ घटने लगती हैं जिनके संकुचन के रूप में माँसपेशी में संचित ऊर्जा बाहर निकलने लगती है।

2. ग्रन्थि *(Gland)*—ग्रन्थि दूसरा प्रमुख प्रभाविक (effector) है जिसका प्रधान कार्य कुछ ऐसे रासायनिक तत्त्वों (chemical substances) का स्राव करना होता है जिनसे व्यक्ति अपने शरीर के भीतर संतुलन बनाये रख पाता है। इस तरह के ग्रन्थि द्वारा व्यक्ति अपने आन्तरिक वातावरण (internal environment) में संतुलन ठीक उसी ढंग से बनाये रखता है जिस तरह से माँसपेशीयों (muscles) द्वारा व्यक्ति बाह्य वातावरण (external environment) के साथ समायोजन या संतुलन स्थापित कर पाता है।

मानव शरीर में ग्रन्थि दो प्रकार के होते हैं—

(i) बहिस्रावी ग्रन्थि (exocrine gland) एवं (ii) अन्तःस्रावी ग्रन्थि (endocrine gland)

इन दोनों ग्रन्थियों का वर्णन निम्नांकित है—

(i) बहिस्रावी ग्रन्थि *(Exocrine gland)*—इसे *नलिका ग्रन्थि* (duct gland) भी कहा जाता है। वहिस्रावी ग्रन्थि से तात्पर्य वैसे ग्रन्थि से होता है जिनका स्राव खून में नहीं मिल पाता है क्योंकि इनका स्राव विशेष नलिका द्वारा बाहर निकल जाती है। लार ग्रन्थि (salivary gland), स्वेद ग्रन्थि (sweat gland) तथा अश्रुग्रन्थि (tear gland) इसके कुछ प्रमुख उदाहरण हैं। इन ग्रन्थियों के स्राव क्रमशः लार, पसीना तथा आँसू के रूप में शरीर से बाहर निकल जाते हैं।

(ii) अन्तःस्रोवी ग्रन्थि *(Endocrine gland)*—इस ग्रन्थि को *नलिकाविहीन ग्रन्थि* (ductless gland) भी कहा जाता है। अन्तःस्रावी ग्रन्थि वैसे ग्रन्थि को कहा जाता है जिनका स्राव निकलने के लिए कोई नलिका (duct) नहीं होता है। फलस्वरूप इनका स्राव सीधे रक्त में मिल जाता है तथा वे शारीरिक एवं मानसिक प्रक्रियाओं के विकास को प्रभावित करते है। इन ग्रन्थियों के स्राव को *हारमोन्स* (hormones) कहा जाता है! अधिकतर अन्तःस्रावी ग्रन्थियों की संरचना *इपिथेलियम* (epithelium) से बनी होती है जिनमें नलिकाओं का एक जाल-सा होता है। उसे चित्र 2.2 के 'b' में देखा जा सकता है। अधिकतर अन्तःस्रावी ग्रन्थियां जैसे—एड्रीनल ग्रन्थि, पैंक्रियाज (pancreas), उपकंठ ग्रंथि (parathyroid gland) तथा हाइपोफिसिस (hypophysis) की संरचना ऐसी ही होती है। परंतु कुछ अन्तःस्रावी ग्रन्थियाँ ऐसी होतीं हैं जिनकी संरचना इससे भिन्न होती है। ऐसी अन्तःस्रावी ग्रन्थियों में कंठ ग्रन्थि (thyroid gland) तथा अंडग्रन्थि (ovary) प्रधान हैं। इनमें कुछ अनियमित थैलीनुमा संरचना होती है जो उत्तक (tissue) तथा रक्त नलिकाओं

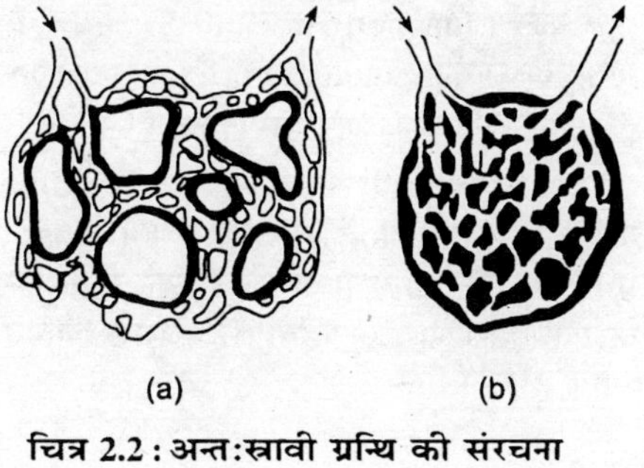

चित्र 2.2 : अन्तःस्रावी ग्रन्थि की संरचना

(blood vessels) से घिरी होती है।

अन्तःस्रावी ग्रन्थियों का मनोवैज्ञानिक दृष्टि से काफी महत्त्व है। अतः इन ग्रन्थियों के विभिन्न प्रकारों एवं उनके कार्यों का विस्तृत वर्णन हम अलग से इस अध्याय में 'अन्तःस्रावी तंत्र' (Endocrine system) के तहत करेंगे।

(ग) समायोजक कोशिकाएँ *(Adjustor cells)*—समायोजक कोशिकाएँ ग्राहक (receptors) तथा प्रभावक (effectors) में सम्बन्ध जोड़ती है। फलतः ग्राहक से आने वाले आवेग प्रभावक तक पहुँच पाते हैं। ऐसी कोशिकाएँ केन्द्रीय तंत्रिका तंत्र (central nervous system) में ही होती है। केन्द्रीय तंत्रिका तंत्र की संरचना तथा कार्य पर आगे प्रकाश डाला जाएगा।

स्पष्ट हुआ कि ग्राहक-प्रभावक-समायोजक प्रक्रम (receptor-effector-adjustor mechanism) द्वारा व्यक्ति किसी उद्दीपक के प्रति उसके अर्थ को समझकर ठीक ढंग से अनुक्रिया कर पाता है। इस प्रक्रम के तीन पहलू में से किसी भी एक पहलू का यदि कार्य दोषपूर्ण हो जाता है तो व्यक्ति अर्थपूर्ण ढंग से उद्दीपक के प्रति अनुक्रिया करने में समर्थ नहीं हो पाता।

न्यूरोन
(Neuron)

तंत्रिका तंत्र (nervous system) की सबसे छोटी इकाई न्यूरोन (neuron) है। अतः तंत्रिका तंत्र का वर्णन करने के पहले यह आवश्यक है कि न्यूरोन तथा उससे सम्बन्धित तथ्यों पर प्रकाश डाला जाए। इस उद्देश्य से इस खंड को निम्नांकित चार भागों में बाँटा जा रहा है—

1. न्यूरोन : प्रकार, संरचना तथा कार्य (Neuron : types, structure and function)
2. तंत्रिक आवेग (Nervous impulse)
3. संधिस्थल तथा उसका कार्य (Synapse and its function)
4. न्यूरो ट्रांसमीटर (Neurotransmitter)

इन सभी का वर्णन हम अलग-अलग अनुच्छेद में करेंगे।

न्यूरोन : प्रकार, संरचना तथा कार्य
(Neuron : Types, Structure and Function)

न्यूरोन (Neuron) या जिसे *तंत्रिका कोश* (nerve cells) भी कहा जाता है, तंत्रिका तंत्र की सबसे छोटी इकाई (smallest unit) है जिसके द्वारा विभिन्न प्रकार के उत्तेजकों (stimulations) को वैद्युतीय आवेग (electrical impulse) में बदला जाता है। यही कारण है कि न्यूरोन को *जैविक पारस्रावक* (biological transducer) भी कहा जाता है। लेफरैन्कोइस (Lefrancois, 1983) के अनुसार पूरे मानव शरीर में करीब 12.5 अरब न्यूरोन पाए जाते हं जिनमें से करीब 10 अरब सिर्फ मस्तिष्क में हैं। मानव शरीर में न्यूरोन के अलावा भी कुछ कोश (cell) पाये जाते हैं जिनका प्रधान कार्य तंत्रिका कोश को जीवित एवं स्वस्थ रखना होता है। इस तरह के कोश को *न्यूरोलिया* (neurolia) या *ग्लिया कोश* (glia cell) कहा जाता है। इसे न्यूरोन का *गृहरक्षक कोश* (house-keeping cell) भी कहा जाता है।

कार्य (function) के आधार पर न्यूरोन के निम्नांकित तीन प्रकार हैं—संवेदी न्यूरोन (sensory or afferent neuron), गतिवाही न्यूरोन (motor or efferent neuron) तथा साहचर्य न्यूरोन (association neuron)।

इन तीनों का वर्णन निम्नांकित है—

1. ज्ञानवाही या संवेदी न्यूरोन *(Sensory neuron)*—संवेदी न्यूरोन से तात्पर्य वैसे न्यूरोन से होता है जो तंत्रिका आवेग को ग्राहक (receptor) या ज्ञानेन्द्रियों (sense organ) से मस्तिष्क तथा सुषुम्ना तक पहुँचता है। जैसे— यदि कोई व्यक्ति एक फूल को देखता है तो फूल देखने से उत्पन्न तंत्रिका आवेग (nerve impulse) आँख से विशेष न्यूरोन द्वारा मस्तिष्क के एक खास भाग में पहुँचता है जिससे व्यक्ति को फूल का प्रत्यक्षण होता है। इस विशेष न्यूरोन को संवेदी न्यूरोन कहा जाता है।

2. गतिवाही न्यूरोन (*Motor or efferent neuron*)—गतिवाही न्यूरोन से तात्पर्य वैसे न्यूरोन से होता है जो तंत्रिका आवेग को मस्तिष्क तथा सुषुम्ना से प्रभावक (effector) अर्थात् मांसपेशियाँ या ग्रन्थि तक पहुँचाता है जिनके फलस्वरूप व्यक्ति उद्दीपक के प्रति कोई अनुक्रिया कर पाता है। जैसे—फूल देखकर उसे तोड़ने की अनुक्रिया इसलिए हो पाती है कि फूल तोड़ने की आज्ञा मस्तिष्क से विशेष तंत्रिका आवेग के सहारे हाथ तक एक विशेष न्यूरोन द्वारा पहुँचाया जाता है। हम इस विशेष न्यूरोन को गतिवाही न्यूरोन (motor neuron) कहा जाता है।

3. साहचर्य न्यूरोन (*Association neuron*)—साहचर्य न्यूरोन केवल मस्तिष्क एवं सुषुम्ना में ही पाये जाते हैं। साहचर्य *न्यूरोन* से तात्पर्य वैसे न्यूरोन से होता है जिसके द्वारा संवेदी न्यूरोन द्वारा लाये गए तंत्रिका आवेग को ग्रहण करके उसे गतिवाही न्यूरोन (motor neuron) में छोड़ दिया जाता है। इस तरह से साहचर्य न्यूरोन का मुख्य कार्य संवेदी न्यूरोन तथा गतिवाही न्यूरोन के बीच सम्बन्ध या साहचर्य स्थापित करना होता है।

ये तीनों प्रकार के न्यूरोन आपस में समन्वित होकर कार्य करते है। इसी समन्वय का परिणाम है कि व्यक्ति किसी उद्दीपक के प्रति अनुक्रिया कर पाता है।

जहाँ तक न्यूरोन की संरचना तथा उसके कार्य का प्रश्न है उसमें भी स्पष्ट विशिष्टता (specializaiton) पायी जाती है। संरचना (structure) के ख्याल से न्यूरोन के निम्नांकित तीन भाग बतलाये गए हैं—

1. शाखिका (*Dendrite*)—शाखिका का आकार पेड़ की टहनियों तथा शाखाओं के समान होता है जिसमे कई छोटी-छोटी उपशाखाएँ होतीं हैं (इसे चित्र 2.3 में देखा जा सकता है)। शाखिका न्यूरोन का एक प्रधान हिस्सा या भाग होता है तथा इसका प्रधान कार्य दूसरे न्यूरोन से आने वाले तंत्रिका आवेग (nerve impulse) को ग्रहण करके उसे कोश शरीर (cell body) के भीतर भेजना होता है।

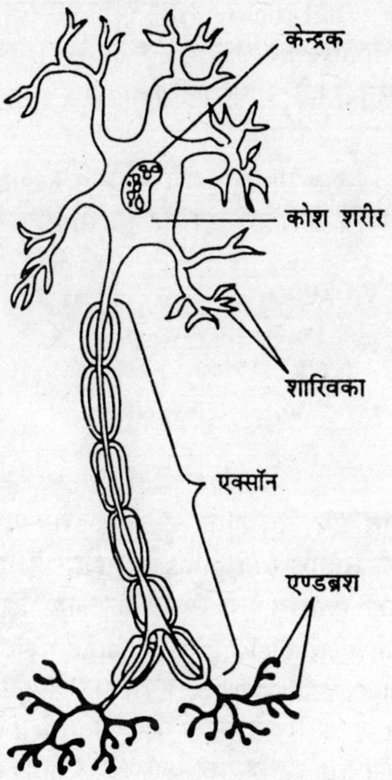

चित्र 2.3 : न्यूरोन

2. कोश शरीर (*Cell body*)—कोश शरीर न्यूरोन का दूसरा प्रमुख भाग है। इसे *सोमा* (soma) की भी संज्ञा दी गई है। यह न्यूरोन का जीव होता है। यदि किसी कारण से कोश शरीर नष्ट हो जाता है तब तंत्रिका कोश या न्यूरोन कार्य करना बंद कर देता है यानी, उसकी मृत्यु हो जाती है। कोश शरीर में एक विशेष तरल पदार्थ होता है जिसे *साइटोप्लाज्म* (cytoplasm) कहा जाता है जो एक विशेष झिल्ली से ढँका होता है। कोश शरीर के बीच में केन्द्रक (nucelus) होता है जो उसका सबसे मुख्य भाग होता है।

कोश शरीर के मुख्य दो कार्य हैं— पहला कार्य शाखिका द्वारा लाये गए तंत्रिका आवेग (nerve impulse) को ग्रहण करना तथा उसे आगे बढ़ाना एवं दूसरा कार्य तंत्रिका कोश (nerve cell) को स्वस्थ तथा जीवित करना।

3. एक्सॉन (*Axon*)—न्यूरोन के उस भाग को एक्सॉन कहा जाता है जो कोश शरीर (cell body) से निकल कर आगे की ओर लम्बवतः बढ़ा हुआ दिखाई देता है। (इसे चित्र 2.3 में देखा जा सकता है) यह छोटा भी होता है तथा काफी लम्बा भी होता है। अधिकतर न्यूरोन का एक्सॉन एक पतला परंतु मोटा आवरण (sheath) से ढँका होता है जिसे *माइलिन शीथ* (myelin sheath) कहा जाता है। यह शीथ या आवरण सतत् (continuous) न होकर प्रत्येक दो-दो मिलीमीटर पर काफी पतला होकर दबा-दबा-सा होता है। अगर आवरण सतत् होता तो तंत्रिका आवेग का प्रवाह ठीक ढंग से नहीं हो पाता। प्रत्येक एक्सॉन के अन्तिम छोर पर अनेक छोटे-छोटे तन्तु होते हैं जिन्हें *एण्डव्रश* (endbrush) या *एण्डप्लेट* (endplate) कहा जाता है। अनेक एक्सॉन एक साथ मिलकर एक तंत्रिका (nerve) का निर्माण करते हैं।

एक्सॉन के मुख्य दो कार्य होते हैं— पहला कार्य कोश शरीर (cell body) होते आ रहे तंत्रिका आवेग को ग्रहण करना तथा दूसरा, उस तंत्रिका आवेग को एक्सॉन के अंतिम छोर अर्थात् एण्डव्रश तक पहुँचाना।

स्पष्ट हुआ कि न्यूरोन के कई प्रकार होते हैं तथा संरचना के ख्याल से वे कई भागों में बँटे होते हैं। मानव तंत्रिका तंत्र का सही कार्यवाही न्यूरोन के समुचित कार्यवाही पर ही आधारित होता है।

तंत्रिका आवेग
(Nerve Impulse)

न्यूरोन के कार्य के सम्बन्ध में मनोवैज्ञानिकों ने दो प्रश्नों के उत्तर ढूँढने में अधिक अभिरुचि दिखलायी है—

(i) एक ही न्यूरोन में सूचना किस तरह से प्रवाहित है, तथा

(ii) एक न्यूरोन से दूसरे न्यूरोन में सूचनाएँ किस तरह से प्रभावित होती है।

जहाँ तक पहले प्रश्न का सम्बन्ध है, उसका उत्तर सीधा यह है कि एक ही न्यूरोन में सूचनाएँ तंत्रिका आवेग (nerve impulse) द्वारा प्रवाहित होती हैं। एक न्यूरोन से दूसरे न्यूरोन में भी सूचनाएँ तंत्रिका आवेग द्वारा ही प्रवाहित होती हैं। परंतु इसमें संधिस्थलीय प्रवाह (synaptic transmission) की भूमिका भी होती है जिसपर अगले अनुच्छेद में प्रकाश डाला जाएगा।

अब हमलोग तंत्रिका आवेग (nerve impulse) के स्वरूप पर विचार करेंगे। तंत्रिका आवेग से तात्पर्य एक अतिलघु अवधि के लिए एक्सॉन (axon) में प्रवाहित होने वाली वैद्युतीय घटना (electric event) से होता है। चूँकि यह

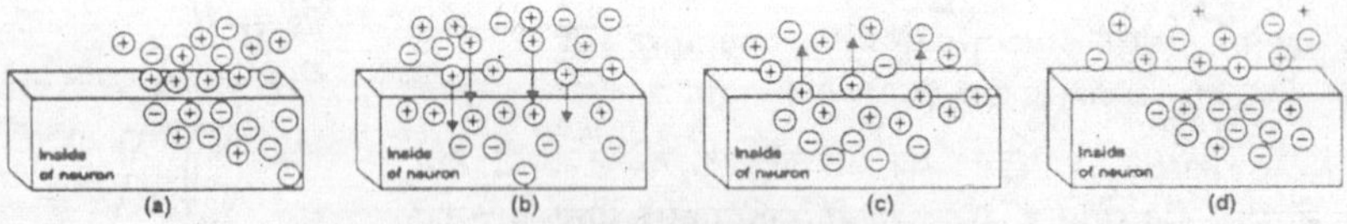

चित्र 2.4 तंत्रिका आवेग की उत्पत्ति

लघु एवं तीव्र होता है, अतः इसे *स्पाईक* (spike) भी कहा जाता है। अब प्रश्न यह उठता है कि न्यूरोन में तंत्रिका आवेग की उत्पत्ति (origin) कैसे होती है। जब न्यूरोन आराम की अवस्था में होता है अर्थात् वह किसी उद्दीपक द्वारा उत्तेजित नहीं होता है, तो न्यूरोन के कोश झिल्ली (cell membrane) के भीतर के तरल पदार्थ में ऋणात्मक वैद्युतीय आवेश (negative electrical charge) होता है तथा उसके बाहर के तरल पदार्थ में धनात्मक वैद्युतीय आवेश (positive electrical charge) होते हैं। (चित्र 2.4a देखें) दूसरे शब्दों में यह कहा जा सकता है कि जब न्यूरोन आराम की अवस्था में होता है तो कोश झिल्ली (cell membrane) में हल्का वैद्युतीय आवेश (करीब 70 मिली वोल्ट) होता है। इस वैद्युतीय आवेश का कारण यह होता है कि कई तरह के आयन्स[1] (ions) अर्थात् ऋणात्मक एवं धनात्मक आवेशित कण (charged particles) जैसे—सोडियम (SO^+), पोटाशियम (K^+), क्लोराइड (Cl^+) आदि कोश झिल्ली (cell membrane) के बाहर एवं भीतर होते हैं। व्यक्ति के सभी तरह के कार्य इसी आयन्स के कारण हो पाता है तथा झिल्ली के बाहर से भीतर तथा भीतर से बाहर आयन्स के विनिमय से तंत्रिका आवेग की उत्पत्ति होती है। चूँकि झिल्ली के भीतर ऋणात्मक आवेशित कण तुलनात्मक रूप से अधिक होते हैं, इसलिए कोश झिल्ली के भीतरी भाग में बाहरी भाग की तुलना में ऋणात्मक आवेश (negative charge) अधिक होता है। न्यूरोन की इस तरह की अवस्था को विश्राम विभव (resting potential) कहा जाता है तथा धनात्मक एवं ऋणात्मक आवेशों के उक्त वितरण को ध्रुवीकरण (polarisation) कहा जाता है। न्यूरोन में विश्राम विभव की अवस्था स्वतः नहीं बनी रहती है बल्कि इसके लिए भी न्यूरोन को कार्य करना पड़ता है। दूसरे शब्दों में, न्यूरोन को कुछ विशेष प्रकार के आयन को कोश झिल्ली के भीतरी भाग से बाहर (विशेषकर धनात्मक आयन को) तथा कुछ दूसरे तरह के आयन को कोश झिल्ली के बाहरी भाग से भीतर (विशेषकर ऋणात्मक आयन को) करना पड़ता है।

जब न्यूरोन किसी उद्दीपक (stimulus) द्वारा या रासायनिक पदार्थों द्वारा उत्तेजित होता है, तो इसमें पहले एक क्रमिक वैभव (graded potential) उत्पन्न होता है जो सचमुच में न्यूरोन के शाखिका (dendrites) के उत्तेजित होने से उत्पन्न होता है। क्रमिक वैभव उद्दीपक की मात्रा (magnitude) के अनुपात में परिवर्तित होता है। अधिक तीव्र उद्दीपक से विभव अधिक उत्पन्न होता है तथा कम तीव्र उद्दीपक से कम मात्रा में विभव उत्पन्न होता है। इस तरह से क्रमिक विभव

1. आयन (ion) से तात्पर्य एक ऐसे कण (particles) से होता है जिसमें धनात्मक या ऋणात्मक वैद्युतीय आवेश (electrical charge) होते हैं।

न्यूरोन के भीतर उत्तेजन का एक तरह का लघु एवं क्षणिक संकेत (signal) के रूप में कार्य करता है जिसकी मुख्य विशेषता यह है कि यह तुरंत कमजोर पड़ने लगता है। सचमुच में यह शाखिका से कोश शरीर तक ही सूचनाओं को ले जा पाता है। जब कोश शरीर पहुँचने वाले क्रमिक वैभव (graded potential) की मात्रा पर्याप्त हो जाती है तथा न्यूरोन को उत्तेजित होने के दहेली (threshold) से वह अधिक हो जाता है तो फिर कोश झिल्ली में रासायनिक परिवर्तन होने लगते हैं। ऐसी परिस्थिति में झिल्ली के बाहर वाले सोडियम आयन्स अर्थात् आवेशित कण (charge particles) जो धनात्मक (positive) होते हैं झिल्ली के भीतर आने लगते हैं जिसके कारण बहुत लघु अवधि के लिए अर्थात् एक मिलीसेकंड (millisecond) के लिए न्यूरोन के कोश झिल्ली का भीतरी भाग धनात्मक रूप से आवेशित (positively charge) हो जाता है। (चित्र 2.4b देखें) कोश झिल्ली के धनात्मकता में यह लघु परंतु तीव्र परिवर्तन को ही क्रिया विभव (action potential) या तंत्रिका आवेग (nerve impulse) कहा जाता है। इसके परिणामस्वरूप न्यूरोन का विश्राम विभव (resting potential) समाप्त हो जाता है और न्यूरोन उत्तेजित हो जाते हैं। न्यूरोन के आवेशित कणों (charged prticles) में इस तरह के परिवर्तन को अध्रुवीकरण (depolarisation) कहा जाता है। यहाँ ध्यान देने वाली बात यह है कि जब कोई न्यूरोन उत्तेजित होता है तो वह अपनी पूर्ण शक्ति के साथ उत्तेजित होता है और उसके इस शक्ति का सम्बन्ध उद्दीपक की तीव्रता से नहीं होता है। दूसरे शब्दों में यह कहा जा सकता है कि न्यूरोन में उत्पन्न उत्तेजन की शक्ति या तो पूर्ण होती है या फिर बिलकुल ही नहीं होती है। ऐसा नहीं होता है कि उद्दीपक की अधिक तीव्रता होने पर न्यूरोन अधिक शक्ति के साथ उत्तेजित होता है तथा उसकी तीव्रता कम होने पर न्यूरोन कम शक्ति के साथ उत्तेजित होता है। कहने का तात्पर्य यह है कि अगर किसी उद्दीपक द्वारा न्यूरोन उत्तेजित हो गया तो उस उत्तेजित अवस्था की शक्ति हमेशा पूर्ण होगी। इसे *पूर्ण या बिलकुल नहीं का नियम* (all-or-none law) कहा जाता है। विभिन्न न्यूरोन में तंत्रिका आवेग की आवृत्ति (frequency) अलग-अलग होती है। मनुष्यों में प्रति सेकंड 500 तंत्रिका आवेग तक की उत्पत्ति होती पायी जाती है।

करीब एक या दो मिलीसेकंड के बाद न्यूरोन की कोश झिल्ली (cell membrane) अपनी मौलिक अवस्था में पुनः लौट जाती है। न्यूरोन काफी सक्रिय होकर धनात्मक आयन्स (positive ions) को भीतर से बाहर निकलता है तथा ऋणात्मक आयन्स को बाहर से भीतर लाता है (चित्र 2.4c देखें)। इसके परिणामस्वरूप न्यूरोन में पुनः विश्राम विभव (resting potential) की अवस्था कायम हो जाती है और कोश पुनः उत्तेजित होने के लिए लगभग तैयार हो जाता है (चित्र 2.4d देखें)। न्यूरोन के वैद्युतीय आवेश (electric charge) में परिवर्तन के इस क्रम (धनात्मक से ऋणात्मक तथा ऋणात्मक से धनात्मक) को *क्रिया विभव* (action potential) की संज्ञा दी जाती है। क्रिया विभव इस अर्थ में क्रमिक विभव से भिन्न है कि क्रिया विभव एक पूर्ण या नहीं अनुक्रिया है जबकि क्रमिक विभव उद्दीपक की तीव्रता की मात्रा के अनुसार परिवर्तित होता है।

किसी न्यूरोन में तंत्रिका आवेग (nerve impulse) उत्पन्न होने के तुरंत बाद एक विशेष अवधि होती है जिसमें पुनः न्यूरोन को उत्तेजित नहीं किया जा सकता है चाहे उद्दीपक की तीव्रता की मात्रा कितनी भी अधिक क्यों न हो? उस लघु अवधि को *निरपेक्ष दुर्दम्य अवधि* (absolute refractory period) कहा जाता है। यह अवधि .5 से 2 मिलीसेकंड तक का होता है। इस अवधि के बाद एक सतत प्रतिप्राप्ति (continuous recovery) की अवस्था होती है जिसमें न्यूरोन केवल वैसे उद्दीपक द्वारा उत्तेजित हो सकता है जिसकी तीव्रता सामान्य से अधिक होती है। इस तरह की अवधि को *सापेक्ष दुर्दम्य अवधि* (relative refractory period) कहा जाता है। यह अवधि कुछ मिलीसेकंड का होता है। सापेक्ष दुर्दम्य अवधि की समाप्ति के बाद न्यूरोन की उत्तेजनशीलता शक्ति पूर्णतः कायम हो जाती है और वह सामान्य तीव्रता के उद्दीपक से उत्तेजित होने के लायक हो जाता है। शरीरक्रिया मनोवैज्ञानिकों (physiological psychologists) द्वारा किये गए अध्ययनों के आधार पर यह स्पष्ट हुआ कि मनुष्यों की तंत्रिका आवेग की गति प्रति सेकंड 100 मीटर या 224 मील प्रति घंटा तक होता है।

संधिस्थल तथा उसका कार्य
(Synapse and Its Function)

जैसा कि पिछले अनुच्छेद में कहा गया था कि एक न्यूरोन से दूसरे न्यूरोन में सूचनाएँ *संधिस्थल प्रवाह* (synaptic transmission) होकर आगे बढ़ती है, अतः इस अनुच्छेद में संधिस्थल तथा उसके कार्य को भलीभाँति समझाया जाएगा।

संधिस्थल क्या है? इस प्रश्न का उत्तर देते हुए यह कहा जा सकता है कि दो न्यूरोन जहाँ पर आपस में मिलते हैं, वहाँ पर इन दोनों के बीच में कुछ रिक्त स्थान होते हैं जिसके कारण वे दोनों एक-दूसरे से सीधे सटे हुए नहीं होते हैं। दोनों न्यूरोन के इस मिलन स्थान को ही *संधिस्थल* (synapse) की संज्ञा दी जाती है। इसे और भी विशिष्ट रूप से समझाते हुए यह कहा जा सकता है कि संधिस्थल वह स्थान होता है जहाँ एक न्यूरोन का एक्सॉन (axon) दूसरे न्यूरोन की शाखिका (dendrites) या कोश शरीर (cell bodies) के साथ प्रकार्यात्मक सम्बन्ध (functional relationship) कायम करता है हालाँकि ये दोनों एक-दूसरे से सटे हुए नहीं होते हैं। इन दोनों के बीच के लघुतम रिक्ति (gap) को *संधिस्थलीय दारा* (synaptic cleft) कहा जाता है।

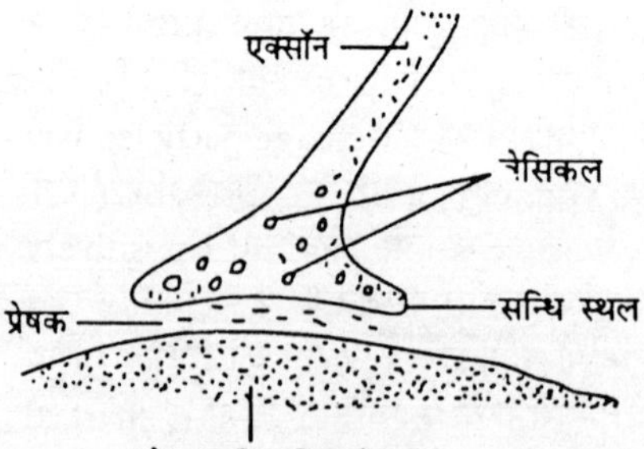

चित्र 2.5 : संधिस्थलीय संचरण

अब प्रश्न यह उठता है कि जब दोनों न्यूरोन के बीच रिक्त स्थान होते हैं तो तंत्रिका आवेग (nerve impulse) का संचार किस तरह होता है? इलेक्ट्रॉन माइक्रोस्कोप (electron microscope) से लिए गये तस्वीरों के विश्लेषण से यह पता चलता है कि एक्सॉन के छोर पर कई छोटे-छोटे बल्ब (bulbs) होते हैं जिन्हें बुटोन्स (buttons) कहा जाता है। इस बुटोन्स में छोटी-छोटी पुटिकाएँ (vesicles) होतीं हैं जिनमें कुछ तरल पदार्थ भरे होते हैं। तरल पदार्थ को *न्यूरोट्रांसमीटर* (neurotransmitter) कहा जाता है। जब तंत्रिका आवेग सूचना प्रदत्त करने वाले न्यूरोन (trnasmitting neuron) के एक्सॉन के छोर पर पहुँचता है तो पुटिकाओं से न्यूरोट्रांसमीटर निकलना प्रारम्भ हो जाते हैं। इसका परिणाम यह होता है कि सूचना प्राप्त करने वाले न्यूरोन (receiving nerve) के ग्राहक क्षेत्र (receptor) के विशिष्ट अणु (specialised molocules) के साथ न्यूरोट्रांसमीटर मिल जाते हैं और तब तंत्रिका आवेग को झट से सूचना प्राप्त करने वाले न्यूरोन की शाखिका (dendrites) द्वारा ग्रहण कर लिया जाता है। इस तरह से तंत्रिका आवेग का संचरण आगे की ओर हो जाता है।

सूचना प्राप्त करने वाले न्यूरोन (receiving neuron) के कोश (cell) पर न्यूरोट्रांसमीटर दो तरह का प्रभाव डालता है— उत्तेजनापूर्ण प्रभाव (excitatory effect) तथा निरोधक प्रभाव (inhibitory effect)। अगर उत्तेजनपूर्ण प्रभाव उत्पन्न होता है तो इससे सूचना प्राप्त करने वाले न्यूरोन के कोश में अध्रुवीकरण (depolarizaiton) की प्रक्रिया उत्पन्न होती है अर्थात् इसके विश्राम विभव (resting potential) में कमी आने लगती है। अगर अध्रुवीकरण की मात्रा पर्याप्त होती है तो इससे *क्रिया विभव* (action potential) की उत्पत्ति हो जाती है। दूसरे तरफ अगर न्यूरोट्रांसमीटर से निरोधात्मक प्रभाव (inhibitory effect) उत्पन्न होते हैं, तो उसे सूचना प्राप्त करने वाले न्यूरोन के कोश में ध्रुवीकरण (polarizations) की प्रक्रिया उत्पन्न हो जाती है जिसका असर यह होता है कि इस न्यूरोन के लिए क्रिया विभव (action potential) को सम्पन्न कराना कठिन हो जाता है।

अब एक प्रश्न यहाँ यह उठता है कि संधिस्थल पर तंत्रिका आवेग का आगे बढ़ जाने के बाद बचे हुए न्यूरोट्रांसमीटर (neurotransmitter) का क्या होता है? मनोवैज्ञानिकों द्वारा किये गये अध्ययनों से यह स्पष्ट हुआ है कि ऐसे न्यूरोट्रांसमीटर को एक्सॉन की पुटिकाओं द्वारा पुनः सोख लिया जाता है या संधिस्थल पर उपस्थित विभिन्न तरह के एन्जाइम (enzymes) द्वारा उसे निष्क्रिय कर दिया जाता है। न्यूरोट्रांसमीटर को एक्सॉन की पुटिकाओं द्वारा सोखने की प्रक्रिया के *पुनर्वापसी* (reuptake) कहा जाता है।

स्पष्ट हुआ कि संधिस्थल का मुख्य कार्य तंत्रिका आवेग के संचरण में मदद करना है। यह कार्य न्यूरोट्रांसमीटर की मदद से हो पाता है।

न्यूरोट्रांसमीटर
(Neurotransmitter)

न्यूरोट्रांसमीटर का महत्त्व संधिस्थलीय संचरण (synaptic transmission) में काफी अधिक है। न्यूरोट्रांसमीटर एक तरह का रासायनिक तत्त्व (chemical substance) होता है जो तंत्रिका तंत्र (nervous system) में संधि स्थल (synapse) पर तथा तंत्रिका (nerves) एवं मांसपेशियों (muscles) के बीच जंक्शन (junction) पर तंत्रिका आवेग

के संचरण (transmission) में मदद करता है। इस जंक्शन को *न्यूरोपेशीय जंक्शन* (neuromusculor junction) कहा जाता है। जब सूचना प्रदत्त करने वाले न्यूरोन (transmitting neuron) जिसे *प्राकसंधि स्थलीय न्यूरोन* (presynaptic neuron) भी कहा जाता है, के एक्सॉन के छोर की पुटिकाओं से न्यूरोट्रांसमीटर (neurotransmitter) निकल कर सूचना ग्रहण करने वाले न्यूरोन (receiving neuron) या जिसे उत्तर संधि स्थलीय न्यूरोन (postsyanptic neuron) भी कहा जाता है, के ग्राहक क्षेत्र के विशिष्ट ग्राहक अणु (specialized receptor molecules) से संयोजित होता है, तो दो तरह के प्रभाव उत्पन्न होते हैं—*उत्तेजनपूर्ण प्रभाव* (excitatory effects) तथा *निरोधक प्रभाव* (inhibitory effect)। इन दोनों तरह के प्रभावों का प्रभाव यह होता है कि तंत्रिका आवेग का संचरण हो पाता है। 1950 से अब तक करीब 100 से अधिक न्यूरोट्रांसमीटर का पता लग चुका है जिनमें निम्नांकित प्रमुख है—

1. **ऐसीटिलकोलाइन** (*Acetylcholine*)—यह लघु आणविक (small molecule) न्यूरोट्रांसमीटर है जो पूरे केन्द्रीय तंत्रिका तंत्र (central nervous system), स्वायत्त तंत्रिका तंत्र (autonomic nervous system) तथा न्यूरोपेशीय जंक्शनों (neuro-muscular junction) में पाया जाता है। सबसे पहले खोज किया जाने वाला न्यूरोट्रांसमीटर यही है।
2. **नोरइपानफ्राइन** (*Norepinephrine*)—यह एक तरह का केटकोलामाइन है जिसमें *एमीनो एसीड टाइरोसीन* (amino acid tyrosine) मिला होता है। यह केन्द्रीय तंत्रिका तंत्र (central nervous system) तथा अनुकंपी तंत्रिका तंत्र (sympathetic nervous system) में पाया जाता है।
3. **इपानफ्राइन** (*Epinephrine*)—यह भी एक तरह का केटकोलामाइन (catecolamine) है जो केन्द्रीय तंत्रिका तंत्र (central nevous system) में विशेषतः वैसे न्यूरोन में पाये जाते हैं जिनका कोश शरीर (cell body) मस्तिष्कीय स्तम्भ (brain stem) में होता है।
4. **डोपामाइन** (*Dopamine*)—यह भी एक तरह का केटकोलामाइन है जो केन्द्रीय तंत्रिका तंत्र (central nervous system) में पाया जाता है।
5. **सेरोटोमिन** (*Serotomin*)—यह एक तरह का इन्डोलामाईन (indolamine) है जो केन्द्रीय तंत्रिका तंत्र (central nervous system) में पाया जाता है।
6. **गामा या एमीनो बूटरिक अम्ल** (*Gamma amino butyric acid or GABA*)—यह एक तरह का एमीनो अम्ल (amino acid) है तथा यह मस्तिष्क एवं सुषुम्ना के सभी हिस्से में खासकर अवरोधी साहचर्य न्यूरोन (inhibitory association neuron) में पाये जाते हैं।
7. **ग्लूटैमिक अम्ल** (*Glutamic acid*)—यह भी एक तरह का एमीनो अम्ल (amino acid) है जो तंत्रिका तंत्र (nervous system) में पाया जाता है।
8. **एसपार्टेट** (*Aspartate*)—यह भी एक तरह का एमीनो अम्ल (amino acid) है।
9. **न्यूरोपेपटाइड्स** (*Neuropeptides*)—इसमें कई तरह के एमीनो अम्ल (amino acids) होते हैं। इसे हाल में ही एक न्यूरोट्रांसमीटर के रूप में स्वीकार किया गया है। इन्डोरफिन्स (endorphins) इस समूह का एक प्रमुख न्यूरोट्रांसमीटर है।
10. **हिस्टामाइन** (*Histamine*)—यह न्यूरोट्रांसमीटर मस्तिष्क के उन क्षेत्रों में होता है जो संवेग से सम्बन्धित होते हैं। इसकी भूमिका एलर्जी की प्रतिक्रिया में भी पाया जाता है।

एक न्यूरोन से दूसरे न्यूरोन तक संधिस्थल (synapse) पार करते हुए सूचनाओं का जो रासायनिक संचरण (chemical transmission) होता है, उसमें कई चरण (steps) सम्मिलित होते हैं जिनमें निम्नांकित मुख्य है—

(i) व्यक्ति के भोजन तथा ऐसे ही अन्य स्रोतों के अणुओं (molecules) से सूचना प्रदत्त करने वाला न्यूरोन (transmitting neuron) या प्राक्-संधि स्थलीय न्यूरोन (presynaptic neuron) कुछ विशेष न्यूरोट्रांसमीटर अणु (neurotransmitter molecules) पैदा करते हैं।

(ii) उत्पादित न्यूरोट्रांसमीटर को प्राक्-संधि स्थली न्यूरोन के एक्सॉन के छोरों पर पाये जाने वाले पुटिकाओं में संचित किया जाता है।

(iii) एक्सॉन के छोर पर पहुँचने वाले तंत्रिका आवेग एक ऐसी प्रक्रिया प्रारम्भ कर देते है जिससे कुछ पुटिकाएँ (vesicles) संधिस्थलीय दरार (synaptic cleft) में पहुँच जाते हैं जहाँ पर वे अपने में संचित न्यूरोट्रांसमीटर का त्याग करते हैं।

(iv) न्यूरोट्रांसमीटर तुरंत ही उस पूरे संधिस्थलीय न्यूरोन (postsynaptic neuron) के झिल्ली (membrane) पर विशिष्ट ग्राहक अणुओं से मिल जाते हैं।

(v) ग्राहक तथा न्यूरोट्रांसमीटर (neurotransmitter) के संयोग (combination) से सूचना प्राप्त करने वाले न्यूरोन में कुछ परिवर्तन होते हैं जिनसे उत्तेजन (excitation) या अवरोध (inhibition) की प्रक्रिया उत्पन्न होती है। इन दोनों में से किस तरह का प्रभाव उत्पन्न होगा, यह न्यूरोट्रांसमीटर के प्रकार तथा ग्राहक के प्रकार जिसके साथ संयोजन (combination) होता है, पर निर्भर करता है।

(vi) संयोजित न्यूरोट्रांसमीटर तेजी से निष्क्रिय होने लगता है ताकि सूचना प्राप्त करने वाला न्यूरोन या उत्तर संधिस्थलीय न्यूरोन पुनः दूसरे प्रकार की सूचना को ग्रहण करने के लिए तत्पर हो जाए।

अब प्रश्न यह उठता है कि संधिस्थलीय संचरण (synaptic transmission) की प्रक्रिया को समझने का कोई व्यवहारिक महत्त्व (practical importance) है या नहीं? आधुनिक मनोवैज्ञानिकों का यह निष्कर्ष रहा है कि संधिस्थलीय संचरण के ज्ञान का व्यवहारिक उपयोग काफी है जिसका पता हमें तब चलता है जब मानव व्यवहार, अनुभूतियों आदि पर मनोसक्रिय औषधों (psychoactive drugs) के पड़ने वाले प्रभावों का हम अध्ययन करते हैं। ऐसे औषध संधिस्थलीय संचरण (synaptic transmission) की प्रक्रिया में परिवर्तन लाकर व्यक्ति के भाव तथा व्यवहार में परिवर्तन लाते हैं। ऐसे प्रभाव दो तरह के होते हैं— कुछ औषध (drugs) ऐसे हैं जो संधिस्थल में न्यूरोट्रांसमीटर के प्रभाव को और अधिक तीव्र कर देते हैं। ऐसे औषध को उन न्यूरोट्रांसमीटर का *सहयोगी* (agonist) कहा जाता है। दूसरे तरफ कुछ औषध ऐसे हैं जो संधिस्थल में न्यूरोट्रांसमीटर के प्रभाव को अवरुद्ध करता है। ऐसे औषध को उस न्यूरोट्रांसमीटर का *विरोधी* (antagonist) औषध कहा जाता है। सहयोगी औषध (agonist drug) न्यूरोट्रांसमीटर के प्रभाव को और अधिक तीव्र निम्नांकित तरीकों से करते हैं—

(i) ऐसे औषध न्यूरोन द्वारा संचित न्यूरोट्रांसमीटर की मात्रा में वृद्धि कर देते हैं।

(ii) ऐसे औषध विशिष्ट न्यूरोन (specific neuron) को न्यूरोट्रांसमीटर उत्पन्न करने में अधिक मदद करते हैं।

(iii) ऐसे औषध सूचना प्राप्त करने वाले न्यूरोन (receiving neuron) के ग्राहक (receptor) को उत्तेजित कर देते हैं जो न्यूरोट्रांसमीटर के प्रति अनुक्रिया करते हैं और इस तरह से न्यूरोट्रांसमीटर का प्रभाव पहले से अधिक बढ़ जाता है।

(iv) ऐसे औषध संधिस्थल में न्यूरोट्रांसमीटर को निष्क्रिय नहीं होने में मदद करते हैं ताकि इसका प्रभाव अधिक लम्बे समय तक बना रहे।

विरोधी औषध (antagonist drug) न्यूरोट्रांसमीटर के प्रभाव को कम कर देते हैं और वे इस कार्य को निम्नांकित तरीकों से करते हैं—

(i) ऐसे औषध न्यूरोट्रांसमीटर के संश्लेषण (synthesis) को अवरुद्ध करते हैं।

(ii) ऐसे औषध उस प्रक्रम (mechanism) को नष्ट कर देते हैं जिसके द्वारा संधिस्थल में न्यूरोट्रांसमीटर उत्पन्न होते हैं।

(iii) ऐसे औषध झूठा न्यूरोट्रांसमीटर (false neurotransmitter) का कार्य करते हैं जो सूचना प्राप्त करने वाले न्यूरोन के ग्राहक को निष्क्रिय कर देते हैं।

(iv) ऐसे औषध संधिस्थलीय पुटिकाओं (synaptic vesicles) से न्यूरोट्रांसमीटर को रिसने में मदद करते है जिसका परिणाम यह होता है कि संधिस्थल में पहुँचने के पहले ही न्यूरोट्रांसमीटर को एन्जाइम द्वारा समाप्त कर दिये जाते हैं।

स्पष्ट हुआ कि न्यूरोट्रांसमीटर का महत्त्व संधिस्थलीय संचरण (synaptic transmission) में काफी अधिक होता है। इनमें से चार न्यूरोट्रांसमीटर की भूमिका असामान्य व्यवहार में काफी अधिक पायी जाती है। वे चार न्यूरोट्रांसमीटर हैं— ऐसीटिलकोलाइन, डोपामाइन, नारइपानफ्राइन तथा सेरोटोमिन। एसीटिलकोलाइन का सम्बन्ध नींद रोग, अलजाइमर रोग (Alzheimer's disease) तथा आंगिक मस्तिष्कीय रोगों से पाया गया है। अत्यधिक डोपामाइन की क्रियाओं का सम्बन्ध मनोविदालिता (Schizophremia) से पाया गया है। नारइपानफ्राइन से स्वायत्त तंत्रिका तंत्र में तंत्रिका आवेगों की क्रियाओं में वृद्धि हो जाती है जिससे व्यक्ति में रक्तचाप तथा हृदयगति तीव्र हो जाती है। सेरोटोमिन में असंतुलन होने से व्यक्ति में तीव्र विषाद (severe depression) उत्पन्न होता है।

तंत्रकीय क्रियाओं का मानिटरिंग
(Monitoring Neural Activities)

जैसा कि हम जानते हैं तंत्रिका तंत्र (nervous system) की मौलिक इकाई (basic unit) न्यूरोन (neuron) या तंत्रिका या स्नायु कोश (nerve cell) होता है तथा तंत्रकीय कार्य (neuronal function) की मुख्य इकाई स्नायु आवेग या तंत्रिका आवेग (nerve impulse) होता है। इस क्षेत्र के विशेषज्ञों को जो व्यवहार तथा दैहिकशास्त्र (physiology) के बारे में विशेषकर तंत्रिका तंत्र के वैद्युतीय क्रियाओं (electrical activities) के बारे में जो ज्ञान संचित किये हैं, उनका आधार मस्तिष्कीय संरचना तथा कार्य के असामानताओं के प्रयोगात्मक अध्ययनों से प्राप्त हुआ है। इन क्रियाओं के मानिटरिंग के लिए इन लोगों द्वारा कुछ विशेष प्रविधियों का भी सहारा लिया जाता है, जिनका वर्णन यहाँ अपेक्षित है। ऐसी ही कुछ सामान्य प्रविधियों का उल्लेख निम्नांकित है—

1. एकाकी इकाई रेकॉर्डिंग *(Single Unit Recording)*—तंत्रिका तंत्र की क्रियाओं का मानिटरिंग एवं उनके मापन का एक सहज एवं सरल प्रविधि एकाकी इकाई रेकार्डिंग है जिसमें विशेषज्ञ किसी एक न्यूरोन में एक पतला तार या सूई प्रवेश करके उस न्यूरोन की वैद्युतीय क्रियाओं का मापन करते हैं। इससे प्राप्त होने वाले आँकड़ों का रिकार्डिंग *ओसिलोस्कोप* (Oscilloscope) द्वारा किया जाता है जिसमें वैद्युतीय वोल्टेज में होने वाले परिवर्तनों को मापा जाता है। चूँकि न्यूरोन अत्यधिक तेजी से उत्तेजित होता है, इसलिए आँकड़ों को कम्प्यूटर में डाल कर उनका विश्लेषण किया जाता है और इस तरह से प्रति मिनट या सेकंड एक न्यूरोन कितना बार औसतन उत्तेजित (fire) हुआ, का अध्ययन सम्भव हो पाता है। इस प्रविधि द्वारा मूलतः चूहों, बिल्लियों, कुत्तों एवं बंदरों के तंत्रकीय क्रियाओं का मानिटरिंग किया जाता है।

2. एल्क्ट्रोएनसिफेलोग्राफी *(Electroencephalography)*—यह एक ऐसी विधि है जिसके द्वारा मनुष्यों एवं पशुओं के तंत्रिका तंत्र (nervous system) के वैद्युतीय क्रियाओं का मापन होता है। इस प्रविधि में मस्तिष्कीय तरंगों की क्रियाओं का एक रिकार्ड तैयार होता है जिसे **एल्कट्रोएनसिफेलोग्राम** (Electroencephalogram or EEG) कहा जाता है जिसमें एल्कट्रो मतलब वैद्युतीय (electrical), इन्सिफेलोन (encephalon) मतलब मस्तिष्क (brain) तथा ग्राम (gram) मतलब रिकार्ड होता है। इस प्रविधि में व्यक्ति की खोपड़ी पर एल्कट्रोड लगा दिया जाता है जो खोपड़ी के भीतर हजारों कोशिकाओं की क्रियाओं का रिकार्डिंग होता है। EEG जिनका विश्लेषण प्रायः परिकलक या कम्प्यूटर द्वारा होता है, विभिन्न तरह के उद्देश्यों के लिए उपयोग किया जाता है तथा इनका मानिटरिंग करके मस्तिष्कीय क्षति (brain damage) का आकलन, टयूमर (tumor), मिरगी (epilepsey) आदि असामान्यताओं का भी अंदाज लगाया जाता है।

व्यक्ति के मानसिक क्रियाओं के प्रकार तथा स्तर के अनुरूप EEG द्वारा विभिन्न प्रकार के मस्तिष्कीय तरंग पैटर्न दिखलाये जाते हैं। मस्तिष्कीय तरंगों को प्रायः उनकी आवृत्ति (frequency) तथा विस्तार (amplitude) के रूप में वर्णित किया जाता है। अगर व्यक्ति जागृतावस्था में होता है तथा शांत होता है एवं कोई सक्रिय चिंतन में व्यस्त नहीं होता है, तो उनके EEG पैटर्न द्वारा अल्फा तरंग (alpha waves) बनते हैं जो प्रायः प्रति सेकंड आठ से बारह चक्र की गति से बनता है तथा यह साधारण विस्तार (moderate amplitude) का होता है। जब व्यक्ति उत्तेजित हो जाता है, तो उनका मस्तिष्क तरंग अल्फा तरंग से बदलकर उच्च-बारंबारता (high frequency) तथा निम्न-विस्तारीय तरंग (low amplitude wave) अर्थात् बीटा (beta) तथा गामा (gamma) तरंग में बदल जाता है। मस्तिष्कीय तरंगों में इस तरह की मानिटरिंग से विशेषज्ञों को व्यक्ति के संवेगात्मक तथा अभिप्रेरणात्मक स्तरों में बढ़ोत्तरी का पता चलता है।

1980 के दशक में तंत्रिका तंत्र की क्रियाओं के मानिटरिंग के लिए तीन तरह की प्रविधियों का वर्णन किया गया है जिसमें CAT, MRI तथा PET अधिक सामान्य है। CAT का पूर्णरूप है— कम्प्युटराइज्ड एक्सियल टोमोग्राफी (Computerized Axial Tomography) जो एक कम्प्यूटर सहायताप्राप्त एक्स-रे के माध्यम से मस्तिष्क का तीन विमाओं में तस्वीर ले पाता है और उनका विश्लेषण करके विशेषज्ञ मस्तिष्क में ट्यूमर या अन्य किसी तरह की क्षति या चोट (lesior) होने का अंदाज लगाते हैं। MRI का विस्तृत रूप है—मैगनेटिक रिसोनेन्स इमैजिंग (Magnetic Resonance Imaging or MRI) जो CAT के समान ही है परंतु इसमें विकिरण (radiation) का उपयोग नहीं किया जाता है परंतु इसके द्वारा लिए गये तस्वीरों में स्पष्टता अधिक होती है। PET जिसका विस्तृत रूप—पोजिट्रोन इमिसन टोमोग्राफी (Positron Emission Tomography) है, में रेडियो रसायन प्रविधियों (radio chemical procedures) का उपयोग किया जाता है तथा इसके माध्यम से शोधकर्त्ता प्राणी में हो रहे चयापचयी परिवर्तनों (metabolic changes) का प्रेक्षण कर पाते हैं। CAT, MRI तथा PET स्कैन के माध्यम से शोधकर्त्ताओं द्वारा मस्तिष्कीय न्यूरोन की क्रियाओं को न केवल मानिटरिंग किया जाता है

बल्कि उससे कुछ महत्त्वपूर्ण अनुमान भी लगाने में उन्हें सफलता मिल रही है। जैसे, लेही (Lahey, 2004) ने विभिन्न अध्ययनों की समीक्षा करके यह बतलाया है कि उम्र बीतने से हल्का मस्तिष्कीय क्षति (brain lesion) का होना एक स्वाभाविक घटना है। उसी तरह से नेमेरोफ्फ (Nemeroff, 1988) ने अपने अध्ययन में मस्तिष्कीय क्षति, बीमारी तथा विषाद (depression) में एक लिंक या सम्बन्ध होते देखा है।

स्पष्ट हुआ कि शोधकर्त्ता तथा विशेषज्ञों द्वारा तंत्रकीय क्रियाओं का मानिटरिंग कई प्रविधियों से किया जाता है तथा उनके आधार पर कुछ महत्त्वपूर्ण निष्कर्ष पर भी पहुँचा जा रहा है।

तंत्रिका तंत्र : संरचना तथा कार्य
(Nervous System : Structure and Function)

तंत्रिका तंत्र (nervous system) एक ऐसी जटिल संरचना (complex structure) है जो शारीरिक प्रक्रिया को नियमित तथा नियंत्रित करता है तथा व्यक्ति के चेतन अनुभूतियों के सभी पहलुओं के लिए जिम्मेवार होता है। तंत्रिका तंत्र (nervous system) एक संगठित सम्पूर्णता (integrated whole) के रूप में कार्य करता है। फिर भी इसकी संरचना तथा कार्य पर समुचित ढंग से प्रकाश डालने के लिए इसे कुछ खंडों में बाँटा गया है। तंत्रिका तंत्र (nervous system) को मुख्य दो भागों में बाँटा गया है—*केन्द्रीय तंत्रिका तंत्र* (central nervous system) तथा *परिधीय तंत्रिका तंत्र* (peripheral nervous system)। इन दोनों भागों के भी उप भाग हैं। जैसे—केन्द्रीय तंत्रिका तंत्र (central nervous system) के दो भाग हैं—मस्तिष्क (brain) तथा सुषुम्ना (spinal cord)। परिधीय तंत्रिका तंत्र (peripheral nervous system) के दो भाग हैं—कायिक तंत्रिका तंत्र (somatic nervous system) तथा स्वायत्त तंत्रिका तंत्र (autonomic nervous system)। फिर स्वायत्त तंत्रिक तंत्र के भी दो भाग हैं—अनुकंपी तंत्रिका तंत्र (sympathetic nervous system) तथा उपअनुकंपी तंत्रिका तंत्र (parasympathetic nervous system)। तंत्रिका तंत्र के विभाजन को तालिका 2.2 में दिखलाया गया है।

तालिका 2.2 : तंत्रिका तंत्र का विभाजन (Division of Nervous System)

- **तंत्रिका तंत्र (Nervous System)**
  - परिधीय तंत्रिका तंत्र (Peripheral Nervous System)
    - कायिक तंत्रिका तंत्र (Somatic Nervous System)
    - स्वायत्त तंत्रिका तंत्र (Autonomic Nervous System)
      - अनुकंपी तंत्रिका तंत्र (Sympathetic Nervous System)
      - उपअनुकंपी तंत्रिका तंत्र (Parasympathetic Nervous System)
  - केन्द्रीय तंत्रिका तंत्र (Central Nervous System)
    - मस्तिष्क (Brain)
    - सुषुम्ना (Spinal cord)

केन्द्रीय तंत्रिका तंत्र की संरचना एवं कार्य
(Structure and Function of Central Nervous System)

केन्द्रीय तंत्रिका तंत्र (central nervous system) सबसे प्रमुख तंत्रिका तंत्र है जिसकी मुख्य संरचना सुषुम्ना (spinal cord) तथा मस्तिष्क (brain) है। इन दोनों के संरचनाओं एवं कार्यों का वर्णन हम अलग-अलग अनुच्छेद में करेंगे—

सुषुम्ना की संरचना तथा कार्य (*Structure and Function of Spinal cord*)—रीढ़ की हड्डी (spinal column), जो कमर से गर्दन तक फैली है, में एक तरल पदार्थ भरा होता है जिसे सुषुम्ना कहा जाता है। यह तरल पदार्थ एक विशेष आवरण से ढँका होता है जिसे मेनिंग्स (meninges) कहा जाता है। ऊपर से नीचे तक सुषुम्ना में कुल 31 भाग (division) हैं। प्रत्येक भाग से मेरुदण्डीय तंत्रिका (spinal nerves) का एक जोड़ा निकलता है। इस जोड़े में से एक तंत्रिका द्वारा शरीर के बाएँ भाग से स्नायुप्रवाह (nerve impulse) आता है तथा दूसरे तंत्रिका द्वारा शरीर के दाएँ भाग से स्नायुप्रवाह आता है। मेरुदण्डीय तंत्रिका एक तरह की परिधीय तंत्रिका (peripheral nerve) होती है जिसके द्वारा संवेदी सूचनाएँ (sensory information) सुषुम्ना में आती है तथा फिर सुषुम्ना से गति सूचनाओं (motor information) के रूप में वे बाहर निकलती हैं। सुषुम्ना में प्रवेश करने के थोड़ा पहले मेरुदण्डीय तंत्रिका (spinal nerve) दो भाग में बँट जाती है। एक पीछे से होकर तथा एक आगे से होकर सुषुम्ना में प्रवेश करती है। (चित्र 2.6 देखें) पीछे से प्रवेश करने वाले मेरुदण्डीय तंत्रिका के भाग को *डॉर्सल रूट* (dorsal root) तथा आगे से प्रवेश करने वाले मेरुदण्डीय तंत्रिका के भाग को *भेन्ट्रल रूट* (ventral root) कहा जाता है। डॉर्सल रूट की पहचान यह होती है कि मेरुदण्ड या सुषुम्ना के पास थोड़ा वह फूला हुआ-सा दिखाई पड़ता है (चित्र 2.6 देखो)। डॉर्सल रूट द्वारा शरीर के भिन्न-भिन्न अंगों से संवेदी तंत्रिका आवेग (sensory nerve impulse) सुषुम्ना में प्रवेश करता है तथा भेन्ट्रल रूट द्वारा सुषुम्ना से गति तंत्रिका आवेग (motor nerve impulse) के रूप में सूचनाएँ बाहर निकलती है।

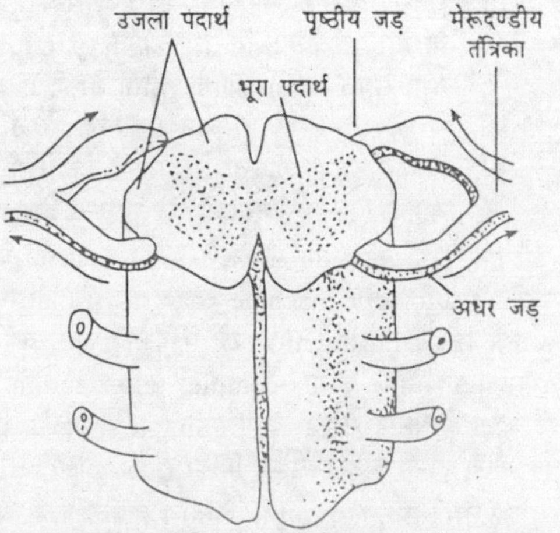

चित्र 2.6 : सुषुम्ना का कटा हुआ एक भाग

सुषुम्ना को यदि कहीं से भी काटा जाए तो इसकी भीतरी संरचना (structure) एक ही समान दीख पड़ती है। चित्र 2.6 में सुषुम्ना के एक ऐसे ही कटे हुए भाग को दिखलाया गया है। इस चित्र को देखने से स्पष्ट हो जाता है कि सुषुम्ना के बीच के भाग का आकार एक तितली (butterfly) के समान होता है और वह भाग धूसर पदार्थ (grey matter) से भरा होता है। सुषुम्ना के बीच के भाग (central core) के चारों तरफ उजला पदार्थ (white matter) होता है जिससे होकर अनेकों तंत्रिका तन्तु (nerve fibers) ऊपर से नीचे ओर तथा नीचे से ऊपर की ओर आते-जाते दिखाई देते हैं। ऊपर से नीचे की ओर आने वाले तंत्रिका तन्तु द्वारा मस्तिष्क से सूचनाएँ आती हैं तथा नीचे से ऊपर की ओर जाने वाले तंत्रिका तन्तु द्वारा सूचनाएँ सुषुम्ना से मस्तिष्क में ले जायी जाती है।

ऊपर वर्णन किये गये संरचना (structure) के आधार पर यह बिलकुल ही स्पष्ट हो जाता है कि सुषुम्ना की संरचना उतनी जटिल (complex) नहीं है तथा सभी तंत्रिका आवेग (nerve impulse) सुषुम्ना होते ही मस्तिष्क में प्रवेश करते हैं। जहाँ तक सुषुम्ना के कार्य (function) का प्रश्न है, उसे संक्षेप में हम इस प्रकार बतला सकते हैं।

(i) शरीर के भिन्न-भिन्न अंगों से लाये गये तंत्रिका आवेग को डॉर्सल रूट (dorsal root) के सहारे सुषुम्ना उसे ग्रहण करता है। इस तरह की तंत्रिका आवेग द्वारा हमें संवेदी सूचनाएँ (sensory information) प्राप्त होती है और हमें यह पता चलता है कि शरीर के कौन-से अंग को स्पर्श किया जा रहा है या किस अंग से क्या हो रहा है। इन संवेदी तंत्रिकों आवेगों (sensory nerve impulse) को सुषुम्ना, अग्र मस्तिष्क (forebrain) या मस्तिष्क स्तम्भ (brain stem) में भेज देता है।

(ii) सुषुम्ना द्वारा शारीरिक क्रियाओं (bodily movements) का संचालन भी होता है। चेहरे (face) और गर्दन (neck) से सम्बन्धित शारीरिक क्रियाओं को छोड़कर अन्य भागों की क्रियाओं का नियंत्रण बहुत हद तक सुषुम्ना के द्वारा ही होता है। किसी दुर्घटना या बीमारी के कारण यदि सुषुम्ना घायल हो जाता है तो व्यक्ति में शारीरिक क्रियाओं का संचालन ठीक ढंग से नहीं हो पाता है।

(iii) सुषुम्ना द्वारा सहज या प्रतिवर्त्त क्रियाओं (reflex actions) का भी नियंत्रण एवं संचालन होता है। सहज क्रिया या प्रतिवर्त्त क्रिया किसी उद्दीपक (stimulus) के प्रति एक ऐसी अनुक्रिया है जो अनैच्छिक (involuntary) तथा संगत (consistent) होती है। जैसे, आँख पर तीव्र रोशनी पड़ते ही पलक का बन्द हो जाना, गर्म वस्तुओं से ऊँगली स्पर्श हो जाने पर तेजी से ऊँगली को खींच लेना आदि सहज क्रिया के कुछ उदाहरण हैं। ऐसी क्रियाएँ इतनी शीघ्रता से होती हैं कि ऐसा प्रतीत होता है मानो वे अपने आप ही सम्पन्न हो गयीं। परन्तु सच्चाई यह है कि इन क्रियाओं का सुषुम्ना द्वारा ही संचालन एवं नियंत्रण होता है।

इन कार्यों को ध्यान में रखते हुए सुषुम्ना को केन्द्रीय तंत्रिका तंत्र (central nervous system) का स्वतः चालित मशीन (automatic machine) कहा गया है। सुषुम्ना इन सहज क्रियाओं को सम्पन्न कर व्यक्ति को वातावरण के साथ समायोजन (adjustment) करने में काफी मदद करता है। सुषुम्ना द्वारा साधारण सहज क्रिया (simple reflex action) तथा जटिल सहज क्रिया (complex reflex action) दोनों का ही संचालन होता है। तीव्र रोशनी पड़ने पर पलक का बन्द हो जाना साधारण सहज क्रिया (simple reflex action) का उदाहरण है तथा गर्म वस्तु के सम्पर्क में आने पर ऊँगली को खींच लेना जटिल सहज क्रिया (complex reflex action) का उदाहरण है।

2. मस्तिष्क *(Brain)*—केन्द्रीय तंत्रिका तंत्र का दूसरा प्रमुख भाग मस्तिष्क है। मस्तिष्क सिर की खोपड़ी (skull) में अवस्थित होता है। विभिन्न शरीरक्रिया विशेषज्ञों (physiological experts) ने इसे भिन्न-भिन्न भागों में भिन्न दृष्टिकोणों से बाँटा है। स्थिति (position) के दृष्टिकोण से मस्तिष्क को विशेषज्ञों ने निम्नांकित तीन भागों में बाँटा है—

(i) अग्रमस्तिष्क *(Forebrain)*—यह सिर के अगले हिस्से में अवस्थित होता है तथा इसमें थैलमस, हाइपोथैलमस (hypothalamus) तथा वृहत मस्तिष्क (cerebrum) सम्मिलित होता है (चित्र 2.7 देखें)।

(ii) मध्यममस्तिष्क *(Midbrain)*—यह सिर के अगले और पिछले हिस्से के बीच में होता है।

(iii) पश्चमस्तिष्क *(Hindbrain)*—यह सिर के पिछले हिस्से में अवस्थित होता है तथा इसमें मेडुला (medulla), सेतु (pons), लघुमस्तिष्क (cerebellum) तथा रेटिकुलर फॉरमेशन (reticular formation) सम्मिलित होता है (चित्र 2.7 देखें)।

कुछ विशेषज्ञों ने अन्तिम दो प्रकारों के मस्तिष्क को एक साथ मिलाकर *मस्तिष्क स्तंभ* (brain stem) की संज्ञा दी है। इस तरह से इन विशेषज्ञों के अनुसार मस्तिष्क के दो भाग हो जाते हैं। मानव मस्तिष्क के क्रमविकास (evolution) जो भिंन्न-भिन्न समय से हुए, की कसौटी (criterion) के आधार पर विशेषज्ञों ने इसे निम्नांकित तीन भागों में बाँटा है—

(i) केन्द्रीय क्षेत्र *(Central core)*—इसमें मध्यमस्तिष्क तथा पश्चमस्तिष्क में आने वाले भागों को रखा जाता है। अतः लघु मस्तिष्क (cerebellum), सेतु (pons), मेडुला (medulla), मध्यमस्तिष्क, रेटिकुलर फॉरमेशन (reticular formation) आदि इसमें आते हैं। अतः केन्द्रीय क्षेत्र में मूलतः मस्तिष्क स्तम्भ (brain stem) के हिस्सों को रखा गया है। इसके अलावा इसमें अग्रमस्तिष्क (fore brain) का कुछ भाग जैसे—थैलमस (thalamus), हाइपोथैलमस (hypothalamus) को भी सम्मिलित किया गया है।

(ii) लिम्बिक तंत्र *(Limbic system)*—इस तंत्र को विशेषज्ञों ने मानव मस्तिष्क के क्रमविकास (evolution) में सबसे बाद में पहचान किया है। केन्द्रीय तंत्र (central core) के चारों तरफ छोटी-छोटीं कई विशेष संरचनाएँ (structures) होतीं हैं जिसे लिम्बिक तंत्र (limbic system) कहा जाता है। इसमें कॉर्टेक्स (cortex), थैलेमस (thalamus) तथा हाइपोथौलेमस का भी कुछ अंग सम्मिलित होता है। लिम्बिक तंत्र में हिप्पोकैम्पस (Hippocampus) तथा एमिमडाला (Amygdala) भी होता है। हिप्पोकैम्पस का सम्बन्ध स्मृति (memory) के नियंत्रण से तथा एमिगडाला का सम्बन्ध सांवेगिक व्यवहार के नियंत्रण से होता है।

(iii) प्रमस्तिष्क गोलार्द्ध *(Cerebral hemispheres)*—इसे प्रमस्तिष्क या वृहत् मस्तिष्क (cerebrum) भी कहा जाता है। प्रमस्तिष्कीय गोलार्द्ध दो भाग यानी बायें और दायें गोलार्द्ध में बँटा होता है। इन दोनों गोलार्द्ध को एक साथ मिलाकर प्रमस्तिष्क (cerebral) कहा जाता है। इसकी ऊपरी सतह को प्रमस्तिष्कीय वल्कुट (cerebral cortex) कहा जाता है। विभाजन की पहली श्रेणी के आधार पर (जो स्थिति की कसौटी पर की गयी है) प्रमस्तिष्क गोलार्द्ध (cerebral hemispheres) अग्रमस्तिष्क (fore brain) का एक भाग ही होता है।

न्यूरोवैज्ञानिकों (neuroscientists) द्वारा मस्तिष्क को निम्नांकित पाँच मुख्य भागों में बाँटा गया है—

(i) **माइलेनेसिफेलोन** (*Myelencephalon*)—यह मस्तिष्क का प्रथम विभाजन है जो सुषुम्ना का एक विस्तृत रूप होता है। इसमें मेडुला औबलैंगाटा (Medulla oblangata) होता है जो श्वसन, हृदय की क्रियाओं आदि का संचालन करता है।

(ii) **मेटेनसिफेलोन** (*Metencephalon*)—यह मस्तिष्क का अगला स्तर है जिसमें लघुमस्तिष्क (cerebellum) होता है। इस भाग का सम्बन्ध शारीरिक गतियों में संतुलन बनाये रखने से होता है। इसमें क्षति पहुँचने से व्यक्ति अपने शारीरिक गतियों में पर्याप्त एवं उचित नियंत्रण नहीं रख पाता है।

(iii) **मेसेनसिफेलोन** (*Mesencephalon*)—इसके दो उपविभाग (subdivision) होते हैं—टेक्टम (tectum) तथा टेगमेन्टम (tegmentum)। टेक्टम में श्रेष्ठ कौलिकुली (superior colliculi) जो ऊपर में होता है तथा निम्न कौलिकुली (inferior colliculi) जो नीचे में होता है, पाये जाते हैं। श्रेष्ठ कौलिकुली का सम्बन्ध दृष्टि सूचनाओं से तथा निम्न कौलिकुली का सम्बन्ध श्रवण सूचनाओं से होता है। टेगमेन्टम मेसेनसिफेलोन का आंतरिक भाग होता है।

(iv) **डायनसिफेलोन** (*Diencephalon*)—मस्तिष्क का यह भाग देखने में छोटा परन्तु अत्यन्त ही महत्त्वपूर्ण होता है क्योंकि थैलेमस (thalamus) तथा हाइपोथैलमस (hypothalamus) इसी भाग में अवस्थित होता है। थैलेमस मस्तिष्क का रिले स्टेशन होता है जबकि हाइपोथैलेमस व्यक्ति के सांवेगिक एवं अभिप्रेरणात्मक व्यवहार को नियंत्रित करने में अहम् भूमिका निभाता है।

(v) **टेलेनसिफेलोन** (*Telencephalon*)—यह मस्तिष्क का उच्चतम विभाग (highest division) होता है। इसे अग्रमस्तिष्क (forebrain) ही कहा जाता है। लिम्बिक तंत्र तथा प्रमस्तिष्कीय कॉर्टेक्स (cerebral cortex) इसका प्रमुख भाग होता है।

ऊपर में वर्णन किये गये मस्तिष्क के विभाजन को यदि गौर से देखा जाय, तो हम निश्चित रूप से इस निष्कर्ष पर पहुँचते हैं कि इन तीनों कसौटियों (criteria) पर किये गये विभाजन में काफी समानता है। इन दोनों में पहली कसौटी के आधार पर किये गये वर्गीकरण के अनुसार ही मस्तिष्क के भिन्न-भिन्न हिस्सों का वर्णन हम आगे करेंगे। इसका कारण यह है कि यह वर्गीकरण अन्य वर्गीकरण की अपेक्षा अधिक लोकप्रिय (popular) एवं स्पष्ट है।

मस्तिष्क स्तम्भ : पश्चमस्तिष्क तथा मध्यमस्तिष्क
(Brain Stem : Hindbrain and Midbrain)

जैसा कि हम जानते हैं, मस्तिष्क स्तम्भ में पश्चमस्तिष्क (hindbrain) एवं मध्यमस्तिष्क (midbrain) दोनों ही शामिल होते हैं। मस्तिष्क स्तंभ (brain stem) के प्रमुख अंगों की संरचना (structure) तथा कार्य (function) इस प्रकार हैं—

1. मेडुला (*Medulla*)—मेडुला पश्चमस्तिष्क (hindbrain) का सबसे नीचे का भाग होता है जो सुषुम्ना तथा मस्तिष्क के महत्त्वपूर्ण भागों (higher parts) को जोड़ता है (चित्र 2.7 देखें)। मेडुला द्वारा शरीर के कुछ महत्त्वपूर्ण कार्यों जैसे–श्वसन क्रिया (respiration), हृदय गति (heart rate), रक्त चाप (blood pressure) आदि के संचालन एवं नियंत्रण में मदद मिलती है। जीभ की गतिविधियों का संचालन एवं नियंत्रण में भी मेडुला महत्त्वपूर्ण भूमिका निभाता है। मेडुला में बहुत से तंत्रिका तन्तु (nerve fibers) भी होते हैं जिसमें से कुछ ऊपरी दिशा में अर्थात् मस्तिष्क के अन्य महत्त्वपूर्ण भागों में तथा कुछ नीचे की दिशा में अर्थात् सुषुम्ना की ओर जाते हैं। इस तरह से मेडुला द्वारा सुषुम्ना (spinal cord) तथा मस्तिष्क के उच्च भागों (higher parts) के बीच तंत्रिका आवेग (nerve impulse) का आवागमन होता है।

2. सेतु (*Pons*)—मेडुला के ऊपर पश्चमस्तिष्क का दूसरा महत्त्वपूर्ण भाग है जिसे सेतु (Pons) कहा जाता है। इसमें भिन्न-भिन्न प्रकार के संवेदी न्यूरोन (sensory neurons) तथा गति न्यूरोन (motor neurons) पाये जाते हैं। सिर एवं चेहरे (face) से प्राप्त कुछ संवेदी तंत्रिका आवेग जो स्पर्श (touch), दर्द (pain) तथा ताप (temperature) से सम्बन्धित होता है, सेतु द्वारा ही ग्रहण किये जाते हैं। कुछ गति क्रियाएँ (motor responses) जैसे—आनन अभिव्यक्ति (facial expression) में होने वाली पेशीय क्रियाएँ (muscular activities), नेत्र गोलक (eye ball) की गति (movements) तथा जबड़े की गति (jaw movements) का संचालन भी सेतु द्वारा ही होता है। इसके अलावा सेतु में

ऊपरी दिशा तथा निचली दिशा में जाने वाले अनेकों तंत्रिका तन्तु (nerve fibers) पाये जाते हैं। इन तन्तुओं के सहारे सेतु मस्तिष्क के उच्च भागों (higher parts) तथा निचली भागों (lower parts) के बीच सम्बन्ध स्थापित कर पाता है।

3. लघु मस्तिष्क *(Cerebellum)*—पश्चमस्तिष्क (hind brain) में पीछे की ओर एक बड़ी जटिल (complex) संरचना (structure) है जिसे लघु मस्तिष्क (cerebellum) कहा जाता है (चित्र 2.7 देखें)। इसके ऊपरी सतह पर धूसर पदार्थ (gray matter) होता है तथा उजला पदार्थ (white matter) इसके भीतर सतह पर होता है। अतः यह ऊपर से देखने में धूसर नजर आता है। धूसर पदार्थ (gray matter) तथा उजला पदार्थ (white matter) ठीक इसी ढंग से बृहत् मस्तिष्क (cerebrum) में भी पाया जाता है। इस तरह से हम देखते हैं कि लघु मस्तिष्क तथा वृहत् मस्तिष्क दोनों में ही धूसर पदार्थ ऊपरी सतह में तथा उजला पदार्थ निचली सतह पर होता है जबकि सुषुम्ना में ठीक इसके विपरीत परिस्थिति होता है अर्थात् उजला पदार्थ ऊपरी सतह पर तथा धूसर पदार्थ निचली सतह पर होता है। सुषुम्ना (spinal cord), अग्रमस्तिष्क (forebrain) तथा मस्तिष्क स्तंभ (brain stem) के अन्य भागों में संवेदी स्नायु आवेग (sensory nerve impulse) ग्रहण कर लघु मस्तिष्क (cerebellum) उसे मस्तिष्क के अन्य भागों से भेजता है जिसके फलस्वरूप व्यक्ति समन्वित क्रियाएँ (co-ordinated movements) कर पाता है। ऐसा देखा गया है कि लघु मस्तिष्क के घायल होने पर व्यक्ति किसी क्रिया को कर तो पाता है परन्तु समन्वित ढंग से (co-ordinated) नहीं। जैसे, ऐसा व्यक्ति चल तो सकता है परन्तु चलने में उसके पैर लड़खड़ाते एवं डगमगाते नजर आयेंगे।

4. मध्यमस्तिष्क *(Midbrain)*—सेतु के ऊपर की एक विशेष छोटी-सी संरचना को मध्यमस्तिष्क कहा जाता है। यह अग्रमस्तिष्क (forebrain) तथा पश्चमस्तिष्क (hindbrain) के बीच एक पुल (bridge) का कार्य करता है। मध्यमस्तिष्क के मूल दो भाग होते हैं— *ऊपरी सतह* (roof) तथा *निचली सतह* (floor)। ऊपरी सतह को *टेक्टम* (tectum) भी कहा जाता है। निचली सतह मस्तिष्क के ऊपरी भाग (higher parts) तथा निचली भाग (lower parts) के बीच तंत्रिका आवेग (nerve impulse) के आने-जाने के रास्ता (passage way) का काम करता है। इसमें संवेदी तंत्रिका कोश (sensory nerve cells) ऊपर की ओर जाता है तथा गति तंत्रिका कोश (motor nerve cells) नीचे की ओर रहता है। मध्यमस्तिष्क के इस भाग द्वारा इस तरह से संवेदी (sensory) तथा गति (motor) दोनों तरह की क्रियाओं का संचालन होता है।

मध्यमस्तिष्क का दूसरा महत्त्वपूर्ण भाग ऊपरी सतह (tectum या roof) है जिसके द्वारा सिर्फ संवेदी क्रियाएँ (sensory functions) सम्पन्न की जाती हैं। इसमें दो तरह के संवेदन केन्द्र (sensory centres) होते हैं। एक केन्द्र को *श्रेष्ठ कॉलिकुली* (superior colliculi) कहा जाता है तथा दूसरे केन्द्र को *निम्न कॉलिकुली* (inferior colliculi) कहा जाता है। श्रेष्ठ कॉलिकुली एक प्रकार का दृष्टि केन्द्र (visual centre) है जिसकी मदद से हमें किसी वस्तु का दृष्टि ज्ञान होता है। निम्न कॉलिकुली (inferior colliculi) एक प्रकार का श्रवण केन्द्र (auditory center) है जिसकी मदद से हमें श्रवण ज्ञान होता है।

5. रेटिकुलर फॉरमेशन *(Reticular formation)*—पश्चमस्तिष्क मेडुला से प्रारम्भ होकर मध्यमस्तिष्क (midbrain) तथा अग्रमस्तिष्क (forebrain) के हाइपोथैलमस (hypothalamus) तक तन्तुओं (fibers) के जाल (net) के आकार की एक विशेष संरचना (structure) है जिसे रेटिकुलर फॉरमेशन (reticular formation) की संज्ञा दी जाती है (चित्र 2.7 देखें)। रेटिकुलर फॉरमेशन का सम्बन्ध चूँकि नींद (sleep), उत्तेजन या जागरण (arousal) तथा अवधान (attention) आदि की प्रक्रियाओं के संचालन एवं नियंत्रण से होता है इसलिए इसे रेटिकुलर एक्टीभेटिंग तंत्र (Reticular Activating System या RAS) भी कहा जाता है। इस तंत्र के दो उपतंत्र (subsystem) हैं—*आरोही रेटिकुलर तंत्र* (ascending reticular system) तथा *अवरोही रेटिकुल तंत्र* (descending reticular system)। आरोही तंत्र द्वारा RAS मस्तिष्क वल्कुट (cerebral cortex) में संवेदी आवेगों (sensory impulses) का प्रसारण (relay) करता है तथा फिर वहाँ से कुछ आवेगों (impulses) को ग्रहण भी करता है। अवरोही रेटिकुलर तंत्र द्वारा आवेग (impulses) को RAS नीचे की ओर यानी सुषुम्ना में भेजता है। कुत्ते तथा बिल्ली पर कुछ प्रयोग करके यह दिखलाया गया है कि यदि बिजली के हल्के झटके (mild shock) द्वारा कुत्ते तथा बिल्ली के रेटिकुलर फॉरमेशन (reticular formation) को उत्तेजित किया जाता है, तो इससे उसे नींद आने लगती है। दूसरी तरफ यदि बिजली के ऊँचे वोल्ट (high volt) द्वारा रेटिकुलर फॉरमेशन को उत्तेजित किया जाता है तो इससे सोये हुए कुत्ते या बिल्ली को नींद खत्म हो जाती है। अगर इन पशुओं के रेटिकुलर फॉरमेशन में किसी तरह का घाव (lesion) पैदा कर दिया जाता है, तो ऐसे

पशु प्रायः स्थायी रूप से बेहोशी (coma) में चले जाते हैं। एकाग्रचित होकर ध्यान देने की प्रक्रिया में हम पाते हैं कि अगल-बगल की आवाज या आहट का हमें कुछ भी ज्ञान नहीं रहता है। ऐसा इसलिए होता है क्योंकि रेटिकुलर फॉरमेशन (reticular formation) भिन्न-भिन्न संवेदी आवेगों (sensory impulses) में से सिर्फ ध्यान से सम्बन्धित संवेदी आवेग को ही प्रमस्तिष्क बल्कुट (cerebral cortex) में जाने देता है। इस तरह से रेटिकुलर फॉरमेशन एक छन्ने (filter) का भी कार्य करता है जिसके द्वारा एक तरह से संवेदी आवेगों (sensory impulses) में से विशेष आवेग का चयन (selection) किया जाता है।

अग्रमस्तिष्क (Forebrain)

मानव मस्तिष्क का सबसे प्रमुख भाग अग्रमस्तिष्क (forebrain) है। जैसा कि पहले कहा जा चुका है, इसे तंत्रिका शरीरशास्त्रियों (neuroanatomists) ने मूलतः दो भागों में बाँटा है— *टेलेनसिफेलोन* (telencephalon) तथा *डायनसिफेलोन* (diencephalon)। टेलेनसिफेलोन के कई अंग (parts) हैं जिनमें प्रमस्तिष्क गोलार्द्ध (cerebral hemisphere) सबसे प्रधान है। उसी तरह से डानसिफेलोन के कई अंग (parts) हैं जिसमें थैलमस (thalamus) तथा हाइपोथैलमस (hypothalamus) सबसे अधिक प्रधान है। मनोवैज्ञानिकों ने अग्रमस्तिष्क के इन्हीं मुख्य तीन अंगों (parts) अर्थात् थैलमस (thalamus), हाइपोथैलमस (hypothalamus) तथा प्रमस्तिष्क गोलार्द्ध (cerebral hemisphere) की संरचना एवं कार्य के अध्ययन पर अधिक बल डाला है क्योंकि करीब-करीब सभी प्रमुख क्रियाओं का नियंत्रण इन्हीं के द्वारा होता है। इसके अलावा लिम्बिक तंत्र (limbic system) की क्रियाओं पर भी मनोवैज्ञानिकों ने अधिक बल डाला है। इन सभी प्रमुख अंगों की संरचना एवं कार्यों का वर्णन इस प्रकार है–

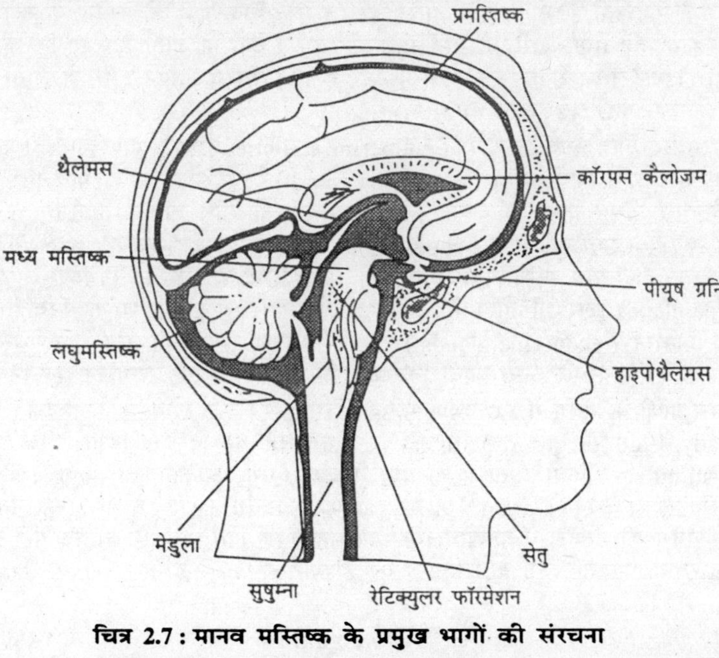

चित्र 2.7 : मानव मस्तिष्क के प्रमुख भागों की संरचना

1. थैलमस (*Thalamus*)—मध्य-मस्तिष्क के ठीक ऊपर और दोनों प्रमस्तिष्क गोलार्द्ध (celebral hemispheres) के बीच में एक अंडाकार संरचना होती है जिसे थैलेमस (thalamus) कहा जाता है (चित्र 2.7 देखें)। चूँकि थैलमस दोनों प्रमस्तिष्क गोलार्द्ध के बीच में होता है, अतः इसे ऊपर से देखा नहीं जा सकता है। इसे देखने के लिए दोनों गोलार्द्ध को एक-दूसरे से अलग करना होगा। थैलमस में मूलतः तीन तरह के केन्द्रक (nuclei) होते हैं। एक तरह के केन्द्रक (nuclei) को *संवेदी केन्द्रक* (sensory nuclei) कहा जाता है जिसका प्रधान कार्य शरीर की भिन्न-भिन्न संवेदी

प्रक्रियाओं (sensory processes) जैसे दृष्टि (visual), श्रवण (hearing), दर्द (pain), ताप (temperature), स्पर्श (touch), स्वाद (taste), गन्ध (smell) आदि से सम्बन्धित आवेग (impulse) को ग्रहण करके प्रमस्तिष्क (cerebrum) के उपयुक्त (appropriate) क्षेत्रों में प्रसारण (relay) करना होता है। दूसरी तरह के केन्द्रक (nuclei) ऐसे होते हैं जो लघु मस्तिष्क (cerebellum), मस्तिष्क स्तंभ (brain stem) तथा रेटिकुलर फॉरमेशन (reticular formation) से आवेग (impulses) को ग्रहण करके उसे प्रमस्तिष्क (cerebrum) के उचित क्षेत्रों में भेजता है। तीसरे तरह के केन्द्रक वैसे होते हैं जो थैलेमस के भीतर के ही आवेगों (impulses) को इकट्ठा करके उसे प्रमस्तिष्क में भेजते हैं। इन अन्तिम केन्द्रकों (nuclei) को *साहचर्य केन्द्रक* (association nuclei) भी कहा जाता है।

2. हाइपोथैलेमस *(Hypothalamus)*—थैलमस के नीचे एक छोटी परन्तु अत्यन्त ही महत्त्वपूर्ण संरचना है जिसे हाइपोथैलमस (hypothalamus) की संज्ञा दी जाती है (चित्र 2.7 देखें) हाइपोथैलमस को मनोवैज्ञानिकों ने काफी महत्त्वपूर्ण इसलिए बतलाया है क्योंकि इसका सम्बन्ध प्राणी के संवेग (emotion) तथा अभिप्रेरण (motivation) से अधिक है। हाइपोथैलमस के प्रमुख कार्य (functions) निम्नांकित हैं—

(i) हाइपोथैलमस व्यक्ति के प्रमुख जैविक अभिप्रेरक (biological motives) जैसे भूख (hunger), प्यास (thirst), यौन (sex) आदि को नियंत्रित करता है।

(ii) शरीर के भीतर में एक सामान्य संतुलन (normal balance) बनाये रखने में हाइपोथैलमस प्रमुख भूमिका निभाता है। सामान्य रूप से कार्यकरने के लिए यह आवश्यक है कि शरीर का एक खास तापक्रम (temperature) हो तथा हृदय गति एवं रक्त चाप सामान्य हो। शरीर के भीतर की इस सामान्य संतुलन की स्थिति को मनोवैज्ञानिकों ने *समस्थिति* (homeostasis) की संज्ञा दी है। हाइपोथैलमस इस समस्थिति को कायम रखने की कोशिश करता है। अगर किसी कारण से समस्थिति में गड़बड़ी हो जाती है, तो हाइपोथैलमस फिर से शरीर के भीतर समस्थिति को बनाये रखने के लिए क्रियाशील हो जाता है। उदाहरणार्थ, जब हमारे शरीर में अधिक गर्मी हो जाती है, तो हाइपोथैलमस जरूरत से अधिक गर्मी को पसीना के रूप में बाहर निकाल देता है। उसी तरह से यदि हमारे शरीर में गर्मी सामान्य स्तर से कम हो जाती है जैसा कि जाड़े के मौसम में प्रायः होता है, तो हाइपोथैलमस सक्रिय हो जाता है और हमारे शरीर में कम्पन शुरू हो जाता है जिसके फलस्वरूप शरीर का तापक्रम कुछ बढ़ जाता है।

(iii) हाइपोथैलमस द्वारा अन्तःस्रावी क्रियाओं (endocrine activities) का नियंत्रण होता है। पीयूष ग्रन्थि (pituitary gland) जो एक अन्तःस्रावी ग्रन्थि (endocrine gland) है, मस्तिष्क में हाइपोथैलमस के बगल में ही होती है। हाइपोथैलमस पीयूष ग्रन्थि के कार्यों का नियंत्रण या तो सीधे तंत्रिका आवेग (nerve impulses) वहाँ भेजकर या विशेष रासायनिक तत्त्व (chemical factor) जिसे मुक्त कारक (releasing factor) कहा जाता है, द्वारा करता है। पीयूष ग्रन्थि एक प्रकार की ऐसी ग्रन्थि है जिसका नियंत्रण अन्य अंतःस्रावी ग्रन्थियों (endocrine glands) पर भी होता है। अतः हाइपोथैलमस पीयूष ग्रन्थि को नियंत्रित करके शरीर के पूरे अन्तःस्रावी ग्रन्थियों (endocrine glands) पर भी नियंत्रण रखता है। अतः हाइपोथैलमस पीयूष ग्रन्थि को नियंत्रित करके शरीर के पूरे अन्तःस्रावी क्रियाओं का काफी हद तक संचालन एवं नियंत्रण करता है।

(iv) हाइपोथैलमस प्राणी के संवेग में महत्त्वपूर्ण भूमिका निभाता है। कुछ लोग जैसे मोलिना (Molina, 1959) तथा ब्रेडी (Brady, 1960) ने कुत्ते तथा बिल्ली पर प्रयोग कर यह दिखला दिया है कि यदि हाइपोथैलमस को उत्तेजित (stimulate) किया जाता है तो पशु में क्रोध, भय, आक्रामकता (aggressiveness) आदि संवेग देखने को मिलते हैं। कैनन (Canon, 1927) तथा बार्ड (Bard, 1928) ने भी अपना मत प्रकट करते हुए यही कहा है कि संवेग की उत्पत्ति में हाइपोथैलमस का महत्त्वपूर्ण हाथ होता है। शायद यही कारण है कि इन दोनों विशेषज्ञों द्वारा प्रतिपादित संवेग के सिद्धान्त को *हाइपोथैलमिक सिद्धान्त* (hypothalamic theory) भी कहा जाता है।

3. लिम्बिक *(Limbic System)*—अग्रमस्तिष्क (forebrain) के निचले भाग के चारों तरफ किनारे-किनारे थैलेमस (thalamus) हाइपोथैलमस (hypothalamus) तथा वृहत् मस्तिष्क (cerebrum) के कुछ केन्द्रक (nuclei) आपस में मिलकर कुछ विशेष संरचनाओं (structures) का निर्माण करते हैं। इन संरचनाओं को लिम्बिक तंत्र (limbic system) की संज्ञा दी गयी है। ऐसे तो इस तंत्र के बहुत से भाग हैं परन्तु मनोवैज्ञानिकों ने उन हिस्सों या मार्गों पर अधिक बल डाला है जिसका सम्बन्ध व्यवहार एवं अनुभूतियों के संचालन से सीधा है। ऐसे प्रमुख भाग पाँच हैं— घ्राण बल्ब (olfactory bulb), सेप्टल क्षेत्र (septal area), हिपोकैम्पस (hippocampus), ऐमिगडाला (amygdala) तथा साइनगुलेट

गाइरस (cingulate gyrus) आदि। घ्राण बल्ब (olfactory bulb) नाक में पाये जाने वाले घ्राण ग्राहक (olfactory receptors) द्वारा भेजे गये तंत्रिका आवेग को ग्रहण करता है। यही कारण है कि पहले लिम्बिक तंत्र को घ्राण मस्तिष्क (smell brain) भी कहा जाता था। सेप्टल क्षेत्र (septal area), ऐमिगडाला (amygdala) तथा साइनगुलेट गाइरस (cingulate gyrus) सांवेगिक व्यवहार (emotional behaviour) के संचालन एवं नियंत्रण में काफी महत्त्वपूर्ण भूमिका निभाते हैं। हिपोकैम्पस (hippocampus) का महत्त्व स्मृति (memory) में काफी है। कुछ ऐसे प्रयोग किये गये हैं जिनसे यह साबित हो गया है कि किसी व्यक्ति का हिपोकैम्पस किसी कारण क्षतिग्रस्त हो जाने पर नयी घटना या सूचना को अपनी स्मृति में संचित करके अधिक समय तक नहीं रख पाता है।

4. वृहत् मस्तिष्क *(Cerebrum)*—यह मस्तिष्क का सबसे बड़ा भाग है। इसे एक विशेष दरार (fissure) जिसे दैर्घ्य दरार (longitudinal fissure) कहा जाता है, द्वारा दो प्रमस्तिष्क गोलार्द्ध (cerebral hemispheres) में बाँटा गया है—बायाँ गोलार्द्ध (left hemisphere) तथा दायाँ गोलार्द्ध (right hemisphere)। दोनों गोलार्द्ध के ऊपर तंत्रिका कोशिका (neuron या nerve cells) का एक पतला आवरण होता है, जिसे प्रमस्तिष्क वल्कुट (cerebral cortex) कहा जाता है। आवरण का रंग धूसर (gray) होता है जो वृहत् मस्तिष्क का धूसर पदार्थ (gray matter) कहलाता है। बोलचाल की भाषा में ऐसा कहा जाता है कि जिस व्यक्ति में धूसर पदार्थ (gray matter) जितनी ही अधिक होगा, वह व्यक्ति तीव्र बुद्धि का होगा हालाँकि धूसर पदार्थ का सम्बन्ध वास्तव में बुद्धि से कुछ भी नहीं है। बायाँ गोलार्द्ध (left hemisphere) तथा दायाँ गोलार्द्ध (right hemisphere) एक-दूसरे से तंत्रिका तन्तु (nerve fibers) के एक विशेष गुच्छे या बंडल (bundle) से जुड़े होते हैं। इस गुच्छे या बण्डल को *कोरपस कैलोजम* (corpus callosum) कहा जाता है।

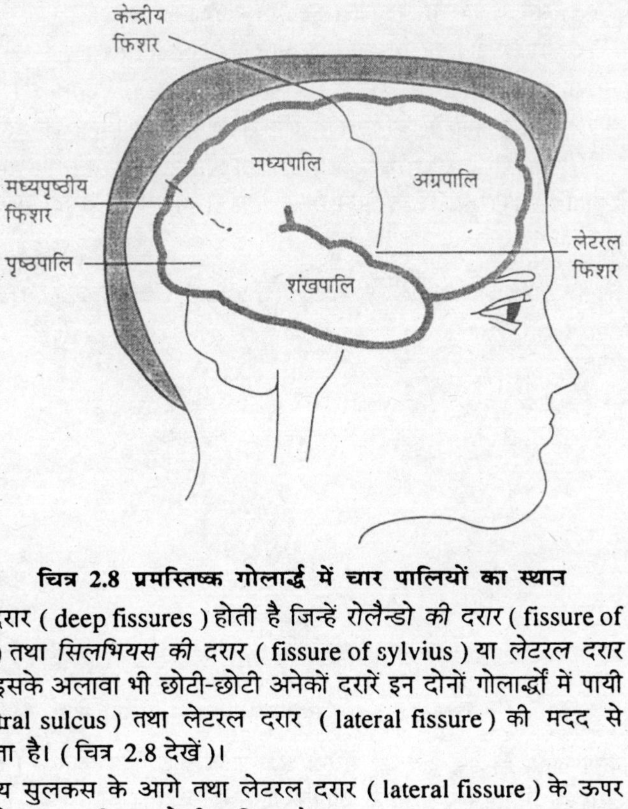

चित्र 2.8 प्रमस्तिष्क गोलार्द्ध में चार पालियों का स्थान

प्रत्येक गोलार्द्ध (hemisphere) में दो गहरी दरार (deep fissures) होती है जिन्हें *रोलैन्डो की दरार* (fissure of Rolando) या *केन्द्रीय सुलकस* (central sulcus) तथा *सिलभियस की दरार* (fissure of sylvius) या *लेटरल दरार* (lateral fissure) कहा जाता है (चित्र 2.8 देखें)। इसके अलावा भी छोटी-छोटी अनेकों दरारें इन दोनों गोलार्द्धों में पायी जाती हैं। प्रत्येक गोलार्द्ध केन्द्रीय सुलकस (central sulcus) तथा लेटरल दरार (lateral fissure) की मदद से निम्नांकित चार पालियों (four lobes) में बाँटा होता है। (चित्र 2.8 देखें)।

(i) अग्रपालि *(Frontal lobe)*—यह केन्द्रीय सुलकस के आगे तथा लेटरल दरार (lateral fissure) के ऊपर का भाग होता है (चित्र 2.8 देखें)। इसके द्वारा गति या पेशीय क्रियाओं (motor activities) तथा उच्च चिन्तन-क्रियाओं (higher thought processes) का ज्ञान होता है।

(ii) भित्तीय पालि *(Parietal lobe)*—यह हिस्सा केन्द्रीय सुलकस के पीछे तथा सिलभियस के दरार (fissure of sylvius) के ऊपर होता है। इसके द्वारा मूलतः शारीरिक संवेदनाओं (bodily sensations) का ज्ञान होता है।

(iii) शंखपालि *(Temporal lobe)*—यह हिस्सा सिलभियस के दरार के नीचे जिसे हम कनपट्टी (temple) कहते हैं, में होता है। इसके द्वारा श्रवण संवेदनाओं का ज्ञान होता है।

(iv) पश्चकपाल पालि *(Occipital lobe)*—यह गोलार्द्ध का सबसे पिछला हिस्सा होता है (चित्र 2.8 देखें)। इसके द्वारा दृष्टि संवेदन (visual sensation) का ज्ञान हमें होता है।

प्रमस्तिष्क या जिसे वृहत् मस्तिष्क (cerebrum) भी कहा जाता है, संरचना (structure) तथा कार्य के ख्याल से

मस्तिष्क के अन्य भागों की अपेक्षा सबसे अधिक महत्त्वपूर्ण है। विशेषज्ञों ने अपने विशेष अध्ययन द्वारा यह दिखलाने की चेष्टा की है कि इसके भिन्न-भिन्न भाग या क्षेत्र द्वारा मानव शरीर के लिए कुछ विशिष्ट कार्य किये जाते हैं। दूसरे शब्दों में यह कहा जा सकता है कि भिन्न-भिन्न कार्यों का स्थानीयकरण (localization) प्रमस्तिष्क (cerebrum) या प्रमस्तिष्क वल्कुट या वल्कल (cerebral cortex) के भिन्न-भिन्न क्षेत्रों में होता है। जैसे, शरीर की संवेदी प्रक्रियाओं (sensory processes) का स्थानीयकरण प्रमस्तिष्क के एक विशेष क्षेत्र जिसे संवेदी क्षेत्र (sensory area) कहा जाता है, में होता है। उसी तरह शरीर की पेशीय प्रक्रियाओं (motor processes) का स्थानीयकरण प्रमस्तिष्क के गति क्षेत्र (motor area) में होता है।

विशेषज्ञों ने प्रमस्तिष्क या प्रमस्तिष्क वल्कुट (cerebral cortex) को शरीर के भिन्न-भिन्न कार्यों के स्थानीयकरण (localisation) के विचार से निम्नांकित तीन भागों में बाँटा है—

1. संवेदी क्षेत्र या वल्कुट (Sensory area or cortex)
2. पेशीय क्षेत्र या वल्कुट (Motor area or cortex)
3. साहचर्य क्षेत्र या वल्कुट (Association area or cortex)

इन तीनों क्षेत्रों के कार्यों का वर्णन संक्षेप में नीचे किया जा रहा है—

1. संवेदी क्षेत्र या वल्कुट *(Sensory area or cortex)*—वृहत् मस्तिष्क (cerebrum) में एक विशेष क्षेत्र होता है जहाँ पर हमारे शरीर के भिन्न-भिन्न अंगों से आनेवाली संवेदी तंत्रिका आवेगों (sensory nerve impulses) को ग्रहण

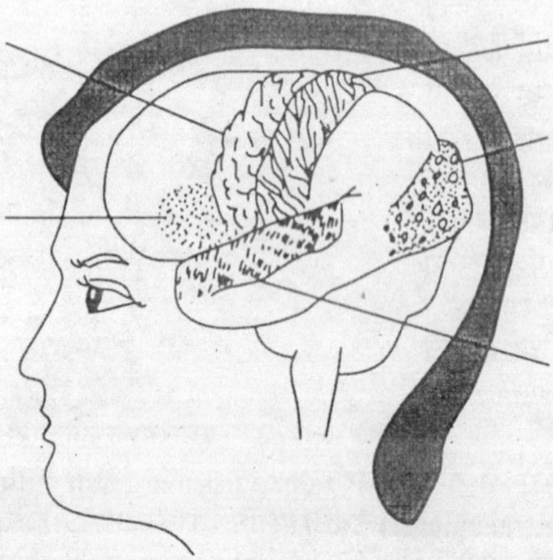

चित्र 2.9 : प्रमस्तिष्क वल्कल में संवेदी क्षेत्र, गति या पेशीय क्षेत्र का स्थानीयकरण

किया जाता है। इस क्षेत्र को संवेदी क्षेत्र या वल्कुट कहा जाता है। इस क्षेत्र में, खास-खास स्थान (place) होते हैं जो शरीर के भिन्न-भिन्न भागों से आनेवाली संवेदी तंत्रिका आवेग को ग्रहण करते हैं। दूसरे शब्दों में यह कहा जा सकता है कि संवेदी क्षेत्र में शरीर के ग्राहक क्षेत्र (receptor region) का स्थानीयकरण ठीक उसी ढंग से होता है जैसे किसी नक्शे (map) में शहर, पहाड़ आदि का। संवेदी क्षेत्र में ग्राहक क्षेत्रों (receptor regions) के इस प्रकार के स्थानीयकरण को *स्थलाकृति संगठन* (topographical organization) की संज्ञा दी गयी है। स्थलाकृतिक संगठन के सिद्धान्त (principles) के अनुसार पैर से आने वाली संवेदनाएँ संवेदी क्षेत्र के एक खास भाग में पहुँचती है, आँख से आने वाली संवेदनाएँ दूसरी भाग में पहुँचती है उसी तरह से शरीर के प्रत्येक भाग से आने वाली संवेदनाओं का अपना एक विशेष क्षेत्र होता है। मनोवैज्ञानिकों ने संवेदी क्षेत्र को निम्नांकित तीन भागों में बाँटकर अध्ययन किया है—

(i) दृष्टि क्षेत्र (Visual area)
(ii) श्रवण क्षेत्र (Auditory area)
(iii) कायिक संवेदी क्षेत्र (Somatosensory area)

इन तीनों क्षेत्रों का वर्णन निम्नांकित है—

(i) दृष्टि क्षेत्र *(Visual area)*—प्रत्येक गोलार्द्ध में दृष्टि संवेदी क्षेत्र (visual sensory area) पश्चकपाल पालि (occipital lobe) में स्थित होता है जो पीछे की ओर होता है (चित्र 2.9 देखें)। आँख द्वारा जब हम किसी व्यक्ति या वस्तु को देखते हैं तो आँख (ज्ञानेन्द्रिय) में तंत्रिका आवेग (nerves impulse) उत्पन्न होता है जो प्रमस्तिष्क वल्कल के एक खास क्षेत्र जिसे पश्चकपाल पालि (occipital lobe) कहा जाता है, में पहुँचता है। दायीं आँख से कुछ तंत्रिका तन्तु (nerve fibers) दायें गोलार्द्ध (right hemisphere) में तथा बायीं आँख से कुछ तंत्रिका तन्तु बायें गोलार्द्ध (left hemisphere) में पहुँचते हैं। बायीं आँख तथा दायीं आँख से निकलने वाले कुछ ऐसे भी तन्तु हैं जो एक-दूसरे को खास जगह पर क्रॉस (cross) करते हुए विपरीत गोलार्द्ध में पहुँचते हैं। दूसरे शब्दों में कहा जा सकता है कि बायीं आँख से निकलने वाले कुछ तंत्रिका तन्तु दायें गोलार्द्ध में तथा दायीं आँख से निकलने वाले कुछ तंत्रिका तन्तु बायें गोलार्द्ध में एक खास जगह पर क्रॉसिंग (crossing) करते हुए वहाँ पहुँचते हैं। जिस जगह पर क्रॉसिंग होती है उसे *अक्षि व्यत्यासिका* (optic chiasma) कहा जाता है। कुछ ऐसे भी तंत्रिका तन्तु (nerve fibers) हैं जो दोनों आँखों के बायें भाग से तंत्रिका आवेग को बायें पश्चकपाल पालि (left occipital lobe) जो बायें गोलार्द्ध में होता है, पहुँचाता है। उसी तरह से दोनों आँख के दायें भाग से निकलने वाले कुछ तंत्रिका तन्तु (nerve fibers) तंत्रिका आवेग के दायें पश्चकपाल पालि (right occipital lobe) जो दायें गोलार्द्ध (right hemisphere) में है, पहुँचाता है। शायद यही कारण है कि यदि बायाँ या दायाँ पृष्ठपालि किसी कारण से क्षतिग्रस्त हो जाता है तो दोनों आँखों की रोशनी थोड़ी कम हो जाती है। कुछ ऐसे अध्ययन डोवेली तथा उसके सहयोगियों (Dobelle et al., 1976) द्वारा किये गये हैं जिनसे यह तथ्य स्पष्ट हो जाता है। मस्तिष्क के ऑपरेशन के दौरान यदि व्यक्ति के दृष्टि क्षेत्र को बिजली के हल्के झटके (shock) द्वारा उत्तेजित किया जाता है तो वह व्यक्ति जो स्थानीय एनेस्थीसिया (local anesthesia) के अन्तर्गत होता है, कुछ देखने जैसी संवेदना को बतलाता है। कागन तथा हेभमैन (Kagan & Haveman, 1976) ने एक ऐसा ही अध्ययन किया है जिसमें एक बन्दर के दृष्टि क्षेत्र (visual area) को ऑपरेशन करके पूर्णतः काटकर निकाल दिया गया जिसके परिणामस्वरूप वह एक त्रिभुज तथा वृत्त के बीच देखकर अन्तर करने में असमर्थ रहा।

(ii) श्रवण क्षेत्र *(Auditory area)*—संवेदी क्षेत्र का दूसरा महत्त्वपूर्ण भाग श्रवण क्षेत्र या श्रवण वल्कुट (auditory cortex) होता है जो दोनों गोलार्द्धों के शंखपालि (temporal area) में अवस्थित होता है (चित्र 2.9 देखें)। श्रवण क्षेत्र में भी कुछ स्थानिक चित्रण (spatial mapping) पाया जाता है। दूसरे शब्दों में यह कहा जाता है कि इस क्षेत्र में कुछ ऐसे भाग हैं जो ऊँची आवाज के प्रति संवेदनशील होते हैं। श्रवण के क्षेत्र का सबसे महत्त्वपूर्ण गुण यह है कि प्रत्येक कान से तंत्रिका आवेग दोनों गोलार्द्धों के शंखपालि में पहुँचते हैं। अतः किसी कारण से यदि दायाँ शंखपालि (right temporal lobe) या बायाँ शंखपालि (left temporal lobe) क्षतिग्रस्त हो जाता है, तो व्यक्ति पूर्णतः बहरा नहीं होता है क्योंकि इन दोनों शंखपालि में से जो ठीक रहता है, वह दूसरे शंखपालि का भी कार्य कर लेता है। हाँ, यदि दोनों शंखपालि किसी कारण से क्षतिग्रस्त हो जाते हैं तो व्यक्ति पूर्णतः बहरा हो सकता है।

(iii) कायिक संवेदी क्षेत्र *(Somatosensory area)*—कायिक संवेदी क्षेत्र जिसे कायिक संवेदी वल्कल (somatosensory cortex) भी कहा जाता है, एक ऐसा क्षेत्र है जो त्वचा संवेदनाओं (skin sensations) जैसे स्पर्श (touch), दर्द (pain), ताप (temperature), दबाव आदि को ग्रहण करता है। यह क्षेत्र मध्यपालि (parietal lobe) में अवस्थित होता है जो केन्द्रीय सुल्कस (central sulcus) के ठीक पीछे होता है।

शरीर के बायें भाग से उत्पन्न त्वचा संवेदनाएँ (skin sensations) दायें कायिक संवेदी वल्कल (right somato sensory cortex) में जाती हैं तथा शरीर के दायें भाग से उत्पन्न त्वचा संवेदनाएँ बायें कायिक संवेदी वल्कल (left somato sensory cortex) में जाती हैं। कायिक संवेदी वल्कल की एक विशेषता यह भी है कि इसमें शरीर के नीचे के अंगों से यानी पैर या पैर की उंगलियों से आनेवाली संवेदनाओं को विपरीत कायिक संवेदी वल्कुट के ऊपरी भाग द्वारा ग्रहण किया जाता है। जैसे बायें पैर से आनेवाली संवेदनाओं को दायें कायिक संवेदी वल्कुट के ऊपरी भाग द्वारा ग्रहण किया जाता है। उसी तरह से शरीर के ऊपरी अंगों जैसे चेहरा, गर्दन आदि से आनेवाली त्वचा संवेदनाओं (skin sensations) को विपरीत कायिक संवेदी वल्कुट के निचले भाग द्वारा ग्रहण किया जाता है। शरीर के सबसे संवेदनशील अंगों से आनेवाली संवेदनाओं को ग्रहण करने के लिए कायिक संवेदी वल्कल (somatosensory cortex) का एक बड़ा क्षेत्र सक्रिय होता है जिसका कार्य सिर्फ उन्हीं संवेदनाओं को ही ग्रहण करना होता है।

2. पेशीय या गति वल्कुट या क्षेत्र *(Motor Cortex area)*—पेशीय या गति वल्कुट केन्द्रीय सुल्कस (central sulcus) के ठीक आगे होता है (चित्र 2.9 देखें) तथा इसके द्वारा शरीर की ऐच्छिक क्रियाओं (voluntary involvements) का संचालन एवं नियंत्रण होता है। शरीर के बायें भाग के अंगों का संचालन दायें गोलार्द्ध (right hemisphere) के गति वल्कल (motor cortex) द्वारा तथा शरीर के दायें भाग के अंगों का संचालन बायें गोलार्द्ध के गति वल्कल (motor cortex) द्वारा होता है। इस गति वल्कल (motor cortex) की एक विशेषता यह भी है कि इसमें शरीर के निचले भाग के अंगों जैसे पैर तथा उसके उंगलियों की गति क्रियाओं (motor activities) का संचालन गति वल्कल के ऊपरी भाग द्वारा तथा शरीर के ऊपरी हिस्से के अंगों जैसे जीभ, होंठ, गर्दन आदि के गति का संचालन गति वल्कल (motor cortex) के निचले भाग द्वारा होता है। कुछ शरीरक्रिया मनोवैज्ञानिकों (physiological psychologists) ने इस निष्कर्ष का प्रयोगात्मक समर्थन (experimental support) भी प्रदान किया है। मिलनर (Milner, 1974) ने अपने अध्ययन में पाया है कि जब पेशीय या गति वल्कल के ऊपरी भाग को बिजली के हल्के शॉक से उत्तेजित किया जाता है तो व्यक्ति अपना पैर धीरे-धीरे उठाने लगता है। इसी तरह गति वल्कल के अन्य भागों को उत्तेजित करने पर व्यक्ति किसी खास अंग में गति संचालन का अनुभव करता है। इससे साबित हो जाता है गति वल्कल में शरीर के प्रत्येक अंग का प्रतिनिधित्व अलग-अलग क्षेत्रों द्वारा होता है। यदि किसी कारण से गति वल्कल या क्षेत्र का कोई हिस्सा क्षतिग्रस्त हो जाता है तो उससे सम्बन्धित अंगों में गति संचालन रुक जाता है।

ऊपर में संवेदी वल्कल (sensory cortex) तथा गति वल्कल (motor cortex) का वर्णन अलग-अलग किया गया। इससे यही पता चलता है कि संवेदी वल्कल (sensory cortex) से सिर्फ संवेदी क्रियाएँ (sensory functions) तथा गति वल्कल (motor cortex) से सिर्फ गति क्रियाएँ (motor functions) होतीं हैं। परंतु अभी हाल में किये गये अनेक प्रयोगों (experiments) से जो तथ्य मिले हैं उनसे यह स्पष्ट हो जाता है कि संवेदी वल्कल द्वारा कुछ गति क्रियाएँ तथा गति वल्कल द्वारा कुछ संवेदी क्रियाएँ भी होतीं हैं। बेरोन, बर्न तथा कैन्टोविज[1] (Baron, Byrne & Kantowitz, 1980) ने इन दोनों क्षेत्रों के कार्यों पर टिप्पणी करते हुए कहा है, "नूतन सबूत (recent evidence) यह बतलाते हैं कि इन दोनों क्षेत्रों के बीच वैसा अन्तर नहीं है जैसा कि पहले विश्वास किया जाता था। सच्चाई यह है कि गति वल्कल द्वारा सीधे संवेदी सूचनाएँ (input) ग्रहण की जाती है और संवेदी वल्कल कुछ उन तंत्रिकाकोशों (neurons) द्वारा जुड़े हैं जो मस्तिष्क से निकलने वाले गति (motor) तंत्रिका तन्तु से सम्बन्धित हैं। इन तथ्यों को ध्यान में रखते हुए गति वल्कल तथा संवेदी वल्कल के बीच के अन्तर को मात्र आनुपातिक (relative) ही मानना सर्वोचित होगा।"

3. साहचर्य क्षेत्र या वल्कल *(Association area or cortex)*—प्रमस्तिष्क वल्कल (cerebral cortex) में एक बहुत बड़ा क्षेत्र ऐसा है जिसका सम्बन्ध न तो संवेदी प्रक्रियाओं (sensory processes) से है और न ही गति प्रक्रियाओं (motor processes) से। इस क्षेत्र को साहचर्य क्षेत्र या वल्कल (association area or cortex) कहा गया है। दूसरे शब्दों में यह कहा जा सकता है कि अग्रपालि (frontal lobe), शंखपालि (temporal lobe), मध्यपालि (parietal lobe) पश्चकपाल पालि (occipital lobe) के वैसे क्षेत्रों को साहचर्य वल्कल (association cortex) कहा जाता है जिसका सम्बन्ध न तो संवेदी प्रक्रियाओं से होता है और न ही गति प्रक्रियाओं से।

साहचर्य वल्कल का मुख्य कार्य संवेदी क्षेत्रों (sensory areas) से प्राप्त तंत्रिका आवेग की छान-बीन करके उसे संगठित करना तथा फिर उसे गति क्षेत्रों (motor areas) में भेज देना होता है ताकि उसके अनुसार कार्य किया जाय। साहचर्य वल्कल को निम्नांकित तीन भागों में बाँटा गया है—

(i) अग्र साहचर्य क्षेत्र (Frontal association area)
(ii) पश्च साहचर्य क्षेत्र (Posterior association area)
(iii) शंख-पश्चकपाल साहचर्य क्षेत्र (Temporal-occipital association area)

इन तीनों का संक्षिप्त विवरण निम्नांकित हैं—

(i) अग्र साहचर्य क्षेत्र *(Frontal association area)*—अग्रपालि के उस बड़े भाग को अग्र साहचर्य क्षेत्र कहा जाता है जो गति क्षेत्र (motor area) के आगे होता है। इसमें उस तरह की चिन्तन प्रक्रियाओं का स्थानीयकरण (localization) होता है जिनके सहारे व्यक्ति किसी समस्या का समाधान करता है। फ्रेंच तथा हारलो (French & Harlow, 1962) ने एक प्रयोग बन्दर पर करके यह दिखला दिया है कि जब बन्दर के अग्र साहचर्य क्षेत्र को क्षतिग्रस्त

---

1. "Recent evidence suggests that the distinction between these areas is not as clear-cut as once believed. In fact, the motor cortex seems to receive direct sensory input and the sensory cortex seems to contain neurons that are directly linked to motor pathways leaving the brain. In view of these findings, it seems best to view the distinction between motor and sensory cortex as a relative one.". —Baron, Byrne & Kantowitz : *Psychology,* 1980, p. 61

कर दिया जाता था तो इसे कुछ सेकेण्ड पहले की घटना या बात नहीं याद रहती थीं। इस अध्ययन में ऐसे बन्दर जिसका अग्र साहचर्य क्षेत्र क्षतिग्रस्त था, के सामने दो कप रखा गया जिसमें एक कप में भोजन रख दिया गया। दोनों कप को समान रंग के कपड़ों से ढँक दिया गया। इसके बाद कप और बन्दर के बीच में एक पर्दा रख दिया गया। इस पर्दे को 50 से 60 सेकण्ड के बाद हटा दिया गया। परिणाम में यह देखा गया कि बन्दर सही कप (जिसमें भोजन रखा था) को चुनने में असमर्थ रहा। इससे साबित होता है कि अग्र साहचर्य क्षेत्र के क्षतिग्रस्त होने पर बन्दर कुछ सेकेण्ड पहले की घटना को भी याद नहीं रख पाता था। जब किसी व्यक्ति का अग्र साहचर्य क्षेत्र किसी दुर्घटना में घायल या क्षतिग्रस्त हो जाता है, तो ऐसा देखा गया है कि इस तरह का व्यक्ति बौद्धिक रूप (intellectually) से सामान्य कार्य तो कर पाता है परन्तु उसे, जैसा कि मिलनर (Milner, 1966) ने बतलाया है, उस समय कठिनाई हो जाती है जब उसे किसी ऐसी समस्या का समाधान करना होता है जिसमें क्रम (order) महत्त्वपूर्ण होता है। अग्र साहचर्य क्षेत्र के क्षतिग्रस्त होने पर यह भी देखा गया है कि ऐसे व्यक्ति में कुछ खास-खास संवेग (emotion) जैसे डर, दुश्चिंता (anxiety), विद्वेष (hostility) आदि परिस्थिति अनुकूल होने के बावजूद भी कम होते हैं।

(ii) पश्च साहचर्य क्षेत्र *(Posterior association area)*—पश्च साहचर्य क्षेत्र मध्यपालि (parietal lobe) में अवस्थित होता है तथा इससे मूलतः स्पर्श प्रत्यक्षण (touch perception), शरीर के भिन्न-भिन्न अंगों द्वारा किये गये क्रियाओं का प्रत्यक्षण, भाषा (language) आदि का ज्ञान होता है। ऐसा देखा गया है जब किसी दुर्घटना या अन्य कुछ आकस्मिक कारकों से पश्च साहचर्य का क्षेत्र क्षतिग्रस्त हो जाता है, तो इससे अनेक प्रकार की समस्याएँ जो मूलतः स्पर्श प्रत्यक्षण, शारीरिक क्रियाओं की गतिविधियों के प्रत्यक्षण एवं भाषा सम्बन्धी ज्ञान से सम्बन्धित होता है, उत्पन्न हो जाते हैं। ऐसे व्यक्ति किसी वस्तु को यदि सिर्फ छूकर उसके बारे में बतलाना चाहे, तो यह उसके लिए कठिन होगा। प्रत्यक्षण से सम्बन्धित अन्य अनेक प्रकार की विकृतियाँ (disorders) भी ऐसे व्यक्तियों में पायी जातीं हैं। कुछ ऐसे व्यक्ति में अपने ही शरीर के आधे भाग से उसे स्पर्श प्रत्यक्षण होता है और बाकी आधे भाग से उसे इस तरह का प्रत्यक्षण नहीं होता है। इस तरह की विकृति को *एपरैक्सिया* (apraxia) कहा जाता है। इस तरह के व्यक्तियों में भाषा (language) से सम्बन्धित अनेक दोष उत्पन्न हो जाते हैं। इनमें वाचाघात (aphasia), ऐकैलकुलिया (acalculia), पठन-अक्षमता (alexia), लेखन अक्षमता (agraphia) आदि प्रमुख हैं। वाचाघात में व्यक्ति किसी चीज को बोलकर व्यक्त करने में तथा किसी दूसरे द्वारा बोले गये शब्दों को समझने में असमर्थ रहता है। ऐकैलकुलिया (acalculia) में व्यक्ति साधारण अंकगणितीय परिकलन (arithmetical calculation) भी करने में असमर्थ रहता है। पठन-अक्षमता (alexia) में व्यक्ति किसी छपे हुए या लिखे हुए चीजों को पढ़ नहीं पाता है तथा लेखन अक्षमता (agraphia) में व्यक्ति विचारों को लिखकर अभिव्यक्त करने में असमर्थ रहता है।

(iii) शंख-पश्चकपाल साहचर्य क्षेत्र *(Temporal-occipital association area)*—शंख-पश्चकपाल साहचर्य क्षेत्र द्वारा व्यक्ति को दृष्टि प्रत्यक्षण (visual perception) तथा श्रवण प्रत्यक्षण (auditory perception) में अधिक स्पष्टता आती है। ऐसा देखा गया है कि दायें गोलार्द्ध का यह क्षेत्र अर्थात् पश्चकपाल साहचर्य क्षेत्र यदि किसी कारण से क्षतिग्रस्त हो जाता है तो इससे किसी जटिल वस्तुओं के आकार को पहचानने तथा उसे अन्य सदृश आकारों से विभेदित करने में कठिनाई होती है। इसी तरह से विशेषकर बायें गोलार्द्ध (left hemisphere) के शंख साहचर्य क्षेत्र (temporal association area) में किसी प्रकार की क्षति (damage) होने से ऐसा होते देखा गया है कि इस तरह के व्यक्तियों को प्रतीकात्मक भाषा (symbolic language) समझने और फिर उसकी अभिव्यक्ति करने में कठिनाई होती है।

ऊपर वर्णन किये गये तथ्यों के आधार पर हम इस निष्कर्ष पर पहुँचते हैं कि प्रमस्तिष्क वल्कल (cerebral cortex) में भिन्न-भिन्न क्षेत्र हैं जिनमें भिन्न-भिन्न प्रकार के कार्य अवस्थित (localized) हैं। सच्चाई यह है कि प्रमस्तिष्क वल्कल के तीनों क्षेत्र अर्थात संवेदी वल्कल, गति वल्कल एवं साहचर्य वल्कल आपस में मिल-जुलकर अर्थात् संगठित होकर कार्य करते हैं।

परिधीय तंत्रिका तंत्र की संरचना एवं कार्य
(Structure and Function of Peripheral Nervous System)

परिधीय तंत्रिका तंत्र (peripheral nervous system) दूसरा महत्त्वपूर्ण तंत्रिका तंत्र है। इससे तात्पर्य उन सभी तंत्रिका कोशिकाओं (neurons) से होता है जो मस्तिष्क (brain) तथा सुषुम्ना (spinal cord) के बाहर होते हैं और जो इन

दोनों का सम्बन्ध ग्राहक (receptor) जैसे आँख, कान, नाक, जीभ, त्वचा आदि से तथा प्रभावक (effector) अर्थात् मांसपेशियों (muscles) तथा ग्रन्थियों (glands) के साथ स्थापित करते हैं। इस तंत्रिका तंत्र (nervous system) को मूलतः दो भागों में बाँटा गया है—

1. कायिक तंत्रिका तंत्र की संरचना एवं कार्य *(Structure and Function of Somatic nervous system)*—कायिक तंत्रिका तंत्र का सम्बन्ध मूलतः वैसी क्रियाओं से होता है जिन्हें हम अपनी इच्छानुसार करते हैं। इस तंत्रिका तंत्र द्वारा केन्द्रीय तंत्रिका तंत्र (central nervous system) को बाह्य उत्तेजनाओं से उत्पन्न ताप (temperature), ठंड (cold) दबाव (pressure) आदि का ज्ञान होता है तथा साथ-ही-साथ तंत्रिका तंत्र के सहारे केन्द्रीय तंत्रिका तंत्र ऐच्छिक मांसपेशियों (voluntary muscles) को कुछ कार्य करने के लिए तंत्रिका आवेग उनके पास भेजता है।

कायिक तन्त्रिका तन्त्र को दो भागों में बाँटा गया है—

(क) कपालीय तन्त्रिका (Cranial nerve) (ख) मेरुदण्डीय तन्त्रिका (Spinal nerves)।

(क) कपालीय तन्त्रिका *(Cranial nerves)*—मानव मस्तिष्क में कपालीय तन्त्रिका के कुल 12 जोड़े होते हैं जो संवेदी (sensory) तथा पेशीय (motor) तन्त्रों से सहचर्यित (associated) होते हैं। ये सभी कपालीय तन्त्रिकाओं के विशिष्ट नाम (specific names) है तथा रोमन संख्या (Roman numerals) से उन्हें चिह्नित किया जाता है। कुछ कपालीय तन्त्रिका पूर्णतः संवेदी कार्य करते हैं, कुछ कपालीय तन्त्रिका पूर्णतः पेशीय (motor) कार्य करते हैं तथा कुछ कपालीय तन्त्रिका ऐसे होते हैं जो अंशतः संवेदी तथा अंशतः पेशीय दोनों कार्य करते हैं। इन सभी अर्थात 12 कपालीय तन्त्रिकाओं का वर्णन इस प्रकार है—

(i) घ्राणीय *(Olfactory)*—यह पूर्णतः संवेदी कार्य करता है क्योंकि इसके द्वारा सिर्फ गंध का संवेदन होता है। यह प्रमस्तिष्कीय गोलार्द्ध (cerebral hemisphere) के भेन्ट्रल हिस्से (ventral part) से निकलता है।

(ii) दृष्टि *(Optic)*—यह भी पूर्णतः संवेदी कार्य करता है क्योंकि इसके द्वारा सिर्फ दृष्टि संवेदन होता है। यह मस्तिष्क के थैलेमस (thalamus) क्षेत्र से निकलता है।

(iii) औकुलोमोटर *(Oculomotor)*—यह तन्त्रिका पूर्णतः पेशीय कार्य करता है। इसके द्वारा आँख की गति (eye movement) का नियन्त्रण होता है। यह मध्य मस्तिष्क से निकलता है।

(iv) ट्रोकलियर *(Trochlear)*—यह कपालीय तन्त्रिका भी पूर्णतः पेशीय कार्य करता है क्योंकि इसके द्वारा भी आँख की गति का नियन्त्रण होता है। यह तन्त्रिका भी मध्य मस्तिष्क से निकलता है।

(v) ट्रीजेमेनिल *(Trigeminal)*—यह कपालीय तन्त्रिका अंशतः संवेदी (sensory) तथा अंशतः पेशीय कार्य करता है। इसके द्वारा आनन संवेदन (facial sensation) तथा चबाने की क्रिया (chewing movement) का नियन्त्रण होता है। इस तन्त्रिका का सम्बन्ध मध्यमस्तिष्क, सेतु (pons) तथा मेडुला (medulla) से होता है।

(vi) एबडुसेन्स *(Abducens)*—यह तन्त्रिका पूर्णतः पेशीय (motor) कार्य करता है और इसके द्वारा आँख की गति का नियन्त्रण होता है। यह मेडुला (medulla) से सम्बन्धित होता है।

(vii) आनन *(Facial)*—यह कपालीय तन्त्रिका भी पूर्णतः पेशीय कार्य करता है और इसके द्वारा आनन गति (facial movement) का नियन्त्रण होता है। इसका सम्बन्ध मेडुला (medulla) से होता है।

(viii) श्रवण वेस्टिवुलर *(Auditory vestibular)*—यह तन्त्रिका पूर्णतः संवेदी कार्य करता है और इसके द्वारा श्रवण संवेदन का नियन्त्रण होता है। यह भी मेडुला से निकलता है।

(ix) ग्लासोफैरिनगियल *(Glassopharyngeal)*—यह कपालीय तन्त्रिका अंशतः संवेदी तथा अंशतः पेशीय कार्य करता है। यह जीभ से मिलने वाले संवेदनों को नियन्त्रित करता है तथा ग्रसनी (Pharynx) के गतियों को नियन्त्रण भी करता है। इसका सम्बन्ध भी मेडुला से होता है।

(x) भेगस *(Vagus)*—यह कपालीय तन्त्रिका भी अंशतः संवेदी तथा अंशतः पेशीय कार्य करता है। इसके द्वारा हृदय, यकृत (liver) तथा आँत (intestine) से प्राप्त संवेदनों को नियन्त्रित किया जाता है तथा उनके क्रियाओं का संचालन एवं नियन्त्रण भी होता है। इसका भी सम्बन्ध मेडुला से होता है।

(xi) मेरुदण्डीय सहायक *(Spinal accessory)*—यह कपालीय तन्त्रिका भी पूर्णतः पेशीय कार्य करता है। इसके द्वारा गर्दन की मांसपेशियों एवं आन्तराग (viscera) के गतियों का नियन्त्रण होता है। यह भी मेडुला से साहचर्यित होता है।

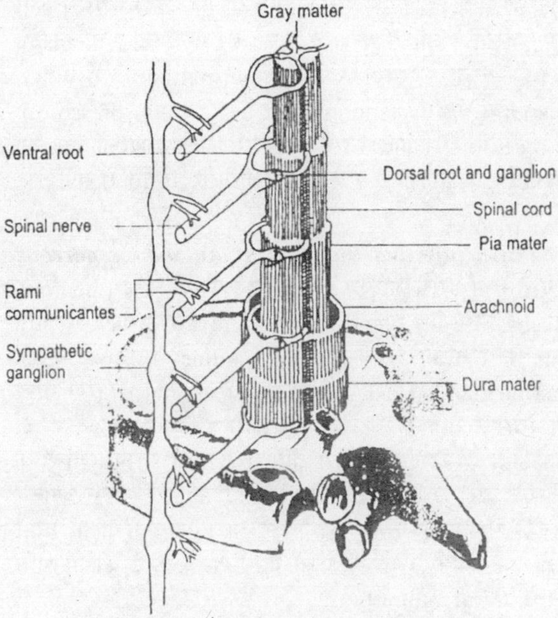

चित्र 2.11 : मेरुदण्डीय तन्त्रिकाओं का चित्रण

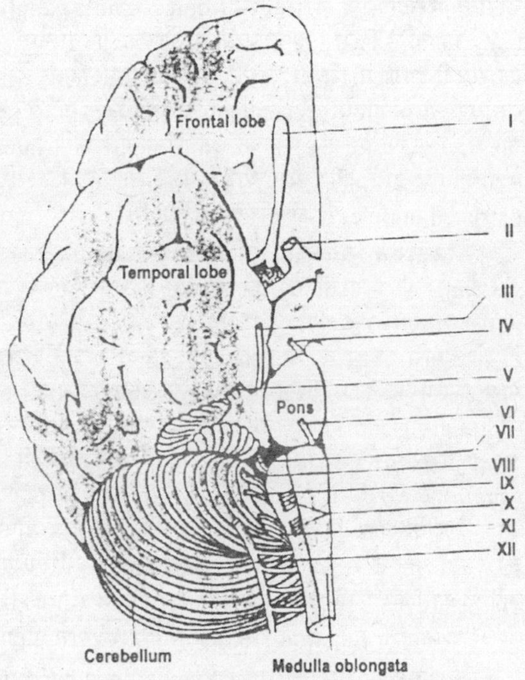

चित्र 2.10 : कपालीय तन्त्रिकाओं का मस्तिष्क में उद्भव का चित्रण

(xii) हाइपोग्लोस्सल *(Hypoglossal)*—यह कपालीय तन्त्रिका भी पूर्णतः पेशीय कार्य करता है। इसके द्वारा जीभ की माँसपेशियों की गतियों का नियन्त्रण होता है। यह भी मेडुला से साहचर्यित होता है।

इन सभी 12 कपालीय तन्त्रिकाओं का मस्तिष्क के विभिन्न भागों से सम्बन्धों को चित्र 2.10 में दिखलाया गया है।

(ख) मेरुदण्डीय तन्त्रिका *(Spinal nerves)*—मेरुदण्ड (spinal cord) से मेरुदण्डीय तन्त्रिका (spinal nerves) के 31 जोड़े थोड़े-थोड़े दूरी पर हटकर निकलते हैं। इन्हें चित्र 2.11 में दिखलाया गया है। इन 31 जोड़ों को सुषुम्ना के हिस्से जिनसे वे सम्बन्धित होते हैं, के अनुसार पाँच भागों में बाँटा गया है जिसे तालिका 2.3 में दिखलाया गया है।

तालिका 2.3 मेरुदण्डीय तन्त्रिकाओं के नाम, संख्या एवं स्थान

नाम (Name)	संख्या (Number)	स्थान (Position)
सरवाइकल (servical)	8	गर्दन (neck)
थोरैकिक (thoracic)	12	छाती (chest)
लुम्बर (lumbar)	5	कमर (loin)
सैकरल (sacral)	5	मेरुदण्डीय कॉलम का अंत (end of spinal column)
कोसिजीयल (coccygeal)	1	मेरुदण्डीय कॉलम का अंत (end of spinal column)

जैसा कि चित्र 5.2 से स्पष्ट है, मेरुदण्डीय तन्त्रिका सुषुम्ना में प्रवेश करने के पहले दो भागों (roots) में बँट जाता है— **डार्सल भाग** (dorsal root) तथा **भेन्ट्रल भाग** (ventral root)। डार्सल भाग का कार्य संवेदी (sensory) होता है जबकि भेन्ट्रल भाग का पेशीय (motor) होता है। हालांकि इसके कुछ अपवाद भी है। डार्सल भाग की पहचान इस बात से होती है कि सुषुम्ना में प्रवेश करने के पहले उसमें एक फूली हुई संरचना (swelling structure) होती है जिसे

डार्सल मेरुदण्डीय गैंगलियन (dorsal spinla ganglion) कहा जाता है। इसमें संवेदी तन्तुओं का कोश शरीर (cell body) होता है जिससे ज्ञानेन्द्रियों से आनेवाली सूचनाएँ होकर गुजरती हैं और सुषुम्ना में जाती हैं। मेरुदण्डीय तन्त्रिकाओं का संवेदी भागों में जिनसे संवेदी सूचनाएँ प्राप्त होती हैं, प्रमुख हैं—त्वचा के स्पर्श, तापीय (thermal) तथा दर्द ग्राहक, रक्तवाहिनी के ग्राहक (receptor), मांसपेशियाँ, जोड़ों (joints) तथा कंडरा (tendon) के दर्द एवं दबाव (pressure), ग्राहक, तथा पाचन संस्थानों के आंतरिक ग्राहकों (internal receptors) आदि। उसी तरह से मेरुदण्डीय तन्त्रिका का पेशीय भाग द्वारा बाँह, पैर, शरीर के अन्य हिस्से (सिर एवं गर्दन को छोड़कर) के सभी धारीदार रेखित माँसपेशियों (striated muscles) का नियंत्रण होता है।

2. स्वायत्त तंत्रिका तंत्र की संरचना एवं कार्य *(Structure and Function of Autonomic nervous system)*—परिधीय तंत्रिका तंत्र का यह अधिक महत्त्वपूर्ण भाग है तथा इससे तात्पर्य उन तंत्रिका कोशिकाओं (neurons or nerve cells) से होता है जिनका सम्बन्ध वैसी मांसपेशियों एवं ग्रन्थियों (glands) के संचालन एवं नियंत्रण से होता है जो हमारी इच्छा के अनुसार नहीं बल्कि अपनी इच्छानुसार कार्य करते हैं। जैसे, वृक्क (kidney) तथा हृदय की मांसपेशियों का कार्य, भिन्न-भिन्न अन्तःस्रावी ग्रन्थियाँ (endocrine glands) जैसे यौन ग्रन्थि (sex gland), पीयूष ग्रन्थि (pituitary gland) आदि के कार्य का संचालन एवं नियंत्रण स्वायत्त तंत्रिका तंत्र द्वारा ही होता है। अतः यह कहा जा सकता है स्वायत्त तंत्रिका तंत्र अपने कार्यों के मामले में स्वतंत्र होता है। यद्यपि स्वायत्त तंत्रिका तंत्र का सम्बन्ध मस्तिष्क (brain) तथा सुषुम्ना (spinal cord) से होता है, फिर भी इसके द्वारा संचालित क्रियाएँ वैसी होतीं हैं जिन पर व्यक्ति की इच्छा का कोई नियंत्रण नहीं होता है। जैसे, हम अपनी इच्छा से पेट की मांसपेशियों को भोजन पचाने या न पचाने की आज्ञा नहीं दे सकते हैं। उसी तरह हृदय की मांसपेशियों को हम अपनी इच्छा से कार्य करने या न करने की अनुमति नहीं दे पाते हैं। ऐसी सारी क्रियाओं का नियंत्रण स्वायत्त तंत्रिका तंत्र से होता है।

कार्यवाही (function) के आधार पर स्वायत्त तंत्रिका तंत्र को निम्नांकित दो भागों में बाँटा गया है—

(i) अनुकंपी तंत्रिका तंत्र (Sympathetic nervous system) तथा

(ii) उपअनुकंपी तंत्रिका तंत्र (Parasympathetic nervous system)।

इन दोनों का वर्णन निम्नांकित हैं—

(i) अनुकंपी तंत्र की बनावट तथा कार्य *(Structure and Function of Sympathetic system)*—अनुकंपी तंत्रिका तंत्र का स्थान मेरूरज्जु (spinal cord) के थोरोकिक (thoracic) एवं लुम्बर (lumbar) क्षेत्रों में होता है। इसलिए अनुकंपी तंत्रिका तंत्र को *थोरोकिकलुम्बर तंत्र* (thoraciclumbar system) भी कहते हैं। (चित्र 2.12 देखें)। इस तंत्र में तंत्रिका कोशिकाओं (nerve cells) के समूह (masses) तथा अनेक साधारण तथा जटिल संधिस्थल (synapses) आदि पाये जाते हैं। इन सभी तरह के तंत्रिका कोशिकाओं का एक्सॉन (axon) मुख्य गण्डिका (ganglion) का निर्माण करते हैं जहाँ इनका सम्बन्ध कुछ ऐसे दूसरे तंत्रिका कोशिका (neurons या nerve cells) से होता है जो अनुकंपी तंत्र के तंत्रिका आवेग (सूचना) को चिकनी मांसपेशियों (smooth muscles) तथा ग्रन्थियों (glands) तक पहुँचा देते हैं। यही कारण है कि अनुकंपी तंत्रिका तंत्र (sympathetic nervous system) एक पूरे इकाई (unit) के रूप में कार्य कर सकने में समर्थ हो पाता है क्योंकि इस तंत्र द्वारा भेजे गये तंत्रिका आवेग (सूचना) एक ही साथ ग्रन्थियों एवं चिकनी मांसपेशियों (smooth muscles) दोनों में पहुँच जाते हैं।

जब अनुकंपी तंत्रिका तंत्र क्रियाशील (active) होता है, तो व्यक्ति के भीतरी अंगों की क्रियाओं में महत्त्वपूर्ण परिवर्तन आता है। यह तंत्र सामान्य रूप से शारीरिक साधनों (bodily resources) को इस ढंग से खर्च करता है कि व्यक्ति संकटकालीन परिस्थिति (emergency situations) में अपने को ठीक ढंग से अभियोजित कर पाता है। उदाहरणस्वरूप, जब संकटकालीन परिस्थिति ऐसी होती है जिसमें व्यक्ति या तो क्रोधित हो गया होता है या डर गया होता है तो ऐसी परिस्थिति ने अनुकंपी तंत्रिका तंत्र अधिक क्रियाशील होकर ऐड्रिनल ग्रन्थि (adrenal gland) तथा अग्नाशय (pancreas) को उत्तेजित कर देता है जिससे रक्त में चीनी (blood sugar) की मात्रा बढ़ जाती है और उपापचय (metabolism) की गति (rate) भी तीव्र हो जाती है। प्लीहा (spleen) को उत्तेजित कर रक्त में लाल रक्तकण की मात्रा को यह तंत्र बढ़ा देता है जिससे शरीर के ऊत्तक (tissue) में अधिक ऑक्सीजन (oxygen) पहुँच पाता है तथा व्यक्ति अधिक तेजी से कार्य करना प्रारम्भ कर देता है। इस तंत्र के क्रियाशील होने से पेट एवं अँतड़ियों में खून की आपूर्त्ति (supply) कम हो जाती है तथा शरीर की धारीदार मांसपेशियों (striped muscles) में खून की

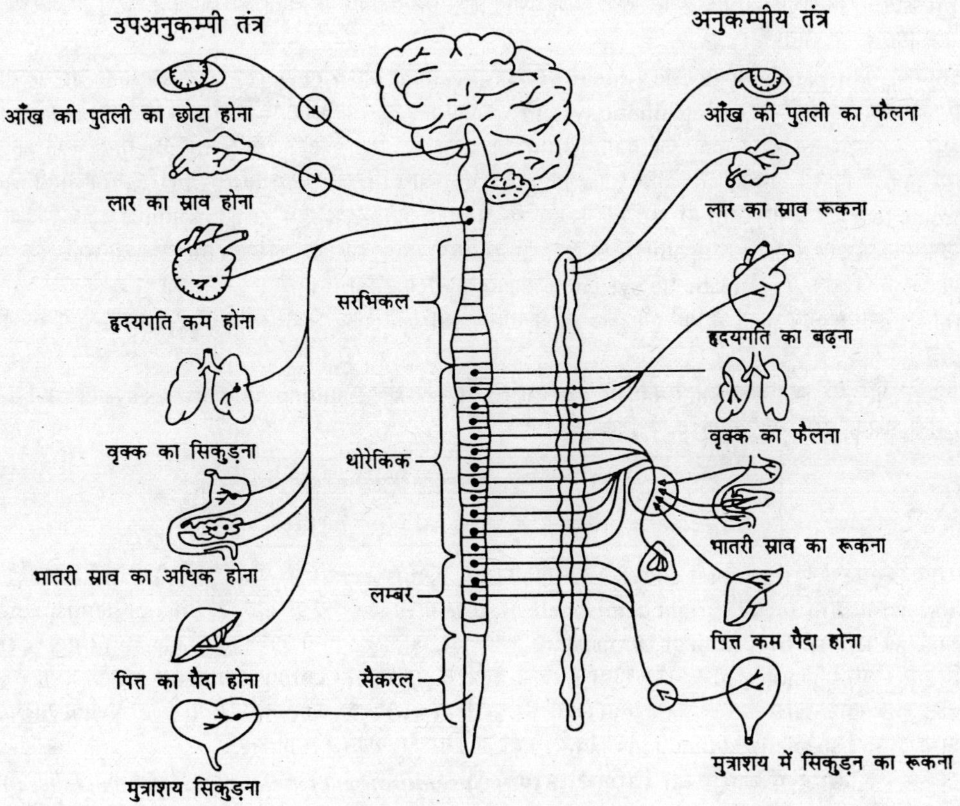

चित्र 2.12 : स्वायत्त तंत्रिका तंत्र

आपूर्ति बढ़ जाती है। आँख की पुतली बड़ी हो जाती है, लार ग्रन्थि (salivary gland) थोड़ा धीमा कार्य करना शुरू कर देता है। पसीने की ग्रन्थियाँ अधिक क्रियाशील हो जाती है तथा शरीर के बालों के जड़ की त्वचा में सिकुड़न आ जाती है (विशेषकर कुछ खास-खास पशुओं जैसे बिल्ली, कुत्ते आदि में) जिससे उसके शरीर के रोयें तथा बाल खड़े हो जाते हैं। इस तरह से अनुकंपी तंत्रिका तंत्र जब क्रियाशील (active) होता है तो व्यक्ति अपने आप को इस ढंग से तैयार कर लेता है कि वह बाहर के संकटकालीन परिस्थिति (emergency situation) के साथ ठीक ढंग से अभियोजन (adjustment) कर सके।

(ii) उपअनुकंपी तंत्रिका तंत्र की बनावट एवं कार्य *(Structure and function of parasympathetic system)*—इस तंत्र द्वारा तंत्रिका आवेग सुषुम्ना (spinal cord) के क्रैनियल (cranial) तथा सैक्रल क्षेत्र से होते हुए बाहर निकलता है। अतः इस तंत्र को *क्रेनियोसैक्रल तंत्र* (carniosacral system) भी कहा जाता है। उपअनुकंपी तंत्र (parasympathetic system) की गण्डिका (ganglia) अनुकंपी तंत्र (sympathetic system) के समान एक जगह एकत्रित नहीं होते हैं बल्कि उन मांसपेशियों (muscles) तथा ग्रन्थियों (glands) के नजदीक फैले होते हैं जिनमें वे अपनी सूचनाएँ या तंत्रिका आवेग छोड़ते हैं। यही कारण है कि उपअनुकंपी तंत्र एक इकाई (unit) के रूप में अनुकंपी तंत्रिका तंत्र (sympathetic nervous system) के समान कार्य न करके यह थोड़ा-थोड़ा करके (piecemeal) कार्य करता है अर्थात् किसी खास समय में कुछ मांसपेशियों एवं ग्रन्थियों में तो यह तंत्रिका आवेग पहुँचाता है परन्तु कुछ में नहीं।

उपअनुकंपी तंत्र (parasympathetic system) के क्रियाशील होने से शारीरिक ऊर्जा (bodily energy) का संचय होता है। जब शरीर विश्रामावस्था में होता है तो उपअनुकंपी तंत्र अधिक क्रियाशील रहता है और शरीर में ऊर्जा संचित होना प्रारम्भ हो जाता है। आँख की पुतली छोटी हो जाती है, लार ग्रन्थि से लार अधिक निकलता है, शरीर का रक्तचाप

(blood pressure) कम हो जाता है, पेट तथा अँतड़ियों की सामान्य प्रक्रिया चालू हो जाती है तथा भोजन पचने की प्रक्रिया भी सामान्य हो जाती है।

उपअनुकंपी तंत्र (parasympathetic system) के उपर्युक्त कार्यों को ध्यान में रखने पर यह कहा जा सकता है कि इसका सामान्य कार्य अनुकंपी तंत्र (sympathetic system) के सामान्य कार्य के ठीक विपरीत तथा विरोधी (antagonistic) होता है। परन्तु हमेशा इन दोनों तंत्रों का काम विरोधी ही होता है, ऐसा कहना सही नहीं है। कभी-कभी कुछ ऐसी परिस्थितियाँ होती हैं जिनमें अनुकंपी तंत्र तथा उपअनुकंपी तंत्र एक साथ मिलकर कार्य करते हैं। जैसे, कभी-कभी अत्यधिक डर (extreme fear) की परिस्थिति में व्यक्ति पेशाब या पैखाना अनैच्छिक रूप से (involuntary) कर देता है जो स्पष्टतः उपअनुकंपी तंत्र (parasympathetic system) के क्रियाशील होने के कारण होता है। जाहिर है कि भय की अवस्था में अनुकंपी तंत्र (sympathetic system) तो क्रियाशील रहता है। अतः ये दोनों तंत्र जबकि अधिकतर परिस्थितियों में विरोधी कार्य करते हैं फिर भी कुछ खास-खास ऐसी जटिल परिस्थितियाँ होतीं हैं जिसमें दोनों तंत्र मिलकर भी कार्य करते हैं।

निष्कर्ष के तौर पर यह कहा जा सकता है कि स्वायत्त तंत्रिका तंत्र (autonomic nervous system) की संरचना जटिल है तथा इसके द्वारा महत्त्वपूर्ण कार्य किये जाते हैं।

प्रमस्तिष्कीय गोलार्द्धों का विशिष्टीकरण
(Specialization of Cerebral Hemispheres)

प्रमस्तिष्कीय वल्कल (cerebral cortex) दो गोलार्द्धों (hemisphere) में बँटा हुआ है—बायाँ गोलार्द्ध (left hemisphere) तथा दायाँ गोलार्द्ध (right hemisphere)। बायाँ गोलार्द्ध को *बड़ा गोलार्द्ध* (major hemisphere) तथा दायाँ गोलार्द्ध को *छोटा गोलार्द्ध* (minor hemisphere) भी कहा जाता है। दोनों गोलार्द्ध तंत्रिका तन्तु (nerve fibers) का एक विशेष समूह (bundle) द्वारा जुड़ा होता है जिसे *कॉपरस कालोजम* (corpus callosum) कहा जाता है। प्रत्येक गोलार्द्ध द्वारा कुछ खास-खास ढंग के कार्य किये जाते हैं। दूसरे शब्दों में यह कहा जा सकता है कि प्रत्येक गोलार्द्ध द्वारा कुछ विशिष्ट कार्य (specialized functions) किये जाते हैं जिनका वर्णन निम्नांकित है—

(A) बायाँ गोलार्द्ध में कार्यों का विशिष्टीकरण *(Specialization of function in left hemisphere)*—सभी दक्षिणहस्तिक व्यक्तियों (right-handed people) में प्रमस्तिष्क का बायाँ गोलार्द्ध (left hemisphere) निश्चित कार्य जैसे भाषा (language) तथा भाषण (speech) आदि का नियंत्रण करता है। इस बात का सबूत हमें अनेक प्रेक्षणों (observations) तथा प्रयोगात्मक अध्ययनों (experimental evidences) से प्राप्त होता है। ऐसा देखा गया है कि जब किसी व्यक्ति के प्रमस्तिष्क का बायाँ गोलार्द्ध (left hemisphere) किसी कारण से क्षतिग्रस्त हो जाता है, तो व्यक्ति को भाषा का प्रयोग एवं भाषण (speech) से सम्बन्धित कठिनाइयाँ होने लगती हैं। परन्तु यदि दायाँ गोलार्द्ध क्षतिग्रस्त होता है तो इस तरह की कठिनाइयाँ सामने नहीं आती है। ऑर्नस्टीन (Ornstein 1977) ने एक अध्ययन कर यह दिखलाया है कि जब शब्दों (words) को बायाँ गोलार्द्ध (left hemisphere) में दिया जाता है, यानी दाँयी आँख की तरफ से दिखलाया जाता है तो व्यक्ति को उसका पहचान करने में अधिक सुविधा तथा कम त्रुटियाँ (errors) होतीं हैं। परन्तु जब शब्दों को बायाँ आँख की तरफ से दिखलाया जाता है ताकि उससे उत्पन्न तंत्रिका आवेग प्रमस्तिष्क के बायाँ गोलार्द्ध में न जाकर दायाँ (right hemisphere) में जाय, तो इससे शब्दों को पहचान करने में व्यक्ति को अधिक असुविधा तथा त्रुटियाँ होती थी। ऑर्नस्टीन ने अपने अध्ययन में यह भी बतलाया है कि जब व्यक्ति को शाब्दिक पाठ (verbal task) सीखने को दिया जाता है तो बायाँ गोलार्द्ध (left hemisphere) में वैद्युत क्रियाएँ (electrical activities) जैसा कि EEG (electroncephalogram) से स्पष्ट हो जाता है, बढ़ जातीं हैं। परन्तु जब प्रयोज्य को स्थानिक कार्य (spatial work) करने को कहा जाता है, तब वैद्युत क्रियाएँ (electrical activities) बायाँ गोलार्द्ध की अपेक्षा दायाँ गोलार्द्ध में अधिक तीव्र हो जाती है। इससे साबित होता है कि बायाँ गोलार्द्ध द्वारा ही भाषा तथा भाषण की क्रियाएँ होतीं हैं। सोडियम ऐमिटल परीक्षण (sodium amytal test) के सहारे भी यह आसानी से पता लगा लिया गया है कि बायाँ गोलार्द्ध द्वारा भाषा (language) तथा भाषण (speech) का नियंत्रण होता है या दायाँ गोलार्द्ध द्वारा इस तरह का नियंत्रण नहीं होता है। इस परीक्षण में सोडियम ऐमिटल (sodium amytal) जो एक प्रकार का शामक दवा (sedative drug) है (अर्थात शान्त करने वाली दवा है) को उस धमनी (artery) में सूई के सहारे दे दिया जाता है जो एक खास गोलार्द्ध में ही खून ले जाता है। व्यक्ति से कुछ बातचीत जारी रखा जाता है। यदि कुछ समय के बाद व्यक्ति की बातचीत लड़खड़ाने लगती

है या वह आगे बोलने में असमर्थ रहता है तो इससे साफ-साफ यह पता चल जाता है कि उस गोलार्द्ध द्वारा ही भाषण (speech) की क्रिया सम्पन्न होती है। अनेकों प्रयोग सोडियम ऐमिटल परीक्षण के सहारे किये गये हैं जिनसे प्राप्त निष्कर्ष इस बात का सबूत है कि सभी दक्षिण-हस्तिक व्यक्ति (right-handed people) में बायाँ गोलार्द्ध द्वारा ही भाषण (speech) एवं भाषा (language) का संचालन होता है। वामहस्तिक व्यक्तियों (left-handed people) जिनकी संख्या कुल जनसंख्या का 7% से अधिक नहीं है, में दायाँ गोलार्द्ध (right hemisphere) द्वारा न कि बायाँ गोलार्द्ध (left hemisphere) द्वारा भाषा (language) तथा भाषण (speech) की क्रिया का संचालन होता है।

यदि हम बायाँ गोलार्द्ध (left hemisphere) पर ध्यानपूर्वक देखें तो हम पाएँगे कि इसमें भाषा तथा भाषण (speech) को नियंत्रित करने का जो क्षेत्र है वह मूलतः तीन भागों में बाँटा होता है— वर्निक क्षेत्र (Wernicke's area) ब्रोका क्षेत्र (Broca area) तथा आर्कुएट फैसिकुलस (arcuate fasciculus)। वर्निक क्षेत्र का पता कार्ल वर्निक (Carl Wernicke) ने 1874 में सबसे पहले लगाया था तथा ब्रोका क्षेत्र का पता पॉल ब्रोका (Paul Broca) ने सबसे पहले 1860 में लगाया था। आर्कुएट फैसिकुलस ब्रोका क्षेत्र तथा वर्निक क्षेत्र को मिलाने वाली तंत्रिका तन्तु का समूह (bundle) होता है। ब्रोका क्षेत्र तथा वर्निक क्षेत्र आपस में मिलकर भाषा (language) तथा भाषण (speech) का संचालन एवं नियंत्रण करता है। इधर हाल में एक मनोवैज्ञानिक जिनका नाम नॉरमैन गेस्कविन्ड (Normal Geschwind) है, इन दोनों क्षेत्रों के आपसी सम्बन्धों का विशेष अध्ययन कर एक मॉडल (model) बनाया है जिसे *वर्निक-गेस्कविन्ड मॉडल* (Wernicke-Geschwind model) कहा जाता है। इस मॉडल द्वारा निम्नांकित तथ्यों की व्याख्या होती है—

(i) ब्रोका क्षेत्र (Broca area) में उच्चारणात्मक संकेत (articulatory code) होते हैं जो किसी शब्द को बोलने में या उच्चारण करने में होंठ, जीभ आदि की मांसपेशियों के क्रम को निर्धारित करता है। जब ब्रोका क्षेत्र से इन संकेतों का हस्तांतरण (transfer) गति क्षेत्र (motor area) में होता है, तो व्यक्ति के होंठ, जीभ तथा स्वरयन्त्र (larynx) में उसी क्रम में क्रिया होती है और तब व्यक्ति उस शब्द को बोलता है।

(ii) वर्निक क्षेत्र (Wernicke area) में श्रवण संकेत (auditory codes) होते हैं और शब्दों का अर्थ संचित (stored) होता है। अगर व्यक्ति कोई शब्द बोलना चाहता है, तो शब्द का संकेत (code) जो वर्निक क्षेत्र में संचित है, को पहले उत्तेजित होना आवश्यक है। यह उत्तेजना (stimulation) विशेष तंत्रिका समूह (nerve bundle) द्वारा जिसे आर्कुएट फैसिकुलस (arcuate fasiculus) कहा जाता है, ब्रोका क्षेत्र में पहुँचता है जहाँ वह सम्बन्धित उच्चारणात्मक संकेत (articulatory code) को उत्तेजित करता है। वह संकेत (code) फिर गति क्षेत्र (motor area) में जाता है जिसके परिणामस्वरूप व्यक्ति उस शब्द को बोल पाता है।

वर्निक-गेस्कविन्ड मॉडल (Wernicke-Geschwind model) के अनुसार व्यक्ति किसी सुने हुए शब्द (heard word) को समझकर कैसे उसे बोलता है तथा किसी लिखे हुए शब्द को समझकर कैसे बोलता है, की व्याख्या काफी अच्छा ढंग से होता है। जब व्यक्ति को किसी शब्द को सुनकर उसे बोलना पड़ता है तो ऐसे शब्द का तंत्रिका आवेग (nerve impulse) श्रवण वल्कल (auditory cortex) से पहले वर्निक क्षेत्र (Wernicke area) में पहुँचता है। यहाँ उस शब्द का सम्बन्धित श्रवण संकेत (auditory code) दिया जाता है जिसके परिणामस्वरूप उस शब्द का अर्थ व्यक्ति को पता चलता है। यहाँ तक की प्रक्रिया से व्यक्ति को उस शब्द का अर्थ तो समझ में आ जाता है। उसी शब्द को जब बोलना भी आवश्यक होता है तो वर्निक क्षेत्र (Wernicke area) से श्रवण संकेत (auditory code) विशेष तंत्रिका तन्तु (nerve fibers) द्वारा ब्रोका क्षेत्र (Broca area) में पहुँचता है जहाँ उस श्रवण संकेत से सम्बन्धित उच्चारणात्मक संकेत (articulatory code) व्यक्ति को प्राप्त होता है और फिर वहाँ से उच्चारणात्मक संकेत गति क्षेत्र (motor area) में जाता है जिसके परिणामस्वरूप व्यक्ति का होंठ, जीभ, स्वरयंत्र आदि इस ढंग से क्रियाशील हो जाता है कि वह उस शब्द को बोलता है।

इसी तरह से यदि व्यक्ति को लिखा हुआ शब्द (written word) को बोलना होता है, तो उस शब्द का तंत्रिका आवेग (nerve impulse) दृष्टि क्षेत्र (visual area) में सबसे पहले पहुँचता है। इसके बाद वह *ऐंगुलर गाइरस* (angular gyrus) जो दृष्टि क्षेत्र (visual area) से थोड़ा आगे होता है, में पहुँचता है। ऐंगुलर गाइरस (angular gyrus) उस शब्द रूप (word form) का वर्निक क्षेत्र (Wernicke area) में पहुँचा देता है जहाँ उस शब्द रूप को उपयुक्त श्रवण संकेत (auditory code) मिलता है तथा साथ-ही-साथ उस शब्द रूप का अर्थ भी व्यक्ति को समझ में आता है। वर्निक क्षेत्र से विशेष तंत्रिका तन्तु (nerve fibers) द्वारा श्रवण संकेत (यदि उस शब्द को बोलना आवश्यक

है) ब्रोका क्षेत्र (Broca area) में पहुँचता है जहाँ उस शब्द रूप का उचित उच्चारणात्मक संकेत (articulatory code) उसे मिलता है जो फिर गति क्षेत्र (motor area) को उत्तेजित करता है जिसके परिणामस्वरूप व्यक्ति के होंठ, जीभ एवं स्वर यंत्र एक खास ढंग से क्रिया करते हैं और व्यक्ति उस शब्द को बोल पाता है।

इस मॉडल (model) द्वारा कई तरह के भाषा दोषों जैसे व्याघात (aphasia) आदि की व्याख्या होती है। जब सिर्फ ब्रोका क्षेत्र (Broca area) की ही क्षति होती है तो ऐसे लोग बोलने में लड़खड़ाते हैं या उनकी आवाज दोषपूर्ण हो जाती है। परंतु लिखित या दूसरे द्वारा बोले गए भाषा को समझने की उनकी क्षमता प्रभावित नहीं होती है। परंतु जब वर्निक क्षेत्र (Wernicke's area) में क्षति होती है तो व्यक्ति लिखित या बोले गए भाषा को समझ नहीं पाता है परंतु वह वाक्यों या शब्दों को शुद्ध-शुद्ध उच्चारण करते हुए आसानी से बोल लेता है। हालाँकि उनके इस उच्चारण में अर्थहीनता निश्चित रूप से किसी-न-किसी रूप में अवश्य ही छिपी होती है। मॉडल का यह भी दावा है कि वैसे व्यक्ति जिनके एंगुलर गाइरस (angular gyrus) में क्षति हो जाती है, वे किसी लिखित विषय या चीज को पढ़ नहीं पाते हैं लेकिन उन्हें दूसरों द्वारा बोले गए भाषा को समझने में या बोलने में कोई कठिनाई नहीं होती है। अन्त में, मॉडल का यह भी दावा है कि अगर क्षति सिर्फ व्यक्ति के श्रवण वल्कल (auditory cortex) में होता है तो व्यक्ति सामान्य ढंग से पढ़ पाता है तथा बोल भी पाता है परंतु वह दूसरों द्वारा बोले गए भाषा को समझ नहीं पाता है।

आधुनिक शोधों एवं प्रयोगों से कुछ ऐसे तथ्य सामने आये हैं जिनसे वर्निक-गेस्कविन्ड मॉडल का समर्थन नहीं होता है। ऐसे तथ्यों में निम्नांकित प्रमुख है—

(i) रासमुसेन तथा मिलनर (Rasmussen & Milner, 1975) ने कुछ ऐसे मानव केसेज (human cases) का संग्रह किया जिनके कॉर्टेक्स के उन क्षेत्रों (areas) को मेडिकल कारणों (medical reasons) से काटकर हटा दिये गए थे जो वर्निक गेस्कविन्ड मॉडल के अनुसार महत्त्वपूर्ण थे। परिणाम में देखा गया कि इस तरह की स्थिति के बावजूद बहुत सारे ऐसे रोगियों में भाषाई कौशलों (language skills) में कोई खास कमी नहीं आयी थी। शुरू-शुरू में ऐसे रोगियों द्वारा भाषाई कौशलों में हीनता होते पायी गयी, बाद में वह अपने आप दूर हो गयी। इससे यह स्पष्ट निष्कर्ष निकलता है कि मॉडल की मूलभूत व्याख्या संदेह के घेरे में है।

(ii) नेसर एवं उनके सहयोगियों (Naeser et al., 1981) द्वारा किये गए अध्ययनों तथा उनके द्वारा इकट्ठा किये गए तथ्यों से यह स्पष्ट हुआ है कि भाषाई दोष से ग्रस्त व्यक्तियों के ब्रोका क्षेत्र (Broca area) तथा वर्निक क्षेत्र (Wernicke's area) में किसी प्रकार का कोई दोष नहीं पाया जाता है। इन लोगों ने भाषाई दोष से ग्रस्त व्यक्तियों के मस्तिष्क कैट परीक्षा (CAT scan) के आधार पर यह बतलाया है कि यद्यपि व्यक्ति में स्पष्ट भाषाई दोष (language defects) थे, फिर भी उनके ब्रोका या वर्निक क्षेत्र में किसी प्रकार की कोई क्षति नहीं पायी गयी।

ऊपर वर्णन किये गए तथ्यों के आधार पर यह स्पष्ट हो गया है कि बायाँ गोलार्द्ध में भाषाई कौशलों (language skills) का विकास होता है। यह निष्कर्ष सभी दक्षिणहस्तिक व्यक्तियों (right-handed people) के लिए सही है।

(B) दायाँ गोलार्द्ध में कार्यों का विशिष्टीकरण *(Specialization of functions in right hemisphere)*—सभी दक्षिणहस्तिक व्यक्तियों (right-handed people) में प्रमस्तिष्क (cerebrum) का दायाँ गोलार्द्ध द्वारा उद्दीपकों (stimuli) का प्रत्यभिज्ञान (recognition) एवं स्मृति (memory), कलात्मक क्षमताएँ (artistic abilities), संगीत (music), नृत्य (dance), कल्पना (fantasy) आदि से सम्बन्धित क्षमताओं का नियंत्रण एवं संचालन होता है। गाज्जैनिगा (Gazzaniga, 1967) ने एक अध्ययन करके यह दिखला दिया है कि स्थानिक कार्य (spatial functions) दायाँ गोलार्द्ध द्वारा काफी अच्छे ढंग से किया जाता है। दूसरे शब्दों में यह कहा जा सकता है कि इस गोलार्द्ध द्वारा किसी उद्दीपक का स्थान अन्य उद्दीपक की अपेक्षा कहाँ है, का ज्ञान आसानी से होता है। इस गोलार्द्ध द्वारा उद्दीपक का दृष्टि पैटर्न (visual pattern) तथा किसी आवाज का निश्चित श्रवण पैटर्न (auditory pattern) का भी ज्ञान होता है। जैसे, किसी वस्तु को देखकर उसके आकार-प्रकार, रूप-रंग (दृष्टि पैटर्न) का ज्ञान तथा आवाज किधर से आ रही है (श्रवण पैटर्न) का ज्ञान दायाँ गोलार्द्ध द्वारा ही सम्पन्न होता है। मिलनर (Milner, 1974) ने अपने अध्ययन के आधार पर यह बतलाया है कि संगीत तथा कलात्मक क्षमताओं का विकास दायाँ गोलार्द्ध पर ही निर्भर करता है। वामहस्तिक लोग (left-handed people) में दायाँ गोलार्द्ध द्वारा भाषा (language) एवं भाषण (speech) से सम्बन्धित क्रियाएँ होतीं हैं और उद्दीपकों के पैटर्न का प्रत्यभिज्ञान, स्मृति, कलात्मक क्षमताएँ, संगीत, नृत्य आदि क्रियाओं का संचालन बायाँ गोलार्द्ध (left hemisphere) द्वारा होता है।

ऊपर के वर्णन से स्पष्ट है कि दायाँ गोलार्द्ध द्वारा उद्दीपकों के पैटर्न का प्रत्यभिज्ञान (recognition), कलात्मक क्षमताएँ, संगीत, नृत्य, कल्पना आदि का ज्ञान होता है। परन्तु सच्चाई यह है कि इन कार्यों को कुछ हद तक बायाँ गोलार्द्ध द्वारा भी किया जाता है। ऐसे कुछ सबूत मिले हैं जहाँ दायाँ गोलार्द्ध के क्षतिग्रस्त होने के बावजूद भी व्यक्ति इन क्रियाओं को करता पाया जाता है जो स्पष्टतः बायाँ गोलार्द्ध द्वारा ही किया जाता है।

अतः निष्कर्ष यह है कि भाषा (language) तथा भाषण (speech) से सम्बन्धित कार्य के ख्याल से बायाँ तथा दायाँ गोलार्द्ध में महत्त्वपूर्ण अन्तर है क्योंकि इस तरह का कार्य सिर्फ बायाँ गोलार्द्ध द्वारा ही किया जाता है। परन्तु अन्य कार्य जैसे उद्दीपक के पैटर्न का प्रत्यभिज्ञान (recognition) एवं स्मृति (memory), कलात्मक क्षमताएँ (artistic abilities), संगीत (music), नृत्य, कल्पना (fantasy) आदि के ख्याल से दायाँ गोलार्द्ध तथा बायाँ गोलार्द्ध में अन्तर तो है परन्तु महत्त्वपूर्ण नहीं क्योंकि इस तरह का कार्य दायाँ गोलार्द्ध द्वारा तो होता ही है परन्तु कुछ हद तक बायाँ गोलार्द्ध द्वारा भी किया जाता है।

विभक्त मस्तिष्क
(Split Brain)

मस्तिष्क (cerebrum) या प्रमस्तिष्क वल्कुट (cerebral cortex) के दो भाग हैं— दायाँ गोलार्द्ध (right hemisphere) तथा बायाँ गोलार्द्ध (left hemisphere)। दोनों गोलार्द्ध एक-दूसरे से तंत्रिका तन्तु (nerve fibers) के एक विशेष समूह (bundle) द्वारा जुड़े होते हैं। इस समूह को *कॉरपस कैलोजम* (corpus callosum) कहा जाता है कुछ विशेषज्ञों (experts) ने कॉरपस कैलोजम को काटकर दोनों गोलार्द्ध के कार्यों का तथा व्यक्ति के व्यवहार पर पड़ने वाले प्रभाव का अध्ययन किया है। जब कॉरपस कैलोजम को काट दिया जाता है, तो दोनों गोलार्द्ध का आपस में सम्बन्ध खतम हो जाता है और दोनों एक तरह से स्वतंत्र हो जाते हैं। इस तरह की स्थिति को *विभक्त मस्तिष्क* (split brain or divided brain) कहा जाता है। विभक्त मस्तिष्क के संप्रत्यय (concept) के अनुसार एक ही व्यक्ति में दो मस्तिष्क के होने के समान की स्थिति होती है।

सामान्य व्यक्ति (normal individual) में दोनों गोलार्द्ध एक साथ समन्वित होकर कार्य करता है क्योंकि एक गोलार्द्ध से सूचनाएँ तंत्रिका आवेग (nerve impulse) के रूप में दूसरे गोलार्द्ध में कॉरपस कैलोजम (corpus collasum) के सहारे आसानी से चल जाता है। लेकिन जब कॉरपस कैलोजम को काट दिया जाता है तो दोनों गोलार्द्ध एक तरह से पूर्णरूपेण स्वतंत्र हो जाता है। इस तरह का सबसे पहला विभक्त मस्तिष्क (split brain) का ऑपरेशन (operation) 1961 में किया गया। उसके बाद फिर बहुत से विशेषज्ञों ने जिसमें स्पेरी (Sperry, 1964, 1968) तथा गाज्जानिगा (Gazzaniga, 1967, 1970, 1972) का नाम अधिक मशहूर है, द्वारा अनेकों ऑपरेशन किये गये। सबसे पहला ऑपरेशन (जिसे स्पेरी ने किया था) एक 40 साल के सिपाही पर किया गया जिसे मिर्गी का दौरा आता है। ऐसा दौरा आने पर एक गोलार्द्ध से दूसरे गोलार्द्ध में तंत्रिका आवेग काफी अधिक मात्रा में जाकर उस दूसरे गोलार्द्ध को भी काफी उत्तेजित कर देता था। अतः इन्होंने कॉरपस कैलोजम को काटकर एक गोलार्द्ध को दूसरे गोलार्द्ध के तंत्रिका आवेग के बाढ़ (flood) से बचा लेना उचित समझा और ऐसा देखा गया कि इस ऑपरेशन के बाद मिर्गी का दौरा कम हो गया और व्यक्ति की अन्य क्रियाओं पर भी इसका प्रभाव न के बराबर था। इस क्षेत्र में स्पेरी द्वारा किये गये शोध कार्यों को ध्यान में रखते हुए उन्हें 1981 में नोबुल पुरस्कार (Nobel prize) भी दिया गया। उनके इस कार्य से सम्बन्धित अनेकों अध्ययन किये गये जिनके परिणाम को ध्यान में रखते हुए मनोवैज्ञानिकों एवं अन्य विशेषज्ञों द्वारा निम्नांकित निष्कर्ष पर पहुँचा गया—

(i) विभक्त मस्तिष्क (split brain) का प्रभाव व्यक्ति की चितप्रकृति (temperament), सामान्य बुद्धि (general intelligence) तथा व्यक्ति (personality) पर कुछ भी नहीं होता है। दूसरे शब्दों में यह कहा जा सकता है कि व्यक्ति इस तरह के ऑपरेशन के बावजूद भी सामान्य ढंग से अपना कार्य करता रहता है।

(ii) इस तरह के ऑपरेशन के बाद कुछ व्यक्तियों में शरीर के बायाँ भाग से स्पर्श संवेदन में कमी होती देखी गयी परन्तु दायें भाग में इस तरह की कमी नहीं होती देखी गयी।

(iii) इस तरह के ऑपरेशन के बाद कुछ व्यक्तियों पर जब स्पेरी (Sperry, 1974) ने प्रयोग किया तो उनसे कुछ महत्त्वपूर्ण निष्कर्ष प्राप्त हुए। इस प्रयोग में व्यक्ति को एक पर्दा के केन्द्र पर ध्यान केन्द्रित करने को कहा गया। इसके बाद उन्होंने एक शब्द जैसे HEART को दो भाग में बाँटकर उस पर्दा पर उपस्थित किया। HE पर्दा के केन्द्र से बायीं तरफ तथा ART उस केन्द्र से दायीं तरफ उपस्थित किया गया (चित्र 2.13 देखें)। इस पूरे शब्द को 1/10 सेकेण्ड के लिए व्यक्ति को दिखाकर उसे फिर बताने को कहा गया। परिणाम में देखा गया कि अधिकतर व्यक्तियों ने कहा कि उनलोगों ने सिर्फ ART शब्द को देखा है HE को नहीं। ART चूँकि पर्दा पर दायीं तरफ दिखलाया गया था अतः इसकी सूचना बायाँ गोलार्द्ध (left hemisphere) में गयी। किसी भी तरह के शब्द का ज्ञान हमें बायाँ गोलार्द्ध से होता है। अतः व्यक्ति ART शब्द को बतला पाया। परंतु HE शब्द चूँकि पर्दा पर बायीं ओर दिखलाया गया था, अतः इसकी सूचना दायाँ गोलार्द्ध में गयी और फिर दायाँ गोलार्द्ध उस शब्द से सम्बन्धित तंत्रिका आवेग को बायाँ गोलार्द्ध में नहीं भेज सका (क्योंकि कॉरपस कैलोजम कटा हुआ था)। अतः व्यक्ति HE शब्द को बतलाने से असमर्थ रहा। स्पेरी (Sperry) के इस प्रयोग से यह भी पता चल जाता है कि बायाँ गोलार्द्ध ही भाषा-प्रधान होता है।

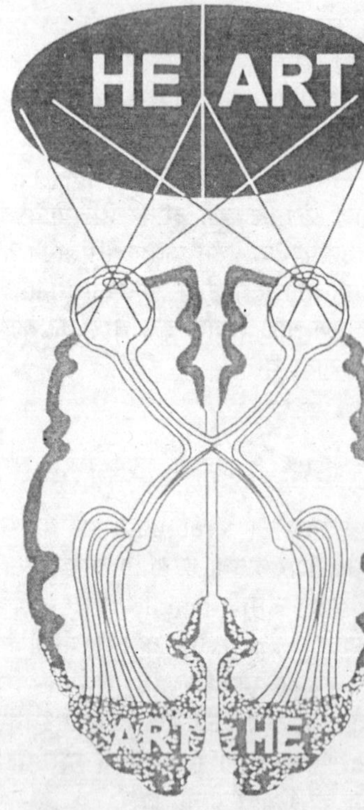

चित्र 2.13 : विभक्त मस्तिष्क के व्यक्ति पर किया गया एक प्रयोग

विभक्त मस्तिष्क (split brain) के क्षेत्र में किये गए कई अध्ययनों से कई तरह के तथ्यों की वैधता (validity) मजबूत हुई है। इसमें निम्नांकित अधिक प्रमुख है—

(i) मानव मस्तिष्क के दोनों गोलार्द्ध (hemisphere) में विशिष्टता (specialization) होती है। बायाँ गोलार्द्ध (left hemisphere) की विशिष्टता जटिल भाषाई कौशलों (complex languages skills) में होती है। इसके द्वारा मुख्यतः शाब्दिक क्रियाएँ (verbal activites), तार्किक चिंतन (logical thinking) तथा सूचनाओं का विश्लेषण आदि का कार्य किया जाता है। दूसरे तरफ दायाँ गोलार्द्ध (right hemisphere) की विशिष्टता पेशीय गतियों (motor movements) के नियंत्रण क्रियाओं के संश्लेषण (synthesis) तथा संवेगों के संचार एवं समझ (comprehension) आदि में होती है। उक्त निष्कर्ष केवल दक्षिणहस्तिक व्यक्तियों (right-handed people) के लिए सही है। यह निष्कर्ष वामहस्तिक व्यक्तियों (left-handed people) के लिए सही नहीं भी हो सकता है क्योंकि बहुत सारे वामहस्तिक व्यक्तियों का बायाँ गोलार्द्ध में भाषाई कौशलों (language skills) की विशिष्टता पायी जाती है। वास्सर (Basser, 1962) के अनुसार भाषाई कौशलों की विशिष्टता व्यक्ति के गोलार्द्ध में 10 साल के उम्र के बाद ही ठीक ढंग से विकसित होता है। इसका मतलब यह हुआ कि 10 साल के उम्र के पहले भाषा विकास के दृष्टिकोण से दोनों गोलार्द्ध की क्षमता तथा विशिष्टता लगभग एक समान होती है।

उक्त तथ्यों से यह स्पष्ट होता है कि अधिकतर व्यक्तियों में बायाँ गोलार्द्ध (left hemisphere) दायाँ गोलार्द्ध से अधिक प्रबल होता है क्योंकि बायाँ गोलार्द्ध में भाषाई विशिष्टता (language specilization) का गुण होता है। इस आधार पर लोगों ने एक मौलिक प्रश्न उठाया है—*क्या बायाँ गोलार्द्ध को दायाँ गोलार्द्ध से अधिक बुद्धिमान माना जा सकता है?* (Is left hemisphere more intelligent than right hemisphere?) इस प्रश्न के उत्तर देने में विशेषज्ञों में मतभेद है। कुछ विशेषज्ञों, जिनमें गज्जानिगा (Gazzaniga, 1983) मुख्य है, का मत है कि दायाँ गोलार्द्ध द्वारा चूँकि महत्त्वपूर्ण संज्ञानात्मक कौशलों (cognitive skills) का निबटारा नहीं हो पाता है जबकि बायाँ गोलार्द्ध द्वारा हो पाता है, अतः दायाँ गोलार्द्ध को निश्चित रूप से बायाँ गोलार्द्ध की तुलना में तुच्छ माना जा सकता है। दूसरे लोगों, जिनमें लेभी (Levy, 1983) का नाम अधिक मशहूर है, का मत है कि व्यक्ति में दायाँ गोलार्द्ध का आकार एवं संरचना तथा बायाँ गोलार्द्ध के आकार एवं संरचना में कोई अन्तर नहीं होता है। अतः कोई ऐसा स्पष्ट कारण नहीं बनता है जिसके आधार

पर यह कहा जाए कि दायँ गोलार्द्ध बायाँ गोलार्द्ध से अधिक तुच्छ है या बायाँ गोलार्द्ध दायाँ गोलार्द्ध से अधिक श्रेष्ठ या बुद्धिमान है। लेभी (Levy, 1987) ने अपने अध्ययन के आधार पर यह दिखलाने की कोशिश किया है कि सचमुच में व्यक्ति का दायाँ गोलार्द्ध (right hemisphere) बायाँ गोलार्द्ध से अधिक बुद्धिमान होता है क्योंकि इसमें महत्त्वपूर्ण कौशलों (skills) की विशिष्टता पायी जाती है।

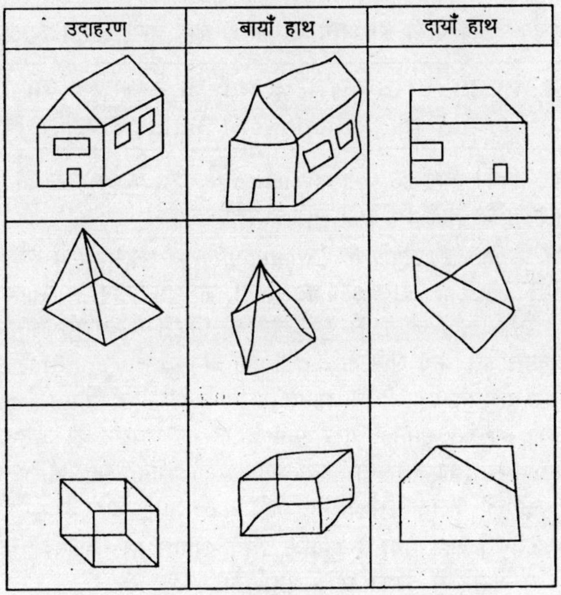

चित्र 2.14 : विभक्त प्रयोज्यों के बायें तथा दायें हाथ से बनाया गया रेखांकन (Drawing)

उपर्युक्त वाद-विवाद को मद्देनजर रखते हुए निष्कर्ष के रूप में यह कहा जा सकता है बायाँ तथा दायाँ गोलार्द्ध के बीच मात्रा (degree) का अन्तर है न कि विशिष्ट गुण का। जैडल (Zaidal, 1985) द्वारा किये गए अध्ययनों के आलोक में यह कहा जा सकता है कि व्यक्ति का दायाँ गोलार्द्ध पूर्णतः अशाब्दिक (non-verbal) नहीं होता है क्योंकि यह गोलार्द्ध द्वारा भी साधारण लिखित निर्देशों को आसानी से समझा जाता है।

(ii) कुछ अध्ययनों से, जैसा कि बिन्दु एक में ऊपर संकेत किया जा चुका है, दायाँ गोलार्द्ध (right hemisphere) बायाँ गोलार्द्ध (left hemisphere) से स्थानिक या त्रिविम कार्यों (spatial tasks) में अधिक निपुण होता है हालाँकि स्थानिक चित्रों (spatial configurations) का प्रत्यक्षण दोनों ही गोलार्द्धों द्वारा होता है। इसे साबित करने के लिए गज्जानिगा (Gazzaniga, 1970) ने एक प्रयोग किया जिसमें कुछ दक्षिणहस्तिक व्यक्तियों (right-handed people) के मस्तिष्क के कॉरपस कैलोजम (corpus callosum) को काट दिया गया अर्थात इनमें विभक्त मस्तिष्क (split-brain) का ऑपरेशन किया गया। इसके बाद इन्हें दायाँ तथा बायाँ हाथों से कुछ त्रिविमीय डिजाइन (three dimensional design) को देखते हुए उसे रेखांकित करने को कहा गया। परिणाम में देखा गया कि बायाँ हाथ द्वारा किया गया रेखांकन दायाँ हाथ द्वारा किया गया रेखांकन से कहीं अधिक श्रेष्ठ था (चित्र 2.14) देखें। इस प्रयोग के परिणाम से यह पता चलता है कि स्थानिक कार्यों में दायाँ गोलार्द्ध (right hemisphere) (जिसमें बायें हाथ की गति नियंत्रित होती है) की निपुणता बायाँ गोलार्द्ध (जिससे दायें हाथ की गति नियंत्रित होती है) में अधिक होती है।

(iii) मिलनर (Milner, 1974) ने अपने अध्ययनों के आधार पर यह बतलाया है कि दायाँ गोलार्द्ध में संगीतीय क्षमता (musical ability) बायाँ गोलार्द्ध की तुलना में अधिक होता है तथा सांकेतिक प्रकार्य (symbolic function) अर्थात् भाषाई (linguistic) तथा गणितीय कौशल (mathematical skills) मूलतः बायाँ गोलार्द्ध (left hemisphere) द्वारा नियंत्रित होते हैं।

अन्तिम निष्कर्ष यह है कि विभक्त मस्तिष्क शोधों एवं अध्ययनों से मानव मस्तिष्क के दोनों गोलार्द्धों की विशिष्टता पर प्रकाश डाला गया है। इन अध्ययनों से यह स्पष्ट हुआ है कि सभी दक्षिणहस्तिक (right-handed) व्यक्तियों में बायाँ गोलार्द्ध (left hemisphere) दायाँ गोलार्द्ध से भाषा की दृष्टिकोण से तथा दायाँ गोलार्द्ध बायाँ गोलार्द्ध से स्थानिक प्रकार्यों (spatial functions) की दृष्टिकोण से अधिक प्रबल होता है हालाँकि विशिष्टता का यह अन्तर आधुनिक शोधों एवं प्रयोगों के अनुसार, मात्रात्मक (quantitative) होता है न कि गुणात्मक (qualitative)। अभी इसी बिन्दु तक विभक्त मस्तिष्क शोधों से जानकारी हो पायी है। आगे देखना है क्या तथ्य सामने आते हैं।

तंत्रिका तंत्र या मस्तिष्क के कार्यों के अध्ययन की विधियाँ
(Methods of Studying Functions of Brain or Nervous System)

वैज्ञानिकों ने मस्तिष्क तथा तंत्रिका तंत्र (nervous system) के कार्यों के अध्ययन के लिए कई विधियों का प्रतिपादन किया है। इन विधियों में से निम्नांकित पाँच विधियाँ अधिक प्रचलित हैं—

1. वैद्युत उत्तेजन विधि *(Method of electrical stimulation)*—इन विधि में व्यक्ति के मस्तिष्क के किसी हिस्से को हल्के विद्युत-प्रवाह (electric current) द्वारा उत्तेजित किया जाता है। मानव मस्तिष्क में इस तरह का विद्युत-प्रवाह प्रायः सर्जिकल ऑपरेशन के दौरान किया जाता है। इस तरह की स्थिति में व्यक्ति चूँकि चेतनावस्था में होता है, अतः वह मस्तिष्क के किसी भाग को उत्तेजित किये जाने के बाद अपना अनुभव बतलाता है। सिलभरमैन (Silverman, 1978) ने अपने अध्ययन के आधार पर यह बतलाया है कि मानव मस्तिष्क के संवेदी क्षेत्र (sensory area) को उत्तेजित करने पर व्यक्ति भिन्न-भिन्न प्रकार की आवाज सुनने तथा रोशनी देखने की संवेदन का अनुभव करता है। उसी तरह से जब मस्तिष्क के पेशीय क्षेत्र (motor area) को उत्तेजित किया जाता है तो व्यक्ति या पशु भिन्न-भिन्न तरह की पेशीय क्रियाएँ जैसे पैर उठाना, हाथ उठाना, ऊँगली फैलाना-सिकोड़ना आदि करते पाया जाता है।

इस विधि को इसलिए महत्त्वपूर्ण कहा गया है क्योंकि इसके आधार पर वैज्ञानिकों को मस्तिष्क के भिन्न-भिन्न क्षेत्रों के कार्यों के बारे में ठीक ढंग से जानने में काफी सुविधा हुई है।

2. उच्छेदन विधि *(Method of ablation)*—इस विधि का उपयोग अधिकतर पशु मस्तिष्क के कार्यों के अध्ययन में किया जाता है। इस विधि में मस्तिष्क के किसी एक भाग को जिसके बारे में अध्ययन किया जाना है, सर्जिकल ऑपरेशन के सहारे काट कर निकाल दिया जाता है तथा इसके बाद उसके व्यवहार पर पड़नेवाले प्रभाव का अध्ययन किया जाता है। पशु मस्तिष्क के कार्यों का अध्ययन इस विधि द्वारा दो प्रकार से किया जाता है। पहला तो यह कि पशु को विशेष प्रशिक्षण देकर एक खास व्यवहार जैसे भूलभूलैया में दौड़ना सीखलां दिया जाता है। उसके बाद मस्तिष्क में उच्छेदन (ablation) की प्रक्रिया सम्पंन्न की जाती है। इसके बाद इस बात का निर्धारण किया जाता है कि उच्छेदन के फलस्वरूप सीखा हुआ व्यवहार में कितनी कमी आयी। दूसरा यह कि पशु के मस्तिष्क में पहले ही सर्जिकल ऑपरेशन द्वारा उच्छेदन (ablation) कर दिया जाता है और इस बात का निर्धारण किया जाता है कि इस तरह के पशु किसी नये व्यवहार को सीखने में कितना समय लेते हैं, कितनी त्रुटियाँ आदि करते हैं। इस विधि का उपयोग मानव मस्तिष्क के कार्यों को भी अध्ययन करने में किया गया है। खासकर जब किसी व्यक्ति के मस्तिष्क का ऑपरेशन किसी बीमारी, दुर्घटना या ट्यूमर (tumor) आदि के कारण करना होता है तो उस समय वैज्ञानिक इस विधि के सहारे मस्तिष्क के कुछ भागों का अध्ययन किया करते हैं।

3. संरचनात्मक विधि *(Anatomical method)*—इस विधि का प्रयोग शरीररचना वैज्ञानिक (anatomist) द्वारा अधिक किया गया है। इस विधि द्वारा कोशिकाओं (cells) के आकार एवं तंत्रिकाओं (neurons) के भिन्न-भिन्न पथ (pathways) के बारे में आसानी से ज्ञान प्राप्त होता है। जीव (organism) के शरीर से कोशिकाओं (cells) को पूर्णतः हटाकर उसे विशेष रसायनिक घोल (chemical solution) में रखा जाता है ताकि उसमें किसी प्रकार की खराबी विकसित नहीं हो जाए। भिन्न-भिन्न कोशिकाओं की संरचनाओं एवं पथ को माइक्रोस्कोप (microscope) के सहारे *स्टैन्डर्ड स्टेनिंग प्रविधि* (Standard Staining technique) द्वारा देखा जाता है। इस प्रविधि में स्टेन (stain) जो एक प्रकार का ऐसा रंग (dye) होता है जिसे कुछ कोशिकाएँ अपने में सोख लेतीं हैं, द्वारा तंत्रिकाओं के पथ का अध्ययन किया जाता है। जैसे-जैसे कोशिकाओं द्वारा इस रंग को सोखा जाता है, वैसे-वैसे कोशिका की संरचना तथा उसका पथ

(path ways) स्पष्ट रूप से वैज्ञानिक को दिखाई देने लगता है। इस विधि का प्रयोग कर वैज्ञानिकों ने सबसे पहले यह दिखलाया था कि ज्ञानेन्द्रियों (Sense organs) से स्नायु प्रवाह (nerve impulse) मस्तिष्क में किन-किन पथों द्वारा होते हुए मस्तिष्क के किसी विशेष भाग में पहुँचता है तथा किन-किन पथों द्वारा मस्तिष्क से स्नायु प्रवाह पुनः सुषुम्ना (spinal cord) में पहुँचता है।

4. रासायनिक विधि *(Chemical method)*—इस विधि में कुछ विशेष रासायनिक घोल (chemical solution) जैसे—प्रोकेन (procaine), ऐसीटिलकोलिन (acetylcholine) आदि को पतले ट्यूब (tiny tube) जिसे केनुला (Canula) कहा जाता है, द्वारा मस्तिष्क के भीतर डाल दिया जाता है। इस रासायनिक घोल की प्रतिक्रिया मस्तिष्क के उस भाग में होती है जहाँ उसे डाला गया है। इस प्रतिक्रिया के फलस्वरूप व्यक्ति के व्यवहार में परिवर्तन आता है। ग्रास्समैन (Grassman, 1960) ने इस विधि का प्रयोग संधिस्थल (synapse) में तंत्रिका आवेग के अंतरण (transmission) के अध्ययन में किया है। जैसा कि हम जानते हैं, संधिस्थल पर एक विशेष प्रकार का तरल पदार्थ जिसे ऐसीटिलकोलाइन कहा जाता है, के निकलने से तंत्रिका आवेग प्रायः एक तंत्रिका कोश के एक्सॉन (axon) से दूसरे तंत्रिका कोश की शाखिकाओं में आसानी से चली जाती है। इन्होंने कुत्ते के तंत्रिका तंत्र (nervous system) में ऐसीटिलकोलाइन की सूई दी जिसके फलस्वरूप यह देखा गया है कि कुत्ते में संधिस्थल पर स्नायु प्रवाह (nerve impulse) पहले से अधिक तीव्र गति से पारित होता था।

आजकल रासायनिक विधि द्वारा मस्तिष्क के किसी भी एक कोशिका (cell) के कार्य का अध्ययन किया जाना सम्भव हो गया है। इसका परिणाम यह हुआ है कि वैज्ञानिकों को किसी खास तंत्रिका (nerves) तथा पूरे तंत्रिका तंत्र (nervous system) के बारे में ज्ञान प्राप्त करने में काफी सुविधा हो गयी है।

5. वैद्युत रेकार्डिंग विधि *(Electrical recording method)*—मस्तिष्क के कार्यों के बारे में अध्ययन करने का सबसे नवीनतम विधि वैद्युत रेकार्डिंग विधि है। इस विधि में तंत्रिका तंत्र (nervous system) विशेषकर मस्तिष्क (brain) के वैद्युत क्रियाओं (electrical activities) को रेकार्ड (record) करके मस्तिष्क के अंगों के कार्यों के बारे में जाना जाता है। इस तरह के रेकार्डिंग की मुख्य दो प्रविधियाँ हैं, जो निम्नांकित हैं—

(i) इलेक्ट्रोइनसिफैलोग्राम (Electroencephalogram or EEG)

(ii) मैगनेटोसिफैलोग्राम (Magnetoencephalogram or MEG)

EEG की प्रविधि में व्यक्ति के खोपड़ी (scalp) के ऊपर एल्कट्रोड (electrode) लगा दिये जाते हैं। इस एल्कट्रोड के सहारे मस्तिष्क में हुए वैद्युत क्रिया (Electrical activities) में परिवर्तन को जिसे मस्तिष्क का तरंग (brain waves) कहा जाता है, एक ग्राफ के सहारे रेकार्ड किया जाता है। व्यक्ति की शारीरिक अवस्था के आधार पर भिन्न-भिन्न प्रकार के तरंग बनते हैं। जब व्यक्ति उत्तेजित अवस्था में होता है तो एक विशेष प्रकार का तरंग बनता है। उसी तरह से जब वह निष्क्रिय एवं शांत होता है, तो कुछ दूसरे ही प्रकार का तरंग बनता है। इन विभिन्न प्रकारों के तरंगों में अल्फा तरंग (alpha waves) काफी महत्त्वपूर्ण है जो उस समय बनता है जब व्यक्ति आराम (rest) कर रहा होता है। व्यक्ति के उत्तेजित होते ही अल्फा तरंग का बनना समाप्त होकर इसकी जगह पर दूसरी तरह का तरंग जो अनियमित (irregular) तथा कम ऊँचाई (amplitude) वाला होता है, बनना शुरू हो जाता है। इस तरह के तरंग को *बीटा तरंग* (beta waves) कहा जाता है। मण्डी-काशल (Mundy-Castle, 1958) ने कुछ प्रयोग कर यह दिखलाया है कि EEG तरंग तथा व्यक्ति के बुद्धि एवं शीलगुणों (traits) में एक सम्बन्ध होता है परन्तु बाद के मनोवैज्ञानिकों ने इस तरह का सम्बन्ध होते नहीं पाया है।

मैगनोटोएनसिफैलोग्राम (MEG) का प्रयोग कोहेन (Cohen, 1972) द्वारा किया गया। इस विधि में मस्तिष्क में वैद्युत क्रियाओं द्वारा उत्पन्न चुम्बकीय क्षेत्र (magnetic field) को मापा जाता है और इससे जो सूचनाएँ प्राप्त होतीं हैं, वे EEG द्वारा प्राप्त सूचनाओं से कहीं अधिक श्रेष्ठ होतीं हैं। MEG का प्रयोग करने से मस्तिष्क में उत्पन्न होने वाले प्रवाह (current) को सीधे मापा जा सकता है जो EEG द्वारा सम्भव नहीं होता है क्योंकि इस तरह के मापन में (यानी EEG द्वारा मापन में) एलेक्ट्रोड (electrode) बाधा पहुँचाता है। कोहेन (Cohen, 1972) ने यह भी बतलाया है कि MEG द्वारा मस्तिष्क में वैसे प्रवाहों (current) का भी अध्ययन कर लिया जाता है जिसके प्रति EEG संवेदनशील नहीं होता है।

वैद्युत रेकार्डिंग विधि में अभी हाल में ही एक विशेष उपकरण जिसे माइक्रोएलेक्ट्रोड (Microelectrode) कहा

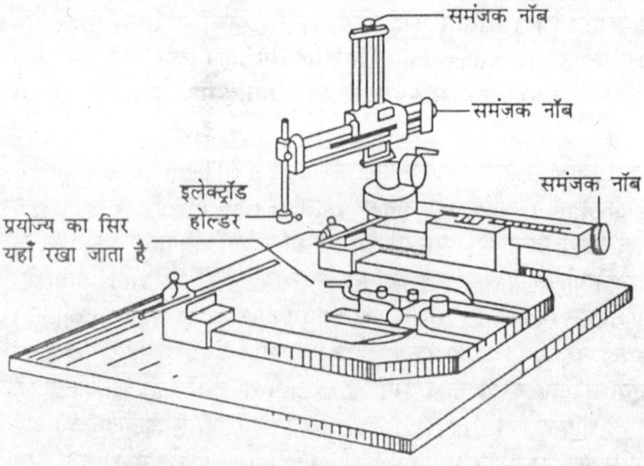

चित्र 2.15 : स्टीरियोटैक्सीक उपकरण (Stereotaxic apparatus)

जाता है, का भी उपयोग होने लगा है। माइक्रोएलेक्ट्रोड द्वारा मस्तिष्क के तरंग का किया गया मापन EEG तथा MEG दोनों की तुलना में अधिक विश्वसनीय एवं यथार्थ (precise) माना गया है। इस विधि में एक बहुत ही पतला एलेक्ट्रोड जिसे माइक्रोएलेक्ट्रोड कहा जाता है, मस्तिष्क के उस भाग में सर्जिकल ऑपरेशन के सहारे घुसा दिया जाता है, जहाँ से स्नायु प्रवाह (nerve impulse) को ग्रहण करना होता है। इस विधि में व्यक्ति (EEG रेकार्डिंग के समान) एक जगह लेटा रहे, यह आवश्यक नहीं है। वह अपनी सभी क्रियाएँ सामान्य रूप से करता है तथा इसी बीच माइक्रोएलेक्ट्रोड द्वारा मस्तिष्क के तरंगों का रेकार्डिंग अपने आप ही होते जाता है। मस्तिष्क के संवेदी (sensory) एवं पेशीय (motor), स्नायु प्रवाह (nerve impulses) के अध्ययन में माइक्रोएलेक्ट्रोड का प्रयोग अधिक किया जाता है।

न्यूरोवैज्ञानिकों द्वारा मस्तिष्क के भीतर के न्यूरोन के वैद्युतीय क्रियाओं का अध्ययन करने के लिए एक विशेष तरह का छोटा एवं पतला एलेक्ट्रॉन घुसा दिया जाता है और न्यूरोन की क्रियाओं का अध्ययन किया जाता है। इसके लिए इन लोगों द्वारा एक विशेष उपकरण जिसे स्टोरियोटैक्सिक उपकरण (Stereotaxic apparatus) कहा जाता है, का उपयोग किया जाता है (देखें चित्र 2.15)।

6. स्कैनिंग विधि (*Scanning method*)—मस्तिष्क के कार्य के अध्ययन की यह एक नवीनतम विधि है जिसे गत कुछ वर्षों में अधिक लोकप्रियता मिली है। इसमें जीवित व्यक्ति के मस्तिष्क के कार्यों का विशेष उपकरण के सहारे निरीक्षण किया जाता है। इसमें निम्नांकित चार तरह की प्रविधि अधिक लोकप्रिय है—

(a) कम्प्यूटराइज एक्सिअल टोमोग्राफी (Computerized Axial Tomography or CAT)
(b) मैगनेटिक रीसोनेन्स इमेजिंग (Magnetic Resonance Imaging or MRI)
(c) पोजिट्रोन इमिसन टोमोग्राफी (Positron Emission Tomography or PET)
(d) सुपरकंडक्टिंग क्वानटम इन्टरफेयरेन्स डिवाइस (Superconducting Quantum Interference Device or SQUI D)

इन चारों प्रविधियों का वर्णन निम्नांकित हैं—

CAT में व्यक्ति अपना सिर गोलाकार उपकरण जिसके ट्यूब में एक्स-रे (x-ray) प्लेट होता है, रखता है। जैसे-जैसे व्यक्ति के सिर के चारों तरफ ट्यूब घूमता जाता है, उसके मस्तिष्क के भीतरी भागों का आनुक्रमिक तस्वीर (successive image) तैयार होते जाता है। इन विभिन्न आनुक्रमिक तस्वीरों को मिलाकर कम्प्यूटर एक बड़ा तस्वीर तैयार करता है जिसके आधार पर मस्तिष्क का समग्र निरीक्षण हो जाता है।

MRI एक दूसरी प्रविधि है। MRI में व्यक्ति के सिर को एक्स-रे (x-ray) से अनावृत्त (expose) नहीं किया जाता है। अतः यह CAT की तुलना में अधिक सुरक्षित (safe) है। इस विधि में मस्तिष्क का तस्वीर उसे एक्स-रे से अनावृत्त (expose) करके नहीं लिया जाता है बल्कि मस्तिष्क को एक तीव्र चुम्बकीय क्षेत्र (strong magnetic field) से अनावृत्त करके उसका तस्वीर प्राप्त किया जाता है। जब तीव्र चुम्बकीय क्षेत्र से मस्तिष्क का सामना कराया जाता है तो मस्तिष्कीय उत्तकों (brain tissues) में पाये जाने वाले हाइड्रोजन परमाणु (hydrogen atom) द्वारा ऊर्जा की तरंगें प्रस्फुटित होने लगती हैं जिन्हें माप कर उन्हें कम्प्यूटर की मदद से संयोजित (combine) किया जाता है जिसके परिणामस्वरूप मस्तिष्क का एक समग्र तस्वीर उपलब्ध हो पाता है। चूँकि इस तरह से प्राप्त तस्वीर काफी स्पष्ट होते हैं अतः उनका उपयोग मस्तिष्कीय विकृति (brain disorder) की पहचान करने में भी काफी किया जाता है।

PET में मस्तिष्क के चयापचयी क्रियाओं (metabolic activity) के बारे में प्राप्त सूचनाओं के आधार पर उनके

कार्यों का निरूपण किया जाता है। दूसरे शब्दों में, इसमें अमुक समय में मस्तिष्क के विभिन्न भाग कितना अधिक सक्रिय रहता है, के आधार पर उसके कार्यों का निर्धारण किया जाता है। जिस व्यक्ति को PET स्कैनिंग होना है, उसे रेडियोएक्टिव प्रकृति के ग्लूकोज (glucose) का सूई दे दिया जाता है। इस तरह के ग्लूकोज को मस्तिष्कीय कोशिका (brain cells) अपनी-अपनी सक्रियता के स्तर के अनुरूप सोखता है। जो मस्तिष्कीय कोश जितना ही अधिक सक्रिय होता है वह उतना ही ग्लूकोज अधिक मात्रा में अपने में सोखता है। इसके परिणामस्वरूप यह आसानी से निर्धारित किया जाता है कि मस्तिष्क का कौन-सा भाग कितना अधिक सक्रिय है।

SQUID मस्तिष्क के चुम्बकीय क्षेत्रों में होने वाले सूक्ष्मतम परिवर्तनों को पहचानने की क्षमता के आधार पर मस्तिष्क की तस्वीर खींचता है। न्यूरोन उत्तेजित होते हैं, तो उनमें एक वैद्युतीय धारा उत्पन्न होती है। ऐसी वैद्युतीय धारा फिर से चुम्बकीय क्षेत्र (magnetic field) उत्पन्न करती है जिसे SQUID एक तंत्रकीय क्रियाओं (neural activity) के रूप में लेता है।

स्पष्ट हुआ कि तंत्रिका तंत्र (nervous system) खासकर मस्तिष्क के कार्यों का अध्ययन करने की कई विधियाँ हैं। इन विधियों में से स्कैनिंग विधि (scanning method) की विश्वसनीयता तथा निर्भरता आजकल सबसे अधिक बढ़ गयी है।

अन्त:स्रावी तंत्र
(Endocrine System)

हमारे शरीर में प्रभावक (effector) एक महत्त्वपूर्ण अंग है जिसके सहारे व्यक्ति किसी कार्य को करता है। प्रभावक के मुख्य दो भाग हैं— मांसपेशियाँ (muscles) एवं ग्रन्थियाँ (glands)। मांसपेशियों द्वारा व्यक्ति अपने बाहरी वातावरण (external environment) में समायोजन (adjustment) स्थापित कर पाता है तथा ग्रन्थियाँ (glands) द्वारा वह अपने शरीर के भीतरी वातावरण (internal environment) में एक संतुलित समायोजन (balanced adjustment) कर पाता है। इस तरह के आंतरिक संतुलन को मनोवैज्ञानिकों ने *समावस्थान या समस्थिति* (homeostasis) की संज्ञा दी है।

हमारे शरीर में दो तरह की ग्रन्थियाँ हैं— वहि:स्रावी ग्रन्थि (exocrine gland) तथा अन्त:स्रावी ग्रन्थि (endocrine gland)। वहि:स्रावी ग्रन्थि उन ग्रन्थियों को कहा जाता है जिसका स्राव विशेष पथ (path or duct) द्वारा शरीर के बाहर निकल जाता है। अतः इन ग्रन्थियों का स्राव (secretion) खून में नहीं मिल पाता है। जैसे—अश्रु ग्रन्थियाँ (tear glands) तथा लार ग्रन्थियाँ (saliva glands) वहि:स्रावी ग्रन्थि के उदाहरण हैं। इन ग्रन्थियों को *पथ ग्रन्थि* (duct gland) भी कहा जाता है। व्यक्तित्व के विकास में इन ग्रन्थियों का कोई महत्त्वपूर्ण योगदान नहीं हो पाता है।

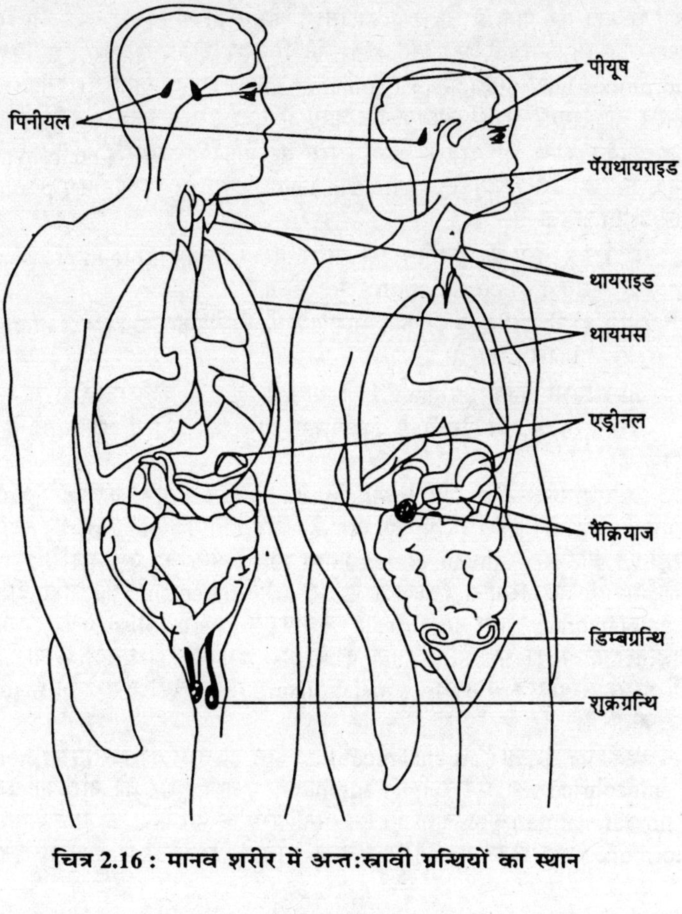

चित्र 2.16 : मानव शरीर में अन्त:स्रावी ग्रन्थियों का स्थान

अन्तःस्रावी ग्रन्थि वैसे ग्रन्थियों को कहा जाता है जिसका स्राव (secretion) खून में मिल जाता है क्योंकि इनके स्राव निकलने के लिए कोई विशेष पथ (duct) नहीं होता है। यही कारण है कि इन्हें *पथहीन ग्रन्थि* (ductless gland) भी कहा जाता है। अन्तःस्रावी ग्रन्थि के स्राव को हारमोन्स (hormones) कहा जाता है जिसका शरीर के विकास तथा व्यक्ति के सांवेगिक विकास (emotional development) पर काफी पड़ता है। मनोवैज्ञानिकों की अभिरुचि न्यूरोहारमोन्स (neurohormones) में अधिक रही है। न्यूरोहारमोन्स से तात्पर्य वैसे हारमोन्स से होता है जो तंत्रिका तंत्र (nervous system) को प्रभावित करते हैं तथा उसके साथ अन्तःक्रिया करते हैं। न्यूरोहारमोन्स तंत्रिका की क्रियाओं को प्रभावित करते हैं। परंतु चूँकि वे ग्रन्थि से निकलकर व्यक्ति के रक्त में सीधे मिल जाते हैं न कि संधिस्थल पर निकलते हैं, इसलिए इनका प्रभाव तंत्रिकाओं पर देर से परंतु अधिक समय तक होता है। हमारे शरीर में कई अन्तःस्रावी ग्रन्थियाँ (endocrine glands) हैं जो शरीर के भिन्न-भिन्न भागों में अवस्थित (localized) होते हैं। (चित्र 2.16 देखें) व्यक्तित्व विकास में प्रमुख अन्तःस्रावी ग्रन्थियों के महत्त्व का वर्णन निम्नांकित हैं—

1. पीयूष ग्रन्थि *(Pituitary gland)*—पीयूष ग्रन्थि मस्तिष्क में अवस्थित (located) होता है (चित्र 2.16 देखें)। इसे *हाइपोफिसिस* (hypophysis) भी कहा जाता है। पीयूष ग्रन्थि को दो भागों में बाँटा गया है—अग्रवर्ती (anterior) तथा परवर्ती (posterior)। अग्रवर्ती भाग को *एडनोहाइपोफिशसस* (adenohypophysis) भी कहा जाता है। इस भाग द्वारा कई तरह के हारमोन्स निकलते हैं जिन्हें मूलतः दो भागों में बाँटा जा सकता है—ट्रोफिक हारमोन्स (trophic hormones) तथा विकास हारमोन्स (growth hormones)। ट्रोफिक हारमोन द्वारा पीयूष ग्रन्थि अन्य दूसरे अन्तःस्रावी ग्रन्थियाँ जैसे—एड्रिनल ग्रन्थि (adrenal gland), कण्ठग्रन्थि (thyroid gland) तथा यौन ग्रन्थि (sex gland or gonads) पर अपना नियंत्रण बनाये रखता है। यही कारण है कि पीयूष ग्रन्थि को *मास्टर ग्रन्थि* (Master gland) भी कहा जाता है। प्रयोगात्मक अध्ययन से यह स्पष्ट हो गया है कि इन तीनों ग्रन्थियों में से कोई भी ग्रन्थि यदि अपना कार्य ठीक ढंग से नहीं कर पाता है तो वैसी हालत में पीयूष ग्रन्थि का यह अग्रवर्ती भाग उससे उत्पन्न कमी को बहुत हद तक दूर कर देता है। अग्रवर्ती भाग से शरीर के विकास के लिए हारमोन्स निकलता है जिसे विकास हारमोन्स (growth hormones) या सोमैट्रोट्रोफिन (somatotrophin) कहा जाता है। इस तरह का हारमोन्स के अधिक होने से व्यक्ति के शरीर की लम्बाई काफी अधिक हो जाती है तथा इसकी कमी होने से व्यक्ति बौना (dwarf) हो जाता है।

पीयूष ग्रन्थि के परवर्त्ती भाग जिसे एडनोहाइपोफिसस (neurohypophysis) कहा जाता है, से जो हारमोन्स निकलता है, उसे पिटयूट्रीन (pituitrin) कहा जाता है। पिटयूट्रीन (pituitrin) का व्यक्तित्व के विकास पर तीन तरह का प्रभाव पड़ता है—

(i) इस तरह के हारमोन्स से शरीर का रक्तचाप (blood pressure) बढ़ जाता है क्योंकि रक्त नलिकाओं में संकुचन (constriction) पैदा होता है।

(ii) इससे शरीर के चिकनी मांसपेशियाँ विशेषकर गर्भाशय (uterus) उत्तेजित होता है क्योंकि उसका सामान्य विकास होता है।

(iii) इससे वृक्क (kidney) को सामान्य ढंग से कार्य करने में भी मदद मिलती है।

इस तरह से हम देखते हैं कि पीयूष ग्रन्थि का महत्त्व व्यक्तित्व के शारीरिक विकास (physical growth) में काफी है।

2. एड्रीनल ग्रन्थि *(Adrenal gland)*—एड्रीनल ग्रन्थि का स्थान हमारे शरीर के दोनों वृक्क (kidney) के ऊपर होता है। एड्रीनल ग्रन्थि के भी दो भाग हैं—बाहरी भाग (outer part) तथा भीतरी भाग (inner part)। बाहरी भाग को एड्रीनल कॉर्टेक्स (adrenal cortex) तथा भीतरी भाग को एड्रीनल मेडुला (adrenal medulla) भी कहते हैं। एड्रीनल कॉर्टेक्स से जो हारमोन्स निकलता है उसे कॉर्टिन (cortin) की संज्ञा दी जाती है। इसके द्वारा शरीर के कार्बोहाइड्रेट (carbohydrate) तथा नमक (salt) चयापचय (metabolism) का निर्धारण होता है और ऐसा देखा गया है कि यदि एड्रीनल ग्रन्थि का यह भाग अपना कार्य ठीक ढंग से नहीं करता है या किसी कारणवश कार्य करना बन्द कर देता है तो इससे सम्बन्धित चयापचय (metabolism) में गड़बड़ी आ जाती है तथा धीरे-धीरे प्राणी (organism) की मृत्यु भी हो जाती है।

एड्रीनल मेडुला (adrenal medulla) द्वारा दो तरह का हारमोन्स (hormones) निकलता है— एक को इपाइनफ्राइन (epinephrine) या एड्रीनलीन (adrenaline) तथा दूसरे को नारइपाईनफ्राइन (norepinephrine) या नारएड्रीनालीन (noradrenaline) कहा जाता है। इन दोनों तरह के हारमोन्स को एक संयुक्त नाम अर्थात केटकोल हारमोन्स (catechol hormones) भी दिया गया है। इन दोनों तरह के हारमोन्स में इपाइनफ्राइन (epinephrine) या एड्रीनालीन का महत्त्व

अधिक है क्योंकि इसका सम्बन्ध व्यक्ति की सांवेगिक स्थिति (emotional state) पर सीधा पड़ता है। जब रक्त में एड्रीनालीन मिलता है तो इससे व्यक्ति में तीव्र संवेग (emotion) उत्पन्न हो जाता है और व्यक्ति में निम्नांकित परिवर्तन होने लगते हैं ताकि वह बाहर के आपातकालीन स्थिति (emergency situation) के साथ ठीक ढंग से समायोजन कर सके—

(i) एड्रीनालीन के रक्त में मिलने से ऐच्छिक मांसपेशियाँ (voluntary muscles) या धारीदार मांसपेशियों (striped muscles) में कम्पन (tremor) उत्पन्न हो जाता है।

(ii) एड्रीनालीन के रक्त में मिलने से अनैच्छिक मांसपेशियाँ (involuntary muscles) या चिकनी मांसपेशियाँ विश्राम (relaxation) की स्थिति में आ जाती है।

(iii) एड्रीनालीन के रक्त में मिलने से धारीदार मांसपेशियों का थकान समाप्त हो जाता है क्योंकि एड्रीनालीन समायोजक (adjustor) तथा प्रभावक (effector) के बीच संचरण को बढ़ावा देता है।

(iv) एड्रीनालीन के रक्त में मिलने से शरीर में खून के वितरण में परिवर्तन आ जाता है। ऐच्छिक मांसपेशियों (voluntary muscles) में खून की आपूर्ति (supply) बढ़ जाती है तथा पाचन तंत्रों (digestive tract) में खून की आपूर्ति कम हो जाती है।

(v) एड्रीनालीन के रक्त में मिलने से रक्तचाप (blood pressure) बढ़ जाता है।

(vi) एड्रीनालीन जब रक्त में मिलता है, तो रक्त में जमने (clotting) की प्रवृत्ति तेज हो जाती है। यही कारण है कि क्रोध, भय आदि की अभिव्यक्ति (expresison) में हमारे शरीर की त्वचा (skin) यदि कहीं कट-फट भी जाती है, तो उस अवस्था में उससे खून बहुत नहीं निकलता है क्योंकि बाहर निकलने पर खून तुरंत ही जमने लगता है ताकि और अधिक खून नहीं निकल जाये।

(vii) एड्रीनालीन के खून में मिलने से फेफड़ा (lungs) में जाने वाली श्वासनालिकाओं (bronchioles) में फैलाव उत्पन्न हो जाती है।

(viii) एड्रीनालीन के रक्त में मिलने से यकृत (liver) अधिक क्रियाशील हो जाता है जिसके परिणामस्वरूप खून में चीनी (sugar) की मात्रा बढ़ जाती है।

(ix) एड्रीनालीन के रक्त में मिलने से प्लीहा (spleen) अधिक उत्तेजित हो जाता है जिसके फलस्वरूप रक्त में लाल कणों (red corpuscles) की संख्या बढ़ जाती है।

नॉरएड्रीनालीन (noradrenaline) के रक्त में मिलने से एड्रीनालीन के रक्त में मिलने से ठीक विपरीत प्रतिक्रिया होती है। लेकिन हमेशा ऐसा होता नहीं पाया गया है। कभी-कभी इन दोनों तरह के हारमोन्स का प्रभाव एक समान होते देखा गया है। अभी इससे सम्बन्धित कुछ और शोध (research) की जरूरत है ताकि नॉरएड्रीनालीन के प्रभाव को अधिक स्पष्ट रूप से जाना जा सके।

3. कण्ठ ग्रन्थि *(Thyroid gland)*—इसका स्थान कण्ठ के पास होता है। कण्ठ ग्रन्थि के दो भाग (lobes) होते हैं जो श्वासनलिका (windpipe) के दोनों ओर कण्ठ के पास होते हें। इस ग्रन्थि से निकलने वाला हारमोन्स को थायराक्सीन (thyroxin) कहा जाता है जिसका प्रभाव किसी अंग विशेष पर तो नहीं बल्कि पूरे शरीर के चयापचय (metabolism) पर पड़ता है। चूँकि शरीर का विकास (growth) तथा सामान्य रूप से कार्य करने की क्षमता चयापचय पर ही निर्भर करता है, अतः यदि थायराक्सीन (thyroxin) की कमी हो जाती है, तो उससे व्यक्ति के शरीर का विकास (growth) सामान्य से कम हो पाता है। बचपन में यदि थायराक्सीन की कमी (deficiency) हो गयी, तो इससे बच्चों में बौनापन (cretinism) की स्थिति उत्पन्न हो जाती है और यदि वयस्क (adult) होने पर थायराक्सीन की कमी हो जाती है, तो इससे व्यक्ति में एक विशेष शारीरिक अवस्था जिसे *माइएक्सडेमा* (myxedema) कहा जाता है, उत्पन्न हो जाता है। माइएक्सडेमा की स्थिति में चयापचय की गति मंद हो जाती है जिसके फलस्वरूप व्यक्ति की हृदय की गति, श्वसन गति, रक्त चाप, शरीर का तापक्रम (temperature) अन्य क्रियाओं का स्तर सामान्य अवस्था से नीचे हो जाती है। थायराक्सीन की कमी (deficiency) की अवस्था जिसे *हाइपोथायराडिजम* (hypotheyroidism) कहा जाता है, से बच्चों में भी सामान्य क्रियाओं (general activities) का स्तर कम हो जाता है तथा बच्चों में आसानी से थक जाने की प्रवृत्ति तथा खेल-कूद कम करने की प्रवृत्ति बढ़ जाती है। इतना ही नहीं, ऐसे बच्चों में मोटापा (fatness) बढ़ जाता है।

जब कण्ठ ग्रन्थि अधिक क्रियाशील (overactive) हो जाता है तो ऐसी अवस्था में थायराक्सीन (thyroxin) अधिक मात्रा में खून में मिलता है और इस अवस्था को हाइपरथायराडिजम (hyperthyroidism) की संज्ञा दी जाती है। इस अवस्था में व्यक्ति अधिक जोशीला (energetic) तथा क्रियाशील (active) नजर आता है। शरीर का रक्तचाप बढ़ा होता

है और शरीर का वजन (weight) धीरे-धीरे कमता नजर आता है। व्यक्ति का स्वभाव चिड़चिड़ा हो जाता है। वह काफी चिन्तित भी दिखने लगता है।

4. उपकण्ठ ग्रन्थि (*Parathyroid gland*)—उपकण्ठ ग्रन्थि का स्थान कण्ठ ग्रन्थि के बगल में होता है तथा आकार में यह बहुत ही छोटा ग्रन्थि होता है जिसका वजन .1 ग्राम के करीब होता है। इस ग्रन्थि से निकलने वाले हारमोन्स (hormones) को पाराथोरमोन (parathormone) कहा जाता है जिसके द्वारा खून में कैल्शियम तथा फास्फेट की मात्रा का निर्धारण होता है। जब खून में पाराथोरमोन की मात्रा अधिक होती है तो उसमें कैल्शियम का स्तर (level) भी ऊँचा होता है परन्तु फास्फेट का स्तर कम होता है। दूसरे तरफ, यदि पाराथोरमोन की मात्रा कम होती है तो खून में कैल्शियम का स्तर कम हो जाता है तथा फॉस्फेट का स्तर बढ़ जाता है। खून में कैल्शियम का स्तर द्वारा तंत्रिका उत्तक (nerve tissue) में उत्तेजनशीलता नियंत्रित होती है। कैल्शियम अधिक होने से तंत्रिकाओं में उत्तेजनशीलता बनी रहती है। दूसरी तरफ यदि खून में पाराथोरमोन की कमी हो जाती है तो इससे तंत्रिकाओं का सामान्य कार्य नहीं होता है और व्यक्ति शिथिल दीख पड़ता है। विट्टेकर (Whittaker, 1970) के अनुसार कुछ ऐसे प्रयोग पशुओं पर किये गये हैं जिनके शरीर से उपकण्ठ ग्रन्थि को ऑपरेशन करके निकाल दिया गया था। परिणाम में यह देखा गया कि धीरे-धीरे इन पशुओं में शिथिलता बढ़ती गयी और एक दिन उसकी मृत्यु भी हो गयी।

5. पैंक्रियाज (*Pancreas*)—इस ग्रन्थि का स्थान आमाशय (stomach) के नीचे होता है। यह ग्रन्थि वहिस्रावी ग्रन्थि (exocrine gland) तथा अन्तःस्रावी ग्रन्थि (endocrine gland) दोनों के रूप में कार्य करता है। वहिस्रावी ग्रन्थि के रूप में इसका स्राव (secretion) छोटी आँत (small intestine) में जाता है जिससे भोजन से प्रोटीन (protein) तथा वसा (fats) अलग हो जाते हैं। अन्तःस्रावी ग्रन्थि (endocrine gland) के रूप में इससे दो तरह के हारमोन्स निकलते हैं जो इस ग्रन्थि में स्थित दो विभिन्न कोशिकाओं (cells) से आते हैं—बीटा कोशिका (beta) से निकलने वाला हारमोन्स को *इन्सुलिन* (insulin) तथा अल्फा कोशिका से निकलने वाले हारमोन्स को *ग्लुकागोन* (glucagon) कहा जाता है।

इन दोनों तरह के हारमोन्स में से इन्सुलिन का महत्त्व अधिक है। रक्त में चीनी (blood sugar) की मात्रा इन्सुलिन द्वारा ही नियंत्रित होती है। रक्त में चीनी की मात्रा के ऑक्सीकरण (oxidation) से शरीर को ऊर्जा (energy) प्राप्त होता है। पैंक्रियाज से उचित मात्रा में इन्सुलिन निकलने पर रक्त में चीनी की मात्रा का ऑक्सीकरण (oxidisation) होता है जिससे शरीर को पर्याप्त ऊर्जा मिलती है। इन्सुलिन की मात्रा कम निकलने पर रक्त में चीनी की मात्रा का स्तर अधिक हो जाता है। (क्योंकि चीनी का ऑक्सीकरण नहीं हो पाता है और पेशाब के सहारे चीनी की मात्रा बाहर आने लगती है जिसे हम मधुमेह (diabetes) रोग कहते हैं।) दूसरी तरफ जब इन्सुलिन अधिक मात्रा में उत्पन्न होता है तो इससे रक्त में चीनी की मात्रा का ऑक्सीकरण अधिक होता है। फलस्वरूप रक्त में चीनी की मात्रा जरूरत से कम हो जाता है। इस अवस्था का *हाइपोग्लिसेमिया* (hypoglycemia) कहा जाता है। ऐसी अवस्था में व्यक्ति सुस्ती, चिड़चिड़ापन तथा थकान आदि बढ़ जाता है।

ग्लूकागोन (glucagon) पैंक्रियाज से निकलने वाला दूसरा हारमोन्स है जिसका प्रभाव इन्सुलिन (insulin) के प्रभाव के विपरीत होता है। इससे रक्त में चीनी की मात्रा बढ़ती है। परन्तु इसका प्रभाव बहुत ही कम समय के लिए होता है। सच्चाई यह है कि दोनों हारमोन्स अर्थात् इन्सुलिन तथा ग्लूकागोन मिलकर रक्त में चीनी की मात्रा को नियंत्रित करते हैं।

6. यौन ग्रन्थि (*Sex gland or gonads*)—महिलाओं के यौन ग्रन्थि (sex gland) को ओभरी (ovary) तथा पुरुष के यौन ग्रन्थि को टेस्टीज (testes) कहा जाता है। यौन ग्रन्थि से निकलने वाला हारमोन्स को गोनाडल हारमोन्स (gonadal hormones) कहा जाता है। गोनाडल हारमोन्स तीन तरह के होते हैं— एन्ड्रोजेन्स (androgens), एस्ट्रोजेन्स (estrogenes) तथा प्रोजेस्ट्रोन (progestrone)। एन्ड्रोजेन्स पुरुष यौन ग्रन्थि (male sex gland) से निकलता है तथा टेस्टोस्ट्रोन (testotrone) और एण्ड्रोस्ट्रोन (androstrone) इसके मुख्य दो प्रकार हैं। एस्ट्रोजेन्स (estrogens) स्त्री यौन ग्रन्थि से निकलता है तथा प्रोजेस्ट्रोन (progestrone) सिर्फ गर्भवती महिलाओं के यौन ग्रन्थि तथा प्लेसेन्टा (placenta) द्वारा निकलता है। एन्ड्रोजेन्स द्वारा पुरुष में सभी गौण यौन गुण (secondary sex characteristics) जैसे—मूँछ आना, शरीर के खास-खास अंगों पर घने बाल उग आना, आवाज भारी होना आदि गुणों का विकास होता है। एस्ट्रोजेन्स (estrogens) द्वारा स्त्रियों में सभी गौण यौन गुणों जैसे—आवाज महीन हो जाना, शरीर के खास अंगों पर बाल उग आना, स्तन (breast) का बढ़ जाना, आदि गुणों का विकास होता है। प्रोजेस्ट्रोन (progestrone) द्वारा गर्भाशय (uterus) को ठीक ढंग से कार्य करने में मदद मिलता है जिसके फलस्वरूप भ्रूण (fetus) का विकास ठीक ढंग से होता है। पुरुष यौन ग्रन्थि यानी टेस्टीज द्वारा सिर्फ एण्ड्रोजेन्स ही नहीं निकलता है बल्कि इसमें शुक्राणु (sperm) भी बनते हैं। उसी तरह से महिला यौन ग्रन्थि से एट्रोजेन्स तथा प्रोजेस्ट्रोन ही सिर्फ नहीं निकलता है बल्कि अण्डाणु (ovum) भी

तैयार होते हैं।

व्यक्तियों एवं पशुओं में यौन इच्छा यौन ग्रन्थि के सुचारु रूप से कार्य करने पर निर्भर करता है। हालाँकि व्यक्तियों में ऐसी इच्छा यौन ग्रन्थि के अलावा सामाजिक परिस्थितियों पर भी निर्भर करता है। पशुओं में विशेषकर चूहों पर अनेकों अध्ययन कर यह स्पष्ट रूप से दिखला दिया गया है कि जब महिला चूहों का यौन ग्रन्थि ऑपरेशन द्वारा निकाल दिया जाता है तो उसमें यौन क्रियाओं (sex activities) में कमी आ जाती है। परन्तु फिर यदि उसके खून में एस्ट्रोजेन्स (estrogens) का सूई दे दिया जाता है तो यौन क्रियाएँ पूर्ववत देखने को मिलता है। यही बात पुरुष चूहों (male rats) के साथ भी देखा गया है। क्लार्क (Clark, 1945) ने कुछ प्रयोग बन्दर पर किये हैं जिसमें यौवनावस्था प्रारम्भ होने से पहले ही कुछ मादा बन्दर (female monkey) की यौन ग्रन्थि को ऑपरेशन द्वारा निकाल दिया गया। परिणाम में यह देखा गया कि इन बन्दरों में समान मादा बन्दरों (जिनका ऑपरेशन नहीं किया गया था) की अपेक्षा यौन क्रियाओं में काफी कमी आ गयी थी।

7. पिनीयल ग्रन्थि *(Pineal gland)*—यह ग्रन्थि मटर (pea) के आकार का होता है जो व्यक्ति के मस्तिष्क में पाया जाता है। यह व्यक्ति द्वारा दिनभर में किये गये क्रियाओं के स्तर का नियमन (regulate) करता है। सुबह होने पर जैसे ही रोशनी का स्तर बढ़ता है, पिनीयल ग्रन्थि सक्रिय होता है जिसके परिणामस्वरूप इसके द्वारा निकलने वाला एक विशेष हारमोन जिसे *मेलाटोनिन* (Melatonin) कहा जाता है, में कमी हो जाती है। इसका परिणाम यह होता है कि शरीर का तापक्रम बढ़ जाता है, प्राणी अधिक फुर्तीला हो जाता है और वह अपने दैनिक कार्य के लिए अपने आप को तैयार कर लेता है। शाम होने पर जब रोशनी का स्तर कम हो जाता है, पिनीयल ग्रन्थि से मेलाटोनिन अधिक मात्रा में निकलता है जिसके परिणामस्वरूप प्राणी के शरीर का तापक्रम कम हो जाता है और शारीरिक क्रियाएँ कम हो जातीं हैं ताकि वह आराम कर सके या सो जाए। पिनीयल ग्रन्थि का प्रभाव छोटे-छोटे पशुओं जैसे चूहों एवं पक्षियों में तो स्पष्ट रूप से देखा जा सकता है। मनुष्यों में भी इस ग्रन्थि का ऐसा ही प्रभाव होने का अनुमान लगाया जाता है हालांकि शोधों द्वारा अभी इस तथ्य की पुष्टि बाकी है। ऐसा अनुमान लगाया जा रहा है कि जिन लोगों में मौसमी भावात्मक विकृति (Seasonal Affective Disorder) होता है अर्थात् जो जाड़े के मौसम में जिसमें सामान्यतः सूर्य के प्रकाश की तीव्रता तथा अवधि कम होती है, अधिक विषादी अनुभव करते हैं, में सम्भव है कि पिनीयल ग्रन्थि द्वारा कम रोशनी के कारण अधिक मात्रा में मेलाटोनिन का स्राव होता है।

ऊपर वर्णन किये गये तथ्यों से यह स्पष्ट हो जाता है कि भिन्न-भिन्न अन्तःस्रावी गन्थियो (endocrine glands) का कार्य अलग-अलग है तथा उससे अलग-अलग ढंग के व्यवहारों का नियंत्रण होता है। परन्तु सच्चाई यह है कि इन ग्रन्थियों द्वारा आपस में अन्तःक्रिया (interaction) होता है। यही कारण है कि यदि कोई एक ग्रन्थि का कार्य कुछ ढीला पड़ जाता है, तो उसकी क्षतिपूर्ति दूसरी ग्रन्थि द्वारा बहुत हद तक कर लिया जाता है। हाँ, यह भले ही सम्भव है कि कभी-कभी दूसरा ग्रन्थि भी क्षतिपूर्ति करने में पूर्णतः समर्थ नहीं हो पाता है। लूरी (Luri, 1935) ने एक प्रयोग कर यह दिखला दिया है कि अन्तःस्रावी ग्रन्थियों द्वारा सामान्य रूप से कार्य नहीं किये जाने पर व्यवहार में बहुत ढंग की असामान्यताएँ (abnormalities) देखने को मिलता है। इनके अध्ययन के अनुसार पीयूष ग्रन्थि (pituaitary gland), कंठ ग्रन्थि तथा यौन ग्रन्थि में गड़बड़ी का प्रभाव व्यवहारों पर अधिक स्पष्ट रूप से दिखलाई देता है।

अन्तःस्रावी ग्रन्थि द्वारा निकले हारमोन्स का महत्त्व कुछ विशेष प्रकार के संलक्षणों (syndromes) के अध्ययनों से और भी अधिक स्पष्ट ढंग से दिखलाया गया है। ऐसे संलक्षणों (syndrome) में दो अधिक सामान्य है— एडरेनोजेनाइटल संलक्षण (adrenogenital syndrome) तथा एडरेनोजेनिक असंवेदनशीलता संलक्षण (adrenogenic insensitivity syndrome)। एडरेनोजेनाइटल संलक्षण में एड्रीनल एण्ड्रोजेन्स (adrenal androgens) जो एक ऐसा हारमोन्स हैं जिसकी मात्रा पुरुषों में महिलाओं की अपेक्षा अधिक होती है, की अधिकता पायी जाती है। जब यह स्थिति पुरुषों में होता है, तो उनमें गौण यौन गुण (secondary sex characteristics) तीव्रता से विकसित होती है तथा उनमें तरूणावस्था (puberty) के लक्षण जल्दी से विकसित होते पाये जाते हैं। परंतु यदि महिलाओं में एड्रीनल एण्ड्रोजेन्स अधिक मात्रा में उत्पन्न होती है, तो इसके कुप्रभाव स्पष्ट रूप से देखने को मिलते हैं। ऐसी स्थिति में महिलाओं में पुरुषों के गुण तथा पुरुषों की अभिरुचि की प्रधानता होती है। उसके यौन अंगों का आकार प्रकार तथा विकास पुरुषों के यौन अंगों के समान होने लगता है। ऐसी परिस्थिति में उसकी स्थिति को सुधारने के लिए मेडिकल हस्तक्षेप (medical intervention) करना आवश्यक हो जाता है।

एडरेनोजेनिक इनसेनसिटीभिटी संलक्षण (adrenogenic insensitivity syndrome) में जननात्मक पुरुषों (genetic males) की कोशिकाओं में एण्ड्रोजेन (androgen) के ग्राहक (receptor) की कमी पायी जाती है। परिणामस्वरूप, ऐसे पुरुषों की जानेन्द्रियाँ (genitals) जन्म से ही महिलाओं के जनेन्द्रिय के समान होती हैं। मनी तथा एरहार्ड (Money & Ehrhardt, 1972) के अनुसार, ऐसे बालकों में बचपन में खेलने की रुचि, यौन व्यवहार तथा मातृत्व अभिरुचियाँ सभी बहुत कुछ एक परम्परागत महिला की भूमिका से मिलती-जुलती है। इन सबके बावजूद ऐसे पुरुष एक साधारण महिला के समान बच्चा को जन्म नहीं दे पाते हैं क्योंकि उनमें गर्भाशय (ovary) तथा अन्य आन्तरिक महिला यौन अंगों (internal female sex organs) की कमी होती है।

उपर्युक्त दोनों तरह के हारमोन्स का मानव व्यवहार पर पड़ने वाले प्रभावों से यह स्पष्ट है कि अन्तःस्रावी ग्रन्थि विशेषकर यौन ग्रन्थि द्वारा स्रावित हारमोन्स का व्यक्ति के शारीरिक विकास, सामाजिक तथा संज्ञानात्मक विकास (cognitive development) पर स्पष्ट प्रभाव पड़ता है।

स्पष्ट हुआ कि अन्तःस्रावी तंत्र (endocrine system) एक महत्त्वपूर्ण तंत्र है जो तंत्रिका तंत्र (nervous system) को प्रभावित करने के अतिरिक्त मानव व्यवहार को भी प्रभावित करता है। इनका प्रभाव व्यक्ति के शारीरिक विकास, सांवेगिक विकास तथा संज्ञानात्मक विकास पर सबसे अधिक पड़ता पाया गया है।

अध्याय सारांश (CHAPTER SUMMARY)

1. ग्राहक (receptor), प्रभावक (effector) तथा समायोजक (adjustor) तीन प्रमुख प्रक्रम (mechanism) है जिनके मदद से व्यक्ति किसी उद्दीपक के प्रति अनुक्रिया कर पाता है। ग्राहक, उद्दीपक के उत्तेजन को प्राप्त करते हैं तथा प्रभावक बाह्य क्रियाओं के संचालन में मदद करते हैं। समायोजक (adjustor) ग्राहक तथा प्रभावक में सम्पर्क स्थापित कर उन दोनों के कार्य को सरल बनाते हैं। ग्राहक के कई प्रकार हैं जिनमें बाह्य ग्राहक (exteroceptor), अन्तर्ग्राहक (interoceptor) तथा मध्यग्राहक (proprioceptor) प्रमुख हैं। प्रभावक के दो मुख्य प्रकार हैं— मांसपेशियाँ (muscles) तथा ग्रन्थि (glands)।
2. न्यूरो (neuron) तंत्रिका तंत्र की सबसे सूक्षतम इकाई है। इसकी संरचना में शाखिका, कोश शरीर तथा एक्सॉन प्रमुख हैं। इनके तीन प्रकार होते हैं— संवेदी न्यूरोन, गतिवाही न्यूरोन तथा साहचर्य न्यूरोन।
3. तंत्रिका आवेग (nerve impulse) से तात्पर्य एक अतिलघु अवधि के लिए एक्सॉन में प्रभावित होने वाली वैद्युतीय घटना से होती है। चूँकि आवेग लघु एवं तीव्र होता है, अतः इसे *स्पाइक* (spike) भी कहा जाता है। तंत्रिका आवेग की आवृत्ति (frequency) मनुष्यों में प्रति सेकंड 500 तंत्रिका आवेग तक होते हैं तथा तंत्रिका आवेग की गति प्रति सैकंड 100 मीटर तक होता है।
4. दो न्यूरोन के मिलन स्थान को संधिस्थल (synapse) कहा जाता है। दो न्यूरोन जहाँ आपस में मिलते है, वे एक-दूसरे से सटे हुए नहीं होते हैं बल्कि इन दोनों के बीच में एक हल्का रिक्ति (gap) होता है जिसे संधिस्थलीय दरार (synaptic cleft) कहा जाता है। संधि स्थल को तंत्रिका आवेग न्यूरोट्रांसमीटर (neurotransmitter) की मदद से पार करते हैं। न्यूरोट्रांसमीटर के कई प्रकार होते हैं।
5. तंत्रिका तंत्र के मुख्य दो प्रकार हैं— केन्द्रीय तंत्रिका तंत्र (central nerves system) तथा परिधीय तंत्रिका तंत्र (peripheral nervous system)।
6. केन्द्रीय तंत्रिका तंत्र में सुषुम्ना तथा मस्तिष्क की संरचना तथा कार्य पर अधिक बल डाला गया है।
7. परिधीय तंत्रिका तंत्र के दो मुख्य भाग हैं— कायिक तंत्रिका तंत्र (somatic nervous system) तथा स्वायत्त तंत्रिका तंत्र (antonomic nervous system)। इसमें स्वायत्त तंत्रिका तंत्र की संरचना तथा कार्य पर अधिक बल डाला गया है।
8. मस्तिष्क के दोनों गोलार्द्ध की विशिष्टता (specialization) का सविस्तार वर्णन किया गया है तथा विभक्त मस्तिष्क अध्ययनों (split-brain studies) से गोलार्द्ध की विशिष्टता की बिन्दु पर प्रकाश डाला गया है।
9. तंत्रिका तंत्र (nervous system) के अध्ययन की पुरानी एवं नवीनतम दोनों विधियों पर सविस्तार प्रकाश डाला गया है।
10. विभक्त मस्तिष्क शोधों से दोनों गोलार्द्धों के विशिष्टीकरण पर प्रकाश डाला है।
11. मानव व्यवहार पर विभिन्न तरह की अन्तःस्रावी ग्रन्थियों के स्रावों का महत्त्वपूर्ण प्रभाव पड़ते पाया गया है।

□

अध्याय 3

संवेदन, प्रत्यक्षण तथा अवधान
(SENSATION, PERCEPTION AND ATTENTION)

संवेदन का अर्थ एवं स्वरूप
(Meaning and Nature of Sensation)

संवेदन एक ऐसी सरल मानसिक प्रक्रिया है जिसके द्वारा हमें वस्तुओं एवं व्यक्तियों के बारे में एक आभास मात्र होता है क्योंकि इसमें अर्थहीनता एवं अस्पष्टता होती है। **मॉरिस**[1] (Morris, 1996) ने संवेदन को परिभाषित करते हुए कहा है, ''संवेदन से तात्पर्य दृष्टि, श्रवण, गंध, स्वाद संतुलन, स्पर्श तथा दर्द के ज्ञानेन्द्रियों से प्राप्त मौलिक संवेदी आँकड़ों से होता है।'' **जे. पी॰ दास** (J. P. Das, 1998) ने उद्दीपकों को प्राप्त करने (receive) की पहली अवस्था को ही संवेदन (sensation) कहा है। उसी तरह **ऊड** एवं **ऊड**[2] (Wood & Wood, 1996) ने संवेदन को इस प्रकार परिभाषित किया है, ''संवेदन एक ऐसी प्रक्रिया है जिसके द्वारा ज्ञानेन्द्रियाँ दृष्टि, श्रवण एवं अन्य संवेदी उद्दीपकों की पहचान करके उसकी सूचना मस्तिष्क को देता है।'' यदि हम संवेदन के इस पारिभाषिक तथ्य का विश्लेषण करें तो यह स्पष्ट होगा कि संवेदन की परिभाषा में अन्य बातों के अलावा निम्नांकित चार बातें पायी जातीं हैं–

(i) संवेदन एक मानसिक प्रक्रिया है।

(ii) संवेदन एक आरम्भिक मानसिक प्रक्रिया है।

(iii) संवेदन में उद्दीपकों[3] (वस्तु या व्यक्तियों) का आभास मात्र अर्थात् अर्थरहित ज्ञान होता है।

(iv) संवेदन के लिए उद्दीपक की उपस्थिति अनिवार्य होती है।

संवेदन के स्वरूप (nature) को समझने के लिए इन चार तथ्यों की व्याख्या आवश्यक है जो इस प्रकार है–

(i) संवेदन एवं मानसिक प्रक्रिया है *(Sensation is a mental process)*–संवेदन एक मानसिक प्रक्रिया है। मानसिक प्रक्रिया से तात्पर्य वैसी क्रियाओं से होता है जो मन या मस्तिष्क के सहारे होता है। मानसिक प्रक्रियाएँ तीन तरह की होतीं हैं– संज्ञानात्मक (cognitive), भावात्मक (affective) तथा क्रियात्मक (conative)। संवेदन एक संज्ञानात्मक मानसिक प्रक्रिया है क्योंकि इसके द्वारा वस्तु, व्यक्तियों या घटनाओं अर्थात् उद्दीपकों (stimuli) का एक अस्पष्ट ज्ञान होता है।

(ii) संवेदन एक आरम्भिक मानसिक प्रक्रिया है *(Sensation is an elementary mental process)*–सचमुच में उद्दीपक के बारे में ज्ञान प्राप्त करने के लिए कई तरह की मानसिक क्रियाएँ होतीं हैं। जैसे, चिन्तन, कल्पना, तर्क करना आदि। परंतु इन सभी क्रियाओं से भी पहले एक और मानसिक प्रक्रिया होती है और वह है संवेदन की। किसी वस्तु पर चिन्तन करने के लिए यह आवश्यक है कि पहले उसका संवेदन हो। शायद यही कारण है कि संवेदन को एक आरम्भिक मानसिक प्रक्रिया कहा गया है।

---

1. "Sensation refers to the raw sensory data from the senses of sight, hearing, smell, taste, balance, touch and pain".
—Morris : *Psychology*, 1996, p. 132.

2. "Sensation is the process through which the senses detect visual, auditory and other sensory stimuli and transmit them to the brain". —Wood & Wood : *The World of Psychology*, 1996, p. 80.

3. वातावरण की प्रत्येक वस्तु जो व्यक्ति में अनुक्रिया उत्पन्न करती है, को सामान्यतः उद्दीपक कहा जाता है।

(iii) **संवेदन में उद्दीपकों का एक आभास मात्र अर्थात् अर्थरहित ज्ञान होता है** *(In sensation a general awareness or meaningless knowledge occurs)*—संवेदन इतनी सरल प्रक्रिया है कि इसमें उद्दीपक का कोई स्पष्ट अर्थ नहीं पता चलता है। मात्र उसका एक सामान्य आभास होता है। जैसे, कभी-कभी कोई वस्तु हमारे आँखों के सामने झट से आकर हट जाती है। ऐसे वस्तु का मात्र एक आभास अर्थात् संवेदन ही होता है। हाँ, यदि हमें उसका अर्थ मालूम हो जाता है, तो वह संवेदन न होकर प्रत्यक्षण (perception) हो जाता है।

(iv) **संवेदन के लिए उद्दीपक की परिस्थिति अनिवार्य है** *(For sensation, presence of stimulus is essential)*—संवेदन के लिए उद्दीपक का होना अनिवार्य है। उद्दीपक को व्यक्ति ज्ञानेन्द्रिय से ग्रहण करता है जिसके परिणामस्वरूप उसमें तंत्रिका आवेग (nerve impulse) पैदा होते हैं। यह तंत्रिका आवेग जब मस्तिष्क में पहुँचता है, तो हमें उस वस्तु का संवेदन होता है।

उपर्युक्त विवरण से स्पष्ट है कि संवेदन एक ऐसी आरम्भिक संज्ञानात्मक मानसिक प्रक्रिया है जिसके द्वारा हमें उद्दीपक का आभास मात्र या अर्थरहित ज्ञान होता है।

अब यह प्रश्न उठता है कि संवेदन कैसे होता है? इस प्रश्न का उत्तर देते हुए यह कहा जा सकता है कि संवेदन का उत्पन्न होना निम्नांकित तीन बातों पर निर्भर करता है— उद्दीपक (stimulus), ज्ञानेन्द्रिय तथा मस्तिष्क। जब कोई उद्दीपक व्यक्ति को प्रभावित करता है, तो उसके ज्ञानेन्द्रिय में एक रासायनिक क्षोभ (chemical disturbance) उत्पन्न हो जाता है। इस रासायनिक क्षोभ को तंत्रिका आवेग (nerve impulse) कहा जाता है। तंत्रिका आवेग संवेदी तंत्रिका (sensory nerve) द्वारा मस्तिष्क में पहुँचता है जिसके परिणामस्वरूप एक मानसिक प्रक्रिया की शुरुआत होती है। इस मानसिक प्रक्रिया को संवेदन (sensation) कहा जाता है। इसे एक उदाहरण द्वारा इस प्रकार समझाया जाता है। मान लिया जाए कि व्यक्ति कोई आवाज सुनता है। आवाज यहाँ एक उद्दीपक है। आवाज की ध्वनि तरंगें कान (ज्ञानेन्द्रिय) में प्रवेश करके श्रवण तंत्रिका आवेग (auditory nerve impulse) उत्पन्न करता है जो मस्तिष्क के शंखपालि (temporal lobe) में पहुँचता है। तंत्रिका आवेग को शंखपालि में पहुँचते ही जो पहली मानसिक प्रक्रिया होती है, उसे संवेदन कहा जाता है जिससे उस आवाज का मात्र एक आभास प्राप्त होगा। उसके और कोई आयामों का अर्थ नहीं पता चलेगा।

क्या शुद्ध संवेदन होता है?
(Does pure sensation occur?)

सचमुच में शुद्ध संवेदन एक सैद्धान्तिक सम्प्रत्यय (theoretical concept) है। हम यह मान लेते हैं कि प्रत्यक्षण, चिन्तन आदि क्रियाओं के होने के पहले शुद्ध संवेदन होता है। दूसरे शब्दों में, हमलोग यह मान लेते हैं कि किसी वस्तु का पहले संवेदन अलग से होता है और बाद में उसमें अर्थ जोड़ दिया जाता है, तो उसका प्रत्यक्षण होता है या फिर उसके बारे में हम चिन्तन करते हैं। सच्चाई यह है कि हमें किसी भी वस्तु का अर्थहीन अनुभव नहीं होता है। जब भी हम कोई वस्तु का प्रत्यक्षण करते हैं तो यह नहीं होता कि पहले उसका शुद्ध संवेदन हो जाता है और तब हम उसके रूप-रंग, आकार-प्रकार आदि को समझते हैं। बल्कि सच्चाई यह है कि जब हम किसी वस्तु का प्रत्यक्षण करते हैं, तो उसके बारे में पूरा-पूरा ज्ञान भी हमें हो जाता है। कुछ लोग यह समझते हैं कि बच्चों को शुद्ध संवेदन होता है। लेकिन यह भी समझना एक भूल है क्योंकि बच्चे भी जब किसी उद्दीपक का प्रत्यक्षण करते हैं तो उसका कोई-न-कोई अर्थ अवश्य लगा लेते हैं भले ही वह अर्थ गलत ही क्यों न हो। जैसे, एक बच्चा चम्मच को देखता है, तो उसे मुँह में ले लेता है शायद यह समझकर कि यह कोई खाने की वस्तु है। इस उदाहरण में बच्चा चम्मच को देखकर अर्थ लगा रहा अवश्य है भले ही वह अर्थ गलत क्यों न हो। इस उदाहरण से स्पष्ट है कि बच्चे को भी कभी शुद्ध संवेदन नहीं होता है। अतः शुद्ध संवेदन की कल्पना मात्र एक सैद्धान्तिक संकल्पना या संप्रत्यय है।

संवेदन के गुण
(Attributes of Sensation)

प्रत्येक संवेदन की अपनी कुछ विशेषताएँ होतीं हैं जिसके आधार पर उसे पहचाना जाता है। इन विशेषताओं को संवेदन का गुण (attribute) कहते हैं। इन गुणों के अभाव में संवेदन का अस्तित्व कठिन है। संवेदन का अध्ययन सबसे पहले वुण्ट (Wundt) तथा टिचेनर (Titchener) द्वारा किया गया। वुण्ट ने संवेदन के दो गुण बतलाये हैं— प्रकार

(quality) तथा तीव्रता (intensity)। बाद में टिचेनर (Titchener) ने इन दोनों गुणों को स्वीकार करते हुए इसमें दो और गुणों को जोड़ा है। वे दो नये गुण हैं– अवधि (Duration) तथा स्पष्टता (Clarity)। स्टाउट (Staut) ने इन चार की सूची में दो और गुणों को जोड़ दिये– विस्तार (extensity) तथा स्थानीय चिह्न (local sign)।

इस तरह से संवेदन के कुल छह **गुण** हो गए। इस सभी छह गुणों का वर्णन निम्नांकित हैं—

(1) प्रकार *(Quality)*—प्रत्येक संवेदन एक निश्चित प्रकार का होता है। कोई दृष्टि संवेदन हो सकता है, तो कोई श्रवण संवेदन, कोई स्पर्श आदि। इस तरह संवेदन का सबसे महत्त्वपूर्ण गुण यह होता है कि इसका कोई-न-कोई प्रकार होता है। ऐसा कोई उदाहरण नहीं दिया जा सकता है जिसमें संवेदन हो परंतु उसका कोई प्रकार न हो।

संवेदन का 'प्रकार' गुण दो तरह का होता है– *जातीय प्रकार* (generic quality) तथा *विशिष्ट प्रकार* (specific quality)। जब संवेदन अलग-अलग ज्ञानेन्द्रियों से उत्पन्न होता है, तो यह उसका जातीय प्रकार कहलाता है। दूसरे शब्दों में, किसी एक ज्ञानेन्द्रिय से उत्पन्न संवेदन एक प्रकार का होता है ओर संवेदन के इस गुण को जातीय गुण कहा जाता है। जैसे, सभी देखी जानेवाली विभिन्न वस्तुओं का संवेदन एक खास जातीय प्रकार अर्थात् दृष्टि संवेदन का उदाहरण है। उसी तरह से सभी सुनी गयी आवाजों से उत्पन्न संवेदन एक खास जातीय प्रकार अर्थात् श्रवण संवेदन का उदाहरण है। ऐसा इसलिए भी कहा जाता है कि पहले तरह के संवेदनों की उत्पत्ति एक ही ज्ञानेन्द्रिय अर्थात् आँख तथा दूसरे तरह के सभी संवेदनों की उत्पत्ति दूसरे ज्ञानेन्द्रिय अर्थात् कान से होती है। एक ही ज्ञानेन्द्रिय से भिन्न-भिन्न तरह के भी संवेदन होते हैं। ऐसे प्रत्येक संवेदन को संवेदन का विशिष्ट प्रकार कहा जाता है। जैसे, मान लिया जाए कि हम पिता की आवाज सुनते हैं तथा चाचा की आवाज भी सुनते हैं। दोनों ही श्रवण संवेदन हैं। परन्तु दोनों में अन्तर है। इस अंतर को विशिष्ट प्रकार का संवेदन कहेंगे क्योंकि दोनों संवेदन विशिष्ट प्रकार के हैं।

(2) तीव्रता *(Intensity)*—संवेदन का दूसरा प्रमुख गुण उसकी तीव्रता है। तीव्रता की मात्रा सभी संवेदनों में एक समान नहीं होती है। कोई संवेदन अधिक तीव्र होता है तो कोई संवेदन कम तीव्र होता है। एक ही प्रकार के संवेदन मात्र अपनी तीव्रता से अन्तर के कारण भिन्न अनुक्रिया उत्पन्न करता है। जैसे, यदि आपके त्वचा पर सूई की नोक को हल्के ढंग से गड़ायी जाय तथा फिर जोर से गड़ायी जाए, तो स्पष्टतः दो तरह का संवेदन पैदा होगा (हालाँकि दोनों स्पर्श संवेदन ही होंगे)। उसी तरह से 25 वाट का बल्ब जलने तथा 100 वाट का बल्ब जलने से क्रमशः कम तीव्र तथा अधिक तीव्र संवेदन उत्पन्न होंगे। इन उदाहरणों से यह स्पष्ट है कि संवेदन की तीव्रता ज्ञानेन्द्रिय पर नहीं बल्कि इस बात पर निर्भर करती है कि उद्दीपक से सम्बन्धित ज्ञानेन्द्रिय कितनी अधिक प्रभावित हो रही है।

(3) अवधि *(Duration)*—कोई संवेदन जितने समय तक के लिए होता है, वही उसकी अवधि होती है। प्रत्येक संवेदन एक खास समय तक के लिए अवश्य होता है। ऐसा नहीं होता है कि संवेदन हो भी और उसमें कुछ समय न लगे, भले ही समय कुछ सेकंड का ही क्यों न हो। दो संवेदन प्रकार और तीव्रता में समान होने पर भी अवधि की भिन्नता के कारण वे भिन्न लगेंगे। जैसे– यदि किसी वस्तु को मात्र एक-एक सेकंड के लिए देखा जाए तथा फिर उसी वस्तु को 10 सेकंड के लिए देखा जाए, तो इन दोनों परिस्थितियों में उत्पन्न संवेदन में भिन्नता आ जाएगी। इस उदाहरण से स्पष्ट है कि संवेदन की अवधि ज्ञानेन्द्रिय के उत्तेजित होने की अवधि पर निर्भर करती है। ज्ञानेन्द्रिय जितनी ही अधिक अवधि के लिए उत्तेजित होती है, संवेदन उतने ही अधिक अवधि तक के लिए उत्पन्न होती है।

(4) स्पष्टता *(Clearness)*—स्पष्टता संवेदन का एक अन्य विशेषता है। कोई भी संवेदन अधिक स्पष्ट होती है या फिर कम स्पष्ट होती है। परन्तु यदि हम संवेदन के इस गुण पर ध्यान दें तो यह स्पष्ट होगा कि स्पष्टता संवेदन का कोई स्वतंत्र गुण नहीं है और यह बहुत कुछ तीव्रता तथा अवधि के गुण पर आधारित है। जैसे– यदि कोई वस्तु को धुंधले रोशनी में बहुत ही कम समय के लिए दिखाया जाए और फिर उसी वस्तु को तीव्र रोशनी में अधिक समय तक के लिए, दिखाया जाए तो दूसरी परिस्थिति में पहली परिस्थिति की तुलना में अधिक स्पष्ट संवेदन होगा। इस तरह के उदाहरण अन्य संवेदन के प्रकारों से भी दिये जा सकते हैं।

(5) प्रसार *(Extensity)*—किसी भी संवेदन की उत्पत्ति में ज्ञानेन्द्रिय का जितना भाग उत्तेजित होता है उसे संवेदन का प्रसार कहा जाता है। प्रसार का गुण स्पर्श संवेदन में अधिक स्पष्ट ढंग से देखने को मिलता है। जैसे– यदि कोई व्यक्ति आप के शरीर के त्वचा को मात्र एक अंगुली से स्पर्श करे और फिर वही व्यक्ति आपके उसी स्थान के त्वचा को पाँचों अंगुलियों से स्पर्श करे, तो दूसरी परिस्थिति में पहली परिस्थिति की तुलना में संवेदन

का प्रसार अधिक होगा क्योंकि पाँच अंगुलियों से छुआ जाने वाला त्वचा का क्षेत्र निश्चित रूप से एक अंगुली द्वारा छुए गए त्वचा के क्षेत्र से अधिक बड़ा होगा। स्पष्ट है कि प्रसार संवेदन का एक ऐसा गुण है जो ज्ञानेन्द्रियों के उत्तेजित होने वाले क्षेत्र पर निर्भर करता है।

(6) **स्थानीय चिह्न** *(Local sign)*—व्यक्ति किसी भी संवेदन का मात्र अनुभव ही नहीं करता है बल्कि उसका स्थान निर्धारण (localization) भी कर लेता है। संवेदन के इस विशेषता को जिसके आधार पर व्यक्ति उसका स्थान बतला पाता है, स्थानीय चिह्न कहलाता है। जैसे—यदि कोई व्यक्ति पीछे से हमारे पीठ पर हाथ रखता है, तो हम बिना देखे ही यह निर्धारित कर पा सकने में समर्थ हो जाते हैं कि पीठ का अमुक भाग पर हाथ रखा जा रहा है। स्पर्श संवेदन के अलावा अन्य संवेदनों के भी कुछ स्थानीय चिह्न होते हैं जिसके आधार पर व्यक्ति उसका स्थान-निर्धारण कर पाता है।

स्पष्ट हुआ कि संवेदन के कई गुण हैं। इन गुणों के आधार पर संवेदन की विशिष्ट पहचान सम्भव हैं।

मानव आँख की रचना तथा कार्य
(Structure and Function of Human Eye)

मानव आँख की संरचना या बनावट फोटो खींचने वाले कैमरा की संरचना से मिलती-जुलती है। यह ऊपर से देखने में गोलाकार होता है परंतु पलकों से ढँका रहने के कारण इसका गोल आकार पूर्णतः हमें दिखाई नहीं देता। आँख के इस गोल आकार के कारण ही इसे **नेत्रगोलक** (eye ball) भी कहा जाता है। नेत्रगोलक में तीन परतें होती हैं और बीच की जगह खोखली होती है जो विशेष द्रव पदार्थ से भरी होती है। इस द्रव को *काचाभ* (viterous humour) कहा जाता है (चित्र 3.1 देखें)। इसी द्रव के कारण ही आँख गोलाकार तथा बाहर से फूली हुई मालूम होती है। नेत्रगोलक की प्रमुख तीन परतों का वर्णन निम्नांकित हैं—

(1) श्वेत पटल (Sclerotic coat)
(2) मध्य पटल (Choroid)
(3) दृष्टि पटल (Retina)

इन तीनों परतों का वर्णन निम्नांकित हैं—

(1) श्वेत पटल *(Sclerotic coat)*—नेत्र गोलक की सबसे ऊपरी सतह को श्वेत पटल कहा जाता है। संरचना के दृष्टिकोण से यह कड़ी एवं अपारदर्शी होती है। इसका रंग श्वेत होता है। श्वेत पटल के मुख्य दो कार्य हैं—

(i) यह नेत्रगोलक के भीतरी भागों की रक्षा करता है। अगर यह नहीं होता तो हमारी आँख में धूलकण या कीड़े-फतंगे गिरकर उसे घायल कर देते। श्वेत पटल इन चीजों को बाहर करके आँख को घायल होने से बचा लेता है।

(ii) चूँकि श्वेत पटत अपारदर्शी (आगे के हिस्सा को छोड़कर) होता है, अतः यह प्रकाश को चारों ओर से आँख में प्रवेश नहीं करने देता है। फलतः हम किसी वस्तु को ठीक ढंग से देख पाते हैं। श्वेत पटल का अगला भाग उभरा हुआ तथा पारदर्शी होता है। इसी से प्रकाश आँख में प्रवेश करता है। श्वेत पटल के इस अगले भाग को जो उभरा हुआ तथा पारदर्शी होता है, उसे कौर्निया (cornea) कहा जाता है। *कौर्निया में रक्त की आपूर्ति नहीं होती है।*

(2) मध्य पटल *(Choroid)*—श्वेत पटल के नीचे मध्य पटल होता है। इसका रंग प्रायः काला होता है। कुछ व्यक्तियों में मध्यपटल का रंग भूरा होता है। फलतः उसके नेत्र गोलक के बीच का भाग बाहर से भूरा दिखाई पड़ता है। मध्य पटल भी पूर्णतः अपारदर्शी होता है। अतः इससे भी प्रकाश का अन्दर प्रवेश सम्भव नहीं है। मध्यपटल के आगे का भाग भी थोड़ा उभरा हुआ है जिसे *परितारिका* (iris) कहते हैं। इस तरह से परितारिका कौर्निया के पीछे होता है। परितारिका के बीच में एक गोल छेद होता है जिसे *पुतली* (pupil) कहा जाता है। कौर्निया तथा परितारिका के बीच का भाग एक तरल पदार्थ से भरा होता है जिसे *जल द्रव* (aqueous humour) कहा जाता है। इसका द्रव प्रत्येक चार घंटों पर अपने आप परिवर्तित होते रहता है। कौर्निया में खून की आपूर्ति (supply) नहीं होती है। फलतः वह अपना पोषक पदार्थ इसी जल द्रव से प्राप्त करता है। कौर्निया से आता हुआ प्रकाश पुतली द्वारा ही आँख की भीतरी भाग में पहुँचता है। तीव्र रोशनी की स्थिति में पुतली सिकुड़ जाती है तथा कम रोशनी की स्थिति में पुतली फैल जाती है ताकि उपयुक्त मात्रा में रोशनी भीतर प्रवेश कर सके। पुतली के पीछे लेन्स होता है और *लेन्स में भी खून की आपूर्ति नहीं होती* है और यह अपना पोषक पदार्थ जल द्रव से ही प्राप्त करता है। लेन्स का काम पुतली द्वारा आने वाले रोशनी को आँख की भीतरी सतह के एक निर्धारित स्थान पर पहुँचाना है। फोटो खींचने वाले कैमरा के लेन्स के समान ही मानव आँख का लेन्स भी

किसी वस्तु की प्रतिमा को उल्टा करके आँख के भीतरी भाग के निर्धारित जगह पर पहुँचा देता है। इसका छोटा या बड़ा होना इसके दोनों किनारों पर स्थित मांसपेशियों पर निर्भर करता है। इन मांसपेशियों को *पक्ष्माभिकी मांसपेशी* (ciliary muscles) कहा जाता है। नजदीक की चीजों को देखने के लिए लेन्स छोटा हो जाता है तथा दूर की चीजों को देखने के लिए लेन्स बड़ा हो जाता है। इस प्रक्रिया को मनोविज्ञान में *समायोजन* (accomodation) कहा जाता है।

(3) दृष्टिपटल *(Retina)*—दृष्टिपटल नेत्र-गोलक की सबसे भीतरी सतह है तथा दृष्टि संवेदन के दृष्टिकोण से सबसे अधिक महत्त्वपूर्ण है। श्वेत पटल तथा मध्यपटल रोशनी को दृष्टिपटल तक पहुँचा देते हैं। दृष्टि पटल में दो तरह के प्रकाशग्राही कोशिकाएँ (light receptor cells) होती हैं— एक को *शलाकाएँ* (rods) तथा दूसरे को *सूचियाँ* (cones) कहा जाता है। मॉरिस (Morris, 1996) के अनुसार प्रत्येक आँख के दृष्टिपटल में शलाकाओं की संख्या करीब 120 मिलियन (Million) तथा सूचियों की संख्या करीब 8 मिलियन (Million) होती है। शलाकाएँ धूमिल रोशनी तथा रात में क्रियाशील होती है जबकि सूचियाँ तीव्र रोशनी में अधिक क्रियाशील होतीं हैं। शलाकाओं द्वारा हमें रंगहीन वस्तुओं का अर्थात् काले, श्वेत तथा धूसर रंग का ज्ञान होता है तथा रंगीन वस्तुओं का ज्ञान सूचियों द्वारा होता है। इसके अतिरिक्त शलाकाएँ (rods) तथा सूचियाँ (cones) एक-दूसरे से निम्नांकित ढंग से भी भिन्न हैं—

(i) सूचियाँ अधिकतर संख्या में फोविया (fovea) में पाये जाते हैं। फोविया में एक भी शलाका (rods) नहीं होता है। फोविया के बाहर शलाकाएँ अधिक संख्या में पायीं जातीं हैं। जैसे-जैसे फोविया से बाहर आते हैं और दृष्टिपटल के अंतिम छोर पर सूचियों की संख्या नगण्य हो जाती है जबकि शलाकाएँ विरल संख्या में उपलब्ध होतीं हैं।

(ii) शलाकाएँ एवं सूचियाँ इस बिन्दु पर भी एक-दूसरे से भिन्न होतीं हैं कि वे किस तरह से तंत्रिका कोश (nerve cell) से जुड़े हुए हैं जो मस्तिष्क में दृष्टि सूचना पहुँचातीं हैं। शलाकाएँ एवं सूचियाँ दोनों ही एक तरह के विशिष्ट तंत्रिका कोश जिसे द्विध्रुवीय कोश (bipolar cell) कहा जाता है, से जुड़े होते हैं। द्विध्रुवीय कोश फिर गैंगलियन कोश (ganglion cells) से सम्बन्धित होता है। गैंगलियन कोश वैसा कोश होता है जो आँख के द्विध्रुवीय कोश को मस्तिष्क से जोड़ता है या इस तरह से कहा जाय कि इसके माध्यम से दृष्टि सूचना आँख से मस्तिष्क में पहुँचता है। अधिकतर अगल-बगल की शलाकाएँ (rods) एक ही द्विध्रुवीय कोश से सम्बन्धित होकर अपना सम्बन्ध फिर गैंगलियन कोश से जोड़ती हैं जबकि प्रत्येक सूची (cone) अलग-अलग द्विध्रुवीय कोश से अपना सम्बन्ध स्थापित करके फिर गैंगलियन कोश से अपना सम्बन्ध स्थापित करता है।

(iii) रासायनिक संरचना के ख्याल से भी शलाकाएँ एवं सूचियाँ एक-दूसरे से भिन्न हैं। हालांकि सूचियाँ तथा शलाकाएँ दोनों में ही रोशनी-संवेदनशील (light sensitive) रसायन जिसमें दृष्टि रंजक (visual pigments) पाये जाते हैं, होते हैं शलाकाओं में रोडोपसिन (rhodopsin) अर्थात् दृष्टि रंजक की मात्रा तुलनात्मक रूप से अधिक होती है। यही कारण है कि शलाकाएँ सूचियों की तुलना में अधिक संवेदनशील होतीं है और धीमी-से-धीमी रोशनी में भी हम कुछ-न-कुछ देख पाते हैं। ऐसी परिस्थिति में सूचियाँ संवेदनशील नहीं होती है क्योंकि उनमें रोडोपसिन की मात्रा कम होती है।

(iv) शलाकाओं द्वारा रंगहीन संवेदन (colourless sensation) का अनुभव होता है जबकि सूचियों द्वारा रंगीन संवेदन होता है। इस तथ्य का सबूत हमें *पर्किन्जे प्रभाव* (Purkinje effect) में स्पष्ट रूप से देखने को मिलता है। इस प्रभाव में रोशनी की तीव्रता में कमी आने से एक रंग के चमकीलापन (brightness) में दूसरे रंग के चमकीलापन की अपेक्षा काफी कमी आती है। जैसे, रोशनी के सामान्य स्तर में लाल रंग तथा हरा रंग समान रूप से चमकीला दीखता है परंतु जब उन्हें धुंधला रोशनी में रखकर देखें तो यह हरा रंग लाल रंग की अपेक्षा अधिक चमकीला दिखता है। धुंधला रोशनी में सूचियों की तुलना में शलाकाएँ लाल रंग के प्रति कम संवेदनशील होतीं हैं, इसलिए शलाकाओं का ऐसे संवेदन (हरा रंग का लाल रंग की अपेक्षा अधिक चमकीला दीखना) में सम्पूर्ण योगदान तुलनात्मक रूप से अधिक होता है (Shaver & Tarpy, 1993)।

(v) आकार (size) में शलाकाएँ सूचियों की तुलना में छोटी होती है।

दृष्टिपटल में एक विशेष धंसी हुई स्थान है जहाँ सिर्फ सूचियाँ ही काफी अधिक मात्रा में पायी जाती है। इस स्थान को *फोविया* (fovea) कहा जाता है। मॉरिस (Morris, 1996) के अनुसार फोविया में लगभग 1,50,000 सूचियाँ होतीं हैं। फोविया का व्यास (diameter) लगभग 1/50 इंच होता है। जब किसी देखी जाने वाली वस्तु का प्रतिबिम्ब फोविया पर पड़ता है, तो वह बहुत अधिक स्पष्ट दिखलाई पड़ती है। यही कारण है कि इसे *स्पष्टतम दृष्टिबिन्दु* (point of clearest vision) भी कहा जाता है। फोविया के बाहर के क्षेत्रों में शलाकाएँ तथा सूचियाँ दोनों ही असमान संख्या में पायी जातीं हैं।

जब शलाकाएँ या सूचियाँ प्रकाश को ग्रहण करतीं हैं तो उनमें एक विशेष तंत्रिका आवेग (nerve impulse) उत्पन्न होता है जिसे दृष्टि तंत्रिका आवेग कहते हैं। तंत्रिका आवेग (nerve impulse) द्विध्रुवीय कोश (bipoler cell) होते हुए गैंगलियन कोश (ganglian cell) पहुँचती है तथा गैंगलियन कोश का सम्बन्ध दृष्टि तंत्रिका (optic nerve) से होता है। गैंगलियन कोश तीन प्रकार के होते हैं—X, Y तथा W कोश (cells)। X तथा Y कोश के विभिन्न परंतु पूरक गुण होते हैं। जैसे, X कोश फोविया में अवस्थित होते हैं जबकि Y कोश अक्षिपटल के परिधि में अवस्थित होते हैं, X कोश अत्यन्त ही सूक्ष्म प्रत्यक्षण में सक्रिय भूमिका निभाते हैं जबकि Y कोश गति के प्रत्यक्षण में सक्रिय भूमिका निभाते हैं। दृष्टिपटल (retina) में W कोश का वितरण X तथा Y कोश की तुलना में अधिक परिवर्त्य होता है तथा वर्तमान समय में इसके कार्यों के बारे में पूरी जानकारी नहीं है। दृष्टिपटल का वह भाग जहाँ से दृष्टि तंत्रिका निकलकर मस्तिष्क में जाती है, उसे अंध-बिन्दु (blind spot) कहा जाता है।

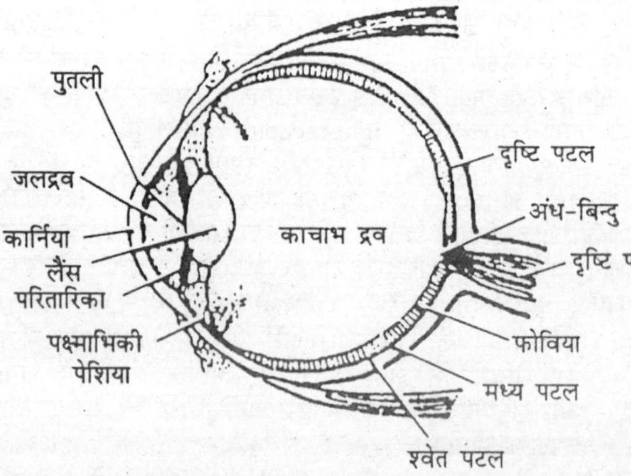

चित्र : 3.1

दृष्टि तंत्रिका, तंत्रिका आवेग को आँख से दृष्टि कॉर्टेक्स (visual cortex) जो मस्तिष्क के पीछे होता है, तक पहुँचता है। प्रत्येक दृष्टिपटल के भीतरी भागों से निकलने वाला तंत्रिका (nerve) एक-दूसरे को क्रॉस करते हुए विपरीत मस्तिष्कीय गोलार्द्ध (cerebral hemisphere) अर्थात् बायें दृष्टिपटल से निकलने वाला तंत्रिका दायें गोलार्द्ध तथा दायें दृष्टिपटल से निकलने वाला तंत्रिका बायें गोलार्द्ध में पहुँचता है। इस बिन्दु को *दृष्टि काइस्मा* (optic chiasma) कहा जाता है। दूसरे तरफ दृष्टिपटल के भीतरी भाग से निकलने वाला तंत्रिका अपने ही तरफ के गोलार्द्ध में पहुँचते हैं। दृष्टि काइस्मा (optic chiasma) के बाद दृष्टि तंत्रिका थैलेमस (thalamus) की एक विशेष संरचना जिसे लेट्रल जेनिकुलेट न्यूक्लि (lateral geniculate nuclie या LGN) कहा जाता है, में पहुँचता है। इसमें दो तरह के न्यूरोन्स (neurons) होते हैं—*पारभोसेलुलर न्यूरोन* (parvocellular neuron) तथा *मैगनोसेलुलर न्यूरोन* (magnocellular neuron)। LGN कोशों से होते हुए तंत्रिका आवेग अन्त में दृष्टि कॉर्टेक्स (visual cortex) में पहुँचता है जहाँ दृष्टि सूचनाओं का विशेष अर्थ निकाला जाता है और व्यक्ति को उद्दीपक का सही ज्ञान होता है।

स्पष्ट है कि आँख की रचना जटिल है। आँख से देखने की क्रिया सम्पन्न होने के लिए यह आवश्यक है कि रोशनी कौर्नियां से पुतली होते हुए लेन्स द्वारा दृष्टिपटल तक पहुँचे जहाँ शलाकाएँ एवं सूचियों के उत्तेजित होने से तंत्रिका आवेग उत्पन्न होता है जो दृष्टि तंत्रिका (optic nerve) से होते हुए मस्तिष्क में पहुँच कर संवेदन उत्पन्न करता है।

मानव आँख एवं फोटो खींचने वाला कैमरा की तुलना

मनोवैज्ञानिकों ने मानव आँख की संरचना तथा कार्य तथा एक फोटो खींचने वाला कैमरा की संरचना तथा कार्य में काफी समानता पाया है। कैमरा में शटर (shutter) के समान आँख की पलकें होती हैं जो आँख को धुल, अत्यधिक प्रकाश तथा गर्द आदि से बचाती हैं। जिस तरह कैमरा में प्रकाश डायफ्राम (diaphram) द्वारा प्रवेश करता है, ठीक उसी तरह प्रकाश आँख के भीतरी भागों में पुतली के द्वारा प्रवेश करता है। जिस प्रकार फोटो खींचने वाला व्यक्ति प्रकाश कम या अधिक होने पर डायफ्राम में आवश्यक परिवर्तन अर्थात् उसे छोटा या बड़ा करता है, ठीक उसी तरह प्रकाश के कम या अधिक होने पर पुतलियाँ भी बढ़तीं या सिकुड़तीं हैं। तीव्र रोशनी के प्रवेश करने पर पुतली फैल जाती है। कैमरा के ही समान आँख में लेंस भी होता है। कैमरा के समान आँख में भी प्रकाश लेंस होकर ही गुजरता है। जिस तरह से कैमरा

में वस्तु की छाया के लिए एक फिल्म होता है, ठीक उसी तरह आँख में भी किसी वस्तु की छाया के लिए अक्षिपटल (retina) होता है। फोटो खींचने वाला कैमरा के लेंस के समान ही मानव आँख का लेंस भी किसी वस्तु की प्रक्रिया को उल्टा करके आँख के भीतरी भाग अर्थात् अक्षिपटल (retina) पर प्रतिबिम्बित करता है। स्पष्ट हुआ कि फोटो खींचने वाला कैमरा तथा मानव आँख में काफी समानता है।

मानव कान की रचना तथा कार्य
(Structure and Function of Human Ear)

जब किसी प्रकार की ध्वनि हमारे कान में प्रवेश करती है, तो इसमें हमें श्रव्य संवेदन होता है। मानव कान की संरचना को मनोवैज्ञानिकों ने सुविधा के दृष्टिकोण से निम्नांकित तीन भागों में बाँटा है—

(क) बाह्य कर्ण (Outer ear), (ख) मध्य कर्ण (Middle ear), (ग) अन्तःकर्ण (Inner ear)।

इन तीनों भागों का वर्णन निम्नांकित हैं—

(क) बाह्य कर्ण *(Outer ear)*—बाह्य कर्ण कान का वह हिस्सा है जिसे हम बाहर से देखते हैं। इसे दो भागों में बाँटा गया है— पिन्ना (Pinna) तथा कान की नली (auditory canal)। इन दोनों का वर्णन निम्नांकित है—

(i) पिन्ना *(Pinna)*—पिन्ना कान वह हिस्सा है जो बाहर की ओर निकला होता है तथा ऊपर से नीचे की ओर पतला होते हुए गोलाकार होता है। साधारण अर्थ में उसे ही 'कान' कहा जाता है। पिन्ना का मुख्य कार्य ध्वनि तरंगों को जमा करके उसे कान की नली में भेजना होता है परंतु ऐसा देखा गया है कि इसकी अनुपस्थिति में भी ध्वनि तरंगें आसानी से कान की नली में प्रवेश कर जाती है। इसका मतलब यह हुआ कि पिन्ना द्वारा सुनने में बहुत ही कम योगदान होता है।

(ii) कान की नली *(Auditory canal)*—कान की नली बाहर से दिखाई देती है और इसकी लम्बाई करीब-करीब 25-26 मिलीमीटर की होती है। (चित्र 3.2 देखें) ध्वनि तरंगों जो पिन्ना द्वारा इकट्ठा की जाती है, इस कान की नली में प्रवेश करती है। कान की नली उन ध्वनि तरंगों को कान की झिल्ली या कणपट्ट (ear drum) तक पहुँचा देती है। ध्वनि तरंगें जब कर्ण-पट्ट से टकराती है तो इनसे कम्पन पैदा होते हैं क्योंकि यह झिल्ली अधिक कोमल एवं संवेदनशील होती है। कर्णपट्ट से मध्यकर्ण की शुरूआत हो जाती है।

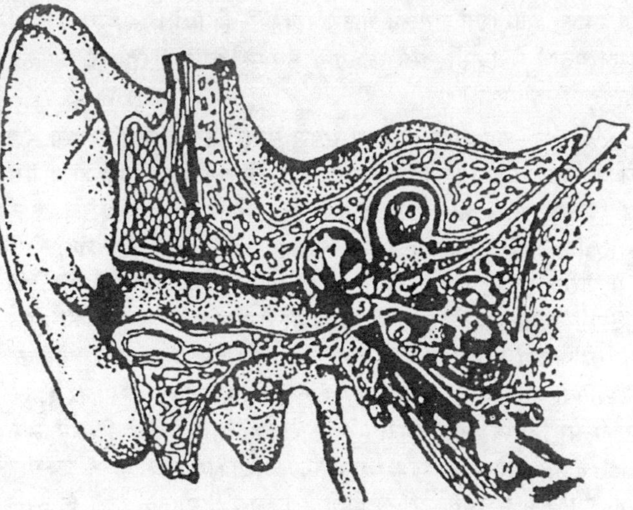

चित्र 3.2 मानव कान की रचना

[1. कान की नली, 2. कर्णपटक, 3. मुगदर, 4. निहाई, 5. रकाब, 6. गोल खिड़की, 7. अण्डाकार खिड़की, 8. अर्द्धवृत्ताकार नलिका, 9. कोक्लिया, 10. श्रवण-तंत्रिका तथा 11. कर्णकण्ठ-नली।]

(ख) मध्य कर्ण *(Middle ear)*—मध्य कर्ण की शुरूआत कर्णपट्ट से होती है। मध्यकर्ण एक छोटी-सी जगह है जो हवा से भरी होती है। हवा में भरी इस जगह को *कर्ण कोटर* (typanic cavity) कहा जाता है। इसमें कर्णपट्ट से सटी हुई तीन हड्डियाँ होती हैं— मुगदर (hammer), निहाई (anvil) तथा रकाब (stirrup)। मुगदर का एक छोर कान की झिल्ली से सटा होता है तथा दूसरा छोर निहाई के एक छोर से सटा होता है और निहाई का छोर रकाब से सटा होता है। रकाब का आखिरी भाग एक छेद से लगा हुआ होता है जिसे अंडाकार खिड़की (oval window) कहते हैं। ठीक इसी के बगल में एक दूसरा गोल छेद होता है जिसे गोल खिड़की (round window) कहते हैं। इसके बाद फिर अन्तःकर्ण (inner ear) प्रारम्भ हो जाता है।

जब ध्वनि तरंगें कान की झिल्ली को प्रकम्पित करतीं हैं तो इसे मुगदर, निहाई तथा रकाब की हड्डियाँ भी प्रकम्पित होने लगती हैं। इन तीनों हड्डियों में प्रकम्पन होने से ध्वनि की तीव्रता काफी बढ़ जाती है। फलस्वरूप, हमें उसका श्रवण संवेदन अधिक स्पष्ट होने की सम्भावना बढ़ जाती है। जब अंतिम हड्डी अर्थात् रकाब प्रकम्पित होती है तो प्रकम्पन अपने आप ही अंडाकार खिड़की के माध्यम से अन्तःकर्ण में प्रवेश कर जाता है।

मध्यकर्ण में एक विशेष नली भी होती है जिसे कर्णकण्ठनली (eustachain tube) कहा जाता है। यह नली मध्य कर्ण से कंठ तक जाती है। इसका प्रमुख कार्य कर्णपट्ट को तीव्र ध्वनि तरंगों के आघात से बचाना होता है। बहुत तीव्र आवाज होने पर, कान के अन्दर का प्रकम्पन इस नली के सहारे कंठ तक चला जाता है जो मुँह से बाहर निकल जाता है। यदि यह नली नहीं होती तो कर्णपट्ट तेज आवाज से फट जा सकता था।

(ग) अन्तःकर्ण *(Inner ear)*—यह कान का सबसे प्रमुख भाग है जो अंडाकार खिड़की (oval window) से प्रारम्भ होता है। अन्तःकर्ण में ही श्रव्य संवेदन की ग्राहक कोशिकाएँ (receptor cells) पाये जाते हैं। अन्तःकर्ण की क्रियाओं को ठीक से समझने के लिए इसके बनावट को दो भागों में बाँटा जा सकता है— अर्द्धवृत्ताकार नलिका (semi-circular canal) तथा कोक्लिया (cochlea) या कर्णावर्त्त। इन दोनों का वर्णन निम्नांकित है—

(1) अर्द्धवृत्ताकार नलिका *(Semi-circular canal)*—जब व्यक्ति किसी ध्वनि को सुनने की कोशिश करता है तो उस समय उसके शरीर की एक विशेष मुद्रा (posture) की जरूरत पड़ती है। अर्द्धवृत्ताकार नलिका वैसी मुद्रा बनाये रखने में मदद करती है। अतः अर्द्धवृत्ताकार नलिका यद्यपि कान में अवस्थित होती है, फिर भी उसका सम्बन्ध सुनने से नहीं होता है। इसका विशेष महत्त्व शारीरिक संतुलन बनाये रखने से होता है। सचमुच में इस नलिका में एक तरल पदार्थ भरा होता है। यदि इस तरल पदार्थ में किसी तरह की गति उत्पन्न हो जाती है, तो व्यक्ति का शारीरिक संतुलन नष्ट हो जाता है और वह लड़खड़ाने लगता है।

(2) कोक्लिया *(Cochlea)*—यह अन्तःकर्ण का सबसे मुख्य भाग है क्योंकि इसी में श्रव्य ग्राहक कोशिकाएँ होतीं हैं। देखने में कोक्लिया का आकार शंख या घोंघे की तरह ढाई तीन चक्कर लिए होता है। इसके भीतर तीन नलिकाएँ होतीं हैं जो एक-दूसरे से झिल्ली (membrane) द्वारा अलग होतीं हैं (देखें चित्र 3.3)। वे तीन नलिकाएँ हैं— वेस्टीब्युलर नलिका (vestibular canal), कोक्लियर नलिका (cochlear canal) तथा टिम्पैनिक नलिका (tympanic canal)। इन नलिकाओं में तरल पदार्थ भरा होता है। चित्र 3.3 से यह स्पष्ट है कि कोक्लियर नलिका की स्थिति वेस्टीब्युलर नलिका तथा टिम्पैनिक नलिका के बीच में होती है। वेस्टीब्लुयर नलिका की शुरूआत अंडाकार खिड़की की दूसरी ओर से होती है जो कोक्लिया के शीर्ष तक चली जाती है। इस शीर्ष से टिम्पैनिक नलिका शुरू हो जाती है। कोक्लियर नलिका तथा टिम्पैनिक नलिका के बीच एक झिल्ली होता है जिसे वेसीलर झिल्ली (basilar membrane) कहते हैं। इस वेसीलर झिल्ली पर आर्गन ऑफ कोर्टी (organ of corti) होती है जिसमें सेवार के घास के समान पतले-पतले केश कोशिकाएँ (hair cells) होतीं हैं। जब ध्वनि तरंगें अंडाकार खिड़की में प्रकम्पन उत्पन्न करती हैं तो इससे वेस्टीब्लुयर नलिका के तरल पदार्थ में हलचल उत्पन्न होती है जिससे टिम्पैनिक नली के तरल पदार्थ में भी हलचल होती है। इस हलचल से वेसीलर झिल्ली प्रकम्पित होती है और तब इस झिल्ली की कोशिकाएँ उत्तेजित हो जातीं हैं। इसके परिणामस्वरूप तंत्रिका आवेग उत्पन्न होते हैं जो श्रवण तंत्रिकाओं द्वारा मस्तिष्क में पहुँचते हैं। इसके फलस्वरूप हमें श्रवण संवेदन (auditory sensation) होता है।

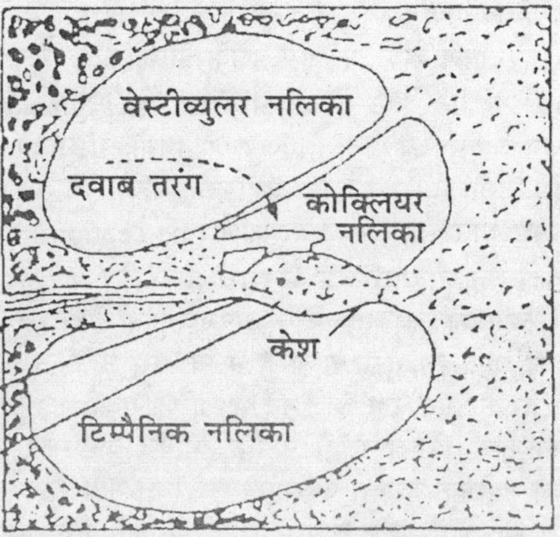

चित्र 3.3 : कोक्लिया का कटा हुआ चित्र

स्पष्ट हुआ कि मानव कान की रचना जटिल है। सुनने की प्रक्रिया भी कई चरणों में सम्पन्न होती है। बाह्य कर्ण ध्वनि तरंगों को संग्रहित करके मध्यकर्ण तक पहुँचाता है। मध्यकर्ण ध्वनि की तीव्रता को बढ़ा देता है तथा अन्तःकर्ण की केश कोशिकाएँ श्रवण तंत्रिका आवेग उत्पन्न कर उसे मस्तिष्क में भेज देता है जिससे श्रवण संवेदन उत्पन्न होता है। मानव कर्ण सिर्फ 20 हर्ज (Hertz or Hz) से लेकर 20,000 हर्ज (Hz) की ध्वनि को ही सुन पाता है। ध्वनि तरंग की तीव्रता इस सीमा से बाहर होने पर मानव कर्ण द्वारा उसका कोई श्रव्य संवेदन नहीं होता है।

प्रत्यक्षण का स्वरूप
(Nature of Perception)

प्रत्यक्षण एक महत्त्वपूर्ण मानसिक प्रक्रिया है। मनोविज्ञान व्यवहार एवं मानसिक प्रक्रियाओं (mental processes) के अध्ययन का विज्ञान है। व्यवहार एवं मानसिक प्रक्रियाओं का सही अध्ययन प्रत्यक्षण पर ही निर्भर करता है। प्रत्यक्षण की क्रिया संवेदन (sensation) की प्रक्रिया से प्रारम्भ होती है और किसी व्यवहार करने की क्रिया के पहले तक होती रहती है। अतः प्रत्यक्षण की प्रक्रिया संवेदन तथा व्यवहार करने की क्रिया के बीच की प्रक्रिया होती हैं।

प्रत्यक्षण को भिन्न-भिन्न लोगों ने अलग-अलग ढंग से परिभाषित किया है। जैसे, **एटकिन्सन, एटकिन्सन** तथा **हिलगार्ड**[1] (Atkinson, Atkinson & Hilgard, 1983) के अनुसार, ''प्रत्यक्षण एक ऐसी प्रक्रिया है जिसके द्वारा हमलोग वातावरण में उपस्थित उद्दीपकों की व्याख्या करते हैं तथा उसे संगठित करते हैं।'' **कोलमैन**[2] (Coleman, 1977) के अनुसार, ''प्रत्यक्षण एक ऐसी प्रक्रिया है जिसके द्वारा जीव को अपने आंतरिक अंगों तथा अपने वातावरण के बारे में सूचना मिलती है।'' इसी तरह की अनेक अन्य परिभाषाओं का समालोकन (review) करने के बाद हम इस निष्कर्ष पर पहुँचते हैं कि प्रत्यक्षण की एक विस्तृत (comprehensive) एवं तुलनात्मक रूप से अधिक वस्तुनिष्ठ (objective) परिभाषा इस प्रकार दी जा सकती है।

प्रत्यक्षण एक सक्रिय, चयनात्मक एवं संज्ञानात्मक मानसिक प्रक्रिया है जिसके द्वारा व्यक्ति को अपने आंतरिक अंगों (आंतरिक वातावरण) तथा बाह्य वातावरण में उपस्थित वस्तुओं का तात्कालिक अनुभव होता है।[3]

---

1. "Perception is the process by which we organize and interpret ... patterns of stimuli in the environment."
—Atkinson, Atkinson & Hilgard : *Introduction to Psychology,* 1983, p. 133

2. "Perception is the process by which an organism obtains information about the state of is own internal organs and states of the world about it."
—Coleman : *Introductory Psychology,* 1977, p. 32

3. "Perception is active, selective and cognitive mental process through which a person gains immediate experience of his own internal objects (internal environment) as well as objects present in external environment."
—Author

यदि इस परिभाषा का विश्लेषण किया जाय तो प्रत्यक्षण की प्रक्रिया का स्वरूप (nature) बिलकुल ही स्पष्ट हो जायेगा। इस परिभाषा का विश्लेषण करने पर हम इसके निम्नांकित मुख्य विशेषताओं पर पहुँचते हैं—

1. प्रत्यक्षण के लिये उद्दीपक का होना अनिवार्य है *(Stimulus is essential for perception)*—प्रत्यक्षण हमेशा किसी वस्तु, घटना या व्यक्ति का होता है। जिन व्यक्तियों, घटनाओं या वस्तुओं का प्रत्यक्षण होता है, उसे उद्दीपक (stimulus) की संज्ञा दी जाती है। जब कोई उद्दीपक व्यक्ति के सामने उपस्थित नहीं होगा, उसमें कोई संवेदन (sensation) नहीं होगा और फिर तब उनका प्रत्यक्षण (perception) भी नहीं होगा।

2. प्रत्यक्षण में उद्दीपक का तात्कालिक अनुभव होता है *(In perception immediate experience of objects take place)*—प्रत्यक्षण में उद्दीपकों का तात्कालिक अनुभव होता है। दूसरे शब्दों में, जब व्यक्ति के सामने कोई उद्दीपक उपस्थित होता है, तो उसका ज्ञान हमें तुरंत होता है न कि उस उद्दीपक के बारे में कुछ देर तक सोचने के बाद। जैसे, यदि कोई व्यक्ति कमरे में बैठकर पढ़ रहा है। इतने में यदि उसका भाई उस कमरे में प्रवेश करता है तो भाई के भीतर प्रवेश करते ही उसका प्रत्यक्षण हो जाता है न कि व्यक्ति कुछ देर सोचता है और तब भाई का उसे प्रत्यक्षण (perception) होता है। जो उद्दीपक व्यक्ति के सामने उपस्थित नहीं रहता है उसका हम प्रत्यक्षण नहीं कर सकते हैं। हाँ, उसके बारे में सोच अवश्य सकते हैं। यदि कारण है कि मॉर्गन, किंग तथा रॉबिन्सन[2] (Morgan, King & Robinson, 1981) ने प्रत्यक्षण को परिभाषित करते हुए कहा है, ''व्यक्तियों द्वारा किया गया तात्कालिक अनुभव (immediate experience) ही प्रत्यक्षण है।''

3. प्रत्यक्षण एक सक्रिय मानसिक प्रक्रिया *(Perception is an active mental process)*—मनोवैज्ञानिकों ने प्रत्यक्षण को एक सक्रिय मानसिक प्रक्रिया (active mental process) कहा है। सक्रिय मानसिक प्रक्रिया से तात्पर्य यह होता है कि किसी उद्दीपक का प्रत्यक्षण करते समय व्यक्ति का मस्तिष्क काफी सक्रिय होकर वस्तु या घटना की व्याख्या (interpretation) पूर्व अनुभूतियों (past experience) के संदर्भ में करता है। उदाहरणार्थ, 'आम' को देखकर मात्र आम का ही प्रत्यक्षण नहीं होता है बल्कि इसका विशेष गुण खट्टा या मीठा होने का भी हम प्रत्यक्षण करते हैं। हम आम देखते ही यह भी कहते हैं कि यह आम खट्टा या मीठा होगा। ऐसा इसलिए होता है क्योंकि प्रत्यक्षण एक सक्रिय मानसिक प्रक्रिया है जिसमें उद्दीपक (stimulus) का मात्र प्रतिनिधित्व (representation) ही नहीं होता है बल्कि मस्तिष्क सक्रिय रूप से (actively) पूर्व अनुभूतियों के संदर्भ में उसकी व्याख्या भी करता हे। यही कारण है कि एटकिन्सन, एटकिन्सन तथा हिलगार्ड (Atkinson, Atkinson & Hilgard, 1983) ने अपनी परिभाषा में कहा है कि प्रत्यक्षण में हम उद्दीपकों की व्याख्या (interpretation) भी करते हैं। इन्हीं कारणों से रुच[3] (Ruch, 1967) ने स्पष्टतः कहा है, ''प्रत्यक्षण एक सक्रिय प्रक्रिया है।''

4. प्रत्यक्षण एक संज्ञानात्मक प्रक्रिया है *(Perception is a cognitive process)*—मनोवैज्ञानिकों ने प्रत्यक्षण को एक संज्ञानात्मक प्रक्रिया (cognitive process) माना है। संज्ञानात्मक प्रक्रिया से तात्पर्य वैसी प्रक्रिया से होता है जिसके द्वारा हमें उद्दीपकों के बारे में ज्ञान प्राप्त होता है। कोलमैन (Coleman, 1977) ने प्रत्यक्षण के इस पहलू पर अधिक बल डाला है और स्पष्टतः कहा भी है कि प्रत्यक्षण द्वारा हमें आन्तरिक एवं बाह्य दोनों तरह के उद्दीपकों के बारे में ज्ञान प्राप्त होता है। बाह्य उद्दीपक वातावरण में होते हैं तथा आन्तरिक उद्दीपक शरीर के भीतर होते हैं। किताब, टेबुल, पेंसिल आदि बाह्य उद्दीपक के उदाहरण है तथा पेट ऐंठना, दिल की धड़कन आदि आन्तरिक उद्दीपक के उदाहरण हैं जिसका भी हमें प्रत्यक्षण होता है।

5. प्रत्यक्षण में उद्दीपकों को संगठित किया जाता है *(In perception stimuli are organized)*—प्रत्यक्षण में सिर्फ उद्दीपकों की व्याख्या ही नहीं की जाती है बल्कि उन उद्दीपकों का विशेष नियमों के आधार पर एक खास ढंग से संगठन (organisation) भी होता है। उदाहरणस्वरूप, यदि किसी व्यक्ति का एक हाथ दुर्घटना या किसी बीमारी के कारण काट दिया गया है और यदि वह व्यक्ति हमारे सामने उपस्थिति होता है तो इसे हम पूर्ण व्यक्ति के रूप संगठित (organised) कर ही उसका प्रत्यक्षण करते हैं। उसी तरह यदि हम किसी व्यक्ति के चेहरे (face) पर देखते हैं तो ऐसा

---

1. "Perception is what is immediate experienced by a person."

—Morgan, King & Robinson : *Introduction to Psychology,* 1981, p. 312

2. "Perception is an active process." —Ruch : *Psychology and life,* 1967. p. 300

नहीं होता है कि उसका होठ, आँख, भौं, ललाट, गाल सभी का हम अलग-अलग प्रत्यक्षण करते हैं। सच्चाई यह है कि इन सब का प्रत्यक्षण एक संगठित इकाई (organised unit) के रूप में हम करते हैं। मनोविज्ञान का एक विशेष स्कूल जिसे गेस्टाल्ट स्कूल (Gestalt school) कहा जाता है, द्वारा प्रत्यक्षण के इस पहलू (aspect) पर अधिक बल डाला गया है और प्रत्यक्षण में संगठन (organisation) के विशेष नियमों (principles) पर भी डाला गया है जिसकी चर्चा आगे इसी अध्याय में की जायेगी।

6. प्रत्यक्षण एक चयनात्मक प्रक्रिया है *(Perception is a selective process)*—प्रत्यक्षण एक चयनात्मक मानसिक प्रक्रिया (selective mental process) है। कैसे? किसी भी समय अनेकों उद्दीपक (stimuli) हमारे ज्ञानेन्द्रिय (Sense organ) को उत्तेजित करते हैं। परन्तु उनमें से सभी का हम प्रत्यक्षण नहीं कर पाते हैं। सच्चाई यह है कि हम उन्हीं उद्दीपकों का प्रत्यक्षण करते हैं जिनपर हम अवधान या ध्यान (attention) देते हैं। इसका मतलब यह हुआ कि प्रत्यक्षण में अवधान (attention) का काफी महत्त्व होता है। हम किसी वस्तु पर अपनी अभिरुचि (interest), आदत, प्रेरणा आदि के अनुसार ध्यान देते हैं जिसके फलस्वरूप उस उद्दीपक या वस्तु का प्रत्यक्षण हमें होता है। ऐसा भी होता है कि वस्तु या उद्दीपक में ही कुछ खास-खास गुण (characteristics) होते हैं जिसके कारण हम उसकी ओर ध्यान दे देते हैं और फिर उसका प्रत्यक्षण हमें हो जाता है। जैसे, सड़क पर चलते समय दुकान के अनेकों साइनबोर्ड नजर से गुजरते हैं। परन्तु वह साइनबोर्ड जिस पर बड़े अक्षरों में कुछ लिखा होता है, उस पर हमारा ध्यान जल्द चला जाता है और हम उस साइनबोर्ड का प्रत्यक्षण जल्द कर लेते हैं। ऐसा इसलिए होता है क्योंकि प्रत्यक्षण का स्वरूप चयनात्मक (selective) होता है।

निष्कर्ष तौर पर हम कह सकते हैं कि प्रत्यक्षण एक ऐसी सक्रिय चयनात्मक मानसिक प्रक्रिया है जिसमें उद्दीपकों (stimuli) द्वारा उत्पन्न संवेदन का हम अर्थ ही नहीं जोड़ते हैं बल्कि अपने पूर्व अनुभूति (past experience) के संदर्भ (context) में उनकी व्याख्या (interpretation) करते हैं एवं उसे कुछ खास-खास नियमों (principles) के आधार पर एक संगठित रूप (organised whole) भी देते हैं। अतः प्रत्यक्षण को मात्र संवेदन + अर्थ नहीं कहा जा सकता है, हालाँकि शुरू में कुछ लोगों का ऐसा ही विचार था।

प्रत्यक्षण के प्रमुख उपागम या सिद्धान्त
(Major Approaches or Theories of Perception)

प्रत्यक्षण की प्रक्रिया को पूर्णरूपेण समझने के लिए मनोवैज्ञानिकों ने मुख्यतः दो तरह के उपागम या सिद्धान्त का प्रतिपादन किया है जो निम्नांकित है—

1. गेस्टाल्ट उपागम या सिद्धान्त (Gestalt approach or theory)
2. निर्देश-अवस्था सिद्धान्त (Directive-state theory)

गेस्टाल्ट उपागम या सिद्धान्त
(Gestalt approach or Theory)

गेस्टाल्ट उपागम या सिद्धान्त का प्रतिपादन मनोविज्ञान के एक प्रमुख स्कूल गेस्टाल्ट मनोविज्ञान (Gestalt psychology) जिसमें वर्दाइमर (Wertheimer), कोहलर (Kohler), कौफ्का (Koffka) के नाम मशहूर हैं, द्वारा किया गया। गेस्टाल्ट उपागम की व्याख्या निम्नांकित चार भागों में बाँटकर की जा सकती है—

1. आकृति-पृष्ठभूमि प्रत्यक्षण (Figure-ground perception)
2. प्रत्यक्षज्ञानात्मक संगठन का नियम (Principles of perceptual organisation)
3. समाकृतिकता का सिद्धान्त (Principles of isomorphism)
4. क्षेत्र बल (Field forces)

इनकी व्याख्याएँ निम्नांकित हैं—

1. आकृति-पृष्ठभूमि प्रत्यक्षण *(Figure-ground perception)*—गेस्टाल्ट सिद्धान्त के अनुसार व्यक्ति किसी वस्तु का प्रत्यक्षण अलग-अलग रूप में न कर सम्पूर्ण रूप से (as a whole) करता है। इस सम्पूर्ण प्रत्यक्षण (whole perception) का अपना एक विशेष गुण होता है जो वस्तु के भिन्न-भिन्न हिस्सों (parts) के प्रत्यक्षण के विशेष गुण से भिन्न होता है। उदाहरणार्थ, व्यक्ति जब किसी दूसरे व्यक्ति के चेहरे को देखता है, तो उसके आँख, नाक, कान, होठ, भौं आदि (जो चेहरे के हिस्से हैं) को अलग-अलग नहीं देखता है। इतना ही नहीं, चेहरा का यानी सम्पूर्ण प्रत्यक्षण (whole perception) का अपना एक विशेष गुण होता है जो चेहरे के किसी भी हिस्से के गुणों से भिन्न होता है।

(a)

(b)

चित्र 3.4 : पलटावी आकृति (Reversible Figure)

जब व्यक्ति किसी वस्तु विशेष का प्रत्यक्षण करता है, तो उसे वस्तु-विशेष का कुछ भाग अत्यन्त स्पष्ट दिखलाई देता है तथा कुछ तुलनात्मक रूप से कम स्पष्ट दिखाई देता है। जो भाग अत्यन्त स्पष्ट दिखाई देता है उसे *आकृति* (figure) तथा जो भाग कम स्पष्ट दिखलाई देता है उसे *पृष्ठभूमि* (background) कहा जाता है। इस तरह के प्रत्यक्षण को *आकृति-पृष्ठभूमि प्रत्यक्षण* (figure-background perception) कहा जाता है। चित्र 3.4 में देखने से आकृति-पृष्ठभूमि प्रत्यक्षण का स्पष्ट उदाहरण मिलता है। चित्र 3.4 में दो आकृति (figure) तथा दो पृष्ठभूमि दिखलाई देती है। चित्र 3.4a का यदि उजला भाग आकृति (figure) के रूप में उभरता है तो व्यक्ति को फूलदान (flower vase) दिखाई पड़ता है तथा काला वाला भाग पृष्ठभूमि (background) के रूप में दिखलाई देता है, परन्तु जब काला वाला भाग स्पष्ट रूप से यानी आकृति (figure) के रूप में दिखलाई देता है, तो व्यक्ति को आमने-सामने हुए दो व्यक्तियों का चेहरा दिखलाई पड़ता है तथा उजला भाग पृष्ठभूमि (background) के रूप में दिखलाई पड़ता है। चित्र 3.4b पर यदि हम गौर से कुछ देर तक देखते हैं तो उजला भाग को आकृति के रूप में उभरने पर मानव चेहरा तथा काला भाग को आकृति के रूप में उभरने पर एक नर्तकी एवं एक नर्तक दिखाई देते हैं। ऐसे आकृतियों को 'पलटावी आकृति' (reversible figure) कहा जाता है। गेस्टाल्टवादियों ने आकृति (figure) तथा पृष्ठभूमि (background) में एक-दूसरे से स्पष्ट विभेद (distinction) इस ढंग से किया है—

(i) आकृति का एक निश्चित आकार (form) होता है जबकि पृष्ठभूमि आकारहीन (formless) होता है या यदि आकार होता भी है तो उससे किसी प्रकार की आकृति नहीं बनती है।

(ii) पृष्ठभूमि हमेशा आकृति (figure) के पीछे होता है और आकृति निश्चित आकार लिए हुए उसी पृष्ठभूमि पर उभरी हुई दिखलाई पड़ती है।

(iii) आकृति का निश्चित आकार होने के कारण वह अधिक प्रभावपूर्ण (impressive) तथा स्मरणीय होता है परन्तु पृष्ठभूमि चूँकि अस्पष्ट एवं अनिश्चित आकार का होता है, अतः वह प्रभावहीन होता है तथा उसका विस्मरण (forgetting) भी जल्दी हो जाता है।

(iv) आकृति का स्थान करीब-करीब निश्चित तथा सीमित होता है परन्तु पृष्ठभूमि पीछे की ओर अनन्त फैला होता है।

(v) गत्यात्मक (dynamically) रूप से भी आकृति (figure) तथा पृष्ठभूमि में अन्तर (difference) होता है। इसका मतलब यह हुआ कि एक परिस्थिति में जो वस्तु आकृति के रूप में दिखलाई देती है, थोड़े समय के बाद वही वस्तु फिर पृष्ठभूमि के रूप में दिखलाई देती है और पहले जो पृष्ठभूमि के रूप में दिखलाई दी थी वह अब आकृति (figure) के रूप में दिखलाई देती है।

गेस्टाल्ट स्कूल के अनुसार पलटावी आकृति (reversible figure)) का प्रत्यक्षण (perception) से प्रत्यक्षण के एक विशेष पहलू (aspect) जिसे *बहुस्थिरता* (multistability) कहा जाता है, का पता चलता है। बहुस्थिरता से तातपर्य इस बात से होता है कि एक ही उद्दीपक (stimulus) को यदि भिन्न-भिन्न ढंग से संगठित (organize) किया जाय तो इससे भिन्न-भिन्न तरह की आकृति (figure) का प्रत्यक्षण (perception) होता है। इस तरह का प्रत्यक्षण सिर्फ दृष्टि क्षेत्र (visual area) में ही नहीं बल्कि अन्य क्षेत्रों जैसे श्रवण (auditory area) आदि में भी होता है।

2. प्रत्यक्षणात्मक संगठन का नियम *(Principles of perceptual organisation)*—गेस्टाल्टवादियों का मत है कि प्रत्यक्षण में एक तरह का संगठन (organisation) पाया जाता है। जब भी व्यक्ति किसी वस्तु का प्रत्यक्षण करता है, उसे एक खास पैटर्न के रूप में संगठित पाता है। जब व्यक्ति उद्दीपकों को एक पैटर्न में संगठित देखता है, तो इसका गुण उन गुणों से भिन्न होता है जो उसके अंगों या हिस्सों (parts) के विश्लेषण के बाद प्राप्त होता है। प्रत्यक्षणात्मक संगठन दो तरह के नियमों (principles) द्वारा निर्धारित होता है— परिधीय नियम (peripheral principles) तथा केन्द्रीय नियम (central principles)। परिधीय नियम में उन नियमों को रखा जाता है जो उद्दीपक (stimulus) से सम्बन्धित होते हैं। जैसे, उद्दीपकों में सन्निकटता (proximity), समानता (similarity) निरंतरता (continuity), अच्छी आकृति (good form), रिक्ति (gap) आदि कुछ ऐसे गुण होते हैं जिनसे प्रत्यक्षण में संगठन उत्पन्न होता है। उद्दीपकों के इन गुणों से सम्बन्धित सभी नियम जन्मजात (inborn) होते हैं न कि व्यक्ति उसे अर्जित कर सीखता है। इसके अलावा कुछ केन्द्रीय नियम (central principles) भी हैं जिनसे प्रत्यक्षण में संगठन उत्पन्न होता है। इसमें अर्थ (meaning) अभिप्रेरण, मनोवृत्ति (attitude) आदि को रखा जाता है। इन नियमों को व्यक्ति अपने जीवन काल में अर्जित करता है। ये जन्मजात नहीं होते हैं। गेस्टाल्टवादियों द्वारा मूलतः परिधीय नियमों पर ही बल डाला गया है। इन लोगों का मत है कि प्रत्यक्षण में संगठन मूलतः परिधीय नियमों से ही होता है। ये सभी नियम मूल (primitive) तथा स्वाभाविक (natural) होते हैं जिसे व्यक्ति सीखता नहीं है। यही कारण है कि संगठन के इन नियमों को *मूल संगठन के नियम* (principles of primitive organisation) भी कहा जाता है। संगठन के प्रमुख नियम जिसपर गेस्टाल्टवादियों ने अधिक-से-अधिक बल डाला है, निम्नांकित हैं—

(i) सन्निकटता का नियम *(Principle of proximity or nearness)*—प्रत्यक्षणात्मक संगठन के इस नियम के अनुसार जो उद्दीपक एक-दूसरे उद्दीपक से समय या स्थान में नजदीक होते हैं, उन्हें व्यक्ति आपस में संगठित प्रत्यक्षण करता है और उन्हें एक स्पष्ट आकृति के रूप में देखता है। जैसे चित्र 3.5a में वर्गों के स्थानिक सन्निकटता (space nearness) से सभी वर्ग चार कॉलम में संगठित दिखते हैं जबकि चित्र 3.5b में वर्गों के स्थानिक सन्निकटता से सभी वर्ग तीन पंक्ति या कतार (row) में संगठित दिखते हैं।

(ii) एकरूपता या समानता का नियम *(Principle of similarity)*—इन नियम के अनुसार जो उद्दीपक एक-दूसरे के समान होते हैं, उन्हें व्यक्ति एक साथ संगठित कर प्रत्यक्षण करता है। जैसे, चित्र 3.5c में सभी काले वर्ग एक समूह में तथा सभी उजले वर्ग एक-दूसरे समूह में संगठित होकर कॉलम (column) का प्रत्यक्षण कराते हैं। उसी तरह से चित्र 3.5d में सभी क्रॉस तथा सभी वृत्त एक साथ संगठित दिखते हैं क्योंकि सभी वृत्त आपस में समान है तथा उसी तरह से सभी क्रॉस भी आपस में समान है।

(iii) सामंजस्य या सममिति का नियम *(Principle of symmetry)*—इसे *उत्तम आकृति* (good figure) का नियम भी कहा जाता है। इस नियम के अनुसार जो उद्दीपक अधिक सुडौल या सममित होता है उसे व्यक्ति एक स्पष्ट आकृति के रूप में संगठित देखता है। दूसरे तरफ जिन उद्दीपकों में सममिति नहीं होता है, उसे व्यक्ति एक स्पष्ट आकृति में संगठित नहीं देखता है। जैसे चित्र 3.5e में काला आकृति अधिक संगठित एवं सममित है जबकि उजला आकृति असममित (asymmetrical) है परंतु चित्र 3.5f में उजला आकृति अधिक सममित (symmetrical) एवं संगठित दीख पड़ता है जबकि काला आकृति अधिक असममित दीख पड़ता है।

(iv) अच्छी निरंतरता या उत्तम सातत्य का नियम *(Principle of good continuation)*—इस नियम के अनुसार जिन उद्दीपकों में या उद्दीपकों के अंशों में एक ही दिशा में जाने या आने की निरंतरता (continuity) पायी जाती है, उन्हें व्यक्ति एक समूह में संगठित प्रत्यक्षण करता है। जैसे, चित्र 3.5g में व्यक्ति सभी बिन्दुओं को एक कुंडलित (spiral) आकृति के रूप में प्रत्यक्षण इसलिए करता है क्योंकि सभी बिन्दुओं को एक निश्चित दिशा में प्रवाहित होते दिखलाया गया है। इन बिन्दुओं में एक निश्चित दिशा में सातत्य (continuity) का गुण मौजूद है।

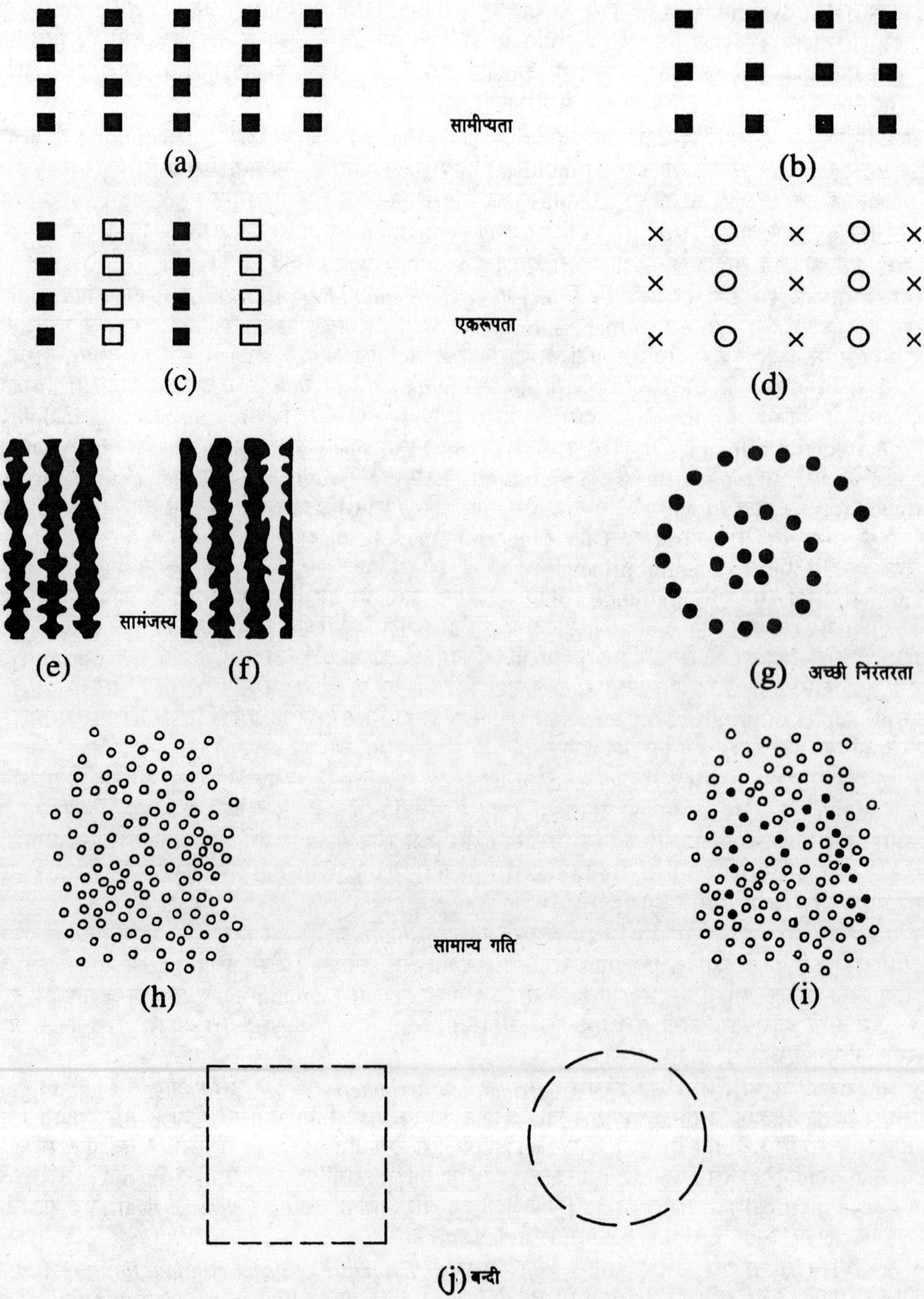

चित्र 3.5 : प्रत्यक्षणात्मक संगठन को दिखलाने के लिए कुछ विशेष आकृतियाँ

(v) सामान्य गति का नियम *(Principle of common fate)*—इस नियम के अनुसार दृष्टि क्षेत्र में उपस्थित उद्दीपकों में जब सामान्य गति या परिवर्तन होते पाया जाता है, तो उसे व्यक्ति एक खास पैटर्न में संगठित हुए प्रत्यक्षण करता है। चित्र 3.5h तथा 3.5i से इस नियम को दिखाने की कोशिश की गयी है। चित्र 3.5h में बिन्दुओं का एक यादृच्छिक बिखराव दिखलाया गया है तथा 3.5i में उन सभी बिन्दुओं में से कुछ बिन्दुओं को काला पर दिया गया जिसमें हमें अंग्रेजी का अक्षर 'M' का प्रत्यक्षण होता है। यदि इन काले बिन्दुओं में गति उत्पन्न कर दिया जाए तो इससे भी हमें अंग्रेजी का अक्षर 'M' का ही प्रत्यक्षण होगा जो इसलिए हो पायेगा क्योंकि इनमें एक सामान्य गति उत्पन्न हो जाती है या गेस्टाल्टवादियों के शब्दावली में उनमें सामान्य परिवर्तन या गति (common fate) उत्पन्न हो जाता है।

(vi) बन्दी का नियम *(Principle of closure)*—इस नियम के अनुसार व्यक्ति उद्दीपक में रिक्त स्थानों को अपनी ओर से भर कर उसे एक संगठित पैटर्न के रूप में देखता है। इस नियम की सक्रियता के कारण व्यक्ति उद्दीपक का एक सम्पूर्ण रूप को न कि उसके विभक्त रूप का प्रत्यक्षण करता है। चित्र 3.5j में हम एक वृत्त तथा एक वर्गाकार आयत का प्रत्यक्षण करते हैं हालांकि इनके प्रारूप में बहुत सारे रिक्तियाँ हैं। ऐसा इसलिए कर पाते हैं क्योंकि हम उन रिक्तियों को अपनी ओर से भरकर उसे एक सम्पूर्ण पैटर्न के रूप में देखते हैं।

इन नियमों के अलावा कुछ केन्द्रीय नियम (central principles) भी हैं जिनसे प्रत्यक्षण में संगठन उत्पन्न होता है। इनमें निम्नांकित प्रमुख हैं—

(i) अर्थ का नियम *(Principle of learning)*—व्यक्ति जिन उद्दीपकों का अर्थ समझता है उसे वह एक निश्चित पैटर्न में संगठित देखता है। जैसे, नीचे की पंक्ति को व्यक्ति शब्दों के अर्थ के अनुसार तुरंत अलग-अलग करके एक निश्चित पैटर्न के रूप संगठित कर प्रत्यक्षण कर लेता है—

THEKINGWENTTOPALACE

उक्त तरह का अर्थपूर्ण संगठन केवल शाब्दिक सामग्रियों तक ही सीमित नहीं होता है बल्कि आकृतियों में भी व्यक्ति इस तरह का संगठन उपस्थित कर उसे एक पैटर्न के रूप में देखता है।

(ii) वृत्ति का नियम *(Principle of set)*—जब व्यक्ति किसी उद्दीपक पर देखता है तो उससे उसके मन से एक विशेष तरह की मानसिक वृत्ति (mental set) उत्पन्न हो जाता है, जिसके कारण वह उद्दीपकों को संगठित करके उसे एक निश्चित पैटर्न के रूप में देखता है। वृत्ति उत्पन्न हो जाने पर उद्दीपक में कुछ परिवर्तन भी यदि हो जाता है तो व्यक्ति उसे पहले के रूप में ही देखता है। जैसे, लीपन (Leapen, 1935) ने प्रयोज्य की एक विशेष चित्र दिखलाया और फिर उसमें कुछ परिवर्तन करके उसी चित्र को दोबारा दिखलाया। परिणाम में देखा गया कि चित्र में परिवर्तन हो जाने के बावजूद भी प्रयोज्य को अधिकतर समय में पहला चित्र ही दिखाई देता रहा है जिसका स्पष्ट कारण पहला चित्र देखने से उत्पन्न उसमें विशेष वृत्ति (set) थी।

(iii) अर्थगर्भता का नियम *(Law of Pregnance or Pragnanz)*—इस नियम के अनुसार सभी व्यक्तियों में एक जन्मजात प्रवृत्ति होती है जो प्रत्यक्षण किये जाने वाले उद्दीपकों से अधिकाधिक अर्थ का अनुभव करने की प्रेरणा प्रदान करती है। सममिति (symmetry), उत्तम आकृति (good figure), बन्दी (closure), निरंतरता (continuity) आदि का इस नियम से सीधा सम्बन्ध है। उद्दीपकों के इन सभी गुणों के सहारे व्यक्ति एक तरह का अर्थ **'ढूँढने का प्रयास'** (effort after meaning) करता है जिसमें सफलता मिलते ही वह उद्दीपकों को एक निश्चित पैटर्न के रूप में संगठित कर उसका प्रत्यक्षण करता है। जैसे, अग्रांकित की दो पंक्तियों को देखें—

राम, आकाश, पिता, पेड़
राम, आम, बाजार, लाना।

उसमें ऊपर की पंक्ति में अर्थगर्भता नहीं है जबकि नीचे की पंक्ति में अर्थगर्भता अधिक है। फलस्वरूप दूसरी पंक्ति के शब्दों में आपसी सम्बन्ध स्थापित करना आसान है जिसके चलते उसे हम तुरंत ही पूर्ण वाक्य के रूप में संगठित कर उसका प्रत्यक्षण कर स्मरण कर लेते हैं।

(iv) प्रेरणात्मक नियम *(Motivational principles)*—अनेक ऐसे प्रयोग किये गये हैं जिनसे यह स्पष्ट हुआ है कि प्रत्यक्षणात्मक संगठन पर व्यक्ति के अभिप्रेरण जैसे, भूख, प्यास तथा व्यक्ति के मूल्य (values) आदि का तीव्र प्रभाव पड़ता है। इन कारकों से व्यक्ति का प्रत्यक्षण संगठित हो जाता है और उससे उद्दीपक में एक निश्चित पैटर्न दीख

पड़ता है। इन कारकों का वर्णन आगे निर्देश-अवस्था सिद्धान्त (directive state theory) में विस्तृत रूप से किया गया है।

गेस्टाल्टवादियों द्वारा प्रतिपादित प्रत्यक्षणात्मक संगठन की व्याख्या में केन्द्रीय नियमों की अवहेलना की गयी है। ये सभी नियम इस बात की ओर संकेत करते हैं कि प्रत्यक्षणात्मक संगठन की प्रक्रिया कुछ अर्जित कारकों से प्रभावित होता है। गेस्टाल्टवादियों ने इन अर्जित कारकों के महत्त्व को अस्वीकृत कर दिया है।

3. समाकृतिकता का सिद्धान्त *(Principle of isomorphism)*—गेस्टाल्टवादियों द्वारा प्रतिपादित समाकृतिकता का नियम एक महत्त्वपूर्ण नियम है। समाकृतिकता का नियम यह बतलाता है कि व्यक्ति जिस घटना या वस्तु का प्रत्यक्षण करता है, उससे मस्तिष्क के सम्बन्धित क्षेत्र में भी कुछ परिवर्तन होता है और इन दोनों के बीच अर्थात घटना या वस्तु जिसका प्रत्यक्षण किया जा रहा है तथा मस्तिष्क में हुए परिवर्तन के बीच एक सीधा (direct) एवं स्पष्ट (clear) सम्बन्ध (relationship) पाया जाता है। इस व्याख्या से यह स्पष्ट है कि प्रत्यक्षण के दो पहलू (aspects) होते हैं— एक प्रत्यक्षज्ञानात्मक क्षेत्र (perceptual field) तथा दूसरा मस्तिष्क क्षेत्र (brain field)। समाकृतिकता का नियम यह बतलाता है कि इन दोनों के बीच एक सीधा सम्बन्ध (direct relationship) होता है। वुडवर्थ (Woodworth, 1948) ने इन दोनों क्षेत्रों (fields) के बीच के सम्बन्ध को देश (country) तथा उसके नक्शे (map) के सम्बन्ध के साथ तुलना किया है और जिस तरह किसी देश का क्षेत्र तथा उसी देश के नक्शे का क्षेत्र (यद्यपि दोनों एक ही चीज नहीं है क्योंकि वास्तविक क्षेत्र बहुत बड़ा होता है और नक्शे का क्षेत्र बिल्कुल ही छोटा होता है) में सीधा सम्बन्ध होता है ठीक उसी प्रकार प्रत्यक्षज्ञानात्मक क्षेत्र (perceptual field) तथा मस्तिष्क क्षेत्र (brain field) में एक सीधा सम्बन्ध होता है। अब एक उदाहरण लीजिए— अंधेरे में यदि दो बल्ब को (जो एक-दूसरे से नजदीक में रखे गये हैं) एक खास समय अंतराल (time interval) पर बारी-बारी से जलाया जाता है, तो देखने वाले व्यक्ति को ऐसा महसूस होता है कि एक निश्चित दिशा में बल्ब घूम (move) रहा है। इसका स्पष्ट ज्ञान हमें उस समय होता है जब किसी उत्सव के मौके पर घर या सिनेमा घरों को विशेष रूप से भिन्न-भिन्न प्रकार के बल्बों में सजाया जाता है और ऐसा लगता है कि बल्ब एक दिशा से दूसरी दिशा में घूम रहा है। वर्दाईमर (Wertheimer, 1948) ने इसे *फाई-घटना* (phi-phenomenon) की संज्ञा दी है। वर्दाईमर (Wertherimer) जिन्हें गेस्टाल्ट स्कूल का जनक (father of Gestalt school) भी कहा जाता है, का विचार था कि जब हमारे प्रत्यक्षज्ञानात्मक क्षेत्र (perceptual field) में दो बल्ब एक निश्चित दिशा में घूमते नजर आते हैं, तो ठीक इसी ढंग से इन दोनों उद्दीपकों से सम्बन्धित मस्तिष्क में भी दो क्षेत्र (fields) होते हैं जो एक-दूसरे को ठीक उसी प्रकार से प्रभावित करते हैं जैसे एक बल्ब की रोशनी दूसरे बल्ब की रोशनी को। अतः समाकृतिकता के सिद्धान्त के अनुसार मस्तिष्क एक तरह का गत्यात्मक क्षेत्र (dynamic field) होता है।

गेस्टाल्टवादियों ने समाकृतिकता (isomorphism) के समर्थन में कुछ प्रयोगात्मक सबूत (experimental evidences) भी प्रदान किये हैं। कोहलर तथा होल्ड (Kohler & Held, 1949) ने एक प्रयोग किया जिसमें उन्होंने प्रयोज्य (subject) के मस्तिष्क के दृष्टि क्षेत्र (visual area) से EEG (Electroencephalogram) यानी मस्तिष्क तरंग (brain waves) को रिकार्ड (record) किया। जब प्रयोज्य के सामने रखे गये वस्तु (object) जिसका वह दृष्टि प्रत्यक्षण (visual perception) कर रहा था, में गति उत्पन्न किया गया तो इससे मस्तिष्क तरंग (brain waves) में भी कुछ परिवर्तन (changes) आ गये। इससे साबित होता है कि प्रत्यक्षज्ञानात्मक क्षेत्र (perceptual field) तथा मस्तिष्क क्षेत्र (visual field) में सीधा सम्बन्ध (direct relationship) होता है।

उपर्युक्त तथ्यों से स्पष्ट हो जाता है कि गेस्टाल्टवादियों ने प्रत्यक्षण (perception) की व्याख्या दैहिक (physiological) एवं तंत्रिका-सम्बन्धी कारकों (neurological factors) के रूप में किया है तथा इसके लिए उपयुक्त (appropriate) प्रयोगात्मक सबूत भी प्रदान किये हैं।

4. क्षेत्र बल *(Field forces)*—गेस्टाल्टवादियों ने दृष्टि क्षेत्र (visual field) में दो प्रकार के बलों (forces) की कल्पना की है जिनकी कार्यवाहियों से दृष्टि क्षेत्र का कुछ भाग आकृति (figure) के रूप में तथा बाकी भाग पृष्ठभूमि (background) के रूप में दिखलाई देती है। ये दोनों बल हैं—संसजक बल (cohesive force) तथा अवरोधक बल (restraining forces)। दृष्टि क्षेत्र में उपस्थित उद्दीपकों (stimuli) के स्वरूप (nature) के फलस्वरूप इन दोनों तरह के बलों (forces) की उत्पत्ति होती है। ऐसे अनेक उद्दीपकों में से कुछ उद्दीपक एक-दूसरे के समान होते हैं तथा कुछ उद्दीपक एक-दूसरे से बिलकुल भिन्न होते हैं। सभी समान (similar) उद्दीपक एक-दूसरे के प्रति आकर्षित होते हैं और उसमें मिल जाने की प्रवृत्ति (tendency) होती हैं। इस तरह की प्रवृत्ति को संसंजक बल (cohesive force) कहा जाता

है। इस तरह से संसंजक बल का काम समान उद्दीपकों को आपस में मिलाना होता है ताकि उद्दीपक अधिक-से-अधिक स्पष्ट रूप से देखा जा सके। जब हम किसी वस्तु का प्रत्यक्षण करते हैं तो वस्तु का कुछ भाग आकृति (figure) के रूप में इसी संसंजक बल के कारण दिखलाई पड़ता है।

दृष्टि क्षेत्र में उपस्थित अनेकों उद्दीपकों में से कुछ उद्दीपक ऐसे भी होते हैं जो एक-दूसरे से भिन्न होते हैं। इस प्रकार की भिन्नता से अवरोधक बल (restraining force) उत्पन्न होता है जिसका मुख्य काम उद्दीपकों को अलग-अलग रखना होता है। सच पूछा जाय तो जब हम किसी वस्तु का प्रत्यक्षण करते हैं, तो संसंजक बल (cohesive force) तथा अवरोधक बल (restraining force) दोनों ही क्रियाशील (active) होते हैं। उदाहरणस्वरूप, आकृति-पृष्ठभूमि (figure-background) के प्रत्यक्षण को लें। जब हम उद्दीपक क्षेत्र के कुछ भाग या हिस्सों को आकृति के रूप में देखते हैं, तो इसका मतलब यह हुआ कि उद्दीपक के इस भाग या हिस्से में संसंजक बल (cohesive force) कार्य कर रहा है तथा कुछ भाग या हिस्से को पृष्ठभूमि के रूप में देखते हैं जिसका स्पष्ट मतलब यह हुआ कि उद्दीपक के इस भाग या हिस्सा में अवरोधक बल (restraining force) कार्य कर रहा है। इस अवरोधक बल के कारण उद्दीपक का कुछ भाग अस्पष्ट तथा अलग-अलग दिखलाई देता है जिससे पृष्ठभूमि (background force) का निर्माण होता है।

कोहलर (Kohler, 1930) के अनुसार प्रत्यक्षण में दोनों बलों अर्थात संसंजक बल तथा अवरोधक बल का रहना आवश्यक है। थोड़ी देर के लिए मान लिया जाए उद्दीपक क्षेत्र या दृष्टि क्षेत्र में सिर्फ संसंजक बल (cohesive force) ही काम कर रहा है, तो ऐसी परिस्थिति में सभी उद्दीपक अपना-अपना स्वतंत्र अस्तित्व (independent existence) खोकर इस तरह मिल जायेंगे कि उनका स्पष्ट प्रत्यक्षण सम्भव नहीं है। उसी तरह से यदि उद्दीपक क्षेत्र में सिर्फ अवरोधक बल (restraining force) ही काम कर रहा है, तो ऐसी परिस्थिति में उद्दीपक के सभी भाग एक-दूसरे से इतना अलग-अलग हो जायेंगे कि वे वास्तव में निरर्थक हो जायेंगे और उनका सही प्रत्यक्षण करना कठिन हो जायेगा।

उद्दीपक क्षेत्र (stimulus field) की संसंजक तथा अवरोधक बलों की अपनी-अपनी सबलता (strength) होती है जो निम्नांकित चार नियमों (laws) द्वारा निर्धारित होती है।

(i) यदि उद्दीपकों के बीच गुणात्मक समानता (qualitative similarity) अधिक होती है, तो उससे संसंजक बल की सबलता भी अधिक (और इसके विपरीत अवरोधक बलों की सबलता कम) होती है। जैसे, किताब के किसी पेज पर मात्र एक शब्द लाल स्याही से यदि छपा है और वही शब्द दूसरी जगह अन्य सभी शब्दों के समान काली स्याही से छपा है, तो हम लाल स्याही वाले 'शब्द' को पहले देखते हैं क्योंकि इस शब्द के सभी अक्षर लाल हैं (अर्थात् उनमें गुणात्मक समानता है)।

(ii) यदि उद्दीपकों के बीच तीव्रता (intensity) की समानता होती है, तो इससे संसंजक बल (cohesive force) की सबलता काफी अधिक होती है। अगर लाल कागज पर एक ऐसे लाल स्याही से ही कुछ लिखा जाये कि स्याही सूखने के बाद अक्षरों की चमक (brightness) का स्तर तथा कागज की चमक का स्तर (level) समान हो जाता है, तो ऐसी परिस्थिति में लिखे गये वाक्य या शब्द को ठीक ढंग से नहीं पढ़ा जा सकता है क्योंकि संसंजक बल की सबलता दोनों उद्दीपकों की तीव्रता में समानता के कारण काफी अधिक है।

(iii) यदि दो उद्दीपकों के बीच में स्थान की समानता (nearness) होती है, तो इससे भी संसंजक बल अधिक होता है।

(iv) यदि दो उद्दीपकों के बीच में समय की समीपता होती है, अर्थात् एक उद्दीपक के तुरंत बाद दूसरा उद्दीपक आता है, तो इससे भी संसंजक बल अधिक होता है।

नियम तीन तथा चार का एक संयुक्त उदाहरण हम फाई-घटना (phi-phenomenon) में पाते हैं। जब कई बल्बों को एक-दूसरे के समीप रखकर एक खास समय अन्तराल (time interval) पर जलाया तथा बुझाया जाता है, तो हमें लगता है कि एक बल्ब एक जगह से दूसरी जगह एक खास दिशा में घूम रहा है। इस उदाहरण में संसंजक बल उद्दीपकों में स्थान की समीपता तथा समय की समीपता दोनों के कारण उत्पन्न हो रहा है।

ब्राउन तथा भोथ (Brown & Voth, 1973) ने संसंजक बल (cohesive force) तथा अवरोधक बल (restraining force) द्वारा प्रत्यक्षण में किये गये कार्यों का गणितीय विश्लेषण (mathematical analysis) किया है। इनलोगों ने उद्दीपक क्षेत्र में किसी भाग या हिस्से द्वारा उत्पन्न सभी संसंजक बल के योग (sum) को Σc तथा उसी उद्दीपक क्षेत्र के अन्य भागों या हिस्सों द्वारा उत्पन्न सभी अवरोधक बल के योग (sum) को Σr का संकेत देकर निम्नांकित तीन तरह की

परिस्थितियों का वर्णन किया है जिसमें प्रत्यक्षण का स्वरूप भी अलग-अलग होता दीख पड़ता है—

(i) पहली परिस्थिति में Σc तथा Σr बराबर हो सकते हैं ($\Sigma c = \Sigma r$)। इस तरह की परिस्थिति में प्रत्यक्षण की प्रक्रिया नहीं के बराबर होगी क्योंकि दोनों तरह के बल समान रूप से सबल होने पर प्रत्यक्षज्ञानात्मक शक्ति (perceptual energy) नहीं होती है। प्रत्यक्षज्ञानात्मक शक्ति से यहाँ तात्पर्य प्रत्यक्षण करने की क्षमता से होती है।

(ii) दूसरी परिस्थिति में Σc की मात्रा Σr की मात्रा से अधिक हो सकती है ($\Sigma c > \Sigma r$)। इस परिस्थिति में प्रत्यक्षण में उद्दीपकों का एक स्पष्ट एवं स्थायी (stable) आकृति एक निश्चित पृष्ठभूमि पर दिखलाई देती है। दूसरे शब्दों में, इस तरह की परिस्थिति में आकृति-पृष्ठभूमि (figure-ground) का प्रत्यक्षण स्पष्ट होता है।

(iii) तीसरी परिस्थिति में Σc की मात्रा Σr की मात्रा से कम हो सकती है ($\Sigma c < \Sigma r$)। ऐसी परिस्थिति में उद्दीपकों का प्रत्यक्षण अस्पष्ट एवं अस्थायी (unstable) होता है।

ऊपर में जिन दो क्षेत्र बलों (field forces) की व्याख्या की गयी है, उन पर ध्यान देने से यह स्पष्ट हो जाता है कि गेस्टाल्टवादियों के महत्त्वपूर्ण संप्रत्ययों (concepts) में यह एक है।

गेस्टाल्ट सिद्धान्त (Gestalt theory) को ध्यान में रखते हुए हम इस निष्कर्ष पर पहुँचते हैं कि गेस्टाल्टवादियों ने अपने अध्ययन (studies) एवं विभिन्न नियमों (principles) के आधार पर प्रत्यक्षण (perception) की व्याख्या अधिक सरल एवं सामान्य बना दिया है। लुनडीन (Lundin, 1985) के अनुसार गेस्टाल्ट सिद्धान्त ने प्रत्यक्षण के क्षेत्र में किये गये विश्लेषण को एक 'नयी भेंट' (new look) दिया है। इसके बावजूद भी गेस्टाल्ट सिद्धान्त की कुछ आलोचनाएँ (criticism) की गयी हैं जो निम्नांकित है—

(i) यद्यपि गेस्टाल्टवादियों ने अपने तथ्य (facts) के समर्थन में प्रयोग किया है फिर भी उनके अधिकतर प्रयोग (experiments) ऐसे हैं जिनमें मनोवैज्ञानिकों ने विधि (methodology) से सम्बन्धित अनेक त्रुटियाँ (errors) पायी हैं जिसके परिणामस्वरूप उनके प्रयोगों से प्राप्त निष्कर्ष काफी विश्वसनीय (reliable) तथा निर्भरयोग्य (dependable) नहीं है।

(ii) गेस्टाल्टवादियों ने प्रत्यक्षण में सीखना (learning) के महत्त्व को स्वीकार नहीं किया है। इस तथ्य की भी आलोचना अनेकों मनोवैज्ञानिकों ने की है। इन आलोचकों का मत है कि प्रत्यक्षण की प्रक्रिया सीखने (learning) या पूर्व अनुभूति (past experience) के अभाव में भी सही नहीं होगी एवं हमेशा अधूरी ही रहेगी।

(iii) आलोचकों का मत है कि गेस्टाल्टवादियों के समाकृतिकता का सिद्धान्त (theory of isomorphism) मात्र एक दैहिक पूर्वकल्पना (physiological assumption) है। इन लोगों ने कहा है कि निश्चित ही यह एक महत्त्वपूर्ण व्याख्या है परन्तु इसके सबूत परोक्ष (indirect) हैं। इस सिद्धान्त पर पूर्णरूपेण निर्भर करना सम्भव नहीं है।

(iv) गेस्टाल्ट मनोवैज्ञानिकों द्वारा प्रतिपादित संगठनात्मक नियम द्वारा प्रत्यक्षण का वर्णन होता है परंतु उसकी व्याख्या नहीं होती है। हम यह तो समझ पाते हैं कि किस तरह का संगठन (organisation) उत्पन्न हो रहा है परंतु यह नहीं समझ पाते हैं कि ऐसा संगठन क्यों उत्पन्न हो रहा है।

(v) गेस्टाल्ट सिद्धान्त का तर्क है कि उद्दीपक के गुण या विशेषताओं के कारण प्रत्यक्षणात्मक संगठन उत्पन्न होता है। आधुनिक मनोविज्ञानियों द्वारा किये गए अध्ययनों से यह स्पष्ट हुआ है कि प्रत्यक्षणात्मक संगठन सिर्फ उद्दीपक के उन गुणों या विशेषताओं पर आधारित नहीं होता है बल्कि व्यक्ति द्वारा उन गुणों की प्रदत्त व्याख्या पर भी आधारित होता है। उदाहरणस्वरूप, रॉक एवं ब्रोसगोल (Rock & Brosgole, 1964) ने अपने अध्ययन में पाया कि समानता का निर्णय (similarity judgement) पर स्पष्टतः आकार स्थिरता सूचना (size constancy information) का प्रभाव पड़ता है।

(v) केन्नेडी (Kennedy, 1974) ने अपने अध्ययन के आधार पर यह बतलाया है कि संकेत (hints) का प्रभाव आकृति-पृष्ठभूमि प्रत्यक्षण (figure-background perception) पर काफी गहरा पड़ता है। केन्नेडी के अनुसार जब संकेत का प्रभाव आकृति पृष्ठभूमि प्रत्यक्षण पर इतना जोरदार पड़ता है तो स्पष्टतः इस तरह के प्रत्यक्षण को मौलिक तथा जन्मजात नहीं माना जा सकता है।

इन आलोचनाओं के बावजूद प्रत्यक्षण में गेस्टाल्ट सिद्धान्त (Gestalt theory) का योगदान काफी महत्त्वपूर्ण रहा है। आज भी जब हम प्रत्यक्षण के किसी पहलू पर चर्चा प्रारम्भ करते हैं, तो गेस्टाल्ट स्कूल का नाम हम सबसे पहले लेते हैं।

निदेश-अवस्था सिद्धान्त
(Directive-State Theory)

निदेश-अवस्था सिद्धान्त का प्रतिपादन प्रत्यक्षण के गेस्टाल्ट सिद्धान्त विरोध में हुआ। इस सिद्धान्त के प्रतिपादकों जिसमें ब्रुनर (Bruner, 1951), शेफर तथा मर्फी (Schafer & Murphy, 1943), ब्रुनर तथा पोस्टमैन (Bruner & Postman, 1947) आदि का नाम प्रमुख है, का कहना है कि गेस्टाल्टवादियों की विचारधारा से प्रत्यक्षण की व्याख्या ठीक ढंग से नहीं हो पाती है। इन लोगों का यह भी मत है कि एक तरफ तो गेस्टाल्टवादियों द्वारा प्रत्यक्षण में पूर्ण क्षेत्र (whole field) के संप्रत्यय पर अधिक बल डाला गया है, तो दूसरी तरफ इन लोगों द्वारा उद्दीपक कारकों को छोड़कर व्यक्तिगत कारकों जिसमें व्यवहारपरक (behavioural) या प्रेरणात्मक कारक मूल रूप से आते हैं, के बारे में कुछ नहीं कहा गया है। निदेश-अवस्था सिद्धान्तवादियों (directive-state theorists) का कहना है कि प्रत्यक्षण में व्यक्तिगत कारकों की उपेक्षा करके गेस्टाल्टवादियों ने एक महत्त्वपूर्ण भूल की है।

गेस्टाल्टवादियों के इस भूल को सुधारने के ख्याल से निदेश-अवस्था सिद्धान्त का प्रतिपादन किया गया। ब्रुनर तथा पोस्टमैन (Bruner & Postman, 1947) इस सिद्धान्त के प्रमुख प्रवर्त्तकों में से है जिन्होंने बताया कि प्रत्यक्षण दो तरह के कारकों (factors) द्वारा निर्धारित होता है (i) स्थानिक कारक (autochthonous factors) तथा (ii) व्यवहारपरक कारक (behavioural factors)। स्थानिक कारक में उद्दीपक से सम्बन्धित कारक (factors) आते हैं तथा व्यवहारपरक कारक (behavioural factor) में व्यक्तिगत कारक जैसे आवश्यकता (needs), अभिप्रेरक (motive), मान (value) आदि आते हैं। ब्रुनर तथा पोस्टमैन (Bruner & Postman, 1947) ने बताया है कि निदेश-अवस्था सिद्धान्त (Directive-state theory) का सम्बन्ध प्रत्यक्षण में व्यवहारपरक कारकों या अभिप्रेरणात्मक कारकों (motivational factors) का महत्त्व दिखलाने से है। कुछ मनोवैज्ञानिकों ने निदेश-अवस्था सिद्धान्त को *क्रियात्मक सिद्धान्त* (functional theory) भी कहा है।

प्रत्यक्षण में व्यवहारपरक (behavioural) कारकों या अभिप्रेरणात्मक कारकों (motivational factors) के महत्त्व को दिखलाने के लिए निदेश-अवस्था सिद्धान्तवादियों (Directive-state theorists) ने निम्नांकित छह प्राक्कल्पनाओं का वर्णन किया है—

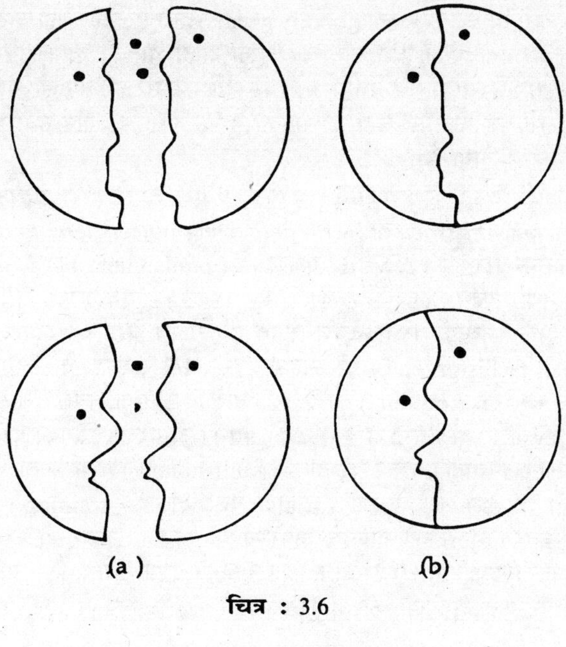

चित्र : 3.6

1. प्रत्यक्षण व्यक्ति की शारीरिक आवश्यकताओं द्वारा निर्धारित होता है *(Perception is determined by bodily needs of person)*—वस्तुओं के प्रत्यक्षण पर व्यक्ति की शारीरिक आवश्यकताओं (bodily needs) का काफी प्रभाव पड़ता है। सचमुच में, व्यक्ति अपनी शारीरिक आवश्यकताओं के अनुसार ही उद्दीपकों का प्रत्यक्षण करता है। जैसे, ऑसगुड (Osgood, 1953) अपनी पुस्तक में लिखे हैं कि जब वे भोजन करने के लिए जाते थे तो रास्ते में एक दफ्तर मिलता था जिसका नाम '400D' था जिसे वे प्रायः 'FOOD' पढ़ा करते थे। इस उदाहरण से स्पष्ट है कि ऑसगुड की शारीरिक आवश्यकता यानी भूख के कारण ही प्रत्यक्षण में इस तरह की त्रुटि (error) होती थी।

दैहिक उदाहरण के अलावा लेभाईन, चीन तथा मर्फी (Levine, Chein & Murphy, 1942) ने एक प्रयोग करके भी यह स्पष्ट रूप से दिखलाया है कि शारीरिक आवश्यकताओं (bodily needs) द्वारा व्यक्ति का प्रत्यक्षण निर्धारित होता है। इस अध्ययन में प्रयोज्यों का दो समूह लिया गया— एक प्रयोगात्मक समूह (experimental group) तथा दूसरा नियंत्रित समूह (control group)। दोनों समूह में कॉलेज के छात्र थे। प्रयोगात्मक समूह के छात्र गत कई घंटों से भूखे थे जबकि नियंत्रित समूह के छात्र भरपेट भोजन किये हुए थे। इन दोनों तरह के समूहों को बारी-बारी से कुछ रंगीन तथा कुछ रंगहीन अस्पष्ट चित्रकारियों (drawings) को एक शीशे के भीतर रखकर दिखलाया गया। इस चित्रकारी (drawings) में घरेलू वस्तुओं तथा कुछ खाने-पीने की वस्तुओं के अस्पष्ट चित्र थे। दोनों समूह के छात्रों से यह बतलाने का अनुरोध किया गया कि देखे जा रहे प्रत्येक चित्रकारी (drawings) से सम्बन्धित वस्तुओं के बारे में बताएँ (To verbalize an association for every picture)। परिणाम में देखा गया कि दोनों ही तरह के चित्रकारी अर्थात् रंगीन तथा रंगहीन चित्रकारियों में प्रयोगात्मक समूह के छात्रों द्वारा तीन घंटों तक भूख रहने के कारण नियंत्रित समूह के छात्रों की अपेक्षा खाने-पीने की वस्तुओं के बारे में अधिक बतलाया गया। परन्तु नौ घंटे के बाद प्रयोगात्मक समूह द्वारा भी खाने-पीने से सम्बन्धित बताये गये वस्तुओं की संख्या में कुछ कमी आ गयी परंतु फिर भी यह कमी नियंत्रित समूह द्वारा खाने-पीने के वस्तुओं के बारे में बतलाये गए संख्या से कहीं अधिक था। ऐसे परिणाम का कारण यह था कि प्रयोगात्मक समूह के छात्र भूखे थे जबकि नियंत्रित समूह के छात्र भोजन किये हुए थे। इस प्रयोग के परिणाम से यह स्पष्ट हो जाता है कि प्रत्यक्षण हमारी शारीरिक आवश्यकताओं द्वारा काफी हद तक निर्धारित होता है।

कुछ लोगों ने लेभाईन, चीन तथा मर्फी (Levine, Chein & Murphy, 1942) के प्रयोग की आलोचना की है। आलोचकों का मत है कि इस प्रयोग में प्रयोज्यों को चित्रकारी (drawings) का प्रत्यक्षण (perceive) करने के लिए नहीं कहा गया था बल्कि उसे देखकर उससे सम्बन्धित मन में आने वाली वस्तुओं के बारे में बतलाने के लिए कहा गया था। अतः यह कहा जा सकता है कि शारीरिक आवश्यकता (bodily needs) द्वारा प्रत्यक्षण नहीं बल्कि कल्पना (imagination) करने की प्रक्रिया प्रभावित होती है। प्रयोज्य नौ घंटे तक जब भूखा रहता था, तो खाने-पीने से सम्बन्धित वस्तुओं यानी भूख आवश्यकता (hunger need) से सम्बन्धित बताये गये वस्तुओं की संख्या कम हो गयी जो नहीं होना चाहिए था। इन आलोचनाओं को ध्यान में रखते हुए तब यह कहा जा सकता है कि लेभाईन, चीन तथा मर्फी के प्रयोग द्वारा उपर्युक्त प्राक्कल्पना को पूर्णतः समर्थन नहीं मिलता है।

2. प्रत्यक्षण किये जाने वाले वस्तु से सम्बन्धित पुरस्कार एवं दण्ड द्वारा प्रत्यक्षण की प्रक्रिया प्रभावित होती है *(Reward and punishment associated with perceiving objects tend to determine the process of perception)*—प्रत्यक्षण की प्रक्रिया पुरस्कार (reward) एवं दण्ड (punishment) द्वारा भी प्रभावित होती है। इस तथ्य (fact) का सबसे पहले शेफर तथा मर्फी (Schafer & Murphy, 1943) ने एक प्रयोग में दिखलाया। इस प्रयोग में इन लोगों ने कागज के चार अलग-अलग टुकड़ों पर एक वृत्त बनाते हुए मानव चेहरे की रूपरेखा (outline) बनायी (देखें चित्र 3.6) जिसे टेचिस्टोस्कोप (tachistoscope) की सहायता से 1/3 सेकण्ड के लिए 100 प्रयास (trial) तक दिखलाया। इस तरह से प्रत्येक रूपरेखा (outline) को 25-25 बार दिखलाया गया। इसमें से दो रूपरेखा को दिखाने के बाद प्रयोज्य को पुरस्कार (reward) अर्थात् 2 से 4 सेन्ट (cent) (अमेरिकन सिक्का) दिया जाता था तथा बाकी दो रूपरेखा (outlines) को दिखलाने के बाद प्रयोज्य को दण्ड (punishment) दिया जाता था अर्थात् उससे 2 से 4 सेन्ट (cents) वापस ले लिया जाता था। इस 100 प्रयास (trials) के प्रशिक्षण (training) के बाद जाँच प्रयास (test trials) दिया गया जिसमें पुरस्कृत रूपरेखा को दण्डित रूपरेखा के साथ मिलाकर दो अलग-अलग वृत्तों में दो नयी रूपरेखा (outline) तैयार कर दिखलाया गया। (जैसा कि चित्र 3.6b में दर्शाया गया है)। परिणाम में देखा गया कि जाँच प्रयासों (trials) में प्रयोज्य ने पुरस्कृत रूपरेखा को आकृति (figure) के रूप में तथा दण्डित रूपरेखा को पृष्ठभूमि

(background) के रूप में देखा। दूसरे शब्दों में, यह कहा जा सकता है कि पुरस्कृत रूपरेखा को प्रयोज्य अधिक स्पष्ट देख सके तथा प्रत्येक प्रयास में वह प्रत्यक्षण कर सका परन्तु दण्डित रूपरेखा को प्रत्येक बार अस्पष्ट रूप से (vaguely) ही वह प्रत्यक्षण कर पाया। इस प्रयोग से स्पष्ट हो जाता है कि पुरस्कृत वस्तुओं का प्रत्यक्षण दण्डित वस्तुओं की अपेक्षा अधिक स्पष्ट तथा तीक्ष्ण (sharp) होता है। रिगवी तथा रिगवी (Rigby & Rigby, 1952) ने एक प्रयोग कर शेफर तथा मर्फी (Shafer & Murphy) के इस निष्कर्ष का समर्थन किया है।

परन्तु कुछ ऐसे भी अध्ययन हुए हैं जिनमें शेफर तथा मर्फी (Shafer & Murphy) के निष्कर्ष को समर्थन नहीं मिला है। उदाहरणस्वरूप, रॉक तथा फ्लेक (Rock & Fleck, 1950) ने शेफर तथा मर्फी के ही प्रयोगात्मक डिजाइन (experimental design) की पुनरावृत्ति (replication) करते हुए एक-दूसरा प्रयोग किया परन्तु इनका परिणाम कुछ भिन्न था। इन लोगों ने पाया कि प्रशिक्षण (training) के दौरान पुरस्कृत रूपरेखा (rewarded outline) तथा दण्डित रूपरेखा (punished outline) को एक साथ मिलाकर जब प्रयोज्य के सामने उपस्थित किया जाता था, तो प्रयोज्य में एक तरह की घबड़ाहट (nervousness) तथा क्षुब्धता (disturbance) उत्पन्न हो जाती थी जिनसे प्रत्यक्षणों में बाधा पहुँचती थी। इस तरह की घबड़ाहट तथा क्षुब्धता को भी शेफर तथा मर्फी के प्रयोग की आलोचना (criticisms) का एक हिस्सा माना जा सकता है क्योंकि उनके प्रयोग में इस तरह की सांवेगिक प्रक्रियाएँ नहीं हुई थी (जिसे सचमुच में होनी चाहिए थी) और पुरस्कृत रूपरेखा को प्रयोज्यों ने स्पष्ट रूप से प्रत्यक्षण किया था।

3. व्यक्ति अपने मूल्य गुणों (value characteristics) **से सम्बन्धित वस्तुओं का प्रत्यक्षण तेजी से करता है** (*Persons tend to perceive those objects readily which are associated with their value characteristics*)—प्रत्येक व्यक्ति के व्यक्तित्व का कुछ मूल्य गुण (value characteristics) होता है। मूल्य से सामान्य अर्थ प्रबल अभिरुचि (dominant interest) से होता है। मनोवैज्ञानिकों ने यह प्रयोग कर दिखला दिया है कि यदि कोई उद्दीपक (stimulus) या वस्तु (object) व्यक्ति के इस मूल्य गुण से सम्बन्धित होता है तो वह उस वस्तु या उद्दीपक का प्रत्यक्षण अन्य वस्तुओं या उद्दीपकों (जो उसके मान गुण से सम्बन्धित नहीं होता है) की अपेक्षा जल्दी कर लेता है। पोस्टमैन, ब्रुनर तथा मैकगिन्निज (Postman, Bruner & McGinnines, 1948) ने अपने प्रयोग में इस तथ्य को दिखला दिया है। इस प्रयोग में 25 कॉलेज छात्रों पर पहले आलपोर्ट-वर्नन मूल्य मापनी (Allport-Vernon value scale) क्रियान्वयन (administer) करके 6 प्रमुख मूल्य (value) क्षेत्रों में प्राप्तांक (score) तैयार किया गया। ये 6 प्रमुख मान थे--सामाजिक मान (social value), आर्थिक मान (economic value), सैद्धान्तिक मान (theoretical value), राजनैतिक मान (political value), धार्मिक मान (religious value) तथा सौंदर्यरोधी मान (aesthetic value)। जिस मान श्रेणी (value category) में उच्च प्राप्तांक थे उससे यह पता चलता था कि प्रयोज्य के लिए वह मान (value) अधिक महत्त्वपूर्ण है। प्रत्येक मान श्रेणी (value category) से सम्बन्धित 6-6 शब्द तैयार किये गये। इन सभी 36 शब्दों को टेचिस्टोस्कोप द्वारा प्रयोज्य को .01 सेकेण्ड से लेकर उत्तरोत्तर बढ़ते समय के लिये तबतक दिखाया गया जबतक वह उन शब्दों का सही-सही प्रत्यक्षण न कर लिया हो। परिणाम में देखा गया कि जो शब्द व्यक्ति के उच्चतर मान (high value) श्रेणी के थे, उनका प्रत्यक्षण करने में प्रयोज्य ने काफी कम समय लिया परन्तु जो शब्द उनके निम्न मान से सम्बन्धित थे, उनका प्रत्यक्षण करने में उन्हें अधिक समय लगा। दूसरे शब्दों में, उच्च श्रेणी वाले शब्दों की पहचान सीमान्त (recognition threshold) कम (lower) था परन्तु निम्न मान श्रेणी वाले शब्दों की पहचान सीमान्त अधिक (higher) था।

होवे तथा सोलोमोन (Howes & Solomon, 1951) द्वारा पोस्टमैन, ब्रुनर तथा मैकगिन्निज के अध्ययन की आलोचना की गयी है और इनलोगों ने बताया है कि यह अध्ययन विश्वसनीय नहीं हैं। होवेस तथा सोलोमोन (Howes & Solomon, 1951) का कहना था कि प्रत्यक्षज्ञानात्मक पहचान देहली (perceptual recognition threshold) का सम्बन्ध दिन-प्रतिदिन के शब्दों के प्रयोग की बारंबारता (frequency) से धनात्मक (positive) होता है। उच्च मान श्रेणी (high value category) के शब्दों को व्यक्ति अपने दिन-प्रतिदिन की भाषा में अधिक प्रयोग करता है अर्थात् ऐसे शब्दों के प्रयोग की बारंबारता (frequency of usage) प्रायः अधिक होती है। इस अधिक बारंबारता के कारण जब ऐसे शब्दों को टेचिस्टोस्कोप से दिखलाया जाता है, तो प्रयोज्य स्वभावतः कम समय में ही इसका सही प्रत्यक्षण कर लेता है। अतः ऐसे शब्दों के प्रत्यक्षज्ञानात्मक पहचान सीमा के कम होने का कारण उच्च मूल्य श्रेणी से सम्बन्धित होना नहीं है। यदि थोड़े देर के लिए यह स्वीकार भी कर लिया जाय कि पहचान देहली के कम होने का कारण उच्च मूल्य श्रेणी है तो पेस्टमैन,

ब्रुनर तथा मैकगिन्निज के प्रयोग में उच्च मूल्य श्रेणी के शब्दों को दिन-प्रतिदिन की भाषा में प्रयोग किये जाने की उच्चतर बारंबारता (higher frequency) से उसे कैसे बचाया गया, स्पष्ट नहीं है।

4. यदि किसी वस्तु का मूल्य (value) **व्यक्ति के लिए अधिक होता है तो व्यक्ति उसका प्रत्यक्षण अधिक बढ़ा-चढ़ा कर करता है** *(If the value of object for person is high, he tends to perceive that object in accentuated form)*—यदि वस्तु का मूल्य (value) व्यक्ति के लिए अधिक है, तो व्यक्ति उस वस्तु का प्रत्यक्षण अधिक बढ़ा-चढ़ा कर करता है। इसे साबित करने के लिए ब्रुनर तथा गुडमैन (Bruner & Goodman, 1974) ने कई प्रयोग किये हैं जिनमें से एक प्रयोग अधिक उल्लेखनीय है। इस अध्ययन में उन्होंने 10 बच्चों का दो समूह तैयार किया। एक समूह में सभी धनी परिवार के बच्चे थे तथा दूसरे समूह में सभी गरीब परिवार के बच्चे थे। इन दोनों समूह के बच्चों को 1, 5, 10, 20, 25 तथा 50 सेन्टस के सिक्के (coin) के आकार (size) का आकलन (estimation) एक रोशनी प्रोजेक्टर (light projector) द्वारा करने को कहा गया। रोशनी प्रोजेक्टर द्वारा परदे पर सिक्के के आकार (size) की गोल रोशनी पड़ती थी जिसे प्रोजेक्टर के नॉव (knob) को घुमा कर छोटा या बड़ा किया जा सकता था। परिणाम में देखा गया कि गरीब परिवार के सभी बच्चों ने सभी प्रकार के सिक्कों के आकार का अधिप्राक्कलन (overstimation) किया जबकि धनी परिवार के बच्चों द्वारा इन सिक्कों के आकार का न्यून प्राक्कलन (understimation) किया गया। ब्रुनर तथा गुडमैन के अनुसार ऐसा इसलिए हुआ क्योंकि धनी परिवार के बच्चों के लिए इन सिक्कों का मूल्य (value) या महत्त्व कम था जबकि गरीब परिवार के बच्चों के लिए इन सिक्कों का मूल्य (value) या महत्त्व अधिक था। इसी तरह का एक दूसरा प्रयोग भी ब्रुनर तथा गुडमैन (Bruner & Goodman, 1947) ने किया जिसमें धनी परिवार तथा गरीब परिवार के बच्चों को भिन्न-भिन्न सिक्कों को देकर नहीं बल्कि इसके बारे में अपने मन में कल्पना (imagination) कर उनके आकार को रोशनी प्रोजेक्टर द्वारा आकलन करने के लिए कहा गया। इस प्रयोग के परिणाम भी पहले ही जैसे थे। धनी परिवार के बच्चों द्वारा सिक्कों का न्यून प्राक्कलन (understimation) तथा गरीब परिवार के बच्चों द्वारा अधिप्राक्कलन (overstimation) किया गया।

कुछ मनोवैज्ञानिकों ने ब्रुनर तथा गुडमैन (Bruner & Goodman, 1947) के प्रयोग को इस आधार पर आलोचना की है कि इस प्रयोग के दो समूह (यानी धनी परिवार तथा गरीब परिवार के बच्चों का समूह) आपस में समेलित (matched) नहीं थे। ऐसा भी सम्भव है कि गरीब परिवार में पलने के बावजूद भी उनके लिए सिक्कों (धन-दौलत) का मूल्य (value) अधिक नहीं हो या किसी बच्चे का अपना मानसिक झुकाव सिक्कों या पैसों की ओर नहीं हो। इन सब कारकों (factors) को ब्रुनर तथा गुडमैन को नियंत्रित करना चाहिए था जिसे उन्होंने नहीं किया। परन्तु इन्हीं कारकों को नियंत्रित करके अशले, हारपर तथा रनयौन (Ashley, Harper & Runyon, 1951) ने जब ब्रुनर तथा गुडमैन के प्रयोग को दुहराया तो उनका परिणाम ठीक वैसा ही था जैसा कि ब्रुनर तथा गुडमैन का। इससे इस बात का संकेत मिलता है कि ब्रुनर तथा गुडमैन के परिणाम बहुत हद तक निर्भर योग्य (dependable) है।

5. व्यक्ति अपने शीलगुणों के अनुकूल वस्तु या उद्दीपक का प्रत्यक्षण करता है *(Persons tend to perceive the object or stimulus consistent with their personality traits)*—प्रत्येक व्यक्ति में भिन्न-भिन्न तरह के शीलगुण (traits) होते हैं और जब वह किसी वस्तु या उद्दीपक का प्रत्यक्षण करता है तो इन शीलगुणों (traits) का उसपर काफी प्रभाव पड़ता है। आलपोर्ट (Allport, 1955) के अनुसार बहिर्मुखता (extroversion) तथा अंतर्मुखता (interoversion) का शीलगुण अधिक होने पर व्यक्ति को यदि स्याही-धब्बा परीक्षण (ink-blot test) के कार्ड दिखलाए जाते हैं, तो उसमें वह गति (movement) का प्रत्यक्षण अधिक करता है। क्लिन तथा स्केलेसिंगर (Klein & Schlesinger, 1950) ने एक प्रयोग किया जिसमें यह दिखलाया गया है कि जब प्रयोज्य (subject) में दृढ़ता (rigidity) या लचीलापन (flexibility) का शीलगुण होता है और जब ऐसे प्रयोज्य को उद्दीपक का आकार (size) या भार (weight) के बारे में सही-सही प्रत्यक्षण कर बतलाने के लिए कहा जाता है, तो ऐसी अवस्था में वे प्रायः सही प्रत्यक्षण नहीं कर पाते हैं। प्रायः यह देखा गया है कि दृढ़ता का शीलगुण होने पर वे करीब-करीब एक ही तरह के निर्णय पर अडिग रहते हैं तथा यदि उनमें लचीलापन (flexibility) का शीलगुण होता है ओर जब ऐसे प्रयोज्य को उद्दीपक का आकार (size) या भार (weight) के बारे में सही-सही प्रत्यक्षण कर बतलाने के लिए कहा जाता है, तो ऐसी अवस्था में वे प्रायः सही प्रत्यक्षण नहीं कर पाते हैं। प्रायः यह देखा गया है कि दृढ़ता का शीलगुण होने पर वे करीब-करीब एक ही तरह के निर्णय पर अडिग रहते हैं तथा यदि उनमें लचीलापन (flexibility) का शीलगुण अधिक हुआ तो उनका निर्णय इतना जल्द

परिवर्तित होता है कि उसमें किसी प्रकार की संगति (consistency) नहीं रह जाती है। कैट्टेल तथा वेन्निंग (Cattell & Wenning, 1952) ने एक प्रयोग किया जिसमें उन्होंने पाया कि दुश्चिंता (anxiety) तथा प्रभुत्व (dominance) का शीलगुण अधिक होने से व्यक्ति में भ्रान्ति (fantasy) जो एक प्रकार का अनुपयुक्त प्रत्यक्षण (misperception) है, अधिक होता है। उसी तरह जिस व्यक्ति में पराहं शक्ति (superego strength) अधिक होता है, उसमें तर्कबुद्धिपरकता (rationalisation) की प्रक्रिया अधिक होती है।

कुछ मनोवैज्ञानिकों का कहना है कि निदेश-अवस्था सिद्धान्त (directive-state theory) के संदर्भ में व्यक्तित्व के शीलगुणों (traits) से सम्बन्धित किये गये प्रयोग तथा शोध (research) उतना यथार्थ (relevant) नहीं है जितना कि अन्य क्षेत्रों (जिसका वर्णन ऊपर किया जा चुका है), में किये गये प्रयोग तथा शोध हैं। इसके बावजूद भी आलपोर्ट[1] (Allport, 1955) ने कहा है, ''सभी सामान्य व्यक्ति (normal person) अपने व्यक्तिगत गुणों, चित्रप्रकृति (temperament) तथा शरीरगठन (bodily constitution) के अनुसार ही प्रत्यक्षण करता है।''

6. शाब्दिक उद्दीपक (verbal stimuli) जिनका स्वरूप सांवेगिक (emotional) एवं धमकाने वाला (threatening) होता है, का प्रत्यक्षण तटस्थ उद्दीपकों की अपेक्षा व्यक्ति देरी से करता है तथा साथ ही ऐसे शब्द व्यक्ति द्वारा सही-सही पहचाने जाने के पहले ही उनमें सांवेगिक प्रतिक्रिया उत्पन्न कर देता है। (*Verbal stimuli which are emotional and threatening in nature, tend to be perceived in longer time as compared to neutral words. Not only that, such stimuli tend to produce emotional reactions before they are correctly recognized*)—निदेश-अवस्था सिद्धान्त का यह एक प्रमुख प्राक्कल्पना (hypothesis) है जिसे मैकगिन्निज (Mc Ginnies, 1949), मैकक्लियरी तथा लैजारस (Mc Clearly & Lazarus, 1950) ने प्रयोग करके सही बतलाया है। मैकगिन्निज (Mc Ginnies, 1949) के प्रयोग में 18 शब्दों की एक सूची तैयार की गयी जिसमें से 11 तटस्थ शब्द (neutral words) जैसे किताब, आकाश, शिक्षक आदि थे तथा 7 सांवेगिक शब्द जैसे 'रण्डी' (whore), 'बलात्कार' (rape) आदि थे। इन सभी शब्दों को एक-एक करके टैचिस्टोस्कोप (tachistoscope) द्वारा .01 सेकेण्ड की अवधि से प्रारम्भ करके तबतक दिखाया जाता रहा जबतक कि उनका सही प्रत्यक्षण प्रयोज्य द्वारा नहीं कर लिया जाता था। प्रत्येक शब्द दिखलाने के बाद प्रयोज्य की हथेली (palm) पर लगे एल्केट्रोड (electrode) के सहारे GSR (Galvanic skin response) भी रिकार्ड (record) किया गया। परिणाम प्राक्कल्पना (hypothesis) के अनुकूल था। सांवेगिक शब्दों का सही-सही प्रत्यक्षण करने में प्रयोज्य ने तटस्थ शब्दों की अपेक्षा अधिक समय लिया तथा सांवेगिक शब्दों के GSR तटस्थ शब्दों के GSR की अपेक्षा अधिक था। मैकक्लियरी तथा लैजारस (Mc Clearly & Lazarus, 1950) ने इसी तरह का प्रयोग करके जिसमें उन्होंने सार्थक शब्दों की जगह पर पाँच अक्षरों के निरर्थक पदों का उपयोग किया, मैकगिन्निज (Mc Ginnies) के परिणाम का समर्थन किया है।

होबेस तथा सोलोमोन (Howes & Solomon, 1950) ने मैकगिन्निज के प्रयोग को दो कारकों के आधार पर आलोचना किया है। पहली आलोचना यह है कि मैकगिन्निज ने जिन शब्दों को प्रयोज्य को दिखलाया था, वे सभी समान रूप से दिन-प्रतिदिन के प्रयोग में नहीं आते हैं। सच्चाई यह है कि सांवेगिक शब्दों का उपयोग दिन-प्रतिदिन की भाषा में तटस्थ शब्दों की अपेक्षा कम होता है। होवेस तथा सोलोमोन के अनुसार प्रयोज्य सांवेगिक शब्दों का सही-सही प्रत्यक्षण करने में इसलिए अधिक समय लेता था क्योंकि इन शब्दों का उपयोग दिन-प्रतिदिन की भाषा में काफी कम होता था। इन लोगों की दूसरी आलोचना यह थी कि सचमुच में तटस्थ शब्दों एवं सांवेगिक शब्दों के प्रत्यक्षण में प्रयोज्य (subject) को बराबर-बराबर ही समय लगता था परन्तु चूँकि सांवेगिक शब्दों का स्वरूप ही कुछ परेशान कर देने वाला (embarrasing) होता है, अतः प्रयोज्य जान-बूझकर इन शब्दों के बारे में देर से बोलता था। अतः सांवेगिक शब्दों का प्रत्यक्षण करने में नहीं बल्कि उसके बारे में बोलने में या बतलाने में देरी होने के कारण समय अधिक लगता था। कुछ मनोवैज्ञानिकों का यह भी कहना है कि सांवेगिक शब्दों के प्रत्यक्षण के बारे में बतलाने की प्रक्रिया पर प्रयोगकर्ता के यौन का भी प्रभाव खासकर उस समय पड़ता है जब प्रयोगकर्ता (experimenter) तथा प्रयोज्य विपरीत यौन (opposite sex) के होते हैं।

---

1. "......normal individuals tend to perceive in a manner consistent with their personal characteristics and their differences of temperament and constitution."

—Allport : *Theories of perception and the concept of structure,* 1955, p. 330-31

ऊपर वर्णन किये गये तथ्यों (facts) की विवेचना को ध्यान में रखते हुए हम इस निष्कर्ष पर पहुँचते है कि यद्यपि निदेश-अवस्था सिद्धान्त के सभी प्राक्कल्पनाओं (hypothesis) की आलोचना की गयी है तथा इन आलोचनाओं के समर्थन में कुछ प्रयोगात्मक सबूत (experimental evidences) भी दिये गये हैं, फिर भी इस सिद्धान्त की मान्यता मनोवैज्ञानिकों के बीच काफी है। इस सिद्धान्त द्वारा प्रत्यक्षण में व्यवहारपरक (behavioural) कारक या प्रेरणात्मक कारक (motivational factors) के महत्त्व को काफी समर्थन मिला है।

गहराई तथा दूरी का प्रत्यक्षण : तीसरी विमा
(Perception of Distance and Depth : Third Dimension)

वातावरण की वस्तुएँ (objects) जिनका हम प्रत्यक्षण करते हैं, मूलतः तीन विमाओं (dimensions) में सज्जित (arranged) हो सकते हैं। जिस वस्तु का व्यक्ति प्रत्यक्षण कर रहा है, वह वस्तु व्यक्ति से ऊपर या नीचे (up or down) हो सकता है, बायीं ओर या दायीं ओर (left or right) हो सकता है या दूर या नजदीक (far or near) हो सकता है। चाहे वस्तु व्यक्ति से ऊपर हो या नीचे, बायीं ओर हो या दायीं ओर, नजदीक हो या दूर हो, जब उसका प्रतिबिम्ब अक्षिपटल या दृष्टिपटल (retina) पर पड़ता है, तो उसमें केवल लंबाई तथा चौड़ाई होती है। दूसरे शब्दों में, अक्षिपटल पर जो प्रतिबिम्ब बनता है उसमें मात्र दो ही विमा (dimension) होते हैं। एक विमा लम्बाई है और दूसरी विमा चौड़ाई है। तीसरी विमा (third dimension) यानी मोटाई नहीं होती है। अतः दृष्टिपटल (retina) पर बने प्रतिबिम्ब किसी कागज के टुकड़े पर बने चित्र के बिलकुल समरूप होते हैं जिसमें केवल लंबाई तथा चौड़ाई होती है। जब दृष्टिपटल पर बनने वाले प्रतिबिम्ब में मात्र लम्बाई तथा चौड़ाई होती है, तो ऐसी अवस्था में हमें वस्तुओं का सिर्फ लम्बाई और चौड़ाई का ही ज्ञान होना चाहिए था। परन्तु ऐसा नहीं होता है। हमें वस्तुओं की मोटाई, सघनता (solidity), दूरी आदि का भी ज्ञान होता है। इसे तीसरी विमा का प्रत्यक्षण (perception of third dimension) या दिक् प्रत्यक्षण (space perception) भी कहते हैं। यहाँ दिक् से तात्पर्य उस विमा (dimension) के अनुभव से होता है जिसके सहारे हमें यह पता चलता है कि वस्तु व्यक्ति से कितनी दूरी पर है, किस दिशा में है आदि।

अब प्रश्न यह उठता है कि अक्षिपटल पर बनने वाले द्विविमीय प्रतिबिम्बों (bidimensional images) से हमें त्रिविमीय प्रत्यक्षण (tridimensional perception) कैसे होता है? इस प्रश्न पर अनेक मनोवैज्ञानिकों द्वारा शोध (research) तथा प्रयोग (experiment) किये गये हैं जिसके परिणामस्वरूप यह स्पष्ट हो गया है कि हमें वस्तुओं में मोटाई, सघनता तथा दूरी का प्रत्यक्षण कुछ खास-खास संकेतों (cues) के आधार पर होता है। इन संकेतों (cues) को निम्नांकित दो भागों में बाँट कर अध्ययन किया गया है--

1. **एकनेत्री संकेत** (Monocular cues) तथा
2. **द्विनेत्रीय संकेत** (Binocular cues)

इन दोनों भागों का वर्णन निम्नांकित है—

1. एकनेत्री संकेत (*Monocular cues*)—एकनेत्री संकेत (cues) उन संकेतों (cues) को कहा गया है जिन्हें एक ही आँख द्वारा ग्रहण (register) किया जा सकता है। इसका मतलब यह हुआ कि अगर कोई व्यक्ति किसी बीमारी या दुर्घटना आदि के कारण अपना एक आँख खो दिया है, तो वह भी अपने बचे एक आँख द्वारा इन संकेतों को ग्रहण कर सकता है और उसे वस्तुओं की दूरी, गहराई तथा सघनता (solidarity) आदि का ज्ञान हो सकता है। एकनेत्री संकेतों (monocular cues) को *चित्रीय संकेत* (pictorial cues) भी कहा जाता है। एकनेत्री संकेत को व्यक्ति अपने अनुभव (experience) से सीखता है। अतः एकनेत्री संकेत सीखा गया संकेत (learnt cues) होता है न कि जन्मजात संकेत (innate cues) होता है। एकनेत्री संकेत दो तरह के होते हैं—वैसे एकनेत्री संकेत जिसमें गति (movement) सम्मिलित नहीं होता है तथा वैसे एकनेत्री संकेत जिसमें गति सम्मिलित होता है! प्रमुख एकनेत्री संकेत (monocular cues) जिसमें गति सम्मिलित नहीं होता है, का वर्णन

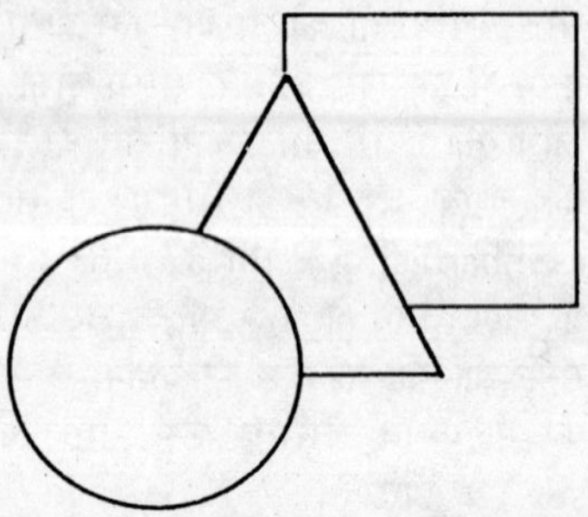

चित्र 3.7

निम्नांकित हैं—

(i) हस्तक्षेप *(Interposition or overlay)*—जब वस्तुएँ (objects) एक सीध में होते हैं तथा साथ-ही-साथ जब वे अपारदर्शीय होते हैं, तो आगे की वस्तु (object) पीछे की वस्तु के कुछ हिस्से या भाग को प्रायः छिपा लेती है। इसे ही हस्तक्षेप (interposition) का संकेत (cue) कहा जाता है। जब आगे की वस्तु पीछे की वस्तु को अंशतः छिपा लेती है, तो व्यक्ति को पीछे की वस्तु अधिक दूर (distance) पर दीख पड़ता है तथा आगे की वस्तु जिसका पूरा भाग वह देख रहा है, काफी नजदीक मालूम पड़ता है। इसका उदाहरण हमें चित्र 3.7 में मिलता है। चित्र 3.7 में एक वृत्त (circle) है जो अंशतः एक त्रिभुज (triangle) को ढँके हुए हैं। इस चित्र में वर्ग (square) अधिक दूरी पर दिखलाई दे रहा है तथा वृत्त (circle) तुलनात्मक रूप से नजदीक दिखलाई दे रहा है। त्रिभुज की दूरी वृत्त से अधिक परन्तु वर्ग से कम दिखाई दे रहा है। इन सब का प्रधान कारण हस्तक्षेप संकेत (interposition cues) है।

ध्यान रहे कि हस्तक्षेप संकेत द्वारा वतुओं की दूरी तथा गहराई का ज्ञान तभी हो सकता है जब वस्तुएँ करीब-करीब एक सीध में हो तथा उन सभी वस्तुओं में एक-दूसरे को ढँकने की क्षमता हो, अर्थात् वे सभी अपारदर्शी हों। इन शर्तों के अभाव में हस्तक्षेप संकेत द्वारा वस्तुओं की दूरी का प्रत्यक्षण नहीं होगा।

(ii) दृष्टिपटलीय प्रतिबिम्ब का आकार *(Size of retinal images)*—जब कोई वस्तु व्यक्ति से नजदीक होता है, तो दृष्टिपटल या अक्षिपटल (retina) पर बनने वाले इसके प्रतिबिम्ब का आकार (size) बड़ा होता है। फलस्वरूप वस्तु का आकार भी बड़ा दिखलाई देता है। एक उदाहरण लीजिए। उड़ रहे हवाई जहाज पर ध्यान दें तो हम पाते हैं कि जैसे-जैसे हवाई जहाज नजदीक आता है, वैसे-वैसे उसका दृष्टिपटलीय प्रतिबिम्ब (retinal image) बड़ा होते जाता है। फलस्वरूप, हवाई जहाज आकार में पहले की अपेक्षा बड़ा दिखलाई पड़ने लगता है। ठीक, उसके विपरीत जैसे-जैसे हवाई जहाज हमसे दूर होता जाता है, उसका दृष्टिपटलीय प्रतिबिम्ब (retinal image) छोटा होता जाता है। फलस्वरूप, उस हवाई जहाज का आकार भी छोटा दिखलाई पड़ने लगता है और अत्यधिक दूर चले जाने पर मात्र धब्बा के समान दिखलाई देता है और अन्त में वह हमारे नजरों से ओझल हो जाता है। इट्टेल्सन एवं किल्पैट्रीक (Ittelson & Kilpatrick, 1950) ने एक प्रयोग किया जिसमें अंधेरे कमरे में समान दूरी पर हवा से भरे दो बैलून को लटका दिया। प्रयोज्य को यह बतलाना था कि कौन-सा बैलून नजदीक है तथा कौन अधिक दूरी पर। एक बैलून का आकार दूसरे बैलून के आकार से बड़ा कर दिया गया था। परिणाम में देखा गया कि बड़े बैलून को प्रयोज्यों ने नजदीक तथा छोटे बैलून को प्रयोज्यों ने अधिक दूरी पर होने का प्रत्यक्षण किया।

आकार संकेत (size cue) की परिसीमा (limitation) या दोष यह है कि इस संकेत द्वारा हमें वस्तुओं की दूरी का प्रत्यक्षण तभी होता है जब हम वस्तु के वास्तविक आकार (real size) से परिचित (familiar) हों।

(iii) रेखीय परिदृश्य *(Linear perspective)*—जैन्डा और क्लेनका-हमल (Janda & Klenhka-Hamel, 1982) ने रेखीय परिदृश्य[1] (Linear perspective) को परिभाषित करते हुए कहा है, ''रेखीय परिदृश्य से तात्पर्य उस घटना (phenomenon) से होता है जहाँ समानांतर रेखाएँ जैसे-जैसे (व्यक्ति से) दूर होते जातीं हैं, वैसे-वैसे आपस में अभिमुख (converge) होते जातीं हैं (अर्थात् एक-दूसरे से सटती नजर आती है।)[1]'' जब दो समानान्तर रेखाएँ (parallel lines) आगे की ओर अर्थात क्षितिज (horizon) की ओर बढने पर एक-दूसरे से सटी हुई (converge) नजर आती है, तो इससे हमें दूरी एवं गहराई (depth and distance) का प्रत्यक्षण होता है तथा इस संकेत को रेखीय परिदृश्य कहा जाता है। इसका सबसे अच्छा उदाहरण रेल की दोनों पटरियों (tracks) पर देखने से प्राप्त होता है। अगर हम रेल की पटरियों के बीच खड़ा होकर देखें तो पाएँगे कि जैसे-जैसे पटरियाँ आगे बढ़ती जातीं हैं, वैसे-वैसे एक-दूसरे के नजदीक आते समय मालूम पड़ती है। अधिकतम दूरी पर यानी कि क्षितिज

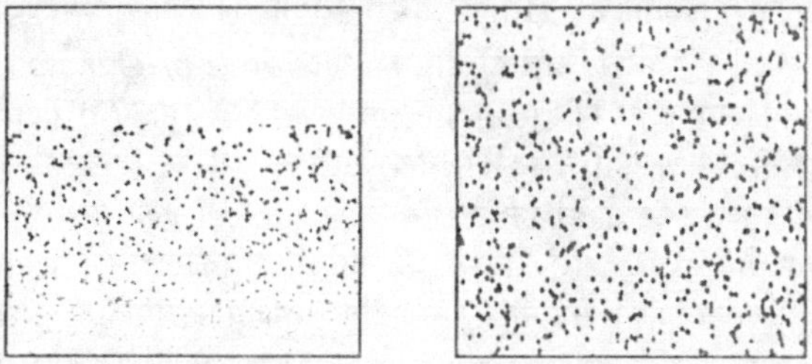

A B

चित्र 3.8

1. "Linear perspective refers to the phenomenon that parallel lines seem to be converging as they recede into distance."
—Janda & Klenhka-Hamel : *Psychology,* 1982, p. 102

(horizon) पर ऐसा महसूस होता है कि ये दोनों पटरियाँ बिलकुल ही एक-दूसरे से सट गयीं।

रेखीय परिदृश्य (linear perspective) संकेत (cues) के साथ महत्त्वपूर्ण दोष (demerit) यह है कि यदि वस्तुएँ (objects) एक-दूसरे के सामान्तर नहीं है, तो संकेत द्वारा हमें दूरी का प्रत्यक्षण नहीं होगा।

(iv) गठन प्रवणता *(Texture gradient)*—गठन प्रवणता का संकेत (cues) एक ऐसा संकेत है जिसमें रेखीय परिदृश्य (linear perspective) तथा आकार (size) दोनों तरह के संकेत सम्मिलित होते हैं। गठन (texture) से तात्पर्य वस्तु एवं उसके आकार (size) में क्रमिक परिवर्तन (gradual change) से होता है। गिबसन (Gibson, 1950) ने गठन प्रवणता (texture gradient) के संकेत पर प्रयोग करके यह दिखला दिया है कि जब किसी वस्तु के गठन (texture) के तत्त्वों (elements) का आकार (size) छोटा-छोटा होता है तथा वे काफी सघन (dense) होते हैं, तो इससे व्यक्ति को दूरी (distance) का प्रत्यक्षण होता है। परन्तु जब गठन के सभी तत्त्वों (elements) का आकार एक समान होता है तथा वे सघन (compact) नहीं होकर फैले (scattered) होते हैं, तो इससे वस्तु के तत्त्वों (elements) में आपसी दूरी का प्रत्यक्षण व्यक्ति को नहीं होता है। चित्र 3.8 में देखने से यह बात बिलकुल ही स्पष्ट हो जाता है। इस चित्र के 'A' में देखने से यह बिलकुल ही स्पष्ट रूप से पता चलता है कि सघन (compact) तथा अत्यन्त छोटे-छोटे कण अधिक दूरी पर स्थित दिखलाई देते हैं। परन्तु 'B' में सभी कण या तत्त्व सघन न होकर फैले हुए हैं तथा आकार (size) में भी करीब-करीब समान है। अतः इनके तत्त्वों पर गौरपूर्वक देखने से किसी प्रकार की दूरी या नजदीकी का प्रत्यक्षण नहीं होता है। कुछ मनोवैज्ञानिकों ने इस संकेत को *विस्तृत परिदृश्य* (detail perspective) भी कहा है।

(v) छाया *(Shadowing)*—छाया को एक प्रमुख एकनेत्रीय संकेत (monocular cues) माना गया है जिसके आधार पर हमें गहराई तथा दूरी का प्रत्यक्षण होता है। छाया संकेत की प्रमुख कल्पना (assumption) यह होती है कि रोशनी वस्तु (object) के ऊपर (above) से आ रही है। इस कल्पना को ध्यान में रखते हुए यह कहा जाता है कि जब एक वस्तु की छाया दूसरे वस्तु पर पड़ती है, तो देखने वाले व्यक्ति को दूसरे वस्तु की दूरी पहली वस्तु की अपेक्षा अधिक मालूम पड़ती है। किसी वस्तु के आगे या पीछे बनने वाले छाया से यह पता चलता है कि वस्तु कितनी दूरी पर है। सच्चाई यह है कि छाया संकेत द्वारा वस्तुओं की चमक में थोड़ा विभेद या अन्तर हो जाता है जिससे दूरी एवं गहराई का प्रत्यक्षण होता है।

(vi) वायुमंडलीय परिदृश्य *(Atmospheric perspective)*—वायुमंडलीय परिदृश्य का सम्बन्ध भी रोशनी (light) से ही है। वायु (air) में जैसे-जैसे रोशनी आगे की ओर बढ़ती है, वैसे-वैसे उसमें (वायु में) उपस्थिात धूलकण तथा नमी (moisture) के कारण रोशनी में अधिक धुंधलापन तथा फैलाव (scatteredness) बढ़ जाता है। इसका परिणाम यह होता है कि वातावरण में उपस्थित दूर की पहाड़ियाँ, घर, पेड़ आदि काफी धुंधले (dim), अस्पष्ट तथा साथ-ही-साथ बैगनी रंग पर दिखलाई देते हैं। इसे ही वायुमंडलीय परिदृश्य का संकेत कहा जाता है। वातावरण में जो वस्तुएँ, यानी पहाड़ियाँ, घर, पेड़-पौधे, व्यक्ति से नजदीक होते हैं, वे न तो धुंधले, अस्पष्ट और न ही बैंगनी रंग पर ही दिखलाई देते हैं। अतः वस्तु की अस्पष्टता, धुंधलापन आदि जो वायुमंडलीय परिदृश्य (aerial perspective) के संकेत में सम्मिलित होता है, द्वारा भी हमें वस्तुओं की दूरी का प्रत्यक्षण होता है।

(vii) सापेक्ष चमकीलापन *(Relative brightness)* —अंधेरे में यदि कई वस्तुओं (objects) को जिनके चमकीलापन का स्तर (brightness level) असमान (dissimilar) होता है, हम देखते हैं तो अधिक चमकीली वस्तु हमें नजदीक तथा कम चमकीली वस्तु अधिक दूरी पर दिखलाई देती है। इट्टेल्सन (Ittleson, 1960) ने इसे एक प्रयोग कर साबित कर दिया है। इन्होंने प्रयोज्य (subject) को एक पूर्णरूपेण अंधेरे कमरे में दो समान दूरी पर रोशनी दिखलाई। एक रोशनी में दूसरी रोशनी की अपेक्षा चमकीलापन (brightness) अधिक था। परिणाम में देखा गया कि प्रयोज्य ने अधिक चमकीले रोशनी को नजदीक तथा कम चमकीले रोशनी को अपेक्षाकृत अधिक दूरी पर होने का प्रत्यक्षण दिया। सापेक्ष चमकीलापन (relative brightness) के संकेत द्वारा हम किस तरह से दूरी का प्रत्यक्षण करते हैं, इसका स्पष्ट उदाहरण अंधेरी रात में जब साफ आकाश (clean sky) की ओर हम देखते हैं, तब मिलता है। आकाश में अनेकों तारे (stars) दिखलाई देते हैं जिनमें से कुछ में चमक अधिक होती है तथा कुछ धुंधले दिखाई देते हैं। अधिक चमकीले तारे हमसे काफी नजदीक प्रतीत होते हैं (उतना नजदीक जितना वे नहीं हैं) तथा धुंधले तारे अधिक दूरी पर उपस्थित दिखाई देते हैं।

कुछ एकनेत्री संकेत (monocular cues) ऐसे हैं जिनमें गति (movement) सम्मिलित होता है। ऐसे प्रमुख एकनेत्री संकेत निम्नांकित दो हैं—

(viii) गतिबोधक गहराई संकेत (*Kinetic depth cue*)—इस संकेत का सम्बन्ध वस्तुओं या उद्दीपकों के गति से है न कि प्रत्यक्षणकर्त्ता के गति से है। कोई वस्तु स्थिरावस्था में होने पर चपटा (flat) दिखता है परंतु जब उसमें गति उत्पन्न हो जाती है या वह घूमने लगता है तो उसमें गहराई एवं दूरी प्रत्यक्षण होने लगता है। इस तथ्य की पुष्टि कई अध्ययनों में की गयी है जिसमें एक महत्त्वपूर्ण अध्ययन वालेक एवं ओकोनेल (Wallach & O'Connell, 1953) द्वारा किया गया। इस अध्ययन में प्रयोज्यों को कुछ ठोस ब्लाक, तार से बने। कुछ आकृतियाँ एवं सीधी छड़ी आदि दिखलाया गया। स्थिरावस्था में ये सारी वस्तुएँ चिपटी प्रतीत हुई परंतु जब उन्हें तेजी से घूमते हुए स्थिति में दिखलाया गया तो वे त्रिविमीय (three dimensional) प्रतीत हुई। बाद में ब्राऊनस्टीन (.Braunstein, 1976) ने भी अपने अध्ययन से इनके परिणाम की सम्पुष्टि किया।

(ix) गति (*Motion*)—वस्तुओं में गति (Movement) का प्रत्यक्षण होने के कारण भी हमें दूरी तथा गहराई का ज्ञान होता है। इस संकेत को गति लम्बन (movement parallax) भी कहा जाता है। इसका सबसे अच्छा उदाहरण चलती रेलगाड़ी में खिड़की या दरवाजे से बाहर की ओर देखने पर मिलता है। चलती रेलगाड़ी से बाहर देखने पर लगता है कि नजदीक के पेड़-पौधे, मकान, व्यक्ति आदि विपरीत दिशा में भागते जा रहे प्रतीत होते हैं तथा दूर के पेड़-पौधे, मकान, पहाड़ आदि उसी दिशा में (यानी जिस दिशा में रेलगाड़ी चल रही है) भागते प्रतीत होते हैं हालांकि सच्चाई यह होती है कि न तो नजदीक के पेड़-पौधे, मकान, पहाड़ आदि भाग रहे हैं या चल रहे हैं और न तो दूर का ही। परन्तु जब व्यक्ति को ऐसा प्रतीत होता है तो इससे उसे वस्तुओं की दूरी तथा नजदीकी का स्पष्ट प्रत्यक्षण होता है।

ऊपर वर्णन किये गये तथ्यों (facts) के आधार पर यह कहा जा सकता है कि इन एकनेत्री संकेतों (monocular cues) द्वारा हमें दूरी एवं गहराई के प्रत्यक्षण में काफी मदद मिलती है। सभी एकनेत्रीय संकेतों की एक सामान्य विशेषता या गुण यह है कि व्यक्ति इसे अपने अनुभव (experience) द्वारा सीखता है न कि जन्म से ही इन संकेतों का उपयोग करने की क्षमता उसमें मौजूद रहती है।

2. द्विनेत्रीय संकेत (*Binocular cue*)—द्विनेत्री संकेत उन संकेतों (cues) को कहा जाता है जिसके उपयोग के लिए दोनों आँखों का होना आवश्यक है। अगर कोई व्यक्ति अपनी एक आँख किसी दुर्घटना या बीमारी के कारण खो दिया है, तो वह इन संकेतों का उपयोग दूरी एवं गहराई के प्रत्यक्षण में नहीं कर सकता है। इन संकेतों को शारीरिक संकेत (physiological cues) भी कहा जाता है क्योंकि इसका सम्बन्ध आँख की संरचना (structure) से होता है। स्वभावतः तब इस तरह का संकेत जन्मजात (inborn) होता है न कि व्यक्ति इसे अपने अनुभव (experience) द्वारा जीवन काल में सीखता है। कोरेन, पोरेक तथा वार्ड (Coren, Porac & Ward, 1989) के अनुसार प्रमुख द्विनेत्री संकेत (binocular cues) निम्नांकित तीन हैं—

(i) समायोजन (*Accommodation*)—इस संकेत को कुछ मनोवैज्ञानिकों ने एकनेत्री संकेत जिसमें गति सम्मिलित नहीं होता है, की भी श्रेणी में भी रखा है। हमारे आँख के लेन्स में छोटा होने तथा बड़ा होने का गुण मौजूद होता है। दूसरे शब्दों में, हम कह सकते हैं, कि लेन्स की वक्रता (curvature) घटती-बढ़ती है। जब व्यक्ति नजदीक की चीज या वस्तु को देखता है, तो लेन्स छोटा हो जाता है अर्थात् लेन्स की वक्रता या मोटाई बढ़ जाती है ताकि देखे जा रहे वस्तु का प्रतिबिम्ब अक्षिपटल (retina) पर ठीक से पड़ सके। दूसरी तरफ जब व्यक्ति दूर की चीज या वस्तु को देखता है तो लेन्स बड़ा हो जाता है, अर्थात् लेन्स की वक्रता कम हो जाती है जिससे लेन्स पतला हो जाता है और तब जाकर दूर की वस्तुओं का प्रतिबिम्ब अक्षिपटल (retina) पर ठीक ढंग से पड़ता है। लेन्स के आकार मे वृद्धि तथा कमी की वस्तुओं का प्रतिबिम्ब अक्षिपटल (retina) पर ठीक ढंग से पड़ता है। लेन्स के आकार में वृद्धि तथा कमी की यह प्रक्रिया विशेष मांसपेशियों (muscles) द्वारा नियंत्रित होता है जिसे सिलियरी मांसपेशी (ciliary muscles) कहा जाता है तथा इस पूरी प्रक्रिया को समायोजन (accommodation) की संज्ञा दी गयी है। इस व्याख्या से स्पष्ट है कि लेन्स में अधिक वक्रता (curvature) होने से कोई भी वस्तु व्यक्ति को नजदीक दिखलाई देता है तथा लेन्स में फैलाव (relaxation) होने से व्यक्ति को वस्तु दूर पर दिखलाई देता है। कुछ मनोवैज्ञानिकों ने समायोजन को एकनेत्रीय संकेत (monocular cue) माना है क्योंकि इसका उपयोग मात्र एक आँख द्वारा भी हो सकता है। लेकिन इसे द्विनेत्रीय संकेत कहने में ही अधिक यथार्थता है क्योंकि जब समायोजन दोनों आँखो द्वारा होता है तो वह ज्यादा परिशुद्ध (accurate) होता है और हमें दूरी का प्रत्यक्षण भी स्पष्ट रूप से होता है।

ग्राहम (Graham, 1965) ने एक प्रयोग कर यह दिखलाया है कि समायोजन संकेत दूरी एवं गहराई के प्रत्यक्षण के लिए कोई बहुत अधिक महत्त्वपूर्ण संकेत नहीं है। इन्होंने यह स्पष्ट रूप से दिखला दिया है कि लेन्स में समायोजन एक सीमित प्रसार (limited range) यानी 20–300 सेन्टीमीटर के भीतर ही होता है। फलतः इस संकेत द्वारा हमें दूरी एवं गहराई का प्रत्यक्षण 20–300 सेंटीमीटर की सीमा के भीतर ही हो सकता है। हौचबर्ग (Hochberg, 1971) ने गत 70 साल में किये गये उन प्रयोगों (experiments) का सर्वेक्षण (review) किया जिसमें समायोजन संकेत का उपयोग दूरी एवं गहराई के प्रत्यक्षण के लिए किया गया था और वे इस परिणाम पर पहुँचे कि समायोजन संकेत निर्धारित सीमा यानी 20–300 सेन्टीमीटर के भीतर भी दूरी एवं गहराई का सही-सही प्रत्यक्षण में बहुत कम ही मदद करता है।

(ii) अभिबिन्दुता तथा अपसारिता *(Convergence & Divergence)*—अभिबिन्दुता (convergence) तथा अपसारिता (divergence) नेत्र-गोलक (eye-ball) के गति (movement) से सम्बन्धित दो संकेत (cues) हैं जिनसे हमें वस्तु की दूरी एवं गहराई का ज्ञान होता है। जब हम नजदीक की वस्तुओं (objects) को देखते हैं, तो दोनों आँख का नेत्र-गोलक भीतर की ओर यानी नाक की ओर घूमता है, उसे *अभिबिन्दुता* (convergence) कहा जाता है। उसी तरह से जब हम दूर की वस्तुओं पर देखते हैं, तो दोनों आँख का नेत्र-गोलक बाहर की दिशा मे यानी बाँयी आँख, बाँयें कान की ओर तथा दायीं आँख दायें कान की ओर घूमता है। इसे *अभिसारिता* (divergence) कहा जाता है। इस तरह से यह स्पष्ट है कि अभिबिन्दुता (convergence) द्वारा हमें वस्तुओं की समीपता (nearness) का प्रत्यक्षण होता है तथा अपसारिता (divergence) द्वारा हमें वस्तुओं की दूरी (distance) का प्रत्यक्षण होता है।

परन्तु कई मनोवैज्ञानिकों ने अपने-अपने अध्ययन में यह स्पष्ट रूप से दिखलाया है कि अभिबिन्दुता तथा अभिसारिता द्वारा व्यक्ति को दूरी तथा गहराई का प्रत्यक्षण सही-सही नहीं होता है। इन मनोवैज्ञानिकों में गोगेल, ग्रेग तथा वेनराईट (Gogel, Gregg & Wainwright, 1961) और हौचबर्ग (Hochberg, 1971) का नाम अधिक लिया जाता है।

(iii) द्विनेत्री विभिन्नता या अक्षिपटलीय विभिन्नता *(Binocular disparity or retinal disparity)*—जब व्यक्ति किसी वस्तु को देखता है तो इसकी प्रतिमा दोनों आँखों के अक्षिपटल (retina) पर अलग-अलग बनता है। इन दोनों प्रतिमाओं में थोड़ी भिन्नता पायी जाती है जिसे *अक्षिपटलीय विभिन्नता* या *द्विनेत्री विभिन्नता* कहा जाता है। ऐसा देखा गया है कि जैसे-जैसे वस्तु व्यक्ति से नजदीक आता जाता है, वैसे-वैसे अक्षिपटलीय विभिन्नता बढ़ती जाती है। दूसरे तरफ यदि वस्तु व्यक्ति से दूर होता जाता है, तो उससे उत्पन्न द्विनेत्री विभिन्नता कम होते जाती है। स्पष्ट हुआ कि अक्षिपटलीय विभिन्नता द्वारा भी व्यक्ति को वस्तुओं की दूरी का प्रत्यक्षण होता है।

उपर्युक्त विवेचन के आलोक में हम इस निष्कर्ष पर पहुँचते हैं कि दूरी तथा गहराई का दृष्टि प्रत्यक्षण एकनेत्री संकेत (monoculer cues) तथा द्विनेत्री संकेत दोनों के आधार पर होता है। वास्तविकता यह है कि हम इन दोनों तरह के संकेतों का जब उपयोग करते हैं तो दूरी तथा गहराई का परिशुद्ध प्रत्यक्षण होता है। अगर हम सिर्फ एक ही प्रकार के संकेत का उपयोग करें तो दूरी एवं गहराई का प्रत्यक्षण उतना सही नहीं हो पायेगा। यही कारण है कि एक आँख के व्यक्ति में दूरी तथा गहराई का प्रत्यक्षण दो आँख वाले व्यक्ति की दूरी तथा गहराई के प्रत्यक्षण से थोड़ा अस्पष्ट एवं घटिया होता है।

आवाज या ध्वनि का त्रिविमीय स्थान निर्धारण
(Tridimensional Location of Sound)

अब तक हमलोगों ने केवल दृष्टि गहराई (visual depth) तथा दूरी के प्रत्यक्षण पर विचार किये हैं। परन्तु सच्चाई यह है कि आवाज या ध्वनि का हमें त्रिविमीय प्रत्यक्षण अर्थात् दूरी तथा साथ-ही-साथ दिशा (direction) का प्रत्यक्षण होता है। ध्वनि स्थान निर्धारण (sound location) में ध्वनि की दूरी तथा दिशा दोनों का निर्धारण किया जाता है। इसके लिए भी हमें निम्नांकित दो तरह के संकेत (cues) उपलब्ध हैं—

(1) एककर्णज संकेत (Monaural cues)

(2) द्विकर्णज संकेत (Binaural cues)

एककर्णत संकेत जैसा कि नाम से ही स्पष्ट है, के लिए मात्र एक कान की आवश्यकता पड़ती है अर्थात् इन संकेतों द्वारा एक कान का उपयोग करके ध्वनि की दूरी तथा दिशा का पता लगा लिया जाता है। ध्वनि को प्रबलता (loudness) एक ऐसा ही संकेत है। प्रबल ध्वनि से नजदीकी तथा ध्वनि की धीमी प्रबलता से दूरी होने का पता चलता है। जैसे, आपका दोस्त यदि आपका नाम जोर-जोर से पुकारते हुए नजदीक आते जाता है, तो उनकी ध्वनि की प्रबलता बढ़ते जाती है और आप यह आसानी से उसे बिना देखे ही यह समझ लेते हैं कि वह धीरे-धीरे हमारे पास आ रहा है। अतः ध्वनि की प्रबलता में अंतर द्वारा दूरी में अंतर का प्रत्यक्षण किया जाता है।

कुछ संकेत द्विकर्णज (binaural) होते हैं। यद्यपि ध्वनि को तो दोनों कानों द्वारा प्रत्यक्षण किया जाता है, परन्तु जिस दिशा से ध्वनि आ रही है, उसके तरफ पड़ने वाला कान द्वारा उस ध्वनि को तुलनात्मक रूप से दूसरे कान द्वारा कुछ पहले ग्रहण किया जाता है और इसं तरह से दोनों कानों द्वारा एक ही ध्वनि को ग्रहण करने में कुछ समय का अंतर जो एक सेकंड का लगभग हजारवाँ भाग के करीब होता है, हो जाता है। मस्तिष्क इस अंतर को संसाधित (process) करके ध्वनि के स्थान निर्धारण के बारे में सही निर्णय कर पाता है। अतः पहला द्विकर्णज संकेत दोनों कानों तक पहुँचने में ध्वनि का समयांतर हुआ। दूसरा द्विकर्णज संकेत दोनों कानों तक किसी ध्वनि के पहुँचने पर उसकी प्रबलता (soundness) में हुआ अंतर होता है। सामान्यतः ध्वनि जिस दिशा से आती है, उस दिशा की ओर पड़ने वाले कान में उसकी प्रबलता दूसरे कान में उसी ध्वनि की प्रबलता की अपेक्षा अधिक होती है। हालांकि प्रबलता का अंतर काफी कम होता है परन्तु फिर भी मस्तिष्क इस प्रबलता को ग्रहण करके ध्वनि की दूरी तथा दिशा का ज्ञान कर लेता है। एक ही ध्वनि की प्रबलता दूसरे कान में इसलिए कम लगती है क्योंकि व्यक्ति के सिर द्वारा ध्वनि की तीव्रता में थोड़ी रूकावट आ जाती है। मिडल ब्रुक्स (Middle Brooks, 1994) द्वारा किये गए अध्ययनों से यह स्पष्ट हुआ है कि मस्तिष्क में कुछ ऐसे न्यूरोन्स (neurons) हैं जो दोनों कान में ध्वनि के पहुँचने में हुए समयांतर तथा उसकी प्रबलता में हुए अंतर के प्रति काफी संवेदनशील (sensitive) होते हैं जिसके फलस्वरूप मस्तिष्क को ध्वनि की दिशा तथा दूरी का निर्धारण करने में कोई कठिनाई नहीं होती है।

गति प्रत्यक्षण
(Perception of Movement)

मानव प्राणी एवं उच्चतर पशु (higher animal) दो तरह के गति का प्रत्यक्षण करते हैं— वास्तविक गति (real movement) तथा आभासी गति (apparent movement)। मनोवैज्ञानिकों ने इन दोनों तरह के प्रत्यक्षण के सम्बन्ध में अलग-अलग प्रयोग किये हैं तथा अलग-अलग विचार व्यक्त किये हैं जिसका संक्षिप्त वर्णन इस प्रकार हैं—

1. वास्तविक गति *(Real movement)*—जब वातावरण के वस्तु में वास्तविक गति (movement) होता है जिसके परिणामस्वरूप अक्षिपटल (retina) पर बनने वाले उन वस्तुओं का प्रतिबिम्ब (images) में भी वास्तविक गति उत्पन्न हो जाता है, तो इस तरह की परिस्थिति में हमें जिस गति का प्रत्यक्षण होता है, उसे वास्तविक गति (real movement) कहते हैं। उदाहरणार्थ, मान लीजिए कि कोई व्यक्ति अपने कमरा में बैठकर बाहर के पेड़ (tree) पर देख रहा है। इतने में एक पक्षी उड़ते हुए उसकी दृष्टि (sight) से गुजरता है। स्वभावतः उड़ते हुए पक्षी का जो प्रतिबिम्ब अक्षिपटल पर पड़ा, उसमें वास्तविक गति उत्पन्न हुई जिसमें हमें उड़ते हुए पक्षी का ज्ञान हुआ। ऐसा भी हो सकता है कि जिधर-जिधर पक्षी उड़ रहा है उधर-उधर व्यक्ति अपना सिर घुमा रहा है यानी अपना आँख घुमा रहा है। ऐसी परिस्थिति में भी उसके अक्षिपटल (retina) पर बनने वाले प्रतिबिम्ब (images) में गति उत्पन्न हो रहा है। इतना ही नहीं, पृष्ठभूमि (background) का प्रतिबिम्ब जो अक्षिपटल पर पड़ रहा है, उसमें भी गति उत्पन्न हो रहा है। ऊपर के दोनों उदाहरणों में व्यक्ति को गति का प्रत्यक्षण इसलिए हो रहा है क्योंकि वस्तु (पक्षी) से बनने वाले अक्षिपटलीय प्रतिबिम्ब (retina images) में भी परिवर्तन हो रहा है। इस तरह के गति के प्रत्यक्षण को वास्तविक गति कहा गया है।

वास्तविक गति (real movement) के प्रत्यक्षण की व्याख्या निम्नांकित दो तंत्रों (system) द्वारा ग्रिगोरी (Gregory,

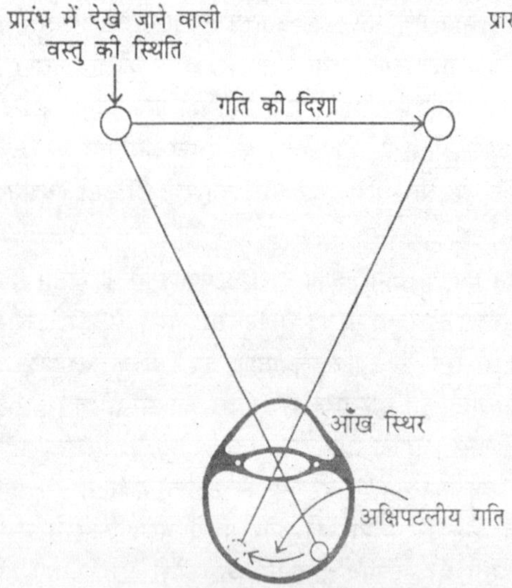

चित्र 3.9 प्रत्यक्षित वस्तु दायीं ओर घूम रही है।

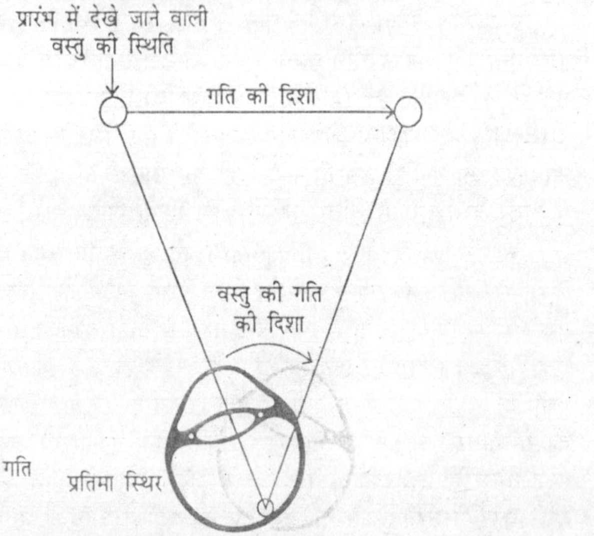

चित्र 3.10 प्रत्यक्षित वस्तु दायीं ओर घूम रही है।

1966) ने किया है—

(i) प्रतिबिम्ब-अक्षिपटल गति तंत्र (image-retina movement system)

(ii) आँख-सिर गति तंत्र (eye-head movement system)

इन तंत्रों की व्याख्या निम्नांकित हैं—

(i) प्रतिबिम्ब-अक्षिपटल गति तंत्र *(Image-retina movement system)*—इस तंत्र के अनुसार व्यक्ति को उद्दीपकों या वस्तुओं में गति का प्रत्यक्ष (perception) उस समय होता है जब वस्तु में वास्तविक गति होने से उसके अक्षिपटल में उत्पन्न प्रतिबिम्ब में भी वास्तविक गति होती है परन्तु आँख स्थिर (stationary) होता है। जैसे, ऊपर के उदाहरण में जब व्यक्ति पेड़ पर देख रहा था तो उसका आँख स्थिर (stationary) था परन्तु एक उड़ते हुए पक्षी का उसके दृश्य (sight) से गुजरने के कारण उसके अक्षिपटल पर बनने वाले प्रतिबिम्ब में गति (movement) उत्पन्न हुई। फलतः व्यक्ति उड़ते हुए पक्षी का यानी वस्तु में गति का पत्यक्षण किया। ग्रीगोरी (Gregory, 1966) के अनुसार, प्रतिबिम्ब-अक्षिपटल गति तंत्र की व्याख्या में मस्तिष्क में कुछ गति संसूचक कोशिकाएँ (movement detector cells) होती हैं जिनके उत्तेजित होने से व्यक्ति उद्दीपक में गति का अनुभव करता है। चित्र 3.9 में देखने से यह स्पष्ट हो जाता है कि प्रतिबिम्ब-अक्षिपटल गति तंत्र द्वारा गति का प्रत्यक्षण कैसे होता है। इस चित्र से स्पष्ट है कि जब लक्ष्य वस्तु (target objects) यानी 'वृत्त' बायीं ओर से दायीं ओर हो जाता है और आँख स्थिर रहता है तो इसका अक्षिपटल पर बनने वाला प्रतिबिम्ब दायीं ओर से बायीं ओर घुमता है। इस तरह के अक्षिपटलीय गति को मस्तिष्क का गतिसूचक कोशिकाओं द्वारा ग्रहण कर लिया जाता है। अतः इस तंत्र के अनुसार गति का प्रत्यक्षण अक्षिपटलीय प्रतिबिम्ब (retinal image) में गति होने (जो वस्तु में वास्तविक गति के कारण होता है) के फलस्वरूप मस्तिष्क के दृष्टि क्षेत्र (visual field) के गति संसूचक कोशिकाओं (movement detector cells) के उत्तेजित होने के कारण होता है।

(ii) आँख-सिर गति तंत्र *(Eye-head movement system)*—यह तंत्र ऊपर वर्णन किये गये तंत्र (system) के विपरीत है। इस तंत्र के अनुसार जब कोई लक्ष्य वस्तु (target object) एक दिशा से दूसरी दिशा में घूमती है (जिसके फलस्वरूप गति होता है) और उसके साथ-ही-साथ व्यक्ति भी अपना आँख और सिर घुमाते जाता है तो उसके

परिणामस्वरूप उस गतिशील लक्ष्य वस्तु से अक्षिपटल (retina) पर बना प्रतिबिम्ब स्थिर (fixed) रहता है। परन्तु फिर भी हमें गति का प्रत्यक्षण होता है। चित्र 3.10 से इस तथ्य को अधिक स्पष्ट किया गया है। इस चित्र में स्पष्ट रूप से यह दिखलाया गया है कि जब लक्ष्य वस्तु बायीं ओर चला जाता है, तो व्यक्ति भी अपना आँख तथा सिर दायीं ओर से बायीं ओर कर लेता है जिसके परिणामस्वरूप उस गतिशील लक्ष्यवस्तु का प्रतिबिम्ब (image) अक्षिपटल पर एक जगह स्थिर (stationary) रह जाता है। इस तरह के आँख की गति को मनोवैज्ञानिकों ने *मृदु अनुसरण गति* (smooth pursuit movement) कहा है।

2. आभासी गति *(apparent movement)*—आभासी गति वैसे गति को कहा जाता है, जहाँ व्यक्ति को गति का प्रत्यक्षण उद्दीपक या लक्ष्य वस्तु (target object) के स्थिर (fixed) होने पर अर्थात् गति (motion) में नहीं होने पर भी होता है। इस तरह से यह कहा जा सकता है कि आभासी गति एक तरह का भ्रम (illusion) की अवस्था है जिसमें व्यक्ति को वस्तु या उद्दीपक के स्थिर होने पर भी गति का प्रत्यक्षण होता है। आभासी गति को निम्नांकित पाँच भागों में मनोवैज्ञानिकों ने बाँटा है—

(i) फाई घटना *(Phi-phenomenon)*—फाई घटना को सबसे पहले गेस्टाल्ट मनोवैज्ञानिकों (Gestalt psychologists) ने अध्ययन किया। वर्दाइमर (Werthemier) जिन्हें गेस्टाल्ट स्कूल का जनक (father) कहा जाता है, ने 1912 में एक प्रयोग किये जिसमें यह दिखलाया गया है कि दो बल्बों को यदि एक खास समय अन्तराल पर जलाया और बुझाया जाय तो देखने वाले व्यक्ति को आभासी गति (apparent movement) का ज्ञान होगा अर्थात् व्यक्ति को ऐसा प्रतीत या आभास होगा कि बल्ब ही एक जगह से दूसरे जगह एक निश्चित दिशा में घूम रहा है। इसे वर्दाइमर ने *फाई घटना* (phi-phenomenon) की संज्ञा दी है। इन्होंने बतलाया कि फाई घटना होने के लिए यह आवश्यक है कि एक बल्ब को बुझने और दूसरे बल्ब को जलने के बीच का समय अन्तराल 60 मिलिसेकेण्ड का हो। अगर समय अन्तराल इससे काफी कम है, तो व्यक्ति को गति का प्रत्यक्षण न होकर ऐसा प्रतीत होगा कि दोनों बल्ब एक ही साथ जलाया गया है। उसी तरह यदि दोनों बल्बों के बीच का समय अन्तराल 60 मिलिसेकेण्ड से काफी अधिक है, तो भी व्यक्ति को गति का प्रत्यक्षण न होकर ऐसा प्रतीत होगा कि दोनों बल्ब बारी-बारी से जलाया जा रहा है। आजकल मनोवैज्ञानिकों ने फाई घटना (Phi-phenomenon) को एक अन्य नाम अर्थात् *स्ट्रोवोस्कोपिक गति* (stroboscopic movement) दिया है। अन्सटीस (Anstis, 1979) के अनुसार चलचित्रों (motion picture) में दर्शकों में गति का आभास उत्पन्न करने के लिए स्ट्रोवोस्कोपिक गति का ही उपयोग किया जाता है।

(ii) स्वगतिक प्रभाव *(Autokinetic effect)*—स्वगतिक प्रभाव द्वारा भी हमें आभासी गति (apparent movement) का प्रत्यक्षण होता है। मनोवैज्ञानिकों ने यह दिखलाया है कि यदि अंधेरे कमरे में एक छोटा-सा प्रकाश की स्थिर बिन्दु (stationary point) पर ध्यानपूर्वक देखें तो ऐसा आभास होता है कि रोशनी की बिन्दु इधर-से-उधर घूम रहा है। इस तरह का आभासी गति (apparent movement) को *स्वगतिक गति* (autokinetic movement) की संज्ञा दी जाती है। होचवर्ग (Houchbeg, 1971) ने इस क्षेत्र के अध्ययन की समीक्षा के बाद यह बतलाया है कि इस तरह के गति पर सबसे पहले खगोलज्ञ (astonomers) का ध्यान गया तथा जिन्होंने तारों को दूरबीन से देखने पर उसे गतिशील होने का प्रत्यक्षण किया। मार्टिन तथा मैकनॉन (Martin & Mc Kinnon, 1964) ने एक प्रयोग कर दिखलाया है कि स्वगतिक प्रभाव पर आँख की गति (eye-movement) का प्रभाव पड़ता है। उन्होंने अपने प्रयोग में एक विशेष प्रविधि (technique) द्वारा जब प्रयोज्य के नेत्र गोलक के गति (eye ball movement) को बहुत हद तक नियंत्रित कर दिया तो ऐसा देखा गया कि स्वगतिक प्रभाव (autokinetic effect) में कुछ कमी हो गयी। इस प्रयोग से यह स्पष्ट हो जाता है कि स्वगतिक प्रभाव पर नेत्र गोलक की गति (eye ball movement) का असर पड़ता है। शेरीफ (Sherif, 1936) ने अपने प्रयोग में यह दिखलाया है कि स्वगतिक प्रभाव पर सुझाव (suggestion) का प्रभाव पड़ता है। जब उन्होंने अपने प्रयोज्य (subject) को अंधेरे कमरे में रोशनी की बिन्दु को एक खास दिशा में घूमते हुए होने का सुझाव दिया तो प्रयोज्य ने भी उस बिन्दु को उसी दिशा में घूमते हुए पाया। अतः स्वगतिक प्रभाव पर सुझाव (suggestion) का भी प्रभाव पड़ता है। शर्मा तथा मोसकोविज (Sharma & Moskowitz, 1972) ने अपने अध्ययन में पाया कि मैरीजुआना धूम्रपान कर लेने पर स्वगतिक प्रभाव अधिक स्पष्ट रूप से प्रयोज्य में होता था।

(iii) उत्पन्न गति (*Induced movement*)—उत्पन्न-गति तब पैदा होती है जब दृष्टि उद्दीपकों की ढाँचा एक दिशा में घुमती है, जिससे यह भ्रम होता है कि उससे स्थिर लक्ष्य उद्दीपक उसके विपरीत दिशा में घूमता है। डंकर (Duncker, 1929) ने अपने प्रयोग के आधार पर बतलाया है कि जब किसी स्थिर वस्तु (stationary object) को एक गतिशील पृष्ठभूमि (moving background) या संदर्भ (context) में रखकर व्यक्ति को दिखलाया जाता है, तो व्यक्ति को गति का प्रत्यक्षण (perception of movement) होता है। दूसरे शब्दों में, व्यक्ति को ऐसा प्रतीत होता है कि स्थिर वस्तु ही घूम रही है और पृष्ठभूमि स्थिर है। इसका सबसे अच्छा उदाहरण चाँदनी रात में जब बादल के कुछ टुकड़े इधर-से-उधर घूमते नजर आते हैं, मिलता है। इस परिस्थिति में ऐसा लगता है कि चन्द्रमा तेजी से एक दिशा में बादल को चीरते हुए आगे बढ़ रहा है जबकि सच्चाई इसके ठीक विपरीत होती है अर्थात् चन्द्रमा स्थिर होता है तथा बादल के टुकड़े गतिशील होते हैं।

उत्पन्न गति का प्रयोगात्मक अध्ययन गोगेल (Gogei, 1978) द्वारा काफी अधिक किया गया है। इन्होंने अपने प्रयोगात्मक अध्ययन में यह पाया है कि अगर प्रयोज्य को एक घूमते हुए वर्गाकार फ्रेम (squared frame) के बीच में एक स्थिर बिन्दु रखकर दिखलाया जाता है तो बिन्दु फ्रेम के गति के विपरीत गति में चलते हुए प्रयोज्य को नजर है। गोगेल एवं टिइज (Gogel & Tietz, 1976) ने अपने अध्ययन में कुछ वैसे चरों की पहचान किया है जिनसे उत्पन्न गति का प्रत्यक्षण प्रभावित होता है। इनके अध्ययन के अनुसार जब इर्द-गिर्द का फ्रेम तथा लक्ष्य वस्तु प्रत्यक्षणकर्ता को अलग-अलग दूरी पर प्रतीत होता है तो वैसी अवस्था में उत्पन्न गति की मात्रा का प्रत्यक्षण कम हो जाता है। कुछ अध्ययनों के आधार पर यह दावा किया गया है कि इर्द-गिर्द का फ्रेम (surrounding frame) जो लक्ष्य वस्तु (target object) में गति उत्पन्न कर देता है, को विस्तृत (eleborate) होना आवश्यक नही है। डे (Day, 1978), उदाहरणस्वरूप, अपने अध्ययन में पाये कि लक्ष्य प्रकाश बिन्दु (target spot of light) के अलावा यदि मात्र एक प्रकाश बिन्दु (spot of light) और उपस्थित किया जाता है, तो इससे भी लक्ष्य प्रकाश बिन्दु में गति उत्पन्न होने का प्रत्यक्षण होने लगता है। किसी अंधेरे पृष्ठभूमि में जब दो प्रकाश बिन्दु में से एक को स्थिर रखा जाता है तथा एक में गति उत्पन्न की जाती है तो प्रत्यक्षणकर्त्ता को स्थिर प्रकाश बिन्दु भी गतिशील नजर आता है। इसका मतलब यह हुआ कि उत्पन्न गति का प्रत्यक्षण उस परिस्थिति में भी होता है जब एक उद्दीपक दूसरे स्थिर उद्दीपक की तुलना में गतिमान होता है और पृष्ठभूमि ऐसी होती है जो उसे यह संकेत नहीं प्रदान करता है कि कौन उद्दीपक स्थिर है। परिणामस्वरूप जो वस्तु या उद्दीपक वास्तव में स्थिर है, वह गतिशील प्रतीत होता है।

(iv) गति अनुप्रभाव (*Movement after-effects*)—गति अनुप्रभाव तब उत्पन्न होता है जब व्यक्ति किसी ऐसे उद्दीपक पर ध्यान देकर देखता है जिसमें एक सतत गति (continuous movement) हो रहा हो और फिर वह अपना ध्यान एक-दूसरे उद्दीपक पर देता है जिससे यह दूसरा उद्दीपक पहले उद्दीपक से विपरीत दिशा में गतिशील प्रतीत होने लगता है। जैसे, यदि हम किसी पानी के स्वाभाविक झरने (natural waterfall) पर पानी को ऊपर से नीचे गिरते हुए स्थिति पर कुछ मिनट गौर से देखें और फिर वहाँ से ध्यान हटाकर अगल-बगल के पौधों एवं पत्थरों पर ध्यान दें तो पायेंगे कि पौधे, पत्थर आदि ऊपरी दिशा में जा रहे हैं यद्यपि सच्चाई यह है कि वे स्थिर है। यह गति उत्तर प्रभाव को चित्र 3.11 से भी दिखलाया जा सकता है। इस चित्र को किसी घूर्मी डिस्क (rotating disc) पर रखकर एक दिशा में तेजी से घुमाते हुए प्रयोज्य को दिखाने के बाद डिस्क को स्थिर करके इस चित्र या आकृति को प्रयोज्य को दिखाने पर प्रयोज्य आकृति को पहले देखी गयी दिशा के विपरीत दिशा में घुमते हुए देखता है हालाँकि इस बार आकृति स्थिर है।

चित्र 3.11 गति उत्तर प्रभाव दिखाने की आकृति

(v) आकृतियों में गति (*Movement in pictures*)—कुछ आकृतियाँ ही ऐसी होती है जिनको देखकर गति होने का आभास व्यक्ति में होती हैं। विभिन्न प्रकार के कला एवं फोटोग्राफी में अक्सर ऐसी आकृतियाँ होतीं हैं जिन्हें देखकर आभासी गति (apparent motion) का अंदाज व्यक्ति को होता है। जैसे चित्र 3.12 में गौर से देखने से ऐसा लगता है कि महिला तेजी से आगे की ओर दौड़ रही है।

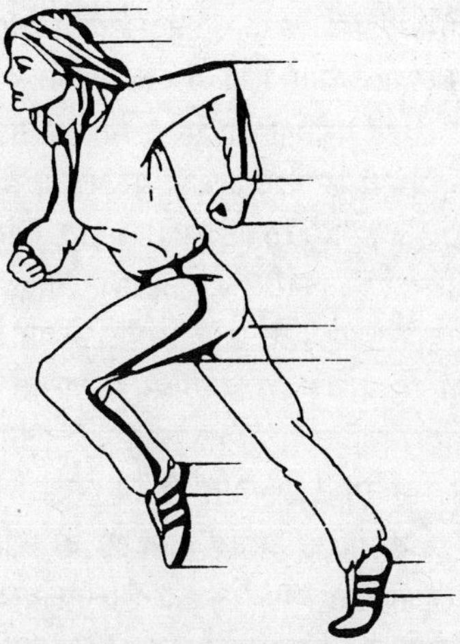

चित्र 3.12 स्थिर आकृति में आभासी गति

स्पष्ट हुआ कि गति प्रत्यक्षण में दो तरह के प्रत्यक्षण सम्मिलित होते हैं—वास्तविक गति (real movement) का प्रत्यक्षण तथा आभासी गति (apparent movement) का प्रत्यक्षण। आभासी गति के मुख्य पाँच प्रकारों का वर्णन किया गया है। इन सभी पाँच प्रकारों में उद्दीपक या वस्तु तथा प्रत्यक्षणकर्त्ता दोनों ही स्थिर (static) होते हैं। इसके बावजूद भी व्यक्ति को गति का आभास होता है। आभासी गति प्रभाव में व्यक्ति का प्रत्यक्षण वस्तु के वास्तविक गुणों से सुमेलित (match) नहीं हो पाता है।

प्रत्यक्षण को प्रभावित करने वाले कारक
(Factors Influencing Perception)

प्रत्यक्षण पर कई कारकों का प्रभाव पड़ता है। इस क्षेत्र में किए गए अध्ययनों से यह स्पष्ट हुआ कि प्रत्यक्षण पर व्यक्ति के मानसिक वृत्ति (mental set), मनोवृत्ति, अभिप्रेरण (motivation) तथा सामाजिक एवं सांस्कृतिक कारकों का काफी प्रभाव पड़ता है। इन सभी तरह के कारकों को निम्नांकित तीन मुख्य भागों में बाँटकर अध्ययन किया जा सकता है—

(i) प्रत्यक्षण में व्यक्तिगत कारकों की भूमिका (Role of personal factors in perception)

(ii) प्रत्यक्षण में सामाजिक कारकों की भूमिका (Role of social factors in perception)

(iii) प्रत्यक्षण में सांस्कृतिक कारकों की भूमिका (Role of cultural factors in perception)

इन तीनों कारकों का वर्णन हम अलग-अलग अनुच्छेद में करेंगे।

प्रत्यक्षण में व्यक्तिगत कारकों की भूमिका
(Role of personal Factors in Perception)

मनोवैज्ञानिकों द्वारा किये गये अध्ययनों से यह स्पष्ट हुआ कि प्रत्यक्षण में प्रत्यक्षणकर्ता (perceiver) से सम्बन्धित कारकों की भूमिका महत्त्वपूर्ण होती है। इन कारकों की तीक्ष्णता से व्यक्ति का प्रत्यक्षण स्पष्टतः प्रभावित होता है। व्यक्तिगत कारकों में ऐसे तो कई कारकों को सम्मिलित किया जाता है परंतु उनमें प्रत्यक्षणकर्त्ता की आवश्यकता, प्रत्यक्षणकर्त्ता के लिए वस्तु का मूल्य, प्रत्यक्षणकर्त्ता का मूल्य तंत्र (value system), व्यक्तित्व शीलगुण (personality traits), मानसिक वृत्ति (mental set), वस्तु का प्रत्यक्षणकर्त्ता के लिए प्रतीकात्मक अर्थ (symbolic meaning) आदि को प्रधान बतलाया गया है। इन सबों का वर्णन निम्नांकित है—

1. शारीरिक आवश्यकता तथा मनोवैज्ञानिक आवश्यकता का प्रत्यक्षण पर प्रभाव (*Effect of physiological need and psychological need upon perception*)—प्राणी के अभिप्रेरण में भूख, प्यास आदि शारीरिक आवश्यकताओं तथा उपलब्धि अभिप्रेरक एवं अन्य मनोवैज्ञानिक आवश्यकताओं (psychological needs) का महत्त्व काफी अधिक है। इन कारकों का प्रत्यक्षण पर सीधा प्रभाव पड़ता देखा गया है। सचमुच में, व्यक्ति अपनी शारीरिक आवश्यकताओं के अनुरूप ही उद्दीपक का प्रत्यक्षण करता है। जैसे, प्रसिद्ध प्रयोगात्मक मनोविज्ञानी ऑसगुड (Osgood, 1953) लिखे हैं कि जब वे भोजन करने के लिए जाते थे तो रास्ते में एक दफ्तर मिलता था जिसका नाम '400D' था

और वे प्रायः उसे 'FOOD' पढ़ा करते थे। इस उदाहरण से यह संकेत मिलता है कि ऑसगुड अपने विशेष शारीरिक अवस्था अर्थात् भूख के कारण ही '400D' को 'FOOD' पढ़ा करते थे।

कई प्रयोगात्मक सबूत भी ऐसे उपलब्ध है जिनसे इस बात की सम्पुष्टि होती है कि व्यक्ति की शारीरिक आवश्यकता का प्रभाव उसके प्रत्यक्षण पर पड़ता है। इस क्रम में सबसे प्रमुख एवं चर्चित अध्ययन लेभाईन, चीन एवं मर्फी (Levine, Chein & Murphy, 1942) द्वारा किया गया। इस अध्ययन में प्रयोगात्मक समूह तथा नियंत्रित समूह के छात्रों को कुछ अस्पष्ट चित्रकारी (vague drawings) एक शीशे के भीतर में दिखलाया गया। प्रयोगात्मक समूह के छात्र भूखे थे जबकि नियंत्रित समूह के छात्र भरपेट भोजन किये हुए थे। दोनों समूह के छात्रों से यह बतलाने का अनुरोध किया गया कि देखे जा रहे प्रत्येक चित्रकारी से सम्बन्धित वस्तुओं के बारे में बतलावें। परिणाम में देखा गया कि प्रयोगात्मक समूह के छात्रों द्वारा नियंत्रित समूह के छात्रों की तुलना में खाने-पीने की वस्तुओं के बारे में अधिक बतलाया गया। इस प्रयोग के परिणाम से यह स्पष्ट हो जाता है कि प्रत्यक्षण पर व्यक्ति के शारीरिक आवश्यकताओं का स्पष्ट प्रभाव पड़ता है।

शारीरिक आवश्यकताओं के अतिरिक्त मनोवैज्ञानिक आवश्यकताओं (psychological needs) का भी व्यक्ति के प्रत्यक्षण पर प्रभाव पड़ता है। मैकक्लिलैण्ड तथा लिबरमैन (Mc Clelland & Liberman, 1949) ने एक प्रयोग किया जिसमें यह दिखलाया गया है कि व्यक्ति का प्रत्यक्षण उसके उपलब्धि अभिप्रेरक (achievement motivation) से कैसे प्रभावित होता है। इन्होंने एक प्रक्षेपण परीक्षण (projective test) के आधार पर प्रयोज्यों को दो समूहों में बाँटा— अधिक उपलब्धि अभिप्रेरक वाले समूह तथा कम उपलब्धि अभिप्रेरक वाले समूह। इन दोनों समूहों को 30 शब्द टैचिस्टोस्कोप (Tachistoscope) से दिखलाया गया। इनमें से 10 शब्द उपलब्धि से सम्बन्धित थे तथा 20 शब्द तटस्थ थे या फिर वे अन्य अभिप्रेरकों से सम्बन्धित थे। परिणाम में देखा गया कि अधिक उपलब्धि अभिप्रेरक वाले प्रयोज्यों में उपलब्धि अभिप्रेरक से सम्बन्धित शब्दों का प्रत्यक्षण तटस्थ शब्दों की अपेक्षा निम्न स्तर प्रत्यक्षज्ञानात्मक देहली (lower perceptual threshold) पर कर लिए गये तथा कम उपलब्धि अभिप्रेरक वाले प्रयोज्यों द्वारा उपलब्धि अभिप्रेरक से सम्बन्धित शब्दों का प्रत्यक्षण तटस्थ शब्दों की अपेक्षा उच्चतर प्रत्यक्षज्ञानात्मक देहली पर किये। प्रयोग के इस परिणाम से यह स्पष्ट हो जाता है कि व्यक्ति का प्रत्यक्षण पर उसके उपलब्धि अभिप्रेरक का प्रभाव पड़ता है।

पोस्टमैन, ब्रुनर तथा मैकगिन्नीज (Postman, Bruner & Mc Ginnies, 1948) ने भी एक प्रयोग किया जिससे यह स्पष्ट हो जाता है कि व्यक्ति उन शब्दों का प्रत्यक्षण जल्द करता है जो उनकी आवश्यकता या मूल्य (value) से सम्बन्धित होते हैं। इन्होंने आलपोर्ट-भर्नन मूल्य मापनी (Allport-Vernon value scale) जिसके द्वारा 6 मूल्यों अर्थात् सैद्धान्तिक, आर्थिक, सामाजिक, राजनैतिक, धार्मिक तथा सौंदर्यरोधी (aesthetic) का मापन होता है, के आधार पर प्रयोज्यों के मूल्यों का मापन कर लिए। इसके बाद प्रत्येक श्रेणी से सम्बन्धित 6-6 शब्दों का अर्थात कुल 36 शब्दों की एक सूची प्रयोगकर्त्ता द्वारा तैयार किया गया जिन्हें टैचिस्टोस्कोप (tachistoscope) के माध्यम से प्रयोज्यों को 0.01 सेकंड से लेकर उत्तरोत्तर बढ़ते समय तक के लिए तब तक दिखाया गया जब तक उन शब्दों का सही-सही प्रत्यक्षण प्रयोज्यों द्वारा नहीं कर लिया गया। परिणाम में देखा गया कि प्रयोज्यों ने उन शब्दों का प्रत्यक्षण जल्दी कर लिया (निम्नतर प्रत्यक्षज्ञानात्मक देहली) जो उनके उच्च मूल्य तंत्र (high value system) से सम्बन्धित थे। जैसे, जिन प्रयोज्यों में आर्थिक मूल्य तंत्र अधिक प्रबल था, वे इस तंत्र से सम्बन्धित शब्द यथा 'आय' (income) का प्रत्यक्षण अन्य शब्दों की तुलना में कम समय अनरावरण (exposure) में ही कर लिए। इस प्रयोग को वैण्डरप्लास एवं ब्लेक (Vanderplas & Blake, 1949) द्वारा दोहराया गया और परिणाम की पुष्टि की गयी।

उपर्युक्त सभी प्रयोगों के परिणाम का निष्कर्ष यही है कि आवश्यकता चाहे शारीरिक हो या मनोवैज्ञानिक, व्यक्ति के प्रत्यक्षण को प्रभावित करता है।

2. प्रत्यक्षण किये जाने वाले वस्तुओं के मूल्यों का प्रभाव *(Effect of value of objects on perceiver)*—प्रत्यक्षण पर इस बात का भी प्रभाव पड़ता है कि व्यक्ति के लिए वस्तुओं या उद्दीपकों का मूल्य (value) कितना है। मनोवैज्ञानिकों द्वारा किये गए अध्ययनों से यह स्पष्ट हुआ है कि जिस वस्तु का मूल्य (value) प्रत्यक्षणकर्त्ता के लिए अधिक होता है उसका आकार उसे बड़ा मालूम होता है। ब्रुनर तथा गुडमैन (Bruner & Goodman, 1947) ने इस सिलसिले में एक

अध्ययन किया। इन्होंने समान बुद्धि के 10 बच्चों के दो समूह लिए। एक समूह में सभी धनी परिवार के बच्चे थे तथा दूसरा समूह में सभी गरीब परिवार के कच्चे थे। इन दोनों समूह के बच्चों को 1, 5, 10, 20, 25 तथा 50 सेन्ट (cent) के सिक्के के आकार का आकलन एक रोशनी प्रोजेक्टर (light projector) द्वारा करने को कहा गया। रोशनी प्रोजेक्टर द्वारा परदे पर सिक्के के आकार (size) की गोल रोशनी पड़ती थी जिसे प्रयोज्य जरूरत पड़ने पर प्रोजेक्टर के नॉव (knob) को घुमाकर छोटा या बड़ा कर लेता था। परिणाम में देखा गया कि गरीब परिवार ने सभी बच्चों ने सभी प्रकार के सिक्कों के आकार का अतिप्राक्कलन (overestimation) किया जबकि धनी परिवार के बच्चों द्वारा इन सिक्कों के आकार का न्यूनप्राक्कलन (under-estimation) किया गया। प्रयोगकर्त्ताओं के अनुसार ऐसा इसलिए हुआ क्योंकि धनी परिवार के बच्चों के लिए सिक्कों का मूल्य या मान (value) या महत्त्व कम था जबकि गरीब परिवार के लिए इन सिक्कों का मान या महत्त्व अधिक था। स्पष्ट हुआ कि प्रत्यक्षण पर उद्दीपक के मूल्य (value) का भी प्रभाव पड़ता है।

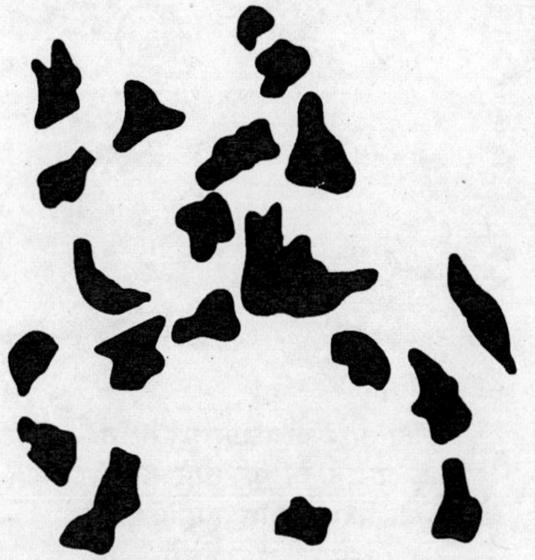

चित्र 3.13 स्ट्रीट द्वारा प्रयुक्त एक अस्पष्ट चित्र

3. प्रत्यक्षण पर मानसिक वृत्ति का प्रभाव (*Effect of mental set on perception*)—प्रत्यक्षण पर प्रत्यक्षणकर्त्ता के मानसिक वृत्ति का भी प्रभाव पड़ता है। मानसिक वृत्ति से तात्पर्य एक विशेष तरह की मानसिक तत्परता (mental readiness) से होती है। प्रयोज्यों में विशेष शाब्दिक निर्देश (verbal instruction) देकर मानसिक तत्परता उत्पन्न की जाती है या फिर गत अनुभूतियों से उत्पन्न प्रत्याशाओं (expectations) से प्रयोज्यों में वृत्ति उत्पन्न हो सकता है। कई ऐसे अध्ययन किये गये हैं जिनमें शाब्दिक निर्देश देकर प्रयोज्यों में एक तरह की मानसिक वृत्ति उत्पन्न की गयी है और उससे प्रत्यक्षण सीधे प्रभावित होता पाया गया है। स्ट्रीट (Street, 1931) ने एक अध्ययन किया जिसमें उन्होंने प्रयोज्यों को कुछ अस्पष्ट तस्वीर दिखलाया। एक ऐसे ही अस्पष्ट तस्वीर को चित्र 3.13 में दिखलाया गया है। प्रयोज्यों को जब यह निर्देश दिया गया कि चित्र में कुछ ऐसे दृश्य हैं जिसे वे घुड़दौड़ में देखे होंगे, तो उसमें एक विशेष मानसिक वृत्ति उत्पन्न हो गयी जिसके परिणामस्वरूप वे अस्पष्ट चित्र में एक स्पष्ट तस्वीर अर्थात घोड़े पर सवार एक व्यक्ति के रूप में प्रत्यक्षण कर सकने में सफल हुए। लीप (Leep, 1935) ने बोरिंग सास-बहू आकृति के सहारे एक प्रयोग करके मानसिक वृत्ति का प्रत्यक्षण पर पड़ने वाले प्रभावों का अध्ययन किया है। इस अध्ययन में प्रयोज्यों के तीन समूह थे। पहला समूह नियंत्रित समूह (control group) था तथा दूसरा एवं तीसरा प्रयोगात्मक समूह था। पहले समूह (जो नियंत्रित था) को सास-बहू आकृति को दिखलाया गया तथा उसे उसका वर्णन करने के लिए कहा गया। दूसरे अर्थात पहले प्रयोगात्मक समूह को सास-बहु आकृति दिखलाने से पहले शाब्दिक रूप से सास-बहू आकृति के बारे में बतला दिया जाता था। इस समूह के आधे प्रयोज्यों से यह कहा गया कि इसमें एक वृद्धा की तस्वीर दिखाई देगी तथा बाकी आधे प्रयोज्यों से वह यह कहा गया कि इसमें एक युदती का तस्वीर दिखाई देगी। दूसरे प्रयोगात्मक समूह को सास-बहू आकृति दिखाने के पहले एक वृद्धा का तथा एक युवती का अलग-अलग चित्र दिखलाकर निर्देश दिया गया। प्रयोग के परिणाम में यह पाया गया कि नियंत्रित समूह के करीब 65% प्रयोज्यों ने मिश्रित सास-बहू आकृति में युवती के चित्र को देखा। जिस प्रयोगात्मक समूह में शाब्दिक रूप से निर्देश देकर मानसिक वृत्ति (mental set) उत्पन्न की गयी थी, उनमें से जिन्हें युवती की तस्वीर होने का निर्देश दिया गया था, उन्होंने अधिकतर समय में युवती का तस्वीर देखा तथा जिन्हें वृद्धा के तस्वीर होने का निर्देश दिया गया था, उन्होंने अधिकतर समय में वृद्धा का तस्वीर देखा। तीसरे प्रयोगात्मक समूह जिसे प्रत्यक्षज्ञानात्मक रूप से (perceptually) निर्देश दिया गया था, में से कुछ ने युवती के तस्वीर का प्रत्यक्षण किया तथा कुछ ने वृद्धा के तस्वीर को अधिक प्रबल बतलाया।

उपर्युक्त प्रयोगों से स्पष्ट है कि प्रत्यक्षण पर व्यक्ति के मानसिक वृत्ति (mental set) का प्रभाव पड़ता है। इसके अलावा भी कुछ महत्त्वपूर्ण प्रयोग किये गये हैं जिनसे प्रत्यक्षण पर वृत्ति (set) के पड़ने वाले प्रभाव का ज्ञान होता है। एक प्रयोग कारमाइकेल, होगन तथा वाल्टर (Carmichael, Hogan & Walter, 1932) द्वारा तथा दूसरा प्रयोग सुपोला

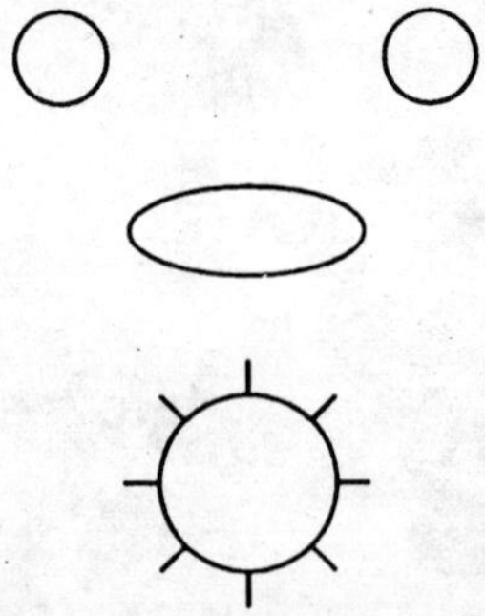

चित्र 3.14 प्रत्यक्षण पर वृत्ति के प्रभाव के अध्ययन करने के लिए बनाए गए कुछ अस्पष्ट आकृतियाँ

(Supola, 1935) द्वारा किया गया। कारमाइकेल, होगन तथा वाल्टरं के प्रयोग में प्रयोज्यों को छः अर्थहीन शब्द (nonsense words) 100 मिली सेकेण्ड के लिए दिखलाया गया। शब्द कुछ ऐसे थे जो अर्थपूर्ण शब्द से मिलते-जुलते थे परंतु वे अर्थहीन थे। जैसे एक अर्थहीन शब्द 'DACK' था जो 'DUCK' या 'DECK' से काफी समान था। इसी तरह के छः अर्थहीन शब्द तैयार कर लिए गये। प्रयोज्यों को इन शब्दों को देखकर उनकी पहचान करना था तथा उसे बोलकर बतलाना था। कुछ प्रयोज्यों से यह कहा गया कि पक्षियों या पशुओं से सम्बन्धित उन्हें कुछ शब्द देखने को मिलेंगे तथा कुछ प्रयोज्यों से यह कहा गया था कि उन्हें यातायात तथा यात्रा (travel) से संबंधित शब्द देखने को मिलेंगे। परिणाम में देखा गया कि जिन प्रयोज्यों को यह कहा गया था कि उन्हें पशु तथा पक्षी से सम्बन्धित शब्द देखने को मिलेंगे उन्होंने 63% प्रयासों में ऐसे ही शब्दों का प्रत्यक्षण किया तथा जिन्हें यह कहा गया था कि उन्हें यातायात तथा यात्रा से सम्बन्धित शब्द देखने को मिलेंगे उन्होंने 74% प्रयासों में ऐसे ही शब्दों का प्रत्यक्षण किया। इस परिणाम का कारण यह था कि शाब्दिक निर्देश से प्रयोज्यों में एक खास तरह की मानसिक वृत्ति उत्पन्न हो गयी थी जिसके कारण वे उससे सम्बन्धित शब्दों का प्रत्यक्षण कर सके।

सुपेला (Supola, 1935) के प्रयोग में प्रयोज्यों को कुछ अस्पष्ट चित्र दिखलाये गए जैसा कि चित्र 3.14 में दिखलाया गया है। ये चित्र काफी लघु अंतराल के लिए दिखलाये गए और दिखाने के पहले उन्हें एक विशेष आकृति के होने का निर्देश दिया गया। प्रयोज्य को देखे गये आकृति को अपनी याद से चित्रांकन करना होता था। जैसे, जब प्रयोज्य को सबसे ऊपर वाला चित्र दिखाकर यह कहा गया कि वह चश्मा है, तो उसके द्वारा बनायी गयी आकृति चश्मे के समान हो गयी। उसी तरह से जब दूसरी आकृति के बारे में प्रयोज्य से यह कहा गया कि वह एक डोंगा (canoe) है तो उन्होंने उसी के समान आकृति बनाकर प्रस्तुत किया। तीसरा चित्र को दिखाने के पहले जब यह कहा गया कि वह सूर्य का तस्वीर था, तो उसने सूर्य के समान आकृति का निर्माण किया। इस प्रयोग के भी परिणाम से यह स्पष्ट हो जाता है कि प्रत्यक्षण पर वृत्ति का स्पष्ट प्रभाव पड़ता है।

उपर्युक्त तथ्यों के आलोक में आलपोर्ट[1] (Allport, 1955) ने कुछ इन शब्दों में अन्तिम निष्कर्ष दिया है, ''अन्य बातें समान होने पर वृत्ति दैहिक रूप से यह निर्धारित करता है कि किन वस्तुओं का प्रत्यक्षण होता है, उनके प्रत्यक्षण की तत्परता या गति क्या होगी तथा प्रत्यक्षित वस्तुओं का एक सीमा के भीतर, अन्तर्वस्तु तथा स्पष्टता क्या होगी।''

4. प्रत्यक्षण पर प्रतीकात्मक अर्थ का प्रभाव *(Effect of symbolic meaning upon perception)*—कुछ वस्तुओं का व्यक्ति के लिए अप्रकट अर्थ (implicit meaning) होता है, जिनका स्वरूप व्यक्तिगत तथा प्रतीकात्मक (symbolic) होता है। वस्तुओं के प्रतीकात्मक अर्थ व्यक्ति के लिए सामान्य अर्थ से हटकर कुछ दूसरी अर्थ की ओर इशारा करते हैं। वस्तुओं का यह प्रतीकात्मक अर्थ व्यक्ति के लिए धनात्मक महत्त्व (positive value) या निषेधात्मक महत्त्व (negative value) भी रख सकता है और इससे व्यक्ति का प्रत्यक्षण काफी अधिक प्रभावित होता है। इसकी सम्पुष्टि पोस्टमैन तथा ब्रुनर (Postman & Bruner, 1948) ने एक प्रयोग करके किया। इस प्रयोग में तीन तरह के चिह्नों (signs) का उपयोग किया गया जिनका प्रतीकात्मक अर्थ (symbolic meaning) प्रयोज्यों के लिए अलग-अलग था। इनलोगों ने प्रयोज्यों के हाथ में बराबर-बराबर आकार के प्लास्टिक तख्तियों (plastic discs) पर बने डॉलर, स्वस्तिक तथा ज्यामितिक आकृतियाँ दिखलाया और उसे फिर रोशनी प्रोजेक्टर के माध्यम से उनके आकार को पर्दे पर उन्हें प्रक्षेपित (project) करने के लिए कहा गया। डॉलर अमेरिकन के लिए धनात्मक महत्त्व की चीज है क्योंकि यह वहाँ का सबसे बड़ा सिक्का है। स्वास्तिक (Swastik) हिटलर (Hitler) का राष्ट्रीय चिह्न है जिससे सभी अमेरिकन घृणा करते हैं। इस चिह्न से उन्हें अशुभ घटनाओं की आशंका होती है। अतः इस प्रतीक या चिह्न का उनके लिए निषेधात्मक मूल्य (negative value) है। ज्यामितिक आकृतियों का मूल्य न तो धनात्मक है और न ही निषेधात्मक। अतः इनका तटस्थ मूल्य

1. "Sets tend, other things being equal, to determine physiologically what objects are to be perceived, speed or readiness of their perception and within limits, the content and vividness of the percept."

—Allport : *Theories of perception and the concept of structure*, 1955. p. 241

है। परिणाम में देखा गया कि प्रयोज्यों ने तटस्थ ज्यामितिक आकृतियों की तुलना में डॉलर तथा स्वस्तिक दोनों के वास्तविक आकार से बड़ा आकार पर्दा पर बनाये अर्थात् इन दोनों आकृतियों का ज्यामितिक आकृति की तुलना में अतिआकलन (overstimation) किया गया। डॉलर का स्वरूप चूँकि धनात्मक होता है, अतः इसका प्रत्यक्षण बड़े आकार का किया गया। स्वास्तिक निषेधात्मक स्वरूप का उद्दीपक होता है जिससे अमेरिकन अधिक आशंकित रहते हैं या घबड़ाते हैं। विशेष आशंका एवं घबड़ाहट के कारण वे इसका भी प्रत्यक्षण बड़े आकार के रूप में किये। इस अध्ययन से यह स्पष्ट हो जाता है कि उद्दीपक के सांकेतिक मूल्य या अर्थ (sign value or meaning) का प्रभाव उसके प्रत्यक्षण पर पड़ता है।

निष्कर्षतः यह कहा जा सकता है कि प्रत्यक्षण पर व्यक्तिगत कारकों का बहुत ही सार्थक प्रभाव पड़ता है। इन्हीं कारकों के महत्त्व के कारण इन्हें *केन्द्रीय निर्धारक* (central determinants) भी कहा जाता है। इन्हीं कारकों के महत्त्व के आलोक में यह भी कहा गया है कि हम वस्तुओं का प्रत्यक्षण उनके अनुसार नहीं बल्कि अपने अनुसार करते हैं। *(We perceive the objects not as they are but as we are.)*

प्रत्यक्षण में सामाजिक कारकों की भूमिका
(Role of Social Factors in Perception)

प्रत्यक्षण पर सामाजिक कारकों (social factors) का भी प्रभाव पड़ता है। मनोवैज्ञानिकों द्वारा किये गए अध्ययनों से यह स्पष्ट हुआ है कि कुछ ऐसे सामाजिक कारक हैं जिनसे प्रत्यक्षण स्पष्ट रूप से प्रभावित होता है। इन कारकों में निम्नांकित प्रमुख हैं—

1. सामाजिक मनोवृत्ति (social attitude)
2. सामाजिक मानक (social norms)
3. सामाजिक सुझाव (social suggestion)
4. प्रचार (propaganda)

इन कारकों का वर्णन निम्नांकित हैं—

1. सामाजिक मनोवृत्ति *(Social attitude)*—सामाजिक मनोवृत्ति का प्रत्यक्षण पर बिलकुल ही स्पष्ट प्रभाव पड़ता है। इस संदर्भ में कई प्रयोग किये गए हैं जिनमें दो प्रमुख प्रयोगों का वर्णन यहाँ अपेक्षित है। एक प्रयोग जेलिग (Zellig, 1952) द्वारा किया गया। इस प्रयोग में छात्रों के दो समूह लिए गये जिन्हें अपने सहपाठियों के सामने व्यायाम (exercise) करने के लिए कहा गया। इनमें से एक समूह के प्रति सहपाठियों की मनोवृत्ति अनुकूल (favourable) थी तथा दूसरे समूह के प्रति सहपाठियों की मनोवृत्ति प्रतिकूल थी। जिस समूह के प्रति मनोवृत्ति प्रतिकूल थी, उन्हें प्रयोगकर्त्ता ने व्यायाम करने का इस तरह का प्रशिक्षण दे रखा था कि उनसे गलतियाँ न हों तथा जिस समूह के प्रति मनोवृत्ति अनुकूल थी, उन्हें प्रयोगकर्ता ने जान-बूझकर इस तरह से व्यायाम करने का प्रशिक्षण दे रखा था कि उनसे गलतियाँ अधिक हो। सहपाठियों से यह अनुरोध किया गया कि दोनों समूह के छात्रों द्वारा व्यायाम करते समय होने वाली त्रुटियों को लिखते जाए। परिणाम में देखा गया कि जिस समूह के प्रति उनकी मनोवृत्ति अनुकूल थी, उनके व्यायामों में उन्होंने कोई त्रुटि का प्रत्यक्षण नहीं किया तथा जिस समूह की मनोवृत्ति प्रतिकूल थी, उनके व्यायामों में उन्हें काफी त्रुटि नजर आयी। हालाँकि सच्चाई यह थी कि अनुकूल मनोवृत्ति वाले समूह द्वारा प्रतिकूल मनोवृत्ति वाले समूह की अपेक्षा अधिक त्रुटि की जा रही थी। इस प्रयोग के परिणाम से यह स्पष्ट हो जाता है कि व्यक्ति के मनोवृत्ति का प्रभाव उसके प्रत्यक्षण पर पड़ता है। प्रत्यक्षण पर मनोवृत्ति के प्रभाव को दिखलाने के लिए एक दूसरा प्रयोग ल्यूबा तथा लुकास (Leuba & Lucas, 1945) द्वारा किया गया। इन्होंने सम्मोहन के जरिये प्रयोज्यों में तीन तरह की मनोवृत्ति उत्पन्न किया— खुशी की मनोवृत्ति, आलोचना करने की मनोवृत्ति तथा चिन्ता की मनोवृत्ति। प्रयोज्यों को विभिन्न तरह के तस्वीर दिखलाये गये। इन तस्वीरों में कुछ लोगों को सेमिनार में बैठे हुए, तो कुछ लोगों को मैदान में धूप में लेटे हुए तो कुछ लोगों को नाचते गाते हुए भी मुद्रा में दिखलाया गया था। परिणाम में देखा गया कि जब प्रयोज्यों में खुशी की मनोवृत्ति होती थी तो वे तस्वीर की काफी प्रशंसा करते थे। चिन्ता की स्थिति में तस्वीर के क्रिया-कलापों में उन्हें उदासी दिखती थी तथा आलोचना की मनोवृत्ति उत्पन्न होने पर वे तस्वीर के कुछ अंशों को जैसे नाचने-गाने के दृश्य को अनैतिक बतलाते थे। इस अध्ययन से भी स्पष्ट हो जाता है कि मनोवृत्ति का प्रभाव प्रत्यक्षण पर पड़ता है।

2. सामाजिक मानक (*Social norms*)—प्रत्यक्षण सामाजिक मानक (social norms) द्वारा भी प्रभावित होता है। प्रत्येक समाज के कुछ मानक या नियम होते हैं जिनसे व्यक्ति का प्रत्यक्षण प्रभावित होता है। जैसे, हिन्दू समाज में गाय को माता का दर्जा दिया गया है जबकि मुस्लिम समाज में ऐसी मान्यता नहीं है। परिणामस्वरूप गाय का प्रत्यक्षण हिन्दुओं द्वारा एक खास ढंग से जबकि मुसलमानों द्वारा कुछ भिन्न ढंग से की जाती है। उसी तरह कुछ देशवासियों द्वारा संख्या 13 को अशुभ संख्या माना जाता है। अतः उस देश के वासियों द्वारा संख्या 13 को अशुभ घटना के संकेत के रूप में प्रत्यक्षण किया जाता है। भारतीय समाज में वृद्ध लोगों के प्रति विशेष सम्मान एवं दया आदि का एक सामाजिक मानक है। यही कारण है कि इस समाज में वृद्ध लोगों को प्रत्यक्षण ऐसे ढंग से किया जाता है मानो वे सभी तरह अनुकूल मनोवृत्ति के केन्द्र रहे हों।

3. सामाजिक सुझाव (*Social suggestion*)—प्रत्यंक्षण पर सामाजिक सुझाव का भी प्रभाव पड़ता है। इसका सबसे उत्तम उदाहरण शेरीफ (Sherif, 1953) द्वारा स्वतः चालित गति (autokinetic movement) पर किये गए प्रयोगों से मिलता है। इस प्रयोग में दो अवस्थाएँ थीं। दोनों अवस्थाओं में प्रयोज्यों को अंधेरे कमरे में पर्दे पर प्रक्षेपित रोशनी का एक छोटा-सा वृत्त दिखलाया गया। वृत्त स्थिर था लेकिन वह घूमता हुआ या चलता हुआ मालूम पड़ता था तथा प्रयोज्यों को उसके चलने की या गति की दर का अनुमान लगाना था। पहली अवस्था में प्रयोज्य एक-एक करके कमरे में प्रवेश किये और प्रक्षेपित रोशनी के वृत्त के गति के दर का अनुमान लगाया। दूसरी अवस्था में सभी प्रयोज्य एक साथ कमरे में प्रवेश किये और जोर-जोर से बोला और वृत्त के गति के दर का अनुमान लगाया। परिणाम में देखा गया कि दोनों अवस्थाओं में प्रयोज्य को भ्रम हुआ अर्थात् अपना अनुमान प्रकट करने में गलतियाँ हुई। परंतु दूसरी अवस्था की तुलना में पहली अवस्था में गलतियाँ अधिक हुई तथा प्रयोज्यों द्वारा दिखलाये गए त्रुटियों की मात्रा में विभिन्नता भी काफी अधिक थी। इसका मुख्य कारण यह था कि दूसरी अवस्था में प्रयोज्यों द्वारा किया गया प्रत्यक्षण एक-दूसरे के अनुमान द्वारा जिसे वे बोलकर स्पष्ट करते थे, प्रभावित हो रहा था। इस प्रयोग के परिणाम से यह स्पष्ट होता है कि पारस्परिक सुझाव द्वारा किसी वस्तु का विशेषकर अस्पष्ट वस्तुओं का प्रत्यक्षण प्रभावित होता है।

4. प्रचार (*Propaganda*)—प्रत्यक्षण पर प्रचार का भी प्रभाव पड़ता है। मनोवैज्ञानिकों का मत है कि जिन वस्तुओं के लिए अधिक प्रचार किया जाता है उन पर व्यक्ति का ध्यान तेजी से जाता है और इस तरह से उनका प्रत्यक्षण भी व्यक्ति जल्द कर लेता है। लौंगफेल्ड (Longfeld, 1980) का मत है कि सचमुच में प्रचार व्यक्ति में एक विशेष तरह की मानसिक तत्परता उत्पन्न करता है जिसके कारण व्यक्ति खास तरह के उद्दीपक या वस्तु का जल्द प्रत्यक्षण करता है तथा साथ-ही-साथ उसे उस ढंग से प्रत्यक्षण करता है जैसा कि प्रचार में कहा जाता है।

स्पष्ट हुआ कि प्रत्यक्षण पर कुछ सामाजिक कारकों का भी प्रभाव पड़ता है।

प्रत्यक्षण में सांस्कृतिक कारकों की भूमिका
(Role of Cultural Factors in Perception)

प्रत्यक्षण पर सांस्कृतिक कारकों (culture factors) का भी प्रभाव पड़ता है। इस सिलसिले में बीसवीं शताब्दी के प्रारम्भ में रिभर्स (Riverse, 1905) द्वारा तथा बाद में आलपोर्ट तथा पेटीग्रिउ (Allport & Pettigrew, 1957) एवं सीगाल, कैम्पवेल एवं हर्षकोभिट्स (Segall, Campbell & Herskovits, 1966) द्वारा महत्त्वपूर्ण अध्ययन किये गये हैं। रिभर्स द्वारा किये गए अध्ययनों से यह पता चला है कि पश्चिमी संस्कृति (western cultures) तथा अपश्चिमी संस्कृति (non-western cultures) के लोगों में भ्रम (illusion) की मात्रा (extent) तथा दिशा (direction) में अन्तर होता है। दूसरे शब्दों में, इन्होंने अपने अध्ययन में पाया कि अपश्चिमी संस्कृति के लोगों में कुछ खास-खास तरह का भ्रम पश्चिमी संस्कृति के लोगों की तुलना में अधिक होती है। इसका कारण यह बतलाया गया कि अपश्चिमी संस्कृति के लोग पश्चिमी संस्कृति की लोगो के अपेक्षा बौद्धिक रूप से निम्न या तुच्छ होते हैं। प्रत्यक्षण में सांस्कृतिक कारकों के महत्त्व को दिखलाने के लिए सीगाल तथा उनके सहयोगियों (Segall et al., 1966) द्वारा भी प्रयोग किया गया। इस अध्ययन में उन्होंने चौदह अयूरोपीयन संस्कृति (non-European cultures) तथा अमेरिकन संस्कृति से कुल 1878 प्रयोज्यों का चयन किया तथा विभिन्न प्रकार के भ्रमों (illusions) के प्रत्यक्षण में होने वाले अन्तरों का अध्ययन किया। इन प्रयोज्यों को तीन तरह के भ्रम उत्पन्न करने वाले आकृतियों को दिखलाया गया अर्थात इन्हें सैण्डर सामान्तर चतुर्भुज भ्रम, खड़ी-पड़ी रेखा भ्रम (vertical-horizontal illusion) तथा मूलर-लायर भ्रम (Muller-Lyer illusion) के आकृति दिखलाये

गए। परिणाम में अमेरिकन संस्कृति तथा अयूरोपीयन संस्कृति के प्रयोज्यों के प्रत्यक्षण में अन्तर पाया गया। अमेरिकन संस्कृति के प्रयोज्यों ने सैण्डर भ्रम में सामान्तर चतुर्भुज के बायें कर्ण (left diagonal) को दायें कर्ण से बड़ा प्रत्यक्षण किया गया जबकि अन्य अयूरोपियन संस्कृति जो अमेरिकन संस्कृति की तुलना में काफी अविकसित तथा पुरातन (primitive) था, में इस तरह के भ्रम का प्रत्यक्षण नहीं होते पाया गया। कुछ इसी तरह का अंतर मूलर-लायर भ्रम में होते देखा गया। अमेरिकन संस्कृति (पश्चिमी संस्कृति) के प्रयोज्यों ने मूलर-लायर भ्रम के पंख रेखा को तीर रेखा से बड़ा होने का प्रत्यक्षण किया जबकि अपश्चिमी संस्कृति के प्रयोज्यों में इस तरह का भ्रम की मात्रा नहीं के बराबर पायी गयी। खड़ी-पड़ी रेखा भ्रम में कुछ दूसरा ही परिणाम पाया गया। अपश्चिमी संस्कृति के प्रयोज्यों ने पड़ी रेखा (horizontal line) को खड़ी रेखा (vertical line) से छोटी होने का प्रत्यक्षण किया परंतु अमेरिकन तथा यूरोपियन प्रयोज्यों में ऐसा होते बहुत कम पाया गया। दूसरे शब्दों में, अयूरोपियन या अपश्चिमी संस्कृति के लोगों में खड़ी-पड़ी रेखा का भ्रम की मात्रा अमेरिकन तथा यूरोपियन प्रयोज्यों की तुलना में अधिक था। उपर्युक्त परिणामों जिनमें इन दोनों तरह की संस्कृति के लोगों में विभिन्न तरह के भ्रम की मात्रा में विभिन्नता पायी गयी, का कारण यह था कि पश्चिमी या अमेरिकन संस्कृति में कुछ विशेष तरह की अनुभूतियाँ लोगों में अधिक होतीं हैं जबकि वैसी अनुभूति की कमी पुरातन तथा अपश्चिमी संस्कृति में पायी जाती है या इस तरह की संस्कृति में कुछ दूसरे तरह की अनुभूतियाँ अधिक होती है। जैसे, अमेरिकन संस्कृति के लोग एक ऐसे वातावरण में रहते हैं जहाँ मकान, दुकान तथा अन्य स्थान की दिवालें एक नपे-तुले आकार-प्रकार के होते हैं जबकि पुरातन संस्कृति के लोग एक ऐसे वातावरण में रहते हैं जहाँ रहने के लिए बनी झोपड़ियों का आकार गोल होता है तथा उसमें कोई कोण त्रिकोण नहीं होता है। शायद यही कारण है कि अमेरिकन संस्कृति के लोगों में मूलर-लायर भ्रम की मात्रा पुरातन संस्कृति के लोगों में मूलर-लायर भ्रम की मात्रा की अपेक्षा अधिक होती है।

कुछ अन्य ऐसे शोध किये गए हैं जिसमें यह दिखलाया गया है कि प्रत्यक्षज्ञानात्मक भ्रम (perceptual illusion) संस्कृति द्वारा प्रभावित होते हैं। पेडरसेन तथा ह्वीलर (Pedersen & Wheeler, 1983) ने नभाजो (Navajos) के दो समूहों का अध्ययन किया जिसमें मूलर-लायर भ्रम (Muller-Lyer illusion) के प्रति उनकी अनुक्रियाओं का विश्लेषण किया गया। नमाजो का एक समूह आयताकारीय घरों (rectangular houses) में रहते थे जिन्हें कोण (angles) किनारा (edges) तथा कोना (corners) आदि का पर्याप्त अनुभव था। नमाजो का दूसरा समूह एक ऐसी संस्कृति में रहते थे जिनके घरों का आकार में कोई कोना नहीं होता था क्योंकि वे गोलाकार (roundshape) के हुआ करते थे। परिणाम में देखा गया कि नमाजों का पहला समूह को तो मूलर-लायर भ्रम हुआ जबकि दूसरा समूह को इस तरह का भ्रम नहीं हुआ। इस अध्ययन से भी यह साबित हो जाता है कि संस्कृति का प्रभाव व्यक्ति के प्रत्यक्षण पर पड़ता है।

निष्कर्षतः यह कहा जा सकता है कि प्रत्यक्षण पर सांस्कृतिक अनुभूतियों के कारण व्यक्ति को कुछ खास तरह के भ्रम का प्रत्यक्षण अधिक होता है।

प्रत्यक्षज्ञानात्मक रक्षा
(Perceptual Defence)

'प्रत्यक्षज्ञानात्मक रक्षा' के पद का प्रतिपादन पोस्टमैन, ब्रुनर तथा मैकगिन्निज (Postman, Bruner & Mc Ginnies, 1948) द्वारा किया गया था। प्रत्यक्षज्ञानात्मक रक्षा से इनका तात्पर्य यह था कि व्यक्ति निम्न मूल्य (low value) से सम्बन्धित शब्दों को तथा सांवेगिक रूप से अस्थिरता उत्पन्न करने वाले एवं सांवेगिक धमकी देने वाले शब्दों का प्रत्यक्षण देरी से करता है अर्थात् ऐसे शब्दों का प्रत्यक्षज्ञानात्मक देहली (perceptual threshold) अधिक ऊँचा होता है। दूसरे शब्दों में यह कहा जा सकता है कि चूँकि ऐसे शब्दों से व्यक्ति में एक तरह की चिन्ता उत्पन्न होती है जिससे वह अपने अहं (ego) की रक्षा करना चाहता है, इसलिए इस क्रम में उनके प्रत्यक्षज्ञानात्मक देहली (perceptual threshold) में वृद्धि हो जाती है।

प्रत्यक्षज्ञानात्मक रक्षा के अस्तित्व को दिखाने के लिए मैकगिन्निज (McGinnies, 1949) ने एक बहुचर्चित प्रयोग किया। इस प्रयोग में प्रयोज्यों को टैचिस्टोस्कोप (Tachistoscope) द्वारा कुछ तटस्थ शब्द (neutral words) तथा सांवेगिक रूप से चिन्ता एवं धमकी देने वाले कुछ शब्दों को लघु अंतराल के लिए दिखलाया गया। धीरे-धीरे प्रत्येक बारी में अनावरण अंतराल (exposure interval) को तब तक बढ़ाया जाता था जबतक कि प्रयोज्य शब्द का सही-सही प्रत्यक्षण कर उन्हें बता नहीं दें। जब प्रयोज्य इन सभी शब्दों का प्रत्यक्षण कर रहे थे, तो उनके गैलवेनिक त्वक् अनुक्रिया

(galvanic skin response या GSR) का भी मापन किया गया। इस प्रयोग के परिणाम के रूप में मुख्य रूप से दो बातें पायी गयीं। पहली बात तो यह थी कि संवेगात्मक शब्दों (emotional words) का प्रत्यक्षज्ञानात्मक देहली (perceptual threshold) तटस्थ शब्दों के प्रत्यक्षज्ञाणात्मक देहली से अधिक ऊँचा था। इसका मतलब यह हुआ कि संवेगात्मक शब्दों का प्रत्यक्षण करने में प्रयोज्यों ने तटस्थ शब्दों की तुलना में अधिक समय लिया। दूसरी बात यह थी कि सांवेगिक शब्दों की पहचान करने में तटस्थ शब्दों के पहचान करने की तुलना में प्रयोज्यों में GSR अधिक मात्रा में पाया गया। सचमुच में सांवेगिक शब्दों के पहचान करने के पहले ही अर्थात् प्राक् पहचान अवधि (pre-identification period) में ही GSR की मात्रा बढ़ने लगती थी। इसे मैकगगिन्निज ने *'बिना चेतना के ही स्वायत्त विभेदन'* (autonomic discrimination without awareness) की प्रक्रिया की संज्ञा दी है। मैकगिन्निज के प्रयोग के परिणाम से प्रत्यक्षज्ञानात्मक रक्षा के संप्रत्यय का समर्थन मिलता है।

मैकगिन्निज के प्रयोग की आलोचना हावेस तथा सोलोमोन (Howes & Solomon, 1950) द्वारा की गई है। इन दोनों मनोवैज्ञानिकों का मत है कि मैकगिन्निज के प्रयोग में संवेगात्मक शब्दों का प्रत्यक्षज्ञानात्मक देहली (perceptual threshold) इसलिए अधिक था कि प्रयोज्य इन शब्दों का प्रत्यक्षण देरी से नहीं करता था बल्कि प्रत्यक्षण करने के बावजूद उन्हें बोलकर बताने में लज्जा महसूस करते थे। शायद यही कारण है कि इन शब्दों के प्राक् पहचान अवधि (pre-identification period) में GSR भी अधिक था। अतः सांवेगिक शब्दों का प्रत्यक्षण तो प्रयोज्य कर ही लेते थे परंतु उसे बता नहीं पाते थे। यही कारण है कि इन शब्दों का प्रत्यक्षज्ञानात्मक देहली अधिक था। इन मनोवैज्ञानिकों की दूसरी आलोचना यह थी कि लिखित भाषा में सांवेगिक शब्दों के अनुप्रयोग की आवृत्ति (frequency of usage) तटस्थ शब्दों की अपेक्षा कम होती है, इसलिए इनका प्रत्यक्षज्ञानात्मक देहली अधिक था।

हावेस तथा सोलोमोन (Howes & Solomon, 1950) के इन दोनों आलोचनाओं की सत्यता की जाँच कोवेन तथा वियर (Cowen & Beier, 1954) ने अपने प्रयोग में किया है। इस प्रयोग में प्रयोज्यों को शब्दों की एक सूची पढ़कर सुनायी गयी। इस सूची में आधे तटस्थ शब्द थे तथा आधे सांवेगिक शब्द थे। प्रयोज्यों से यह भी कहा गया कि इनमें से कुछ शब्दों को उन्हें बाद में पहचानना पड़ सकता है। फिर उनसे यह कहा गया कि वे इन शब्दों की प्रत्यज्ञान जाँच (recognition test) की तैयारी कर रहे हैं। अतः वे इन शब्दों को बिना किसी हिचकिचाहट के बोलते जाएँ। परिणाम में देखा गया कि इस तरह के प्रोत्साहन के बावजूद सांवेगिक शब्दों की पहचान देहली (recognition threshold) तटस्थ शब्दों की पहचान देहली में अधिक था। इतना ही नहीं, इनके प्रयोग से प्राप्त आँकड़ों का सांख्यिकीय विश्लेषण करने के बाद यह पाया गया कि पहचान देहली (recognition threshold) तथा शब्दों के अनुप्रयोग की आवृत्ति (frequency of word usage) के बीच कोई खास सह सहसम्बन्ध (correlation) नहीं होता है।

उपर्युक्त तथ्यों की आलोक में इस निष्कर्ष पर पहुँचा जा सकता है कि कोवेन तथा वियर के प्रयोग में सांवेगिक शब्दों की पहचान देहली (recognition threshold) जो अधिक है, उसकी व्याख्या होवेस तथा सोलोमोन (Howes & Solomon) द्वारा बतलाये गये दो कारकों अर्थात् अनुक्रिया रोक (response withholding) तथा अनुप्रयोग का विभेदी आवृत्ति (differential frequency of usage) द्वारा नहीं की जा सकती है। इसका आशय तब यह होता है कि होवेस तथा सोलोमोन द्वारा मैकगिन्निज के प्रयोग की जो दो आलोचनाएँ की गई थी, वे उचित नहीं है। स्पष्टतः तब इससे मैकगिन्निज के प्रयोग के परिणाम को ही समर्थन मिलता है।

कोवेन तथा वियर (Cowen & Beier) के प्रयोग के परिणाम से प्रत्यक्षज्ञानात्मक रक्षा प्राक्कल्पना (perceptual defense hypothesis) को एक प्रकार का समर्थन मिलता है। लेजारस तथा मैकक्लियरी (Lazarus & McClearly, 1951) ने भी एक प्रयोग करके प्रत्यक्षज्ञानात्मक रक्षा प्राक्कल्पना का समर्थन किया है। इन लोगों ने मैकगिन्निज के प्रयोग के दोनों आलोचनाओं को ध्यान में रखते हुए इस तरह से प्रयोग किया है कि ये दोनों आलोचनाएँ उनके अध्ययन में न रहे। इन लोगों ने अपने प्रयोग में प्रयोगात्मक रूप से 10 निरर्थक पदों (nonsense syllables) में से पाँच को अभिघातज (traumatic) तथा बाकी पाँच को तटस्थ (neutral) रखा। प्रशिक्षण के दौरान पाँच निरर्थक पदों में से प्रत्येक को दिखलाने के तुरंत बाद प्रयोज्य को बिजली का हल्का आघात कई प्रयासों तक दिया जाता था जबकि अन्य पाँच निरर्थक पदों को दिखाने के बाद बिजली का कोई आघात प्रयोज्य को नहीं दिया गया। इस तरह से पाँच अभिघातज उद्दीपक (traumatic stimuli) हो गये तथा पाँच तटस्थ उद्दीपक (neutral stimuli) बन गये। प्रयोज्य को ये सभी 10 पदों को टेचिस्टोस्कोप (tachistoscope) की मदद से दिखाया गया और उन्हें पहचान कर बतलाने के लिए कहा गया। साथ-ही-साथ GSR भी मापा गया। प्रयोग के परिणाम में देखा गया कि उन प्रयासों में जिसमें प्रयोज्य का अनुमान गलत था,

अभिघातज पदों (traumatic syllables) के प्रति तटस्थ पदों की तुलना में प्रयोज्यों में GSR अधिक पाया गया तथा ऐसे पदों की पहचान देहली भी तटस्थ पदों की पहचान देहली की तुलना में अधिक थी।

लेजारस तथा मैकक्लियरी के प्रयोग में निरर्थक पदों का प्रयोग किया गया। अतः विभेदी अनुप्रयोग (differential usage) की आवृत्ति का प्रश्न ही नहीं उठता है। उद्दीपक या पद सामाजिक रूप से वर्जित (tabooed) नहीं था, अतः इसमें अनुक्रिया रोक (response withholding) का भी प्रश्न नहीं उठता है। इन दोनों कारकों को नियंत्रित हो जाने के बाद लेजारस तथा मैकक्लियरी के प्रयोग से प्रत्यक्षज्ञानात्मक रक्षा प्राक्कल्पना (perceptual defence hypothesis) को स्पष्ट समर्थन मिलता है। इनके प्रयोग से विशेषकर *बिना चेतन के ही स्वायत्त विभेदन* (autonomic discrimination without awareness) की घटना को भी विशेष रूप से समर्थन मिलता है।

अर्डेली (Erdely, 1974) ने प्रत्यक्षज्ञानात्मक रक्षा के क्षेत्र में किये गए अध्ययनों की समीक्षा की और पाया कि यहाँ हजारों अध्ययन किये गए हैं जिनमें से कुछ अध्ययनों में प्रत्यक्षज्ञानात्मक रक्षा के विरोध में भी तथ्य पाये गए हैं जबकि बहुत सारे अध्ययनों में इस संप्रत्यय को समर्थन मिला है। ब्लम तथा बारबोर (Blum & Barbour, 1979) ने इस क्षेत्र में तीन काफी नियंत्रित प्रयोग किये हैं और इन तीनों प्रयोगों में उन्होंने यह पाया है कि चिन्ता उत्पन्न करने वाले उद्दीपकों का प्रत्यक्षण व्यक्ति देर से करता है। दूसरे शब्दों में, इन तीनों प्रयोगों में प्रत्यक्षज्ञानात्मक रक्षा के संप्रत्यय को समर्थन मिला।

अब प्रश्न उठता है कि प्रत्यक्षज्ञानात्मक रक्षा की व्याख्या किस तरह की जा सकती है? अर्डेली (Erdely, 1974) ने प्रत्यक्षज्ञानात्मक रक्षा की व्याख्या करने के लिए एक विशेष उपागम (approach) जिसे *सूचना संसाधन उपागम* (information processing approach) कहा जाता है, का प्रतिपादन किया है। इस उपागम के अनुसार जब व्यक्ति संवेगात्मक रूप से धमकी या चिन्ता उत्पन्न करने वाले शब्दों को देखता है तो उससे उत्पन्न सूचना कई अवस्थाओं से होकर गुजरती हैं और प्रत्येक अवस्था (stage) पर नियंत्रण की प्रक्रियाएँ (control proceses) क्रियाशील होतीं हैं जो उन उद्दीपकों को संसाधित (processing) करतीं हैं। इन नियंत्रित प्रक्रियाओं से प्रत्यक्षण में चयनात्मकता (selectivity) उत्पन्न होता है। जैसे, व्यक्ति जब चिन्ता उत्पन्न करने वाले शब्दों को देखता है तो उसके आँख की पुतली थोड़ी सिकुड़ जाती है। यह पहली अवस्था है जहाँ पर हल्का नियंत्रण की प्रक्रिया प्रारम्भ होती है। फिर इसकी सूचना संवेदी स्मृति (sensory memory) में पहुँचती है जहाँ सामान्यतः व्यक्ति सूचना का विश्लेषण करता है। परंतु ऐसी सूचनाओं का वह यहाँ विश्लेषण नहीं करता है जिससे प्रक्रिया पूरी होने में विलम्ब होती है। संवेदी स्मृति से सूचना लघुकालीन स्मृति और लघु-कालीन स्मृति (short-term memory) से सूचना दीर्घकालीन स्मृति (long-term memory) में पहुँचती है। इन दोनों अवस्थाओं में चिन्ता उत्पन्न करने वाले उद्दीपकों से मिली सूचनाओं का विश्लेषण ठीक ढंग से नहीं किया जाता है या विलम्ब से पूरा किया जाता है। यही कारण है कि व्यक्ति ऐसे उद्दीपकों को अधिक समय में प्रत्यक्षण करता है। अर्डेली के इस सैद्धान्तिक व्याख्या से स्पष्ट है कि चिन्ता उत्पन्न करने वाले उद्दीपकों से प्राप्त सूचनाओं से व्यक्ति अपने आप को प्रत्येक अवस्था पर कुछ नियंत्रित प्रक्रिया (control process) अपनाकर बचाता है। यही कारण है कि ऐसे उद्दीपकों की पहचान देहली (recognition threshold) तटस्थ उद्दीपकों की अपेक्षा अधिक बड़ी होती है।

जायंस (Zajonc, 1980) ने भी एक सैद्धांतिक व्याख्या प्रस्तुत की है जिससे प्रत्यक्षज्ञानात्मक रक्षा की घटना की व्याख्या होती है। जायंस का मत है कि व्यक्ति में प्रत्यक्षज्ञानात्मक कार्य (perceptual task) पूरा होने के पहले ही एक भावनात्मक प्रतिक्रिया (affective reaction) उत्पन्न होती जाती है। इसके परिणामस्वरूप व्यक्ति यह स्पष्टतः जान लेता है कि उद्दीपक अच्छा है या बुरा है। जब वह यह जान लेता है कि उद्दीपक बुरा है तथा संवेगात्मक रूप से चिन्ता उत्पन्न करने वाला है तो वह उसे पहचानने से इनकार कर देता है और तब वैसे उद्दीपक से प्राप्त सूचनाएँ संसाधित नहीं हो पाती हैं और उनका प्रत्यक्षण व्यक्ति तब विलम्ब से करता है।

रंग दृष्टि
(Colour Vision)

रंग दृष्टि का अध्ययन से हमें यह पता चलता है कि रंग का प्रत्यक्षण हमें किस प्रकार होता है तथा रंग के कौन-कौन गुण है जिसका हम प्रत्यक्षण करते हैं आदि। विशेषज्ञों ने रंग के तीन मनोवैज्ञानिक विमा (psychological dimensions) बतलाये हैं जिनका हम प्रत्यक्षण करते हैं। ये तीनों विमाएँ रोशनी के तीन भौतिक (physical) गुणों *तरंगदैर्घ्य* (wavelength), *तीव्रता* तथा *शुद्धता* (purity) से सम्बद्धित होते हैं।

वे तीन मनोवैज्ञानिक गुण (merits) निम्नांकित हैं—

(i) वर्ण *(Hue)*—वर्ण का प्रत्यक्षण हमें रोशनी (light) का तरंगदैर्घ्य (wavelength) पर निर्भर करता है। तरंगदैर्घ्य की माप नैनोमीटर (nanometer) में किया जाता है जो एक मीटर का एक अरब भाग (one billionth) होता है। सबसे छोटा तरंगदैर्घ्य (wave length) जिसे व्यक्ति देख पाता है करीब 400 नैनोमीटर का होता है और इससे बैंगनी (violet) वर्ण का प्रत्यक्षण होता है। सबसे बड़ा तरंगदैर्घ्य जिसका प्रत्यक्षण व्यक्ति कर पाता है, वह 700 से 800 नैनोमीटर का होता है और इससे व्यक्ति को लाल वर्ण (red hue) का प्रत्यक्षण होता है। इन दोनों सीमाओं के बीच के तरंगदैर्घ्य द्वारा अन्य रंगों का प्रत्यक्षण होता है।

(ii) चमक *(Brightness)*—चमक से तात्पर्य इस बात से होता है कि रंग या वर्ण कितना हल्का (light) या गहरा (dark) है। दूसरे शब्दों में कहा जा सकता है कि चमक (brightness) द्वारा रंग की तीव्रता (intensity) का पता चलता है। व्यक्ति को चमक का प्रत्यक्षण तरंग दैर्घ्य (light wave) के विस्तार (amplitude) पर निर्भर करता है। अगर किसी खास तरंगदैर्घ्य का विस्तार कम होगा, तो रंग कम तीव्र दीख पड़ेगा तथा जब तरंग दैर्घ्य का विस्तार अधिक होगा, तो रंग अधिक तीव्र दीख पड़ेगा। ध्यान रहे कि तरंग दैर्घ्य के विस्तार (amplitude) में परिवर्तन होने से रोशनी के वर्ण (hue) या रंग में कोई परिवर्तन नहीं होता है।

(iii) संतृप्ति *(Saturation)*—संतृप्ति से तात्पर्य वर्ण की शुद्धता (purity) से होता है। प्रायः यही देखा जाता है कि हमें किसी खास तरंग दैर्घ्य (wave length) का शुद्ध रूप में प्रत्यक्षण नही होता है। प्रायः कई तरंगदैर्घ्य आपस में मिल जाते हैं और हम उनका प्रत्यक्षण करते हैं। तरंगदैर्घ्य के इस मिश्रण (mixtures) के प्रत्यक्षण को हम संतृप्ति (saturation) या शुद्धता (purity) की संज्ञा देते हैं। जितना ही इस तरह का मिश्रण (mixture) जटिल (complex) होगा, संतृप्ति (saturation) उतना ही कम होगा।

इस तरह से वर्ण, चमक तथा संतृप्ति व्यक्ति के रंग अनुभूति के तीन अलग-अलग पहलू हैं। कोरन, पोरेक एवं वार्ड (Coren, Porac & Ward, 1984) के अनुसार यद्यपि व्यक्ति 150 वर्णों के बीच तक ही अंतर कर पाता है, संतृप्ति तथा चमक के विभिन्न स्तर आपस्र में मिलकर करीब 300,000 विभिन्न रंगों की उत्पत्ति करते हैं।

रंग दृष्टि से सम्बन्धित निम्नांकित तीन महत्त्वपूर्ण घटनाएँ (phenomenon) हैं जिनपर मनोवैज्ञानिकों ने बल डाला है—

(i) रंग मिश्रण (Colour mixture)

(ii) रंग अनुकूल (Colour adaptation)

(iii) वर्णान्धता (Colour blindness)

इन तीनों घटनाओं का वर्णन निम्नांकित हैं—

(i) रंग मिश्रण *(Colour mixture)*—जैसा कि हम जानते हैं, एक सामान्य व्यक्ति करीब 300,000 विभिन्न ढंग के रंगों के बीच अंतर कर सकता है परन्तु फोविया (fovea) में लगभग 150,000 ही सूचियाँ (cones) होती है। स्पष्टतः प्रत्येक रंग के लिए एक-एक सूचि (cones) भी नहीं होता है। इसका तब स्पष्ट मतलब हुआ कि कुछ सूचियाँ रंगीन उद्दीपकों से मिलने वाले सूचनाओं के साथ अपनी-अपनी सूचियों को इस ढंग से संयोजित (cautive) करते हैं कि उन्हें किसी भी रंग का स्पष्ट प्रत्यक्षण होता है। प्रश्न यह उठता है कि यह किस तरह से होता है? यह जिस प्रक्रिया द्वारा होता है, उसे *रंग मिश्रण*[1] (colour mixture) कहा जाता है।

रंग मिश्रण की घटना को दो तरह से अध्ययन किया गया है—रोशनी के तरंगदैर्घ्य (wave length) को मिश्रित करके विभिन्न रंगों को उत्पन्न करना तथा पेन्ट (paints) या पिगमेंट (pigments) के विभिन्न रंगों को मिश्रित करके विशेष रंग उत्पन्न करना। विभिन्न रंग के रोशनी के मिश्रण की प्रक्रिया को *योगात्मक रंग मिश्रण* (additive colour mixture) कहा जाता है। रोशनी मिश्रण के ख्याल से लाल, हरा एवं नीला (blue) रंग की रोशनी को मूल रंग (primary colour) कहा जाता है। ये तीनों रंग की रोशनियों को मिश्रित करके कोई भी रंग को उत्पन्न किया जा सकता है। जैसे लाल रंग

1. "लाल, हरा तथा नीला रंग के रोशनी को मूल रंग (primary colour) कहा गया है। कुछ रंगों को सम्पूरक रंग (complimentary colour) कहा गया है क्योंकि जब वे एक-दूसरे से मिलते हैं तो वे एक-दूसरे को काटते हैं और दूसरा रंग उत्पन्न करते हैं। जैसे, पीला तथा नीला रंग (पेन्ट में) एवं हरा एवं लाल रंग (पेन्ट में) एक-दूसरे के सम्पूरक रंग है और मिलकर धूसर रंग उत्पन्न करते हैं।

की रोशनी तथा हरा रंग की रोशनी को मिश्रित करके पीला रंग की रोशनी की उत्पत्ति की जाती है। लाल एवं नीला रोशनी को मिश्रित करके जामुनी (purple) रंग की रोशनी उत्पन्न की जाती है। अगर समान तीव्रता के लाल, हरा तथा नीला रोशनी को आपस में मिला दिया जाता है, तो इससे उजला रोशनी का उत्पत्ति होती है। दूरदर्शन (television) के पर्दे पर जो विभिन्न रंग की उत्पत्ति की जाती है, उसमें योगात्मक रंग मिश्रण के सिद्धांत का ही उपयोग किया जाता है। अगर पर्दे पर ध्यान से गौरपूर्वक देखें तो यह स्पष्ट हो जाएगा कि देखे जानेवाला तस्वीर में पतला लाल, हरा एवं नीला बिन्दु दिखाई देगा जो आपस में मिलकर विभिन्न रंग उत्पन्न करता है। विभिन्न तरंगदैर्घ्य (wave length) के रोशनियों को आपस में मिश्रित करने की इस प्रक्रिया को योगात्मक रंग मिश्रण इसलिए कहा जाता है क्योंकि प्रत्येक रोशनी द्वारा मिश्रण में अतिरिक्त तरंगदैर्घ्य को जोड़ दिया जाता है।

रंग मिश्रण के दूसरे नियम या सिद्धांत को *व्यवकलक रंग मिश्रण* (subtractive colour mixture) कहा जाता है जो योगात्मक रंग मिश्रण से भिन्न है। व्यवकलक रंग मिश्रण की प्रक्रिया विभिन्न रंग के पेन्ट (paint) (न कि रोशनी) उत्पन्न करने के लिए अपनायी जाती है। ध्यान रहे कि पेन्ट पिगमेन्ट (paint pigment) के लिए मूल रंग (primary colour) लाल, पीला तथा नीला (blue) होता है न कि लाल, हरा एवं नीला। इस रंग मिश्रण की प्रक्रिया में जब दो या उससे अधिक रंग के पेन्ट को आपस में मिश्रित किया जाता है तो प्रत्येक रंग का पेन्ट रोशनी के कुछ तरंगदैर्घ्य (wave length) को आपस में सोख (absorb) लेता है और दूसरा तरंगदैर्घ्य को परावर्तित (reflect) करता है। जैसे, जब हरा एवं लाल पेन्ट को आपस में समान मात्रा में मिश्रित कर दिया जाता है, तो इससे पीला नहीं बल्कि धूसर (gray) रंग का पेन्ट तैयार हो जाता है। ऐसा इसलिए होता है कि लाल रंग द्वारा वर्णक्रम (spectrum) के नीला (blue) छोर तरफ की रोशनी को सोख लिया जाता है जबकि हरा पेन्ट द्वारा वर्णक्रम के लाल छोर तरफ की रोशनी को सोख लिया जाता है। एक साथ मिलकर वे सभी रोशनी को अपने आप में सोख लेते हैं और सिर्फ मंद धूसर रंग छोड़ दिया जाता है जो परावर्तित होकर हमारे आँख तक पहुँचता है। उसी तरह से यदि नीला (blue) तथा पीला (yellow) पेन्ट को समान मात्रा में मिला दिया जाता है तो वह हरा रंग का पेन्ट हो जाता है क्योंकि नीला पेन्ट द्वारा उन सभी तरंगदैर्घ्यों को सोख लिया जाता है जो हरा-नीला-बैगनी (green-blue-violet) परास (range) में होते हैं तथा पीला पेन्ट द्वारा हरा-पीला तरंगदैर्घ्य को छोड़कर सभी तरंगदैर्घ्य को सोख लिया जाता है। ऐसी अवस्था में मात्र हरा रंग तरंगदैर्घ्य ही परावर्तित होकर व्यक्ति के आँख तक पहुँचती है। अतः यह मिश्रण हरा दीखता है। कहने का तात्पर्य यह है कि जब हमलोग पेन्ट को मिश्रित कर देते हैं, तो परिणामस्वरूप बनने वाला रंग उन तरंगदैर्घ्यों (wavelengths) के संयोग (combination) का मिश्रण होता है जिसे पेन्ट का रंग अपने में न सोख करके उसे हमारे आँख की ओर परावर्तित कर देता है।

स्पष्ट हुआ कि योगात्मक रंग मिश्रण तथा व्यवकलक रंग मिश्रण के सिद्धान्तों द्वारा रंग मिश्रण की व्याख्या की गयी है।

(ii) रंग अनुकूलन *(Colour adaptation)*—यदि हम किसी रंगीन उद्दीपक (coloured stimulus) पर कुछ समय तक लगातार देखते हैं तो उस रंगीन उद्दीपक के हटने के बाद भी उसका प्रत्यक्षण कुछ समय तक होता रहता है। इस तरह के प्रभाव को *उत्तरप्रभाव* (after effect) कहा जाता है। ऐसा भी देखा गया है कि रंगीन उद्दीपक पर अधिक देर तक देखने के बाद विशेष रंग का प्रत्यक्षण धीरे-धीरे धूसर रंग (gray colour) के समान होने लगता है। इसे *रंग अनुकूलन* की संज्ञा दी गयी है।

रंग प्रत्यक्षण (colour perception) में मनोवैज्ञानिकों ने दो तरह के उत्तर प्रभाव (after effect) का वर्णन किया है— धनात्मक उत्तरप्रभाव (positive after-effect) तथा ऋणात्मक उत्तर प्रभाव (negative after effect)। ऋणात्मक उत्तर प्रभाव में व्यक्ति जब किसी रंग पर कुछ मिनट तक देखता है और उसके बाद धूसर रंग पर देखता है तो प्रायः व्यक्ति पहले देखे गये रंग के सम्पूरक रंग (complementary colour) को ही देखता है। जैसे, यदि कोई व्यक्ति लाल वृत्त (red circle) पर कुछ मिनट तक देखता है और उसके बाद फिर धूसर रंग के वृत्त पर यदि वह देखता है तो उसे हरा रंग का वृत्त (लाल रंग का सम्पूरक) कुछ समय के लिए दिखलाई देता है। इसे *ऋणात्मक उत्तर प्रभाव* (negative after image) की संज्ञा दी जाती है। ऐसा भी होता है कि जब व्यक्ति किसी तीव्र रंगीन उद्दीपक (bright stimulus) पर कुछ समय के देखने के बाद किसी कम तीव्र रंगीन उद्दीपक पर देखता है तो उसे कुछ समय तक तीव्र रंगीन का उद्दीपक दिखलाई पड़ता है। यहाँ व्यक्ति सम्पूरक रंग (complimentary) का प्रत्यक्षण दूसरी बारी में नहीं करता है। इस तरह का प्रत्यक्षण जो प्रायः कम होता है, को *धनात्मक उत्तर प्रभाव* (positive after-affect) कहा जाता है।

(iii) वर्णान्धता *(Colour blindness)*—वर्णान्धता से सामान्य तात्पर्य रंगों के बीच विभेद (discrimination)

करने की अक्षमता से होती है। वर्णान्धता के अध्ययन पर मनोवैज्ञानिकों का ध्यान 1798 में गया जब जॉन डाल्टन (John Dalton) ने कुछ रंगों के बीच विभेद करने की अपनी अक्षमता को लोगों के सामने रखा। फिर बाद में, यानी 1881 में लॉर्ड रेले (Lord Rayleigh) ने वर्णान्धता का अध्ययन विशेष रूप से किया और उसे मापने के लिए एक विशेष परीक्षण (test) बनाया जिसे रेले परीक्षण (Rayleigh test) की संज्ञा दी गयी।

वर्णान्धता (Colour blindness) को समझने के लिए मनोवैज्ञानिकों ने सामान्य रंग दृष्टि तंत्र (normal visual) को तीन भागों में बाँटा है—हल्का-गहरा (light-dark) पीला-नीला, (yellow-blue) तथा लाल-हरा (red-green)। जिस व्यक्ति में रंग से सम्बन्धित इन तीनों तरह का प्रत्यक्षण होता है उसकी रंग दृष्टि को सामान्य दृष्टि (normal vision) कहा जाता है। ऐसे व्यक्ति को *त्रिवर्णी* (trichromat) कहा जाता है। परंतु 10% पुरुष तथा 1% महिला में वर्णान्धता होती है। यदि किसी व्यक्ति में इन तीन पहलुओं में से किसी एक पहलू का ही प्रत्यक्षण होता है तो इस तरह की अवस्था को आंशिक वर्णान्धता (partial colour blindness) कहा जाता है। ऐसे व्यक्ति में या तो लाल और हरा रंग के बीच या पीला और नीला रंग के बीच विभेद करने में असमर्थता भी पायी जाती है। ऐसे व्यक्ति को *द्विवर्णी* (dichromat) कहा जाता है। कुछ ऐसे भी व्यक्ति होते हैं जिन्हें रंग के इन तीन पहलुओं में से किसी का प्रत्यक्षण नहीं होता है। इस तरह की स्थिति में पूर्णवर्णान्धता (total colour blindness) की संज्ञा दी जाती है और ऐसे व्यक्ति को *एकवर्णी* (monochromat) की संज्ञा दी जाती है। वर्णान्धता अन्य दूसरे प्रकार का भी हो सकता है।

वर्णान्धता में आनुवंशिकता (heredity) की भी भूमिका बतलायी गयी है। नाथान्स (Nathans, 1989) द्वारा किये गए अध्ययन से यह स्पष्ट हुआ है कि सामान्य रंग दृष्टि के लिए यह आवश्यक है कि गुणसूत्र संख्या 7 के एक जीन में नीला रंजक (blue pigment) तथा 23वें गुणसूत्र युग्म के एक्स गुणसूत्र में लाल एवं हरा रंजक बच्चा को अपने माता-पिता से मिला हो। लाल-हरा रंग की वर्णान्धता करीब 8% पुरुषों में जबकि मात्र 1% महिलाओं में होता पाया गया है जिसका स्पष्ट कारण है कि महिलाओं में 23वाँ युग्म के दोनों गुणसूत्र एक्स ही होता है।

स्पष्ट हुआ कि मनोवैज्ञानिकों ने रंग से सम्बन्धित विभिन्न तरह की घटनाओं का अध्ययन किया है। इनमें से वर्णान्धता एवं रंग मिश्रण की घटना के अध्ययन में लोगों ने अधिक अभिरुचि दिखलाया है।

रंग दृष्टि के प्रमुख सिद्धान्त
(Principal Theories of Colour Vision)

शरीरक्रिया मनोवैज्ञानिकों (physiological psychologists) ने रंग दृष्टि (colour vision) की व्याख्या करने के लिए कुछ प्रमुख सिद्धान्तों का प्रतिपादन किया है। ऐसे सिद्धान्त निम्नांकित तीन है—

1. द्वैधदृष्टि सिद्धान्त (Duplicity theory)
2. यंग-हेल्महोज सिद्धान्त (Young-Helmholtz theory)
3. हेरिंग का सिद्धान्त (Hering's theory)

इस तीनों सिद्धान्तों की आलोचनात्मक व्याख्या निम्नांकित हैं—

1. द्वैधदृष्टि सिद्धान्त *(Duplicity theory)*—इस सिद्धान्त का प्रतिपादन भॉन क्राईज (Von Kries) द्वारा 19वीं शताब्दी के अंत में किया गया। इस सिद्धान्त को *डुप्लेक्सिटी सिद्धान्त* (duplexcity theory) भी कहा जाता है। इस सिद्धान्त के अनुसार, व्यक्ति के अक्षिपटल (retina) में दो तरह के ग्राहक (receptors) होते हैं जिनके द्वारा हमें दो तरह का रंग दृष्टि (colour vision) होता है। ये दो ग्राहक हैं—शालाकाएँ (rods) तथा सूचियाँ (cones)। इन दोनों तरह के ग्राहकों (receptors) की अपनी-अपनी विशेषताएँ (characteristics) होतीं हैं, जिनके द्वारा हमें रंगीन तथा रंगहीन वस्तुओं का प्रत्यक्षण होता है। रंगहीन प्रत्यक्षण से तात्पर्य काला (black) और उजला (white) तथा इसके बीच-बीच का धूसर रंग (intermediate grey) के प्रत्यक्षण से होता है। काला, उजला तथा इन दोनों के बीच-बीच का भूरा रंगों को वर्णहीन रंग (achromatic colour) कहा जाता है। लाल, हरा, नीला तथा पीला रंग को मूल रंग माना गया है तथा इन रंगों को वर्णिक रंग (chromatic colour) भी कहा जाता है। इन रंगों को मूल रंग इसलिए कहा जाता है क्योंकि अन्य रंगों की उत्पत्ति इन्हीं रंगों के मिलने से होती है। द्वैधदृष्टि सिद्धान्त (duplicity theory) के अनुसार शलाकाएँ (rods) द्वारा हमें वर्णहीन रंगों (achromatic colour) यानी काला, उजला तथा हल्का धूसर रंग की संवेदन होती है तथा सूचियों (cones) द्वारा हमें वर्णिक रंगों (chromatic colour) यानी लाल, हरा, नीला तथा पीला रंगों की संवेदन

होती है। इस सिद्धान्त में भॉन क्राईज (Von Kries) ने शलाकाएँ (rods) तथा सूचियों (cones) के विभेद (discrimination) पर अधिक बल डाला है और बतलाया है कि इस दोनों के कार्यों में प्रमुख अन्तर निम्नांकित हैं—

(i) शलाकाएँ (rods) कम रोशनी या अंधेरे में क्रियाशील होते हैं जबकि सूचियाँ अधिक रोशनी या दिन में अधिक क्रियाशील होतीं है।

(ii) शलाकाएँ (rods) द्वारा सिर्फ काला, उजला तथा धूसर दिखलाई देता है जबकि सूचियाँ द्वारा हमें भिन्न-भिन्न प्रकार के रंगों का ज्ञान होता है।

(iii) मार्गेन (Margen, 1965) के अनुसार, स्पेक्ट्रम के हरा भाग में शलाकाएँ (rods) सबसे अधिक संवेदनशील होते हैं जबकि सूचियाँ स्पेक्ट्रम के पीला भाग में सबसे अधिक संवेदनशील होती हैं।

(iv) आँख के केन्द्रीय क्षेत्र (central part) में सूचियाँ (cones) की संख्या सबसे अधिक पायी जाती है। फलस्वरूप, दृष्टि तंत्र (visual system) के तंत्रिकाकोश के साथ सूचियों का सम्बन्ध बहुत अधिक होता है। अतः दृष्टि तीक्षणता (visual acuity) तथा रंग दृष्टि (colour vision) में सूचियों (cones) का महत्त्व अधिक होता है। शलाकाएँ (rods) आँख के किनारे-किनारे (periphery) में अधिक पाया जाता है। फलस्वरूप, शलाकाएँ द्वारा सिर्फ कम तीव्र उद्दीपकों का ही प्रत्यक्षण होता है।

उपर्युक्त विवरण से यह स्पष्ट है कि द्वैधदृष्टि सिद्धान्त (duplicity theory) रंग के प्रत्यक्षण की व्याख्या दो तरह के ग्राहकों (receptors) अर्थात् शलाकाओं (rods) तथा सूचियों (cones) में विभेद करके करता है। शलाकाएँ (rods) द्वारा काला, उजला तथा इस दोनों के बीच-बीच का धूसर (intermediate gray) का प्रत्यक्षण होता है तथा सूचियों (cones) द्वारा हमें प्रधान रंगों जैसे, लाल हरा, पीला और नीला रंगों का प्रत्यक्षण होता है। अन्य रंगों का प्रत्यक्षण इन्हीं मूल रंगों के मिश्रण (mixture) द्वारा सूचियों के उत्तेजित होने से होता है।

यद्यपि द्वैध दृष्टि सिद्धान्त (duplicity theory) काफी सरल एवं स्पष्ट लगता है फिर भी मनोवैज्ञानिकों ने इसे एक वैज्ञानिक सिद्धान्त नहीं माना है क्योंकि इन लोगों ने ऊपर बताए गए तथ्यों (facts) के बहुत सारे अपवाद पाये हैं।

2. यंग-हेल्महोज सिद्धान्त (*Young-Helmholtz theory*)—रंग मिश्रण (colour mixture) की घटना (phenomenon) की व्याख्या करने के लिए इस सिद्धान्त का प्रतिपादन थॉमस यंग (Thomas Young) ने 1802 में किया जिसे 50 साल बाद हरमान भान हेल्महोल्ज (Hermann Von Helmholtz) ने इसका एक विस्तृत रूप दिया। यही कारण है कि इस सिद्धान्त को यंग-हेल्महोल्ज सिद्धान्त कहा जाता है। इस सिद्धान्त के अनुसार हमारे अक्षिपटल में मुख्यतः तीन प्रकार की सूचियाँ (cones) होतीं हैं जिनसे हमें रंगों की संवेदन होती है। ये तीन सूचियाँ (cones) हैं—लाल ग्राहक (red receptor), हरा ग्राहक (green receptor), नीला ग्राहक (blue receptor)। लाल ग्राहक उत्तेजित होने से लाल रंग का प्रत्यक्षण, हरा ग्राहक के उत्तेजित होने पर हरा रंग का प्रत्यक्षण तथा नीला ग्राहक के उत्तेजित होने पर नीला रंग का प्रत्यक्षण होता है। अतः इस सिद्धान्त के अनुसार तीन रंग प्रधान हैं और अन्य रंग इन्हीं तीन रंगों के मिश्रण से उत्पन्न होता है। यही कारण है कि इस सिद्धान्त को *त्रिवर्ण सिद्धान्त* (trichromatic theory) भी कहा जाता है।

इस सिद्धान्त की मुख्य बातें निम्नांकित हैं—

(i) व्यक्ति के अक्षिपटल (retina) में BGR ग्राहक (receptors) होते हैं। 'B' से तात्पर्य नीला ग्राहक (Blue receptor) से है 'G' से तात्पर्य हरा ग्राहक (Green receptor) से है तथा 'R' से तात्पर्य लाल ग्राहक (Red receptor) से है।

(ii) प्रत्येक ग्राहक (receptor) रोशनी के एक खास तरंगदैर्ध्य (wave length) के प्रति अधिक संवेदनशील (sensitive) होता है परन्तु वे अन्य तरंगदैर्ध्य के प्रति भी अनुक्रियाशील (responsive) होते हैं। सबसे छोटा तरंगदैर्ध्य (shortest wave length) जिसे सामान्य व्यक्ति प्रत्यक्षण करता है, 400 नैनोमीटर[1] (nanometers) का होता है और इससे बैगनी रंग का संवेदन होता है। अधिकतर तरंगदैर्ध्य जिसे सामान्य व्यक्ति प्रत्यक्षण करता है, का परास (range) 400 से 800 नैनोमीटर का होता है तथा 700 से 800 नैनोमीटर जो वर्णक्रम (spectrum) का ऊपरी छोर होता है, द्वारा लाल रंग की संवेदन होता है। इस न्यूनतम तथा अधिकतम सीमाओं के भीतर अन्य तरंगदैर्ध्य भी होते हैं जिनके सहारे अन्य रंगों की संवेदन होती है।

---

1. "नैनोमीटर रोशनी के तरंगदैर्ध्य (wavelength) का मापन इकाई है जो एक मीटर का एक अरबवाँ (one-billionth) भाग होता है।

(iii) लाल, हरा तथा नीला रंग को छोड़कर अन्य सभी रंगों का प्रत्यक्षण इन तीन तरह के ग्राहकों (receptors) के संयुक्त उत्तेजन (combined stimulation) से उत्पन्न होता है। उदाहरणस्वरूप, जब R ग्राहक तथा G ग्राहक एक साथ उत्तेजित होते हैं तो हमें पीले (yellow) रंग की संवेदन होती है। जब तीनों ग्राहक एक ही साथ समान रूप से उत्तेजित हो जाते हैं, तो इससे हमें उजला (white) की संवेदन होती है।

(iv) किसी खास रंग जैसे लाल रंग की संवेदन इसलिए होता है क्योंकि राशनी के उस तरंगदैर्ध्य (wavelength) जिसके द्वारा R ग्राहक उत्तेजित हो रहा है, अन्य दोनों ग्राहकों (B तथा G) की तुलना में अधिक उत्तेजित हो पाता है। दूसरे शब्दों में यह कहा जा सकता है कि एक खास तरंगदैर्ध्य के प्रति तीनों ग्राहक उत्तेजित होते हैं परन्तु उनमें से एक अन्य दो ग्राहकों की तुलना में अधिक उत्तेजित हो जाता है। जैसे, ऊपर के उदाहरण में R ग्राहक B तथा G की अपेक्षा अधिक उत्तेजित होते दिखलाया गया था। इसलिए व्यक्ति को लाल रंग दिखलाई पड़ता है।

(v) इस सिद्धान्त के अनुसार वर्ण (hue) का प्रत्यक्षण तीनों ग्राहकों में उत्पन्न स्नायु प्रवाह (nerve impules) की सापेक्ष बारंबारता (relative frequency) पर निर्भर करता है। रंग की चमक (brightness) इन तीनों ग्राहकों में उत्पन्न स्नायुप्रवाह (nerve impulses) की कुल योग (total sum) पर निर्भर करता है तथा संतृप्ति (saturation) रंग मिश्रण (colour mixture) द्वारा उत्पन्न उजलापन (whiteness) की मात्रा (amount) पर निर्भर करता है। जैसे, अगर कोई उद्दीपक (रोशनी) R ग्राहक का 4 इकाई, G ग्राहक का 6 इकाई तथा B ग्राहक का 10 इकाई उत्तेजित करता है तो प्रत्येक ग्राहक का 4-4 इकाई द्वारा उजलापन (whiteness) की संवेदन होगा। G ग्राहक का बाकी दो इकाई तथा B ग्राहक का बाकी 6 इकाई असंतृप्त (desaturated) हरा लिए नीला (greenish blue) बनायेगा। इस सिद्धान्त के अनुसार जैसे-जैसे रंग की चमक (brightness) में परिवर्तन होगा, वैसे-वैसे वर्ण तथा संतृप्ति में भी परिवर्तन होगा।

यंग-हेल्महोल्ज सिद्धान्त का समर्थन कई लोगों ने अपने-अपने अध्ययनों से किया है। जैसे, हेश्ट (Hecht, 1934) ने यंग-हेल्महोल्ज सिद्धान्त द्वारा प्राप्त आँकड़ों का विश्लेषण कर सिद्धान्त की विश्वसनीयता को बढ़ा दिया है। हाल ही में मैकनिकोल (Macnichol, 1964) ने इस सिद्धान्त के तथ्यों की पुष्टि उन अध्ययनों से किया है जिसमें सूचियों (cones) के कार्य का एक विशेष यंत्र जिसे माइक्रोस्पेक्ट्रोफोटोमीटर (microspectrophotometer) की संज्ञा दी गयी है, द्वारा अध्ययन किया गया है। इन्होंने इस यंत्र द्वारा वैयक्तिक सूची (individual cone) के कार्य का अध्ययन किया और दिखलाया कि सूची में कुछ ऐसे तथ्य (substance) पाये जाते हैं जिनके सहारे वे खास-खास रंगों द्वारा उत्तेजित होते हैं। कुछ सूची के तत्त्व लाल रंग के प्रति संवेदनशील होते हैं, कुछ सूची के तत्त्व हरा रंग के प्रति संवेदनशील होते हैं तथा कुछ सूची नीले रंग के प्रति संवेदनशील होते हैं। लाल रंग वाले सूची पीला रंग के प्रति भी संवेदनशील होते हैं। मैकनिकोल (MacNichol, 1964) द्वारा किये गये प्रयोग से यंग-हेल्महोल्ज सिद्धान्त की पुष्टि काफी अधिक हद तक हो जाती है। नोबुल पुरस्कार विजेता जार्ज वाल्ड (George Wald, 1964) द्वारा किये गए शोधों से भी त्रिवर्णी सिद्धान्त को समर्थन मिला है। इनके शोध का प्रमुख निष्कर्ष यह था कि यद्यपि सभी सूचियों का मौलिक रूप समान संरचना होता है, अक्षिपटल में वास्तव में केवल तीन तरह की ही सूचियाँ (cones) होतीं हैं जिनकी मदद एवं सहयोग से न केवल तीन रंग बल्कि अन्य सभी रंगों को व्यक्ति देख पाता है।

यद्यपि यंग-हेल्महोल्ज सिद्धान्त द्वारा रंग मिश्रण (colour mixture) की घटना की व्याख्या काफी संतोषजनक ढंग से होती है, फिर भी कुछ विशेषज्ञों (experts) ने इस सिद्धान्त की आलोचना निम्नांकित ढंग से की है—

(i) इस सिद्धान्त द्वारा वर्णान्धता (colour blindness) के कुछ तथ्यों (fact) की व्याख्या नहीं हो पाती है। इस सिद्धान्त के अनुसार पीला रंग, हरा तथा लाल रंग के मिश्रण से उत्पन्न होता है। प्रश्न यह उठता है कि जिन लोगों में हरा रंग तथा लाल रंग में विभेद करने की अक्षमता पायी जाती है, अर्थात् जिन लोगों में हरा-लाल वर्णान्धता पायी जाती है, उनके द्वारा पीला रंग की पहचान कैसे कर ली जाती है? यंग-हेल्महोल्ज सिद्धान्त के अनुसार ऐसा नहीं होना चाहिए क्योंकि ऐसे व्यक्ति में R ग्राहक तथा G ग्राहक कार्य नहीं करते हैं।

(ii) इस सिद्धान्त में पीला रंग को मूल रंग (primary colour) नहीं बल्कि एक द्वितीयक रंग (secondary colour) माना गया है जो लाल रंग तथा हरा रंग के मिश्रण के फलस्वरूप उत्पन्न होता है। परन्तु यह सही नहीं दीख पड़ता है क्योंकि वास्तव में पीला रंग यदि लाल और हरा रंगों का मिश्रण होता है, तो उसमें (यानी

पीला रंग में) लाल तथा हरा रंग की झलक मिलनी चाहिए थी क्योंकि द्वितीयक रंग की विशेषता यह है कि उसमें उत्पन्न करने वाले रंगों की झलक उसी मात्रा में दिखलाई पड़ता है जिस मात्रा में उन रंगों को मिलाया गया था। अतः सिद्धान्त का यह विचार कि पीला एक द्वितीयक रंग (secondary colour) है, उचित नहीं है।

(iii) विटेकर (Whittaker, 1970) के अनुसार यह सिद्धान्त इस बात की व्याख्या नहीं करता है कि विभिन्न तरंगदैर्ध्यों (wavelength) में से कौन-कौन तीन तरंगदैर्ध्य (wavelength) प्रमुख हैं जिनसे तीन प्रकार के मूल रंगों (लाल, हरा तथा नीला) का ज्ञान होता है।

(iv) इस सिद्धान्त के अनुसार इस प्रश्न का भी उत्तर नहीं मिलता है कि चमक (brightness) में परिवर्तन होने से वर्ण (hue) तथा संतृप्ति (saturation) में क्यों परिवर्तन होता है। जैसे, जब पीला रंग की तीव्रता को बढ़ाया जाता है तो और भी शुद्ध पीला दिखने लगता है तथा बैंगनी (violet) तथा नीला-हरा रंग की तीव्रता बढ़ने पर वह और भी नीला दीख पड़ता है। इस घटना को मनोविज्ञान में *वेजोल्ड-ब्रुकी प्रभाव* (Bezhold-Brucke effect) कहा जाता है जो त्रिवर्णी सिद्धान्त के लिए एक समस्या बन जाती है क्योंकि जैसा कि क्रानस्वीट (Cronsweet, 1962) ने कहा है, सिर्फ चमक (brightness) के स्तर में परिवर्तन होने से तीनों मुख्य ग्राहकों के सापेक्ष योगदानों (relative constitutions) में परिवर्तन नहीं होना चाहिए और तब उससे वर्ण (hue) को प्रभावित नहीं होना चाहिए था।

(v) पूर्ण वर्णान्धता (colour blindness) रहने पर व्यक्ति लाल, हरा तथा नीला रंगों में विभेद नहीं कर पाता है। परन्तु फिर भी ऐसे व्यक्ति को उजलापन (whiteness) की संवेदना होती है। यंग-हेल्महोल्ज सिद्धान्त के अनुसार इस ढंग की संवेदना नहीं होना चाहिए था क्योंकि ऐसे व्यक्ति में तीनों ग्राहक (receptor) कार्य नहीं करते हैं।

(vi) इस सिद्धान्त द्वारा इस बात की भी व्याख्या नहीं होती है कि क्यों कुछ रंगों को जब अन्य रंगों के बगल में रखकर देखा जाता है तो वह पहले से अधिक गहरा (deeper) दिखता है। इस घटना को रंग विषमता (colour constrast) की संज्ञा दी गयी है।

(vii) त्रिवर्णी सिद्धान्त द्वारा ऋणात्मक रंग उत्तर-प्रतिमा (negative colour afferimage) की भी व्याख्या नहीं हो पाती है। जैसे, यदि व्यक्ति हरा रंग के चित्र पर 30 सेकंड तक देख करके यदि उजला कागज के टुकड़ा पर फिर देखता है तो कुछ समय के लिए उसे लाल रंग की उत्तर प्रतिमा दिखलाई पड़ेगी। उसी तरह से पीला तस्वीर पर कुछ देर तक देखने के बाद उजला कागज पर देखने से उसे चमकीला नीला उत्तर-प्रतिमा दिखाई देता है तथा काला तस्वीर रहने पर उसे उजला उत्तर-प्रतिमा दिखाई देता है। त्रिवर्णी सिद्धान्त ऐसे रंग उत्तर-प्रतिमा की संतोषजनक व्याख्या नहीं कर पाता है।

यद्यपि इस सिद्धान्त की आलोचना की गयी है फिर भी रंग दृष्टि (colour vision) के क्षेत्र में कुछ कारणों से यह एक महत्त्वपूर्ण सिद्धान्त माना गया है। ऑसगुड (Osgood, 1956) के अनुसार, ऐसे तीन प्रमुख कारण हैं। पहला कारण तो यह कि इस सिद्धान्त में हेल्महोल्ज का नाम जुड़ा हुआ है और हेल्महोल्ज स्वयं एक बहुत बड़े वैज्ञानिक थे जिनके द्वारा प्रतिपादित सिद्धान्त त्रुटिपूर्ण हो, ऐसा सोचा ही नहीं जा सकता है। दूसरा कारण यह है कि कुछ मनोवैज्ञानिकों जैसे हेश्ट (Hecht, 1934) ने इस सिद्धान्त से प्राप्त आँकड़ों का विश्लेषण कर इसकी विश्वसनीयता तथा क्षेत्र दोनों का विस्तार कर दिया है। तीसरा कारण यह है कि यंग-हेल्महोल्ज सिद्धान्त जो रंग दृष्टि (colour vision) का एक तीन सूची प्राक्कल्पना (three cone hypothesis) प्रदान करता है, द्वारा उतनी ही तथ्यों एवं बातों की व्याख्या होती है जितना चार सूची प्राक्कल्पना वाले सिद्धान्तों से होती है। चार सूची प्राक्कल्पना (four cone hypothesis) वाला सिद्धान्त लाल, हरा, नीला ग्राहक के अलावा एक चौथा ग्राहक यानी पीला ग्राहक की भी प्राक्कल्पना करता है।

3. हेरिंग का सिद्धान्त *(Hering's theory)*—हेरिंग (Hering) ने 1878 में एक नया सिद्धान्त का प्रतिपादन किया जिसे हेरिंग का सिद्धान्त (Hering's theory) या *विरोधी-प्रक्रिया सिद्धान्त* (opponent-process theory) की संज्ञा दी गयी है। इस सिद्धान्त को हरभिक्स (Hurviches) तथा जैमिसन (Jamison) ने 1957 में ओर भी अधिक विकसित किया। इस कारण से इस सिद्धान्त को *हेरिंग-हरभिक्स सिद्धान्त* (Hering-Hurviches theory) भी कहा जाता है। हेरिंग अपने इस सिद्धान्त के प्रतिपादन में उत्तर-प्रतिमा (afterimage) द्वारा अधिक प्रभावित हुए। उत्तर-प्रतिमा से तात्पर्य वैसे दृष्टि संवेदनों से होता है जो व्यक्ति के सामने से उद्दीपक के हटने के बावजूद भी व्यक्ति में कुछ सेकंड के लिए बना

होता है। अगर यह प्रतिमा मौलिक उद्दीपक के रंग के विपरीत रंग जैसे मौलिक लाल रंग का होने पर प्रतिमा हरा रंग का बनता है, तो इसे ऋणात्मक उत्तरप्रतिमा (negative afterimage) की संज्ञा दी जाती है। इन्होंने अपने अध्ययनों में पाया कि बहुत सारे परिस्थितियों में लाल-हरा रंग तथा नीला-पीला रंग युग्म (pair) के रूप में व्यक्ति द्वारा (उत्तर प्रतिमाओं के रूप में) देखे जाते हैं। हेरिंग ने अपना सिद्धान्त रंग मिश्रण (colour mixture) की घटना (phenomenon) पर नहीं बल्कि रंग संवेदन (colour experience) की घटना पर आधारित किया है।

हेरिंग के सिद्धान्त के अनुसार ग्राहकों (receptors) के तीन सेट (set) होते हैं— काला-उजला ग्राहक (black-white receptor), लाल-हरा ग्राहक (red-green receptor) तथा नीला-पीला ग्राहक (blue-yellow receptor)। लाल-हरा ग्राहक तथा नीला-पीला ग्राहक द्वारा वर्ण (hue) का प्रत्यक्षण होता है तथा काला-उजला ग्राहक मूलतः वर्ण के चमक (brightness) के स्तर का प्रत्यक्षण करने में मदद करता है। प्रत्येक सेट के दोनों ग्राहक (receptor) एक-दूसरे के कार्य का विरोध (oppose) करते हैं। यही कारण है कि इस सिद्धान्त को *विरोधी-प्रक्रिया सिद्धान्त* (opponent-process theory) कहा गया है। अतः इस सिद्धान्त के अनुसार प्रत्येक सेट का दोनों ग्राहक (receptor) दो तरह से कार्य करते हैं। जब ग्राहक (receptor) गठनात्मक अवस्था (building-in phase) में होता है, तो उससे उस युग्म (pair) का रंग का प्रत्यक्षण होता है और जब ग्राहक बिखरती-अवस्था (tearing-down phase) में होता है तब उस युग्म से भिन्न रंग का प्रत्यक्षण होता है। गठनात्मक अवस्था को *निर्माणात्मक अवस्था* (anabolic phase) तथा बिखरती अवस्था को *विनाशात्मक अवस्था* (catabolic phase) भी कहा जाता है। ये दोनों अवस्थाएँ ग्राहक के एक ही सेट में एक ही समय में नहीं हो सकते हैं। कारण है कि युग्म (pair) एक समय में किसी एक ही रंग के प्रति अनुक्रियाशील होता है। उदाहरणस्वरूप, जब लाल-हरा ग्राहक का युग्म (pair) उत्तेजित होता है, तो इससे या तो लाल रंग का प्रत्यक्षण होगा या हरा रंग का प्रत्यक्षण होगा न कि इन दोनों रंगों का प्रत्यक्षण एक ही साथ होगा। अगर लाल रंग का प्रत्यक्षण होगा तो हरा रंग का नहीं होगा (क्योंकि लाल रंग उत्पन्न करने वाला ग्राहक हरा रंग उत्पन्न करनेवाला ग्राहक के कार्य का विरोध करता है)। युग्म के सदस्य (यानी ग्राहक) की एक विशेषता यह भी होती है कि कोई भी सदस्य दूसरे युग्म के सदस्य के साथ अन्तःक्रिया (interaction) करता है। इस तरह के अन्तःक्रिया के कारण ऋणात्मक उत्तरप्रतिमा (negative after image) की घटना की व्याख्या स्वतः हो जाती है। ऋणात्मक उत्तरप्रतिमा, जैसा कि छात्र जानते होंगे, एक ऐसी घटना है जिसमें व्यक्ति जब किसी खास रंग पर कुछ समय तक देखकर दूसरे रंग पर देखता है, तो कुछ सेकेण्ड के लिए वह पहला रंग के सम्पूरक रंग (complementary colour) को देखता है और तब वह दूसरा रंग को देख पाता है। उदाहरणार्थ, जब हम लाल रंग के वृत्त (circle) पर गौरपूर्वक देखकर एक धूसर (gray) रंग की पृष्ठभूमि पर बने आयत पर देखतें हैं तो कुछ सेकेण्ड (प्रायः 30 सेकेण्ड के लिए) के लिए हमें एक हरा रंग का वृत्त धूसर पृष्ठभूमि पर दिखलाई देगा क्योंकि हरा रंग लाल रंग का सम्पूरक रंग (complementary colour) है। इस तरह की घटना को ऋणात्मक उत्तरप्रतिमा (negative after image) कहा जाता है जो धनात्मक उत्तरप्रतिमा (positive after image) से भिन्न है क्योंकि इसमें व्यक्ति दूसरी बारी में सम्पूरक रंग को नहीं बल्कि पहली बारी में देखा गया रंग को ही देख पाता है। धनात्मक उत्तरप्रतिमा उस परिस्थिति में उत्पन्न होता है जब उद्दीपक व्यक्ति के सामने बहुत कम समय के लिए दिया जाता है परन्तु उसकी तीव्रता बहुत कम होती है।

हेरिंग ने जब अपने सिद्धान्त का संशोधन (revision) किया तो यह स्पष्ट रूप से बतलाया कि विरोधी प्रक्रियाएँ (opponent processes) सूचियों (cones) में अर्थात् ग्राहक (receptors) में नहीं होती है बल्कि मस्तिष्क के दृष्टि तंत्र (visual system) के नजदीक की तंत्रिका कोशिकाओं (nerve cells) में होता है जिसकी सूचना बाद में उच्चतर दृष्टि तंत्र (higher visual system) में भेजी जाती है जिसके फलस्वरूप, रंग का प्रत्यक्षण होता है। हेरिंग के इस संशोधित तथ्य की पुष्टि हाल में किये गये प्रयोगों (experiments) से भी हो जाता है। डी वालोइस तथा जैकोब (De Valois & Jacob, 1963) ने एक प्रयोग किया जिसमें माइक्रोस्पेक्ट्रोफोटोमीटर (microspectrophotometer) की सहायता से थैलमस में अवस्थित (located) कुछ कोशिकाओं के कार्य का अध्ययन किया गया। परिणाम में इन्होंने स्पष्ट रूप से पाया कि ऐसी कोशिकाएँ ऑफ-ऑन पैटर्न (off-on pattern) पर कार्य करती हैं। कुछ कोशिकाएँ पीले रंग से उत्तेजित हो जाती है (ऑन) तो नीले रंग से शांत (ऑफ) हो जाती है। ठीक इसी तरह से कुछ कोशिकाएँ लाल और हरा रंग के प्रति विरोधी ढंग से अनुक्रिया करती है। हवेल तथा वाईसेल (Hubel & Wiesel, 1968) ने अपने एक कोशिका रिकॉर्डिंग अध्ययन (single cell recording studies) के आधार पर इसी तरह के परिणाम पाये हैं। अपने इस कार्य के लिए इन

दोनों वैज्ञानिकों को 1981 में नॉबुल पुरस्कार (Nobel prize) भी प्राप्त हुआ है।

यद्यपि हेरिंग का सिद्धान्त यंग-हेल्महोल्ज सिद्धान्त की तुलना में अधिक वैज्ञानिक तथा विश्वसनीय है, फिर भी विशेषज्ञों ने इस सिद्धान्त की भी आलोचना की है, जो इस प्रकार है—

1. हेरिंग के सिद्धान्त से स्पष्ट हो जाता है कि लाल, हरा, नीला तथा पीला प्राथमिक या मूल रंग (primary colours) है। आलोचकों ने पीला रंग को एक प्राथमिक रंग के रूप में मानने से इनकार कर दिया है। इन लोगों का मत है कि रंग मिश्रण (colour mixture) की घटना से यह स्पष्ट हो जाता है कि पीला रंग लाल तथा हरा रंग के मिश्रण से उत्पन्न हो जाता है। अतः ऐसी परिस्थिति में पीला रंग को एक प्राथमिक रंग मानना उचित नहीं है।
2. इस सिद्धान्त द्वारा रंग मिश्रण (colour mixture) का एक और तथ्य की व्याख्या नहीं होती है। हेरिंग का कहना है कि लाल-हरा तथा नीला-पीला सम्पूरक रंग[1] (complementary colour) है जो एक-दूसरे से मिलने पर एक-दूसरे को काटकर तीसरा रंग यानी धूसर रंग उत्पन्न करता है। यही बात काला-उजला (black-white) के साथ हम नहीं पाते हैं। इन दोनों रंगों को यदि हम एक-दूसरे से मिला देते हैं तो वे एक-दूसरे को काटकर धूसर रंग (gray colour) पैदा नहीं करते हैं। ऐसा क्यों होता है, इसकी व्याख्या हेरिंग सिद्धान्त नहीं करता है।
3. हेरिंग सिद्धान्त द्वारा वर्णान्धता (colour-blindness) से सम्बन्धित सभी तथ्यों की व्याख्या नहीं हो पाती है। जैसे, लाल-हरा रंग से सम्बन्धित वर्णान्धता वाले व्यक्ति को नीला-पीला रंग की संवेदना होती है परन्तु नीला-पीला रंग से सम्बन्धित वर्णान्धता वाले व्यक्ति को लाला-हरा रंग की संवेदना नहीं होती है। ऐसा क्यों होता है? इसकी व्याख्या भी यह सिद्धान्त सही ढंग से नहीं कर पाती।

इन प्रमुख आलोचनाओं के बावजूद भी हेरिंग का सिद्धान्त अधिक महत्त्वपूर्ण है और इस सिद्धान्त की मान्यता लोगों के बीच अधिक है।

रंग दृष्टि के सिद्धान्तों के बारे में सामान्य निष्कर्ष *(General conclusion regarding theories of colour vision)*—ऊपर में रंग दृष्टि (colour vision) के प्रमुख तीन सिद्धान्तों यानी द्वैध दृष्टि सिद्धान्त (Duplicity theory), यंग-हेल्महोल्ज सिद्धान्त (Young-Helmholtz theory) हेरिंग-हरभिक्स (Hering-Herviches theory) की व्याख्या की गयी है। इसके अलावा भी रंग दृष्टि के कुछ सिद्धान्त हैं जो न तो उतना महत्त्वपूर्ण है और न ही उनसे रंग दृष्टि के प्रमुख तथ्यों (facts) की व्याख्या ही हो पाती है। लैड-फ्रैंकलिक सिद्धान्त (Ladd-Frankling theory) तथा एडरिज-ग्रीन सिद्धान्त (Edridge-Green theory) कुछ ऐसे ही सिद्धान्त है। वास्तव में, ये दोनों सिद्धान्त में कुछ मूल बातें (fundamental matters) नहीं कही गयी है बल्कि यंग-हेल्महोल्ज सिद्धान्त तथा हेरिंग सिद्धान्त को मिलाकर एक समन्वित रूप (co-ordinated form) देने की कोशिश की गयी है।

जहाँ तक द्वैधदृष्टि सिद्धान्त (Duplicity theory) का प्रश्न है, यह अत्यन्त सरल है और इस्से किसी तथ्य की वैज्ञानिक व्याख्या नहीं हो पाती है। अतः द्वैधदृष्टि की मान्यता मनोवैज्ञानिकों के बीच न के बराबर है। आधुनिक मनोवैज्ञानिकों (modern psychologists) द्वारा रंग की व्याख्या यंग-हेल्महोल्ज सिद्धान्त तथा हेरिंग सिद्धान्त दोनों के तथ्यों के अनुसार की गयी है। दूसरे शब्दों में यह कहा जा सकता है कि आधुनिक मनोवैज्ञानिकों ने रंग दृष्टि की व्याख्या दो चरणों (stages) में किया है। पहले चरण (stage) की व्याख्या में यंग-हेल्महोल्ज सिद्धान्त की व्याख्या का समर्थन मिलता है तथा दूसरे चरण की व्याख्या में हेरिंग सिद्धान्त की व्याख्या का समर्थन मिलता है। इसे आधुनिक मनोवैज्ञानिकों ने *द्विचरण सिद्धान्त* (two-stage theory) की संज्ञा दी है। अक्षिपटल में जो ग्राहक कोशिकाएँ (receptor cells) होतीं हैं यानी जो सूचियाँ (cones) होतीं हैं, वे यंग-हेल्महोल्ज सिद्धान्त के अनुसार कार्य करती है। जब किसी रंगीन वस्तु का प्रतिबिम्ब (image) अक्षिपटल पर पड़ता है तो उससे तीन विभिन्न प्रकार की सूचियों में पाये जाने वाले रोशनी संवेदनशील रंजक (light sensitive pigments) उत्तेजित हो जाते हैं। ये रंजक विशेष रूप से लाल, हरा तथा नीले रंग के प्रति काफी संवेदनशील होते हैं। परन्तु अक्षिपटल (retina) इन तीन रंगों का संचरण (transmission) मस्तिष्क में नहीं करता है। दृष्टि तंत्र (visual system) की तंत्रिका कोशों (nerve cells) में अक्षिपटल द्वारा भेजे गये उत्तेजनाओं

1. "सम्पूरक रंग वैसे रंगों के जोड़ा (pairs) को कहा जाता है जो एक-दूसरे से मिलकर एक-दूसरे को काटते हैं और धूसर रंग (gray colour) उत्पन्न करते हैं। जैसे नीला-पीला तथा लाल-हरा सम्पूरक रंग के उदाहरण हैं।

(stimulation) का द्विरंगों (two colours) में विरोधी क्रियाओं (opponent-process) द्वारा संकेतीकरण (coding) होता है (जैसा कि हेरिंग का सिद्धान्त हमें बतलाता है)। इस तरह के संकेतीकरण के बाद ही उत्तेजनाएँ (stimulation) उच्चतर दृष्टि क्षेत्र (high visual system) में पहुँचती हैं और हमें रंग की संवेदना होती है। अतः निष्कर्ष तौर पर सरलतम शब्दों में यही कहा जा सकता है कि रंगदृष्टि (colour vision) में ग्राहक कोशिकाएँ (receptor cells) यानी अक्षिपटल (retina) की सूचियाँ (cones) यंग कोशिकाएँ (young cells) हैं तथा दृष्टि तंत्र (visual system) की तंत्रिका कोश (nerve cells) हेरिंग कोशिकाएँ (Hering cells) हैं और इन दोनों तरह की कोशिकाओं की मदद से हमें रंग की संवेदना होती है।

रंग दृष्टि में प्रजातीय विभिन्नताएँ
(Species difference in Colour Vision)

जैकोब (Jacob, 1993) द्वारा किये गए नवीनतम शोधों से यह स्पष्ट हो गया कि स्तनपायी (mammals) के सभी प्रजातियों में रंग दृष्टि (colour vision) होता है। फलतः सबसे सामान्य विश्वास (myth) कि कुत्ता द्वारा रंग की पहचान नहीं होती है और वह प्रत्येक चीज को रंगहीन रूप में अर्थात् उजला-काला में ही देखता है, गलत साबित हो गया है।

मनुष्यों में त्रिवर्णी रंग दृष्टि होने से सबसे उत्तम रंग प्रत्यक्षण होता है। कुछ नर वानर (primate) जैसे बन्दर तथा लंगूर में रंग दृष्टि अच्छा होता है। लेकिन कुछ स्तनपायी ऐसे होते हैं जो संसार के सभी वस्तुओं को लाल तथा हरा या पीला तथा नीला रंग के रूप से ही देखते हैं। अतः वे द्विवर्णी (dictromats) कहलाते हैं। कुछ प्राणी एकवर्णी (monochracts) होते हैं। फलस्वरूप, उन्हें रंग का प्रत्यक्षण नहीं होता है और वे वर्णान्ध (colour blind) होते हैं। चूहा तथा गिलहरी वर्णान्ध होता है और उन्हें प्रत्येक चीज उजला-काला में ही दिखलाई देता है। निज, गिस्ट एवं जैकोवस (Neitz, Geist & Jacobs, 1989) द्वारा किये गए अध्ययन से यह स्पष्ट हुआ है कि कुछ रेंगनेवाले जीव (reptiles), मछली, कीड़ा (insect) ह्वेल मछली (shelfish) में भी रंग दृष्टि होती है और वे विभिन्न रंगों के बीच अंतर कर लेते हैं। परंतु प्राणी जो रंग का प्रत्यक्षण करते हैं, वे वस्तुओं को अलग-अलग रंग में देख पाते हैं। जैसे, मधुमक्खियाँ लाल रंग नहीं देख पातीं हैं परंतु अल्ट्राबैगनी रंग (ultraviolet colour) देख लेतीं हैं। कबूतर बैगनी (violet) तथा नीला (indigo) रंग नहीं देख पाता है। मानव शिशु बैगनी रंग के प्रति असंवेदनशील होता है। कुत्तों में हरा-संवेदनशील सूचियाँ (green-sensitive cones) मनुष्यों के समान नहीं होते हैं। परिणामस्वरूप, वे बैंगनी-नीला वस्तुओं में रंग विभेद कर लेते हैं परन्तु हरा-पीला, नारंगी या लाल रंगों के बीच अंतर नहीं कर पाता है। हिरण प्रतिदीप्त नारंगी (fluorescent orange) की पहचान आसानी से कर लेते हैं।

स्पष्ट हुआ कि रंग दृष्टि तथा रंग विभेद की क्षमता सिर्फ मनुष्यों में ही नहीं बल्कि अन्य प्रजातियों में भी होता है।

श्रवण प्रत्यक्षण
(Auditory Perception)

दृष्टि प्रत्यक्षण (visual perception) के बाद जिस प्रत्यक्षण के अध्ययन में मनोवैज्ञानिकों ने अधिक रुचि दिखलाई है, वह है श्रवण प्रत्यक्षण (auditory perception)। श्रवण प्रत्यक्षण के लिए उद्दीपक ध्वनि तरंगें (sound waves) होती है। श्रवण प्रत्यक्षण की व्याख्या करने के पहले इसके निम्नांकित तीन प्रमुख पहलुओं (aspects) की जानकारी देना आवश्यक है—

1. तारत्व या पिच *(Pitch)*—श्रवण प्रत्यक्षण का तारत्व या पिच एक विशेष गुण है। किसी ध्वनि (sound) का तारत्व उस ध्वनि तरंग (sound waves) की बारंबारता (frequency) से सम्बन्धित होता है। ध्वनि तरंग की बारंबारता (frequency) से मतलब प्रति सेकेण्ड ध्वनि तरंग की चक्र (cycle) से होता है। ध्वनि की बारंबारता की अभिव्यक्ति (expression) एक विशेष इकाई (unit) में होती है जिसे हर्ज (Hertz) या संक्षेप में Hz कहा जाता है। यदि ध्वनि तरंग प्रति सेकेण्ड चार चक्र

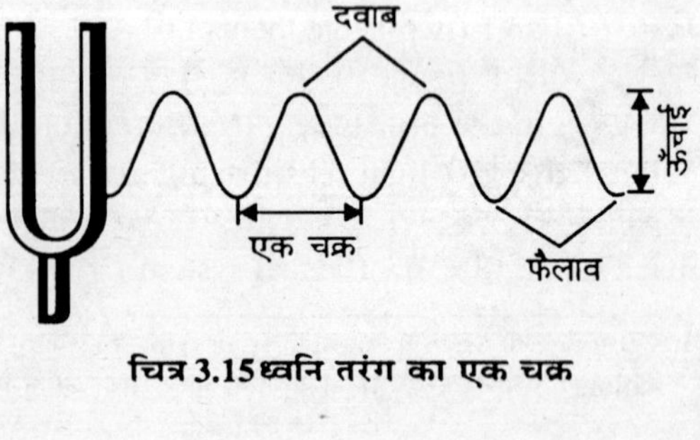

चित्र 3.15 ध्वनि तरंग का एक चक्र

(cycles) पैदा कर रही है तो इसकी बारंबारता 4Hz का माना जायेगा। प्रति सेकेण्ड यदि किसी ध्वनि तरंग की चक्र (cycles) काफी अधिक होगी, तो उस ध्वनि का तारत्त्व (pitch) भी अधिक होगा और यदि ध्वनि तरंग की चक्र (cycles) प्रति सेकेण्ड कम होगा, तो उसका तारत्व भी कम होगा। सामान्यतः मानव कान (human ear) 20 Hz से 20,000 Hz की ध्वनि को ही सुन पाता है। कुछ ऐसे पशु (animals) जैसे कुत्ता तथा चमगादड़ (bats) हैं जिनको सुनने की अधिकतम सीमा 20,000 Hz से भी अधिक है। कुछ ऐसे भी प्रयोग हुए हैं जिसमें यह दिखला दिया गया है कि तारत्व ध्वनि तरंग की बारंबारता (frequency) पर ही सिर्फ निर्भर नहीं करता है बल्कि यह कुछ हद तक ध्वनि की तीव्रता (intensity) द्वारा भी प्रभावित होता है। अतः तारत्व का सम्बन्ध ध्वनि तरंग की बारंबारता (frequency) तथा तीव्रता (intensity) दोनों से होता है। ध्वनि तरंग का एक चक्र (one cycle) से तात्पर्य हवा के कणों में फैलाव (expansion) तथा सिकुड़न (compression) से बने एक वक्र से होता है जिसे चित्र 3.15 में दिखलाया गया है।

2. प्रबलता *(Loudness)*—प्रबलता ध्वनि तरंग (sound waves) की तीव्रता (intensity) या उसकी ऊँचाई (amplitude) पर निर्भर करता है। यदि कोई ध्वनि तीव्र (intense) है, तो उसकी ऊँचाई (amplitude) भी अधिक होगी और फलस्वरूप उसकी श्रवण प्रत्यक्षण अधिक प्रबल होगा। ध्वनि तरंग की तीव्रता या उसकी ऊँचाई का मापन हम *डेसिबल* (Decibel) में करते हैं जिसे संक्षेप में dB कहा जाता है। इस इकाई का नामकरण 'डेसिबेल' इसके अनुसंधानकर्त्ता (inventor) एलेक्जेण्डर ग्राहम बेल (Alexander Graham Bell) के नाम पर है। चित्र 3.16 में चार तरह की ध्वनि तरंगों (sound waves) को दिखलाया गया है। सबसे ऊपर अधिक बारंबारता परन्तु निम्न ऊँचाई (high frequency, low amplitude) वाले ध्वनि तरंग को दिखलाया गया है। उससे नीचे अधिक बारंबारता तथा अधिक ऊँचाई वाले ध्वनि तरंग को दिखलाया गया है। छात्र ध्यान देंगे कि इस तरंग में अधिक बारंबारता इसलिए है क्योंकि प्रति सेकेण्ड चक्र (cycle) जल्दी-जल्दी बन रहा है तथा अधिक ऊँचाई (amplitude) इसलिए है क्योंकि चक्र की ऊँचाई अधिक है। इसी तरह अन्य दो ध्वनि तरंगों की जिसमें से एक कम बारंबारता तथा कम ऊँचाई (low frequency, low amplitude) तथा कम बारंबारता अधिक ऊँचाई (low frequency, high amplitude) का है, की व्याख्या की जा सकती है। ऐसा देखा गया है कि सामान्य बातचीत (normal conversion) की प्रबलता (loudness) करीब-करीब 60 dB होता है। 120 dB पर ध्वनि की प्रबलता दर्दनाक (painful) होने लगता है। ऐसा भी देखा है कि यदि 90 dB के ध्वनि को लगातार कोई व्यक्ति कुछ दिनों तक सुनता है, तो इससे उसमें स्थायी बहरापन (permanent loudness) उत्पन्न हो जाता है।

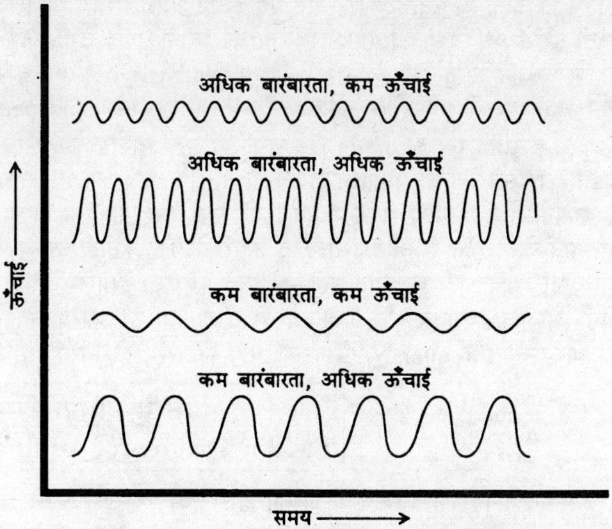

चित्र 3.16 चार तरह के ध्वनि तरंगों का चित्र

3. ध्वनिरूप *(Timbre)*—ध्वनि कभी भी शुद्ध रूप में नहीं होता। दूसरे शब्दों में यह कहा जा सकता है कि ध्वनि (sound) में सभी तरंगें (waves) समरूप बारंबारता (identical freuquency) की नहीं होती है बल्कि वह भिन्न-भिन्न बारंबारता वाले ध्वनि तरंगों का एक मिश्रण (mixture) होता है। जब व्यक्ति को इस तरह के मिश्रण का संवेदन होता है तो इस अनुभूति को ध्वनिरूप (timbre) की संज्ञा दी जाती है। सचमुच में ध्वनिरूप (timbre) की संवेदन के ही आधार पर हम यह पहचान पाते हैं कि ध्वनि कहाँ से उत्पन्न हो रहा है और किस चीज की ध्वनि हम सुन रहे हैं। इसी ध्वनिरूप के आधार पर हम यह पहचान पाते हैं कि यह वायलिन की आवाज है, यह हारमोनियम की आवाज है आदि-आदि ?

इन तीन प्रमुख पहलुओं (aspects) के अलावा भी कुछ ऐसे पहलू (aspects) हैं जिनपर कुछ मनोवैज्ञानिकों का ध्यान गया है। ऊपर के तीन पहलू को प्रमुख इसलिए माना गया है क्योंकि विशेषतः इन्हीं तीन पहलुओं की व्याख्या

मनोवैज्ञानिकों ने भिन्न-भिन्न श्रवण सिद्धान्तों (auditory hearing) में किये हैं। बाकी अन्य पहलुओं की संक्षिप्त व्याख्या निम्नांकित हैं—

4. बिटस तथा योगध्वनि *(Beats and Combinations tones)*—जब दो ध्वनि तरंग (sound waves) जिनकी आवृत्तियों या बारंबारता (frequencies) में अन्तर कम होता है, एक साथ उत्पन्न किये जाते हैं, तो इससे व्यक्ति को एक विशेष प्रकार की श्रवण संवेदन होती है जिसे *बिटस* (beats) की संज्ञा दी जाती है। उदाहरणार्थ, जब 256 आवृत्ति की एक ध्वनि तथा 260 आवृत्ति की एक ध्वनि को हम साथ उत्पन्न करते हैं, तो ऐसी अवस्था में प्रति सेकेण्ड चार बिटस सुनाई देगा। इस उदाहरण से स्पष्ट हो जाता है कि दो ध्वनियों की बारंबारता (frequencies) में अन्तर के बराबर हमें प्रति सेकेण्ड बिटस सुनाई देता है। बिटस के अलावा हमें योग ध्वनि (summation tone) का भी प्रत्यक्षण (perception) होता है। यदि दो ध्वनियों को जिसकी बारंबारता (frequency) 100 से अधिक है, एक साथ उत्पन्न की जाय, तो व्यक्ति एक ऐसी ध्वनि सुनता है जिसकी आवृत्ति उन दोनों ध्वनियों की आवृत्ति के योग (sum) के बराबर होता है। इस योग ध्वनि की एक विशेषता यह भी होती है कि इसकी तीव्रता (intensity) कम होती है जिसे सामान्य परिस्थितियों में सुनना कठिन हो जाता है। उदाहरणार्थ, यदि एक ध्वनि 500 बारंबारता का तथा दूसरा ध्वनि 700 बारंबारता का उत्पन्न किया जाता है तो इससे व्यक्ति को 1200 बारंबारता की ध्वनि सुनाई देगी जिसे हम योग ध्वनि (summation tone) की संज्ञा देते हैं। योग ध्वनि से उत्पन्न ध्वनि की तीव्रता (intensity) हमेशा कम होती है। दूसरे शब्दों में, 1200 बारंबारता की इस योग ध्वनि की तीव्रता 1200 बारंबारता की स्वतंत्र ध्वनि (independent tone) की तीव्रता से हमेशा कम होगी।

5. मासकिंग *(Masking)*—मासकिंग एक विशेष प्रकार के श्रवण प्रत्यक्षण (auditory perception) को कहा जाता है जिसमें व्यक्ति धीमी आवाज तथा तीव्र आवाज को एक साथ उत्पन्न होने पर सिर्फ तीव्र आवाज को ही सुन पाता है क्योंकि तीव्र आवाज धीमी आवाज को एक तरह से ढँक लेता है। उदाहरणार्थ, कमरे में बैठकर जब हम किसी से बातचीत करते होते हैं और इसी बीच ऊपर से कोई हवाई जहाज गुजरता है तो हवाई जहाज के गड़गड़ाहट के कारण हम दूसरे व्यक्ति की बातचीत नहीं सुन पाते हैं। ऐसा इसलिए होता है क्योंकि तीव्र आवाज (हवाई जहाज की आवाज) धीमी आवाज (व्यक्ति की आवाज) को ढँक लेता है। इस प्रक्रिया को मासकिंग कहा जाता है। जब ऐसे दोनों ध्वनियों की बारंबारता (frequency) में अन्तर कम होता है, तो मासकिंग का प्रभाव अधिक स्पष्ट रूप से देखने को मिलता है।

प्रमुख श्रवण सिद्धान्त
(Major Theories of Audition or Hearing)

मनोवैज्ञानिकों ने विशेष सिद्धान्तों द्वारा यह व्याख्या करने की कोशिश की है कि हमलोग किस प्रकार सुनते हैं। उनलोगों के इस प्रयास के फलस्वरूप श्रवण (audition) के निम्नांकित दो प्रमुख सिद्धान्त हमारे सामने उभर कर आये हैं—

1. स्थान सिद्धान्त (Place theory)
2. बारम्बारता सिद्धान्त (Frequency theory)

इन दोनों सिद्धान्तों की व्याख्या निम्नांकित ढंग से की जा सकती है—

1. स्थान सिद्धान्त *(Place theory)*—इस सिद्धान्त का प्रतिपादन हेल्महोल्ज (Helmholtz) ने किया और बाद में वॉन वेकेसी (Von Bekesy, 1960) ने कई प्रयोग करके इस सिद्धान्त की पुष्टि आंशिक रूप से की है। वॉन वेकेसी के प्रयोग काफी महत्त्वपूर्ण थे जिनके कुछ परिणाम तो स्थान सिद्धान्त के पक्ष में थे तथा कुछ विपक्ष में। वॉन वेकेसी को अपने इस कार्य के लिए मेडिसीन के क्षेत्र में नोबुल पुरस्कार (Nobel prize) भी 1961 में दिया गया है।

हेल्महोल्ज के स्थान सिद्धान्त के अनुसार वेसिलर झिल्ली (basilar membrane) के भिन्न-भिन्न स्थान (place) भिन्न-भिन्न आवृत्तियों (frequency) वाले ध्वनि तरंग से भिन्न-भिन्न ढंग से उत्तेजित होकर अलग-अलग तारत्व (pitch) व्यक्ति में पैदा करते हैं। हेल्महोल्ज का कहना था कि वेसिलर झिल्ली में वीणा (harp) के तार के समान लम्बे-लम्बे तथा छोटे-छोटे तंत्रिका तन्तु (nerve fibers) पाये जाते हैं जिनके उत्तेजित होने से हमें श्रवण प्रत्यक्षण होता है। इसी समानता के आधार पर इस सिद्धान्त को *वीणा सिद्धान्त* (harp theory) भी कहा जाता है। वेसिलर झिल्ली के लम्बे-लम्बे तंत्रिका तन्तु (nerve fibers) निम्न आवृत्ति वाले ध्वनि (low frequency tones) के प्रति अनुक्रियाशील होते हैं, अर्थात्

प्रतिध्वनित (resonate) होते हैं तथा छोटे-छोटे तंत्रिका तन्तु उच्च आवृत्ति वाले ध्वनि (higher-frequency tones) के प्रति प्रतिध्वनित होते हैं। यही कारण है कि इस सिद्धान्त को *प्रतिध्वनि या अनुनाद सिद्धान्त* (resonance theory) भी कहा जाता है। वेसिलर झिल्ली पर जटिल ध्वनि टकराते ही अपने आप वह उच्च या निम्न आवृत्ति वाले ध्वनि में विघटित (decompose) हो जाता है और फिर वेसिलर झिल्ली के उचित स्थानों (places) द्वारा उसे ग्रहण कर लिया जाता है। स्पष्ट है कि इस सिद्धान्त के द्वारा हम भिन्न-भिन्न तारत्व (pitch) के बीच इसलिए अन्तर कर पाते हैं क्योंकि भिन्न-भिन्न आवृत्ति वाले ध्वनि (जिससे भिन्न-भिन्न तारत्व उत्पन्न होते हैं) वेसिलर झिल्ली के खास-खास स्थानों (places) द्वारा ग्रहण कर लिया जाता है। इस सिद्धान्त के अनुसार वेसिलर झिल्ली (basilar membrane) के ऊपरी भाग द्वारा निम्न आवृत्ति की ध्वनि तरंगों को ग्रहण किया जाता है तथा वेसिलर झिल्ली के नीचे तथा बीच वाले भाग द्वारा उच्च आवृत्ति (high frequency) की ध्वनि तरंगों को ग्रहण किया जाता है। दूसरे शब्दों में यह कहा जा सकता है कि वेसिलर झिल्ली के ऊपरी भाग में प्रकम्पन निम्न आवृत्ति की ध्वनि तरंगों द्वारा तथा निचला एवं बीच वाला भाग में प्रकम्पन उच्च आवृत्ति की ध्वनि द्वारा होता है। सिद्धान्त के इस मुख्य तथ्य का समर्थन वेभर तथा लारेन्स (Waver & Lawrence, 1954) द्वारा किये गये एक प्रयोग से होता है। इस प्रयोग में ग्यूनिया पिग (Guinea pig) तथा अन्य जानवरों के वेसिलर झिल्ली को लगातार तीव्र ध्वनि तरंगों (जिसमें उच्च तथा निम्न दोनों की आवृत्ति वाले तरंग थे) द्वारा उत्तेजित कर घायल करने की कोशिश की गयी। परिणाम में देखा गया कि निम्न आवृत्ति वाले ध्वनि (low frequency tone) द्वारा वेसिलर झिल्ली का ऊपरी भाग अधिक घायल हुआ तथा उच्च आवृत्ति वाले ध्वनि द्वारा बेसिलर झिल्ली का निचला भाग तथा बीच वाला भाग अधिक घायल हुआ। इस परिणाम से स्पष्ट हो जाता है कि वेसिलर का निचला भाग (साथ-ही-साथ बीच वाला भाग) उच्च आवृत्ति वाले ध्वनि तरंग से उत्तेजित हो जाता है तथा उसी झिल्ली का ऊपरी भाग निम्न आवृत्ति वाला ध्वनि से अधिक उत्तेजित होता है। ध्वनि की प्रबलता (loudness) की व्याख्या इस बात से होती है कि किसी ध्वनि तरंग द्वारा पूरे बेसिलर झिल्ली (basilar membrane) में कितना कम्पन (vibrations) उत्पन्न हुआ है। यह कम्पन जितना ही अधिक होगा, ध्वनि की प्रबलता (loudness) उतनी ही अधिक होती है। अतः एक ही आवृत्ति (frequency) की दो ध्वनि जिसकी ऊँचाई (amplitude) भिन्न-भिन्न है, के उत्पन्न होने से बेसिलर झिल्ली का एक ही स्थान (place) उत्तेजित होगा परन्तु अधिक ऊँचाई वाला ध्वनि पूरे वेसिलर झिल्ली में तुलनात्मक रूप से अधिक स्नायु-प्रवाह (nerve impulse) उत्पन्न होगा और उसकी प्रबलता (loudness) व्यक्ति को अधिक अनुभव होगा। इस सिद्धान्त के अनुसार ध्वनिरूप (timbre) का प्रत्यक्षणं कम्पन के विशिष्ट पैटर्न (specific pattern) पर निर्भर करता है।

रूग्रोरो (Ruggero, 1992) ने नवीनतम प्रविधि एवं यंत्र के माध्यम से वेसिलर झिल्ली का प्रेक्षण कर यह बतलाया है कि इसके विभिन्न भाग ध्वनितरंग के अलग-अलग आवृत्तियों द्वारा उत्तेजित होते हैं। इससे हेल्महोल्ज के स्थान सिद्धान्त को समर्थन मिलता है। वॉन वेकेसी (Von Bekesy, 1960) ने हेल्महोल्ज के इस सिद्धान्त की एक महत्त्वपूर्ण प्रयोगात्मक जाँच (experimental test) की है। ऐसा करने के लिए उन्होंने कई प्रयोग किये। उनके विभिन्न प्रयोगों की सामान्य विधि (procedure) इस प्रकार थी। कुछ ग्यूनिया पिग (guinea pigs) के कोक्लिया (Cochlea) में एक छेद (hole) किया गया ताकि वेसिलर झिल्ली को माइक्रोस्कोप के सहारे देखा जा सके। उन्होंने अपने अध्ययन में पाया कि उच्च आवृत्ति वाले ध्वनि (high frequency tone) द्वारा बेसिलर झिल्ली (basilar membrane) का नीचे वाला भाग (जो ओभल खिड़की के नजदीक होता है) में अधिक विस्थागित (displacement) होता है। बीच की आवृत्ति वाले ध्वनि (intermediate frequency tone) जैसे 150 Hz से कम आवृत्ति वाले ध्वनितरंग यानी 9,000–10,000 आवृत्ति वाले ध्वनि द्वारा वेसिलर झिल्ली की ऊपरी भाग में अधिक विस्थापन (displacement) होता है। इन दोनों तरह के परिणाम से तो स्थान सिद्धान्त की पुष्टि होती है। परन्तु वेकेसी (Bekesy) ने अपने परिणाम में यह भी पाया कि निम्न आवृत्ति वाले ध्वनि (low frequency tone) जैसे 150 Hz से कम आवृत्ति वाले ध्वनि तरंग द्वारा पूरे वेसिलर झिल्ली (basilar membrane) में विस्थापन यानी प्रकम्पन होता है। स्पष्टतः वेकेसी द्वारा प्राप्त यह अन्तिम परिणाम द्वारा स्थान सिद्धान्त की पुष्टि नहीं होती है बल्कि यह सिद्धान्त इस तरह के परिणाम द्वारा कुछ कमजोर पड़ जाता है क्योंकि अब यह स्पष्ट हो जाता है निम्न आवृत्ति वाले ध्वनि (low frequency tone) से तो पूरे वेसिलर झिल्ली में विस्थापन या प्रकम्पन (vibration) करीब-करीब समान मात्रा (equal amount) में होती है। अतः उच्च तथा बीच की आवृत्ति वाले ध्वनि से भिन्न-भिन्न मात्रा में उत्पन्न विस्थापन या कम्पन तारत्व विभेद (pitch discrimination) का आधार है, सही नहीं दीख पड़ता। इस कठिनाई के अलावा कुछ और ऐसे भी तथ्य (facts) हैं जिनकी व्याख्या स्थान सिद्धान्त द्वारा नहीं होती

है। जैसे—

(i) पहली आलोचना तो यह है कि भिन्न-भिन्न आवृत्तियों (frequencies) द्वारा वेसिलर झिल्ली (basilar membrane) का भिन्न-भिन्न स्थान (place) उत्तेजित होने से उत्पन्न विस्थापन (displacement) या प्रकम्पन (vibrations) में इतनी अधिक समानता होती है कि उसके आधार पर कोई भी व्यक्ति तारत्व विभेद (pitch discrimination) कर पायेगा या नहीं, यह कहना कठिन है।

(ii) दूसरी आलोचना यह कि स्थान सिद्धान्त पूर्ण-या-बिल्कुल-नहीं नियम (all-or-none low) के प्रतिकूल है। इस नियम के अनुसार कोई भी तंत्रिका कोश (nerve cell) किसी भी उद्दीपक (stimulus) से या तो पूर्णतः उत्तेजित होता है या बिलकुल ही नहीं उत्तेजित होता है। परन्तु स्थान सिद्धान्त तो यह कहता है कि उच्च आवृत्ति वाले ध्वनि (high frequency) से वेसिलर झिल्ली के सिर्फ निचली भाग में ही कम्पन करता है और बाकी भाग इससे उत्तेजित नहीं होते हैं। स्पष्टतः तब स्थान सिद्धान्त की व्याख्या एक महत्त्वपूर्ण नियम यानी पूर्ण या बिलकुल नहीं नियम के प्रतिकूल है।

(iii) तीसरी आलोचना यह है कि दो उच्च आवृत्ति की ध्वनि को जैसे 2000 Hz तथा 2400 Hz को एक साथ उत्पन्न किया जाय तो 400 Hz का लुप्त मूल ध्वनि (missing fundamental tone) उत्पन्न होती है जिसे हम सुनते है। इस लुप्त मूल ध्वनि की व्याख्या स्थान सिद्धान्त नहीं कर पाता है।

(iv) चौथी आलोचना यह है कि इस सिद्धान्त द्वारा इस बात की व्याख्या नहीं हो पाती है कि 150 Hz से नीचे के ध्वनि तरंगों को व्यक्ति किस तरह से सुन पाता है।

2. बारम्बारता सिद्धान्त *(Frequency theory)*—ग्रीन (Green, 1976) के अनुसार इस सिद्धान्त का प्रतिपादन सबसे पहले अगस्त सीबैक (August Seeback) ने 1840 में किया था और बाद में इस सिद्धान्त की विस्तृत व्याख्या वेभर (Wever, 1970) ने किया। इस सिद्धान्त के अनुसार वेसिलर झिल्ली (basilar membrane) में प्रकम्पन (vibration) पूर्णरूपेण (as a whole) होता है और इस पूर्णरूपेण प्रकम्पन से उत्पन्न पैटर्न (pattern) द्वारा ध्वनि की आवृत्ति (frequency) का ज्ञान होता है। सच पूछा जाय तो इस सिद्धान्त के अनुसार कोकलिया (cochlea) एक माइक्रोफोन (microphone) के रूप में तथा श्रवण तंत्रिका (auditory nerve) टेलिफोन का तार (telephone wire) के रूप में कार्य करता है। यही कारण है कि इस सिद्धान्त को *टेलिफोन सिद्धान्त* (telephone theory) भी कहा जाता है। इस सिद्धान्त के अनुसार श्रवण तंत्रिका (auditory nerve) में प्रवाहित तंत्रिका आवेग (nerve impulses) की आवृत्ति (frequency) पर तारत्व (pitch) का प्रत्यक्षण निर्भर करता है। अगर तंत्रिका आवेग की आवृत्ति अधिक होगी, तो तारत्व भी अधिक होगा तथा अगर तंत्रिका आवेग की आवृत्ति कम होगी तो तारत्व भी अधिक होगा। प्रयोगात्मक अध्ययन (experimental studies) से यह बात स्पष्ट हो गया है कि 4,000 Hz की ध्वनि आवृत्ति तक श्रवण तंत्रिका (auditory nerve) में उत्पन्न होने वाले आवृत्ति या बारम्बारता हू-ब-हू समान होती है। दूसरे शब्दों में यह कहा जा सकता है कि 500 Hz की ध्वनि से श्रवण तंत्रिका (auditory nerve) में 500 आवृत्ति का तंत्रिका आवेग (nerve impulse) उत्पन्न होगा तथा 1000 Hz की ध्वनि से 1000 आवृत्ति का तंत्रिका आवेग (nerve impulse) उत्पन्न होगा और इसी तरह से 4,000 Hz से 4,000 आवृत्ति का तंत्रिका आवेग उत्पन्न होगा। इस तरह से तब यह स्पष्ट है कि इस सिद्धान्त के अनुसार ध्वनि तरंगों की व्याख्या तथा विश्लेषण वेसिलर झिल्ली (basilar membrane) नहीं करता है बल्कि मस्तिष्क का श्रवण वल्कल (auditory cortex) करता है। अगर हम स्थान सिद्धान्त (place theory) तथा आवृत्ति सिद्धान्त (frequency theory) का तुलनात्मक अध्ययन करें तो हम निम्नांकित दो प्रमुख अन्तरों (differences) पर पहुँचते हैं—

(i) स्थान सिद्धान्त के अनुसार वेसिलर झिल्ली में विशिष्ट (specific) रूप से प्रकम्पन होता है यानी इसके खास-खास स्थान (place) में खास-खास ढंग की तंत्रिका आवेग उत्पन्न होता है। परन्तु आवृत्ति सिद्धान्त के अनुसार वेसिलर झिल्ली में प्रकम्पन समग्र रूप से या सम्पूर्ण रूप से होता है। खास ध्वनि की आवृत्ति से वेसिलर झिल्ली का खास स्थान में ही प्रकम्पन होगा, ऐसा आवृत्ति सिद्धान्त के अनुसार नहीं होता है।

(ii) स्थान सिद्धान्त के अनुसार ध्वनि तरंगों के विश्लेषण का कार्य वेसिलर झिल्ली का भिन्न-भिन्न भाग स्वयं कर लेता है परन्तु आवृत्ति सिद्धान्त के अनुसार यह क्रिया वेसिलर झिल्ली द्वारा न होकर मस्तिष्क का श्रवण वल्कल (auditory cortex) द्वारा होता है।

इस सिद्धान्त के साथ सबसे प्रमुख कठिनाई यह है कि एक वैयक्तिक तंत्रिका कोश (individual nerve cell or neuron) प्रति सेकेण्ड 1,000 तंत्रिका आवेग (nerve impulse) को ही ढो (carry) सकता है। ऐसी परिस्थिति में हमलोगों को 1000 Hz तक की ध्वनि को ही सुनना चाहिए था। परन्तु ऐसा नहीं होता है। हम इससे काफी अधिक तथा

20,000 Hz तक की ध्वनि को सुनते हैं। ऐसा कैसे सम्भव हो पाता है? इसकी व्याख्या करने के लिए वेभर (Wever, 1970) ने एक विशेष नियम (principle) जिसे *भौली नियम* (Volley principle) कहा जाता है, का प्रतिपादन किया है। इस सिद्धान्त की मूल विशेषता यह है कि तंत्रिका तन्तुओं (nerve fibers) के बीच सहयोग (cooperation) की भावना होती है जिसके कारण जब ध्वनि तरंग की आवृत्ति 1000 Hz से अधिक होती है तो कई तंत्रिका तन्तु एक साथ मिलकर उत्तेजना (stimulation) पैदा करने लगते हैं। फलस्वरूप, हमें 1000 Hz से अधिक ध्वनि तरंगों द्वारा उत्पन्न प्रकम्पन (vibration) का ज्ञान आसानी से हो जाता है। परंतु जैसा कि वुड एवं वुड (Wood & Wood, 1996) ने कहा है कि भौली सिद्धान्त के सहायता से भी बारंबारता सिद्धान्त इस बात की व्याख्या नहीं कर पाता है कि व्यक्ति 4000 Hz से उच्च ध्वनि तरंगों को किस प्रकार सुन पाता है क्योंकि यहाँ भौली नियम का आधार क्षीण होता दिखता है। आजकल शोधकर्त्ताओं का सामान्य विश्वास यह है कि—

(i) बारम्बारता सिद्धान्त उत्तम ढंग से यह व्याख्या करने में सक्षम है कि व्यक्ति निम्न आवृत्ति के ध्वनि जैसे 150 Hz या उससे कम को किस प्रकार सुन लेता है।

(ii) बारम्बारता सिद्धान्त 150 Hz से 4,000 Hz तक की ध्वनि आवृत्ति को सुनने की व्याख्या करने में स्थान सिद्धान्त का एक सम्पूरक (supplementary) का कार्य करता है। [मैटलिन एवं फोले (Matlin & Foley, 1992)]।

श्रवण सिद्धान्तों के बारे में निष्कर्ष *(Conclusion about of auditory theories)*—मनोवैज्ञानिकों का मत है कि चूँकि स्थान सिद्धान्त तथा बारंबारता सिद्धान्त दोनों के समर्थन में कुछ प्रयोगात्मक सबूतें (experimental evidences) उपलब्ध हैं, अतः तारत्व (pitch) की व्याख्या में इन दोनों सिद्धान्तों का संयुक्त योगदान है। सच्चाई यह है कि तारत्व की व्याख्या किसी एक सिद्धान्त से मात्र अधूरा ही रह जाता है। कोरेन, पोरेक तथा वार्ड[1] (Coren, Porac & Ward, 1979) ने ठीक ही कहा है, ''चूँकि कुछ आँकड़े (data) द्वारा स्थान सिद्धान्त तथा बारंबारता सिद्धान्त दोनों को समर्थन मिलता है, अतः जैसा कि वेभर (Wever, 1970) ने सुझाव दिया है, तारत्व प्रत्यक्षण की अंतिम व्याख्या में दोनों सिद्धान्तों के कुछ पहलुएँ सम्मिलित हैं।'' वेभर (Wever, 1970) के अध्ययन के अनुसार जब ध्वनि की आवृत्ति या बारंबारता 500 Hz से, 20,000 Hz के बीच होती है तो स्थान सिद्धान्त (place theory) द्वारा तारत्व (pitch) की व्याख्या अच्छे ढंग से हो पाता है क्योंकि इन आवृत्तियों की ध्वनि तरंगों से वेसिलर झिल्ली (basilar membrane) में जो प्रकम्पन (vibrations) होता है, वह वेसिलर झिल्ली के अलग-अलग स्थानों (places) में अलग-अलग ढंग से होता है। परन्तु जब ध्वनि तरंग की आवृत्ति 500 Hz से नीचे होती है तो वैसी परिस्थिति में बारंबारता सिद्धान्त द्वारा तारत्व की व्याख्या अपेक्षाकृत अधिक अच्छे ढंग से होती है। परन्तु जब ध्वनि तरंग की आवृत्ति 500 से 4000 Hz के बीच होती है तो वेभर (Wever, 1970) ने यह पाया कि ऐसी परिस्थिति में स्थान सिद्धान्त तथा बारंबारता सिद्धान्त दोनों ही तारत्व (pitch) की व्याख्या करने में समर्थ होता हैं। दूसरे शब्दों में, इन दोनों सिद्धान्तों द्वारा बताये गये तथ्यों का समावेश 500 से 4000 Hz से उत्पन्न तारत्व (pitch) काफी उच्च बारंबारता की ध्वनि तथा काफी निम्न बारंबारता की ध्वनि की अपेक्षा अधिक स्पष्ट होता है और हमारे कान का निष्पादन (performance) सर्वोत्तम होता है। अतः वेभर (Wever, 1970) का इन सिद्धान्तों के बारे में पूर्णरूपेण निष्कर्ष (overall conclusion) इस प्रकार हैं—

(i) 500 Hz से 20,000 Hz तक के परास (range) में जब ध्वनि तरंगें होतीं हैं तो स्थान सिद्धान्त द्वारा तारत्त्व की व्याख्या अधिक स्पष्ट ढंग से होती है। अतः उच्च आवृत्ति या बारंबारता की ध्वनि होने पर स्थान सिद्धान्त की व्याख्या अधिक उचित है।

(ii) जब ध्वनि तरंग की आवृत्ति 500 Hz से कम होता है, तो बारंबारता सिद्धान्त की व्याख्या स्थान सिद्धान्त की व्याख्या के अपेक्षा अधिक उचित (appropriate) होती है।

(iii) जब ध्वनि तरंगें 500 Hz से 4000 Hz के बीच होती है तो इसका प्रत्यक्षण (perception) व्यक्ति इससे कम बारम्बारता वाले ध्वनि तरंगों या इससे अधिक बारम्बारता वाले ध्वनि तरंगों की अपेक्षा बहुत अधिक स्पष्ट ढंग से करता है क्योंकि इस परास (range) के ध्वनि तरंगों के प्रत्यक्षण में दोनों सिद्धान्तों द्वारा दिये गये तथ्यों (facts) का समावेश होता है।

---

1. "Since both the place principle and the frequency principle seem to be supported by some data, it seems likely as Wever (1970) has suggested that the ultimate explanation of pitch perception will include some aspects of both theories."
—Coren, Porac & Ward : *Sensation and Perception,* 1979 p. 217-18

अतः निष्कर्ष यह है कि श्रवण प्रत्यक्षण विशेषतः तारत्व प्रत्यक्षण (pitch perception) की व्याख्या में दोनों सिद्धान्त एक-दूसरे का समर्थन देते हैं तथा पूरक के रूप में कार्य करते हैं। अगर हम किसी एक सिद्धान्त के द्वारा तारत्व की व्याख्या करने की कोशिश करें तो यह अधूरा होगा। इस निष्कर्ष का समर्थन हमें सिमोन्स तथा उनके सहयोगियों (Simmons et al., 1965) द्वारा किया गया एक प्रयोग (experiment) में भी मिलता है। इस अध्ययन में प्रयोज्य के वेसिलर झिल्ली (basilar membrane) के भिन्न-भिन्न स्थानों को ध्वनि तरंगों के भिन्न-भिन्न आवृत्तियों (frequencies) द्वारा उत्तेजित किया गया और परिणाम में पाया गया कि वेसिलर झिल्ली के सभी स्थान (place) एक ही तरह की आवृत्ति वाले ध्वनि तरंगों से प्रकम्पित नहीं होते हैं। कुछ स्थान उच्च आवृत्ति वाले ध्वनि तरंगों से प्रकम्पित होते हैं तो कुछ बीच की आवृत्ति वाले ध्वनि तरंगों से प्रकम्पित होते हैं। परन्तु जब 20 Hz से 300 Hz की ध्वनि तरंगों द्वारा वेसिलर झिल्ली के भिन्न-भिन्न भाग को उत्तेजित किया गया तो इससे उत्पन्न प्रकम्पन (vibrations) अस्पष्ट (vague) था क्योंकि उसकी मात्रा करीब-करीब समान थी और उसमें किसी प्रकार का अन्तर करना सम्भव नहीं था। इससे स्पष्ट हो जाता है कि स्थान सिद्धान्त द्वारा निम्न आवृत्ति वाले ध्वनि तरंगों से उत्पन्न तारत्व (pitch) की व्याख्या नहीं हो पाती है। इसकी व्याख्या के लिए फिर हमें आवृत्ति सिद्धान्त के तथ्यों का समावेश आवश्यक हो जाता है।

वेकेसी (Bekesy, 1960) ने इन दोनों सिद्धान्तों को संयोजित (combine) करने का भरसक प्रयास किया है। उन्होंने इस सिलसिले में कई तथ्यों पर प्रकाश डाला है। जैसे, उन्होंने यह स्पष्ट किया कि वेसिलर झिल्ली (basilar membrane) का कड़ापन (stiffness) सभी स्थानों पर एक समान न होकर भिन्न होता है। यह आधारीय छोर (basal end) पर अधिक कड़ा होता है तथा शीर्षस्थ छोर (apical end) पर अधिक लचीला (flexible) होता है। जब ध्वनि तरंग की आवृत्ति (frequency) कम होती है अर्थात् 400 Hz या उससे भी कम होती है, तो वेसिलर झिल्ली का सभी हिस्सा एक साथ प्रकम्पित हो जाता है तथा प्रकम्पन के इस समग्र आवृत्ति (overall frequency) द्वारा तारत्व (pitch) का निर्धारण होता है। इस तरह की अनुक्रिया से बारंबारता सिद्धान्त (frequency theory) का समर्थन मिलता है। परंतु जब ध्वनि तरंग उच्च आवृत्ति (higher frequencies) का होता है तो प्रकम्पित वेसिलर झिल्ली के आधारीय छोर (basal end) से एक प्रकम्पन तरंग निकलता है और जैसे-जैसे झिल्ली में आगे की ओर वह बढ़ता है उसकी मात्रा (amplitude) बढ़ते जाती है और फिर झिल्ली के शीर्षस्थ बिन्दु पर पहुँचकर उस प्रकम्पन तरंग की बढ़ी हुई मात्रा लगभग समाप्त होकर फिर आधारीय छोर पर की मात्रा के बराबर हो जाती है। यहाँ महत्त्वपूर्ण बात यह है कि वेसिलर झिल्ली का वह भाग (position) जिसपर ध्वनि तरंग (sound wave) की मात्रा (magnitude) अधिकतम हो जाती है, वह तरंग की आवृत्ति पर निर्भर करती है। निम्न आवृत्तियों के लिए वेसिलर झिल्ली के शीर्षस्थ बिन्दु (apical end) पर उच्चतम मात्रा (highest amplitude) उत्पन्न होता है तथा उच्चतर आवृत्ति वाले तरंग के लिए वेसिलर झिल्ली के आधारीय छोर (basal end) पर उच्चतम मात्रा (highest amplitude) उत्पन्न होती है। मध्यम आवृत्ति वाले ध्वनि अर्थात् करीब 1600 Hz वाले आवृत्ति के लिए वेसिलर झिल्ली के मध्य पर उच्चतम मात्रा उत्पन्न होती है।

अंतिम निष्कर्ष यह है कि स्थान सिद्धान्त तथा आवृत्ति सिद्धान्त दोनों ही की व्याख्या विशेषकर 500 Hz से 4000 Hz की आवृत्तियों की व्याख्या के लिए सही है। वेसिलर झिल्ली का वह भाग जिसपर ध्वनि तरंग की मात्रा (amplitude) सचमुच में अधिकतम हो जाती है, वह ध्वनि की आवृत्ति (frequency) के अनुसार परिवर्तित होता है और तंत्रिका के उत्तेजनशीलता (nerve firing) का समग्र दर (overall rate) भी ध्वनि की आवृत्ति से सम्बन्धित होता है। इन तथ्यों से अपने आप यह स्पष्ट हो जाता है कि श्रवण प्रत्यक्षण की व्याख्या में ये दोनों सिद्धान्त के मूलभूत तत्त्व एक-दूसरे के पूरक हैं।

द्वितीयक ज्ञानेन्द्रियाँ
(Secondary Senses)

मनोविज्ञान में दृष्टि (vision) तथा श्रवण (auditory) ज्ञानेन्द्रियों का अध्ययन हालांकि सविस्तार किया गया है, परंतु अन्य ज्ञानेन्द्रियों तथा सम्बन्धित प्रक्रियाओं का भी अध्ययन किया गया है। ऐसी ज्ञानेन्द्रियों को *द्वितीयक ज्ञानेन्द्रियाँ* (secondary senses) कहा जाता है जिनमें निम्नांकित प्रमुख हैं—

(क) घ्राण (Olfaction)

(ख) स्वादन (Gustation)

(ग) त्वक् या त्वचीय ज्ञानेन्द्रियाँ (Cutaneous senses)

(घ) गतिबोधक ज्ञानेन्द्रियाँ (Kinesthetic senses)

(ङ) प्रघाणीय ज्ञानेन्द्रियाँ (Vestibular senses)

इन सभी द्वितीयक ज्ञानिन्द्रियों का वर्णन हम अब अलग-अलग अनुच्छेद में करेंगे।

घ्राण
(Olfaction)

घ्राण एक तरह का रासायनिक ज्ञानेन्द्रिय (chemical sense) हैं। हालांकि कुछ पशुओं जैसे कुत्तों में घ्राण ग्राहक (olfactionary receptors) मनुष्यों की तुलना में काफी अधिक होते हैं, मनुष्यों में भी घ्राणेन्द्रियाँ काफी विकसित होतीं हैं। डीभ्राईज़ एवं स्टूईभर (Devrie's & Stuiver, 1961) के अध्ययन के अनुसार मानव घ्राणेन्द्रियाँ एकाकी गंधमय अणु (single odorous molecule) से उत्तेजित हो सकता है। गंधमय अणु नाक में प्रवेश करके घ्राणेन्द्रिय (olfactionary receptor) को प्रभावित कर देता है। ऐसी घ्राणेन्द्रियाँ प्रत्येक नासा छिद्र (nostrile) के ऊपर में जिसे घ्राण इपिथेलियम (olfactory epithelium) कहा जाता है, पर अवस्थित होतीं हैं। घ्राण इपिथेलियम एक वर्ग इंच में उत्तकों (tissue) का एक समूह होता है। दोनों नाक में एक-एक घ्राण इपिथेलियम होता है जिनमें करीब 10 मिलियन घ्राण कोशिकाएँ (receptor cells) होतीं हैं।

घ्राणेन्द्रियाँ अन्य संवेदी ग्राहकों (sensory receptors) से भिन्न होतीं हैं। ये सभी कुछ विशिष्ट प्रकार के न्यूरोन होते हैं जो संवेदी उद्दीपकों (sensory stimuli) से सीधे सम्पर्क में आते हैं और फिर सीधे मस्तिष्क में पहुँच जाते हैं। अन्य सभी न्यूरोन से भिन्न इनका स्वरूप होता है क्योंकि इनकी जीवन अवधि (life span) लघु होती है अर्थात् 8 सप्ताह से भी कम होता है तथा जैसा कि फार्वमैन (Farbman, 1992) ने कहा है, वे सतत प्रतिस्थापित (replace) होते रहती हैं। घ्राण ग्राहकों (olfactory receptors) के एक्सान (axons) गंधमय सूचनाओं को सीधे घ्राण बल्व (olfactory bulb) में भेजते हैं। यह बल्ब दियासलाई के कांठी के आकार का होता है जो नासाछिद्र के ठीक ऊपर होता है और मस्तिष्क का विशेष संरचना होता है। घ्राण बल्व से फिर गंधमय सूचनाओं को मस्तिष्क के विभिन्न भागों में प्रसारित कर दिया जाता है। अभी हाल तक शोधकर्त्ताओं को यह पता नहीं था कि कितने भिन्न प्रकार के घ्राण ग्राहक (olfactory receptors) होते हैं और विभिन्न गंधों का कूटानुवाद (decoding) मुख्यतः नाक में ही होता है या घ्राण ग्राहकों की संख्या कम है और मस्तिष्क में ही मूलतः कूटानुवाद होता है। परन्तु हाल ही में बक तथा एक्सेल (Buck & Axel, 1991) द्वारा किये गए शोधों से यह स्पष्ट हुआ है कि 100 से ज्यादा विभिन्न प्रकार के घ्राण ग्राहक होते हैं तथा इनकी सम्पूर्ण संख्या इनसे भी कहीं ज्यादा हो सकती है। इनलोगों के शोधकार्य के आधार पर यह पूर्णतः स्पष्ट हो गया है कि गंधों के विभेदन का कार्य घ्राण ग्राहक (olfactory receptor) ही करते हैं।

फायरस्टीन (Firestein, 1991) द्वारा किये गए शोधों से यह स्पष्ट हुआ है कि मानव घ्राण तंत्र (olfactory system) 10,000 विभिन्न गंधमय अणु (odor molecules) के बीच अन्तर करने की क्षमता रखता है। डायोनि (Dionne, 1988) के अनुसार यह तंत्र 100,000 यौगिकों (compounds) के बीच भी अंतर करने में सक्षम है। लेकिन फिर भी घ्राण संवेदनों में व्यापक रूप से वैयक्तिक विभिन्नता पायी जाती है। डौब्ब (Dobb, 1989) द्वारा किये गए शोधों से यह स्पष्ट हुआ है कि इत्रफरोश (Perfume seller) लोग तो 100,000 गंधमय यौगिकों के बीच विभेद कर लेते हैं परन्तु एक औसत व्यक्ति पर्याप्त प्रशिक्षण पाकर करीब 10,000 से 40,000 गंधमय यौगिकों के बीच विभेद कर सकता है। रॉविन तथा केन (Robin & Cain, 1986) के अनुसार गंध के वैयक्तिक संवेदनशीलता में करीब बीस गुणी विभिन्नताएँ अर्थात् विभिन्न गंधों के दहेली (threshold) में बीस गुणी विभिन्नताएँ पायी जाती हैं।

यद्यपि घ्राण के क्षेत्र में शोधों की कमी है, फिर भी इसके बारे में कुछ महत्त्वपूर्ण तथ्यों का पता चला है। उदाहरणस्वरूप, इनगेन (Engen, 1986) ने अपने अध्ययनों में यह पाया है कि अधिकतर व्यक्ति विभिन्न गंधों (odours) की पहचान करने में एक सीमा तक सफल होते हैं। इन्होंने अपने अध्ययन में प्रयोज्यों को 13 विभिन्न तरह के सामान्य गंधों की पहचान करने के लिए कहा। परिणाम में देखा गया कि प्रयोज्यों को इस कार्य में मात्र 32 प्रतिशत ही सफलता मिल पायी। यहाँ तक कि जब कुछ मानक कम्पनियों द्वारा निर्मित गंधों की पहचान करने के लिए कहा गया तो परिशुद्धता 50% से कम ही था। इनगेन (Engen, 1987) का मत है कि व्यक्ति में घ्राण अनुभूतियों को वर्णित करने

के लिए एक विकसित प्रतिनिधिक तंत्र (representational system) की कमी होती है। दूसरे शब्दों में यह कहा जाता है कि व्यक्ति किसी गंध को बिना उसका नाम बतलाये ही पहचान करता है। इस अवस्था को तकनीकी तौर पर लालेस तथा इनगेन (Lawless & Engen, 1977) तथा *रिचार्डसन एवं जूक्को* (Richardson & Zucco, 1989) ने **नाक-की-नोक-घटना** (tip-of-the-nose phenomenon) कहा है। *लिमैन तथा मैकडेनियल* (Lyman & McDaniel, 1986, 1987) ने अपने कुछ प्रयोगों में यह पाया है कि जब गंधयुक्त उद्दीपकों को प्रयोगकर्त्ता द्वारा दिये गए शाब्दिक तथा दृष्टि संकेतों के साथ साहचर्यित कर दिया जाता है, तो व्यक्ति में गंध की पहचान करने की दीर्घकालिक क्षमता में वृद्धि हो जाती है। *स्काव* (Schab, 1991) ने अपने अध्ययन में यह पाया है कि यद्यपि व्यक्ति में विशिष्ट गंध की पहचान करने की क्षमता सीमित होती है, उनकी स्मृति निश्चित ही सबल होती है। जब एक बार व्यक्ति को विशिष्ट गंधों का अनुभव हो जाता है, वह उसे महीनों या वर्षों याद रखता है।

स्वादन
(Gustation)

स्वाद (taste) या स्वादन (gustation) एक रासायनिक ज्ञानेन्द्रिय (chemical sense) है। स्वाद संवेदन के लिए मुख्य ग्राहक (receptor) स्वाद कली (taste bud) होता है। जब द्रव्य (substances) स्वाद कलियों (taste buds) के सम्पर्क में आते हैं, तो हमे स्वाद का अनुभव होता है। आधुनिक अध्ययनों से यह पता चला है कि स्वाद कलियाँ न केवल जिह्वा (tongue) में पायी जाती हैं बल्कि तालु (palate), ग्रसनी (pharynx), टांसिल (tonsils), होठ (lips), गाल (cheeks) तथा जिह्वा के नीचे वाले भागों में भी पायी जाती हैं। परन्तु स्वाद कलियों का सबसे ज्यादा संख्या *पापिलै* (Papillae) में पाया जाता है जो जीभ के सतह पर उत्तकों (tissues) का पालि (lobes) होता है। प्रत्येक पापिलै में करीब 200 या उससे अधिक स्वाद कलियाँ होतीं हैं और प्रत्येक स्वाद कली में 60 से 100 स्वाद ग्राहक या कोशिकाएँ होतीं हैं। ऐसा अनुमान लगाया गया है कि एक सामान्य वयस्क में 10,000 स्वाद कलियाँ होतीं हैं। विडलर तथा स्मालमैन (Beidler & Smallman, 1965) के अनुसार प्रत्येक 10 दिन पर स्वाद कोशिकाएँ मर जातीं हैं और उनके जगह नयी कोशिकाएँ अपने आप बन जाती हैं। वारटोशक (Bartoshuk, 1989) के अध्ययन के अनुसार जीभ के अगले छोर (tip) पर सबसे ज्यादा संख्या में स्वाद कलियाँ पायी जातीं हैं, पिछले छोरों पर कम संख्या में पायी जाती हैं तथा बीच में स्वाद कलियाँ बिल्कुल ही नहीं होतीं हैं। उम्र बीतने के साथ व्यक्ति के स्वाद कलियों की संख्या कमती जाती है। शायद यही कारण है कि बहुत वृद्ध लोग प्रायः यह कहते सुने जाते हैं कि वैसे भोजन में भी उन्हें अब कम स्वाद लगता है जो पहले बहुत ही स्वादपूर्ण लगते थे।

अध्ययनों से यह स्पष्ट हुआ है कि मनुष्यों द्वारा मात्र चार तरह के स्वाद गुणों (taste qualities) की पहचान की जाती है— *मीठा* (sweet), *खट्टा* (sour), *नमकीन* (salty) तथा *कड़ुआ* (bitter)। अन्य स्वाद यही चार स्वाद गुणों के मिलने के फलस्वरूप उत्पन्न होते हैं।

वुड एवं वुड (Wood & Wood, 1996) ने स्पष्टतः यह बतलाया है कि पिछले हाल के कुछ वर्षों तक अधिकतम पाठ्य-पुस्तकों में एक जिह्वा नक्शा (tounge map) दिखलाया जाता था जिसमें चार प्रमुख स्वाद को जीभ के विभिन्न भागों में अवस्थित होते दिखलाया जाता था। जैसे, मीठा स्वाद संवेदन का स्थान जीभ की नोंक (tip) पर बतलाया जाता था, खट्टा तथा नमकीन स्वादों को जीभ के दोनों बगल (side) में अवस्थित बतलाया जाता था तथा कड़ुवा स्वाद जीभ के पिछले भाग में अवस्थित बतलाया जाता था। लेकिन आजकल यह स्थापित हो चुका है कि जिह्वा नक्शा एक त्रुटि (error) था जो 1901 में जर्मन मनोदैहिक विज्ञानी (psychophysicist) जो विल्हेल्म वुंट के प्रयोगशाला में कार्य करते थे, द्वारा प्रकाशित एक लेख (article) का गलत अनुवाद के परिणामस्वरूप हुआ था। आधुनिक शोधकर्त्ताओं जैसे बारटोशक एवं बीऊकैम्प (Bartoshuk & Beauchamp, 1994) द्वारा किये गए विस्तृत अध्ययन जिसमें चार स्वाद संवेदनों के गहन स्थानिक जाँच (spatial testing) किया गया, यह पाया गया है कि ये चारों स्वाद संवेदन जीभ के सभी भागों में अवस्थित स्वाद कलियों द्वारा उत्पन्न होते हैं। ब्राउन (Brown, 1975) के अध्ययन के अनुसार कड़ुआ एवं खट्टा स्वाद का संवेदन जीभ से ज्यादा तालु (palate) से होता देखा गया है।

स्वाद संवेदन कई कारकों से प्रभावित होता पाया गया है। यह न सिर्फ स्वाद अणु के प्रकार तथा ग्राहक के स्थान बल्कि स्वाद के संयोग (combination) से भी प्रभावित होता पाया गया है। मौसकोविज (Moskowitz, 1970) द्वारा किये गए अध्ययनों से यह स्पष्ट हुआ है कि मीठा द्रव्य (sweet substance) से खट्टापन एवं कड़ुवापन दोनों संवेदनों में कमी आ जाती है। दूसरे तरफ कैफेईन (caffeine) से खट्टापन (sourness) में वृद्धि होती है। एक अन्य कारक

तापक्रम (temperature) है। वेकेसी (Bekesy, 1964) द्वारा किये गए अध्ययन से यह पता चला है कि जब मीठा एवं नमकीन घोलों को गर्म किया जाता है तो मीठा का संवेदन तीव्र हो जाता है तथा नमकीन का संवेदन धीमा पड़ जाता है।

आधुनिक अध्ययनों से यह भी पता चला है कि स्वाद संवेदनशीलताओं में गहरी वैयक्तिक विभिन्नताएँ पायी जातीं हैं। इतना ही नहीं, विशिष्ट स्वाद क्षमताएँ जिन्हें जन्मजात समझा जाता है, में भी पर्याप्त वैयक्तिक विभिन्नता पायी जाती है। वारटोशक एवं उनके सहयोगियों (Bartoshuk et. al. 1992) द्वारा किये गए शोधों से यह स्पष्ट हुआ है कि कुछ विशेष मीठा एवं कडुवा द्रव्यों के स्वाद संवेदनों के आधार पर लोगों को निम्नांकित तीन समूहों में बाँटा जा सकता है—

(a) अस्वादी (non tasters)

(b) मध्यमस्वादी (medium tasters)

(c) उत्तमस्वादी (super tasters)

अस्वादी व्यक्ति वैसे व्यक्ति को कहा जाता है जो कुछ मीठे एवं कड़वे (bitter) यौगिकों (compounds) का स्वाद पहचानने में असमर्थ रहते हैं परंतु वे अन्य यौगिकों या मिश्रणों (compounds) को कम संवेदनशीलता के साथ ही सही अवश्य ही स्वादन करने में समर्थ हो जाते हैं। उत्तम स्वादी वैसे व्यक्ति को कहा जाता है जो मीठा तथा कडुवा के मिश्रण को अन्य लोगों की अपेक्षा काफी तीव्रता से स्वादन कर लेते हैं। ऐसे लोग अपने चाय या कॉफी पीते समय कम मात्रा में चीनी मिलाते हैं परंतु फिर भी उन्हें इनमें काफी मिठास का संवेदन होता है। उसी तरह से उत्तम स्वादी लोग जब मिरची खाते हैं, तो इन्हें मुखा जलन (oral burn) का अनुभव अन्य लोगों की अपेक्षा अधिक होती है। मध्यम स्वादी लोग वैसे लोग को कहा जाता है जिनकी स्वाद संवेदन की स्थिति अस्वादी (non taster) तथा उत्तम स्वादी के स्वाद संवेदनों के बीच की होती है।

मिलर एवं रीडी (Miller & Reedy, 1990) ने एक अध्ययन किया जिसमें इन लोगों ने *विडियो माइक्रोस्कापी* (video-microscopy) का उपयोग करके जीभ पर स्वाद कलियों (taste buds) की संख्या की गिनती किया है। इन्होंने अपने अध्ययन में पाया है कि अस्वादी लोग के जिह्वा में प्रतिवर्ग सेन्टीमीटर में औसतन 96 स्वाद कलियाँ (जो बहुत ही कम है) पायी जाती है। मध्यम स्वादी लोगों में प्रतिवर्ग सेन्टीमीटर औसतन 184 तथा उत्तमस्वादी लोगों में औसतन 425 स्वाद कलियाँ होतीं हैं। परंतु साथ-ही-साथ यह विशेष तथ्य कि उत्तम स्वादी लोग सभी द्रव्यों (substances) का स्वादन उच्च तीव्रता से नहीं कर पाते हैं, से यह स्पष्टतः पता चलता है कि स्वाद कलियों की मात्र संख्या से स्वाद संवेदनशीलता का निर्धारण नहीं होता है।

त्वक् या त्वचीय ज्ञानेन्द्रियाँ
(Custaneous Senses)

व्यक्ति के शरीर की त्वचा त्वक् या त्वचीय ज्ञानेन्द्रिय है जो मानव शरीर का सबसे बड़ा ज्ञानेन्द्रिय (sense organ) है। एक व्यक्ति जिसकी लम्बाई करीब 6 फीट होती है, उसके शरीर में लगभग 21 वर्गफीट त्वचा होती है। मानव शरीर की त्वचा में बहुत सारे ग्राहक (receptors) होते हैं जिनके माध्यम से व्यक्ति को मूलतः तीन तरह के संवेदन होते हैं—

स्पर्श (touch) एवं दवाब (pressure), तापक्रम (temperature) अर्थात् गर्म (warm) एवं ठंडा (cold) का संवेदन तथा दर्द (pain) का संवेदन। प्रत्येक संवेदन में एक उपयुक्त उद्दीपक (stimulus) को स्नायविक ऊर्जा (neural energy) में बदल दिया जाता है और मस्तिष्क उस स्नायविक ऊर्जा की व्याख्या कर विशेष मनोवैज्ञानिक अनुभूति व्यक्ति में उत्पन्न करता है। त्वचा ग्राहक अन्ततः मस्तिष्क के कायिक संवेदी कार्टेक्स (Samatosensory cortex) में सूचनाओं को भेजता है जो मध्य पालि में (parietal lobe) में मौजूद होते हैं। इन तीनों त्वचा संवेदनों की व्याख्या हम अलग-अलग करेंगे—

1. स्पर्श एंव दबाव (*Touch and Pressure*)—मानव शरीर की त्वचा से स्पर्श एवं दबाव की संवेदन अनुभूति एक प्रमुख अनुभूति होती है। इसे समझने के लिए मानव त्वचा की संरचना को समझना आवश्यक है। मानव त्वचा में तीन तहें या सतह (layers) होती हैं— *इपिडरमिस* (epidermis), *डरमिस* (dermis) तथा *हाइपोंडरमिस* (hyproderimis)। इपिडरमिस त्वचा का सबसे ऊपरी सतह होती है और यह मुख्यतः मृत कोशिकाओं (dead cells) से बना होता है तथा मोटाई में भिन्न होता है। जैसे, चेहरा पर यह पतला होता है जबकि पैर की ऐड़ी पर काफी मोटा होता है। इपिडरमिस की कोशिकाएँ हमेशा परिवर्तित होते रहती हैं। सचमुच में प्रत्येक 25 दिनों पर पुराना इपिडरमिस के जगह पर नया

इपिडरमिस बन जाता है। इपिडरमिस के ठीक नीचे के सतह को डरमिस (dermis) कहा जाता है। यह जीवित कोशिकाओं से बना होता है तथा इसमें खून एवं तंत्रिका समाप्ति (nerve endings) की आपूर्त्ति होती है। इसमें केश कोशिका (hair cells) तथा तेल उत्पन्न करने वाले ग्रन्थि (oil-producing glands) भी होते हैं। डरमिस तथा इपिडरमिस दोनों मिलकर तापक्रम एवं दबाव (pressure) में होनेवाले तीव्र परिवर्तनों से मानव शरीर की सुरक्षा करते हैं। सबसे अंतिम सतह हाइपोंडरमिस होता है जो एक मोटा इन्सुलेटिंग कुशन के रूप में कार्य करता है। उसे *उपत्वचीय उत्तक* (subcutaneous tissue) भी कहा जाता है। त्वचा के इन स्तरों के भीतर कई प्रकार के तंत्रिका तन्तु (nerve fibers) होते हैं। मौलिक रूप से वैज्ञानिकों का यह विश्वास था कि *क्राऊस एण्ड वल्ब* (Krause and Bulbs) से ठंडा का संवेदन, *रूफ्फिनी समाप्ति* (Ruffini endings) से गर्म का संवेदन, मिस्सनर कारपसल्स (Meissner's Corpuscles) तथा रोमकूप (hair follicles) से स्पर्श (touch) तथा मुक्त तंत्रिका समाप्ति (free nerve endings) से दर्द के संवेदन की अनुभूति होती थी। दूसरे शब्दों में, एक समय ऐसा था जब वैज्ञानिकों को यह विश्वास होता था कि कोई खास उद्दीपक से उत्पन्न त्वचीय संवेदन का कारण उत्तेजित तंत्रिका का प्रकार होता है न कि उद्दीपक की विशेषता। परंतु अब इस सिद्धान्त की वैधता समाप्त हो गयी है और केनशालो एवं नेफ (Kenshalo & Nafe, 1962), मेलजैक एवं वॉल (Melzeek & Wall, 1962) द्वारा किये गए अध्ययनों से यह स्पष्ट हो गया है कि अब त्वचा के अधिकतर ग्राहक (receptors) या कोशिकाएँ एक से अधिक उद्दीपकों के प्रति अनुक्रियाशील होते हैं।

स्पर्श संवेदन के अध्ययन में शोधकर्त्ताओं द्वारा त्वचा के विभिन्न जगहों या स्थानों पर *स्थानिक विभेद दहेली* (spatial discrimination threshold) का मापन किया जाता है। इसमें त्वचा को दो नुकीले चीज से स्पर्श किया जाता है तथा उनके बीच के न्यूनतम दूरी जिसे व्यक्ति दो दबाव बिन्दुओं के रूप में महसूस कर सके, का मापन किया जाता है। इसे *द्वि-बिन्दु सीमान्त* (two-point threshold) कहा जाता है तथा इस सिलसिले में सबसे महत्त्वपूर्ण शोध 1890 वाले दशक में मैक्स वान फ्रे (Max Von Frey) द्वारा किया गया। इस क्षेत्र में किये गए आधुनिक अध्ययनों से यह स्पष्ट हुआ है कि मध्य अंगुली (middle finger) सबसे अधिक संवेदनशील होता है क्योंकि मात्र दो बिन्दुओं की आपसी दूरी 2.5 मिली मीटर होने पर ही उसे व्यक्ति को भिन्न दवाब बिन्दु (pressure points) के रूप में अनुभव कर लेता है। हाथ के अन्य अंगुलियों (कनिष्क अंगुली) को छोड़कर द्वि-बिन्दु सीमान्त भी लगभग इतना ही होता है। अतः ये सभी संवेदनशील भाग होती है। पिण्डली (calf) तथा कंधा का द्वि-बिन्दु सीमान्त सबसे अधिक 47 मिलीमीटर पाया गया। अतः शरीर के ऐसे अंग कम संवेदनशील होते पाये गये।

2. तापक्रम *(Temperature)*—इसके तहत मनोवैज्ञानिकों तथा अन्य विशेषज्ञों द्वारा ठंड तथा गर्म के संवेदन का अध्ययन किया जाता है। मानव शरीर का आधारीय तापक्रम (baseline temperature) कर्णपालि (ear lobe) पर करीब 28 डिग्री सेन्टीग्रेड से अग्रवाँह (forearm) पर करीब 37 डिग्री सेन्टीग्रेड तक के परास (range) में होता है। तापक्रम का वह न्यूनतम परिवर्तन जो व्यक्ति में गर्म या ठंडा का संवेदन उत्पन्न कर सकता है, 0.01 डिग्री सेन्टीग्रेड से लेकर करीब 8 डिग्री सेन्टीग्रेड तक परिवर्तित होता है और साथ-ही-साथ न्यूनतम ग्राह्य अंतर (minimum noticeable difference) बहुत कुछ आधारीय तापक्रम, उत्तेजित किये जानेवाले शरीर का भाग तथा अन्य चर पर भी निर्भर करता है। केनशेलो, डेकर तथा हैमिल्टन (Kenshelo, Decker & Hamilton, 1967) के अध्ययन से यह स्पष्ट हुआ है कि सामान्यतः यदि शरीर का बड़ा सतह क्षेत्र (surface area) को उत्तेजित किया जाता है, तापक्रम की संवेदनशीलता भी उतनी ही अधिक होती है।

जैसा कि हम ऊपर बता चुके हैं, पहले यह समझा जाता था कि गर्म संवेदन का होना रूफ्फिनी तंत्रिका समाप्ति (Ruffini nerve endings) पर तथा ठंड संवेदन का होना क्राऊस एण्ड वल्ब के उत्तेजित होने पर निर्भर करता है। परंतु आजकल इस सिद्धान्त की मान्यता समाप्त हो गयी है। गेल्डार्ड (Geldard, 1972) के अध्ययन के अनुसार त्वचा के उन सभी क्षेत्र जिनमें रूफ्फिनी तथा क्राऊस तंत्रिका समाप्ति अधिक मात्रा में पाया जाता है, गर्म तथा ठंडे के प्रति संवेदनशील होते हैं। कोशेलो तथा नेफ (Keshalo & Nafe, 1962) के अनुसर, तापक्रम संवेदन का एक समकालीन (contemporary) सिद्धान्त *न्यूरोभसकुलर सिद्धान्त* (neurovascular theory) है। इस सिद्धान्त के अनुसार तापक्रम में परिवर्तन संवहनी तंत्र (vascular system) के मुक्त तंत्रिका समाप्ति (free nerve endings) के यांत्रिक उत्तेजनों द्वारा होता है। जैसे-जैसे रक्त नलिकाएँ गर्म एवं ठंडा होतीं हैं, वे सिकुड़तीं एवं फैलती हैं। इस यांत्रिक उत्तेजन (mechanical stimulation) से तंत्रिका आवेग उत्पन्न होता है जिसके आधार पर हमें तापक्रम में परिवर्तन का अनुभव होता है। यहाँ तंत्रिका आवेग का स्थानिक (spatial) एवं सामयिक पैटर्न (temporal pattern) जो मस्तिष्क में पहुँचता है, उसे महत्त्वपूर्ण माना जाता है न कि

मुक्त तंत्रिका समाप्ति के प्रकार को। ऐसा समझा जाता है कि मस्तिष्क में ही कुछ ऐसे क्षेत्र हैं जो ऐसे पैटर्न के प्रति अनुक्रिया करते हैं जिससे हमें गर्म तथा ठंड का संवेदन होता है।

इस न्यूरोभसकुलर सिद्धान्त के साथ व ठनाई यह है कि गर्म संवेदन की अनुभूति होने में तथा ठंड संवेदन की अनुभूति होने में लगने वाला समय एक समान न होकर भिन्न होता है। अगर ये दोनों संवेदन की उत्पत्ति एक ही मुक्त तंत्रिका समाप्ति (free nerve endings) के उत्तेजन से होता है, तो दोनों तरह के संवेदनों की अनुभूति होने में लगने वाला समय एक समान होना चाहिए। परंतु ऐसा नहीं है।

आधुनिक शोधों से यह भी स्पष्ट हो गया है कि मानव मस्तिष्क विभिन्न तरह के जटिल सूचनाओं का उपयोग विभिन्न त्वचा ग्राहकों द्वारा उत्पन्न क्रियाओं के पैटर्न को समझने तथा संवेदनों में विभेदन करने के लिए करता है। जैसे, कुछ ठंड तंत्रिका तन्तु (cold nerve fibers) होते हैं जो त्वचा के ठंड होते ही, अपनी उत्तेजनशीलता में वृद्धि कर देते हैं तथा त्वचा के गर्म होते ही अपनी उत्तेजनशीलता में कमी कर देते हैं। इसके विपरीत कुछ गर्म तंत्रिका तन्तु होते हैं जो त्वचा के गर्म होने पर अपनी उत्तेजनशीलता बढ़ा देते हैं तथा ठंड होने पर अपनी उत्तेजनशीलता में कमी कर देते हैं। मस्तिष्क इन दोनों तरह के तंत्रिका तन्तु से मिलने वाले संयोजित सूचना (combined information) का उपयोग त्वचा तापक्रम को पता लगाने में करता है। अगर दोनों तरह के तंत्रिका तन्तु एक साथ उत्तेजित हो जाते हैं, तो मस्तिष्क इन दोनों के संयोजित उत्तेजनशीलता (firings) को मात्र गर्म संवेदन के रूप में पहचान करता है। अतः व्यक्ति को ऐसा महसूस होता है कि वह कोई गर्म वस्तु को स्पर्श कर रहा है जबकि सच्चाई यह है कि वह गर्म तथा ठंड दोनों वस्तुओं को स्पर्श कर रहा है। इसे मनोवैज्ञानिकों ने *विरोधाभ्यास गर्म* (paradoxical heat) की संज्ञा दी है।

3. दर्द *(Pain)*—दर्द संवेदन को सबसे जटिल संवेदी अनुभूति माना गया है। सामान्यतः यह समझा जाता है कि शारीरिक चोट या आघात से दर्द की अनुभूति होती है परंतु बहुत सारी परिस्थितियों में ऐसा देखा गया है कि व्यक्ति को शारीरिक चोट तो लगती है परंतु उसे कोई दर्द का अनुभव उस समय नहीं होता है। दूसरे तरफ कुछ ऐसी भी परिस्थितियाँ होती है जिनमें व्यक्ति को दर्द की अनुभूति तो होती है परंतु कोई शारीरिक चोट उसे नहीं पहुँची हुई होती है।

मनोवैज्ञानिकों का मत है कि व्यक्ति को दर्द की अनुभूति तब होती है जब दर्द ग्राहक (pain receptor) उत्तेजित होते हैं। अधिकतर शोधकर्त्ताओं का विश्वास है कि मुक्त तंत्रिका समाप्ति (free nerve ending) जो पूरे शरीर में अवस्थित होता है, के उत्तेजनशील होने से व्यक्ति को दर्द का अनुभव होता है। परंतु अध्ययनों से यह भी पता चला है कि यह ग्राहक दवाब (pressure) या स्पर्श (touch) के संवेदन में भी उत्तेजित होता है।

मनोवैज्ञानिकों द्वारा किये गए अध्ययनों से यह स्पष्ट हुआ है कि दो व्यक्तियों के संवेदन की अनुभूति में वैयक्तिक विभिन्नता (individual difference) पायी जाती है। कुछ लोग दर्द के प्रति काफी असंवेदनशील होते हैं। जैसे, बाक्सटर एवं औल्सजेवेस्की (Baxter & Olszewski, 1960) ने एक अध्ययन कनाडा के लड़की पर किया और पाया कि इस लड़की के जीभ का एक भाग को घायल कर देने पर तथा गर्म रेडियेटर (hot radiator) से उसमें तृतीय डिग्री जलन (three degree burns) उत्पन्न कर देने पर भी उसे कोई दर्द संवेदन नहीं होता था। दूसरे तरफ कुछ लोग ऐसे होते हैं कि उनके दर्द सीमान्त (pain threshold) काफी निम्न होता है और वह दर्द उद्दीपक की निम्न तीव्रता से भी दर्द का काफी अनुभव करता है। फ्लोर तथा टर्क (Flor & Truk, 1989) के अनुसार कुछ रासायनिक पदार्थ, गर्म (heat), ठंड (cold) तथा बिजली का आघात (electrical shock) आदि को दर्द उद्दीपक के रूप में उपयोग किया जाता है। व्यक्ति का अपना विश्वास भी दर्द संवेदन की अनुभूति को प्रभावित करता है। जैसे, डाईमेट्टो तथा फ्रिडमैन (Dimetteo & Friedman, 1982) के अध्ययन में पाया गया कि अस्पताल के जिन रोगियों में यह विश्वास था कि अमुक मेडिकल प्रविधि से कम दर्द होता है, सचमुच में उससे कम दर्द का अनुभव उसे हुआ। कुछ अध्ययनों से यह स्पष्ट हुआ है कि दर्द का प्रत्यक्षण व्यक्ति के सांवेगिक एवं अभिप्रेरणात्मक अवस्थाओं से भी प्रभावित होता है। वीकर (Beecher, 1972) ने अपने अध्ययन में पाया कि लड़ाई के दौरान घायल सिपाहियों में से मात्र 25% सिपाहियों ने ही दर्द को कम करने के लिए दवा की माँग किया जबकि समान मात्रा के घाव (या घायल होने पर) करीब 80% सर्जिकल रोगियों ने दर्द को कम करने के लिए दवा की माँग की। शायद यही कारण है कि खेलाड़ी लोगों का खेल के मैदान में हुए चोट से दर्द का अनुभव तबतक नहीं होता है जबतक कि खेल प्रतिस्पर्धा समाप्त नहीं हो जाती है।

अब प्रश्न उठता है कि मनोवैज्ञानिकों द्वारा दर्द संवेदनशीलता में इस तरह की विभिन्नता की व्याख्या किस तरह से की गयी है। मनोवैज्ञानिकों द्वारा इनकी व्याख्या के लिए एक विशेष सिद्धान्त जिसे *द्वार-नियंत्रण सिद्धान्त* (Gate-control theory) कहा जाता है, विकसित है। इस सिद्धान्त का प्रतिपादन मेलजैक एवं वॉल (Melzack &

Wall, 1965, 1983) द्वारा किया गया। इस सिद्धान्त के अनुसार सुषुम्ना (spinal cord) में एक 'स्नायविक द्वार' (neurological gate) होता है जो मस्तिष्क में दर्द संवेदनों के संचरण को नियंत्रित करता है। अगर यह द्वार खुला होता है, तो मस्तिष्क को अधिक दर्द का स्नायु प्रवाह मिलते हैं। फलतः व्यक्ति को दर्द अधिक अनुभव होता है। परंतु जब यह द्वार बंद होता है, तो मस्तिष्क को दर्द का स्नायु प्रवाह (nerve impulse) नहीं प्राप्त होता है और तब व्यक्ति को दर्द का अनुभव नहीं होता है। इस स्नायविक द्वार का खुला या बंद होना दो तरह के संवेदी तंत्रिका तन्तुओं (nerve fibers) के बीच हुई प्रतियोगिता पर निर्भर करता है। एक तरफ तो बड़े संवेदी तंत्रिका तन्तु होते हैं जिनके उत्तेजित होने से जो स्नायु प्रवाह सुषुम्ना में पहुँचता है, उससे 'स्नायविक द्वार' बंद हो जाते हैं क्योंकि ऐसे तन्तुओं द्वारा सिर्फ दर्द संवेदन की अनुभूति ही नहीं बल्कि अन्य संवेदी अनुभूतियाँ भी वहन की जाती है। दूसरे तरफ छोटी संवेदी तंत्रिका तन्तु होते हैं जिनके उत्तेजित होने पर जो स्नायु प्रवाह सुषुम्ना में पहुँचता है, और इससे 'स्नायुविक द्वार' खुल जाते हैं और मस्तिष्क को दर्द का संवेदन अधिक मात्रा में प्राप्त होता है। इस सिद्धान्त द्वारा इस बात की भी व्याख्या होती है कि सांवेगिक एवं संज्ञानात्मक कारक भी दर्द प्रत्यक्षण को प्रभावित करते हैं। मेलजैक एवं वाल का यह विचार है कि कभी-कभी मस्तिष्क ही सुषुम्ना में कुछ ऐसी सूचना अपनी ओर से भेजता है जिससे स्नायुविक द्वार पर ही अधिक दर्द स्नायु प्रवाहों को रोक दिया जाता है और तब दर्द प्रत्यक्षण व्यक्ति को कम होता है। इस तथ्य से इस बात की स्पष्ट व्याख्या हो जाती है कि सम्मोहन की अवस्था में सर्जिकल ऑपरेशन होने से उसे कम दर्द का अनुभव है या लड़ाई के दौरान घायल सैनिक को उत्पन्न घाव से कम दर्द का अनुभव होता है। इस तरह से द्वार नियंत्रण सिद्धान्त द्वारा इस विशेष तथ्य की व्याख्या हो जाती है कि परिस्थिति समान होने पर भी एक व्यक्ति क्यों अत्यधिक दर्द का अनुभव करता है जबकि दूसरे को दर्द का अनुभव बहुत कम या न के बराबर होता है। इस सिद्धान्त के अनुसार ऐसी वैयक्तिक विभिन्नता के निम्नांकित तीन सम्भावित कारण हो सकते हैं—

(i) दर्द अनुभूति में वैयक्तिक विभिन्नता का कारण व्यक्ति में छोटे तंत्रिका तन्तु तथा बड़े तंत्रिका तन्तु की संख्या हो सकती है। बड़े तंत्रिका तन्तु की संख्या तुलनात्मक रूप से अधिक होने पर व्यक्ति को दर्द की अनुभूति कम होगी।

(ii) मस्तिष्क द्वारा स्नायविक द्वार के प्रक्रम पर यदि विभेदात्मक स्तर के नियंत्रण किये जाते हों तो इससे भी दर्द संवेदन अंतर होगा।

(iii) कुछ व्यक्तियों में स्नायविक द्वार (neurological gate) ही दोषपूर्ण हो सकता है जिससे दर्द अनुभूति में अंतर हो सकता है।

दर्द ग्राहकों (pain receptor) तथा दर्द के स्वरूप के क्षेत्र में किये गये अध्ययनों से कुछ विशेष तथ्य सामने आये हैं। इसमें इन्डोर्फिन (endorphin) महत्त्वपूर्ण है। इन्डोर्फिन एक ऐसा द्रव्य (substance) है जो व्यक्ति के शरीर में अर्थात् मस्तिष्क तथा पीयूष ग्रन्थि (Pituitary gland) में स्वाभाविक रूप से उत्पन्न होता है तथा दर्द को कम करता है। अतः यह एक दर्द नाशक (pain killer) द्रव्य है। ब्लूम (Bloom, 1981) द्वारा किये गए अध्ययनों से यह भी स्पष्ट हुआ कि इन्डोर्फिन द्वारा अन्य शारीरिक कार्यों जैसे रक्तचाप तथा शरीर तापक्रम का नियमन एवं संचालन आदि होता है। इन्डोर्फिन व्यक्ति में सुखाभास (euphoria) तथा अच्छा होने का भाव उत्पन्न करके व्यक्ति में दर्द की अनुभूति को कम कर देता है। इन्डोर्फिन अपने आपको सुषुम्ना तथा मस्तिष्क में ग्राहक स्थानों (receptor cite) पर जमा हो जाते हैं और मस्तिष्क के उच्च केन्द्रों में जाने से उसे रोकते हैं। इन्डोर्फिन दो तरह का कार्य करता है। पहला, यह दर्द सहनशीलता को बढ़ाता है तथा दूसरा दर्द की अनुभूति को कम करता है।

अध्ययनों से यह स्पष्ट हुआ है कि कुछ लोग जब मात्र यह सोचते हैं कि उन्हें दर्द निवारक दवा मिल रही है, तो मात्र इस सोच से ही उनमें इन्डोर्फिन उत्पन्न होने लगता है। मेलजैक एवं वॉल (Melzack & Wall, 1983) ने अपने अध्ययन में पाया कि जब अस्पताल में सर्जिकल ऑपरेशन के बाद रोगियों को नकली गोली (placebo pill) यह कहकर दिया गया कि उससे उनका दर्द कम हो जाएगा, तो सचमुच में करीब 35% ऐसे रोगियों ने दर्द कम होने का अनुभव किया। इसका कारण यह है कि जब ऐसे रोगियों में यह विश्वास हो जाता है कि उन्हें दर्द निवारक दवा दी गयी है, तो उनके मात्र इस विश्वास से अपने शरीर में स्वाभाविक रूप से इन्डोर्फिन (endorphin) उत्पन्न होता है जिससे उनका दर्द कम हो जाता है। इस बात का सबूत हमें एक दूसरा औषध जिसे नैलेक्सोन (naloxone) कहा जाता है, से मिलता है।

फिल्ड्स (Fields, 1978) द्वारा किये गए अध्ययनों से यह स्पष्ट हुआ है कि जब ऐसे लोगों को नैलेक्सोन का सूई दे दिया जाता है, तो यह इन्डोर्फिन ग्राहक स्थानों में जमा हो जाते हैं जिससे इन्डोर्फिन नहीं निकलता है और तब उसका दर्द निवारण प्रभाव भी नहीं पड़ता है। दर्द को कम करने का पौराणिक चीनी प्रविधि जिसे *एक्यूपंचर* (acupuncture) कहा जाता है, इसी नियम पर आधारित होता है। एक्यूपंचर में शरीर के विशेष भाग में जब सूई गड़ाया जाता है, तो उससे इन्डोर्फिन का स्राव होता है जो व्यक्ति में दर्द को कम करता है। हास्सेट्ट (Hassett, 1980) के अनुसार इस बात का सबूत भी हमें नैलोक्सोन (naloxone) से ही मिलता है क्योंकि जब इसे रोगी के शरीर में दे दिया जाता है, एक्यूपंक्चर का कोई प्रभाव फिर नहीं पड़ता देखा गया है।

स्पष्ट हुआ कि मनोवैज्ञानिकों द्वारा दर्द संवेदन का अध्ययन भी कई दृष्टिकोणों से किया गया है।

गतिवोधक ज्ञानेन्द्रियाँ
(Kinesthetic Senses)

गतिबोधक ज्ञानेन्द्रियाँ, जैसा कि नाम से ही स्पष्ट है, से हमें दो तरह की सूचनाएँ प्राप्त होतीं हैं— पहला, हमारे शरीर के विभिन्न भागों का एक-दूसरे के संदर्भ में क्या स्थिति (position) है तथा दूसरा, विभिन्न शारीरिक अंगों के गति (movement) की स्थिति में सूचना इन ज्ञानेन्द्रियों द्वारा मिलती है। गतिबोधक संवेदनों के लिए ग्राहक (receptor), संधि (joints), मांसपेशियाँ (muscles) तथा अस्थिबन्ध (ligament) में होते हैं। हालांकि गतिबोधक ज्ञानेन्द्रियाँ गति संवेदन को ठीक ढंग से संचालित करती है परंतु फिर भी व्यक्ति का दृष्टि (vision) हमारे शरीर के गति एवं स्थिति (position) के बारे में कुछ अतिरिक्त सूचनाएँ प्रदान करता है और एक तरह से गतिबोधक ज्ञानेन्द्रियों को मजबूत करता है।

प्रघाणीय ज्ञानेन्द्रियाँ
(Vestibular Senses)

प्रघाणीय ज्ञानेन्द्रियों द्वारा शारीरिक गतियों में संतुलन (equilibrium) का ज्ञान होता है। अतः ऐसे ज्ञानेन्द्रियों द्वारा भी गति की पहचान की जाती है और हमें उसके प्रति अपनी सही उन्मुखता का पता चलता है। प्रघाणीय ज्ञानेन्द्रियाँ अन्तःकर्ण के अर्धचंद्राकार नलिका (semi-circular canals) तथा प्रघाणीय पुटिकाओं (Vestibular sacs) में उपस्थित होते हैं। अर्द्ध चंद्राकार नलिका से व्यक्ति के सिर में होने वाले गतियों का ज्ञान होता है। चूँकि इस नलिका में तरल पदार्थ भरे होते हैं, सिर में किसी प्रकार की गति होने से उसके तरल पदार्थ में हलचल उत्पन्न हो जाता है। इस तरह के हलचल से केश कोशिकाओं (hair cells) में झुकाव उत्पन्न होता है जो एक तरह का ग्राहक (receptor) का कार्य करता है और स्नायविक आवेग (neuoral impulses) को मस्तिष्क में भेजता है जिसके फलस्वरूप गति में संतुलन बना होने का ज्ञान होता है। चूँकि अर्द्धचंद्राकार नलिका की संख्या तीन होती है, और प्रत्येक की स्थिति (position) भिन्न-भिन्न होती है, इसलिए एक नलिका की केश कोशिकाओं में दूसरे नलिका की केश कोशिकाओं की अपेक्षा सिर के घूमने की दिशा के अनुसार अधिक झुकाव आता है। वैलाक (Wallach, 1985) द्वारा किये गए अध्ययनों से यह स्पष्ट हुआ है कि अर्द्धचंद्राकार नलिकाओं की भूमिका दृष्टि (vision) में भी स्थिरता लाने में काफी अधिक होती है।

अन्तकर्ण में दो प्रघाणीय पुटिकाएँ (vestibular sacs) होतीं हैं जिनमें भी तरल पदार्थ भरे रहते हैं। इससे भी हमारे सिर की गति की दिशा के बारे में सूचना मिलती है। इनमें कुछ केश कोशिकाएँ (hair cells) होतीं हैं जो गति ग्राहक (motion receptors) के रूप में कार्य करती है और सिर के गति की दिशा की पहचान करते हैं। पार्कर (Parker) द्वारा किये गए अध्ययनों से यह स्पष्ट हुआ है कि केश कोशिकाओं से एक स्नायु आवेग (nerve impulse) उत्पन्न होता है जो मस्तिष्क में पहुँचकर इस बात का ज्ञान कराता है कि सिर किस दिशा में घूम रहा है। यदि व्यक्ति तीव्रता से किसी दिशा में सिर घुमाता है, तो उसके केश कोशिकाओं में उतनी ही अधिक झुकाव उत्पन्न होता है।

स्पष्ट हुआ कि द्वितीयक ज्ञानेन्द्रियाँ कई हैं जिनके माध्यम से व्यक्ति को संवेदी सूचनाएँ मिलतीं हैं। सचमुच में दृष्टि संवेदन तथा श्रव्य संवेदन के साथ होकर द्वितीयक ज्ञानेन्द्रियाँ व्यक्ति के संवेदी क्षमताओं को इतना मजबूत कर देती है कि व्यक्ति का प्रत्यक्षण काफी तीक्ष्ण एवं स्पष्ट हो जाता है।

भ्रम
(Illusion)

गलत प्रत्यक्षण (false perception) को भ्रम (illusion) की संज्ञा देते हैं (false perception is illusion)। उदाहरणार्थ, यदि अंधेरे में रस्सी को आप साँप के रूप में प्रत्यक्षण करते हैं तो यह भ्रम का उदाहरण होगा। इस उदाहरण से भ्रम (illusion) की निम्नांकित दो विशेषताओं पर प्रकाश पड़ता है।

1. भ्रम एक तरह का प्रत्यक्षण (perception) है न कि अप्रत्यक्षण (misperception) या धोखा (trick) है। प्रत्यक्षण की श्रेणी में आते हुए भी इसे भ्रम (illusion) इसलिए कहा जाता है क्योंकि इसमें जो प्रत्यक्षण होता है, वह पहले हुए प्रत्यक्षण से भिन्न होता है। जैसे— रस्सी को जब अँधेरे में हम साँप के रूप में प्रत्यक्षण करते हैं तो यह प्रत्यक्षण पहले के प्रत्यक्षण यानी रस्सी को रस्सी के रूप में ही किया गया प्रत्यक्षण से भिन्न होता है।
2. चूँकि भ्रम एक तरह का प्रत्यक्षण ही है, अतः भ्रम की उत्पत्ति के लिए यह आवश्यक है कि उद्दीपक (stimulus) मौजूद हो। उपयुक्त उदाहरण में रस्सी एक उद्दीपक है जिसका प्रत्यक्षण हम साँप के रूप में करते हैं। यदि किसी व्यक्ति को बिना उद्दीपक का ही कुछ प्रत्यक्षण होता है तो वह भ्रम नहीं बल्कि विभ्रम (hallucination) कहलाता है।

मनोवैज्ञानिकों ने भ्रम के अध्ययन में अभिरुचि (interest) दो कारणों से दिखलाया है। पहला कारण तो उनकी अपनी उत्सुकता (curiosity) है। सचमुच में भ्रम एक तरह का चुनौती (challenge) मनोवैज्ञानिकों को देता है जिसका सामना वे लोग इसे विस्तृत रूप में अध्ययन करके कर रहे हैं। गिगरस तथा कोरेन (Gigrus & Coren, 1976) के अनुसार दूसरा प्रमुख कारण यह है कि प्रत्यक्षण की परिशुद्धता (accuracy) के बारे में हम सही-सही तभी जान सकते हैं जब प्रत्यक्षण में होने वाले भ्रम का सही-सही अध्ययन कर सके।

प्रत्यक्षण तथा भ्रम में अन्तर
(Difference between Perception and Illusion)

प्रत्यक्षण एक संज्ञानात्मक मानसिक प्रक्रिया (cognitive mental process) है जिसके द्वारा हमें उपस्थित व्यक्तियों, वस्तुओं एवं घटनाओं का अर्थपूर्ण ज्ञान होता है। भ्रम एक प्रकार का प्रत्यक्षण ही है जिसके सहारे हमें वस्तुओं, व्यक्तियों एवं घटनाओं का ज्ञान प्राप्त होता है। इससे स्पष्ट है कि प्रत्यक्षण तथा भ्रम में काफी समानता है। ये दोनों ही मानसिक प्रक्रियाएँ (mental processes) हैं जिनके सहारे वातावरण में उपस्थित वस्तुओं एवं व्यक्तियों के बारे में ज्ञान प्राप्त होता है। इन दोनों के लिए उद्दीपक (stimulus) का भी होना अनिवार्य है। ये दोनों एक तरह की चयनात्मक (selective) प्रक्रियाएँ हैं। इन समानताओं के बावजूद भी इन दोनों में निम्नांकित अन्तर हैं—

1. प्रत्यक्षण में हमें उद्दीपक का यथार्थ एवं सही ज्ञान होता है परन्तु भ्रम में उद्दीपक का अयथार्थ एवं गलत ज्ञान होता है। अंधेरे में रस्सी को रस्सी के रूप में देखना प्रत्यक्षण कहलायेगा परन्तु रस्सी को साँप के रूप में देखना भ्रम का उदाहरण होगा।
2. प्रत्यक्षण का स्वरूप (nature) स्थायी होता है परन्तु भ्रम का स्वरूप अस्थायी एवं क्षणिक होता है। जैसे— एक पेंसिल को हम हमेशा पेंसिल के रूप में प्रत्यक्षण करते हैं परन्तु थोड़ी-सी रोशनी होते ही रस्सी को साँप के रूप में देखने का भ्रम समाप्त हो जाता है।
3. अभ्यास (practice) से प्रत्यक्षण में थोड़ी स्पष्टता बढ़ जाती है तथा भ्रम की मात्रा में कमी आती है। जैसे— यदि हम किसी आम के वृक्ष पर बार-बार देखते हैं तो उस वृक्ष की टहनियाँ, लगे फल, पत्तों के बीच बना मकड़ा का जाली आदि का भी प्रत्यक्षण होने लगता है। दूसरे तरफ मनोवैज्ञानिकों ने यह दिखलाया है कि अभ्यास (practice) के प्रभाव से भ्रम की मात्रा घटती है (क्योंकि अभ्यास से प्रत्यक्षण में स्पष्टता बढ़ जाती है)।
4. सभी सामान्य व्यक्तियों में किसी उद्दीपक का प्रत्यक्षण करीब-करीब एक समान होता है। परन्तु एक ही उद्दीपक सभी व्यक्तियों में समान भ्रम पैदा करें ऐसा जरूरी नहीं है। उदाहरणार्थ, एक भैंस को सभी सामान्य भैंस के रूप में ही प्रत्यक्षण करेगा परन्तु अंधेरे में बैठी हुई गाय को देखकर कोई भैंस, कोई बैल, कोई कूड़ा का ढेर आदि के रूप में उसे प्रत्यक्षण कर सकता है।

ऊपर किये गये वर्णन से स्पष्ट है कि प्रत्यक्षण तथा भ्रम एक-दूसरे से समान होते हुए भी काफी भिन्न (different) है।

भ्रम के प्रकार
(Types of Illusion)

भ्रम कई प्रकार के होते हैं। कुछ भ्रम ऐसे होते हैं जो अधिकांशतः व्यक्तियों में समान रूप से होते हैं। मनोवैज्ञानिकों ने इस तरह के भ्रम को सर्वव्यापी या सामान्य भ्रम (universal illusion) कहा है। कुछ दूरी पर आकाश का पृथ्वी से सटा हुआ दिखाई देना, दो रेल की पटरियों का कुछ दूर आगे चलकर आपस में सटी हुई नजर आना, आदि सर्वव्यापी भ्रम के कुछ उदाहरण हैं। इस तरह के भ्रम की एक विशेषता यह भी है कि यह स्थायी (permanent) होता है। अतः इसे *स्थायी भ्रम* (permanent illusion) भी कहा जाता है। कुछ भ्रम ऐसे होते हैं जो व्यक्तिगत होते हैं अर्थात् एक व्यक्ति को वह भ्रम होगा तो दूसरे व्यक्ति को वही भ्रम न होकर कुछ दूसरा होगा। उदाहरणार्थ, अंधेरे में किसी खम्भा को सीधा गड़ा देखकर एक व्यक्ति को किसी आदमी के होने का भ्रम, तो दूसरे को कोई भूत-प्रेत तथा तीसरे को चोर-लफंगा का भ्रम हो सकता है। थोड़ी रोशनी मिलने पर ये सभी भ्रम दूर हो जाते हैं। यही कारण है कि व्यक्तिगत भ्रम (personal illusion) क्षणिक (temporary) होता है।

मनोवैज्ञानिकों ने भ्रम का अध्ययन कुछ विशेष प्रकार के रेखाओं (lines) तथा कोणों (angles) आदि के आधार पर किया है। इस तरह के भ्रम को *ज्यामितिक भ्रम* (geometrical illusion) की संज्ञा दी गयी है। हाल ही में कोरेन तथा उनके सहयोगियों (Coren et al., 1976) ने ज्यामितिक भ्रम को 10 भागों में बाँटा है जो निम्नांकित है—

1. मूलर-लायर भ्रम (*Muller-Lyer illusion*)—इस भ्रम को सबसे पहले जर्मनी के समाजशास्त्री (sociologist) तथा मनोचिकित्सक (psychiatrist) फैंज कार्ल मूलर-लायर (Franz Carl Muller Lyer-1857-1916) द्वारा किया था। इस भ्रम में दो समान लम्बाई की रेखाएँ होतीं हैं— एक तीर रेखा (arrow-headed line) तथा दूसरा पंख रेखा (feather-headed line)। इन दोनों रेखाओं में व्यक्ति तीर रेखा को पंख रेखा से छोटा समझता है हालाँकि दोनों रेखाओं की लम्बाई बराबर होती है। चित्र संख्या 3.17 (a) में देखें। विट्टेकर (Whittaker, 1970) के अनुसार मूलर-लायर भ्रम सभी सभ्य समाज के सदस्यों में होता है परन्तु कुछ ऐसे आदिम (primitive) समाज विशेषकर वैसा समाज जिनकी संस्कृति में व्यक्तियों का रहने का घर गोल-गोल हुआ करता है, भी हैं जिनके सदस्यों को इस तरह का भ्रम नहीं होता है।

2. पोन्जो भ्रम (*Ponzo illusion*)—इस भ्रम में ऊपर की पड़ी रेखा (horizontal line) नीचे की पड़ी रेखा से बड़ी मालूम होती है हालाँकि इन दोनों रेखाओं की लम्बाई बराबर होती है। चित्र 3.17 का (b) देखें।

3. पड़ा-खड़ा भ्रम (*Horizontal-Vertical illusion*)—चित्र 3.17 का (c) में गौर से यदि कोई व्यक्ति देखता है तो अक्सर वह यही कहता है कि खड़ी रेखा (vertical line) पड़ी रेखा (horizontal line) से बड़ी है हालाँकि इन दोनों रेखाओं की लम्बाई बराबर-बराबर है। इस तरह के भ्रम को पड़ा-खड़ा भ्रम (horizontal-vertical illusion) कहा जाता है।

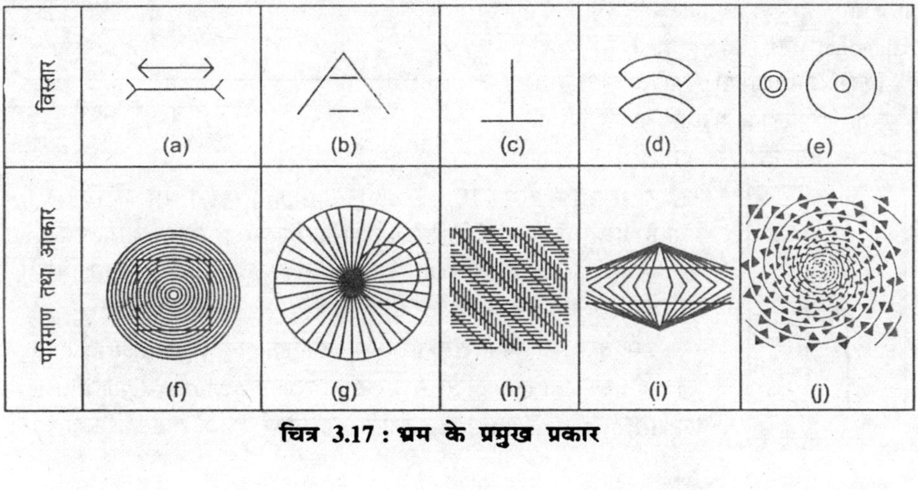

चित्र 3.17 : भ्रम के प्रमुख प्रकार

4. जास्ट्रो भ्रम (*Jastrow illusion*)—जास्ट्रो भ्रम को चित्र 3.17 का (d) में दिखलाया गया है। इस चित्र में दो पैटर्न को दिखलाया गया है। दोनों पैटर्न बिलकुल ही एक-दूसरे के समान हैं परन्तु ऊपर का पैटर्न नीचे के पैटर्न से छोटा (smaller) दिखलाई देता है।

5. डेलवोफ भ्रम (*Delboef illusion*)—इस तरह के भ्रम को चित्र 3.17 का (e) में दिखलाया गया है। इस चित्र में दो समान वृत्तों (circle) को दो परिस्थितियों में रखा गया है। एक वृत्त बड़ा गोला के भीतर है तथा दूसरा वृत्त छोटा गोला (ring) के भीतर है। बड़ा गोला के भीतर का वृत्त छोटा गोला के भीतर के वृत्त से छोटा दिखलाई पड़ता है, हालाँकि दोनों वृत्त समान हैं।

6. अर्नस्टीन भ्रम (*Ehrnstein illusion*)—इस तरह के भ्रम को चित्र 3.17 का (f) में दिखलाया गया है। इस भ्रम में बीच का वर्ग (square) कुछ विकृत (distorted) दिखलाई पड़ता है हालाँकि वर्ग की चारों भुजा की लम्बाई समान है और सभी रेखाएँ सीधी हैं।

7. ऑर्विसन भ्रम (*Orbison illusion*)—इस भ्रम को चित्र 3.17 का (g) में दिखलाया गया है। बड़ा चक्र के भीतर का वृत्त (circle) कुछ विकृत (distorted) दिखलाई पड़ता है हालाँकि वृत्त में कोई विकृति (distortion) ज्यामितिक नियमों के अनुसार नहीं है।

8. जॉलनर भ्रम (*Zollner illusion*)—इस भ्रम को चित्र 3.17 का (h) में दिखलाया गया है। इस चित्र में छोटी-बड़ी सात समानान्तर रेखाएँ (parallel lines) हैं जो सभी एक ही दिशा (direction) में है। परन्तु देखने में ऐसा लगता है कि इन सात समानान्तर रेखाओं की दिशा (direction) में विकृति (distortion) हैं अर्थात वे अलग-अलग दशाओं में हैं।

9. वुंट भ्रम (*Wundt illusion*)—इस भ्रम को चित्र 3.17 का (i) में दिखलाया गया है। इस चित्र में दोनों पड़ी समानान्तर रेखाएँ यद्यपि बिलकुल सीधी दिशा (straight direction) में है फिर भी बीच में कुछ विकृत (distorted) दीख पड़ती है। दूसरे शब्दों में, बीच में ये दोनों रेखाएँ कुछ एक-दूसरे की ओर सटती हुई दीख पड़तीं हैं।

10. घुमाव-रस्सी भ्रम (*Twisted-cord illusion*)—इस भ्रम को चित्र 3.17 का (j) में दिखलाया गया है। इस भ्रम में एक घुमावदार रस्सी (twisted cord) है। अगर कोई व्यक्ति इस चित्र में 'A' (जो ऊपर में है) से घुमना प्रारम्भ करता है तो भीतर जाने के बजाय घुमते-घुमते वह पुनः उसी स्थान यानी 'A' पर पहुँच जाता है।

इन प्रमुख भ्रम के अलावा कुछ और भ्रम भी हैं जिनपर कुछ मनोवैज्ञानिकों जैसे ओभर (Over, 1968) तथा रॉक (Rock, 1975) ने अधिक बल दिया है। ऐसे निम्नांकित दो भ्रम काफी महत्त्वपूर्ण हैं।

11. सैण्डर समान्तर चतुर्भुज भ्रम (*Sander parallelogram illusion*)—इस भ्रम को चित्र 3.18 में दिखलाया गया है। इस समानान्तर चतुर्भुज में दो विकर्ण (diagonal) हैं— वे a तथा b हैं। ये दोनों विकर्ण में a विकर्ण अधिकांशतः व्यक्ति को b से बड़ा दिखलाई पड़ता है हालाँकि सच्चाई यह है कि दोनों विकर्ण लम्बाई में एक-दूसरे के बराबर है।

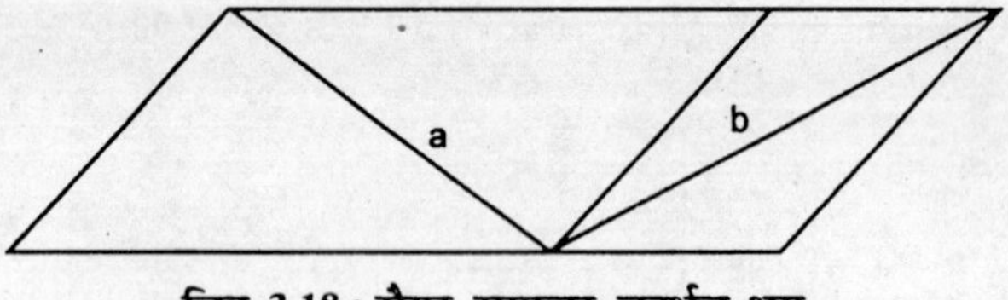

चित्र 3.18 : सैग्रर समान्तर चतुर्भुज भ्रम

12. पोगेनडौर्फ भ्रम (*Poggendorff illusion*)—इस भ्रम को चित्र 3.19 में दिखलाया गया है। इस चित्र में एक ही तिरछी रेखा या विकर्ण दो समान आयात को काटती है। परन्तु ऐसा लगता है कि एक तीरछी रेखा नहीं बल्कि तीन अलग-अलग तिरछी रेखाएँ हैं जो इन दोनों आयतों को काट रही हैं।

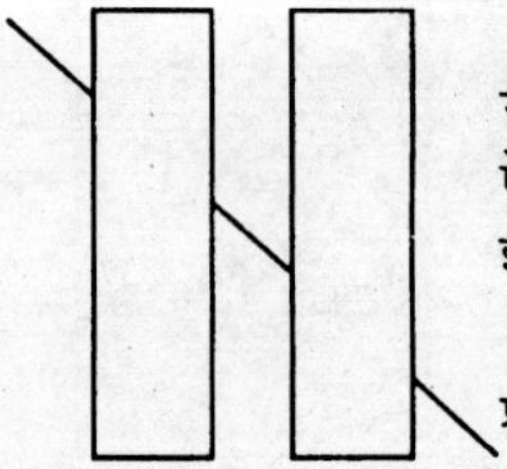

चित्र 3.19 पोगेनडौफ भ्रम

इस तरह से हम देखते हैं कि ज्यामितिक भ्रम (geometrical illusion) के कई प्रकार हैं। इस विभिन्न प्रकारों में मूलर-लायर भ्रम (Muller-Lyer illusion), पड़ा-खड़ा भ्रम (Horizontal-illusion) काफी महत्त्वपूर्ण हैं और इनके सहारे मनोवैज्ञानिकों ने

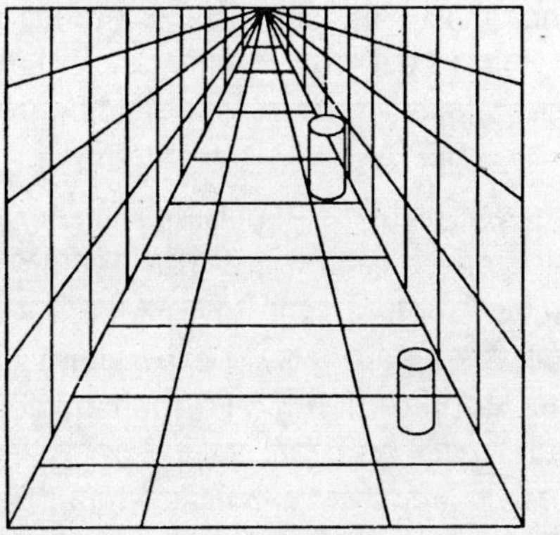

चित्र 3.20 गलियारा भ्रम (Corridor illusion)

अनेकों प्रयोग भी किये हैं। भ्रम के वर्गीकरण में अन्य भ्रमों जैसे चाँद भ्रम (Moon illusion) तथा *गलियारा भ्रम* (corridor illusion) का नाम भी उल्लेखनीय है। चाँद भ्रम में जब चाँद क्षैतिज पर होता है तो उसका आकार जब वह सिर के ऊपर अर्थात् शिरोबिन्दु पर दीखता है, के आकार की तुलना में बढ़ा प्रत्यक्षण किया जाता है। हालांकि चाँद का आकार दोनों परिस्थितियों मे एक समान होता है। गलियारा भ्रम को चित्र 3.20 में दिखलाया गया है। चित्र में दिखलाये गए दोनों ही सिलिंडर (cylinder) का भौतिक आकार में समरूपता है, परंतु व्यक्ति पीछे वाले सिलिंडर को आगे वाली सिलिंडर की तुलना में बड़ा समझता है। इतना ही नहीं, इन दोनों सिलिंडरों की आपसी दूरी काफी अधिक दिखलाई देती है जबकि सच्चाई यह है कि ये दोनों एक-दूसरे से उतने दूर पर नहीं रखे हुए हैं।

भ्रम के सिद्धान्त
(Theories of Illusion)

मनोवैज्ञानिकों ने भ्रम (illusion) से सम्बन्धित अनेकों अध्ययन किये हैं जिनके आधार पर इन लोगों द्वारा भ्रम के कई सिद्धान्तों का प्रतिपादन किया गया है। ओभर (1968), रॉक (Rock, 1975) जसनी (Zusne, 1970) तथा हॉचवर्ग (Hochberg, 1971) आदि प्रमुख ऐसे मनोवैज्ञानिक हैं जिन्होंने भ्रम के कुछ महत्त्वपूर्ण सिद्धान्तों का प्रतिपादन किया है। इन लोगों ने भ्रम के सिद्धान्तों को तीन भागों में बाँटा है। एक श्रेणी वह है जिसमें भ्रम का कारण उद्दीपक (stimulus) से आने वाले सूचनाओं (information) में कुछ त्रुटियाँ (errors) हैं। दूसरी श्रेणी वह है जिसमें भ्रम को कुछ तंत्रिकीय स्तर (neural level) के रूप में व्याख्या किया गया है तथा तीसरा श्रेणी वह है जिसमें भ्रम को संज्ञानात्मक तत्त्वों (cognitive elements) के रूप में व्याख्या किया गया है। इन तीनों श्रेणियों में आने वाले सभी सिद्धान्तों की व्याख्या करना यहाँ सम्भव तो नहीं है फिर भी कुछ सिद्धान्तों का वर्णन निम्नांकित हैं—

1. आँख-गति सिद्धान्त *(Eye-movement theory)*—यह सिद्धान्त ओभर (Over, 1968) के अनुसार प्रथम श्रेणी यानी उद्दीपक से मिलने वाले सूचनाओं में सन्निहित त्रुटियों द्वारा भ्रम की व्याख्या करने वाला सिद्धान्त है। इस सिद्धान्त की मुख्य बात यह है कि व्यक्ति जब किसी ज्यामितिक चित्र (geometrical figure) पर देखता है, तो उसका आकार (shape) तथा किनारा (contours) द्वारा व्यक्ति की आँख की गति (movements) में कुछ परिवर्तन (modification) हो जाता है। इस परिवर्तन के कारण व्यक्ति को भ्रम (illusion) होता है। उदाहरणार्थ, पड़ा-खड़ा भ्रम (horizontal-vertical illusion) को लें। खड़ी रेखा पर देखने में जो नेत्र गोलक (eye ball) में गति होती है उसमें व्यक्ति को अधिक प्रयास (effort) करना पड़ता है परन्तु पड़ी रेखा को देखने में नेत्र-गोलक में जो गति होती है, उसमें व्यक्ति को कम प्रयास करना पड़ता है। यही कारण है कि खड़ी रेखा की लम्बाई पड़ी रेखा की लम्बाई की अपेक्षा अधिके मालूम पड़ती हे। उसी तरह मूलर-लायर भ्रम की भी व्याख्या की जा सकती है। जब पंख रेखा को व्यक्ति देखता है तो इसके दोनों किनारों को देखने में जो नेत्र गोलक में गति होती है, वह थोड़ी देर तक की ही होती है। यही कारण है कि व्यक्ति पंख रेखा को तीर रेखा से बड़ा प्रत्यक्षण करता है।

इस सिद्धान्त की प्रमुख दो आलोचनाएँ (criticism) हैं—

(i) स्कीफमैन तथा थॉम्पसन (Schiffman & Thomson, 1974) ने अपने प्रयोग में जब टेचिस्टोस्कोप (Tachistocope) के सहारे इतना कम समय के लिए कुछ ज्यामितिक चित्रों को दिखलाया जिसमे नेत्र गोलक में गति होने का प्रश्न ही नहीं उठता है, तो पाया कि ऐसी परिस्थिति में भी भ्रम होता है। दूसरे शब्दों में, नेत्र गोलक में बिना गति के भी भ्रम होता है जो स्पष्टतः इस सिद्धान्त के विरुद्ध है।

(ii) दूसरी आलोचना भी कुछ पहली ही जैसी है। इभान्स तथा मार्सडेन (Evans & Marsden, 1966) ने एक प्रयोग

किया जिसमें स्थिर प्रतिबिम्ब प्रविधि (stabilized image technique) द्वारा व्यक्ति के अक्षिपटल (retina) पर पड़ने वाले उद्दीपक के प्रतिबिम्ब (image) को स्थिर (fixed) किया। इस स्थिरता के बावजूद भी व्यक्ति में भ्रम हुआ जो आँख गति सिद्धान्त के अनुसार नहीं होना चाहिए था क्योंकि अक्षिपटल पर बनने वाले प्रतिबिम्ब का स्थिर होने से जो स्थिति उत्पन्न होती है वह नेत्र गोलक में गति न होने से उत्पन्न स्थिति के समान है।

2. तदनुभूति सिद्धान्त *(Empathy theory)*—यह सिद्धान्त भ्रम का एक क्लासिकी सिद्धान्त (classical theory) है जिसका प्रतिपादन मूलतः लिप्पस (Lipps, 1897) के प्रयासों के फलस्वरूप हुआ। इस सिद्धान्त के अनुसार ज्यामितिक चित्रों को देखते समय व्यक्ति में कुछ विशेष सांवेगिक स्थिति (emotional state) उत्पन्न हो जाता है जिसके कारण भ्रम की उत्पत्ति होती है। उदाहरणस्वरूप, मूलर-लायर भ्रम में पंख रेखा को देखने से व्यक्ति में फैलाव (expansion) की सांवेगिक अनुभूति (emotional experience) होती है जबकि तीर रेखा को देखते समय सिकुड़न (limitation or narrowness) की सांवेगिक अनुभूति होती है। यही कारण है कि पंख रेखा तीर रेखा से बड़ी दीख पड़ती है। परन्तु यह सिद्धान्त बहुत वैज्ञानिक नहीं है और सचमुच में इस सिद्धान्त द्वारा भ्रम के बारे में हमें उचित ज्ञान भी नहीं मिलता है। रिग्स तथा क्लिंग[1] (Riggs & Kling, 1975) ने ठीक ही कहा है, ''यह सिद्धान्त सचमुच में भ्रम के बारे में विस्तृत परिचय नहीं देता है।''

3. क्षेत्र सिद्धान्त *(Field theory)*—इस सिद्धान्त का प्रतिपादन गेस्टाल्टवादियों द्वारा किया गया था। इन लोगों का कहना था कि भ्रम की परिस्थिति में उद्दीपक का पूर्ण क्षेत्र (entire field) उद्दीपक के किसी एक भाग के प्रत्यक्षण को प्रभावित करता है। जब भी व्यक्ति किसी उद्दीपक चित्र (stimulus figure) के देखता है तो उस चित्र में संतुलन का एक बिन्दु (locus of equilibrium) उत्पन्न होता है जहाँ आकर्षण बल (forces of attraction) तथा विकर्षण बल (forces of constraint) समान होता है। ऐसी परिस्थिति में यदि कोई दूसरा चित्र या रेखा (lines) को उसमें जोड़ा जाता है, तो उस से संतुलन में गड़बड़ी (disturbance) उत्पन्न हो जाती है जिनके कारण दूसरा चित्र या रेखा अपने मूल रूप से विकृत (distorted) नजर आता है और हमें भ्रम (illusion) होता है। उदाहरणस्वरूप, अर्नस्टीन भ्रम (Ehrnstein illusion) चित्र 3.17 का (f) में वर्ग (square) अपने मूल रूप से कुछ विकृत (distorted) इसलिए दीख पड़ता है क्योंकि वर्ग (square) से धारीदार वृत्त (striped circle) के संतुलन केन्द्र में गड़बड़ी (disturbance) होने लगता है। ठीक यही बात ऑर्विसन भ्रम (Orbison illusion) के साथ भी होता है।

कुछ मनोवैज्ञानिकों ने क्षेत्र सिद्धान्त की आलोचना किया है और कहा है कि इस सिद्धान्त द्वारा सभी तरह के भ्रम की व्याख्या नहीं होती है। इसके द्वारा अर्नस्टीन भ्रम, आर्विसन भ्रम, वुंट भ्रम (Wundt illusion) (चित्र 3.17 का (i) आदि जिनका आधार आकार (shape) तथा दिशा (direction) में विकृति (distortion) है, की व्याख्या तो होती है परन्तु मूलर-लायर भ्रम, खड़ा-पड़ा भ्रम आदि की व्याख्या नहीं हो पाती है।

4. परिदृश्य सिद्धान्त *(Perspective theory)*—परिदृश्य सिद्धान्त (Perspective theory) को *समरूपता सिद्धान्त* (constancy theory) भी कहा जाता है। इस सिद्धान्त के अनुसार भ्रम (illusion) होने का प्रधान कारण व्यक्ति द्वारा रेखाओं (lines) या चित्रों (figures) के बीच एक खास परिदृश्य (perspective) या पृष्ठभूमि (background) को देखना होता है। उदाहरणस्वरूप, मूलर-लायर भ्रम में तिरछी रेखाओं (obliques) द्वारा एक विशेष प्रकार का परिदृश्य (perspective) बनता है जिसके कारण तीर रेखा पंख रेखा से कुछ छोटा मालूम पड़ता है। भिन्न-भिन्न व्यक्ति भिन्न-भिन्न संस्कृति (culture) में पाला-पोषा जाता है तथा अपने समाज एवं संस्कृति के नियमों को सीखे हुए होता है। इन नियमों के अनुसार ही वह किसी वस्तु या घटना को देखना सीखता है और इस तरह से व्यक्ति में किसी वस्तु या घटना को देखने या समझने का एक खास परिदृश्य (perspective) विकसित होता है। इस परिदृश्य के कारण व्यक्ति में भ्रम उत्पन्न होता है। अगर परिदृश्य सिद्धान्त की यह व्याख्या ठीक है तो एक संस्कृति से दूसरे संस्कृति के व्यक्तियों द्वारा अनुभव किये गये भ्रम की मात्रा (magnitude) में अन्तर होना चाहिए। इस तथ्य के समर्थन में सीगाल, कैम्पबेल तथा हर्सकोविटस (Segall, Campbell & Herskovits, 1963, 1966) द्वारा दिया गया प्रयोगात्मक सबूत (experimental evidence) पर्याप्त है। इन लोगों ने यूरोपियन (European), अफ्रिकन (Africans) तथा अन्य समुदाय के कुछ प्रयोज्यों (subjects) को मूलर-लायर भ्रम, सैण्डर भ्रम तथा पड़ा-खड़ा भ्रम (horizontal-vertical illusion) के चित्रों के प्रति अनुक्रिया (responses) करने को कहा। परिणाम में देखा गया कि यूरोपियन प्रयोज्यों (European subjects) में मूलर-

1. "... it does not really accomodate any of the detailed knowledge of the illusions."

—Riggs & Kling : *Experimental Psychology,* 1975, p. 459

लायर भ्रम तथा सैण्डर समान्तर चतुर्भुज (Sander parallelogram) भ्रम की मात्रा अधिक थी जबकि अन्य दूसरे संस्कृति तथा समुदाय के प्रयोज्यों में पड़ा-खड़ा भ्रम (horizontal vertical illusion) की मात्रा सबसे अधिक थी। प्रयोगकर्त्ताओं के अनुसार भ्रम की मात्रा में इस तरह का अन्तर का कारण भिन्न-भिन्न समुदाय एवं संस्कृति में वस्तुओं को भिन्न-भिन्न परिदृश्य (perspective) में देखने की आदत है।

मनोवैज्ञानिकों ने परिदृश्य सिद्धान्त की आलोचना करते हुए कहा है कि इस सिद्धान्त द्वारा जिन भ्रमों की व्याख्या होती है, उनकी व्याख्या दूसरे ढंग से आसानी से हो सकती है। जैसे—कुन्नापास (Kunnapas, 1957) के अनुसार पड़ा-खड़ा भ्रम (horizontal-vertical illusion) इसलिए होता है क्योंकि दृष्टि क्षेत्र (visual fixed) वास्तव में अण्डाकार (oval) होता है जिसका परिणाम यह होता है कि खड़ी रेखा (vertical line) का व्यक्ति अधिप्राक्कलन (overestimation) करता है क्योंकि यह दृष्टि क्षेत्र की सीमा (boundary) के नजदीक होता है।

5. विभ्रांति सिद्धान्त *(Confusion theory)*—इस सिद्धान्त के अनुसार व्यक्ति भिन्न-भिन्न रेखाओं (lines) तथा चित्रों को जब देखता है तो वह उसका विस्तृत विश्लेषण (detailed analysis) करना प्रारम्भ कर देता है। इस विश्लेषण के दौरान उसमें संभ्रांति (confusion) होता है और इसके परिणामस्वरूप भ्रम की उत्पत्ति होती है। उदाहरणस्वरूप, मूलर-लायर भ्रम को ही लिया जाय। जब व्यक्ति तीर-रेखा तथा पंख रेखा पर गौरपूर्वक देखता है तो वह सिर्फ देखता ही नहीं बल्कि उसका विश्लेषण भी करता है। वह पंख रेखा तथा तीर रेखा के किनारे की तीरछी रेखाओं को देखता है तथा उसकी मोटाई तथा लम्बाई को एक-दूसरे से भिन्न-भिन्न दृष्टिकोणों से तुलना करता है। इसके परिणामस्वरूप व्यक्ति के मन में संभ्रांति उत्पन्न होता है तथा इससे उसमें भ्रम उत्पन्न होता है।

6. दुष्प्रयुक्त स्थिरता का सिद्धान्त *(Theory of misapplied constancy)*—इस सिद्धान्त के अनुसार भ्रम में उपलब्ध कुछ संकेतों को आकार स्थिरता (size constancy) के गुण को बरकरार रखने वाला संकेत के रूप में व्यक्ति प्रत्यक्षण करने लगता है और उसी आकार स्थिरता (size constancy) के आधार पर लकीरों या रेखाओं की लम्बाई का निर्णय किया जाता है। जो रेखा उन्हें दूर नजर आती है, उसे वह उस रेखा से बड़ा होने का प्रत्यक्षण करता है जो उन्हें अपेक्षाकृत नजदीक नजर आती है। जैसे— पोन्जो भ्रम (Ponzo illusion) में ऊपरी रेखा, निचली रेखा से समान होते हुए भी बड़ी नजर आती है क्योंकि वह निचली रेखा से दूर नजर आती है।

7. गलत तुलना सिद्धान्त *(Incorrect comparison theory)*—इस सिद्धान्त की मान्यता यह है कि व्यक्ति को भ्रम इसलिए होता है क्योंकि वह आकृति (figure) के गलत हिस्सा के तुलना पर अपना निर्णय आधारित करता है। जैसे— मूलर-लायर भ्रम की व्याख्या करने में यह सिद्धान्त काफी सटीक बैठता है। इस भ्रम में व्यक्ति आकृति में रेखाओं को डैनों (wings) से अलग करने में असफल रहता है और इसलिए वह डैनों के अंतिम छोरों के बीच की दूरी की तुलना करता है। चूँकि यह तुलना अनुपयुक्त एवं गलत होता है, इसलिए यह भ्रम व्यक्ति को होता है। इस सिद्धान्त के समर्थन में कुछ प्रयोगात्मक सबूत भी हैं। उदाहरणस्वरूप, कोरेन एवं गिरगस (Coren & Girgus, 1972) ने प्रयोज्यों को मूलर-लायर भ्रम का प्रत्यक्षण करवाया जिसमें दोनों रेखाओं के डैनों को रेखा के रंग से अलग रंग में दिखलाया गया था ताकि प्रयोज्य द्वारा दोनों रेखाओं का किये जाने वाले आपसी तुलना में डैनों की दूरी की तुलना न हो। परिणाम में देखा गया कि इस तरह के प्रबंध होने से भ्रम की मात्रा में कमी आ गयी जिससे इस सिद्धान्त की वैधता को परोक्ष रूप से समर्थन मिलता है।

8. आभासी-दूरी सिद्धान्त *(apparent-distance theory)*—इस सिद्धान्त का प्रतिपादन कॉफमैन तथा रॉक (Kauffman & Rocks, 1962) द्वारा किया गया है। सचमुच में यह सिद्धान्त *आकार-दूरी अपरिवर्तनशील प्राक्कल्पना* (size-distance invariance hypothesis) से सम्बन्धित है। इस प्राक्कल्पना के अनुसार यदि दो वस्तुओं के अक्षिपटलीय प्रतिमा (retinal image) का आकार एक ही होता है, तो वह वस्तु जो अधिक दूरी पर प्रतीत होती है, वह उस वस्तु की अपेक्षा बड़ी नजर आता है जो कम दूरी पर प्रतीत होता है। इस सिद्धान्त द्वारा चाँद भ्रम (moon illusion) की व्याख्या काफी सटीक ढंग से होती है। चाँद भ्रम में चाँद जब क्षैतिज पर होता है तो वह बड़ा नजर आता है परंतु जब वही चाँद प्रत्यक्षणकर्ता के सिर के ठीक ऊपर अर्थात् शिरोबिन्दु (zenith) पर होता है, तो छोटा नजर आता है। इस सिद्धान्त के अनुसार चाँद जब क्षैतिज पर होता है तो वह प्रत्यक्षणकर्त्ता को अधिक दूर पर तथा जब वह शिरोबिन्दु पर होता है, तो वह कम दूरी पर अवस्थित प्रतीत होता है। इस आभासी दूरी में अन्तर होने के कारण व्यक्ति को चाँद भ्रम (moon illusion) होता है।

स्पष्ट हुआ कि भ्रम की व्याख्या कई अलग-अलग सिद्धान्तों द्वारा की गयी है।

भ्रम तथा विभ्रम में अन्तर
(Difference between Illusion and Hallucination)

भ्रम एक प्रकार का गलत प्रत्यक्षण (false perception) है। चूँकि भ्रम एक तरह का प्रत्यक्षण ही है, अतः इसके लिए उद्दीपक (stimulus) का होना अनिवार्य है। परन्तु कभी-कभी हमें प्रत्यक्षण (perception) बिना किसी उद्दीपक का ही होता है। इस तरह के प्रत्यक्षण को *विभ्रम* (hallucination) की संज्ञा दी जाती है। उदाहरणस्वरूप, अंधेरे कमरे में यदि आपको ऐसा दिखाई पड़ता है कि कोई व्यक्ति खड़ा है, तो विभ्रम (hallucination) का उदाहरण होगा न कि भ्रम का। हाँ, यदि अंधेरे कमरा में रखा गया छाता को देखकर व्यक्ति उसे कोई दूसरा व्यक्ति समझ बैठता है तो इसे हम भ्रम (illusion) की संज्ञा देंगे। इस तरह से हम देखते हैं कि भ्रम तथा विभ्रम दोनों में ही व्यक्तियों को गलत ज्ञान होता है। इस समानता के बावजूद भी इन दोनों में निम्नांकित अन्तर हैं—

1. भ्रम में उद्दीपक (stimulus) होता है परन्तु विभ्रम में उद्दीपक नहीं होता है। जैसे— अंधेरे में रस्सी को साँप के रूप में देखना एक भ्रम (illusion) का उदाहरण है परन्तु अंधेरे कमरे में कुछ नहीं होने पर भी यदि कोई किसी व्यक्ति या वस्तु को कोई देखता है तो यह विभ्रम का उदाहरण है।
2. भ्रम अधिकतर बाह्य कारणों से होता है परन्तु विभ्रम अधिकतम आत्मगत कारकों (subjective factors) जैसे— चिन्ता, भय, मानसिक रोग आदि कारकों से होता है।
3. चूँकि भ्रम में उद्दीपक मौजूद रहता है, अतः इसका स्वरूप (nature) करीब-करीब स्पष्ट होता है। परन्तु विभ्रम में उद्दीपक नहीं होता है, अतः इसका स्वरूप अस्पष्ट होता है। उदाहरणस्वरूप, अंधेरे में रस्सी को देखकर कोई व्यक्ति साँप या लम्बे आकार की ही कोई वस्तु समझ सकता है, कोई स्त्री या पुरुष को नहीं। परन्तु अंधेरे कमरे में यदि विभ्रम हो रहा है तो व्यक्ति उस विभ्रम में कुछ भी देख सकता है। स्त्री, पुरुष आलमीरा आदि कुछ भी दीख सकता है। स्पष्टतः विभ्रम का स्वरूप कुछ अनिश्चित होता है।
4. विभ्रम अधिकतर असामान्य व्यक्तियों (abnormal person) को होता है। लेकिन इसका मतलब यह नहीं है कि विभ्रम सामान्य व्यक्तियों को नहीं होता है। भ्रम सामान्य व्यक्तियों तथा असामान्य व्यक्तियों दोनों में ही होता है परन्तु असामान्य व्यक्तियों में ज्यादा होता है।
5. सामान्य व्यक्ति के भ्रम का स्वरूप स्थायी तथा अस्थायी दोनों ही होता है। परन्तु सामान्य व्यक्तियों में विभ्रम का स्वरूप हमेशा अस्थायी होता है। परन्तु असामान्य व्यक्तियों में विभ्रम का स्वरूप स्थायी होता है। अनेकों ऐसे मानसिक रोग हैं जिनमें व्यक्तियों को जो विभ्रम होता है। वह स्थायी रूप से उसमें दिन-रात मौजूद रहता है और वह उसी में डूबा रहता है।

चयनात्मक अवधान का स्वरूप
(Nature of Selective Attention)

चयनात्मक अवधान एक ऐसा विषय है जिसमें गत 30 वर्षों से मनोवैज्ञानिकों ने काफी अभिरुचि दिखलायी है। चयनात्मक अवधान एक ऐसी प्रक्रिया है जिसमें व्यक्ति कुछ खास क्रिया या उद्दीपक पर अपनी मानसिक एकाग्रता (mental concentration) दिखलाता है तथा अन्य क्रियाओं या उद्दीपकों पर न के बराबर ध्यान देता है। मैटलिन[1] (Matlin, 1983) के शब्दों में चयनात्मक अवधान को इस प्रकार परिभाषित किया जा सकता है, ''चयनात्मक अवधान एक ऐसी घटना है जिसमें हमलोग एक क्रिया पर अपनी मानसिक क्रियाशीलता को एकाग्रचित करते हैं तथा अन्य क्रियाओं के बारे में बहुत ही कम ध्यान दे पाते हैं।'' जैसे यदि एक साथ कई व्यक्ति मिलकर बगल के कमरे में बातचीत कर रहे हों और आप उनमें से किसी एक व्यक्ति की बात पर ध्यान दे रहे हों तो इसमें आप उस व्यक्ति के बात को ठीक ढंग से सुन पायेंगे तथा अन्य व्यक्तियों के बातों को यदा-कदा। यह चयनात्मक अवधान का उदाहरण होगा।

चयनात्मक अवधान का विशेष गुण या लाभ यह है कि इसमें व्यक्ति एक तरह के कार्य पर दूसरों कार्यो से बिना

---

1. "Selective attention is a phenomenon is which we concentrate over only one activity and notice very little about other activities."
—Matlin : *Perception* 1983, p. 266

किसी तरह के अवरोध अनुभव किये एकाग्रचित (concentrate) कर सकता है। इसका परिणाम यह होता है कि इससे मानसिक निष्पादन (mental performance) की उत्कृष्टता बढ़ जाती है। परंतु चयनात्मक अवधान में कुछ हानि (disadvantages) भी होता है। चयनात्मक अवधान व्यक्ति में कुछ विशेष परिस्थिति में खास कर उस परिस्थिति में कुंठा (frustration) उत्पन्न करने लगता है जब उसे एक ही साथ कई क्रियाओं पर ध्यान देना आवश्यक हो जाता है। ऐसी परिस्थिति में लाचारी में व्यक्ति को अन्य क्रियाओं की अवहेलना करना पड़ता है।

चयनात्मक अवधान के क्षेत्र में सबसे महत्त्वपूर्ण अध्ययन चेर्री (Cherry, 1953) द्वारा किया गया। इस प्रयोग में उन्होंने *छायाभासी प्रविधि* (shadowing technique) का प्रतिपादन किया है जिसमें प्रयोज्यों को सुने हुए शब्दों को ठीक उसी रूप में बोलने के लिए कहा जाता है। चेरी ने एक प्रवक्ता (speaker) के आवाज में दो अलग-अलग सूचनाओं (message) को अभिलेखित (recording) किया। प्रयोज्यों को आकर्णक (earphone) लगा लेने के लिए कहा गया तथा प्रत्येक कान में अलग-अलग सूचनाओं को दिया गया तथा उन्हें उनमें से किसी एक सूचना को ठीक उसी ढंग से बोलकर दोहराने के लिए कहा गया। इस तरह के कार्य को *द्विभाजित सुनना* (diachotic listening) कहा जाता है। परिणाम में देखा गया कि प्रयोज्यों द्वारा दोनों में से एक ही सूचना जिसपर वे ध्यान दे सके थे, का प्रत्यावह्वान (recall) किया गया। दूसरी सूचना जिसपर वे ध्यान नहीं दे सके (unattended message), से वे बहुत कम प्रत्याह्वान कर सकने में समर्थ हुए। हाँ, जब इस दूसरे तरह की सूचना में कुछ परिवर्तन कर दिया जाता जैसे इसे पुरुष की आवाज में न कहकर महिला की आवाज में कहा जाता था, तो वैसी परिस्थिति में प्रयोज्यों का ध्यान उस ओर चला जाता था। इस प्रयोग से स्पष्ट होता है कि व्यक्ति को जब कई तरह की सूचनाओं पर एक साथ ध्यान देने के लिए कहा जाता है तो उसमें कुछ सूचना पर वह ध्यान दे पाता है तथा कुछ पर ध्यान नहीं दे पाता है। हाँ, जिन सूचनाओं पर वह ध्यान नहीं दे पाता है अगर उसके स्वरूप में कुछ परिवर्तन कर दिया जाता है (जैसे पुरुष से महिला या महिला से पुरुष की आवाज में परिवर्तन होने से) तो उस पर व्यक्ति का ध्यान चला जाता है। मोरे (Moray, 1959) ने अपने एक प्रयोग में पाया कि जिन सूचनाओं पर प्रयोज्य ध्यान नहीं दे पाता है उनमें यदि प्रयोज्य का नाम कहीं-कहीं पर जोड़ दिया जाता है, तो वह उस पर ध्यान देने में समर्थ हो पाता है।

चयनात्मक अवधान के सिद्धान्त या मॉडल
(Theories or Models of Selective Attention)

चयनात्मक अवधान की व्याख्या करने के लिए मनोवैज्ञानिकों ने कई तरह के सिद्धान्त का प्रतिपादन किया है जिनमें

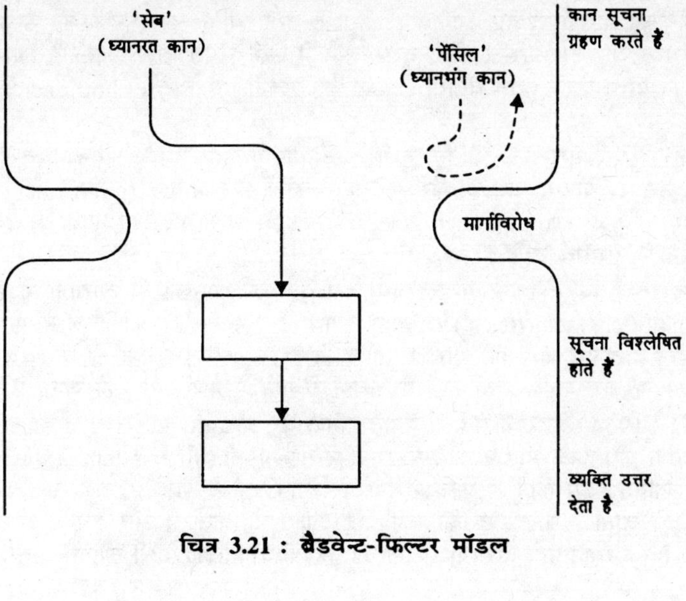

चित्र 3.21 : ब्रैडवेन्ट-फिल्टर मॉडल

निम्नांकित प्रमुख हैं—

1. मार्गविरोधी सिद्धान्त (Bottleneck theories)
2. नॉमैन एवं बोवरो मॉडल (Norman & Bobrow's model)
3. नाईसर मॉडल (Neisser model)

इन तीनों का अलग-अलग वर्णन निम्नांकित है—

1. मार्गविरोध सिद्धान्त *(Bottleneck theories)*—मार्गविरोधी सिद्धान्त के तहत कई मनोवैज्ञानिकों द्वारा चयनात्मक अवधान की प्रदत्त व्याख्या को रखा गया है। इनमें ब्रौडवेन्ट (Broadbent, 1958), ट्रीसमैन (Treisman, 1964) तथा ड़ियूश एवं डियूश (Deutsh & Deutsh, 1963) के विचार प्रमुख हैं। इन मनोवैज्ञानिकों का मत है कि जिस तरह से यदि हम एक ऐसे बोतल में पानी डालने की कोशिश करते हैं जिसका मुँह छोटा है तो पानी को भीतर जाने में एक तरह का अवरोध उत्पन्न होता है और कुछ मात्रा में पानी बोतल के भीतर जाता है और कुछ मात्रा में वह बोतल से बाहर गिर जाता है, ठीक उसी तरह यदि व्यक्ति को एक ही साथ कई तरह की सूचनाओं को संसाधित करना पड़ता है या उसपर ध्यान देना पड़ता है, तो वह सभी ऐसी सूचनाओं पर एक साथ ध्यान नहीं दे पाता है क्योंकि उसमें जैविक रूप (biologically) से आधारित एक तरह का मार्गाविरोध होता है। कुछ सूचनाएँ इस मार्गाविरोध को पार करते हुए व्यक्ति के ध्यान में प्रवेश पाती है परन्तु कुछ सूचनाएँ पीछे ही रह जाती हैं क्योंकि वे मार्गाविरोध को पार नहीं कर पाती हैं। जो सूचनाएँ पीछे रह जाती है वह व्यक्ति के ध्यान केन्द्र के बाहर हो जाती है और धीरे-धीरे व्यक्ति उन्हें भूल जाता है।

चयनात्मक अवधान का सबसे पहला मार्गाविरोध सिद्धान्त *ब्रौडवेन्ट* (Broadbent, 1958) द्वारा प्रतिपादित किया गया। इस सिद्धान्त जिसे *फिल्टर सिद्धान्त* (filter theory) भी कहा जाता है, के अनुसार जब व्यक्ति को एक ही साथ कई तरह की सूचनाओं को संसाधित करना पड़ता है अर्थात कई तरह की सूचनाओं पर एक ही साथ ध्यान देना होता है, तो इस आरम्भिक अवस्था में ही मार्गाविरोध (bottleneck) उत्पन्न हो जाता है। दूसरे शब्दों में, जैसे ही ज्ञानेन्द्रिय कई तरह की सूचनाओं द्वारा उत्तेजित होता है, मार्गाविरोध उत्पन्न (bottleneck) उत्पन्न हो जाता है। ब्रेडवेन्ट मॉडल में इस तरह का मार्गाविरोध, पैटर्न पहचान (pattern recognition) की प्रक्रिया से पहले ही उत्पन्न हो जाता है। इस तरह के मार्गाविरोध का उद्देश्य अधिक संख्या में सूचनाओं को ध्यान केन्द्र में प्रवेश करने से रोकना होता है तथा साथ-ही-साथ व्यक्ति को कई तरह की सूचनाओं से एक ही साथ प्रभावित हो जाने से अपने आप को बचाना होता है। मार्गाविरोध में फिल्टर प्रक्रम (filter mechanism) जिसके द्वारा व्यक्ति विभिन्न सूचनाओं में से किसी एक का चयन कर लेना है, द्वारा कुछ कमी होती है। चित्र 3.21 में ब्रैडवेन्ट मॉडल द्वारा चयनात्मक अवधान (selective attention) की प्रक्रिया की व्याख्या की गयी है। इस चित्र से स्पष्ट है कि जब व्यक्ति को 'सेव' शब्द एक कान में बोला जाता है जिसपर उसे ध्यान देना है तो वह मार्गविरोध को पार करते हुए आगे बढ़ जाता है तथा व्यक्ति इस सूचना को संसाधित करके उसके प्रति अनुक्रिया कर पाता है। परंतु जब उसे पेंसिल शब्द दूसरे कान में उसी समय बोला जाता है जिसे सुनकर वह बतलाया नहीं है तो सूचना को कान ग्रहण करके आगे बढ़ाता है परंतु यह सूचना मार्गाविरोध (bottleneck) में फँस जाता है और आगे नहीं बढ़ पाता है।

ब्रौडवेन्ट मॉडल के अनुसार सूचना के भौतिक गुणों के आधार पर हम उसका चयन करते हैं या उसे एक तरह से छानते (filter) हैं तथा उसपर ध्यान दे पाते हैं। जैसे— व्यक्ति उच्च-स्वर आवाज (high-pitched voice) पर ध्यान दे पाता है तथा निम्न-स्वर आवाज (low-pitched voice) पर नहीं। ऐसा इसलिए होता है कि निम्न-स्तरी आवाज मार्गाविरोध को पार करने में असमर्थ रहते हैं।

इस तरह से हम देखते हैं कि ब्रौडवेन्ट मॉडल द्वारा इस बात की व्याख्या तो आसानी से हो जाती है कि व्यक्ति सूचना की कुछ विशेषताओं (characteristics) पर ध्यान क्यों नहीं दे पाता है। (क्योंकि वे मार्गाविरोध पार नहीं कर पाते हैं)। परंतु ब्रौडवेन्ट मॉडल द्वारा इस बात की व्याख्या नहीं होती है कि व्यक्ति सूचना की कुछ विशेषताओं (जैसे— ऐसे सूचना में यदि उसका अपना नाम कभी आया हो) पर ध्यान दे पाने में क्यों समर्थ हो जाता है।

ट्रीसमैन (Treisman, 1964) जो एक महिला मनोवैज्ञानिक थी, ब्रौडवेन्ट मॉडल में थोड़ा परिवर्तन कर उसे अधिक उपयोगी बनाने की कोशिश की। इनके मॉडल को *फिल्टर-तनुकरण मॉडल* (filter-attentuation model) कहा जाता है। इस मॉडल के अनुसार व्यक्ति जिस कान से प्राप्त सूचना पर ध्यान नहीं दे पाता है, वह संसाधित (processing) होने से पूर्णतः अवरुद्ध नहीं हो जाता है बल्कि उसका रूप थोड़ा सूक्ष्म हो जाता है और इसका आंशिक विश्लेषण व्यक्ति कर लेता है। यही कारण है कि ध्यान नहीं दी गयी सूचना की कुछ विशेषताओं से भी व्यक्ति अवगत हो जाता है। ट्रीसमैन

ने ब्रौडवेन्ट सिद्धान्त के इस दावे का खंडन किया है कि सूचनाओं के संसाधन के प्रारम्भिक अवस्था में ही मार्गाविरोध के कारण बहुत सारे सूचनाओं पर व्यक्ति ध्यान नहीं दे पाता है। अतः उनका अस्तित्व इस आरम्भिक अवस्था में ही समाप्त हो जाता है। ट्रीसमैन द्वारा किया गया यह खंडन उनके द्वारा किये गए एक प्रयोग के परिणाम पर आधारित है। इस प्रयोग में प्रयोज्य को एक साथ दो तरह की सूचनाएँ दी गयीं। एक तरह की सूचना अंग्रेजी के उपन्यास का एक छोटा गद्यांश था जिसे सुनकर प्रयोज्य को बतलाना था। इसके साथ एक दूसरी सूचना भी उन्हें दी गयी जिनको उन्हें बतलाना नहीं था। दूसरी सूचना के रूप में उसी उपन्यास का दूसरा गद्यांश तथा जैवरसायन (biochemistry) का एक तकनीकी विवेचना (technical discussion) दिया गया। परिणाम में देखा गया कि प्रयोज्य को उन सूचनाओं पर ध्यान न देने में अर्थात उसे अस्वीकृत करने में अधिक कठिनाई हुई जो उस सूचना के समान थे जिसे उनको दोहराना था अर्थात उसी उपन्यास के गद्यांश को अस्वीकृत करना उनके लिए कठिन था। परंतु जैवरसायन की तकनीकी विवेचन को जो दोहराये जाने वाले गद्यांश से भिन्न था, को अस्वीकृत करने में कोई खास कठिनाई का अनुभव नहीं हुआ। इस प्रयोग के परिणाम से यह स्पष्ट हो जाता है कि जिन सूचनाओं पर व्यक्ति ध्यान नहीं दे पाता है या उन्हें ध्यान नहीं देना रहता है उनका भी विश्लेषण वह करता है। अतः ब्रौडवेन्ट (Broadbent) का यह कहना है कि ध्यान नहीं दी गई सूचना का अस्तित्व आरम्भिक अवस्था में ही समाप्त हो जाता है, सही नहीं है। ट्रीसमैन के निष्कर्ष को लेविस (Levis, 1970) ने भी अपने प्रयोग के परिणाम से सम्पुष्ट किया है।

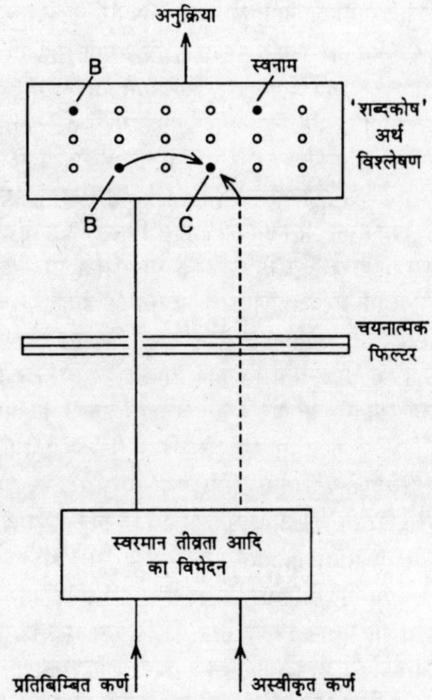

चित्र 3.22 : ट्रीसमैन-फिल्टर तनुकरण मॉडल

उपर्युक्त प्रयोगों के आलोक में ट्रीसमैन द्वारा प्रतिपादित फिल्टर तनुकरण सिद्धान्त (Filter attenuation theory) की मुख्य बात यह है कि फिल्टर की प्रक्रिया एक सम्पूर्ण-या-कुछ नहीं (all-or-one) प्रक्रिया नहीं है। ट्रीसमैन का मत था कि फिल्टर से अस्वीकृत सूचनाएँ (rejected messages) जिनपर व्यक्ति ध्यान नहीं देता है, पूर्णतः समाप्त नहीं हो जाती है बल्कि उनकी शक्ति थोड़ी क्षीण अवश्य हो जाती है। कुछ विशेष परिस्थिति में ऐसी क्षीण सूचना भी प्रत्यक्षणात्मक तंत्र के उच्च स्तरीय विश्लेषण से सम्पर्क कर लेती है। ट्रीसमैन के अनुसार चयनात्मक अवधान की प्रक्रिया में सूचना का प्रवाह किस तरह से होता है, उसे चित्र 3.22 में दिखलाया गया है।

जैसा कि चित्र 3.22 से स्पष्ट है, इस मॉडल में ज्ञानेन्द्रिय को मिलने वाले कई सूचनाओं में से किसी विशेष सूचना का चयन पदानुक्रमिक श्रृंखला (hierarchical order) में किये गए कई तरह के परीक्षाओं या जाँच (tests) पर आधारित होता है। प्राप्त सूचनाओं का पहले उनके मूल भौतिक गुणों जैसे स्वर (pitch), तीव्रता (intensity), दैशिक स्थिति (spatial location) आदि के रूप में जाँच की जाती है। दूसरी अवस्था में जाँच, फिल्टर प्रक्रम (filter mechanism) द्वारा की जाती है। इस प्रक्रम के क्रियाशील होने से उन सूचनाओं की शक्ति क्षीण हो जाती है जिसपर व्यक्ति को ध्यान नहीं देना है या जिसे व्यक्ति को अस्वीकृत कर देना है। ध्यान रहे कि फिल्टर प्रक्रम में ध्यान नहीं दी जाने वाली सूचनाओं का अस्तित्व समाप्त नहीं होता है उनकी शक्ति थोड़ी क्षीण हो जाती है। फिल्टर प्रक्रम से जाँच होने के बाद क्षीण सूचनाएँ (attenuated information) तथा अक्षीण सूचनाएँ (non-attenuated information) दोनों ही तंत्रिका तंत्र (nervous system) के गहरे स्तर (deeper level) पर पहुँचते हैं जहाँ उच्च स्तरीय प्रत्यक्षज्ञानात्मक विश्लेषण (high level perceptual analysis) या शब्दकोशिक विश्लेषक (dictionary analyzer) मौजूद होते हैं। ऐसे विश्लेषक इकाइयों (analysing unit) का अपना देहली (threshold) होता है। अगर यहाँ पहुँचने वाली सूचना की शक्ति या मात्रा देहली से ऊपर होती है तो विश्लेषक इकाई क्रियाशील हो जाते हैं और व्यक्ति उस सूचना के प्रति अनुक्रियाशील (responsive) होकर पूर्ण ध्यान देने लगता है। अवांछनीय सूचनाएँ या वैसी सूचना जिस पर व्यक्ति को ध्यान नहीं देना है, को चूँकि फिल्टर प्रक्रम द्वारा कमजोर कर दिया जाता है, देहली से नीचे होला है, अतः इसके प्रति व्यक्ति

अनुक्रियाशील नहीं हो पाता है और फलस्वरूप वह इस पर ध्यान नहीं दे पाता है।

अब प्रश्न यह उठता है कि ध्यान नहीं दी जाने वाली सूचनाओं में से कुछ सूचना द्वारा चेतन मन में प्रवेश कर जाने की घटना की व्याख्या ट्रीसमैन ने अपने मॉडल में किस तरह किया है? इस प्रश्न का उत्तर देने के लिए ट्रीसमैन ने प्रत्यक्षज्ञानात्मक विश्लेषक इकाइयों (perceptual analysing units) में कुछ अतिरिक्त गुणों के होने की पूर्वकल्पना किया है। इनका कहना था कि इन इकाइयों में से जो इकाई महत्त्वपूर्ण सूचनाओं के प्रति अनुक्रियाशील (responsive) होते हैं, उनका देहली (threshold) अन्य इकाइयों के देहली की तुलना में कम होती है। अतः इन इकाइयों द्वारा उन उद्दीपकों का भी जिनकी शक्ति फिल्टर प्रक्रम द्वारा क्षीण कर दी गयी है, प्रत्यक्षण ठीक ढंग से हो जाता है। फलतः व्यक्ति ऐसे क्षीण शक्ति के उद्दीपक या सूचना पर ध्यान देने में समर्थ हो जाता है। इसके अलावा ट्रीसमैन ने यह भी मत जाहिर किया कि प्रत्यक्षज्ञाणात्मक विश्लेषक इकाइयों के देहली में समय-समय पर परिस्थितिजन्य कारकों (contextual factors) से परिवर्तन होते रहते हैं जिसका परिणाम यह होता है कि ध्यान नहीं दी जाने वाली सूचनाओं या उद्दीपकों में से महत्त्वपूर्ण उद्दीपक या सूचना जिनकी शक्ति को फिल्टर प्रक्रम (filter mechanism) द्वारा कम कर दिया जाता है, की भी पहचान कर व्यक्ति उन पर ध्यान देने में सफल हो पाता है।

इस तरह से हम देखते हैं कि ट्रीसमैन द्वारा ब्रौडवेन्ट (Broadbent) के फिल्टर मॉडल (Filter model) में महत्त्वपूर्ण परिवर्तन लाया गया है और इन परिवर्तनों या सुधार को ब्रौडवेन्ट द्वारा स्वीकार भी कर लिया गया है। अतः इस मॉडल को आधुनिक मनोवैज्ञानिकों द्वारा *ब्रौडवेन्ट-ट्रीसमैन फिल्टर तनुकरण मॉडल* (Broadbent-Treisman Filter Attenuation model) कहा गया है।

मार्गाविरोध मॉडल का एक परिवर्तित प्रारूप (modified form) डियूश एवं डियूश (Deutsh & Deutsh, 1963) द्वारा भी प्रदान किया गया है। डियूश एवं डियूश का मत है कि ज्ञानेन्द्रिय को मिलने वाली सारी उद्दीपकों या सूचनाओं का व्यक्ति प्रत्यक्षज्ञाणात्मक रूप से विश्लेषण करता है तथा उनमें किसी विशेष सूचना का चयन तब होता है जब व्यक्ति को उद्दीपकों के प्रति अनुक्रिया करनी होती है। कहने का तात्पर्य यह है कि व्यक्ति विभिन्न उद्दीपकों से मिलने वाली प्रत्येक सूचना को संसाधित करता है तथा अनुक्रिया करने के ठीक पहले व्यक्ति में मार्गाविरोध (bottleneck) उत्पन्न होता है। इसका मतलब यह हुआ कि डियुश एवं डियुश के अनुसार सभी तरह के उद्दीपक का पैटर्न पहचान (pattern recognition) उत्पन्न होता है और इसके बाद मार्गाविरोध होता है। मार्गाविरोध (bottleneck) से यह पता चलता है कि व्यक्ति की स्मृति (memory) सीमित है। व्यक्ति कुछ चीजों को भूल जाने के लिए तथा कुछ को याद रखने के लिए उन उद्दीपकों में से चयन करता है। परिणामस्वरूप, व्यक्ति याद रखे जाने वाली सूचना पर ध्यान देता है तथा भूल जाने वाली सूचना पर ध्यान नहीं दे पाता है।

ट्रीसमैन के समान ही डियूश एवं डियूश ने केन्द्रीय विश्लेषण इकाइयों (central analysing units) के अस्तित्व को स्वीकार किया है। इन इकाइयों द्वारा उद्दीपकों से आने वाली सभी तरह की सूचनाओं की पहचान की जाती है तथा उनका विश्लेषण किया जाता है। इन इकाइयों द्वारा निर्गत सूचनाओं का व्यक्ति के लिए महत्त्व अलग-अलग होता है। किसी भी समय इन इकाइयों द्वारा निर्गत सूचनाओं में से सिर्फ वही सूचना को व्यक्ति याद रखता है या उसके प्रति ध्यान देकर अनुक्रिया करता है जो सबसे अधिक महत्त्व का होता है। अगर किसी समय में और भी अधिक महत्त्वपूर्ण सूचना इन इकाइयों द्वारा निर्गत किये जाते हैं तो व्यक्ति पहली सूचना को छोड़कर इस दूसरी सूचना पर ध्यान देने लगता है या उसी के अनुरूप अनुक्रिया करने लगता है। इस तरह से सबसे महत्त्वपूर्ण सूचना व्यक्ति का ध्यान अपनी ओर आकृष्ट कर पाता है तथा साथ-ही-साथ एक ऐसी कसौटी भी निर्माण करने में समर्थ हो पाता है जिसके अनुसार अन्य सूचना को अपनी ओर ध्यान आकृष्ट करवाने के लिए उससे भी अधिक महत्त्व का होना अनिवार्य है। मोरे (Moray, 1969) ने अपने अध्ययन के आधार पर यह भी बतलाया है कि संदर्भात्मक (contextual) एवं निर्देशात्मक (instrumental) कारकों द्वारा सूचना की महत्ता (saliency) में परिवर्तन लाया जा सकता है।

इस तरह से स्पष्ट है कि डियुश एवं डियुश द्वारा प्रतिपादित मॉडल में चयनात्मक अवधान (selection attention) द्वारा प्रत्यक्षणात्मक फिल्टरिंग (perceptual filtering) की प्रक्रिया का पता न चलकर स्मृति में संचित सूचनाओं में किसी विशेष सूचना के चयन का पता चलता है। नॉरमैन (Norman, 1968) तथा कीली (Keele, 1973) ने भी अपने-अपने अध्ययनों से डियूश एवं डियूश के मॉडल को समर्थन प्रदान किया है। इन दोनों मनोवैज्ञानिकों ने यह स्पष्ट मत जाहिर किया है कि उद्दीपकों से प्राप्त होने वाली सभी तरह के सूचनाओं का सम्पूर्ण विश्लेषण व्यक्ति करता है तथा अनुक्रिया

संगठन (response organisation) तथा स्मृति के स्तर पर अवधान की प्रक्रिया निश्चित हो पाती है।

काह्नेमैन (Kahneman, 1973) ने फिल्टर सिद्धान्त (filter theory) तथा डियूश एवं डियूश के मॉडल का तुलनात्मक अध्ययन किया और बतलाया है कि सचमुच दोनों ही तरह के सिद्धान्तों में उद्दीपक से प्राप्त होने वाले सूचनाओं के संसाधन की प्रक्रिया में मार्गाविरोध (bottleneck) उत्पन्न होता है। परंतु मार्गाविरोध उत्पन्न होने की बिन्दु पर इन दोनों सिद्धान्तों में अन्तर है। फिल्टर सिद्धान्त के अनुसार मार्गाविरोध प्रत्यक्षणात्मक विश्लेषण होने के समय या ठीक उससे पहले होता है। फलस्वरूप, इस सिद्धान्त के अनुसार *अवधान प्रत्यक्षण को नियंत्रित करता है* (attention controls perception)। ठीक इसके विपरीत डियूश एवं डियूश द्वारा प्रतिपादित मॉडल में इस तरह का मार्गाविरोध पूर्णतः विश्लेषित उद्दीपकों (fully analyzed stimuli) के प्रति किये जाने वाले अनुक्रियाओं के चयन (selection) के ठीक पहले होता है और इस तरह के मार्गाविरोध के कारण व्यक्ति एक समय में एक से अधिक अनुक्रिया नहीं कर पाता है। परिणामतः यह कहा जाता है कि चयनात्मक अवधान डियूश एवं डियूश के सिद्धान्त में एक पश्चप्रत्यक्षज्ञाणात्मक प्रक्रिया (postperceptual process) है तथा एक दी हुई परिस्थिति में व्यक्ति द्वारा की जाने वाली सबसे उपयुक्त अनुक्रिया की ओर संकेत करता है। संक्षेप में यह कहा जा सकता है कि डियूश एवं डियूश द्वारा प्रतिपादित मॉडल में मार्गाविरोध सूचनाओं के प्रत्यक्षज्ञाणात्मक विश्लेशण के बाद परंतु व्यक्ति द्वारा की जाने वाले अनुक्रिया के ठीक पहले होता है।

2. नॉरमैन एवं बॉवरो मॉडल (*Norman & Bobrow's model*)—नॉरमैन तथा बॉबरो (Norman & Bobrow, 1957) ने अवधान की व्याख्या एक-दूसरे दृष्टिकोण से किया है। इन लोगों ने मार्गाविरोध (bottleneck) के संप्रत्यय (concept) को अस्वीकृत किया है और कहा कि सचमुच में सूचना संसाधन (information processing) में मार्गाविरोध नाम की कोई चीज नहीं होती है जिससे सूचना की प्रवाह में कोई रुकावट होती है। इन लोगों के सिद्धान्त या मॉडल के अनुसार अवधान का स्वरूप सीमित (limits) होता है क्योंकि व्यक्ति के पास किसी कार्य (work) पर ध्यान देने के लिए मानसिक प्रयास (mental effort) करने की क्षमता सीमित होती है। ऐसे मानसिक प्रयास को नॉरमैन एवं बॉबरो ने *साधन या युक्ति* (resources) की संज्ञा दिया है। इन लोगों ने साधन में मानसिक प्रयास के अलावा स्मृति के विभिन्न प्रयासों एवं संचार माध्यमों को भी सम्मिलित किया है। इन लोगों को मत है कि चूँकि व्यक्ति के पास जो साधन होता है वह सीमित होता है, फलतः वह कुछ सीमित वस्तुओं या उद्दीपकों या कार्यों पर ही ध्यान दे पाता है। इन लोगों ने यह भी स्पष्ट किया है कि व्यक्ति के ध्यान कई कार्यों में विभाजित होने से निष्पादन (performance) में जो कमी होती है उसका कारण यह होता है कि उस सीमित साधन का उपयोग व्यक्ति को उन सभी कार्यों में बाँटकर करना होता है।

नॉरमैन तथा वॉबरो ने अपने सिद्धान्त में दो तरह के कार्यों (task) के बीच अन्तर किया है— *साधन-सीमित कार्य* (resource-limited task) तथा *आँकड़े-सीमित कार्य* (data-limited task)। साधन-सीमित कार्य से तात्पर्य वैसे कार्य से होता है जिसमें निष्पादन (performance) साधन के उपलब्ध होने पर निर्भर करता है। यदि ऐसे कार्य के लिए अधिक साधन उपलब्ध होते हैं तो उसका निष्पादन बढ़ जाता है तथा जब कम साधन उपलब्ध हो पाते हैं तो निष्पादन में कमी आ जाती है। जैसे— मान लिया जाए कि कोई व्यक्ति गणित की समस्या का समाधान कर रहा है तथा साथ-ही-साथ जोर से गीत भी गा रहा है। ऐसी परिस्थिति में गणित की समस्या का समाधान मंद गति से तो होगा ही साथ-ही-साथ कई तरह की त्रुटियाँ भी होगीं। परंतु गीत गाना बन्द करके जब व्यक्ति अपना सारा मानसिक प्रयास गणित की समस्याओं के समाधान में ही लगता है तो इससे उसका निष्पादन निश्चित रूप से बढ़ जाएगा। यह एक साधन-सीमित कार्य (resource-limited task) का उदाहरण होगा। आँकड़े-सीमित कार्य (data-limited task) से तात्पर्य वैसे कार्य से होता है जिसमें निष्पादन व्यक्ति के सीमित-स्मृति क्षमता (limited-memory ability) या उद्दीपक के विशेष गुण के कारण सीमित होता है। ऐसे कार्य के निष्पादन पर साधन (resources) की उपलब्धता या अनुपलब्धता का कोई असर नहीं पड़ता है। ऐसे कार्य में पर्याप्त साधन होने के बावजूद भी व्यक्ति का निष्पादन खराब हो सकता है। जैसे यदि कोई व्यक्ति पूर्ण प्रबलता (full volume) में रेडियो खोलकर तथा उसके नजदीक कान करके उसे सुनता है और उसी समय कलम टेबुल पर से नीचे जमीन पर गिर जाता है। ऐसी परिस्थिति में कलम गिरने से उत्पन्न आवाज पर वह ध्यान नहीं दे पायेगा। कलम गिरने से उत्पन्न आवाज की ओर ध्यान देने का कार्य पर अधिक ध्यान देने से भी उसके निष्पादन में कोई सुधार नहीं होगा क्योंकि यहाँ निष्पादन, कार्य के विकृष्ट गुण (poor quality) द्वारा सीमित है। यह आँकड़े-सीमित कार्य (data-limited task) का उदाहरण होगा।

नॉरमैन एवं बॉवरो (Norman & Bobrow) के अनुसार सूचनाओं को संसाधित करने के लिए जो साधन उपलब्ध होते हैं उनकी एक ऊपरी सीमा (upper limit) निश्चित होती है। जब व्यक्ति को कई ऐसा कार्य करना पड़ता है जिसे

संसाधित करने में लगा कुल साधन की मात्रा की सीमा उस ऊपरी सीमा से कम है तो व्यक्ति उन पर आसानी से ध्यान देने में समर्थ हो पाता है। परंतु यदि कुल साधन की मात्रा की सीमा उस ऊपरी सीमा से अधिक है तो ऐसी हालत में व्यक्ति को किये जा रहे कार्य पर चयनित ध्यान (selective attention) देने में बाधा पहुँचता है। फलस्वरूप, ऐसी परिस्थिति में एक या कई अन्य कार्य पर का निष्पादन खराब होगा।

नॉरमैन एवं बॉवरो ने अपने इस सिद्धान्त में चयनात्मक अवधान के कारण किसी कार्य के निष्पादन (performance) पर अभ्यास के सम्भावित प्रभाव का भी अध्ययन किया है। इन लोगों का मत है कि आँकड़े-सीमित कार्य (data-limited task) पर अभ्यास का कोई असर या प्रभाव नहीं पड़ता है। परंतु साधन-सीमित कार्य (resource-limited task) पर अभ्यास का प्रभाव पड़ता है। इन दोनों कार्यों पर अभ्यास के इन विभेदी प्रभाव को एक उदाहरण द्वारा इस प्रकार समझाया जा सकता है। जैसे— कोई व्यक्ति चाहे कितना भी अभ्यास तीव्र आवाज के बीच जमीन पर कलम गिरने की आवाज पर ध्यान देने के लिए क्यों न कर ले उसके निष्पादन में कोई उन्नति नहीं होगी क्योंकि यह आँकड़े-सीमित कार्य का उदाहरण होगा। परंतु यदि मान लिया जाए कि कोई छात्र किसी लेख को पढ़ने का कार्य तथा कुछ शब्द को लिखने का कार्य को साथ-साथ करने का अभ्यास करता है तो इस अभ्यास से उसके निष्पादन में वृद्धि होगी। अभ्यास से सम्भव है कि ये दोनों कार्य व्यक्ति को स्वतः होते हुए दीख पड़े। परिणामतः दोनों कार्य सही-सही एवं निष्पक्ष रूप से व्यक्ति कर पाने में समर्थ हो पायेगा।

3. नाईसर मॉडल *(Neisser model)*—नाईसर (Neisser, 1976) ने एक तीसरा मॉडल प्रतिपादन किया है जिसके द्वारा चयनात्मक अवधान की व्याख्या की गयी है। मार्गाविरोध सिद्धान्तों एवं नॉरमैन तथा बॉबरो द्वारा प्रतिपादित सिद्धान्त के इस विचार से नाईसर बिलकुल ही असहमत हैं कि व्यक्ति में सूचनाओं को संसाधित करने की एक सीमित क्षमता (limited capacity) होती है। नाईसर[1] स्वयं ही कहे है, ''कोई दैहिक या गणितीय ढंग से स्थापित सीमा नहीं होती है कि हमलोग एक समय में कितनी सूचना पर ध्यान दे सकते हैं।'' नाईसर ने अपने इस सिद्धान्त में इस बात पर बल डाला है कि सूचनाओं की सीमित मात्रा पर ही व्यक्ति एक समय में ध्यान दे पाता है। यदि बहुत सारी सूचनाएँ व्यक्ति को एक साथ दी जातीं हैं तो उसमें से कुछ ही सूचना पर व्यक्ति ध्यान दे पाता है। इस तरह के सिद्धान्त से प्रोत्साहित होकर कुछ न्यूरोशरीरशास्त्री (neurophysiologists) ने तंत्रिका तंत्र में व्याप्त फिल्टरिंग प्रक्रम (filtering mechanism) की खोज के लिए शोध प्रारम्भ कर दिया है। इन शोधों से स्पष्ट हुआ है कि मस्तिष्क में अरबों न्यूरोन्स होते हैं जो एक-दूसरे से सम्बन्धित होते हैं तथा इनकी क्षमता भी असीमित होती है। यही कारण है कि दीर्घकालीन स्मृति का आकार तथा चंद सेकेंड पहले की घटनाओं एवं सूचनाओं को याद रखने की क्षमता आदि असीमित होती है। उसी तरह से किसी एक समय में व्यक्ति सूचना की कितनी मात्रा पर ध्यान दे पायेगा, यह सीमित नहीं होती है।

नाईसर ने इस तथ्य को स्वीकार किया है कि दिन प्रतिदिन की जिन्दगी में यदि एक ही साथ व्यक्ति कई चीजों या कामों को करना प्रारम्भ करता है तो उसका निष्पादन थोड़ा जरूर प्रभावित हो जाता है। परंतु अभ्यास से धीरे-धीरे उसके निष्पादन में सुधार हो जाता है और व्यक्ति एक साथ कई उद्दीपकों पर ध्यान देने में समर्थ हो जाता है। इस तथ्य का समर्थन हमें कई प्रयोगात्मक अध्ययनों से हुआ है। स्पेलकी, हिर्स्ट तथा नाईसर (Spelke, Hirst & Neisser, 1976) ने इस सिलसिले में एक महत्त्वपूर्ण अध्ययन किया जिसमें कॉलेज के छात्रों को मन-ही-मन कहानी पढ़ते समय प्रयोगकर्त्ता द्वारा बोले जाने वाले असंगत शब्दों (irrelevent words) के लिखते जाने का भी प्रशिक्षण दिया गया। इस तरह से इन छात्रों को एक ही समय में दो जटिल कार्यों को करने का प्रशिक्षण दिया गया। कुछ दिनों तक इस तरह के अभ्यास के बाद देखा गया कि ऐसे छात्र इन दोनों तरह के कार्यों को ठीक ढंग से करने में सफल रहे हालाँकि प्रारम्भ में इनका निष्पादन उत्तम नहीं था। शेफर (Schaffer, 1975) ने भी अपने प्रयोग के आधार पर उक्त तथ्य की संपुष्टि किया है। इन्होंने अपने अध्ययन में स्पष्ट रूप से पाया है कि अभ्यास से एक महिला टंकन (lady typist) उच्च गति से टंकन करने के साथ-ही-साथ बोले जा रहे गद्यांश के अंशों को भी सही-सही बोल भी लेती थी।

स्पष्ट हुआ कि चयनात्मक अवधान (selective attention) की व्याख्या करने के लिए कई तरह के मॉडल का विकास किया गया है। इन विभिन्न मॉडल या सिद्धान्त में कौन सबसे अच्छा है, इसका उत्तर सही-सही ढंग से नहीं दिया जा सकता है। परिणामतः अभी इस क्षेत्र में किये जाने वाले शोधों के परिणाम की प्रतीक्षा करनी होगी जिससे इस प्रश्न का सही-सही उत्तर ढूँढा जा सके।

---

1. "There is no physiologically or mathematically established limitation on how much information we can pick up at once."
—Neisser, 1976

दीर्घीकृत अवधान का स्वरूप
(Nature of Sustained Attention)

दीर्घीकृत अवधान या ध्यान या जिसे *निगरानी* (vigilance) भी कहा जाता है, एक ऐसी प्रत्यक्षज्ञानात्मक प्रक्रिया (perceptual process) है जिसमें व्यक्ति अधिक समय तक अपना ध्यान किसी उद्दीपक पर केन्द्रित किये रहता है तथा उस उद्दीपक के प्रति अधिक सतर्कता बनाये रखता है। दीर्घीकृत अवधान (sustained attention) के अध्ययन में मनोवैज्ञानिकों की अभिरुचि तब उत्पन्न हुई जब उन्होंने द्वितीय विश्वयुद्ध के दौरान रडार संचालकों (radar operators) में अवधान से सम्बन्ध समस्याएँ उत्पन्न होते पाये। इन संचालकों को गौर से ध्यान देते हुए दुश्मन के आते हुए हवाई जहाज से रडार में उत्पन्न संकेतों की पहचान करनी होती है। कुछ समय तक इस तरह के कार्य करने के बाद रडार संचालकों के निष्पादन (performance) में गिरावट आने लगी है और वे दुश्मन के आते हुए हवाई जहाज से रडार में उत्पन्न संकेतों की पहचान करने में वे असफल होने लगे। इस तरह के प्रेक्षण (observation) से प्रेरित होकर दीर्घीकृत अवधान के प्रयोगात्मक अध्ययन का प्रयास प्रारम्भ किया गया और इस सिलसिले में पहला प्रयोगशाला प्रयोग मैकवर्थ (Mackworth, 1950) द्वारा किया गया। इस प्रयोग में इन्होंने रडार के अनुरूप प्रदर्शन (stimulated display) जिसे घड़ी परीक्षण (Clock test) कहा गया, का उपयोग किया। इस परीक्षण में प्रयोग को घड़ीनुमा परिधीय उपकरण में काला संकेतक या सुई (black pointer) के गति पर गौर से ध्यान देने के लिए कहा गया। घड़ीनुमा परिधीय उपकरण में कुछ लिखा नहीं था तथा उसमें किसी प्रकार का कोई संकेत नहीं था। सुई प्रति सेकंड 0.3 इंच की गति से आगे बढ़ता था तथा कभी-कभी बीच में उसकी गति दुगुना अर्थात प्रति सेकेंड 0.6 इंच हो जाती थी। प्रयोज्यों को उस समय बटन दबाकर अनुक्रिया करना था जब उसे यह प्रतीत हो कि सुई दुगुने गति से अर्थात 0.6 इंच प्रति सेकेंड की गति से आगे बढ़ा हो। प्रयोज्य को इस कार्य में दो घंटे तक लगाया गया। परिणाम में यह देखा गया कि करीब आधे घंटे तक दीर्घीकृत अवधान उक्त कार्य पर देने के बाद उनके निष्पादन में कमी आने लगी। प्रयोज्य प्रत्येक चार पहचानने वाले संकेत (दुगुना गति) में से एक की पहचान करने में असफल होने लगा। मैकवर्थ के बाद में भी कई मनोवैज्ञानिकों द्वारा इस तरह के प्रयोग किये गए जिसमें मैकवर्थ के निष्कर्ष के ही समान निष्कर्ष पाये गए। इसमें टीकनर (Teicher 1974) द्वारा किया गया कार्य काफी महत्त्वपूर्ण है। इन प्रयोगों से यह स्पष्ट हुआ है कि संकेत पहचान के कार्य निष्पादन में उत्पन्न कमी का कारण शारीरिक थकान नहीं हो सकता है क्योंकि इन प्रयोगों में कार्य भार बहुत ही हल्का था। ब्रौडवेन्ट (Broadbent, 1971) के अनुसार इन निगरानी कार्यों (vigilance test) का सैद्धान्तिक महत्त्व यह है कि यह मनोवैज्ञानिकों को उन सभी कारकों का अध्ययन करने की प्रेरणा देता है जो दीर्घीकृत अवधान (sustained attention) को प्रभावित करते हैं।

दीर्घीकृत अवधान के प्रयोगों से अवधान के बारे में कुछ रुचिकर तथ्य सामने आये हैं। दीर्घीकृत अवधान या निगरानी (vigilance) कार्य के स्वरूप से यह स्पष्ट हुआ है कि किसी बाह्य उद्दीपक (external stimulus) पर ध्यान देना एक तीव्र किया (intense activity) है जिसमें काफी मानसिक प्रयास (mental effect) व्यक्ति को करना पड़ता है। इस मानसिक प्रयास का पूर्ण उपयोग तब तक नहीं होता है जब तक कि व्यक्ति एक खास ढंग से उत्तेजित नहीं हो पाता है। उद्दीपक पर अवधान देने के लिए आवश्यकता है कि व्यक्ति में दैहिक उत्तेजन का स्तर जैसे विशेष शारीरिक मुद्रा, विशेष मांसपेशियों में तनाव तथा सतत सक्रिय एकाग्रता (continuous active concentration) आदि का विशेष स्तर बना हुआ हो। परंतु निगरानी कार्य (vigilance task) के दौरान जो घटना घटित होती है, उससे यह स्पष्ट है कि उत्तेजन (arousal) के बढ़ते हुए स्तर से उत्तम निष्पादन नहीं हो पाता है। जैसे-जैसे उत्तेजन स्तर में वृद्धि होती है, अवधान किसी केन्द्रीय लक्ष्य (central target) पर केन्द्रित हो जाता है परंतु अन्य दूसरी तरह की सूचनाओं की उपेक्षा हो जाती है। जब ऐसी बात होती है, तो स्वभावतः निष्पादन में ह्रास हो जाती है। 1908 में यर्क्स तथा डोडसन (Yerkes & Dodson) ने उत्तेजन के स्तर तथा निष्पादन के

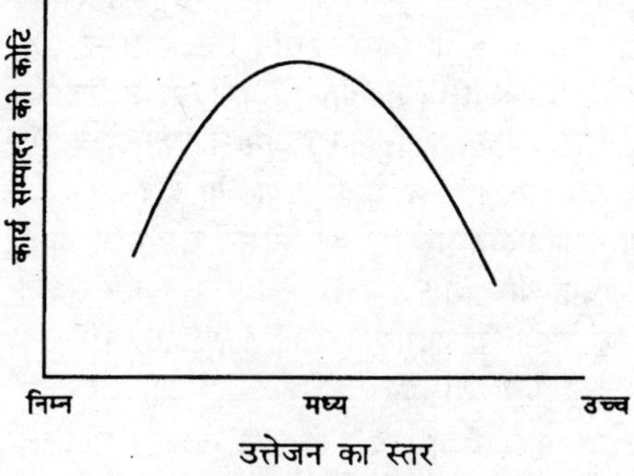

चित्र 3.23 यर्क्स-डोडसन नियम

सम्बन्ध को एक विशेष नियम जिसे *यर्क्स-डोडसन नियम* (Yerkes-Dodson law) कहा है, द्वारा दिखलाया है। इस दोनों के सम्बन्ध को चित्र 3.23 में दिखलाया गया है। चित्र से स्पष्ट है कि उत्तेजन स्तर तथा निष्पादन के स्तर के सम्बन्ध विलोमित यू (inverted U) के समान होता है जो यह बतलाता है कि दीर्घीकृत अवधान या निगरानी कार्यों में निष्पादन उस समय सबसे उत्तम होता है जब व्यक्ति में उत्तेजन का स्तर मध्यम (middle) होता है। बहुत अधिक तथा बहुत कम के उत्तेजन स्तर होने पर निष्पादन में ह्रास होती है।

दीर्घीकृत अवधान के निर्धारक
(Determinants of Sustained Attention)

दीर्घीकृत अवधान के क्षेत्र में किये गए प्रयोगों से यह स्पष्ट हुआ है कि दीर्घीकृत अवधान पर कई तरह के कारकों का प्रभाव पड़ता है। इन कारकों में निम्नांकित पाँच महत्त्वपूर्ण हैं—

1. संवेदी कारक (sensory factors)
2. संकेत या उद्दीपक उत्कृष्टता (signal conspicuity)
3. पृष्ठभूमि घटना दर (background event rate)
4. सामयिक एवं स्थानिक अनिश्चितता (temporal and spatial uncertainty)
5. परिणाम ज्ञान (knowledge of resources)

1. संवेदी कारक *(Sensory factors)*—व्यक्ति का दीर्घीकृत अवधान इस बात से प्रभावित होता है कि उद्दीपक का स्वरूप क्या है? मनोवैज्ञानिकों द्वारा किये गए अध्ययनों से यह स्पष्ट हुआ है कि जब दीर्घीकृत अवधान कार्य में श्रवण संकेत की पहचान करनी होती है तो ऐसे कार्य का निष्पादन उस परिस्थिति से होता है जब दीर्घीकृत अवधान कार्य में दृष्टि संकेत (visual signals) की पहचान करनी पड़ती है। दूसरे शब्दों में, जब व्यक्ति को श्रवण संकेतों पर ध्यान देकर उसमें से उपयुक्त संकेत की पहचान करनी पड़ती है तो उसका निष्पादन उस परिस्थति से अधिक उत्तम होता है जब व्यक्ति को दृष्टि संकेतों पर ध्यान देकर उसमें से उपयुक्त संकेत की पहचान करनी पड़ती है। कुछ मनोवैज्ञानिकों जैसे पारसुरैमन तथा डेबिज (Parasuraman & Davies, 1977), टाईगर, वाग एवं हालकौम्ब (Tyler, Wagg & Halcomb, 1972) ने तो यहाँ तक बतलाया है कि जब प्रयोज्यों को एक संवेदी क्षेत्र (sensory modality) में अनुभव प्राप्त हो जाता है तो उससे दूसरे संवेदी क्षेत्र में दीर्घीकृत अवधान के कार्यों में तेजी से सफलता प्राप्त होती है।

2. संकेत या उद्दीपक उत्कृष्टता *(Signal conspicuity)*—मनोवैज्ञानिकों द्वारा किये गए प्रयोगों से यह भी स्पष्ट हुआ है कि दीर्घीकृत अवधान पर उद्दीपक या संकेत (stimulus or signal) की उत्कृष्टता का भी प्रभाव पड़ता है। संकेत की उत्कृष्टता के दो पहलुओं का अध्ययन किया गया है— संकेत की तीव्रता या विस्तार (amplitude) तथा संकेत की अवधि (duration of signal)। किसी संकेत या उद्दीपक पर अधिक देर तक ध्यान देने पर व्यक्ति विवेचित संकेत (critical signal) या उचित संकेत का ठीक-ठीक पहचान कर पायेगा कि नहीं, यह संकेत के विस्तार या तीव्रता (amplitude) तथा उसकी अवधि पर निर्भर करता है। दीर्घीकृत अवधान संकेत के विस्तार से किस तरह प्रभावित होता है, इसे दिखलाने के लिए लोयब तथा विनफोर्ड (Loeb & Binford, 1963) ने एक महत्त्वपूर्ण प्रयोग किया है। इस प्रयोग में प्रयाज्यों को कुछ विशेष तरह की ध्वनि सुनकर उसकी पहचान करनी थी। इस तरह का विशेष ध्वनि एक सामान्य एवं सतत ध्वनि के बीच-बीच में उत्पन्न किया जाता था। सामान्य ध्वनि की तीव्रता 60 dB (decibel) प्रयोज्य के निरपेक्ष देहली (absolute threshold) से ऊपर था तथा विवेचित ध्वनि संकेत (critical sound signal) जिनकी पहचान करनी थी, वह 2.1, 3.6 या 5.1 dB सामान्य ध्वनि की तीव्रता से अधिक होती थी। परिणाम में देखा गया कि इस तरह के दीर्घीकृत अवधान कार्य में विवेचित ध्वनि संकेत की तीव्रता जैसे-जैसे बढ़ती गयी गलत पहचान की औसत संख्या में कमी होती गई। दूसरे शब्दों में, यह संख्या 2.1 dB के विवेचित ध्वनि संकेत में अधिक थी तथा 5.1 dB के विवेचित ध्वनि संकेत में सबसे कम थी। इस प्रकार के परिणाम अन्य मनोवैज्ञानिकों जैसे टीकनर एवं उनके सहयोगियों (Tickner et al., 1972) तथा वाईनर (Wiener, 1964) आदि द्वारा भी अपने-अपने अध्ययनों में पाया गया है।

विवेचित उद्दीपक (critical stimuli) की अवधि द्वारा भी दीर्घीकृत अवधान कार्य प्रभावित होता है। बेकर (Bekar, 1963) एवं वार्म तथा उनके सहयोगियों (Warm et al., 1970) द्वारा किये गये अध्ययनों से यह स्पष्ट हुआ है कि

विवेचित उद्दीपक जब कम अवधि के लिए व्यक्ति के सामने उपस्थित किया जाता है तो उसकी पहचान होने की सम्भावना उस परिस्थिति की तुलना में कम होती है जब विवेचित उद्दीपक अधिक अवधि के लिए व्यक्ति के सामने उपस्थित होता है।

3. पृष्ठभूमि घटना दर (*Background event rate*)—कई मनोवैज्ञानिकों अध्ययनों से यह स्पष्ट हुआ है कि दीर्घीकृत अवधान पर उद्दीपक की पृष्ठभूमि घटना दर (background event rate) का भी प्रभाव पड़ता है। पृष्ठभूमि घटना (background event) से तात्पर्य वैसे घटना चक्र से होता है जिसमें विवेचित उद्दीपक या संकेत (critical stimulus or signal) जिसकी पहचान व्यक्ति को करना होता है, एक तरह से छिपा होता है। जेटीसन तथा पिकेट (Jetison & Pickett, 1964) ने इसे एक प्रयोग करके दिखाने की कोशिश की है। इस प्रयोग में प्रयेज्य को एक दण्डाकार रोशनी (a bar of light) के आवृत्तीय गति (repetitive movement) पर लगातार 80 मिनट तक ध्यान देने के लिए कहा गया। यह दण्डाकार रोशनी एक प्रारम्भ बिन्दु से दायीं ओर खास दूरी तक आगे बढ़ती थी फिर वहाँ से वापस उस प्रारम्भ बिन्दु पर आ जाती थी और फिर वही दूरी तक आगे बढ़कर पुनः अपने प्रारम्भ बिन्दु पर लौट आती थी। इस तरह से दण्डाकार रोशनी अपने प्रारम्भ बिन्दु से आगे एवं पीछे दो बार हुआ करती थी। इन दोनों गतियों को मिलाकर एक *घटना* (event) कहा गया। विवेचित संकेत (critical signal) जिसे प्रयोज्यों की पहचान करना होता है, वह था दूसरी बारी की गति में दण्डाकार रोशनी की लम्बाई में हुई 4 मिलीमीटर की वृद्धि। इस प्रयोग में दो तरह की घटना गति (event rate) का उपयेग किया गया। मंद घटना गति (slow event rate) जिसमें प्रति मिनट 5 घटनाएँ घटी तथा तीव्र घटना गति जिसमें प्रति मिनट 30 घटनाएँ घटी। इन दोनों तरह की घटना गति दरों में विवेचित उद्दीपक या संकेत जिसकी पहचान प्रयोज्यों को करना था, की आवृत्ति (frequency) बराबर-बराबर रखी गयी। परिणाम में देखा गया कि विवेचित उद्दीपक या संकेत की पहचान की प्रतिशत मंद घटना गति में तीव्र घटना गति की तुलना में काफी अधिक था। इस प्रयोग से यह स्पष्ट हो जाता है कि दीर्घीकृत अवधान का गुण पृष्ठभूमि या तटस्थ घटनाओं की उपस्थिति की दर से प्रतिलोमित रूप से (inversely) सम्बन्धित होता है। बाद के कई प्रयोगों में जिसे जॉनस्टोन तथा उनके सहयोगियों (Johnston et. al., 1966), क्रुलेविज तथा उनके सहयोगियों (Krulewitz et. al., 1975) तथा लोयब एवं विनफोर्ड (Loeb & Binford, 1968) द्वारा किया गया, उक्त तथ्य की पुष्टि की गयी है।

4. सामयिक एवं स्थानिक अनिश्चितता (*Temporal and spatial uncertainty*)—ऊपर में जिन तीन मनोदैहिक कारकों (psychophysical) जिनसे दीर्घीकृत अवधान प्रभावित होता है, को प्रथम-क्रम का कारक (first-order factors) कहा जाता है क्योंकि इनमें उद्दीपक के कुछ तात्कालिक भौतिक गुणों में जोड़-तोड़ किया जाता है। इस प्रथम-क्रम कारक के अलावा कुछ द्वितीय-क्रम के कारक (second-order factors) भी हैं जिनसे दीर्घीकृत अवधान (sustained attention) प्रभावित होता है। इसमें एक प्रधान कारक है— प्रत्यक्षणकर्त्ता या प्रयोज्य के मन में इस बात की अनिश्चितता (unceretainty) कि संकेत या उद्दीपक जिसकी पहचान की जानी है, कब (when) और कहाँ-कहाँ (where) उपस्थित होगा। पहले कारक को सामयिक अनिश्चितता (temporal unceretainty) तथा दूसरे तरह के कारक को स्थानिक अनिश्चितता (spatial uncertainty) कहा जाता है।

मनोवैज्ञानिकों ने विवेचित संकेत (critical signal) जिसकी पहचान प्रयोज्य को करना होता है, के बारे में प्रयोज्य के मन में सामयिक अनिश्चितता (temporal uncertainty) को विवेचित संकेत की संख्या या सघनता (density) में परिवर्तन करके एवं जोड़-तोड़ करके उसका दीर्घीकृत अवधान पर पड़ने वाले प्रभाव का अध्ययन किया है। जेरिसन एवं पिकेट (Jerison & Pickett, 1963) ने सामयिक अनिश्चितता का दीर्घीकृत अवधान पर पड़ने वाले प्रभाव का अध्ययन करने के लिए किये गये प्रयोगों के परिणाम की समीक्षा किया है और बतलाया है कि एक निश्चित समय के भीतर विवेचित संकेत (critical signals) की आवृत्ति अधिक होने से प्रयोज्यों में सामाजिक अनिश्चितता औसतन कम होती है। दूसरे शब्दों में यह कहा जा सकता है कि जैसे-जैसे विवेचित संकेत की आवृत्ति (frequency) या संघनता (density) बढ़ती है, संकेत के सही-सही पहचान करने की प्रतिशत में वृद्धि होती है। कुछ मनोवैज्ञानिकों ने यह भी दिखलाया है कि विवेचित संकेत सघनता (critical signal density) में परिवर्तन होने से विवेचित संकेत के पहचानने की गति (speed) में भी अन्तर हो जाता है। जैसे— स्मिथ, वार्म एवं एलुईसी (Smith, Warm & Alluisi, 1966) ने अपने प्रयोग में प्रति घंटा 6 से 96 संकेत (signal) के सघनता प्रसार (density range) में विवेचित संकेत पहचानने की गति का अध्ययन किया। परिणाम में पाया गया कि जैसे-जैसे सामयिक अनिश्चितता में कमी संकेत सघनता (signal density) में परिवर्तन (वृद्धि) के कारण होते जाती है, संकेत के पहचानने की गति में तीव्रता आते जाती है। कुछ अन्य अध्ययनों में प्रयोज्य के सामयिक अनिश्चितता में जोड़-तोड़ विवेचित संकेतों (critical signals) के बीच के समय

अंतराल में परिवर्तन करके किया गया है और दीर्घीकृत अवधान पर उसके पड़ने वाले प्रभावों का भी अध्ययन किया गया है। विवेचित संकेत को नियमित अंतराल (regular interval) जैसे प्रत्येक एक मिनट में एक बार या अनियमित अंतराल में औसतन एक बार प्रति मिनट दिया जा सकता है। इसमें विवेचित संकेत कभी 30 सेकंड तो कभी 4 मिनट बाद या और भी कोई समय अंतराल बाद उपस्थित किया जा सकता है। वार्म, एप्स एवं फर्ग्युसन (Warm, Epps & Ferguson, 1974) ने अपने अध्ययन में पाया है कि जब विवेचित संकेतों का अन्तर अन्तराल (interinterval) निश्चित होता है तो प्रयोज्यों द्वारा संकेतों की सही पहचान की आवृत्ति में वृद्धि हो जाती है तथा अधिक तीव्र गति से प्रयोज्य विवेचित संकेत की पहचान करने में भी समर्थ हो जाता है।

मनोवैज्ञानिकों ने स्थानिक अनिश्चितता (spatial uncertainty) का दीर्घीकृत अवधान पर पड़नेवाले प्रभावों का भी अध्ययन किया है। नाईसली एवं मिलर (Nicele & Miller, 1957) ने एक अध्ययन किया जिसमें उन्होंने प्रयोज्यों को अनुरूपी रडार प्रदर्शन (simulated radar display) की परिस्थिति में उद्दीपक को दिखलाया गया। यह कार्य कई भागों में बाँटकर किया गया। विवेचित संकेत या उद्दीपक (critical signal) जिसकी पहचान व्यक्ति को करना था, एक विशेष भाग में ही अधिकांशतः उपस्थित किया जाता था। परिणाम में यह देखा गया कि संकेत पहचान की सम्भावना उस भाग में सबसे अधिक पायी गयी जिसमें संकेतों की उपस्थिति की सम्भावना अधिक होती थी। इसी तरह का परिणाम कुल्प एवं एलुईसी (Kulp & Alluisi, 1967) के प्रयोग में भी पाया गया।

5. परिणाम ज्ञान *(Knowledge of results)*—परिणाम ज्ञान का भी प्रभाव दीर्घीकृत अवधान (sustained attention) पर पड़ता है। मैकवर्थ (Mackworth, 1940) द्वारा इस क्षेत्र में किये गए आरम्भिक प्रयोगों में यह देखा गया कि परिणाम ज्ञान देने से अर्थात निगरानी या दीर्घीकृत अवधान कार्य के निष्पादन (performance) के बारे में प्रयोज्यों को परिणाम ज्ञान देने से संकेतों की सही पहचान की आवृत्ति में वृद्धि हो जाती है। कुछ अन्य मनोवैज्ञानिकों जैसे– वार्म तथा उनके सहयोगियों (Warm et. al., 1973), वाइनर (Wienor, 1974), वार्म, हैगनर एवं मेयर (Warm, Hagnor & Mayor, 1971) ने भी अपने आधार पर इस तथ्य की सम्पुष्टि किया है कि परिणाम ज्ञान देने से निगरानी कार्य में उद्दीपक या संकेत के सही-सही पहचान की आवृत्ति (frequency) तथा गति (speed) दोनों में ही वृद्धि हो जाती है। परिणाम ज्ञान देने से संकेत के सही-सही पहचान की आवृत्ति तथा गति में वृद्धि का कारण बतलाते हुए मनोवैज्ञानिकों ने यह कहा है कि इससे प्रयोज्यों में एक अभिप्रेरण मिलता है और वह अगले प्रयासों में अपने आपको आवश्यकतानुसार अधिक सतर्क कर लेता है जिससे संकेत की सही पहचान में कुछ विशेष सहायता मिल जाती है।

स्पष्ट हुआ कि दीर्घीकृत अवधान के कई निर्धारक हैं। ये सभी निर्धारकों का स्वरूप मनोदैहिक (psychophysical) है। इसलिए इन्हें *मनोदैहिक निर्धारक* (psychophysical determinants) भी कहा जाता है।

दीर्घीकृत अवधान के सिद्धान्त
(Theories of Sustained Attention)

दीर्घीकृत अवधान की व्याख्या करने के लिए कई तरह के सिद्धान्तों का प्रतिपादन मनोवैज्ञानिकों द्वारा किया गया है। इन विभिन्न सिद्धान्तों का मुख्य उद्देश्य इस तथ्य की व्याख्या करनी होती है कि दीर्घीकृत अवधि (prolonged period) में व्यक्ति उपयुक्त या सही संकेत का सही-सही पहचान क्यों नहीं कर पाता है। जेरिसन एवं पिकेट (Jerison & Pickett, 1963) ने इस तथ्य पर बल डाला है कि निगरानी कार्य (vigil task) के दौरान प्रयोज्यों (subject) के व्यवहार को कई कार्य-संगत अवस्थाओं (task-relevant phases) में विश्लेषित किया जाता है जिनमें तीन प्रमुख हैं—

(i) पृष्ठभूमि से सम्बद्ध सूचनाओं को एकत्रित करना।

(ii) सूचनाओं को ठीक ढंग से प्रेक्षण करना तथा कोई निर्णय लेना।

(iii) तंत्रिकीय अवधान इकाइयों (neural attention units) द्वारा कार्य किया जाना।

दीर्घीकृत अवधान के विभिन्न सिद्धान्तों में उपर्युक्त तीन अवस्थाओं में से एक या एक से अधिक अवस्थाओं को आधार बनाकर उसकी (दीर्घवृत्त अवधान) व्याख्या करने की कोशिश की गयी है। इन सिद्धान्तों में निम्नांकित प्रमुख हैं—

1. प्रत्याशा सिद्धान्त (Expectancy theory)

2. जेरीसन का सिद्धान्त (Jerison's theory)
3. संकेत पहचान सिद्धान्त (Signal detection theory)
4. उत्तेजन सिद्धान्त (Arousal theory)
5. अभ्यसन सिद्धान्त (Habituation theory)

इन सभी सिद्धान्तों का वर्णन हम अलग अनुच्छेद में करेंगे—

1. प्रत्याशा सिद्धान्त *(Expectancy theory)*—प्रत्याशा सिद्धान्त में जेरीसन तथा पिकेट (Jerison & Pickett, 1963) द्वारा बतलाये गए उक्त तीन बिन्दुओं में से प्रथम बिन्दु अर्थात् पृष्ठभूमि सूचनाओं के संचयन (storing the background information) पर अधिक बल डालते हुए दीर्घीकृत अवधान की व्याख्या करने की कोशिश की गयी है। संकेतों (signals) जिनकी पहचान दीर्घीकृत अवधान के दौरान करनी होती है, के बारे में संचित सूचनाओं (Stored information) तथा उन अवस्थाओं जिनमें संकेत उपस्थित हो सकता है, की सूचनाओं की अहम् भूमिका होती है। प्रत्याशा सिद्धान्त जिस पर बेकर (Becker, 1963) तथा डीज (Deese, 1955) ने भी अधिक बल डाला है, के अनुसार निगरानी प्रयोगों के विभिन्न प्रयासों में विवेचित संकेत (critical signal) के विभिन्न समयों में उपस्थिति के आधार पर प्रयोज्य एक विशेष तरह का प्रत्याशा (expectancy) विकसित करता है जिनके कारण वह कह पाता है कि आने वाले प्रयासों में विवेचित संकेत (critical signal) किस समय उपस्थित हो सकता है। इस सिद्धान्त के अनुसार संकेत की सही पहचान करने की तत्परता इस प्रत्याशा स्तर (expectancy level) से धनात्मक रूप से सम्बन्धित होता है। इस सिद्धान्त की यह भी मान्यता है कि निगरानी प्रयोगों में प्रयोज्यों द्वारा संकेत पहचान के निष्पादन में जो धीरे-धीरे कमी आती है, उसका कारण विवेचित संकेत के उपस्थिति के सही समय के बारे में पूर्वानुमान लगाने की क्षमता में उत्तरोत्तर कमी होना है। जब प्रयोज्यों को संकेत के पहचान से सम्बन्धित परिणाम-ज्ञान प्रत्येक प्रयास में दे दिया जाता है, तो इससे उनके प्रत्याशा की परिशुद्धता में वृद्धि आ जाती है तथा उनके निष्पादन ह्रास (performance decrement) रुक जाती है।

प्रत्याशा सिद्धान्त का एक महत्त्वपूर्ण भविष्यकथन (prediction) यह है कि निगरानी कार्य या दीर्घीकृत कार्य में निपुणता को प्रयोज्य के सामायिक अनिश्चितता (temporal uncertainty) में कमी लाकर उन्नत बनाया जा सकता है। दूसरे शब्दों में, जब प्रयोज्यों को यह मालूम हो कि सही संकेत किस समय अर्थात प्रयोग के प्रारम्भ, मध्य या अन्त में दिया जायेगा तो इससे संकेत के सही पहचान करने की उसकी क्षमता में वृद्धि हो जाती है। इस तथ्य की सम्पुष्टि वेलकर (Belker, 1978) द्वारा एक अध्ययन में की गई है। प्रत्याशा सिद्धान्त का प्रयोगात्मक समर्थन उन मनोवैज्ञानिकों द्वारा भी की गयी है जिन्होंने अपने अध्ययन में यह पाया है कि निगरानी के प्रशिक्षण अवस्था के दौरान जिन प्रयोज्यों ने संकेत उपस्थिति का अधिक अनुभव किया, वे बाद की जाँच अवस्थाओं में उन प्रयोज्यों की तुलना में अधिक उत्तम निष्पादन दिखलाये जिन्हें प्रारम्भ के प्रशिक्षण अवस्था में संकेत उपस्थिति का अनुभव अधिक नहीं कराया गया था। उन मनोवैज्ञानिकों में मैकफारलैंड एवं हालकॉम्ब (McFarland & Halcomb, 1970) तथा कोलकूहोन एवं वैडेले (Colquhoun & Baddeley, 1964) के नाम अधिक मशहूर हैं।

व्यापक प्रयोगात्मक समर्थन के बावजूद प्रत्याशा सिद्धान्त की कुछ आलोचनाएँ (criticism) की गई हैं जिनमें निम्नांकित प्रमुख हैं—

(i) प्रत्याशा सिद्धान्त द्वारा सभी तरह के निगरानी कार्यों या दीर्घीकृत अवधान कार्यों की संतोषजनक व्याख्या नहीं हो पाती है। जैसे— मुर्रे एवं ग्रास्स (Moore & Gross, 1973) ने अपने अध्ययन में पाया है कि ऐसे कार्यों में प्रयोज्य सिर्फ सामयिक औसतन (temporal averaging) का ही उपयोग कर विशेष प्रत्याशा का निर्माण नहीं करते हैं बल्कि इसके अलावा कई तरह के और भी व्यवहार करते हैं जिनका वर्णन इस सिद्धान्त में नहीं है।

(ii) इस सिद्धान्त के अनुसार परिणाम-ज्ञान या पुनर्निवेशन (feedback) का प्रयोज्य के ऊपर अभिप्रेरणात्मक प्रभाव पड़ता है जिसके कारण उसकी प्रत्याशा क्षमता (expectancy ability) में इतनी अधिक वृद्धि हो जाती है कि वह सही उद्दीपक या संकेत की पहचान कर सकने में समर्थ हो जाता है। आलोचकों ने सिद्धान्त के इस दावे का अतिरंजित (exaggerated) कहकर ठुकरा दिया है।

(iii) यदि यह सिद्धान्त सही है तो संकेत या उद्दीपक की उपस्थिति के समय का आकलन निगरानी कार्यकुशलता (vigilance efficiency) से सम्बद्ध होना चाहिए अर्थात यदि प्रयोज्य संकेत के उपस्थित होने के समय का

आकलन सही-सही कर पाता है तो इससे निगरानी कार्य का निष्पादन (performance) उत्तम होना चाहिए। परंतु मैकग्राथ एवं ओहैनलोन (McGrath & O'Hanlon, 1967) ने अपने प्रयोगात्मक अध्ययन के आधार पर यह बतलाया है कि सच्चाई ऐसी नहीं है।

उपर्युक्त आलोचनाओं के आलोक में हम इस निष्कर्ष पर पहुँचते हैं कि यद्यपि प्रत्याशा विकास (expectancy formation) की घटना दीर्घीकृत अवधान में योगदान करता है परंतु इसकी भूमिका उतनी महत्त्वपूर्ण नहीं है। कुछ मनोवैज्ञानिकों जैसे— डेविज एवं टुन (Davies & Tune, 1969) का मत है कि अगर प्रयोज्यों को दिया गया कार्य कठिन लगता है या उसके सही समाधान के लिए उसके पास कोई अन्य उपाय नहीं होता है तभी वे विवेचित संकेतों (critical signals) के सामयिक क्रम (temporal sequence) के बारे में संचित सूचनाओं के आधार पर कोई प्रत्याशा (expectancy) विकसित करते हैं। इसका मतलब यह हुआ कि दीर्घीकृत अवधान में जब कार्य प्रयोज्यों के लिए आसान होता है तो वहाँ वे ऐसी सूचनाओं का उपयोग विवेचित संकेत की सही पहचान करने के लिए किसी प्रकार का प्रत्याशा विकसित करने में नहीं करते हैं। स्पष्टतः तब इस सिद्धान्त की उपयोगिता सीमित है। क्रुलेविज तथा वार्म (Krulewitz & Warm, 1977) ने भी इस तर्क की सराहना की है।

2. जेरीसन का सिद्धान्त *(Jerison's theory)*—दीर्घीकृत अवधान के इस सिद्धान्त का प्रतिपादन जेरीसन (Jerison, 1970) द्वारा किया गया। इस सिद्धान्त में दीर्घीकृत अवधान तथा प्रयोज्यों द्वारा संकेत की पहचान करने के दौरान किया गया व्यवहार जिसे प्रेक्षण व्यवहार (observing behaviour) कहा जाता है, के बीच एक जटिल सम्बन्ध (complex relation) होने की कल्पना की जाती है। प्रेक्षण व्यवहार, प्रयोज्यों की निर्णय प्रक्रिया तथा निगरानी की प्रक्रिया के आपस के जटिल सम्बन्ध पर इस सिद्धान्त में प्रकाश डाला गया है। इस सिद्धान्त को *उत्पन्न प्रेक्षण दर प्राक्कल्पना* (elicited observing rate hypothesis) भी कहा गया है।

इस सिद्धान्त के अनुसार जब प्रयोज्य किसी निगरानी कार्य या दीर्घीकृत अवधान कार्य में व्यस्त होता है (जहाँ उसे एक विशेष तरह के संकेत की पहचान करनी होती है) तो वह सामने उपस्थित उद्दीपक के बारे में प्रेक्षण अनुक्रियाएँ (observing responses) करेगा या नहीं इसके बारे में एक-एक करके कई निर्णय लेता है। इस तरह की अनुक्रियाओं को इस सिद्धान्त में *एकिक एकाग्र कार्य* (unitary attentive act) कहा जाता है। इस तरह के कार्य में केन्द्रीय तंत्रिका तंत्र (central nervous system) द्वारा किये गए कुछ वैसी क्रियाएँ भी सम्मिलित होतीं हैं जिनसे संकेत या उद्दीपक के बारे में प्राप्त सूचनाओं को संसाधित किया जाता है। इस सिद्धान्त के अनुसार दीर्घीकृत अवधान के दौरान विवेचित संकेत (critical signal) का सही-सही पहचान करना प्रयोज्यों द्वारा किये गए इन प्रेक्षण अनुक्रियाओं (observing responses) पर निर्भर करती है। यदि किसी कारण से प्रयोज्य (subject) इन प्रेक्षण अनुक्रियाओं को ठीक ढंग से नहीं कर पाता है या उसे अधूरा ढंग से कर पाता है तो वह विवेचित संकेत (critical signal) की पहचान करने में सफल नहीं हो पाता है तथा दीर्घीकृत अवधान कार्य के निष्पादन में ह्रास (decrement) होने लगता है। सिद्धान्त इस बात पर भी बल डालता है कि जब प्रयोज्य लक्ष्य वस्तु (target object) जिसकी पहचान करना है, पर ध्यान देता है तो इसकी कीमत या लागत भी इसे चुकाना पड़ता है और वह थकान, अवरोध (inhibition) तथा ध्यान देने के अभिप्रेरण में कमी आदि के रूप में कीमत चुकाता है। परंतु जब वह दीर्घीकृत अवधान के दौरान विवेचित संकेत (critical signal) की पहचान करने में सफल हो जाता है तो वह प्रसन्न एवं उत्साहित होता है जो एक तरह का उसके लिए इनाम होता है। प्रयोज्य दीर्घीकृत अवधान के दौरान प्रेक्षण व्यवहार (observing behaviour) करेगा या नहीं करेगा, यह बहुत कुछ उसके इस इनाम-लागत विश्लेषण (reward-cost analysis) पर निर्भर करता है। यदि वह यह समझता है कि इस तरह का व्यवहार करने में लागत अधिक परंतु इनाम कम मिलेगा तो वह ऐसा व्यवहार नहीं करेगा। परंतु यदि वह यह समझता है कि लागत कम तथा इनाम अधिक मिलेगा तो वह ऐसा व्यवहार करने के लिए तत्पर रहेगा। इस सिद्धान्त के अनुसार जब प्रयोज्य लगातार कुछ समय तक निगरानी कार्य में लीन रहता है तो धीरे-धीरे उसका निगरानी निष्पादन (vigilance performance) में ह्रास इसलिए होता जाता है क्योंकि लगातार ऐसे कार्य में व्यस्त होने से प्रयोज्यों में थकान बढ़ जाता है तथा अभिप्रेरण में ह्रास होने लगता है (अर्थात लागत की मात्रा में तुलनात्मक रूप से वृद्धि होने लगती है)।

यद्यपि जेरीसन का यह मॉडल साधारण एवं सरल है फिर भी आलोचकों का मत है कि इस मॉडल के महत्त्वपूर्ण आशय (implication) का प्रयोगात्मक जाँच करना कठिन है क्योंकि सिद्धान्त में प्रेक्षण व्यवहार (observing behaviour) के आन्तरिक स्वभाव (internal nature) के स्वरूप की सही-सही व्याख्या नहीं की गयी है। दीर्घीकृत अवधान में प्रयोज्यों द्वारा विवेचित संकेत (critical signal) की पहचान के दौरान किये गए प्रेक्षण व्यवहार का आन्तरिक स्वरूप (internal nature) कैसा होता है, स्पष्ट नहीं हो पाया है। आलोचकों का मत है कि एकाकी एकाग्र किया (unitary attentive act) के स्वरूप की व्याख्या भी संतोषजनक नहीं है। इन आलोचनाओं को जेरीसन द्वारा लगभग स्वीकार कर लिया गया है और वे इन सभी आलोचनाओं के आलोक में अपने मॉडल में पर्याप्त परिमार्जन करने में लगे हुए हैं।

3. संकेत पहचान सिद्धान्त *(Signal detection theory)*—इस सिद्धान्त की सम्पूर्ण व्याख्या अध्ययन 4 में की जा चुकी है। अतः यहाँ उसकी पुनरावृत्ति नहीं की जायेगी। यहाँ इस सिद्धान्त का दीर्घीकृत अवधान कार्य (sustained attention task) या निगरानी कार्य (vigilance task) के लिए क्या आशय (implication) है, मात्र इसी बिन्दु पर प्रकाश डाला जाएगा।

निगरानी प्रयोगों (vigilance experiments) से यह स्पष्ट हुआ है कि निगरानी कार्य में जहाँ व्यक्ति या प्रयोज्य दीर्घीकृत अवधान देता है, जैसे-जैसे प्रयासों (trials) की संख्या बढ़ते जाती है, गलत अनुक्रियाओं की आवृत्ति में कमी आते जाती है तथा सही पहचान (correction detection) या सही अनुक्रिया की आवृत्ति में वृद्धि होते जाती है। इस तरह के परिणाम से प्रोत्साहित होकर इगेन, ग्रीनवर्ग तथा शुलमैन (Egan, Greenberg & Schulman, 1961) ने यह दावा प्रस्तुत किया कि संकेत पहचान सिद्धान्त के आधार पर निगरानी या दीर्घीकृत अवधान की व्याख्या सम्भव है। इसे केन्द्र बिन्दु मानकर इन मनोवैज्ञानिकों का यह मत जाहिर किया है कि लम्बे समय तक निगरानी कार्य में व्यस्त रहने पर प्रयोज्यों के निगरानी निष्पादन (vigilance performance) में जो ह्रास उत्पन्न होती है, उससे संकेतों के प्रति प्रयोज्यों में सतर्कता में कमी तथा प्रत्यक्षज्ञानात्मक संवेदनशीलता (perceptual sensitivity) में ह्रास का पता नहीं चलता है बल्कि यह पता चलता है कि प्रयोज्य पहले की तुलना में एक अधिक अनुदार अनुक्रिया कसौटी (conservative response criteria) को अपना रहा है। इस तथ्य की सम्पुष्टि ब्रौडवेन्ट तथा ग्रिगोरी (Broadbent & Gregory, 1967) द्वारा किये गये एक उस प्रयोग में हुआ जिसमें इन लोगों ने यह पाया कि निगरानी कार्य (vigilance task) के निष्पादन में समय बीतने के साथ-साथ संवेदनशीलता सूचकांक (sensitivity index या *d*) लगभग एक समान या स्थिर बना होता है जबकि अनुक्रिया कसौटी (response criterion या *B*) में वृद्धि होती है। कुछ अन्य मनोवैज्ञानिकों जैसे— स्वैटस (Swets, 1973), ब्रौडवेन्ट (Broadbent, 1971) द्वारा भी इसी तरह का तथ्य पाया गया है। ऐसे प्रयोगात्मक परिणामों का सीधा आशय यह है कि निगरानी कार्य में समय बीतने के साथ-साथ निष्पादन में जो ह्रास (decrement) होता है, उसे प्रयोगात्मक रूप से ठीक-ठीक पता लगाया जा सकता है तथा इस तरह का ह्रास से प्रयोज्यों में प्रत्यक्षज्ञानात्मक संवेदनशीलता (perceptual sensitivity) में किसी तरह की कमी का पता नहीं चलता है।

परंतु दुर्भाग्यवश स्थिति उतनी सरल एवं स्पष्ट नहीं है। कुछ मनोवैज्ञानिकों जैसे— परसुरामन एवं डैनिज (Parasuraman & Danies, 1977) तथा लेभाईन एवं उनके सहयोगियों (Levine et. al., 1978) ने अपने-अपने अध्ययनों में यह स्पष्टतः पाया है कि निगरानी कार्य में होने वाला ह्रास का मात्र कारण प्रयोज्यों के निर्णय प्रक्रियाओं (decision processes) में होने वाला परिवर्तन नहीं है बल्कि संकेतों (signals) के प्रति प्रत्यक्षज्ञानात्मक संवेदनशीलता (perceptual sensitivity) में होने वाला परिवर्तन भी होता है। इसका मतलब यह हुआ कि दीर्घीकृत अवधान कार्य या निगरानी कार्य के निष्पादन में ह्रास का कारण संकेतों के प्रति प्रयोज्यों के मन में उत्पन्न प्रत्यक्षज्ञानात्मक संवेदनशीलता में कमी होना भी होता है। प्रत्यक्षज्ञानात्मक संवेदनशीलता में कमी प्रायः उन कार्यों में होता है जहाँ एक-दूसरे के बाद उपस्थित किये गए उद्दीपकों में प्रयोज्यों द्वारा पहचान करने या न करने के लिए तेजी के साथ उनमें आपस में तुलना करने की जरूरत पड़ती है। यह अब तक स्पष्ट नहीं हो पाया है कि ऐसे कार्यों में जो निष्पादन ह्रास (performance decrement) होता है, उसके द्वारा प्रयोज्यों की संवेदनशीलता में हुए परिवर्तन को प्रतिबिम्बित होते क्यों मान लिया जाता है। कुछ अन्य अवस्थाओं में ऐसे ही ह्रास द्वारा प्रयोज्यों की संवेदनशीलता से कोई सम्बन्ध न होने की बात कही जाती है।

4. उत्तेजन सिद्धान्त *(Arousal theory)*—उत्तेजन सिद्धान्त जिसे *सक्रियण सिद्धान्त* (activation theory) भी कहा जाता है, में दीर्घीकृत अवधान की व्याख्या न्यूरोदैहिक सबूतों (neurophysiological evidence) के रूप में की गयी है। इन सबूतों का आधार हेब्ब (Hebb) का योगदान है जिन्होंने यह स्पष्टतः कहा था कि संवेदी निवेश (sensory input) के मुख्य दो कार्य होते हैं— पहला तो यह कि इस तरह के संवेदी निवेश से मस्तिष्क को वातावरण के बारे में

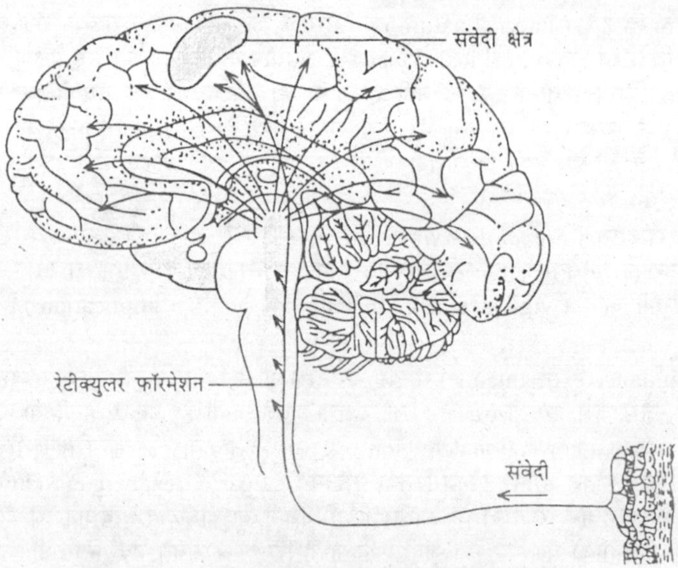

चित्र 3.24

कुछ सूचना मिलती है तथा दूसरा यह कि इससे मस्तिष्क में कुछ अस्पष्ट एवं विसरित क्रियाएँ (diffused activities) होतीं हैं जिनसे सतर्कता के स्तर में वृद्धि होकर प्रमस्तिष्कीय संचरण (cortical transmission) होती है।

उत्तेजन सिद्धान्त के अनुसार दीर्घीकृत अवधान या निगरानी कार्य में रेटिकुलर फॉरमेसन (reticular formation or reticular activating formation या RAS) की विशेष भूमिका होती है। RAS मस्तिष्क में एक जालीनुमा संरचना होती है जो सुषुम्ना की ऊपरी भाग से प्रारम्भ होकर थैलेमस (thalamus) तक फैला होता है। जब संवेदी निवेश सुषुम्ना होते हुए RAS में पहुँचते हैं तो इससे प्रमस्तिष्कीय बलकल (cerebral cortex) के पूरे क्षेत्र में आवेगों का एक विस्तृत पैमाने पर सृजन होता है जिससे व्यक्ति में उत्तेजन (excitation) या सतर्कता के एक सामान्य स्तर का निर्माण होता है। RAS के इस सम्पूर्ण कार्य को चित्र 3.24 में दिखलाया गया है। RAS के इस कार्य का प्रयोगात्मक समर्थन कई अध्ययनों में हुआ है। जैसे— फ्रेंच (French, 1959) तथा मालमो (Malmo, 1957) ने अपने-अपने अध्ययन में पाया कि यदि पशुओं के मस्तिष्क से RAS को काट कर हटा दिया जाता है तो ऐसे पशु अचेतन एवं निष्क्रियता की अवस्था में चले जाते हैं।

अब प्रश्न यह उठता है कि RAS के उत्तेजन प्रक्रम (activating mechanism) द्वारा दीर्घीकृत अवधान (sustained attention) की व्याख्या कैसे होती है? उत्तेजन सिद्धान्त (arousal theory) के अनुसार RAS को आदर्श स्तरीय कार्य करने के लिए यह आवश्यक है कि व्यक्ति के प्रत्यक्षज्ञानात्मक वातावरण (perceptual environment) में पर्याप्त परिवर्तनशीलता हो अर्थात उद्दीपक (stimulus) में पर्याप्त परिवर्तनशीलता हो। यदि उद्दीपक की परिवर्तनशीलता एक क्रान्तिक स्तर (critical level) से नीचे होता है तो व्यक्ति में उत्तेजनशीलता का स्तर कम होता है तथा दीर्घीकृत अवधान में ह्रास उत्पन्न होगा। दीर्घीकृत अवधान कार्य के नीरस पहलू (monotonous aspect) द्वारा RAS उतना अधिक प्रभावित नहीं हो पाता है। फलस्वरूप व्यक्ति में सतर्कता (alertness) तथा उत्तेजन का पर्याप्त स्तर नहीं रह पाता है और दीर्घीकृत अवधान कार्य या निगरानी कार्य के दौरान उसका निष्पादन में ह्रास (decrement) होता है अर्थात संकेत (signal) की पहचान कार्य में त्रुटियाँ बढ़ने लगतीं हैं।

आधुनिक मनोवैज्ञानिकों द्वारा कई ऐसे सबूत उपलब्ध किये गए हैं जिनसे उत्तेजना के न्यूरोदैहिक सूचकांकों एवं निगरानी कार्यों के निष्पादन के बीच के सम्बन्ध को दिखलाया गया है। इन न्यूरोदैहिक सूचकांकों में EEG के अल्फा क्रियाओं (alpha activities) तथा GSR (galvanic response) की क्रियाओं में कमी होना महत्त्वपूर्ण है। जब व्यक्ति उत्तेजन की अवस्था में होता है तो अल्फा क्रियाओं तथा GSR की क्रियाएँ कमने लगती हैं। डेविज एवं कार्कोविक (Davies & Karkovic, 1965) ने अपने अध्ययन में पाया कि निगरानी कार्य (vigilance task) में पहचान प्राप्तांकों में

कमी उक्त दोनों तरह के सूचकांकों में हुए कमी के साथ सम्बन्धित पाया है। मिलोसेविक (Milosevic, 1975) ने अपने अध्ययन में पाया है कि GSR में कमी का होना तथा संकेत पहचान (signal detection) में कमी होना एक समानान्तर प्रक्रिया (parallel process) है। उसी तरह विटी तथा उनके सहयोगियों (Beatty et. al., 1974) ने अपने अध्ययन में पाया कि जब मस्तिष्कीय क्रियाओं में कमी होती है अर्थात व्यक्ति में सतर्कता का स्तर निम्न होता है, तो निगरानी निष्पादन (vigilance performance) में कमी आ जाती है। जैसा कि हम जानते है, RAS की क्रियाओं में जैविक उत्तेजक (biogenic stimulants) जैसे— इपाइनफ्राइन (epinephrine) देने से वृद्धि हो जाती है। ऑहैनलेन (O'Hanlon, 1965) ने अपने अध्ययन में पाया कि प्रयोज्यों के रक्त में इपाइनफ्राइन या एड्रीनालीन (adrenaline) के स्तर तथा निगरानी कार्य में संकेत के पहचानने की अनुक्रिया में धनात्मक सम्बन्ध होता है।

उपर्युक्त प्रयोगात्मक अध्ययनों के आलोक में हम इस निष्कर्ष पर पहुँचते हैं कि निगरानी कार्य या दीर्घीकृत अवधान कार्य में निष्पादन का सीधा सम्बन्ध व्यक्ति के प्रमस्तिष्कीय सक्रिय स्तर (cortical activation level) से होता है। जब ऐसे कार्य में व्यक्ति एक निश्चित सक्रियता स्तर बनाये रखता है तो ऐसी परिस्थिति में निगरानी निष्पादन (vigilance performance) या संकेत की पहचान की अनुक्रिया में पर्याप्त वृद्धि होती है।

उत्तेजन सिद्धान्त के साथ कुछ कठिनाइयाँ भी हैं जिनसे इस सिद्धान्त की उपयोगिता काफी सीमित हो गयी है। इस सिद्धान्त की कुछ प्रमुख कठिनाइयाँ निम्नांकित हैं—

(i) किस प्रकार का बाह्य उत्तेजन (external stimulation) तथा कितनी मात्रा में ऐसी उत्तेजन दिया जाना चाहिए जिससे कि निगरानी कार्य या दीर्घीकृत अवधान के दौरान व्यक्ति का निष्पादन श्रेष्ठ बना रहे, कहीं भी स्पष्ट नहीं किया गया है।

(ii) जेरीसन (Jerison, 1967) तथा ब्रौडवेन्ट (Broadbent, 1963) ने अपने-अपने अध्ययनों के आधार पर यह बतलाया है कि इस सिद्धान्त में यह भी स्पष्ट नहीं किया गया है कि अमुक तरह के प्रयोगात्मक जोड़-तोड़ (experimental manipulation) से निगरानी कार्य के निष्पादन (performance) में परिवर्तन की दिशा क्या होगी? जैसे RAS को यदि किसी उद्दीपक की 80% तीव्रता से उत्तेजित किया जाए तो क्या इससे निगरानी कार्य का निष्पादन उस परिस्थिति की तुलना में दुगुना हो जाएगा जब RAS को उसी उद्दीपक के 40% तीव्रता से उत्तेजित किया जाता है? इस प्रश्न का स्पष्ट उत्तर हमें उत्तेजन सिद्धान्त में नहीं मिलता है।

(iii) कई प्रयोगों से जो तथ्य सामने आये हैं उनसे सिद्धान्त में व्यस्त असंगतता (inconsistencies) का पता चला है। जैसे— डेवेनपोर्ट (Davenport, 1974) एवं टोलिन तथा फिशर (Tolin & Fisher, 1974) ने अपने-अपने अध्ययनों में यह पाया है कि हल्के ढंग से उत्तेजित होने पर (जैसे कोई साधारण व्यायाम करने पर) निगरानी निष्पादन (vigilance performance) में वृद्धि हो जाती है परंतु जोन्स (Jones, 1971) ने अपने अध्ययन में पाया है कि इसी तरह के हल्का उत्तेजन से निगरानी निष्पादन में कमी आ जाती है। ऐलुईसी एवं हाल (Allusi & Hall, 1963) ने अपने अध्ययन में और भी चौकने वाला तथ्य पाया है और वह यह है कि अत्यधिक उत्तेजन की अवस्था उत्पन्न कर देने से निगरानी निष्पादन में तीव्र ह्रास होता है। इन सभी प्रयोगात्मक असंगतताओं की व्याख्या उत्तेजन सिद्धान्त करने में निश्चित रूप से असमर्थ है।

इन कठिनाइयों या आलोचनाओं के बावजूद इस सिद्धान्त को लोगों ने इसलिए स्वीकार किया है क्योंकि इसमें RAS तथा उत्तेजन स्तर का सम्बन्ध निगरानी कार्य या दीर्घीकृत कार्य के निष्पादन से जोड़ा गया है।

5. अभ्यसन सिद्धान्त (*Habituation theory*)—इस सिद्धान्त का आधार न्यूरोदैहिक क्रियाएँ (neurophysiological activities) हैं तथा इसका प्रतिपादन एक महिला मनोवैज्ञानिक जैन मैकवर्थ (Jane Mackworth, 1968) द्वारा किया गया। इन्होंने निगरानी कार्य या दीर्घीकृत कार्य की व्याख्या अभ्यसन (habituation) के माध्यम से किया है। प्रश्न उठता है अभ्यसन क्या है? अभ्यसन से तात्पर्य एक ऐसी प्रक्रिया से होती है जिसके कारण किसी एक ही उद्दीपक के बार-बार व्यक्ति के सामने आने से तंत्रिकीय अनुक्रियाशीलन (neural resposiveness) में उत्तरोत्तर कमी आती जाती है। सामान्यतः जब उद्दीपक पैटर्न की आवृत्ति अधिक होती है, तो तंत्रकीय अभ्यसन (neural habituation) की मात्रा भी अधिक होती है। अभ्यसन (habituation), थकान (fatigue) से इस अर्थ में भिन्न होता है कि जब उद्दीपक पैटर्न में गुणात्मक (qualitative), परिमाणात्मक (quantitative) या सामयिक (temporal) परिवर्तन होता है तो इसमें अनाभ्यसन (dishabituation) की प्रक्रिया होने लगती है अर्थात अनुक्रियाशीलता की अचानक पुनः उपस्थिति (reappearance) हो जाती है। मैकवर्थ (Mackworth, 1968) के अनुसार अभ्यसन (habituation) अवरोध (inhibition) की एक

सक्रिय प्रक्रिया है और अनियमित संकेतों (irregular signals) की तुलना में नियमित संकेतों के साथ अभ्यसन का विकास तेजी से होता है। दूसरे शब्दों में यह कहा जा सकता है कि जब उद्दीपक पैटर्न में नियमितता होती है तो अभ्यसन का विकास उस परिस्थिति की तुलना में तेजी से होती है जब उद्दीपक पैटर्न अनियमित होता है।

मैकवर्थ के अनुसार निगरानी या दीर्घवृत्त अवधान कार्य में यदि एक ही तरह का उद्दीपक पैटर्न से बार-बार प्रयोज्य (subjuect) प्रभावित होते हैं तो ऐसे उद्दीपक पैटर्न से मस्तिष्कीय अनुक्रियाएँ (critical responses) में एक तरह का अभ्यसन (या अवरोध) उत्पन्न होने लगता है। जब इस तरह के अभ्यसन अधिक मात्रा में उत्पन्न हो जाती है तो प्रयोज्यों में विवेचित संकेत (criticial signal) को अन्य संकेतों से विभेदित करने की क्षमता कम हो जाती है। प्रयोज्य अपने कार्य पर अवधान या ध्यान लगाने में अपने आप को असमर्थ पाता है तथा उसका निष्पादन (performance) में धीरे-धीरे कमी होने लगती है। मैकवर्थ ने अपने इस मॉडल के आधार एक महत्त्वपूर्ण पूर्वकथन (prediction) किया जो यह है कि तीव्र घटना दर (fast event rate) की स्थिति में अभ्यसन का निर्माण मंद घटना दर (slow event rate) की तुलना में अधिक तेजी से होता है जिसका परिणाम यह होता है कि तीव्र घटना दर में प्रयोज्यों का निगरानी निष्पादन (vigilance performance) में ह्रास (decrement) होता है।

अभ्यसन सिद्धान्त की सत्यता की जाँच के लिए कुछ प्रयोग किये गए हैं तथा इनके पूर्वकथन (prediction) की प्रयोगात्मक जाँच भी की गयी है। सिड्डले (Siddle, 1972) ने इस सिद्धान्त के समर्थन में कुछ तथ्य पाये हैं। इन्होंने अपने अध्ययन में GSR के अभ्यसन का निगरानी कार्य पर पड़ने वाले प्रभावों का अध्ययन किया। इन्होंने अपने प्रयोग में पाया कि जिन प्रयोज्यों ने GSR के प्रति तीव्र अभ्यसन दिखलाया उनके निगरानी कार्य (vigilance task) में उन प्रयोज्यों के निगरानी कार्य की तुलना में अधिक ह्रास आया जिन्होंने GSR के प्रति मंद अभ्यसन दिखलाया। फिर भी कुछ ऐसे प्रयोगात्मक तथ्य सामने आये हैं जिनसे अभ्यसन सिद्धान्त की आलोचना होती है क्योंकि सिद्धान्त के पूर्वकथन को इनसे प्रयोगात्मक समर्थन नहीं मिल पाता है। निम्नांकित दो ऐसे प्रयोगात्मक तथ्य हैं जो अभ्यसन सिद्धान्त के विरुद्ध में जाते हैं—

(i) लिसपर एवं टार्नरोस (Lispar & Tornros, 1974) ने अपने अध्ययन में पाया कि जब विवेचित संकेत (critical signal) अनियमित होता है या उसे अनियमित बना दिया जाता है तो दीर्घीकृत अवधान कार्य में ह्रास उस परिस्थिति की तुलना में अधिक होती है जिसमें विवेचित संकेतों की उपस्थिति नियमित होती है। लिसपर एवं टार्नरोस का यह प्रयोगात्मक तथ्य मैकवर्थ द्वारा किया गया दावा के विपरीत है।

(ii) क्रुलेविज, वार्म तथा वोल (Krulewitz, Worm & Wohl, 1975) ने एक प्रयोग कर अभ्यसन सिद्धान्त के दूसरे पूर्वकथन की सत्यता की जाँच किया है। इन्होंने निगरानी के दौरान पृष्ठभूमि घटना दर (background event rate) को दो दिशा में परिवर्तित किया— मंद से तीव्र (slow to fast) तथा तीव्र से मंद (fast to slow)। अभ्यसन सिद्धान्त के अनुसार उद्दीपक पैटर्न में किसी प्रकार का परिवर्तन होने से अभ्यसन की मात्रा कमती है। फलस्वरूप, निष्पादन में श्रेष्ठता आती है। इस पूर्वकथन के अनुकूल प्रयोज्यों के निगरानी कार्य में उत्कृष्टता आनी चाहिए चाहे परिवर्तन की दिशा किसी भी ओर क्यों न हो। इस प्रयोग के परिणाम में मॉडल के पूर्वकथन के विपरीत तथ्य पाया गया क्योंकि मंद से तीव्र दिशा में परिवर्तन होने पर प्रयोज्यों के निगरानी निष्पादन में ह्रास आया तथा तीव्र से मंद दिशा में परिवर्तन होने पर प्रयोज्यों के निष्पादन कार्य में थोड़ी उत्कृष्टता अवश्य आयी परंतु 20 मिनट तक इस परिवर्तित दिशा में कार्यानुभव प्राप्त करने के बाद। स्पष्ट हुआ कि क्रुलेविज, वार्म तथा बोल के प्रयोगों से अभ्यसन सिद्धान्त के पूर्वकथन को प्रयोगात्मक समर्थन नहीं मिलता है।

निष्कर्षतः यह कहा जा सकता है कि अभ्यसन सिद्धान्त के विरोध में यद्यपि कुछ प्रयोगात्मक सबूत हैं, फिर भी मैकवर्थ का यह सिद्धान्त आधुनिक मनोवैज्ञानिकों को काफी पसंद आया है क्योंकि इसमें दीर्घीकृत अवधान की व्याख्या तंत्रकीय अवरोध (cortical inhibition) के रूप में वैज्ञानिक ढंग से हुआ है।

दीर्घीकृत अवधान के सिद्धान्तों की वर्तमान स्थिति
(Current status of theories of sustained attention)

दीर्घीकृत अवधान की व्याख्या करने के लिए कई तरह के सिद्धान्तों का प्रतिपादन किया है। प्रत्येक सिद्धान्त में दीर्घीकृत अवधान की व्याख्या में भिन्न-भिन्न दृष्टिकोणों को अपनाया गया है। प्रत्येक सिद्धान्तों की कुछ-न-कुछ परिसीमाएँ (limitations) हैं। फलतः, एक सिद्धान्त का दूसरे की तुलना में कोई अधिक महत्त्व नहीं दिया जा सकता है। अगर प्रिवाम (Pribram, 1969) के चार बिन्दु कसौटी के रूप में दीर्घीकृत अवधान के सिद्धान्तों की परख करें तो हम

निश्चयपूर्वक यह कह सकते हैं कि ये सारे सिद्धान्त तीसरी बिन्दु या अवस्था में आ चुके हैं तथा चौथी अवस्था का कार्य अर्थात सैद्धान्तिक विश्लेषण (theoretical analysis) का कार्य अभी बाकी है। प्रिव्राम की कसौटी के प्रथम तीन अवस्थाएँ हैं— उत्साहपूर्ण खोज की अवस्था (stage of enthusiastic discovery), विस्तृत सूचना संग्रहण की अवस्था (stage of accumulation of detailed information) तथा गहरी समझ एवं छानबीन की अवस्था (stage of deeper understanding and explanation)।

अध्याय सारांश — CHAPTER SUMMARY

1. संवेदन एक ऐसी सरल मानसिक प्रक्रिया है जिसके द्वारा हमें वस्तुओं एवं व्यक्तियों के बारे में एक आभास मात्र होता है क्योंकि इसमें अर्थहीनता एवं अस्पष्टता होती है।
2. संवेदन के मुख्य छह गुणों का वर्णन किया गया है— प्रकार, तीव्रता, अवधि, स्पष्टता, प्रसार तथा स्थानीय चिह्न (local sign)।
3. मानव आँखें की रचना तीन परतों से बनी होती है— श्लेत पटल, मध्य पटल एवं दृष्टि पटल। इसकी तुलना फोटो खींचने वाला कैमरा से उत्तम ढंग से की जाती है।
4. मानव कान की संरचना के भी तीन भाग हैं— बाह्य कर्ण, मध्य कर्ण एवं अन्तःकर्ण (inner ear)।
5. प्रत्यक्षण एक संज्ञानात्मक मानसिक प्रक्रिया है जिसके द्वारा व्यक्ति वातावरण में उपस्थित उद्दीपकों की व्याख्या करता है तथा उसे संगठित करता है। प्रत्यक्षण का स्वरूप चयनात्मक (selective) होता है।
6. प्रत्यक्षण की व्याख्या करने के लिए कुछ महत्त्वपूर्ण संप्रत्ययों का प्रतिपादन गेस्टाल्ट मनोवैज्ञानिकों द्वारा किया गया है जिसमें आवृत्ति पृष्ठभूमि प्रत्यक्षण, प्रत्यक्षज्ञानात्मक संगठन का नियम, समकृतिकता का नियम आदि मुख्य है। निदेशात्मक-अवस्था सिद्धान्त के माध्यम से प्रत्यक्षण में व्यक्तित्व कारकों के पड़ने वाले प्रभावों का उल्लेख किया गया है।
7. गहराई एवं दूरी का प्रत्यक्षण के लिए दो तरह के संकेतों (cues) अर्थात् एकनेत्री संकेत (monoculer cues) तथा द्विनेत्रीय संकेत (binoculer cues) का वर्णन किया गया है।
8. गति प्रत्यक्षण की व्याख्या वास्तविक गति तथा आभासी गति के रूप में की गयी है।
9. आवाज या ध्वनि का त्रिविमीय स्थान निर्धारण एक कर्णज संकेत (monaural cues) तथा द्विकर्णज संकेत (binaural cues) के आधार पर किया गया है।
10. व्यक्ति के प्रत्यक्षण पर व्यक्तिगत कारकों, सामाजिक कारकों तथा सांस्कृतिक कारकों का प्रभाव पड़ता है।
11. रंग दृष्टि (colour vision) एक महत्त्वपूर्ण घटना है जिसके तीन पहलुओं पर मनोवैज्ञानिकों द्वारा काफी ध्यान दिया गया है— रंग मिश्रण, रंग अनुकूल तथा वर्णान्धता (Colour blindness)।
12. रंग दृष्टि के तीन सिद्धान्तों का वर्णन किया गया है— द्वैधदृष्टि सिद्धान्त, यंग-हेल्महोज सिद्धान्त तथा हेरिंग सिद्धान्त। रंग दृष्टि में प्रजातीय विभिन्नताएँ होती पायी गयीं हैं।
13. श्रवण प्रत्यक्षण की व्याख्या करने के लिए दो तरह के सिद्धान्तों का प्रतिपादन किया गया है— स्थान सिद्धान्त तथा बारंबारता सिद्धान्त।
14. द्वितीयक ज्ञानेन्द्रियों में घ्राण, स्वादन, त्वक् या त्वचीय, गतिशोधक ज्ञानेन्द्रियाँ तथा प्रघाणीय ज्ञानेन्द्रियाँ शामिल होते हैं।
15. अयथार्थ प्रत्यक्षण को भ्रम (illusion) कहा जाता है। यद्यपि यह एक तरह का प्रत्यक्षण ही है, फिर भी वह प्रत्यक्षण से भिन्न है।
16. भ्रम के कई प्रकार हैं जिनमें मूलर-लायर भ्रम (Muller-Lyer illusion), पड़ा-खड़ा भ्रम (Horizontal-vertical illusion), पोन्जो भ्रम (Ponzo illusion) सैण्डर समान्तर चतुर्भुज भ्रम आदि मुख्य है।
17. भ्रम के कई सिद्धान्त है जिनमें आँख-गति सिद्धान्त, क्षेत्र सिद्धान्त, विभ्रांति सिद्धान्त आदि मुख्य है।
18. भ्रम तथा विभ्रम में स्पष्ट अंतर होता है।
19. प्रत्यक्षण में व्यक्तिगत कारकों, सामाजिक कारकों तथा सांस्कृतिक कारकों की अहम्-भूमिका है।

20. प्रत्यक्षज्ञानात्मक रक्षा (perceptual defence) में व्यक्ति अपने आपको अप्रिय एवं सांवेगिक उद्दीपकों के प्रत्यक्षण से उत्पन्न मानसिक तथ्य से अप्रत्यक्ष रूप से बचाता है।
21. चयनात्मक अवधान (selective attention) एक ऐसी प्रक्रिया है जिसमें व्यक्ति कुछ खास क्रिया या उद्दीपक पर अपनी मानसिक एकाग्रता दिखलाता है तथा अन्य क्रियाओं या उद्दीपक पर न के बराबर ध्यान देता है।
22. चयनात्मक अवधान की व्याख्या के लिए कई तरह के सिद्धान्तों का प्रतिपादन किया गया है जिसमें तीन प्रमुख हैं— मार्गाविरोध सिद्धान्त, नॉरमैन एवं बॉबरो मॉडल (Norman & Bobrow's model) तथा नाईसर मॉडल (Neisser model)।
23. दीर्घीकृत अवधान (sustained attention) या जिसे निगरानी (vigilance) भी कहा जाता है, एक ऐसी प्रत्यक्षज्ञानात्मक प्रक्रिया (perceptual process) है जिसमें व्यक्ति अधिक समय तक अपना ध्यान किसी उद्दीपक पर केंन्द्रित किये रहता है तथा उस उद्दीपक के प्रति सतर्कता बनाये रखता है।
24. दीर्घीकृत अवधान के कई मनोदैहिक निर्धारक (psychophysical determinants) हैं जिसमें पाँच प्रमुख हैं— संवेदी कारक, संकेत का उद्दीपक उत्कृष्टता, पृष्ठभूमि घटना दर, सामयिक एवं स्थानिक अनिश्चितता एवं परिणाम ज्ञान।
25. दीर्घीकृत अवधान की सैद्धान्तिक व्याख्या करने के लिए कई तरह के सिद्धान्तों का प्रतिपादन किया गया है जिनमें पाँच प्रमुख हैं— प्रत्याशा सिद्धान्त, जेरीसन का सिद्धान्त, संकेत-पहचान सिद्धान्त, उत्तेजन सिद्धान्त तथा अभ्यास सिद्धान्त। इनमें से प्रथम तीन संज्ञानात्मक सिद्धान्त हैं तथा अंतिम दो न्यूरोदैहिक सिद्धान्त (neurophysiological theory) है।

❑

अध्याय 4

सीखना या अधिगम
(LEARNING)

सीखना का अर्थ एवं स्वरूप
(Meaning and Nature of Learning)

सीखना एक बहुत ही व्यापक तथा महत्त्वपूर्ण शब्द है। अतः मनोवैज्ञानिकों ने सीखने की परिभाषा वैज्ञानिक ढंग से देने की कोशिश की है। सामान्य अर्थ में 'सीखना' व्यवहार में परिवर्तन को कहा जाता है। (Learning refers to change in behaviour)। परन्तु सभी तरह के व्यवहार में हुए परिवर्तन को सीखना नहीं कहा जाता है। व्यवहार में परिवर्तन थकान, दवा खाने से, बीमारी, परिपक्वता (maturation) आदि से भी होता है। परन्तु ऐसे परिवर्तनों को सीखना नहीं कहा जाता है। मनोविज्ञान में सीखने से तात्पर्य सिर्फ उन्हीं परिवर्तनों से होता है जो अभ्यास (practice) या अनुभूति (experience) के फलस्वरूप होते हैं। प्रायः इसी तरह के परिवर्तन का उद्देश्य व्यक्ति को किसी दिये हुए वातावरण में समायोजन (adjustment) करने में मदद करने से होता है। अतः यह कहा जाता है कि सीखना व्यवहार में वैसे परिवर्तन को कहा जाता है जो अभ्यास या अनुभूति (experience) के फलस्वरूप होता है तथा जिसका उद्देश्य व्यक्ति को समायोजन (adjustment) करने में मदद करना होता है *(Learning refers to change in behaviour as a function of practice or experience with a view to make adjustment in the environment.)*।

मनोवैज्ञानिकों ने सीखने की परिभाषा यद्यपि अलग-अलग ढंग से दिया है फिर भी उनके विचारों में इस पद (term) के मूल अर्थ के बारे में काफी सहमति है। उदाहरण के रूप में कुछ मनोवैज्ञानिकों की परिभाषाओं को नीचे दिया जा रहा है—

सारटेन, नॉर्थ, स्ट्रेंज तथा **चैपमैन**[1] (Sartain, North, Strange & Chapman, 1973), के अनुसार, ''सीखना एक ऐसी प्रक्रिया है जिसके द्वारा अनुभूति या अभ्यास के फलस्वरूप व्यवहार में अपेक्षाकृत स्थायी परिवर्तन होता है।''

मॉर्गन, किंग, विस्ज तथा **स्कॉपलर**[2] (Morgan, King, Weisz & Schopler, 1986) के अनुसार, ''अभ्यास या अनुभूति के परिणामस्वरूप व्यवहार में होने वाले अपेक्षाकृत स्थायी परिवर्तन को सीखना कहा जाता है।'' **हरगेनहान**[3] (Hergenhan, 1988) ने जो किम्बल (Kimble) द्वारा दी गयी परिभाषा में संशोधन करके सीखने की परिभाषा दिया है, इस प्रकार है, ''सीखना व्यवहार या व्यवहारात्मक अन्तःशक्ति में अपेक्षाकृत स्थायी परिवर्तन है जो अनुभूति के कारण होता है और जिसे अस्थायी शारीरिक अवस्थाओं, जैसे वे अवस्थाएँ जो बीमारी, थकान या औषधि लेने आदि से उत्पन्न होते हैं, के रूप में आरोपित नहीं किया जा सकता है।''

ऊपर की परिभाषाओं एवं अनेक अन्य मनोवैज्ञानिकों द्वारा दी गयी लगभग समान परिभाषाओं का यदि एक संयुक्त विश्लेषण (joint analysis) किया जाय, तो सीखने का स्वरूप बहुत कुछ स्पष्ट हो जाता है। इस तरह के विश्लेषण

1. "Learning may be defined as the process by which a relatively enduring change in behaviour occurs as a result of experience or practice." —Sartain, North, Stange & Chapman : *Psychology*, 1973, p. 240
2. "Learning can be defined as any relatively permanent change in behaviour that occurs as a result of practice or experience." —Morgan, King, Weisz & Schopler : *Introduction to Psychology*, 1986, p. 10
3. "Learning is a relatively permanent change in behaviour or in behavioural potentiality that results from experience and cannot be attributed to temporary body states such as those induced by illness, fatigue or drugs." —Hergenhan : *An Introduction to theory of learning*, 1988, p. 7

करने पर हम निम्नांकित निष्कर्ष पर पहुँचते हैं—

1. सीखना व्यवहार में परिवर्तन को कहा जाता है *(Learning is the change in behaviour)*—प्रत्येक सीखने की प्रक्रिया में व्यक्ति के व्यवहार में परिवर्तन होता है। अगर परिस्थिति ऐसी है जिसमें व्यक्ति के व्यवहार में परिवर्तन नहीं होता है, तो उसे हम सीखना नहीं कहेंगे। व्यवहार में परिवर्तन एक अच्छा एवं अनुकूली (adaptive) परिवर्तन भी हो सकता है या खराब एवं कुसमंजित (maladaptive) परिवर्तन भी हो सकता है। साइकिल चलाना सीखना, स्वेटर बुनना सीखना आदि व्यवहार में एक अच्छा एवं अनुकूल परिवर्तन का उदाहरण है। परन्तु कभी-कभी व्यक्ति कई बुरी आदतों जैसे— चोरी करना, झूठ बोलना आदि को भी सीख लेता है। व्यवहार में ऐसे परिवर्तन खराब एवं कुसमंजित परिवर्तन के उदाहरण हैं। सीखने से तात्पर्य व्यवहार में इन दोनों तरह के परिवर्तन से होता है। *(Learning is the change in behaviour for better or worse)*।

2. व्यवहार में परिवर्तन अभ्यास या अनुभूति के फलस्वरूप होता है *(The change in behaviour occurs as a function of practice or experience)*—सीखने की प्रक्रिया में व्यवहार में जो परिवर्तन होता है, वह अभ्यास या अनुभूति के फलस्वरूप होता है। यहाँ अभ्यास (practice) से तात्पर्य किसी प्रकार के प्रशिक्षण से होता है जिसमें व्यक्ति किसी प्रक्रिया को बार-बार दोहराते हुए तथा अपनी गलतियों को सुधारते हुए सीखता है। अनुभूति (experience) से यहाँ तात्पर्य व्यक्ति की आकस्मिक अनुभूतियों (chance experiences) से होता है जो व्यक्ति के व्यवहार में परिवर्तन लाता है। इसे एक उदाहरण द्वारा इस प्रकार समझाया जा सकता है। मान लीजिए कि कोई व्यक्ति टाइप करना सीख रहा है। स्वभावतः टाइप करने की प्रक्रिया को वह एक प्रशिक्षण के आधार पर सीख रहा है— क्योंकि वह बार-बार टाइप करता है तथा प्रत्येक बार में अपनी हुई गलतियों को सुधारते भी जाता है। अन्त में, वह बिना किसी प्रकार की गलती के ही टाइप करना सीख लेता है। यहाँ व्यवहार में परिवर्तन (टाइप करना) एक प्रशिक्षण के फलस्वरूप हुआ। प्रत्येक प्रक्रिया को सीखने के लिए व्यक्ति को अभ्यास की ही जरूरत नहीं पड़ती है। ऐसा भी होता है कि वह मात्र एक बार के अनुभव (experience) में ही उसे सीख लेता है। जैसे, यदि किसी व्यक्ति का हाथ एक गर्म स्टोव पर अचानक पड़ जाता है, तो वह मात्र एक ही बार के अनुभव में सीख लेता है कि उसे गर्म स्टोव पर हाथ नहीं रखना चाहिए।

3. व्यवहार में अपेक्षाकृत स्थायी परिवर्तन होता है *(There is relatively permanent change in behaviour)*— ऊपर दी गयी परिभाषाओं में इस बात पर विशेष रूप से बल डाला गया है कि सीखने में व्यवहार में अपेक्षाकृत स्थायी परिवर्तन होता है। अपेक्षाकृत स्थायी परिवर्तन व्यवहार वैसे परिवर्तन को कहा जाता है जो एक खास समय तक एक तरह से स्थायी होता है। उस खास समय की कोई निश्चित अवधि नहीं होती है। वह कुछ दिन का भी हो सकता है तथा कुछ महीनों का भी हो सकता है। उदाहरणार्थ, यदि कोई व्यक्ति टाइप करना सीखता है, तो उसके व्यवहार में हुआ इस तरह का परिवर्तन कुछ समयों तक स्थायी होता है। अभ्यास न करने से सम्भव है कि तीन महीने या पाँच महीने में व्यक्ति फिर से टाइप करना भूल जाय। तब यह कहा जायेगा कि व्यक्ति के व्यवहार में हुआ परिवर्तन तीन या पाँच महीने के लिए ही स्थायी था। अगर व्यवहार में हुआ परिवर्तन क्षणिक होता है अर्थात् कुछ मिनट के लिए ही होता है, जैसा कि प्रेरणात्मक अवस्था (motivational state) जैसे— भूख, प्यास, काम, नींद आदि में होता है, तो उसे हम सीखना नहीं कहते हैं। हाउस्टन[1] (Houston, 1976) ने इसलिए कहा है, "व्यवहार में प्रेरणात्मक स्थिति में उतार-चढ़ाव (fluctuation) होने से उत्पन्न अस्थायी परिवर्तन सीखने की श्रेणी में नहीं आते हैं।"

ऊपर किये गये विश्लेषण के आधार पर हम इस निष्कर्ष पर पहुँचते हैं कि किसी व्यवहार में हुए परिवर्तन को सीखना कहलाने के लिए निम्नांकित शर्तों का होना अनिवार्य है—

(i) व्यवहार में परिवर्तन अभ्यास या अनुभूति के परिणामस्वरूप ही हुआ हो। थकान, परिपक्वता, दवा खाने, अभिप्रेरणात्मक स्थिति में उतार-चढ़ाव आदि के कारण हुए परिवर्तन को सीखना नहीं कहा जाता है।

(ii) व्यवहार में अभ्यास या अनुभूति से उत्पन्न परिवर्तन को क्षणिक न होकर अपेक्षाकृत स्थायी होना चाहिए।

सीखने की प्रक्रिया में अभिप्रेरण का महत्त्व
(Role of Motivation in Learning)

चाहे पशु सीखना (animal learning) हो या मानव सीखना (human learning), उसमें अभिप्रेरण (motivation) का विशेष महत्त्व होता है। अभिप्रेरण से सीखने की प्रक्रिया तीव्र गति से होते देखी गयी है, क्योंकि अभिप्रेरण की अवस्था

1. "Temporary changes in behaviour, due to fluctuation in motivational states, tend to be excluded from the category of learning." —Houston : *Fundamental of Learning*. 1976, p. 6.

मानव या पशु को सही अनुक्रिया करने के लिए एक तरह का आन्तरिक बल (internal force) प्रदान करता है।

मनोवैज्ञानिकों ने पशु सीखना में मूलतः जैविक अभिप्रेरकों (biological motives) जैसे— भूख, प्यास, काम, नींद आदि के प्रभाव को अधिक महत्त्वपूर्ण बतलाया है, क्योंकि ऐसे ही अभिप्रेरक के कारण वे किसी अनुक्रिया को सीखते हैं। जहाँ तक मानव सीखना (human learning) में अभिप्रेरक (motive) के स्थान का महत्त्व है, इसमें यह बात सही है कि पशु के समान मनुष्य भी जैविक अभिप्रेरकों के कारण सीखते हैं परन्तु ऐसा बहुत कम होते देखा गया है। मानव सीखना में जैविक अभिप्रेरक महत्त्व कम परन्तु अर्जित अभिप्रेरक (acquired motive) का महत्त्व अधिक होता है। पैसा कमाना, समाज में इज्जत पाने की इच्छा, प्रशंसा किये जाने की इच्छा, द्वेष (rivalry), प्रतिस्पर्द्धा (competition) करना, ऊँचा-से-ऊँचा पद पाना आदि कुछ महत्त्वपूर्ण अर्जित अभिप्रेरक के उदाहरण हैं। सीखने पर इनमें से सभी का तो नहीं परन्तु कुछ के प्रभाव का अध्ययन मनोवैज्ञानिक ने किया है और बतलाया है कि मानव सीखने की प्रक्रिया में इन अभिप्रेरकों का महत्त्व काफी है।

अब हम पशु तथा मानव सीखना में अभिप्रेरकों के महत्त्व का वर्णन अलग-अलग इस प्रकार कर सकते हैं।

पशु सीखना में अभिप्रेरकों का महत्त्व (*Role of motives in animal learning*)—सीखने के क्षेत्र में अनेकों ऐसे प्रयोग पशु पर किये गये जिनसे यह स्पष्ट हो गया है कि जब पशु में तीव्र अभिप्रेरक (intense motive) होता है तो वह किसी अनुक्रिया को जल्द सीख लेता है। यहाँ पर उदाहरण के रूप में कुछ प्रयोगों का वर्णन किया जा रहा है।

टालमैन तथा हान्जिक (Tolman & Honzik, 1930) ने एक प्रयोग किये जिसमें चूहों का तीन समूह था और तीनों समूह को एक ही तरह की भूलभुलैया में प्रशिक्षित किया गया। चूहों का पहला समूह ऐसा था जो भूखा (hungry) नहीं था और लक्ष्य बक्स (goal box) में पहुँचने के बाद उसे भोजन भी नहीं दिया जाता था। चूहों का दूसरा समूह जो भूखा था परन्तु प्रयास (trial) समाप्त होने के बाद जब वे लक्ष्य बॉक्स में पहुँचते थे तो उन्हें भोजन नहीं दिया जाता था। प्रयोज्यों का तीसरा भूख था तथा बॉक्स में पहुँचने के बाद उसे भोजन (food) भी दिया जाता था। परिणाम में देखा गया कि तीसरा समूह जो भूखा था (अर्थात् जिसमें भूख अभिप्रेरक मौजूद था) तथा जिसे भोजन भी मिलता था, द्वारा अन्य दो समूहों की अपेक्षा भूलभुलैया जल्द सीख लिया गया तथा इस समूह द्वारा सीखने में त्रुटियाँ (errors) भी बहुत कम की गयी। प्रयोग के इस परिणाम से स्पष्ट हो जाता है कि भूख अभिप्रेरक (hunger motive) के मौजूद होने से चूहों द्वारा भूलभुलैया को जल्दी सीख लिया जाता है।

दूसरा प्रयोगात्मक अध्ययन जिसे मैककिनटोश (Mackintosh, 1974) ने किया, द्वारा यह दिखलाया गया है कि जब पशु में दो प्रकार के अभिप्रेरक (motives) एक ही साथ वर्तमान होते हैं तो उनके द्वारा सीखने की प्रक्रिया अधिक तेजी से सम्पन्न होती है। इस अध्ययन में चूहों का तीन समूह लिया गया। पहला समूह बहुत भूखा तथा बहुत प्यासा था। दूसरा समूह बहुत भूखा था, परन्तु बहुत ही कम प्यासा था तथा तीसरा समूह बहुत प्यासा था परन्तु बहुत ही कम भूखा था। इन तीनों समूह को एक ही तरह की भूलभूलैया सीखने को दिया गया। तीनों समूह को 18 दिनों तक प्रशिक्षण दिया गया। प्रथम 9 दिनों तक तीनों समूह के चूहों को लक्ष्य बॉक्स में पहुँचने पर ठोस आहार (solid food) दिया गया तथा अन्तिम 9 दिनों में तीनों समूह के चूहों को लक्ष्य बॉक्स में पहुँचने पर ठोस आहार न देकर सिर्फ पानी दिया गया। प्रयोग के परिणाम बहुत ही रोचक थे। प्रथम 9 दिनों में पहले समूह ने जिसमें दो अभिप्रेरक एक साथ तीव्र मात्रा में मौजूद थे (क्योंकि समूह भूखा तथा प्यासा दोनों ही था) अन्य दो समूहों की अपेक्षा तेजी से भूलभुलैया के प्रारम्भ बॉक्स (start box) से लक्ष्य बॉक्स तक दौड़ लगाना सीख लिया। अन्तिम 9 दिनों में जब ठोस भोजन के जगह पर पानी दिया गया, तो इस तरह के परिवर्तन से पहले समूह के निष्पादन में अन्य दो समूहों के निष्पादन की अपेक्षा थोड़े समय के लिए कमी आयी परन्तु फिर दो-तीन दिन के बाद इसका निष्पादन (performance) अन्य दो समूहों से काफी आगे हो गया। इससे स्पष्ट हो जाता है कि पशु में जब दो अभिप्रेरक एक साथ मौजूद रहते हैं तो उनके द्वारा सीखने की प्रक्रिया तेजी से होती है।

मानव सीखना में अभिप्रेरकों का महत्त्व (*Role of motivation in human learning*)—मानव सीखना (human learning) में जैविक अभिप्रेरकों (biological motives) की अपेक्षा अर्जित अभिप्रेरकों (acquired motives) के महत्त्व को मनोवैज्ञानिकों ने अधिक अध्ययन किया है, क्योंकि मनुष्य अर्जित अभिप्रेरक के कारण ही अपने जीवनकाल में भिन्न-भिन्न चीजों को अधिक तेजी से सीखता है। कुछ ऐसे मनोवैज्ञानिकों के अध्ययनों को नीचे प्रस्तुत किया जा सकता है।

हरलॉक (Hurlock, 1955) ने एक अध्ययन किया जिसमें प्रशंसा (praise) तथा फटकार या निन्दा (reproof) का प्रभाव सीखने की प्रक्रिया पर देखा गया। इस अध्ययन में छात्रों के तीन समूह थे जिन्हें कुछ अंकों (digits) को जो कई कॉलम (column) में लिखे गये थे, जोड़ना था। जोड़ने का कार्य पाँच दिन तक थोड़े-थोड़े समय के लिए किया गया। छात्रों के एक समूह को जोड़ने का कार्य करते समय काफी प्रशंसा की गयी। छात्रों के दूसरे समूह को जोड़ने का कार्य करते समय काफी निन्दा की गयी तथा फटकार भी दिया गया तथा तीसरे समूह को जोड़ने का कार्य करते समय काफी निन्दा की गयी तथा फटकार भी दिया गया तथा तीसरे समूह को जोड़ने का कार्य करते समय न तो प्रशंसा की गयी और न ही किसी प्रकार का फटकार दिया गया। परिणाम में देखा गया कि प्रथम दिन से पाँचवें दिन तक तीसरे समूह, जिसे न तो प्रशंसा मिली थी और न ही फटकार, के निष्पादन (performance) में कुछ भी वृद्धि नहीं हुई। जिस समूह के कार्य की प्रशंसा की गयी थी, उसके सीखने का औसत प्राप्तांक (average learning) लगातार बढ़ता गया। जिस समूह के कार्य की निन्दा की गयी थी, उसका औसत सीखने का प्राप्तांक प्रारम्भ में बढ़ा परन्तु बाद में उसमें तेजी से गिरावट आ गयी। इस प्रयोग के परिणाम से स्पष्ट हो जाता है कि निन्दा से सीखने की प्रक्रिया में प्रारम्भ में तो तेजी आती है परन्तु बाद में गिरावट आ जाती है। अंतिम परिणाम में यह भी देखा गया कि प्रशंसित समूह (praised group) में लड़कियों का निष्पादन (performance) लड़कों की अपेक्षा अधिक था जबकि निंदित समूह (reproved group) में लड़कों का निष्पादन लड़कियों की अपेक्षा अधिक था।

उपर्युक्त तथ्यों के आलोक में यह कहा जा सकता है कि अभिप्रेरणा का प्रभाव सीखने पर मनुष्यों एवं पशुओं दोनों के ही संदर्भ में सार्थक पड़ता है।

थॉर्नडाइक का सम्बन्धवाद सिद्धान्त (Thorndike's Theory of Connectionism)

थॉर्नडाइक (Thorndike) को प्रयोगात्मक पशु मनोविज्ञान (experimental animal psychology) के क्षेत्र में एक प्रमुख मनोवैज्ञानिक माना गया है। उन्होंने सीखने के एक सिद्धान्त का प्रतिपादन 1898 में अपने पी-एच॰ डी॰ शोध प्रबन्धन (Ph. D. thesis) जिसका नाम 'एनिमल इन्टेलिजेन्स' (Animal intelligence) था, में किया। टॉलमैन (Tolman, 1938) ने थॉर्नडाइक के इस सिद्धान्त पर टिप्पणी करते हुए कहा है कि उनका यह सिद्धान्त इतना पूर्ण तथा वैज्ञानिक था कि उस समय के अन्य सभी मनोवैज्ञानिकों ने थॉर्नडाइक को अपना प्रारम्भ बिन्दु (starting point) माना था।

थॉर्नडाइक ने सीखना या अधिगम की व्याख्या करते हुए कहा है कि जब कोई उद्दीपक (stimulus) व्यक्ति के सामने दिया जाता है तो उसके प्रति वह अनुक्रिया (response) करता है। अनुक्रिया सही होने से उसका सम्बन्ध (connection) उसी विशेष उद्दीपक (stimulus) के साथ हो जाता है। इस सम्बन्ध को सीखना (learning) कहा जाता है तथा इस तरह की विचारधारा को *सम्बन्धवाद* (connectionism) की संज्ञा दी गयी है।

थॉर्नडाइक के सम्बन्धवाद के सिद्धान्त को मनोवैज्ञानिकों ने दो भागों में बाँट कर अध्ययन किया है— *1930 के पहले का सम्बन्धवाद* (Connectionism before 1930) तथा *1930 के बाद का सम्बन्धवाद* (Connectionism after 1930)। इन दोनों कालों में सम्बन्धवाद द्वारा जो सीखने की व्याख्या की गयी है, वह इस प्रकार है—

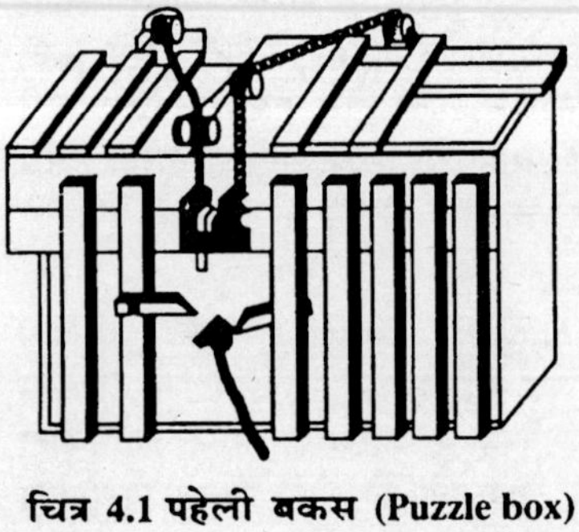

चित्र 4.1 पहेली बकस (Puzzle box)

1930 के पहले का सम्बन्धवाद (*Connectionism before 1930*)— 1898 तथा 1930 के बीच थॉर्नडाइक ने जो सीखने की व्याख्या प्रस्तुत की है, वह एक मूल व्याख्या (fundamental explanation) है और उनकी इस व्याख्या में इस काल में कोई फेरबदल भी नहीं किया गया है। थॉर्नडाइक का कहना था कि पशु या मनुष्य किसी कार्य को प्रयत्न-तथा-भूल (trial-and-error) की प्रक्रिया द्वारा सीखता है। प्रत्येक सीखने की परिस्थिति में प्राणी (organism) के सामने एक समस्या (problem) रखी जाती है। वह उस समस्या का समाधान करने के लिए अनेक प्रकार की अनुक्रियाएँ करता है। इन अनुक्रियाओं में से सही अनुक्रिया (responses) का प्राणी द्वारा चयन (selection) कर लिया जाता है और फिर बाद में यही सही अनुक्रिया उस समस्या के साथ सम्बन्धित हो जाती है जिसे हम सीखना कहते हैं। इस तरह से सीखने की

प्रक्रिया में दो उपप्रक्रियाएँ सम्मिलित होतीं हैं— चयन (selection) तथा सम्बन्ध (connection)। चयन की प्रक्रिया द्वारा प्राणी अनेक किये गये अनुक्रियाओं में से सही अनुक्रिया (correct response) को चुन लेता है। थॉर्नडाइक ने अपने सिद्धान्त में सही अनुक्रिया को परिभाषित करते हुए कहा है कि सही अनुक्रिया वह अनुक्रिया होती है जिसके करने के बाद पुनर्बलन (reinforcement) प्राणी को मिलता है। यही कारण है कि थॉर्नडाइक के सीखने के सिद्धान्त को *उद्दीपक-अनुक्रिया पुनर्बलन सिद्धान्त* (S-R reinforcement theory) में रखा गया है। जब प्राणी सही अनुक्रिया कर लेता है तो बाद के प्रयासों में इसका सम्बन्ध उस विशेष उद्दीपक या समस्या के साथ वह स्थापित करता है। इस तरह का सम्बन्ध स्थापित होते ही सीखने की प्रक्रिया पूरी हो जाती है, जिसके परिणामस्वरूप जब-जब प्राणी के सामने उस उद्दीपक को रखा जाता है, व्यक्ति तुरंत वही अनुक्रिया को कर डालता है।

थॉर्नडाइक ने उपर्युक्त तथ्य की पुष्टि अनेक प्रयोग करके किया है। उनके प्रयोग बिल्ली, कुत्ता, मछली तथा बन्दर पर अधिकतर किये गये हैं। इन सभी प्रयोगों में बिल्ली पर किया गया प्रयोग काफी मशहूर है। इस प्रयोग में एक भूखी बिल्ली को एक पहेली बक्स (चित्र 4.1 देखें) में बन्द कर रखा गया। इस बक्स के अन्दर में एक सिटकिनी (knob) लगा था जिसको दबाकर गिरा देने से दरवाजा खुल जाता था। दरवाजे के बाहर भोजन रख दिया गया था। चूँकि बिल्ली भूखी थी, अतः वह दरवाजा खोलकर भोजन खाने की पूरी कोशिश करना प्रारम्भ कर दी। प्रारम्भ के प्रयासों (trials) में जब बिल्ली को बक्स के अन्दर रखा गया, तो बहुत सारे अनियमित व्यवहार जैसे उछलना, कूदना, नोचना, खसोटना आदि होते पाये गये। इसी उछल-कूद में अचानक उसका पंजा सिटकिनी पर पड़ गया जिसके दबने से दरवाजा खुल गया और बिल्ली बाहर निकलकर भोजन कर ली। बाद के प्रयासों (trials) में बिल्ली द्वारा किये जानेवाले अनियमित व्यवहार अपने आप कम होते गये तथा बिल्ली सही अनुक्रिया (यानी सिटकिनी दबाकर दरवाजा खोलने अनुक्रिया) को बक्स में रखने के तुरंत बाद करते पायी गयी।

थॉर्नडाइक ने इसी तरह के अनेक प्रयोग किये हैं जिनके आधार पर उन्होंने यह बतलाया है कि सीखने की क्रिया एक क्रामिक प्रक्रिया (gradual process) है। थॉर्नडाइक का कहना है कि बिल्ली में सही अनुक्रिया धीरे-धीरे कई प्रयासों (trials) में स्थापित (stamped in) होती है तथा अनियमित अनुक्रियाएँ भी धीरे-धीरे कई प्रयासों में छँटती जातीं (stamped out) हैं। अतः इस बात का कोई सबूत नहीं मिलता है कि बिल्ली ने सीखने के दौरान किसी तरह की सूझ (insight) का सहारा लिया हो। सच्चाई यही है कि जैसे-जैसे प्रयास (trials) दिया जाता है, वैसे-वैसे सीखने की प्रक्रिया अपने आप ही स्वचालित (automatic) एवं यांत्रिक रूप से (mechanically) होती जाती है। इसमें बिल्ली कहीं भी किसी तरह की सूझ (insight) एवं समझ (understanding) नहीं दिखलाती है। थॉर्नडाइक (Thorndike, 1911) ने स्वयं ही कहा है कि विभिन्न प्रयोगों में उन्होंने पशुओं को ''कोई ऐसा व्यवहार करते नहीं पाया है जो तर्कपूर्ण चिन्तन (reasoning) के कारण हुआ हो।'' [Thorndike (1911) "failed to find any act that even seemed due to reasoning."]।

थॉर्नडाइक ने सीखने के सिद्धान्त में निम्नलिखित तीन महत्त्वपूर्ण नियमों का वर्णन किया है जो निम्नवत है—

1. तत्परता का नियम (Law of readiness)
2. अभ्यास का नियम (Law of exercise)
3. प्रभाव का नियम (Law of effect)

इन नियमों का वर्णन निम्नांकित है—

1. तत्परता का नियम *(Law of readiness)*—इस नियम को थॉर्नडाइक ने एक गौण नियम (Secondary law) माना है और कहा है कि इस नियम द्वारा हमें सिर्फ यह पता चलता है कि सीखने वाले व्यक्ति किन-किन परिस्थितियों में संतुष्ट होते हैं या उसमें खीझ (annoyance) उत्पन्न होती है। उन्होंने इस तरह की निम्नांकित तीन परिस्थितियों का वर्णन किया है—

(i) जब व्यक्ति किसी कार्य को करने के लिए तत्पर रहता है और उसे वह कार्य करने दिया जाता है, तो इससे उसमें संतोष होता है।

(ii) जब व्यक्ति किसी कार्य को करने के लिए तत्पर रहता है और उसे वह कार्य नहीं करने दिया जाता है, तो इससे उसमें खीझ (annoyanace) होती है।

(iii) जब व्यक्ति किसी कार्य को करने के लिए तत्पर नहीं रहता है परन्तु उसे वह कार्य करने के लिए बाध्य किया जाता है, तो इससे भी व्यक्ति में खीझ (annoyance) होती है।

ऊपर के वर्णन से यह स्पष्ट है कि संतोष या खीझ होना व्यक्ति के तत्परता (readiness) की अवस्था पर निर्भर करता है।

2. अभ्यास का नियम *(Law of exercise)*—यह नियम इस तथ्य पर आधारित है कि अभ्यास से व्यक्ति में पूर्णता आती है (Practice makes man perfect)। हिलगार्ड तथा बॉअर (Hilgard & Bower, 1975) ने इस नियम को परिभाषित करते हुए कहा है, ''अभ्यास नियम यह बतलाता है कि अभ्यास करने से (उद्दीपक तथा अनुक्रिया का) सम्बन्ध मजबूत होता है (उपयोग नियम) तथा अभ्यास रोक देने से सम्बन्ध कमजोर पड़ जाता है या विस्मरण हो जाता है (अनुपयोग नियम)।'' इस व्याख्या से बिलकुल ही यह स्पष्ट है कि जब हम किसी पाठ या विषय को बार-बार दुहराते हैं तो उसे सीख जाते हैं। इसे थॉर्नडाइक ने *उपयोग नियम* (law of use) कहा है। दूसरी तरफ जब हम किसी पाठ या विषय को दोहराना बन्द कर देते हैं तो उसे भूल जाते हैं। इसे इन्होंने *अनुपयोग नियम* (law of disuses) कहा है।

इस तरह से अभ्यास नियम के अनुसार सीखने की प्रक्रिया मूलतः अभ्यास के कारण होती है। परन्तु कुछ मनोवैज्ञानिकों ने अभ्यास नियम की व्याख्या पर आपत्ति की है। मनोवैज्ञानिकों की तीन मुख्य आपत्तियाँ निम्नांकित है—

(i) कुछ आलोचकों का मत है कि सीखने की प्रक्रिया सिर्फ अभ्यास के कारण नहीं होती है। गेस्टाल्ट मनोवैज्ञानिकों ने प्रयोग करके यह दिखला दिया है कि अभ्यास के अलावा सीखने में सूझ (insight) तथा समझ (understanding) की भी जरूरत होती है।

(ii) थॉर्नडाइक ने अभ्यास नियम में यह भी दिखलाया है कि व्यक्ति उस अनुक्रिया को सीखता है जिसे बार-बार दोहराता है तथा उस अनुक्रिया को भूल जाता है जिसे वह बार-बार दोहराता नहीं है। अब एक नजर थॉर्नडाइक की बिल्ली की क्रियाओं पर दीजिए। बिल्ली प्रत्येक प्रयास में एक सही अनुक्रिया करती है (सिटकिनी गिराना) और सभी अनुपयुक्त (inappropriate) तथा गलत अनुक्रिया करती है। सही अनुक्रिया एवं गलत अनुक्रिया का यही अनुपात लगभग अन्य प्रयासों में होता है। इसका मतलब यह हुआ कि बिल्ली सही अनुक्रिया को कम दोहराकर भी सीख लेती है और गलत अनुक्रिया को बार-बार दोहराकर भी भूल जाती है। अतः थॉर्नडाइक के अभ्यास नियम की पुष्टि अपने ही प्रयोग से नहीं हो पाती है।

(iii) कुछ आलोचकों ने अपने प्रयोग के आधार पर यह दिखलाया है कि अभ्यास की मात्रा दो अवस्थाओं में समान रहने पर भी किसी एक अवस्था में परिणाम-ज्ञान (knowledge of result) के कारण सीखने की प्रक्रिया अधिक मजबूत हो जाती है। परिणाम-ज्ञान के साथ किये गये अभ्यास से सीखी गयी अनुक्रिया तुलनात्मक रूप से अधिक मजबूत होती है।

ऊपर की गयी आलोचनाओं को थॉर्नडाइक ने खुद भी महसूस किया और फलस्वरूप उन्होंने 1929 में न्यू हेभेन (New Haven) में हो रहे मनोविज्ञान की एक अन्तर्राष्ट्रीय सभा (International Congress of Psychology) में स्पष्ट शब्दों में कहा, ''मैं गलत था।'' ("I was wrong.")।

3. प्रभाव नियम *(Law of effect)*—थॉर्नडाइक के सिद्धान्त का यह सबसे महत्त्वपूर्ण नियम है। इसकी महत्ता को ध्यान में रखते हुए कुछ मनोवैज्ञानिकों ने इसके सिद्धान्त को *प्रभाव नियम सिद्धान्त* (law of effect theory) भी कहा है। इस नियम के अनुसार व्यक्ति किसी अनुक्रिया या कार्य को उसके प्रभाव के आधार पर सीखता है। किसी कार्य या अनुक्रिया का प्रभाव व्यक्ति में या तो संतोषजनक (satisfying) होता है या खीझ उत्पन्न करने वाला (annoying) होता है। प्रभाव संतोषजनक होने पर व्यक्ति उस अनुक्रिया को सीख लेता है तथा खीझ उत्पन्न करने वाला होने पर व्यक्ति उसी अनुक्रिया को दोहराना नहीं चाहता है। फलतः उसे वह भूल जाता है।

इस प्रकार से यह स्पष्ट है कि प्रभाव नियम के अनुसार व्यक्ति किसी अनुक्रिया को इसलिए सीख लेता है क्योंकि व्यक्ति में उस अनुक्रिया को करने के बाद संतोषजनक प्रभाव (satisfying effect) होता है। हिलगार्ड तथा बॉअर[1] (Hilgard & Bower, 1975) ने इस नियम की व्याख्या करते हुए कहा है— ''प्रभाव नियम में किसी (उद्दीपक तथा अनुक्रिया का) सम्बन्ध उसके प्रभाव के आधार पर मजबूत या कमजोर होता है। जब सम्बन्ध (connection) ऐसा होता है कि उससे व्यक्ति में संतोषजनक प्रभाव होता है तो इसमें सम्बन्ध की शक्ति (strength) बढ़ जाती है तथा जब सम्बन्ध

1. "The law of effect refers to the strengthening or weakening of a connection as a result of consequences. When a modifyable connection is made and is accompanied by or followed by a satisfying state of affairs, the strength of connection is increased. If the connection is made and followed by an annoying state of affairs, its strength is decreased." —Hilgard & Bower : *Theories of Learning*, 1975, p. 33

ऐसा होता है कि उससे व्यक्ति में असंतोषजनक प्रभाव होता है तो उसकी शक्ति कम हो जाती है।'' हिलगार्ड तथा बॉअर के भी विचारों से स्पष्ट है कि किसी उद्दीपक (stimulus) तथा अनुक्रिया (response) के बीच सम्बन्ध (connection) स्थापित होना उस अनुक्रिया के संतोषजनक प्रभाव (satisfying effect) पर निर्भर करता है। बिल्ली दरवाजा खोलने की अनुक्रिया इसलिए सीखती है क्योंकि इस अनुक्रिया के बाद उसे भोजन मिलता है जिसके खाने से उसमें संतुष्टि (satisfaction) होती थी। बिल्ली गलत अनुक्रियाओं को जैसे उछल-कूद करना, नोचना, खसोटना आदि इसलिए भूल गयी क्योंकि इन अनुक्रियाओं को करने से उसे कुछ भी नहीं मिलता था। फलतः उसमें खीझ (annoyance) उत्पन्न होती थी। इस तरह से यदि थॉर्नडाइक के इस प्रभाव नियम पर ध्यानपूर्वक विचार किया जाय तो इससे स्पष्ट हो जाता है कि किसी सही अनुक्रिया (response) को करके ही प्राणी पुरस्कार (reward) प्राप्त कर पाता है जिसके प्रभाव से भविष्य में उस सही अनुक्रिया के होने की सम्भावना तीव्र हो जाती है। अतः सही अनुक्रिया पुरस्कार पाने में सहायक (instrumental) होती है। इस अर्थ में थॉर्नडाइक ने साधनात्मक सीखना (instrumental learning) का बीजारोपण अपने सिद्धान्त में किया जिसे बाद में स्कीन्नर (Skinner) ने पूर्णरूपेण अपने सिद्धान्त में सम्मिलित कर सीखने का एक नया सिद्धान्त बनाया जिसकी चर्चा की जायेगी।

कुछ मनोवैज्ञानिकों द्वारा प्रभाव नियम की व्याख्या पर आपत्तियाँ उठायी गयी हैं। इस तरह की मुख्य दो आपत्तियाँ निम्नांकित हैं—

(i) प्रभाव नियम में संतोषजनक प्रभाव (satisfying effect) तथा खीझ (annoyance) दो ऐसे पद (terms) हैं, जो आलोचकों के अनुसार पूर्णतः आत्मगत (subjective) हैं तथा ऐसे भी हैं जिनसे पशु व्यवहार की व्याख्या ठीक ढंग से नहीं हो पाती है। यह कैसे जाना जा सकता है कि पशु में अमुक क्रिया करने के बाद उसमे संतुष्टि (satisfaction) हो रही है या खीज (annoyance) उत्पन्न हो रही है। थॉर्नडाइक द्वारा आलोचकों के इस विचार का खण्डन किया गया है और उन्होंने कहा है कि संतुष्टि (satisfaction) तथा खीझ आत्मगत पद (subjective term) नहीं है। इन्हें हम वस्तुनिष्ठ ढंग से समझ सकते हैं और परिभाषित भी कर सकते हैं। थॉर्नडाइक[1] (Thorndike, 1913) ने इन दोनों अवस्थाओं को वस्तुनिष्ठ रूप से इस प्रकार परिभाषित किया है, ''संतुष्टि उत्पन्न करने वाली अनुक्रिया से तात्पर्य वैसी अनुक्रिया से होता है जिससे बचने या दूर रहने के लिए प्राणी कुछ नहीं करता है बल्कि प्रायः उसे करने की कोशिश करता है। खीज (annoyance) उत्पन्न करने वाली अनुक्रिया से तात्पर्य वैसी अनुक्रिया से होता है जिसे पशु बनाये रखने के लिए कुछ भी कोशिश नहीं करता है बल्कि प्रायः वह वैसा ही व्यवहार करता है जिससे वह अनुक्रिया समाप्त हो जाय।''

(ii) दूसरी आपत्ति यह थी कि प्रभाव नियम में पूर्वगामी प्रभाव (backward effect) का दोष सम्मिलित है। इस नियम के अनुसार प्राणी किसी उद्दीपक (stimulus) के प्रति अनुक्रिया (response) पहले करता है तथा उसके बाद उसे पुरस्कार (reward) मिलता है। अतः अनुक्रिया पहले होती है और पुरस्कार बाद में मिलता है। आलोचकों का मत है कि किसी घटना का प्रभाव तो आगे आने वाले समय में होता है। इसका प्रभाव उस अनुक्रिया पर कैसे हो सकता है, जो इस घटना के पहले ही हो गया है। थॉर्नडाइक के प्रयोग में बिल्ली सिटकिनी गिराकर दरवाजा पहले खोल लेती है और बाद में उसे भोजन (पुरस्कार) मिलता है। पुरस्कार मिलने की घटना का प्रभाव उससे पहले होने वाली अनुक्रिया (response) पर कैसे पड़ सकता है? लेकिन यह आपत्ति भी गलत साबित हो गयी है। थॉर्नडाइक ने बतलाया कि किसी भी पुरस्कृत अनुक्रिया (reward response) के भविष्य में होने की सम्भावना अपने आप अधिक हो जाती है। उसी तरह दंडित अनुक्रिया (punished response) के भविष्य में होने की सम्भावना अपने आप कम हो जाती है। यही कारण है कि पुरस्कार देने से प्राणी उसी अनुक्रिया को करना चाहता है और फलस्वरूप सीख लेता है तथा दण्ड देने से प्राणी उस अनुक्रिया को नहीं दोहराता है और फलस्वरूप प्राणी उसे नहीं सीख पाता है।

इन प्रमुख नियमों के अलावा भी थार्नडाइक ने पाँच सहायक नियमों (subordivate laws) का भी प्रतिपादन किया है, परंतु ये सभी नियम बहुत महत्त्वपूर्ण नहीं हो पाये क्योंकि वे स्पष्ट रूप से ही प्रमुख नियमों से संबंधित थे। संक्षेप में

---

1. "By a satisfying state of affairs is meant one which the animal does nothing to avoid, often doing things which maintain or renew it. By an annoying state of affair is meant one which the animal does nothing to preserve, often doing things which put an end to it." —Thorndike : *Educational Psychology,* 1913, Vol. 1, p.2

इन सहायक नियमों का वर्णन इस प्रकार है—

(i) बहुक्रिया *(Multiple response)*—इस नियम के अनुसार किसी भी सीखने की परिस्थिति में प्राणी अनेक अनुक्रिया (responses) करता है जिसमें से प्राणी उन अनुक्रिया को सीख लेता है जिससे उसे सफलता मिलती है।

(ii) तत्परता या मनोवृत्ति *(Set or attitude)*—तत्परता या मनोवृत्ति से इस बात का निर्धारण होता है कि प्राणी किस अनुक्रिया को करेगा, किस अनुक्रिया को करने से कम संतुष्टि तथा किस अनुक्रिया को करने से अधिक संतुष्टि आदि मिलेगी।

(iii) तत्त्व प्रबलता *(Prepotency of elements)*—इस नियम के अनुसार किसी भी सीखने की परिस्थिति में सुसंगत (relevant) तथा असुसंगत (irrelevant) दोनों ही तरह के तत्त्व (elements) होते हैं जिनकी प्रबलता या सार्थकता अलग-अलग होती है। व्यक्ति सुसंगत तत्त्वों को अलग कर लेता है क्योंकि इसकी सार्थकता अपेक्षाकृत अधिक होती है।

(iv) सादृश्य अनुक्रिया *(Response by similarity or analogy)*—इस नियम के अनुसार प्राणी किसी नयी परिस्थिति में वैसी ही अनुक्रिया को करता है जो उसके गत अनुभव या पहले सीखी गयी अनुक्रिया के सदृश होता है।

(v) साहचर्यात्मक स्थानान्तरण *(Associative shifting)*—इन नियम के अनुसार कोई अनुक्रिया जिसके करने की क्षमता व्यक्ति में है, एक नये उद्दीपक (stimulus) से भी उत्पन्न हो सकती है। यदि एक ही अनुक्रिया को लगातार एक ही परिस्थिति में कुछ परिवर्तनों के बीच उत्पन्न किया जाता है तो अन्त में वही अनुक्रिया एक बिलकुल ही नये उद्दीपक से भी उत्पन्न हो जाती है।

1930 के पहले थॉर्नडाइक के सम्बन्धवाद सिद्धान्त (Connectionist theory) की स्थिति यही थी। ऊपर किये गये वर्णन से यह भी स्पष्ट है कि थॉर्नडाइक के दोनों प्रधान नियमों अर्थात् प्रभाव नियम तथा अभ्यास नियम की आलोचना की गयी है और स्वयं थॉर्नडाइक भी उनमें से अधिकतर आलोचनाओं से सहमत थे। अतः उन्होंने अपने सम्बन्धवाद के सिद्धान्त में महत्त्वपूर्ण परिवर्तन किया जिसका प्रकाशन 1930 के बाद हुआ।

1930 के बाद का सम्बन्धवाद *(Connectionism after 1930)*—1930 के बाद का सम्बन्धवाद 1930 के पहले के सम्बन्धवाद से पूर्णतः भिन्न था। नये सम्बन्धवाद की मुख्य विशेषता निम्नांकित थी—

1. अभ्यास नियम का खण्डन (Disproof of law of exercise)
2. प्रभाव नियम का संक्षेपण (Truncation of law of effect)
3. प्रभाव प्रसार (Spread of effect)

इन तीनों विशेषताओं का वर्णन इस प्रकार है—

1. अभ्यास नियम का खण्डन *(Disproof of law of exercise)*—थॉर्नडाइक के सामने अनेक प्रयोगों के परिणाम उपलब्ध थे जिनमें यह स्पष्ट रूप से दिखला दिया गया था कि मात्र अभ्यास से सीखने की प्रक्रिया नहीं हो पाती है। कुछ मनोवैज्ञानिकों ने रेखा-खींचने का प्रयोग (line-drawing experiment) करके यह दिखला दिया था कि जब प्रयोज्य को प्रत्येक प्रयास (trial) में की गयी अनुक्रिया की परिशुद्धता (accuracy) के बारे में परिणाम-ज्ञान (knowledge of result) दिया जाता है और जब इस तरह का परिणाम ज्ञान उसे नहीं दिया जाता है तो दोनों अवस्थाओं में अभ्यास की मात्रा समान होने के बावजूद भी सीखने की प्रक्रिया परिणाम-ज्ञान की अवस्था में तेजी से होती है। इस संदर्भ में थॉर्नडाइक ने अपने अभ्यास नियम का खण्डन करते हुए कहा है कि प्राणी मात्र अभ्यास से ही किसी भी जटिल अनुक्रिया को नहीं सीखता है। हाँ, जब अनुक्रिया अति सरल होती है, तो वहाँ अभ्यास का महत्त्व होता है। हिलगार्ड तथा बॉअर[1] (Hilgard & Bower, 1975) के अनुसार यह कहा जा सकता है, ''सीखने के नियम के रूप में अभ्यास नियम को व्यवहारिक रूप से त्याग दिया गया है। मात्र अभ्यास के फलस्वरूप किसी संबंध की शक्ति थोड़ी मात्रा में बढ़ती है।''

2. प्रभाव नियम का संक्षेपण *(Truncation of the law of effect)*—1930 के बाद के सम्बन्धवाद में प्रभाव नियम आधा ही सत्य रहा। थॉर्नडाइक के सामने कुछ प्रयोग के परिणाम के तथ्य सामने थे जिससे यह स्पष्ट था कि पुरस्कार (reward) तथा दण्ड (punishment) का प्रभाव बराबर (equal) तथा एक-दूसरे के प्रतिकूल (opposite) नहीं होता है। फलस्वरूप, थॉर्नडाइक ने अपने प्रभाव नियम में संशोधन (modification) करते हुए यह कहा कि पुरस्कार का प्रभाव सीखी जाने वाली अनुक्रिया पर दण्ड के प्रभाव की अपेक्षा काफी अधिक होता है। पुरस्कार के प्रभाव से भविष्य में किसी

1. "The law of exercise was practically renounced as a law of learning, only a trivial amount of strengthening of connections being left as a function of mere repetition."—Hilgard & Bower : *Theories of Learning,* 1975, p. 38

अनुक्रिया के होने की सम्भावना बढ़ जाती है। परन्तु दण्ड (punishment) से कोई भी अनुक्रिया कमजोर नहीं होती है। दूसरे शब्दों में दण्ड, जैसा कि पहले समझा जाता था, किसी अनुक्रिया को कमजोर करने में (अर्थात् भविष्य में उसे न होने देने में) प्रभावकारी नहीं होता है। इस तरह से स्पष्ट है कि 1930 के बाद प्रभाव नियम आधा ही सत्य रह गया। पुरस्कार से उद्दीपक-अनुक्रिया का सम्बन्ध मजबूत होता है परन्तु दण्ड से कमजोर नहीं होता है (Reward strengthens a connection but punishment does not weaken it)।

यह *संक्षेपित प्रभाव नियम (truncated law of effect)* स्वयं थॉर्नडाइक (Thorndike, 1932) द्वारा किये गये एक प्रयोग पर आधारित था। उनका यह प्रयोग मुर्गी के बच्चों (chickens) पर किया गया। इन चूजों को एक भूलभूलैया (maze) में छोड़ दिया गया जिसमें एक सही पथ था और दो अन्ध पथ थे। सही पथ में जाने पर चूजों को पुरस्कार (जैसे भोजन, अन्य चूजों की टोली तथा घूमने फिरने की स्वतंत्रता) मिलता था तथा अन्ध पथ में जाने से उन्हें दण्ड के रूप में 30 सेकेण्ड तक भीतर बन्द कर दिया जाता था। परिणाम में देखा गया कि अंध पथ में जो चूजे अक्सर जाते थे, सही पथ में भी वे जाया करते थे। अतः स्पष्ट हो जाता है कि दण्ड से अनुक्रिया (response) का होना कमजोर नहीं पड़ता, यानी दण्ड किसी अनुक्रिया की कमजोर करने में प्रभावकारी नहीं होता है जबकि पुरस्कार किसी अनुक्रिया को मजबूत करने में प्रभावकारी होता है। इसी तरह के कई और भी प्रयोग थॉर्नडाइक ने व्यक्तियों (human beings) पर किया। इन प्रयोगों में व्यक्तियों को एक स्पैनिश शब्द (Spanish word) तथा साथ-ही-साथ अंग्रेजी शब्द (English words) दिये गये। प्रयोज्य (subject) को स्पैनिश शब्द का सही अनुवाद पाँच अंग्रेजी शब्दों में से किसी एक को चुनकर बतलाना होता था। प्रयोगकर्त्ता पुरस्कार के रूप में 'सही' (right) कहता था तथा दण्ड के रूप में 'गलत' (wrong) कहता था। कई प्रयासों (trials) तक यह प्रक्रिया दुहरायी गयी। प्रत्येक प्रयास में स्पैनिश शब्द तथा उसके सम्भावित पाँच अंग्रेजी शब्दों के अनुवाद में अदल-बदल कर दी जाती थी। परिणाम में यह देखा गया कि प्रयोज्य उन शब्दों को भी दुहराते थे जिन्हें प्रयोगकर्त्ता (experimenter) द्वारा 'गलत' कहा जाता था। 'सही' कहे जानेवाले शब्दों की पुनरावृत्ति तो होती ही थी परन्तु 'गलत' कहे जानेवाले शब्दों की आवृत्ति (frequency) में भी कमी नहीं आयी। स्पष्ट है कि मानव व्यक्तियों से प्राप्त परिणाम चूजों पर किये गये प्रयोग के परिणाम के समान थे। इन प्रयोगों के परिणाम को ध्यान में रखते हुए थॉर्नडाइक[1] (Thorndike, 1932) ने निष्कर्ष रूप में कहा, "सभी तरह के प्रयोगों के परिणाम की कहानी एक ही थी। पुरस्कार देने से किसी उद्दीपक-अनुक्रिया का सम्बन्ध घनिष्ठ तथा मजबूत हो जाता था तथा दण्ड से ऐसे सम्बन्ध या तो बिलकुल ही कमजोर नहीं होते थे या होते थे भी तो नाम मात्र के।"

लेकिन यह कहना अनुचित नहीं होगा कि थॉर्नडाइक ने यह स्वीकार किया कि दण्ड (punishment) का प्रभाव परोक्ष रूप से अनुक्रिया पर पड़ता है यानी किसी अनुक्रिया को कमजोर करता है भले ही उसका प्रभाव सीधे (directly) नहीं पड़ता हो। जैसा कि हिलगार्ड तथा बॉअर[2] (Hilgard & Bower, 1981) ने कहा है, "सिर्फ (दण्ड का) सीधे पड़ने वाले प्रभाव को अस्वीकार किया गया। थॉर्नडाइक के अनुसार, दण्ड से सीखना प्रभावित होता है लेकिन परोक्ष रूप से।"

3. प्रभाव-प्रसार *(Spread of effect)*—प्रभाव-प्रसार की घटना को थॉर्नडाइक ने प्रभाव-नियम के समर्थन में 1933 में प्रतिपादित किया। जैसा कि नाम से ही स्पष्ट है, इस घटना में पुरस्कार के प्रभाव का प्रसार पुरस्कार अनुक्रिया (rewarded responses) तक ही नहीं रहता है बल्कि अगल-बगल की दण्डित अनुक्रियाओं (punished responses) पर भी पड़ता है जिसका असर यह होता है कि पुरस्कृत अनुक्रिया तो मजबूत हो ही जाती है साथ-ही-साथ अगल-बगल की दण्डित अनुक्रिया (punished response) भी मजबूत हो जाती है। इसके समर्थन में थॉर्नडाइक ने एक प्रयोग किया जिसमें प्रयोज्य को एक उद्दीपक शब्द (stimulus word) सुनकर एक से दस तक की संख्या में से किसी संख्या को बोलकर अनुक्रिया करना था। पूर्वनियोजित क्रम के अनुसार (जो प्रयोज्य को पता नहीं था) थॉर्नडाइक कुछ अनुक्रिया को 'सही' कहकर मौखिक पुरस्कार देते थे तथा कुछ अनुक्रिया को 'गलत' कहकर मौखिक दण्ड देते थे। परिणाम में देखा गया कि पुरस्कार का प्रभाव सिर्फ पुरस्कृत अनुक्रिया पर ही नहीं पड़ा बल्कि अगल-बगल की दण्डित अनुक्रिया पर भी पड़ा। दूसरे शब्दों में, व्यक्ति दंडित अनुक्रिया को भी दोहराते पाया गया। इस प्रयोग से स्पष्ट हो गया कि पुरस्कृत अनुक्रिया का प्रभाव अगल-बगल की दण्डित अनुक्रियाओं तक फैल जाता है। बाद में टिल्टन (Tilton, 1954) ने भी प्रभाव-प्रसार की प्रयोगात्मक जाँच किया और बतलाया कि सिर्फ पुरस्कृत अनुक्रिया के प्रभाव का ही प्रसार नहीं होता है

1. "The results of all comparisons by all methods tell the same story. Rewarding a connection always strengthened it substantially, punishing it weakened it little or not at all." —Thorndike : *Reward & Punishment in animal* Learning : *Comparative Psychological Monograph,* 1932, 8 (39). p. 58
2. "Only direct weakening was denied. According to Thorndike, punishment does affect learning, but indirectly." —Hilgard & Bower : *Theories of Learning 1981, p. 31*

बल्कि ठीक उस तरह दण्डित अनुक्रिया का प्रभाव का भी प्रसार होता है। टिल्टन के अनुसार जिस तरह जब एक पुरस्कृत अनुक्रिया कई दण्डित अनुक्रिया के बीच होती है तो उसका प्रभाव अगल-बगल की दण्डित अनुक्रिया तक फैल जाता है, उसी तरह जब एक दण्डित अनुक्रिया कई पुरस्कृत अनुक्रियाओं के बीच में होता है तो उस दण्डित अनुक्रिया का प्रभाव अगल-बगल की पुरस्कृत अनुक्रिया तक फैल जाता है। टिल्टन के इस परिणाम से एक ओर थॉर्नडाइक के प्रभाव-प्रसार को जहाँ समर्थन मिलता है (खासकर टिल्टन के परिणाम के पहले भाग द्वारा) वहाँ दूसरी ओर (खासकर टिल्टन के परिणाम के दूसरे भाग द्वारा) प्रभाव-नियम (law of effect) पर आघात भी पहुँचता है क्योंकि थॉर्नडाइक ने इस नियम में दण्ड के प्रभाव को अधिक महत्त्वपूर्ण होते नहीं बतलाया था। कुछ अन्य मनोवैज्ञानिकों ने भी प्रभाव-प्रसार की आलोचना की है। इसके बावजूद भी प्रभाव-प्रसार की घटना को आजकल के मनोवैज्ञानिकों द्वारा मान्यता प्राप्त है।

इस तरह से हम देखते हैं कि थॉर्नडाइक के सीखने का सिद्धान्त दो चरणों में प्रतिपादित किया गया है। आजकल इनके सिद्धान्त को मूलतः दो प्रमुख विशेषताओं या गुणों के कारण महत्त्वपूर्ण माना जाता है। पहला तो यह है कि थॉर्नडाइक ने अपने सिद्धान्त में साधनात्मक सीखना (instrumental learning) की नींव डाली जिसे बाद में स्कीन्नर (Skinner) ने साधनात्मक अनुबंधन (instrumental conditioning) का नाम देकर अधिक विकसित किया तथा दूसरे थॉर्नडाइक के सिद्धान्त में पुनर्बलन (reinforcement) को सीखने के लिए महत्त्वपूर्ण माना गया और इस तरह से थॉर्नडाइक प्रथम ऐसे सिद्धान्तवादी (theorist) थे जिन्होंने सीखने की प्रक्रिया में पुनर्बलन के महत्त्व पर बल दिया। इन गुणों के बावजूद भी कुछ मनोवैज्ञानिकों ने थॉर्नडाइक के सिद्धान्त की आलोचना (criticism) की है, जो इस प्रकार है—

(i) थॉर्नडाइक के सिद्धान्त के विश्लेषण से स्पष्ट है कि उन्होंने सीखने के लिए पुनर्बलन (reinforcement) को आवश्यक माना। यदि बिल्ली को दरवाजा खुलने के बाद भोजन (जो एक पुनर्बलन था) नहीं मिलता, तो बिल्ली सिटकिनी गिराकर दरवाजा खोलना नहीं सीखती। टॉलमैन तथा हॉनजिक (Tolman & Honzik, 1930) एवं ब्लोजेट (Blodgett, 1929) ने चूहों पर प्रयोग कर दिखला दिया है कि उन चूहों द्वारा भूलभुलैया सीखना (maze learning) जिन्हें प्रथम कुछ दिनों तक भोजन नहीं दिया गया था, ठीक उसी प्रकार सम्पन्न हुआ जिन्हें प्रत्येक दिन भूलभुलैया सीखने के लिए भोजन दिया जाता था। हाँ, अन्तर इतना अवश्य था कि जबतक भोजन नहीं दिया जाता था, सीखी गयी प्रक्रिया भीतर दबी हुई थी। जैसे ही भोजन दिया गया, सीखने की प्रक्रिया स्पष्ट निष्पादन (performance) के रूप में अभिव्यक्त होने लगी। अतः टॉलमैन, हॉनजिक एवं ब्लोजेट आदि मनोवैज्ञानिकों का विचार था कि सीखने के लिए पुनर्बलन (reinforcement) आवश्यक नहीं है। हाँ, सीखी गयी अनुक्रिया को स्पष्ट रूप से व्यक्त करने के लिए पुनर्बलन आवश्यक होता है।

(ii) थॉर्नडाइक के सिद्धान्त पर गौर करने से यह भी स्पष्ट हो जाता है कि इस सिद्धान्त के अनुसार सीखने की प्रक्रिया में सूझ (insight) का कोई महत्त्व नहीं होता है। प्राणी प्रयत्न तथा भूल की प्रक्रिया द्वारा मात्र अभ्यास (practice) से ही किसी अनुक्रिया को सीख लेता है। गेस्टाल्टवादी मनोवैज्ञानिकों (Gestalt psychologists) विशेषकर कोहलर (Kohler) तथा कौफ्का (Koffka) ने कई प्रयोग वनमानुष (chimpanzees) पर करके यह दिखला दिया है कि सीखने की प्रक्रिया सिर्फ अभ्यास (practice) से ही नहीं होती है बल्कि इसमें सूझ का होना अनिवार्य है। प्राणी सीखने के लिए दी गयी परिस्थिति को पूर्णरूपेण (as a whole) समझने की कोशिश करता है जिसके फलस्वरूप उसमें सूझ (insight) विकसित होती है और प्राणी उस अनुक्रिया को सीख लेता है। अतः मात्र अभ्यास से सीखने की प्रक्रिया नहीं होती है।

इन आलोचनाओं के बावजूद भी थॉर्नडाइक द्वारा प्रतिपादित सीखने का यह सिद्धान्त काफी महत्त्वपूर्ण सिद्धान्त है। खासकर इनके द्वारा प्रतिपादित प्रभाव नियम (law of effect) तथा प्रभाव-प्रसार (spread of effect) को आज भी मनोवैज्ञानिकों के बीच काफी मान्यता प्राप्त है और इस क्षेत्र में कार्य करने वाले मनोवैज्ञानिक थॉर्नडाइक के प्रति काफी आभारी है। पोस्टमैन[1] (Postman, 1962) के शब्दों में हम इस निष्कर्ष पर पहुँचते हैं।

''सीखने की प्रक्रिया का रूप (picture) जिसे थॉर्नडाइक ने करीब 50 साल पहले तैयार किया था, आज भी काफी चर्चित है। मानव सीखने की कोई भी विस्तृत सिद्धान्त (comprehensive theory) थॉर्नडाइक द्वारा दिये गये तथ्यों की अवहेलना नहीं कर सकता है।''

---

1. "The picture of the learning process which Thorndike sketched more than fifty years ago is still very much on the books. No comprehensive theory of human learning can afford to ignore the heritage left to us by Thorndike."

—Postman : *Psychology in Making,* 1962. p. 397

स्कीनर का सिद्धान्त
(Skinner's Theory)

स्कीनर (Skinner) द्वारा प्रतिपादित सीखने का सिद्धान्त एक उद्दीपक-अनुक्रिया उपागम (stimulus-response approach) है। उन्होंने यह स्पष्टतः कहा है कि सीखने की व्याख्या करने के लिए कोई जटिल सिद्धान्त की आवश्यकता नहीं है और न ही उसकी व्याख्या करने के लिए दैहिक चरों (physiological variables) की आवश्यकता है। यही कारण है कि उनके उपागम या सिद्धान्त को *'रिक्त-प्राणी उपागम'* (empty organism approach) कहा गया है। सीखने की व्याख्या करने के लिए उन्होंने मापनीय व्यवहार (measurable behaviour) तथा उद्दीपकों के बीच कार्यात्मक विश्लेषण (functional analysis) पर अधिक बल डाला है। उन्होंने सीखने की व्याख्या निम्नांकित प्रमुख सैद्धान्तिक संप्रत्ययों (theoretical concepts) के माध्यम से किया है—

1. प्रतिवादी अनुक्रिया तथा क्रियाप्रसूत (Respondent response and Operant response)
2. टाइप-एस अनुबन्धन (Type-S conditioning) तथा टाइप-आर अनुबंधन (Type-R conditioning)
3. क्रियाप्रसूत अनुबन्धन के नियम (Principle of Operant conditioning)
4. स्कीनर बॉक्स (Skinner box)
5. संयमी रेकार्डिंग (Cumulative recording)
6. लीवर दबाने की अनुक्रिया का अनुबन्धन (Conditioning of lever pressing response)
7. धनात्मक (positive) तथा ऋणात्मक (negative) पुनर्बलन (reinforcement)
8. दंड (Punishment)
9. पुनर्बलन अनुसूची (Schedules of reinforcement)
10. शेपिंग (Shaping)
11. विलोपन (Extinction) तथा पुनर्लभ (Spontaneous recovery)
12. श्रृंखलाबद्धता (Chaining)
13. शाब्दिक व्यवहार (Verbal behaviour)
14. कार्यक्रमिक सीखना (Programmed learning)

इन सभी मुख्य बिन्दुओं का वर्णन निम्नांकित है—

1. प्रतिवादी अनुक्रिया तथा क्रियाप्रसूत अनुक्रिया *(Respondent response and Operant response)*—स्कीनर ने अपने सिद्धान्त में अनुक्रिया के दो प्रकार बतलाया है— प्रतिवादी अनुक्रिया (respondent response) तथा क्रियाप्रसूत अनुक्रिया (operant response)। प्रतिवादी अनुक्रिया से तात्पर्य वैसी अनुक्रिया से होता है जिसकी उत्पत्ति किसी ज्ञात उद्दीपक (stimulus) से होता है तथा जिसका स्वरूप अनैच्छिक (involuntary) होता है। जैसे, पैवलव के प्रयोग में कुत्ते द्वारा घंटी की आवाज पर या भोजन देखकर लार का स्राव करना एक प्रतिवादी अनुक्रिया का उदाहरण है। क्रियाप्रसूत अनुक्रिया से तात्पर्य वैसी अनुक्रिया से होता है जिसकी उत्पत्ति किसी ज्ञात उद्दीपक से नहीं होती है बल्कि ऐसी अनुक्रियाओं को प्राणी द्वारा उत्सर्जित (emit) किये जाते हैं। टहलना, हँसना, स्कीनर बक्स में चूहा द्वारा लीवर दबाना आदि क्रियाप्रसूत अनुक्रिया के उदाहरण हैं। चूँकि ऐसी अनुक्रियाओं का सम्बन्ध प्रारम्भ में किसी ज्ञात उद्दीपक के साथ नहीं होता है, इसलिए ऐसा लगता है कि ऐसी अनुक्रियाएँ अपने आप होते मालूम पड़ती हैं। प्रतिवादी अनुक्रिया तथा क्रियाप्रसूत अनुक्रिया में दूसरा अंतर यह है कि प्रतिवादी अनुक्रिया उस उद्दीपक द्वारा नियंत्रित होता है जो उसके पहले दिया गया था परन्तु क्रियाप्रसूत व्यवहार का नियंत्रण उसके परिणाम (consequence) द्वारा होता है। चूँकि दिन-प्रतिदिन की जिन्दगी में क्रियाप्रसूत व्यवहार ही ज्यादा होता है, अतः उन्होंने ऐसे ही व्यवहार को सीखने की व्याख्या का अपने सिद्धान्त का मूल उद्देश्य रखा है।

2. टाइप-एस अनुबन्धन (*Type-S conditioning*) **तथा टाइप-आर अनुबन्धन** (*Type-R conditioning*)—दो तरह की उपर्युक्त अनुक्रियाओं के अनुरूप दो तरह के अनुबन्धन (conditioning) भी होता है— टाइप-एस अनुबन्धन (Type-S conditioning) तथा टाइप-आर अनुबन्धन (Type-R conditioning)। टाइप-एस अनुबन्धन को प्रतिवादी अनुबन्धन (respondent conditioning) भी कहा जाता है तथा यह क्लासिकी अनुबन्धन (classical conditioning) के समरूप (identical) है। अतः यह कहा जा सकता है कि प्रतिवादी अनुक्रिया का अनुबन्धन टाइप-एस अनुबन्धन कहलाता है। इसे टाइप-एस अनुबन्धन इसलिए कहा जाता है कि ऐसे अनुबन्धन में जिस अनुक्रिया का अनुबन्धन होता है, उसके उत्पन्न करने में उद्दीपक (stimulus) जो पुनर्बलन से सम्बन्धित होता है, की भूमिका महत्त्वपूर्ण होती है। पैवलोवियन अनुबन्धन (Pavlovian conditioning) तथा रेसकोलरा-वैगनर का क्लासिकी अनुबन्धन टाइप-एस अनुबन्धन का उदाहरण है।

टाइप-आर अनुबन्धन वैसे अनुबन्धन को कहा जाता है जिसमें क्रियाप्रसूत अनुक्रिया (operant response) का अनुबन्धन होता है। टाइप-आर अनुबन्धन को *क्रियाप्रसूत अनुबन्धन* (operant conditioning) या *साधनात्मक अनुबन्धन* (instrumental conditioning) भी कहा जाता है। इसे टाइप-आर अनुबन्धन इसलिए कहा जाता है, क्योंकि इसमें अनुक्रिया (response) की भूमिका महत्त्वपूर्ण होती है और इसी अनुक्रिया के परिणाम (अर्थात् पुनर्बलन) के आधार पर उस अनुक्रिया का अनुबन्धन निर्भर करता है। स्कीन्नर का सम्बन्ध टाइप-आर अनुबन्धन से है।

टाइप-एस तथा टाइप-आर अनुबन्धन में मोटे तौर पर निम्नांकित दो अंतर है—

(i) टाइप-आर अनुबन्धन में अनुबन्धन की शक्ति अनुक्रिया की दर (response rate) के रूप में अभिव्यक्त होती है जबकि टाइप-एस अनुबन्ध में अनुबन्धन की शक्ति (strength) अनुबंधित अनुक्रिया (conditioned response) की मात्रा (magnitude) द्वारा अभिव्यक्त होती है।

(ii) टाइप-आर अनुबन्धन का सम्बन्ध ऐच्छिक क्रियाओं (voluntary or skeletal responses) से होता है जबकि टाइप-एस अनुबन्धन का सम्बन्ध अनैच्छिक या स्वचल (involuntary or automatic) अनुक्रियाओं से होता है।

3. क्रियाप्रसूत अनुबन्धन के नियम (*Principle of Operant Conditioning*)—स्कीन्नर ने क्रियाप्रसूत अनुबंधन के नियम की व्याख्या इस प्रकार किया है, "क्रियाप्रसूत अनुक्रिया के बाद जब पुनर्बलित उद्दीपक (reinforcing stimulus) को दिया जाता है, तो इससे उसकी शक्ति बढ़ जाती है।"[1] इस नियम के विश्लेषण से निम्नांकित दो विशेषताओं की झलक मिलती है—

(i) कोई भी क्रियाप्रसूत अनुक्रिया जिसके बाद पुनर्बलित उद्दीपक दिया जाता है, उसे प्राणी दोहराता है।

(ii) पुनर्बलित उद्दीपक वह उद्दीपक होता है जिससे क्रियाप्रसूत अनुक्रिया के होने की सम्भावना में वृद्धि हो जाती है।

स्पष्टतः तब क्रियाप्रसूत अनुबन्धन में व्यवहार तथा उसके परिणाम (consequence) पर बल दिया गया है। क्रियाप्रसूत अनुबन्धन के लिए यह आवश्यक है कि प्राणी इस ढंग से अनुक्रिया करे कि उससे उसे पुनर्बलित उद्दीपक (reinforcing stimulus) की प्राप्ति हो सके। इसका स्पष्ट मतलब तब यह हुआ कि क्रियाप्रसूत अनुबन्धन में सापेक्ष पुनर्बलन (contingent reinforcement) पर बल डाला जाता है।

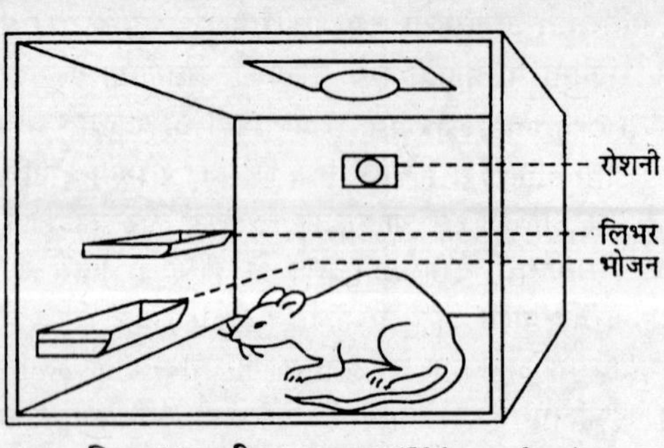

चित्र 4.2 स्कीन्नर बकस (Skinner box)

4. स्कीन्नर बक्स (*Skinner box*)—स्कीन्नर ने अपना अधिकतर प्रारंभिक प्रयोग चूहों पर एक विशेष छोटे जाँच कक्ष (small test chamber) में किया जिसे उन्होंने नाम रखा था— *क्रियाप्रसूत अनुबन्धन कक्ष* (operant conditioning chamber)। परन्तु बाद में स्कीन्नर के

1. "If occurence of an operant is followed by presentation of a reinforcing stimulus, the strength is increased."

—Skinner : *The behaviour of organisms* 1938, p. 21 (quoted by Hilgard & Bower : *Theories of Learning*, 1981, p. 171)

शिष्यों ने अपने गुरु के सम्मान में इस कक्ष का नाम स्कीन्नर बक्स (Skinner box) रख दिया और इसी नाम से वह कक्ष लोकप्रिय हो गया। इस बक्स में एक जाली का फर्श (grid floor), रोशनी, एक लीवर तथा एक भोजन कप (food cup) होता है। इसमें चूहा को लीवर दबाने की अनुक्रिया को सीखलाया जाता है। (चित्र 4.2 देखें)। बाद में स्कीन्नर ने कई प्रयोग कबूतर बक्स में भी किये।

5. संचयी रिकॉर्डिंग *(Cumulative recording)*—स्कीन्नर बक्स में पशु के व्यवहार को रेकार्ड करने के लिए स्कीन्नर ने एक विशेष प्रविधि अपनाया जिसे संचयी रेकार्डिंग (cumulative recording) कहा जाता है। इस विधि में चूहों द्वारा किये व्यवहार को एक ऐसे आलेख पर रेकार्ड किया जाता है जिसके X-अक्ष पर समय अंकित होता है तथा Y-अक्ष पर अनुक्रिया (response) की कुल संख्या (total number of responses)। संचयी रेकार्डिंग की विशेषता यह

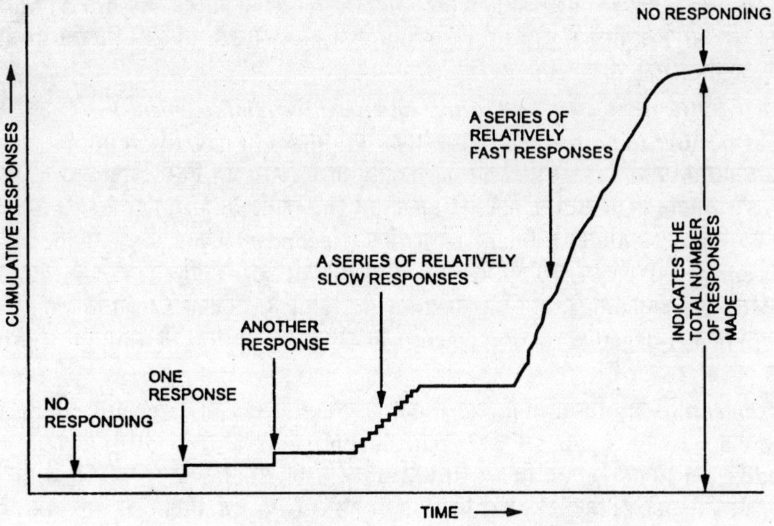

चित्र 4.3 संचयी रेकार्डिंग (Cumulative Recording)

है कि इसकी रेखा कभी भी नीचे की ओर नहीं जाती है (और इस तरह से यह अन्य आलेख से भिन्न है) यह रेखा या तो X-अक्ष के समानान्तर (parallel) रहती है या ऊपर की ओर बढ़ती है। जब यह X-अक्ष के समानान्तर होती है, तो इससे यह पता चलता है कि पशु लीवर दबाने की अनुक्रिया नहीं कर रहा है और जब पशु लीवर दबाने की अनुक्रिया करता है, तो रेखा ऊपर की ओर हो जाती है और वह अगली लीवर दबाने की अनुक्रिया होने तक बनी रहती है। अगर चूहा बहुत जल्दी-जल्दी लीवर दबाने की अनुक्रिया करता है तो रेखा बहुत तेजी से ऊपर की ओर चढ़ती है। रेखा के ऊपर चढ़ने की दर से ही लीवर दबाने की अनुक्रिया का दर (rate) का भी पता चलता है। संचयी रेकार्डिंग का एक नमूना (sample) को चित्र 4.3 में दिखलाया गया है।

6. लीवर दबाने की अनुक्रिया का अनुबन्धन *(Conditioning of lever pressing response)*—स्कीन्नर के अनुसार लीवर दबाने की अनुक्रिया के अनुबन्धन में निम्नांकित तीन चरण (steps) होते हैं।

(i) बंचन *(Deprivation)*—इस चरण में प्रयोग किये जाने वाले पशु को कुछ निश्चित घंटों तक भूखा या प्यासा रखा जाता है। स्कीन्नर ने यह भी कहा है कि इस तरह के वंचन का उद्देश्य पशु को अभिप्रेरित (motivate) करना नहीं है। यहाँ तक कि वे यह भी कहने में हिचकिचाते हैं कि इस तरह का बंचन से कोई अन्तर्नोद (drive) की स्थिति उत्पन्न होती है। उनका मत था कि वंचन मात्र एक ऐसी कार्यविधि (procedure) हैं जो इस बात से सम्बन्धित होता है कि दिये गए कार्य पर प्राणी कैसे अनुक्रिया करता है।

(ii) मैगजिन प्रशिक्षण *(Magazine training)*—यह एक ऐसा प्रशिक्षण है जिसमें चूहा को भोजन कप (food-cup) के पास फीडर प्रक्रम (feeder mechanism) जिसे मैगजिन (magazine) कहा जाता है, से उत्पन्न आवाज को सुनकर उसके पास जाना सीखलाया जाता है। जब मैगजिन का विशेष स्वीच (switch) जो बक्स

के बाहर में होता है, उत्तेजित किया जाता है, तो इससे एक खटखट (clicking) की आवाज होती है और उसके बाद भोजन कप में भोजन की गोलियाँ (food pellets) अपने से आ जाती है। धीरे-धीरे पशु मैगजिन के खटखट की आवाज को भोजन के साथ साहचर्यित (associate) कर लेता है। मैगजिन प्रशिक्षण का मूल उद्देश्य पशु को यह बतला देना होता है कि उसे भोजन कप में विशेष आवाज होने पर भोजन की गोलियाँ मिल सकती है।

(iii) **लीवर दबाने की अनुक्रिया** *(Lever pressing response)*—मैगजिन प्रशिक्षण के बाद चूहा को स्कीन्नर बक्स में छोड़ दिया जाता है जो भोजन कप के इधर-उधर घूमता फिरता है। इस दौरान वह लीवर को दबाता है जिससे भोजन मैगजिन (food magazine) उत्तेजित हो जाता है और खटखट की आवाज के साथ भोजन कप में खाने की गोलियाँ आ जाती है। खटखट की आवाज सुनकर वह (पहले दिये गए प्रशिक्षण के अनसार)— भोजन कप के पास आता है और गोलियों को खाना प्रारम्भ कर देता है। लीवर दबाने की इस प्रक्रिया को वह अगले प्रयासों में दोहराता है, क्योंकि ऐसा करने से उसे पुनर्बलन मिलता है। धीरे-धीरे वह लीवर दबाने की अनुक्रिया को सीख लेता है।

7. धनात्मक तथा ऋणात्मक पुनर्बलन *(Positive and negative reinforcement)*—स्कीन्नर ने अपने सिद्धान्त में धनात्मक पुनर्बलन (positive reinforcement) तथा ऋणात्मक पुनर्बलन (negative reinforcement) के महत्त्व पर भी प्रकाश डाला है। धनात्मक पुनर्बलन वैसे पुनर्बलन को कहा जाता है जिसे जब किसी अनुक्रिया को करने के बाद दिया जाता है, तो उससे उस अनुक्रिया के उत्पन्न होने की सम्भावना बढ़ जाती है। भोजन तथा जल धनात्मक पुनर्बलन के उदाहरण हैं। धनात्मक पुनर्बलन प्राथमिक (primary) तथा गौण (secondary) कुछ भी हो सकता है। ऋणात्मक पुनर्बल (negative reinforcement) से तात्पर्य वैसे पुनर्बलन से होता है जिसे जब अनुक्रिया करने के बाद परिस्थिति से हटा दिया जाता है, तो उससे उस अनुक्रिया के होने की सम्भावना बढ़ जाती है। बिजली का आघात या तीव्र रोशनी या तीव्र आवाज ऋणात्मक पुनर्बलन (negative reinforcement) के उदाहरण हैं। यह भी प्राथमिक (primary) या गौण (secondary) कुछ भी हो सकता है।

8. दंड *(Punishment)*—जब किसी अनुक्रिया के होने से कुछ धनात्मक चीज (positive thing) परिस्थिति से हट जाती या ऋणात्मक चीज आ जाती है, तो इसे दंड (punishment) की संज्ञा दी जाती है। स्कीन्नर का दंड के बारे में थॉर्नडाइक (Thorndike) से मिलता-जुलता विचार है। थॉर्नडाइक के ही समान स्कीन्नर का मत है कि दंड से अनुक्रिया के होने की सम्भावना कमती नहीं है। जब तक दंड दिया जाता रहता है या दंड मिलने का भय बना होता है, अनुक्रिया दबी रहती है, अर्थात् प्राणी उसे नहीं करता है। परन्तु जैसे ही दंड की सम्भावना खत्म हो जाती है, अनुक्रिया अपने मौलिक स्तर (original level) पर आ जाती है। इसलिए स्कीन्नर ने दंड को अधिक महत्त्वपूर्ण नहीं माना है। इसके अलावा भी कई कारण हैं, जिसके चलते दंड का उपयोग महत्त्वपूर्ण नहीं माना जाता है। जैसे, इससे प्राणी में आक्रामकता (aggression) उत्पन्न होती है तथा अन्य सांवेगिक अवस्थाओं को भी उत्पन्न करता है जो वांछनीय नहीं होते हैं।

9. पुनर्बलन अनुसूची *(Schedules of reinforcement)*—प्रयोग के दौरान पुनर्बलन (reinforcement) देने के विस्तृत कार्यक्रम को *पुनर्बलन अनुसूची* (schedule of reinforcement) की संज्ञा दी जाती है। पुनर्बलन अनुसूची में मुख्यतः दो प्रकार के पुनर्बलन पैटर्न (reinforcement pattern) होते हैं— सतत पुनर्बलन (continuous reinforcement) तथा आंशिक पुनर्बलन (partial reinforcement)। सतत पुनर्बलन (continuous reinforcement) में प्रत्येक सही अनुक्रिया के बाद पुनर्बलन (reinforcement) दिया जाता है तथा आंशिक पुनर्बलन (partial reinforcement) में कुछ सही अनुक्रिया के बाद पुनर्बलन दिया जाता है तथा कुछ सही अनुक्रिया के बाद पुनर्बलन नहीं दिया जाता है। आंशिक पुनर्बलन के दो प्रकार होते हैं—

(i) अनुपात पुनर्बलन अनुसूची (ratio reinforcement schedule), तथा

(ii) अन्तराल पुनर्बलन अनुसूची (interval reinforcement schedule)

अनुपात पुनर्बलन अनुसूची (ratio reinforcement schedule) वैसे अनुसूची को कहा जाता है जिसमें पुनर्बलन दिये जाने का आधार प्राणी द्वारा की गयी सही अनुक्रिया होती है। ऐसी अनुक्रिया की संख्या जितनी ही अधिक होती है पुनर्बलन की बारंबारता भी उतनी ही अधिक होती है। अनुपात पुनर्बलन अनुसूची दो प्रकार के होते हैं-- निश्चित अनुपात पुनर्बलन अनुसूची (fixed ratio reinforcement schedule) तथा परिवर्त्य अनुपात पुनर्बलन अनुसूची (variable ratio reinforcement schedule)। निश्चित पुनर्बलन अनुसूची में प्रत्येक निश्चित संख्या में किये गए अनुक्रिया के बाद ही पुनर्बलन किया जाता है। जैसे, प्रयोगकर्त्ता प्रत्येक 10वें या 12वें अनुक्रिया को पुनर्बलित करने का निर्णय ले सकता है। परिवर्त्य अनुपात

अनुसूची (variable ratio schedule) में पुनर्बलन देने की अनुक्रिया की संख्या निश्चित नहीं होती है। कभी प्रयोगकर्त्ता 10वें अनुक्रिया के बाद पुनर्बलन दे सकता है तो कभी 5वें अनुक्रिया के बाद तो कभी 13वें अनुक्रिया के बाद।

अन्तराल पुनर्बलन अनुसूची (interval reinforcement schedule) में पुनर्बलन देने का आधार सही अनुक्रिया नहीं होती है बल्कि समय अंतराल होती है। यह भी दो प्रकार का होता है— निश्चित अन्तराल पुनर्बलन अनुसूची (fixed interval reinforcement schedule) तथा परिवर्त्य अन्तराल पुनर्बलन अनुसूची (variable interval reinforcement schedule)। जब प्रयोगकर्त्ता यह निश्चित करता है कि वह औसतन प्रत्येक 10 सेकेण्ड या प्रत्येक 50 सेकेण्ड के बाद पुनर्बलन देगा तो यह निश्चित अंतराल पुनर्बलन अनुसूची का उदाहरण होगा तथा जब वह पुनर्बलन देने के लिए कोई ऐसे निश्चित समय अंतराल न निश्चित करके अनियमित अंतरालों के बाद पुनर्बलन देता जाता है, तो इसे परिवर्त्य अंतराल पुनर्बलन अनुसूची कहा जाता है।

स्कीन्नर ने इन विभिन्न अनुसूचियों का क्रियाप्रसूत व्यवहार (operant response) के दर पर पड़ने वाले प्रभावों का भी अध्ययन किया है और कहा है कि इनसे इस अनुक्रिया के होने का दर काफी प्रभावित होता है जो इस प्रकार है—

(i) सतत पुनर्बलन (continuous reinforcement) की अपेक्षा आंशिक पुनर्बलन (partial reinforcement) में क्रियाप्रसूत अनुक्रिया (operant response) की दर अधिक होती है।

(ii) परिवर्त्य अनुपात पुनर्बलन अनुसूची (variable ratio reinforcement schedule) में अनुक्रिया दर सबसे अधिक (highest rate), निश्चित अनुपात अनुसूची (fixed ratio schedule) में उच्च अनुक्रिया दर, परिवर्त्य अंतराल अनुसूची (variable interval schedule) में साधारण (moderate) दर तथा निश्चित अंतराल अनुसूची (fixed interval schedule) में सबसे कम अनुक्रिया दर पाया जाता है।

(iii) दोनों तरह के निश्चित अनुसूचियों (fixed schedules) में पुनर्बलन (reinforcement) मिलने के तुरंत बाद अनुक्रिया करने की दर (rate or responding) मन्द होती है। इसका प्रधान कारण यह है कि पुनर्बलन मिलने के तुरंत बाद की गयी अनुक्रियाएँ पुनर्बलित नहीं होती है।

10. शेपिंग *(Shaping)*—शेपिंग एक ऐसी प्रक्रिया है जिसके द्वारा प्राणी में वांछित अनुक्रिया को पुनर्बलन (reinforcement) के आधार पर प्रोत्साहित किया जाता है। शेपिंग प्रविधि द्वारा स्कीन्नर यह दिखला सकने में समर्थ हुए हैं कि स्कीन्नर बक्स में पशु को जटिल अनुक्रियाओं (complex response) को करना भी सिखलाया जा सकता है। शेपिंग के दो तत्त्व (components) होते हैं—

(i) विभेदी पुनर्बलन (differential reinforcement)

(ii) क्रमिक उपागम (successive approximation)

विभेदी पुनर्बलन से तात्पर्य एक ऐसी प्रक्रिया से होती है जिसमें कुछ अनुक्रियाओं को पुनर्बलित (reinforced) किया जाता है तथा कुछ अनुक्रियाओं को पुनर्बलित नहीं किया जाता है। क्रमिक उपागम (successive approximation) में प्रयोगकर्त्ता उसी अनुक्रिया को पुनर्बलित करता है जो धीरे-धीरे उस अनुक्रिया के समान हो जाता है जिसे वह सीखलाना चाहता है। अभी हाल में यह देखा गया है कि कुछ विशेष परिस्थिति में प्राणी अपने व्यवहार को स्वयं ही एक निश्चित दिशाओं में निर्धारित करते हैं। इसे *स्वतः शेपिंग* (autoshaping) की संज्ञा दी जाती है।

11. विलोपन तथा पुनर्लाभ *(Extinction and spontaneous recovery)*—जब प्रयोगकर्त्ता द्वारा क्रियाप्रसूत अनुबन्धन (operant conditioning) से पुनर्बलन (reinforcement) को हटा दिया जाता है, तो संचयी रेकार्डिंग (cumulative recording) धीरे-धीरे X-अक्ष के समानान्तर (parallel) हो जाता है, जो स्पष्टतः यह बतलाता है कि स्कीन्नर बक्स में लीवर दबाने की अनुक्रिया नहीं हो रही है। इसे विलोपन (extinction) की संज्ञा दी जाती है। इस तरह विलोपन के बाद अनुक्रिया दर (response rate) पुनः लौटकर उस बिन्दु पर चला जाता है जहाँ वह पुनर्बलन (reinforcement) के पहले था। इस स्तर को उस अनुक्रिया का *क्रियाप्रसूत स्तर* (operant level) कहा जाता है।

विलोपन (extinction) के बाद जब पशु को प्रयोगात्मक परिस्थिति (experimental situation) में पुनः कुछ समय के बाद लाया जाता है, तो वह बिना अतिरिक्त प्रशिक्षण के ही अनुक्रिया, जैसे स्कीन्नर बक्स में लीवर दबाने की अनुक्रिया, थोड़े समय के लिए करने लगता है। इसे ही *पुनर्लाभ* (spontaneous recovery) की संज्ञा दी जाती है।

12. शृंखलाबद्धता *(Chaining)*—स्कीन्नर का मत है कि कोई एक अनुक्रिया करने पर प्राणी एक ऐसे उद्दीपक के नजदीक आता है जो उस अनुक्रिया को तो पुनर्बलित करता ही है, साथ-ही-साथ दूसरी अनुक्रिया के लिए भी वह एक उद्दीपक का काम करता है। यह दूसरी अनुक्रिया फिर प्राणी को एक ऐसे उद्दीपक के पास लाता है जिससे वह पुनर्बलित

होता है और वह एक अन्य अनुक्रिया करता है। इसे ही शृंखलाबद्धता (chaining) की संज्ञा दी जाती है। जैसे, स्कीन्नर बक्स में लीवर दबाने की अनुक्रिया को ही ले लिया जाए। इसमें शृंखलाबद्धता का उदाहरण हमें देखने को मिलता है। लीवर को देखकर चूहा द्वारा लीवर के पास आना और उसे दबाना, मैगजिन की आवाज सुनकर लीवर के पास आना और उसे दबाना आदि शृंखलाबद्धता के कुछ उदाहरण हैं।

13. शाब्दिक व्यवहार *(Verbal behaviour)*—स्कीन्नर का मत है कि शाब्दिक व्यवहार (भाषा) को पुनर्बलन सिद्धान्त (reinforcement theory) के संदर्भ में व्याख्या की जा सकती है। पुनर्बलन के साथ सम्बन्ध के आधार पर स्कीन्नर ने शाब्दिक व्यवहार का वर्गीकरण चार भागों में किया है—

(i) **माण्ड** *(Mand)*—'माण्ड' शब्द अंग्रेजी का पद 'demand' का संक्षिप्त रूप है और इससे यह पता चलता है कि कुछ माँग की जा रही है। जब माँग की पूर्ति हो जाती है, बोला गया शब्द (माण्ड) पुनर्बलित होता है और फिर एक आवश्यकता (need) की उत्पत्ति होती है और व्यक्ति फिर उस माण्ड को दोहराता पाया जाता है।

(ii) **टैक्ट** *(Tacts)*—वातावरण के किसी वस्तु का नाम बतलाने की प्रक्रिया को टैक्ट कहा जाता है। जब एक शिशु 'हाथी' को देखकर 'हाथी' कहता है, तो यह टैक्ट का उदाहरण होगा। इस तरह के व्यवहार से पुनर्बलन (reinforcement) जब प्राप्त होता है जब व्यक्ति वस्तु की सही नामकरण करता है।

(iii) **प्रतिध्वनिक व्यवहार** *(Echoic behaviour)*—यह ऐसा शाब्दिक व्यवहार (verbal behaviour) है जो तब पुनर्बलित (reinforced) होता है जब व्यक्ति दूसरे द्वारा बोले गये शाब्दिक अनुक्रिया को हू-ब-हू दोहराता है। इस तरह का व्यवहार शिशुओं द्वारा जटिल शाब्दिक व्यवहार (complex verbal behaviour) को सीखने के लिए आवश्यक माना गया है।

(iv) **औटोक्लिटिक व्यवहार** *(Autoclitic behaviour)*—स्कीन्नर (Skinner) के अनुसार औटोक्लिटिक व्यवहार से तात्पर्य वैसे व्यवहार से होता है जो अन्य शाब्दिक व्यवहार पर आधारित होता है। औटोक्लिटिक व्यवहार का मुख्य कार्य अनुक्रियाओं का बतलाना, सम्बन्धों (relations) की अभिव्यक्ति करना तथा शाब्दिक व्यवहार के लिए व्याकरणी ढाँचा (grammatical framework) तैयार करना आदि होता है।

14. कार्यक्रमित सीखना *(Programmed learning)*—थॉर्नडाइक के समान स्कीन्नर भी अपने सीखने की सिद्धान्त को शिक्षा के क्षेत्र में लागू करने के लिए लालायित थे। स्कीन्नर के अनुसार शिक्षण (learning) की प्रक्रिया ठीक ढंग से तब होती है, जब—

(i) सीखी जाने वाली सूचनाओं को छोटे-छोटे चरणों या कदमों में बाँटकर उपस्थित किया जाता है।

(ii) शिक्षार्थी को उसके शिक्षण की परिशुद्धता के बारे में तुरंत परिणाम ज्ञान दिया जाता है।

(iii) शिक्षार्थी को अपने गति से सीखने दिया जाता है।

स्कीन्नर का मत है कि स्कूल में जो भाषण (lecture) विधि से शिक्षा दी जाती है, उसमें उपर्युक्त तीनों नियमों की अवहेलना होती है। इसलिए उन्होंने उसके जगह पर कार्यक्रमित सीखना (programmed learning) को महत्त्वपूर्ण बतलाया जिसमें उपर्युक्त तीनों नियमों की पूर्ति होती है। जिस उपकरण द्वारा कार्यक्रमित सामग्रियों (programmed material) को उपस्थित किया जाता है, इसे *शिक्षण मशीन* (teaching machine) कहा जाता है।

स्कीन्नर द्वारा प्रतिपादित सीखने का सिद्धान्त इतना विस्तृत (comprehensive) होने के बावजूद आलोचना का पात्र रहा है। इस सिद्धान्त की मुख्य आलोचनाएँ (criticism) निम्नांकित हैं—

(i) इस सिद्धान्त में क्रमबद्धता (systematization) नहीं है। इस सिद्धान्त में बहुत सारे तथ्यों की व्याख्या की गयी है जिन्हें एक-दूसरे से क्रमबद्ध रूप से सम्बन्धित नहीं किया गया है। अतः सिद्धान्त एक क्रमबद्ध सिद्धान्त (systematic theory) नहीं है।

(ii) इस सिद्धान्त के अनुसार सीखने के लिए पुनर्बलन (reinforcement) का होना जरूरी है। परन्तु कुछ मनोवैज्ञानिकों जैसे टॉलमैन (Tolman, 1932) तथा ब्लौजेट (Blodgett, 1929) ने कई प्रयोग करके यह साबित कर दिया है कि सीखना पुनर्बलन की अनुपस्थिति में भी हो सकता है। इन लोगों ने सीखने के लिए नहीं बल्कि सीखी गयी क्रियाओं को निष्पादन के रूप में व्यक्त करने के लिए पुनर्बलन को आवश्यक माना है।

(iii) स्कीन्नर ने यह स्पष्ट शब्दों ने बतलाया है कि क्रियाप्रसूत अनुबन्धन (operant conditioning) द्वारा सिर्फ

क्रियाप्रसूत अनुक्रियाओं (operant responses) को ही सीखा जा सकता है। परन्तु कुछ मनोवैज्ञानिकों जैसे मिलर तथा डिकारा (Miller & Dicara, 1967) ने अपने प्रयोग के आधार पर यह दिखला दिया है कि साधनात्मक अनुबन्धन के सहारे प्रतिवादी अनुक्रिया (respondent responses) जैसे चूहों के हृदय गति (heart rate) का भी अनुबन्धन आसानी से किया जा सकता है। इनके प्रयोग से स्कीन्नर का दावा गलत साबित हो जाता है।

(iv) चौम्सकी (Chomsky, 1959, 1971) ने इस सिद्धान्त की आलोचना करते हुए कहा है कि स्कीन्नर ने अपने सिद्धान्त में सिर्फ उद्दीपक तथा उसके प्रति प्राणी द्वारा की गयी स्पष्ट अनुक्रियाओं पर ही अधिक बल डाला है। उनके अनुसार जबतक प्राणी की भीतरी संरचना तथा अवस्थाओं को ठीक ढंग से समझा नहीं जाता है, सीखने की व्याख्या अधूरी ही होगी।

(v) स्कीन्नर ने अपने 'स्कीन्नर-बक्स-के-भीतर-चूहे' (Rat-in-a-Skinner box) के अध्ययन से प्राप्त तथ्यों के आधार पर मानव के सामाजिक जीवन (social life) तथा मानसिक जीवन की जो व्याख्या की है, वह अवैज्ञानिक है। चौम्सकी ने इस तरह की व्याख्या को प्रयोगशाला संदर्भ (laboratory context) में तथा साथ-ही-साथ स्कीन्नर के अस्पष्ट एवं लाक्षणिक अभिव्यक्ति (metaphorical expression) की भाषा में भी अनुपयुक्त पाया है।

इन आलोचनाओं के बावजूद स्कीन्नर का सिद्धान्त काफी महत्त्वपूर्ण है। उनके द्वारा प्रतिपादित संप्रत्यय, जैसे स्कीन्नर बक्स (Skinner box), क्रियाप्रसूत व्यवहार (operant response), पुनर्बलन (schedule of reinforcement), शेपिंग (shaping) आदि सीखने के मनोविज्ञान के क्षेत्र में आज भी काफी महत्त्वपूर्ण है।

क्रियाप्रसूत अनुबंधन को प्रभावित करने वाले कारक
(Factors influencing Operant Conditioning)

क्रियाप्रसूत अनुबंधन के क्षेत्र में किये गए अध्ययनों से यह स्पष्ट हुआ है कि इस तरह का अनुबंधन कई तरह के कारकों द्वारा प्रभावित होता है। इनमें निम्नांकित प्रमुख हैं—

(1) पुनर्बलन अनुसूची *(Schedules of reinfacement)*—क्रियाप्रसूत अनुबंधन में प्रयोगकर्त्ता प्रत्येक सही अनुक्रिया के बाद पुनर्बलन (reinforcement) देता है या वह कुछ सही अनक्रिया के बाद पुनर्बलन देता है तथा कुछ के बाद नहीं। पहले तरह के पुनर्बलन पैटर्न को सतत पुनर्बलन (continuous reinforcement) तथा दूसरे तरह के पुनर्बलन पैटर्न को आंशिक पुनर्बलन (partial reinforcement) की संज्ञा दी गयी है। अध्ययनों से यह स्पष्ट हुआ है कि सतत पुनर्बलन से आंशिक पुनर्बलन की तुलना में तेजी से अनुबंधन होता है परंतु जब अनुक्रिया अनुबंधित हो जाती है, तो उसके दर (rate) को बढ़ाने या संपोषित करके रखने में आंशिक पुनर्वलन (partial reinforcement) की भमिका अहम् होती है। आंशिक पुनर्बलन के मख्य दो प्रकार होते हैं— अनुपात अनुसूची (ratio schedule) तथा अंतराल अनुसूची (interval schedule)। अनुपात अनुसूची में पुनर्बलन देने का आधार सही अनुक्रिया की संख्या तथा अन्तराल अनुसूची में पुनर्बलन देने का आधार विशेष समय अंतराल (time internal) जिसके बीतने पर ही पुनर्बलन दिया जाता है। अनुपात अनुसूची तथा अंतराल अनुसूची को निश्चित (fixed) तथा परिवर्त्य (variable) अनुसूची में बाँटा गया है। अनुपात अनुसूची में अंतराल अनुसूची की तुलना में क्रिया प्रसूत अनुबंधन तेजी से होता है और स्कीन्नर ने अपने अध्ययन में यह भी पाया कि परिवर्त्य अनुपात अनुसूची (variable ratio schedule) में निश्चित अनुपात अनुसूची की अपेक्षा क्रिया प्रसूत अनुक्रिया का अनुबंधन तेजी से होता है। इनके प्रयोग में इस परिवर्त्य अनुपात अनुसूची में कबूतर पाँच गुना अधिक दर से अनुक्रिया करते थे और वे इस दर को कई घंटों तक बनाकर रखते थे।

(2) पुनर्बलन की मात्रा *(Magnitude of reinforcement)*—अध्ययनों से यह स्पष्ट हुआ है कि जैसे-जैसे पुनर्बलन की मात्रा बढ़ती है, प्राणी अनुक्रिया को तेजी से सीखता है, अनुक्रिया को तेजी से करता है तथा उसमें विलोपन (existance) के प्रति प्रतिरोध (resistance) भी अधिक होता है। क्लेटन (Clayton, 1964) ने अपने अध्ययन के आधार पर इस तथ्य की संपुष्टि किया है। इतना ही नहीं, क्रेप्सी (Crepsi, 1942) ने अपने अध्ययन के आधार पर यह भी बतलाया है कि पुनर्बलन की मात्रा तथा प्रत्याशित पुनर्बलन की मात्रा के अंतर से निष्पादन का स्तर भी प्रभावित होता है। यह अंतर जितना ही अधिक होता है, निष्पादन का स्तर उतना ही घटिया होता है।

(3) पुनर्बलन की तात्कालिकता *(Immediacy of reinforcement)*—क्रियाप्रसूत अनुबंधन पुनर्बलन की तात्कालिकता

द्वारा भी प्रभावित होता है। सामान्यतः जब क्रियाप्रसूत अनुक्रिया के तुरंत बाद पुनर्बलन दिया जाता है, तो उसका अनुबंधन तेजी से होता है। मेडजेरियन (Medzerian, 1991) के अनुसार आजकल युवा वर्ग कोकेन (cocaine) के प्रति इतना अधिक व्यसनी इसलिए होता जा रहा है क्योंकि इसका सुखाभासी प्रभाव (euphoric effect) को व्यक्ति तुरंत महसूस करता है। कापालडी (Capaldi 1978) तथा पेरिन (Perin, 1943) द्वारा किये गए अध्ययनों से यह स्पष्ट हुआ है कि क्रियाप्रसूत अनुक्रिया के बाद पुनर्बलन देने में यदि अधिक देरी किया जाता है तो इससे उस अनुक्रिया को अनुबंधित होने में काफी समय लगता है।

(4) अभिप्रेरण का स्तर (*Level of motivation*)—स्कीनर ने अपने अध्ययनों में पाया कि जब चूहों या कबूतरों को कई घंटों से भोजन से वंचित करके उसके अभिप्रेरण स्तर को ऊँचा कर दिया जाता था, तो ऐसी परिस्थिति में प्राणी क्रियाप्रसूत अनुक्रिया को तेजी से सीखते थे। दूसरे तरफ, जब अभिप्रेरण का स्तर नीचा होता था तो प्राणी क्रियाप्रसूत अनुक्रिया को धीमी गति से सीखते थे।

स्पष्ट हुआ कि क्रियाप्रसूत अनुक्रिया का अनुबंधन कई कारकों से प्रभावित होता है।

सीखने के सूझ का सिद्धान्त (Insight Theory of Learning)

सूझ या अन्तर्दृष्टि सिद्धान्त का प्रतिपादन गेस्टाल्ट मनोवैज्ञानिकों (Gestalt psychologists) द्वारा, विशेषकर कोहलर (Kohler, 1925) तथा कोफ्फका (Koffka, 1924) द्वारा किया गया। जैसा कि नाम से ही स्पष्ट है, इस सिद्धान्त के अनुसार व्यक्ति किसी प्रक्रिया को सूझ या अन्तर्दृष्टि (insight) द्वारा सीखता है। जब भी व्यक्ति किसी विषय या पाठ को सीखता है तो वह सीखने से सम्बन्धित परिस्थिति के हर पहलू (aspects) को समझने की कोशिश करता है। इस कोशिश में वह परिस्थिति के विभिन्न पहलुओं का नए ढंग से प्रत्यक्षण कर संगठित (perceptually organized) करने का प्रयत्न करता है ताकि समस्या का समाधान आसानी से हो सके। जब वह परिस्थिति के भिन्न-भिन्न पहलुओं को नए ढंग से प्रत्यक्षण कर उसके आपसी सम्बन्धों को समझ जाता है, तो उसमें अचानक 'सूझ' (insight) उत्पन्न होती है जिसे 'अहा अनुभव' (Aha experience) भी मनोवैज्ञानिकों ने कहा है। अतः सूझ अचानक होती है और इसके लिए अभ्यास (practice) की जरूरत नहीं होती। फर्नाल्ड तथा फर्नाल्ड[1] (Fernald & Fernald, 1979) के शब्दों में "सूझ से कोहलर का तात्पर्य इस बात से था कि समस्या का समाधान उद्दीपक-अनुक्रिया सम्बन्धों के धीरे-धीरे बनने से नहीं होता है बल्कि उद्दीपकों के बीच के सम्बन्धों को अचानक समझने से होता है।"

सीखनेवाले व्यक्ति में जैसे ही सूझ उत्पन्न हो जाती है, वह तुरंत सही अनुक्रिया करता है और इस तरह व्यक्ति सही अनुक्रिया को करना सीख लेता है। कोहलर तथा कोफ्फका (Kohler & Koffka) की इस व्याख्या से स्पष्ट है कि सीखना धीरे-धीरे नहीं बल्कि एकाएक होता है क्योंकि यह सूझ द्वारा होता है जो सहसा होता है न कि अभ्यास (practice) तथा प्रयत्न एवं भूल (trial and error) द्वारा होता है।

सूझ सिद्धान्त कोहलर (Kohler) द्वारा किए गए कुछ प्रयोगों पर आधारित है। कोहलर (Kohler, 1927) ने कई तरह के पशुओं जैसे वनमानुष (Chimpanzee), बन्दर, मुर्गी तथा कुत्ता पर प्रयोग किए हैं परन्तु उनके द्वारा 1913 से 1918 के बीच केनारी द्वीप (Canary island) में 'सुलतान' (Sultan) नामक वनमानुष पर किया गया प्रयोग सर्वाधिक प्रचलित हो पाया है। कोहलर के सबसे बुद्धिमान 'वनमानुष' का नाम 'सुल्तान' (Sultan) था। उनके द्वारा सुल्तान पर किए गए दो प्रयोग विशेष रूप से उल्लेखनीय हैं—

(क) छड़ी समस्या पर प्रयोग (Experiment on stick problem)

(ख) बक्स समस्या पर प्रयोग (Experiment on box problem)

छड़ी समस्या (stick problem) के प्रयोग में सुल्तान नामक वनमानुष को एक बड़े पिंजड़े में बन्द कर दिया गया था। वनमानुष भूखा था। पिंजड़े के बाहर टेबुल पर केला रख दिया गया था। पिंजड़े में दो छोटी-छोटी छड़ी भी रख दी

1. "By insight Kohler meant that the solutions did not occur through a gradual building up of S-R connections but rather through a sudden understanding of relationship among stimuli".

—Fernald & Fernald : *Basic Psychology,* 1970. p. 147

गयी थी जिसकी बनावट कुछ ऐसी थी कि वह दूसरे से जुड जा सकती थी (चित्र 4.4 देखें)। केले को बाहर रखा देखकर सुल्तान ने अपने हाथ से फिर पैर से तथा बारी-बारी से दोनों छड़ियों के सहारे केले को पिंजड़े के अन्तर खींच लेने का प्रयास किया परन्तु उसे सफलता नहीं मिली क्योंकि पिंजड़े से केले की दूरी अधिक थी। निराश होकर उसने पिंजड़े में ऊपर से नीचे देखना प्रारम्भ कर दिया और अन्त में उन दोनों छड़ियों के सहारे खेलना प्रारम्भ कर दिया। इस खेल के सिलसिले में दोनों छड़ी अचानक एक-दूसरे से जुड़ गई। इसके परिणामस्वरूप वनमानुष में उत्साह और खुशी देखी गई और इस लम्बी छड़ी के सहारे बाहर टेबुल पर रखे केले को वह खींचकर खा गया। फिर बाद में जब इस प्रयोग को दोहराया गया तो सुल्तान ने तुरंत ही दोनों छड़ियों को जोड़कर टेबुल पर रखे केले को खींचकर ले लिया और खा गया।

चित्र 4.4 कोहलर द्वारा छड़ी समस्या पर किया गया प्रयोग

बक्स समस्या का प्रयोग भी सुल्तान पर ही किया गया। सुल्तान को एक बड़े कमरे में बन्द कर दिया गया जिसकी छत से केला लटक रहा था। इस कमरे के एक कोने में तीन बक्स भी रख दिए गए थे (चित्र 4.5 देखें)। सुल्तान भूखा

चित्र 4.5 कोहलर द्वारा बक्स समस्या पर किया गया प्रयोग

था इसलिए जब उसकी नजर केले पर गई तो उसने केले को उछल-कूदकर प्राप्त कर लेना चाहा। पर, कई बार ऐसा करने के बाद भी उसे सफलता नहीं मिली क्योंकि केला काफी ऊँचाई पर था। फिर उसका ध्यान कोने में रखे बक्स पर गया और उसमें उत्साह तथा खुशी देखी गई। झट उसने एक बक्स को उठाया और लटकते केले के ठीक नीचे रखा। इसपर से वह उछलकर केला प्राप्त करना चाहा। परन्तु फिर भी वह असमर्थ रहा। फिर दूसरे बक्स को पहले बक्स पर रखा और केला प्राप्त करना चाहा। परन्तु असमर्थ रहा। इसके बाद फिर तीसरे बक्स को उन दोनों बक्सों पर रखा है और इस बार उसने उछलकर केला प्राप्त कर लिया। बाद में सुल्तान को इस तरह की प्रयोगात्मक परिस्थिति में रखने पर उसने उछल-कूद कम किया और सीधे तीनों बक्सो को एक-दूसरे पर रखकर प्राप्त कर लिया।

कोहलर के इन प्रयोगों पर ध्यान देने से यह स्पष्ट हो जाता है कि सीखना सूझ (insight) पर निर्भर करता है। छड़ी समस्या के प्रयोग में जब खेलते-खेलते दोनों छड़ियाँ आपस में जुड़ जातीं हैं तो इससे सुल्तान में अचानक सूझ उत्पन्न हो जाती है कि इस लम्बी छड़ी से बाहर रखे गए केले की दूरी कम हो जाएगी और केला प्राप्त किया जा सकता है। उस तरह से जब बक्स प्रयोग में सुल्तान का ध्यान कमरे में रखे गए बक्स पर गया तो अचानक उसमें सूझ उत्पन्न हो गयी कि इन बक्सों को एक-दूसरे पर रख देने से छत से लटकते केले की दूरी कम हो जायेगी और वह केला प्राप्त कर लेगा।

कोहलर (Kohler) ने सूझ सीखना के समर्थन में कुछ प्रयोग चूजों (chickens) पर भी किया है। चूजों को चक्करदार मार्गीय समस्या (detour problem) का समाधान करने के लिए दिया गया। इस तरह की समस्या में रखे जाने

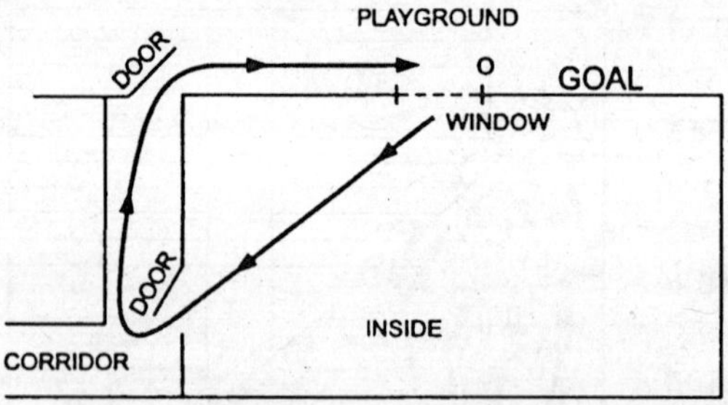

चित्र 4.6 कोहलर द्वारा व्यवहृत चक्कर मार्गीय समस्या (A detour problem used by Kohler)

पर चूजों को लक्ष्य वस्तु (goal object) सामने दिखाई पड़ती थी परन्तु उस वस्तु के पास सीधे वे पहुँच नहीं सकते थे (जैसा कि चित्र 4.6 में दिखलाया गया है)। चूजों को सामने दिखाने वाले लक्ष्य वस्तु को पाने के लिए एक परोक्ष रास्ता (indirect route) को अपनाना पड़ता था। इस समस्या में देखा गया चक्करदार मार्ग में रखे जाने पर पहले खिड़की से ही लक्ष्य वस्तु को प्राप्त करने की कोशिश चूजों द्वारा किया गया। पर असफल होने पर वे इधर-उधर घुमने लगे और घूमते-घूमते वे गलियारा (corridor) के बगल के दरवाजे पर पहुँचे और फिर अचानक बड़ी तेजी से वे उस दरवाजे की ओर लपके जहाँ से वे बाहर निकलकर लक्ष्य वस्तु को प्राप्त कर सकते थे। इस तरह से चूजे इस समस्या को समाधान करने में सफल रहे। कोहलर ने चक्करदार मार्गीय समस्या में बन्दर को रखकर भी अध्ययन किये गए और पाया गया कि वे चूजों की अपेक्षा जल्द एवं आसानी से समस्या का समाधान कर लेते हैं।

गेस्टाल्ट मनोवैज्ञानिकों ने सूझ द्वारा सीखने की प्रक्रिया की कुछ विशेषताएँ बतलाया है, जो इस प्रकार है—

(i) सीखने की प्रक्रिया सूझ पर आधारित होती है जो एक प्रकार का 'अहा अनुभव' (aha experience) है। सूझ व्यक्ति में अचानक उस समय होती है जब वह लक्ष्य तथा लक्ष्य पर पहुँचने के उपायों (means) के बीच के प्रत्यक्षज्ञानात्मक सम्बन्धों (perceptual relationships) को ठीक ढंग से समझ लेता है। चूँकि सूझ अचानक होती है, इसलिए सीखने की प्रक्रिया भी अन्तर्दृष्टि सिद्धान्त के अनुसार अचानक होती है।

(ii) सूझ उत्पन्न होने के लिए यह आवश्यक है कि प्राणी के सामने जो समस्यात्मक परिस्थिति है, उसका ठीक ढंग से वह निरीक्षण (inspection) करे। कोहलर तथा कोफ्फका (Kohler & Koffka) का विचार था कि समस्यात्मक परिस्थिति को ऐसा होना चाहिए कि उसका सभी भाग या अंश प्राणी के सामने हो ताकि सम्पूर्ण समस्या का प्रत्यक्षण (perception) किया जा सके तथा उसे समझा जा सके। यदि समस्या का कोई भी हिस्सा या अंश छिपा रहता है तो वैसी परिस्थिति में प्राणी में सीखना सूझ से न होकर प्रयत्न एवं भूल (trial and error) से होगा।

(iii) निर्देशित ध्यान तथा अन्वेषणात्मक व्यवहार *(directed attention and exploratory behaviour)*—सूझ द्वारा सीखने में व्यक्ति का ध्यान समस्यात्मक परिस्थिति के भिन्न-भिन्न हिस्सों पर निर्देशित होता है। वह समस्या के समाधान के लिए भिन्न-भिन्न प्रकार का व्यवहार एक के बाद एक परन्तु सोच-समझकर करता है। वनमानुष द्वारा केला प्राप्त करने के लिए पिंजड़े में से हाथ बढ़ाना, पैर बढ़ाना, फिर छड़ी बढ़ाना आदि कुछ अन्वेषणात्मक व्यवहार (exploratory behaviour) के उदाहरण हैं। सूझ उत्पन्न होने के बाद प्राणी यह समझ जाता है कि इनमें सभी व्यवहार अर्थपूर्ण नहीं थे।

(iv) निष्क्रियता की अवस्था *(Age of inactiveness)*—जब प्राणी समस्या के समाधान के लिए भिन्न-भिन्न प्रकार का अन्वेषणात्मक व्यवहार (exploratory behaviour) करता है परंतु फिर भी उसे सफलता नहीं मिलती है, तो वह थोड़ी देर के लिए उदास हो जाता है और निष्क्रिय होकर चुपचाप बैठ जाता है। इस तरह उसमें शिथिलता आ जाती है। जैसे, जब वनमानुष उछल-कूदकर छत से लटकते केले को प्राप्त नहीं कर सका, तो थोड़ी देर के लिए निष्क्रिय होकर चुपचाप बैठ गया था।

(v) सूझ का अचानक आगमन *(Sudden act of insight)*—कोहलर का कहना है कि जब प्राणी समस्या का समाधान करने के प्रयास में शिथिल एवं निष्क्रिय हो जाता है, तो फिर कुछ समय के बाद अचानक उसमें सूझ अपने आप उत्पन्न हो जाती है और समस्या का समाधान वह कर लेता है। सूझ उत्पन्न होने से व्यक्ति में लक्ष्य (goal) तथा उपाय (means) के बीच एक स्पष्ट सम्बन्ध दिखाई देने लगता है। खेल-खेल में जब दोनों छड़ी आपस में जुड़कर बड़ी हो जाती है, तो वनमानुष उल्लास के साथ उस जुड़ी हुई छड़ी के सहारे केले की ओर दौड़ पड़ता है और उसे प्राप्त कर लेता है।

(vi) सूझपूर्ण सीखने की जाँच : स्थानान्तरण *(Test of insightful learning : Transfer)*—कोहलर का विचार था कि प्राणी ने किसी समस्या का समाधान करना सूझ द्वारा सीखा है या नहीं, इसकी जाँच स्थानान्तरण (transfer) द्वारा आसानी से की जा सकती है। अगर उसने सूझ द्वारा सीखा है तो उसमें स्थानान्तरण का गुण होगा। परन्तु, अगर प्रयत्न एवं भूल (trial and error) द्वारा सीखा है तो उसमें स्थानान्तरण का गुण नहीं होगा।

कोहलर ने अनेक ऐसे परीक्षण (test) किए जिसमें वनमानुष स्थानान्तरण का गुण दिखलाते पाये गए। सुल्तान ने जब बक्सों को एक-दूसरे पर रखकर केले को प्राप्त कर लेना सीख लिया, तो सुल्तान को एक दूसरी समस्या में टेबुल तथा सीढ़ी (ladder) के साथ एक कमरे में छोड़ा गया जिसके छत से केला लटक रहा था। ऐसा देखा गया कि सुल्तान तुरंत टेबुल पर सीढ़ी रखकर चढ़ गया और केला प्राप्त कर लिया। इतना ही नहीं, सुल्तान को जब एक ऐसी समस्या दी गई जहाँ कमरे में टेबुल, सीढ़ी या अन्य कोई ऐसी वस्तु नहीं थी जिसपर चढ़कर केला प्राप्त कर सके तो वह कोहलर (जो कमरे में थे) को हाथ पकड़कर आगे लाया और ठीक छत से लटकते केले के नीचे उन्हें खड़ा कर दिया और उन्हीं पर चढ़कर केला प्राप्त कर लिया। इन परीक्षणों से यह बिलकुल ही स्पष्ट हो जाता है कि वनमानुष ने समस्या का समाधान सूझ द्वारा करना सीख था क्योंकि उसमें स्पष्ट रूप से स्थानान्तरण का गुण था।

कोहलर ने सूझ द्वारा सीखने की इस अन्तिम विशेषता की जाँच क्रमपरिवर्तन (transposition) के प्रयोग के माध्यम से भी किया गया है। जब किसी एक क्षेत्र में अर्जित नियमों का उपयोग करके प्राणी दूसरी समस्या का सफलतापूर्वक समाधान करता है, तो इस प्रक्रिया को क्रमपरिवर्तन (transposition) कहा जाता है। कोहलर ने क्रमपरिवर्तन का प्रयोग चूजों एवं बन्दरों पर किया है। चूजों को धूसर (gray) कागज के टुकड़े के दो अलग-अलग रंग (shade) दिये गए— एक गहरा रंग तथा दूसरा हल्का रंग था। जब चूजे गहरे धूसर रंग के कागज पर चोंच मारते थे, तो उन्हें भोजन दिया जाता था परंतु हल्के धूसर रंग के कागज पर चोंच मारने से उन्हें भोजन नहीं दिया जाता था। इस तरह से उन्हें कुछ प्रयास देकर गहरे धूसर रंग पर चोंच मारना सीखलाया गया। इस तरह के आरम्भिक प्रशिक्षण के बाद चूजों के सामने दूसरी परिस्थिति उत्पन्न की गयी जिसमें पहले का गहरा धूसर रंग को उससे भी अधिक गहरे धूसर रंग के साथ चूजों के सामने उपस्थित किया गया (जैसा कि चित्र 4.7 में दिखलाया गया है) परिणाम में देखा गया कि चूजों ने इन दोनों रंगों के नये संयोग (new composition) में से नया उद्दीपक अर्थात् जो पहले से भी अधिक गहरा उद्दीपक था, उसपर चोंच मारते देखे गये। स्पष्टतः इस प्रयोग में चूजों द्वारा पहली परिस्थिति में जिस नियम को सीखा गया था (गहरा धूसर रंग पर चोंच भरना) उसका स्थानान्तरण दूसरी परिस्थिति में करके वे नयी समस्या का समाधान कर रहे थे।

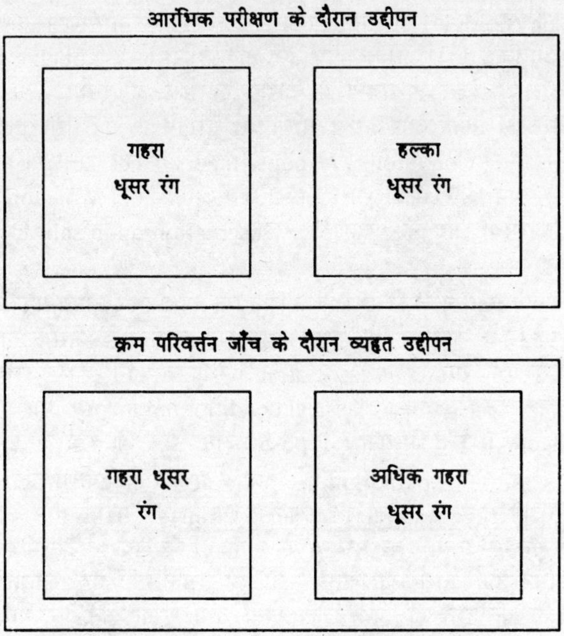

चित्र 4.7 कोहलर द्वारा क्रमपरिवर्तन प्रयोग के दौरान व्यवहृत धूसर उद्दीपन (Gray stimuli used by Kohler during Transposition experiment)

सूझ के इस सिद्धान्त से यह स्पष्ट हो जाता है कि सीखने की प्रक्रिया जब सूझ (insight) द्वारा होती है तो वह अचानक होती है क्योंकि प्राणी में सूझ अचानक ही विकसित होती है।

सूझ का सिद्धान्त महत्त्वपूर्ण होने के बावजूद इस सिद्धान्त की कुछ **सीमाएँ** (limitations) हैं जो निम्नांकित हैं—

(i) सूझ सिद्धान्त के अनुसार सीखने की प्रक्रिया अचानक (sudden) होती है क्योंकि सूझ एक अचानक होनेवाली प्रक्रिया है। मनोवैज्ञानिकों का मत है कि वास्तव में प्राणी किसी अनुक्रिया को अचानक नहीं सीखता है, बल्कि वह धीरे-धीरे कुछ अभ्यास (practice) द्वारा सीखता है। डंकर (Dunker, 1945) ने कहा है कि सूझ क्रमिक होती है तथा इसकी मात्रा कम या अधिक हो सकती है *(Insight is gradual and graduated)*। जटिल कार्यों को सीखने में सूझ की मात्रा अधिक होती है तथा जब हम साधारण कार्य को करना सीखते हैं तो उसमें सूझ की मात्रा कम होती है।

(ii) यह सिद्धान्त सीखने में सिर्फ सूझ (insight) के महत्त्व पर प्रकाश डालता है और साथ-ही-साथ यह भी दावा करता है कि सभी तरह के प्राणी सूझ द्वारा ही किसी अनुक्रिया को सीख पाते हैं। कुछ मनोवैज्ञानिकों ने इसका

खण्डन करते हुए कहा है कि सीखने में अभ्यास (practice) तथा अनुभूति (experience) का भी स्थान होता है। इनलोगों का यह भी कहना है कि छोटे-छोटे शिशुओं के सीखने में सूझ का कोई खास महत्त्व नहीं होता। प्रायः वे विषय को रटकर एवं अभ्यास करके ही सीखते हैं।

इन सीमाओं (limitations) के बावजूद भी सूझ सिद्धान्त का महत्त्व काफी है और मनोवैज्ञानिकों द्वारा इसे एक अनुपम योगदान माना जाता है।

क्लासिकी अनुबन्धन : पैवलव का सिद्धान्त
(Classical Conditioning : Theory of Pavlov)

आई॰ पी॰ पैवलव (I. P. Pavlov) एक रूसी शरीर-वैज्ञानिक (physiologist) थे जिन्होंने अपनी जीवन-वृत्ति (career) हृदय के कार्यों के अध्ययन से शुरू की परन्तु बाद में उन्होंने पाचन-क्रिया (digestion) के दैहिकी (physiology) का विशेष रूप से अध्ययन करना प्रारम्भ किया और उनका यह अध्ययन इतना महत्त्वपूर्ण एवं लोकप्रिय हुआ कि 1904 में इसके लिए उन्हें नोबुल पुरस्कार (Nobel prize) भी दिया गया। बिलकुल ही संयोग से (incidentally) पैवलव ने इन अध्ययनों के दौरान लारमय अनुबन्धन (Salivary conditioning) की घटना (Phenomenon) का अध्ययन किया और इससे सम्बन्धित सीखने के एक सिद्धान्त का भी प्रतिपादन किया गया जिसे *अनुबन्धित अनुक्रिया सिद्धान्त* (Conditioned response theory) कहा जाता है। सचमुच में लारमय अनुबन्ध (Salivary conditioning) का अध्ययन 1899 में प्रारम्भ हुआ था जब ओलपसन (Wolpson) का पी-एच॰ डी॰ शोध (Ph. D. thesis) जिसका शीर्षक "लारमय स्राव का प्रेक्षण" (Observation upon salivary secretions.) था, पैवलव के निर्देश में ही पूरा किया गया था।

पैवलव ने अपने सीखने के सिद्धान्त का आधार अनुबन्धन (conditioning) को माना है। लेफ्राइनकोइस (Lefrancois, 1983) के अनुसार अनुबन्धन एक ऐसी प्रक्रिया है जिसके द्वारा उद्दीपक (stimulus) तथा अनुक्रिया (response) के बीच एक साहचर्य (association) स्थापित होता है। पैवलव के सीखने के इस अनुबन्धन सिद्धान्त को *क्लासिकी अनुबन्धन सिद्धान्त* (classical conditioning theory) या *प्रतिवादी अनुबन्धन सिद्धान्त* (respondent conditioning theory) या *टाइप-एस* (Type-S) अनुबन्धन भी कहा जाता है।

प्रतिमान (paradigm) से तात्पर्य एक सांकेतिक मॉडल या चित्र से होता है जो किसी प्रक्रिया के विशेष गुणों को समझने में मदद करती है। क्लासिकी अनुबंधन में प्रतिमान की शुरूआत एक उद्दीपक (stimulus) तथा इससे उत्पन्न अनुक्रिया के बीच के सम्बन्ध से होता है। पैवलव के अनुसार जब कोई स्वाभाविक एवं उपयुक्त उद्दीपक को जीवन के सामने उपस्थित किया जाता है तो वह उसके प्रति एक स्वाभाविक अनुक्रिया (natural response) करता है। जैसे, गर्म बर्तन को छूते ही हाथ खींच लेना तथा भूखा होने पर भोजन देखकर मुँह में लार आना, कुछ ऐसी अनुक्रियाओं (responses) के उदाहरण हैं। जब इस स्वाभाविक एवं उपयुक्त उद्दीपक के ठीक कुछ सेकेण्ड पहले एक-दूसरा तटस्थ उद्दीपक (neutral stimulus) बार-बार उपस्थित किया जाता है तो कुछ प्रयास (trials) में उस तटस्थ उद्दीपक द्वारा ही स्वाभाविक अनुक्रिया अर्थात् लार आना या हाथ खींच लेना जो सिर्फ स्वाभाविक उद्दीपक के प्रति होती थी, उत्पन्न होने लगती है। जैसे, एक भूखे व्यक्ति के सामने घंटी बजाकर बार-बार भोजन दें तो कुछ प्रयासों के बाद मात्र घंटी बजते ही उस व्यक्ति के मुँह में लार आना प्रारम्भ हो जायेगा। पैवलव ने तटस्थ उद्दीपक (घंटी) तथा स्वाभाविक अनुक्रिया (लार-आना) के बीच स्थापित इस नये साहचर्य को सीखने की संज्ञा दिया है।

पैवलव का यह मानना था कि यदि तटस्थ उद्दीपक (neutral stimulus) को किसी उपयुक्त एवं स्वाभाविक उद्दीपक (natural stimulus) के साथ बार-बार दिया जाता है तो तटस्थ उद्दीपक के प्रति व्यक्ति वैसी ही अनुक्रिया (response) करना सीख लेता है जैसा कि वह उपयुक्त एवं स्वाभाविक उद्दीपक के प्रति करता है। यह निष्कर्ष एक प्रयोग पर आधारित है। संक्षेप में प्रयोग इस प्रकार था— एक भूखे कुत्ते को एक ध्वनि-नियंत्रित प्रयोगशाला में एक विशेष उपकरण के सहारे खड़ा कर दिया गया। कुत्ते के सामने भोजन लाया जाता था और चूँकि कुत्ता भूखा था इसलिए भोजन देखकर उसके मुँह में लार आ जाता था। कुछ प्रयासों (trials) के बाद भोजन देने के .4 या .5 सेकेण्ड अर्थात 400 या 500 मिलीसेकेण्ड पहले एक घंटी बजायी जाती थी। यह प्रक्रिया कुछ दिनों तक दोहरायी गयी तो यह देखा गया कि बिना भोजन आये ही मात्र घंटी की आवाज पर कुत्ते के मुँह से लार निकलना शुरू हो गया। पैवलव के अनुसार घंटी की आवाज पर कुत्ते के

मुँह से लार निकलना शुरू हो गया। पैवलव के अनुसार कुत्ता घंटी की आवाज पर लार के स्राव करने की क्रिया को सीख लिया है। उनके अनुसार घंटी की आवाज (उद्दीपक) तथा लार के स्राव (अनुक्रिया) के बीच एक साहचर्य (association) कायम हो गया जिसे अनुबन्धन (conditioning) की संज्ञा दी गयी। इस अनुबन्धन का आधार यह था कि कुत्ता एक उद्दीपक (घंटी की आवाज) को दूसरा उद्दीपक (भोजन) के आने का संकेत मानता था। इस दृष्टिकोण से यह उद्दीपक-उद्दीपक अधिगम (stimulus-stimulus learning) का उदाहरण बनता है।

पैवलव के इस प्रयोग पर ध्यान देने से स्पष्ट हो जाता है कि पैवलोवियन अनुबन्धन (Pavlovian conditioning) के मुख्य चार अंग (components) है जो इस प्रकार है—

(i) स्वाभाविक उद्दीपक *(Unconditional or Unconditioned stimulus : UCS)*—स्वाभाविक उद्दीपक वैसे उद्दीपक को कहा जाता है जो बिना किसी पूर्व प्रशिक्षण (training) के ही प्राणी में अनुक्रिया उत्पन्न करता है। जैसे, पैवलव के प्रयोग में भोजन एक स्वाभाविक उद्दीपक (UCS) है जो लार स्राव करने की अनुक्रिया बिना किसी प्रशिक्षण का ही करता है।

(ii) स्वाभाविक अनुक्रिया *(Unconditioned response : UCR)*—स्वाभाविक अनुक्रिया वैसी अनुक्रिया को कहा जाता है जो स्वाभाविक उद्दीपक द्वारा उत्पन्न किया जाता है। जैसे, पैवलव के प्रयोग में भोजन देखकर कुत्ते के मुँह में लार का स्राव एक स्वाभाविक अनुक्रिया है।

(iii) अनुबन्धित उद्दीपक *(Conditional stimulus or Conditioned stimulus : CS)*—अनुबन्धित उद्दीपक वैसे उद्दीपक को कहा जाता है जिसे यदि स्वाभाविक उद्दीपक के साथ या उससे कुछ सेकेण्ड पहले लगातार कुछ प्रयासों (trials) तक दिया जाता है, तो वह उद्दीपक स्वाभाविक उद्दीपक के समान ही अनुक्रिया उत्पन्न करना प्रारम्भ कर देता है। किसी भी उद्दीपक को अनुबन्धित उद्दीपक कहलाने के लिए यह आवश्यक है कि वह प्राणी की ज्ञानेन्द्रिय के पहुँच के भीतर हो, यानी जिसे देखा जा सके, सुना जा सके, स्पर्श किया जा सके। पैवलव के प्रयोग में घंटी की आवाज एक अनुबन्धित उद्दीपक (conditioned stimulus) का उदाहरण है।

(iv) अनुबन्धित अनुक्रिया *(Conditioned response : CR)*—जब अनुबन्धित उद्दीपक (CS) स्वाभाविक उद्दीपक (unconditioned stimulus) के साथ संयोजित (paired) किया जाता है तो कुछ प्रयासों के बाद अनुबन्धित उद्दीपक (CS) के प्रति प्राणी ठीक वैसी ही अनुक्रिया करता है जैसा कि वह स्वाभाविक उद्दीपक (UCS) के प्रति करता था। इस तरह की अनुक्रिया को अनुबन्धित अनुक्रिया (conditioned response) कहा जाता है। पैवलव के प्रयोग में (बिना भोजन देखे ही) घंटी की आवाज सुनने पर जो लार के स्राव की अनुक्रिया होती थी, वह अनुबन्धित अनुक्रिया (conditioned response) का उदाहरण है।

बाद में पैवलव के सहयोगियों एवं उनके शिष्यों द्वारा कुछ और भी प्रयोग बकरी, भेंड़ आदि पर भी किये गये। इन प्रयोगों के आधार पर पैवलव के निष्कर्ष को वैध (valid) ठहराया गया।

क्लासिकी अनुबन्धन की पूर्ण व्याख्या के लिए यह आवश्यक है कि उसमें सम्मिलित किये गये मुख्य तथ्यों (phenomena) का वर्णन किया जाए। ऐसे प्रमुख तथ्य निम्नांकित हैं—

1. उत्तेजन का नियम *(Law of excitation)*—इस नियम द्वारा यह पता चलता है कि यदि तटस्थ उद्दीपक (CS) को स्वाभाविक उद्दीपक (UCS) के साथ बार-बार उपस्थित किया जाता है तो ऐसी अवस्था में तटस्थ उद्दीपक प्राणी में एक सामान्य उत्तेजन (general excitation) पैदा करना प्रारम्भ कर देता है। दूसरे शब्दों में, यह कहा जा सकता है कि तटस्थ उद्दीपक प्राणी को इस हद तक उत्तेजित (excite) कर देता है कि वह अनुबन्धित अनुक्रिया (CS) करने के लिए तत्पर हो जाता है।

2. आन्तरिक अवरोध का नियम *(Law of internal inhibition)*—पैवलव ने यह देखने के लिए कि जब तटस्थ उद्दीपक (घंटी) के बाद स्वाभाविक उद्दीपक (भोजन) नहीं दिया जाता है, तो क्या होता है, इस विशेष नियम (law) का प्रतिपादन किया। उनका प्रेक्षण (observation) यह था कि ऐसी परिस्थिति में प्राणी धीरे-धीरे तटस्थ उद्दीपक के प्रति अनुक्रिया करना कम करने लगता है। दूसरे शब्दों में, सीखी गयी अनुक्रिया (यानी, लार का स्राव निकलने को अनुक्रिया)

का विलोपन (extinction) होने लगता है। पैवलव के अनुसार ऐसा होने का कारण यह है कि इस तरह की परिस्थिति में यानी घंटी बजने के बाद भोजन के नहीं दिये जाने की परिस्थिति में प्राणी में एक विशेष प्रवृत्ति (tendency) उत्पन्न होती है जो प्राणी को सीखी गयी अनुक्रिया को करने से रोकता है। अतः प्राणी सीखी गयी अनुक्रिया को भूल (forget) तो नहीं जाता है बल्कि जान-बूझकर उसे नहीं करता है (क्योंकि ऐसा करने की एक विशेष तत्परता उसमें उत्पन्न हो जाती है)। इसे ही पैवलव ने आन्तरिक अवरोध का नियम कहा है।

3. बाह्य अवरोध का नियम *(Law of external inhibition)*—हाउस्टन[1] (Houston, 1976) ने बाह्य अवरोध (external inhibition) को परिभाषित करते हुए कहा है, ''जब सीखने के दौरान कोई नया उद्दीपक अनुबन्धित उद्दीपक (conditioned stimulus) के साथ दिया जाता है तो इससे सीखने की प्रक्रिया धीमी हो जाती है और इस तरह के अवरोध को बाह्य अवरोध कहा जाता है।'' पैवलव ने यह बतलाया कि जब प्राणी तटस्थ उद्दीपक (घंटी) तथा स्वाभाविक उद्दीपक (भोजन) को एक-दूसरे से सम्बन्धित करना सीखता है तो उस समय अगर कोई बाह्य उद्दीपक जैसे रोशनी (light) उपस्थित करके तटस्थ उद्दीपक दिया जाता है तो वैसी परिस्थिति में सीखने की गति थोड़े समय के लिए अवरुद्ध (inhibited) हो जाती है। चूँकि इस तरह का अवरोध (inhibition) व्यक्ति में किसी बाह्य उद्दीपक के कारण होता है, अतः इसे पैवलव ने बाह्य अवरोध की संज्ञा दी।

4. उद्दीपक तथा स्वाभाविक उद्दीपक का कालिक क्रम *(Temporal sequence of conditional stimulus and unconditioned stimulus)*—पैवलव के सिद्धान्त में सबसे महत्त्वपूर्ण कारक जो अनुबन्धित अनुक्रिया (conditioned response) की शक्ति (strength) को निर्धारित करता है, वह है—अनुबन्धित उद्दीपक (घंटी) तथा स्वाभाविक उद्दीपक (भोजन) के बीच का समय अंतराल (time interval)। पैवलव ने अपने प्रयोग में यह स्पष्ट रूप से दिखलाया है कि इन दोनों उद्दीपकों के बीच समय अन्तराल जैसे-जैसे बढ़ते जाता है, सीखने की प्रक्रिया कमजोर होती जाती है। दूसरे शब्दों में यह कहा जा सकता है कि इन दोनों उद्दीपकों के बीच समय अंतराल बढ़ने से अनुबन्धित अनुक्रिया की शक्ति कमजोर होती जाती है। कई मनोवैज्ञानिकों ने यह दिखला दिया है कि CS तथा UCS का समय अंतराल .5 सेकेण्ड (500 मिली सेकेण्ड) होना चाहिए। इससे कम या अधिक समय अंतराल रहने से जैसा कि हर्गेहान (Hergrenhen, 1988) ने बतलाया है, अनुबन्धन का होना कठिन हो जाता है। वेरोन (Baron, 2002) के अनुसार अभी हाल में किये गए पशु अध्ययनों में यह देखा गया कि CS-UCS का आदर्श समय अंतराल .2 सेकेण्ड से 2 सेकेण्ड तक का होता है। उससे अधिक लम्बा समय में पशु CS को UCS का संकेत के रूप में नहीं समझ पाते हैं।

पैवलव तथा उनके शिष्यों ने निम्नांकित चार तरह के कालिक क्रम (temporal sequence) पर अधिक बल डाला है—

(i) समक्षणिक कालिक क्रम *(stimultaneous temporal sequence)*—इस तरह के क्रम में अनुबन्धित उद्दीपक (घंटी) तथा स्वाभाविक उद्दीपक (भोजन) को साथ-साथ प्राणी के सामने उपस्थित किया जाता है और फिर एक ही साथ दोनों को हटा लिया जाता है। इस तरह के कालिक क्रम (temporal sequence) पर आधारित अनुबन्धन (conditioning) को *समकालिक अनुबन्धन* (Stimultaneous conditioning) कहा जाता है।

(ii) विलम्बित कालिक क्रम *(delayed temporal sequence)*—इस क्रम में अनुबन्धित उद्दीपक जैसे घंटी को पहले ही बजा दिया जाता है और यह तब तक लगातार बजता रहता है जब तक कि स्वाभाविक उद्दीपक (भोजन) प्राणी के सामने नहीं दिया जाता है। कभी-कभी तो तटस्थ उद्दीपक को भोजन देने के बाद भी उपस्थित रखा जाता है। इस तरह के क्रम पर आधारित अनुबन्धन को *विलम्बित अनुबन्धन* (Delayed conditioning) कहा जाता है।

(iii) संकेत कालिक क्रम *(trace temporal sequence)*—इस तरह के अनुबन्धित क्रम में अनुबन्धित उद्दीपक जैसे (घंटी) को पहले प्राणी के सामने बजाया जाता है। फिर कुछ सेकेण्ड तक बजने के बाद उसे हटा लिया जाता है और उसके बाद स्वाभाविक उद्दीपक (भोजन) दिया जाता है। चूँकि इस तरह के क्रम में अनुबन्धित उद्दीपक पहले ही देकर हटा लिया जाता है, अतः प्राणी उस उद्दीपक द्वारा मन में छोड़े गये संकेत (trace) के प्रति ही अनुक्रिया करता है। फलतः इसे संकेत कालिक क्रम (trace temporal sequence) कहा जाता है तथा इस तरह के क्रम पर आधारित अनुबन्धन को *संकेत अनुबन्धन* (Trace conditioning) कहा जाता है।

---

1. "External inhibition refers to the fact that a new stimulus introduced during acquisition along with the CS will slow the acquisition process." —Houston : *Theories of Learning.* 1976, p. 61

विलम्बित कालिक क्रम तथा संकेत कालिक क्रम को एक साथ मिलाकर *अग्रगामी अनुबन्धन* (forward conditioning) भी कहा जाता है।

(iv) पश्चगामी कालिक क्रम (*backward temporal sequence*)—यह क्रम ऊपर वर्णन किये गये तीनों क्रम से भिन्न होता है। ऊपर के तीनों क्रमों में अनुबन्धित उद्दीपक (CS, यानी घंटी) पहले दिया जाता है तथा भोजन (USC) बाद में आता है। परन्तु इस क्रम में भोजन (UCS) पहले आता है तथा अनुबन्धित उद्दीपक (CS) बाद में आता है। इस तरह के क्रम पर आधारित अनुबन्धन को *पश्चगामी अनुबन्धन* (backward conditioning) कहा जाता है।

इन चारों तरह के अनुबन्धन में पश्चगामी अनुबन्धन द्वारा सीखी गयी अनुक्रिया की शक्ति सबसे कमजोर तथा समक्षणिक अनुबंधन (stimultaneous conditioning) में इसकी शक्ति सबसे अधिक होती है।

5. उद्दीपक सामान्यीकरण (*stimulus generalization*)—सीखने के प्रारम्भ के प्रयासों (trials) में ऐसा देखा गया है कि सिर्फ मूल अनुबंधित उद्दीपक (original conditioned stimulus) के प्रति ही प्राणी अनुक्रिया नहीं करता है बल्कि उससे मिलते-जुलते अन्य उद्दीपकों के प्रति भी उसी ढंग से अनुक्रिया करता है। इसे ही उद्दीपक सामान्यीकरण की संज्ञा दी जाती है। हाउस्टन[1] (Houston, 1976) ने इसे परिभाषित करते हुए कहा है, "उद्दीपक सामान्यीकरण की घटना में किसी एक उद्दीपक के प्रति अनुबंधित अनुक्रिया उसी तरह के दूसरे उद्दीपकों से भी उत्पन्न होने लगती है।" एक उदाहरण लिया जाये—मान लिया जाय कि किसी प्रयोग में कुत्ते में 1000 Hertz or Hz (हर्जटोन) की आवाज पर भोजन देकर लार स्राव की अनुक्रिया को अनुबंधित (conditioned) किया जाता है। यहीं 1000 Hz की आवाज मूल अनुबंधित उद्दीपक (original conditioned stimulus) का उदाहरण है। इस तरह के अनुबन्धन (conditioning) के दौरान यदि कुत्ते के सामने 1200 Hz, 1100 Hz, 900 Hz तथा 800 Hz की आवाज दिया जाय तो कुत्ते में पहले के समान ही लार-स्राव की अनुक्रिया होगी। इसे ही *उद्दीपक सामान्यीकरण* (stimulus generalization) की संज्ञा दी जाती है। पैवलव (Pavlov, 1927) तथा मुर्रे (Moore, 1972) ने अपने प्रयोगों के आधार पर यह बतलाया है कि मूल अनुबंधित उद्दीपक (original conditioned stimulus) तथा अन्य जाँच उद्दीपकों (test stimuli) के बीच जितनी अधिक समानता (stimulus) होती है, प्राणी द्वारा जाँच उद्दीपक के प्रति की गयी अनुक्रिया की शक्ति उतनी ही अधिक होती है। उपर्युक्त उदाहरण में कुत्ता 800 Hz पर कम परन्तु 900 Hz पर अधिक लार स्राव करेगा क्योंकि 900 Hz की आवाज मूल ध्वनि (1000 Hz) से अधिक समान है।

6. विभेदन (*Discrimination*)—विभेदन की घटना (phenomenon) उद्दीपक सामान्यीकरण (stimulus generalization) के ठीक विपरीत घटना है। जैसे-जैसे सीखने के लिए दिये जाने वाले प्रयासों (trial) की संख्या बढ़ती जाती है, वैसे-वैसे प्राणी मूल अनुबंधित उद्दीपक (original conditioned stimulus) तथा अन्य समान उद्दीपकों (similar stimuli) के बीच स्पष्ट अन्तर या विभेद कर लेता है। इसके परिणामस्वरूप प्राणी सिर्फ मूल अनुबंधित उद्दीपक के प्रति ही अनुक्रिया करता है, अन्य समान उद्दीपकों के प्रति अनुक्रिया नहीं करता है। इसे ही विभेदन (discrimination) की संज्ञा दी जाती है। विभेदन की घटना स्थापित होने के बाद कुत्ता सिर्फ 1000 Hz पर ही अनुक्रिया (response) करेगा अन्य समान उद्दीपकों जैसे 900 Hz, 1100 Hz आदि पर नहीं करेगा। कभी-कभी देखा गया कि जब अन्य उद्दीपक (जिसे जाँच उद्दीपक कहा जाता है) तथा मूल अनुबंधित उद्दीपक के बीच इतनी अधिक समानता होती है कि प्राणी इन दोनों के बीच विभेद करने में असमर्थ हो जाता है, तो ऐसी परिस्थिति में प्राणी का व्यवहार थोड़ी देर के लिए असामान्य (abnormal) हो जाता है। जैसे, पैवलव के सहयोगियों ने पाया कि ऐसी परिस्थिति में कुत्ता जोर-जोर से भौंकना प्रारम्भ करता है, पंजों से नोच-खसोट आदि भी प्रारम्भ कर देता है। इसे मनोवैज्ञानिकों ने *प्रयोगात्मक स्नायुविकृति* (experimental neurosis) की संज्ञा दी है।

7. उच्च-कोटि अनुबन्धन (*Higher-order conditioning*)—पैवलोवियन अनुबन्धन में यह स्पष्ट रूप से दिखलाया गया है कि किसी भी अनुबंधित उद्दीपक (conditioned stimulus) को अनुबंधन (conditioning) के आगे की प्रक्रिया में स्वाभाविक उद्दीपक (unconditioned stimulus) के रूप में प्रयोग किया जा सकता है। इसे ही उच्च-कोटि अनुबंधन कहा जाता है। जैसे, यदि घंटी की आवाज एक CS है, भोजन UCS है तथा लार-स्राव (salivation) CR के रूप स्थापित हो चुका है, तो अब घंटी को UCS के रूप में आगे प्रयोग किया जा सकता है। इस तरह जब रोशनी तथा

1. "Stimulus generalization refers to the fact that a response conditioned to one stimulus will tend to be elicited by other similar stimuli"
—Houston : *Theories of Learning*, 1976, p. 61

घंटी को बार-बार संयोजित (pair) कर प्राणी के सामने रखा जाता है, तो लार-स्राव (salivation) की अनुक्रिया जो पहले घंटी की आवाज पर होती थी, मात्र रोशनी जलते ही होने लगेगी। इसे ही उच्च-कोटि अनुबंधन कहा जाता है। इसे *द्वितीय-कोटि अनुबंधन* (second-order conditioning) भी कहा जाता है। सिलभरमैन (Silverman, 1978) ने बतलाया है कि उच्च कोटि अनुबंधन की सफलता के लिए यह आवश्यक है कि मूल CS तथा UCS (यानी घंटी तथा भोजन) को एक साथ या कुछ सेकण्ड का समय अंतराल देकर बीच-बीच में दिया जाना आवश्यक है ताकि अनुबंधित अनुक्रिया (conditioned response) की शक्ति बनी रहे।

8. विलोपन तथा स्वतः पुनर्लाभ *(Extinction & Sponetaneous recovery)*—पैवलव ने अपने प्रयोग में पाया कि प्राणी (organism) में अनुबंधन (conditioning) उत्पन्न होने के बाद जब सिर्फ CS (घंटी) दिया जाता है और UCS (भोजन) नहीं दिया जाता है और इस प्रक्रिया को लगातार कई प्रयासों (trials) तक दोहराया जाता है, तो धीरे-धीरे सीखी गयी अनुक्रिया की शक्ति कमने लगती है। दूसरे शब्दों में, कुत्ता धीरे-धीरे घंटी की आवाज पर लार का स्राव कम करते जाता है। अन्त में, एक ऐसा भी प्रयास (trial) आता है जहाँ घंटी बजती है परन्तु लार का स्राव बिलकुल ही नहीं होता है। पैवलव ने इस तरह की घटना (phenomenon) को *विलोपन* (extinction) की सज्ञा दी है। सार्टेन[1] तथा उनके सहयोगियों (Sartain et. al., 1973) ने भी कहा है कि जब पुनर्बलन (reinforcement) की अनुपस्थिति में अनुबंधित अनुक्रिया (conditioned response) बार-बार की जाती है तो इससे इसकी शक्ति कमती जाती है जिसे हम विलोपन (extinction) की संज्ञा देते हैं।

विलोपन से ही सम्बन्धित एक दूसरी घटना (phenomenon) है जिसपर भी मनोवैज्ञानिकों ने अधिक बल डाला है और वह है *स्वतः पुनर्लाभ* (spontaneous recovery) की घटना। पैवलव तथा उनके शिष्यों ने अपने प्रयोगात्मक अध्ययनों में पाया है कि जब किसी सीखी गयी अनुक्रिया का आंशिक रूप से विलोपन (partial exinction) हो जाता है और उसके कुछ समय बीतने के बाद यदि पुनः CS (घंटी) दिया जाता है, तो प्राणी (कुत्ता) फिर से CR (लार का स्राव) करते पाया जाता है हालाँकि ऐसी परिस्थिति में किया गया लार स्राव की मात्रा पहले के समान अधिक नहीं होती है। इस तरह से स्वतः पुनर्लाभ में हम पाते हैं कि विलोपन के कुछ समय के बाद CS देने पर विलोपित CR अपने आप पुनः प्राणी द्वारा किया जाता है। सार्टेन तथा उनके सहयोगियों ने स्वतः पुनर्लाभ (spontaneous recovery) को इस प्रकार परिभाषित करते हुए कहा है, ''जब एक विलोपित अनुबंधित अनुक्रिया की शक्ति में कुछ समय के बाद, आंशिक रूप से (partially) पुनर्लाभ (recovery) होता है, तो इसे स्वतः पुनर्लाभ की संज्ञा दी जाती है।''

मनोवैज्ञानिकों ने अपने प्रयोगों के आधार पर यह दिखला दिया है कि विलोपन (extinction) के बाद का समय जितना ही बड़ा होगा, स्वतः पुनर्लभ, एक सीमा तक उतना ही अधिक होता है।

9. पुनर्बलन *(Reinforcement)*—पैवलोवियन अनुबन्धन में पुनर्बलन का एक महत्त्वपूर्ण स्थान है। पैवलव के प्रयोग में भोजन एक प्रकार का पुनर्बलन है जो कुत्ते को लार स्राव (salivation) की अनुक्रिया करने के लिये प्रेरित करता है। सचमुच में भोजन यहाँ एक मुख्य पुनर्बलन (primary reinforcement) का उदाहरण है। जब कोई दूसरा तटस्थ उद्दीपक (neutral stimulus) जैसे घंटी को बार-बार भोजन के साथ संयोजित कर (paired) प्राणी के सामने उपस्थित किया जाता है तो वैसी परिस्थिति में उस तटस्थ उद्दीपक में भी मुख्य पुनर्बलन (primary reinforcement) का गुण आ जाता है। यही कारण है कि पैवलव के प्रयोग में कुछ प्रयासों (trials) के बाद कुत्ता मात्र घंटी की आवाज पर ही लार स्राव की अनुक्रिया करता था। जब एक तटस्थ उद्दीपक में मुख्य पुनर्बलन का गुण आ जाता है तो इसे *गौण पुनर्बलन* (secondary reinforcement) की संज्ञा दी जाती है। एक तटस्थ उद्दीपक में मुख्य पुनर्बलन का गुण बनाये रखने के लिये यह आवश्यक है कि बीच में तटस्थ उद्दीपक के साथ-साथ मुख्य उद्दीपक (primary reinforcement) (जैसे भोजन) भी दिया जाता रहे।

10. आभासी अनुबन्धन *(Pseudoconditioning)*—कभी-कभी ऐसा देखा गया है कि प्राणी (organism) प्रयोगात्मक परिस्थिति में कुछ वैसा ही व्यवहार दिखलाता है जो उस समय होता है जब सचमुच में अनुबन्धन (conditioning) हो जाता है। जैसे, प्रयोगात्मक परिस्थिति में लाने के कुछ समय के बाद अपने पूर्व अनुभव के कारण

---

1. "Spontaneous recovery is a partial recovery in the strength of an extinguished (really partially extinguished) conditioned response after a rest interval." —Sartain et. al., : *Psychology*, 1978, p. 367

कुत्ते में अपने आप लार स्राव की अनुक्रिया यदि शुरू हो जाती है तो यह है एक आभासी अनुबन्धन (pseudoconditioning) का उदाहरण होगा। प्रायः आभासी अनुबन्धन तब होता है जब प्राणी में सामान्य उत्तेजनशीलता (general excitability अधिक होता है।

ऊपर वर्णन किये गये तथ्यों के आधार पर हम इस निष्कर्ष पर पहुँचते हैं कि पैवलोवियन अनुबन्धन में बहुत तरह की घटनाएँ होतीं हैं जिनसे सीधे या परोक्ष रूप से अनुबंधित अनुक्रिया (conditioned response) की शक्ति प्रभावित होती है।

कुछ मनोवैज्ञानिकों द्वारा क्लासिकी अनुबंधन की आलोचना निम्नांकित कारकों (factors) के आधार पर की गयी है। प्रमुख आलोचनाएँ (criticism) निम्नांकित हैं—

1. पैवलव एक उद्दीपक-अनुक्रिया पुनर्बलन सिद्धान्तवादी (stimulus-response reinforcement theorist) हैं। अतः इनके अनुसार सीखने के लिये अर्थात् उद्दीपक एवं अनुक्रिया में सम्बन्ध स्थापित करने के लिए पुनर्बलन (reinforcement) का होना अनिवार्य है। कुछ मनोवैज्ञानिकों जैसे, टॉलमैन तथा हॉनजिक (Tolman & Honzik, 1930) एवं ब्लौजेट्ट (Blodgett, 1929) ने चूहों पर प्रयोग कर दिखला दिया है कि उन चूहों द्वारा भूलभुलैया सीखना (maze learning) जिन्हें प्रथम कुछ दिनों तक भोजन नहीं दिया गया था, ठीक उसी प्रकार किया गया जिन्हें प्रत्येक दिन भूलभुलैया सीखने के लिए भोजन दिया जाता था। हाँ, इतना अवश्य था कि जबतक भोजन नहीं दिया गया था, सीखी गयी प्रक्रिया भीतर दबी हुई थी। जैसे ही भोजन दिया गया, सीखने की प्रक्रिया स्पष्ट निष्पादन (performance) के रूप में अभिव्यक्त हुई। अतः टॉलमैन, हॉनजिक एवं ब्लौजेट आदि मनोवैज्ञानिकों का विचार है कि सीखने के लिए पुनर्बलन (reinforcement) आवश्यक नहीं है। हाँ, सीखी गयी अनुक्रिया को स्पष्ट रूप से व्यक्त करने के लिए पुनर्बलन (reinforcement) की आवश्यकता होती है।
2. पैवलव के सिद्धान्त पर ध्यान देने से यह स्पष्ट हो जाता है कि सीखने की प्रक्रिया में पुनरावृत्ति (repetition) का महत्त्व अधिक है। पैवलव के प्रयोग में एक तटस्थ उद्दीपक (घंटी) तथा स्वाभाविक उद्दीपक (भोजन) को साथ-साथ कई बार दोहराने के बाद ही कुत्ता घंटी की आवाज पर लार स्राव करने की अनुक्रिया को सीखा था। परन्तु अक्सर यह देखा गया है कि व्यक्ति के कुछ पल ऐसे भी होते हैं जहाँ वह मात्र एक ही बार की अनुभूति में सीख लेता है। जैसे, यदि किसी व्यक्ति का हाथ एक गर्म बर्त्तन से स्पर्श हो जाता है तो एक ही बार में वह सीख लेता है कि उसे गर्म बर्त्तन नहीं छूना चाहिए (न कि इसे सीखने के लिए इस कार्य की पुनरावृत्ति करनी होती है)।
3. कुछ मनोवैज्ञानिकों का कहना है कि पैवलव के सिद्धान्त में प्राणी को एक ऐसी प्रयोगात्मक परिस्थति में रखा जाता है जहाँ वह पूर्णरूपेण निष्क्रिय (passive) होता है। पैवलव का कुत्ता एक ऐसे उपकरण के सहारे बँधा होता है जिसमें उसे एक निष्क्रिय भूमिका करनी होती है। अगर प्रयोगात्मक परिस्थिति ऐसी होती जिसमें प्राणी सक्रिय होकर घूम-फिर सकता है (जैसा कि स्कीन्नर-बक्स में होता है), तो वैसी परिस्थिति में सीखने की व्याख्या इतनी यांत्रिक (mechanical) नहीं होती जितनी की पैवलव ने अपने सिद्धान्त में किया है।
4. कुछ आलोचकों का मत है कि पैवलव द्वारा प्रतिपादित सीखना एक अस्थायी तथा आंशिक रूप से प्राणी के व्यवहार में परिवर्तन करता है। कुत्ता घंटी की आवाज पर तभी तक लार स्राव करता था जबतक घंटी की आवाज के बाद उसे भोजन दिया जाता है। जब भोजन दिया जाना बन्द कर दिया गया तो कुत्ते में भी लार स्राव की अनुक्रिया धीरे-धीरे लुप्त हो गयी। इतना ही नहीं, पैवलव के सिद्धान्त के अनुसार किसी अनुक्रिया को सीखलाने के लिए एक विशेष प्रकार की प्रयोगात्मक परिस्थिति का होना अनिवार्य है जो हमेशा सम्भव नहीं भी हो सकता है।

इन आलोचनाओं के बावजूद भी पैवलव का सिद्धान्त एक महत्त्वपूर्ण सिद्धान्त है और अन्य दूसरे मनोवैज्ञानिकों ने अपने-अपने सिद्धान्त का प्रतिपादन करते समय इनके तथ्यों एवं संप्रत्ययों (concepts) से प्रेरणा ली है।

क्लासिकी अनबधन को प्रभावित करने वाले कारक
(Factors influencing Classical Conditioning)

मनोवैज्ञानिकों द्वारा किये गए अध्ययनों से यह स्पष्ट हुआ है कि क्लासिकी अनुबंधन कई कारकों से प्रभावित होता

है। इन कारकों में निम्नांकित चार कारक को सबसे महत्त्वपूर्ण बतलाया गया है—

(1) अनुबंधित उद्दीपक तथा स्वाभाविक उद्दीपक के युग्मित उपस्थिति की संख्या *(Number of paired presentation of the conditioned stimulus and the unconditioned stimulus)*—मनोवैज्ञानिकों द्वारा किये गए अध्ययनों से यह स्पष्ट हुआ है कि जब सीखने के दौरान अनुबंधित उद्दीपक तथा स्वाभाविक उद्दीपक को युग्मित करके कई बार उपस्थित किया जाता है, तो इससे अनुबंधित अनुक्रिया की शक्ति में वृद्धि होती है। इन दोनों उद्दीपकों के युग्मित प्रस्तुतीकरण की संख्या जितनी ही अधिक होती है, अनुबंधित अनुक्रिया की शक्ति उतनी ही मजबूत होती है। इन अध्ययनों से यह भी पता चला है कि व्यक्ति या पशु जिन्हें अनुबंधन का प्रयोज्य (subject) बनाया गया है, के वैयक्तिक गुणों या विशेषताओं पर यह निर्भर करता है कि अनुबंधित उद्दीपक तथा स्वाभाविक उद्दीपक का युग्मित प्रस्तुतीकरण की संख्या कितनी हो। इसके बारे में कोई एक समान नियम नहीं है।

(2) स्वाभाविक उद्दीपक की तीव्रता *(Intensity of unconditioned stimulus)*—गौरमेजानो (Gormezano, 1984) द्वारा किये गए अध्ययनों से यह स्पष्ट हुआ है कि अगर अनुबंधित उद्दीपक (conditioned stimulus) को बहुत तीव्र स्वाभाविक उद्दीपक (unconditioned stimulus) के साथ युग्मित किया जाता है, तो ऐसी परिस्थिति में अनुबंधित अनुक्रिया (conditioned response) अधिक मजबूत होती है। इतना ही नहीं, ऐसी परिस्थिति में अनुबंधित अनुक्रिया को व्यक्ति जल्द सीख भी लेता है।

(3) अनुबंधित उद्दीपक द्वारा किस हद तक स्वाभाविक उद्दीपक के बारे में सही-सही पूर्वानुमान लगाया जाता है *(How reliably the conditioned stimulus predicts the unconditioned stimulus)*—इस कारक को राबर्ट रेसकोरला (Robert Rescorla, 1967, 1988) द्वारा काफी महत्त्वपूर्ण बतलाया गया है। रेसकोरला का कहना है कि एक तटस्थ उद्दीपक (neutral stimulus) को एक अस्वाभाविक उद्दीपक के साथ मात्र युग्मित (paired) कर देने से ही क्लासिकी अनुबंधन अपने आप स्थापित नहीं हो जाता है बल्कि अनुबंधन का स्थापित होना इस बात पर आधारित होता है कि तटस्थ उद्दीपक द्वारा कितना सही-सही स्वाभाविक उद्दीपक के आने के बारे में सूचना प्राणी को मिलती है। यही कारण है कि एक ऐसी आवाज जिसके बाद प्राणी को हमेशा भोजन दिया जाता है, से अधिक मात्रा में लार स्राव होगा परंतु वह आवाज जिसके बाद प्राणी को यदा-कदा भोजन दिया जाता है, से प्राणी में लारस्राव कम मात्रा में उत्पन्न होगा।

(4) अनुबंधित उद्दीपक तथा स्वाभाविक उद्दीपक का सामयिक सम्बन्ध *(Temporal relationship between the conditioned stimulus and the unconditioned stimulus)*—मनोवैज्ञानिकों द्वारा किये गए अध्ययनों से यह स्पष्ट हुआ है कि अगर अनुबंधित उद्दीपक को स्वाभाविक उद्दीपक के तुरंत पहले दिया जाता है, तो इससे अनुबंधन तेजी से होता है। स्पेच तथा उनके सहयोगियों (Spetch et al. 1981) तथा स्पूनर एवं केल्लोग (Spooner & Kellogg, 1947) द्वारा किये गए अध्ययनों से यह स्पष्ट हुआ है कि जब ये दोनों उद्दीपक साथ-साथ दिये जाते हैं, तो अनुबंधन बहुत धीरे होता है या न के बराबर होता है और जब अनुबंधित उद्दीपक, स्वाभाविक उद्दीपक के बाद में दिया जाता है तो अनुबंधन शायद ही स्थापित हो पाता है। अनुबंधित उद्दीपक तथा स्वाभाविक उद्दीपक के बीच का आदर्श समय आधा सेकंड या 500 मिली सेकंड बतलाया गया है क्योंकि इस समय अंतराल पर अनुबंधन बहुत जल्द स्थापित होते पाया गया है। सोलोमोन तथा उनके सहयोगियों (Solomon et al. 1991) के अनुसार प्रयोज्य की आयु से भी यह आदर्श समय अंतराल प्रभावित होता है। इस क्षेत्र में किये गए मनोवैज्ञानिक अध्ययनों का सामान्य निष्कर्ष यह रहा है कि अगर अनुबंधित उद्दीपक स्वाभाविक उद्दीपक के बहुत पहले उपस्थित किया जाता है, तो इन दोनों के बीच कोई साहचर्य स्थान नहीं हो पाता है। इस सामान्य नियम का मात्र अपवाद स्वाद विरूचि (taste aversion) का अनुबंधन में पाया गया है।

स्पष्ट हुआ कि क्लासिकी अनुबंधन कई तरह के कारकों द्वारा प्रभावित होता है।

साधनात्मक अनुबन्धन के स्वरूप एवं प्रकार
(Nature and Types of Instrumental Conditioning)

साधनात्मक अनुबंधन एक ऐसी प्रक्रिया है जिसमें प्राणी मुक्त-अनुक्रिया परिस्थिति (free-responding situation) में रहकर किसी व्यवहार को सीखता है। साधनात्मक अनुबन्धन में प्राणी को प्रयोगात्मक परिस्थिति (experimental situation) जैसे स्कीन्नर बक्स (Skinner box) या पहेली बक्स (puzzle box) में इधर-उधर घूमने की पूरी स्वतंत्रता होती है। इस तरह के अनुबन्धन की एक खास विशेषता यह होती है कि प्राणी इसमें अनक्रिया स्वयं करता है न कि कोई विशेष उद्दीपक (stimulus) द्वारा उत्तेजित होने पर करता है। जैसे, स्कीन्नर बक्स में चूहा लीवर दबाने की अनुक्रिया स्वयं

करता है। ऐसा नहीं कहा जा सकता है कि यह अनुक्रिया किसी उद्दीपक के प्रति किया जा रहा है। सच पूछा जाय तो प्राणी यहाँ पूरे वातावरण पर ही परिचालन करते हुए (operate) अनुक्रिया करता है। यही कारण है कि इसे *क्रियाप्रसूत अनुबन्धन* (operate conditioning) भी कहा जाता है। इस तरह के अनुबन्धन का उदाहरण हमें थॉर्नडाइक (Thorndike) एवं स्कीन्नर (Skinner) द्वारा सीखने के क्षेत्र में किये गये प्रयोगों में मिलता है।

मनोवैज्ञानिकों ने साधनात्मक अनुबन्धन या क्रियाप्रसूत अनुबन्धन को निम्नांकित आठ भागों में बाँटा है—

1. पुरस्कार प्रशिक्षण *(Reward training)*—पुरस्कार प्रशिक्षण साधनात्मक अनुबन्धन का सबसे सरल प्रकार है। इस तरह के प्रशिक्षण की मुख्य विशेषता यह है कि जब प्राणी प्रयोगात्मक परिस्थिति में एक खास अनुक्रिया को करता है, तो उसे पुरस्कार (reward) दिया जाता है। उदाहरणस्वरूप, स्कीन्नर बक्स में चूहा जब लीवर दबाने की अनुक्रिया करता था, उसे भोजन दिया जाता था। अतः यह पुरस्कार प्रशिक्षण (reward training) का उदाहरण है। इस तरह से पुरस्कार प्रशिक्षण की सबसे प्रमुख आवश्यकता (requirement) यह होती है कि मानव या पशु पहले कोई उपयुक्त अनुक्रिया करता है और तब उसे वांछनीय परिणाम (desired results) अर्थात् पुरस्कार मिलता है।

2. विभेदन प्रशिक्षण *(Discrimination training)*—विभेदन प्रशिक्षण में प्राणी (organism) को एक खास अनुक्रिया, परिस्थितियों में विभेद करते हुए करना सीखलाया जाता है। इस तरह के साधनात्मक सीखना (instrumental learning) में प्राणी को जैसे चूहा को स्कीन्नर बक्स में रख दिया जाता है और उसके छत से एक बल्ब लटका दिया जाता है। इसे विभेदन संकेत (discrimination cue) कहा जाता है। किसी प्रयास (trial) में बल्ब जला दिया जाता है तथा किसी प्रयास में इसे बुझा दिया जाता है। 'रोशनी ऑन' (light on) अवस्था में यदि वह लीवर दबाने की अनुक्रिया करता है, तो इसे भोजन दिया जाता है। इसके कुछ समय के बाद दूसरी परिस्थिति प्रारम्भ होती है, जिसमें रोशनी (light) ऑफ (off) होती है और यदि चूहा इस परिस्थिति में लीवर दबाने की अनुक्रिया करता भी है, तो उसे भोजन नहीं मिलता है। इस तरह रोशनी ऑन (light on) तथा रोशनी ऑफ (light off) की परिस्थिति में लगातार कई प्रयास (trails) दिये जाते हैं। धीरे-धीरे चूहा लीवर दबाने की अनुक्रिया को दो तरह की परिस्थितियों में विभेद करते हुए सीख लेता है। इसे ही विभेदन प्रशिक्षण कहा जाता है।

3. मुक्ति प्रशिक्षण *(Escape training)*—मुक्ति प्रशिक्षण (escape training) को *उन्मुक्ति प्रशिक्षण* (relief training) भी कहा जाता है। इस तरह के प्रशिक्षण में एक विशेष बक्स तैयार किया जाता है जिसे 'शटिल बक्स' (shuttle box) कहा जाता है (देखें चित्र 4.7)। इस बक्स में दो कक्ष (compartment) होते हैं। इन दोनों कक्षों के बीच एक दरवाजा होता है जिसे ऊपर नीचे किया जा सकता है। नीचे की ओर गिरा देने से एक कक्ष दूसरे से अलग हो जाता था परन्तु फिर भी उस दरवाजा की बनावट ही कुछ ऐसी होती थी कि यदि प्राणी चाहे तो उसे लाँघ कर या छलांग लगाकर दूसरे कक्ष में आ जा सकता था। इस प्रशिक्षण में प्रायः कुत्ता को ही प्रयोज्य (subject) बनाया जाता है। कुत्ता को किसी एक कक्ष में रख दिया जाता है। चूँकि कक्ष की सतह स्टील (steel) के छड़ (bars) का बना होता है, अतः उसके द्वारा कुत्ता को हल्का बिजली का शॉक (shock) दिया जाता है। शॉक लगते ही कुत्ता बेचैन होकर वहाँ से भागना चाहता है और फिर इधर-उधर देखकर बीच के दरवाजा को लाँघते हुए दूसरे कक्ष में आ जाता है जिसका भी सतह स्टील के छड़ का ही होता है परन्तु अभी उसमें बिजली की धारा (current) प्रवाहित नहीं होती है। कुछ मिनट कुत्ता जब आराम कर लेता है तो फिर उस कक्ष के सतह से भी बिजली की धारा प्रवाहित की जाती है और फिर कुत्ता में उसी तरह की बेचैनी देखा जाता है और पुनः बीच के दरवाजा को लाँघते हुए पहले वाले कक्ष में आ जाता है जिसकी सतह में अभी विद्युत की धारा नहीं होती है। इस तरह से कुत्ता को दोनों कक्षों में प्रशिक्षण दिया जाता है और अन्त में देखा जाता है कि बिजली का शॉक (shock) लगने तथा कुत्ता को उछल कर या लाँघकर दूसरा कक्ष में आने के बीच का समय (latency) बहुत कम हो जाता है और तब यह समझा जाता है कि कुत्ता मुक्ति अनुक्रिया (excape response) को पूर्णतः सीख लिया है।

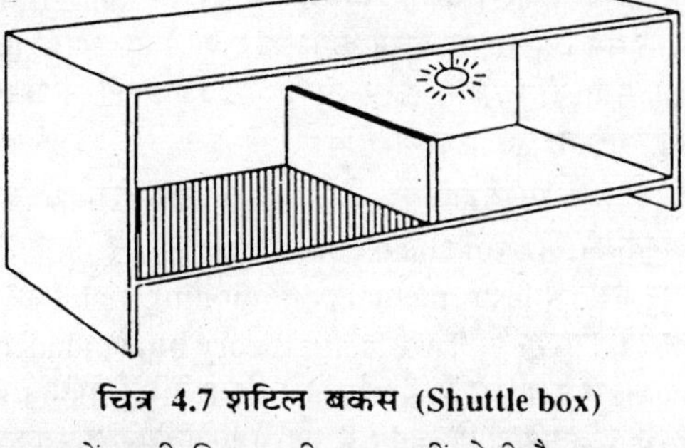

चित्र 4.7 शटिल बकस (Shuttle box)

4. परिवर्जन प्रशिक्षण *(Avoidance training)*—परिवर्जन प्रशिक्षण में पशु को दण्ड (punishment) से बचना सीखलाया जाता है। अगर पशु एक खास समय के भीतर अनुक्रिया कर देता है, तो स्वभावतः उसे दण्ड नहीं मिलता है। परन्तु यदि वह अनुक्रिया उस खास समय के भीतर नहीं करता है तो उसे दण्ड मिलता है। परिवर्जन प्रशिक्षण (avoidance training) के लिए जो उपकरण (apparatus) या शटिल बक्स (shuttle box) का उपयोग किया जाता है उसे चित्र 4.7 में दिखलाया गया है।

चित्र 4.7 से स्पष्ट है कि इस बक्स में दो कक्ष (compartments) होते हैं—

एक उजला कक्ष (white compartment) तथा दूसरा काला कक्ष (black compartment)। उजला कक्ष का फर्श (floor) धातु का बना होता है ताकि उससे होकर बिजली की धारा प्रवाहित हो सके। काला कक्ष का फर्श अधातु का बना होता है। फलतः, इससे होकर विद्युत धारा नहीं प्रवाहित हो सकती है। प्राणी को उजला कक्ष में रख दिया जाता है एवं रोशनी संकेत के रूप में जला दिया जाता है तथा इसके 10–15 सेकेण्ड समय बीतने के बाद बिजली का हल्का शॉक (shock) दिया जाता है। फलतः, प्राणी में बेचैनी बढ़ती है और वह उजला कक्ष तथा काला कक्ष के बीच में बनाये गये दिवाल (wall) पर चढ़कर काला कक्ष में आ जाता है, जिससे बिजली का शॉक से वह बच जाता है। यहाँ आकर वह आराम करता है। फिर दूसरे प्रयास (trial) में प्रयोगकर्त्ता प्राणी को पकड़कर पुनः उजला कक्ष में रख देता है जहाँ रोशनी संकेत के रूप में जला दिया जाता है। 10–15 सेकण्ड के बाद पुनः बिजली का उसे शॉक मिलता है जिससे बचने के लिए पुनः काला कक्ष में बीच का दिवाल पर चढ़ते हुए वह आ जाता है। जब इसी प्रक्रिया को लगातार कई प्रयासों (trials) तक दोहराया जाता है तो अन्त में एक ऐसा भी प्रयास (trials) आता है जिसमें प्राणी रोशनी का संकेत मिलने के 10–15 सेकण्ड के भीतर ही उजला कक्ष से काला कक्ष में आ जाता है। फलस्वरूप, उसे बिजली का शॉक नहीं लगता है (क्योंकि शॉक 10–15 सेकेण्ड बीतने के बाद ही दिया जाता था)। इस तरह से प्राणी दण्ड से बचना (avoidance) सीख लेता है। सोलोमोन तथा विनी (Solomon & Wyne, 1953) ने एक प्रयोग कुत्ता पर किया जिसमें उन्होंने पाया कि कुत्ता धीरे-धीरे परिवर्जन अनुक्रिया (avoidance response) करना सीख लिया।

परिवर्जन सीखना अनुबंधन (avoidance learning conditioning) के क्षेत्र में आजकल एक महत्त्वपूर्ण संप्रत्यय जिसे (learned helplessness) कहा जाता है, का भी अध्ययन पर बल डाला गया है। इसके अध्ययन में मायर (Maier, 1970) तथा मायर, सेलिगमैन एवं सोलोमोन (Maier, Seligman & Solomon, 1969) ने विशेष अभिरुचि दिखलाया है। इन लोगों का मत है कि यदि पशु जैसे कुत्ता को सामान्य परिवर्जन प्रशिक्षण देने के पहले एक ऐसी परिस्थिति में रखकर बिजली का आघात दिया जाता है जिससे हर सम्भव प्रयास के बावजूद वह भाग नहीं सकता है, तो ऐसे पशु परिवर्जन अनुक्रिया (avoidance response) करना नहीं सीख पायेंगे। जैसे, यदि कुत्ते को पैवलोवियन साज (harness) में रखकर बिजली का आघात कुछ देर तक दिया जाता है (जिससे प्रयास करने के बावजूद भी उसे छुटकारा नहीं मिल सकता है) और उसके बाद इसे परिवर्जन अनुक्रिया सीख लेने के लिए बने बक्स में रखा जाता है जहाँ वह चाहे तो बक्स के दूसरे चैम्बर (काला चैम्बर) में आकर आघात से बच सकता है, तो कुत्ता चुपचाप बिजली का आघात सहते रहता है। इसमें आघात से बचने की आशा की किरण नहीं दिखलाई देती है। इसे *अर्जित निस्सहायता* (learned helplessness) की संज्ञा दी गयी है जिसे अन्य मनोवैज्ञानिकों ने मनुष्यों तथा कुछ विशेष तरह के पशुओं जैसे बन्दर एवं बिल्लियों में भी स्पष्टतः होता पाया है।

कुछ मनोवैज्ञानिकों जैसे माऊर्र तथा लैमोरॉक्स (Mowerer & Lamoreaux, 1942) ने कहा है कि परिवर्जन अनुबन्धन (avoidance conditioning) में पैवलोवियन अनुबन्धन (Pavlovian conditioning) तथा साधनात्मक अनुबन्धन (instrumental conditioning) दोनों ही एक तरह से सम्मिलित होता है। इसे परिवर्जन अनुबन्धन का *द्वि-कारक सिद्धान्त* (Two-factor theory of avoidance conditioning) कहा गया है। जब चूहा को उजला बक्स (white box) में रखा जाता है और उसे बिजली का शॉक (shock) दिया जाता है तो उसमें एक अनुबंधित डर (conditioned fear) विकसित हो जाता है जो पैवलोवियन अनुबन्धन का उदाहरण है। यहाँ रोशनी का संकेत CS है, बिजली का शॉक UCS है, बिजली के शॉक से उत्पन्न डर (fear) UCR है तथा रोशनी का संकेत मात्र देखने से ही जो डर उत्पन्न होता है (यानी 10–15 सेकेण्ड के पहले) वह CR का उदाहरण है। इस सिद्धान्त का दूसरा कारक यह बतलाया है कि परिवर्जन अनुबन्धन में साधनात्मक सीखना (instrumental learning) भी सम्मिलित है। जब प्राणी उजला कक्ष में होता है तो उसमें अनुबंधित डर (conditioned fear) होता है। वह बीच के दिवाल पर चढ़कर काला कक्ष में आ जाता है जिसके

परिणामस्वरूप उसमें जो डर था, वह समाप्त हो जाता है। इस तरह से काला कक्ष में आने की अनुक्रिया (response) करने से प्राणी को एक तरह का पुरस्कार (यानी, डर खत्म हो जाना) मिलता है। स्पष्ट हुआ कि परिवर्जन अनुबन्धन में पैवलोवियन अनुबन्धन द्वारा सीखना तथा साधनात्मक अनुबन्धन द्वारा सीखना दोनों ही सम्मिलित होते हैं। इसे परिवर्जन अनुबन्धन का द्वि-कारक सिद्धान्त (Two-factor theory) कहा गया है।

5. दण्ड प्रशिक्षण *(Punishment training)*—दण्ड प्रशिक्षण में प्राणी निष्क्रिय (passive) होकर पूर्व सीखी गयी अनुक्रिया को पुनः नहीं करने का प्रशिक्षण प्राप्त करता है क्योंकि प्रयोगात्मक स्थिति (experimental situation) में कुछ इस प्रकार का परिवर्तन कर दिया जाता है कि सीखी गयी अनुक्रिया को न करने से ही उसे पुरस्कार (reward) मिलता है या दण्ड से छुटकारा मिलता है। प्रायः दण्ड प्रशिक्षण के लिए स्कीनर बक्स में पहले चूहा को पुरस्कार (reward) के आधार पर लीवर दबाने की अनुक्रिया को सीखला दिया जाता है। फिर अचानक किसी प्रयास (trial) से लीवर का सम्बन्ध भोजन से तोड़कर बिजली से कर दिया जाता है जिसके फलस्वरूप लीवर दबाने से चूहा को भोजन मिलने के बजाय बिजली का शॉक लगता है। ऐसी परिस्थिति में चूहा को निष्क्रिय होकर (passively) लीवर को न दबाने की अनुक्रिया को सीखना होता है क्योंकि ऐसा ही करने से उसे पुरस्कार (reward) मिल सकता है अर्थात् वह दण्ड से बच सकता है। चूँकि इस तरह के प्रशिक्षण में प्राणी निष्क्रिय होकर सीखी गई अनुक्रिया को पुनः न करने की अनुक्रिया को सीखता है, इसलिए इस तरह के प्रशिक्षण को कभी-कभी *निष्क्रिय परिवर्जन प्रशिक्षण* (passive avoidance training) भी कहा जाता है।

6. विलोपन प्रशिक्षण *(Omission training)*—विलोपन प्रशिक्षण बहुत हद तक दण्ड प्रशिक्षण से मिलता-जुलता है। अन्तर इतना ही है कि विलोपन प्रशिक्षण में पुनर्बलन (reinforcement) धनात्मक (positive) होता है अर्थात् कोई पुरस्कार होता है जिसके आधार पर भी पूर्व सीखी गयी अनुक्रिया को प्राणी धीरे-धीरे भूलता है। विलोपन प्रशिक्षण के लिए स्कीन्नर बक्स में पहले पुरस्कार या भोजन देकर चूहा को लीवर दबाने की अनुक्रिया करना सीखला दिया जाता है। इसके बाद प्रयोगात्मक विधि में अचानक कुछ परिवर्तन कर दिया जाता है। अब चूहा को लीवर दबाने के बाद भोजन नहीं दिया जाता है बल्कि जब वह लीवर को नहीं दबाता है और उसके अगल-बगल में घूमता होता है, तभी ही उसे भोजन दे दिया जाता है। इस प्रक्रिया को कई बार दोहराने के बाद चूहा धीरे-धीरे लीवर न दबाने की अनुक्रिया को सीख लेता है तथा लीवर दबाने की अनुक्रिया को करना छोड़ देता है।

7. विभेदित दण्ड प्रशिक्षण *(Discriminated punishment training)*—इस प्रशिक्षण में प्रयोगात्मक विधि (experimental method) ठीक वही होता है जो दण्ड प्रशिक्षण का होता है। परन्तु इसमें सिर्फ एक विभेदन संकेत (discrimination cue) होता है जिसे स्कीन्नर बक्स में लगा दिया जाता है और तब प्रशिक्षण दी जाती है। जैसे, स्कीन्नर बक्स में प्रकाश बल्ब (light bulb) लगा दिया जा सकता है जो विभेदन संकेत का कार्य करता है। बल्ब के जलते रहने की अवस्था (light on condition) में दण्ड प्रशिक्षण दिया जाता है अर्थात् लीवर दबाने से उसे बिजली का शॉक दिया जाता है। परन्तु बल्ब बुझा रहने की अवस्था (light off condition) में चूहा को लीवर दबाने से भोजन दिया जाता है। इस तरह से जब लगातार बल्ब के जलते रहने की अवस्था तथा बल्ब को बुझा रहने की अवस्था में वैकल्पिक रूप से (alternatively) प्रशिक्षण दिया जाता है तो चूहा इन दोनों अवस्थाओं में विभेद करना सीख लेता है और बल्ब के बुझा रहने की अवस्था में वह लीवर दबाने की अनुक्रिया करना सीख लेता है तथा बल्ब के जलते रहने की अवस्था में वह लीवर न दबाने की अनुक्रिया करना सीख लेता है।

8. विभेदित विलोपन प्रशिक्षण *(Discriminated omission training)*—विभेदित विलोपन प्रशिक्षण की प्रयोगात्मक विधि बहुत कुछ विलोपन प्रशिक्षण के ही प्रशिक्षण के ही समान है। अन्तर सिर्फ इतना है कि प्रयोगात्मक परिस्थिति में एक विभेदन संकेत (discrimination cue) जैसे रोशनी के लिए बल्ब (light bulb) लगा दिया जाता है। बल्ब के जलते रहने की अवस्था में चूहा को स्कीन्नर बक्स में लीवर दबाने की अनुक्रिया न करने पर (या यों कहा जाय कि लीवर दबाने की अनुक्रिया करने के पहले ही) उसे भोजन दे दिया जाता है। फिर बल्ब बुझा रहने की अवस्था में चूहा को स्कीन्नर बक्स में लीवर दबाने की अनुक्रिया करने के बाद ही भोजन दिया जाता है। इस तरह से बल्ब जलते रहने की अवस्था तथा बल्ब बुझा रहने की अवस्था को लगातार वैकल्पिक रूप से (alternatively) देने से चूहा इन दोनों अवस्थाओं में विभेद करना सीख लेता है और बल्ब जलते रहने की अवस्था में चूहा लीवर दबाने की अनुक्रिया को तेजी से करता पाया जाता है।

इस तरह से हम देखते हैं कि साधनात्मक सीखना के कई प्रकार हैं। इन प्रकारों में पुरस्कार प्रशिक्षण (reward training), परिवर्जन प्रशिक्षण (avoidance training) तथा विभेदन प्रशिक्षण (discrimination training) अधिक महत्त्वपूर्ण है।

पैवलोवियन अनुबन्धन तथा साधनात्मक अनुबन्धन में अन्तर
(Difference between Pavlovian Conditioning and Instrumental Conditioning)

अनुबन्धन (conditioning) के मुख्य दो प्रारूप हैं— क्लासिकल अनुबन्धन (classical conditioning) तथा साधनात्मक अनुबन्धन (instrumental conditioning)। इन दोनों तरह के अनुबन्धन में मुख्य समानता (similarity) यह है कि इन दोनों तरह के अनुबन्धन द्वारा सीखने में पुनर्बलन (reinforcement), प्राणी में अन्तर्नोद (drive) तथा उद्दीपक-अनुक्रिया (stimulus-response) का होना अनिवार्य है। इन समानताओं के बावजूद भी इन दोनों में विभिन्नताएँ (dissimilarities) हैं।

पैवलोवियन या क्लासिकल अनुबन्धन (Pavlovian or Classical conditioning) में सामान्यतः प्रयोज्य (subject) निष्क्रिय (passive) होता है तथा वह चाहकर भी प्रयोगात्मक परिस्थिति में चलने-फिरने की अनुक्रिया नहीं कर सकता है। पैवलव के कुत्ता पर छात्र ध्यान दें। कुत्ता का पूरा शरीर उपकरण (apparatus) से इस प्रकार बंधा होता है कि चाहकर भी घूमने-फिरने की कोई अनुक्रिया वह नहीं कर सकता। साधनात्मक अनुबन्धन (instrumental conditioning) में ऐसी बात नहीं होती है। यहाँ जीव (organism) अधिक सक्रिय होता है तथा प्रयोगात्मक परिस्थिति में स्वतंत्र रूप से इसे इधर-उधर घूमने की पूरी स्वतंत्रता रहती है। इस सामान्य अन्तर के अलावा क्लासिकल अनुबन्धन तथा साधनात्मक अनुबन्धन में निम्नांकित दो तरह के प्रमुख अन्तर हैं—

(अ) कार्यविधि-सम्बन्धी अन्तर (procedural differences)

(ब) सैद्धान्तिक अन्तर (theoretical differences)

इन दोनों तरह के अन्तर की व्याख्या निम्नांकित है—

(अ) कार्यविधि-सम्बन्धी अन्तर *(Procedural differences)*—कार्यविधि-सम्बन्धी अन्तर वैसे अन्तर को कहा जाता है जो CS (Conditioned stimulus, जैसे, घंटी) तथा UCS (Unconditioned stimulus, जैसे भोजन) को प्रयोगात्मक परिस्थिति में उपस्थित करने की विधि (procedure) से सम्बन्धित होता है। क्लासिकल अनुबंधन (classical conditioning) तथा साधनात्मक अनुबन्धन (instrumental conditioning) में प्रमुख कार्यविधि-सम्बन्धी अन्तर (procedural distinction) निम्नांकित है—

1. क्लासिकल अनुबंधन में UCS (अर्थात् भोजन) प्रयोज्य (subject) को पहले दिया जाता है और अनुक्रिया (response) बाद में होती है। जैसे, पैवलव के कुत्ते के सामने भोजन (अर्थात् UCS) पहले दिया जाता था तब वह लार की अनुक्रिया (salivation response) बाद में करता था। इसका मतलब यह हुआ कि UCS का दिया जाना अनुक्रिया (response) पर आधारित नहीं होता है। साधनात्मक अनुबंधन में ऐसी बात नहीं होती है। स्कीन्नर बक्स में चूहे को भोजन की गोलियाँ (food pellets) तभी दी जातीं थीं जब वह सही अनुक्रिया करता है यानी लीवर को दबाता है। अतः यह कहा जाता है कि साधनात्मक अनुबन्धन में UCS का दिया जाना सही अनुक्रिया के होने पर आधारित होता है।

2. क्लासिकल अनुबंधन (classical conditioning) में UCS प्रयोगकर्त्ता के पूर्ण नियंत्रण में होता है। CS (घंटी) देने के बाद प्रयोगकर्त्ता UCS (भोजन) को चाहे तुरंत या कुछ सेकेण्ड बाद भी दे सकता है। पैवलव के प्रयोग में घंटी बजने के तुरंत बाद भी या कुछ मिलीसेकेण्ड के बाद भी कुत्ते को भोजन (UCS) दिया जाता था। कहने का तात्पर्य यह है कि UCS को उपस्थित करने की प्रक्रिया पर प्रयोगकर्त्ता को अपना पूर्ण नियंत्रण होता है। साधनात्मक अनुबन्धन (instrumental conditioning) में UCS पर प्रयोगकर्त्ता का इस तरह का कोई नियंत्रण नहीं रहता है। जब स्कीन्नर बक्स में चूहा लीवर दबाने की अनुक्रिया कर देता है तो उसके तुरंत बाद उसे भोजन की गोलियाँ (food pellets) दे दी जाती है। चाहकर भी प्रयोगकर्त्ता इन गोलियों को देने में देर नहीं कर सकता और यदि करता है तो वह साधनात्मक अनुबन्धन की विधि का उल्लंघन करता है।

3. क्लासिकल अनुबन्धन (classical conditioning) में CS या UCS के बीच का समय महत्त्वपूर्ण होता है जिसे *क्रान्तिक प्रयोगात्मक संभाव्यता* (critical experimental contigency) कहा जाता है। जैसे-जैसे यह समय बड़ा होता

जाता है, वैसे-वैसे सीखी गयी अनुक्रिया की शक्ति क्षीण होती जाती है। यदि इन दोनों के बीच का समय काफी अधिक कर दिया जाता है, तो सम्भव है कि सीखने की प्रक्रिया हो ही नहीं। जैसे, पैवलव के प्रयोग में घंटी (CS) बजने के दो घंटे बाद यदि भोजन (UCS) दिया जाय, तो सम्भव है कि कुत्ता घंटी की आवाज पर लार स्राव करने की अनुक्रिया सीखे ही नहीं। परन्तु साधनात्मक अनुबन्धन में जीव (organism) द्वारा की गयी अनुक्रिया (response) तथा उसके परिणाम (consequence) के बीच का समय महत्त्वपूर्ण होता है। इस तरह से क्रान्तिक प्रयोगात्मक संभाव्यता (critical experimental contigency) अनुक्रिया और उसके परिणाम (consequence) के बीच में यहाँ होता है। स्कीन्नर बक्स में चूहे द्वारा लीवर दबाने की की गई अनुक्रिया (lever pressing response) तथा उसका परिणाम अर्थात् भोजन की गोलियाँ मिलने के बीच का समय जैसे-जैसे अधिक होता था, वैसे-वैसे सीखी गयी अनुक्रिया की शक्ति क्षीण होती जाती थी।

4. क्लासिकल अनुबंधन में UCS स्पष्ट होता है एवं आसानी से इसे पहचाना जाता है। जैसे, पैवलव के प्रयोग में भोजन UCS है जिसके प्रति कुत्ता लार के स्राव की अनुक्रिया करता है। इस तरह के उद्दीपक (stimulus) द्वारा अनुक्रिया (response) उत्पन्न होता है। साधनात्मक अनुबन्धन (instrumental conditioning) में यद्यपि भोजन दिया जाता है, फिर भी इसे हम UCS नहीं कह सकते हैं और यदि कहते हैं तो स्कीन्नर के S–R (stimulus-Response) सिद्धान्त के वह विरुद्ध होगा। इस सिद्धान्त में किसी भी उद्दीपक (stimulus) को उद्दीपक कहलाने के लिए यह आवश्यक है कि वह किसी अनुक्रिया से पहले आये और जीव फिर उसके प्रति अनुक्रियाशील हो। स्कीन्नर बक्स में लीवर दबाने की अनुक्रिया पहले होती है और भोजन की गोलियाँ बाद में आती है। स्पष्ट है कि यह क्रम S–R के ठीक विपरीत यानी R–S हो जाता है। अतः स्कीन्नर बक्स में दिये जाने वाले भोजन की गोलियों (food pellets) को पैवलव के प्रयोग के समान हम निश्चित रूप से UCS नहीं कर सकते हैं। ह्यूल्स, इगेथ तथा डीज[1] (Hulse, Egeth & Deese, 1980) ने ठीक ही कहा है, ''पैवलोवियन अनुबन्ध के प्रयोग में आसानी से पहचानने योग्य उद्दीपक अर्थात् UCS होता है जो उस अनुक्रिया को पैदा करता है जिसे अनुबंधित करना होता है जबकि साधनात्मक अनुबन्धन प्रयोग में तुल्य (comparable) उद्दीपक को पहचाना नहीं जा सकता है।''

5. क्लासिकल अनुबंधन में CS भी स्पष्ट होता है जिसके प्रति जीव किसी अनुक्रिया को करना सीखता है। जैसे, पैवलव के प्रयोग में घंटी स्पष्टतः CS है जिसके प्रति कुत्ता लार स्राव की अनुक्रिया (response) को करना धीरे-धीरे सीख लेता है। क्या आप बता सकते हैं कि साधनात्मक अनुबन्धन के प्रयोग में जैसे स्कीन्नर बक्स में किये गये प्रयोग में वह कौन-सा उद्दीपक (stimulus) है जो लीवर दबाने की अनुक्रिया को उत्पन्न करता है? इसके कई उत्तर हो सकते हैं– जैसे, लीवर की उपस्थिति, स्कीन्नर बक्स का भीतरी वातावरण, आदि-आदि। परन्तु पैवलव के प्रयोग के समान हम एक निश्चित उत्तर नहीं दे सकते हैं। ह्यूल्स, इगेथ तथा डीज[2] (Hulse, Egeth & Deese, 1980) ने इसपर टिप्पणी करते हुए ठीक ही कहा है, ''साधनात्मक, पुरस्कार प्रशिक्षण में कौन-सा उद्दीपक CS है जिसके प्रति लीवर दबाने की अनुक्रिया अनुबंधित होती है? दूसरे शब्दों में, लीवर तथा भोजन के बीच सम्बन्ध स्थापित कर लेने के बाद कौन उद्दीपक चूहे में लीवर दबाने की अनुक्रिया करता है? इसका हमलोग मात्र अंदाज लगा सकते हैं।''

6. क्लासिकल अनुबंधन में UCS एक ही साथ दो कार्य करता है। यहाँ UCS अनुक्रिया भी उत्पन्न करता है तथा साथ-ही-साथ उसे पुनर्बलित (reinforce) भी करता है। जैसे, पैवलव के प्रयोग में भोजन द्वारा लार स्राव की अनुक्रिया भी होती है और साथ-ही-साथ भोजन के मिलने से कुत्ता इस अनुक्रिया को करने के लिए प्रेरित भी होता है। साधनात्मक अनुबन्धन में ऐसी बात नहीं है। स्कीन्नर बक्स में अनुक्रिया (response) अर्थात् लीवर दबाने की प्रक्रिया पहले हो जाती है तथा पुनर्बलन (reinforcement) बाद में दिया जाता है। अतः अधिक-से-अधिक हम यही कह सकते हैं कि यहाँ पुनर्बलन अर्थात् भोजन चूहे को लीवर दबाने की अनुक्रिया को करने के लिए प्रेरित कर रहा है, उसे उत्पन्न नहीं कर रहा है।

---

1. "In Pavlovian conditioning experiment there is always a readily indentifiable stimulus, the UCS, which elicits the response we wish to condition, while in an instrumental conditioning experiment, a comparable stimulus cannot be identified." —Hulse, Egeth & Deese : *The Psychology of Learning,* 1980. p. 31
2. "What is the CS to which lever pressing is conditioned in our example of instrumental reward training? In other words, what leads the rat to press the lever after it has discovered the connection between the lever and food? Again we are reduced to guess." —Hulse, Egeth & Deese : *The Psychology of Learning,* 1980, p. 31

(ब) सैद्धांतिक अन्तर *(Theoretical difference)*—सैद्धान्तिक अन्तर से तात्पर्य वैसे अन्तर से होता है जिसके आधार पर सीखने की व्याख्या सैद्धान्तिक रूप से करते हुए यह बतलाने की कोशिश की जाती है कि सीखने का मुख्य प्रकार या प्रक्रियाएँ क्या हो सकतीं हैं। पैवलोवियन अनुबन्धन तथा साधनात्मक अनुबन्धन में प्रमुख सैद्धान्तिक अन्तर निम्नांकित हैं—

1. पैवलोवियन अनुबन्धन द्वारा प्रतिवादी अनुक्रिया (respondent response) का अनुबन्धन होता है जबकि साधनात्मक अनुबन्धन द्वारा क्रियाप्रसूत अनुक्रिया (operant response) का अनुबन्धन होता है। जीव द्वारा लार स्राव करना प्रतिवादी अनुक्रिया का उदाहरण है तथा लीवर दबाने की अनुक्रिया करना एक क्रियाप्रसूत अनुक्रिया (operant response) का उदाहरण है।
2. क्लासिकल अनुबंधन द्वारा ग्रन्थीय (glandular) एवं अन्तरांग (visceral) अनुक्रियाओं जैसे, लार स्राव की क्रिया, हृदय के गति की क्रियाएँ आदि का अनुबन्धन अधिक होता है। इस तरह की अनुक्रियाओं का नियंत्रण स्वायत्त तंत्रिका तंत्र (autonomic nervous system) द्वारा होता है। साधनात्मक अनुबंधन (instrumental conditioning) द्वारा पेशीय (muscular) एवं अनुकूली (adaptive) अनुक्रियाएँ जैसे पैर या हाथ से बटन दबाना, दौड़ना, पैर उठाना आदि का अनुबन्धन अधिक होता है। ऐसी अनुक्रियाएँ कायिक तंत्रिका तंत्र (somatic nervous system) के नियंत्रण में होती है।
3. पैवलोवियन अनुबन्धन में कमजोर उद्दीपक (weak stimulus) को भी पुनर्बलन (reinforcement) के रूप में प्रयोग किया जा सकता है क्योंकि इस अनुबंधन का सम्बन्ध ग्रन्थीय अनुक्रियाओं (glandular response) से होता है। जैसे, जीव में लार के स्राव की अनुक्रिया उत्पन्न करने के लिए नींबू (lamon) का रस भी काफी हो सकता है। परन्तु साधनात्मक अनुबन्धन (instrumental conditioning) में कमजोर उद्दीपक (weak stimulus) को पुनर्बलन (reinforcement) के रूप में प्रयोग नहीं किया जा सकता है क्योंकि इसका सम्बन्ध पेशीय अनुक्रियाओं से होता है। स्कीन्नर बक्स में लीवर दबाने की अनुक्रिया के लिए यदि नींबू के रस जैसे कमजोर उद्दीपक को पुनर्बलन (reinforcement) के रूप में प्रयोग किया जाय, तो कभी भी उस अनुक्रिया को प्राणी सीख नहीं पायेगा।

इस तरह से हम देखते है कि क्लासिकल अनुबन्धन (classical conditioning) तथा साधनात्मक अनुबन्धन (instrumental conditioning) एक-दूसरे से भिन्न है। जहाँ तक इन दोनों में कार्य-विधि सम्बन्धी अन्तर (procedural differences) का प्रश्न है उसे आज भी मनोवैज्ञानिकों द्वारा सही माना गया है। परन्तु सैद्धान्तिक अन्तर। को विशेषकर प्रथम सैद्धान्तिक अन्तर को 1965 के पहले तक तो सही माना जाता था परन्तु उसके बाद ऐसे अनेकों प्रयोग हो चुके हैं जिनके आधार पर यह दिखला दिया गया है कि पैवलोवियन अनुबन्धन (Pavlovian conditioning) द्वारा क्रियाप्रसूत अनुक्रियाओं (operant response) तथा साधनात्मक अनुबन्धन द्वारा प्रतिवादी अनुक्रिया (respondent response) को भी अनुबंधित (conditioned) किया जा सकता है। मिलर तथा डिकारा (Miller & Dicara, 1967) का प्रयोग जिसमें साधनात्मक अनुबन्धन (instrumental conditioning) द्वारा चूहों के हृदय गति (जो एक प्रतिवादी अनुक्रिया है) का अनुबन्धन (conditioning) किया गया था, एक ऐसा प्रमुख उदाहरण है।

अतः निष्कर्ष यह है कि पैवलोवियन अनुबन्धन (Pavlovian conditioning) तथा साधनात्मक अनुबन्धन (instrumental conditioning) कार्य-विधि (procedure) के दृष्टिकोण से एक-दूसरे से काफी अलग है परन्तु सैद्धान्तिक रूप से (theoretically) बहुत भिन्न नहीं है।

सामान्यीकरण
(Generalization)

सामान्यीकरण का अर्थ एवं स्वरूप *(Meaning and nature of generalization)*—सामान्यीकरण का सामान्य अर्थ होता है अनुक्रियाओं का फैलाव (scatteredness of response)। पैवलव (Pavlov) ने अपने प्रयोग में पाया कि अनुबंधन (conditioning) के आरम्भिक अवस्था में कुत्ता लार स्राव सिर्फ वास्तविक CS (घंटी आवाज) पर ही नहीं करता है, बल्कि उस CS से मिलते-जुलते अन्य उद्दीपकों (stimuli) पर भी करता है हालाँकि यह सही है कि अन्य उद्दीपकों के प्रति किया गया लार स्राव की मात्रा तथा तीव्रता उतनी नहीं होती है जितनी कि वास्तविक अनुबंधित उद्दीपक (exact conditioned stimulus) के प्रति होती है। इस तरह की घटना को पैवलव ने **उद्दीपक सामान्यीकरण** (stimulus generalization) कहा है। जैसे यदि CS की तीव्रता 500 Hz (Hertz tone) की है और कुत्ता 400 Hz, 600

Hz, 700 Hz पर भी लार स्राव करता पाया जाता है, तो इसे उद्दीपक सामान्यीकरण (stimulus generalizaiton) कहा जाएगा। पैवलव ने अपने अध्ययन में पाया कि घंटी (bell) को CS के रूप में उपयोग करने पर घंटी की आवाज से सिर्फ कुत्ता लार स्राव की अनुक्रिया ही नहीं करता है बल्कि अन्य कुछ उससे जुड़े अनुक्रियाएँ भी करता है। जैसे, कान खड़ा करना, भोजन ट्रे की ओर देखना आदि अनुक्रियाएँ भी कुत्ता द्वारा की जाती है। इस तरह की घटना को *अनुक्रिया सामान्यीकरण* कहा जाता है। मनोवैज्ञानिकों ने अनुक्रिया सामान्यीकरण की तुलना में उद्दीपक सामान्यीकरण के अध्ययन पर ही अधिक बल डाला है क्योंकि उद्दीपक सामान्यीकरण अनुक्रिया सामान्यीकरण की अपेक्षा अधिक सुस्पष्ट एवं मजबूत होता है।

उपर्युक्त वर्णन से स्पष्ट है कि उद्दीपक सामान्यीकरण के बारे में निम्नांकित तथ्य महत्त्वपूर्ण है—

(i) प्राणी किसी उद्दीपक के प्रति अनुक्रिया करना पहले सीखता है। दूसरे शब्दों में, कोई अनुक्रिया किसी उद्दीपक के प्रति पहले अनुबंधित होती है।

(ii) अनुबंधन की प्रभावशीलता (effectiveness) अनुबंधन प्रयोग में व्यवहृत उद्दीपकों तक ही सीमित नहीं रहती है।

(iii) जैसे-जैसे उद्दीपकों (stimuli) की समानता वास्तविक अनुबंधित उद्दीपक (exact conditioned stimulus) से भिन्न होते जाती है, उसमें अनुक्रिया करने की क्षमता कमती जाती है।

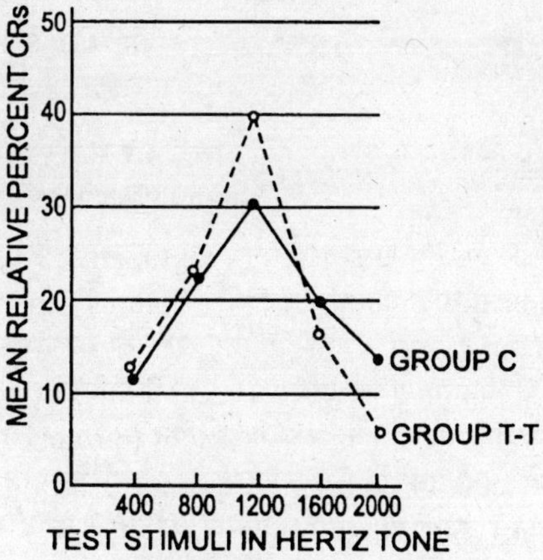

चित्र 4.8 पैवलोवियन अनुबंधन में उद्दीपन सामान्यीकरण प्रवणता
(Stimulus generalization gradient in Pavlovian conditioning)

उद्दीपक सामान्यीकरण की घटना पैवलोवियन अनुबंधन तथा साधनात्मक अनुबंधन (instrumental conditioning) दोनों में ही होते पाया गया है। पैवलोवियन अनुबंधन (Pavlovian conditioning) के क्षेत्र में उद्दीपक सामान्यीकरण का प्रयोगात्मक अध्ययन का एक उदाहरण मुर्रे (Moore, 1972) द्वारा किया गया एक प्रयोग का यहाँ वर्णन किया जा रहा है। इस प्रयोग में खरगोश के पलक (eyelid) के बगल के त्वचा पर बिजली का आघात (electric shock) दिया जाता था जिससे खरगोश पलक बन्द कर लेता था। इसमें बिजली का आघात UCS तथा पलक का बन्द होना UCR था। यह प्रयोग दो अवस्थाओं में किया गया था— C अवस्था तथा T–T अवस्था। C-अवस्था में 1200 Hz (Hertz tone) के प्रति पलक बन्द करने की अनुक्रिया को अनुबंधित किया गया। अर्थात इस अवस्था में 1200 Hz का आवाज पैदा किया जाता था, उसके बाद बिजली का आघात दिया जाता था। अतः 1200 Hr को CS के रूप में व्यवहृत किया गया। धीरे-धीरे, आवाज होते ही खरगोश पलक बन्द करना सीख लिया। T-T अवस्था में एक विभेदी अनुबंधन स्थापित किया गया जिसमें 12,00 Hz को CS^+ के रूप में तथा 2,400 Hz को CS^- के रूप में व्यवहृत किया गया। दूसरे शब्दों में, 12,00 Hz के बाद बिजली का आघात दिया जाता था तथा 2400 Hz के बाद बिजली का आघात नहीं दिया जाता था। इसके बाद सामान्यीकरण (generalization) की जाँच विलोपन (extinction) प्रयास देकर की गयी जिसमें CS के अलावा अन्य आवाज जैसे, 400 Hz, 600 Hz, 1600 Hz तथा 2000 Hz भी दिये गए। परिणाम में उद्दीपक सामान्यीकरण के स्पष्ट सबूत पाये गये। C अवस्था के खरगोश ने 1200 Hz पर सबसे अधिक अनुक्रिया किया। सामान्यीकरण के जाँच में व्यवहृत सभी आवाज उद्दीपकों के प्रति की गयी अनुक्रियाओं का 30% 1200 Hz पर किया गया जो CS^+ था। (चित्र 4.28 देखें) कम तथा ज्यादा दोनों ही आवाज उद्दीपकों के प्रति तुलनात्मक रूप से कम संख्या में अनुक्रियाएँ की गयीं। इस अवस्था के पशुओं द्वारा एक सममित उद्दीपक सामान्यीकरण प्रवणता भी दिखलाया गया। T-T अवस्था के प्रयोज्यों ने भी 12,00 Hz पर अन्य आवाज उद्दीपकों की अपेक्षा अधिक अनुक्रिया किया। (चित्र 4.8 देखें) अतः यहाँ भी उद्दीपक सामान्यीकरण प्रवणता के स्पष्ट सबूत पाये गए परंतु यह प्रवणता सममित (symmetrical) न होकर असममित पाया गया। इस प्रवणता में उन आवाज उद्दीपकों के प्रति तेजी से गिरावट आती गयी जो 2400 Hz (जो CS^- था) के करीब होते गए (चित्र 4.28 देखें)। T-T समूह के पशुओं द्वारा CS^+ (1200 Hz) के प्रति C समूह के पशुओं की तुलना में अधिक अनुक्रियाएँ की गयी जिससे यह पता चलता है कि विभेदी अनुबन्धन (differential conditioning) से CS^+ के प्रति अनुक्रिया करने की प्रवृत्ति में प्रखरता आ जाती है।

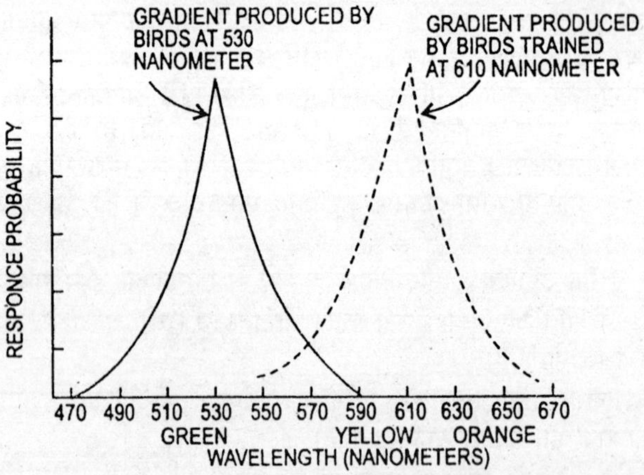

चित्र 4.9 साधनात्मक अनुबंधन में उद्दीपन सामान्यीकरण प्रवणता
(Stimulus generalization gradient in instrumental conditioning)

गटमैन एवं कालिश (Guttman & Kalish. 1956) द्वारा किया गया प्रयोग से हमें इस बात का सबूत मिलता है कि उद्दीपक सामान्यीकरण (stimulus generalization) साधनात्मक अनुबंधन (instrumental conditioning) में भी होता है। इस प्रयोग में कबूतरों को कबूतर बक्स में एक विशेष कुंजी (key) पर चोंच मारने की अनुक्रिया करना सीखलाया गया। कुंजी पर 530 नैनोमीटर (nanometer) से लेकर 600 नैनोमीटर तक तरंगदैर्घ्य (wavelength) वाले रोशनी को CS के रूप में प्रक्षेपित (project) किया गया था। चोंच मारने के बाद कबूतरों को भोजन दिया जाता था। 530 से 600 तक के विभिन्न CS तरंगदैर्ध्य के प्रति अनुक्रिया करना सीख लेने के बाद सामान्यीकरण (generalization) की जाँच की गयी। सामान्यीकरण की जाँच के दौरान कुल 11 जाँच तरंगदैर्ध्य (test wavelength) अर्थात 470, 490, 510, 530, 550, 570, 590, 610, 630, 650 तथा 670 नैनोमीटर दिये गए। परिणाम में उद्दीपक सामान्यीकरण प्रवणता (stimulus generalization gradient) के स्पष्ट सबूत पाये गए। दूसरे शब्दों में, मौलिक CS के प्रति (530 से 600 नैनोमीटर) के प्रति कबूतरों द्वारा अधिक चोंच मारने की अनुक्रियाएँ की गयी इसे चित्र 4.9 से दिखलाया गया है।

स्पष्ट हुआ कि उद्दीपक सामान्यीकरण प्रवणता (stimulus generalization gradient) पैवलोवियन तथा साधनात्मक दोनों तरह के अनुबन्धन में होता पाया जाता है।

उद्दीपक सामानीकरण को प्रभावित करने वाले कारक
(Factors Affecting Stimulus Generalization)

मनोवैज्ञानिकों द्वारा किये गए अध्ययनों से यह स्पष्ट हुआ है कि उद्दीपक सामान्यीकरण प्रवणता (stimulus generalization gradient) के आकार पर कई तरह के कारकों (factors) का प्रभाव पड़ता है। इन कारकों में कुछ निम्नांकित है—

1. विस्तारित प्रशिक्षण (extended training)
2. आंशिक पुनर्बलन (partial reinforcement)
3. प्रेरणा (motivaiton)
4. मस्तिष्कीय उत्तेजन (brain stimulus)

इन कारकों का वर्णन निम्नांकित हैं—

1. विस्तारित प्रशिक्षण *(extended training)*—मनोवैज्ञानिकों ने एक मौलिक प्रश्न के अध्ययन में रुचि दिखलाया है— जब CS के प्रति की गयी अनुक्रियाओं को पुनर्बलित करने की संख्या में वृद्धि कर दी जाती है, तो इसका प्रभाव सामान्यीकरण पर क्या पड़ेगा? इस प्रश्न का उत्तर प्रदान करने के लिए मनोवैज्ञानिकों द्वारा कई प्रयोग किये गए

हैं। इस तरह के विस्तारित प्रशिक्षण से सामान्यीकरण में प्रारम्भ में वृद्धि होती है परंतु बाद में उसमें कमी आने लगती है। इसे *वृद्धि-ह्रास प्राक्कल्पना* (increase-decrease hypothesis) कहा जाता है। इस प्राक्कल्पना की सम्पुष्टि कई प्रयोगात्मक अध्ययनों में की गयी है। जैसे, किम्बल (Kimble, 1963) ने अपने प्रयोग में यह पाया है कि इस तरह के विस्तारित प्रशिक्षण से उद्दीपक सामान्यीकरण में पहले वृद्धि हो जाती है। हौभलैण्ड (Hovland, 1937) ने अपने प्रयोग में पाया है कि इस तरह के विस्तारित प्रशिक्षण से उद्दीपक सामान्यीकरण में कभी-कभी ह्रास (decrease) हो जाती है। मारगोलियस (Margolius, 1955) ने अपने प्रयोग में यह पाया कि इस तरह के विस्तारित प्रशिक्षण से हमेशा उद्दीपक सामान्यीकरण में ह्रास (decrement) नहीं होती है। मनोवैज्ञानिकों के अनुसार प्रशिक्षण के आरम्भिक अवस्था में उद्दीपक सामान्यीकरण में वृद्धि होने का कारण यह है कि इस अवस्था में स्वयं प्राणी CS को अन्य समान जाँच उद्दीपकों से पूर्णतः भिन्न करने योग्य नहीं हो पाता है। जब उसे और अधिक प्रशिक्षण दिया जाता है तो वह CS तथा अन्य उद्दीपकों के बीच अन्तर करना सीख लेता है। फलतः, उद्दीपक सामान्यीकरण में स्वभावतः कमी आ जाती है।

2. आंशिक पुनर्बलन *(Partial reinforcement)*—उद्दीपक सामान्यीकरण पर आंशिक पुनर्बलन का भी प्रभाव पड़ता है। जब CS के प्रति अनुक्रिया करने पर कभी प्राणी को पुनर्बलन मिलता है और कभी पुनर्बलन नहीं मिलता है, तो इस तरह के प्रशिक्षण को आंशिक पुनर्बलित प्रशिक्षण (partial reinforcement training) की संज्ञा दी जाती है। हम्फ्रेज (Humphreys, 1939) एवं वाइकेन्स, स्क्रोडर तथा स्नाइड (Wickens, Schroder & Snide, 1954) ने अपने-अपने प्रयोगों में पाया है कि आंशिक पुनर्बलन पर आधारित प्रशिक्षण से उद्दीपक सामान्यीकरण अधिक स्पष्ट एवं गहन हो जाता है।

3. प्रेरणा *(Motivation)*—उद्दीपक सामान्यीकरण पर प्राणी के प्रेरणा या अन्तर्नोद (drive) का भी प्रभाव पड़ता है। जब व्यक्ति में CS के प्रति अनुक्रिया करना सीखने के लिए प्रणोद अधिक होता है, तो उद्दीपक सामान्यीकरण (stimulus generalization) की स्पष्टता अधिक होती है। जेनकिन्स तथा उनके सहयोगियों (Jenkins et al., 1958) ने पशुओं पर किये गये प्रयोगों में एवं वर्ष तथा उनके सहयोगियों (Bersh et al., 1956) ने मनुष्यों पर किये गए प्रयोगों में इस बात का स्पष्ट सबूत पाया है कि इनके प्रणोद स्तर (drive level) में वृद्धि होने पर उद्दीपक सामान्यीकरण में भी वृद्धि होती है।

4. मस्तिष्कीय उत्तेजन *(Brain stimulation)*—कुछ अध्ययनों में यह देखा गया है कि उद्दीपक सामान्यीकरण पर मस्तिष्कीय उत्तेजन (brain stimulation) का भी प्रभाव पड़ता है। बालगुरा, ब्रोफी एवं डेवेनपोर्ट (Balagura, Brophy & Devenport, 1972) तथा स्मिथ एवं बलगुरा (Smith & Balgura, 1969) द्वारा अपने-अपने प्रयोग में पशुओं को लिथियम क्लोराइड (Lithium chloride, अर्थात LiCI) को अघातक (nonethal) मात्रा में दिया गया। इससे LiCI के प्रति उनमें विरुचि (aversion) उत्पन्न हो गयी। इसके बाद अन्य समान तत्त्वों जैसे सोडियम क्लोराइड (Sodium Chloride अर्थात NaCl) देकर सामान्यीकरण की जाँच की गयी। परिणाम में देखा गया कि इन पशुओं द्वारा सोडियम क्लोराइड के प्रति भी उसी ढंग की विरुचि अनुक्रिया (aversive response) की गयी। बाद में बालगुरा, राल्फ एवं गोल्ड (Balagura, Ralph & Gold, 1972) तथा राल्फ एवं बालगुरा (Ralph & Balagura, 1974) ने इन प्रयोगों को एक कदम और आगे बढ़ाया जिसमें LiCI देने के तुरंत बाद पशुओं के मस्तिष्क को बिजली के हल्के अघात से उत्तेजित किया गया और उसके बाद उनके विरुचि अनुक्रिया की जाँच NaCl द्वारा की गयी। परिणाम में दो तरह की बातें स्पष्ट रूप से देखी गयीं। मस्तिष्क उत्तेजन से LiCl के प्रति उत्पन्न विरुचि अनुक्रिया पर कोई प्रभाव नहीं पड़ा। NaCl के प्रति दिखलायी गयी विरुचि अनुक्रिया की तीव्रता तथा मात्रा में स्पष्ट रूप से कमी होते पायी गयी। इसका मतलब यह हुआ कि मस्तिष्क उत्तेजन के चर से उद्दीपक सामान्यीकरण प्रवणता (stimulus generalization gradient) के वक्र में थोड़ा अधिक खड़ा ढाल बनते देखा गया हालांकि मौलिक उद्दीपक अर्थात LiCl के प्रति की गयी विरुचि अनुक्रिया की तीव्रता तथा गात्रा में स्पष्ट रूप से कमी होते पायी गयी।

स्पष्ट हुआ कि उद्दीपक सामान्यीकरण पर कई कारकों का प्रभाव पड़ता है। इन कारकों के अलावा कुछ अन्य कारकों जैसे पुरस्कार या पुनर्बलन की मात्रा, विलोपन प्रयासों की संख्या, प्रशिक्षण तथा जाँच के बीच का समय अंतराल, दंड आदि का भी कमोवेश प्रभाव उद्दीपक सामान्यीकरण पर पड़ता देखा गया है, हालाँकि इन चरों के संदर्भ में प्राप्त प्रयोगात्मक सबूत में संगतता (consistency) नहीं है।

प्राथमिक एवं गौण सामान्यीकरण
(Primary and Secondary Generalization)

हल (Hull, 1943, 1952) तथा पैवलव (Pavlov, 1927) ने प्राथमिक सामान्यीकरण (primary generalization) तथा गौण सामान्यीकरण (secondary generalization) में अन्तर किया है। प्राथमिक सामान्यीकरण से तात्पर्य वैसे सामान्यीकरण से होता है जिसमें कुछ जन्मजात (innate) या पूर्वनिर्धारित उद्दीपक आयाम (predetermined stimulus dimension) सम्मिलित होते हैं। हल तथा पैवलव प्राथमिक सामान्यीकरण के बड़े पक्षधर हैं। इन लोगों का मत है कि जब किसी उद्दीपक के प्रति प्राणी अनुक्रिया करता है और उसके बाद उसे पुनर्बलन मिलता है तो इससे पुनर्बलित अनुक्रिया तथा उद्दीपक के बीच एक साहचर्य का निर्माण हो जाता है जिसे आदत शक्ति (habit strength) कहा जाता है जो अपने आप उन सारे उद्दीपकों के प्रति सामान्यीकृत (generalized) हो जाते हैं जो उस उद्दीपक से भौतिक रूप से (physically) समरूप होते हैं। दूसरे शब्दों में, वे सारे उद्दीपक जो भौतिक रूप से उस उद्दीपक के समान होते हैं जिनके प्रति की गयी अनुक्रिया पुनर्बलित होती है, के प्रति अनुक्रिया की जाती है। इसे ही *प्राथमिक सामान्यीकरण* (primary generalization) कहा जाता है।

गौण सामान्यीकरण (secondary generalization) प्राथमिक सामान्यीकरण से भिन्न होता है। गौण सामान्यीकरण वैसे सामान्यीकरण को कहा जाता है जिसमें समानता (similarity) का आयाम अर्जित या सीखा गया होता है। जैसे, अंग्रेजी का शब्द 'House' एवं 'Home' समान है परंतु यह समानता जन्मजात नहीं होती है। व्यक्ति इसे सीखता है। इन दोनों उद्दीपकों के प्रति होनेवाला सामान्यीकरण (generalization) गौण सामान्यीकरण (secondary generalization) का उदाहरण होगा। गौण सामान्यीकरण (secondary generalization) का अध्ययन मनोवैज्ञानिकों ने प्रायः *अर्थगत सामान्यीकरण* (semantic generalization) द्वारा किया है। अर्थगत सामान्यीकरण को मिलर (Miller, 1948) ने *मध्यवर्ती सामान्यीकरण* (mediated generalization) या *संकेतों का अर्जित समतुलता* (acquired equivalence of cues) भी कहा है। हम यह देखेंगे कि अर्थगत सामान्यीकरण या मध्यवर्ती सामान्यीकरण क्या है?

अर्थगत सामान्यीकरण (semantic generalization) वैसे सामान्यीकरण को कहा जाता है जिसमें उन संकेतों (symbols) के प्रति सामान्यीकरण होता है जिसका अर्थ प्रशिक्षण के दौरान व्यवहृत उद्दीपक (stimulus) के अर्थ के समान होता है हालाँकि उन संकेतों का भौतिक गुण पूर्णतः उस उद्दीपक के भौतिक गुणों से भिन्न होता है। जैसे मान लिया जाए कि किसी व्यक्ति को संख्या 10 देखकर लार स्राव करने की अनुक्रिया करना सीखलाया जाता है। इस तरह की अनुक्रिया सीख लेने के बाद जब वे 80/8 या 10 देखते हैं, और यदि उनमें लार स्राव की अनुक्रिया होने लगती है तो इसे *अर्थगत सामान्यीकरण* (semantic generalization) कहा जाएगा। स्पष्ट हुआ कि अर्थगत सामान्यीकरण में उद्दीपक का अर्थ न कि भौतिक समानता महत्त्वपूर्ण कारक होता है जो यह निर्धारित करता है कि सामान्यीकरण कितना होगा। इसे मध्यवर्ती सामान्यीकरण (mediated generalization) इसलिए कहा जाता है क्योंकि उद्दीपक का अर्थ ही विभिन्न उद्दीपकों के प्रति अनुक्रिया करने में सम्मिलित मध्यस्थता (mediation) का आधार होता है। स्पष्टतः इस तरह का सामान्यीकरण एक गौण सामान्यीकरण का उदाहरण है क्योंकि इसे होने का कारण अर्थगत समानता (learned meaning similarity) होता है।

अर्थगत सामान्यीकरण का प्रयोगात्मक अध्ययन लेसी एवं स्मिथ (Lacy & Smith, 1955) तथा लेसी, स्मिथ एवं ग्रीन (Lacy, Smith & Green 1955) द्वारा किया गया है। इन लोगों ने कई प्रयोग किये। इनके प्रयोगों में ग्रामीण जिन्दगी के उपयोग में आने वाले शब्दों की एक सूची तैयार कर ली गयी थी तथा सूची के प्रत्येक शब्द का स्वतंत्र साहचर्य (free association) स्थापित किया गया। दूसरे शब्दों में, प्रयोज्य प्रत्येक शब्द को सुनकर उनके मन में आने वाले सभी तरह के शब्दों को बतलाते थे। इसके बाद शब्दों की इन सूची में से एक शब्द को क्रान्तिक प्रशिक्षण शब्द (critical training word) के रूप में चयन कर लिया गया। इस शब्द को प्रयोज्य के सामने उपस्थित किय जाता था और उसके बाद उसे बिजली का आघात दिया जाता था तथा उसके हृदय की गति का अभिलेख (record) भी रखा जाता था। इस प्रक्रिया को कई बार दोहराने के बाद यह देखा गया कि मात्र उस क्रान्तिक शब्द को सुनकर ही उसका हृदय गति तीव्र हो जाता था। सबसे महत्त्वपूर्ण बात यहाँ यह पायी गयी कि क्रान्तिक प्रशिक्षण शब्द से अर्थगत रूप से समान शब्द के देने से भी उनकी हृदय गति तीव्र होते पायी गयी। जैसे, मान लिया जाए कि क्रान्तिक शब्द 'गाय' (cow) था तो 'भैंस' (buffalo)

शब्द उपस्थित करने से भी उनका हृदय गति तीव्र हो गया। इस तरह के सामान्यीकरण को अर्थगत सामान्यीकरण कहा जाता है।

अर्थगत सामान्यीकरण या मध्यवर्ती सामान्यीकरण (mediated generalization) जिसमें शाब्दिक व्यवहार (verbal behaviour) के साथ-ही-साथ पेशीय या कार्यवाही व्यवहार भी सम्मिलित था, का मशहूर अध्ययन जेफरे (Jeffrey, 1953) द्वारा किया गया। इस प्रयोग में बच्चों को उजला उद्दीपक देने पर दिये गए लीवर (lever) को एक खास दिशा में घुमाना सीखलाया गया तथा काला उद्दीपक देने पर लीवर को दूसरे दिशा में घुमाना सीखलाया गया। उसके बाद आधे प्रयोज्यों को एक धूसर उद्दीपक (gray stimulus) को उजला तथा बाकी आधे प्रयोज्यों को उसी धूसर उद्दीपक को काला (black) कहना सीखलाया गया। इसके बाद सभी प्रयोज्यों को काला, उजला तथा धूसर उद्दीपक यादृच्छिक ढंग से (randomly) दिया गया तथा लीवर को उपयुक्त दिशा में घूमाने के लिए कहा गया। परिणाम में देखा गया कि वैसे बच्चे जिन्हें धूसर उद्दीपक (gray stimulus) को उजला कहना सीखलाया गया था, वे लीवर को उजला उद्दीपक के उपयुक्त दिशा में घूमाने तथा वे प्रयोज्य जिन्हें धूसर उद्दीपक को काला कहना सीखलाया गया था, वे लीवर को काले उद्दीपक के उपयुक्त दिशा में घुमाये। इस प्रयोग में प्रशिक्षण देकर धूसर एवं उजला (या धूसर एवं काला) को 'समान' (similar) बना दिया गया। उद्दीपक सामान्यीकरण (stimulus generalization) द्वारा लीवर अनुक्रिया जो मूलतः उजला (या काला) से सम्बन्धित था, धूसर उद्दीपक (gray stimulus) द्वारा उत्पन्न होने लगा। इस अध्ययन से यह बिलकुल ही स्पष्ट हो जाता है कि प्रयोज्यों (subjects) द्वारा धूसर उद्दीपक (gray stimulus) के प्रति ठीक वैसा ही व्यवहार किया जा रहा था मानों वह उनके मध्यस्थ प्रशिक्षण (mediational training) के अनुसार काला या उजला ही रंग के हों। यहाँ धूसर उद्दीपक को काला एवं उजला के तुल्य होना सीखा गया है। यही कारण है कि इस तरह की रूपावली को संकेतों के अर्जित तुल्यता वाला रूपावली कहा जाता है। इस तरह के मध्यवर्ती सामान्यीकरण की सम्पुष्टि मिलर (Miller) की शिष्या बिर्ग (Brige, 1941) द्वारा भी अपने अध्ययन में की गयी है।

विभेदन
(Discrimination)

अर्थ एवं स्वरूप *(Meaning and Nature)*—विभेदन (discrimination) सामान्यीकरण (generalization) का विपरीत (opposite) होता है। अनुबन्धन के क्षेत्र के प्रयोगकर्त्ताओं ने अपने अध्ययनों में यह देखा है कि प्रशिक्षण के आरम्भिक अवस्था में प्राणी CS तथा उससे मिलते-जुलते उद्दीपकों में अन्तर नहीं कर पाता है। फलतः वह CS के समान ही इन सभी उद्दीपकों के प्रति अनुक्रिया करता है जिसे सामान्यीकरण (generalization) कहा जाता है। जैसे-जैसे प्रशिक्षण आगे बढ़ता है, प्राणी में CS को अन्य समान उद्दीपकों से भिन्न करने की क्षमता विकसित हो जाती है और वह अब सिर्फ CS के प्रति अनुक्रिया करता है अन्य समान उद्दीपकों के प्रति नहीं। इसे ही मनोवैज्ञानिकों ने **विभेदन** (discrimination) की संज्ञा दिया है। जैसे, मान लिया जाए कि पैवलोवियन अनुबन्धन में 1000 Hz के आवाज को CS के रूप में उपयोग करके कुत्ता को उस पर लार स्राव करने की अनुक्रिया करना सिखलाया जाता है। इस प्रशिक्षण के प्रारम्भिक अवस्था में कुत्ता 800 Hz तथा 1200 Hz पर भी वैसा ही अनुक्रिया करेगा। परंतु प्रशिक्षण के अंतिम अवस्था में वह सिर्फ 1000 Hz के आवाज पर ही लार स्राव की अनुक्रिया करेगा अन्य उद्दीपकों जैसे 800 Hz एवं 1200 Hz पर नहीं करेगा क्योंकि कुत्ता इस अवस्था में CS तथा उन उद्दीपकों के बीच विभेदन करना सीख लिया होता है। स्पष्ट है कि विभेदन के स्वरूप के बारे में हमें निम्नांकित तथ्य मुख्य रूप से मिलता है—

(i) विभेदन की प्रक्रिया सामान्यीकरण की प्रक्रिया की विपरीत होती है।

(ii) विभेदन में प्राणी CS के प्रति ही अनुक्रिया करता है अन्य किसी भी समान उद्दीपक के प्रति नहीं।

(iii) विभेदन की अवस्था में CS की विशिष्टता की पहचान स्पष्ट हो जाती है।

विभेदन सीखना की विधियाँ
(Methods of discrimination Learning)

विभेदन सीखना का क्रमबद्ध प्रयोगशाला (systematic laboratory) अध्ययन करीब 1900 से प्रारम्भ हुआ है। तब से आज तक किये गए प्रयोगों एवं शोधों को ध्यान में रखते हुए कहा जा सकता है कि विभेदन सीखना अध्ययन करने

के लिए निम्नांकित तीन तरह की विधियों का प्रतिपादन किया गया है—

(i) पृथक प्रयास विधियाँ (discrete trial methods)

(ii) स्वचालित विधियाँ (automated methods)

(iii) स्वतंत्र-क्रियाप्रसूत विधियाँ (free operant methods)

इन तीनों का वर्णन इस प्रकार है—

(i) पृथक प्रयास विधियाँ *(Discrete trial method)*—जैसा कि नाम से ही स्पष्ट है, इस विधि में प्राणी दिये हुए उद्दीपकों के बीच विभेदन करना प्रत्येक प्रयास में किये गए पृथक अनुक्रियाओं के आधार पर सीखता है। इस विधि द्वारा विभेदन करना सीखने का आरम्भिक प्रयास यर्क्स (Yerkes, 1907) एवं यर्क्स तथा वाटसन (Yerkes & Watson, 1911) द्वारा किया गया। इन लोगों ने चूहों के दृष्टि संवेदी क्षमताओं के विभेदन शक्ति का मापन के लिए एक विशेष बक्स (box) तैयार किया। यह बक्स *यर्क्स विभेदन बक्स* (Yerkes discrimination box) के नाम से मशहूर हुआ जिसे चित्र 4.10 में दिखलाया गया है। इस उपकरण में चूहा को प्रारम्भ बिन्दु (start point) पर छोड़ा जाता है जैसा कि चित्र में दिखलाया गया है। सामने दीवाल पर जो दो वर्ग बने हुए हैं, वे धनात्मक संकेत (positive cues) तथा ऋणात्मक संकेत (negative cue) के हैं। टूटी-टूटी रेखाओं द्वारा विकल्पी पथ (alternative routes) को दर्शाया गया है। धनात्मक संकेत से होकर जानेवाला पथ से गुजरने पर चूहा को भोजन मिलता था। ऋणात्मक संकेत से होकर जाने वाला पथ से गुजरने पर चूहा को भोजन नहीं मिलता था। इस तरह से कई प्रयास के बाद चूहा सही संकेत तथा गलत संकेत में अन्तर करना सीख लेता था। इस उपकरण के प्रयोग से दो बाते बिलकुल ही स्पष्ट है। पहली बात तो यह कि इस विधि में प्राणी अपनी अनुक्रिया में सुधार करने का अवसर पाता है। यदि वह गलत संकेत या उद्दीपक के प्रति अनुक्रिया कर देता है, वह दूसरे तरफ जाकर पुनर्बलन प्राप्त कर सही संकेत से अवगत हो जाता है। दूसरी बात यह कि इस विधि द्वारा विभेदन सीखने में गलत संकेत के प्रति अनुक्रिया करने से प्राणी को किसी प्रकार का दंड (punishment) आदि नहीं मिलता है। इतना होने के बावजूद बाद के प्रयोगकर्त्ताओं में इस विधि से संतुष्टि नहीं थी क्योंकि इसमे विभेदन सीखना मन्द गति से होता था जिसका मुख्य कारण यह था कि प्राणी सही संकेत तथा गलत संकेत को एक साथ नहीं देख पाता था। वह जब किसी एक संकेत के प्रति अनुक्रिया करता था तो दूसरा संकेत उसे उस समय दिखाई नहीं पड़ता था।

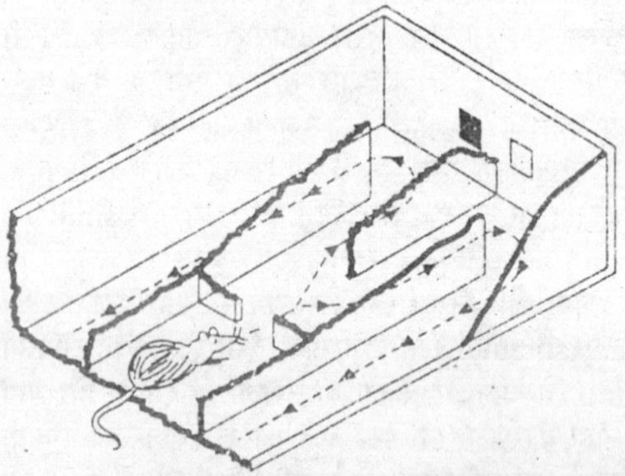

चित्र 4.10 यर्क्स विभेदन बक्स
(Yerkes discrimination box)

यर्क्स विधि से असंतुष्ट मनोवैज्ञानिकों ने विभेदन सीखना का अध्ययन करने के लिए कुछ ऐसी विधि एवं उपकरण का तलाश करने लगे जिसमें महत्त्वपूर्ण बात यह थी कि विभेदन सीखना तीव्र गति से हो सके तथा साथ-ही-साथ एक प्रयास से दूसरे प्रयास में अनुक्रियाओं में परिवर्तनशीलता भी कम हो सके। इस तलाश में लैशले (Lashley, 1930) का प्रयास काफी अग्रणी माना गया है। उन्होंने चूहों में ही विभेदन सीखना का अध्ययन करने के लिए एक

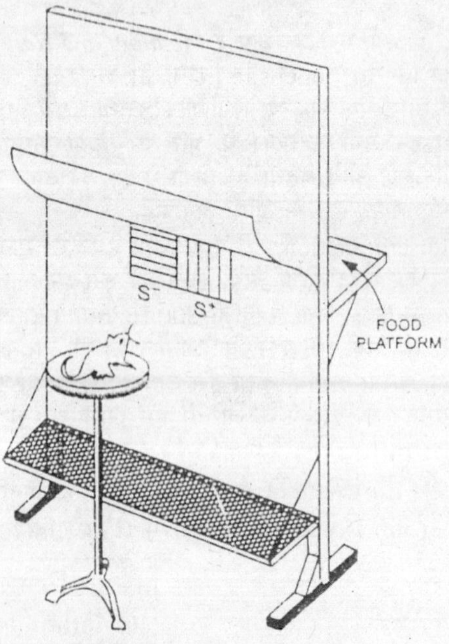

चित्र 4.11 लैशले कूद स्तंभ
(Lashley Jumping stand)

नया उपकरण तैयार किया जिसे *लैशले कूद स्तंभ* (Lashley Jumping Stand) कहा जाता है। इसे चित्र 4.11 मे दिखलाया गया है। जैसा कि चित्र से स्पष्ट है, इसमें चूहा (प्रयोज्य) को एक स्तंभ (stand) पर से उपकरण के दो खिड़की में से किसी उपयुक्त (appropriate) खिड़की पर कूदना होता है। यदि वह उपयुक्त एवं सही खिड़की पर कूदता है तो खिड़की खुल जाती है और चूहा को भोजन मिलता है। परंतु यदि वह गलत खिड़की पर कूदता है तो वह खिड़की नहीं खुलती है और चूहा नीचे लगे जाल में फेंका जाता है। इस तरह से गलत अनुक्रिया के लिए एक तरह का दंड (punishment) उसे मिलता है। इस पूरी प्रक्रिया को तबतक दोहरायी जाती है जबतक कि चूहा सही खिड़की पर ही कूदना सीख नहीं लेता है। चित्र में S^- वाले खिड़की पर पड़ी धारी (horizontal stripes) लगाया गया है तथा S^+ वाले खिड़की पर खड़ी धारी (vertical stripes) दिखलाया गया है। प्रयास तबतक जारी रहता है जब प्राणी S^+ तथा S^- में विभेद कर सिर्फ S^+ पर कूदना न सीख लेता है।

लैशले विधि द्वारा विभेदन सीखने की गति यर्क्स विधि द्वारा विभेदन सीखने की गति से इसलिए अधिक तीव्र होती है क्योंकि इससे चूहा S^+ तथा S^- दोनों उद्दीपकों में सही उद्दीपक को चुनते समय दोनों उद्दीपकों को एक साथ देख पाता है। वह चयनित उद्दीपक पर सीधे कूद पाता है। सही कूद के तुरंत बाद उसे भोजन मिल जाता है तथा साथ-ही-साथ गलत कूद (wrong jump) के लिए उसे एक तरह की सजा भी तुरंत मिलती है।

आधुनिक मनोवैज्ञानिकों ने कुछ विशेष तरह के प्राणी जैसे बन्दर तथा मानव शिशुओं में विभेदन सीखना अध्ययन करने के लिए विशेष प्रकार का उपकरण का निर्माण किया है। बन्दरों में विभेदन सीखना का अध्ययन करने के लिए विसकोनसीन विश्वविद्यालय (Wisconsin University) में हारलो (Harlow 1949) के शोध के फलस्वरूप एक विशेष उपकरण विकसित किया गया जिसे *बिसकोनसीन जेनरल टेस्ट उपकरण* (Wisconsin General Test Apparatus or WGTA) कहा गया। इस उपकरण को चित्र 4.12 में दिखलाया गया है। चित्र से स्पष्ट है कि इस विधि द्वारा विभेदन सीखने में इस उपकरण का उपयोग होने पर प्रयोज्य (बन्दर) तथा प्रयोगकर्त्ता आमने-सामने बैठते हैं परन्तु बीच में एक-तरफा शीशा (One-way glass) होने के कारण प्रयोगकर्त्ता तो प्रयोज्य की क्रियाओं को देख लेता है परन्तु प्रयोज्य प्रयोगकर्त्ता को नहीं देख पाता है। प्रयोज्य जो जालीनुमा चैम्बर में बन्द होता है, के सामने भोजन ट्रे (food tray) होता है जिसमें दो कप (cup) बने होते हैं। इन दोनों कप के ऊपर में दो उद्दीपक वस्तु (stimulus object) रखे होते हैं। बन्दर इनमें से किसी एक उद्दीपक वस्तु को हटाता है। यदि वह सही हुआ तो उस कप में रखा भोजन उसे प्राप्त हो जाता है परंतु यदि वह गलत हुआ तो उसे कुछ नहीं मिलता है। इस तरह से एक पूर्वयोजना के अनुसार प्रयोगकर्त्ता किसी एक कप में भोजन रखता है तथा दोनों उद्दीपक वस्तु (stimulus object) के बीच विभेद करना सीखलाता है। WGTA का अनुकूलन बाद में विकसित किये गए हैं। जैसे, विसवर्ग एवं साइमोन्स (Weisberg & Simmon's 1966) ने इस उपकरण को मानव शिशुओं में विभेदन सीखने के योग्य बनाया है। लिपसीट (Lipsitt, 1961) ने इसका उपयोग बड़े बच्चों द्वारा विभेदित सीखने में काफी किया है।

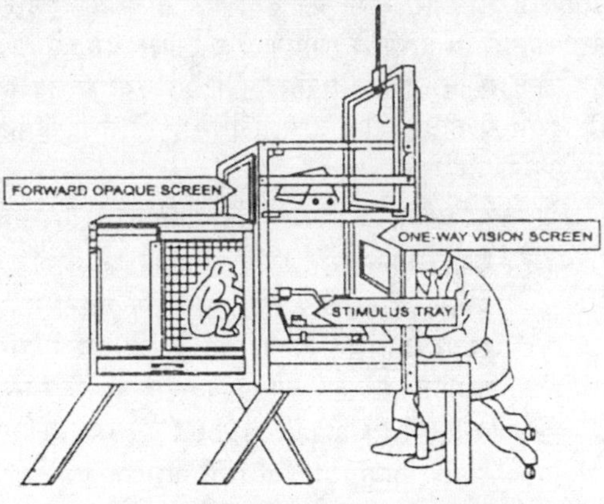

चित्र 4.12 विसकोनसीन जेनरल टेस्ट उपकरण (Wisconsin General Test Apparatus)

(ख) स्वचालित विधियाँ *(Automated methods)*—स्वचालित विधियां द्वारा भी विभेदन सीखने का अध्ययन किया गया है। इन विधियों की आवश्यकता इसलिए पड़ी क्योंकि पृथक प्रयास विधि (discrete trial method) द्वारा विभेदन सीखना में काफी समय लगता है और साथ ही इनसे एक प्रयास से दूसरे प्रयास में अनुक्रिया परिवर्तनशीलता (response variability) होने लगती है जिसके कभी-कभी गम्भीर परिणाम होते हैं। स्वचालित विधि में ऐसी कठिनाइयाँ दूर हो जाती है।

स्वचालित विधि में स्वचालित स्विचिंग उपकरण (automatic switching equipment) होते है और पशुओं को पूर्णतः एक पृथक परिस्थिति (isolated condition) में रखा जाता है। जैसे, चूहा को दो खिड़की या दो रास्तों के बीच

चुनने के बजाय उसे दो लीवर या दो बटन में से किसी एक लीवर या बटन को दबाकर अनुक्रिया करना होता है। यदि अनुक्रिया सही हुई तो उसे पुनर्बलन (reinforcement) मिलता है और यदि अनुक्रिया सही नहीं हुई तो उसे पुनर्बलन नहीं मिलता है और कभी-कभी उसे दंड के रूप में बिजली का हल्का अघात (mild shock) भी मिलता है। स्वचालित विधि का फायदा यह है कि इससे समय की बचत होती है तथा अनुक्रिया परिवर्तनशीलता में कमी आती है। इतना ही नहीं, इसके द्वारा जटिल उद्दीपक वस्तुओं के बीच प्राणी को विभेदन करना सीखना भी काफी आसान हो जाता है।

(ग) स्वतंत्र-क्रियाप्रसूत विधियाँ *(Free operant methods)*—इस विधि में प्राणी के सामने उद्दीपकों जिनके बीच विभेदन करना सीखना होता है, बारी-बारी से (successively) या कभी-कभी एक ही साथ (simulatenously) उपस्थित किया जाता है। प्राणी को उन उद्दीपकों को इधर-उधर करने की पूर्ण स्वतंत्रता होती है। अनुक्रमिक विभेदन (successive discrimination) का एक उदाहरण साधारण विभेदन प्रशिक्षण (simple discrimination training) है। इस प्रशिक्षण में प्राणी को एक खास तरह के उद्दीपक के उपस्थित होने पर अनुक्रिया करने पर पुनर्बलन (reinforcement) मिलता है तथा उस खास तरह के उद्दीपक के अनुपस्थित रहने पर अनुक्रिया करने से पुनर्बलन नहीं मिलता है। पहले तरह के उद्दीपक को S^D तथा दूसरे तरह के उद्दीपक को S^Δ के रूप में प्रायः संकेतिक किया जाता है। इस तरह की परिस्थिति में स्वभावतः प्राणी अधिक अनुक्रिया S^D की अवस्था में ही करना सीख लेता है। इस तरह के सीखने की प्रक्रिया क्रमिक (gradual) होती है। इस विधि द्वारा विभेदन सीखने में प्रारम्भ में प्राणी S^D तथा S^Δ दोनों ही परिस्थितियों में अनुक्रिया करता है परंतु धीरे-धीरे पुनर्बलन (reinforcement) का प्रभाव विलोपन (extinction) के प्रभाव से अधिक तीव्र हो जाता है और परिणामतः प्राणी सिर्फ पुनर्बलन मिलने की अवस्था से ही अर्थात S^D की अवस्था में ही अनुक्रिया करना सीख लेता है। इस तरह के विभेदन को कभी-कभी *'करो, नहीं करो विभेदन'* (go, no-go discrimination) कहा जाता है क्योंकि यहाँ प्राणी मूलतः यह सीखता है कि किस परिस्थिति में उसे अनुक्रिया करना चाहिए तथा किस परिस्थिति में उसे अनुक्रिया नहीं करनी चाहिए (नहीं करो)।

उपर्युक्त आनुक्रमिक परिस्थिति के अलावा कभी-कभी स्वतंत्र क्रियाप्रसूत (free operant) विधि में परिस्थिति ऐसी भी होती है कि एक साथ दो या दो से अधिक क्रियाएँ प्राणी को करना होता है। जैसे, प्राणी दो लीवर (lever) में से अपनी इच्छानुसार किसी को दबा सकता है या एक लीवर दबाने के बाद पुनः दूसरी लीवर दबाने की अनुक्रिया करनी पड़ सकती है। प्राणी के सामने एक लीवर पर हमेशा धीमी रोशनी तथा दूसरे लीवर पर हमेशा तीव्र रोशनी देकर उसे इन दोनों में विभेद करना सीखलाना भी एक स्वतंत्र क्रियाप्रसूत (free operant) विभेदन का उदाहरण होगा। सम्भव है कि इसमें से तीव्र रोशनी वाला लीवर S^+ हो तथा धीमी रोशनी वाला लीवर S^- हो या इसके विपरीत भी उद्दीपक परिस्थिति हो सकती है।

स्वतंत्र क्रियाप्रसूत विधि में निम्नांकित दो तरह की परिसीमाएँ (limitations) प्रायः देखा गया है—

(i) स्वतंत्र क्रियाप्रसूत विधि में प्राणी को अनुक्रिया करने या उसमें परिवर्तन करने की जो स्वतंत्रता होती है, उससे प्रयोग के परिणाम को विश्लेषण करना कठिन हो जाता है। जैसे, यदि एक ही प्रयोगात्मक परिस्थिति में दो लीवर उपस्थित किया गया है, तो एक लीवर से दूसरे लीवर के प्रति की गयी अनुक्रिया का स्वरूप एक लीवर के प्रति बार-बार की गई अनुक्रिया के स्वरूप से कभी-कभी भिन्न दिखलाई पड़ता है। इस तथ्य की सम्पुष्टि केटेनिया (Catania, 1966) ने अपने प्रयोग में किया है।

(ii) स्वतंत्र क्रियाप्रसूत विधि के परिणाम पर इसलिए भी मनोवैज्ञानिकों को संदेह होता है क्योंकि ऐसी परिस्थिति में पुनर्बलन स्वयं ही एक विभेदन उद्दीपक (discrimination stimulus) के रूप में कार्य करने लगता है जबकि इसे ऐसी परिस्थिति में की गई सही अनुक्रिया को मात्र पुनर्बलित करने की भूमिका करनी चाहिए।

स्पष्ट हुआ कि विभेदन के अध्ययन करने की कई विधियाँ हैं। इनमें लैशले कूद स्तंभ तथा WGTA का उपयोग अन्य उपकरणों की तुलना में अधिक किया गया है।

प्रेक्षणात्मक सीखना या अनुकरण या मॉडलिंग
(Observational Learning or Imitation or Modeling)

संज्ञानात्मक सीखना का एक अन्य उदाहरण है— प्रेक्षणात्मक सीखना जिसमें व्यक्ति दूसरों के व्यवहारों का अनुकरण करता है या कुछ विशेष मॉडल के व्यवहार एवं उसके परिणाम को देखकर उसी के अनुरूप व्यवहार करना सीखता है।

इस तरह के सीखना में व्यक्ति दूसरों को या किसी मॉडल विशेष को कुछ करते हुए देखता है और साथ-ही-साथ उस अमुक व्यवहार के परिणाम को भी देखता है। उससे प्रोत्साहित होकर बाद में वह खुद उस व्यवहार को करने लगता है और उसे सीख लेता है। इस क्षेत्र में अग्रणी शोध बैण्डुरा (Bandura) एवं सहयोगियों द्वारा खासकर बच्चों पर अधिक किया गया है। बैण्डुरा, रॉस एवं रॉस (Bandura, Ross & Ross, 1963) द्वारा किया गया *बोबो डॉल* (Bobo Doll) प्रयोग सबसे मशहूर प्रयोग है जिसकी चर्चा यहाँ अपेक्षित है। इस प्रयोग में नर्सरी के छात्रों का दो समूह लिया गया। छात्रों का एक समूह जो प्रयोगात्मक समूह (experimental group) था, ने यह देखा कि एक वयस्क व्यक्ति बोबो डॉल (एक हवा भरा हुआ बड़ा खिलौना) के प्रति आक्रमकतापूर्ण व्यवहार कर रहा है। वह उसे मार रहा है, गालियाँ बक रहा है तथा उसके नाक को मार-मार कर चिपटा कर दे रहा है। नर्सरी के छात्रों का दूसरा समूह नियंत्रित समूह था जिन्होंने यह देखा कि एक वयस्क बोबो डॉल के साथ मित्रतापूर्वक व्यवहार कर रहा है। वह डॉल को दुलार रहा है तथा उसके प्रति किसी भी प्रकार का आक्रमकता नहीं दिखा रहा। बाद में इस दोनों समूह के बच्चों को एक ही कमरा में रखा गया जहाँ कई तरह के खिलौने यहाँ तक कि बोबो डॉल भी रखा हुआ था। परिणाम में देखा गया है कि प्रयोगात्मक समूह के बच्चों द्वारा विभिन्न तरह के खिलौने जिसमें बोबो डॉल भी सम्मिलित था, के प्रति काफी आक्रमकतापूर्ण व्यवहार किया गया। परन्तु नियंत्रित समूह के बच्चों द्वारा इन खिलौनों में प्रति आक्रमकतापूर्ण व्यवहार न करके मित्रतापूर्ण व्यवहार किया जा रहा था। ऐसा इसलिए हो रहा था, क्योंकि वे वयस्क मॉडल को बोबो डॉल के प्रति ऐसा ही व्यवहार करते हुए देखे थे। प्रयोग के इस परिणाम से यह स्पष्ट हो जाता है कि बच्चे को जैसा व्यवहार देखने के लिए मिला, वे ठीक वैसा ही व्यवहार करना सीख गये थे।

अब एक महत्त्वपूर्ण प्रश्न यह उठता है कि वे कौन-कौन कारक हैं जो यह निर्धारित करते हैं कि प्रेक्षणात्मक सीखना कब और कितनी मात्रा में होगा? वैण्डुरा (Bandura, 1986) के अनुसार निम्नांकित ऐसे कुछ कारक हैं जो यह निर्धारित करता है कि प्रेक्षणात्मक सीखना कब और कितनी मात्रा में होगी—

(i) **अवधान** *(Attention)*—प्रेक्षणात्मक सीखना होने के लिए यह आवश्यक है कि व्यक्ति दूसरे व्यक्ति या मॉडल जिसके व्यवहार का अनुकरण किया जाना है, उस पर गौर से ध्यान दें। बेरोन (Baron, 1970) के अनुसार प्रायः व्यक्ति उन्हीं व्यक्तियों या मॉडलों के व्यवहारों पर ध्यान देना सुनिश्चित करता है जो उनके लिए अर्थपूर्ण, महत्त्वपूर्ण एवं आकर्षक होते हैं।

(ii) **स्मरण** *(Remembering)*—प्रेक्षणात्मक सीखना के लिए सिर्फ यह आवश्यक नहीं है कि व्यक्ति मॉडल के व्यवहार पर ध्यान दे बल्कि यह भी आवश्यक है कि मॉडल द्वारा जिस तरह का व्यवहार किया जा रहा है, उसे वह अपनी स्मृति में रखे ताकि बाद में वह उसी के अनुरूप व्यवहार कर सके।

(iii) **उत्पादन प्रतिक्रियाएँ** *(Production process)*—प्रेक्षणात्मक सीखना के लिए यह भी आवश्यक है कि व्यक्ति स्मृति में संचित व्यवहारों को कार्यरूप में परिणत कर सके। इसी प्रक्रिया को बैण्डुरा ने उत्पादन प्रक्रिया (production process) की संज्ञा दिया है। स्मृति में संचित व्यवहारों को कार्यरूप देने के लिए अन्य बातों के अलावा दो बातें प्रमुख हैं। पहला तो यह कि स्मृति में संचित व्यवहार को कार्यरूप देने की शारीरिक शक्ति (physical ability) व्यक्ति में हो तथा व्यक्ति में इस व्यवहार को मॉडल के व्यवहार के समरूप करने में समायोजन-सम्बन्धी होने वाली कठिनाइयों से निबटने का तरीका मालूम हो।

(iv) **अभिप्रेरक** *(Motivation)*—प्रेक्षणात्मक सीखना के उपयुक्त तीनों कारकों के होने के अलावा व्यक्ति में अभिरूचि का भी होना अनिवार्य है। यदि व्यक्ति में अभिप्रेरण की कमी है, तो वह मॉडल के व्यवहार को देखकर भी उसके अनुरूप व्यवहार करना नहीं चाहेगा। फलस्वरूप, प्रेक्षणात्मक सीखना की प्रक्रिया पूरी नहीं हो पायेगी।

मनोवैज्ञानिकों द्वारा किये गए अध्ययनों से यह स्पष्ट हुआ है कि प्रेक्षणात्मक अधिगम का आक्रमकता (aggression) से प्रत्यक्ष सम्बन्ध है। बेरोन तथा रिचार्डसन (Baron & Richardson, 1994), सेन्टरवाल (Centerwall, 1989) द्वारा किये गए अध्ययनों से यह स्पष्ट हुआ है कि व्यक्ति आकमकता को प्रेक्षण के सहारे सीख सकता है। जब बच्चे या वयस्क दूसरों के प्रति आक्रमकता दिखाने के नये तरीको को कहीं अवलोकन या प्रेक्षण करते हैं, तो जब उन्हें भी आक्रामकता दिखलाना होता है, वैसा ही व्यवहार करने के लिए प्रेरित होते हैं। कुछ अध्ययनों में यह देखा है कि आक्रमकता तथा

हिंसा की घटना को जब व्यक्ति दूरदर्शन या सिनेमा या कहीं और जगह देखता है, तो इनका नकारात्मक प्रभाव वैसे व्यक्तियों में अधिक होता है, जो पहले से ही स्वभाव से आक्रमक प्रकृति के थे। जिन व्यक्तियों का स्वभाव आक्रमकता प्रकृति की नहीं थीं, उनमें वैसे अनावरण (exposure) का नकारात्मक प्रभाव पड़ता है। बुशमैन (Bushman, 1995) ने भी अपने अध्ययन से इस तथ्य की पुष्टि किया है।

प्रेक्षणात्मक अधिगम (observational learning) के कुछ नकारात्मक एवं सकारात्मक व्यावहारिक उपयोगिताएँ (applications) हैं जो इस प्रकार है—

1. मनोवैज्ञानिक अध्ययनों से यह स्पष्ट हुआ है कि प्रेक्षणात्मक अधिगम या सीखना किशोरों में अस्वस्थकर आदतों विशेषकर धूम्रपान करने तथा शराब पीने जैसे आदतों को विकसित करता है तथा उन्हें मजबूत करता है। हाकिन्स, कैटालेनो तथा मिलर (Hawkins, Catalono & Miller, 1992) का तर्क यह है कि चूँकि इस आयु समूह में अपने साथी-संगी (pears) द्वारा स्वीकरण (acceptance) एक महत्त्वपूर्ण कारक होता है, अतः यह सम्भव है कि ऐसे साथी-संगी जो धूम्रपान करते या शराब पीते हैं, को ऐसा करते देख, वे भी ऐसा करने का निर्णय ले सकते हैं। इलोइज-यंग, ग्राहम तथा हैनसेन (Alosise-Young, Graham & Hanson, 1994) ने एक सर्वेक्षण किया जिसमें कई हजार सातवीं कक्षा के छात्रों में धूम्रपान करने तथा उनके साथियों द्वारा धूम्रपान करने की आदतों की समीक्षा की और पाया कि जिनके गहरे एवं उत्तम दोस्त धूम्रपान करते थे या शराब पीते थे, उनलोगों में तीव्रता से ऐसा करने कर प्रवृत्ति विकसित हो गयी।

इस नकारात्मक प्रभाव के अलावा प्रेक्षणात्मक सीखना के कुछ सकारात्मक प्रभाव भी देखने को मिले हैं जो इस प्रकार हैं—

1. प्रेक्षणात्मक अधिगम के सहारे बच्चे उत्पादक व्यवहार (productive behaviour) को करना आसानी से सीख लेते हैं। बर्टस, काल्डवेल तथा वोलरी (Berts, Caldwell & Wolery, 1996) ने एक अध्ययन मानसिक रूप से मंदित बच्चों पर किया। इन बच्चों को अपने नियमित वर्ग में मानसिक रूप से स्वस्थ बच्चों द्वारा किये गये विशेष तरह के कौशल (skills) जैसे अपने नाम का उच्चारण करना, साधारण अंकगणितीय समस्याओं का समाधान के लिए गणक (calculator) का उपयोग करना तथा अपने पेंसिल की नोंक को तेज करना आदि का प्रेक्षण करने का मौका कई दिनों तक दिया गया। परिणाम में पाया गया कि मानसिक रूप से मंदित बच्चों जो इन कौशलों को पहले नहीं कर पाते थे, मात्र प्रेक्षण करके एक महीने से भी कम समय में उसे करना सीख लिए। इससे स्पष्ट होता है कि प्रेक्षणात्मक अधिगम व्यक्ति को उत्पादक व्यवहार सीखने में मदद करता है।

2. प्रेक्षणात्मक अधिगम सांस्कृतिक आघात (culture shock) के प्रभाव को कम करने में भी महत्त्वपूर्ण भूमिका निभाता है। सांस्कृतिक आघात से तात्पर्य विभिन्न सांस्कृतियों की भाषाओं, जीवन-शैली, तौर-तरीके में विभिन्नता आदि से उत्पन्न एक-दूसरे व्यक्तियों के बीच उत्पन्न अनचाहा अबोधगम्यता (unintended misunderstanding) से होता है। प्रेक्षण से व्यक्ति प्रारम्भ में तो संस्कृति के अनुसार संगत व्यवहारों को करना सीखता है परंतु बाद में व्यक्ति दूसरी संस्कृति की मांग के अनुरूप उपयुक्त व्यवहार को भी करना सीख लेता है। इस तरह से प्रेक्षणात्मक अधिगम से सांस्कृतिक आघात का प्रभाव बहुत हद तक नियंत्रित हो जाता है। इस तथ्य की पुष्टि हैरिसन (Harrison, 1992) द्वारा किया गया एक अति महत्त्वपूर्ण अध्ययन होती है। इस अध्ययन में प्रयोज्यों के चार समूह थे— एक समूह को केवल संस्कृति संगत सूचनाएँ दी गयी; दूसरे समूह को सिर्फ व्यवहारपरक मॉडलिंग प्रशिक्षण दिया गया जिसमें प्रयोज्यों को मॉडल द्वारा किये गए दूसरे संस्कृति के उपयुक्त व्यवहारों का प्रेक्षण करने का मौका मिला; तीसरे समूह को संस्कृति संगत सूचनाएँ एवं व्यवहारपरक मॉडलिंग प्रशिक्षण दोनों का मौका दिया गया तथा चौथा समूह एक नियंत्रित समूह (control group) था जिसे कोई प्रशिक्षण नहीं दिया गया। परिणाम में देखा गया कि जिस समूह को दोनों तरह का प्रशिक्षण दिया गया था अर्थात जिन्हें सूचना तथा व्यवहारपरक मॉडलिंग दोनों का प्रशिक्षण दिया गया था उनका निष्पादन संस्कृति-विशिष्ट ज्ञान (culture specific knowledge) के परीक्षण पर अन्य समूहों जिन्हें ऐसा प्रशिक्षण नहीं दिया गया था, श्रेष्ठ था। इससे यह स्पष्ट हो जाता है कि प्रेक्षणात्मक अधिगम से सांस्कृतिक आघात को कम करके व्यक्ति दूसरे संस्कृति के तथ्यों एवं तौर-तरीकों को आसानी से समझ पाता है।

स्पष्ट हुआ कि प्रेक्षणात्मक अधिगम जो संज्ञानात्मक अधिगम का एक महत्त्वपूर्ण प्रकार है, की गई उपयोगिताएँ भी हैं।

शाब्दिक या मौखिक सीखना
(Verbal Learning)

मानव सीखना (human learning) का एक महत्त्वपूर्ण पक्ष शाब्दिक सीखना (verbal learning) है। शाब्दिक सीखना से तात्पर्य ऐसे सीखना से होता है जिसमें व्यक्ति अक्षरों, अक्षरों से बने सार्थक, अर्थहीन शब्दों, वाक्यों, चिह्नों (symbols) तथा अंकों (digits) के अर्थों को सीखता है तथा उसके आशय को समझता है। प्रयोगात्मक मनोविज्ञान में शाब्दिक सीखना का महत्त्व इसलिए है क्योंकि वास्तव में हमें बहुत सारे तथ्यों का ज्ञान शब्दों के उपयोग से होता है। कोफर[1] (Cofer, 1984) शाब्दिक सीखना को इस तरह परिभाषित किया है, ''शाब्दिक सीखना से जाँच या अध्ययन के ऐसे क्षेत्र का पता चलता है जिसमें, उन प्रक्रियाओं एवं घटनाओं में अभिरुचि का केन्द्र होता है जिसके सहारे व्यक्ति अभ्यास के माध्यम से दो शाब्दिक एकांशों को एक साथ सम्बन्धित करता है, उन क्रमों को सीखता है जिसमें शाब्दिक एकांशों के पूरे सेट को उपस्थित किया जाता है, शाब्दिक एकांशों के बीच अन्तर करता है तथा एकांशों के सेट को मौलिक रूप से दिखलाये गए क्रमों से भिन्न या स्वतंत्रत क्रम में प्रत्याह्वान करता है।''

उक्त परिभाषा से यह स्पष्ट है कि शाब्दिक सीखना में व्यक्ति को शाब्दिक एकांशों के कई पक्षों को सीखना पड़ता है और उनका अर्थ समझना पड़ता है।

शाब्दिक सीखना के क्षेत्र को निम्नांकित दो प्रमुख भागों में बाँट कर हम अध्ययन करेंगे—

(i) शाब्दिक सीखना के अध्ययन में उपयुक्त सामग्रियाँ (Materials used in verbal learning)

(ii) शाब्दिक सीखना की शोध विधियाँ (Research methods of verbal learning)

इन तीनों का अध्ययन हम अलग-अलग अनुच्छेद में करेंगे।

शाब्दिक या मौखिक सीखना के अध्ययन में उपयुक्त सामग्रियाँ
(Materials used in the Study of Verbal Learning)

शाब्दिक सीखना के प्रयोगात्मक अध्ययनों में कई तरह के शाब्दिक इकाईयों (verbal units) का उपयोग किया गया है जो आकार एवं गुण में भिन्न होते है। 'आकार' से मतलब शाब्दिक इकाई के अक्षरों की संख्या से होता है तथा गुण से तात्पर्य कुछ वैसी विशेषताओं से होता है जो इकाई की सार्थकता (meaningfulness) या कठिनता स्तर से सम्बन्धित होते हैं। प्रयोगशाला में कई तरह के शाब्दिक इकाईयों (verbal units) का उपयोग किया जाता है जिसमें निम्नांकित प्रमुख है—

1. निरर्थक पद या सी भी सी त्रिवर्ण *(Nonsense syllable or CVC trigram)*—शाब्दिक सीखना के प्रयोगशाला अध्ययन में त्रिवर्ण (trigram) उपयोग सबसे अधिक है हालांकि ऐसे भी प्रयोग किये गए हैं जिनमें दो अक्षरो से बने जिन्हें द्विवर्ण (bigram) कहा जाता है, का उपयोग किया गया है। त्रिवर्ण (trigram) में सबसे मशहूर निरर्थक पद (nonsense syllable) है जिसका सबसे पहले निर्माण एवं अध्ययन में उपयोग जर्मन मनोवैज्ञानिक इविंगहास (Ebbinghaus) ने किया था। निरर्थक पद से तात्पर्य वैसे त्रिवर्ण या तीन अक्षरों से बने पद से होता है जो निरर्थक होता है तथा जिसका पहला और अंतिम अक्षर व्यंजन (consonant) एवं बीच का अक्षर स्वर (vowel) है। जैसे, KUZ, TEK, HUX आदि निरर्थक पद के उदाहरण हैं। अक्षरों के क्रम को ध्यान में रखकर इन्हें सी॰ भी॰ सी॰ पद (consonant-vowel, consonant syllable) भी कहा जाता है। इविंगहास ने कुल 2300 निरर्थक पदों का निर्माण किया था।

निरर्थक पद बनाते समय अन्य बातों के अलावा निम्नांकित नियमों को अवश्य ध्यान में रखना चाहिए—

(i) निरर्थक पद बनाते समय यह ध्यान रहे कि कोई ऐसा पद न बन जाए जिसका व्यक्ति तुरंत अर्थ निकाल ले

---

1. "The term verbal learning denotes a field of inquiry in which the focus of interest lies in the phenomena and processes by which individuals come, through practice, to link two verbal items together, to learn the sequence in which a set of verbal items occurs, to differentiate between verbal items or to recall a set of items without regard for the order in which they occured originally." —Cofer : Properties of verbal material and verbal learning. In Riggs & Klings. *Experimental Psychology*. 1984 p. 848

या उसके साथ किसी तरह का साहचर्य स्थापित कर ले। जैसे, यदि अध्ययनकर्त्ता VIP पद निर्माण करते हैं, तो प्रयोज्य (subject) तुरंत ही इसका साहचर्य (अर्थ) Very Important Person से कर लेगा।

(ii) किसी पद का पहला अक्षर तथा उसके पहले के पद का अंतिम अक्षर एक ही नहीं होना चाहिए। जैसे DIK के बाद KUX का निर्माण होना चाहिए।

(iii) दो लगातार पदों का स्वर अक्षर (vowel letters) भी एक समान नहीं होना चाहिए। जैसे, GEK के बाद REQ नहीं होना चाहिए।

अभी हाल में कुछ प्रयोगात्मक मनोवैज्ञानिकों ने CVC पद का एक परिवर्तित रूप अर्थात CCV का उपयोग करने लगे हैं। जैसे, KTE, ZNA आदि CCV के उदाहरण हैं। अंडरवुड (Underwood, 1989) के अनुसार CVC की तुलना में CCV अधिक उपयोगी इसलिए साबित हुआ है क्योंकि इसका साहचर्य मूल्य (association value) तुलनात्मक से और कम है।

CVC या निरर्थक पद का उपयोग यद्यपि शाब्दिक सीखना के प्रयोगों में अधिक हुआ है, फिर भी इसका एक सामान्य दोष जिसपर आधुनिक मनोवैज्ञानिकों के बीच लगभग सहमति है, यह है कि इसके बीच में स्वर अक्षर होने से इसकी सार्थकता तथा उच्चारण करने की क्षमता में वृद्धि हो जाती है जिससे इसका साहचर्य मूल्य बढ़ जाता है और तब यह स्मृति एवं धारण (retention) के प्रयोगों में उपयोग के लायक नहीं रह जाता है।

2. व्यंजन पद या सी सी सी त्रिवर्णी *(Consonant syllable or CCC trigram)*—व्यंजन पद एक ऐसा त्रिवर्ण (trigram) है जो अर्थहीन होता है तथा साथ-ही-साथ इसके तीनों अक्षर व्यंजन होते हैं। जैसे KZP, NQC, TRN आदि व्यंजन पद के उदाहरण हैं। चूँकि इस पद का तीनों अक्षर व्यंजन (consonant) होता है, इसलिए उसे सी सी सी त्रिवर्ण (CCC trigram) कहा जाता है। तीनों अक्षर व्यंजन होने के कारण इनका सामान्यतः उच्चारण नहीं किया जा सकता है तथा निरर्थक पद की तुलना में इनके साथ साहचर्य (association) भी आसानी से स्थापित नहीं किया जा सकता है। यही कारण है कि व्यंजन पदों का उपयोग आजकल निरर्थक पदों की तुलना में शाब्दिक सीखना के प्रयोगों में अधिक किया जा रहा है। ऐसे पदों के निर्माण में निम्नांकित नियमों को ध्यान में रखना चाहिए—

(i) दो लगातार पदों में पहले पद के किसी भी अक्षर की पुनरावृत्ति उसके पहले वाले स्थान पर नहीं होना चाहिए। जैसे, ZKP के बाद NKC या ZCL या RLP नहीं होना चाहिए।

(ii) दो लगातार पदों में पहले पद का अंतिम अक्षर एवं दूसरे पद का पहला अक्षर तथा पहले पद का पहला अक्षर एवं दूसरे पद का अंतिम अक्षर एक समान नहीं होना चाहिए। जैसे, PZK के तुरंत बाद KLC या NQP नहीं होना चाहिए।

3. बहुपदीय निरर्थक इकाइयाँ *(Multisyllable nonsense units)*—शाब्दिक सीखना के प्रयोगों में निरर्थक पद तथा व्यंजन पदों के अलावा कुछ बहुपदीय निरर्थक इकाइयों का भी उपयोग किया गया है। चार अक्षरों से बने निरर्थक पद जैसे DAUX, THOG, WHAB आदि का उपयोग कुछ प्रयोगों में किया गया है। गैम्बल (Gamble, 1909, 1927) ने अपने कई प्रयोग में पाँच या पाँच से अधिक अक्षरों से बने पदों का भी उपयोग किया है। जैसे, GOZEX, QUIPSON, BELAP आदि। चार अक्षर से बने निरर्थक शब्द को *चतुवर्णी* (tetragram) पाँच अक्षर से बने निरर्थक शब्द को *पंचवर्णी* (pentagram) तथ्य छः अक्षरों से बने निरर्थक शब्द को *षठवर्णी* (hexagram) कहा जाता है।

जो भी शाब्दिक सामग्रियाँ (verbal materials) जैसे निरर्थक पद, व्यंजन पद, बहुपदीय निरर्थक पद, सार्थक शब्द आदि तैयार किये जाते हैं, उनके आकार (size) के अलावा सार्थकता के गुण की भी जाँच कर ली जाती है क्योंकि ऐसा कई अध्ययनों में यह देखा गया है कि उन पदों की सार्थकता के स्तर में अन्तर होने से शाब्दिक सीखना (verbal learning) के दर में अन्तर हो जाता है। पदों में सार्थकता का गुण अधिक होने से उसे व्यक्ति अन्य पदों की तुलना में जिनमें यह गुण कम होता है, जल्द सीख लेता है। मनोवैज्ञानिकों ने पदों में सम्मिलित सार्थकता के स्तर को मापने के लिए निम्नांकित पाँच मापों (measures) का वर्णन किया है—

(i) साहचर्य मूल्य *(Association values)*—किसी भी अर्थहीन पद या शब्द में सार्थकता की स्तर कितनी है, इसकी जाँच वैसे पद के साहचर्य मूल्य (association values) ज्ञात करके किया जाता है। ग्लेज (Glaze, 1928) ने निरर्थक पदों का साहचर्य मूल्य ज्ञात करने का पहला सफल प्रयास किया था। ग्लेज ने प्रत्येक निरर्थक

पद को 3 सेकेण्ड के लिए प्रयोज्य के सामने रखा और उनसे यह बतलाने को कहा गया कि उनके मन में उससे सम्बन्धित आने वाले साहचर्यों को बतलावें। प्रत्येक पद को उन्होंने 15 प्रयोज्यों को दिखलाया और प्रयोज्यों द्वारा प्रत्येक पद के प्रति दिये गये साहचर्य के प्रतिशत को ही उन पद का साहचर्य मूल्य (association value) समझा गया। बाद में विटमर (Witmer, 1935) ने इस प्रविधि द्वारा व्यंजन पदों के साहचर्य मूल्य का भी निर्धारण किया। अधिक साहचर्य मूल्य वाले पदों को आसान एवं सार्थक समझा गया।

(ii) **अर्थपूर्णता** *(Meaningfulness)*—शाब्दिक इकाई की सार्थकता का दूसरा माप अर्थपूर्णता (meaningfulness) है। कोई भी व्यंजन पद या निरर्थक पद व्यक्ति के लिए कितना अर्थ रखता है, इसका निर्धारण यहाँ किया जाता है। इसके लिए प्रत्येक पद द्वारा व्यक्ति के मन में उत्पन्न साहचर्य (association) की गणना की जाती है। जितना ही अधिक साहचर्य अमुक पद द्वारा उत्पन्न किया जाता है, उसे उतना ही अर्थपूर्ण (meaningful) समझा जाता है। स्पष्टतः यह प्रविधि पहली विधि से मिलती-जुलती है। परंतु उससे थोड़ा अधिक वैज्ञानिक इस अर्थ में है कि इसमें साहचर्य का मात्र प्रतिशत नहीं बल्कि प्रत्येक पद द्वारा उत्पन्न साहचर्यों का एक मापनी मूल्य (scale value) तैयार कर लिया जाता है। इस प्रविधि का उपयोग नॉबुल (Noble, 1952) द्वारा तथा नॉबुल, स्टौकवेल एवं प्रेयर (Noble, Stockwell & Pryer, 1957) द्वारा अधिक किया गया है। प्रत्येक पद की प्रयोज्य को थोड़े समय के लिए दिखलाया जाता है तथा उससे उत्पन्न साहचर्यों को अर्थात वस्तुओं, घटनाओं का नाम आदि उसे 60 सेकेंड के भीतर बतलाना होता है। इसके बाद प्रत्येक पद द्वारा उत्पन्न साहचर्यों की संख्याओं का माध्य (mean) ज्ञात किया जाता है और इस माध्य के रूप में पदों को श्रेणीबद्ध करके एक तरह का मापनी (scale) तैयार कर लिया जाता है।

(iii) **परिचय** *(Familiarily)*—शाब्दिक एकांशों (verbal items) की सार्थकता की परख इस आधार पर भी की जाती है कि व्यक्ति उससे कहाँ तक पूर्वपरिचित है। नॉबुल (Noble, 1953) ने इस विधि का उपयोग किया था। इस विधि मे प्रत्येक निरर्थक एकांश (nonsense item) या सार्थक शब्द को एक-एक करके प्रयोज्य को दिखला दिया जाता है और उन्हें यह बतलाना होता है कि वे इन्हें अधिक परिचित, कम परिचित या बिलकुल ही नहीं परिचित में से किस श्रेणी का एकांश समझते हैं। उनके द्वारा दिये गए उत्तरों के आधार पर यह निश्चय किया जाता है कि प्रत्येक पद से प्रयोज्य कहाँ तक परिचित है। परिचय की मात्रा जितनी ही अधिक होती है शाब्दिक एकांश उतना ही सरल एवं सार्थक समझा जाता है। ऐसे पदों को व्यक्ति बहुत ही कम समय में सही-सही ढंग से सीख लेता है।

(iv) **प्रतिमावली** *(Imagery)*—प्रतिमावली से तात्पर्य इस बात से होता है कि अमुक शाब्दिक एकांश (verbal item) प्रयोज्य में एक ठोस प्रतिमा उत्पन्न करने में सक्षम है। पाइभियो (Paivio, 1965, 1971) द्वारा इस प्रविधि का उपयोग करके शाब्दिक एकांश की सार्थकता को मापा गया है। जो शब्द अधिक प्रतिमाएँ (images) व्यक्ति में उत्पन्न करता है, वह अधिक सार्थक होता है तथा इसका शाब्दिक सीखने की दर भी अधिक तेज होती है। पाइभियो ने अपने अध्ययन में पाया कि सामान्य ज्ञान (common noun) जैसे कुत्ता, गाय, बिल्ली आदि द्वारा मूर्त संज्ञा (abstract noun) जैसे सच्चाई, स्वतंत्रता आदि की अपेक्षा अधिक प्रतिमाएँ उत्पन्न होती है।

(v) **आवृत्ति या बारंबारता** *(Frequency)*—शाब्दिक एकांश खासकर जब शब्द (words) का उपयोग शाब्दिक सीखना के प्रयोगों में किया जा रहा हो, तो शब्दों के उपयोग की बारंबारता (frequency) एक महत्त्वपूर्ण कारक होता है जिससे शाब्दिक सीखना प्रभावित होता है। कुछ शब्द ऐसे होते हैं जिन्हें देखा जाय तो उसे व्यक्ति अधिक उपयोग में लाते हैं तथा कुछ शब्द ऐसे होते हैं जिन्हें उपयोग में कम लाया जाता है। अमेरीकन अंग्रेजी भाषा में कुछ शब्दों के उपयोग की आवृत्ति को थॉर्नडाइक एवं लॉर्ज (Thorndike & Lorge, 1944) तथा कुसेरा एवं फ्रांसिस (Kucera & Francis, 1967) द्वारा तैयार किया गया। थॉर्नडाइक एवं लार्ज द्वारा तैयार किये गए विशिष्ट शब्द कोष में 30,000 शब्दों को सम्मिलित किया गया है जो प्रति दस लाख (million) की आवृत्ति के रूप में शब्दों के उपयोग की बारंबारता को दिखलाते हैं।

4. अशाब्दिक सामग्रियाँ *(Non-verbal materials)*—यद्यपि यह सही है कि मानव सीखना, धारण एवं स्मृति के क्षेत्र में किये गए अधिकतर प्रयोगों में शाब्दिक एकांशों (verbal items) का ही उपयोग किया जाता है, परंतु कुछ ऐसे भी प्रयोग किये गये हैं जिनमें अशाब्दिक सामग्रियाँ जैसे निरर्थक ज्यामितिक आकृतियों तथा यादृच्छिक चित्रों (random figures) का उपयोग किया है। एटनीभ एवं अर्नोल्ट (Attneave & Arnoult, 1956) ने निरर्थक पदों के समान कुछ चित्रीय (pictorial) समतुल्य (equivalent) का निर्माण किया। इन प्रयोगकर्त्ताओं के अनुसार यादृच्छिक चित्र

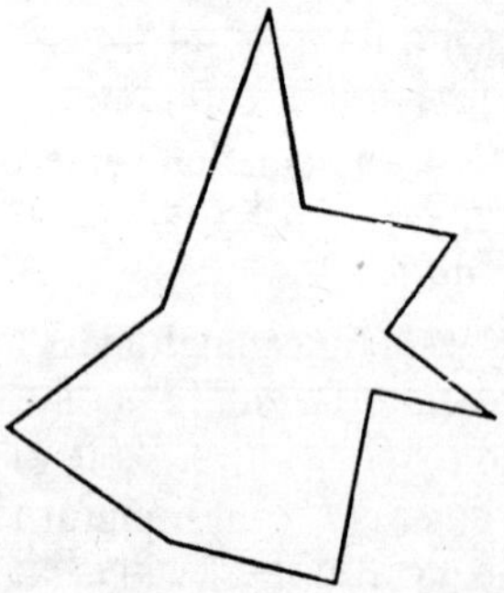

चित्र 4.13 कोना वाला एक यादृच्छिक आकृति

(random figure) की जटिलता में वृद्धि उसमें कोना (corners) की संख्या में वृद्धि करके की जाती है। चित्र 4.13 में 10 कोना से बने एक यादृच्छिक आकृति को उदाहरण के रूप दिखलाया गया है। जिस तरह से निरर्थक पद प्रयोज्यों के लिए पूर्णतः अर्थहीन नहीं होते हैं उसी तरह यादृच्छिक चित्र भी प्रयोज्यों के लिए पूर्णतः अर्थहीन नहीं हो सकते हैं और देखे गये ऐसे चित्र से प्रयोज्य के मन में कुछ साहचर्य उत्पन्न हो सकते है। अतः जिस तरह से निरर्थक पदों के साहचर्य मूल्यों की परख कर ली जाती है, उसी तरह से प्रत्येक ऐसे चित्र को कुछ सेकेंड के लिए प्रयोज्य को दिखाकर तथा उससे उसके मन में किस तरह की प्रतिमा या वस्तु की याद मन में आती है, के बारे में जानकर उसका साहचर्य मूल्य (association value) ज्ञात कर लिया जाता है। चित्र कितने प्रयोज्यों में साहचर्य उत्पन्न करता है, उसका प्रतिशत ज्ञात करके चित्र का साहचर्य मूल्य ज्ञात कर लिया जाता है। क्लार्क (Clark, 1968) ने अपने अध्ययन मे यह स्पष्टतः पाया है कि अधिक साहचर्य उत्पन्न करने वाले आकृति को व्यक्ति कम साहचर्य आवृत्ति उत्पन्न करने वाले आकृति की तुलना में जल्दी सीख लेता है।

स्पष्ट हुआ कि शाब्दिक सीखना के प्रयोग में कई तरह के शाब्दिक इकाइयों (verbal units) का उपयोग किया जाता है। इन सभी तरह के इकाइयों में निरर्थक पद (nonsense syllable) तथा व्यंजन पदों (consonante syllables) का उपयोग अन्य दूसरे तरह की सामग्रियों की तुलना में अधिक होता है।

शाब्दिक सीखना की शोध विधियाँ
(Research Methods of Verbal Learning)

शाब्दिक सीखना या मौखिक सीखना के प्रयोगों मे शाब्दिक एकांशों (verbal items) को विभिन्न विधियों या तरीकों द्वारा प्रयोज्यों के सामने उपस्थित किया जाता है। इन विधियों या तरीकों को *शाब्दिक सीखना की विधि* (methods of verbal learning) कहा जाता है। इस क्षेत्र में किये गये प्रयोगों के आलोक में हम इस निष्कर्ष पर पहुँचते हैं कि शाब्दिक सीखना के मुख्य निम्नांकित पाँच विधियाँ हैं—

(i) क्रमिक सीखना या आनुक्रमिक सीखना विधि (method of serial learning or sequential learning)

(ii) मुक्त पुनः स्मरण विधि (method of free recall)

(iii) अनुबोधन तथा पूर्वाभास विधि (method of prompting and anticipation)

(iv) युग्मित-सहचर विधि (method of paired associated learning)

(v) प्रत्यभिज्ञान सीखना विधि (method of recognition learning)

इन सभी विधियों का वर्णन इस प्रकार है—

(i) क्रमिक या अनुक्रिमिक सीखना विधि *(Method of serial learning or sequential learning)*—इस विधि का प्रयोग सर्वप्रथम इविंगहॉस (Ebbinghaus) ने किया था। इस विधि में प्रयोज्य को शब्दों या निरर्थक पदों (nonsense syllables) या व्यंजन पदों (consonant syllables) को एक-एक करके कुछ सेकेंड[1] के लिए एक खास क्रम (order) में दिखाया जाता है। प्रयोगशाला में इन पदों को एक खास समय तक (जैसे-दो सेकेंड के लिए) दिखाने के लिए एक विशेष उपकरण (apparatus) होता है, जिसे *स्मृति पटल* (memory drum) कहा जाता है। इस उपकरण के नहीं रहने पर कागज के एपरचर (paper aperture) द्वारा भी पदों या शब्दों को दिखाया जा सकता है। प्रयोज्य (subject) को यह निर्देश (instruction) दिया जाता है कि वे दिखाए गए पदों को उसी क्रम में याद करें जिस क्रम में उन्हें दिखाया गया है, क्योंकि उनका प्रत्याह्वान के लिए सामान्यतः 20 से 30 सेकेंड का समय प्रयोज्य को दिया जाता

1. "सामान्यतः ऐसे पदों को 2 सेकेंड के लिए दिखाया जाता है। लेकिन, ऐसा कोई नियम नहीं है। ऐसे भी प्रयोग (experiment) किए गए हैं जिनमें मौखिक एकांशों (verbal items) को 3 या 4 सेकेंड के लिए भी दिखाया गया है। पदों को सामान्यतः, दो सेकंड के लिए दिखाने के पीछे तर्क यह दिया जाता है कि यह न्यूनतम अवधि होता है जिसके बीतने पर ही व्यक्ति के मस्तिष्क में देखी गयी वस्तु का आकार प्रत्यक्षण (form perception) होता है।

है। इस तरह से पूरी सूची (list) के प्रत्येक पद को बारी-बारी से तब तक दिखाया जाता है जब तक कि प्रयोज्य प्रयोगकर्त्ता द्वारा निर्धारित कसौटी (criterion) पर नहीं पहुँचता है। इस विधि को क्रमिक प्रत्याह्वान की विधि (method of serial reproduction) भी कहते हैं, क्योंकि प्रत्येक प्रयास (trial) में प्रयोज्य पदों का क्रमिक ढंग से (serially) पुनर्उपस्थित (reproduction) करता है। इस विधि को क्रमिक पूर्वाभास की विधि (method of serial anticipation) कहा जाता है क्योंकि इस विधि में प्रयोज्य क्रमिक ढंग से (serially) पदों या शब्दों का पूर्वाभास (anticipation) करता जाता है।

(ii) मुक्त पुनः स्मरण विधि *(Method of Free Recall)*—यह विधि मौखिक सीखना की सबसे आसान विधि है। इस विधि से सीखने में शब्दों (words) या पदों (syllables) को एक-एक करके कुछ सेकंड के लिए प्रयोज्य को दिखा दिया जाता है। फिर, प्रयोज्य उस सूची के शब्दों या पदों का प्रत्याह्वान (recall) करता है। प्रत्याह्वान के लिए 25 से 30 सेकंड का समय दिया जाता है। प्रयोज्य को किसी भी क्रम (order) में प्रत्याह्वान (recall) करने की पूरी स्वतंत्रता होती है। इस तरह यह विधि क्रमिक सीखना विधि (serial learning method) से भिन्न है जहाँ पदों का प्रत्याह्वान प्रयोज्य द्वारा एक खास क्रम में ही किया जाना आवश्यक होता है। इस विधि में प्रयोज्यों में सूची के अन्तिम पदों तथा कुछ प्रथम पदों को याद करने की विशेष तत्परता पाई जाती है। पहले को *आसन्नता प्रभाव* (recency effect) तथा दूसरे को *प्राथमिकी प्रभाव* (primacy effect) कहा जाता है।

(iii) अनुबोधन तथा पूर्वाभास विधि *(Method of Prompting and Anticipation)*—यह विधि क्रमिक सीखना विधि का ही एक परिवर्तित रूप है। इस विधि में सूची के अर्थहीन पद (syllables) या सार्थक शब्द (words) को स्मृति पटल (memory drum) या कागज के एपरचर (paper aperture) द्वारा एक बार दो-दो सेकंड के लिए पहले दिखा दिया जाता है। इसके बाद उसे पहला पद दिखाया जाता है और दिखाए गए शब्द या पद के ठीक बाद वाले शब्द या पद को उसे बताने के लिए (anticipate) कहा जाता है। सूची (list) के पहले पद या शब्द को दो सेकंड के लिए प्रयोज्य को दिखाया जाता है और प्रयोज्य उसके बाद आनेवाले शब्द को बताता है। इसके बाद प्रयोगकर्त्ता उस शब्द को (जिसे प्रयोज्य को पहले बताने के लिए कहा गया था) फिर दो सेकंड के लिए दिखाता है और इसके ठीक बाद आनेवाले शब्द प्रयोज्य को बताना होता है। फिर, उसी शब्द को दिखाकर प्रयोगकर्त्ता उसे उसके बाद आनेवाले शब्द का प्रत्याह्वान (recall) करने को कहता है। इसी तरह सूची के प्रत्येक शब्द को प्रयोगकर्त्ता (experimenter) प्रयोज्य को दिखाते जाता है और प्रयोज्य उसके बाद आनेवाले शब्द को बताते जाता है। प्रयोगकर्त्ता प्रयोज्य के उत्तरों को (सही या गलत) लिख लेता है। इस विधि में हम पाते हैं कि प्रयोज्य का उत्तर गलत है या सही, इसे वह प्रयोगकर्त्ता के बिना कहे ही जान लेता है। इस प्रकार, यह विधि क्रमिक सीखना विधि (method of serial learning) से थोड़ा भिन्न है, क्योंकि क्रमिक सीखना विधि में प्रयोज्य (subject) को यह पता नहीं चलता कि उसका उत्तर सही है या गलत। प्रयोगकर्त्ता यह सारी प्रक्रिया तब तक दोहराता जाता है जब तक कि प्रयोज्य (subject) प्रयोगकर्त्ता द्वारा पूर्वनिर्धारित कसौटी (criterion) पर नहीं पहुँच जाता है। इस विधि को आगे दिए उदाहरण से और अधिक स्पष्ट किया जा रहा है—

सूची (List)

RRRR—Neutral Item

↓

Good

↓

Bread

↓

Animal

↓

School

↓

Book

उपर्युक्त सूची का प्रत्येक शब्द प्रयोज्यं को एक बार दिखा देने के बाद प्रयोगकर्त्ता सबसे पहले 'RRRR' यानी तटस्थ एकांश को दिखाएगा तथा प्रयोज्य उसके बाद के शब्द (यानी 'Good') का प्रत्याह्वान (recall) करेगा। फिर "Good" को दिखाकर उसके बाद के शब्द (Bread) का प्रत्याह्वान करने के लिए उससे कहा जायेगा। फिर 'Bread' को दिखाकर उसके बाद के शब्द का प्रयोज्य को प्रत्याह्वान करने के लिए कहेगा। इसी तरह से सूची के अन्य शब्दों को दिखाकर प्रयोज्य को ठीक उसके बाद आनेवाले शब्द बताने को कहा जाता है। इस विधि की यह भी एक विशेषता है कि सूची का प्रत्येक पद या शब्द उद्दीपक (stimulus) तथा अनुक्रिया (response) दोनों के रूप में कार्य करता है। यही कारण है कि इस विधि में प्रयोज्य द्वारा सीखा गया साहचर्य (association) *खड़ा या उदग्र* (vertical) होता है। जैसे—

सूची (List)

XXX—Neutral Item
↓
Man
↓
Dog
↓
Rat
↓
Cow
↓
Bad

उपर्युक्त उदाहरण में 'Man' शब्द देखने के बाद प्रयोज्य (subject) को 'Dog' शब्द बोलना होता है। अतः, 'Dog' 'Man' के लिए एक अनुक्रिया (response) है और फिर वही 'Dog' 'Rat' के लिए उद्दीपक (stimulus) है, क्योंकि 'Dog' शब्द देखने पर प्रयोज्य को 'Rat' शब्द कहना होता है। इसी तरह 'Cow' 'Rat' के लिए अनुक्रिया (response) है तथा 'Bad' के लिए एक उद्दीपक (stimulus) है। अक्सर सूची के सबसे पहले शब्द पर एक तटस्थ एकांश (neutral item) जोड़ दिया जाता है (जो यहाँ XXX है,) ताकि पहला शब्द उद्दीपक एकांश (stimulus item) के अलावा प्रतिक्रिया एकांश (response item) के रूप में भी कार्य कर सके। बिना तटस्थ एकांश के सूची का सबसे पहला शब्द दूसरे शब्द के उद्दीपक के रूप में ही कार्य करेगा। चूँकि प्रयोज्य उपर्युक्त सूची को सीखने में 'Man' का साहचर्य 'Dog' से 'Dog' का साहचर्य 'Rat' से 'Rat' का साहचर्य 'Cow' से तथा इसी क्रम (order) में अन्य शब्दों के साथ साहचर्य स्थापित करता है, इसलिए यहाँ सीखा गया पूरा साहचर्य (whole association) ऊपर से नीचे की ओर (जिसे तीर से दिखाया गया है) होता है, जो स्पष्टतः ही खड़ा या उदग्र साहचर्य (vertical association) है।

(iv) युग्मित-सहचर विधि *(Method of Paired association)*—स्मृति (memory) के अध्ययन करने की युग्मित-सहचर विधि (method of paired-associated) प्रमुख विधियों में से एक है। युग्मित-सहचर विधि (method of paired-associated) प्रमुख विधियों में से एक है। युग्मित-सहचर विधि (paired-associate method) वह विधि है जिसमें प्रयोज्य को पदों (syllables) या शब्दों (words) के बहुत-से युग्मों (pairs) को स्मृति पटल (memory drum) या पेपर एपरचर (paper aperture) की खिड़की द्वारा दिखाया जाता है। युग्म (pair) के पहले शब्द को उद्दीपक शब्द (stimulus word) और दूसरे शब्द को अनुक्रिया शब्द (response word) कहा जाता है तथा प्रयोज्य को युग्म के प्रत्येक उद्दीपक शब्द (stimulus word) के साथ अनुक्रिया शब्द (response word) का साहचर्य (association) स्थापित करना होता है, जैसे— 'man—sky' एक युग्म हुआ। इसमें 'man' उद्दीपक शब्द (stimulus word) और 'sky' अनुक्रिया शब्द (response word) है तथा प्रयोज्य को 'man' के साथ 'sky' का साहचर्य स्थापित करना सीखना होता है। यह स्पष्ट है कि युग्मित-सहचर विधि (paired-associate method) में सीखा गया साहचर्य क्षैतिज या पड़ा (horizontal) होता है न कि उदग्र (vertical)। युग्मित-सहचर विधि का यह सबसे प्रमुख गुण है और इस तरह विधि क्रमिक सीखना (serial learning) की विधि और अनुबोधन तथा पूर्वाभास विधि से भिन्न है, जहाँ सीखा

गया साहचर्य उदग्र (vertical) होता है। युग्मित-सहचर विधि (paired associated method) में शब्दों या पदों के सभी युग्म को हर प्रयास में नए क्रम (new order) में दिखाया जाता है ताकि प्रयोज्य उदग्र साहचर्य स्थापित न कर सके। हर प्रयास में जब शब्दों को नए क्रम में दिखाया जाएगा तो स्वभावतः (naturally) प्रयोज्य में उदग्र या खड़ा साहचर्य (vertical association) नहीं हो पाएगा। हाउसटन[1] (Houston, 1976) के अनुसार उदग्र साहचर्य स्थापित नहीं होने देने का कारण यह है कि यदि प्रत्येक प्रयास (trial) में शब्दों या पदों का एक ही क्रम (same order) रखा जाए तो प्रयोज्य केवल अनुक्रिया शब्द (response word) को ही याद करेगा तथा उद्दीपक शब्द (stimulus word) को छोड़ (ignore) देगा (क्योंकि उद्दीपक शब्द तो उसे दिखा ही दिया जाता है)।

युग्मित-सहचर विधि की दो प्रमुख उपविधियाँ हैं। पहली उपविधि जिसे *पूर्वाभास-विधि* (anticipation method) कहा जाता है, की प्रक्रिया इस प्रकार है— सबसे पहले एक प्रारम्भिक प्रयास (preliminary trial) दिया जाता है, जिसमें प्रत्येक युग्म को 4-4 सेकंड के लिए दिखाया जाता है। इसके बाद पहला प्रयास (trial) शुरू होता है, जिसमें सूची के पहले युग्म का सिर्फ उद्दीपक शब्द 2 सेकंड तक दिखाया जाता है और प्रयोज्य (subject) इसके साथ वाले अनुक्रिया शब्द (response word) का पूर्वाभास (anticipation) करता है इसके बाद उस उद्दीपक शब्द तथा उसका अनुक्रिया शब्द दोनों को एक साथ 2 सेकंड के लिए दिखा दिया जाता है। प्रयोज्य द्वारा दिए गए उत्तर को (सही या गलत) प्रयोगकर्त्ता लिख लेता है। इस तरह से सूची के अन्य युग्मों (pairs) को प्रयोगकर्त्ता एक-एक करके दिखाता है। इसके कुछ समय के बाद दूसरा प्रयास (second trial) इस तरह शुरू होता है। अण्डरवुड[2] (Underwood, 1965) के अनुसार सामान्यतः प्रत्येक प्रयास के बाद प्रयोज्य को 6 से 10 सेकंड तक का विश्राम (rest) दिया जाना चाहिए। इस समय के दौरान प्रयोगकर्त्ता नए क्रम (order) वाली सूची को स्मृति-पटल में लगाता है। इस तरह से तब तक प्रयास (trial) जारी रहता है जब तक कि प्रयोज्य प्रयोगकर्त्ता द्वारा पूर्व निर्धारित कसौटी (criterion) पर नहीं पहुँच जाता है।

युग्मित-सहचर सीखना (paired-associate learning) की एक दूसरी विधि भी है जिसे प्रत्याह्वान-विधि (recall method) कहा जाता है। हूल्स, इगेथ तथा डिज (Hulse, Egeth & Deese, 1980) ने इसे *अध्ययन-परीक्षण विधि* (study-test method) कहा है। इस विधि में पहले उद्दीपक शब्द तथा अनुक्रिया या प्रतिक्रिया शब्द (response word) दोनों को एक साथ 2 या 4 सेकंड के लिए दिखाते हैं। इसी तरह से सूची के सभी युग्मों को एक-एक करके दिखाते हैं। इसके बाद फिर सूची के सबसे पहले युग्म के उद्दीपक शब्द को 2 सेकंड तक के लिए दिखाते हैं और प्रयोज्य उसके साथ के अनुक्रिया शब्द का पुनः स्मरण (recall) करता है। इस अनुक्रिया शब्द को फिर दिखाया नहीं जाता है। इसके बाद दूसरे युग्म के उद्दीपक शब्द (stimulus word) को दिखाकर प्रयोज्य को अनुक्रिया शब्द बताने को कहा जाता है। फिर अनुक्रिया शब्द को बिना दिखाए ही तीसरे युग्म के उद्दीपक शब्द को दिखाया जाता है और उसे इस युग्म का अनुक्रिया शब्द बताने को कहा जाता है। इसी तरह से सभी युग्मों के उद्दीपक शब्द को दिखाकर प्रयोज्य से सम्बन्धित अनुक्रिया शब्दों का प्रत्याह्वान कराया जाता है। इसके बाद दूसरा प्रयास (2nd trial) शुरू होता है, जहाँ फिर सूची के प्रत्येक युग्म के उद्दीपक तथा अनुक्रिया शब्द को एक साथ 2 या 4 सेकंड के लिए दिखाया जाता है। इस तरह से पूरी सूची दिखा देने के बाद फिर प्रत्येक युग्म का सिर्फ उद्दीपक शब्द दिखाकर उसके उपयुक्त अनुक्रिया शब्द का प्रत्याह्वान कराया जाता है। यहाँ प्रत्येक प्रयास के बाद 6 से 10 सेकंड तक का विश्राम (rest) दिया जाता है। यह पूरी प्रक्रिया तब तक चलती रहती है जब तक कि प्रयोज्य प्रयोगकर्त्ता द्वारा पूर्व निर्धारित कसौटी (criterion) पर नहीं पहुँच जाता। इस तरह से हम देखते हैं कि युग्मित सहचर सीखना (paired-associate learning) की पूर्वाभास विधि (anticipation method) में प्रयोज्य को अपने उत्तर के सही या गलत की जाँच का मौका मिलता है, लेकिन प्रत्याह्वान विधि (recall method) में ऐसा कोई मौका प्रयोज्य को नहीं दिया जाता। सीखना के उद्दीपक अनुक्रिया पुनर्बलन सिद्धान्त (Stimulus-Response reinforcement theory) के अनुसार तब यह कहा जा सकता है कि पूर्वाभास विधि में मौखिक पुनर्बलन (verbal reinforcement) उपस्थित रहता है, परन्तु प्रत्याह्वान विधि में ऐसा कोई मौखिक पुनर्बलन नहीं रहता। परिणामस्वरूप, इस सिद्धान्त के अनुसार युग्मित सहचर की पूर्वाभास विधि द्वारा सीखने की प्रक्रिया (process of learning) प्रत्याह्वान विधि की अपेक्षा तेजी से होगी।

1. Houston : *Fundamentals of Learning,* 1976 p. 16
2. Underwood : Experimental Psychology, 1965, p. 294

युग्मित सहचर (paired associate) की चाहे पूर्वाभास-विधि (anticipation method) हो या प्रत्याह्वान विधि (recall method), सीखा गया साहचर्य हमेशा क्षैतिज (horizontal) होता है न कि खड़ा या उदग्र (vertical)। इसके लिए यह आवश्यक है कि प्रत्येक प्रयास (trial) में शब्दों या पदों के युग्मों (pairs) के क्रम (order) में परिवर्तन करके प्रयोज्य को दिखाया जाए। जब प्रयोग स्मृति-पटल (memory drum) के सहारे किया जा रहा हो, तब विद्यार्थी को यह सलाह दी जाती है कि वे एक ही सूची (list) की कम-से-कम 3-4 कॉपी (copy) इस प्रकार कर लें प्रत्येक कॉपी में युग्म (pair) तो वही हो, परंतु उनका क्रम अलग-अलग हो। जैसे—

Original List	**1st copy** (In new order)	**2nd copy** (In new order)
Boy-Pen	Chair-Rice	Mango-Bus
Army-Sky	Desk-Girl	Chair-Rice
Man-Red	Boy-Pen	Desk-Girl
Chair-Rice	Mango-Bus	Army-Sky
Mango-Bus	Army-Sky	Man-Red
Desk-Girl	Man-Red	Boy-Pen

उपर्युक्त उदाहरण में एक ही सूची की दो अन्य कॉपियाँ तैयार कर दिखलाया गया है। इसी तरह 2-3 कॉपी और तैयार कर लेनी चाहिए और प्रत्येक प्रयास (trial) में सूची की इन विभिन्न कॉपियों को यादृच्छिक ढंग से (randomly) दिखाना चाहिए।

(v) प्रत्यभिज्ञान सीखना विधि *(Method of Recognition Learning)*—इस विधि में पदों या शब्दों की पूरी सूची को पहले कई बार लगातार प्रयोज्य को दिखाते हैं। इसके बाद, इन शब्दों को नए शब्दों के साथ मिलाकर प्रयोज्य को एक-एक करके दिखाते जाते हैं। प्रयोज्य को इनमें से पहले सीखे गए शब्दों का प्रत्यभिज्ञान (recognition) करना होता है। इस तरह की विधि में प्रयोज्य पहले देखे गए शब्दों तथा नए शब्दों के बीच एक तरह का विभेद (discrimination) करना सीखता है। यही कारण है कि डी'एमैटो (D'Amato, 1970) ने इसे *मौखिक विभेद-विधि* (verbal discrimination method) भी कहा है।

स्पष्ट हुआ कि शाब्दिक सीखने की कई विधियाँ हैं।

अध्याय सारांश CHAPTER SUMMARY

1. सीखना या अधिगम व्यवहार में वैसे परिवर्तन को कहा जाता है जो अभ्यास या अनुभूति के फलस्वरूप होता है तथा जो व्यक्ति को समायोजन करने में मदद करता है।
2. सीखने की प्रक्रिया में अभिप्रेरण का महत्त्व काफी है। यह तथ्य प्रयोगात्मक सबूतों से सत्यापित हो चुका है।
3. थॉर्नडाइक द्वारा प्रस्तावित सीखने का सिद्धान्त जिसे सम्बन्धवाद का सिद्धान्त कहा जाता है, काफी लोकप्रिय है। इसके अन्तर्गत थॉर्नडाइक ने सीखने के तीन नियमों का भी प्रतिपादन किया है— अभ्यास का नियम, तत्परता का नियम तथा प्रभाव का नियम।
4. स्कीन्नर (Skinner) द्वारा प्रस्तावित सीखने का सिद्धान्त भी काफी अहम् भूमिका निभाया है। इनके द्वारा प्रतिपादित सीखने के सिद्धान्त को क्रियाप्रसूत अनुबंधन का सिद्धान्त (theory of operant conditioning) के नाम से भी जाना जाता है।
5. सीखने के सूझ के सिद्धान्त का प्रतिपादन कोहलर तथा कौफ्का द्वारा किया गया है। इस सिद्धान्त के अनुसार सीखने का आधार सूझ (insight) होता है जो अचानक व्यक्ति के मन में उत्पन्न होता है और उससे वह समस्या का समाधान करके सही अनुक्रिया करना सीख लेता है।
6. पैवलव ने भी सीखने का एक सिद्धान्त का प्रतिपादन किया है जिसे क्लासिकी अनुबंधन (Classical conditioning) का सिद्धान्त कहा गया है। इस सिद्धान्त के अनुसार सीखने का आधार उद्दीपकों के बीच साहचर्य का स्थापित होना होता है।

7. साधनात्मक सीखने का आठ प्रकारों का वर्णन किया गया है। इन प्रकारों में पुरस्कार प्रशिक्षण, परिवर्जन प्रशिक्षण तथा विभेदन प्रशिक्षण अधिक महत्त्वपूर्ण है।
8. साधनात्मक अनुबंधन तथा पैवलोवियन अनुबंधन में कार्यविधि सम्बन्धी अन्तर तथा सैद्धान्तिक अंतर की व्याख्या कई बिंदुओं में बाँटकर की गयी है।
9. उद्दीपक सामान्यीकरण को प्रभावित करने वाले कई कारक हैं जिनमें विस्तारित प्रशिक्षण, आंशिक पुनर्बलन, प्रेरणा एवं मस्तिष्कीय उत्तेजन प्रधान हैं।
10. सामान्यीकरण के दो मुख्य प्रकारों पर भी प्रकाश डाला गया है— प्रारम्भिक सामान्यीकरण (primary generalisation) एवं गौण सामान्यीकरण (secondary generalization)। गौण सामान्यीकरण का एक प्रमुख पहलू मध्यवर्ती सामान्यीकरण (mediated generalization) है जिसे अर्थगत सामान्यीकरण (semantic generalization) भी कहा जाता है।
11. सामान्यीकरण का विपरीत विभेदन (discrimination) है जिसमें प्राणी CS एवं अन्य मिलते-जुलते उद्दीपक में विभेदन कर सिर्फ CS के प्रति ही अनुक्रिया करना सीखता है। विभेदन के अध्ययन की कई विधियाँ हैं जिनमें पृथक प्रयास विधि, स्वाचालित विधि एवं स्वतंत्र-क्रिया प्रसूत विधि प्रमुख है।
10. मानव सीखना (human learning) का एक महत्त्वपूर्ण पहले शाब्दिक सीखना (verbal learning) है। इस क्षेत्र में किये गये प्रयोगात्मक अध्ययनों से मानव सीखना के कई पक्षों के बारे में महत्त्वपूर्ण सूचना मिलती है। जहाँ तक शाब्दिक सीखना में व्यवहृत सामग्रियों का प्रश्न है, उसमें निरर्थक पद, व्यंजन पद, बहुपदीय-निरर्थक इकाइयाँ (multisyllabic nonsense units) आदि प्रधान हैं। शाब्दिक सीखना के कई शोध विधियाँ (research methods) हैं जिनमें क्रमिक सीखना विधि, मुक्त पुनःस्मरण विधि, अनुबोधन तथा पूर्वाभ्यास विधि, युग्मित-सहचर विधि एवं प्रत्यभिज्ञान सीखना विधि प्रधान है।

□

अध्याय 5

स्मृति
(MEMORY)

स्मृति का अर्थ एवं उसके तत्त्व या अवस्थाएँ
(Meaning of Memory and its Compounds or Stages)

स्मृति (memory) एक सामान्य पद है जिससे तात्पर्य पूर्व अनुभूतियों (past experiences) को मस्तिष्क में इकट्ठा कर रखने की क्षमता होती है। संज्ञानात्मक मनोवैज्ञानिकों जैसे– लेहमैन, लेहमैन एवं बटरफिल्ड (Laehman, Laehman & Butterfield, 1979) ने स्मृति को परिभाषित करते हुए कहा है कि विशेष समयावधि के लिए सूचनाओं को सम्पोषित करके रखना ही स्मृति है। समयावधि एक सेकेंड से कम या सम्पूर्ण जीवन काल का भी हो सकता है। मनोवैज्ञानिकों ने स्मृति के दो पक्ष बतायें हैं– धनात्मक पक्ष (positive aspect) तथा ऋणात्मक पक्ष (negative aspect)। स्मृति के धनात्मक पक्ष से तात्पर्य पूर्व अनुभूतियों को याद करके रखने से होता है तथा ऋणात्मक पक्ष से तात्पर्य उन अनुभूतियों को याद करने की असमर्थता से होता है। अतः यह कहा जा सकता है कि स्मृति का धनात्मक पक्ष *स्मरण* (remembering) है तथा ऋणात्मक पक्ष *विस्मरण* (forgetting) है।

मनोवैज्ञानिकों ने स्मृति के तीन तत्त्वों (components) या अवस्थाओं (stages) का वर्णन किया है जो निम्नांकित है–

1. **कूटसंकेतन** *(Encoding)*—कूटसंकेतन में किसी सूचना या बाह्य उत्तेजना (external stimulation) का प्रत्यक्षण कर व्यक्ति उसे एक निश्चित रूप (form) या कूटसंकेत (code) के रूप में तंत्रिका तंत्र (nervous system) में ग्रहण करता है। दूसरे शब्दों में, यह कहा जा सकता है कि कूटसंकेतन एक ऐसी प्रक्रिया है जिसके सहारे सूचनाओं को एक ऐसा आकार या रूप (form) में परिवर्तित कर दिया जाता है कि वे स्मृति में प्रवेश पा सके। साधारण बोल-चाल की भाषा में स्मृति चिह्नों (memory traces) का निर्माण होना ही संकेतन कहलाता है। स्मृति की *पहली अवस्था* कूट संकेतन (encoding) की होती है। इस अवस्था को *पंजीकरण* (registration) भी कहा जाता है।
2. **संचयन** *(Storage)*—स्मृति की *दूसरी अवस्था* संचयन (storage) की अवस्था होती है। संचयन एक ऐसी प्रक्रिया है जिसमें संकेतन द्वारा प्राप्त सूचनाओं एवं उत्तेजनाओं को कुछ समय के लिए संचित कर रखा जाता है। दूसरे शब्दों में, संचयन की अवस्था में स्मृति में प्रवेश पा चुके सूचनाओं एवं उत्तेजनाओं को कुछ समय के लिए धारित (retained) करके रखा जाता है। इस अवस्था को *धारण* (retention) भी कहा जाता है।
3. **पुनःप्राप्ति** *(Retrieval)*—पुनःप्राप्ति स्मृति की *तीसरी अवस्था* है। इस अवस्था में स्मृति में संचित सूचनाओं का प्रत्याह्वान (recall) एवं खोज की जाती है। दूसरे शब्दों में, पुनःप्राप्ति एक ऐसी प्रक्रिया है जिसमें आवश्यकतानुसार व्यक्ति संचयन में मौजूद सूचनाओं में से विशिष्ट सूचना की खोज करता है तथा उन तक पहुँचने की कोशिश करता है। इस अवस्था को *स्मरण* (remembering) भी कहा जाता है।

स्पष्ट हुआ कि स्मृति में तीन स्पष्ट अवस्थाएँ होतीं हैं। यदि हम ध्यान से देखें तो यह स्पष्ट होगा कि स्मृति का यह स्वरूप ही मनोवैज्ञानिकों को मानव स्मृति को *कम्प्यूटर स्मृति* (computer memory) से तुलना करने के लिए बाध्य कर देता है। यदि हम व्यक्तिगत कम्प्यूटर (personal computer) पर ध्यान दें, तो यह स्पष्ट होगा कि इसमें मानव स्मृति के समान उक्त तीन अवस्थाएँ होतीं हैं जिसके द्वारा कम्प्यूटर अपना मौलिक कार्य कर पाता है।

स्मृति के इन तीन अवस्थाओं को एक उदाहरण द्वारा हम इस प्रकार समझ सकते हैं। मान लिया जाए कि कोई छात्र भारत के राज्यों की राजधानी का नाम याद कर रहा है। राज्यों की राजधानी की सूची उसके सामने होती है जिसका प्रत्यक्षण

कर वह बार-बार पढ़ता है तथा जिसके परिणामस्वरूप उसके तंत्रिका तंत्र (nervous system) में कुछ परिवर्तन होता है जिससे विशेष संकेत या स्मृति चिह्न (memory traces) बनते हैं। यह *संकेतन* (encoding) की प्रक्रिया हुई। छात्र राज्यों की राजधानी के नामों को संकेतन कर लेने के बाद उसे कुछ समय तक संचित करके रखता है जिसके फलस्वरूप सीखा गया नाम उसके कुछ दिनों तक याद रहता है। उसे *संचयन* (storage) की संज्ञा दी जाती है। मान लिया जाए कि एक सप्ताह बाद इन राज्यों की राजधानी का नाम छात्र से पूछा जाता है। यहाँ छात्र संचित की गई नामों का प्रत्याह्वान (recall) कर प्रश्नानुसार उत्तर देने की कोशिश करेगा। इसे *पुनःप्राप्ति* (retrieval) कहा जाएगा। सभी संचित किये गए सूचनाओं की पुनः प्राप्ति हो ही, यह आवश्यक नहीं है। जैसे भारत के सभी राज्यों की राजधानी का नाम छात्र अपने मस्तिष्क में संचित किये रख सकता है परंतु किसी खास समय में वह सभी राज्यों की राजधानी की पुनः प्राप्ति करने में समर्थ नहीं भी हो सकता है।

स्पष्ट हुआ कि स्मृति के तीन अवस्थाएँ या तत्त्व हैं। यह भी स्पष्ट है कि इन तीन अवस्थाओं का सीधा सम्बन्ध याद किये गए विषयों के विस्मरण से होता है। जैसे, यदि किसी सूचना का संकेतीकरण (encoding) ठीक ढंग से नहीं किया गया तो स्वभावतः संचयन (storage) तथा पुनःप्राप्ति (retrieval) का कोई प्रश्न ही नहीं उठता है। ऐसी हालत में विस्मरण निश्चित है। उसी तरह से यदि संकेतीकरण (encoding) किया गया है, परंतु यदि संचयन नहीं किया गया तो पुनःप्राप्ति नहीं होगा और परिणामस्वरूप विस्मरण होगा। यदि संकेतीकरण तथा संचयन हो गया है परंतु किसी कारणवश पुनःप्राप्ति नहीं हो पा रहा है तो इससे भी विस्मरण हो जाएगा। इस तरह से स्पष्ट हुआ कि स्मृति के इन तत्त्वों या अवस्थाओं का सीधा सम्बन्ध विस्मरण से है।

स्मृति के प्रकार
(Types of Memory)

प्रयोगात्मक मनोवैज्ञानिकों ने स्मृति के कई प्रकारों का वर्णन किया है। स्मृति चिह्नों को संचित करने की अवधि की कसौटी के आधार पर इन लोगों ने स्मृति के निम्नांकित तीन प्रकार का वर्णन किया है—

1. संवेदी स्मृति (Sensory memory)
2. लघुकालीन स्मृति (Short-term memory)
3. दीर्घकालीन स्मृति (Long-term memory)

इन तीनों का वर्णन निम्नांकित है—

1. संवेदी स्मृति *(Sensory memory)*—संवेदी स्मृति वैसे स्मृति संचयन (memory storage) को कहा जाता है जिसमें सूचनाओं को सामान्यतः एक सेकंड या उससे कम अवधि के लिए व्यक्ति रख पाता है। इस स्मृति में उद्दीपक से मिलने वाले सूचनाओं को मौलिक रूप में अर्थात् उसमें बिना किसी तरह के फेर-बदल किये ही उन्हें संचित रखा जाता है। संवेदी स्मृति के कारण ही व्यक्ति के सामने से उद्दीपक के हट जाने के बाद भी उसका चिह्न थोड़े समय के लिए बना होता है। इसलिए इसे *संवेदी संचयन* (sensory storage) या *संवेदी रजिस्टर* (sensory register) भी कहा जाता है। यह दो प्रकार का होता है— *प्रतिमा-सम्बन्धी स्मृति* (Iconic memory) तथा *प्रतिध्वनि स्मृति* (Echoic memory)। प्रतिमा-सम्बन्धी स्मृति में व्यक्ति देखे गये वस्तु या व्यक्ति के बारे में एक सेकंड तक एक दृष्टि चिह्न (visual trace) रख पाता है जबकि प्रतिध्वनिक स्मृति में व्यक्ति किसी सुनी हुई आवाज का उद्दीपक चिह्न (auditory trace) अपने मन में एक सेकंड से भी कम समय के लिए रख पाता है। इसकी विस्तृत चर्चा आगे अलग की जाएगी।

2. लघुकालीन स्मृति *(Short-term memory or STM)*—लघुकालीन स्मृति को विलियम जेम्स (William James) ने *प्राथमिक स्मृति* (Primary memory or PM) भी कहा है। इस तरह की स्मृति की दो मुख्य विशेषताएँ हैं। पहला, STM में किसी सूचना को अधिक-से-अधिक 20–30 सेकंड तक संचित करके रखा जा सकता है तथा दूसरा इसमें प्रवेश पाने वाले सूचनाएँ कमजोर प्रकृति की होती हैं क्योंकि उन्हें व्यक्ति मात्र एक-दो प्रयास में ही सीख लिया होता है। जैसे, मान लिया जाय कि कोई आदमी किसी अपरिचित से टेलिफोन पर बातचीत करने के लिए उसके टेलीफोन का नम्बर टेलीफोन डाइरेक्टरी से लेकर उसके पास डायल करता है और व्यस्त संकेत (busy signal) पाकर 10 सेकेंड रुककर पुनः डायल करना चाहता है। परंतु इस बार नम्बर के सही क्रम को थोड़ी देर के लिए मान लिया जाय कि वह भूल जाता

है। इस उदाहरण में लघुअवधि स्मृति 10 सेकेंड का दिखाया गया है तथा उस अपरिचित के टेलीफोन नम्बर को भी मात्र एक ही अभ्यास में सीखा गया था। उक्त उदाहरण से यह स्पष्ट है कि STM में मात्र वैसी सूचनाएँ होतीं हैं, जिन्हें वर्तमान समय में व्यक्ति संसाधित (processing) करता होता है। STM को अन्य नामों से भी जैसे— *सक्रिय स्मृति* (active memory), *तात्कालिक स्मृति* (immediate memory), *लघु-कालीन संचयन* (short-term store) से जाना जाता है।

3. दीर्घकालीन स्मृति *(Long-term memory or LTM)*—विलियम जेम्स (William James) ने इसे गौण स्मृति (secondary memory or SM) भी कहा है। इस तरह की स्मृति में किसी सूचना को व्यक्ति कम-से-कम 30 सेकेंड तक तो अवश्य ही धारण करके रखता है। अधिक-से-अधिक कितने समय के लिए किसी सूचना को यहाँ संचित रखा जा सकता है, इसकी कोई निश्चित समय सीमा नहीं है। सम्भव है कि किसी सूचना को पूरे जीवन काल तक संचित रखा जा सकता है या किसी को मात्र एक घंटा तक ही संचित रखा जा सकता है। जब कोई छात्र कल शिक्षक द्वारा वर्ग मे दिये गये व्याख्यान का प्रत्याह्वान कर सकने में सफल हो पाता है, तो यह कहा जाता है कि व्याख्यान का विषय दीर्घकालीन स्मृति (long term memory) में संचित था। इसे अन्य नामों जैसे— *असक्रिय स्मृति* (inactive memory) तथा *दीर्घ-अवधि संचयन* (long-term store) के नाम से भी जाना जाता है। दीर्घकालीन स्मृति की एक विशेषता यह भी है कि इसमें नाना प्रकार की सूचनाओं को संचित किया जाता है तथा इसका स्वरूप कुछ स्थायी होता है।

टुलभिंग (Tulving, 1972) ने दीर्घकालीन स्मृति (long-term memory) को घटनाओं एवं अनुभूतियों के आधार पर निम्नांकित दो भागों में बाँटा है—

(i) प्रासंगिक स्मृति *(Episodic memory)*—प्रासंगिक स्मृति में वैसी सूचनाएँ संचित होतीं हैं जो अस्थायी रूप से व्यक्ति के साथ घटित होतीं हैं। अतः ऐसी सूचनाओं द्वारा मूलतः यह पता चलता है कि व्यक्तिगत घटनाएँ कब हुई थीं। प्रासंगिक स्मृति के कुछ उदाहरण इस प्रकार हैं— मेरे बचपन के दिन कश्मीर में बीते थे, कल चार बजे शाम मे मैं डाक्टर के पास गया था, दस दिन पहले मैंने एक ऐसा ही फिल्म देखा था, आदि-आदि। इस सूचनाओं से घटना होने के समय के बारे में स्पष्ट रूप से पता चलता है। इसे *आत्मरचित स्मृति* (autobiographical memory) भी कहा जाता है। वैसा प्रासंगिक स्मृति जो व्यक्ति के मन में असाधारण रूप से स्पष्ट होती है, क्योंकि उनका स्वरूप आश्चर्य पैदा करने वाला होता है, को *फ्लैशबल्ब स्मृति* (flashbulb memory) कहा जाता है।

(ii) अर्थगत स्मृति *(Semantic memory)*—अर्थगत स्मृति में व्यक्ति शब्दों, संकेतों आदि के बारे मे एक क्रमबद्ध ज्ञान रखता है। इस तरह के ज्ञान में शब्दों, संकेतों के आपसी सम्बन्धों, उनके अर्थों तथा उनमें जोड़-तोड़ करने (manupulating) के नियमों आदि का ज्ञान सम्मिलित होता है। अर्थगत स्मृति के कुछ उदाहरण इस प्रकार है— मै जानता हूँ कि जल का रासायनिक सूत्र H_2O होता है, किसी भी अंक में शून्य से गुणा करने पर उसका गुणनफल शून्य होता है, वर्ष का लघुतम दिन दिसम्बर में होता है, आदि-आदि। इसे *सामान्य स्मृति* (generic memory) भी कहा जाता है।

प्रासंगिक स्मृति तथा अर्थगत स्मृति को एक साथ मिलाकर *घोषणात्मक स्मृति* (declarative memory) या *स्पष्ट स्मृति* (explicit memory) भी कहा जाता है। इस तरह से घोषणात्मक स्मृति में वे सारी चीजों की स्मृति सम्मिलित होती है जिसे मस्तिष्क में एक तथ्य के रूप लाया जा सकता है या जिसकी घोषणा की जा सकती है। इसके अतिरिक्त दीर्घकालीन स्मृति का एक अन्य प्रकार भी है जिसे अघोषणात्मक स्मृति (nondeclarative memory) कहा जाता है। इसे अस्पष्ट स्मृति (implicit memory) भी कहा जाता है। अघोषणात्मक स्मृति वैसे स्मृति को कहा जाता है जिसमें पेशीय कौशल (motor skills), आदत (habits) तथा क्लासिकी अनुबंधन द्वारा सीखी गयी अनुक्रियाएँ संचित होतीं हैं। उपर्युक्त दो प्रकारों के अलावा LTM का एक और प्रकार भी है जिसे *प्रक्रियात्मक स्मृति* (procedural memory) कहा जाता है और इस पर मनोवैज्ञानिकों का ध्यान तुलनात्मक रूप से कम गया है। प्रक्रियात्मक स्मृति से तात्पर्य वैसे स्मृति से होता है जिसमें उद्दीपक (stimulus) तथा अनुक्रियाओं के बीच सीखे गये सम्बन्ध या साहचर्य संचित होते हैं। जैसे—टेलिफोन की घंटी बजते सुनते हैं और हम तुरंत रिसीवर उठाने के लिए तैयार हो जाते हैं। सड़क पर लालबत्ती (red light) देखते हैं, और गाड़ी का ब्रेक हम दबा देते हैं। ये सभी अर्जित या सीखे गये साहचर्य प्रक्रियात्मक स्मृति में संचित होते हैं। इस तरह की स्मृति के कारण व्यक्ति समायोजी ढंग से ([illegible]tive way) व्यवहार कर पाता है। अब हम स्मृति के इन विभिन्न प्रकारों को एक तालिका के रूप में इस प्रकार [illegible]त कर सकते हैं—

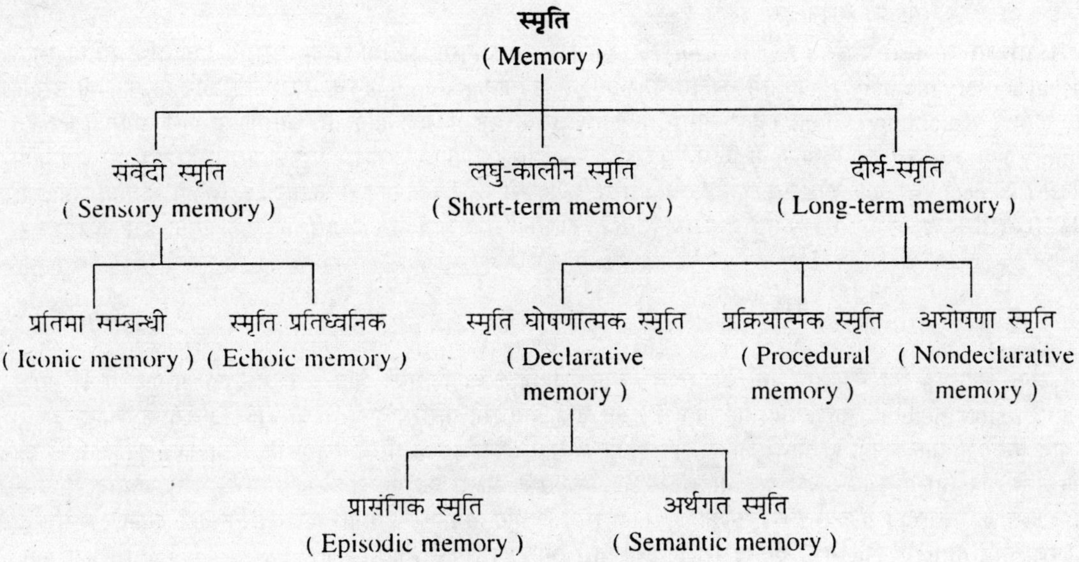

संवेदी स्मृति
(Sensory Memory)

अर्थ एवं विशेषताएँ *(Meaning and characteristics)*—संवेदी स्मृति (sensory memory) स्मृति का एक लघुतम अवधि वाली स्मृति है। प्रयोगात्मक मनोवैज्ञानिकों के बीच लगभग इस बात की सहमति है कि संवेदी स्मृति में सूचनाओं को सामान्यतः अधिक-से-अधिक एक सेकंड की अवधि के लिए ही संचित किया जाता है (हालांकि जैसा कि हम आगे देखेंगे कि कुछ परिस्थिति में कुछ मनोवैज्ञानिकों द्वारा संवेदी स्मृति विशेषकर प्रतिध्वनिक संवेदी स्मृति की अवधि को 10 सेकंड तक भी होते पाया है।) संवेदी स्मृति के क्षेत्र में किये गये प्रयोगात्मक अध्ययनों (experimental studies) के आलोक में संवेदी स्मृति के निम्नांकित विशेषताओं के बारे में मनोवैज्ञानकों के बीच सर्वसम्मति बन पायी है—

(i) चूँकि संवेदी स्मृति में सूचनाएँ सामान्यतः अधिक-से-अधिक एक सेकंड तक ही संचित रह पाती है, अतः यह स्मृति बहुत ही क्षणिक प्रकृति का होता है। दूसरे शब्दों में, व्यक्ति के सामने से उद्दीपक हटा लिए जाने के बाद भी उस उद्दीपक का चिह्न (trace) संवेदी स्मृति के कारण कुछ समय के लिए व्यक्ति के मन में बना होता है।

(ii) लघुकालीन स्मृति (short-term memory) की तुलना में संवेदी स्मृति की संचयन क्षमता (storage capacity) बड़ी परंतु दीर्घकालीन स्मृति (long-term memory) की संचयन क्षमता की तुलना में छोटी होती है।

(iii) संवेदी स्मृति में जो भी सूचनाएँ होतीं हैं वे अपने मौलिक रूप में एवं असंसाधित (unprocessed) रूप में होती है। लघुअवधि स्मृति तथा दीर्घअवधि स्मृति में ऐसी बातं नहीं होती हैं क्योंकि इनमें सूचनाएँ संसाधित होकर विशेष कूटसंकेत (code) के रूप में संचित होती है।

(iv) संवेदी स्मृति में संचित सूचनाएँ उद्दीपकों का यथार्थ प्रतिनिधित्व (accurate representation) करती है जबकि लघुअवधि स्मृति तथा दीर्घ अवधि स्मृति में सूचनाएँ विकृत (distort) होकर अयथार्थ (inaccurate) भी हो जातीं हैं।

संवेदी स्मृति के प्रकार
(Types of Sensory Memory)

संवेदी स्मृति को नाईसर (Neisser, 1967) ने दो भागों में बॉटा है—

1. प्रतिमा-सम्बन्धित स्मृति (Iconic memory).

2. प्रतिध्वनि स्मृति (Echoic memory)

इन दोनों स्मृतियों का वर्णन इस प्रकार है—

1. प्रतिमा सम्बन्धी स्मृति *(Iconic memory)*—नाईसर के अनुसार प्रतिमा-सम्बन्धी स्मृति एक दृष्टि संवेदी स्मृति (visual sensory memory) है जिसमें व्यक्ति के सामने से उद्दीपक (stimulus) के हटा लिए जाने के बाद भी उसका दृष्टि छवि (visual impressions) कुछ समय के लिए उसके मन में बना होता है। प्रतिमा-सम्बन्धी स्मृति (iconic memory) के अस्तित्व को दिखाने के लिए स्पर्लिंग (Sperling, 1960) ने सबसे पहला प्रयोग किया। इस प्रयोग में प्रयोज्य (subject) को एक कार्ड पर लिखे गये 4 तरह के अक्षरों को जिन्हें तीन के कतार (row) में सजाया गया था, सिर्फ 50 मिलीसेकेंड अर्थात .05 सेकेंड के लिए दिखाया गया। ऐसे सजाये गये अक्षरों का एक नमूना इस प्रकार है—

Z	K	T	N
H	B	S	I
E	M	A	Q

इसके बाद प्रयोज्यों को उन सभी अक्षरों को बतलाना होता था जिसकी याद उन्हें है। इसे सम्पूर्ण रिपोर्ट विधि (whole report method) कहा गया। परिणाम में देखा गया कि ऐसी परिस्थिति में वे चार-पाँच अक्षरों से ज्यादा अक्षरों को याद करने में सफल नहीं हो पाये। लेकिन उन लोगों ने साथ-ही-साथ यह भी बतलाया कि ऐसी बात हकीकत में नहीं है कि उन्हें मात्र चार-पाँच ही अक्षर याद था बल्कि वे अन्य सभी अक्षरों को भी याद रखे हुए थे, परंतु जबतक वे चार-पाँच अक्षरों के प्रत्याह्वान में व्यस्त थे, उनका अन्य अक्षरों की यादें समाप्त हो गयीं। प्रयोज्यों के इस कथन की सत्यता की जाँच करने के लिए स्पर्लिंग ने एक-दूसरी प्रविधि जिसे आंशिक रिपोर्ट विधि (partial report method) कहा गया, का उपयोग करके प्रयोग किया। कार्ड पर छपे अक्षरों को दिखाने के तुरंत बाद स्पर्लिंग प्रयोज्य को एक-एक आवाज सुनाये जिसकी तारत्व (pitch) कभी उच्च (high), कभी निम्न (low) तथा कभी मध्यम (medium) होती थी। उच्च तारत्व वाले आवाज के होने पर प्रयोज्य को सबसे ऊपरी कतार के अक्षरों को, मध्यम तारत्व वाले आवाज के होने पर बीच वाले कतार के अक्षरों को तथा निम्न तारत्व वाले आवाज के होने पर निचली कतार के अक्षरों को प्रत्याह्वान करने के लिए कहा गया। परिणाम में देखा गया कि ऐसी परिस्थिति में प्रयोज्यों का प्रत्याह्वान शत-प्रतिशत सही था अर्थात् वे सम्बन्धित कतार के सभी अक्षरों का सही प्रत्याह्वान करने में सफल हो पाये। चूँकि प्रयोज्य को पहले से यह मालूम नहीं रहता था कि कौन श्रेणी की आवाज उसे सुनाई पड़ेगा, अतः उसे सभी 12 अक्षरों को याद रखना पड़ता था। अतः उक्त परिणाम से प्रयोज्य द्वारा दिए गए कथन सत्य दीख पड़ता है। जब उन्होंने आवाज को एक सेकेंड विलम्ब करके प्रयोज्य के सामने उपस्थित किया तो पाया गया कि प्रयोज्य का निष्पादन काफी गिर कर पहले के समान अर्थात् जहाँ उसे सम्पूर्ण अक्षरों का प्रत्याह्वान करना पड़ता था, के निष्पादन स्तर के बराबर (अर्थात् चार-पाँच अक्षरों के प्रत्याह्वान स्तर) हो गया। इसका मतलब यह हुआ कि प्रतिमा-सम्बन्धी स्मृति में इतनी तेजी से ह्रास होती है कि एक सेकंड के भीतर इसका निष्पादन सम्पूर्ण रिपोर्ट विधि में प्राप्त निष्पादन के स्तर पर चला जाता है।

कई अन्य प्रयोगात्मक अध्ययनों में स्पर्लिंग द्वारा प्राप्त निष्कर्ष की सत्यता की जाँच करने की कोशिश की गयी। जैसे— एभरवैक तथा कोरियल (Averbach & Coriell, 1961) ने प्रयोज्यों को 16 अक्षरों के क्रम विन्यास (array) को प्रयोज्यों को थोड़े देर के लिए दिखलाया। इसके बाद एक छोटा लम्बाकार रेखा ठीक उस स्थान पर प्रयोज्य को दिखलाया गया जहाँ पहले कोई एक अक्षर होता था। प्रयोज्यों को ठीक वही अक्षर को बताना होता था। इस प्रयोग से प्राप्त परिणाम में देखा गया कि जब सम्पूर्ण क्रम विन्यास दिखाने के तुरंत बाद संकेत उपस्थित किया जाता था तो प्रयोज्यों को करीब 16 अक्षरों में से 12 अक्षरों तक का प्रत्याह्वान कर सकने में सफलता मिली। इन लोगों ने अपने अध्ययन के आधार पर यह भी बतलाया कि प्रतिमा-सम्बन्धी स्मृति सेकंड के एक-चौथाई अर्थात करीब 250 मिलीसेकंड तक ही बनी रहती है। इस तरह से एभरवैक एवं कोरियल के प्रयोग के परिणाम से स्पर्लिंग के प्रयोग के परिणाम की सम्पुष्टि होती है।

हाल ही में मनोवैज्ञानिकों के बीच प्रतिमा-सम्बन्धी स्मृति (iconic memory) के स्थानीकरण (location) के बारे में कुछ वाद-विवाद हुआ है। साकीट्ट (Sakitt, 1976) का कहना है कि ऐसी स्मृति सूचनाएँ जो प्रतिमा (icon) के रूप में होते हैं; वे आँख के दृष्टि ग्राहक (visual receptor) में विशेषकर शलाकाएँ (rods) में न कि मस्तिष्क के केन्द्रीय भागों में पाये जाते हैं। लेकिन बैंक्स तथा बारबर (Banks & Barber, 1977) ने अपने अध्ययनों में पाया है कि प्रतिमा-सम्बन्धी स्मृति में रंगीन सूचनाएँ (colour information) भी संचित होतीं हैं। इसका मतलब यह हुआ कि इस तरह की स्मृति शलाकाओं (rods) के अलावा सूचियों (cones) में भी संचित होती हैं क्योंकि रंगीन अनुक्रियाओं का होना सिर्फ

सूचियों (cones) के उत्तेजित होने के कारण ही हो सकता है। मैकक्लॉजकी एवं वैटकीन्स (McClosky & Watkins, 1978) ने अपने अध्ययन के आधार पर यह बतलाने की कोशिश किया है कि प्रतिमा-सम्बन्धी स्मृति दृष्टि ग्राहक (visual receptors) में केन्द्रित न होकर मस्तिष्क में होता है। परंतु इसका कोई स्पष्ट एवं संगत सबूत नहीं मिल सका है। इन सबों के आलोक में हम अभी यही कह सकते हैं कि प्रतिमा-सम्बन्धी स्मृति के स्थानीकरण (location) के बारे में स्थिति अभी स्पष्ट नहीं हो पाई है।

उपर्युक्त प्रयोगात्मक अध्ययनों पर गम्भीरतापूर्वक विचार करने के बाद प्रतिमा-सम्बन्धी स्मृति (iconic memory) की कुछ विशेषताओं की ओर ध्यान जाता है, जो निम्नांकित है—

(i) सामान्यतः स्मृति साहचर्यात्मक (associative) होता है परंतु प्रतिमा-सम्बन्धी स्मृति (iconic memory), असाहचर्यात्मक (nonassociative) होता है। वाईकेलग्रेन तथा ह्विटमैन (Wickelgren & Whitman, 1970) ने अपने अध्ययन में जिसका डिजाइन बहुत कुछ स्परलिंग (Sperling) के प्रयोग के डिजाइन के समान था, पाया कि साहचर्य स्थापित करने वाले संकेत देने पर भी अक्षरों के प्रत्याह्वान के निष्पादन में कोई वृद्धि नहीं हुई जिससे यह स्पष्ट अर्थ निकलता है कि प्रतिमा-सम्बन्धी स्मृति का स्वरूप असाहचर्यात्मक (nonassociative) होता है।

(ii) सामान्यतः अभ्यास (practice) से स्मृति उन्नत होती है परंतु प्रतिमा-सम्बन्धी स्मृति पर अभ्यास का ऐसा प्रभाव नहीं देखा गया है। इस विशेषता की सत्यता की जाँच ग्लुक्सवर्ग तथा वालागुरा (Glucksberg & Balagura, 1965) ने अपने प्रयोग से किया है। इन्होंने भी स्परलिंग (Sperling) के डिजाइन के आधार पर एक प्रयोग किया जिसमें अक्षरों के तीन कतार थे तथा जिनमें से एक कतार के अक्षर हमेशा एक समान रहते थे और इस विशेष कतार को प्रत्येक प्रयास में अलग-अलग स्थानों पर अर्थात् कभी सबसे ऊपर, कभी बीच में तथा कभी सबसे नीचे उपस्थित किया जाता था। प्रयोज्य को इसी कतार के अक्षरों का प्रत्याह्वान (recall) करना होता था। परिणाम में देखा गया कि इस विशेष कतार के अक्षरों को 500 बार तक उपस्थित करने के बाद भी प्रत्याह्वान में कोई वृद्धि नहीं हुई। इसका स्पष्ट मतलब यह हुआ कि प्रतिमा-सम्बन्धी स्मृति पर अभ्यास का कोई प्रभाव नहीं पड़ता है।

(iii) प्रतिमा-सम्बन्धी स्मृति की अवधि काफी छोटी होती है। देखने की सामान्य अवस्था में प्रतिमा सम्बन्धी स्मृति एक सेकंड के चौथाई भाग (quarter fraction) अर्थात् 250 मिलीसेकंड तक ही बनी होती है। परंतु कुछ विशेष अवस्थाओं में इसकी अवधि जैसा पोजनर तथा किली (Posner & Keele, 1967) ने अपने अध्ययन में पाया है, 1.5 सेकंड तक भी होते पाया है। क्रोल्ल तथा उनके सहयोगियों (Kroll et al., 1970) ने कुछ विशेष अवस्था में प्रतिमा-सम्बन्धी स्मृति की अवधि 1.5 सेकंड से भी अधिक होता पाया है। इन सभी विषमताओं के बावजूद सामान्य दृष्टि अवस्था (normal viewing condition) में प्रतिमा-सम्बन्धी स्मृति की अवधि करीब 250 मिलीसेकंड तक होता पाया गया है।

(2) प्रतिध्वनिक स्मृति *(Echoic memory)*—प्रतिध्वनिक स्मृति एक संवेदी श्रवण स्मृति (sensory auditory memory) है। प्रतिध्वनिक स्मृति से तात्पर्य एक ऐसी स्मृति से होती है जिसमें श्रवण उद्दीपक (auditory stimulus) के समाप्त हो जाने के बाद भी व्यक्ति अल्प समय के लिए उसका श्रवण छवि (auditory impression) को अनुभव करता है। प्रतिध्वनिक स्मृति के अस्तित्व को दिखाने तथा उसकी विशेषताओं का अध्ययन करने के लिए कई मनोवैज्ञानिकों द्वारा प्रयास किया गया है। इनमें मास्सारो (Massaro, 1970) द्वारा किया गया प्रयास अधिक उल्लेखनीय है। इन्होंने पश्चगामी प्रच्छादन रूपावली (backward masking paradigm) की विधि द्वारा प्रतिध्वनिक स्मृति का अध्ययन किया। प्रत्येक प्रयास में 20 मिली सेकंड के लिए दो जाँच आवाज (test tones) में से एक जाँच आवाज को प्रयोज्य के सामने उपस्थित किया जाता था। इसके बाद विभिन्न समय अंतरालों पर एक दूसरी आवाज उत्पन्न की जाती थी जो धीरे-धीरे पहली आवाज को आच्छादित (mask) कर लेती थी। इसलिए इसे प्राच्छादन आवाज (masking tone) कहा जाता था। प्रयोज्य को यह बतलाना होता था कि दो जाँच आवाजों में से कौन-सा आवाज उसे सुनाई पड़ा। परिणाम में देखा गया कि जैसे-जैसे प्राच्छादन आवाज को 20 मिली सेकंड से 250 मिली सेकंड की अवधि में विभिन्न समय अंतरालों तक देर करके उपस्थित की जाती थी, जाँच आवाज की पहचान की परिशुद्धता में भी धीरे-धीरे वृद्धि होती थी। परंतु 250 मिली सेकंड से ज्यादा देर करके जब प्राच्छादन आवाज को उपस्थित किया जाता था, तो जाँच आवाज की पहचान की परिशुद्धता में कोई खास वृद्धि नहीं होती थी। अतः मास्सारो के अध्ययन के अनुसार प्रतिध्वनिक स्मृति का संचयन अवधि (storage period) 250 मिली सेकंड अवश्य होती है। डार्विन, टर्वे एवं क्राउडर (Darwin, Turvey & Crowder,

1972) ने स्पर्लिंग के अध्ययन डिजाइन के विपरीत डिजाइन का उपयोग करके एक प्रयोग किया और पाया कि प्रतिध्वनिक स्मृति की अवधि दो सेकंड तक की होती है। गट्टमैन एवं गुलेज (Guttman & Julesz, 1963) ने अपने अध्ययन में प्रतिनिधिक स्मृति की अवधि एक सेकंड तक होते पाया है। कोबभी एवं होवार्ड (Kobvy & Howard, 1976) ने एक जटिल विधि का उपयोग किया जिसमें प्रयोज्यों को यह बतलाना था कि जाँच आवाज (test tone) अन्य आवाजों से भिन्न है या नहीं। इनके प्रयोग के पाँच प्रयोज्यों में प्रतिध्वनिक स्मृति एक सेकंड तक की पायी गयी जबकि छठा प्रयोज्य में प्रतिध्वनि स्मृति की अवधि दश सेकंड की पायी गयी। स्पष्ट हुआ कि प्रतिध्वनिक स्मृति की अवधि में पर्याप्त वैयक्तिक विभिन्नताएँ होतीं हैं। इरिकसन एवं जॉनसन (Eriksen & Johnson, 1964) ने अपने अध्ययन के आधार पर यह बतलाया है कि एक साधारण आवाज की प्रतिध्वनिक स्मृति 10 सेकंड तक की हो सकती है। उपर्युक्त प्रयोगात्मक तथ्यों के आलोक में यह कहा जा सकता है कि प्रतिध्वनिक स्मृति की अवधि अंततः उस कार्य के स्वरूप पर निर्भर करता है जिसका उपयोग इसे मापने के लिए किया जाता है तथा अंशतः अध्ययन करने की विधि पर आधारित होता है।

प्रतिमा-सम्बन्धी स्मृति तथा प्रतिध्वनिक स्मृति का तुलनात्मक अध्ययन
(A Comparative study of Iconic Memory and Echoic Memory)

संवेदी स्मृति के दो प्रकारों अर्थात् प्रतिमा-सम्बन्धी स्मृति (iconic memory) एवं प्रतिध्वनिक स्मृत्ति (echoic memory) के क्षेत्र में कई प्रयोग किये हैं। इन प्रयोगों के परिणामों का तुलनात्मक अध्ययन क्राउडर (Crowder, 1978) द्वारा किया गया है जिसके आधार पर निम्नांकित तथ्य मुख्य रूप से सामने आये हैं—

(i) प्रतिमा-सम्बन्धी स्मृति (iconic memory) के अस्तित्व के समर्थन के लिए जो प्रयोगात्मक सबूत हैं, वे प्रतिध्वनिक स्मृति (echoic memory) के अस्तित्व के लिए दिए गए प्रयोगात्मक सबूत की तुलना में अधिक ठोस एवं मजबूत है।

(ii) प्रतिमा-सम्बन्धी स्मृति की अवधि को दिखलाने में मनोवैज्ञानिकों के बीच लगभग सहमति है। करीब-करीब अधिकतर मनोवैज्ञानिकों के बीच इस बात की सहमति है कि इसकी अवधि 1/4 सेकंड अर्थात 250 मिलीसेकंड होता है। परंतु प्रतिध्वनिक स्मृति की अवधि के आकलन के बारे में मनोवैज्ञानिकों के बीच सहमति नहीं है। फलतः इसकी अवधि 1/4 सेकंड से लेकर कई सेकंड तक के होने का अलग-अलग गम्भीर दावे मनोवैज्ञानिकों द्वारा पेश किये गये हैं।

उपर्युक्त तुलनात्मक बिन्दुओं के आलोक में हम इस निष्कर्ष पर पहुँचते हैं कि संवेदी स्मृति के इन दोनों प्रकारों (अर्थात् प्रतिमा-सम्बन्धी स्मृति तथा प्रतिध्वनिक स्मृति) के अस्तित्व के बारे में पर्याप्त सबूत मिलते हैं परंतु प्रतिमा-सम्बन्धी स्मृति के बारे में प्रतिध्वनिक स्मृति की तुलना में अधिक विश्वसनीय सबूत प्राप्त है।

लघुकालीन स्मृति
(Short-term Memory or STM)

अर्थ एवं विशेषताएँ *(Meaning and characteristics)*—हम देख चुके हैं कि लघु अवधि या लघुकालीन स्मृति को कई अन्य नामों से भी जाना जाता है। लघुकालीन स्मृति से तात्पर्य उन सीमित सूचनाओं (limited information) के संचयन से होता है जिसे थोड़े समय अर्थात् न्यूनतम एक सेकंड तथा अधिकतम 20–30 सेकंड तक के लिए सक्रिय अवस्था (active store) में व्यक्ति रख पाता है। दूसरे शब्दों में, इसमें वैसी सूचनाएँ संचित होतीं हैं जिन पर व्यक्ति ध्यान देता है, उन्हें संसाधित करता है तथा उन्हें दोहराता है। थोड़े देर के लिए मान लिया जाए कि किसी व्यक्ति से बातचीत करते समय हम उसके तथ्यों का 15 सेकंड के बाद भूल जाते हैं क्योंकि हमारा ध्यान दूसरी चीज पर चला जाता है। यह उदाहरण लघु अवधि स्मृति (short-term memory) का है क्योंकि इसमें मात्र 15 सेकंड तक के लिए सूचनाओं को संसाधित किया गया या उसके साथ सम्पर्क में रखा गया।

लघुकालीन स्मृति के अस्तित्व (existence) को दिखाने के लिए ऐसे तो कई तरह के सबूत उपलब्ध हैं परंतु सबसे उत्तम सबूत क्रमिक स्थान वक्र (serial position curve) के अध्ययन में प्राप्त होता है। यदि व्यक्ति असम्बन्धित शब्दों या शाब्दिक एकांशों की सूची को याद करके उसका प्रत्याह्वान करता है तो हम पाते हैं कि सूची के स्थानों से अर्थात् ऊपरी स्थानों से तथा निचली स्थानों से प्रत्याह्वान सबसे उत्तम होता है। सूची के निचली स्थानों से हुए प्रत्याह्वान को नवीनता प्रभाव

(recency effect) तथा ऊपरी स्थानों से हुए प्रत्याह्वान को प्राथमिकता प्रभाव (primacy effect) कहा जाता है। नवीनता प्रभाव इस बात की ओर इशारा करता है कि सूची के निचली स्थानों पर के शब्दों का प्रत्याह्वान इसलिए हुआ क्योंकि वे लघुकालीन स्मृति में थे। प्राथमिकता प्रभाव इस ओर इशारा करता है कि सूची के ऊपरी भागों में प्रत्याह्वान इसलिए हुआ क्योंकि वे दीर्घकालीन स्मृति (long-term memory) में थे। इस तरह से क्रमिक स्थान वक्र से स्मृति के इन दोनों प्रकारों अर्थात् लघुकालीन स्मृति तथा दीर्घकालीन स्मृति के अस्तित्व का सबूत मिलता है।

मनोवैज्ञानिकों द्वारा किये गए अध्ययनों के आलोक में लघुकालीन स्मृति की कुछ स्पष्ट विशेषताओं पर प्रकाश पड़ता है। उन विशेषताओं में से कुछ प्रमुख विशेषताएँ निम्नांकित हैं—

(i) लघुकालीन स्मृति कमजोर (fragile) होती है। यदि इसके तथ्यों पर व्यक्ति किसी कारण से ध्यान नहीं दे पाता है या उनका रिहर्सल नहीं कर पाता है, तो उनकी स्मृति चिह्न तुरंत ही समाप्त हो जाते हैं और लघुकालीन स्मृति का अस्तित्व खतरे में पड़ जाता है।

(ii) संवेदी स्मृति (sensory memory) में तो ज्ञानेन्द्रिय द्वारा प्राप्त सूचनाएँ बिना किसी तरह के हेर-फेर किये ही उसी रूप में उन्हें संचित किया जाता है। परंतु लघुकालीन स्मृति में ऐसा नहीं होता है तथा इसमें उद्दीपकों के बारे में ज्ञानेन्द्रिय द्वारा प्राप्त सूचनाओं का कूटसंकेतीकरण (coding) करके उन्हें संचित किया जाता है। सालेन एवं बैड्डुले (Salane & Baddeley, 1982) के अनुसार लघुकालीन स्मृति में शाब्दिक एकांशों को उनके आवाज (sound) के आधार पर कूटसंकेतीकरण करके संचित किया जाता है। इधर हाल में कुछ ऐसे सबूत मिले हैं जिनके आधार पर यह कहा जाता है कि लघुकालीन स्मृति में शाब्दिक एकांशो को उनके अर्थ (meaning) के आधार पर कूटसंकेतीकरण करके उन्हें संचित किया जाता है।

(iii) मनोवैज्ञानिकों द्वारा किये गये अध्ययनों से स्पष्ट हुआ है कि लघुकालीन स्मृति में सामान्यतः पाँच से नौ अलग-अलग सूचनाओं को ही एक साथ संचित किया जा सकता है। परंतु चुकिंग (chunking) की प्रक्रिया द्वारा एक समय में नौ से भी अधिक अलग-अलग सूचनाओं को भी संचित किया जा सकता है। चुंकिंग (chunking) ऐसी प्रक्रिया है जिसमें छोटी-छोटी सूचनाओं को बढ़ी इकाइयों में समूहन करके उसे याद करते हैं। इन इकाइयों को चुंक (chunk) प्रत्याह्वान कहा जाता है जिसमें वैसी सूचनाएँ होतीं हैं जो आपस में सम्बन्धित होते हैं तथा जिन्हें अर्थपूर्ण इकाई में एक साथ समूहन किया जा सकता है। मान लिया जाए कि किसी व्यक्ति को निम्नांकित अक्षरों की सूची को एक बार पढ़कर सुनाया जाता है FCICBICIAIBM और उसे याद करने के लिए कहा जाता है। बहुत उम्मीद यह है कि व्यक्ति इसमें सफल नहीं होगा। परंतु मान लिया जाए कि अब इन अक्षरों को इस प्रकार सुव्यवस्थित करके उसे एक बार पढ़कर सुनाया जाता है और फिर उसका प्रत्याह्वान करने के लिए कहा जाता है— FCICBICIAIBM। इस बार बहुत उम्मीद इस बात की है कि व्यक्ति को प्रत्याह्वान में सफलता मिलेगी क्योंकि वह उन्हें एक अर्थपूर्ण चुंक में संयोजित करने में सफल हो जाएगा (वे सभी किसी-न-किसी संगठन के संक्षिप्त नाम है।) स्पष्ट हुआ कि लघुकालीन स्मृति में सामान्यतः पाँच से नौ स्वतंत्र सूचनाओं को व्यक्ति धारण कर सकता है परंतु चुंकिंग द्वारा वह अधिक संख्या में भी सूचनाओं को धारण कर सकता है। इसकी विस्तृत चर्चा आगे की जाएगी।

(iv) लघुकालीन स्मृति की अवधि अधिक-से-अधिक 20–30 सेकंड तक होता पाया गया है। इस तथ्य की संपुष्टि कई अध्ययनों से हुई है जिसमें ब्राऊन (Brown, 1958), पेटरसन एवं पेटरसन (Peterson & Peterson, 1959) द्वारा किये गए अध्ययन अधिक महत्त्वपूर्ण है।

स्पष्ट हुआ कि लघुकालीन स्मृति की कुछ अपनी विशेषताएँ होतीं हैं जिनके आधार पर इसके स्वरूप को स्पष्ट रूप से समझा जा सकता है।

दीर्घकालीन स्मृति (Long-term Memory)

अर्थ एवं विशेषताएँ *(Meaning and characteristics)*—दीर्घकालीन स्मृति (long-term memory or LTM) से तात्पर्य वैसे स्मृति संचयन (memory storage) से होता है जिसमें सूचनाओं को काफी लम्बे अवधि के लिए व्यक्ति

संचित रख पाता है। इस लम्बे अवधि की न्यूनतम समय सीमा 20–30 सेकंड से अधिक तथा अधिकतम सीमा कुछ भी नहीं है। सम्भव है व्यक्ति किसी सूचना को पूरे जीवनकाल तक भी LTM में संचित कर रख सकता है। दीर्घकालीन स्मृति की संचयन क्षमता (storage capacity) काफी बड़ी होती है और कुछ मनोवैज्ञानिकों ने तो उसकी इस क्षमता को असीमित (unlimited) कहा है। इसमें संचित सूचनाओं पर यदि ध्यान दे तो यह स्पष्ट होगा कि इसमें दो तरह की सूचनाएँ मुख्य रूप से संचित होती है। पहली तरह की सूचनाओं का सम्बन्ध कुछ वैसे तथ्यों से होता है जो सामयिक घटनाओं (temporal events) के क्रमों (sequences) से सम्बन्धित होता है तथा दूसरी तरह की सूचनाओं का सम्बन्ध कुछ वैसे तथ्यों से होता है जो तरह-तरह के संकेतों (symbols) एवं शब्दों के अर्थ आदि से सम्बन्धित होते हैं। पहली तरह की सूचनाओं की स्मृति को *प्रासंगिक स्मृति* (episodic memory) तथा दूसरे तरह की सूचनाओं की स्मृति को *अर्थगत स्मृति* (semantic memory) कहा जाता है।

दीर्घकालीन स्मृति (long-term memory) को अन्य कई नामों से भी जाना जाता है। जैसे, विलियम जेम्स ने इस *गौण स्मृति* (secondary memory) कहा है क्योंकि इस स्मृति में इस बात पर बल डाला जाता है कि सूचनाएँ इस दूसरी संचयन क्षेत्र (second storage area) में पहुँचने के पहले एक अन्य संचयन (storage) अवस्था से होकर निश्चित रूप से गुजरता है जिसे STM या प्राथमिक स्मृति (primary memory) भी कहा जाता है। इसे *दीर्घकालीन संचयन* (long-term store) भी कहा जाता है क्योंकि LTM में एकांशों का दैहिक संचयन (physical storage) होता है। LTM में सूचनाएँ केन्द्रीय तंत्रिका तंत्र में कुछ परिवर्तन (modification) लातीं हैं और यही कारण है कि व्यक्ति उन्हें लम्बे समय तक याद रख पाता है। इसे *असक्रिय स्मृति* (inactive memory) भी कहा जाता है क्योंकि LTM में अधिकतर सूचनाएँ ऐसी होतीं हैं जिसे व्यक्ति वर्तमान समय में उपयोग में नहीं लाता रहता है।

LTM के क्षेत्र में मनोवैज्ञानिकों द्वारा किये गए अध्ययनों से इसकी कुछ विशेषताओं (characteristics) का पता चलता है। ऐसी विशेषताओं में निम्नांकित प्रमुख है—

(i) LTM में संचित सूचनाएँ सापेक्ष रूप से (relatively) स्थायी होतीं हैं। इसका मतलब यह हुआ कि अनिश्चित रूप से लम्बे समय के बाद भी LTM की सूचनाओं का प्रत्याह्वान या पहचान व्यक्ति कर लेता है।

(ii) LTM में संचित सूचनाएँ मौलिक उद्दीपक से प्राप्त सूचनाओं का कॉपी (copy) नहीं होता है बल्कि इसमें संचित सूचनाओं का कूटसंकेतीकरण (coding) संकेत के रूप में या अर्थ के ख्याल से व्यक्ति करता है। फलतः LTM में संचित सूचनाएँ मौलिक उद्दीपक से प्राप्त सूचनाओं से थोड़ा भिन्न होती है। इसकी सम्पुष्टि वार्टलेट्ट (Bartlett, 1932) के अध्ययन से होता है जिसमें उन्होंने यह बतलाया था कि स्मृति का स्वरूप रचनात्मक (constructive) होता है।

(iii) LTM में अर्थपूर्ण सामग्री तथा महत्त्वपूर्ण सामग्रियों से सम्बन्धित सूचनाओं को अधिक लम्बे समय तक संचित करके रखा जाता है। इस तथ्य को सम्पुष्टि वोअर (Bower, 1981) तथा लाईट एवं इल्लिस (Leight & Ellis, 1981) ने अपने-अपने अध्ययनों के आधार पर किया है।

(iv) LTM की एक विशेषता यह भी बतलायी गयी है कि इसमें संचित वैसी सूचनाएँ कम सक्रिय होतीं हैं जो किसी घटना या कार्य पूरा हो जाने के बाद प्राप्त होती हैं परंतु वैसी सूचनाएँ जो किसी घटना या कार्य के अधूरा ही रह जाने के फलस्वरूप प्राप्त होती है, वे अधिक सक्रिय होती है। शायद यही कारण है कि LTM से पहले तरह की सूचनाओं का प्रत्याह्वान दूसरे तरह की सूचनाओं को प्रत्याह्वान की अपेक्षा कम होता है। इसे मनोविज्ञान में *जायगारनिक प्रभाव* (Zeigarnik effect) कहा जाता है।

(v) LTM में सूचनाएँ संगठित (organized) एवं साहचर्यात्मक ढंग से (associative fashion) संचित की जाती है। इसका मतलब यह हुआ कि जो एकांश (item) आपस में अर्थपूर्ण ढंग से सम्बन्धित होते हैं, उसे व्यक्ति एक साथ संचित (stored) करता है।

(vi) LTM की परिशुद्धता (accuracy) खासकर दृष्टि सामग्रियों (visual materials) की परिशुद्धता अधिक होती है। इस तथ्य की संपुष्टि शेपार्ड (Shepard, 1967) के अध्ययन से होता है। उन्होंने 540 अंग्रेजी शब्दों को लोगों के सामने बोलकर उपस्थित किया और उनके प्रत्यभिज्ञान स्मृति (recognition memory) की जाँच करने पर यह पता चला कि करीब औसतन 88% प्रतिशत शब्दों की सही-सही पहचान वे कर सके। प्रयोज्यों के एक-

दूसरे समूह को 612 अंग्रेजी के लघु वाक्यों को दिखाया गया और इनका प्रत्यभिज्ञान स्मृति की जाँच करने पर पता चला कि औसतन 89% शब्दों को प्रयोज्यों ने सही-सही पहचान कर लिया। अध्ययन से स्पष्ट होता है कि LTM में दृष्टि सामग्रियों की परिशुद्धता (accuracy) अधिक होती है।

स्पष्ट हुआ कि LTM की कुछ खास-खास विशेषताएँ हैं जिनपर मनोवैज्ञानिकों का ध्यान विशेष रूप से गया है।

दीर्घकालीन स्मृति का मुख्य प्रकार : प्रासंगिक स्मृति एवं अर्थगत स्मृति
(Major Types of Long-term Memory : Episodic Memory and Semantic Memory)

दीर्घकालीन स्मृति (long-term memory or LTM) को टुलभिंग (Tulving, 1972) ने दो भागों में बाँटा है— प्रासंगिक स्मृति (episodic memory) तथा अर्थगत स्मृति (semantic memory)। प्रासंगिक स्मृति से तात्पर्य वैसे स्मृति से होता है जो सामायिक रूप से (temporally) व्यवस्थित या दिनांकित (dated) घटनाओं एवं प्रसंग से सम्बन्धित सूचनाओं को संचित करता है। दूसरे शब्दों में, प्रासंगिक स्मृति में वैसी सूचनाएँ संचित होतीं हैं जो यह बतलाती है कि घटनाएँ कब (when) घटीं। प्रासंगिक स्मृति में संचित होने वाले सूचनाओं का कुछ नमूना इस प्रकार है—

(i) मुझे याद है कि मेरे जीवन का आरंभिक वर्ष बहुत कष्ट से बीता है।

(ii) कल 10 बजे सुबह तक मैं ऑफिस में पहुँच गया था।

(iii) मुझे कल ट्रेन में एक विचित्र आदमी से मुलाकात हुई।

स्पष्ट हुआ कि प्रासंगिक स्मृति में संचित होने वाली सूचनाओं का सम्बन्ध घटनाओं के सामयिक पहलू (temporal aspect) से होता है। व्यक्ति की व्यक्तिगत या आत्मचरित अनुभूतियाँ प्रासंगिक स्मृति में ही संचित होता है। यही कारण है कि प्रासंगिक स्मृति को *आत्मचरित स्मृति* (autobiographical memory) भी कहा जाता है।

अर्थगत स्मृति (semantic memory) से तात्पर्य वैसी स्मृति से होती है जिसमें शब्दों, (words) संप्रत्ययों (concepts), तथ्यों (facts) एवं प्रतीकों (symbols) का अर्थ से सम्बन्धित सूचना संचित होते हैं। अतः अर्थगत स्मृति शब्दों, संप्रत्ययों, तथ्यों एवं प्रतीकों के बारे में एक संगठित ज्ञान (organized knowledge) है। इसे *सामान्य या व्यापक स्मृति* (generic memory) भी कहा जाता है। अर्थगत स्मृति में संचित होने वाले सूचनाओं के कुछ नमूना इस प्रकार है—

(i) मैं जानता हूँ कि मखमल मुलायम होता है।

(ii) मैं जानता हूँ कि जल का रासायनिक सूत्र H_2O है।

(iii) मैं जानता हूँ कि किसी अंक में शून्य से गुणा करने पर गुणनफल शून्य होता है।

स्पष्ट हुआ कि अर्थगत स्मृति में संचित सूचनाओं का स्वरूप प्रासंगिक स्मृति में संचित सूचनाओं के स्वरूप से भिन्न होता है।

प्रासंगिक स्मृति (episodic memory) तथा अर्थगत स्मृति (semantic memory) में निम्नांकित अंतर है—

(i) प्रासंगिक स्मृति में संचित सूचनाओं का सम्बन्ध 'कब' (when) से होता है जबकि अर्थगत स्मृति में संचित सूचनाओं का सम्बन्ध 'क्या' 'क्यों' 'कैसे' आदि से होता है।

(ii) प्रासंगिक स्मृति से विस्मरण अर्थगत स्मृति से विस्मरण की अपेक्षा तेजी से होता है।

(iii) प्रासंगिक स्मृति से सूचनाओं की पुनः प्राप्ति (retrieval) तभी ही सम्भव है जब व्यक्ति के सामने घटनाओं के होने के बारे में सही संकेत (cue) उपलब्ध कराया जाए। अर्थगत स्मृति में संचित सूचनाओं के साथ ऐसी बात नहीं है। साधारण एवं कभी-कभी परोक्ष संकेत (indirect cue) से भी सूचनाओं की पुनः प्राप्ति (retrieval) हो जाती है।

(iv) अर्थगत स्मृति की सूचनाओं की संरचना (structure) काफी मजबूत होती है जो उन्हें बाहरी तथ्यों या शब्दों के अर्थ की सूचनाओं से उत्पन्न बाधा (interference) से बचाता है। प्रासंगिक स्मृति में संचित सूचनाओं की संरचना चूँकि इतनी अधिक मजबूत नहीं होती है, इसलिए वे बाहरी सूचनाओं से उत्पन्न बाधा से अपने आप को बचा नहीं पाते हैं। अतः यह कहा जा सकता है कि अर्थगत स्मृति स्थिर प्रकृति (stable nature) की होती है जबकि प्रासंगिक स्मृति की प्रकृति में तुलनात्मक रूप से स्थिरता कम होती है।

स्पष्ट हुआ कि प्रासंगिक स्मृति (episodic memory) अर्थगत स्मृति (semantic memory) से कई अर्थों में भिन्न है। इन दोनों के बीच इस भिन्नता या अन्तर का प्रयोगात्मक सत्यापन (experimental verification) अंडरवुड, वोरूक एवं मालमी (Underwood, Boruch & Malmi, 1978) के प्रयोग से होता है। इस अध्ययन में 200 कॉलेज छात्रों के प्रासंगिक स्मृति (episodic memory) के 28 विभिन्न मापों (measures) पर जाँच की गयी। इन मापों में स्वतंत्र प्रत्याह्वान (free recall), युग्मित-सहचर सीखना तथा आनुक्रमिक या क्रमिक सीखना (sequential or serial learning) आदि भी सम्मिलित था। अर्थगत स्मृति (semantic memory) को पाँच विभिन्न मापों पर जाँच की गयी परंतु इनमें सामान्य बात यह थी कि प्रत्येक माप में शब्दावली (vocabulary) पर ही बल डाला गया था। परिणाम में पाया गया कि प्रयोज्यों के प्रासंगिक स्मृति परीक्षण (episodic memory tests) पर के प्राप्तांक अर्थगत स्मृति परीक्षण पर के प्राप्तांक (scores) के साथ सम्बन्धित नहीं थे। जैसे, स्वतंत्र प्रत्याह्वान परीक्षण (free recall test) पर जिस प्रयोज्य ने अधिक शब्दों का प्रत्याह्वान (recall) किया था, उनके शब्दावली भी बढ़े नहीं पाये गए। इस अध्ययन से इस बात का स्पष्ट संकेत मिलता है कि अर्थगत स्मृति (semantic memory) प्रासंगिक स्मृति (episodic memory) से भिन्न है।

इस भिन्नता के बावजूद भी कुछ ऐसे मनोवैज्ञानिक हैं जो सामान्य या व्यापक स्मृति (generic memory) (अर्थात् अर्थगत स्मृति) एवं प्रासंगिक स्मृति (episodic memory) के अन्तर को वैध (valid) या उपयोगी नहीं मानते हैं। वाइकेलग्रेन (Wickelgren, 1981) का मत है कि किसी भी व्यक्ति के लिए किसी घटना (episode) का बिना उसका अर्थ समझे तथा अन्य सूचनाओं से उसका सम्बन्ध जोड़े प्रत्याह्वान (recall) करना मुश्किल है। कहने का मतलब है कि जिसे प्रासंगिक स्मृति तथा अर्थगत स्मृति या सामान्य स्मृति कहा जा रहा है, वे दो चीज नहीं है बल्कि एक ही चीज हैं। मैकक्लोजकी एवं सान्टी (McClosky & Santee, 1981) एवं वैड्डेली (Baddeley, 1976) ने तो यहाँ तक दावा किया है कि यदि सामान्य स्मृति (generic memory) तथा प्रासंगिक स्मृति को अलग-अलग स्मृति के रूप में स्वीकार किये जाते भी हैं तो इसका कोई विशेष फायदा मनोवैज्ञानिकों को किसी भी दृष्टिकोण से नहीं होगा।

अभिप्रेरण एवं दीर्घकालीन स्मृति
(Motivation and Long-term Memory)

LTM पर अभिप्रेरणात्मक अवस्थाओं का भी प्रभाव पड़ता है। प्रायः देखा गया है कि छात्र परीक्षा भवन में किसी प्रश्न का उत्तर सही-सही नहीं याद कर पाते हैं परंतु परीक्षा भवन से बाहर निकलते ही उन्हें प्रश्न का उत्तर पूर्णतः याद आ जाता है। ऐसा क्यों? परीक्षा के कारण उत्पन्न उत्तेजन (arousal) की उच्च मात्रा या शारीरिक अवस्थाओं का उत्तेजन व्यक्ति को उत्तर के पुनःप्राप्ति (retrieval) में बाधक होता है। इस सरल उदाहरण से यह स्पष्ट हो जाता है कि LTM से पुनःप्राप्ति पर अभिप्रेरणात्मक प्रभाव (motivational effect) का भी प्रभाव पड़ता है।

मनोवैज्ञानिकों ने LTM पर निम्नांकित दो तरह के अभिप्रेरणात्मक अवस्थाओं के पड़ने वाले प्रभावों का विशेष रूप से अध्ययन किया है—

1. उत्तेजन एवं दीर्घकालीन स्मृति *(Arousal and long-term memory)*—आइजेन्क (Eysenck, 1976) द्वारा कई ऐसे अध्ययनों की समीक्षा की गयी है जिसमें स्मृति एवं उत्तेजन (arousal) के सम्बन्धों पर प्रकाश डाला गया है। इस समीक्षा के आधार पर आइजेन्क ने यह प्राक्कल्पना (hypothesis) विकसित किया कि प्रत्याह्वान (recall) के समय यदि व्यक्ति में अधिक उत्तेजन (high arousal) की अवस्था उत्पन्न होती है, तो इससे प्रत्याह्वान उन्नत (improve) भी हो सकता है या उसमें ह्रास (decrement) भी हो सकता है। प्रत्याह्वान का उन्नत या घटिया होना पाठ के स्वरूप पर निर्भर करता है। उच्च उत्तेजन (high arousal) की अवस्था के कारण व्यक्ति LTM में संचित केवल उन्हीं अनुक्रियाओं को चुन पाता है जो आसानी से उपलब्ध हो पाते हैं तथा जो आसानी से उपलब्ध नहीं हो पाते हैं, उनका प्रत्याह्वान या पुनः प्राप्ति व्यक्ति नहीं कर पाता है। अगर व्यक्ति किसी आसान पाठ या कार्य सूचना की पुनः प्राप्ति LTM से कर रहा है, तो उच्च उत्तेजन की अवस्था से उसे संचित सूचनाओं की पुनः प्राप्ति करने में आसानी होगी। परंतु यदि व्यक्ति किसी कठिन पाठ या सूचना की पुनः प्राप्ति कर रहा है तो उच्च उत्तेजन की अवस्था से उसे एक तरह का बाधा उत्पन्न होगा।

ब्राउन एवं कुलिक (Brown & Kulik, 1977) ने आत्मचरित स्मृति (autobiographical memory) के एक विशेष प्रकार जिसे *फलेशबल्ब स्मृति* (Flashbulb memory) कहा है, का विशेष रूप से अध्ययन किया है। फलैशबल्ब

स्मृति का सम्बन्ध उत्तेजन अवस्था से सीधा है। फलैशबल्ब स्मृति में उन परिस्थितियों की यादें संचित होतीं हैं जिसमें व्यक्ति को पहली बार किसी आश्चर्यचकित एवं सांवेगिक रूप से उत्तेजन उत्पन्न करने वाली घटनाओं का अनुभव हुआ होता है। जैसे, मान लिया जाय कि कभी किसी पदाधिकारी को उनके ही चपरासी द्वारा मुँह पर तमाचा लगाया गया हो। पदाधिकारी तथा चपरासी दोनों के लिए यह एक आश्चर्यचकित एवं सांवेगिक रूप से उत्तेजन उत्पन्न करने वाली व्यक्तिगत घटना (personal events) होगी जिसकी स्मृति प्रायः इन दोनों व्यक्तियों को समय-समय पर जिन्दगी में आते रहेंगी। इस फलैशबल्ब स्मृति की विशेषता यह है कि इसमें संचित सूचनाएँ काफी तरो-ताजा बनी होतीं हैं क्योंकि इसका रिहर्सल व्यक्ति प्रायः मन-ही-मन समय-समय पर करता रहता है। लेकिन फिर भी यह उतना यथार्थ (accurate) नहीं होता है जितना कि सामान्यतः समझा जाता है। नाईसर (Neisser, 1991) ने एक प्रयोग करके यह दिखलाया गया है कि फलैशबल्ब स्मृति के बारे में सबसे चौकानेवाली विशेषता यह है कि यह यथार्थ (accurate) न होकर अयथार्थ (inaccurate) अधिक होता है। उन्होंने अपने एक अध्ययन में एक विशेष अंतरिक्ष शट्ल जिसका नाम 'चैलेंजर' (challenger) था, विस्फोटित होने के ठीक एक दिन बाद छात्रों से यह बताने के लिए कहा कि वे इस समाचार को पहले किस तरह सुने। तीन साल बाद उनसे फिर वही प्रश्न पूछा गया। अधिकतर छात्र इस बात से आश्वस्त थे कि वे सही-सही बता सकने में समर्थ हुए हैं परंतु सच्चाई यह थी कि उनके द्वारा दी गयी सूचनाओं का करीब एक चौथाई भाग गलत था। फोरगास एवं बाऊर (Forgas & Bower, 1989) ने इसका कारण बतलाते हुए कहा कि ऐसा इसलिए हुआ क्योंकि उस घटना के फलैशबल्ब स्मृति का निर्माण होते समय जो तीव्र संवेग (strong emotion) उपस्थित थे, उसके कारण उत्तम कूटसंकेतीकरण (encoding) नहीं हो सका। उक्त उदाहरण में घटना के 5 साल बीत जाने के बाद यदि चपरासी से यह पूछा जाय कि उस दिन पदाधिकारी किस रंग का कमीज पहने हुए थे और उनके हाथ के किन-किन अंगुलियों में अँगुठी थी, तो शायद वह नहीं बता पायेगा। कारण उस घटना के समय उत्पन्न तीव्र संवेगात्मक उत्तेजन से इन सूचनाओं का कूटसंकेतीकरण (encoding) ठीक ढंग से नहीं हो पाया था। ब्राऊन एवं कुलिक (Brown & Kulik, 1977) ने अपने अध्ययन एवं इस क्षेत्र में किये गये सूचनाओं की समीक्षा के आधार पर यह बतलाया है कि फलैशबल्ब स्मृति के दो मुख्य निर्धारक (determinants) है— आश्चर्य का उच्च-स्तर (high level of surprise) तथा सांवेगिक उत्तेजन या महत्त्व का उच्च स्तर (high level of emotional excitation or importance)।

2. भाव एवं स्मृति *(Affect and memory)*—कई अध्ययनों से यह स्पष्ट हुआ है कि स्मृति पर भाव (affect or feeling) का प्रभाव पड़ता है। इस सिलसिले में जायंस (Zajonc, 1980) ने सबसे पहले यह सुझाव दिया कि जब व्यक्ति के सामने कोई उद्दीपक (stimulus) आता है, तो उसके प्रति पहले व्यक्ति में भावात्मक प्रतिक्रिया (affective reaction) होती है और बाद में संज्ञानात्मक प्रतिक्रिया। जैसे, यदि आप पहली बार कोई नयी सब्जी खाते हैं, तो पहले आप एक भावात्मक प्रतिक्रिया करते हैं (सब्जी उत्तम एवं स्वादिष्ट है या सब्जी खराब या स्वादहीन है) और तब आप संज्ञानात्मक प्रतिक्रिया (cognitive reaction) करते हुए करते हैं कि सब्जी का कुछ अंश जला हुआ दीख पड़ता है। जायंस ने यह भी बतलाया कि इन दोनों तरह की प्रतिक्रियाओं (reactions) में भावात्मक प्रतिक्रिया (affective reaction) को व्यक्ति याद रखता है परंतु संज्ञानात्मक प्रतिक्रिया को भूल जाता है। सब्जी का स्वाद (उत्तम या खराब) से उत्पन्न सुख (pleasant) या दुख (unpleasant) की अनुभूति जो कुछ भी हो, उसे आप वर्षो बाद भी प्रत्याह्वान करने में सफल हो जाते हैं परंतु सम्भव है कि उस समय की संज्ञानात्मक प्रतिक्रिया (जैसे, उसके कुछ अंश का जला दिखना) को आप भूल जाए।

यावुज एवं वोसफिल्ड (Yavus & Bousfield, 1959) द्वारा एक किये गये आरम्भिक अध्ययन से जायंस (Zajonc) की विचारधारा की सम्पुष्टि होती है। इनके प्रयोग में प्रयोज्यों को एक युग्मित सहचर सूची (paired associated list) सीखने के लिए दिया गया। इस युग्मित सहचर सूची का उद्दीपक पद (stimulus term) एक अर्थहीन शब्द था तथा अनुक्रिया पद (response term) के रूप में तीन तरह के शब्दों का उपयोग किया गया था— सुखद (pleasant) शब्द, दुखद (unpleasant) शब्द तथा तटस्थ (neutral) शब्द। बाद में सूची का प्रत्याह्वान (recall) लिया गया। परिणाम में देखा गया कि यद्यपि प्रयोज्य अधिकतर वास्तविक अनुक्रिया पद का प्रत्याह्वान करने में समर्थ नहीं हो पाये फिर भी वे यह बताने में काफी सफल हो पाये कि वह शब्द सुखद अनुभूति या दुःखद अनुभूति उत्पन्न कर रहा था। जैसे, यदि अनुक्रिया पद में 'trouble' शब्द था, तो वे इसका प्रत्याह्वान न भी करने पर इतना अवश्य बता पाये कि कोई दुखद अनुभूति उत्पन्न करने वाला पद था। अतः व्यक्ति सुखद अनुभूति को दुखद तथा तटस्थ अनुभूति की तुलना में उसे उत्तम ढंग से प्रत्याह्वान करता है।

कुछ मनोवैज्ञानिकों ने भाव (affect) एवं स्मृति (memory) के एक महत्त्वपूर्ण पहलू पर विशेष रूप से बल डाला है और उसका अध्ययन किया है— क्या व्यक्ति उन सभी एकांशों (items) एवं घटनाओं (events) का प्रत्याह्वान एक समान ढंग से करता है जो व्यक्ति में कम या अधिक मात्रा में सुखद अनुभूति (pleasant feeling) उत्पन्न करता है? इस समस्या पर मालटिन एवं स्टैंग (Maltin & Stang, 1978) ने प्रकाश डालते हुए यह कहा कि सुखद एकांशों को दुखद तथा तटस्थ एकांशों की तुलना में व्यक्ति अधिक उत्तम ढंग से प्रत्याह्वान करता है। उन्होंने यह भी बताया है कि अधिक सुखद एकांशों (high pleasant items) का प्रत्याह्वान कम सुखद एकांशों (low pleasant items) की तुलना में उत्तम होता है और इसे उन्होंने *पोलियान्ना नियम* (Pollyanna principle) कहा है। मालटिन एवं स्टैंग ने LTM के क्षेत्र में 52 ऐसे अध्ययनों की समीक्षा किया जिसमें प्रयोज्यों ने वैसे एकांशों एवं घटनाओं का प्रत्याह्वान किया था जो सुखद अनुभूति की भिन्न मात्राएँ व्यक्ति में उत्पन्न करता था। इसमें से 39 अध्ययनों के परिणाम में यह देखा गया कि अधिक सुखद एकांशों का प्रत्याह्वान तुलनात्मक रूप से श्रेष्ठ था। इसका कारण बतलाते हुए मालटिन एवं स्टैंग (Maltin & Stang) ने कहा कि LTM में व्यक्ति सुखद एकांशों (pleasant items) को ऐसे स्थान में संचित करता है जहाँ से उसकी पुनः प्राप्ति आसानी से किया जा सकता है। सचमुच में पालियाना नियम इस मनोवैज्ञानिक तथ्य की सम्पुष्टि करता है कि अधिक धनात्मक सूचनाओं को कम धनात्मक सूचनाओं एवं ऋणात्मक सूचनाओं की तुलना में संसाधित करना अधिक आसान है।

स्पष्ट हुआ कि LTM पर व्यक्ति के अभिप्रेरणात्मक अवस्थाओं (motivational states) का प्रभाव पड़ता है। इन अवस्थाओं में व्यक्ति की उत्तेजन अवस्था तथा भाव की अवस्था प्रमुख है।

LTM एवं STM का एक तुलनात्मक अध्ययन : अन्तर
(A Comparative Study of LTM & STM : Differences)

स्मृति के दो प्रमुख प्रकारों STM तथा LTM का तुलनात्मक अध्ययन कई मनोवैज्ञानिकों द्वारा की गयी है। कुछ मनोवैज्ञानिकों ने इन अध्ययनों के आधार पर इन्हें दो अलग-अलग स्मृति संचयन क्षेत्र (memory storage system) माना है। उनके इस विचार धारा को *द्वैत-प्रक्रिया सिद्धान्त* (dual-process theory) कहा जाता है। इस सिद्धान्त के अनुसार STM तथा LTM का तुलनात्मक अध्ययन करते हुए निम्नांकित अंतरों (differences) पर प्रकाश डाला है—

1. STM में सूचनाओं का अधिकतम अवधि 20 सेकेंड होता है हालाँकि कुछ मनोवैज्ञानिकों ने इस अधिकतम अवधि को 30 सेकेंड तक भी माना है। LTM में सूचनाओं के संचयन की कोई ऐसी अधिकतम अवधि नहीं होती है। व्यक्ति किसी सूचना को तो अपनी पूरी जिन्दगी तक LTM में संचित करके रखता है।

2. STM में सक्रिय एवं सतत रिहर्सल की प्रक्रिया चलती है अन्यथा इसमें प्रवेशित सूचना का ह्रास (decay) होने लगता है। दूसरे शब्दों में, STM में जैसे ही सूचना प्रवेश पाता है, व्यक्ति यदि उस पर ध्यान नहीं देता है, या सक्रिय रूप से सतत रिहर्सल नहीं करता है, तो ऐसी सूचनाओं को व्यक्ति भूल जाता है। शायद यही कारण है कि STM को *सक्रिय स्मृति* (active memory) भी कहा जाता है। परंतु LTM के साथ ऐसी बात नहीं है। LTM में ऐसी सक्रियता की जरूरत नहीं पड़ती है हालाँकि यह बात जरूर है कि प्रारम्भ में LTM में सूचनाओं को संचित करने में व्यक्ति को अधिक प्रयास करना पड़ता है। परंतु बाद में यह एक निष्क्रिय प्रक्रिया हो जाती है जिसमें सूचनाओं का ह्रास समय बीतने या कोई अन्य सूचनाओं द्वारा सक्रिय बाधा पहुँचने से होता है।

3. STM की संचयन शक्ति (storage capacity) सीमित होती है। मिल्लर (Miller, 1956) के मशहूर मायिक संख्या (magical number) के अनुसार STM की संचयन शक्ति 7 ± 2 होती है अर्थात् STM का आकार एक समय में 5 में से 9 एकांशों (items) जैसे अक्षरों या अंकों आदि तक सीमित होता है। यह बात जरूर है कि विशेष परिस्थिति में चुकिंग (chunking) द्वारा इस संचयन शक्ति को उक्त सीमा से बड़ा किया जाता है। LTM की संचयन शक्ति असीमित (unlimited) होता है। इसमें व्यक्ति कितनी संख्या में एकांशों को संचित करता है, इसकी कोई सीमा नहीं है।

4. STM में जो विस्मरण होता है, उसका आधार प्रायः स्मृति-चिह्नों का नाश होना होता है। इस तरह के विस्मरण को *चिह्न-आधारित विस्मरण* (trace-dependent forgetting) कहा जाता है। LTM में जो विस्मरण होता है, उसका आधार प्रायः स्मृति-चिह्नों का नाश होना नहीं होता है बल्कि उपयुक्त पुनः प्राप्ति संकेतों (retrieval cues) का उपलब्ध न होना होता है। दूसरे शब्दों में, LTM में स्मृति चिह्न संचित होने के बावजूद भी उपयुक्त पुनः प्राप्ति संकेतों के अभाव

में व्यक्ति उनका प्रत्याह्वान (recall) या प्रत्यभिज्ञान (recognition) नहीं कर पाता है। इस तरह के विस्मरण को *संकेत-आधारित विस्मरण* (cue-dependent forgetting) कहा जाता है।

5. STM से सूचनाओं का प्रत्याह्वान (recall) काफी आसानी से होता है मानो स्वतः (automatic) हो रहा है। व्यक्ति STM में संचित सूचना को तुरंत थोड़े से प्रयास से ही प्रत्याह्वान करने में सफल हो जाता है। परंतु LTM से सूचनाओं का प्रत्याह्वान थोड़ा कठिन होता है और काफी उपयुक्त खोज (search) के बाद व्यक्ति LTM से सूचनाओं का प्रत्याह्वान (recall) या प्रत्यभिज्ञान सही-सही कर पाता है। शायद यही कारण है कि कभी-कभी व्यक्ति चाहकर भी LTM में संचित सूचनाओं को किसी विशेष परिस्थिति में याद नहीं कर पाता है परंतु बाद में फिर वे अपने आप ही बिना किसी प्रभाव के ही प्रत्याह्वान कर लिए जाते हैं। इस घटना को मनोवैज्ञानिकों ने *'जीभ-की-नोंक-की घटना'* (tip-of-the tounge phenomenon) कहा है मानों सूचना जीभ की नोक पर आ गयी हो परंतु व्यक्ति उसे बोल नहीं पा रहा हो।

6. STM तथा LTM को मनोवैज्ञानिकों ने कूटसंकेतीकरण (coding) के आधार पर भी विभेदित करने की कोशिश किया है। STM ध्वनि कूटसंकेतीकरण (phonological or acoustic coding) से काफी प्रभावित होता है तथा इससे इसमें संभ्रांति (confusion) भी होता है और विस्मरण होता है। इस तथ्य की सम्पुष्टि कानरेड (Conrad, 1964) तथा वाइकेलग्रेन (Wickelgren, 1965) के अध्ययनों से होती है। ध्वनि कूटसंकेतीकरण में एकांशों को उनके आवाज में समानता जैसे CAT, BAT, MAT, SAT, RAT आदि के आधार पर संचित किया जाता है। LTM अर्थगत कूटसंकेतीकरण (semantic coding) अर्थात् अर्थगत एकांशों के अर्थ में समानता (जैसे, Great, Big, Tall आदि) से प्रभावित होता है। शुलमैन (Shulman, 1972) के प्रयोगों से स्पष्ट हुआ है कि एकांशों के अर्थ में समानता होने से LTM से प्रत्याह्वान कम होता है हालाँकि STM पर इसका कोई प्रभाव नहीं पड़ता है।

7. STM पर नवीनता प्रभाव (recency effect) अधिक स्पष्ट देखने को मिलता है जबकि LTM पर प्राथमिकी प्रभाव (primacy effect) अधिक स्पष्ट देखने को मिलता है। जब व्यक्ति को एकांशों की एक सूची दिखाकर उसका प्रत्याह्वान करने के लिए कहा जाता है, तो ऐसी परिस्थिति में वह सूची के अंतिम कुछ एकांशों को पहले प्रत्याह्वान करता है क्योंकि वह अभी उसके STM में मौजूद है। इस तरह के प्रभाव को *नवीनता प्रभाव* कहा जाता है। परंतु सूची के प्रथम कुछ एकांशों का प्रत्याह्वान वह कुछ बाद में करता है। इसकी मात्रा उतनी नहीं होती है जितनी कि सूची के अंतिम कुछ एकांशों का। इसे *प्राथमिकी प्रभाव* (primacy effect) कहा जाता है। इस तरह का प्राथमिकी प्रभाव का कारण स्पष्टतः LTM से प्रत्याह्वान का होना है।

8. STM तथा LTM को न्यूरोदैहिक सबूतों (neurophysiological evidences) के आधार पर भी एक-दूसरे से भिन्न किया गया है। मिलनर (Milner, 1966), मिलनर, कोरकिन एवं टियूबर (Milner, Corkin & Teuber, !968) तथा वैरिंगटन एवं शैलिस (Warrington & Shallice, 1969, 1970) द्वारा कुछ इस तरह के सबूत दिये गये हैं जिनसे यह स्पष्ट पता चलता है कि STM एवं LTM दो ऐसे स्मृति तंत्र है जो अलग-अलग नियमों एवं सिद्धान्तों द्वारा निर्धारित होते हैं। मिलनर ने एक बहुचर्चित केस जिसे H.M. उपनाम से सम्बोधित किया था, के अध्ययन में पाया कि H.M. का LTM गम्भीर रूप से प्रभावित था परंतु STM ठीक था। उसकी समस्या यह थी कि वह STM से LTM में सूचनाओं का अंतरण नहीं कर पाता था। H. M. मिरगी का रोगी था जिसका इलाज उसके शंखपालि (temporal lobe) को काटकर किया गया था। रोग तो ठीक हो गया परंतु उसमें उक्त स्मृति लोप (amnesia) उत्पन्न हो गया था। वैरिंगटन एवं शैलिस ने एक ऐसे व्यक्ति का उदाहरण प्रस्तुत किया है जिसे मनोविज्ञान में K.F. के उपनाम से सम्बोधित किया गया है। उस व्यक्ति का STM प्रभावित था परंतु LTM सामान्य था। वह पहले घटित अनुभूतियों का प्रत्याह्वान आसानी से कर लेता था परंतु चंद सेकेंड पहले की अनुभूतियों का प्रत्याह्वान नहीं कर पाता था। K. F. के बायीं भित्तीय पालि (parietal lobe) क्षतिग्रस्त था। इस सबूतों से स्पष्ट होता है कि STM तथा LTM दो अलग-अलग तंत्र हैं जिनका नियंत्रण एवं निर्धारण अलग-अलग नियमों एवं सिद्धान्तों द्वारा होता है।

स्पष्ट हुआ कि STM तथा LTM में कई बिन्दुओं पर अन्तर है। इन बिन्दुओं का खंडन कुछ मनोवैज्ञानिकों द्वारा किया गया है और कहा गया है कि STM तथा LTM को दो स्वतंत्र स्मृति संचयन तंत्र न मानकर एक ही स्मृति के दो मात्र बिन्दु मानना ज्यादा उचित है। इस विचार धारा के विकसित करने वाले क्रेक एवं लॉककार्ट (Craick & Lochkart, 1972) है। इस विचारधारा को *'संसाधंन-के-स्तर' विचार* (level-of-processing view) कहा जाता है। इस विचारधारा के अनुसार स्मृति की क्षमता एवं अवधि प्रत्यक्षण के बाद प्राप्त सूचनाओं के संसाधन की गहराई (depth) पर निर्भर करता

है। यदि व्यक्ति सूचनाओं को गहराई तक संसाधित नहीं कर पाता है तो वह बहुत अल्प समय के लिए ही स्मृति में रह पाता है जिसे *लघुकालीन स्मृति* (short-term memory) कहा जाता है। परंतु जब व्यक्ति किसी सूचना को काफी गहराई तक संसाधित कर पाता है, तो उसे वह अधिक समय तक संचित रख पाता है जिसे *दीर्घकालीन स्मृति* (long-term memory) कहा जाता है। परंतु कई अध्ययनों द्वारा संसाधन-के-स्तर विचारधारा को अधिक प्रयोगात्मक समर्थन नहीं प्राप्त हो सका जिसके परिणामस्वरूप स्मृति के इस *एकाकी प्रक्रिया सिद्धान्त* (uni-process theory) को अधिक महत्त्व नहीं दिया गया।

स्मृति को मापने की विधियाँ
(Methods of Measuring Memory)

1. प्रत्याह्वान विधि (Recall method)
2. प्रत्याभिज्ञान विधि (Recognition method)
3. पुनः सीखना विधि (Relearning method)
4. पुनर्निर्माण विधि (Reconstruction method)।

इन विधियों का वर्णन निम्नांकित हैं—

1. प्रत्याह्वान विधि *(Recall method)*—प्रत्याह्वान विधि जिसे *पुनरुत्पादन विधि* (reproduction method) भी कहा जाता है, स्मृति के जाँच की सबसे लोकप्रिय विधि है। इस विधि में स्मृति की जाँच प्रत्याह्वान (recall) करके किया जाता है। पूर्व सीखे गये विषय या पाठ को व्यक्ति अपने सामने से हटा देता है और उसकी अनुपस्थिति में ही उसे बोलकर या लिखकर उसका प्रत्याह्वान (recall) करता है। प्रत्याह्वान की मात्रा जितनी ही अधिक होती है, धारणा उतनी ही मजबूत एवं प्रबल मानी जाती है। उदाहरणार्थ, जब व्यक्ति किसी पूर्व सीखे गये पाठ का 90% सही-सही प्रत्याह्वान कर लेता है तो हम स्पष्टतः यह कहते हैं कि उस पाठ की स्मृति व्यक्ति में काफी मजबूत थी।

2. प्रत्यभिज्ञान विधि *(Recognition method)*—इस विधि का आधार प्रत्यभिज्ञान (recognition) है। प्रत्यभिज्ञान में सीखे गये पाठ या विषय को कुछ सदृश (similar) एवं नये उद्दीपक के साथ मिलाकर व्यक्ति के सामने उपस्थित किया जाता है। यदि सचमुच में व्यक्ति पूर्व सीखे गये पाठ या विषय को धारण किये हुए होता है, तो वह आसानी से इस पाठ या विषय को नये पाठ या विषय से अलग कर पहचान कर लेता है। परन्तु यदि वह पूर्व सीखे गये विषय या पाठ को नये एवं सदृश (similar) पाठ से अलग कर पहचान करने में असमर्थ रहता है तो ऐसा कहा जाता है कि व्यक्ति की स्मृति कमजोर थी। इस तरह से हम देखते हैं कि प्रत्याह्वान विधि (recall) में मूल पाठ या विषय को उसकी अनुपस्थिति में ही व्यक्ति उसे बोलकर या लिखकर प्रत्याह्वान करता है जबकि प्रत्याभिज्ञान विधि में मूल पाठ या विषय को उससे मिलते-जुलते पाठ या विषय के साथ मिलाकर व्यक्ति के सामने उपस्थित किया जाता है और व्यक्ति को पूर्व सीखे गये विषय की पहचान करनी होती है।

प्रायः यह देखा जाता है कि जब व्यक्ति को पुराने अर्थात् पहले सीखे गये एकांशों (items) या पाठों की पहचान करने को कहा जाता है, तो कुछ एकांशों की पहचान वह अटकलबाजी (guessing) करके कर लेता है। इस तरह की अटकलबाजी से प्रत्यभिज्ञान-प्राप्तांक (recognition score) तो बढ़ जाता है, परन्तु इस तरह के प्राप्तांक से वस्तुतः स्मृति की जाँच नहीं होती है। इसलिए मनोवैज्ञानिकों ने स्मृति को इस अटकलबाजी (guessing) से प्राप्त सफलता से बचाने के लिए शुद्धि (correction) की सिफारिश की है क्योंकि तभी उससे स्मृति की सही जाँच हो पायेगी। इसके लिए गलत प्रत्याभिज्ञान (wrong recognition) किये गये एकांशों के प्रतिशत (percent) को सही प्रत्यभिज्ञान किये गये एकांशों की प्रतिशत से घटाकर शुद्ध प्रत्यभिज्ञान प्राप्तांक (corrected recognition score) प्राप्त किया जाता है। शुद्ध प्रत्याभिज्ञान प्राप्तांक निकालने का सूत्र इस प्रकार है—

$$R_{sc} = (R/N_1 \times 100) - (W/N_2 \times 100)$$

यहाँ,

R_{sc} = शुद्ध प्रत्याभिज्ञान प्राप्तांक (corrected recognition score)

R = सही प्रत्याभिज्ञान किये गये एकांशों (items) की संख्या

W = गलत प्रत्याभिज्ञान किये गये एकांशों (items) की संख्या

N_1 = पहले सीखी गयी सूची में एकांशों (items) की संख्या

N_2 = सदृश (similar) एवं नये एकांशों की संख्या

एक उदाहरण इस प्रकार है— मान लीजिए कोई व्यक्ति 10 निरर्थक पदों की एक सूची याद करता है और इसके बाद इन 10 निरर्थक पदों को 20 और नये एवं सदृश निरर्थक पदों के साथ यादृच्छिक रूप से (randomly) मिलाकर इसके सामने प्रस्तुत किया जाता है। थोड़ी देर के लिए मान लिया जाय कि वह 8 निरर्थक पदों का सही प्रत्याभिज्ञान करता है तथा 2 निरर्थक पदों का गलत प्रत्याभिज्ञान करता है तो उपर्युक्त सूत्र के अनुसार शुद्ध प्रत्याभिज्ञान प्राप्तांक (8/10 × 100) – (2/20 × 100) = 80% – 10% = 70% होगी। इससे यह पता चलता है कि व्यक्ति निरर्थक पदों की मूल सूची (10 पदों वाली सूची) में 70% धारण किये हुए था तथा 30% की स्मृति समाप्त हो गयी है।

3. पुनः सीखना विधि *(Relearning method)*—इस विधि का प्रतिपादन इबिंगहॉस (Ebbinghaus) ने किया था तथा इसे *बचत विधि* (saving method) भी कहा जाता है। इस विधि में पाठ या एकांशों (items) को एक निश्चित कसौटी (fixed criterion) तक व्यक्ति सीख लेता है। इसके कुछ समय के बाद व्यक्ति को फिर उसी कसौटी तक सीखने को कहा जाता है जिस कसौटी तक उसने पहले उन एकांशों को सीखा था। धारण (retention) की जाँच व्यक्ति द्वारा पुनः सीखने (relearning) में लगे प्रयास (trials) या समय (time) या त्रुटि (error) के आधार पर की जाती है। उदाहरणार्थ, मान लिया जाय कि 10 निरर्थक पदों की एक सूची को एक त्रुटिरहित प्रस्तुतीकरण (one errorless reproduction) की कसौटी तक सीखने में व्यक्ति 15 प्रयास (trials) लेता है। दो दिन के बाद इसे फिर वही सूची सीखने को दिया जाता है और इस बार वह 11 प्रयास लेता है। इससे स्पष्ट हो जाता है कि प्रयोज्य को दोबारा सीखने में 15–11 = 4 प्रयास की बचत हुई है। इस बचत को हम निम्नांकित सूत्र के आधार पर प्रतिशत में बदल सकते हैं।

$$\text{बचत प्रतिशत (Saving Percent)} = \frac{\text{Original trials} - \text{Relearning trials} \times 100}{\text{Original trials}}$$

$$\text{इस तरह से } \frac{15-11}{15} \times 100 = 4/15 \times 100 = 26.66\%$$

यहाँ बचत प्राप्तांक (saving score percentage) 26.66% है। चूँकि बचत प्रतिशत 30% से भी कम है, अतः यह कहा जा सकता है कि व्यक्ति की स्मृति अधिक मजबूत नहीं थी।

कुछ मनोवैज्ञानिकों ने बचत विधि में दोष बतलाते हुए यह कहा है कि इस विधि में जो समय अंतराल (time interval) दिया जाता है, उसमें व्यक्ति अपनी क्षमता को किसी तरह से बढ़ा सकता है या कोई नया और पहले से भी अधिक दक्ष सीखने का तरीका अपना सकता है। फलतः, पुनः सीखना (relearning) में जो बचत होगी, वह अगर पूर्णतः नहीं तो अंशतः अवश्य ही धारण की वजह से न होकर इसे बढ़े हुए कौशल के कारण हो सकती है।

4. पुनर्निर्माण विधि *(Reconstruction method)*—यह विधि पुनः सीखना विधि (relearning method) से बहुत कुछ मिलता-जुलता है। इस विधि में पूर्व सीखे गये एकांशों या पाठ का कुछ समय अन्तराल (time interval) के बाद व्यक्ति के सामने एक यादृच्छिक क्रम (random order) में उलट-पुलटकर प्रस्तुत किया जाता है। व्यक्ति को उन एकांशों को फिर उसी क्रम (order or sequence) में पुनर्निर्माण या पुनर्व्यवस्थित (reconstruct or rearrange) करने को कहा जाता है जिस क्रम में उसने इन एकांशों को सीखा था। इस विधि में धारण (retention) की जाँच पूर्वक्रम में पुनर्व्यवस्थित किये गये एकांशों की संख्या से की जाती है। इस संख्या को प्रतिशत में बदलकर धारण प्राप्तांक प्रतिशत (retention score percent) ज्ञात किया जाता है। यदि 10 निरर्थक पदों की सूची में 3 को ही वह सही क्रम में पुनर्व्यवस्थित कर पाता है तो उसका स्मृति प्राप्तांक प्रतिशत 3/10 × 100 = 30% होगा। यह प्रतिशत जितना ही अधिक होगा, व्यक्ति की स्मृति उतनी ही मजबूत समझी जाती है।

इस तरह से हम देखते हैं कि मनोवैज्ञानिकों ने स्मृति की जाँच के लिए कई विधियों का प्रतिपादन किया है। इन विधियों में प्रत्याह्वान विधि (recall method) तथा प्रत्यभिज्ञान विधि (recognition method) अन्य विधियों से श्रेष्ठ (superior) मानी गयी है।

स्मृति का प्रयोगात्मक अध्ययन
(Experimental Studies of Memory)

स्मृति एक व्यापक शब्द है जिसमें स्मरण तथा विस्मरण दोनों सम्मिलित होते हैं। स्मरण (remembering) स्मृति (memory) का एक धनात्मक पक्ष (positive aspect) है। स्मरण से तात्पर्य पूर्व सीखे गये विषयों एवं पाठों को चेतना में लाने से होता है। स्मरण के स्वरूप (nature) के सम्बन्ध में मनोवैज्ञानिकों के बीच दो तरह के दृष्टिकोण (viewpoints) प्रचलित है जिसकी समीक्षा निम्नांकित ढंग से की जा सकती है—

(क) इविंगहॉस का दृष्टिकोण *(Ebbinghaus viewpoints)*—इविंगहॉस (Ebbinghaus) सबसे पहले मनोवैज्ञानिक थे जिन्होंने स्मरण (remembering) का प्रयोगात्मक अध्ययन किया। इन्होंने 1885 में अपनी पुस्तक 'ऑन मेमोरी' (On Memory) [जो जर्मन भाषा में थी तथा जिसका अंग्रेजी अनुवाद बाद में रूजर (Ruger) तथा चार्ल्स (Charles) द्वारा किया गया] में स्मरण के स्वरूप की व्याख्या करते हुए कहा कि स्मरण एक *पुनरुत्पादक मानसिक प्रक्रिया* (reproductive mental process) है। इसका मतलब यह हुआ कि जो कुछ हम सीखते हैं उसको बाद में ठीक उसी रूप में बिना किसी प्रकार के हेर-फेर किये हम प्रत्याह्वान (recall) करने में समर्थ होते हैं। दूसरे शब्दों में, प्रत्याह्वान सामग्री (recalled materials) पहले सीखी गयी सामग्री का कार्बन कॉपी (carbon copy) होता है। सीखने के बाद जैसे-जैसे समय बीतता जाता है, प्रत्याह्वान (recall) या पुनरुत्पादन (reproduction) की मात्रा में कमी होती है परन्तु जो भी प्रत्याह्ववाहित सामग्री प्राप्त होती है वह ठीक पहले सीखी गयी सामग्री का कार्बन कॉपी ही होता है। इसका मतलब यह हुआ कि प्रत्याह्वान की मात्रा (quantity) में अन्तर होता है इसके गुण (quality) में नहीं।

इविंगहॉस का उपर्युक्त निष्कर्ष एक प्रयोग (experiment) पर आधारित था जिसमें वे स्वयं प्रयोज्य (subject) तथा प्रयोगकर्त्ता (experimenter) दोनों ही थे। उन्होंने निरर्थक पदों[1] (nonsense syllables) का निर्माण किया और निरर्थक पदों की एक सूची को क्रमिक पूर्वभास विधि (method of serial anticipation) द्वारा सीखा और भिन्न-भिन्न समय अन्तरालों (time intervals) के बाद स्मृति की जाँच पुनः सीखना विधि (relearning method) से किया। परिणाम में पाया कि निरर्थक पदों को जिस रूप में सीखा गया था, उसकी स्मृति ठीक उसी रूप में मौजूद थी। किसी प्रकार का कोई परिवर्तन उसमें नहीं हो पाया। हाँ, इतना अवश्य देखा गया कि स्मृति की मात्रा में सीखने के तुरंत बाद काफी तेजी से कमी हुई परन्तु फिर बाद में लम्बे समय अंतरालों के बाद स्मृति की मात्रा में कमी मन्द गति से हुई।

(ख) बार्टलेट्ट का दृष्टिकोण *(Bartlett's viewpoint)*—इविंगहॉस का स्मरण पर चूँकि पहला प्रयोगात्मक अध्ययन था, अतः उनके विचार का प्रभाव बाद के मनोवैज्ञानिकों पर काफी पड़ा। बहुत दिनों तक मनोवैज्ञानिकों द्वारा निरर्थक पदों पर प्रयोग किया जाता रहा और उनका यह विचार कि स्मरण एक पुनरुत्पादक मानसिक प्रक्रिया (reproductive mental process) है, स्वीकृत रहा। परन्तु एक अंग्रेजी मनोवैज्ञानिक (English psychologist) ने सबसे पहले उनके इस विचार का खंडन किया। इनका नाम बार्टलेट (Bartlett, 1932) था जिन्होंने अपनी पुस्तक 'रिमेम्बरिंग' (Remembering) में विस्तृत रूप से यह बतलाया है कि स्मरण एक *पुनर्संरचनात्मक मानसिक प्रक्रिया* (reconstructive mental process) भी कहा है। बार्टलेट ने कहा कि पहले की सीखी गयी सामग्री का हम बाद में प्रत्याह्वान हू-ब-हू ठीक उसी रूप में नहीं करते हैं बल्कि उसमें कुछ परिवर्तन करके करते हैं। कुछ नयी सामग्री को अपनी ओर से प्रत्याह्वान करते समय जोड़ देते हैं तथा पुरानी सीखी गयी सामग्री में से कुछ सामग्री को हटा देते हैं। इस तरह से प्रत्याह्वान करते समय सीखी गयी सामग्री का एक तरह से पुनर्निर्माण या पुनर्संरचना (reconstruction) की जाती है। उन्होंने इविंगहॉस के विचार की त्रुटि की ओर ध्यान दिलाते हुए यह भी कहा कि उस तरह उनका निष्कर्ष निम्नांकित दो कारणों से था—

(i) इविंगहॉस ने निरर्थक पदों को सीखकर उनके स्मृति की जाँच किया था। निरर्थक पद का स्वरूप (nature) ही कुछ ऐसा है कि व्यक्ति को प्रत्येक प्रत्याह्वान (recall) में उसका हू-ब-हू पुनरुत्पादन (reproduction) करना ही है। यदि सार्थक सामग्री (meaningful material) का प्रयोग वे करते तो इस ढंग का निष्कर्ष नहीं आता।

(ii) इविंगहॉस अपने प्रयोग में स्वयं प्रयोगकर्त्ता तथा प्रयोज्य (subject) दोनों थे। प्रयोगकर्त्ता के रूप में उन्हें प्रयोग

---

1. निरर्थक पदों (nonsense syllables) का प्रतिपादन सबसे पहले इविंगहॉस ने किया। ऐसे पद अंग्रेजी के तीन अक्षरों से मिलकर बनते हैं जिसमें बीच का अक्षर स्वर (vowel) होता है और अगल-बगल के अक्षर व्यंजन होते हैं। ऐसे पदों का कोई अर्थ नहीं होता है। जैसे, (LOC; ZAL) आदि।

की प्राक्कल्पना (hypothesis) पता था। यही कारण है कि प्रयोज्य के रूप में उन्होंने सीखे गये पदों का पुनर्रुत्पादन (reproduction) किया।

बार्टलेट (Bartlett) का यह विचार कि स्मरण एक पुनर्संरचनात्मक मानसिक प्रक्रिया (reconstructive mental process) है, इनके ही द्वारा किये गये कुछ प्रयोगों पर आधारित है। उन्होंने अपने प्रयोग में मूल रूप से दो विधियाँ यानी क्रमिक पुनर्रुत्पादन विधि (method of serial reproduction) तथा पुनर्रुक्ति पुनर्रुत्पादन विधि (method of repeated reproduction) का प्रयोग किया। बार्टलेट द्वारा कई प्रयोग (experiments) किये गये हैं जिन्हें मूल रूप से दो भागों में बाँटा जा सकता है—

(i) कहानी-सम्बन्धी प्रयोग *(Experiments related to stories)*—बार्टलेट ने अपने कुछ प्रयोगों में एक कहानी का पुनर्रुत्पादन (reproduction) भिन्न-भिन्न प्रयोज्यों (subjects) से भिन्न-भिन्न समय अंतरालों के बाद करवाया तथा कुछ प्रयोगों में एक ही प्रयोज्य (subject) से भिन्न-भिन्न समय अन्तरालों (time intervals) पर एक ही कहानी का पुनर्रुत्पादन करवाया। बार्टलेट ने अपने प्रयोगों में कई तरह की कहानियों (stories) को सम्मिलित किया जिसमें सबसे लोकप्रिय कहानी थी *'दी वार ऑफ दी घोसट्स'* (The war of the Ghosts)। कुछ प्रयोगों में इस कहानी को एक प्रयोज्य (subject) को सुनाई गयी। उसने उस कहानी को दूसरे प्रयोज्य से, दूसरे प्रयोज्य ने उसी कहानी को तीसरे प्रयोज्य से तथा तीसरे ने चौथे से और इसी तरह से कई प्रयोज्यों को भिन्न-भिन्न समय अंतराल पर सुनाया गया। इस विधि को क्रमिक पुर्रुत्पादन विधि (method of serial reproduction) कहा गया है। कुछ प्रयोगों में उन्होंने एक ही कहानी को कई प्रयोज्यों को अलग-अलग पढ़ने को दिया और भिन्न-भिन्न समय अन्तरालों पर प्रत्येक प्रयोज्य से उसी कहानी का प्रत्याह्वान (recall) करवाया। इसे उन्होंने पुनर्रुक्ति पुनर्रुत्पादन विधि (repeated reproduction method) कहा। इन दोनों विधियों से बार्टलेट ने कहानी के कई पुनर्रुत्पादन (reproductions) का संग्रह किया और उनका विश्लेषण किया।

(ii) चित्र-आरेखण सम्बन्धी प्रयोग *(Experiments related to figure drawing)*—बार्टलेट ने क्रमिक पुनर्रुत्पादन विधि (method of serieal reproduction) के सहारे चित्र-आरेखण सम्बन्धी एक बहुत ही लोकप्रिय (popular) प्रयोग किया। इस प्रयोग में एक प्रयोज्य को एक उल्लू (owl) का चित्र कुछ देर तक दिखलाकर हटा लिया गया और बाद में उसे अपनी स्मृति से उसका आरेखण (drawing) करने को कहा गया। इस आरेखित चित्र को फिर दूसरे प्रयोज्य को कुछ समय तक दिखलाकर हटा लिया गया और उसे अपनी याद से उसका आरेखण करने को कहा गया। फिर इस आरेखित चित्र को तीसरे प्रयोज्य को कुछ देर तक दिखलाकर हटा लिया गया और उसे अपनी याद से इसका आरेखण करने को कहा गया। इस तरह से उल्लू के आरेखित चित्रों के कई पुनर्रुत्पादन (reproduction) प्राप्त किये गये।

इस प्रयोग के परिणाम में यह देखा गया कि उल्लू (owl) का मूल चित्र प्रत्येक पुनरुत्पादन (reproduction) में धीरे-धीरे बदलता गया और 10वें पुनरुत्पादन में यह बदलकर बिल्ली (cat) का हो गया।

बार्टलेट्ट (Bartlett) के कहानी-सम्बन्धी प्रयोग तथा चित्र-आरेखण सम्बन्धी प्रयोगों के आधार पर मूल रूप से हम इस निष्कर्ष पर पहुँचते हैं कि व्यक्ति पहले देखे गये चित्रों एवं सीखे गये कहानियों का जब प्रत्याह्वान (recall) या पुनर्रुत्पादन (reproductions) करता है, तो वह अपनी आवश्यकता (need), अभिरुचि (interests), मनोवृत्ति (attitude) तथा आदत के अनुसार मौलिक विषय में परिवर्तन कर देता है। वह कुछ नयी बातों को मौलिक विषय में जोड़ देता है तथा मौलिक विषय की कुछ बातों को छोड़ देता है। अपनी भाषा आदत (language habit) के अनुसार मौलिक विषय को वह अधिक सरल, आकर्षक एवं चटपटा बना देता है। इस तरह से बार्टलेट ने बतलाया कि सीखे गये विषय का प्रत्याह्वान (recall) सिर्फ उस विषय द्वारा ही नहीं प्रभावित होता है बल्कि व्यक्ति की मौजूदा मानसिक स्थिति तथा मानसिक परियोजना जो मौलिक विषय को एक खास नये ढंग से पुनर्संगठित (reorganize) कर देता है, द्वारा भी प्रभावित होता है। इस तरह की मानसिक स्थिति तथा मानसिक परियोजना (mental planning) को *'स्कीमा'* (schema or schemata) की संज्ञा दी गयी। इस तरह की स्कीमा के कारण मौलिक विषय का विस्तृत वर्णन हटा दिया जाता है तथा मुख्य बातें करीब-करीब रह जाती है, हालाँकि चित्र आरेखण के प्रयोग में उन्होंने पाया था कि 10वीं पुनर्रुत्पादन (reproduction) तक तो मौलिक चित्र (उल्लू) पूर्णरूपेण बदलकर बिल्ली का चित्र हो गया।

बार्टलेट अपने विभिन्न प्रयोगों के आधार पर इस निष्कर्ष पर पहुँचे कि स्मरण एक पुनर्सरचनात्मक प्रक्रिया (reconstructive process) है, न कि पुनर्रुत्पादन मानसिक प्रक्रिया (reproductive mental process) जैसा कि इविंगहॉस ने कहा था। बार्टलेट[1] के ही शब्दों में यह कहा जा सकता है कि स्मरण भिन्न-भिन्न निश्चित स्मृति चिह्नों का पुनः उत्तेजन (reexcitation) नहीं है। यह एक काल्पनिक रचनात्मक तथा पुनर्सरचनात्मक प्रक्रिया है। रटकर सीखे गये विषयों का भी स्मरण शायद ही कभी हू-ब-हू (exact) होता है।

बार्टलेट के विचार का समर्थन कुछ आधुनिक प्रयोगों (experiments) द्वारा भी किया गया है। जैसे, बेन्सफोर्ड तथा फ्रैन्कस (Bransford & Franks, 1971) ने कई प्रयोग किये हैं। इन लोगों ने अपने प्रयोगों में प्रयोज्यों (subjects) को कई वाक्यों को पढ़कर सुनाया। सभी वाक्य एक-दूसरे से सम्बन्धित थे। इन वाक्यों के आधार पर उन्होंने स्वयं ही कुछ जटिल विचारों (complex ideas) का प्रतिपादन कर लिया। बाद में जब इस जटिल विचार से सम्बन्धित कुछ वाक्य उनके सामने रखे गये, तो उन्होंने तुरंत उसका पहचान करते हुए कहा कि यह अमुक वाक्य अमुक जटिल विचार से सम्बन्धित है। उनमें से किसी ने यह नहीं कहा कि यह अमुक वाक्य प्रारम्भ में सुनाये गये वाक्यों से सम्बन्धित है (हालाँकि वाक्य उससे भी सम्बन्धित था)। प्रयोगकर्त्ताओं के अनुसार व्यक्ति ने प्रारम्भ में सुने गये कई वाक्यों को हू-ब-हू नहीं बल्कि उसे नये ढंग से एक जटिल विचार (complex idea) के रूप में संचित रखा था और बाद में उन्होंने इसी विचार का प्रत्याह्वान किया न कि अलग-अलग वाक्यों का।

यद्यपि बार्टलेट का यह विचार कि स्मरण एक पुनर्सरचनात्मक मानसिक प्रक्रिया (reconstructive mental process) है, को काफी मान्यता प्राप्त है, फिर भी कुछ लोगों ने उसकी आलोचना की है जो इस प्रकार है—

(i) बार्टलेट के प्रयोग से यह पता चलता है कि मौलिक विषय में जो गुणात्मक परिवर्तन (qualitative changes) होते हैं, वे स्मृति (memory) के संचयन (storage) में हुए परिवर्तन के परिणामस्वरूप होता है या कुछ उन प्रक्रियाओं (process) के फलस्वरूप होते हैं जो पुनः प्राप्ति (retrieval) या प्रत्याह्वान (recall) के समय होते हैं।

(ii) कुछ मनोवैज्ञानिको का कहना है कि पुनर्रुत्पादन (reproductions) में हुए जोड़-घटाव (manipulations) के आधार पर हम यह कहते हैं कि व्यक्ति में पहले से ही एक विशेष मानसिक परियोजना (mental planning) थी (जिसे स्कीमा कहा गया) जिसके कारण ऐसा जोड़-घटाव किया गया। इन आलोचकों का कहना है कि बार्टलेट ने कोई ऐसी विधि नहीं बतलायी है जिसके आधार पर स्कीमा को नियंत्रित करके पुनर्रुत्पादन (reproduction) को भी नियंत्रित किया जा सके।

इन आलोचनाओं के बावजूद भी बार्टलेट के विचार की मान्यता इविंगहॉस के विचार की अपेक्षा आज भी अधिक है। अतः हम इस निष्कर्ष पर पहुँचते हैं कि स्मरण को एक पुनर्सरचनात्मक मानसिक प्रक्रिया (reconstructive mental process) ही मानना ठीक है।

विस्मरण
(Forgetting)

विस्मरण (forgetting) स्मृति (memory) का एक नकारात्मक या ऋणात्मक पक्ष (negative aspect) है। गेल्डार्ड (Geldard, 1963) ने विस्मरण को एक नकारात्मक स्मृति (negative memory) माना है। जब हम पूर्व सीखे गये अनुभवों को किसी कारण से खो देते हैं तो उसे विस्मरण (forgetting) की संज्ञा दी जाती है। जब भी हम किसी विषय या पाठ को सीखते हैं, तो उसे स्मृति चिह्न (memory traces) के रूप में मस्तिष्क में धारण करते हैं। जब स्मृति चिह्न कमजोर पड़ जाते हैं या समाप्त हो जाते हैं तो हम पूर्व सीखे गये अनुभवों को याद नहीं कर पाते हैं और हम यह कहते हैं उसका विस्मरण हो गया है। इस तरह से हम कह सकते है कि विस्मरण एक ऐसी प्रक्रिया है जिसमें स्मृति चिह्नों के खत्म हो जाने के कारण पूर्व सीखे गये अनुभवों को व्यक्ति याद नहीं कर पाता है। परन्तु सच्चाई यह है कि मनोवैज्ञानिक रूप से विस्मरण का यह अधूरा अर्थ है क्योंकि कभी-कभी ऐसा होता है कि किसी सीखे गये पाठ की स्मृति चिह्न बनी

1. "Remembering is not the reexcitation of inumerable, fixed, lifeless and fragmentary traces. It is an imaginative reconstruction or construction... It is thus hardly very really exact, even in the most rudimentary cases of rote recapitulation." —Bartlett : *Remembering*, 1932, p. 213

हुई होती है अर्थात् हम उन अनुभवों को धारण किये हुए होते हैं फिर भी उसका प्रत्याह्वान (recall) या प्रत्यभिज्ञान (recognition) नहीं कर पाते हैं। परन्तु जैसे ही उस पाठ से सम्बन्धित कुछ संकेत (cues) जिसे पुनः प्राप्ति संकेत (retrieval cues) कहा जाता है, दिया जाता है, हम उसका प्रत्याह्वान कर लेते हैं। अतः विस्मरण को परिभाषित करते हुए यह कहा जा सकता है कि विस्मरण एक ऐसी मानसिक प्रक्रिया है जिसमें व्यक्ति पूर्व सीखे गये अनुभवों या पाठों का प्रत्याह्वान (recall) या प्रत्याभिज्ञान (recognition) करने में असमर्थ रहता है। इस असमर्थता का कारण स्मृति चिह्नों का खतम हो जाना भी हो सकता है या उपयुक्त पुनः प्राप्ति संकेत (appropriate retrival cues) की अनुपस्थिति भी हो सकती है।

जब विस्मरण का कारण स्मृति चिह्नों (memory traces) का वास्तविक नाश (actual loss) होना होता है, तो इसे *चिह्न-आधारित विस्मरण* (trace-dependent forgetting) कहा जाता है तथा जब विस्मरण का कारण स्मृति चिह्नों का नाश होना नहीं बल्कि प्रत्याह्वान (recall) करते समय कुछ महत्त्वपूर्ण संकेतों (cues) की अनुपस्थिति होती है तो उसे *संकेत-आधारित विस्मरण* (cue-dependent forgetting) कहा जाता है।

विस्मरण के स्वरूप (nature) के बारे में मनोवैज्ञानिकों के बीच मुख्य दो तरह के दृष्टिकोण या विचारधाराएँ हैं। पहली विचारधारा इविंगहॉस (Ebbinghaus) की है जिन्होंने 1885 में स्मरण तथा विस्मरण पर पहला प्रयोगात्मक अध्ययन किया और बतलाया कि विस्मरण (forgetting) एक निष्क्रिय मानसिक प्रक्रिया (passive mental process) है। दूसरी विचारधारा अन्य मनोवैज्ञानिकों का है कि जिनमें मेल्टन (Melton, 1940), मूलर तथा पिलजेकर (Muller & Pilzecker, 1900), मैग्यू (Mc Geoch, 1932) तथा जेनकिन्स तथा डैलेनबैक (Jenkins & Dallenbach, 1924) आदि प्रधान हैं। इन मनोवैज्ञानिकों का कहना है कि विस्मरण एक निष्क्रिय मानसिक प्रक्रिया (passive mental process) नहीं बल्कि एक सक्रिय मानसिक प्रक्रिया (active mental process) है। इन दोनों विचारधाराओं की व्याख्या इस प्रकार है—

1. विस्मरण एक निष्क्रिय मानसिक प्रक्रिया है *(Forgetting is a passive mental process)*—इविंगहॉस ने विस्मरण का प्रयोगात्मक अध्ययन (experimental study) किया। इन्होंने अपने इस अध्ययन में निरर्थक पदों (nonsense syllables) की कई सूचियों को स्वयं सीखा तथा उसकी स्मृति की जाँच भिन्न-भिन्न समय अन्तरालों (time intervals) जैसे 20 मिनट, 1 घंटा, 1 दिन, 2 दिन, 3 दिन, 4 दिन, 5 दिन, 8 दिन तथा 30 दिन पर किया। इन्होंने अपने प्रयोग में पाया कि सीखने के बाद जैसे-जैसे समय बीतता जाता है, वैसे-वैसे निष्क्रिय रूप से (passively) मस्तिष्क में बने स्मृति-चिह्न अपने आप ही क्षीण एवं कमजोर पड़ते जाते हैं और इसके साथ-ही-साथ विस्मरण की मात्रा (amount of forgetting) भी बढ़ती जाती है, हालाँकि भूलने की दर (rate) में कमी आती जाती है। समय बीतने के साथ विस्मरण की मात्रा (amount) तथा दर (rate) में हुए परिवर्तन को इविंगहॉस ने एक विशेष वक्र (curve) द्वारा दिखलाया है जिसे *विस्मरण वक्र* (Forgetting curve) या *इविंगहॉस वक्र* (Ebbinghaus curve) कहा जाता है। जिसका वर्णन आगे इसी अध्याय में किया गया है।

इस तरह से इविंगहॉस के अनुसार भूलने का मुख्य कारण सीखने के बाद समय का बीतना होता है। समय बीतने के साथ-साथ स्मृति चिह्नों में क्रमिक ह्रास (gradual decay) होता जाता है और उसी के अनुसार विस्मरण की मात्रा भी बढ़ती जाती है। इविंगहॉस ने अपने प्रयोग में पाया था कि सीखने के 20 मिनट के बाद निरर्थक पदों को वह मात्र 44.2% ही स्मृति किये हुए थे, यानी, वे 100% – 44.2 = 55.8% भूल गये थे। उसी प्रकार एक घंटा के बाद 64.2% भूल गये, एक दिन के बाद 66.3% भूल गये, दो दिन के बाद 72.2% भूल गये तथा 30 दिन के बाद वे 79% भूल गये। स्पष्ट है कि समय बीतने के साथ-साथ विस्मरण की मात्रा (amount) बढ़ती गयी हालाँकि विस्मरण की दर (rate) कमती गयी। प्रथम 20 मिनट में भूलने की दर 42.2% थी, एक घंटा के बाद वह दर 64.2% – 42.2% = 20% थी और उसी तरह से दो दिन तथा 30 दिन के समय तक यह मात्र 79% – 72% = 6.8 थी।

2. विस्मरण एक सक्रिय मानसिक प्रक्रिया है *(Forgetting is an active mental process)*—आजकल मनोवैज्ञानिकों ने यह साबित कर दिया है कि इविंगहॉस का विचार सही नहीं है। इन लोगों के प्रयोगों के परिणाम से यह स्पष्ट हो गया है कि विस्मरण का कारण समय का बीतना नहीं है। जेनकिन्स तथा डैलेनबैक (Jenkins & Dallenbach, 1924), मूलर तथा पिलजेकर (Muller & Pilzecker, 1900) और मेल्टन तथा इर्विन (Melton & Irwin, 1940) ने अपने-अपने प्रयोगों में यह स्पष्ट रूप से पाया है कि सीखने के बाद समय का बीतना अपने आप में विस्मरण का कारण नहीं है बल्कि व्यक्ति इस समय अन्तराल (time interval) में जब कुछ दूसरा कार्य करता है या कुछ नया पाठ सीखता

है, तो इसके कारण मौलिक विषय (original task) को वह भूल जाता है। समय अन्तराल में जब नया पाठ व्यक्ति सीखता है तो इससे उत्पन्न स्मृति चिह्न (memory traces) पहले सीखे गये पाठ यानी मौलिक पाठ के सीखने से उत्पन्न स्मृति चिह्न को धीरे-धीरे कमजोर कर देता है और व्यक्ति उस मौलिक पाठ को भूल जाता है। अतः विस्मरण निष्क्रिय रूप से (passively) समय बीतने के साथ अपने आप नहीं होता है बल्कि उस बीते हुए समय में जब व्यक्ति सक्रिय होकर (actively) किसी पाठ को सीखता है तो इससे विस्मरण होता है।

'विस्मरण एक सक्रिय मानसिक प्रक्रिया है' के समर्थन में अनेक प्रयोगों (experiments) का उल्लेख किया जा सकता है। परन्तु उदाहरण के रूप में यहाँ जेनकिन्स तथा डैलेनबैक (Jenkins & Dallenbach, 1924) द्वारा किये गये प्रयोग का उल्लेख किया जा रहा है— इस प्रयोग में मात्र दो प्रयोज्य (subjects) थे और मनोवैज्ञानिक प्रयोगशाला में ही इन्हें रात में सोने का आग्रह किया गया। इन दोनों प्रयोज्यों को 10–10 निरर्थक पदों की एक सूची को सुबह तथा एक सूची को शाम में सीखलाया गया। दिन में वे सूची को सीखने के बाद अपने वर्ग (class) में जाते थे जहाँ अपने दोस्तों से बातचीत करते थे तथा शिक्षक का भाषण सुनते थे। इतना ही नहीं, वे लाइब्रेरी में जाकर अन्य पुस्तकों का अध्ययन भी करते थे। परन्तु सीखने के 1 घंटा, 2 घंटा, 4 घंटा तथा 8 घंटा बाद अपने आप प्रयोगशाला में आकर सुबह सीखे गये सूची का प्रत्याह्वान (recall) कर जाते थे। शाम में वे सूची को सीखने के बाद आराम करते थे और रात में सो जाते थे। लेकिन प्रयोगकर्त्ता समय पर, यानी, सूची सीखने के 1 घंटा, 2 घंटा, 4 घंटा तथा 8 घंटा बाद उन्हें नींद से उठा कर उस सूची का प्रत्याह्वान (recall) लेते थे। परिणाम में देखा गया कि दिन में प्रयोज्यों (subjects) द्वारा किया गया प्रत्याह्वान (recall) रात में किये गये प्रत्याह्वान की अपेक्षा कम था अर्थात् दिन में विस्मरण की मात्रा रात में विस्मरण की मात्रा की अपेक्षा अधिक था। जेनकिन्स तथा डैलेनवैक (Jenkins & Dallenbach, 1924) ने इस परिणाम की व्याख्या करते हुए कहा कि ऐसा इसलिए हुआ क्योंकि दिन में प्रयोज्यों यानी छात्रों द्वारा सुबह में मूल सूची सीखने के बाद कई कार्य किये गये। जैसे, छात्रों द्वारा शिक्षक का भाषण सुना गया, लाइब्रेरी में किताब पढ़ा गया, आदि-आदि। इन सबसे छात्रों ने कुछ सीखा और उससे उत्पन्न स्मृति चिह्न सूची के निरर्थक पदों के स्मृति चिह्नों को क्षीण कर दिया जिससे विस्मरण की मात्रा बढ़ गयी। रात में चूंकि प्रयोज्य सूची के पदों को सीखने के बाद सो जाते थे, इसलिए कोई दूसरा पाठ वे नहीं सीखते थे। अतः रात में विस्मरण की मात्रा काफी कम थी। अगर विस्मरण का कारण सीखने के बाद मात्र समय का बीतना होता तो दोनों अवस्थाओं में विस्मरण की मात्रा बराबर-बराबर होती क्योंकि रात और दिन दोनों अवस्थाओं में समय की अवधि बराबर-बराबर थी। हाल ही में एकस्ट्रैण्ड (Ekstrand, 1967) ने भी एक इसी तरह का प्रयोग किया और इन्होंने परिणाम में पाया कि जागृत अवस्था (waking condition) में विस्मरण की मात्रा सुषुप्तावस्था (sleeping condition) के विस्मरण की मात्रा की अपेक्षा अधिक थी। मैक्ग्यू (Mc-Geoch, 1942) और मेल्टन तथा इर्विन (Melton & Irwin, 1940) ने जो अपने प्रयोगों के परिणाम के आधार पर इस कथन की पुष्टि की है कि विस्मरण सीखने के बाद, समय बीतने से अपने आप नहीं होती है बल्कि जब इस समय अंतराल में व्यक्ति कुछ नया पाठ सीखता है या कुछ नया कार्य सीखता है तो इससे मौलिक विषयों का विस्मरण हो जाता है।

इस तरह से यह कहा जा सकता है कि विस्मरण एक निष्क्रिय मानसिक प्रक्रिया नहीं है जैसा कि इविंगहॉस (Ebbinghaus) ने प्रारम्भ में कहा था। आजकल मनोवैज्ञानिकों के बीच सामान्य सहमति यही है कि मौलिक विषय का विस्मरण उस विषय के बाद कुछ नये विषय को सीखने के फलस्वरूप होता है। अतः यह एक सक्रिय मानसिक प्रक्रिया है।

अन्ततः यह कहा जा सकता है कि स्मृति के प्रयोगात्मक अध्ययनों से जो तथ्य सामने आये हैं वह यह है कि इसके दोनों पक्ष अर्थात् स्मरण तथा विस्मरण का स्वरूप बिलकुल ही स्पष्ट है और आज वे नये-नये शोधों का उत्सर्जन भी कर रहे हैं।

विस्मरण वक्र या इविंगहॉस वक्र
(Forgetting Curve or Ebbinghaus Curve)

विस्मरण के क्षेत्र में जिन-जिन मनोवैज्ञानिकों ने प्रयोगात्मक अध्ययन किया है उनमें इविंगहॉस (Ebbinghaus) का नाम आज भी सबसे अधिक चर्चित है। इन्होंने निरर्थक पदों (nonsense syllables) का आविष्कार किया और विस्मरण का प्रयोगात्मक अध्ययन इन निरर्थक पदों के सहारे किया। उन्होंने निरर्थक पदों के सहारे विस्मरण का इसलिए अध्ययन करना उचित बताया क्योंकि ऐसे पद व्यक्ति की पूर्व अनुभूतियों (past experiences) से सम्बन्धित नहीं होते हैं और

साथ-ही-साथ व्यक्ति के लिये इनका संवेगात्मक महत्त्व (emotional importance) भी नहीं होता है।

इविंगहॉस (Ebbinghaus) ने निरर्थक पदों (nonsense syllables) जैसे KEL, TUP आदि के कई सूचियों को सीखा। एक सूची को उसने पूर्णतः सीखा और इसमें लगने वाले समय को सावधानीपूर्वक लिख लिया। फिर खास-खास समय अंतरालों पर उसी सूची को पुनः सीखा (relearn) और इस बार भी सीखने में लगे समय को लिख लिया। स्मृति की जाँच मौलिक समय यानी सबसे पहले सीखने में लगे समय और बाद में सीखने में लगे समय के अन्तर के आधार पर किया गया। जैसे यदि सूची को पहले सीखने में 16 मिनट लगा और एक घंटा के बाद सीखने में मात्र 8 मिनट लगा तो इसका मतलब यह हुआ कि इस सूची की धारणा 16 – 8 = 8 यानी 50% थी और बाकी 50% का विस्मरण (forgetting) हो गया था। इस तरह से उन्होंने एक के बाद एक करके कई सूचियों को सीखा और उसके स्मृति की जाँच पुनः सीखना विधि (relearning method) से भिन्न-भिन्न समय अंतरालों (time intervals) पर किया गया। इविंगहॉस (Ebbinghaus) द्वारा सूचियों के स्मृति की जाँच करने के बाद एक सामान्य निष्कर्ष पर पहुँचा गया जिसके आधार पर उन्होंने एक वक्र (curve) तैयार किया जिसे विस्मरण वक्र (forgetting curve) या इविंगहॉस वक्र (Ebbinghaus curve) कहा गया जिसे चित्र 5.1 में दिखलाया गया है। इस चित्र में सीखने के भिन्न-भिन्न समय अंतरालों के बाद इनके द्वारा प्राप्त धारणा प्राप्तांक के प्रतिशत को दिखलाया गया है। इस वक्र के अनुसार सीखने के 20 मिनट, 1 घंटा, 1 दिन, 2 दिन, 6 दिन के बाद धारणा प्रतिशत (percent retained) क्रमशः 44.2%, 35.8%, 33.7%, 27.8% तथा 25.4% था जिसका मतलब यह हुआ कि विस्मरण प्रतिशत (percent forgetting) क्रमशः 55.8%, 64.2%, 66.3%, 72.2% तथा 74.6% थी। यद्यपि वक्र में नहीं दिखलाया गया है, फिर भी 31 दिनों के बाद इविंगहॉस का धारण 24% थी यानी 76% विस्मरण हो गया था।

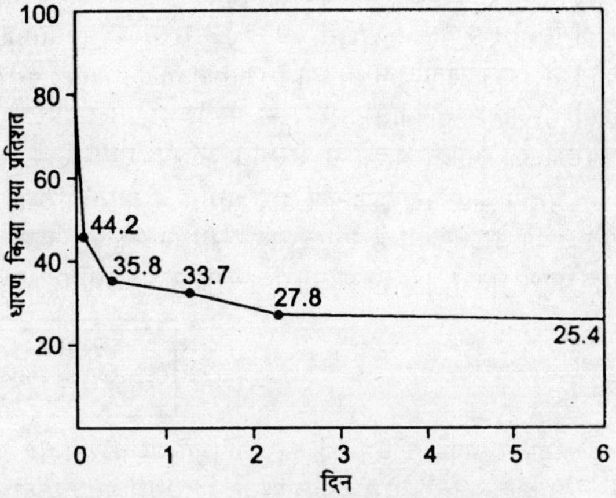

चित्र 5.1 विस्मरण वक्र

इविंगहॉस के विस्मरण वक्र का यदि ठीक ढंग से विश्लेषण किया जाय, तो हमें इससे निम्नांकित दो तथ्य मिलतें हैं—

(i) विस्मरण की दर (rate) सीखने के तुरंत बाद तीव्र होती है। विस्मरण वक्र रेखा पर ध्यान देने से यह स्पष्ट हो जाता है कि प्रथम 20 मिनट बीतने के बाद धारण मात्र 44.2% थी अर्थात् 100% – 44.2% = 55.8% विस्मरण हो गया था। जैसे-जैसे समय बीतते जाता है विस्मरण की यह दर धीमी पड़ती जाती है। जैसे, पहले दिन की अपेक्षा दूसरे दिन विस्मरण की दर 72.2% – 66.3% =5.9% थी, दूसरे दिन की अपेक्षा छठे दिन विस्मरण की दर 74.6% – 72.2% = 2.4% थी तथा छठे दिन की अपेक्षा 31वें दिन विस्मरण की दर 76% – 74.6% 1.4% थी। इन आँकड़ों से यह स्पष्ट हो जाता है कि विस्मरण की दर सीखने के तुरंत बाद तो काफी तीव्र होती है परन्तु जैसे-जैसे समय बीतते जाती है, यह दर मन्द होता जाता है। यही कारण कि वक्र में प्रारम्भ में तो गिरावट तेजी से आती है परन्तु बाद में बहुत हल्की गिरावट होते हुए वक्र आगे की ओर बढ़ जाती है।

(ii) सीखने के बाद जैसे-जैसे समय बीतते जाता है विस्मरण की मात्रा बढ़ती जाती है। वक्र रेखा से स्पष्ट है कि सीखने के 20 मिनट, 1 घंटा, 1 दिन, 2 दिन तथा 6 दिन के बाद धारणा का प्रतिशत क्रमशः 44.2%, 35.8%, 33.7%, 27.8% तथा 25.4% है, यानी विस्मरण की मात्रा का प्रतिशत क्रमशः 55.8%, 64.2%, 66.3%, 72.2% तथा 74.6% है।

लेकिन कुछ मनोवैज्ञानिकों का विचार है कि सभी तरह के सीखना का विस्मरण (forgetting) इविंगहॉस द्वारा बताये गये विस्मरण वक्र (forgetting curve) के समान नहीं होता है। मेडनिक तथा उनके सहयोगियों (Mednick et al., 1975) ने अपने अध्ययन से दिखलाया है कि जिन विषयों का आधिक्य सीखना (overlearning) किया जाता है, उसके

विस्मरण की दर ओर मात्रा दोनों ही इविंगहॉस के विस्मरण वक्र से भिन्न होती है। प्रायः ऐसे विषयों की धारण समय बीतने के साथ-ही-साथ घटने की बजाय बढ़ती है। जब धारण में समय बीतने के साथ-साथ घटने के बजाय अपने आप वृद्धि होती है तो इसे वार्ड (Ward, 1937) ने *संस्मृति* (reminiscence) की संज्ञा दी है। संस्मृति की घटना (phenomenon) दोनों में, यानी शाब्दिक विषयों (verbal materials) के सीखने में तथा पेशीय कौशल (motor skills) को सीखने में होती है लेकिन तुलनात्मक रूप से पेशीय कौशल सीखने में अधिक होती है। ऑसगुड (Osgood, 1953) के अनुसार वयस्कों की अपेक्षा बच्चों में संस्मृति अधिक होती है।

यद्यपि कुछ मनोवैज्ञानिकों द्वारा प्रयोग में प्राप्त परिणाम इविंगहॉस के विस्मरण वक्र (forgetting curve) द्वारा बताये गये तथ्यों के विपरीत है तथा उसका समर्थन भी नहीं करता है, फिर भी इविंगहॉस का विस्मरण वक्र आज भी एक बहुत महत्त्वपूर्ण घटना है जिससे हमें विस्मरण के वास्तविक स्वरूप (nature) के बारे में एक स्पष्ट झलक मिलती है।

अभिप्रेरित विस्मरण
(Motivated Forgetting)

व्यक्ति अपने जीवन की कुछ अनुभूतियों को विशेष कारणवश खासकर उनके डरावने या भयावह स्वरूप के कारण भूल जाया जाता है। ऐसी अनुभूतियों को *अभिघातज अनुभूतियाँ* (traumatic experiences) कहा जाता है। अभिघातज अनुभूतियों की उत्पत्ति कुछ नैसर्गिक कारणों जैसे भूकम्प, दुर्घटना आदि से गुजरने से हो सकता है या फिर सामान्य अंतक्रियाओं में उत्पन्न कुछ दुःखद बातों से भी हो सकती है। कारण चाहे जो भी हो, व्यक्ति अपने आप को ऐसी अनुभूतियों से बचाना चाहता है और इस प्रयास में वह उन्हें भूल जाना चाहता है या भूलने के लिए प्रेरित रहता है। इस तरह के विस्मरण को अभिप्रेरित विस्मरण (motivated forgetting) कहा जाता है जिसका प्रबल समर्थक सिगमण्ड फ्रायड (Sigmund Freud) रहे हैं। **लेही**[1] (Lahey, 1995) ने अभिप्रेरित विस्मरण को इस प्रकार परिभाषित किया है, ''अभिप्रेरित विस्मरण वैसा विस्मरण होता है जो वैसी धमकीपूर्ण एवं अशांत सूचनाओं पर आधृत हुआ समझा जाता है जिसे भूला दिया गया होता है।'' मनोवैज्ञानिकों ने कई प्रकार के अभिप्रेरित विस्मरण का वर्णन किया है जिनमें निम्नांकित प्रमुख हैं—

(i) निग्रहण *(Suppression)*—निग्रहण एक ऐसा अभिप्रेरित विस्मरण है जिसमें व्यक्ति सचेत एवं सक्रिय रूप से प्रयास करके अपने मन से अभिघातज अनुभूतियों को बाहर कर देता है परंतु व्यक्ति इस बात से अवगत होता है कि दुःखद घटनाएँ घटीं हैं।

(ii) दमन *(Repression)*—यह एक ऐसा अभिप्रेरित विस्मरण है जिसमें व्यक्ति के मन से अचेतन रूप से सभी अभिघातज अनुभूतियाँ हटा दी जातीं हैं और व्यक्ति यह मानने के लिए तैयार ही नहीं होता है कि सचमुच में कोई दुःखद घटनाएँ या अभिघातज अनुभूतियाँ कभी हुई थीं। ऐसी स्मृति लोप (amnesia) जो मस्तिष्कीय क्षति या मनोवैज्ञानिक आघात के कारण नहीं होती है, उसमें भी दमन के कारण ही व्यक्ति अपने जीवन की दुःखद स्मृतियों को भूल जाने के लिए प्रेरित रहता है।

मनोवैज्ञानिक अध्ययनों से यह स्पष्ट हुआ है कि व्यक्तियों द्वारा सामान्यतः दुःखद अनुभूतियों से निबटने के लिए अभिप्रेरित विस्मरण (motivated forgetting) का सहारा अन्य विधियों की तुलना में अधिक लिया जाता है। लिंटन (Linton, 1979) तथा मेल्जर (Meltzer, 1930) के अनुसार जिंदगी की दुःखद स्मृतियों को भूलने तथा सुखद घटनाओं को याद करने का यह एक स्वाभाविक प्रवृत्ति है। लिंटन अपने इस प्रयोग में खुद ही प्रयोज्य थीं। इस अध्ययन में 1972 से 1977 तक प्रतिदिन अपने जिंदगी में घटने वाली सभी प्रमुख घटनाओं को अलग-अलग कार्ड पर लिखती गयीं। इस 6 साल की अवधि में उन्होंने करीब दिन-प्रतिदिन की 5,000 घटनाओं को लिखीं। प्रत्येक महीना में लिंटन करीब 8 से 12 घंटे का समय इन घटनाओं की स्मृति की जाँच में बीताती थीं। परिणाम में देखा गया कि इन घटनाओं के लिए उनकी स्मृति काफी उत्तम थीं। करीब दो साल घटित घटनाओं में से वे 95% तक का सही प्रत्याह्वान कर लीं तथा करीब 5 साल पहले की घटनाओं में से 70% तक का सही प्रत्याह्वान कर पायीं। इस परिणाम में अभिप्रेरित विस्मरण (motivated forgetting) के ख्याल से जो सबसे महत्त्वपूर्ण बात थी, वह यह थी कि इनमें से जो घटनाएँ को वह भूल गयी थीं, उनमें

1. "Motivated forgetting is the forgetting that is believed to be based on the upsetting or threatening nature of the information that is forgotten."
—Lahey : *Psychology*, 1995, p. 266

अधिकतर तनावपूर्ण, धमकीपूर्ण तथा घबड़ा देने वाली सूचनाएँ थीं। शायद यही कारण है कि जाँच सत्र (testing session) के कुछ दिन बाद तक उनमें विषादी अनुभूतियाँ (depressed feelings) बनी हुई रहती थीं।

वौक (Bock, 1986) तथा वौक एवं कलिंगर (Bock & Klinger, 1986) ने अभिप्रेरित विस्मरण का प्रयोगात्मक अध्ययन किये। इनके अध्ययनों के परिणाम लिंटन के परिणाम के ही समान लगभग थे। इन प्रयोगों में प्रयोज्यों को शब्दों की एक सूचि दिखलायी गयी और उन्हें बाद में प्रत्याह्वान करने के लिए कहा गया। परिणाम में देखा गया कि प्रयोज्यों ने धनात्मक सांवेगिक प्रभाव वाले शब्दों का प्रत्याह्वान ऋणात्मक सांवेगिक प्रभाव वाले शब्दों की अपेक्षा अधिक किये तथा तटस्थ सांवेगिक प्रभाव वाले शब्दों का प्रत्याह्वान बहुत कम कर पाये। इस अध्ययन से अभिप्रेरित विस्मरण को तो समर्थन मिलता ही है, साथ-ही-साथ यह भी पता चलता है कि किसी भी तरह के सांवेगिक प्रभाव से प्रत्याह्वान उन्नत होता है जिसे ब्राउन तथा कुक (Brown & Cook, 1977) ने *फ्लैशबल्ब स्मृति* की संज्ञा दिया है।

विस्मरण के निर्धारक या कारण
(Determinants or Causes of Forgetting)

मनोवैज्ञानिकों ने विस्मरण के बहुत से कारण बतलाये हैं। इन लोगों द्वारा बहुत से ऐसे कारकों (factors) की चर्चा की गयी है जो विस्मरण को प्रभावित करते हैं। इनमें से कुछ कारक सीखे गये विषय के स्वरूप तथा सीखने की विधि से सम्बन्धित है, कुछ स्वयं सीखने वाले व्यक्ति से सम्बन्धित है, तथा कुछ धारण अंतराल (retention interval) में होने वाले कारकों से सम्बन्धित है। इस तरह से हम देखते हैं कि विस्मरण के अनेक निर्धारक हैं जिन्हें मनोवैज्ञानिकों ने मूलतः निम्नांकित तीन श्रेणियों में बाँटकर अध्ययन किया है—

1. सीखना से सम्बन्धित कारक *(Factors related to learning)*—किसी भी विषय के विस्मरण का प्रश्न तब उठता है जब पहले कभी उसे सीखा गया हो। अतः यह स्वाभाविक है कि किसी विषय को सीखने से सम्बन्धित कारकों द्वारा विस्मरण की मात्रा प्रभावित होती हो। कुछ ऐसे प्रमुख कारक निम्नांकित हैं—

(i) सीखे जाने वाले विषय के स्वरूप *(Nature of learnt materials)*—सामान्यतः सीखे जाने वाले विषय का स्वरूप सार्थक या निरर्थक हो सकता है। मनोवैज्ञानिकों ने अपने-अपने प्रयोगों के आधार पर यह स्पष्ट कर दिया है कि जब सीखा जाने वाला विषय निरर्थक होता है तो वैसी हालत में उसे सीखने में भी अधिक प्रयास (trials) लगता है तथा साथ-ही-साथ उसका विस्मरण भी जल्दी हो जाता है। गिलफोर्ड (Guilford, 1934) ने अपने अध्ययन में पाया है कि 15 निरर्थक पदों को सीखने में औसत रूप से 20.4 प्रयास प्रयोज्य लेता है जबकि 15 शब्दों को सीखने में औसत रूप से वह 3.5 प्रयास लेता है। किंसले तथा गैरी (Kingsley & Garry, 1957) ने अपने अध्ययन के आधार पर यह बतलाया है कि निरर्थक पदों या विषयों को सीखने में सिर्फ अधिक प्रयास (trial) ही नहीं लगता है बल्कि ऐसे विषय को सार्थक विषयों की अपेक्षा व्यक्ति जल्द भूल जाता है। इसके मुख्य दो कारण बतलाये गये हैं। पहला, चूँकि निरर्थक विषयों को व्यक्ति समझकर नहीं बल्कि रटकर (rote) सीखता है। फलतः स्मृति चिह्न उतने मजबूत तथा सुदृढ़ नहीं हो पाते हैं जितना कि सार्थक विषयों के स्मृति चिह्न हो पाते हैं। जब स्मृति चिह्न कमजोर होते है, तो स्वभावतः उसकी धारण (retention) भी अधिक दिनों तक नहीं हो पाती है और उसका विस्मरण जल्दी हो जाता है। दूसरा, निरर्थक विषयों में व्यक्ति की न तो कोई अभिरुचि (interest) होती है और न तो उसके साथ कोई सार्थक साहचर्य (meaningful associations) ही व्यक्ति स्थापित कर पाता है। इन सब का परिणाम यह होता है कि व्यक्ति उसे तेजी से भूल जाता है।

ऊपर के वर्णन के आधार पर निष्कर्ष यह हुआ कि सार्थक विषयों को व्यक्ति निरर्थक विषयों की अपेक्षा कम भूलता है परन्तु सभी सार्थक विषय का विस्मरण भी एक ही दर (rate) से हो, यह आवश्यक नहीं है। कुछ सार्थक विषय व्यक्ति के लिए सुखद (pleasant) तथा कुछ सार्थक विषय व्यक्ति के लिए दुःखद (unpleasant) हो सकते है। कार्टर (Carter, 1939) ने एक प्रयोग कर यह दिखलाया है कि दुःखद शब्दों को व्यक्ति सुखद शब्दों की अपेक्षा तेजी से भूलता है। इस अध्ययन में वर्ग 6 एवं 7 के 100 बच्चों को सुखद शब्दों, दुःखद शब्दों तथा तटस्थ शब्दों (indifferent words) को देकर प्रत्येक शब्द को एक उद्दीपक शब्द (stimulus word) के साथ सम्बन्धित करने को कहा गया। 6 महीना बाद उद्दीपक शब्द को बच्चों को दिया गया और उससे सम्बन्धित मूल शब्दों को बतलाने को कहा गया। परिणाम में देखा गया कि सुखद शब्दों का प्रत्याह्वान (recall) दुःखद शब्दों की अपेक्षा अधिक किया गया। दूसरे शब्दों में

दुःखद शब्दों को विस्मरण सुखद शब्दों का अपेक्षा अधिक हुआ। जरसिल्ड (Jersild, 1931) ने एक दूसरा अध्ययन किया जिसमें 51 छात्रों को गत तीन सप्ताहों (weeks) में हुए सुखद अनुभूतियों एवं दुःखद अनुभूतियों का प्रत्याह्वान करने को कहा गया। परिणाम में देखा गया कि सुखद अनुभूतियों का 45% प्रत्याह्वान (यानी, 55% विस्मरण) तथा दुखद अनुभूतियों का 31% प्रत्याह्वान (यानी, 79% विस्मरण) हुआ। अतः हम दुःखद अनुभूतियों को सुखद अनुभूतियों की अपेक्षा हम अधिक भूलते हैं। मनोविज्ञान में इसे *पोल्लियान्ना नियम* (Pollyanna principle) कहा जाता है। अतः पोल्लियान्ना नियम के अनुसार चूँकि सुखद अनुभूतियों का संसाधन दुखद अनुभूतियों के संसाधन की तुलना में अधिक प्रभावी एवं यथार्थवादी ढंग से होता है, इसलिए व्यक्ति सुखद अनुभूतियों का प्रत्याह्वान दुखद अनुभूतियों की तुलना में अधिक करता है।

कुछ मनोवैज्ञानिकों का विचार है कि सीखे जाने वाले विषय का स्वरूप अधिक स्पष्ट (move vivid) तथा कम स्पष्ट (less vivid) भी हो सकता है। इस स्पष्टता (vividness) में अन्तर होने से भी विस्मरण की मात्रा प्रभावित होती है। भॉन बसर्किक (Von Buskrik, 1932) ने एक अध्ययन किया जिसमें प्रयोज्य ने दो निरर्थक पदों की सूची को याद किया। प्रत्येक में 9–9 पद थे। पहली सूची के सभी पद समान अक्षरों में उजले कागज पर काले स्याही से लिखे गये थे। दूसरी सूची के सभी पद इसी ढंग से ऐसे ही स्याही से उजले ही कागज पर लिखे गये थे परन्तु एक पद को लाल स्याही से बड़े-बड़े अक्षरों में हरे पृष्ठभूमि पर लिखा गया था। इन दोनों सूचियों को सीख लेने के बाद उसका प्रत्याह्वान (recall) एक या दो सप्ताह बाद में किया गया। परिणाम में देखा गया कि दोनों सूचियों के पदों के विस्मरण की मात्रा अधिक थी परन्तु लाल स्याही से लिखे हुए पद का विस्मरण किसी प्रयोज्य द्वारा नहीं हुआ। इसका कारण यह था कि इस पद को अन्य पदों की अपेक्षा अधिक स्पष्ट (vivid) बनाकर प्रयोज्य के सामने रखा गया था।

(ii) सीखने की मात्रा *(Degree of learning)*—किसी विषय को सीखने के लिए जितने प्रयासों (trials) की आवश्यकता है, उससे अधिक प्रयास तक उसे सीखना आधिक्य सीखना (overlearning) कहलाता है तथा जरूरत के प्रयासों से भी कम प्रयास तक ही सीखने को न्यून सीखना (underlearning) कहा जाता है। जब किसी विषय को जरूरत के प्रयासों से भी अधिक प्रयासों तक सीखा जाता है तो उसकी स्मृति मजबूत होती है क्योंकि उससे बनने वाले स्मृति चिह्न काफी सुदृढ़ तथा प्रबल होते हैं। फलस्वरूप, इसका विस्मरण देरी से होता है। दूसरी तरफ, यदि किसी विषय को जरूरत के प्रयासों से कम प्रयास तक ही सीखा जाता है तो उसकी स्मृति चिह्न कमजोर होती है। फलस्वरूप, उसकी स्मृति भी कमजोर होती है और ऐसे विषयों को व्यक्ति जल्दी भूल जाता है। हिलगार्ड (Hilgard, 1967) ने अपने अध्ययन में पाया कि जब 13 निरर्थक पदों की एक सूची को कम मात्रा में सीखा जाता (underlearnt) है, तो व्यक्ति 5 मिनट के बाद उसका 62% भूल जाता है। परन्तु यदि उसकी सूची को अधिक मात्रा में सीख लिया जाता है तो 5 मिनट के बाद व्यक्ति मात्र 20% ही भूलता है। इस अध्ययन में स्पष्ट है कि सीखने की मात्रा अधिक होने पर विस्मरण की मात्रा कम होती है।

(iii) सीखी गयी विषय की लम्बाई *(Length of the learnt task)*—सीखे गये विषय की लंबाई का प्रभाव स्मृति पर सीधा पड़ता है और फिर वह विस्मरण को भी प्रभावित करता है। लम्बे विषयों की धारणा छोटे विषयों की अपेक्षा अधिक होती है क्योंकि लम्बे विषय को व्यक्ति बार-बार दोहराता है। फलस्वरूप लम्बे विषय का विस्मरण छोटे विषय के विस्मरण की अपेक्षा देरी से होता है। इविंगहॉस (Ebbinghaus) ने अपने प्रयोगात्मक अध्ययन में इस बात की स्पष्ट पुष्टि की है। इन्होंने अपने अध्ययन से पाया कि 36 निरर्थक पदों की सूची का विस्मरण 24 घंटा के बाद मात्र 42% होता है जबकि 12 निरर्थक पदों की सूची का विस्मरण 24 घंटा के बाद 65% होता है। होभलैण्ड (Hovland, 1951) ने भी अपने प्रयोग से इविंगहॉस के परिणाम की पुष्टि की है। वुडवर्थ (Woodworth, 1938) ने भी अपने प्रयोग में पाया कि यदि एक छोटे सूची तथा बड़े सूची को बराबर-बराबर प्रयास (trial) देकर सीखा जाय तो फिर बड़े सूची के एकांशों (items) का विस्मरण छोटे सूची के एकांशों के विस्मरण की मात्रा से कम होता है।

(iv) सीखने की विधि *(Methods of learning)*—यदि सीखने की विधि गलत तथा अनुपयुक्त (inappropriate) होती है, तो इससे भी विस्मरण (forgetting) होता है। विटेकर (Whittaker, 1970) के अनुसार कुछ खास-खास

परिस्थितियों को छोड़कर विराम विधि (distributed method) तथा अंश विधि (part method) से सीखे गये विषय की धारण अधिक समय तक बनी होती है क्योंकि इससे उत्पन्न स्मृति चिह्न अधिक सबल और मजबूत होते हैं। फलतः, व्यक्ति इस तरह के पाठ या विषय को जल्दी नहीं भूलता है। यदि कोई व्यक्ति किसी लम्बे विषय को अविराम विधि से सीखता है तो इस तरह के विषय का विस्मरण तेजी से होता है क्योंकि इस विधि में सीखे गए पाठ या विषय के सीखने से उत्पन्न स्मृति चिह्न अधिक सुदृढ़ नहीं हो पाते हैं और उसकी स्मृति कमजोर हो जाती है। मनोवैज्ञानिकों ने उसी तरह से यह भी पाया है कि जब व्यक्ति किसी विषय को साभिप्राय विधि (intentional method) से सीखता है तो आनुप्रासंगिक विधि (incidental method) से सीखने की अपेक्षा उसका विस्मरण धीरे-धीरे होता है। उसी तरह से यदि व्यक्ति किसी व्यक्ति को सक्रिय विधि (active method) से न सीखकर निष्क्रिय विधि (passive method) से सीखता है तो उसका भी विस्मरण (forgetting) तेजी से होता है।

(v) एकांशों का क्रमिक स्थान *(Serial position of items)*—मनोवैज्ञानिकों ने कुछ प्रयोग किये हैं जिनसे यह पता चला है कि सूची में एकांशों (items) के स्थान (position) से भी विस्मरण प्रभावित होता है। वार्ड (Ward, 1937) ने एक प्रयोग किया जिसमें प्रयोज्य ने 12 निरर्थक पदों की एक सूची को सीखा तथा उसके धारण की जाँच प्रत्याह्वान विधि (recall method) से किया। परिणाम में पाया कि वैसे एकांश जो सूची के ऊपरी हिस्से में होते हैं, उनकी धारण सबसे मजबूत होती है। उससे कम मजबूत धारण सूची के निचले हिस्से में आने वाले एकांशों का होता है तथा सबसे कमजोर धारण सूची के बीच में आने वाले एकांशों का होता है। इसका कारण बतलाते हुए वार्ड (Ward) ने कहा है कि सूची के ऊपरी हिस्सों में आने वाले निरर्थक पद मस्तिष्क में पहले प्रवेश करते हैं और उससे उत्पन्न स्मृति चिह्नों को सुदृढ़ होने का अवसर भी अधिक मिल पाता है। सूची के अन्त में आने वाले पदों को सुदृढ़ (consolidate) होने का मौका कम मिल पाता है। सूची के बीच में आने वाले पदों के स्मृति चिह्न (memory trace) पहले के पदों तथा अन्त के पदों के स्मृति चिह्नों से काफी दब जाते हैं। फलतः उनकी धारणा सबसे कमजोर हो जाती है। यही कारण है कि सूची के ऊपरी भागों के पदों का विस्मरण बहुत कम होता है, सूची के अन्तिम भागों के पदों का विस्मरण उससे थोड़ा अधिक होता है और सूची के बीच के भागों के पदों का विस्मरण सबसे अधिक होता है। होभलैण्ड (Hovland, 1940) तथा हल्ल एवं उनके सहयोगियों (Hull et al., 1940) ने भी अपने-अपने प्रयोगों से वार्ड (Ward) के इस कथन की पुष्टि की है।

(vi) पुनःप्राप्ति अवरोध *(Retrieval Inhibition)*—विस्मरण का एक प्रमुख कारण पुनःप्राप्ति अवरोध (retrieval inhibition) है जो पृष्ठोन्मुख अवरोध (retroactive inhibition) से एक भिन्न संप्रत्यय (concept) है। जब व्यक्ति स्मृति में संचित सूचनाओं का स्मरण (remember) करता है, तो वह लक्ष्य एकांशों (target items) का तो प्रत्याह्वान कर पाता ही है परंतु साथ-ही-साथ इससे उन एकांशों के बारे में जिनका वह प्रत्याह्वान नहीं कर रहा होता है, के बारे में उसमें एक अवरोध (inhibition) उत्पन्न हो जाता है। परिणामतः भविष्य में व्यक्ति के लिए इन एकांशों का प्रत्याह्वान करना कठिन हो जाता है। इसे ही *पुनःप्राप्ति अवरोध* (retrieval inhibition) की संज्ञा दी जानी है। जैसे, जब व्यक्ति 30 स्थानों की नाम की सूची में से किसी 20 नाम का प्रत्याह्वान करता है तो इसके साथ बाकी अन्य 10 नामों के प्रत्याह्वान के सम्बन्ध में एक अवरोध भी अपने आप उसमें उत्पन्न हो जाता है जिससे इनका भविष्य में प्रत्याह्वान सामान्यतः कठिन हो जाता है। पुनःप्राप्ति अवरोध की घटना की सत्यता एवं वैधता की जाँच एण्डरसन, जार्क एवं जार्क (Anderson, Bjork & Bjork, 1994) तथा एण्डरसन एवं स्पेल्लमैन (Anderson & Spellman, 1995) द्वारा किये गए प्रयोगों में स्पष्ट रूप से हुआ है।

2. धारण अंतराल से सम्बन्धित कारक *(Factors relating to retention interval)*—विस्मरण के कुछ ऐसे कारण भी मनोवैज्ञानिकों द्वारा बतलाए गए हैं जो धारण अवधि (retention interval) में होने वाले कारकों से सम्बन्धित है। किसी विषय को सीखने तथा उसके धारण की जाँच करने तक के अन्तराल को धारण अवधि (retention interval) कहा जाता है। इस धारण अवधि में कुछ प्रमुख घटित होने वाले कारण निम्नांकित है जिनसे विस्मरण प्रभावित होता है।

(i) पृष्ठोन्मुख अवरोध या पूर्वलक्षी प्रावरोध *(Retroactive inhibition)*—धारण अन्तराल में जब व्यक्ति किसी नये पाठ को सीखता है तो इसका प्रभाव मौलिक विषय के सीखने से उत्पन्न स्मृति चिह्नों (memory traces) पर पड़ता है। इस प्रभाव का परिणाम यह होता है कि मौलिक विषय के स्मृति चिह्न कमजोर पड़ जाते हैं और उनका विस्मरण

हो जाता है। अतः बाद के सीखने द्वारा सीखे गए मौलिक विषय के धारण में उत्पन्न अवरोधक प्रभाव (inhibitory effect) को पृष्ठोन्मुख अवरोध कहा जाता है। अंडरउड[1] (Underwood, 1965) ने पृष्ठोन्मुख अवरोध को इस प्रकार परिभाषित किया है, ''मौलिक सीखना तथा उसकी धारण की जाँच के बीच में हुए दूसरे प्रकार की सीखना से मौलिक विषय की धारणा में उत्पन्न कमी को पृष्ठोन्मुख अवरोध कहा जाता है।'' उदाहरणार्थ, जब हम विषय 'A' को सीखकर उसके बाद विषय 'B' को सीखते हैं और पुनः विषय 'A' का प्रत्याह्वान (recall) करते हैं, तो विषय 'B' के सीखने से उत्पन्न स्मृति चिह्नों द्वारा विषय 'A' के स्मृति चिह्नों का प्रत्याह्वान में बाधा या अवरोध (interference) होता है। इस तरह के अवरोध को पृष्ठोन्मुख अवरोध (retroactive inhibition) या पृष्ठोन्मुख बाधा (retroactive interference) कहा जाता है। इस पृष्ठोन्मुख (retroactive) इसलिए कहा जाता है क्योंकि उसमें उन विषयों के स्मरण में बाधा पहुँचती है जिसे अवरोधक विषय (interfering task) के पहले सीखा गया था।

(ii) अग्रलक्षी प्रावरोध *(Proactive inhibition)*—अग्रलक्षी प्रावरोध विस्मरण का दूसरा महत्त्वपूर्ण कारक (factor) है। जब हम किसी पाठ या विषय को सीखने के बाद उसका प्रत्याह्वान (recall) करते हैं तो उस समय कुछ वैसे विषयों या पाठ जो उस विषय या पाठ से भी पहले सीखा गया होता है, से बाधा पहुँचती है। इस तरह की बाधा (interference) या प्रावरोध या अवरोध (inhibition) को *अग्रलक्षी प्रावरोध* (proactive inhibition) कहा जाता है। हाऊस्टन[2] (Houston, 1976) ने अग्रलक्षी प्रावरोध को इसी प्रकार परिभाषित करते हुए कहा है, ''किसी पूर्व (previously) सीखे गये विषय का प्रभाव जब अन्य सीखे गये विषय के प्रत्याह्वान (recall) में बाधक सिद्ध होता है तो इसे अग्रलक्षी प्रावरोध (proactive inhibition) की संज्ञा दी जाती है।'' प्रयोगात्मक परिस्थिति में अग्रलक्षी प्रावरोध का अध्ययन करने के लिए दो अवस्थाएँ ली जातीं हैं— एक नियंत्रित अवस्था (controlled condition) तथा दूसरा, प्रयोगात्मक अवस्था (experimental condition)। नियंत्रित अवस्था में प्रयोज्य को विश्राम (rest) देकर उसके बाद किसी विषय को सीखने के लिए दिया जाता है और बाद में उसके धारण की जाँच की जाती है। प्रयोगात्मक अवस्था में प्रयोज्य विश्राम करने की जगह पर किसी विषय को सीखता है और उसके तुरंत बाद फिर वह दूसरे विषय को सीखता है और पुनः इस दूसरे विषय के धारण की जाँच की जाती है। सामान्यतः प्रयोगात्मक अवस्था में विस्मरण की मात्रा नियंत्रित अवस्था के विस्मरण की मात्रा से अधिक होती है जिसका कारण अग्रलक्षी प्रावरोध (proactive inhibition or PI) होता है। इसे डिजाइन (design) के रूप में इस तरह व्यक्त किया जा सकता है—

अवस्थाएँ (Conditions)	अंतर्विष्ट सीखना (interpolated learning)	मौलिक सीखना (original interval)	स्मृति अंतराल (memory interval)	प्रत्याह्वान (recall)
नियंत्रित अवस्था	विश्राम	सूची A	विश्राम	सूची A
प्रयोगात्मक अवस्था	सूची B	सूची C	विश्राम	सूची C

प्रयोगात्मक अवस्था में PI की मात्रा यानी विस्मरण की मात्रा अधिक इसलिए होती है क्योंकि प्रयोज्य मौलिक विषय (सूची 'C') को सीखने के पहले सूची 'B' को सीखता है। सूची 'B' द्वारा सीखा गया पद सूची 'C' के पदों के प्रत्याह्वान में बाधा पहुँचाता है। नियंत्रित अवस्था में प्रयोज्य मौलिक सूची 'A' सीखने के पहले कोई भी सूची नहीं सीखता है बल्कि विश्राम (rest) करता है। अतः इसमें विस्मरण की मात्रा या PI की मात्रा कम होती है। अनेकों मनोवैज्ञानिकों ने अपने-अपने प्रयोगों के आधार पर यह दिखला दिया है कि PI की मात्रा मौलिक विषय के सीखने से पहले सीखे गये पाठों या विषयों की मात्रा (amount) पर निर्भर करती है। ग्रीनवर्ग तथा अंडरवुड (Greenberg & Underwood, 1950) ने एक प्रयोग किया जिसमें प्रयोज्य को 10 विशेषणों (adjectives) की एक सूची को सीखलाकर 48 घंटे के बाद उसका प्रत्याह्वान (recall) करने के लिए कहा गया। उसके तुरंत बाद इसी प्रयोज्य को 10 विशेषणों की दूसरी सूची सीखलाकर उसका प्रत्याह्वान 48 घंटे के बाद लिया गया। इसी तरह से प्रयोज्य ने दो और सूचियों को सीखा और 48–48 घंटे के बाद उनका प्रत्याह्वान (recall) लिया गया। परिणाम में देखा गया कि पहली सूची का प्रत्याह्वान 69% हुआ जबकि चौथी सूची का

1. "Retroactive inhibition refers to "decrement in memory of a task as a consequence of other learning coming between original learning and memory test." —Underwood : *Experimental Psychology,* 1965, p. 633
2. "Proactive inhibition refers to losses in our ability to remember a given set of materials that may be attributed to the interfering effects of previously learned materials." —Houston : *The Psychology of Learning,* 1976, p. 256

प्रत्याह्वान 25% हुआ। स्पष्ट है कि पहली सूची का विस्मरण 31% हुआ जबकि चौथी सूची का विस्मरण 75% हुआ जिसका स्पष्ट कारण यह था कि चौथी सूची को सीखने से पहले प्रयोज्य तीन और सूचियों को सीख चुका था।

RI के समान PI भी विषयों की समानता (similarity), सीखने की मात्रा (degree of learning) तथा सामयिक कारकों (temporal factors) द्वारा प्रभावित होता है। स्लैमका (Slamecka, 1961) ने अपने अध्ययन में पाया कि मौलिक सूची (original list) तथा उसके धारण परीक्षण (retention test) के बीच का समय जैसे-जैसे बढ़ते जाता है, विस्मरण की मात्रा यानी PI की मात्रा भी वैसे-वैसे बढ़ती जाती है।

3. सीखने वाले व्यक्ति से सम्बन्धित कारक *(Factors relating to learner)*—मनोवैज्ञानिकों ने विस्मरण (forgetting) के कुछ इस तरह के भी कारण बतलाएँ हैं जो पाठ या विषय को सीखने वाले व्यक्ति से सम्बन्धित होता है। ऐसे कुछ प्रमुख कारक निम्नांकित हैं—

(i) स्वास्थ्य *(Health)*—विस्मरण की मात्रा व्यक्ति के स्वास्थ्य द्वारा प्रभावित होती है। यदि व्यक्ति प्रायः रोगग्रस्त रहता है तो उसका स्वास्थ्य भी खराब हो जाता है। इसका परिणाम यह होता है कि व्यक्ति किसी पाठ के सीखने से उत्पन्न स्मृति चिह्न (memory trace) को अधिक समय तक धारण किए नहीं रह पाता है। फलस्वरूप, वह सीखे गये विषयों को आसानी से भूल जाता है। व्यक्ति का स्वास्थ्य ठीक रहने से उसमें स्मृति चिह्नों का धारण करके रखने की क्षमता अधिक होती है। फलतः उसका विस्मरण जल्दी नहीं होता है।

(ii) मानसिक वृत्ति *(Mental set)*—मानसिक वृत्ति (mental set) या प्रत्याशा (expectation) से भी विस्मरण होता है। ऐसा देखा गया है कि जब व्यक्ति को एक निश्चित समय देकर पूर्व सीखे गए विषय का प्रत्याह्वान (recall) करने को कहा जाता है तो वैसी परिस्थिति में प्रत्याह्वान काफी अच्छा होता है, यानी विस्मरण की मात्रा काफी कम होती है। दूसरी तरफ जब व्यक्ति को पूर्व सीखे गए विषय का प्रत्याह्वान अचानक करने को कहा जाता है, अर्थात् वैसे समय में करने को कहा जाता है जब उसकी मानसिक वृत्ति प्रत्याह्वान करने की नहीं होती है या प्रत्याह्वान करने की प्रत्याशा (expectation) नहीं होती है, तो वह ठीक से उसका प्रत्याह्वान (recall) नहीं कर पाता है। फलस्वरूप, विस्मरण की मात्रा अधिक बढ़ जाती है। गेयर (Gayer, 1930) के एक प्रयोगात्मक अध्ययन से इस बात की पुष्टि होती है। इस प्रयोग में उन्होंने पाया कि प्रयोज्य को प्रत्याशित समय (expected time) से अचानक पहले ही सीखे गये विषय का प्रत्याह्वान करने के लिए कहने पर 8% विस्मरण होता है तथा उस प्रत्याशित समय के बाद प्रत्याह्वान करने पर 17% विस्मरण अधिक होती है।

(iii) सांवेगिक कारक *(Emotional factors)*—सीखे गये विषय का प्रत्याह्वान (recall) करते समय व्यक्ति की सांवेगिक स्थिति का भी उस पर प्रभाव पड़ता है। यदि व्यक्ति उस समय किसी कारण से अधिक चिन्तित (anxious), डरा हुआ तथा घबड़ाया हुआ होता है, तो स्वभावतः उसका प्रत्याह्वान अधिक नहीं हो पाता है और विस्मरण की मात्रा बढ़ जाती है।

(iv) अभिप्रेरणात्मक कारक *(Motivational factors)*—विस्मरण की मात्रा व्यक्ति के अभिप्रेरणात्मक स्थिति (motivational state) पर भी निर्भर करती हे। प्रायः किसी कार्य को करने या पाठ या विषय को सीखने के पीछे कुछ-न-कुछ अभिप्रेरण (motivation) अवश्य होती है। जब व्यक्ति किसी कार्य को पूर्णरूपेण सीख लेता है तो उसका अभिप्रेरण तथा अभिरुचि (interest) समाप्त हो जाती है। फलस्वरूप, कुछ समय के बाद जब वह इन विषयों का प्रत्याह्वान (recall) करने की कोशिश करता है तो वह पाता है कि विषयों के बहुत से अंश को वह भूल गया है। दूसरी तरफ जब व्यक्ति किसी कार्य या विषय को पूरा न सीखकर बीच में ही किसी कारणवश छोड़ देता है तो उसके पीछे छिपा अभिप्रेरण (motive), तनाव (tension) तथा अभिरुचि समाप्त न होकर बनी की बनी रहती है। इस तरह की अभिप्रेरण तथा तनाव व्यक्ति के स्मृति चिह्नों को सजग बनाए रखता है। फलतः व्यक्ति ऐसे विषय या पाठ को भूलता नहीं है। कहने का तात्पर्य यह है कि किसी विषय को पूर्णतः सीख लेने या किसी कार्य को पूर्णतः कर लेने (complete task) से उत्पन्न स्मृति चिह्नों को व्यक्ति अधिक समय तक धारण करके नहीं रख पाता है जबकि अधूरा ही सीखे रहने पर या किसी कार्य को अधूरा ही किए रहने पर उससे उत्पन्न स्मृति-चिह्न अधिक समय तक मस्तिष्क में बने रहते हैं। फलतः व्यक्ति ऐसे कार्यों या विषयों को जल्दी नहीं भूलता है। अतः व्यक्ति पूर्ण कार्यों (complete task) से उत्पन्न अनुभवों को अपूर्ण कार्य (uncomplete task) से उत्पन्न अनुभवों की अपेक्षा जल्दी भूल जाता है *(Experiences of complete task are forgotten sooner than experiences of uncomplate task)*। इससे सबसे पहले एक रूसी महिला मनोवैज्ञानिक जिसका नाम जैगारनिक (Zeigarnik) था, ने प्रयोगात्मक ढंग से सिद्ध किया है। इसे आजकल हम

जैगारनिक प्रभाव (Zeigarnik effect) के नाम से जानते हैं।

इस तरह से हम देखते हैं कि विस्मरण के कारणों को मनोवैज्ञानिकों ने भिन्न-भिन्न श्रेणियों में बाँटकर अध्ययन किया है। उनमें से मनोवैज्ञानिकों का ध्यान पृष्ठोन्मुख अवरोध (retroactive inhibition), अग्रलक्षी अवरोध (proactive inhibition) तथा सीखने से सम्बन्धित कारकों पर तुलनात्मक रूप से अधिक गया है।

पुनःप्राप्ति असफलता
(Retrieval Failure)

प्रायः यह देखा गया है कि व्यक्ति यह महसूस करता है कि वह किसी अनुभूति, उद्दीपक या घटना के बारे में निश्चित रूप से जानता है कि परंतु वह उस अनुभूति या सूचना की पुनःप्राप्तिकरण (retrieval) आवश्यकतानुसार नहीं कर पाता है। इस तरह के विस्मरण को मनोवैज्ञानिकों को **पुनःप्राप्ति असफलता** (retrieval failure) कहा है।

टुलभिंग (Tuving, 1974) ने अपने अध्ययनों के आधार पर यह बतलाया है कि पुनःप्राप्ति असफलता से उत्पन्न विस्मरण में सचमुच में व्यक्ति आवश्यक या वांछित सूचना को स्थानीकृत (locate) करने में असफल रहता है। वास्तव में ऐसी सूचनाएँ दीर्घकालीन स्मृति (long-term memory) में संचित होतीं हैं परंतु व्यक्ति चूँकि उन्हें स्थानीकृत नहीं कर पाता है, इसलिए उनका पुनःप्राप्तिकरण नहीं कर पाता है। टुलभिंग (Tulving, 1974) ने अपने अध्ययनों के परिणाम में यह स्पष्ट रूप से पाया है कि यदि प्रयोज्यों को उपयुक्त पुनःप्राप्ति कर पाते हैं जो उन्हें लगता था कि वे भूल गए हैं। स्काव (Schab, 1990) ने अपने अध्ययनों में पाया कि गंध (odour) व्यक्ति के लिए एक महत्त्वपूर्ण पुनःप्राप्ति संकेत (retrieval cue) के रूप में कार्य करता है और इसके देने पर व्यक्ति उससे सम्बद्ध सूचनाओं का प्रत्याह्वान आसानी से कर लेता है।

पुनःप्राप्ति असफलता (retrieval failure) का एक सामान्य प्रकार को *जीभ-की-नोक घटना* (Tip-of-the-tounge phenomenon) कहा जाता है जिसे सर्वप्रथम ब्राउन एवं मैकनील (Brown & McNeil, 1966) ने अपने अध्ययन के आधार पर नामकरण किया था। यह एक ऐसी घटना होती है जिसमें व्यक्ति को यह महसूस होता है कि सूचना या शब्द या किसी नाम का प्रथम अक्षर या अंतिम अक्षर को वह याद कर पा रहा है परंतु पूरे शब्द या नाम को नहीं। स्पष्टतः यहाँ वह शब्द या नाम अक्षरशः व्यक्ति के जीभ के नोक पर है परंतु उसका प्रत्याह्वान या पुनःप्राप्ति वह नहीं कर रहा है।

जीभ-की-नोक घटना इसलिए महत्त्वपूर्ण है क्योंकि यह इस तथ्य से संगत है कि दीर्घकालीन स्मृति (long-term memory) स्थायी होता है। दूसरे शब्दों में यह कहा जा सकता है कि वे सारी सूचनाएँ जो दीर्घकालीन स्मृति में कभी संचित की गयी थी, वे सारे के सारे वहाँ मौजूद हैं परंतु उन सबों की पुनःप्राप्तिकरण (retrieval) हमेशा नहीं किया जा सकता है। जीभ-की-नोक घटना से यह भी पता चलता है कि पुनःप्राप्तिकरण एक 'पूर्ण-या-कुछ-नहीं' प्रक्रिया (all-or-none process) नहीं है अर्थात् व्यक्ति प्रत्याह्वान करने के प्रयास के दौरान लक्ष्य से सम्बद्ध कुछ ही सूचनाओं का ही प्रत्याह्वान कर पाता है।

स्पष्ट हुआ कि पुनःप्राप्ति असफलता एक तरह का विस्मरण है और जीभ-की-नोंक घटना इस तरह के असफलता से प्रत्यक्ष रूप से सम्बन्धित है।

विस्मरण के सिद्धान्त
(Theories of Forgetting)

विस्मरण की व्याख्या करने के लिए मनोवैज्ञानिकों ने भिन्न-भिन्न सिद्धान्तों का प्रतिपादन किया है जिसमें निम्नांकित मुख्य हैं—

1. ह्रास सिद्धान्त (Decay theory) या अनुपयोगी सिद्धान्त (Disuse theory)
2. सन्तनन-दृढ़ीकरण सिद्धान्त (Perseveration-consolidation theory)
3. बाधक या हस्तक्षेप सिद्धान्त (Interference theory)
4. द्विकारक सिद्धान्त (Two-factor theory)

इन सिद्धान्तों की आलोचनात्मक व्याख्या हम अलग-अलग अनुच्छेद में करेंगे।

ह्रास सिद्धान्त या अनुपयोग सिद्धान्त
(Decay theory or Disuse theory)

विस्मरण की व्याख्या करने का सबसे पुराना सिद्धान्त ह्रास सिद्धान्त (Decay theory) है जिसे *अनुपयोगी सिद्धान्त* (Disuse theory) भी कहा जाता है। इस सिद्धान्त का प्रतिपादन इविंगहॉस (Ebbinghaus) ने 1885 में किया था। इस सिद्धान्त का मूल तथ्य यह है कि किसी विषय को सीखने से हमारे मस्तिष्क में कुछ दैहिक परिवर्तन (physiological changes) होते हैं जिन्हें स्मृति चिह्न (memory traces) कहा जाता है। सीखने के बाद जैसे-जैसे समय बीतते जाता है, इन स्मृति-चिह्नों का ह्रास (decay) अपने आप होते चला जाता है। इस ह्रास का मूल कारण बीते हुए समय अन्तराल (time interval) में सीखे गये पाठ या विषय का अनुपयोग (disuse) है अर्थात् उसका नहीं दोहराना है। इन अनुपयोग के कारण स्मृति-चिह्न समय अंतराल में क्षीण हो जाते हैं और फलस्वरूप स्मृति कमजोर हो जाती है और सीखे गये पाठ का विस्मरण हो जाता है। संक्षेप में, इस सिद्धान्त के अनुसार सीखने के बाद जैसे-जैसे समय बीतते जाता है, व्यक्ति निष्क्रिय रूप से (passively) उसे भूलते जाता है।

इविंगहॉस का यह सिद्धान्त अपने समय का काफी प्रभावकारी एवं महत्त्वपूर्ण सिद्धान्त था। परन्तु जैसे-जैसे नये-नये शोध (research) एवं प्रयोग होते गये, यह स्पष्ट होने लगा कि समय का बीतना अपने आप में विस्मरण का कारण नहीं है। इस सिद्धान्त की प्रमुख आलोचनाएँ (criticisms) निम्नांकित हैं—

(i) मूलर तथा पिलजेकर (Muller & Pilzecker, 1900) ने यह स्पष्ट रूप से बतलाया कि भूलने का कारण सीखने के बाद मात्र समय का बीतना नहीं है। जब इस समय अंतराल में व्यक्ति किसी नये विषय को सीखता है, तो इसके कारण पहले सीखे गये विषय का स्मृति-चिह्न (memory traces) कमजोर पड़ जाता है और हम उन्हें भूल जाते हैं। इस तरह की प्रक्रिया (process) जिसमें मौलिक विषय (original lesson) के भूलने का कारण बाद के सीखे गये विषय द्वारा उत्पन्न बाधा (interference) होता है उसे *पृष्ठोन्मुख अवरोध* या *पूर्वलक्षी प्रावरोध* (retroactive inhibition) कहा जाता है। बाद में जेनकिन्स तथा डैलेनबैक (Jenkins & Dallenbach, 1924) ने अपने प्रयोगात्मक अध्ययन से इस बात की पुष्टि की है कि विस्मरण का कारण वास्तव में समय का बीतना नहीं होता है बल्कि इस बीते हुए समय में कुछ नये पाठ या विषय के सीखने से उत्पन्न बाधा (interference) होता है।

(ii) विलोपन (extinction) के अध्ययन में मिले तथ्य भी ह्रास सिद्धान्त (decay theory) के विरुद्ध में आते हैं। विलोपन (extinction) की प्रक्रिया में उद्दीपक (stimulus) प्राणी के सामने दिया जाता है और वह अनुक्रिया (response) भी करता है। परन्तु अनुक्रिया देने के बाद पुनर्बलन (reinforcement) सिर्फ नहीं दिया जाता है। विलोपन (extinction) के अध्ययन में उद्दीपक-अनुक्रिया प्रक्रिया (S-R process) को बार-बार दोहराया जाता है फिर भी उद्दीपक-अनुक्रिया का सम्बन्ध (connection) कमजोर (weak) होते चला जाता है। अनुपयोग सिद्धान्त (disuse theory) के अनुसार इस सम्बन्ध को कमजोर होने के बजाय मजबूत होना चाहिए था यानी उसका क्रमिक विस्मरण (gradual forgetting) नहीं होना चाहिए था क्योंकि समय अंतराल में उद्दीपक-अनुक्रिया का अनुपयोग (disuse) न होकर उपयोग (use) हो रहा है।

(iii) स्वतः पुनर्लाभ (spontaneous recovery) तथा संस्मरण (reminiscence) की घटना से भी अनुपयोग सिद्धान्त को धक्का पहुँचता है। ये दोनों घटनाएँ कुछ ऐसीं हैं जिसमें समय बीतने के साथ-ही-साथ धारण में ह्रास होने के बदले वृद्धि होती है हालाँकि इस समय अंतराल (time interval) में सीखे गये विषय को कभी दोहराया नहीं जाता है। ऐसी अवस्था में अनुपयोग सिद्धान्त के अनुसार सीखे गये विषय का विस्मरण होना चाहिए था न कि उसकी धारण में वृद्धि होनी चाहिए थी।

उपरोक्त आलोचनाओं को ध्यान में रखते हुए हम इस निष्कर्ष पर पहुँचते हैं कि विस्मरण का कारण समय का बीतना नहीं होता है। अतः अनुपयोग सिद्धान्त (disuse theory) एक अनुपयुक्त (inadequate) सिद्धान्त है। हुल्स, इगेथ तथा डीज[1] (Hulse, Egeth & Deese, 1980) ने ठीक ही कहा है, ''हमलोग इस निष्कर्ष पर पहुँचते हैं कि विस्मरण की पूर्ण व्याख्या करने में अनुपयोग सिद्धान्त (disuse theory) अनुपयुक्त (inadequate) है।''

---

1. "We conclude that disuse theory is inadequate as a complete explanation of forgetting."

—Hulse, Egeth & Deese : *The Psychology of Learning,* 1980 p. 304

सन्तनन-दृढ़ीकरण सिद्धान्त
(Perseveration-Consolidation Theory)

इस सिद्धान्त का प्रतिपादन मूलर तथा पिलजेकर (Muller & Pilzecker, 1900) द्वारा अनुपयोग सिद्धान्त (disuse theory) के विरोध में किया गया। इस सिद्धान्त द्वारा विस्मरण की व्याख्या पृष्ठोन्मुख अवरोध या पूर्वलक्षी प्रावरोध (retroactive inhibition) द्वारा होता है। अतः इस सिद्धान्त को *पृष्ठोन्मुख अवरोध का सिद्धान्त* (theory of retroactive inhibition) भी माना गया है।

इस सिद्धान्त के अनुसार जब किसी विषय को सीखने के बाद व्यक्ति विश्राम (rest) करता है, तो सीखे गये विषय से उत्पन्न स्मृति चिह्न (memory traces) मस्तिष्क में कुछ समय तक सतत बना रहा (perseverate) करता है। दूसरे शब्दों में विषय को सीखने में स्नायु-सम्बन्धी क्रियाएँ (neútral activities) मस्तिष्क में उत्पन्न होतीं हैं जो सीखने के लिए दिए गए अभ्यास के समाप्त होने के कुछ समय बाद तक जारी रहती है। इस प्रक्रिया को *सन्तनन* (perseveration) कहा जाता है। सन्तनन की प्रक्रिया मस्तिष्क में निश्चित रूप से कितने समय के लिए होती है, यह कहना मुश्किल है। *सन्तनन* (perseveration) का एक स्वाभाविक प्रभाव (natural effect) स्मृति-चिह्न पर होता है और वह यह है कि इससे स्मृति चिह्न सुदृढ़ (consolidate) हो जाता है। फलस्वरूप, बाद में इसका प्रत्याह्वान (recall) या प्रत्याभिज्ञान (recognition) व्यक्ति आसानी से कर लेता है। ऐसी परिस्थिति में विस्मरण की मात्रा काफी कम होती है। दूसरी तरफ जब व्यक्ति किसी मौलिक विषय (original lesson) को सीखने के तुरंत बाद विश्राम न करके किसी दूसरे विषय या बाधक विषय (intefering task) को सीखता है, तो इससे मौलिक विषय के सीखने से उत्पन्न स्मृति चिह्नों का मस्तिष्क में सन्तनन नहीं हो पाता है और जब सन्तनन नहीं होता है तो दृढ़ीकरण (consolidation) भी नहीं हो पाता है। इसका परिणाम यह होता है कि व्यक्ति ऐसे मौलिक विषयों को जल्द भूल जाता है। इस तरह से हम देखते है कि सन्तनन-दृढ़ीकरण सिद्धान्त में भूलने का मूल कारण मौलिक विषय के स्मृति-चिह्नों का दृढ़ीकरण नहीं होना है जो मौलिक विषय के बाद तुरंत बाधक विषय (interfering task) को सीखने के कारण होता है। चूँकि इस सिद्धान्त में भूलने की व्याख्या दृढ़ीकरण (consolidation) के अभाव के आधार पर किया जाता है, अतः इस सिद्धान्त को *प्रतिदृढ़करण सिद्धान्त* (anti-consolidation theory) भी कहा जाता है।

इस सिद्धान्त की व्याख्या का समर्थन डनकन (Duncan, 1940) के प्रयोगो से प्राप्त हुआ है। इस प्रयोग में चूहों का दो समूह लिया गया-- एक प्रयोगात्मक समूह (experimental group) तथा दूसरा नियंत्रित समूह (control group)। चूहों के परिहार सीखने (avoidance learning) पर विद्युत-आक्षेपीय आघात (electro-conclusive shock) के पड़ने वाले प्रभावों का अध्ययन किया गया। इस विद्युत-आघात की दो मुख्य विशेषताएँ हैं। पहली विशेषता तो यह है कि इसे देने से मस्तिष्क में थोड़ी देर के लिए एक तरह की सम्मूर्च्छित अवस्था (comatose state) उत्पन्न हो जाती है जिससे स्नायुविक क्रियाएँ (neural activities) नहीं के बराबर होतीं हैं। दूसरी विशेषता यह है कि इस तरह के विद्युत-आघात से वैसे स्मृति चिह्न नष्ट हो जाते हैं जो सन्तनन (perseveration) की अवस्था में होते हैं परन्तु उन स्मृति-चिह्नों पर इसका कोई प्रभाव नहीं पड़ता है जिनका दृढ़ीकरण (consolidation) हो गया होता है। प्रशिक्षण (training) के दौरान प्रत्येक प्रयास (trial) के बाद प्रयोगात्मक समूह के चूहों को भिन्न-भिन्न समय अन्तरालों पर (सही अनुक्रिया करने के बाद) विद्युत आक्षेपी आघात दिया जाता था। इस तरह से चूहों को आघात प्रत्येक प्रयास में (सही अनुक्रिया करने के बाद) या तो 20 सेकेण्ड, 40 सेकेण्ड, 1 मिनट, 4 मिनट, 15 मिनट, 1 घंटा या 14 घंटा के बाद दिया जाता था। चूहों के नियंत्रित समूह को इस तरह का आघात नहीं दिया जाता था। परिणाम में देखा गया कि 20 सेकेण्ड से एक घंटा की अवधि तक में विद्युत आघात जितनी ही देर से दिया जाता था, सीखने की प्रक्रिया तेजी से हुई। परन्तु 1 से 14 घंटे तक की अवधि में आघात देने से सीखने की प्रक्रिया उसी दर से हुई जिस दर से नियंत्रित समूह में हुई थी। इस अध्ययन से यह स्पष्ट हो जाता है कि चूहों में दृढ़ीकरण प्रक्रिया (consolidation process) एक घंटा तक के समय में पूरा हो जाता है। जैसा कि ऊपर कहा गया है, इस तरह के विद्युत-आघात का सुदृढ़ चिह्नों (consolidated traces) पर कोई असर नहीं पड़ता है। शायद यही कारण है कि 1 घंटा के बाद प्रयोगात्मक समूह तथा नियंत्रित समूह के चूहों द्वारा की गयी सीखने की प्रक्रिया में कोई अन्तर नहीं था। बाद में कोरोभर तथा स्कील्लर (Chorover & Schiller, 1965) तथा मैकगाघ (McGaugh, 1966) ने भी अपने-अपने प्रयोग में चूहों पर विद्युत-आक्षेपी आघात (electroconvulsive shocks) देकर ठीक उसी तरह का परिणाम प्राप्त किया है जैसा कि डनकन (Duncan) ने अपने प्रयोग में पाया था। इस सिद्धान्त की

पुष्टि कुछ वैसे प्रयोगों के परिणाम से भी होती है जिसमें यह दिखलाया गया है कि विराम विधि (spaced method) से सीखना अविराम विधि (massed method) की अपेक्षा श्रेष्ठ (superior) होती है। विराम विधि से सीखने में चूँकि बीच-बीच में प्रयोज्य को विश्राम (rest) दिया जाता है, अतः इस तरह के सीखने से उत्पन्न स्मृति को सुदृढ़ (consolidate) होने का मौका अधिक मिलता है जब कि अवरिाम विधि से सीखे गये विषयों से उत्पन्न स्मृति चिह्न के साथ ऐसी बात नहीं होती है।

सन्तनन-दृढ़ीकरण सिद्धान्त (perseveration-consolidation theory) के निम्नांकित दो महत्त्वपूर्ण पूर्वकल्पनाएँ (assumptions) हैं—

(i) इस सिद्धान्त के अनुसार जब अवरोधक विषय (interpolated task) को (यानी, मौलिक विषय के बाद सीखे गये विषय को) धारण अंतराल (retention interval) के बीच में रखा जाता है, तो विस्मरण की मात्रा सबसे कम होती है। उदाहरणस्वरूप, यदि धारण अंतराल तीन घंटा है तो अवरोधक विषय को प्रथम एक घंटा बीत जाने के बाद और अन्तिम एक घंटा शुरू होने के बीच की अवधि में यदि सीखने को दिया जाता है, तो ऐसी अवस्था में मौलिक विषय का विस्मरण कम-से-कम होता है। कारण, धारण अंतराल के बीच में अवरोधक विषय को देने से मौलिक विषय के स्मृति-चिह्नों के सन्तनन (perseveration) तथा दृढ़ीकरण (consolidation) प्रक्रिया प्रभावित नहीं होती है।

(ii) यदि अवरोधक विषय (interpolated task) की तीव्रता अधिक होती है तो इससे मौलिक विषय के स्मृति-चिह्नों का नाश अधिक होता है। फलस्वरूप, ऐसी अवस्था में विस्मरण की मात्रा अधिक होती है। तीव्र आवाज (intense noise), तीव्र रोशनी (intense light) तथा बिजली का झटका या आघात कुछ ऐसे उदाहरण हैं जिनको अवरोधक विषय के साथ-साथ देने से अवरोधक विषय की तीव्रता बढ़ जाती है।

मनोवैज्ञानिकों ने इस सिद्धान्त की कुछ आलोचनाएँ (criticisms) की हैं, जो निम्नांकित है—

(i) इस सिद्धान्त का दावा यह है कि मौलिक विषय (original task) के सीखने के बाद व्यक्ति विश्राम न करके कोई भी दूसरा विषय जिसे अवरोधक विषय (interpolated task) कहा जाता है, सीखता है, तो इससे विस्मरण (forgetting) होता है। परन्तु प्रयोगात्मक अध्ययनों (experimental evidences) से यह स्पष्ट हो गया है कि विस्मरण की मात्रा उस समय अधिक और स्पष्ट होती है जब अवरोधक विषय (interpolated task) मौलिक विषय (original task) के समान (similar) होता है। एक कविता सीखने के बाद फिर दूसरी कविता सीखकर यदि पहले कविता का प्रत्याह्वान (recall) किया जाय तो स्पष्टतः इसमें विस्मरण की मात्रा उस परिस्थिति से अधिक होगी जिसमें कविता के बाद व्यक्ति अवरोधक विषय के रूप में निरर्थक पदों (nonsense syllables) को सीखता है। कहने का तात्पर्य यह है कि सिद्धान्त द्वारा मौलिक विषय तथा अवरोधक विषय के बीच समानता के कारक की उपेक्षा की गयी है जो सही नहीं है।

(ii) इस सिद्धान्त से पूर्वलक्षी प्रावरोध (retroactive inhibition) की व्याख्या तो होती है परन्तु अग्रलक्षी प्रावरोध (proactive inhibition) की व्याख्या नहीं होती है। यह आलोचना कुछ प्रमुख मनोवैज्ञानिकों जैसे मैग्यू तथा अंडरवुड (McGeoch & Underwood, 1943), मेल्टन तथा वान लैकम (Melton & Von Lackum, 1941) द्वारा किये गये प्रयोगात्मक तथ्यों (experimental facts) पर आधारित है। यह सिद्धान्त स्पष्ट रूप से यह कहता है कि मौलिक विषय (original task) के सीखने के बाद यदि कोई दूसरा विषय सीखा जाता है, तो मौलिक विषय के स्मृति-चिह्न को सन्तनन (perseveration) तथा फिर दृढ़ीकरण (consolidation) का मौका नहीं मिलता है जिसके कारण विस्मरण होता है। परन्तु मौलिक विषय के सीखने के पहले सीखे गये विषय के प्रभाव से (अग्रलक्षी प्रावरोध) जो विस्मरण होता है, इसकी व्याख्या कही नहीं की गयी है। जैसा कि मैग्यू तथा इरियन[1] (McGeoch & Irion, 1952) ने कहा है, ''सन्तनन सिद्धान्त स्मृति के अग्रलक्षीय प्रावरोध की कोई व्याख्या नहीं करता है जहाँ दोनों में से अंतिम सीखी गयी क्रियाओं की स्मृति कमजोर होती है।''

(iii) इस सिद्धान्त की पहली पूर्वकल्पना (assumption) को भी मनोवैज्ञानिकों ने प्रयोगात्मक रूप से (experimentally) गलत साबित कर दिया है। इस पूर्वकल्पना के अनुसार जब अवरोधक पाठ (interfering task) को धारण

1. "The perseveration theory offers no explanation for proactive inhibition of memory where the last learned of two activities is less well retained." —McGeoch & Iron; *The Psychology of Human Learning*, 1952, p. 435

अंतराल (retention interval) के बीच में रखा जाता है, तो विस्मरण नहीं होता है। वन्च तथा मैकटियर (Bunch & McTeer, 1932) ने अपने प्रयोग में पाया कि 6 सप्ताह (weeks) की धारण अंतराल के बीच में (यानी प्रथम 3 सप्ताह बाद) जब अवरोधक विषय (interfering task) को सीखने के लिये दिया गया, तो इससे भी मौलिक विषय का विस्मरण काफी अधिक हुआ। सिद्धान्त की पूर्वकल्पना के अनुसार ऐसा नहीं होना चाहिए था।

(iv) मनोवैज्ञानिकों ने इस सिद्धान्त की दूसरी पूर्वकल्पना (assumption) को भी प्रयोगात्मक रूप से गलत ठहराया है। इन लोगों का कहना है कि किस तरह के अवरोधक पाठ को तीव्र कहा जा सकता है तथा किस तरह के अवरोधक पाठ को तीव्र (intense) नहीं कहा जा सकता है, इसे निश्चित करना एक कठिन कार्य है। मैकग्यू (McGeoch, 1931) तथा इरियन एवं ह्वाम (Irion & Wham, 1951) ने बतलाया है कि स्थूल अर्थ (rough sense) में तीव्र रोशनी, तीव्र आवाज तथा बिजली के झटके को एक तीव्र उद्दीपक माना जा सकता है जिसका प्रयोग एक अवरोधक पाठ (interfering task) के रूप में किया जा सकता है। इन लोगों के अध्ययन में इस तरह के अवरोधक पाठ का उपयोग करने पर मौलिक विषय का कोई खास विस्मरण होते नहीं पाया गया। इस सिद्धान्त के अनुसार ऐसा नहीं होना चाहिए था। मैकग्यू तथा इरियन[1] (McGeoch & Irion, 1952) ने ठीक ही कहा है। ''पूर्वलक्षी कार्य (retroaction) के विस्तृत इतिहास में इस बात का सबूत बहुत थोड़ा है कि अन्तर्वेशन (interpolation) की तीव्रता तथा ह्रास (decrement) की मात्रा के बीच कोई पूर्वकल्पित सम्बन्ध है।''

बाधक या हस्तक्षेप सिद्धान्त
(Interference Theory)

बाधक सिद्धान्त विस्मरण का एक प्रमुख सिद्धान्त है। इस सिद्धान्त द्वारा विस्मरण की व्याख्या व्यवहारवाद (Behaviourism) के नियमों (principles) के रूप में की गयी है। इसलिए इस सिद्धान्त को व्यवहारवादियों का सिद्धान्त (behaviouristic theory) भी कहा जाता है। व्यवहारवादियों द्वारा विस्मरण की व्याख्या उद्दीपक-अनुक्रिया इकाई (stimulus-response unit) के रूप में की गयी है। अतः बाधक सिद्धान्त भी इसी इकाई के सहारे विस्मरण की व्याख्या करता है। इस बाधक सिद्धान्त में सन्तनन-दृढ़ीकरण सिद्धान्त (Perseveration-consolidation theory) की इस आलोचना को भी दूर करने की कोशिश की गयी है कि अग्रलक्षी प्रावरोध (proactive inhibition) विस्मरण का एक प्रमुख कारण नहीं है। सचमुच में बाधक सिद्धान्त द्वारा विस्मरण की व्याख्या पूर्वलक्षी प्रावरोध (retroactive inhibition) तथा अग्रलक्षी प्रावरोध (proactive inhibition) दोनों ही कारकों के रूप में होता है।

बाधक सिद्धान्त के अनुसार जब किसी पूर्व सीखी गयी अनुक्रियाओं (responses) या विषयों (tasks) का प्रत्याह्वान (recall) किया जाता है, तो उस समय उन सभी अनुभूतियों एवं विषयों जिसे व्यक्ति मौलिक विषय के पहले एवं बाद में सीखे होता है, से उत्पन्न स्मृति चिह्न आपस में अंतक्रिया (interaction) करते हैं। इस अंतक्रिया का दो परिणाम होता है— सरलीकरण (facilitation) तथा बाधा (interference)। विस्मरण (forgetting) इसी बाधक प्रभावों (interfering effects) का परिणाम है। इस तरह का बाधक प्रभाव जितना अधिक होगा, विस्मरण की मात्रा भी उतनी ही अधिक होगी। बाधक सिद्धान्त की इस व्याख्या से स्पष्ट हो जाता है कि इसमें विस्मरण का कारण मौलिक विषय के पहले सीखे गये विषय से उत्पन्न बाधा या अवरोध (अग्रलक्षी अवरोध) तथा मौलिक विषय के बाद में सीखे गये विषय से उत्पन्न बाधाएँ (पूर्वलक्षी अवरोध) होती है। अतः विस्मरण का कारण पूर्वलक्षी अवरोध (retroactive inhibition) तथा अग्रलक्षी अवरोध (proactive inhibition) दोनों ही होते हैं। अतः इस सिद्धान्त की व्याख्या निम्नांकित दो पक्षों में बाँट कर की गयी है—

(क) बाधक सिद्धान्त : पूर्वलक्षी अवरोध *(Interference theory : Retroactive Inhibition)*—पूर्वलक्षी अवरोध (retroactive inhibition) की व्याख्या बाधक सिद्धान्त के अनुसार सबसे पहले मैग्यू (McGeoch, 1932) ने किया। इस तरह के अवरोध की व्याख्या करने के लिए मैकग्यू ने *स्वतंत्रता-प्राक्कल्पना* (independence hypothesis) का प्रतिपादन किया। इस प्राक्कल्पना के अनुसार मौलिक विषय (original task) के सीखने से उत्पन्न स्मृति चिह्न तथा

1. "There is little in the extensive literature on retroaction which can be interpreted plauslibly in support of the assumed relation between the intensity of interpolation and the amount of decrement."

—McGeoch & Irion : *The Psychology of Human Learning,* 1952. p. 434–435

अवरोधक पाठ (interfering task) को सीखने से उत्पन्न स्मृति चिह्न एक ही साथ स्मृति संचयन (memory storage) में कायम रहते हैं। अतः लोगों की यह सामान्य धारणा कि अवरोधक पाठ (interfering task) के सीखने से उत्पन्न स्मृति चिह्न मौलिक विषय के स्मृति-चिह्न पर आघात पहुँचते हैं और इसे नष्ट कर देते हैं जिसके कारण विस्मरण हो जाता है, गलत है। स्वतंत्रता-प्राक्कल्पना (independence hypothesis) के अनुसार मौलिक विषय तथा अवरोधक विषय के स्मृति चिह्न स्वतंत्र रूप से बिना एक-दूसरे को प्रभावित किये सुरक्षित रहते हैं। इस प्राक्कल्पना के अनुसार विस्मरण का कारण प्रत्याह्वान (recall) के समय मौलिक पाठ तथा अवरोधक पाठ के स्मृति चिह्न द्वारा आपस में प्रत्याह्वानित होने के लिए प्रतियोगिता (competition) या संघर्ष का होना है। इस प्रतियोगिता का परिणाम यह होता है कि मौलिक विषय का प्रत्याह्वान कुछ कम हो जाता है। यानी मौलिक विषय के कुछ अंश का विस्मरण हो जाता है, हालाँकि उनकी स्मृति चिह्न सुरक्षित होती है। मैकग्यू ने यह बतलाया कि जब मौलिक विषय तथा अवरोधक विषय (interfering task) के बीच समानता (similarity) अधिक होती है, तो प्रत्याह्वान (recall) के समय दोनों विषयों के स्मृति चिह्न में प्रतियोगिता (competition) काफी तीव्र होती है। फलस्वरूप, विस्मरण की मात्रा अधिक होती है। चूँकि यहाँ विस्मरण की व्याख्या स्मृति-चिह्न की प्रतियोगिता (competition) के आधार पर होती है, अतः इसे *अनुक्रिया-की-प्रतियोगिता सिद्धान्त* (competition-of-response theory) भी कहा जाता है। मैकग्यू (McGeoch) ने यह भी बतलाया है कि इस तरह की प्रतियोगिता के कारण ऋणात्मक अंतरण (negative transfer) होता है जो मौलिक विषय के प्रत्याह्वान को कम कर देता है और इसे ही विस्मरण कहा जाता है। अतः इसे *अंतरण सिद्धान्त* (transfer theory) भी कहा जाता है।

मैकग्यू (Mc Geoch) के इस सिद्धान्त में मौलिक विषय तथा अवरोधक विषय के स्मृति चिह्नों के बीच प्रत्याह्वान (recall) के समय हुई प्रतियोगिता (competition) या संघर्ष का स्पष्टीकरण (manifestation) निम्नांकित सूचांकों (indices) के रूप में होते पाया गया है—

(i) प्रकट अन्तःसूची बलप्रवेश या घुसपैठ *(Overt interlist intrusion)*—मौलिक विषय या सूची (original list) का प्रत्याह्वान (recall) करते समय अवरोधक विषय या अन्तर्वेशित सूची (interpolated list) के कुछ पद (term) या अंश प्रत्याह्वानित हो जाते हैं जिसके कारण मौलिक सूची के कुछ अंशों या पदों का प्रत्याह्वान नहीं हो पाता है, यानी, उसका विस्मरण (forgetting) हो जाता है। इस तरह के घुसपैठ को प्रकट अन्तःसूची घुसपैठ (over interlist intrusion) कहा जाता है।

(ii) प्रकट अंतरा सूची बलप्रवेश या घुसपैठ *(Overtintralist intrusion)*—मौलिक सूची (original list) के प्रत्याह्वान (recall) करते समय जिस पद (syllable) या एकांश (items) का प्रत्याह्वान उस समय करना चाहिए था उसे न करके उसकी जगह पर उसी सूची का दूसरा एकांश (items) या पद (syllable) का प्रत्याह्वान कभी-कभी व्यक्ति कर देता है। इसे प्रकट अंतरा सूची बलप्रवेश (over intralist intrusion) कहा जाता है और विशेष कर वैसे सूची के प्रत्याह्वान में अधिक होता है जिसके एकांशों (items) या पदों में समानता (similarity) अधिक होती है तथा प्रयोज्य (object) को एक खास क्रम (sequence) में ही पदों का प्रत्याह्वान करना होता है।

(iii) अप्रकट या गुप्त बलप्रवेश या घुसपैट *(Covert intrusion)*—इस तरह के घुसपैठ में मौलिक विषय या सूची का प्रत्याह्वान करते समय अन्तर्वेशित विषय या सूची के एकांशों (item) या पद (syllable) व्यक्ति के मन में अपने आप आ जाता है, फिर उसे गलत समझकर प्रत्याह्वान न करके चुप रह जाता है। यही कारण है कि इसे अप्रकट या गुप्त बलप्रवेश या घुसपैठ कहा जाता है। इस तरह के बलप्रवेश को ऑसगुड (Osgood, 1953) ने भावशून्य (blank) भी कहा है क्योंकि प्रयोज्य प्रायः इस तरह के बलप्रवेश को गलत समझकर चुप रह जाता है और भावशून्य दीखता है।

इन तीन तरह के बल प्रवेश या घुसपैठ में से प्रकट बल प्रवेश (overt intrusion) द्वारा प्रत्याह्वान (recall) मे कमी अधिक होती है, यानी इससे विस्मरण (forgetting) अधिक होता है तथा ऑसगुड (Osgood, 1953) ने प्रकट घुसपैठ को प्रतियोगिता कारक (competition factor) का सबसे महत्त्वपूर्ण प्रत्यक्ष सूचक (direct index) माना है।

मनोवैज्ञानिकों ने मैकग्यू (McGeoch) के इस सिद्धान्त की कुछ आलोचनाएँ भी किया है। प्रमुख आलोचनाएँ (criticism) निम्नांकित हैं—

(i) मैकग्यू (McGeoch) के प्रतियोगिता सिद्धान्त की आलोचना मेल्टन तथा इर्विन (Melton & Irwin, 1940) द्वारा की गयी है। इन लोगों ने अपने प्रयोगात्मक अध्ययन में यह स्पष्ट रूप से पाया कि पूर्वलक्षी अवरोध

(retroactive inhibition) की मात्रा पर यानी पहली सूची सीखकर दूसरी सूची सीखने के बाद पहली सूची के प्रत्याह्वान (recall) की मात्रा पर सिर्फ इन दोनों सूचियों के स्मृतिं चिह्नों के बीच हुई प्रतियोगिता (competition) का ही प्रभाव नहीं पड़ता है बल्कि एक और कारक जिसे 'कारक एक्स' (Factor X) या अशिक्षण या अनाधिगम कारक (unlearning factor) जिसकी उत्पत्ति दूसरी सूची यानी अवरोध्क सूची (interfering list) सीखने के समय होती है, का भी प्रभाव पड़ता है। अतः मेल्टन तथा इर्विन ने पूर्वलक्षी प्रावरोध (retroactive inhibition) की व्याख्या अनुक्रियाओं की प्रतियोगिता (competition) तथा अनाधिगम या अप्रशिक्षण (unlearning) दोनों कारकों के रूप में करके मैग्यू (McGeoch) के सिद्धान्त को अधूरा बतलाया है। मेल्टन तथा इर्विन की इस विचारधारा को *द्विकारक सिद्धान्त* (two-factor theory) कहा जाता है जिसकी विस्तृत चर्चा आगे की गयी है।

(ii) मैकग्यू के प्रतियोगिता सिद्धान्त के प्रतिकूल में कुछ अप्रत्यक्ष सबूत (indirect evidence) भी हें। इस सिद्धान्त के अनुसार सीखे जाने वाले विषय या सूची की लम्बाई का सीधा प्रभाव पूर्वलक्षी प्रावरोध (retroactive inhibition) पर पड़ता है। अगर सूची की लंबाई अधिक है तो इसमें किसी पद या एकांश (items) के प्रत्याह्वान (recall) के कम होने की संभावना अधिक इसलिए होती है क्योंकि उस पद या एकांश के बाद या पहले कई पद या एकांश आते हैं। अतः अधिक लम्बी सूची या लम्बे विषय का विस्मरण मैकग्यू के प्रतियोगिता सिद्धान्त के अनुसार, छोटी सूची के विस्मरण की अपेक्षा अधिक होनी चाहिए। परन्तु शिफ्रिन (Shiffrin, 1970) ने अपने अध्ययन में ठीक इसके विपरीत परिणाम पाया है। इन्होंने इस तरह के प्रयोग के परिणाम में यह दिखलाया है कि 5 तथा 20 शब्दों वाली सूची को यदि अवरोधक सूची (interfering list) के रूप में प्रयोग किया जाता है तो इन दोनों परिस्थितियों में मूल पाठ या सूची के विस्मरण की मात्रा में कोई सार्थक अन्तर होते नहीं देखा गया। प्रतियोगिता सिद्धान्त के अनुसार 20 शब्दों वाली अवरोधक सूची दिये जाने पर विस्मरण की मात्रा अपेक्षाकृत अधिक होनी चाहिए थी।

(ख) बाधक सिद्धान्त : अग्रलक्षी प्रावरोध *(Interference theory : Proactive Inhibition)*—बाधक सिद्धान्त द्वारा सिर्फ पूर्वलक्षीय प्रावरोध (retroactive inhibition) की ही नहीं बल्कि अग्रलक्षी प्रावरोध (proactive inhibition) की भी व्याख्या होती है। जब मौलिक विषय या सूची के प्रत्याह्वान में कमी वैसी विषय या सूची के कारण होती है जिसे व्यक्ति मौलिक विषय या सूची से पहले सीख चुका होता है तो इस तरह के प्रावरोध (inhibition) को अग्रलक्षी प्रावरोध (proactive inhibition) की संज्ञा दी जाती है। ग्रीनवर्ग तथा अंडरवुड (Greenberg & Underwood, 1950) ने एक प्रयोग किया जिसमें 10–10 विशेषण (adjectives) की चार सूचियाँ तैयार कर प्रयोज्य को एक-एक करके सीखने के लिये दिया गया। पहली सूची को सीख लेने के 48 घंटे के बाद उसका प्रत्याह्वान (recall) लिया गया। फिर एक दिन के बाद दूसरी सूची को सीखा गया और उसके 48 घंटे के बाद उसका प्रत्याह्वान (recall) लिया गया। इसी तरह से तीसरी सूची तथा चौथी सूची को सिखलाकर उसका प्रत्याह्वान (recall) 48–48 घंटों के बाद लिया गया। परिणाम में देखा कि प्रयोज्य (subjects) ने पहली सूची का प्रत्याह्वान (recall) 69% किया जबकि अन्तिम सूची का प्रत्याह्वान मात्र 25% किया। दूसरे शब्दों में, पहली सूची का विस्मरण 31% हुआ जबकि अन्तिम सूची का विस्मरण 75% हुआ। इस तरह के विस्मरण की व्याख्या ग्रीनवर्ग तथा अंडरवुड ने प्रतियोगिता कारक (competition factor) के रूप में किया। इन लोगों के अनुसार अन्तिम सूची यानी चौथी सूची में विस्मरण इसलिए अधिक हुआ क्योंकि इसके पहले प्रयोज्य 3 और सूचियों को सीख चुका था जिनसे उत्पन्न स्मृति चिह्न (memory traces) चौथी सूची के सीखने से उत्पन्न स्मृति चिह्न के साथ प्रतियोगिता या संघर्ष करते हैं जिसके फलस्वरूप चौथी सूची का प्रत्याह्वान (recall) कम हो जाता है।

अंडरवुड (Underwood, 1948) ने अग्रलक्षी प्रावरोध (proactive inhibition) की व्याख्या प्रतियोगिता कारक के ही रूप में दूसरे ढंग से, यानी पुनर्लभ (spontaneous recovery) का सहारा लेकर भी किया है। अग्रलक्षी प्रावरोध के प्रयोगात्मक डिजाइन में (experimental design) में सामान्यतः दो अवस्थाएँ होतीं हैं— प्रयोगात्मक अवस्था तथा नियंत्रित अवस्था। प्रयोगात्मक अवस्था में सूची 'A' सीखने के बाद व्यक्ति सूची 'B' सीखता है और फिर एक निश्चित समय के विश्राम (rest) के बाद सूची 'B' सीखने के दौरान सूची 'A' के एकांशों (items) का प्रत्याह्वान व्यक्ति यदा-कदा कर देता है। परन्तु इस तरह के गलत एकांशों का तुरंत ही विलोपन (extinction) हो जाता है क्योंकि सूची 'B' को वह सीखते रहता है। परंतु सूची 'B' को सीख लेने से क्या इसका (यानी सूची B का) विस्मरण (forgetting) नहीं

होता है? सच्चाई यह है कि इसका भी विस्मरण होता है जो इस प्रकार है— जब सूची 'B' के सीखने के बाद व्यक्ति को एक निश्चित समय तक आराम (rest) दिया जाता है तो इस समय अंतराल में सूची 'A' के कुछ पद या एकांश (item) जो सूची 'B' के सीखने के दौरान विलोपित (extinguished) हो गये थे, उनका पुनर्लभ (spontaneous recovery) होता है और यह पुनर्लभ जितना ही अधिक होता है, सूची 'B' के एकांशों (items) या अनुक्रियाओं (responses) के साथ प्रतियोगिता (competition) अधिक होता है। फलस्वरूप, सूची 'B' के एकांशों का प्रत्याह्वान (recall) कम होता है, यानी उसका विस्मरण (forgetting) हो जाता है। पोस्टमैन, स्टार्क और फ्रेजर (Postman, Stark & Fraser, 1968) तथा सिरेसो तथा हेण्डरसन (Ceraso & Henderson, 1965) ने अपने-अपने प्रयोगात्मक अध्ययनों में पाया है कि मौलिक सूची (original list) यानी सूची 'B' के सीखने तथा इसकी धारण की जाँच करने के बीच का समय (जिसे धारण अंतराल कहा जाता है) जितना ही बड़ा होता है, अवरोधक सूची (interfering list) यानी सूची 'A' के एकांशों (Items) का पुनर्लभ (spontaneous recovery) उतना ही अधिक होता है। फलस्वरूप, मौलिक सूची के एकांशों के साथ प्रतियोगिता (competition) अधिक होता है जिसका परिणाम मौलिक सूची के प्रत्याह्वान पर बुरा पड़ता है ओर विस्मरण अर्थात् अग्रलक्षी प्रावरोध (proactive inhibition) की मात्रा बढ़ जाती है।

कुछ मनोवैज्ञानिकों ने जैसे अंडरवुड तथा पोस्टमैन (Underwood & Postman, 1960) ने अग्रलक्षी प्रावरोध (Proactive inhibition) के सहारे अनियंत्रित विस्मरण (uncontrolled forgetting) की व्याख्या करने की कोशिश की है। इन लोगों के अनुसार अनियंत्रित विस्मरण से तात्पर्य वैसे विस्मरण से है जिसका कारण प्रयोगात्मक परिस्थिति (experimental situation) के बाहर यानी दिन-प्रतिदिन की जिन्दगी में सीखे गये भिन्न-भिन्न प्रकार के साहचर्य (associations) तथा भाषागत आदतें (linguistic habits) होती हैं। प्रयोज्य (subjects) को जब प्रयोगात्मक परिस्थिति में कोई सूची सीखने के लिए दिया जाता है तो प्रयोज्य द्वारा प्रयोगशाला में आने के पहले सीखे गये साहचर्यो एवं आदतों का प्रभाव प्रयोगशाला में सीखे गये सूची के प्रत्याह्वान (recall) पर पड़ता है। इससे उत्पन्न विस्मरण को *अनियंत्रित विस्मरण* (uncontrolled forgetting) कहा जाता है। चूँकि इस तरह के साहचर्य एवं आदतों का विकास प्रयोगात्मक परिस्थिति से बाहर होता है, अतः इसे विस्मरण का *बहिःप्रयोगात्मक स्रोत* (extra experimental source) माना गया है। परन्तु दुर्भाग्यवश अंडरवुड तथा पोस्टमैन (Underwood & Postman, 1960) द्वारा किये गये प्रयोग के परिणाम से इस तथ्य की पुष्टि नहीं हो पायी कि बहिः प्रयोगात्मक स्रोत (extra experimental source) का महत्त्व अग्रलक्षी बाधा (proactive interference) के रूप में विस्मरण पैदा करना होता है।

कुछ मनोवैज्ञानिकों का कहना है कि बाधा सिद्धान्त के अग्रलक्षी प्रावरोध (proactive inhibition) की व्याख्या एक और महत्त्वपूर्ण तथ्य को स्पष्ट करने में असमर्थ है। सामान्यतः अवरोधक पाठ (interfering task) विराम अभ्यास (distributed practice) से सीखने पर अविराम अभ्यास (massed practice) से सीखने की अपेक्षा अधिक मजबूत होती है। ऐसी हालत में अग्रलक्षी प्रावरोध की मात्रा विराम अभ्यास में अवरिाम अभ्यास की अपेक्षा अधिक होनी चाहिए। परन्तु अंडरवुड तथा एडस्ट्रैण्ड (Underwood & Edstrand, 1966) ने एक प्रयोग युग्मित-साहचर्य विधि (paired-associate method) से किया जिसमें प्रयोज्यों (subjects) को दो सूची यानी, A–B, A–D सिखलाया गया। प्रयोज्यों को A–B सूची दो तरह की अवस्थाओं में यानी अविराम अभ्यास (massed practices) तथा विराम अभ्यास (distributed practice) की अवस्था दोनों में सीखलाया गया। सूची को चार स्तरों, यानी 12 प्रयास, 32 प्रयास, 48 प्रयास तथा 80 प्रयास के स्तर तक सीखा गया। अविराम अभ्यास में प्रत्येक स्तर के प्रयास लगातार दिये गये तथा विराम अभ्यास (distributed practice) में प्रत्येक स्तर के प्रयासों की संख्या तो उतनी ही थी परन्तु प्रयास (trials) लगातार न देकर थोड़ा विश्राम (rest) दे देकर दिया गया। इसके बाद A–D सूची को सिखलाया गया और उसके 24 घंटे के बाद फिर A–D सूची का प्रत्याह्वान (recall) किया गया। परिणाम में देखा गया कि अवरोधक सूची (interfering list) यानी A–B सूची को जब विराम अभ्यास (distributed practice) देकर सीखा गया था तो अग्रलक्षी प्रावरोध (proactive inhibition) की मात्रा कम थी परन्तु जब उसे अविराम अभ्यास (massed practice) देकर सीखा गया था, तो अग्रलक्षी प्रावरोध की मात्रा अधिक थी। बाधा सिद्धान्त (interference theory) के अनुसार ऐसा नहीं होना चाहिए था।

इस तरह से हम पाते हैं कि बाधा या हस्तक्षेप सिद्धान्त के दोनों पक्षों यानी पूर्वलक्षी प्रावरोध (retroactive inhibition) तथा अग्रलक्षी प्रावरोध (proactive inhibition) की व्याख्याओं को कुछ प्रयोगात्मक तथ्य (experimental fact) उपस्थिति कर उसकी आलोचना की गयी है। इन आलोचनाओं में दिखायी गयी असंगतियाँ (inconsistencies)

कुछ हद तक सही भी है, फिर भी आज बाधा सिद्धान्त विस्मरण का एक प्रमुख सिद्धान्त है जिसका विकल्प (alternative) नहीं है। हुल्स, इगेथ तथा डीज[1] (Hulse, Egeth & Deese, 1980) के शब्दों में हम इस निष्कर्ष पर पहुँचते हैं, ''गत दर्जन वर्षों (dozen years) में बहुत से मनोवैज्ञानिक बाधा सिद्धान्त से असंतुष्ट हो गये हैं परन्तु इस सिद्धान्त के विकल्प के रूप में कोई भी एक संगत (coherent) एवं सर्वमान सिद्धान्त अभी तक प्रतिपादन नहीं किया गया है।''

द्विकारक सिद्धान्त
(Two-factor Theory)

इस सिद्धान्त का प्रतिपादन मेल्टन तथा इर्विन (Melton & Irwin, 1940) द्वारा किया गया। इन दोनों मनोवैज्ञानिकों द्वारा बाधा या हस्तक्षेप सिद्धान्त के पूर्वलक्षी प्रावरोध (retroactive inhibition) की व्याख्या जो मैकग्यू (McGeoch)

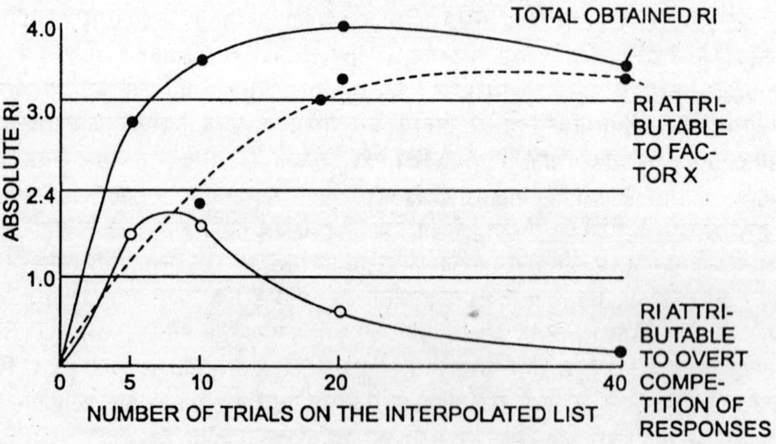

चित्र 5.2 RI का द्विकारकीय व्याख्या

द्वारा की गई थी, की आलोचना की गयी। इन लोगों ने एक प्रयोग किया जिसमें यह स्पष्ट रूप से पाया कि पूर्वलक्षी प्रावरोध (retroactive inhibition) के कारण उत्पन्न विस्मरण (forgetting) की व्याख्या सिर्फ प्रतियोगिता कारक (competition factor) के रूप में नहीं की जा सकती है। इस प्रयोग में प्रयोज्यों (subjects) के दो समूह थे— एक प्रयोगात्मक समूह तथा दूसरा नियंत्रित समूह। दोनों समूह के सभी प्रयोज्यों ने क्रमिक पूर्वाभास विधि (serial anticipation method) द्वारा निरर्थक पदों की एक सूची को 5 प्रयासों (trials) तक अध्ययन किया। चूँकि इस प्रयोग का उद्देश्य यह देखना था कि अन्तर्वेशित सूची (interpolated list) पर किये गये अभ्यास की भिन्न-भिन्न मात्राओं का प्रभाव मौलिक सूची (original list) के धारण पर क्या पड़ता है, अतः प्रयोगात्मक समूह (experimental group) को अन्तर्वेशित सूची का अभ्यास 5, 10, 20 तथा 40 प्रयासों (trials) तक करवाया गया। नियंत्रित समूह को अंतर्वेशित सूची पर प्रयास नहीं दिया गया और उसने इस अवधि में विश्राम किया। अंतर्वेशित सूची पर अभ्यास खत्म होने के 30 मिनट बाद दोनों समूहों के प्रयोज्यों (subjects) से मौलिक सूची (original list) के धारण की जाँच पुनः सीखने की विधि (relearning method) से की गयी। इसके परिणाम बड़े रोचक थे। परिणाम में देखा गया कि सम्पूर्ण पूर्वलक्षी प्रावरोध की मात्रा (amount of total retroactive inhibition or RI) अन्तर्वेशित सूची (interpolated list) पर बढ़ते हुए अभ्यास (practice) के साथ प्रारम्भ में बढ़ता गया और 20वें प्रयास (trial) में अधिकतम हो गया। इसके बाद के अभ्यास से (यानी 20वें प्रयास के बाद के अभ्यासों से) RI की मात्रा में हल्के ह्रास (decline) की प्रवृत्ति देखी गयी। (चित्र 5.2

1. "During the past dozen or so years a growing number of psychologists have become dissatisfied with interference theory but no single, coherent, widely accepted alternative to that theory has yet been proposed."

—Husel, Egeth & Deese : *The Psychology of Learning,* 1980, p. 328

देखें)। विशेषकर अन्तर्वेशित सूची पर किए गए अभ्यास के परिणामस्वरूप सम्पूर्ण RI (Amount of RI as a function of practice on interpolated task) के वक्र पर ध्यान देने से यह बात बिलकुल ही स्पष्ट हो जाती है। मेल्टन तथा इर्विन (Melton & Irwin) ने अपने अध्ययन में प्राप्त RI की सम्पूर्ण मात्रा में निम्नांकित दो कारकों का योगदान होते पाया—

(i) प्रतियोगिता कारक *(Competition factor)*—जब व्यक्ति मौलिक सूची (जैसे A-B सूची) के सीखकर अन्तर्वेशित सूची (interpolated list) जैसे A-C सूची को सीखता है और फिर मौलिक सूची का प्रत्याह्वान (recall) करता है तो बहुत से ऐसे एकांशों (items) का वह प्रत्याह्वान करता हैजो मौलिक सूची के नहीं होकर अन्तर्वेशित सूची के होते हैं। एकांशों द्वारा इस तरह के घुसपैठ (intrusions) को अन्तःसूची घुसपैठ या बलप्रवेश (interlist intrusion) कहा जाता है और मेल्टन तथा इर्विन ने इसे प्रकट प्रतियोगिता कारक (overt competition factor) कहा है। चित्र 5.2 में प्रकट प्रतियोगिता कारक से बनने वाले वक्र (curve) को अलग दिखलाया गया है (जो सबसे नीचे वाला वक्र है)। इस वक्र पर ध्यान देने से स्पष्ट हो जाता है कि प्रकट प्रतियोगिता की मात्रा अन्तर्वेशित सूची (interpolated list) पर दिए गए 5वें प्रयास (trials) तक तो बढ़ता है परन्तु उसके बाद अभ्यास जारी रहने पर भी इस कारक से उत्पन्न घुसपैठ की मात्रा धीरे-धीरे कमने लगती है। इसका कारण मेल्टन तथा इर्विन ने यह बतलाया है कि अन्तर्वेशित सूची (interpolated list) पर अभ्यास की मात्रा बढ़ने से इस सूची के एकांशों का स्मृति चिह्न अधिक स्पष्ट एवं विशिष्ट (differentiated) हो जाता है। फलस्वरूप, प्रत्याह्वान (recall) करते समय व्यक्ति अन्तर्वेशित सूची के एकांशों का प्रत्याह्वान न कर सिर्फ मौलिक सूची के ही एकांशों का प्रत्याह्वान करता है। अतः घुसपैठ की मात्रा अन्तर्वेशित सूची पर अभ्यास बढ़ने पर धीरे-धीरे कमती जाती है। मनोवैज्ञानिकों ने मौलिक सूची तथा अन्तर्वेशित सूची में सीखे गए विभिन्नता तथा विशिष्टता को *सूची विशिष्टता घटना* (list differentiation phenomenon) कहा है।

जैसा कि ऊपर कहा जा चुका है, प्रकट घुसपैठ या प्रकट प्रतियोगिता की मात्रा अन्तर्वेशित सूची पर 5वें प्रयास तक बढ़ता है और उसके बाद अभ्यास जारी रहने से घटता है। यदि मैकग्यू (McGeoch) का प्रतियोगिता सिद्धान्त पूर्णतः सही होता, यानी RI का कारण सिर्फ प्रकट प्रतियोगिता ही होता, तो वैसी परिस्थिति में 5वें प्रयास के बाद जैसे-जैसे प्रकट प्रतियोगिता की मात्रा कमती जाती है, वैसे-वैसे RI की मात्रा भी कमती जाती। परन्तु मेल्टन तथा इर्विन ने अपने प्रयोग में यह स्पष्ट रूप से पाया है कि सम्पूर्ण RI की मात्रा घटने के बजाय बढ़ते जाती है और 20वें प्रयास पर अधिकतम (maximum) हो जाती है। इससे तब स्पष्ट मतलब यह निकलता है कि विस्मरण का कारण अर्थात RI का कारण प्रकट प्रतियोगिता (overt competition) के अलावा कुछ दूसरा कारक भी है। इस नये कारक को मेल्टन तथा इर्विन ने *'कारक X'* (factor X) या *'अशिक्षण या अनाधिगम कारक'* (unlearning factor) कहा है। चित्र 5.2 में अशिक्षण कारक से उत्पन्न RI की मात्रा को एक अलग वक्र (curve) से दिखलाया गया है।

अब प्रश्न यह उठता है कि अशिक्षण या अनाधिगम कारक (unlearning factor) क्या है? इसकी उत्पत्ति कैसे होती है?

मौलिक सूची (original list) या प्रथम सूची (first list) के साहचर्यों (association) या एकांशों (items) को सीखने के बाद जब अन्तर्वेशित सूची (interpolated list) या द्वितीय सूची (second list) के एकांशों को व्यक्ति सीखता है, तो प्रथम सूची के साहचर्य (association) व्यक्ति के सामने अप्राप्य (unavailable) होते हैं और उनका विलोपन (extinction) हो जाता है। अतः मनोवैज्ञानिकों ने अशिक्षण (unlearning) को विलोपन (extinction) के तुल्य ही माना है। ऐसे मनोवैज्ञानिकों में केप्पेल (Kappel, 1968), पोस्टमैन (Postman, 1971), पोस्टमैन एवं अंडरवुड (Postman & Underwood, 1973) तथा हाऊसटन[1] (Houston, 1976) का नाम अधिक मशहूर है। ऊपर की व्याख्या से स्पष्ट है कि अशिक्षण कारक (unlearning factor) की उत्पत्ति अन्तर्वेशित सूची (interpolated learning) के सीखने के दौरान होती है। जब इस सूची को सीखने के दौरान मौलिक सूची के साहचर्यों या एकांशों का प्रकट घुसपैठ (overt intrusion) या अप्रकट घुसपैठ (covert intrusion) होता है, तो इस तरह के एकांशों को गलत समझकर प्रयोगकर्त्ता उसके बाद कोई प्रोत्साहन उसे नहीं देता है। फलस्वरूप, एक तरह से प्रथम सूची या मौलिक सूची के एकांशों का प्रत्याह्वान शाब्दिक रूप से अपुनर्बलित (verbally unreinforced) होता है जो व्यक्ति में इस सूची के एकांशों का प्रत्याह्वान न करने की प्रवृत्ति को प्रबल बनाता है। इसका परिणाम यह होता है कि धीरे-धीरे मौलिक सूची के एकांशों (items) का विलोपन (extinction) होने लगता है जिसे हम अशिक्षण (unlearning) की संज्ञा देते हैं। इस तरह से

1. "Unlearning refers to the fact that first list associations are some how made unavailable or extinguished during second list learning."
—Houston : *The Psychology of learning;* 1976, p. 248

अशिक्षण एक प्रकार का विलोपन तुल्य प्रक्रिया (extinction equivalent process) है, और इसका प्रमाण हमें इस बात से भी मिल जाता है कि उसमें विलोपन से सम्बन्धित एक बहुत बड़ा गुण जिसे पुनर्लभ (spontaneous recovery) कहा जाता है, भी होता है। यही कारण है कि कुछ मनोवैज्ञानिकों जैसे फोरेस्टर (Forester, 1970) तथा शुलमैन और मार्टिन (Shulman & Martin, 1970) ने अपने प्रयोग में पाया है कि यदि अन्तर्वेशित सूची (interpolated list) के सीखने तथा मौलिक सूची के धारण की जाँच के बीच अधिक समय दिया जाता है तो वैसी अवस्था में मौलिक सूची के कुछ पदों का पुनर्लभ (spontaneous recovery) होता है। परन्तु कुछ मनोवैज्ञानिकों द्वारा इस तरह का पुनर्लभ (spontaneous recovery) होते नहीं भी पाया गया है।

इस तरह से हम देखते हैं कि मेल्टन तथा इर्विन (Melton & Irwin) ने विस्मरण (forgetting) की व्याख्या विशेषकर RI (retroactive inhibition) यानी पूर्वलक्षी प्रावरोध की व्याख्या सिर्फ प्रकट प्रतियोगिता (overt competition) के ही आधार पर नहीं बल्कि प्रकट प्रतियोगिता (overt competition) तथा अशिक्षण कारक (unlearning factor) दोनों के आधार पर किया है। यही कारण है कि इसे द्विकारक सिद्धान्त[1] (two-factor theory) कहा जाता है।

द्विकारक सिद्धान्त की सबसे महत्त्वपूर्ण पूर्वकल्पना (assumption) यह है कि तुलनात्मक परिस्थिति (comparable conditions) में RI यानी पूर्वलक्षी प्रावरोध (retroactive inhibition) की मात्रा PI यानी अग्रलक्षी प्रावरोध (proactive inhibition) की मात्रा से अधिक होती है। इसका कारण यह है कि जब मौलिक सूची या विषय के सीखने के तुरंत बाद अन्तर्वेशित सूची सीखा जाता है और फिर तुरंत बाद मौलिक सूची का प्रत्याह्वान (यानी, RI का डिजाइन) किया जाता है, तो ऐसी परिस्थिति में प्रत्याह्वान में उत्पन्न कमी RI का संकेत करता है और उस कमी में प्रतियोगिता कारक (competition factor) तथा अशिक्षण कारक (unlearning factor) दोनों ही शामिल होते हैं। परन्तु PI के डिजाइन में अन्तर्वेशित सूची पहले सीख लिया जाता है और उसके बाद मौलिक सूची सीखा जाता है और फिर थोड़े समय अंतराल के बाद मौलिक सूची का प्रत्याह्वान किया जाता है। प्रत्याह्वान करते समय अन्तर्वेशित सूची के एकांशों द्वारा घुसपैठ (intrusion) होता है जिसे हम प्रतियोगिता कारक की संज्ञा देते हैं। परन्तु चूँकि मौलिक सूची के बाद कोई दूसरी सूची नहीं सीखी जाती है, अतः इसमें अशिक्षण कारक (unlearning factor) नहीं होता है। यही कारण है कि PI की मात्रा हमेशा RI की मात्रा में कम होती है।

मेल्टन तथा इर्विन के इस द्विकारक सिद्धान्त की आलोचना (criticism) भी की गयी है जो इस प्रकार है—

(i) मेल्टन तथा इर्विन ने अपने इस सिद्धान्त में मौलिक सूची के प्रत्याह्वान के समय हुए अन्तःसूची घुसपैठ (interlist intrusion) को यानी अन्तर्वेशित सूची से किये गये प्रत्याह्वान को प्रतियोगिता कारक (competition factor) कहा है। अन्तर्वेशित सूची (interpolated list) को सीखने के दौरान मौलिक सूची से हुए इसी तरह के अन्तःसूची घुसपैठ (interlist intrusion) को अशिक्षण कारक (unlearning factor) कहा है। आलोचकों का मत है कि एक ही तरह के अन्तःसूची घुसपैठ को एक जगह प्रतियोगिता कारक (competition factor) कहा गया है तथा दूसरी जगह अशिक्षण कारक (unlearning factor) कहा जाता है। आखिर इन दोनों तरह की अन्तःसूची घुसपैठ (interlist intrusion) में क्या अन्तर है जिसके कारण एक को प्रतियोगिता कारक तथा दूसरे को अशिक्षण कारक कहा गया है। इस तथ्य की व्याख्या मेल्टन तथा इर्विन के सिद्धान्त में कहीं नहीं की गयी।

---

1. प्रतियोगिता कारक (competition factor) तथा अशिक्षण कारक (unlearning factor) के अर्थ को और भी अधिक स्पष्ट करने के लिए निम्नांकित समानताओं एवं विभिन्नताओं को छात्रों के समक्ष प्रस्तुत किया जा रहा है—

समानताएँ (Similarities):

(i) प्रतियोगिता कारक का सूचक (index) अन्तःसूची घुसपैठ (interlist intrusion) होता है तथा अशिक्षण कारक (unlearning factor) का भी सूची अन्तःसूची घुसपैठ ही होता है।

(ii) दोनों कारकों अर्थात् प्रतियोगिता कारक तथा अशिक्षण कारक का प्रभाव एक समान अर्थात् बाधा (interference) पहुँचाना होता है।

असमानताएँ (Dissimilarities):

(i) प्रतियोगिता कारक (competition factor) मौलिक सूची के प्रत्याह्वान (recall) के समय होते पाया जाता है जबकि अशिक्षण कारक अन्तर्वेशित सूची (interpolated list) के सीखने के समय होते पाया जाता है।

(ii) प्रतियोगिता कारक का योगदान RI (reproactive inhibition) तथा PI (proactive inhibition) दोनों में होता है जबकि अशिक्षण कारक का योगदान सिर्फ RI में होता है।

(ii) मेल्टन तथा इर्विन की व्याख्या से यह भी स्पष्ट है कि अशिक्षण कारक (unlearning factor) की मात्रा अन्तर्वेशित सूची (interpolated list) पर दिये गये अभ्यास के साथ बढ़ती है। दूसरे शब्दों में अन्तर्वेशित सूची पर दिये गये अभ्यास के साथ मौलिक सूची से होने वाले घुसपैठ (intrusions) की बारंबारता (frequencies) बढ़ती है। कुछ प्रयोगकर्त्ताओं जैसे– थ्यून एवं अंडरवुड (Thune & Underwood, 1943) एवं औसगुड (Osgood, 1948) के द्वारा मेल्टन तथा इर्विन के प्रयोग के आँकड़ों का विश्लेषण किया गया और देखा गया कि मौलिक सूची से होने वाले घुसपैठों (intrusions) की बारंबारता तथा अन्तर्वेशित सूची पर दिये गये अभ्यास में कोई नियमितता (regularity) नहीं थी। इसका मतलब तब औसगुड[1] (Osgood, 1953) के ही शब्दों में यह हुआ, ''या तो अशिक्षण कारक का सीमित महत्त्व है या प्रकट घुसपैठ (overt intrusions) इसका एक अवैध सूचक (invalid index) है।''

औसगुड (Osgood, 1946) ने एक प्रयोग किया है जिसके परिणाम के आधार पर प्रतियोगिता कारक तथा अशिक्षण कारक दोनों की तीव्र आलोचना की गयी है। इन्होंने युग्मित सहचर विधि द्वारा प्रयोज्य को दो सूची यानी A–B तथा A–K को एक-एक करके सिखलाया। इन दोनों सूचियों के उद्दीपक पद (stimulus term) तो सदृश थे परन्तु अनुक्रिया पद (response term) की समानताओं की मात्रा में कुछ अन्तर था। अनुक्रिया पद के रूप में दोनों सूचियों में विशेषण (adjectives) का प्रयोग किया गया था जिसमें सदृशयता या समानता के तीन स्तर (levels) थे। कुछ विशेषण एक-दूसरे के काफी समान (similar) थे, कुछ विशेषण एक-दूसरे के तटस्थ थे तथा कुछ एक-दूसरे के विपरीत (opposite) थे। बाद में मौलिक सूची यानी A–B सूची के अनुक्रिया पदों का प्रत्याह्वान (recall) करवाया गया। परिणाम में देखा गया कि सदृश पदों का विस्मरण तटस्थ तथा विपरीत पदों की अपेक्षा कम हुआ। इस परिणाम के अनुकूल ही तब मौलिक सूची के समान पदों के प्रत्याह्वान के समय अन्तर्वेशित सूची (interpolated list) से प्रकट घुसपैठ की मात्रा अन्य पदों जैसे तटस्थ एवं विपरीत पदों के प्रत्याह्वान के समय होने वाले घुसपैठ की मात्रा से कम होनी चाहिए। ठीक इसी प्रकार अन्तर्वेशित सूची को सीखते समय मौलिक सूची के समान पदों (similar terms) से घुसपैठ की मात्रा अन्य दोनों तरह के पदों से होने वाले घुसपैठ की मात्रा से कम होनी चाहिए। परन्तु वास्तव में मौलिक सूची के प्रत्याह्वान के समय सदृश पदों से घुसपैठ की बारंबारता (frequencies) अधिक थी। यह स्पष्ट हो जाता है कि ऑसगुड के प्रयोग के इस परिणाम की व्याख्या न तो प्रतियोगिता कारक और न ही अशिक्षण कारक से यानी प्रकट घुसपैठ (overt intrusion) से हो पाती है।

इन आलोचनाओं के बावजूद भी मेल्टन तथा इर्विन (Melton & Irwin) द्वारा प्रतिपादित द्विकारक सिद्धान्त एक महत्त्वपूर्ण सिद्धान्त है। हाउस्टन[2] (Houston, 1976) के शब्दों में हम इस निष्कर्ष पर पहुँचते हैं।

''यद्यपि द्विकारक सिद्धान्त स्मृति के कुछ हाल के तथ्यों से टकराता है, फिर भी अपने क्षेत्र का यह एक प्रमुख व्याख्यात्मक देन हैं।''

अध्याय सारांश — CHAPTER SUMMARY

1. स्मृति एक सामान्य पद है जिससे तात्पर्य पूर्व अनुभूतियों को मस्तिष्क मे इकट्ठा कर रखने की क्षमता से होती है। स्मृति के तीन तत्त्व बतलाये गए हैं— कूटसंकेतन (encoding) संचयन (storage) तथा पुनः प्राप्ति (retrieval)।
2. स्मृति के तीन प्रकार बतलाये गए हैं— संवेदी स्मृति (sensory memory), लघुकालीन स्मृति तथा दीर्घकालीन स्मृति।
3. संवेदी स्मृति (sensory memory) सबसे लघुत्तम अवधि की स्मृति होती है जो सामान्यतः दो प्रकार की होती है— प्रतिमा-सम्बन्धित स्मृति (iconic memory) तथा प्रतिध्वनि-स्मृति (echoic memory)।
4. लघुकालीन स्मृति तथा दीर्घकालीन स्मृति के बीच आठ बिंदुओं पर अंतर किया गया है।

---

1. "Either the unlearning factor is of limited importance or the overt intrusion is an invalid index of it."
—Osgood : *Method and Theory in Experimental Psychology* 1953, p. 545.
2. "Although the two-factor formulation has come into sharp conflict with more recent conception of memory—it still stands as one of the major expalantory developments within the field."
—Houston : *The Psychology of Learning* 1979. p. 247

5. स्मृति या धारण (retention) को मापने के लिए चार विधियों का प्रतिपादन किया गया है— प्रत्याह्वान विधि, प्रत्याभिज्ञान विधि, पुनः सीखना विधि तथा पुनर्निर्माण विधि।
6. स्मृति या धारण (retention) को मापने के लिए चार विधियों का प्रतिपादन किया गया है— प्रत्याह्वान विधि, प्रत्याभिज्ञान विधि, पुनः सीखना विधि तथा पुनर्निर्माण विधि।
7. विस्मरण एक ऐसी मानसिक प्रक्रिया है जिसमें व्यक्ति अपने गत अनुभूतियों को वर्तमान चेतना में लाने से अपने आपको असमर्थ पाता है।
8. इविंगहॉस (Ebbinghaus) के अनुसार विस्मरण एक निष्क्रिय मानसिक प्रक्रिया (passive mental process) है जबकि बाद में किये गए शोधों से यह स्पष्ट हुआ है कि यह एक सक्रिय मानसिक प्रक्रिया है।
9. विस्मरण वक्र (forgetting curve) या जिसे इविंगहॉस वक्र भी कहा जाता है, एक ऐसा वक्र है जो यह बतलाता है कि किसी पारु को सीखने के तुरंत बाद विस्मरण का दर काफी तीव्र होता है परंतु समय बीतने से उस दर में कमी आ जाती है हालांकि विस्मरण की मात्रा में वृद्धि हो जाती है।
10. विस्मरण कई कारकों से प्रभावित होता है जिन्हें मूलतः तीन भागों में बाँटा गया है— सीखना से सम्बद्ध कारक, धारण से सम्बद्ध कारक तथा सीखने वाले व्यक्ति से सम्बद्ध कारक।
11. विस्मरण की व्याख्या करने के लिए कई सिद्धांतों का प्रतिपादन किया गया है जिनमें ह्रास सिद्धांत, संतुलन-दृढ़ीकरण सिद्धान्त, बाधक या हस्तक्षेप सिद्धान्त तथा द्विकारक सिद्धान्त (two-factor theory) प्रमुख हैं।

□

अध्याय 6

अभिप्रेरण
(MOTIVATION)

अभिप्रेरण का अर्थ एवं स्वरूप
(Meaning and Nature of Motivation)

दिन-प्रतिदिन की जिन्दगी में हमलोग अनेकों प्रकार के कार्य करते हैं। हम इन कार्यों को क्यों करते हैं? शायद, इसलिए करते हैं क्योंकि इसके पीछे कोई-न-कोई अभिप्रेरण अवश्य होता है। अब प्रश्न यह उठता है कि अभिप्रेरण किसे कहते हैं? इसका स्वरूप क्या है?

अभिप्रेरण (motivation) से सामान्य अर्थ वैसी अवस्था से होता है जो व्यक्ति को कार्य करने के लिए प्रेरित करता है। परन्तु मात्र इतना कह देने से इसका अर्थ काफी स्पष्ट नहीं होता है। अभिप्रेरण का सही अर्थ समझने के लिए कुछ मनोवैज्ञानिकों के विचारों को हम नीचे उपस्थित कर रहे हैं।

बेरोन, बर्न तथा **कैन्टोविज**[1] (Baron, Byrne & Kantowitz, 1980) के अनुसार, ''मनोविज्ञान में हमलोग अभिप्रेरण को एक काल्पनिक आन्तरिक प्रक्रिया के रूप में पारिभाषित करते हैं जो व्यवहार करने के लिए शक्ति प्रदान करता है तथा एक खास उद्देश्य की ओर व्यवहार को ले जाता है।''

मार्गन, किंग, विस्ज तथा **स्कोपलर**[2] (Morgan, King, Weisz & Schopler, 1986) के अनुसार, ''अभिप्रेरण से तात्पर्य एक प्रेरक (driving) तथा कर्षण (pulling) बल से होता है जो खास लक्ष्य की ओर व्यवहार को निरन्तर ले जाता है।''

विटिंग एवं विलियम तृतीय[3] (Witting & William III, 1984) के अनुसार, ''अभिप्रेरण अवस्थाओं का एक ऐसा समुच्चय है जो व्यवहार को सक्रिय करता है, निर्देशित करता है तथा किसी लक्ष्य की ओर उसे बनाये रखता है।''

उपरोक्त मनोवैज्ञानिकों के विचारों पर यदि हम गौरपूर्वक विचार करें तो पायेंगे कि अभिप्रेरण व्यक्ति की एक ऐसी आन्तरिक अवस्था को कहा जाता है जो उसमें कुछ क्रियाएँ उत्पन्न करके उसके व्यवहारों को एक खास दिशा (goal) में उद्देश्य की प्राप्ति की ओर अग्रसारित करता है। इन मनोवैज्ञानिकों के विचारों का विश्लेषण करने पर हमें अभिप्रेरण के स्वरूप (nature) का पता चलता है जिसका वर्णन निम्नांकित है—

1. अभिप्रेरण व्यक्ति की एक आन्तरिक अवस्था (internal state) को कहा जाता है। यह आन्तरिक अवस्था काल्पनिक होती है। अतः इसे व्यक्ति के शरीर के भीतर ठोस रूप से देखा नहीं जा सकता है।
2. अभिप्रेरण में जो आन्तरिक अवस्था होती है उससे व्यक्ति में कुछ क्रियाएँ (activities) उत्पन्न होतीं हैं।
3. अभिप्रेरण में उत्पन्न क्रियाएँ (activities) एक निश्चित दिशा में यानी उद्देश्य की प्राप्ति की ओर बढ़ता है। इसका मतलब यह हुआ कि प्रत्येक अभिप्रेरण में एक निश्चित लक्ष्य (fixed goal) होता है जिसकी ओर व्यक्ति का व्यवहार प्रेरित होता है।

---

1. "In psychology, we define motivation as a hypothetical internal process that provides the energy for behaviour and directs it toward specific goal." —Baron, Byrne & Kantowitz : *Psychology*, 1980, p. 293
2. "Motivation refers to the driving and pulling forces which result in presistent behaviour directed towards particular goals." —Morgan, King, Weisz & Schopler : *Introduction to Psychology*, 1986, p. 303
3. "Motivation is a set of conditions which activate direction and maintain behaviour towards some goal." —Witting & Williams III : *Psychology*, 1984, p. 284

4. अभिप्रेरित व्यवहार (motivated behaviour) उत्पन्न होने के बाद उद्देश्य की प्राप्ति तक वह जारी रहता है।

एक उदाहरण देकर अभिप्रेरण के स्वरूप (nature) की व्याख्या हम इस प्रकार से कर सकते हैं—

मान लीजिए कि आपको भूख लगी है और आप किसी होटल में जाकर भोजन कर अपनी भूख को मिटाते हैं। यदि इस उदाहरण की विस्तृत व्याख्या की जाय, तो हमें अभिप्रेरण (motivation) के उपर्युक्त चार गुणों का समावेश उसमें मिलेगा। यहाँ भूख व्यक्ति की आन्तरिक अवस्था (internal state) है जिसे बाहर से देखा नहीं जा सकता है (पहला कारक)। इसे मनोवैज्ञानिकों ने *आवश्यकता* (need) की संज्ञा दी है। यह आन्तरिक अवस्था व्यक्ति में कुछ विशेष क्रियाएँ (activities) जैसे होटल ढूँढना, होटल में जाकर भोजन के बारे में पूछताछ करना आदि उत्पन्न करता है (कारक 2)। इस तनाव एवं क्रियाशीलता की अवस्था को मनोवैज्ञानिकों ने *प्रणोद* (drive) की संज्ञा दी है। व्यक्ति द्वारा किये गये ये सभी क्रियाएँ (activities) कुछ ऐसी होती हैं जो एक निश्चित दिशा में एक निश्चित लक्ष्य (goal) की प्राप्ति की ओर ले जाता है (कारक 3)। इस उदाहरण में निश्चित लक्ष्य भोजन (food) की प्राप्ति है। इसे मनोवैज्ञानिकों ने *प्रोत्साहन* (incentive) की संज्ञा दी है। व्यक्ति में क्रियाशीलता की अवस्था तब तक पायी जाती है जबतक कि उसे भोजन प्राप्त नहीं हो जाता है (कारक 4)। इस तरह से हम देखते हैं कि मनोवैज्ञानिकों ने अभिप्रेरण के स्वरूप की व्याख्या तीन मूल तत्त्वों (elements) द्वारा की है— आवश्यकता (need), प्रणोद (drive) तथा प्रोत्साहन (incentive)। इसे मनोवैज्ञानिकों ने *आवश्यकता-अन्तर्नोद-प्रोत्साहन सूत्र* (need-drive-incentive formula) भी कहा है जिसकी विस्तृत व्याख्या हम अगले अनुच्छेद में करेंगे।

मौलिक अभिप्रेरणात्मक सम्प्रत्यय
(Basic Motivational Concepts)

अभिप्रेरण (motivation) की व्याख्या अधिक स्पष्ट रूप से करने के लिए मनोवैज्ञानिकों ने अभिप्रेरणात्मक चक्र (motivational cycle) के सम्प्रत्यय (concept) का प्रतिपादन किया है। इस चक्र के मुख्य तीन तत्त्व हैं— आवश्यकता (need), प्रणोद (drive) तथा प्रोत्साहन (incentive)।

1. आवश्यकता *(Need)*—जब प्राणी के शरीर में किसी चीज की कमी (deficiency) या अति (excess) की अवस्था किसी कारण से उत्पन्न हो जाती है, तो इसे हम आवश्यकता की संज्ञा देते हैं। उडवर्थ तथा स्कलौसवर्ग[1] (Woodworth & Schlosberg, 1954) ने आवश्यकता को इसी अर्थ में परिभाषित करते हुए कहा है, ''कमी या अति की शारीरिक अवस्था को आवश्यकता कहा जाता है।'' व्यक्ति को जब प्यास (thirst) लगता है तो स्पष्ट है कि उसके शरीर की कोशिकाओं (cells) में पानी की कमी हो जाती है। अतः यहाँ प्यास की आवश्यकता पानी की कमी के कारण उत्पन्न हुई। इस तरह की आवश्यकता (need) को ऊतक आवश्यकता (tissue need) की संज्ञा दी जाती है। ऐसा भी होता है कि हमारे शरीर में कुछ ऐसे पदार्थ अधिक मात्रा में जमा हो जाता है कि यदि उन्हें बाहर नहीं निकाला जाय, तो इससे प्राणी का जीवन संकट में पड़ सकता है। पेशाब, पैखाना करने की आवश्यकता कुछ ऐसे ही पदार्थों का अधिक मात्रा में एकत्रित हो जाने से होता है। इस तरह की आवश्यकता को निष्कासन आवश्यकता (eliminative need) की संज्ञा दी जाती है। अतः आवश्यकता (need) से तात्पर्य प्राणी (व्यक्ति या पशु) के इन दोनों तरह की अवस्थाओं अर्थात् कमी (deficiency) तथा अति (excess) से होता है। मनोवैज्ञानिकों ने आवश्यकता (need) को अभिप्रेरणात्मक चक्र का पहला कदम (step) माना है क्योंकि किसी भी अभिप्रेरण (motive) का उत्पत्ति में सबसे पहले आवश्यकता ही उत्पन्न होती है।

2. प्रणोद *(Drive)*—जब प्राणी या जीव (organism) में आवश्यकता उत्पन्न होती है तो इससे स्वभावतः उसमें क्रियाशीलता बढ़ जाती है और वह पहले से अधिक सक्रिय (active) तथा तनावपूर्ण मालूम पड़ता है। सार्टेन[2] (Sartain, 1973) ने प्रणोद को परिभाषित करते हुए कहा है, ''प्रणोद वैसे तनाव या क्रियाशीलता की अवस्था को कहा जाता है

1. "A need is an organic state of deficiency or excess"

—Woodworth & Schlosberg : *Experimental Psychology,* 1954, p. 657

2. "The word 'drive' refers to a state of tension and activity that is aroused by one of these needs (tissue or eliminative)."

—Sartain : *Psychology,* 1973, p. 311

जो किसी आवश्यकता (ऊतक या निष्कासन) द्वारा उत्पन्न होता है।'' जैसा कि हम जानते हैं, व्यक्ति में भूख, प्यास, काम (sex) आदि की आवश्यकताएँ प्रमुख आवश्यकताओं में से है। अतः इन आवश्यकताओं द्वारा प्रणोद उत्पन्न होता है। भूख की आवश्यकता से भूख प्रणोद (hunger drive), प्यास की आवश्यकता से प्यास प्रणोद (thirst drive) तथा काम की आवश्यकता से काम प्रणोद (sex drive) उत्पन्न होता है। भूख, प्यास, काम आदि शारीरिक आवश्यकताओं (physiological needs) के अलावा कुछ मनोवैज्ञानिक आवश्यकताएँ भी व्यक्ति में होते हैं। जैसे— जीवन में ऊँचा-से-ऊँचा उपलब्धि (achievement) प्राप्त करने की आवश्यकता (need), दूसरों पर आधिपत्य जमाने की आवश्यकता (dominance) आदि। इन मनोवैज्ञानिक आवश्यकताओं से भी मनोवैज्ञानिक प्रणोद (psychological drive) उत्पन्न होता है। जैसे— उपलब्धि की आवश्यकता (achievement) से उपलब्धि प्रणोद (achievement drive) तथा आधिपत्य जमाने की आवश्यकता से आधिपत्य प्रणोद (dominance drive) की उत्पत्ति होती है।

कभी-कभी ऐसा भी देखा गया है कि आवश्यकता (need) तथा प्रणोद (drive) को लोग एक दूसरे के लिए प्रयोग करते हैं। परन्तु सच्चाई यह है कि ये दोनों पद (terms) समानान्तर (parallel) हैं, परन्तु एक ही नहीं है। यहाँ समानान्तर से मतलब यह है कि दोनों में वृद्धि या कमी साथ-साथ होती है। ऐसा नहीं होता है कि आवश्यकता में वृद्धि (या कमी) हो गयी हो, और प्रणोद का स्तर पहले ही जैसा बना हो।

3. प्रोत्साहन या लक्ष्य *(Incentive or goal)*—अभिप्रेरणात्मक चक्र का तीसरा कदम प्रोत्साहन (incentive) या लक्ष्य (goal) का होता है। लक्ष्य (goal) या प्रोत्साहन वातावरण का वह वस्तु है जो व्यक्ति या पशु को अपनी ओर आकर्षित कर लेता है तथा जिसकी प्राप्ति से व्यक्ति की आवश्यकता की पूर्ति तथा प्रणोद (drive) में कमी हो जाती है। जैसे— प्यासे व्यक्ति के लिए पानी लक्ष्य या प्रोत्साहन होता है जो व्यक्ति को अपनी ओर आकर्षित कर लेता है तथा जिसकी प्राप्ति से प्यास समाप्त हो जाती है तथा क्रियाशीलता और तनाव की स्थिति (प्रणोद) भी कम हो जाती है। परन्तु यदि थोड़ी देर के लिए यह मान लिया जाय कि प्यासे व्यक्ति को पानी की जगह भोजन (food) दिया जाता है, तो इससे उसकी प्यास नहीं बुझेगी और न ही प्यास प्रणोद (thirst drive) में कमी आएगी। अतः किसी वस्तु को लक्ष्य या प्रोत्साहन कहलाने के लिए यह भी आवश्यक है कि वह आवश्यकता (need) से सम्बन्धित हो।

लक्ष्य (goal) दो तरह के होते हैं— धनात्मक (positive) तथा ऋणात्मक (negative)। धनात्मक लक्ष्य (positive goal) वैसे लक्ष्य को कहा जाता है जिसे व्यक्ति प्राप्त करना चाहता है क्योंकि उसे प्राप्त करने से ही उसकी आवश्यकता (need) की पूर्ति हो सकती है। भोजन, पानी, लैंगिक क्रिया (sexual activities) आदि धनात्मक लक्ष्य के उदाहरण हैं। कुछ लक्ष्य ऐसे होते हैं जिनसे व्यक्ति दूर रहना चाहता है क्योंकि इससे दूर रहने से ही उसकी आवश्यकता की पूर्ति होती है। जैसे— दण्ड (punishment), आँखों पर सीधे पड़ने वाली तीव्र रोशनी, अत्यधिक गर्मी तथा अत्यधिक ठंढ आदि कुछ ऋणात्मक लक्ष्य के उदाहरण हैं।

ऊपर के वर्णन से स्पष्ट है कि आवश्यकता (need), प्रणोद (drive) तथा प्रोत्साहन (incentive) अभिप्रेरणात्मक चक्र (motivational cycle) के प्रमुख तीन क्रमिक कदम (successive steps) हैं। पशु हो या मानव, अभिप्रेरण (motivation) की स्थिति में सबसे पहले उसमें किसी-न-किसी आवश्यकता की उत्पत्ति होती है। आवश्यकता की उत्पत्ति से व्यक्ति में क्रियाशीलता तथा तनाव काफी बढ़ जाता है जिसे हम प्रणोद (drive) की संज्ञा देते हैं। प्रणोद की उत्पत्ति से व्यक्ति का व्यवहार उद्देश्यपूर्ण (purposeful) हो जाता है तथा किसी लक्ष्य की ओर अग्रसारित होता है। एक उदाहरण लीजिए— मान लीजिए कोई व्यक्ति काफी भूखा है। फलस्वरूप वह किसी होटल में जाता है और वह मनपसंद भोजन करके अपनी भूख मिटा लेता है। इस उदाहरण पर गौर कीजिए, व्यक्ति में भूख की आवश्यकता है जो इसलिए उत्पन्न हुई है कि उसने गत कई घंटों से भोजन नहीं किया है। मनोवैज्ञानिकों ने यह भी बतलाया है कि इस तरह की अवस्था में व्यक्ति के खून में चीनी की मात्रा का स्तर घट जाता है। इस तरह की आवश्यकता उत्पन्न होने पर व्यक्ति में अन्तर्नोद उत्पन्न होता है अर्थात् व्यक्ति अधिक क्रियाशील हो जाता है तथा तनाव की स्थिति से गुजरने लगता है। भूख अन्तर्नोद (hunger drive) के उत्पन्न होने पर व्यक्ति उद्देश्यपूर्ण व्यवहार करने लगता है अर्थात् वह किसी होटल या किसी ऐसे स्थान की खोज करने लगता है जहाँ जाने से उसकी भूख मिट सके। होटल में जाना ऐसा ही एक उद्देश्यपूर्ण व्यवहार (purposeful behaviour) है। होटल में जाने से उसे लक्ष्य यानी भोजन की प्राप्ति होती है। अतः भोजन एक प्रोत्साहन है जिसकी प्राप्ति से भूख की आवश्यकता समाप्त हो जाती है तथा क्रियाशीलता तथा तनाव भी घट जाता है। हाँ, कुछ समय के बाद फिर भूख की आवश्यकता उत्पन्न हो जाती है और वही प्रक्रियाएँ दोहरायी जातीं हैं। यही बात प्यास की आवश्यकता तथा काम की आवश्यकता के साथ भी है। यही कारण है कि मनोवैज्ञानिकों ने भूख प्यास तथा काम को

चक्रीय आवश्यकता (cyclic need) कहा है। ये सभी आवश्यकताएँ किसी एक समय में समाप्त होकर कुछ समय के बाद अपने आप एक चक्र (cycle) के रूप में उत्पन्न होते रहता हैं।

अभी हाल में डेसी (Deci, 1975) ने मानव अभिप्रेरण (human motivation) को अभिप्रेरणात्मक चक्र (motivational cycle) द्वारा और अधिक स्पष्ट एवं उसकी उपयुक्त (appropriate) व्याख्या करने के लिए इस चक्र में एक चौथा तत्त्व (element) भी जोड़ा है— संज्ञान (cognition)। संज्ञान एक सामान्य मानसिक प्रक्रिया है जिसमें चिन्तन (thinking), प्रत्यक्षण (perception), स्मरण (remembering), भाव (feeling) आदि प्रक्रियाएँ सम्मिलित होती हैं। मनोवैज्ञानिकों ने इस तरह के अभिप्रेरणात्मक चक्र (motivational cycle) को *संज्ञानात्मक अभिप्रेरणात्मक चक्र* (cognitive motivational cycle) की संज्ञा दी है। इस चक्र के अनुसर मानव अभिप्रेरण (human motive) की व्याख्या इस प्रकार होती है। किसी बाह्य (external stimulus) या आन्तरिक उद्दीपक (internal stimulus) (वैसे उद्दीपक को आन्तरिक उद्दीपक कहा जाता है जो शरीर के भीतर होते हैं) द्वारा जब व्यक्ति उत्तेजित (stimulate) होता है तो इससे व्यक्ति में क्रियाशीलता बढ़ जाती है और उसमें किसी लक्ष्य (goal) की ओर अग्रसर होने की प्रवृत्ति उत्पन्न हो जाती है। साथ-ही-साथ, वह इस बात से भी अवगत (aware) हो जाता है कि उसे उस लक्ष्य पर पहुँचने से कितना संतोष मिलेगा। इस तरह के अनुमान को *'भावी-संतोष-से-अवगत-की स्थिति'* (state-of-awareness-of-potential satisfaction) कहा जाता है। इस स्थिति के बाद व्यक्ति यह सोचता है कि किसी तरह उस लक्ष्य (goal) पर पहुँचने के बाद उसे एक संतोष (satisfaction) होगा जिसे वास्तविक संतोष (real satisfaction) कहा जाता है। यदि वास्तवकि संतोष का स्तर 'भावी-संतोष' (potential satisfaction) के स्तर से कम हुआ, तो ऐसी परिस्थिति में अभिप्रेरण (motive) की स्थिति बनी होती है और व्यक्ति नया उपाय सोचकर वास्तविक संतुष्टि का स्तर और अधिक बढ़ाने की कोशिश करता है ताकि वह भावी संतोष (potential satisfaction) के स्तर पर पहुँच जाय। इस संज्ञानात्मक अभिप्रेरणात्मक चक्र को एक उदाहरण द्वारा हम इस प्रकार समझा सकते हैं—

मान लीजिए कोई छात्र 'लता मंगेशकर नाईट' में पहले संगीत का मजा ले चुका है। इस घटना की याद बार-बार मन-ही-मन करके वह अपने आप को इतना अभिप्रेरित कर लेता है कि वह ऐसे सोचता है कि यदि वह इसी तरह के महान गायिका के नाईट में जाय, तो फिर से उसे उतना ही संतोष एवं मजा मिलेगा। इस भावी संतोष (potential satisfaction) की प्राप्ति के लिए वह हमेशा इस ताक में रहेगा कि कब इस तरह का नाईट फिर होने जा रहा है, किस तरह से हमें प्रवेश के लिए उसमें टिकट मिलेगा, इस नाईट में कौन-कौन अन्य महान हस्तियाँ आ रहे हैं, आदि-आदि। इस सभी संज्ञानात्मक कारकों (cognitive factors) के फलस्वरूप व्यक्ति उद्देश्यपूर्ण व्यवहार (purposeful behaviour) यानी लक्ष्य (goal) की ओर ले जाने वाला व्यवहार करना प्रारम्भ कर देता है। अन्त में एक दिन ऐसा आता है कि उसे इस तरह के नाईट में जाने का मौका मिल जाता है जहाँ यदि उसे संगीत सुनने के बाद एक खास स्तर की खुशी एवं संतोष 'भावी खुशी संतोष' के बराबर होता है, तो छात्र हर तरह से अपने आप को संतुष्ठ पाता है और उसकी अभिप्रेरण (motive) भी वहीं समाप्त हो जाता है। परन्तु यदि इस नाईट में उसे 'भावी संतोष' (potential satisfaction) से कम संतोष मिलता है, तो उसमें क्रियाशीलता बनी रहेगी और वह भावी संतोष के बराबर संतोष एवं खुशी प्राप्त करने के अन्य उपायों के बारे में सोचता रहेगा।

अभिप्रेरक के प्रकार : प्रयोगात्मक अध्ययन
(Kinds of Motives : Experimental Studies)

मनोवैज्ञानिकों ने अभिप्रेरक के मख्य दो प्रकारों का वर्णन किया है—

(अ) जन्मजात अभिप्रेरक (inborn motives)

(ब) अर्जित अभिप्रेरक (acquired motives)

इन दोनों अभिप्रेरकों का वर्णन हम अलग-अलग अनुच्छेद में स्वतंत्र रूप से करेंगे।

जन्मजात अभिप्रेरक
(Inborn motives)

जन्मजात अभिप्रेरक वैसे अभिप्रेरक को कहा जाता है जो व्यक्ति में जन्म से ही मौजूद होते हैं। इन अभिप्रेरकों के अभाव में प्राणी का जीवित रहना सम्भव नहीं है। इन अभिप्रेरकों को *शारीरिक अभिप्रेरक* (physiological motives) या

जैविक अभिप्रेरक (biological or biogenic motives) भी कहा जाता है। कुछ मनोवैज्ञानिकों ने जैसे शेरीफ एवं शेरीफ (Sherif & Sherif, 1956) ने कुछ न्यूनतम कसौटी या विशेषताओं का उल्लेख किया है जिनके होने पर किसी भी अभिप्रेरक (motive) को शारीरिक या जैविक अभिप्रेरक की श्रेणी में रखा जा सकता है। ऐसी विशेषताएँ निम्नांकित चार हैं—

(i) अभिप्रेरक प्राणी में जैविक माँग (biological demand) अर्थात् क्षुब्ध आंतरिक संतुलन के प्रति एक प्रतिक्रिया उत्पन्न करे या करता हो।

(ii) जैविक माँग अर्थात् क्षुब्ध आन्तरिक संतुलन (disturbed internal balance) के प्रति की गई प्रतिक्रिया से प्राणी में एक उत्तेजित अवस्था उत्पन्न होता हो।

(iii) अभिप्रेरक की अभिव्यक्ति में एक ही प्रजाति के सभी सदस्यों में समरूपता हो।

(iv) अभिप्रेरक अर्जित नहीं हो।

उपर्युक्त कसौटी या विशेषताओं को ध्यान में रखकर हम इस निष्कर्ष पर पहुँचते है कि कई ऐसे अभिप्रेरक हैं जिन्हें जन्मजात अभिप्रेरक की श्रेणी में रखा जा सकता है— भूख, प्यास, काम या यौन, तापक्रम नियमन (temperature regulation), मल-मूत्र त्याग (elimination), नींद, दर्द परिहार (pair avoidance), श्वसन (respiration) आदि। इन सभी जन्मजात अभिप्रेरकों में से पाँच प्रमुख अभिप्रेरकों अर्थात् भूख (hunger), प्यास (thirst), काम या यौन (sex), नींद (sleep) तथा मलमूत्र त्याग का विस्तृत वर्णन हम यहाँ करेंगे।

इन सभी जन्मजात अभिप्रेरकों की एक सामान्य विशेषता यह है कि ये सभी अभिप्रेरक शरीर के भीतर एक संतुलित शारीरिक अवस्था (balanced physiological state) बनाये रखते हैं जिन्हें मनोवैज्ञानिकों ने *समस्थिति* (homeostasis) कहा है। जब किसी कारक से इस समस्थिति में क्षुब्धता या असंतुलन उत्पन्न होता है, तो इससे व्यक्ति में जैविक अभिप्रेरक (biogenic motive) की उत्पत्ति होती है। उक्त सभी पाँच प्रकारों के जैविक अभिप्रेरकों का वर्णन निम्नांकित है—

1. भूख *(Hunger)*—20वीं शताब्दी के प्रारम्भ में किए गए अध्ययनों से स्पष्ट हो गया था कि भूख की उत्पत्ति अमाशय (stomach) की मांसपेशियों में संकुचन (contractions) से होती है। जब अमाशय खाली होता है, तो इसमें संकुचन तेजी से होता है। फलस्वरूप व्यक्ति को पेट में दर्द महसूस होता है और इसके साथ भूख का भी अनुभव होता है। इस तरह के दर्द को भूख-दर्द (hunger pangs) भी कहा जाता है क्योंकि अमाशय में संकुचन के परिणामस्वरूप भूख-दर्द होता है। इसे मनोवैज्ञानिकों ने *भूख का स्थानीय उद्दीपक सिद्धान्त* (local stimulus theory of hunger) कहा है। कैनन तथा वाशवर्न (Cannon & Washburn, 1912) ने सबसे पहले एक प्रयोग किया जिसमें इस तथ्य को दिखलाया गया है। इस प्रयोग में प्रयोज्य (subject) भूखा था और उसके पेट में बैलून (balloon) एक ट्यूब के सहारे लगा दिया गया (देखें चित्र 6.1)। फिर बैलून को हवा से धीरे-धीरे फुला दिया गया। उस ट्यूब के दूसरे छोर पर एक नोक बना था जिसके सहारे स्मॉक ड्रम (smoke drum) पर एक ग्राफ बनता था। जब अमाशय की मांसपेशियों में संकुचन होता था, प्रयोज्य को भूख यानी भूख-दर्द महसूस होता था तथा बैलून से हवा बाहर निकलने के कारण स्मॉक ड्रम के कागज पर ऊपर से नीचे की दिशा में लकीर खींचा जाता था। इस प्रयोग के आधार पर कैनन तथा वाशवर्न (Cannon & Washburn) ने यह दिखलाया है कि अमाशय की मांसपेशियों में संकुचन से व्यक्ति को भूख-दर्द यानी भूख का अनुभव होता है। परन्तु बाद में मनोवैज्ञानिकों ने भूख के इस स्थानीय उद्दीपक सिद्धान्त को गलत साबित कर दिया है। प्रायः देखा गया है कि इस तरह का भूख-दर्द प्रथम आधा घंटा तक ही होता है और उसके बाद उस तरह का दर्द समाप्त हो जाता है हालाँकि व्यक्ति को भूख लगी रहती है। अभी हाल में कुछ ऐसे भी प्रेक्षण (observation) हुए हैं जिनमें अमाशय से निकलने वाली तंत्रिकाओं (nerves) को काट दिया गया है या पूरे अमाशय को ही काटकर निकाल दिया गया है, फिर भी व्यक्ति को भूख का अनुभव होते पाया गया है।

आजकल मनोवैज्ञानिकों ने भूख अभिप्रेरक (hunger motive) के दो मुख्य शारीरिक आधार (physiological base) बतलाया है। पहला, जब व्यक्ति में खून में चीनी (sugar) की मात्रा कम हो जाती है, तो इससे व्यक्ति को भूख का अनुभव होता है। फ्रीडमैन तथा स्ट्रीकर (Friedman & Stricker, 1976) ने एक दूसरा तथ्य बतलाया है। जब व्यक्ति लगातार कई घंटों से भोजन नहीं करता है, तो इससे ईंधन (fuel) की आपूर्त्ति (supply) स्वभावतः कम हो जाती है और यकृत (liver) के चयापचयी क्रियाओं (metabolic processes) में परिवर्तन होता है जिसकी सूचना मस्तिष्क के हाईपोथेलमस (hypothalamus) को होता है और इसके फलस्वरूप व्यक्ति को भूख का अनुभव होता है।

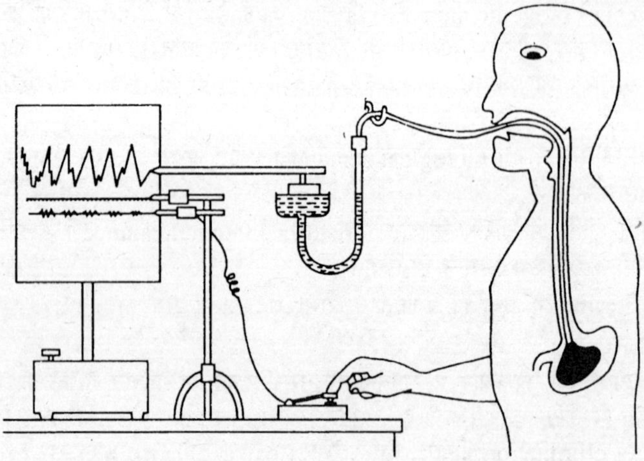

चित्र 6.1 : कैनन तथा वाशवर्न का प्रायोगिक चित्र

भूख अभिप्रेरक का दूसरा शारीरिक आधार (physiological base) लेट्रल हाइपोथैलमस (lateral hypothalamus or LH) तथा भेन्ट्रोमिडीयल हाइपोथैलमस (ventromedial hypothalamus or VMH) है। मनोवैज्ञानिकों ने अनेक अध्ययन पशुओं पर करके यह दिखलाया है कि LH को बिजली के झटके से उत्तेजित करने से पशु में भूख अधिक लगती है और वह अधिक तेजी से भोजन करना प्रारम्भ कर देता है। दूसरी तरफ VMH को उत्तेजित करने पर पशु खाना बन्द कर देते हैं। परन्तु यदि LH तथा VMH क्षेत्र को बिजली के हल्के झटके से उत्तेजित न कर उसमें घाव (lesion) कर दिया जाता है, तो ऐसी अवस्था में LH तथा VMH का कार्य बदलकर पहले के विपरीत हो जाता है। टिटेलबॉम (Titelbaum, 1961) ने अपने अध्ययन में पाया कि LH में घाव कर देने पर पशु को भूख कम लगने लगती है तथा वह धीरे-धीरे खाना बन्द कर देता है परन्तु यदि VMH में घाव कर दिया जाता है तब पशु को भूख पहले से काफी बढ़ जाती है और वह अधिक खाना प्रारम्भ कर देता है। इन्होंने अपने अध्ययन में पाया कि कुछ चूहे जिनके VMH में घाव उत्पन्न कर दिया गया था, इतना अधिक खाते थे कि वे सामान्य चूहों से दुगुना तथा तिगुना अधिक भारी हो गए। कुछ ऐसे भी प्रेक्षण (observation) हैं जिनमें मानव मस्तिष्क में ट्यूमर होने से VMH या LH पूर्णतः क्षतिग्रस्त हो गया था। VMH के क्षतिग्रस्त होने पर व्यक्ति को पहले से अधिक भूख लगती थी और वह काफी अत्यधिक खाना खाता था परन्तु LH के क्षतिग्रस्त होने पर व्यक्ति को भूख करीब-करीब नहीं के बराबर ही लगती थी।

ऊपर के विवरण से स्पष्ट है कि भूख एक ऐसा अभिप्रेरक (motive) है जिसका शारीरिक आधार मस्तिष्क से सम्बन्धित कारक (brain factors) भी है तथा साथ ही अन्य उद्दीपक कारक (stimulus factor). जैसे खून में चीनी की मात्रा का कम जाना तथा यकृत (liver) के चयापचयी क्रियाओं (metabolic processes) में परिवर्तन आदि भी है।

भूख का सम्बन्ध शरीर के वजन से प्रत्यक्ष रूप से पाया गया है। वह दर (rate) जिस पर शरीर, ऊर्जा (energy) उत्पन्न करने के लिए कैलोरी खर्च करता है, उसे चयापचयी दर (metabolic rate) कहा जाता है। शरीर को ऊर्जा मूलतः भोजन से मिलता है। ऊर्जा ग्रहण (energy intake) अर्थात् हमलोग कितना खाते हैं, तथा उत्पादन (output) अर्थात् कितना ऊर्जा हमलोग उपयोग कर पाते हैं, के बीच जब किसी प्रकार का असंतुलन (imbalance) होता है, तो शरीर का वजन में परिवर्तन हो जाता है। अगर दिन-प्रतिदिन के ऊर्जा की जरूरतों से अधिक कैलोरी व्यक्ति लेता है, तो इससे शरीर का वजन बढ़ता है। परंतु अगर व्यक्ति का दिन-प्रतिदिन का ऊर्जा जरूरत से लिए गये कैलोरी की मात्रा से अधिक होता है तो शरीर का वजन घट जाता है।

वसा-कोशिका सिद्धान्त (fat cell theory) के अनुसार शरीर के मोटापन का सम्बन्ध शरीर से वसा कोशिका (fat cell) की संख्या से होता है। एक अनुमान के अनुसार करीब प्रत्येक व्यक्ति में 30 से 40 विलियन (billion) वसा कोशिकाएँ (fat cells) होतीं हैं। ग्रिन्कर (Grinker, 1982) द्वारा किये गए अध्ययनों से यह स्पष्ट हुआ है कि वसा कोशिकाओं की संख्या, व्यक्ति के जीन्स (genes) तथा खाने की आदत दोनों ही द्वारा निर्धारित होती है। सचमुच में वसा

कोशिकाएँ द्रवित वसा (liquified fat) का संग्रहगृह के रूप में कार्य करता है। जब शरीर का वजन कम होता है, तो स्वयं वसा कोशिकाएँ की संख्या में कमी नहीं होती है। डिज (Dietz, 1999) ने स्पष्टतः यह दिखलाया है कि ऐसी परिस्थिति में कोशिकाओं में संग्रहित वसा में कमी आ जाती है और वे स्वयं सिकुड़ जाती है। फलतः व्यक्ति के शरीर का वजन कम हो जाता है। एक समय में शोधकर्त्ताओं का ऐसा विश्वास था कि सभी वसा कोशिकाओं का निर्माण जीवन के आरम्भिक भाग में ही हो जाता है। परंतु अब इस विचारधारा की मान्यता नहीं रह गयी है। रोडिन एवं विंग (Rodin & Wing, 1998) के अनुसार जब व्यक्ति उस बिन्दु के परे भी अधिक खाता है जहाँ वसा कोशिकाएँ अपने अधिकतम क्षमता पर पहुँच चुकी होती है, वसा कोशिकाओं की संख्या में बढ़ोत्तरी प्रारम्भ हो जाता है।

सेट-बिन्दु सिद्धान्त (set-point theory) से भी शरीर के वजन की व्याख्या की गयी है। यह सिद्धान्त बतलाया है कि मानव एवं अन्य स्तनधारी पशु जननिक रूप से (genetically) एक खास शारीरिक वजन बनाये रखने के लिए सेट (set) होता है। इस सिद्धान्त के अनुसार एक आंतरिक समस्थितिक तंत्र (internal homeostatic system) सेट-बिन्दु वजन (set-point weight) को बरकरार रखने के लिए ठीक उसी ढंग से कार्य करता है जिस ढंग से थर्मोस्टैट (thermostate)। थर्मोस्टैट उस बिन्दु पर तापक्रम को बनाकर रखता है जिस पर उसे सेट या निश्चित कर दिया जाता है। चाहे व्यक्ति दुबला-पतला हो, अधिक शारीरिक वजन का हो या सामान्य हो, जब हमलोगों का शारीरिक वजन, सेट बिन्दु से नीचे चला जाता है, हमलोगों का भूख बढ़ जाता है। जब शारीरिक वजन उस सेट बिन्दु से ऊपर चला जाता है, भूख कम हो जाती है ताकि शरीर का वजन सेट-बिन्दु पर बना रहे। गुरीन (Gurin, 2000) द्वारा किये गए अध्ययनों से यह स्पष्ट हुआ है कि सेट बिन्दु शरीर के वसा कोशिकाओं एवं चपायचपी दर से प्रभावित होता है और ये दोनों ही जीन्स (genes) द्वारा प्रभावित होते हैं।

2. प्यास *(Thirst)*—दूसरा प्रमुख जन्मजात अभिप्रेरक (inborn motive) प्यास है जिस पर मनोवैज्ञानिकों का ध्यान अधिक गया है। 20वीं शताब्दी के प्रारम्भ में कुछ ऐसे प्रयोग किए गए जिनके आधार पर मनोवैज्ञानिकों ने यह बतलाया कि मुँह के भीतर गीलेपन में अत्यधिक कमी, यानी मुँह सुखने से हमें प्यास लगती है। इसे *प्यास का स्थानीय सिद्धान्त* (local theory of thirst) कहा गया जिसका प्रतिपादन कैनन (Cannon, 1932) ने किया था। परन्तु बाद में कई मनोवैज्ञानिकों ने जैसे स्टीगेरडा (Steggerda, 1941), ग्रीगेरसन (Greegersen, 1932) तथा मौन्टगोमेरी (Montgomery, 1931) ने अपने-अपने प्रयोगों के आधार पर यह साबित कर दिया है कि मुँह में सूखापन (dryness) प्यास का कारण नहीं बल्कि मात्र एक प्रारम्भ कारक (start factor) के रूप में कार्य करता है।

आजकल शरीरक्रिया मनोवैज्ञानिकों (physiological psychologists) ने प्यास की व्याख्या करने के लिए कई शारीरिक आधार (physiological base) बतलाया है। जैसे— कुछ विशेषज्ञों ने यह दिखलाया है कि हाइपोथैलमस (hypothalamus) तथा पीयूष ग्रन्थि (pituitary gland) से एक विशेष प्रकार का हारमोन्स (hormones) निकलता है जिसे एन्टीड्युरेटिक हारमोन्स (antiduretic hormones or ADH) कहा जाता है। ADH वृक्क (kidney) द्वारा पानी (water) शरीर से बाहर निकलने की प्रक्रिया पर अपना नियंत्रण रखता है। इस तरह से ADH वृक्क के कार्यवाही पर नियंत्रण रखकर शरीर में पानी के सामान्य स्तर (normal level) को बनाये रखता है।

इपस्टीन तथा उनके सहयोगियों (Epstein et al., 1973) ने प्यास की व्याख्या शारीरिक क्रियाओं (physiological processes) के रूप में करने के लिए एक विशेष सिद्धान्त (theory) का प्रतिपादन किया है जिसे *डब्ल-डिप्लेसन सिद्धान्त* (Double-depletion theory) कहा गया है। इस सिद्धान्त के अनुसार प्यास दो शारीरिक क्रियाओं का परिणाम है— एक है कोशिकाओं में पानी की कमी हो जाना (cellular dehydration) तथा दूसरा है रक्त की मात्रा (volume) में कमी हो जाना (hypovolemia)। जब शरीर से अत्यधिक पानी निकल जाता है या जरूरत के अनुसार उसे पानी नहीं मिलता है, तो शरीर की कोशिकाओं (cells) का भीतरी भाग भी सूखने लगता है। ऐसी स्थिति में हाइपोथैलमस में एक विशेष प्रकार की तंत्रिका कोशिका (nerve cell) होती है जिसे 'औसमोरिस्पेटर' (osmoreceptor) कहा जाता है, उत्तेजित होकर मस्तिष्क के उच्च केन्द्रों को स्नायु प्रवाह (nerve impulse) भेजकर इस बात की सूचना देता है कि शरीर में पानी की कमी हो गयी है जिससे व्यक्ति को प्यास का अनुभव होता है। शरीर की कोशिकाओं (cells) में पानी की कमी की स्थिति को *कोशिकीय निर्जलन* (cellular dehydration) की संज्ञा दी जाती है। जब शरीर से पानी अत्यधिक मात्रा में निकल जाता है या किसी कारणवश उसे ज़रूरत के अनुसार पानी नहीं मिलता है तो वैसी परिस्थिति में शरीर में खून की मात्रा (volume) में कमी आ जाती है जिससे रक्त चाप (blood pressure) में कमी आ जाती है। रक्त चाप

में कमी होने से वृक्क से एक विशेष प्रकार का तरल पदार्थ जिसे रेनिन (renin) कहा जाता है, निकलता है जिसके खून में मिलने से एक विशेष पदार्थ जिसे एनगियोटेनसिन II (Angiotensin II) कहा जाता है, बनता है। एनगियोटेनसिन II के बनने से व्यक्ति में प्यास का अनुभव होता है और वह पानी पीना चाहता है। इस तरह से हम देखते हैं कि डब्ल-डिप्लेसन सिद्धान्त में प्यास का दो शारीरिक आधार (physiological bases) बतलाया गया है— कोशिकीय निर्जलन (cellular dehydration) तथा हाइपोभोलेमिया (hypovolemia)। हमें प्यास का अनुभव इन दोनों कारकों (factors) के आधार पर होता है।

3. यौन या काम *(Sex)*—काम तीसरा प्रमुख जन्मजात या जैविक अभिप्रेरक (biological motive) है, हालांकि इसे कुछ हद तक सामाजिक अभिप्रेरक (social motive) भी माना जा सकता है क्योंकि काम अभिप्रेरक में व्यक्ति को दूसरे व्यक्ति के साथ अन्तःक्रिया (interaction) करना होता है तथा साथ-ही-साथ लैंगिक व्यवहार (sexual behaviour) बहुत हद तक सामाजिक नियमों द्वारा भी निर्देशित होता है।

यौन या काम (sex) यद्यपि एक जन्मजात या जैविक अभिप्रेरक (biological motive) है, फिर भी यह अभिप्रेरक अन्य जैविक अभिप्रेरकों जैसे भूख तथा प्यास से निम्नांकित तीन तरह से भिन्न है—

(i) भूख तथा प्यास ऐसे अभिप्रेरक है जिनकी संतुष्टि बिना व्यक्ति का जीवित रहना सम्भव नहीं है परन्तु यौन या काम की संतुष्टि किए बिना ही व्यक्ति जिन्दा रह सकता है। अतः यौन अन्य जन्मजात अभिप्रेरक से भिन्न है।

(ii) भूख तथा प्यास में शरीर के भीतर कुछ खास तत्त्व (substance) की कमी पायी जाती है परन्तु यौन अभिप्रेरक में शरीर में किसी तत्त्व की कमी नहीं होती है।

(iii) यौन अभिप्रेरक की उत्पत्ति वातावरण में उपस्थित संवेदी उद्दीपकों (sensory stimuli) से अधिक होता है परन्तु भूख तथा प्यास अभिप्रेरक की उत्पत्ति उस तरह के उद्दीपकों से नहीं के बराबर होता है।

काम अभिप्रेरक (sex motive) की व्याख्या विशेषज्ञों ने दो तरह के शारीरिक आधारों (physiological bases) के रूप में किया है—

(i) हारमोनल कारक (hormonal factors) तथा

(ii) मस्तिष्क सम्बन्धी कारक (brain factors)।

इन दोनों तरह के कारकों का वर्णन निम्नांकित है—

(i) हारमोनल कारक *(Hormonal factor)*—स्त्री के यौन ग्रन्थि (sex gland) को डिम्बग्रन्थि (ovary) तथा पुरुष के यौन ग्रन्थि को अण्डग्रन्थि (testicle) कहते हैं। इन यौन ग्रन्थियों से स्त्री हारमोन्स (female hormones) तथा पुरुष हारमोन्स (male hormones) निकलते हैं। स्त्री हारमोन्स में एस्ट्रोजेनस (estrogens) प्रमुख है तथा पुरुष हारमोन्स में टेस्टोस्ट्रोन (testosterone) मुख्य है। स्त्री हारमोन्स तथा पुरुष हारमोन्स दोनों ही में अर्थात स्त्री में भी तथा पुरुष में भी पाये जाते हैं। अन्तर सिर्फ मात्रा (degree) का होता है। स्त्री में स्त्री हारमोन्स पुरुष हारमोन्स की अपेक्षा अधिक पाया जाता है। उसी तरह से पुरुष में पुरुष हारमोन्स स्त्री हारमोन्स की अपेक्षा अधिक पाया जाता है।

जब रक्त में एस्ट्रोजन की मात्रा अत्यधिक होने लगती है तो स्त्रियों में गौण लैंगिक गुण (secondary sexual characteristics) जैसे, मासिक धर्म का प्रारम्भ होना, स्तन में वृद्धि, आवाज में परिवर्तन आदि होते पाया जाता है। मादा पशुओं के रक्त में एस्ट्रोजन बढ़ने से वे एस्ट्रस (estrus) या कामोत्तेजना (heat) की अवस्था में आते हैं और लैंगिक क्रिया (sexual activity) के लिए तैयार होकर नर पशुओं के नजदीक आने लगते हैं। मानव स्त्रियों (human females) में एस्ट्रोजन (estrogen) तथा काम अभिप्रेरक के बीच पशुओं जैसे स्पष्ट सम्बन्ध नहीं देखने को मिला है। ऐसा देखा गया है कि कुछ स्त्रियों में काम (sex) की अधिकतम इच्छा मासिक धर्म समाप्त होने के तुरंत बाद होती है जबकि उस समय रक्त में एस्ट्रोजन की मात्रा काफी कम होती है। बैनक्रौफ्ट (Bancroft, 1978) ने अपने अध्ययन में यह दिखलाया है कि मासिक धर्म समाप्त होने के 13-14 दिन के बाद कुछ स्त्रियों में काम की इच्छा अधिक तीव्र होती है। इन दिनों एस्ट्रोजन की मात्रा भी अधिकतम होती है। सबसे आश्चर्य की बात यह है कि मासिक धर्म होने की उम्र बीत जाने के बाद अधिकतर स्त्रियों में काम की तीव्र इच्छा बनी रहती है। हालांकि इस उम्र में एस्ट्रोजन की मात्रा रक्त में काफी कम होती है। अतः स्त्रियों में काम की इच्छा हारमोनल कारक (hormonal factors) के अलावा कुछ और कारकों जैसे उनकी आदत, मनोवृत्ति आदि पर भी निर्भर करती है।

पुरुष (male) प्राणी चाहे पशु हो या मनुष्य, काम की इच्छा जागने के लिए खून में टेस्टोस्ट्रोन (testosterone) की मात्रा एक खास स्तर तक होना अनिवार्य है। परन्तु यदि टेस्टोस्ट्रोन की मात्रा उस स्तर से भी अधिक हो जाता है तो

जैसा कि बर्ममेन्ट तथा डेभिडसन (Bermant & Davidson, 1974) ने अपने प्रयोग में दिखलाया है, काम की इच्छा अधिक तीव्र नहीं हो जाती है। रक्त में टेस्टोस्ट्रोन की एक खास मात्रा होने पर पुरुषों में काम की इच्छा बाह्य उद्दीपक (जैसे स्त्री को लैंगिक कार्य (sexual activities) के लिए तैयार होते देखकर) द्वारा अधिक उत्पन्न होती है।

थॉम्पसन (Thompson, 1975) ने कुछ ऐसे अध्ययनों (studies) की समीक्षा की है जिसमें पशुओं विशेषकर चूहों में यौन हारमोन्स (sex hormones) यानी एस्ट्रोजन (estrogen) तथा टेस्टोस्ट्रोन (testosterone) की सूई देकर उसके यौन व्यवहारों का अध्ययन किया गया था। अपने इस समीक्षा के बाद थॉम्पसन (Thompson) निम्नांकित निष्कर्ष पर पहुँचे—

(i) अपरिपक्व चूहों (immatured rate) में यौन हारमोन्स (sex hormones) की सूई देने पर वे वयस्क चूहों (adult animals) जैसा लैंगिक व्यवहार करते थे।

(ii) वैसे मादा चूहों में जिनका डिम्बग्रन्थि (ovary) ऑपरेशन द्वारा निकाल दिया गया था या वैसे नर चूहों में जिन्हें बधिया (castrate) कर दिया गया था, यौन हारमोन्स की सूई देने पर वे ऑपरेशन के पहले के समान लैंगिक व्यवहार करने लगते थे।

(iii) यदि पुरुष यौन हारमोन्स (male sex hormones) की सूई किसी मादा बन्दर (female monkey) में लगातार कुछ दिनों तक दी जाती थी तो वैसी परिस्थिति में मादा बन्दर से पैदा होने वाले बंदर यदि मादा (female) होते हैं तो उसमें नर बन्दर के गुण आ जाते थे। यंग तथा उनके सहयोगियों (Young et al., 1964) ने एक अध्ययन किया जिसमें एक गर्भवती मादा बन्दर को प्रतिदिन गर्भधारण करने के 42 दिन से लेकर 122वें दिन तक लगातार टेस्टोस्ट्रोन की सूई दी गयी। बाद में मादा बन्दर ने जिस बन्दर को जन्म दिया वह उभयलिंगी (hermaphrodite) था अर्थात् उसमें मादा बन्दर तथा नर बन्दर दोनों के गुण थे।

(ii) मस्तिष्क-सम्बन्धी कारक *(Brain factors)*—यौन अभिप्रेरक को कुछ लोगों ने मस्तिष्क सम्बन्धी कारकों (brain factors) के रूप में व्याख्या की है। पशुओं पर किए गए अध्ययनों से यह स्पष्ट हो गया है कि हाइपोथैलमस (hypothalamus) में घाव (lesion) उत्पन्न करने से नर पशु (male animals) तथा मादा पशु (female animals) दोनों में ही लैंगिक व्यवहार बहुत ही कम हो जाते हैं। दूसरी तरफ यदि हाइपोथैलमस को बिजली द्वारा उत्तेजित किया जाता है, तो नर पशु मादा पशु दोनों ही लैंगिक व्यवहार करने के लिए काफी तत्पर हो जाते हैं। भाऊगान तथा फिशर (Vaughan & Fisher, 1962) ने एक अध्ययन किया जिसमें एक पुरुष (मानव) के हाइपोथैलमस को बिजली द्वारा उत्तेजित करने पर ऐसा देखा गया कि उसने एक घंटे में 20 बार तक स्खलन (ejaculation) किया। ब्लूमर तथा वाकर (Blumer & Walker, 1967) के अध्ययन के अनुसार यदि लिम्बिक तंत्र (limbic system) में किसी प्रकार का घाव (lesion) या ट्यूमर (tumor) हो जाता है तो वैसी अवस्था में व्यक्ति में काम की इच्छा बिलकुल ही समाप्त होते देखी गयी है। हेथ (Heath, 1964) ने चार व्यक्तियों (जिसमें तीन पुरुष तथा एक महिला थी) के लिम्बिक तंत्र को बिजली द्वारा उत्तेजित करने पर यह पाया कि तीनों पुरुषों में काम की इच्छा काफी तीव्र हो गयी और महिला को ऐसा महसूस होने लगा कि वह लैंगिक क्रिया (sexual activity) कर रही है।

4. नींद *(Sleep)*—प्राणी के लिए नींद चौथा महत्त्वपूर्ण जन्मजात अभिप्रेरक है। नींद दो प्रकार के होते हैं—

(i) तीव्र आँख गतिक नींद (Rapid eye movement sleep or REM sleep)

(ii) अतीव गतिक नींद (Non-rapid eye movement sleep or Non-REM sleep)

तीव्र आँख गतिक नींद (REM sleep) का पहले-पहले अध्ययन एसरीनस्काई तथा क्लिटमैन (Aserinsky & Kleitman, 1953) ने किया। इसमें व्यक्ति को गहरी नींद नहीं आती है और वह प्रायः भिन्न-भिन्न प्रकार के स्वप्न देखा करता है। इस तरह की नींद में व्यक्ति आधा सोता है तथा आधा जागता है तथा उसके नेत्र गोलक (eye ball) में तीव्र गति होते पाये जाते हैं। क्लिटमैन (Kleitman, 1953) का कहना है कि सामान्य नींद का 20% नींद ऐसा ही होता है। तीव्र आँख गतिक नींद को *स्वप्न नींद* (dream sleep) भी कहा जाता है। तीव्र आँख गतिक नींद (REM sleep) की दो विशेषताएँ होती है— उम्र बीतने के साथ REM नींद का प्रतिशत व्यक्ति में घटते जाता है। बच्चों में कुल नींद का करीब 50% नींद REM नींद होता है, परन्तु वयस्कों में यह घटकर मात्र 20% हो जाता है। इसकी दूसरी विशेषता यह है कि REM नींद केवल स्तनपायी (mammals) प्राणियों में होता है। स्पष्टतः तब इस तरह का नींद मछलियों, रेंगनेवाले प्राणियों (reptiles), जलस्थल चर प्राणियों (amphbians) में नहीं होता है तथा शिकारी पंक्षियों में थोड़ा बहुत मात्रा में

पाया जाता है। अतीव्र आँख गतिक नींद (non-REM sleep) में व्यक्ति गहरी नींद में सोता है तथा व्यक्ति में संवेदी प्रक्रिंयाएँ (sensory processes) बहुत कम होतीं हैं। इस तरह के नींद में श्वसन गति धीमी हो जाती है, हृदय की गति धीमी हो जाती है, तथा रक्त चाप (blood pressure) भी कम हो जाता है। तीव्र आँख गतिक नींद में ये सारी प्रक्रियाएँ उलट जाती हैं। इसमें हृदय की गति तीव्र हो जाती है, रक्तचाप बढ़ कर जगे हुए अवस्था के समान हो जाता है तथा मस्तिष्क में संवेदी उत्तेजनाएँ (sensory stimulation) भी अधिक हो जातीं हैं। कुछ मनोवैज्ञानिकों ने तीव्र आँख गतिक नींद (REM sleep) की एक और विशेषता बतलाया है जो यह है कि पुरुषों में (चाहे वे वयस्क हों या बच्चा) लिंग (penis) प्रायः खड़ा (erection) हो जाता है, हालांकि इसका सम्बन्ध यौन-सम्बन्धी विचारों (sex-related ideas) से नहीं होता है।

मनोवैज्ञानिकों ने हाइपोथैलमस (hypothalamus), थैलमस (thalamus) तथा रेटिकुलर फॉरमेशन (reticular formation) को नींद का नियंत्रण कक्ष माना है। अनेक अध्ययन इस प्रकार के किए गए हैं जिनसे यह पता चला है कि मस्तिष्क के इन केन्द्रों में किसी प्रकार की क्षति या घाव (lesion) होने से व्यक्तियों की नींद में बाधा पहुँचती है। लेफ्रैनकोईस (Lefrancois, 1983) के अनुसार यदि व्यक्ति लम्बे समय तक किसी कारण से नहीं सो पाता है, तो उसमें विभ्रम (hallucination), बौद्धिक अक्षमता (intellectual inability) तथा अन्य असामान्य लक्षण (abnormal system) दिखाई पड़ने लगते हैं। मॉरिस तथा सिंगर (Morris & Singer, 1961) ने एक विशेष अध्ययन कुछ ऐसे सिपाहियों पर किया जो 40 घंटों, 65 घंटों तथा 90 घंटों से सोये नहीं थे। परिणाम में देखा गया कि जैसे-जैसे अनिद्रा की अवधि अधिक होती गयी, सिपाहियों में सांवेगिक अस्थिरता (emotional instability) तथा प्रत्यक्षण-सम्बन्धी भिन्न-भिन्न प्रकार के दोष जैसे भ्रम, विभ्रम आदि भी बढ़ते गये। अतः नींद का हमारा जिन्दगी में जैविक महत्त्व (biological importance) के अलावा मनोवैज्ञानिक महत्त्व (psychological importance) भी है।

5. मल-मूत्र त्याग अभिप्रेरक *(Eliminative motive)*—मल-मूत्र त्याग अभिप्रेरक भी एक जैविक अभिप्रेरक (biological motive) है जिससे प्रेरित होकर व्यक्ति पेशाब या पैखाना करता है। जब व्यक्ति का बड़ी आँत में खाये हुए भोजन का सिट्ठी या अवशिष्ट पदार्थ (waste products) अधिक जमा हो जाता है, तो उसमें पैखाना करने का अभिप्रेरक उत्पन्न होता है। ठीक उसी तरह से जब व्यक्ति के ब्लाडर (bladder) में मूत्र अत्यधिक जमा हो जाता है, तो उसे पेशाब करने की इच्छा होती है। मल-मूत्र त्याग अभिप्रेरक एक ऐसा अभिप्रेरक है जिसे व्यक्ति अपने अनुभवों के आधार पर कुछ समय के लिए रोक भी सकता है। फ्रायड (Freud, 1951-17) प्रथम ऐसे मनोवैज्ञानिक थे जिन्होंने मल-मूत्र अभिप्रेरक (eliminative motive) के महत्त्व को व्यक्तित्व के शीलगुणों के निर्माण में काफी महत्त्वपूर्ण बतलाया है। इनका कहना था कि जिन बच्चों में मल-मूत्र को रोकने की प्रवृत्ति अधिक होती है, वैसे बच्चों में वयस्क होने पर जिद्दी (obstinancy) तथा कंजूसी (stingeness) का गुण अधिक पाया जाता है तथा दूसरी तरफ जिन बच्चों में मल-मूत्र नियमित रूप से करने के लिए माता-पिता द्वारा बाध्य किया जाता है, बड़े होने पर उनमें क्रूरता (cruelty) तथा आक्रमणशीलता (aggressiveness) का शीलगुण तुलनात्मक रूप से अधिक विकसित होता है।

अर्जित अभिप्रेरक
(Acquired Motive)

अर्जित अभिप्रेरक वैसे अभिप्रेरक को कहा जाता है जो व्यक्ति में जन्म से तो मौजूद नहीं होता है परन्तु जिसे व्यक्ति अपने जीवन काल में सामाजिक रूप से (socially) अपने को श्रेष्ठ (superior) बनाए रखने के लिए सीखता है। ये अभिप्रेरक कुछ ऐसे होते हैं जिसके बिना व्यक्ति जैविक रूप से (biologically) तो जिन्दा रह सकता है परन्तु सामाजिक रूप से (socially) उसका जीवित रहना सम्भव नहीं है। अर्जित अभिप्रेरक के इस सामाजिक महत्त्व (social importance) के कारण ही इसे सामाजिक अभिप्रेरक (social motives) भी कहा जाता है। ऐसे अभिप्रेरकों को सामाजिक इसलिए कहा जाता है क्योंकि व्यक्ति उन्हें सामाजिक परिस्थितियों जैसे परिवार, पड़ोसियों, स्कूल, कॉलेज के साथियों आदि के बीच रहकर सीखता है। प्रमुख सामाजिक अभिप्रेरक निम्नांकित है—

1. उपलब्धि की आवश्यकता (Need for achievement)
2. सम्बन्धन की आवश्यकता (Need for affiliation)
3. स्तर एवं सत्ता की आवश्यकता (Need for power and status)

4. आक्रमणशीलता की आवश्यकता (Need for aggressiveness)

5. अनुमोदन आवश्यकता (Approval motive or need)

इन सामाजिक प्रेरकों की व्याख्या इस प्रकार है—

1. उपलब्धि की आवश्यकता *(Need for achievement)*—उपलब्धि की आवश्यकता या जिसे उपलब्धि अभिप्रेरक (achievement motive) भी कहा जाता है, से तात्पर्य एक ऐसे अभिप्रेरक (motive) से होता है जिससे प्रेरित होकर व्यक्ति अपने कार्य को इस ढंग से करता है कि उसे उसमें अधिक-से-अधिक सफलता मिल सके। मन, फर्नाल्ड व फर्नाल्ड[1] (Munn, Fernald & Fernald, 1972) ने उपलब्धि अभिप्रेरक को परिभाषित करते हुए कहा है, ''उपलब्धि अभिप्रेरक से तातपर्य श्रेष्ठता के खास स्तर प्राप्त करने की इच्छा से होता है।'' जिन व्यक्तियों में उपलब्धि अभिप्रेरक अधिक होता है, वे अपनी जिन्दगी में अधिक-से-अधिक उच्च स्तर की सफलता प्राप्त करने की कोशिश करते हैं। उपलब्धि अभिप्रेरक सभी व्यक्तियों में समान नहीं होता है। किसी में यह अभिप्रेरक काफी अधिक होता है तो किसी में यह अभिप्रेरक कम होता है। मनोवैज्ञानिकों ने अनेक अध्ययन कर यह दिखला दिया है कि उपलब्धि अभिप्रेरक का सम्बन्ध बचपन में माता-पिता द्वारा दिए जाने वाले स्वतंत्रता प्रशिक्षण (independence training) से काफी है। इस प्रशिक्षण से तात्पर्य बच्चों को माता-पिता द्वारा स्वतंत्र रूप से भिन्न-भिन्न तरह के कार्यों को करने देने पर जोर डालने से होता है। कुछ माता-पिता ऐसे होते हैं जो अपने बच्चों को काफी बच्चा या छोटा समझकर उनके कामों को भी यथासम्भव स्वयं कर देते हैं। परन्तु कुछ माता-पिता ऐसे होते हैं जो अपने बच्चों को उनके अधिकतर काम उन्हें स्वयं करने की पूर्ण स्वतंत्रता देते हैं और उसे पूरा करने में भिन्न-भिन्न तरह का प्रोत्साहन भी देते हैं। अतः यह कहा जा सकता है कि पहले तरह के बच्चों का स्वतंत्रता प्रशिक्षण (independence training) नहीं हो पाया जबकि दूसरे तरह के बच्चों का स्वतंत्रता प्रशिक्षण हो पाया है। जिन बच्चों को स्वतंत्रता प्रशिक्षण काफी दिया जाता है, उनमें वयस्क होने पर उपलब्धि अभिप्रेरक (achievement motive) भी अधिक होते पाया गया है।

उपलब्धि अभिप्रेरक को मैकक्लिलैण्ड तथा उनके सहयोगियों (McClelland et al., 1953) द्वारा विस्तृत रूप में अध्ययन किया गया है तथा T.A.T. (Thematic Appreception Test) द्वारा इसे मापा भी गया। बाद में एटकिन्सन (Atkinson, 1964) तथा होयेन्गा तथा होयेन्गा (Hoyenga & Hoyenga, 1984) द्वारा भी उपलब्धि अभिप्रेरक का अध्ययन किया गया और इनलोगों द्वारा निम्नांकित निष्कर्ष पर पहुँच गया—

(i) ऐसे व्यक्ति जिनमें उपलब्धि अभिप्रेरक अधिक होता है, साधारण कठिनाई (moderately difficult) वाले कार्य को करना अधिक पसंद करते हैं क्योंकि इस पर सफलता निश्चित होती है।

(ii) ऐसे व्यक्ति जिनमें उपलब्धि अभिप्रेरक अधिक होता है, वैसे कार्यों को करना अधिक पसंद करते है जिसके आधार पर उनकी तुलना अन्य व्यक्तियों के साथ आसानी से किया जा सके।

(iii) अधिक उपलब्धि अभिप्रेरक वाले व्यक्ति वैसे कार्यों को करना अधिक पसंद करते हैं जिनके द्वारा उनके व्यक्तिगत गुणों (personal characteristics) जैसे बुद्धि आदि की अभिव्यक्ति हो।

(iv) जब अधिक उपलब्धि अभिप्रेरक वाले व्यक्ति किसी एक कार्य में सफल होते हैं तो वे अपनी इस सफलता को ध्यान में रखते हुए अपनी आकांक्षा के स्तर (level of aspiration) को धीरे-धीरे ऊँचा करते हैं।

(v) अधिक उपलब्धि अभिप्रेरक वाले व्यक्ति उन परिस्थितियों में अधिक कार्य करना पसंद करते हैं जिसके परिणाम (outcome) पर उन्हें नियंत्रण काफी होता है ताकि वे निश्चित रूप से यह समझ सके कि उन्हें सफलता मिलेगी या नहीं।

उपलब्धि अभिप्रेरक (achievement motivation) पुरुष एवं महिला में समान नहीं होते हैं। दूसरे शब्दों में, उपलब्धि अभिप्रेरक पर यौन (sex) का भी असर पड़ता है। सामान्यतः लड़कियों में लड़कों की अपेक्षा उपलब्धि अभिप्रेरण कम होता है। परन्तु कुछ ऐसे भी अध्ययन हुए हैं जिनसे यह साबित हो गया है कि लड़कियों की उपलब्धि लड़कों के बराबर होती है। जैसे— मैकोबी तथा जैक्लिन (Maccoby & Jacklin, 1974) ने एक अध्ययन कर यह दिखलाया है कि स्कूल में लड़कियों की उपलब्धि लड़कों के बराबर तथा कभी-कभी अधिक भी होती है।

---

1. "Generally this motive (achievement motivation) is defined as a desire for attaining some specific standard of excellence." —Munn, Fernald & Fernald : *Introduction to Psychology,* 1972, p. 369.

2. सम्बन्धन की आवश्यकता *(Need for affiliation)*—सम्बन्धन की आवश्यकता या जिसे सामुदायिकता भी कहा जाता है, दूसरा प्रमुख सामाजिक अभिप्रेरक (social motive) है। मनुष्यों एवं अधिकतर पशुओं में भी सम्बन्धन की आवश्यकता होते देखी गई है। समाज में या दूसरों के साथ रहने की प्रवृत्ति (tendency) को सामुदायिकता (gregariousness) की संज्ञा दी गयी है। विटेकर (Whittaker, 1970) के अनुसार, ''जीवों में अपनी जातियों के साथ समूह में रहने की प्रवृत्ति को सामुदायिकता या सम्बन्धन व्यवहार की संज्ञा दी जाती है।'' स्पष्ट है कि सम्बन्धन की आवश्यकता में व्यक्ति या पशु अपने समुदाय के लोगों के साथ रहना चाहता है। इस तरह के आवश्यकता की संतुष्टि होने पर प्राणी का सामाजिक जीवन (social life) अधिक मजबूत हो जाता है।

अनेक मनोवैज्ञानिकों ने कई अध्ययन करके यह स्पष्ट कर दिया है कि सम्बन्धन व्यवहार (affiliative behaviour) या सामुदायिकता के उत्पन्न होने में प्राणी (organism) के शैशवावस्था की अनुभूतियाँ (experiences) काफी महत्त्वपूर्ण निर्धारक के रूप में कार्य करती है। कारपेन्टर (Carpenter, 1942) ने एक अध्ययन किया जिसमें कुछ बन्दर के बच्चों को जन्म के कुछ महीनों बाद तक अन्य सभी बन्दरों से अलग रखकर पाला-पोसा गया और फिर बाद में उन्हें अन्य सभी बन्दरों के साथ रखा गया। परिणाम में देखा गया कि अलग रखे गए बन्दरों में सामुदायिकता (gregariousness) का गुण नहीं था और वे पहले के समान अकेले ही रहना पसन्द करते थे। असीदा (Ashida, 1964) ने एक दूसरा अध्ययन चूहों पर किया। इस अध्ययन में चूहों के कुछ बच्चों को जन्म के तुरंत बाद तीन समूह में बाँटा गया। पहले समूह के सभी चूहों को अलग-अलग रखकर पाला-पोसा गया। दूसरे समूह के चूहों को जोड़े (pairs) में रखकर पाला-पोसा गया तथा तीसरे समूह के चूहों को पाँच के समूह में रखकर पाला-पोसा गया। बाद में इन तीनों तरह के चूहों में सम्बन्धन व्यवहार की माप की गयी। परिणाम में देखा गया कि पाँच के समूह में पाले-पोसे गये चूहों में दूसरे चूहों के साथ मिलने-जुलने की प्रवृत्ति सबसे अधिक देखी गयी। दूसरे शब्दों में, इन चूहों में सामुदायिकता का व्यवहार सबसे अधिक था जबकि अलग-अलग पाले-पोसे गए चूहों में इस तरह का सम्बन्धन व्यवहार नहीं के बराबर था। इन अध्ययनों से यह स्पष्ट हो जाता है कि प्राणियों में सम्बन्धन व्यवहार जीवन के प्रारम्भिक अवस्था की अनुभूतियों पर निर्भर करता है।

सम्बन्धन व्यवहार (affiliative behaviour) किसी व्यक्ति में एक समान रूप से हमेशा बना हुआ नहीं होता। वातावरण की घटनाओं में परिवर्तन होने के साथ-साथ सम्बन्धन व्यवहार में भी परिवर्तन आता है। जैसे— जब व्यक्ति के लिए वातावरण अधिक दुश्चिंता (anxiety) उत्पन्न करने वाला हो जाता है, तो वैसी परिस्थिति में उस व्यक्ति में सम्बन्धन व्यवहार अधिक बढ़ जाता है। स्कैक्टर (Schachter, 1959) ने इस तथ्य की जाँच एक प्रयोग करके की है। इस प्रयोग में कॉलेज के कुछ छात्राओं के एक समूह को मनोवैज्ञानिक प्रयोगशाला में लाकर उन्हें एक बड़ी इलेक्ट्रॉनिक मशीन दिखलायी गयी और उनसे कहा गया कि अभी जो प्रयोग होने जा रहा है उसमें इसी मशीन का उपयोग किया जाएगा। इसके चलाने में सम्भव है कि उन्हें बिजली का आघात (shock) भी लग जाय। दूसरे समूह के छात्राओं को सिर्फ उस मशीन को दिखलाया गया और उसे चलाने की विधि समझा दी गयी। इसके बाद इन दोनों समूह के छात्राओं को इंतजार करने के लिए कहा गया जहाँ उन्हें इस बात की छूट थी कि वे चाहे तो अकेले भी इंतजार कर सकती है या समूह में रहकर भी इंतजार कर सकती है। परिणाम में देखा गया कि पहले समूह की अधिकतर छात्राएँ समूह में इंतजार करना पसंद की जबकि दूसरे समूह की छात्राओं में इस तरह की प्रवृत्ति नहीं देखी गयी। स्कैक्टर (Schachter) के अनुसार पहले समूह की छात्राओं में सामुदायिकता का अभिप्रेरक इसलिए अधिक पाया गया क्योंकि उन सबों को बिजली के झटका या आघात लगने का डर (fear) था जिससे वे सभी काफी चिन्तित थीं। ऐसे परिस्थिति में लोगों में सामुदायिकता या सम्बन्धन व्यवहार इसलिए बढ़ जाता है क्योंकि अन्य लोगों की समान दशा देखकर तथा उनके साथ होने से अपने आप ही व्यक्ति में दुश्चिन्ता की मात्रा कुछ कम हो जाती है। स्कैक्टर (Schachter) ने अपने अध्ययन के आधार पर यह भी बतलाया है कि एकलौता संतान (only child) तथा प्रथम जन्मक्रम वाले व्यक्तियों में बीच के जन्मक्रम या अन्तिम जन्मक्रम वाले व्यक्तियों की अपेक्षा सम्बन्धन व्यवहार (affiliative behaviour) ज्यादा होता है। डारले तथा एरोन्सन (Darley & Aronson, 1966) ने स्कैक्टर के परिणाम की पुष्टि अपने प्रयोग के आधार पर की है।

3. स्तर एवं सत्ता की आवश्यकता *(Need of power and status)*—सत्ता की आवश्यकता भी व्यक्ति की एक प्रमुख सामाजिक आवश्यकता (social need) है जिसके द्वारा व्यक्ति अन्य व्यक्तियों पर अपना प्रभुत्व बनाए रखते हैं। ऐसे व्यक्ति अन्य व्यक्तियों को धमकी देकर या प्रार्थना करके अपनी इच्छानुसार कार्य करवाने में समर्थ हो जाते हैं। विन्टर (Winter, 1973) अनुसार, ''दूसरों के संवेग या व्यवहार पर चेतन या अचेतन रूप से इच्छित प्रभाव उत्पन्न करने की

क्षमता को सामाजिक सत्ता (social power) की संज्ञा दी जाती है।'' फेल्डमैन ने उसी तरह कहा है, ''दूसरे के व्यवहार को नियंत्रित करने तथा उसे अपने ढंग से मोड़ने की क्षमता को सामाजिक सत्ता कहा जाता है।''

सत्ता की आवश्यकता (need of power) सभी व्यक्तियों में एक समान नहीं होती है, कुछ व्यक्तियों में अधिक होती है तो कुछ व्यक्तियों में कम होती है। सामान्यतः स्त्रियों में पुरुषों की अपेक्षा सत्ता की आवश्यकता कम होती है। कोई भी व्यक्ति सत्ता अभिप्रेरक (power motivation) की अभिव्यक्ति (expression) कैसे करेगा, यह कई बातों पर निर्भर करता है। इस सिलसिले में कई मनोवैज्ञानिकों ने प्रयोग करके यह दिखलाया है कि सत्ता अभिप्रेरक की अभिव्यक्ति व्यक्ति के यौन (sex), सामाजिक-आर्थिक स्तर (socio-economic status), परिपक्वंता का स्तर (level of maturity), सत्ता अभिप्रेरक व्यक्त करने में उत्पन्न डर (fear) आदि पर निर्भर करता है। होयेन्गा तथा होयेन्गा (Hoyenga & Hoyenga, 1984) ने अपने कई अध्ययनों के आधार पर यह बतलाया है कि वैसे लोग जिसमें सत्ता अभिप्रेरक अधिक होता है, इस अभिप्रेरक की अभिव्यक्ति (expression) निम्नांकित ढंग से करते हैं—

(i) ऐसे लोग भिन्न-भिन्न प्रकार के प्रतियोगिता खेलकूद (competitive games) जैसे फुटबॉल, क्रिकेट आदि में अधिक भाग लेते हैं और अपने विरोधी दल को हराने का हर सम्भव प्रयास करते हैं।

(ii) निम्न सामाजिक स्तर के लोगों के प्रति ऐसे लोग अधिक आवेगशील तथा आक्रमणशील (aggressive) व्यवहार दिखलाते हैं।

(iii) ऐसे लोग किसी संस्थान में ऐसा पद ग्रहण करना चाहते हैं जहाँ से वे आसानी से दूसरों पर नियंत्रण रख सके।

(iv) ऐसे लोग घर में अनेक प्रकार की सामग्रियों (materials) को इकट्ठा करते हैं ताकि दूसरे लोग जब उनके घर में आये तो उन सभी समानों को देखकर उसे अधिक धनी होने का अंदाज आसानी से कर सके।

(v) ऐसे लोग कुछ खास-खास पेशा (occupation) जैसे शिक्षण (teaching), व्यापार (business) आदि में अधिक जाना पसंद करते हैं ताकि उन्हें बहुत से लोगों पर नियंत्रण करने का मौका मिल सके।

(vi) ऐसे लोग विशेषकर महिलाएँ (women) अपने शरीर को काफी आकर्षक तथा अनुशासित (disciplined) करके रखती हैं ताकि दूसरों पर अपना आधिपत्य जमाने में सुविधा हो।

(vii) ऐसे लोग उन लोगों से सम्बन्ध अधिक रखते हैं जो लोकप्रिय (popular) कम होते हैं क्योंकि ऐसे लोग को नियंत्रित करना काफी आसान होता है।

आजकल के समाज में कुछ ऐसे लोग भी हैं जो अपने सत्ता अभिप्रेरक (power motivation) की अभिव्यक्ति ऊपर बताये गए किसी विधि से नहीं करके एक नयी विधि (method) से करते हैं। ऐसे लोग अपने सत्ता अभिप्रेरक की अभिव्यक्ति दूसरे लोगों को धोखा देकर तथा चालबाज (unscruplous) तरीका अपनाकर करते हैं। अतः ऐसे लोग बहुत बड़े छली-कपटी (manipulator) होते हैं। क्रिस्टी तथा गिस (Christie & Geis, 1970) ने सत्ता अभिप्रेरक की इस तरह की अभिव्यक्ति (expression) के लिए एक खास पद (term) का प्रतिपादन किया है जिसे *'मैकाईभेलियनिज्म'* (Mechiaveilianism) कहा गया है।

4. आक्रमणशीलता की आवश्यकता *(Need for aggressiveness)*—आक्रमणशीलता एक प्रमुख सामाजिक अभिप्रेरक (social motive) है जिसमें एक व्यक्ति दूसरे व्यक्ति को शाब्दिक रूप से (verbally) या शारीरिक रूप से (physically) चोट पहुँचाने की कोशिश करता है। एटकिन्सन, एटकिन्सन तथा हिलगार्ड[1] (Atkinson, Atkinson & Hilgard, 1983) ने आक्रमण अभिप्रेरक (aggression motive) को परिभाषित करते हुए कहा है, ''यह वैसा व्यवहार है जिसका उद्देश्य दूसरों को शारीरिक रूप से (physically) या शाब्दिक रूप से (verbally) चोट (injure) पहुँचाना या दूसरों की सम्पत्ति (property) को बर्बाद करना होता है।''

आक्रमणशील व्यवहार (aggressive behaviour) के कई रूप हो सकते हैं। जैसे— बस्स (Buss, 1961) के अनुसार यह शारीरिक (physical) या शाब्दिक (verbal) हो सकता है; सक्रिय (active) या निष्क्रिय (passive) हो सकता है। करीब-करीब मानव के सभी जातियों में आक्रमणशील व्यवहार का कोई-न-कोई रूप अवश्य पाया जाता है। अतः आक्रमणशीलता एक तरह का सर्वव्यापक अभिप्रेरक (universal motive) है। इसी सर्वव्यापकता के कारण कुछ

1. "Aggression is usually defined as the behaviour that is intended to injure another person physically or verbally or to destroy property." —Atkinson, Atkinson, Smith & Hilgard : *Introduction to Psychology,* 1987, p. 369

लोगों ने आक्रमणशीलता को एक जन्मजात (inborn) अभिप्रेरक माना है। फ्रायड (Freud) ने आक्रमणशीलता को एक जन्मजात अभिप्रेरक की श्रेणी में रखा है तथा उनका विचार था कि इसके द्वारा व्यक्ति में किसी चीज को बर्बाद करने या किसी व्यक्ति को चोट पहुँचाने की प्रवृत्ति की अभिव्यक्ति होती है। फ्रायड ने इस प्रवृत्ति को *मृत्यु मूलप्रवृत्ति* (death instinct) कहा है। परन्तु आजकल के मनोवैज्ञानिकों ने फ्रायड के इस विचार की आलोचना की है और कई प्रयोग करके यह दिखलाया है कि आक्रमणशीलता एक ऐसा अभिप्रेरक है जो व्यक्ति के वातावरण में उपस्थित कारकों (factors) द्वारा काफी प्रभावित होता है।

डोलार्ड तथा उनके सहयोगियों (Dollard et al., 1939) ने अपने प्रयोग के आधार पर यह बतलाया है कि आक्रमणशीलता जन्मजात नहीं बल्कि कुण्ठा (frustration) से उत्पन्न होती है। व्यक्ति जब अपने लक्ष्य (goal) की प्राप्ति किसी कारण से नहीं कर पाता है, तो इससे उसमें एक विशेष प्रकार की कुण्ठा (frustration) उत्पन्न होती है जिसकी अभिव्यक्ति विभिन्न तरह के आक्रमणशील क्रियाओं (aggressive activities) द्वारा होती है। अतः व्यक्ति में आक्रमणशील क्रियाओं की उत्पत्ति कुण्ठा द्वारा होती है हालाँकि सभी तरह की कुण्ठा से आक्रमणशीलता उत्पन्न नहीं होती है। इस प्राक्कल्पना को *कुण्ठा-आक्रमकता प्राक्कल्पना* (frustration-aggression hypothesis) की संज्ञा दी जाती है। इस प्राक्कल्पना के अनुसार सभी तरह की कुण्ठा द्वारा आक्रमणशीलता (aggressiveness) उत्पन्न नहीं होती है। आक्रमणशीलता उत्पन्न करने के लिए कुण्ठा में दो गुणों का होना अनिवार्य है—

(i) कुण्ठा की मात्रा (amount) तीव्र (intense) हो।

(ii) कुण्ठा अनुचित (unjustified) हो।

कुण्ठा के अलावा भी वातावरण में कुछ ऐसे कारक होते हैं जिनसे व्यक्ति में आक्रमणशीलता उत्पन्न होती है। ऐसे प्रमुख कारक निम्नांकित हैं—

(i) जब किसी व्यक्ति को कोई दूसरा व्यक्ति अपमान (insult) करता है, तो इससे आक्रमणशीलता उत्पन्न होती है।

(ii) जब किसी व्यक्ति को ऐसे व्यक्ति की आज्ञा का पालन करना होता है जो उसे किसी अन्य व्यक्ति के प्रति आक्रमणशीलता दिखलाने को कह रहा है।

(iii) बेरोन (Baron, 1977) के अध्ययन के अनुसार वातावरण में उपस्थित अत्यधिक तापक्रम (high temperature), डौन्नरस्टीन तथा विलसन (Donnerstein & Wilson, 1976) के अध्ययन के अनुसार तीव्र आवाज (loud noise) तथा फ्रीडमैन (Freedman, 1975) के अध्ययन के अनुसार भीड़-भाड़ (crowding) से भी व्यक्ति में आक्रामक अभिप्रेरक (aggression motive) का जन्म होता है।

(iv) कुछ सामाजिक सीखना मनोवैज्ञानिकों (social learning psychologists) का विचार है कि व्यक्ति आक्रमणशीलता को अन्य व्यक्ति से देखकर सीखता है। गीन (Geen, 1983) ने कई अध्ययन ऐसे किये हैं जिनमें बच्चों को दूरदर्शन (television) तथा फिल्मों में आक्रमणशीलता दृश्य (aggressive scene) दिखलाया गया जिसके बाद देखा गया कि उनमें आक्रमणशीलता की मात्रा बढ़ गयी। इतना ही नहीं, इन बच्चों द्वारा आक्रमणशीलता की अभिव्यक्ति (expression) ठीक उसी ढंग से की जाती थी जैसा कि टेलिविजन या फिल्मों में दिखलाया गया था।

5. अनुमोदन आवश्यकता *(Approach motive or need)*—अनुमोदन की आवश्यकता या अनुमोदन अभिप्रेरक के तात्पर्य व्यक्ति द्वारा दूसरों से (जिन्हें वह अधिक महत्त्वपूर्ण समझता है) धनात्मक मूल्यांकन (positive evaluation) यानी, प्रतिष्ठा, प्रशंसा आदि पाने की उम्मीद से होता है। इस तरह का अभिप्रेरक बच्चों तथा किशोरों (adolescents) में अधिक होता है। वयस्क लोगों (adult people) मे भी इस तरह का अभिप्रेरक पाया जाता है परन्तु वे लोग कुछ हद तक इसे छिपा लेते हैं। क्राउनी तथा मारलो (Crowne & Marlow, 1964) ने इस तरह के अभिप्रेरक का विशेष रूप से अध्ययन किया है। इन लोगों ने अनुमोदन अभिप्रेरक (approval motive) का अध्ययन करने के लिए एक मापनी (scale) बनाया जिसे अनुमोदन की आवश्यकता की मापनी (need for approval scale) की संज्ञा दी गयी है। इस मापनी में 33 कथन हैं और प्रत्येक कथन का उत्तर प्रयोज्य को 'सही' (true) तथा 'गलत' (false) में देना होता है। यदि प्रयोज्य अधिकतर कथनों (statements) का उत्तर 'सही' के रूप में देता है, तो इसका मतलब यह समझा जाता

है कि उसमें अनुमोदन अभिप्रेरक (approval motive) अधिक तीव्र है। क्राउनी तथा मारलो (Crowne & Marlow) ने अपने भिन्न-भिन्न अध्ययनों के आधार पर अनुमोदन अभिप्रेरक के बारे में निम्नांकित तथ्य (fact) बतलाएँ हैं—

(i) ऐसे लोग जिनमें अनुमोदन अभिप्रेरक अधिक होता है, वे समूह के नियमों एवं आदर्शों के समरूप व्यवहार अधिक करते हैं।

(ii) अधिक तीव्र अनुमोदन अभिप्रेरक की उत्पत्ति अपने अन्दर के आत्म-सम्मान (self-esteem) के निम्न स्तर को ऊँचा करने की इच्छा के फलस्वरूप होता है। ऐसे लोग जिनमें आत्म-सम्मान का स्तर नीचा होता है, अपनी कमजोरियों को स्वीकार नहीं करते हैं। इतना ही नहीं, ऐसे लोग स्वतंत्र रूप से न तो कुछ निर्णय लेते हैं और न ही कोई कार्य करते हैं क्योंकि इन्हें दूसरे लोगों से अनुमोदन (approval) नहीं मिलने का डर रहता है।

इस तरह से हम देखते हैं कि मनोवैज्ञानिकों ने अभिप्रेरकों (motives) को मूलतः दो भाग में बाँट कर अध्ययन किया है। जैविक अभिप्रेरक (biological motive) व्यक्ति के अस्तित्व (existence) बनाए रखने में मदद करता है जबकि सामाजिक अभिप्रेरक (social motives) व्यक्ति को सामाजिक रूप से जीवित रखता है। इन अभिप्रेरकों के सहारे वह समाज में आदर तथा प्रतिष्ठा पाता है तथा समाज में कुछ महत्त्वपूर्ण परिवर्तन लाता है। ऊपर वर्णन किये गये सामाजिक अभिप्रेरकों (social motives) के अलावा भी कुछ और सामाजिक अभिप्रेरक जैसे— संग्रहणशीलता (acquisitiveness), खेलने की आवश्यकता (need for play) आदि भी हैं, परन्तु वे उतना महत्त्वपूर्ण नहीं है। अतः इसकी चर्चा हम यहाँ उचित नहीं समझते हैं।

कुछ अत्यधिक महत्त्वपूर्ण मानव अभिप्रेरक
(Some Highly Important Human Motives)

मानव अभिप्रेरण (human motivation) की व्याख्या चाहे जितनी विस्तृत रूप से क्यों न की जाय, वह उस समय तक अधूरा ही माना जायेगा जब तक कि निम्नांकित अत्यन्त महत्त्वपूर्ण अभिप्रेरकों का वर्णन नहीं किया जाता है—

1. अन्वेषण अभिप्रेरक एवं उत्सुकता (Exploration motive and Curiosity)
2. कार्यान्वयन अभिप्रेरक (Effectance motive)

इन दोनों अभिप्रेरकों का संक्षिप्त विवरण निम्नांकित है—

1. अन्वेषण अभिप्रेरक एवं उत्सुकता *(Exploration motive and Curiosity)*—प्रायः देखा गया है कि हमलोग नयी-नयी वस्तुएँ, नये-नये जगह तथा नये-नये बिल्डिंग पर अधिक ध्यान देते हैं। परन्तु कुछ दिनों के बाद ये सारी नयी चीजें पुरानी हो जाती है और फिर हम कुछ और नयी चीजों की ताक में रहते हैं; अन्वेषण अभिप्रेरक (exploration motive) एक ऐसा ही अभिप्रेरक या आवश्यकता (need) है जिसके सहारे व्यक्ति नयी चीजों या घटनाओं इत्यादि पर ध्यान देता है तथा उसके बारे में विस्तृत रूप से जानना चाहता है। इस आवश्यकता की उत्पत्ति उत्सुकता-अभिप्रेरित व्यवहार (curiosity-motivated behaviour) है जिससे तात्पर्य एक ऐसे व्यवहार से होता है जिसका कोई स्पष्ट लक्ष्य नहीं होता है और प्राणी को अपने क्रियाओं, अनुभूतियों एवं अनुसंधानों से जो कुछ भी प्राप्त होता है, उसको वह अपना उद्देश्य मान लेता है। अतः उत्सुकता से तात्पर्य ऐसे व्यवहार से होता है जिसकी मुख्य प्रेरणा स्वयं क्रियाएँ (activities) ही होतीं हैं न कि कुछ अलग से विशेष लक्ष्य को प्राप्त करना। इस तरह का अभिप्रेरक मनुष्यों तथा पशुओं दोनों में देखने को मिलता है। हारलो (Harlow, 1953) ने एक अध्ययन किया जिसमें कुछ बन्दरों (monkeys) को एक यांत्रिक पहेली (mechanical puzzle) दिया गया जिसका समाधान उन्हें करना था। बन्दर के लिए पहेली एक तरह का नया तथा असाधारण (unusual) उद्दीपक (stimulus) था। अतः बन्दर उसके प्रति काफी उत्सुकता दिखलाया और उसके प्रत्येक पहलू (aspect) को अपने हाथ से इधर-उधर घुमाने की कोशिश की। इस उत्सुकता अभिप्रेरक का परिणाम यह हुआ कि वह इस पहेली का समाधान करना आसानी से सीख गया। बटलर (Butler, 1953) ने भी इसी तरह का दूसरा प्रयोग (experiment) करके यह दिखला दिया है कि जब बन्दर को मात्र एक ऐसे कमरे में जहाँ भिन्न-भिन्न प्रकार के चीज (things) रखे गए थे, एक खिड़की से कुछ समय तक कई दिनों तक देखने दिया जाता है तो वैसी परिस्थिति में उसका अनुभव (experience) काफी मजबूत हो जाता है और वे उससे सम्बन्धित प्रक्रिया (process) को सही-सही करना जल्द

सीख जाते हैं। इस प्रयोग में बन्दर को एक बड़ा बन्द बक्स में रखा गया। इस बक्स के एक दिवाल (wall) में दो दरवाजा था। एक दरवाजा पर 'A' लिखा था तथा दूसरे दरवाजा पर 'B' लिखा था। अगर बन्दर 'A' दरवाजा पर हल्का धक्का (push) देता था, तो वह खुल जाता था जिसके सहारे वह कुछ सेकेण्ड के लिए एक कमरा में देख सकता था जहाँ भिन्न-भिन्न प्रकार के वस्तुएँ पड़ी थी। परन्तु यदि वह दरवाजा 'B' को धक्का देता था तो वह खुलता नहीं था और फलस्वरूप, वह बाहर देख भी नहीं सकता था। परिणाम में यह देखा गया कि बन्दर बहुत जल्द ही दरवाजा 'A' तथा 'B' के बीच विभेद करना सीख गया। बटलर (Butler) ने इस परिणाम की व्याख्या करते हुए यह बतलाया कि ऐसा इसलिए हुआ क्योंकि एक परिस्थिति में बन्दर के अन्वेषण अभिप्रेरक (exploration motive) की संतुष्टि हो रही थी। कुछ और भी ऐसे अध्ययन हुए हैं जिनसे यह स्पष्ट हो जाता है कि अन्वेषण आवश्यकता की संतुष्टि के लिए पशु अनेकों कार्य करना सीख जाते हैं। मॉन्टगोमेरी (Montogomery, 1953) ने अपने अध्ययन के आधार पर यह बतलाया है कि चूहों को जब दो ऐसे पथ (path) जिसमें से एक नया भूलभुलैया में ले जाता था तथा दूसरा पुराना भूलभुलैया में, के बीच चुनना होता था, तो वे प्रायः उसी पथ या रास्ता को चुनते थे जो हमेशा नया भूलभुलैया में, ले जाता था। उसी तरह से माइल्स (Miles, 1958) ने अपने अध्ययन में पाया कि जब बिल्ली के बच्चों की अन्वेषण आवश्यकता (need to explore) की संतुष्टि होती थी, तो वे आसानी से दिए हुए कार्य (task) को सीख लेते थे।

मनोवैज्ञानिकों ने मनुष्यों में अन्वेषणात्मक व्यवहार (exploratory behaviour) को और भी अधिक महत्त्वपूर्ण बतलाया है। बरलिन (Berlyne, 1960) का मत है कि अन्वेषणात्मक व्यवहार मुख्यतः बाह्य उत्तेजनों (external stimulation) न कि भूख एवं प्यास अभिप्रेरकों के समान व्यक्ति के आन्तरिक उत्तेजनों (internal stimulation) से उत्पन्न होता है। कुछ मनुष्य उत्तेजन पसंद करने वाले अधिक होते हैं और इन्हें जुकरमैन (Zukerman, 1978) ने *संवेदन जिज्ञासु* (Sensation seeker) कहा है और ऐसे व्यक्तियों में उत्तेजनापूर्ण परिस्थितियों एवं उद्दीपकों के बारे में खोज-बीन करने की उन्मुखता अधिक होती है। बरलिन (Berlyne, 1971) के सिद्धान्त के अनुसार वातावरण के उद्दीपक (stimulus) से व्यक्ति में उत्तेजन उत्पन्न होता है और प्रत्येक व्यक्ति का उत्तेजन का एक आदर्श स्तर (optimal level) होता है। इस आदर्श स्तर पर या इसके नजदीक होने पर व्यक्ति में आनन्द का अनुभव होता है तथा उस स्तर से अधिक ऊँचा या अधिक नीचा स्तर होने पर व्यक्ति में अप्रसन्नता उत्पन्न होती है। जो उद्दीपक नया एवं जटिल होता है, उससे उत्पन्न उत्तेजन स्तर अधिक आनन्ददायक एवं आदर्श होता है क्योंकि इस तरह के उद्दीपक के प्रति अन्वेषणात्मक एवं उत्सुकतापूर्ण व्यवहार व्यक्ति अधिक करता है। इस तथ्य की संतुष्टि बरलिन (Berlyne, 1958) द्वारा एक प्रयोग में किया गया है। इस प्रयोग में कॉलेज छात्रों को 10 सेकेंड के लिए उद्दीपक चित्रों (stimulus figures) के कई युग्म दिखलाये गये। प्रत्येक युग्म का एक आकृति सरल तथा दूसरी आकृति जटिल था। प्रयोज्य द्वारा दोनों आकृतियों पर कितने समय तक देखा गया एक रिकार्ड रखा गया और उसका विश्लेषण किया गया। प्राक्कल्पना (hypothesis) यह थी कि प्रयोज्य जटिल आकृति को सरल आकृति की तुलना में अधिक देर तक देखेगा तथा उसका अन्वेषण करेगा। प्रयोग के परिणाम से इस तथ्य की सम्पुष्टि हो गयी। इस परिणाम के दो मुख्य आशय (implication) थे— पहला तो यह है कि व्यक्ति में उत्सुकता अभिप्रेरणा (curiosity motive) होता है जिसके कारण व्यक्ति उत्सुकता अन्वेषण एवं जोड़-तोड़ (manipulation) करने सम्बन्धी व्यवहार करता है। इस प्रयोग के परिणाम का दूसरा आशय यह है कि कुछ ऐसे चर होते हैं जिनसे अन्वेषणात्मक व्यवहार तेजी से व्यक्ति में उत्पन्न होता है। इसमें असंगतता (incongruity), अनियमितता (irregularity), विभिन्नता (varieties) आदि प्रधान है क्योंकि इन सब के रहने में उद्दीपक में जटिलता (complexity) बढ़ती है। बाद के अध्ययन में बरलिन (Berlyne, 1960) कई ऐसे उद्दीपक चरों का पहचान कर सकने में सफल हुए जिनसे उत्सुकता अभिप्रेरित व्यवहार (curiosity motivated behaviour) प्रभावित होता है। इसमें उद्दीपक की नवीनता, जटिलता, तीव्रता एवं परिवर्तन आदि प्रमुख है। प्रायः व्यक्ति पर्यावरण (environment) के उन पहलुओं का अधिक अन्वेषण करता है जो अधिक अस्पष्ट, अधिक जटिल तथा अधिक नवीन होते हैं। इसके अलावा, बरलिन (Berlyne) ने अन्य तथ्यों का संग्रहण करके उत्सुकता के सिद्धान्त को विस्तारित किया और कहा है कि उत्सुकता से ज्ञान अर्जन में भी मदद मिलती है। इस सिद्धान्त के अनुसार उत्सुकता सिर्फ प्रत्यक्षज्ञाणात्मक अन्वेषण (perceptual exploration) के रूप में ही अभिव्यक्त नहीं होती है बल्कि उसकी अभिव्यक्ति संज्ञानात्मक अन्वेषण (cognitive exploration) के रूप में होती है।

2. कार्यान्वयन अभिप्रेरक *(Effectance motive)*—रॉबर्ट ह्वाइट (Robert White, 1959) पहले ऐसे मनोवैज्ञानिक

हैं जिन्होंने यह बतलाया कि मनुष्य एवं उच्चतर पशु (higher animals) अपने इर्द-गिर्द के वातावरण के वस्तुओं (objects) एवं व्यक्तियों के साथ समायोजित रूप से व्यवहार करने की कोशिश करता है क्योंकि उसका उद्देश्य एक तरह से इन वस्तुओं एवं व्यक्तियों पर पूर्ण नियंत्रण एवं सक्षमता (competency) प्राप्त करना होता है। इस तरह के लक्ष्य (goal) के पीछे एक विशेष अभिप्रेरक (motive) होता है जिसे *कार्यान्वयन अभिप्रेरक* (effectance motive) की संज्ञा दी जाती है। मार्गन, किंग, विस्ज तथा स्कॉपलर[1] (Morgan, King, Weisz & Schopler, 1986) ने कहा है, ''वातावरण के साथ अन्तःक्रिया करते समय सक्षम रूप से (competently) तथा प्रभावकारी ढंग से (effectively) कार्य करने के पीछे छिपे अभिप्रेरक (motivation) को कार्यान्वयन अभिप्रेरक (effectance motive) की संज्ञा दी जाती है।''

कार्यान्वयन अभिप्रेरक का महत्त्व प्राणी के व्यवहारों में काफी है। जब हमलोग एक ऐसे वातावरण में अपने आप को पाते हैं जो बिलकुल ही नया होता है तो वैसी परिस्थिति में व्यक्ति में कार्यान्वयन अभिप्रेरक (effectance motive) की उत्पत्ति होती है। यह भी देखा गया है कि लक्ष्य की प्राप्ति के बाद भी कार्यान्वयन अभिप्रेरक (effectance motive) की संतुष्टि पूर्णतः नहीं होती है और व्यक्ति में नयी सक्षमता (competencies) को विकसित करने में यह प्रमुख भूमिका निभाते रहता है। कार्यान्वयन अभिप्रेरक (effectance motivation) के कारण ही व्यक्ति भिन्न-भिन्न प्रकार के अनुसंधान, नये-नये खेल (play), नयी-नयी किताब, नये प्रकार के मकान आदि बनाकर समाज के सामने उपस्थित करता है। यही कारण है कि कार्यान्वयन अभिप्रेरक का महत्त्व हमारे सामाजिक जिन्दगी (social life) में काफी है।

इस तरह से हम देखते हैं कि व्यक्ति के लिए ऊपर बताये गये दो तरह की आवश्यकता अर्थात् अन्वेषण आवश्यकता (exploration need), तथा कार्यान्वयन आवश्यकता (effectance need) काफी महत्त्वपूर्ण हैं। अन्वेषण आवश्यकता का सम्बन्ध कार्यान्वयन आवश्यकता से सीधा है क्योंकि कार्यान्वयन आवश्यकता के कारण व्यक्ति में अन्वेषण आवश्यकता की उत्पत्ति होती है। इन दोनों तरह की आवश्यकताओं के सहारे व्यक्ति का आत्मसिद्धि अभिप्रेरक (self-actualization motive) अधिक मजबूत होता है।

आकांक्षा स्तर
(Level of Aspiration)

आकांक्षा स्तर (level of aspiration) व्यक्ति का एक व्यक्तिगत अभिप्रेरण (personal motive) है। आकांक्षा स्तर से तात्पर्य एक ऐसे निष्पादन स्तर (performance level) से होता है जिसकी उम्मीद व्यक्ति करता है। एक सामान्य व्यक्ति अपनी आकांक्षा स्तर अपने गत उपलब्धि स्तर (past achievement level) के आलोक में तय करता है। सामान्यतः वह अपनी आकांक्षा स्तर उपलब्धि स्तर से थोड़ा ऊपर रखता है। यदि उसकी प्राप्ति उसे हो जाती है, तो अगले बार अपनी आकांक्षा स्तर उससे और थोड़ा ऊपर रखता है। इस तरह से धीरे-धीरे वह अपनी आकांक्षा स्तर को अपने गत उपलब्धि स्तर के आलोक में बढ़ाता है। कहने का तात्पर्य यह है कि एक सामान्य व्यक्ति के आकांक्षा स्तर तथा उपलब्धि स्तर (level of achievement) में एक तरह का सामंजस्य होता है।

कई प्रयोग ऐसे किये गये हैं जिसमें आकांक्षा स्तर से सम्बन्धित कारकों की पहचान करने की कोशिश की गयी है। इन प्रयोगों में प्रयोज्यों (subjects) को कुछ सरल कार्य जैसे एक दिये गए समय में अंकों को जोड़ने का कार्य दिया जाता है। उसे यह अंदाज करने के लिए कहा जाता है कि पहले प्रयास में वे क्या प्राप्तांक (score) पा सकने की उम्मीद रखते हैं। इसके बाद प्रयोज्य के प्रत्याशित निष्पादन (expected performance) तथा वास्तविक निष्पादन (actual performance) के बीच का अन्तर ज्ञात किया जाता है। इस तरह के कई प्रयोगों के बाद इन अंतरों का एक औसत अन्तर प्राप्तांक (average difference score or D core) ज्ञात किया जाता है। इस औसत अन्तर प्राप्तांक से यह पता चलता है कि कुछ प्रयोज्य तो ऐसे होते हैं जो अपने भविष्य के निष्पादन (performance) को लगातार अतिआकलन (overestimate) करते हैं, कुछ प्रयोज्य ऐसे होते हैं जो अपने भविष्य के निष्पादन को लगातार न्यून आकलन (underestimate) करते हैं तथा कुछ प्रयोज्य ऐसे होते हैं जो अपने भविष्य के निष्पादन के आकलन को इस तरह समायोजित करते हैं कि उनका गत निष्पादन (past performance) से ताल-मेल बना रहे।

---

1. "Self-actualization refers to an individual's need to develop his or her potenliatities, in other words, to do what he or she is capable of doing." —Morgan, King, Weisz & Schopler : *Introduction to Psychology,* 1986, p. 298

जो लोग अपने भविष्य के निष्पादन के आकलन में गत वास्तविक निष्पादन (past actual performance) से ताल-मेल बनाये रखते हैं, इनके केसेज से यह तो स्पष्ट रूप से पता चलता है कि व्यक्ति के आकांक्षा स्तर पर गत अनुभूति (past experience) का प्रभाव पड़ता है। जैसे एक छात्र जो मेडिकल डाक्टर बनना चाहता है, कई बार प्राक्-मेडिकल परीक्षण में फेल कर जाने पर अपने आकांक्षा स्तर में कमी कर देता है। लेकिन सभी छात्र ऐसा नहीं करते हैं। कुछ छात्र ऐसे होते हैं जो लगातार असफलता के बावजूद भी अपना इरादा पक्का रखते हैं और अन्त में सफलता प्राप्त कर लेते हैं। कुछ ऐसे अध्ययन हुए हैं जिनसे यह पता चलता है कि समूह का भी प्रभाव आकांक्षा स्तर (level of aspiration) पर पड़ता है। जैसे, फेस्टिंगर (Festinger, 1942) ने एक प्रयोग किया जिसमें कॉलेज छात्रों को कुछ साधारण कार्य करने के लिए दिया गया। इसके बाद कुछ ऐसे छात्रों को यह कहा गया कि उनका कार्य निष्पादन उच्च विद्यालय के छात्र के बराबर था, कुछ छात्रों से यह कहा गया कि उनका कार्य निष्पादन स्नातक (graduate) पास छात्र के निष्पादन के बराबर था। इस तरह की सूचना देने के बाद इन प्रयोज्यों को पुनः कार्य करने का अवसर दिया गया। परिणाम में देखा गया कि वैसे छात्र जिन्हें यह कहा गया कि उनका निष्पादन स्कूल के छात्रों के निष्पादन के बराबर था, उन लोगों ने अपने निष्पादन में काफी बढ़ोत्तरी कर ली। वैसे छात्र जिन्हें यह कहा गया था कि उनका निष्पादन स्नातक पास छात्रों के बराबर है, तो उनके निष्पादन में काफी गिरावट आयी। इस प्रयोग के परिणाम से यह स्पष्ट हो जाता है कि आकांक्षा स्तर पर समूह जिससे तुलना की जाती है, का भी प्रभाव पड़ता है।

उपर्युक्त तथ्यों के बावजूद कुछ ऐसे उदाहरण हैं जिनमें यह देखा गया कि व्यक्ति का आकांक्षा स्तर व्यक्ति के वास्तविक निष्पादन या सामाजिक कारकों द्वारा प्रभावित नहीं होता है। जैसे— कुछ छात्र ऐसे होते हैं जो लगातार असफलता प्राप्त करने पर भी अपना आकांक्षा स्तर घटाने के बजाय बढ़ाये जाते हैं तथा दूसरे तरफ कुछ ऐसे छात्र हैं जो सफलता मिलने पर अपने आकांक्षा स्तर में उस अनुपात में वृद्धि नहीं करते हैं। इस तथ्य ने मनोवैज्ञानिकों को कुछ व्यक्तित्व कारकों (personality factors) के अध्ययन की ओर प्रेरित किया है जिसके कारण इस तरह का अन्तर सम्भवतः होता हो।

आन्तरिक अभिप्रेरण तथा बाह्य अभिप्रेरण
(Intrinsic Motivation and Extinsic Motivation)

आन्तरिक अभिप्रेरण (intrinsic motivation) तथा बाह्य अभिप्रेरण (extrinsic motivation) दो ऐस महत्त्वपूर्ण अभिप्रेरण हैं जिन पर मनोवैज्ञानिकों ने हाल के वर्षों में अधिक बल डाला है। आन्तरिक अभिप्रेरण से मोटे तौर पर तात्पर्य स्वतः अभिरुचि (spontaneous interest) से होता है। जब व्यक्ति किसी कार्य को इसलिए करता है क्योंकि उसमें उसकी अभिरुचि है तथा उस कार्य को करने में खुशी होती (pleasure) मिलती है, तो ऐसा कहा जाता है कि व्यक्ति में आन्तरिक अभिप्रेरण (intrinsic motivation) है। स्पष्ट है कि इस तरह का अभिप्रेरण तब कुछ वैसे कारकों (factors) पर निर्भर करता है जो व्यक्ति में पाये जाते हैं तथा जिन्हें बाहर से प्रत्यक्ष रूप से देखना सम्भव नहीं है। **डेसी**[1] (Deci, 1975) ने आन्तरिक अभिप्रेरण को परिभाषित करते हुए कहा है, "वातावरण के साथ समायोजन (deal) करने में व्यक्ति में उत्पन्न आत्म-निर्धारी (self-determining) तथा सक्षमता की भाव की आवश्यकता को आन्तरिक अभिप्रेरण कहा जाता है।" **रबर**[2] (Reber, 1982) के अनुसार, "आन्तरिक अभिप्रेरक प्रायः कार्य को पूरा करने तथा संतोष की भाव (feeling) से न कि बाह्य पुरस्कार (external reward) से उत्पन्न होता है।" इन परिभाषाओं से स्पष्ट है कि आन्तरिक अभिप्रेरण व्यक्ति के भीतर होता है और यह किसी कार्य के करने में उत्पन्न संतोष, खुशी (pleasure) आदि से उत्पन्न होता है।

बाह्य अभिप्रेरण (extrinsic motivation) आन्तरिक अभिप्रेरण से भिन्न होता है। बाह्य अभिप्रेरण व्यक्ति के भीतर होता है और यह किसी कार्य के करने में उत्पन्न संतोष, खुशी (pleasure) आदि से उत्पन्न होता है।

बाह्य अभिप्रेरण (extrinsic motivation) आन्तरिक अभिप्रेरण से भिन्न होता है। बाह्य अभिप्रेरण व्यक्ति के भीतर

1. "A person's need for feeling competent and self-determining in dealing with his environment" is called intrinsic motivation.
—Deci : *Intrinsic Motivation,* 1975

2. "Intrinsic motivation usually derives from feelings of satisfaction and fulfilment and not from external reward."
—Reber : *The Penguin Dictionary of Psychology,* 1985, p. 377

न होकर बाह्य होता है तथा इसका सम्बन्ध पुरस्कार (reward), वेतन (pay), श्रेणी (grade) आदि से होता है। यदि किसी व्यक्ति को किसी काम करने के लिए 10 रुपया मिलता है तो 10 रुपया यहाँ बाह्य अभिप्रेरण (extrinsic motivation) का उदाहरण होगा। परन्तु उस काम को पूरा करने से उसमें कुछ संतोष, खुशी आदि भी होता है। इन आन्तरिक अनुभूतियों (experiences) को आन्तरिक अभिप्रेरण (intrinsic motivation) की संज्ञा दी जाएगी।

मनोवैज्ञानिकों ने कई ऐसे प्रयोग (experiments) किए हैं जिनसे यह स्पष्ट हो गया है कि जब व्यक्ति में किसी कार्य को करने का आन्तरिक अभिप्रेरण (intrinsic motivation) होता है परन्तु जब उसी कार्य को करने के लिए उसे कुछ बाह्य अभिप्रेरण (extrinsic motivation) भी दिया जाने लगता है, तो वैसी परिस्थिति में व्यक्ति में मौजूद आन्तरिक अभिप्रेरण (intrinsic motivation) की स्तर में कमी आ जाती है (क्योंकि व्यक्ति ऐसी परिस्थिति में पुरस्कार पाने के लिए कार्य करने लगता है न कि अपनी अभिरुचि के कारण और न ही संतोष तथा खुशी प्राप्त करने के लिए)। पिटचार्ड, कैम्पबेल तथा कैम्पबेल (Pitchard, Campbell & Campbell, 1977) ने इस तथ्य की पुष्टि अपने एक प्रयोग में किया है। इस प्रयोग में कुछ छात्रों का शतरंज के खेल में पहले से ही काफी अभिरुचि थी। अतः वे शतरंज के खेल से काफी खुश भी होते थे। इन छात्र-छात्राओं में शतरंज के सम्बन्धी गत अनुभव (past experiences) को जानने के खयाल से उन्हें एक प्रश्नावली (questionnaire) जाँचने के लिए दिया गया। इसके बाद 10 मिनट के लिए इन लोगों को कमरा में अकेले छोड़ दिया गया। कमरे में मेज पर शतरंज की गोटियाँ इस ढंग से रखी गयी थी मानो दो आदमी खेल के बीच में ही छोड़कर कहीं चले गये हों। प्रयोज्य (subject) के व्यवहार को प्रयोगकर्त्ता एक-तरफा शीशा (one-way mirror) द्वारा देख रहे थे। ऐसा देखा गया कि अधिकतर प्रयोज्य 10 मिनट के समय को शतरंज के अधूरे खेल को पूरा करने में बिताये। इसके बाद प्रयोगकर्त्ता पुनः कमरा में प्रवेश कर प्रयोज्यों (subjects) को दो समूह में बाँट दिये। एक समूह को कहा गया कि शतरंज के खेल की कुछ समस्याओं का सही-सही समाधान करने पर 5 डॉलर (Dollar) (अमेरिकन रुपया) तक का ईनाम उन्हें दिया जायेगा। इस तरह से इस समूह में बाह्य अभिप्रेरण extrinsic motivation दिया गया। प्रयोज्यों के दूसरे समूह को कोई इस तरह का बाह्य अभिप्रेरण नहीं दिया गया और उन्हें शतरंज की समस्याओं का समाधान करने के लिए कहा गया। परिणाम में देखा गया कि जिस समूह को बाह्य अभिप्रेरण (extrinsic motivation) दिया गया था, उसमें आन्तरिक अभिप्रेरण का स्तर पहले से कम हो गया और प्रयोज्य डॉलर कमाने लग गया था, उसमें आन्तरिक अभिप्रेरण का स्तर पहले से कम हो गया और प्रयोज्य डॉलर कमाने के उद्देश्य से ही समस्या का समाधान करने लगे न कि अपनी स्वतः अभिरुचि (spontaneous interest) तथा संतोष और खुशी के लिए। दूसरा समूह जिसमें इस तरह का बाह्य अभिप्रेरण की घोषणा नहीं की गयी थी, के प्रयोज्यों की आन्तरिक अभिप्रेरण पहले के समान अधिक ऊँचा बना रहा तथा वे शतरंज की समस्याओं का समाधान अपनी अभिरुचि, संतोष तथा खुशी के लिए ही अधिक किया करते थे। अतः निष्कर्ष यह है कि बाह्य अभिप्रेरण देने से आन्तरिक अभिप्रेरण में कमी आ जाती है। करीब-करीब इस ढंग का परिणाम लेप्पर, ग्रीनी तथा निस्वेट्ट (Lepper, Greene & Nisbett, 1973) द्वारा छोटे बच्चों पर किये गए अध्ययनों में भी पाया गया।

सौभाग्यवश अन्य कुछ अध्ययनों से जो तथ्य पता चला है, उससे यह स्पष्ट रूप से झलकता है कि हमेशा ऐसा नहीं होता है तथा आन्तरिक अभिप्रेरण तथा बाह्य अभिप्रेरण को हमेशा एक-दूसरे का विरोधी नहीं मानना चाहिए। रोजेनफेल्ड, फोलगर तथा एडेलमैन (Rosenfeld, Folger & Adelman, 1980) द्वारा किये गये अध्ययन से यह स्पष्ट हुआ है कि अगर व्यक्ति बाह्य अभिप्रेरण को अपनी पहचान न कि घूस (bribe) का प्रतीक मानता है और अगर दिया गया बाह्य पुरस्कार बड़ा एवं संतोषजनक है, तो आंतरिक अभिप्रेरण घटने के बजाय बढ़ता है। इस प्रयोगात्मक तथ्य का समर्थन लेप्पर तथा कारडोवा (Lepper & Cardova, 1992) तथा रेयान (Ryan, 1982) के प्रयोगों से भी होता है। इसके अतिरिक्त, शोध परिणामों से यह भी पता चला है कि व्यक्ति आन्तरिक अभिप्रेरण में कमी को रोकने के लिए कुछ विशेष उपाय (strategy) जिसे आत्म-प्रतिबंध (self-handicapping) कहा जाता है, को अपनाता है। इस उपाय में व्यक्ति अपने घटिया निष्पादन (poor performance) के लिए एक विशेष व्याख्या उपलब्ध कराता है और यह व्याख्या प्रायः वह कार्य आरम्भ करने के पहले ही लोगों के सामने रखता है। जैसे, यदि कोई व्यक्ति किसी समस्या के समाधान पर बोलने के प्रारम्भ में ही यह कहता है कि ''हम रात में ठीक से सोये नहीं है'' या ''हम आज अच्छा अनुभव नहीं कर रहे हैं'' तो इसे आत्म-प्रतिबन्ध उपाय (self-handicapping strategy) का एक उदाहरण माना जायेगा। डेप्पे एवं हारैकिविक्ज (Deppe & Harackiewicz, 1996) के अनुसार, इस तरह के उपाय का मात्र उद्देश्य घटिया निष्पादन की व्याख्या करना

होता है जो सचमुच में आंतरिक अभिप्रेरण को कम होने से बचा लेता है। स्पष्ट हुआ कि व्यक्ति आत्म-प्रतिबन्ध उपाय को अपनाकर अपने अभिप्रेरण को कम होने से बचा लेता है।

बाह्य अभिप्रेरण (extrinsic motivation) मूलतः बाह्य वातावरण से आता है— प्रशंसा, अपग्रेड तथा किसी खास व्यवहार के लिए रुपया-पैसा (money) आदि बाह्य अभिप्रेरण के कुछ उदाहरण हैं। इस तरह के पुरस्कार से व्यक्ति का व्यवहार मजबूत हो जाता है, अपने उच्च निष्पादन की व्याख्या व्यक्ति करता है तथा इससे व्यक्ति में आत्म-योग्यता तथा सामर्थ्यता (competence) आदि बढ़ जाता है। एन्डरसन, मानूगियन तथा रेजनिक (Anderson, Manoogian & Reznick, 1976) ने अपने अध्ययन में पाया है कि शाब्दिक बाह्य पुरस्कार (verbal extrinsic rewards) जैसे प्रशंसा (praise), ठोस पुरस्कार (tangible reward) अर्थात् रुपया-पैसा (money) की तुलना में आंतरिक अभिप्रेरण को कम प्रभावित करता है।

आंतरिक रूप से अभिप्रेरित व्यवहार (intrinsically motivated behaviours) पर बाह्य पुरस्कार के पड़ने वाले प्रभावों के अध्ययन का प्रयास मनोवैज्ञानिकों द्वारा जारी है। वाऊमीस्टर तथा टाइस (Baumeister & Tice, 1985) ने अपने अध्ययन के आधार पर यह देखा है कि जिन व्यक्तियों में आत्म-सम्मान (self-esteem) ज्यादा होता है उन्हें उनके आंतरिक रूप से अभिप्रेरित व्यवहार के लिए पुरस्कार देने से वे निष्पादन को और भी अधिक श्रेष्ठ एवं उच्च बनाने का भरसक प्रयास करते हैं। परन्तु जिन व्यक्तियों में आत्म-सम्मान में कमी होती है, उन्हें उनके आंतरिक रूप से अभिप्रेरित व्यवहार के लिए पुरस्कृत करने पर भी वे अपने निष्पादन को मात्र किसी ढंग से संतोषजनक बनाये रखने की भरसक कोशिश करते हैं। अतः तब यह निश्चित रूप से कहा जाता है कि आंतरिक अभिप्रेरण अंशतः कुछ हद तक व्यक्ति के गत अनुभूतियों एवं आत्म-सम्मान के वर्तमान स्तर से जुड़ा हुआ है। अन्य चर जैसे व्यक्ति द्वारा किया जानेवाला कार्य तथा व्यक्ति द्वारा प्राप्त किया जाने वाला पुरस्कार के प्रकार से भी आंतरिक अभिप्रेरण का स्तर प्रभावित होता है [लेफ्टन (Lefton, 1970)]। इसका तब मतलब यह हुआ कि व्यक्ति का आंतरिक अभिप्रेरण, बाह्य पुरस्कार, आत्म-सम्मान तथा नये एवं प्रतियोगी आवश्यकताएँ (competitive needs) सभी एक साथ मिलकर व्यक्ति के दिन-प्रतिदिन के व्यवहार को प्रभावित करते हैं।

दिन-प्रतिदिन की अधिकतर परिस्थितियाँ इस प्रकार की होती हैं जहाँ सिर्फ आन्तरिक अभिप्रेरण से काम नहीं चलता है तथा व्यक्ति को बाह्य अभिप्रेरण देना ही पड़ता है। उदाहरणस्वरूप कितने ऐसे छात्र होते हैं जो अपना गृह कार्य (home task) इसलिए करते हैं कि क्योंकि वे कुछ सीखना चाहते हैं? कितने शिक्षक ऐसे हैं जो इस उद्देश्य से पढ़ाते हैं कि इससे छात्रों का ज्ञान भंडार विकसित हो सके तथा उन्हें आत्म संतोष हो सके? शायद बहुत कम। अतः यह आवश्यक हो जाता है कि इनके कार्यों के लिए कुछ बाह्य अभिप्रेरण (extrinsic motivation) दिया जाय। सच्चाई यह है कि किसी भी परिस्थिति में यदि किसी कार्य को करने के लिए व्यक्ति को ठीक ढंग से प्रेरित करना है तो आन्तरिक अभिप्रेरक तथा बाह्य अभिप्रेरक दोनों को एक साथ देना होगा। यही कारण है कि आजकल फैक्ट्री, ऑफिस आदि में कर्मचारियों (employees) को अधिक अभिप्रेरित करने के लिए आन्तरिक अभिप्रेरक तथा बाह्य अभिप्रेरक दोनों ही दिए जाते हैं।

अभिप्रेरित व्यवहार की कसौटी
(Criteria of Motivated Behaviour)

मनोवैज्ञानिकों ने इस बात पर भी गम्भीरतापूर्वक विचार किया है कि हम किस तरह के व्यवहार को अभिप्रेरित (motivated) व्यवहार कहेंगे तथा वे कौन-कौन कसौटियाँ (criteria) हैं जिनके आधार पर हम यह कह सकते हैं कि अमुक व्यवहार अभिप्रेरित व्यवहार है। विटेकर (Whittaker, 1970) तथा लिंडजे, हाल तथा थॉम्पसन (Lindzey, Hall & Thompson, 1978) ने अभिप्रेरित व्यवहार के निम्नांकित चार कसौटियाँ (criteria) बतलाया है जिसके आधार पर हम अभिप्रेरक व्यवहार (motivated behaviour) की पहचान आसानी से कर सकते हैं—

1. अभिप्रेरित व्यवहार चक्रीय (cyclical) होता है। दूसरे शब्दों में, यह कहा जा सकता है कि किसी व्यवहार को अभिप्रेरित व्यवहार कहलाने के लिए चक्रीय (cyclical) होना अनिवार्य है। इस चक्र (cycle) के अनुसार व्यक्ति में पहले एक खास आवश्यकता (need) तथा प्रणोद (drive) उत्पन्न होता है। इससे व्यक्ति में क्रियाशीलता बढ़ जाती है और वह लक्ष्य की ओर अग्रसर होने लगता है। अन्त में लक्ष्य की प्राप्ति से आवश्यकता की पूर्ति हो जाती है तथा प्रणोद कम हो जाता है। अतः अभिप्रेरित व्यवहार से व्यक्ति का व्यवहार

एक क्रम (sequence) से आगे बढ़ता है और पुनः दूसरी बार उत्पन्न होने पर वही क्रम बना रहता है। इस तरह से यह कहा जाता है कि अभिप्रेरित व्यवहार चक्रीय (cyclical) होता है।

2. किसी व्यवहार को अभिप्रेरित व्यवहार कहलाने के लिए यह भी आवश्यक है कि वह चयनात्मक (selective) हो। दूसरे शब्दों में यह कहा जा सकता है कि अभिप्रेरित व्यवहार चयनात्मक (selective) होते हैं। उदाहरणस्वरूप, यदि कोई व्यक्ति प्यासा है परन्तु भूखा नहीं है तो वह हमेशा पानी पीना चाहेगा भोजन नहीं। उसका व्यवहार पानी पीने की ओर अग्रसर होगा दूसरी ओर नहीं।
3. अभिप्रेरित व्यवहार तुलनात्मक रूप से सक्रिय (active) तथा सतत (persistent) होता है। प्रयोगात्मक अध्ययनों से यह स्पष्ट हो गया है कि जैसे-जैसे बंचन (deprivation) की अवधि (period) बढ़ती है, एक खास सीमा तक व्यक्ति में क्रियाशीलता भी बढ़ती जाती है। अतः अभिप्रेरित व्यवहार सक्रिय (active) होता है। इतना ही नहीं, एक अभिप्रेरित व्यक्ति (motivated person) का व्यवहार तुरंत ही समाप्त नहीं हो जाता है। लक्ष्य (goal) तक पहुँचने में चाहे उसे जितनी भी कठिनाई क्यों न हो, वह अपना कोशिश जारी रखता है। अतः अभिप्रेरित व्यवहार में क्रियाशीलता (activity) के अलावा सातत्य (persistence) का भी गुण होता है।
4. अभिप्रेरित व्यवहार में समस्थिति (homeostasis) होती है। शरीर के भीतर आंतरिक संतुलन (internal balance) की स्थिति को समस्थिति (homeostasis) की संज्ञा दी जाती है। उदाहरणस्वरूप, जब व्यक्ति को भूख लगती है, तो इनसे उसके भीतर में एक तनाव उत्पन्न होता है जिसके फलस्वरूप व्यक्ति भोजन की खोज करता है और भोजन मिलने पर फिर तनाव कम हो जाता है। तनाव उत्पन्न होने से समस्थिति (homeostasis) में असंतुलन हो जाता है और तनाव होने पर पुनः समस्थिति कायम हो जाती है। अतः किसी व्यवहार को अभिप्रेरित व्यवहार कहलाने के लिए यह भी आवश्यक है कि उसमें समस्थिति (homeostasis) कायम करने का गुण है।

यदि कोई व्यवहार ऊपर बताये गये चारों कसौटियों पर सही उतरता है, तो उसे हम निश्चित रूप से अभिप्रेरित व्यवहार (motivated behaviour) की संज्ञा देंगे।

पशु प्रणोद की माप
(Measurement of Animal Drive)

पशुओं में जैविक अभिप्रेरक (biological motives) का महत्त्व सामाजिक अभिप्रेरक (social motives) की अपेक्षा काफी अधिक होता है। मनोवैज्ञानिकों ने विभिन्न प्रकार के जैविक अभिप्रेरकों में तीन अभिप्रेरक जो पशु और मनुष्य दोनों के लिए ही करीब-करीब समान रूप से महत्त्वपूर्ण है, पर अधिक बल डाला है। वे हैं— भूख (hunger), प्यास (thirst) तथा काम (sex)। इनलोगों द्वारा पशुओं के इन अभिप्रेरकों की माप के लिए कुछ विशेष विधियों का वर्णन किया है जो निम्नांकित है—

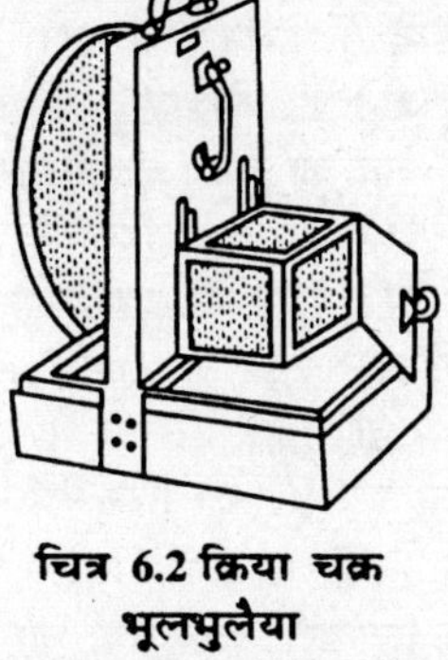

चित्र 6.2 क्रिया चक्र भूलभुलैया

1. क्रिया चक्र विधि *(Activity wheel method)*—इस विधि में पशुओं का प्रणोद (drive) मापने के लिए एक विशेष चक्र (wheel) की तरह पिंजड़ा (cage) बना होता है। पिंजड़े का आकार एक चक्र (wheel) के समान होता है। अभिप्रेरित पशु (motivated animal) को इसमें रखने से वह भिन्न-भिन्न प्रकार की प्रक्रियाएँ (activities) जैसे— उछलना, कूदना, पिंजड़े के भीतरी दीवाल पर चढ़ना आदि प्रारम्भ कर देता है। पिंजड़े के भीतर जितना ही अधिक क्रियाएँ (activities) पशु करता है, पिंजड़ा उतना ही घुमता है। (चित्र 6.2 देखें) पिंजड़े के घुमने की बारंबारता (frequency) को प्रयोगकर्त्ता (experimenter) बाहर लगे मीटर (meter) के सहारे माप कर लिखते जाता है। प्रायः इस विधि द्वारा चूहों की प्रणोद (drive) या आवश्यकता (need) को काफी आसानी से मापा जाता है। एक भूखे या प्यासे चूहे को यदि एक पिंजड़े (wheel maze) में छोड़ दिया जाता है, तो स्वभावतः उसमें क्रियाशीलता होती है और वह पिंजड़े में इधर-उधर घुमने लगता है जिसके परिणामस्वरूप चक्र पिंजड़े (wheel maze) में घूर्णन गति (rotation movement) होती है। अगर चूहे में भूख अधिक तीव्र है या प्यास अधिक तीव्र है तो वैसी अवस्था में पिजड़े में घूर्णन गति काफी अधिक होगी यानी इस तरह की गति की बारंबारता अधिक होगी।

इस विधि का सबसे प्रमुख दोष यह है कि इसके द्वारा चूहों तथा खरगोश के अलावा अन्य बड़े पशुओं की आवश्यकता (need) या प्रणोद (drive) को मापा नहीं जा सकता है क्योंकि क्रिया चक्र में उन्हें रखा ही नहीं जा सकता है। इतना ही नहीं, चूहों तथा खरगोश के सिर्फ भूख तथा प्यास की आवश्यकता को ही मापा जा सकता है अन्य आवश्यकताओं जैसे— काम (sex) आदि का मापन नहीं हो सकता है।

2. अवरोध विधि (*Obstruction method*)—पशुओं के प्रणोद (drive) मापने की यह दूसरी विधि है। इस विधि द्वारा आवश्यकता (need) या प्रणोद को मापने के लिए एक विशेष बॉक्स जिसे अवरोध बॉक्स (obstruction box) कहा जाता है, का उपयोग किया जाता है। (चित्र 6.3 देखें)। इस बॉक्स का निर्माण वार्डेन तथा उनके सहयोगियों तथा जेनकिन एवं उनके सहयोगियों (Warden et. al., 1931 Jenkin et al., 1926) द्वारा अपने-अपने शोधों के संदर्भ में किया गया। जैसा कि चित्र 6.3 से स्पष्ट है, इस बॉक्स में दो डिब्बे (compartment) होते हैं। एक को प्रवेश डिब्बा (enterance compartment) कहते हैं तथा दूसरे को लक्ष्य डिब्बा (goal compartment) कहा जाता है। प्रवेश डिब्बा 'A' तथा लक्ष्य डिब्बा 'B' है। प्रवेश डिब्बा में एक दरवाजा (door) होता है जिसके सहारे पशु 'A' डिब्बा में आता है। चित्र 6.3 में यह दरवाजा 'D' है। A और B डिब्बे को जोड़ने वाला 'C' है जो लोहे की जाली का बना एक रास्ता (path) होता है। जब पशु लक्ष्य बॉक्स यानी 'B' में रखे गये प्रोत्साहन (incentive) को प्राप्त करने 'C' होकर जाता है, तो लोहे की जाली से उसे हल्के बिजली की आघात दिया जाता है। इस बिजली की आघात के कारण वह जाली से होकर जाना नहीं चाहता है। फलस्वरूप, उसे लक्ष्य बॉक्स में रखे प्रोत्साहन तक पहुँचने में एक अवरोध (obstruction) उत्पन्न होता है। अगर पशु में उत्पन्न आवश्यकता (need) या प्रणोद (drive) की प्रबलता (strength) अधिक होती है, तो वैसी अवस्था में वह उस अवरोध को अधिक बार पार (cross) करना चाहेगा। वार्डेन (Warden, 1931) ने प्रति 20 मिनट में पशु कितनी बार बिजली से उत्पन्न अवरोध को पार करता है, के आधार पर पशु की आवश्यकता की प्रबलता (strength) को मापा है। पार करने की संख्या प्रति 20 मिनट जितनी ही अधिक होगी, पशु में प्रोत्साहन (incentive) से सम्बन्धित आवश्यकता (need) उतनी ही अधिक मजबूत (stronger) होगी।

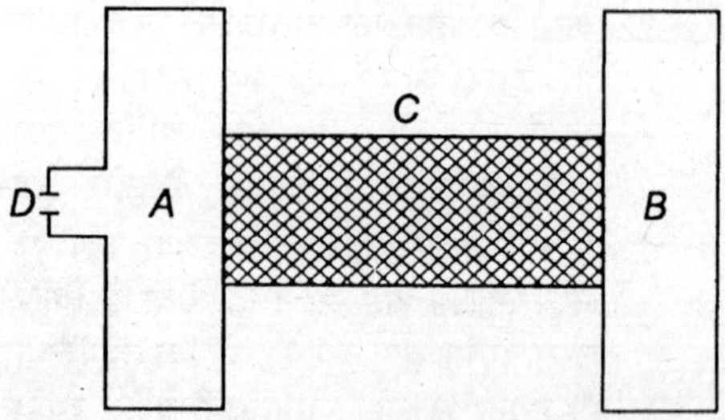

चित्र 6.3 अवरोध बक्स (obstruction box)

वार्डेन (Warden, 1931) ने एक प्रयोग किया जिसमें चूहों में भूख आवश्यकता (hunger need) के शक्ति (strength) की माप अवरोध विधि से किया। इस प्रयोग में भूखे चूहे को प्रवेश डिब्बे (enterance box) में तथा लक्ष्य डिब्बे में भोजन रखा गया। पथ 'C' में बिजली की हल्की धारा प्रवाहित कर दी गयी जिससे प्रवेश डिब्बा से लक्ष्य डिब्बा में जाने की कोशिश करने पर चूहे को बिजली का आघात पहुँच सके। परिणाम में देखा गया कि जैसे-जैसे भोजन करने के बाद का समय बढ़ता गया, वैसे-वैसे अवरोध को पार (cross) करने की संख्या भी बढ़ती गयी। पार करने की सबसे उच्चतम संख्या 2 दिनों के भोजन वंचन (food deprivation) पर होता पाया गया। उसी तरह से वार्डेन (Warden, 1931) ने ही नर चूहों की काम आवश्यकता (sex need) का मापन इस विधि द्वारा की है। मादा चूहे (female rat) को लक्ष्य डिब्बा (goal compartment) में रख दिया गया तथा नर चूहे को प्रवेश डिब्बा (enterance compartment) में रखा गया। परिणाम में यह देखा गया कि पिछले संभोग (mating) के बाद का समय जैसे-जैसे बढ़ता गया, वैसे-वैसे पथ 'C' को जिसमें विद्युत की धारा प्रवाहित हो रही थी, पार (cross) करने की संख्या भी बढ़ती गयी।

इसी तरह से अवरोध विधि का उपयोग पशुओं में प्यास प्रणोद (thirst drive) को मापने के लिए भी किया गया है। लिण्डजे, हाल तथा थॉम्पसन (Lindsey, Hall & Thompson, 1978) ने एक प्रयोग किया जिसमें पाया कि चूहों को पिछले कई घंटों से पानी न दिये जाने पर लक्ष्य डिब्बा (goal compartment) में रखे पानी को पीने के लिए पथ 'C' (जिसमें विद्युत धारा थी) को पार करने की संख्या अधिक बढ़ती जाती है।

ऊपर के प्रयोगों से स्पष्ट है कि अवरोध विधि द्वारा पशुओं के कई जैविक अभिप्रेरकों (biological motives) की माप हो जाती है। सच्चाई यह है कि अवरोध विधि में अभिप्रेरक के माप के लिए जो निहित सिद्धान्त (principle) है उसका उपयोग मनुष्यों के अभिप्रेरकों की माप में भी सम्भव है। यदि हम किसी लक्ष्य की प्राप्ति के लिए काफी अभिप्रेरित

(motivated) होते हैं, तो रास्ते में कितनी भी बाधाएँ (obstruction) क्यों न आये, हम उन सभी को पार करते हुए लक्ष्य पर पहुँच जाते हैं।

3. पसंद विधि *(Preference method)*—यह विधि भी पशुओं की आवश्यकता (need) को मापने की एक लोकप्रिय विधि (popular method) है। इस विधि में पशुओं में एक ही साथ दो आवश्यकताएँ (need) उत्पन्न कर दी जातीं हैं और पशुओं को इन दोनों आवश्यकताओं को संतुष्ट करनेवाला उपयुक्त (appropriate) प्रोत्साहन (incentive) भी रख दिया जाता है। इन दोनों तरह के प्रोत्साहन में से पशु जिसे पसंद करता है, उससे सम्बन्धित आवश्यकता को अधिक प्रबल (strong) माना जाता है। उदाहरणस्वरूप, मान लिया जाय कि किसी बिल्ली को गत 30 घंटों से भूखा तथा 35 घंटों से प्यासा रखा जाता है। इसके बाद उसके सामने भोजन तथा पानी दोनों ही एक साथ उपस्थित किये जाते हैं। थोड़ी देर के लिए मान लिया जाय कि बिल्ली पहले पानी पीती है और तब बाद में भोजन करती है। दूसरे शब्दों में, यहाँ बिल्ली पानी को भोजन की अपेक्षा अधिक पसंद कर रही है। इसका मतलब यह हुआ कि बिल्ली में प्यास प्रणोद (thirst drive) भूख प्रणोद (hunger drive) से अधिक प्रबल (stronger) है। यंग (Young, 1947) में इस विधि का उपयोग चूहों की भूख आवश्यकता (hunger need) की प्रबलता मापने में की है। हैरिस तथा उनके सहयोगियों (Harris et al., 1933) ने इस विधि का प्रयोग चूहों में विशेष भूख (specific hunger) को मापने में की है। इस प्रयोग में कुछ चूहों को लगातार एक ऐसा भोजन दिया गया जिसमें विटामिन B नहीं था। फलस्वरूप चूहों में विटामिन B की विशेष आवश्यकता (specific need) उत्पन्न हो गयी। बाद में इन चूहों को दो तरह का भोजन दिया गया— एक विटामिन 'B' के युक्त भोजन तथा दूसरा विटामिनहीन भोजन। परिणाम में देखा गया कि चूहों ने विटामिन 'B' से युक्त भोजन को विटामिन 'B' हीन भोजन की अपेक्षा अधिक पसंद किया। इसका मतलब यह हुआ कि विटामिन 'B' से सम्बन्धित विशेष भूख (specific hunger) अधिक प्रबल (stronger) थी।

कुछ मनोवैज्ञानिकों ने पसंद विधि का एक परिवर्तित रूप (modified from) का उपयोग करके पशुओं का विशेषकर चूहों का प्रणोद (drive) का माप किया है। इस परिवर्तित रूप में चूहों को एक साथ दो प्रोत्साहन नहीं बल्कि एक ही प्रोत्साहन परन्तु उसका स्वरूप प्रतिदिन बदल-बदल कर दिया जाता है। प्रतिदिन चूहों द्वारा उपयोग किये गये प्रोत्साहन की मात्रा के आधार पर आवश्यकता की प्रबलता (strength) की माप की जाती है। इस परिवर्तित विधि के सहारे बीबी-सेन्टर, ब्लैक, हॉफमैन तथा वाडे (Beebe-centre, Black, Hoffman & Wade, 1948) ने एक प्रयोग किया जिसमें 11 चूहों में से प्रत्येक को अलग-अलग चैम्बर, (chamber) में रखा गया। प्रत्येक चैम्बर जो एक तरह का पिंजड़ा था, में एक-एक बोतल रखा था। चूहे प्यासे थे। किसी-किसी दिन बोतल में मीठा पानी भरा जाता था तो किसी-किसी दिन साधारण पानी भरा रहता था। प्रत्येक दिन चूहों द्वारा उपयोग किये गये पानी की मात्रा को माप कर एक साथ जोड़ा गया और परिणाम में यह मिला कि चूहों द्वारा मीठा पानी साधारण पानी की अपेक्षा अधिक पसंद किया गया। परन्तु यदि चीनी की मात्रा अत्यधिक बढ़ा दी जाती थी, तो वैसी परिस्थिति में चूहों द्वारा पुनः साधारण पानी को ही अधिक पसंद किया जाता था। इसी विधि से वाईनर तथा स्टैलर (Weiner & Stellar, 1951) ने एक प्रयोग किया जिसमें चूहों में साधारण पानी तथा नमकीन पानी की पसंदगी की तुलना की गयी। चूहों द्वारा नमकीन पानी की मात्रा साधारण पानी की मात्रा की अपेक्षा अधिक ली गयी परन्तु पानी में नमक की मात्रा ज्यादा हो जाने पर चूहों द्वारा पुनः साधारण पानी को अधिक मात्रा में उपभोग किया जाता था। इन प्रयोगों से स्पष्ट है कि पसंद विधि के इस परिवर्तित रूप (modified form) द्वारा भी चूहों में आवश्यकता की प्रबलता (strength) को उसके पसंदगी के आधार पर मापा जा सकता है।

4. सीखना विधि *(Learning method)*—सीखना विधि के सहारे भी आवश्यकता (need) की प्रबलता (strength) को मापा जाता है। इस विधि में किसी दिए गए कार्य या पाठ (task) को पशुओं द्वारा सीखने के लिए दिखलाए गए तत्परता (readiness) के आधार पर आवश्यकता की प्रबलता (strength) को मापा जाता है। यदि पशु द्वारा सीखने के लिए अधिक तत्परता होती है, तो ऐसा समझा जाता है कि उसमें आवश्यकता की प्रबलता अधिक है क्योंकि अभिप्रेरक (motivation) के अभाव में सीखने का कार्य अधिक तत्परता से सम्भव नहीं है। मैककिनटोश (Mackintosh, 1974) ने एक प्रयोग करके इस तथ्य की पुष्टि किया है। इस प्रयोग में चूहों के तीन समूह थे— पहला समूह अत्यधिक भूखा तथा अत्यधिक प्यासा (very hungry & very thirsty group) था, दूसरा समूह बहुत भूखा था परन्तु थोड़ा ही प्यासा ही था (very hungry but only slightly thirsty) तथा तीसरा समूह बहुत प्यासा परन्तु थोड़ा ही भूखा था (very thirsty but only slightly hungry)। इस प्रयोग में तीनों समूह को एक ही भुलभूलैया (maze) में

बारी-बारी से रखकर दौड़ना सिखलाया गया। प्रयोग 18 दिन तक किया गया। इसमें से प्रथम 9 दिन में तीनों समूह के चूहों को सिर्फ ठोस आहार दिया गया और अन्तिम 9 दिन में सिर्फ पानी दिया गया। इस प्रयोग के परिणाम बड़े रोचक थे। प्रथम 9 दिनों में पहला समूह जो काफी भूखा भी था तथा प्यासा भी, अन्य दो समूहों की अपेक्षा अधिक तेजी से सीखा। परन्तु इन अंतिम दोनों समूहों को आपस में सीखने की दर (rate) में कोई खास अन्तर नहीं था। इस प्रथम भाग के परिणाम से यह स्पष्ट हो जाता है कि दो आवश्यकताएँ (भूख तथा प्यास) मात्र एक आवश्यकता से अधिक प्रबल होती है और ऐसी परिस्थिति में सीखने की क्रिया भी तेजी से होती है। प्रयोग के दूसरे भाग में जब ठोस आहार के जगह पर चूहों को पानी दिया गया तो प्रारम्भ में पहले समूह के निष्पादन (performance) में अन्य दो समूहों के निष्पादन की अपेक्षा थोड़ी कमी अवश्य आयी परन्तु फिर तुरन्त ही इसके सीखने की दर अन्य दो समूहों की दर से अधिक हो गई। अन्य दो समूहों, जिनमें सीखने की दर प्रयोग के प्रथम भाग में समान थी, के निष्पादन में भी अन्तर आया। पानी दिए जाने पर तीसरे समूह में (जो अधिक प्यासा था परन्तु थोड़ा ही भूखा था) दूसरे समूह की अपेक्षा सीखने की प्रक्रिया तेजी से हुई। मैकिनटोश (Mackintosh) ने अपने प्रयोग के इस परिणाम के आधार पर बतलाया कि पशुओं में जब आवश्यकता अधिक प्रबल (stronger) होती है तो सीखने की प्रक्रिया तेजी से होती है। इतना ही नहीं, जब प्रोत्साहन (incentive) द्वारा पशु के उपयुक्त आवश्यकता (appropriate need) की संतुष्टि होती है, तो इससे भी सीखने की क्रिया तेजी से होती है।

इस प्रकार हम देखते हैं कि पशुओं की आवश्यकताओं को मापने की कई विधियाँ हैं। इन विधियों में से अन्तिम तीन अपेक्षाकृत अधिक लोकप्रिय हो पायी है।

मानव अभिप्रेरक की माप
(Measurement of Human Motive)

मनोवैज्ञानिकों ने मानव अभिप्रेरकों (human motives) को भी मापने का प्रयास किया है। मानव अभिप्रेरकों में विशेषतः सामाजिक अभिप्रेरकों (social motives) को मापने का प्रयास किया गया है क्योंकि जहाँ तक जैविक अभिप्रेरक (biological motives) का प्रश्न है, इसे मापने के लिए कोई प्रविधि (technique) की जरूरत नहीं होती है क्योंकि इसे सीधे व्यक्ति से पूछ लिया जा सकता है। मनुष्य एक सामाजिक प्राणी है। फलतः इसका सामाजिक अभिप्रेरक अधिक महत्त्वपूर्ण है। सामाजिक अभिप्रेरक का स्वरूप (nature) भी कुछ जटिल (complex) होता है जिसके परिणामस्वरूप मनोवैज्ञानिकों ने इसका मापन (measurement) करने के लिए विशेष प्रविधि का वर्णन किया है जो निम्नांकित है—

1. प्रेक्षण प्रविधियाँ *(Projective techniques)*—प्रेक्षण विधि वह विधि है जहाँ व्यक्ति को कुछ अस्पष्ट (vague) तथा असंगठित सामग्रियाँ (unstructured materials) को दिया जाता है और व्यक्ति को उनका वर्णन करना होता है जिसमें वे प्रायः अपने सामाजिक अभिप्रेरकों (social motives) की अभिव्यक्ति अचेतन रूप से (unconsciously) करते हैं। इस विधि को प्रेक्षण विधि इसलिए कहा जाता है कि व्यक्ति अपनी इच्छा, अभिप्रेरक (motives), अभिप्रेरकों का संघर्ष (conflict of motives) आदि का प्रेक्षण (projection) अस्पष्ट एवं असंगठित सामग्रियों के वर्णन करने में परोक्ष रूप से करता है। प्रेक्षण परीक्षण (projective tests) तो ऐसे कई हैं परन्तु कथानक संप्रत्यक्षण परीक्षण (Thermatic Apperception Test or TAT) सबसे प्रमुख है जिसके द्वारा सामाजिक अभिप्रेरकों की माप की जाती है। इस परीक्षण में कुछ मानक कार्ड होते हैं जिसमें कुछ अस्पष्ट चित्र बने होते हैं और इन चित्रों के आधार पर व्यक्ति को एक कहानी (story) लिखनी होती है जिसका विश्लेषण करने के बाद उस व्यक्ति के प्रमुख अभिप्रेरकों (social motives) के बारे में पता चलता है। इस परीक्षण का प्रतिपादन मर्रे (Murray, 1938) द्वारा किया था और उनके अनुसार उपलब्धि आवश्यकता (achievement need), स्वतंत्रता आवश्यकता (autonomy need), अनादर आवश्यकता (abasement need) आदि का मापन इस परीक्षण द्वारा बहुत ही आसानी से होता है।

इस विधि का सबसे प्रमुख दोष यह है कि इसका प्राप्तांक-लेखन (scoring) बहुत विश्वसनीय (reliable) नहीं होता है। इतना ही नहीं, उसमें वस्तुनिष्ठता (objectivity) की भी कमी होती है क्योंकि एक ही कहानी का विश्लेषण अलग-अलग विशेषज्ञ (experts) अलग-अलग ढंग से करते हैं। परिणाम यह होता है कि प्रेक्षण विधि द्वारा सामाजिक अभिप्रेरक (social motives) का सही-सही मापन नहीं होता है।

2. प्रश्नावली विधि *(Questionnaire method)*—सामाजिक अभिप्रेरक का मापन (measurement) प्रश्नावली विधि द्वारा भी किया जाता है। इस विधि को *आविष्कारिका* (inventory) विधि भी कहा जाता है। इन्वेन्ट्री या प्रश्नावली

में बहुत सारे प्रश्न होते हैं जो व्यक्ति के भिन्न-भिन्न सामाजिक अभिप्रेरक (social motives) से सम्बन्धित होते हैं। व्यक्ति इन प्रश्नों को पढ़ते जाता है तथा उसका उत्तर 'हाँ', 'नहीं' या 'सही-गलत' में से किसी एक को अपने लिए उपयुक्त (appropriate) समझकर बतलाया है। एडवर्ड्स (Edwards) ने एक इस तरह की प्रश्नावली या इन्वेन्ट्री तैयार की है जिसके सहारे 17 भिन्न-भिन्न प्रकार के सामाजिक अभिप्रेरकों (social motives) का मापन होता है। इस इन्वेन्ट्री का नाम *'एडवर्ड्स पर्सनल प्रोफेन्स सिडुल'* (Edwards Personal Preference Schedule) है। इस परीक्षण द्वारा उपलब्धि आवश्यकता (achievement need), सम्बन्धन आवश्यकता (affiliation need), अनादर आवश्यकता (absement need), प्रदर्शन आवश्यकता (exhibition need) आदि की माप प्रमुख रूप से होती है।

इस विधि का सबसे प्रमुख दोष यह है कि इसमें व्यक्ति प्रश्नों का वास्तविक उत्तर प्रायः छिपा लेता है। फलस्वरूप, प्रश्नावली विधि की निर्भरता कम हो जाती है। इसी दोष को हटाने के उद्देश्य से एडवर्डस (Edwards) ने अपने उपयुक्त सिडुल के प्रश्न का उत्तर वाधित वरण (forced choice) के रूप में तैयार किया है। एक प्रश्न के तीन समान (similar) उत्तर या तीन असमान (dissimilar) उत्तर दिये जाते हैं जिसमें से एक सही उत्तर व्यक्ति को चुनना होता है। एडवर्ड्स का ऐसा विचार है कि बाधित वरण उत्तरों (forced-choice answered) से प्रश्नावली विधि का ऊपर बताया गया दोष अपने आप दूर हो जाता है।

3. परिस्थितिजन्य परीक्षण *(Situational test)*—सामाजिक अभिप्रेरकों को मापने का तीसरा प्रमुख तरीका परिस्थितिजन्य परीक्षण (situational tests) है। इस परीक्षण में एक खास परिस्थिति (situation) उत्पन्न किया जाता है जिसमें व्यक्ति को कुछ करना होता है और उनकी क्रियाओं (activities) के आधार पर व्यक्ति के सामाजिक अभिप्रेरक का मापन किया जाता है। उदाहरणस्वरूप, यदि किसी व्यक्ति के सम्बन्धन आवश्यकता (affiliation need) का मापन करना है तो उसके सामने पहले हम एक विशेष परिस्थिति जैसे चाहे तो वह अपने मित्र का इंतजार एक ऐसे कमरे में बैठकर कर सकता है जहाँ वह अकेला होगा या फिर एक ऐसे कमरे में बैठकर कर सकता है जहाँ पहले से 20 आदमी बैठे हैं— उत्पन्न कर देंगे। यदि व्यक्ति में सम्बन्धन आवश्यकता अधिक मजबूत होगी, तो व्यक्ति 20 व्यक्तियों वाले कमरे में इंतजार करना पसंद करेगा। उसी तरह से अगर किसी व्यक्ति में आक्रमणशीलता (aggressiveness) का मापन करना है, तो उसे एक विशेष परिस्थिति (जैसे कुछ ऐसे लोगों के बीच लाकर जो उस व्यक्ति को अपमानित करे) में रखकर किया जा सकता है। यदि वह व्यक्ति अपने अपमान का बदला दूसरे लोगों के प्रति आक्रमणशीलता (aggressiveness) दिखलाकर करता है, तो इसका स्पष्ट मतलब यह हुआ कि व्यक्ति में यह अभिप्रेरक तीव्र है।

परिस्थितिजन्य परीक्षण (situational test) का दोष यह है कि जब कभी भी व्यक्ति को यह पता चल जाता है कि उसके व्यवहार का निरीक्षण (observation) किया जा रहा है, तो वैसी परिस्थिति में व्यक्ति अपने वास्तविक एवं स्वाभाविक व्यवहार में परिवर्तन ला देता है। जैसे— यदि व्यक्ति को यह पता चल जाता है कि उसे निरादर इसलिए किया जा रहा है क्योंकि उसकी आक्रमणशीलता को मापा जाएगा, तो सम्भव है कि अपमानित होने के बावजूद भी वह आक्रमणशीलता न दिखलाए।

4. ऐतिहासिक घटनाओं का विश्लेषण *(Analysis of historical events)*—सामाजिक अभिप्रेरकों की माप ऐतिहासिक घटनाओं का विश्लेषण करके भी किया जा सकता है। इस विधि द्वारा समाज के व्यक्तियों की सामूहिक (collective) तौर पर सामाजिक अभिप्रेरक की माप ज्यादा बेहतर होती है। किसी समाज के अधिकतर व्यक्तियों की आवश्यकता उस समय के समाचार पत्रों एवं घटनाओं द्वारा आसानी से अभिव्यक्त किया जाता है। यदि इन पत्रों में छपें खबरों एवं घटनाओं का वस्तुनिष्ठ विश्लेषण (objective analysis) किया जाय, तो हम इस निष्कर्ष पर आसानी से पहुँच सकेंगे कि अधिकतर लोगों का सामाजिक अभिप्रेरक (social motive) क्या है? उदाहरणस्वरूप, यदि भारतीय समाचार पत्रों में 70 वर्ष पहले छपी खबरों एवं उनकी ऐतिहासिक पृष्ठभूमि का विश्लेषण करें तो पायेंगे कि उस समय स्त्री शिक्षा की आवश्यकता (need for woman education) नहीं के बराबर था। परन्तु आजकल परिस्थिति ठीक इसके विपरीत है और गत 10 साल की सामाजिक घटनाओं एवं समाचार पत्रों की खबरों का विश्लेषण करें तो हम पायेंगे कि स्त्री शिक्षा की आवश्यकता काफी महसूस की जा रही है।

मैकक्लीलैंड (McClelland, 1961, 1971) ने समाज के आर्थिक विकास एवं वर्द्धन के आधार पर उपलब्धि आवश्यकता को मापने पर बल डाला है। इन्होंने अपने अध्ययन में इंगलैंड के 1550 से 1850 के आर्थिक विकास के एक महत्त्वपूर्ण सूचक अर्थात् कोयला आयात (coal import) तथा उपलब्धि आवश्यकता के बीच के सम्बन्ध का अध्ययन

किया और पाया कि जैसे-जैसे आर्थिक विकास जिसका मापन कोयला आयात में हुए परिवर्तन के रूप में किया गया, में वृद्धि होती गयी, उपलब्धि आवश्यकता भी मजबूत होते गयी। अध्ययन से इस बात का सबूत मिलता है कि उपलब्धि आवश्यकता के बारे में कोयला आयात में हुए परिवर्तनों के आधार पर जाना जा सकता है।

इस तरह से हम देखते हैं कि सामाजिक अभिप्रेरक (social motives) मापने की कई विधियाँ हैं।

आवश्यकता-पदानुक्रम मॉडल
(Need-hierarchy model)

मैसलो (Maslow, 1954) प्रथम ऐसे मनोवैज्ञानिक हैं जिन्होंने आत्मसिद्धि (self-actualization) को एक महत्त्वपूर्ण अभिप्रेरक बतलाया तथा इसका वैज्ञानिक अध्ययन कर एक सिद्धान्त (theory) का प्रतिपादन किया जिसे *आवश्यकता-पदानुक्रम सिद्धान्त* (need-hierarchy theory) कहा जाता है।

मैसलो (Maslow, 1954) ने बतलाया कि मानव आवश्यकताओं (human needs) या मानव अभिप्रेरकों (human motives) की व्याख्या एक अनुक्रम (hierarchy) या सीढ़ी (ladder) के रूप में की जा सकती है। मैसलो (Maslow) के अनुसार मानव आवश्यकताएँ प्रमुख रूप से पाँच हैं जिन्हें हम एक अनुक्रम (hierarchy) या सीढ़ी (ladder) के रूप में चित्र 6.4 में दिखला सकते हैं।

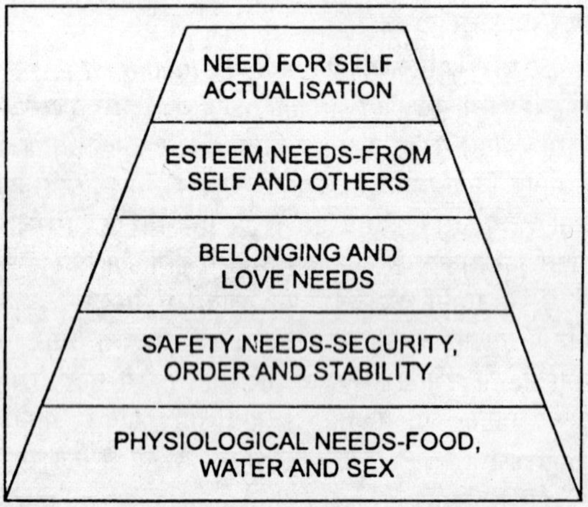

चित्र 6.4 मैसलो का आवश्यकता-पदानुक्रम सिद्धान्त
(Maslow's Need-hierarchy theory)

जैसा कि चित्र 6.4 में दिखलाया गया है, मैसलो ने मानव आवश्यकताओं (human needs) के निम्नांकित पाँच प्रकार बतलाएँ हैं जो अनुक्रमानुसार (hierarchical order) निम्नांकित हैं—

(i) शारीरिक आवश्यकता *(Physiological needs)*—मनुष्य की शारीरिक आवश्यकताएँ (physiological needs) मैसलो के अनुक्रम (hierarchy) में सबसे नीचे आता है (जैसा कि चित्र 6.4 से स्पष्ट है)। शारीरिक आवश्यकताओं (physiological needs) में भूख (hunger), प्यास (thirst), काम (sex) तथा अन्य शारीरिक आवश्यकताएँ (needs) सम्मिलित होती हैं जिनके अभाव में व्यक्ति को जिंदा रहना सम्भव नहीं है। अतः मैसलों का कहना है कि व्यक्ति सबसे पहले अपने शारीरिक आवश्यकताओं की संतुष्टि चाहता है। इसके बाद ही वह अपने अन्य सामाजिक आवश्यकताओं (social needs) के बारे में सोचता है।

(ii) सुरक्षा की आवश्यकता *(Safety needs)*—जब व्यक्ति की शारीरिक आवश्यकता पूरी हो जाती है तो उसके सामने दूसरी महत्त्वपूर्ण आवश्यकता सुरक्षा की आवश्यकता (safety need) होती है। सुरक्षा की आवश्यकता में शारीरिक (physical) तथा सांवेगिक दुर्घटनाओं से अपने आप को बचाने की आवश्यकता सम्मिलित होती है। इस तरह की आवश्यकता में व्यक्ति विभिन्न प्रकार के डर (fear) तथा असुरक्षा (insecurity) से बचने की कोशिश करता है।

(iii) सदस्य होने तथा स्नेह पाने या देने की आवश्यकता *(Need to belong and to love)*—मैसलो (Maslow) के सिद्धान्त में यह तीसरी प्रमुख आवश्यकता है जो ऊपर बताये गये दोनों आवश्यकताओं की संतुष्टि के बाद उत्पन्न होती है। इस तरह की आवश्यकता के कारण व्यक्ति परिवार, स्कूल, धर्म (religion), प्रजाति (race) राजनैतिक पार्टी (political party) आदि के साथ तादात्म्य (identification) स्थापित करता है। व्यक्ति को ऐसा अनुभव होता है कि हम भी अपने समूह के प्रमुख सदस्य हैं। इतना ही नहीं, व्यक्ति अपने समूह के अन्य सदस्यों के प्रति स्नेह (affection) दिखलाता है तथा उनसे स्नेह पाने की कोशिश करता है। इस तरह से व्यक्ति समूह के अन्य सदस्यों के साथ मित्रता स्थापित करता है।

(iv) सम्मान की आवश्यकता *(Esteem needs)*—जब ऊपर बताये गये प्रथम तीनों आवश्यकता की संतुष्टि हो

जाती है, तो वैसी परिस्थिति में व्यक्ति में सम्मान पाने की आवश्यकता (esteem need) की उत्पत्ति होती है। इस आवश्यकता में आन्तरिक सम्मान कारक (internal esteem factor) जैसे आत्म-सम्मान (self-respact), उपलब्धि (achievement), स्वायत्तता (autonomy) तथा बाह्य सम्मान कारक (external esteem factor), जैसे पद (status), कदरदानी (recognition) आदि सम्मिलित होते हैं।

(v) आत्मसिद्धि की आवश्यकता *(Need for self-actualization)*—मैसलो (Maslow) के सिद्धान्त में आत्मसिद्धि (self-actualization) सबसे ऊपरी स्तर की आवश्यकता है जहाँ पर सभी लोग नहीं पहुँच पाते हैं। आत्मसिद्धि (self actualization) एक जटिल संप्रत्यय (complex concept) है जिसे परिभाषित करना थोड़ा कठिन है। फिर भी आत्मसिद्धि में मनोवैज्ञानिकों का तात्पर्य अपने अन्दर छिपे क्षमताओं (potentialities) की पहचान करना तथा उसे ठीक ढंग से विकसित (develop) करने की आवश्यकता से होता है। मार्गन, किंग, विस्ज तथा स्कोपलर[1] (Morgan, King, Weisz & Schopler, 1986) के अनुसार, ''व्यक्ति की अपनी क्षमताओं को विकसित करने की आवश्यकता को आत्मसिद्धि कहा जाता है। दूसरे शब्दों में, अपनी क्षमताओं के अनुसार कुछ कर सकना ही आत्मसिद्धि हैं।'' कभी-कभी कुछ व्यक्तियों के जिन्दगी में ऐसी परिस्थितियाँ आतीं हैं जिनके कारण व्यक्ति में आत्मसिद्धि की आवश्यकता उत्पन्न नहीं हो पाती है और वह हमेशा इससे नीचे स्तर की आवश्यकताओं (needs) की ही संतुष्टि करने में लगा रहता है। जिन व्यक्तियों में आत्मसिद्धि पूर्ण होती है उन्हें अपने व्यक्तिगत विकास (personal growth) से काफी संतुष्टि होती है। चूँकि ऐसे व्यक्तियों में डर (fear), दुश्चिंता (anxiety) आदि नहीं के बराबर होता है अतः ऐसे व्यक्तियों में परिस्थितियों का प्रत्यक्षण (perception) सही-सही होता है।

मैसलो (Maslow, 1954) ने इन पाँच आवश्यकताओं को फिर दो मूल श्रेणी (category) में विभाजित किया है– निम्न स्तर की आवश्यकता (lower level need) तथा उच्च स्तर की आवश्यकता (upper level need)। शारीरिक आवश्यकताओं (physiological needs) तथा सुरक्षा की आवश्यकता (safety needs) को मैसलो (Maslow) ने निम्न स्तर की आवश्यकता (lower level need) में रखा है तथा बाकी तीनों आवश्यकताओं को उच्च स्तर की आवश्यकता (upper level need) में रखा है। जिन व्यक्तियों में उच्च स्तर की आवश्यकताएँ संतुष्ट हो जातीं है, उनकी निम्न स्तर की आवश्यकताएँ भी संतुष्ट हो जाती हैं। परन्तु ऐसा हो सकता है कि व्यक्ति की निम्न स्तर की आवश्यकताएँ की तो संतुष्टि हो जाय परन्तु उच्च स्तर की आवश्यकताओं की संतुष्टि न हो।

मनोवैज्ञानिकों ने मैसलो के आत्मसिद्धि सिद्धान्त (self-actualization theory) को निम्नांकित कारकों के आधार पर आलोचित किया है—

(i) आलोचकों का मत है कि मैसलो (Maslow) ने अपने सिद्धान्त का प्रतिपादन वैसे आँकड़ों (data) के आधार पर किया जिसे वे ऊपरी वर्ग (upper class) तथा मध्यम वर्ग के लोगों से प्राप्त किया था। अतः उनका सिद्धान्त इन दो वर्गों के लोगों के लिए काफी उचित है। परन्तु निम्न वर्ग के लोगों या वैसे लोगों पर जो कम विकसित है तथा गरीब हैं, पर यह सिद्धान्त लागू नहीं होता है क्योंकि ऐसे लोगों की शारीरिक आवश्यकताएँ कभी पूर्णतः संतुष्ट नहीं हो पाती है। फलस्वरूप वे अनुक्रम (hierarchy) के आगे की आवश्यकताओं के बारे में सोच भी नहीं पाते हैं।

(ii) मैसलो (Maslow) ने अपने सिद्धान्त में यह पूर्वकल्पना की है कि सभी मनुष्य उनके द्वारा बताये गये पाँच आवश्यकताओं में निचली स्तर से ऊपरी स्तर की ओर आगे बढ़ते हैं। आलोचकों का मत है कि मैसलो अपनी इस पूर्वकल्पना (assumption) को प्रयोगात्मक रूप से जाँच कर नहीं दिखला सके। इतना ही नहीं, मैसलो ने यह भी पूर्वकल्पना (assumption) किया था कि व्यक्ति अनुक्रम (hierarchy) के अगला स्तर (next level) पर तभी पहुँचता है जब वह उसके ठीक पिछले स्तर पर की आवश्यकता की संतुष्टि कर लेता है। आलोचकों ने बतलाया है कि हमेशा ऐसा ही हो यह आवश्यक नहीं है। ऐसा भी हो सकता है कि सबसे निम्न स्तर की आवश्यकताओं की संतुष्टि करने के बाद उसमें तीसरे स्तर की आवश्यकता न उत्पन्न होकर चौथे स्तर की आवश्यकता उत्पन्न हो जाय। इस तथ्य की संतुष्टि विलियम्स एवं पेज (Williams & Page, 1989) के प्रयोगात्मक अध्ययन से हो चुका है।

1. "Self-actualization refers to an individual's need to develop his or her potenliatities, in other words, to do what he or she is capable of doing." —Morgan, King, Weisz & Schopler : *Introduction to Psychology,* 1986, p. 298

(iii) मैसलो (Maslow) ने जिन मानवीय आवश्यकताओं (human needs) का वर्णन किया है उनके दैहिक या शारीरिक (physiological) तथा मनोवैज्ञानिक (psychological) आधारों (bases) को नहीं बतलाया गया है। उदाहरणस्वरूप, भूख की आवश्यकता को ही ले लीजिए। व्यक्ति में भूख की आवश्यकता होती है परन्तु किन-किन शारीरिक परिवर्तनों (physiological changes) से यह उत्पन्न होता है, इसका वर्णन उन्होंने नहीं किया है।

(iv) मैसलो (Maslow) ने अपने सिद्धान्त के समर्थन में व्यक्तियों के मात्र केस इतिहास (case history) को प्रस्तुत किया है। उन्होंने इसके लिए कोई प्रयोगात्मक सबूत (experimental evidence) नहीं दिया है। फलतः उनकी सिद्धान्त की मान्यता थोड़ी कम हो जाती है।

इन आलोचनाओं के बावजूद भी मैसलो का आवश्यकता-पदानुक्रम सिद्धान्त एक महत्त्वपूर्ण सिद्धान्त माना गया है क्योंकि उनका सिद्धान्त एक ऐसा सिद्धान्त है जो अभिप्रेरण (motivation) की व्याख्या करने में जैविक (biological), सामाजिक (social), व्यवहारपरक (behavioural) प्रभावों (impacts) को सम्मिलित करता है। इसे कुछ मनोवैज्ञानिकों जैसे— बेरोन (Baron, 1992) ने आवश्यकता-पदानुक्रम सिद्धान्त को मानव अभिप्रेरणों के बीच के सम्बन्धों की व्याख्या करने का न कि यह पूर्वकथन करने का कि अमुक समय में कौन-सा अभिप्रेरक अधिक प्रबल होगा, एक असाधारण सिद्धान्त माना है।

कुण्ठा तथा प्रेरकों का संघर्ष
(Frustration and Conflict of Motives)

कुण्ठा तथा प्रेरकों के संघर्ष दो महत्त्वपूर्ण संप्रत्यय (concepts) हैं जिनका अध्ययन अभिप्रेरण (motivation) शीर्षक के अन्तर्गत विस्तृत रूप से किया गया है। जैसा कि हम जानते हैं, प्रत्येक अभिप्रेरित व्यवहार (motivated behaviour) में एक निश्चित लक्ष्य (goal) होता है। जब व्यक्ति किसी कारण से अपने निश्चित लक्ष्य पर नहीं पहुँच जाता है, तो इससें एक विशेष स्थिति उत्पन्न होती है जिसे कुण्ठा (frustration) कहा जाता है। उदाहरणस्वरूप, यदि कोई छात्र सिनेमा जाने का निश्चय करता है परन्तु सवारी न मिलने के कारण वह सिनेमा हॉल तक नहीं पहुँच पाता है तो इससे एक विशेष स्थिति पैदा होती है जिसे कुण्ठा (frustration) की संज्ञा दी जाती है। कुण्ठा उत्पन्न होने से व्यक्ति में मदद (depression), दुश्चिंता (anxiety), डर (fear), क्रोध (anger) आदि उत्पन्न हो जाता है।

कुण्ठा (frustration) के कई कारण हो सकते हैं जिनमें तीन प्रधान हैं— पर्यावरण कारक (environmental forces), व्यक्तिगत कारक (personal factors) तथा अभिप्रेरकों के बीच संघर्ष (conflict of motives)। इन तीनों कारकों को ध्यान में रखते हुए मनोवैज्ञानिकों ने कुण्ठा के निम्नांकित तीन प्रकार (kinds) बतलाएँ हैं—

1. पर्यावरणी कुण्ठा *(Environmental frustration)*—जब व्यक्ति अपने पर्यावरणी अड़चन (environmental obstacle) के कारण अपने निश्चित लक्ष्य (fixed goal) तक नहीं पहुँच पाता है तो इससे उत्पन्न कुण्ठा को पर्यावरणी कुण्ठा (environmental frustration) कहा जाता है। पर्यावरणी अड़चन के कुछ उदाहरण है— सड़क पर यातायात की भीड़ (traffic jam), बन्द दरवाजा (locked door), पैसा कम हो जाना, अत्यधिक आवाज (intense noise), सुखाड़ (drought) जिससे फसल बर्बाद हो जाते हैं, बाढ़ आदि। स्वभावतः ये सभी अड़चनें कुछ ऐसे हैं जिनके आ जाने पर व्यक्ति को अपना लक्ष्य पर पहुँचना कठिन हो जाता है। ये सभी अड़चनें भौतिक वातावरण (physical environment) के हैं। इसके अलावा कुछ अड़चनें सामाजिक वातावरण (social environment) के भी होते हैं। जैसे— माता-पिता की नकारात्मक मनोवृत्ति (negative attitude), वर्ग का सख्त अनुशासन (strict discipline) आदि।

2. व्यक्तिगत कुण्ठा *(Personal frustration)*—कुछ कुण्ठा व्यक्ति में उनके व्यक्तिगत कारकों (personal factor) से उत्पन्न होते हैं। शारीरिक प्रतिबंध (physical handicaps), कुछ विशिष्ट क्षमताओं की कमी (lack of specific abilities) तथा अपर्याप्त लाभ नियंत्रण (inadequate self control) आदि कुछ ऐसे व्यक्तिगत कारक हैं जिनसे व्यक्ति में कुण्ठा उत्पन्न होता है। जैसे— यदि कोई व्यक्ति एक अच्छा संगीतज्ञ (musician) बनना चाहता है परन्तु उसमें गाने की क्षमता (ability) न के बराबर है, तो इससे उसमें व्यक्तिगत कुंठा उत्पन्न होगा। ठीक उसी तरह यदि कोई बिलकुल ही साधारण छात्र आई॰ ए॰ एस॰ की परीक्षा पास करना चाहता है तो इसमें भी उसमें व्यक्तिगत कुण्ठा उत्पन्न होगा क्योंकि लक्ष्य उसके क्षमता से काफी ऊपर है।

3. संघर्ष-उत्पन्न कुण्ठा *(Conflict-produced frustration)*—जब दो अभिप्रेरक (motives) अपनी संतुष्टि एक ही समय में चाहते हैं परन्तु व्यक्ति उसमें से किसी एक अभिप्रेरक की ही संतुष्टि कर सकता है, तो ऐसी परिस्थिति में अभिप्रेरकों के बीच संघर्ष (conflict of motives) होता है जिससे कुण्ठा उत्पन्न होता है। इसे *संघर्ष-उत्पन्न कुण्ठा* (conflict-produced frustration) की संज्ञा दी जाती है। जैसे— यदि कोई छात्र सिनेमा भी देखना चाहता है परन्तु इस तरह के कार्य में पैसा भी नहीं खर्च करना चाहता है, तो ऐसी स्थिति में उसमें जो कुण्ठा उत्पन्न होगा, उसे संघर्ष-उत्पन्न कुण्ठा (conflict-produced frustration) की संज्ञा दी जाएगी। चूँकि इस तरह का कुण्ठा अभिप्रेरकों के संघर्ष के परिणामस्वरूप उत्पन्न होता है, अतः इसे *अभिप्रेरणात्मक कुण्ठा* (motivational frustration) की संज्ञा दी जाती है।

इस तरह से हम देखते हैं कि कुण्ठा तीन तरह का होता है। इन तीन प्रकार में से अन्तिम प्रकार को मनोवैज्ञानिकों ने काफी महत्त्वपूर्ण बतलाया है क्योंकि अधिकतर व्यक्तियों में प्रायः इसी तरह का कुण्ठा उत्पन्न होता है। अतः इसकी चर्चा यहाँ विशेष रूप से हम करेंगे।

कुण्ठा (frustration) उत्पन्न होने का एक सीधा स्रोत (source) अभिप्रेरकों का संघर्ष (conflict of motives) है। एक ही समय में कई अभिप्रेरक उत्पन्न होकर जब अपना-अपना संतुष्टि चाहते हैं तो ऐसी परिस्थिति में अभिप्रेरकों के बीच द्वन्द्व या संघर्ष (conflict) की स्थिति उत्पन्न हो जाती है। जैसे— कोई छात्र एक तरफ 12 बजे से 3 बजे का सिनेमा का शो देखना चाहता है तथा दूसरे तरफ वह यह भी सोचता है कि आज कॉलेज में अच्छे-अच्छे शिक्षकों का भाषण (lecture) की घंटी है, जो न छूटे। ऐसी परिस्थिति में उसमें मानसिक संघर्ष की स्थिति उत्पन्न होती है क्योंकि दोनों अभिप्रेरक एक ही समय में अपना संतुष्टि चाह रहे हैं। ऐसा नहीं हो सकता है कि छात्र 12 से 3 बजे का शो भी देखे तथा साथ-ही-साथ कॉलेज में शिक्षकों का भाषण भी सुने। अभिप्रेरकों का संघर्ष (conflict of motives) को परिभाषित करते हुए रूच[1] (Ruch, 1967) ने कहा है, ''जब व्यक्ति के दो लक्ष्यों में से किसी एक को चुनना होता है या एक ही लक्ष्य के प्रति व्यक्ति में धनात्मक तथा ऋणात्मक दोनों ही भाव उत्पन्न होता है, तो इससे संघर्ष उत्पन्न होता है।''

प्रसिद्ध समाज मनोवैज्ञानिक (social psychologist) कर्ट लेविन (Kurt Lewin, 1972) ने अभिप्रेरकों के संघर्ष (conflict of motives) को निम्नांकित चार भागों में बाँटा है—

1. उपागम-उपागम संघर्ष (approach-approach conflict)
2. परिहार-परिहार संघर्ष (avoidance-avoidance conflict)
3. उपागम-परिहार संघर्ष (approach-avoidance conflict)
4. बहु उपागम-परिहार संघर्ष (multiple approach-avoidance conflict)

इनमें से प्रत्येक का संक्षिप्त विवरण निम्नांकित हैं—

1. उपागम-उपागम संघर्ष *(Approach-approach conflict)*—जब व्यक्ति के सामने दो धनात्मक लक्ष्य (positive goal) होते हैं और वह इन दोनों की प्राप्ति एक साथ ही कर लेना चाहता है, तो इससे उस व्यक्ति में एक विशेष संघर्ष उत्पन्न होता है जिसे उपागम-उपागम संघर्ष (approach-approach conflict) कहा जाता है। उदाहरणस्वरूप, यदि कोई छात्र रात में (करीब 8 बजे) अपने मित्र का बारात में शामिल होना चाहता है तथा साथ-ही-साथ उसी समय अपने पिता के साथ कुछ आवश्यक समान खरीदने भी जाना चाहता है, तो ऐसी स्थिति में जो संघर्ष उत्पन्न होगा, उसे उपागम-उपागम संघर्ष की संज्ञा दी जाती है। प्रायः इस तरह के संघर्षों का समाधान आसानी से व्यक्ति कर लेता है क्योंकि इन दोनों में से महत्त्वपूर्ण लक्ष्य को पहले प्राप्त कर लेने का निश्चय वह कर लेता है और फिर बाद में दूसरे लक्ष्य को प्राप्ति करने की कोशिश करता है। जैसे— वह मित्र का बारात में पहले शामिल हो जाएगा तथा बाद में समान खरीदने का निश्चय करेगा। इस तरह के संघर्ष से किसी तरह के सांवेगिक व्यवहार (emotional behaviour) की उत्पत्ति नहीं होती है।

2. परिहार-परिहार संघर्ष *(Avoidance-avoidance conflict)*—इस तरह के संघर्ष में व्यक्ति के सामने दो ऋणात्मक लक्ष्य (negative goal) होते हैं और उसे इन दोनों लक्ष्यों में से किसी एक को स्वीकार करना ही होता है। सच्चाई यह है कि व्यक्ति इन दोनों लक्ष्यों को ठुकराना चाहता है परन्तु न चाहते हुए भी उसे किसी एक को स्वीकार करना

1. "When an individual must choose one or the other of two goals or has both positive and negative feelings about a particular goal, he faces conflict..." —Ruch *Psychology and Life*, 1967, p. 462

पड़ता है। जैसे— यदि कोई छात्र पढ़ना भी नहीं चाहता हो तथा साथ-ही-साथ परीक्षा में असफल भी नहीं होना चाहता है, तो ऐसी परिस्थिति में उसमें परिहार-परिहार संघर्ष (avoidance-avoidance conflict) उत्पन्न होता है। इस तरह के संघर्ष से बहुत ही तीव्र सांवेगिक व्यवहार (intense emotional behaviour) उत्पन्न हो जाता है जिससे व्यक्ति की समायोजन अभिक्षमता (adjustment capacity) कम हो जाती है। इतना ही नहीं, इससे व्यक्ति में अनिर्णायकता (indecision) की स्थिति भी उत्पन्न हो जाती है। व्यक्ति सोचता कुछ है और करता कुछ और ही है। इस तरह से उसके व्यवहार (behaviour) तथा चिन्तन (thinking) में उतार-चढ़ाव (vacillation) अधिक होने लगता है। वेटसन, जैक्सन, हाले तथा वीकलैण्ड (Bateson, Jackson, Haley & Weakland, 1956) के अनुसार इस तरह का संघर्ष से यदि व्यक्ति अधिक समय तक घिरा रहता है तो उससे मानसिक रोग जैसे स्क्रिजोफ्रेनिया (schizophrenia) उत्पन्न हो सकता है। प्रायः इस तरह के संघर्ष का समाधान करने के लिए व्यक्ति दोनों ऋणात्मक लक्ष्यों (negative goals) को छोड़कर हट जाता है।

3. उपागम-परिहार संघर्ष *(Approach-avoidance conflict)*—जब व्यक्ति किसी लक्ष्य को प्राप्त करना चाहता है परन्तु उसी लक्ष्य के कुछ ऐसे भी पहलू होते हैं जिनसे वह दूर रहना चाहता है, तो इससे उसके मन में एक विशेष संघर्ष उत्पन्न होता है जिसे उपागम-परिहार संघर्ष (approach-avoidance conflict) की संज्ञा दी जाती है। जैसे— कोई लड़की एक अच्छी तथा लोकप्रिय नायिक बनना चाहती है परन्तु उसे स्टेज पर लोगों के सामने काम करने में डर भी लगता है। ऐसी स्थिति में भी उसमें उपागम-परिहार संघर्ष (approach-avoidance conflict) उत्पन्न होगा।

नील मिलर (Neal Miller, 1959) ने इस तरह के संघर्ष की व्याख्या करने के लिए एक विशेष संप्रत्यय (concept) का प्रतिपादन किया है जिसे *लक्ष्य प्रवणता* (goal gradient) की संज्ञा दी गयी है। लक्ष्य प्रवणता से तात्पर्य क़िसी लक्ष्य (goal) की दूरी (distance) के संदर्भ में व्यक्ति में उस लक्ष्य को प्राप्त करने (approach) या उससे दूर करने की शक्ति (strength) से होता है। जैसा कि हम जानते हैं, इस तरह के लक्ष्य में धनात्मक (positive) तथा ऋणात्मक (negative) दोनों पक्ष होते हैं। जब व्यक्ति लक्ष्य के नजदीक होता है, तो वैसी अवस्था में लक्ष्य से दूर रहने की प्रवृत्ति (avoidance gradient) लक्ष्य के नजदीक आने की प्रवृत्ति (approach gradient) की अपेक्षा तेजी से बढ़ती है। परन्तु जब व्यक्ति लक्ष्य से दूर होता है, तो उसमें लक्ष्य के नजदीक आने की प्रवृत्ति (approach gradient) लक्ष्य से दूर रहने की प्रवृत्ति (avoidance gradient) की अपेक्षा अधिक मजबूत होती है। जैसे-जैसे व्यक्ति लक्ष्य के नजदीक पहुँचता है, परिहार प्रणवता (avoidance gradient) की शक्ति (strength) बढ़ती जाती है। फलस्वरूप व्यक्ति लक्ष्य से पीछे ही हटना चाहता है क्योंकि वहाँ पहुँचने से वह डरता है। इसके बाद एक ऐसी बिन्दु (point) आती है जहाँ उपागम प्रणवता (approach gradient) तथा परिहार प्रवणता (avoidance gradient) की मात्रा या शक्ति बिलकुल बराबर-बराबर हो जाती है। ग्राफ पर इन दोनों तरह के प्रवणता (gradients) की रेखाएँ ऐसी परिस्थिति में एक-दूसरे को काटती हैं। इस काट बिन्दु (crossing point) के *अनिश्चय बिन्दु* (vacillation point) कहा जाता है। इस बिन्दु पर होने से व्यक्ति यह निश्चय नहीं कर पाता है कि वह लक्ष्य की ओर बढ़े या लक्ष्य से दूर हटे। अब ऊपर का ही उदाहरण ले लीजिए जिसमें लड़की एक अच्छी नायिका बनना चाहती है परन्तु स्टेज पर सबों के सामने उसे नाटक करने में डर लगता है। मान लीजिए कि नाटक रविवार के शाम में रवीन्द्र भवन में किया जाने वाला है। शनिवार की रात में इसका उपागम प्रवणता (approach gradient) काफी अधिक होगा और वह अच्छे-से-अच्छे ढंग से नाटक करने को सोचेगी। रविवार की सुबह होने पर अब धीरे-धीरे परिहार प्रवणता (avoidance gradient) की मात्रा या शक्ति बढ़ने लगेगी (क्योंकि लक्ष्य अब नजदीक आते जा रहा है)। लड़की यह सोच-सोच कर परेशान होगी कि कैसे वह भरी महफिल में नाटक करेगी, किस तरह की भाव-भंगिमा वह देगी आदि-आदि। इतना होने पर भी उसमें उपागम प्रवणता बना रहेगा और वह सोचती रहेगी कि स्टेज पर कुछ-न-कुछ तो करना ही होगा। ऐसी अवस्था में अब लड़की अनिश्चय बिन्दु (vacillation point) के नजदीक आ गयी है। जब स्टेज पर जाने का समय करीब आ जाता है तो फिर एक बार परिहार प्रवणता अचानक काफी अधिक हो जाएगी और लड़की यह निश्चय कर सकती है कि आज वह निर्देशक (director) से कह दे कि आज उसके जगह पर दूसरे को ले लें और इसके बदले में कल वह नाटक में भाग ले लेगी।

हमारे समाज में उपागम-परिहार संघर्ष (approach-avoidance conflict) सबसे अधिक होता है और मनोवैज्ञानिकों के अनुसार इस तरह के संघर्ष का समाधान काफी कठिन होता है। उपागम-परिहार संघर्ष (approach-avoidance conflict) मूलतः निम्नांकित अभिप्रेरकों (motives) के बीच अधिक होता पाया गया है—

(i) स्वतंत्रता बनाम निर्भरता अभिप्रेरक *(Independence versus dependence motive)*—जब व्यक्ति में तनाव तथा अनिर्णायकता (indecision) की सिथति तीव्र होती है तो वह दूसरों के मार्गदर्शन पर बुरी तरह निर्भर (बच्चों की तरह) होना चाहता है। परन्तु हमलोगों को बचपन से यह शिक्षण दिया जाता है कि हमें आत्म निर्भर (Self-dependent) होना चाहिए। फलस्वरूप व्यक्ति में उपागम-परिहार संघर्ष (approach-avoidance conflict) उत्पन्न होता है।

(ii) घनिष्ठता बनाम अलगाव *(Intimacy versus isolation)*—जब हम किसी से अत्यधिक घनिष्ठ सम्बन्ध स्थापित करने की इच्छा रखते हैं तो साथ-ही-साथ यह भी डर बन जाता है कि वह व्यक्ति हमारी कमजोरियों (weaknesses) को जान जाएगा और तब हो सकता कि वह हमसे अलग रहना पसंद करें। ऐसी अवस्था में भी उपागम-परिहार संघर्ष होगा।

(iii) सहयोग बनाम प्रतिस्पर्धा *(Cooperation versus competition)*—बचपन से ही हमलोगों में प्रतिस्पर्धा की भावना मजबूत रहती है। भाई-बहनों के बीच प्रतिस्पर्धा, स्कूल में प्रतिस्पर्धा, कॉलेज में प्रतिस्पर्धा होते रहते हैं। परन्तु साथ-साथ ही हमलोगों को यह भी सीखलाया जाता है कि हमें एक-बूसरे को मदद करनी चाहिए तथा एक-दूसरे के साथ सहयोग करना चाहिए। इस तरह की परिस्थिति में उपागम-परिहार संघर्ष उत्पन्न होता है।

(iv) आवेगों की अभिव्यक्ति बनाम नैतिक मान *(Impulse expression versus moral standards)*—अपने अन्दर उत्पन्न आवेगों की अभिव्यक्ति हमलोग प्रायः करते हैं। यौन (sex) तथा आक्रमणशीलता (aggressiveness) दो ऐसे क्षेत्र हैं जहाँ आवेगों की स्पष्ट अभिव्यक्ति (open expression) होने से उनका टकराव नैतिक मान (moral standards) से होता है। फलस्वरूप, उपागम-परिहार संघर्ष उत्पन्न होता है।

(v) बहु उपागम-परिहार संघर्ष *(Multiple approach-avoidance conflict)*—इस तरह के संघर्ष में दो या दो से अधिक धनात्मक (positive) तथा ऋणात्मक लक्ष्य (goal) होते हैं जिसकी प्राप्ति व्यक्ति एक ही समय में करना चाहता है। जीवन की अधिकांश परिस्थितियाँ सचमुच में ऐसी ही होतीं हैं जहाँ व्यक्ति को अनेकों धनात्मक तथा ऋणात्मक लक्ष्यों का सामना एक साथ करना पड़ता है। इस तरह की परिस्थिति में उत्पन्न संघर्ष को उपागम-परिहार संघर्ष कहा जाता है। उदाहरणस्वरूप, मान लीजिए कि एक नौकरी करती लड़की है जिसकी शादी उसके मनपसंद युवक से होने वाली है। शादी एक धनात्मक लक्ष्य (positive goal) है, मनपसंद युवक दूसरा धनात्मक लक्ष्य है तथा तीसरा धनात्मक लक्ष्य नौकरी है। दूसरी तरफ यदि शादी होती है तो लड़की को एक शहर को छोड़ना पड़ेगा जहाँ वह नौकरी कर रही है और जिस नया शहर में उसे रहना होगा वहाँ चूँकि मकान का किराया बहुत अधिक है और चूँकि उसका होने वाला पति अभी स्वयं नौकरी या कोई धंधा नहीं करता है, अतः उसे बहुत तंगी से रहना होगा। यहाँ एक ऋणात्मक लक्ष्य शादी के बाद नौकरी छोड़ना, दूसरा ऋणात्मक लक्ष्य अपना शहर छोड़कर दूसरे शहर में जाना तथा तीसरा ऋणात्मक लक्ष्य होने वाला पति की बेरोजगारी (unemployment) है। इस तरह के कई धनात्मक लक्ष्य हैं तथा साथ-ही-साथ कई ऋणात्मक लक्ष्य हैं जो उस महिला को अपनी-अपनी दिशा में सोचने के लिए बाध्य करेगा। फलतः महिला में संघर्ष उत्पन्न होगा जिसे बहु उपागम-परिहार संघर्ष (multi-approach-avoidance conflict) की संज्ञा दी जाएगी।

अभिप्रेरकों के संघर्ष का समाधान
(Resolution of Conflict of Motives)

जब किसी व्यक्ति में या दो से अधिक परस्परविरोधी अभिप्रेरकों के बीच संघर्ष होने लगता है तो वह अपने आप में तनाव महसूस करता है और शीघ्र ही अपने आप को वह उस तनाव से छुटकारा दिलाना चाहता है। फलस्वरूप वह इन संघर्षों का समाधान जल्द-से-जल्द कर लेना चाहता है। सामान्यतः अभिप्रेरकों के संघर्ष का समाधान निम्नांकित दो ढंग से किया जाता है—

1. संघर्षों का चेतन समाधान (Conscious resolution of conflicts)
2. संघर्षों का अचेतन समाधान (Unconscious resolution of conflicts)

इन दोनों का वर्णन निम्नांकित है—

1. संघर्षों का चेतन समाधान *(Conscious resolution conflicts)*—अभिप्रेरकों का संघर्ष साधारण (simple) तथा जटिल (complex) दोनों प्रकार का होता है। जब अभिप्रेरकों का संघर्ष साधारण होता है तो व्यक्ति सोच-समझकर

एक विशेष निर्णय ले लेता है और उससे संघर्ष का समाधान हो जाता है। इस तरह के संघर्ष के समाधान को चेतन समाधान (conscious resolution) कहा जाता है। एक उदाहरण लीजिए— कोई छात्र कलम के दुकान पर जाता है और कई तरह के कलमों को देखकर उसके मन में संघर्ष होने लगता है कि किस कलम को खरीदें। थोड़ी देर तक सोचने समझने के बाद छात्र किसी एक कलम को उसके रंग, उपयोगिता तथा मूल्य को देखते हुए खरीद लेता है। इस तरह का समाधान संघर्षों का चेतन समाधान का उदाहरण है। इस तरह के चेतन समाधान में मूल रूप से निम्नांकित तीन कदम-सम्मिलित होते हैं—

(i) परस्पर विरोधी अभिप्रेरकों के गुण-दोष पर विचार-विमर्श (deliberation over the merit and limitation of conflicting motives)

(ii) किसी निर्णय पर पहुँचना (arriving at a decision)

(iii) दृढ़ निश्चय करना (resolution)

इन तीनों कदम का वर्णन निम्नांकित हैं—

(i) परस्पर विरोधी अभिप्रेरकों के गुण-दोष पर विचार-विमर्श *(Deliberation over the merit and limitation of conflicting motives)*—जब दो या दो से अधिक परस्पर विरोधी अभिप्रेरक व्यक्ति के मन में संघर्ष उत्पन्न करते हैं, तो व्यक्ति तुरंत ही उसका समाधान करने के लिए तत्पर हो जाता है। वह प्रत्येक अभिप्रेरक के गुण-दोष पर सोचना प्रारम्भ कर देता है। इस सब की तुलना वह करता है और इस निष्कर्ष पर पहुँचने की कोशिश करता है कि उसमें से कौन-सा अभिप्रेरक सबसे अधिक महत्त्वपूर्ण है। ऊपर के उदाहरण में (अर्थात बहु-उपागम परिहार संघर्ष में) लड़की शादी करने तथा नौकरी छोड़ने के पक्ष विपक्ष में तर्क करेगी, क्या अभी उसके लिए शादी आवश्यक है या रुपया-पैसा कमाना आवश्यक है; क्या रुपया-पैसा के अभाव में शादी-सुदा जीवन व्यतीत करने में कठिनाई होगी, क्या ऐसा नहीं हो सकता है कि शादी के बाद पति को ही अपने घर पर रहने के लिए कहा जाय, आदि-आदि। इस तरह से इस अवस्था में भिन्न-भिन्न अभिप्रेरकों के गुण-दोष पर विचार-विमर्श प्रारम्भ होता है।

(ii) किसी निर्णय पर पहुँचना *(To arrive at a decision)*—प्रत्येक परस्पर विरोधी अभिप्रेरक के गुण-दोष अच्छाई-बुराई पर विचार विमर्श कर लेने के बाद व्यक्ति किसी निर्णय पर पहुँचता है। वह किसी विशेष अभिप्रेरकों के पक्ष में निर्णय लेकर संघर्ष का समाधान कर लेता है। कभी-कभी इस अवस्था में निर्णय करना कठिन भी हो जाता है। चाहे निर्णय करना कठिन हो या आसान व्यक्ति को एक निश्चित निर्णय पर पहुँच कर अपने संघर्ष तथा तनाव को कम करना ही रहता है। उदाहरणस्वरूप, लड़की अन्त में यह निर्णय कर सकती है कि उसे शादी कर लेना चाहिए क्योंकि इससे उसमें स्थिरता (stability) आयेगी तथा साथ-ही-साथ उसे संरक्षण (protection) भी मिलेगा।

(iii) दृढ़ निश्चय करना *(Resolution)*—मात्र किसी निर्णय पर पहुँच जाने से ही अभिप्रेरकों के संघर्ष का समाधान नहीं हो जाता है बल्कि निर्णय करने के बाद व्यक्ति पुनः इस बात पर भी विचार करता है कि कहीं उसके द्वारा लिया गया निर्णय गलत तो नहीं है। एक बार पुनः सोच-विचार कर लेने से उसके द्वारा लिए गए निर्णय में पूर्ण आस्था या विश्वास उत्पन्न हो जाता है। फलतः वह उसी के अनुसार कार्य करने के लिए तत्पर हो जाता है। इस पूरी प्रक्रिया को दृढ़ निश्चय करना (resolution) की संज्ञा दी जाती है। ऊपर के उदाहरण में लड़की एक बार पुनः अपने आप से पूछेगी कि क्या शादी ही करना सचमुच में ठीक है न? कुछ गड़बड़ तो नहीं होगा? इस प्रश्नों का उपयुक्त उत्तर मिलते ही वह शादी की तैयारी शुरू कर देगी।

2. संघर्षों का अचेतन समाधान *(Unconscious resolution conflicts)*—अभिप्रेरकों के बीच विभिन्न प्रकार के हुए संघर्षों का अचेतन समाधान (unconscious resolution) भी होता है। खास कर जब संघर्ष काफी जटिल (complex) होता है तो व्यक्ति उसका चेतन समाधान तो नहीं कर पाता है अर्थात व्यक्ति के लिए भिन्न-भिन्न अभिप्रेरकों पर विचार-विमर्श करते हुए उसके लिए किसी निर्णय पर पहुँचना मुश्किल हो जाता है। ऐसी परिस्थिति में वह अभिप्रेरकों के संघर्ष का अचेतन समाधान करता है। इस तरह के समाधान पर मनोवैज्ञानिकों (psychoanalysis) विशेषकर फ्रायड (Freud) ने अधिक बल डाला है। अचेतन समाधान से तात्पर्य अभिप्रेरकों के संघर्ष का ऐसा समाधान से होता है जो अपने आप ही अचेतन मन द्वारा हो जाता है। इसके लिए व्यक्ति को अपनी ओर से सचेत होकर प्रयास नहीं करना पड़ता

है। अभिप्रेरकों के संघर्ष का अचेतन समाधान के कुछ प्रमुख तरीके निम्नांकित है—

(i) प्रक्षेपण *(Projection)*—प्रक्षेपण एक ऐसा अचेतन मानसिक क्रिया है जिसमें व्यक्ति अपने दोष को दूसरों पर थोप कर अपना मानसिक संघर्ष को कम करता है। प्रायः देखा गया है कि जो छात्र परीक्षा में खराब अंक लाता है वह उसका दोष अपने शिक्षक या माता-पिता पर लगाता है। अक्सर वह यही कहता है कि शिक्षक ठीक ढंग से नहीं पढ़ाये थे या माता-पिता उचित समय पर किताब खरीदने के लिए पैसा नहीं दिए थे। ऐसा सोचने से उनके संघर्ष का अचेतन समाधान हो जाता है।

(ii) दमन *(Repression)*—फ्रायड के अनुसार दमन एक महत्त्वपूर्ण अचेतन मानसिक प्रक्रिया है। इस प्रक्रिया में व्यक्ति दो अभिप्रेरकों के बीच हुए संघर्ष का समाधान उसमें से किसी एक अभिप्रेरक को अज्ञात रूप से हटाकर करता है। जब एक अभिप्रेरक अचेतन मन में चला जाता है, तो व्यक्ति को स्वभावतः उसका ज्ञान नहीं रह जाता है और संघर्ष का समाधान हो जाता है। उदाहरणस्वरूप मान लीजिए कि कोई व्यक्ति ऐसा है जिसकी साली उसके पत्नी से अत्यधिक सुंदर है। सुंदरता को देखकर उस व्यक्ति में साली के प्रति काम (sex) की भावना जगती है परन्तु नैतिकता (morality) का ख्याल आ जाने से उसके मन में संघर्ष उत्पन्न हो जाता है। इस संघर्ष का समाधान अचेतन रूप से वह अपनी कामुक इच्छाओं का दमन करके करता है। साली के प्रति धीरे-धीरे काम-भावना अचेतन मन में चला जाता है और व्यक्ति उसके बारे में सोचना ही बन्द कर देता है। इस तरह से उसके अभिप्रेरकों के संघर्ष का समाधान हो जाता है।

(iii) क्षतिपूर्ति *(Compensation)*—जब किसी क्षेत्र में व्यक्ति असफल रहता है तो इससे उसमें हीनता की भाव उत्पन्न हो जाता है। वह अपने आप को कमजोर तथा हीन समझने लगता है। फलस्वरूप, उसमें मानसिक संघर्ष उत्पन्न होता है जिसका समाधान वह किसी दूसरे क्षेत्र में अच्छा करके करना चाहता है। इस तरह से किसी एक क्षेत्र में हुए हानि की पूर्ति वह दूसरे क्षेत्र में अच्छा करके करता है। उदाहरणस्वरूप, जो छात्र वर्ग में पढ़ने में कमजोर होता है, खेल के मैदान में लगन से खेल-खेलकर यदि एक अच्छा रिकार्ड (record) कायम करता है तो उसमें हीनता की भाव से उत्पन्न संघर्ष अपने आप ही समाप्त हो जाती है। प्रायः ऐसा देखने को मिला है कि नेत्रहीन छात्र पढ़ने में तेज हुआ करते हैं। नेत्रहीनता के कारण उत्पन्न हीनता के भाव को छुपाने के क्रम में वह एक तेज विद्यार्थी बन जाता है।

(iv) यौक्तिकीकरण *(Rationalisation)*—यौक्तिकीकरण एक ऐसी अचेतन प्रक्रिया है जिसमें अयुक्तिसंगत अभिप्रेरकों (irrational motives) से उत्पन्न मानसिक संघर्ष का समाधान उस अभिप्रेरकों को युक्तिसंगत (rational) बनाकर किया जाता है। अतः कहा जा सकता है कि यौक्तिकीकरण की क्रिया मशहूर कहावत 'अंगूर खट्टे हैं' पर आधारित होता है। उदाहरणस्वरूप, यदि एक लड़का किसी ऐसी लड़की से प्रेम करना चाहता है जो उसे कुछ छूट (lift) नहीं देती है, तो अक्सर लड़का यही कहता है "चलो, वह कोई खास सुन्दर तो नहीं थी।" इस तरह सोचने से उसका मानसिक संघर्ष कम हो जाता है। अतः यौक्तिकीकरण में व्यक्ति अयुक्तिसंगत अभिप्रेरकों को एक युक्तिसंगत रूप दे देता है और तब उससे उत्पन्न संघर्ष का समाधान अपने आप हो जाता है।

(v) प्रतिक्रिया निर्माण *(Reaction formation)*—इस प्रक्रिया में जो अवांछनीय अभिप्रेरक (unacceptable impulses) होते हैं उसका पहले दमन (repression) हो जाता है और फिर उसका उल्टा व्यक्ति चेतन रूप से व्यक्त करता है। उदाहरणस्वरूप, मान लीजिए भाई को अपने बहन से किसी कारणवश काफी घृणा हो जाती है। चूँकि यह अनैतिक है, अतः उसके मन में संघर्ष उत्पन्न होगा जिसका समाधान प्रतिक्रिया निर्माण द्वारा इस प्रकार होगा— पहले इस अवांछनीय अभिप्रेरक का दमन (repression) होगा और फिर इसके ठीक विपरीत बात भाई अपने बहन के प्रति बोलना प्रारम्भ कर देगा और वह यह कि हम नहीं बल्कि वही मुझसे घृणा करती है। इस तरह से भाई के मन में हुए अभिप्रेरकों के संघर्श का समाधान हो जायेगा।

(vi) रूपान्तर *(Conversion)*—जब अभिप्रेरकों के संघर्ष का समाधान व्यक्ति उन्हें शारीरिक लक्षणों (physical symptoms) में बदल कर करता है, तो इस प्रक्रिया को रूपान्तर की संज्ञा दी जाती है। जैसे— एक छात्र था जिसे हस्तमैथुन करने की बुरी आदत पड़ गयी थी। अनैतिक कार्य होने के कारण उसके मन में संघर्ष (conflict) होता था क्योंकि वह सोचता था कि इसे नहीं करना चाहिए परन्तु आदत के कारण वह इसे अक्सर करता था। अन्त में, उसके हाथ में लकवा (paralysis) का रोग अपने आप हो गया और इससे संघर्ष का समाधान भी हो गया क्योंकि हाथ गतिहीन हो जाने से अब वह हस्तमैथुन नहीं कर सकता था। अनेकों और भी उदाहरण हैं जिनमें व्यक्ति अपना संघर्ष का समाधान कोई-न-कोई शारीरिक लक्षण (physical symptoms) के सहारे करता है।

(vii) विस्थापन *(Displacement)*—विस्थापन में व्यक्ति अभिप्रेरकों के संघर्ष का समाधान अपने से मजबूत खतरनाक तथा डराने वाले वस्तुओं एवं व्यक्तियों की ओर से ध्यान हटाकर कम खतरनाक तथा अपने से कमजोर वस्तुओं एवं व्यक्तियों की ओर देकर करता है। जैसे— किसी छात्र को वर्ग में जब शिक्षक द्वारा डाँट पड़ती है तो इससे उसके मन में उत्पन्न संघर्ष का समाधान उस समय होता है जब वही छात्र घर पहुँच कर अपना क्रोध अपने नौकर तथा छोटे भाई-बहन पर निकालता है। ऐसा करने से उसका मन हल्का हो जाता है तथा साथ-ही-साथ संघर्ष का भी समाधान हो जाता है।

(viii) उदात्तीकरण *(Sublimation)*—कभी-कभी अभिप्रेरकों से उत्पन्न संघर्ष का समाधान व्यक्ति अपनी इच्छाओं में एक ऐसा मोड़ लाकर करता है जिसे समाज काफी प्रशंसा करता है। जैसे— मान लीजिए कि एक लड़का किसी लड़की से प्यार करता है परन्तु लड़की नहीं करती है। फलतः लड़का अपनी इच्छाओं की पूर्ति नहीं कर पाता है। सम्भव है कि वह लड़का उस लड़की के अंग-प्रत्यग का चित्र बारीकी से बनाना शुरू कर दे और अंशतः अपनी इच्छाओं की पूर्ति कर ले। धीरे-धीरे ऐसा भी सम्भव है कि वह लड़का एक अच्छा चित्रकार बन जाय और समाज में उसे चित्रकार होने के नाते काफी प्रतिष्ठा भी मिले। इस उदाहरण में संघर्ष का समाधान उदात्तीकरण द्वारा हुआ दिखलाया गया है।

इस तरह से हम देखते हैं कि व्यक्ति अभिप्रेरकों के संघर्ष का समाधान चेतन तथा अचेतन दोनों प्रक्रियाओं से करता है। जब संघर्ष साधारण होता है तो इसका समाधान चेतन प्रक्रियाओं द्वारा होता है तथा जब संघर्ष जटिल होता है, तो समाधान अचेतन प्रक्रियाओं द्वारा होता है।

अध्याय सारांश — CHAPTER SUMMARY

1. अभिप्रेरण व्यक्ति की एक ऐसी आंतरिक अवस्था को कहा जाता है जो उसमें कुछ क्रियाएँ उत्पन्न करके उसके व्यवहारों को एक खास दिशा (goal) में उद्देश्य की प्राप्ति की ओर अग्रसारित करता है।
2. आवश्यकता (need), प्रणोद (drive) एवं प्रोत्साहन (incentive) अभिप्रेरण के तीन महत्त्वपूर्ण संप्रत्यय हैं।
3. अभिप्रेरक के दो प्रकारों का वर्णन किया गया है—जन्मजात अभिप्रेरक तथा अर्जित अभिप्रेरक। भूख, प्यास, यौन या काम, नींद, मल-मूत्र त्याग आदि जन्मजात अभिप्रेरण के उदाहरण हैं। अर्जित अभिप्रेरक में उपलब्धि की आवश्यकता, सम्बन्धन की आवश्यकता, सत्ता की आवश्यकता, आक्रमणशीलता की आवश्यकता तथा अनुमोदन की आवश्यकताएँ मुख्य हैं।
4. पशु प्रणोद (animal drive) का मापन चार विधियों द्वारा होता है— क्रियाचक्र विधि, अवरोध विधि, पसंद विधि तथा सीखना विधि। इससे अवरोध विधि मात्र एक ऐसी विधि है जिसके मौलिक नियमों का उपयोग करके मनुष्यों की आवश्यकताओं या अभिप्रेरकों की भी माप की जा सकती है।
5. मानव अभिप्रेरकों की माप के लिए भी चार विधियों का प्रतिपादन किया गया है— प्रेक्षण विधियाँ, प्रश्नावली विधि, परिस्थितिजन्य परीक्षण तथा ऐतिहासिक घटनाओं का विश्लेषण।
6. अभिप्रेरित व्यवहार की पहचान करने के लिए चार तरह की कसौटियां का उपयोग किया गया है। इन कसौटियों के आधार पर अभिप्रेरित व्यवहार को अनाभिप्रेरित व्यवहार से भिन्न किया जा सकता है।
7. आवश्यकता-पदानुक्रम मॉडल का प्रतिपादन मैसलो (Maslow, 1954) द्वारा किया गया जिसमें मानव आवश्यकताओं को पाँच अनुक्रम (hiererchy) में व्यवस्थित किया गया है— शारीरिक आवश्यकता, सुरक्षा की आवश्यकता, सदस्य होने तथा स्नेह पाने या देने की आवश्यकता, सम्मान की आवश्यकता तथा आत्म-सिद्धि की आवश्यकता।
8. कुंठा के तीन प्रकार बतलाये गए हैं। कुंठा उत्पन्न होने का एक सीधा स्रोत अभिप्रेरकों का संघर्ष (conflict of motives) है।
9. कर्ट लेविन ने अभिप्रेरकों के संघर्ष को चार भागों में बाँटा है— उपागम-उपागम संघर्ष, परिहार-परिहार संघर्ष, उपागम-परिहार संघर्ष तथा बहु-उपागम-परिहार संघर्ष।
10. अभिप्रेरकों के संघर्ष का समाधान चेतन तथा अचेतन दोनों स्तरों पर होता है।

□

अध्याय 7

संवेग
(EMOTION)

संवेग का अर्थ
(Meaning of Emotion)

संवेग (emotion) एक ऐसा पद (term) है जिसका अर्थ हम सभी समझते हैं; क्रोध (angry), भय (डर), खुशी (happiness) हमारे जीवन के प्रमुख संवेग में से है। मनोवैज्ञानिकों ने संवेग को परिभाषित करने की कोशिश तो अवश्य की है परन्तु चूँकि यह अवस्था एक जटिल अवस्था (complex state) होती है, अतः मनोवैज्ञानिकों के बीच भी इसकी परिभाषा के बारे में पूर्ण सहमति नहीं है। क्लिगिन्ना एवं क्लिगिन्ना (Kelinginna & Kelinginna, 1981) ने बतलाया है कि अब तक संवेग की 92 परिभाषाएँ दी गयीं है और इन परिभाषाओं में संवेग के भिन्न-भिन्न पहलुओं पर बल डाला गया है। शायद यही कारण है कि इन परिभाषाओं में आपस में अधिक सहमति नहीं है।

'संवेग' पद का अंग्रेजी रूपान्तर 'Emotion' है जो लैटिन शब्द Emovere से बना है और जिसका अर्थ उत्तेजित करना (to excite) होता है। इसं शाब्दिक अर्थ को ध्यान में रखते हुए तब यह कहा जा सकता है कि संवेग व्यक्ति की उत्तेजित अवस्था का दूसरा नाम है। इसी अर्थ में **गेल्डार्ड**[1] (Geldard, 1963) ने कहा है, ''संवेग क्रियाओं का उत्तेजक है।'' लेकिन संवेग में सिर्फ उत्तेजित अवस्था ही नहीं होती है बल्कि कुछ और प्रक्रियाएँ भी होतीं हैं। **इंगलिश** तथा **इंगलिश**[2] (English & English, 1958) के अनुसार, ''संवेग एक जटिल भाव की अवस्था होती है जिसमें कुछ खास-खास शारीरिक एवं ग्रन्थीय क्रियाएँ होतीं हैं।''

बेरोन, बर्न तथा **कैन्टोविज**[3] (Baron, Byrne & Kantowitz, 1980) के अनुसार, ''संवेग से तात्पर्य एक ऐसे आत्मनिष्ठ भाव की अवस्था से होता है जिसमें कुछ शारीरिक उत्तेजन पैदा होता है फिर जिसमें कुछ खास-खास व्यवहार होते हैं।''

इन परिभाषाओं को यदि गौरपूर्वक हम देखें तो पाते हैं कि संवेग एक जटिल अवस्था है जिसमें कुछ आंगिक क्रियाएँ (bodily reactions) जिसे *दैहिक तत्व* (physical component) कहा जाता है; कुछ अभिव्यंजक व्यवहार (expressive behaviour) जिसे *व्यवहारपरक तत्व* (behavioural component) कहा जाता है तथा उद्दीपक या परिस्थिति के प्रत्यक्षण के अनुसार आत्मनिष्ठ भाव (subjective fealing) होता है। इस तरह संवेग के कई पहलू होते है। संवेग का अर्थ सही-सही समझने के लिए यह आवश्यक है कि उन पहलुओं के बारे में हम परिचित हों।

(i) संवेग एक जटिल अवस्था होती है *(Emotion is a complex state)*—संवेग की अवस्था एक जटिल अवस्था होती है क्योंकि इसमें बहुत तरह के शारीरिक परिवर्तन, भाव (feeling) आदि सम्मिलित होते हैं। इसमें व्यक्ति की उत्तेजनशीलता का स्तर काफी बढ़ जाती है तथा प्राणी अपने पूरे शरीर में एक उपद्रव (distrubance) महसूस करता है।

(ii) संवेग का दूसरा महत्त्वपूर्ण पहलू उसमें होने वाली आंगिक प्रतिक्रियाएँ (bodily reaction) है। प्रत्येक संवेग

---

1. "Emotions are inciters to action." —Geldard : *Fundamentals of Psychology,* 1963, p. 33
2. "Emotion is a complex feeling state accompanied by characteristic motor or gandular activities." —English & English : *A comprehensive dictionary of Psychological and Psychoanalytic terms,* 1958, p. 176
3. "By emotion, we mean a subjective feeling state involving physiological arousal, accompanied by characteristic behaviours." —Baron, Byrne & Kantowitz : *Psychology,* 1980, p. 293

में कुछ भीतरी या आंगिक प्रतिक्रियाएँ होती हैं। इस अवस्था में शरीर के भीतरी अंगों जैसे हृदय, आंत, फेफड़ा, ग्रन्थियाँ (glands) आदि में कुछ विशेष प्रतिक्रियाएँ (reactions) होती हैं। जैसे, क्रोध संवेग में प्रायः रक्त चाप (blood pressure) बढ़ जाता है, भूख-प्यास कम हो जाती है, साँस की गति तेजी हो जाती है आदि-आदि। भिन्न-भिन्न संवेग में शरीर के भीतरी अंगों में भिन्न-भिन्न तरह के परिवर्तन हुआ करते हैं फिर भी इन परिवर्तनों को मूलतः दो श्रेणियों में रखा गया है— रक्त प्रवाह परिवर्तन (circulatory changes) तथा श्वसन परिवर्तन (respiratory changes)। हृदय की गति में परिवर्तन तथा रक्त चाप में परिवर्तन रक्तवाह (circulatory changes) के उदाहरण हैं तथा साँस की गति में परिवर्तन श्वसन परिवर्तन (respiratory changes) के उदाहरण हैं। इन सभी दैहिक परिवर्तनों को संवेग का दैहिक तत्व (physical component) कहा गया है।

(iii) संवेग में कुछ अभिव्यंजन व्यवहार भी होते हैं *(Emotion involves expressive movements)*—संवेग की अवस्था में शरीर के भीतर अंगों के कार्यों में ही सिर्फ परिवर्तन नहीं होता है बल्कि शरीर के बाहरी अंगों जैसे हाथ, पैर, आँख, चेहरे आदि में भी कुछ परिवर्तन होते हैं जिन्हें देखकर हम समझ जाते हैं कि व्यक्ति संवेग की स्थिति में हैं। इससे स्पष्ट है कि अपने शरीर के बाहरी अंगों में परिवर्तन लाकर व्यक्ति संवेग की अभिव्यक्ति करता है। यही कारण है कि हम प्रायः देखते हैं कि क्रोध की अवस्था में व्यक्ति का चेहरा लाल, भौं चढ़ा हुआ, होंठ काँपता हुआ तथा भुजाएँ फड़कती हुई दिखलाई देतीं हैं। इन अभिव्यंजक व्यवहार (expressive movements) को देखकर हम आसानी से यह समझ लेते हैं कि व्यक्ति क्रोध की अवस्था में हैं। इन सबों को संवेग का व्यवहारपरक तत्व (behavioural component) कहा गया है।

(iv) संवेग में किसी-न-किसी तरह आत्मनिष्ठ भाव अवश्य भी होता है *(Emotion necessarily involves some varieties of subjective feeling)*—प्रत्येक संवेग में किसी-न-किसी प्रकार का भाव अवश्य छिपा होता है। सामान्यतः संवेग में सुखद (pleasantness) या दुःखद (unpleasantness) भाव की अनुभूति पायी जाती है। भय (fear) में दुःखद भाव की अनुभूति तथा खुशी में सुखद भाव की अनुभूति इस बात पर आधारित होती है कि व्यक्ति संवेग उत्पन्न करने वाले उद्दीपक यां परिस्थिति को किस ढंग से प्रत्यक्षण करता है। इसे संवेग का *संवेगात्मक तत्व* (cognitive component) कहा जाता है। यही बात अन्य संवेगों की स्थिति में भी पायी जाती है। कोई भी संवेग ऐसा नहीं होता है कि एक ही साथ एक ही व्यक्ति में एक ही समय में सुखद या दुःखद दोनों भाव की अनुभूति को जन्म दें। अतः कोई भी संवेग बिना भाव (feeling) का नहीं हो सकता है और यदि कोई स्थिति (state) ऐसी होगी भी तो उसे संवेग नहीं कहा जायेगा। जैसे, कसरत या व्यायाम (exercise) करने की स्थिति संवेग की स्थिति नहीं कहलाती हैं क्योंकि इसमें किसी प्रकार का भाव नहीं होता है हालाँकि कसरत करते समय संवेग के समान ही आंगिक परिवर्तन (organic changes) तथा अभिव्यंजन व्यवहार (expressive movements) होते हैं। कसरत करते समय हृदय की गति बढ़ जाती है, रक्त चाप (blood pressure) भी बढ़ जाता है, चेहरा लाल हो जाता है, श्वसन की गति तीव्र हो जाती है। फिर भी यह संवेग नहीं होता क्योंकि इससे कोई सुखद या दुःखद भाव (feeling) नहीं होता है। इस तरह से हम देखते हैं कि संवेग एक ऐसी जटिल अवस्था है जहाँ मूल रूप से तीन तत्त्व (elements) महत्त्वपूर्ण होते हैं— आंगिक प्रतिक्रियाएँ (organic reactions), अभिव्यंजन व्यवहार (expressive movements) तथा सुखद या दुःखद भाव (feeling)। इन तीनों में तो ऐसे तीनों ही महत्त्वपूर्ण हैं परन्तु संवेग के स्वरूप को ध्यान में रखते हुए सुखद या दुःखद भाव का होना सबसे अधिक महत्त्वपूर्ण माना गया है क्योंकि इसके अभाव में संवेग, संवेग नहीं रह जाता है।

संवेग की विशेषताएँ
(Characteristics of Emotion)

संवेग का सही-सही अर्थ समझकर उसका विशेष रूप से अध्ययन करना कई कारकों (factors) के कारण थोड़ा कठिन माना गया है। संवेग की अभिव्यक्ति (expression) को छिपाया जा सकता है। प्रायः ऐसे लोग मिल जाते हैं जो ऊपर से तो संवेग नहीं दिखलाते हैं परन्तु भीतर से उनमें तीव्र संवेग होता है। जैसे, ऊपर से ऐसे व्यक्ति हँसकर बोलते हैं परन्तु भीतर से क्रोधित हो सकते हैं। इन कठिनाइयों को ध्यान में रखते हुए मनोवैज्ञानिकों ने संवेग के कुछ ऐसे गुणों (characteristics) का वर्णन किया है जिसके आधार पर करीब-करीब सभी तरह के संवेगों को ठीक ढंग से समझा जा सकता है तथा उसका अध्ययन भी किया जा सकता है। सिल्भरमैन (Silverman, 1978) के अनुसार संवेग की ऐसी

निम्नांकित चार विशेषताएँ हैं—

(i) संवेग विकीर्ण होता है *(Emotion is diffused)*—संवेग में विकीर्णता से मतलब इस बात से होता है कि सांवेगिक उद्दीपक (emotional stimulus) पूरे शरीर की क्रियाओं में एक तरह का परिवर्तन या तनाव लाता है। दूसरे शब्दों में, यह कहा जाता है कि संवेग में शरीर के किसी एक भाग में नहीं बल्कि पूरे शरीर में एक तरह का तनाव फैल जाता है। ऐसा इसलिए होता है क्योंकि संवेग की स्थिति में शरीर के भीतरी अंगों की क्रियाओं में थोड़ी देर के लिए परिवर्तन हो जाता है जिसका प्रभाव स्वभावतः पूरे शरीर में होता है। संवेग कई तरह के होते हैं और प्रत्येक संवेग में इस तरह के तनाव की विकीर्णता (diffuseness or spread) का स्वरूप अलग-अलग होता है। यहाँ तक कि एक ही संवेग में भिन्न-भिन्न व्यक्तियों में तनाव की विकीर्णता अलग-अलग होती है। जैसे, कोई व्यक्ति क्रोधित होने पर काफी उत्तेजित हो जाता है, उसके होंठ, पैर, हाथ आदि काँपने लगते हैं जबकि कुछ व्यक्ति ऐसे होते हैं जो क्रोध की अवस्था में सिर्फ आवाज ऊँचा कर बोलते हैं और उनमें दूसरे तरह का शारीरिक परिवर्तन देखने को नहीं मिलता है। अन्य संवेगो जैसे भय, खुशी आदि में भी तनाव की विकीर्णता या फैलाव पूरे शरीर में होता है। अतः सभी संवेगों में विकीर्णता (diffuseness) पायी जाती है।

(ii) संवेग सतत होता है *(Emotion is persistent)*—संवेग में सातत्य (persistence) या निरंतरता (continuity) का गुण होता है। जब भी कोई संवेग उत्पन्न होता है, उद्दीपक (जिससे संवेग उत्पन्न हुआ है) के हट जाने के बाद भी कुछ देर तक व्यक्ति में संवेग बना होता है। उदाहरणस्वरूप, मान लीजिए कि कोई व्यक्ति के सामने अचानक साँप आ जाता है जिसे देखकर स्वभावतः उसमें डर का संवेग उत्पन्न हो जायेगा। साँप उस व्यक्ति को देखकर कहीं छिप जाता है या कुछ दूर चला जाता है। ऐसी परिस्थिति में जब कि साँप व्यक्ति के सामने से हट गया है, फिर भी डर का संवेग व्यक्ति में कुछ समय तक बना रहेगा। ऐसा नहीं होता है कि साँप उधर आँख से ओझल हुआ और इधर व्यक्ति से भय का संवेग भी समाप्त हो गया। अतः संवेग में उद्दीपक के हट जाने के बावजूद भी कुछ समय तक निरंतरता बनी होती है। यह बात सिर्फ भय संवेग में ही नहीं बल्कि प्रत्येक संवेग में होती है। संवेग में निरंतरता बने रहने का मूल कारण शरीर के भीतर अंगों की चिकनी मांसपेशियों (structure) तथा उसका कार्य (function) है। इन मांसपेशियों की बनावट ही कुछ ऐसी होती हैं कि वे जल्दी किसी उद्दीपक (smooth muscles) की बनावट (stimulus) द्वारा उत्तेजित नहीं होती है और यदि उत्तेजित हो गयी तो फिर सामान्य अवस्था में आने में कुछ समय लगता है। यह समय जितना अधिक होगा, संवेग निरंतरता भी उतरी ही अधिक होगी।

(iii) संवेग संचयी होता है *(Emotion is cumulative)*—संवेग में संचयी का गुण होता है। इसका मतलब यह हुआ कि कोई संवेग जब एक बार उत्पन्न हो जाता है तो थोड़ी देर के लिए उत्तरोत्तर वह अपने आप ही बढ़ते ही चला जाता है। ऐसा इसलिए होता है कि संवेग व्यक्ति में एक खास प्रकार की मानसिक तत्परता (mental preparedness) उत्पन्न कर देता है जिससे व्यक्ति उसी दिशा में प्रतिक्रिया और भी अधिक करना चाहता है।

(iv) प्रायः संवेग का स्वरूप अभिप्रेरणात्मक होता है *(Often emotions are motivational in nature)*—संवेग की इस विशेषता पर विटेकर (Whittaker, 1970) एवं मार्गन, किंग तथा रॉबिन्सन (Morgan, King & Robinson, 1881) ने भी अधिक बल डाला है। प्रायः देखा गया है कि जब व्यक्ति में तीव्र संवेग उत्पन्न होता है तो उसका व्यवहार किसी खास लक्ष्य की ओर तेजी से अग्रसित होता है। जैसे, यदि कोई व्यक्ति किसी परिस्थिति में काफी डर गया है तो वैसी हालत में वह या तो वहाँ भाग जायेगा या अपने आप को कहीं ऐसी जगह छुपा लेगा कि डर उत्पन्न करने वाला उद्दीपक उसे दिखलाई ही नहीं पड़ेगा। दूसरे शब्दों में यह कहा जा सकता है कि संवेग में व्यक्ति कोई-न-कोई व्यवहार अवश्य ही ऐसा करता है जो किसी खास लक्ष्य की ओर निर्देशित होता है।

ऊपर के वर्णन से स्पष्ट हो जाता है कि संवेग के कुछ सामान्य विशेषताएँ (general characteristics) होतीं हैं जिनके आधार पर उन्हें ठीक-ठीक समझा जा सकता है तथा उसका अध्ययन भी सही-सही ढंग से किया जा सकता है।

संवेग का विकास
(Development of Emotion)

मनुष्य भिन्न-भिन्न तरह का संवेग जैसे डर, क्रोध, उदासी या व्यथा (distress), आश्चर्य (surprise), खुशी आदि दिखलाता है। इन संवेगों को मनोवैज्ञानिकों ने मूल संवेग (basic emotion) कहा है। मूल संवेग अनार्जित (unlearned) तथा सार्वत्रिक (universal) होते हैं। दूसरे शब्दों में, यह सभी संस्कृतियों में पाया जाता है, उनकी अभिव्यक्ति लगभग

ब्रिजेज के सांवेगिक विकास की तालिका
(Bridges Chart for Emotional Development)

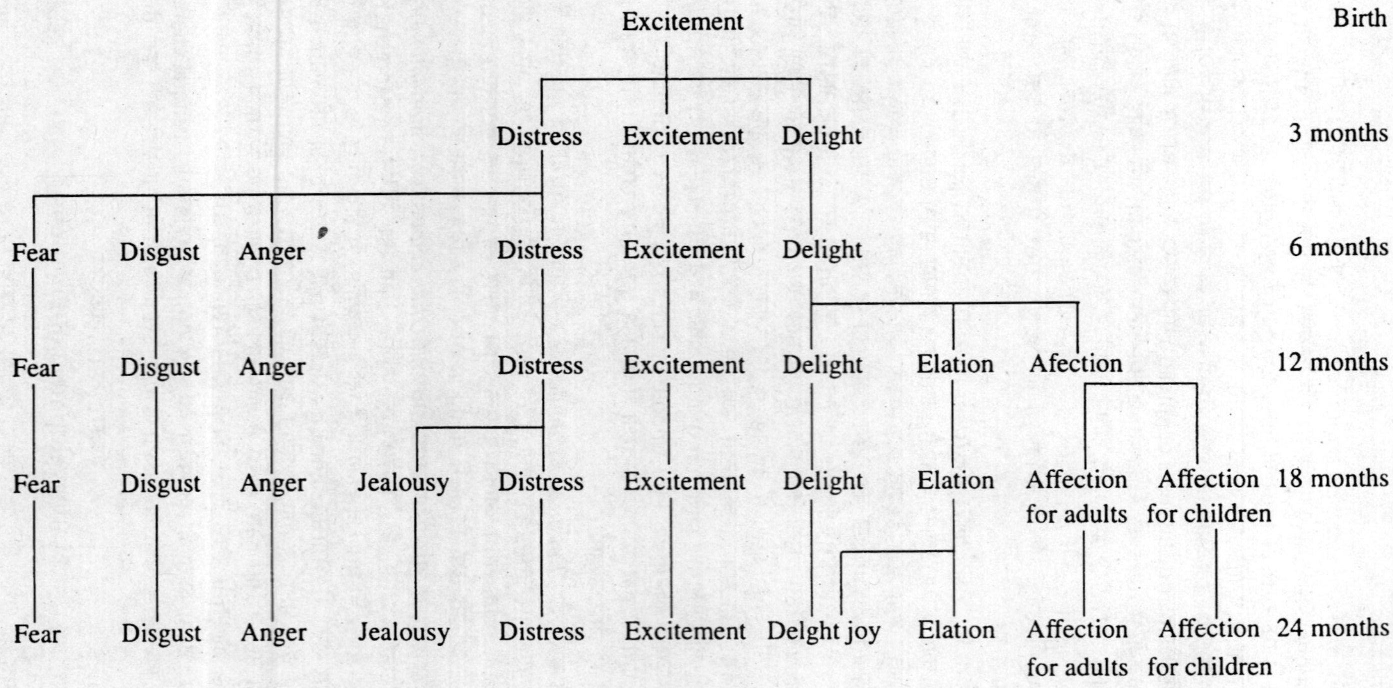

Excitement—आवेश, Distress—दुःख या व्यथा, Delight—आनन्द, Fear—भय, Disgust—घृणा, Anger—क्रोध, Elation—उल्लास, Affection—अनुराग, Joy—हर्ष, Jealousey—डाह।

समान आनन अभिव्यक्ति (facial expression) द्वारा होती है तथा बच्चों में उनके अपने विकास जैविक समय-सारणी के अनुरूप होते हैं। व्यक्ति इन संवेगों को कैसे विकसित (develop) करता है यह मनोवैज्ञानिकों के लिए प्रारम्भ से ही एक रुचिकर विषय रहा है। पहले के मनोवैज्ञानिकों को ऐसा विश्वास था कि जन्म के समय बच्चा में कुछ खास संवेग मौजूद रहते हैं। इस सम्बन्ध में सबसे पहला अध्ययन वाटसन (Watson, 1924) ने किया था। वाटसन तथा अन्य व्यवहारवादियों (behaviourists) ने मिलकर नवजात शिशु की क्रियाओं को कई दिनों तक प्रेक्षण (observation) किया और इनलोगों का यह निष्कर्ष था कि एक नवजात शिशु में तीन तरह का संवेग स्पष्ट रूप से देखने को मिलता है— भय (fear), क्रोध (rage) तथा प्यार या अनुराग (love)। वाटसन के अनुसार भय, क्रोध तथा प्यार या अनुराग व्यक्ति में जन्म से ही मौजूद रहते हैं। डर के संवेग में शिशु में साँस लेने की क्रिया थम जाती है, आँख की पलक बन्द हो जाती है, होठ सिकुड़ जाते हैं तथा उसके बाद शिशु रोने लगता है। क्रोध के संवेग में शिशु अपना शरीर थोड़ा कड़ा कर लेता है तथा हाथ और पैर फेंकना प्रारम्भ कर देता है। प्यार या अनुराग (love) में रोता हुआ शिशु रोना बन्द कर देता है तथा हँसना प्रारम्भ कर देता है। वाटसन ने अपने प्रयोग के आधार पर यह भी बतलाया है कि किन-किन उद्दीपकों (stimulus) से शिशुओं में इन संवेगों की उत्पत्ति होती है। एक शिशु में तीव्र आवाज तथा ऊँचाई से अचानक नीचे की ओर गिरने से भय का संवेग होता है। जब उसके अंगों यानी हाथ, पैर को पकड़कर उसके स्वतंत्र क्रियाओं को न होने दिया जाता है तो इससे शिशुओं में क्रोध उत्पन्न होता है। उसी तरह से जब शिशु के किसी अंग पर कोई व्यक्ति गुदगुदाता (strike) है तो इससे उसमें प्यार या अनुराग का संवेग उत्पन्न होता है।

परन्तु बाद में कुछ मनोवैज्ञानिकों ने यह बतलाया कि वाटसन का यह निष्कर्ष की जन्म से शिशु में संवेग उपस्थित रहता है, उचित तथा वैज्ञानिक नहीं है। शेरमैन तथा शेरमैन (Sherman & Sherman) ने 2–3 दिन तक के नवजात शिशुओं का अध्ययन किया और वाटसन द्वारा बताये गये उद्दीपकों (stimuli) के सहारे उनमें संवेग उत्पन्न करने की कोशिश की परन्तु इन्होंने पाया कि इन शिशुओं में किसी तरह का संवेग नहीं होता है। शरीर के कुछ खास-खास अंगों में जैसे हाथ और पैर में कुछ अस्पष्ट क्रियाएँ (vague activities) होतीं हैं जिसे इन लोगों ने सामान्य क्रिया (mass activity) या सामान्य उत्तेजन (general excitement) की संज्ञा दिया है। इस क्षेत्र में कार्य कर रहे अन्य मनोवैज्ञानिकों ने भी वाटसन के इस विचार को गलत साबित किया है और बतलाया है कि नवजात शिशु में सिर्फ एक सामान्य तथा अस्पष्ट उत्तेजना (general and vague excitement) होता है और इसी से बाद में अन्य संवेग विकसित होते हैं।

आजकल मनोवैज्ञानिकों ने अपने अध्ययन के आधार पर यह स्पष्ट कर दिया है कि संवेग के विकास (development) में मूल रूप से निम्नांकित दो कारकों (factors) का अधिक महत्त्व है—

1. परिपक्वता (Maturation)
2. सीखना (Learning)

इन दोनों कारकों (factors) का संक्षिप्त वर्णन निम्नांकित हैं—

1. परिपक्वता *(Maturation)*—परिपक्वता एक महत्त्वपूर्ण कारक है जो संवेग के विकास को प्रभावित करता है। सार्टेन[1] तथा उनके सहयोगियों (Sartain et al., 1973) के अनुसार, ''जीव में विकास तथा वर्धन का पूरा होना परिपक्वता कहलाता है।'' प्राणी के अंगों का वर्धन तथा विकास जब पूरा हो जाता है तो ऐसा कहा जाता है कि उसके अंग परिपक्व हो गये हैं। ऐसा देखा गया है कि जन्म के बाद से परिपक्वता की क्रिया काफी तेजी से बढ़ती है और जैसे-जैसे परिपक्वता बढ़ते जाती हैं, वैसे-वैसे शिशुओं में नये-नये संवेग भी विकसित होते जाते हैं। आधुनिक मनोवैज्ञानिकों के बीच इस बात की पूरी सहमति है कि जन्म के समय शिशुओं में सिर्फ सामान्य उत्तेजन (general excitement) पाया जाता है, जिससे बाद में, जैसे-जैसे परिपक्वता बढ़ती जाती है, अन्य तरह-तरह के संवेग भी विकसित होते जाते हैं। इस सम्बन्ध में सबसे प्रमुख अध्ययन एक महिला वैज्ञानिक जिनका नाम व्रिजेज (Bridges, 1932) है, द्वारा किया गया। व्रिजेज (Bridges) ने इस अध्ययन में जन्म से लेकर 2 साल के उम्र तक के शिशुओं में संवेग का अध्ययन किया। इनके अनुसार नवजात शिशु में सिर्फ सामान्य उत्तेजना (general excitement) पाया जाता है, किसी प्रकार का संवेग नहीं (तालिका देखें)। 3 महीना के उम्र होने पर इस सामान्य उत्तेजना से दो संवेग विकसित होते हैं— हर्ष (delight) तथा व्यथा (distress)।

1. "Maturation is the completion of growth and development within the organism"

—Sartain et al., *Psychology,* 1973, p. 149

6 महीना के उम्र होने पर व्यथा से ही तीन और संवेग विकसित होते हैं। वे हैं— क्रोध (anger), विरुचि (disugst) तथा भय (fear)। 12 महीना की आयु होने पर हर्ष से ही दो और संवेग विकसित (develop) होते हैं— उल्लास (elation) तथा अनुराग (affection)। 18 महीना की आयु होते-होते शिशुओं में ईर्ष्या (jealousy) तथा अन्य व्यक्तियों एवं बच्चों के प्रति अनुराग (affection) का भी विकास हो जाता है। 24 महीना के होते-होते शिशुओं में आनन्द या खुशी (joy) का भी संवेग विकसित हो जाता है। इस तरह से जन्म से लेकर 24 महीना के भीतर तक शिशुओं में परिपक्वता बढ़ने के साथ-ही-साथ करीब-करीब सभी प्रमुख संवेग का विकास हो जाता है। ब्रिजेज ने अपने अध्ययन के आधार पर यह भी बतलाया है कि प्रथम दो वर्ष में जो संवेग के विकास का क्रम (sequence) होता है, वह करीब-करीब प्रत्येक शिशुओं में एक समान होता है परन्तु सभी शिशु एक ही उम्र में संवेग के विकास का एक खास स्तर पर पहुँचे, जरूरी नहीं है। कुछ शिशुओं में परिपक्वता तेजी से होती है। फलस्वरूप, सम्भव है कि 12 महीना की आयु में ही उसमें उन संवेगों का भी विकास हो जाय जो 18 महीना की आयु होने पर एक सामान्य शिशु में होता है।

संवेग के विकास में परिपक्वता के महत्त्व को दिखलाने के लिए मनोवैज्ञानिकों ने जन्म से बहरे तथा अंधे शिशुओं के संवेग का अध्ययन किया है। गुडएनफ (Goodenough, 1932) द्वारा इस सिलसिले में किया गया अध्ययन काफी महत्त्वपूर्ण है। गुडएनफ का विचार था कि चूँकि ऐसे शिशु जन्म से ही अंधे तथा बहरे होते हैं, अतः उन्हें दूसरों में संवेग की अभिव्यक्ति न तो देखने को मिलता है और न दूसरों से इसके बारे में कुछ सुनने का ही मौका मिलता है। इसके बावजूद भी यदि इन शिशुओं द्वारा एक सामान्य बच्चा के तरह संवेग की अभिव्यक्ति की जाती है तो हम निश्चित रूप से इस निष्कर्ष पर पहुँच सकते हैं कि संवेग का विकास परिपक्वता पर आधारित है, सीखना पर नहीं। गुडएनफ ने अपने अध्ययन में एक 10 साल की लड़की जो जन्म से अंधी तथा बहरी थी, में संवेग का अध्ययन किया और पाया कि यह लड़की अपने आनन अभिव्यक्ति (facial expression) तथा हाव-भाव (gesture and posture) द्वारा क्रोध (anger), डर (fear) तथा खुशी (pleasure) आदि संवेग को आसानी से दिखा सकने में सफल हुई।

ब्रिजेज (Bridges) तथा गुडएनफ (Goodenough) के अध्ययनों को ध्यान में रखते हुए यह कहा जा सकता है कि संवेग के विकास (development) में परिपक्वता (maturation) का विशेष ध्यान है। **विटेकर**[1] (Whittaker, 1970) के शब्दों में, ''हमलोग इस निष्कर्ष पर पहुँचते हैं कि संवेग का खास-खास प्रकार और बहुत-सा हाव-भाव (gesture and posture) जिसके द्वारा इन संवेगों को हम दिखलाते हैं, जीवन के प्रारम्भिक समय में परिपक्वता द्वारा विकसित होते हैं।''

1. सीखना *(Learning)*—शिशु जैसे-जैसे बड़ा होते जाता है, उसे भिन्न-भिन्न प्रकार के व्यवहारों को सीखने का अवसर मिलता है। फलतः वह नये-नये संवेगों की अभिव्यक्ति (expression) करना, उस पर पर्याप्त नियंत्रण करना तथा सही-सही अर्थ लगाना आदि भी सीख लेता है। मनोवैज्ञानिकों ने अपने प्रयोग के आधार पर यह दिखलाया है कि बड़ा होने पर व्यक्ति में जो संवेग का विकास होता है, उसमें सीखना का हाथ अधिक तथा परिपक्वता (maturation) का हाथ कम होता है। वाटसन तथा रेनोर (Watson & Raynor 1920) ने एक बच्चा पर प्रयोग कर यह दिखलाया है कि किस तरह बच्चा में अनुबन्धन (conditioning) द्वारा भय के संवेग का विकास होता है। उनका एक प्रयोग अलबर्ट (Albert) नाम का एक बच्चा पर किया गया था। प्रयोग के समय अलबर्ट का उम्र 11 महीना का था और वह जानवरों से विशेषकर उजला चूहा (White rate) से डरता नहीं था। यहाँ तक कि वह घंटों उजला चूहा के साथ खेलता रहता था। प्रयोग में उजला चूहा को अलबर्ट के सामने उपस्थित किया जाता था और जैसे ही वह उसके साथ खेलने के लिए हाथ बढ़ाता था, धमाके की आवाज कर दी जाती थी। इस प्रक्रिया को बार-बार दोहरायी गयी। एक सप्ताह के बाद उजला चूहा से वह डरना सीख गया। जैसे ही चूहा उसके सामने लाया जाता था (बिना धमाके के आवाज के ही) वह डर से रो उठता था। यहाँ तक कि बाद में जब उसकी माँ उजला रोयेंदार कोट पहनकर उसे गोद लेती थी, तो वह डर से रोने लगता था। इस प्रयोग से स्पष्ट हो जाता है कि बड़ा बच्चा में संवेग का विकास सीखने की प्रक्रिया द्वारा भी होता है।

संवेग में सीखने की प्रक्रिया का महत्त्व भिन्न-भिन्न संस्कृति (culture) में किये गये अध्ययनों से भी पता चलता है। भिन्न-भिन्न संस्कृति व्यक्तियों को संवेग की अभिव्यक्ति भिन्न-भिन्न ढंग से करना सीखलाता है। उदाहरणस्वरूप, हमलोग अपनी खुशी की अभिव्यक्ति तालियाँ बजाकर करते हैं परन्तु चीनी लोग काफी चिन्तित तथा दुखी होने पर उसकी

1. "We may conclude that characteristic forms of emotion and many of the gestures and postures that indicate emotion to us develop early in life through maturation." —Whittaker : *Introduction to Psychology*, 1970

अभिव्यक्ति तालियाँ बजाकर करते हैं। संस्कृति हमें संवेग की अभिव्यक्ति पर नियंत्रण करना भी सीखलाता है। जैसे, बच्चे प्रायः अपनी आक्रमणशीलता (aggressiveness) की अभिव्यक्ति खुलकर करते हैं। परन्तु हमलोगों की संस्कृति में एक वयस्क (adult) ऐसा नहीं करता है! क्यों? ऐसा इसलिए कि संस्कृति एक वयस्क को सीखला देता है कि आक्रमणशीलता की खुली अभिव्यक्ति अच्छा नहीं समझा जाता है। अतः वह इस तरह के संवेग की अभिव्यक्ति परोक्ष रूप से करें।

निष्कर्ष यह है कि संवेग के विकास (development) में परिपक्वता (maturation) तथा सीखना (learning) दोनों का हाथ है। चूँकि ये दोनों प्रक्रियाएँ एक-दूसरे पर निर्भर करतीं हैं तथा परस्पर सम्बन्धी हैं, अतः यह निश्चित रूप से कहना कठिन है कि संवेग के विकास में कितना हाथ परिपक्वता का है तथा कितना हाथ सीखना का है। अतः संवेग के विकास में परिपक्वता (maturation) तथा सीखना (learning) दोनों का महत्त्व है। जीवन के प्रारम्भिक समय में परिपक्वता का महत्त्व अधिक होता है परन्तु कुछ वर्षो बाद संवेग के विकास में सीखना का महत्त्व अधिक हो जाता है।

संवेग का वर्गीकरण
(Classification of Emotion)

संवेग को मनोवैज्ञानिकों ने कई भागों में बाँटा है। यदि उनके द्वारा किये गये सभी प्रकारों (types) की व्याख्या हम अलग-अलग करे तो इससे मात्र संभ्रान्ति (confusion) ही उत्पन्न होगा। अतः उन सभी प्रकारों का अलग-अलग वर्णन न करके नीचे सिर्फ उस वर्गीकरण (classification) का वर्णन किया जा रहा है जिसे बहुत मनोवैज्ञानिकों ने काफी व्यापक (comprehensive) माना है। इस तथ्य को देखते हुए लिण्डजे, हाल तथा थॉम्पसन (Lindzey, Hall & Thompson, 1978) ने संवेग को निम्नांकित प्रमुख भागों में बाँटा है—

1. प्रेम *(Love or affection)*—प्रेम एक धनात्मक संवेग (positive emotion) है। जब व्यक्ति में किसी दूसरे व्यक्ति, पशु, स्थान के प्रति पसंदगी (liking) तथा आकर्षण (attraction) विकसित हो जाता है, तो इस संवेगात्मक स्थिति को प्रेम (love or affection) की संज्ञा दी जाती है। इस संवेग में व्यक्ति दोस्ताना (friendliness), सहानुभूति (sympathy) तथा मदद करने की प्रवृत्ति (helpfulness) दिखलाता है। गैरिसन (Garrison, 1959) का कहना है कि प्रेम एक ऐसा संवेग है जिसकी शुरूआत बचपन में ही होता है तथा यह उन व्यक्तियों में अच्छा तरह से विकसित होता है जिन्हें अन्य व्यक्तियों से प्रेम मिला है तथा स्वयं दूसरों को देने का मौका मिला है। घर में बच्चे माँ के प्रति पिता की अपेक्षा सामान्य तौर पर अधिक प्रेम दिखलाते हैं क्योंकि माँ के साथ उनके अन्तःक्रिया (interaction) की घनिष्ठता अधिक होती है। टुलकिन (Tulkin, 1973) ने अपने प्रयोग के आधार पर यह दिखलाया है कि बच्चे वैसे भाई-बहनों (siblings) के प्रति भी अधिक प्यार दिखलाते हैं जो उनकी आलोचना नहीं करते हैं या तंग नहीं करते हैं। एक वयस्क में भी इसी तरह की प्रवृत्ति देखने को मिलती है। एक वयस्क उस व्यक्ति के प्रति अधिक प्यार दिखलाता है जो इसके प्रति अधिक हमदर्द होता है। एक बच्चा का दूसरे बच्चा के प्रति प्रेम, बच्चा का माता-पिता के प्रति प्रेम या माता-पिता का बच्चा के प्रति प्रेम, एक व्यक्ति का पशु (जैसे, कुत्ता, बिल्ली, खरगोश, गाय आदि) के प्रति प्रेम, छात्र का शिक्षक के प्रति प्रेम आदि सभी अकामुक प्रेम (nonsexual love) के उदाहरण है। वयस्क व्यक्तियों में इसके अलावा कामुक प्रेम (sexual love) भी होता है। इस तरह का प्रेम व्यक्ति अपने विपरीत लिंग (opposite sex) के व्यक्ति से करता है। पति-पत्नी तथा प्रेम-प्रेमिका का प्रेम कामुक प्रेम का उदाहरण है। इस तरह के प्रेम की अभिव्यक्ति (expression) में आलिंगन, चुम्बन तथा रतिक्रिया (sexual intercourse) प्रधान होते हैं। इस तरह के प्रेम की एक विशेषता यह भी है कि इसमें दोनों पक्ष एक-दूसरे के प्रति काफी आकर्षण (attraction) का अनुभव करते हैं। बच्चों का प्रेम तथा वयस्कों का प्रेम में प्रधान अन्तर यह है कि बच्चों का प्रेम हमेशा अकामुक होता है जबकि वयस्कों का प्रेम कामुक (sexual) तथा अकामुक (nonsexual) दोनों ही होता है।

2. आनन्द तथा उल्लास *(Joy and elation)*—आनन्द एक तरह का धनात्मक संवेग (positive emotion) है। जब आनन्द की तीव्रता कम होती है तो इसे खुशी (pleasure or happiness) कहा जाता है परन्तु जब इसकी तीव्रता अधिक होती है तो इसे उल्लास (elation) कहा जाता है। जहाँ तक बच्चों में आनन्द संवेग का प्रश्न है, यह उम्र बढ़ने के साथ-साथ पूर्वकथनीय (predictable) होता है। छोटे-छोटे शिशुओं में आनन्द शारीरिक क्रियाओं जैसे खड़ा होना, धीरे-धीरे चलना, दौड़ना आदि से होता है। प्राक्स्कूली छात्रों (preschool children) में आनन्द मूलतः उन क्रियाओं से

होता है जिसमें वे अपने साथियों (peers) को बुरी तरह फँसे हुए पाते हैं। जैसे, यदि कोई बच्चा कमीज पहनते समय अपना हाथ या पैर उसमें फँसा लेता है, तो इसे देखकर उसी उम्र के दूसरा बच्चा में आनन्द का संवेग होता है। प्राक्स्कूली बच्चे अचानक आवाज (sudden noise) आदि से भी काफी आनन्दित होते हैं। बड़े बच्चों में आनन्द का संवेग मूलतः उस समय होता है जब वे उस लक्ष्य (goal) की प्राप्ति कर लेते हैं जिसका वे निर्धारण अपने लिए किये हैं। जैसे, एक 12 साल का बच्चा यदि सुबह से ही यह सोच रखा है कि उसे आज मैटिनी शो सिनेमा जाना है और सचमुच में वह इस शो को देखने में समर्थ हो जाता है,तो इससे उसे काफी आनन्द मिलता है।

जैसे-जैसे बच्चा वयस्कता (adulthood) की ओर बढ़ता है, वे अपने आनन्द को सामाजिक रूप से व्यक्त करना सीख जाते हैं। वे अब अपने आनन्द की अभिव्यक्ति बच्चों जैसे जोर से हँसकर करना नहीं पसंद करते हैं। रॉथवार्ट (Rothbart, 1973) के अध्ययन के अनुसार आनन्द संवेग की अभिव्यक्ति एक वयस्क (adult) मुस्कुराकर (smile) तथा कभी-कभी जोरों से हँसकर भी करता है। इस संवेग में पूरे शरीर में एक तरह की विश्रांति (relaxation) का भाव उत्पन्न होता पाया जाता है। सामान्यतः सामाजिक नियम (social norms) एक वयस्क को आनन्द या हर्ष के संवेग को नियंत्रित कर व्यक्त करने के लिए बाध्य कर देता है ताकि उसे लोग उसके व्यवहार को बचकाना (childish) नहीं समझे।

3. उदासी तथा मंदन *(Sadness and depression)*—उदासी (sadness or sorrow) एक ऐसी सांवेगिक प्रतिक्रिया (emotional reaction) है जो प्रिय (loved) वस्तु के खो जाने या प्रिय व्यक्ति के मर जाने से उत्पन्न होता है। अतः यह एक तरह का दुखद संवेग (unpleasant emotion) है। जब उदासी के संवेग की तीव्रता (intensity) अधिक हो जाती है, तो इसे शोक या विषाद (grief) कहा जाता है। बच्चों में उदासी (sorrow or sadness) के संवेग की अभिव्यक्ति (expression) स्पष्ट (overt) तथा अस्पष्ट दोनों ढंग से होता है। जब बच्चा उदासी का स्पष्ट अभिव्यक्ति करता है, तो वह रोना (crying) प्रारम्भ कर देता है। जब वह इसका अस्पष्ट एवं परोक्ष रूप से अभिव्यक्ति करता है, तो उसमें भूख की कमी, नींद की कमी, खेलने की अनिच्छा व्यक्त करना, दूसरों से न बोलना आदि क्रियाएँ करता है। वयस्कों द्वारा उदासी संवेग की अभिव्यक्ति प्रायः परोक्ष रूप से (indirect) ही होता है। लिण्डजे, हाल तथा थॉम्पसन (Lindzey, Hall & Thompson, 1978) के अनुसार जब एक वयस्क (adult) में उदासी का संवेग उत्पन्न होता है, तो उसमें किसी कार्य में अभिरुचि (interest) की कमी, भूख की कमी, रक्त चाप में कमी, साँस की गति धीमी, नाड़ी की गति में कमी, सामान्य वातावरण से अपने आप को अलग रखने की प्रवृत्ति आदि देखने को मिलता है। जब हानि (loss) (जिससे व्यक्ति में उदासी का संवेग उत्पन्न हुआ है) की मात्रा काफी अधिक होती है, तो उसमें सामान्य वातावरण से अपने आप को अलग रखने की प्रवृत्ति इतनी अधिक तीव्र हो जाती है कि वह अपनी जिन्दगी की आवश्यक क्रियाओं को भी नहीं करना चाहता है और न तो अपने परिवार के सदस्यों से बातचीत ही करता है। धीरे-धीरे वह अपना ध्यान हुए हानि से हटाता है और पुनः एक सामान्य जिन्दगी (normal life) की ओर लाने लगता है। फ्रायड (Freud) ने इस अवधि को *'शोक अवधि'* (grief period) कहा है जो चाहे महीना का हो या कुछ दिनों का, सामान्य जीवन की शुरूआत करने के लिए निश्चित रूप से व्यक्ति को उसे समाप्त कर देना चाहिए।

जब उदासीन संवेग व्यक्ति में चिरकालिक (chronic) हो जाता है तो व्यक्ति को कुछ भी अच्छा नहीं लगता है और जिन्दगी में उसके लिए न तो कोई आशा (hope) और ना ही कोई संतावना (consolation) ही रह जाता है। इस तरह की सांवेगिक स्थिति को मंदन (depression) की संज्ञा दी जाती है। अगर मंदन का कारण कोई अचानक सदमा (sudden trauma) होता है या जिन्दगी में होने वाले लगातार हतोत्साहित अनुभूतियाँ (discouraging experiences) होतीं हैं, तो इस तरह के मंदन को प्रतिघातक मंदन (reactive depression) कहा जाता है। इस तरह के मंदन से व्यक्ति में गम्भीर मानसिक बीमारी (serious mental illnes) उत्पन्न होने का भय हो जाता है।

4. ऊब *(Boredom)*—जब व्यक्ति के सामने न तो कोई स्पष्ट लक्ष्य (goal) होता है और न तो उसे अपनी उपलब्धि (achievement) से खुशी ही होती है और उसी तरह से जब व्यक्ति के सामने ऐसा कार्य होता है जिसमें न उसकी अभिरुचि होती है और न इच्छा ही, तो ऐसी परिस्थिति में उसमें एक विशेष संवेगात्मक स्थिति (emotional state) पायी जाती है जिसे ऊब (boredom) कहा जाता है। ऊब का संवेग व्यक्ति को कुछ कार्य करने के लिए प्रेरित करता है। लेकिन वह यह नहीं समझ पाता है कि उसे क्या करना चाहिए। ऊब संवेग एक दुखद संवेग (unpleasant emotion) होता है। अतः व्यक्ति इस तरह की सांवेगिक स्थिति (emotional state) से जल्दी-से-जल्दी कुछ रचनात्मक कार्य (constructive work) करके छुटकारा पाना चाहता है।

व्यक्ति में ऊब संवेग सिर्फ अरुचिकर कार्यों से ही नहीं बल्कि आवृत्तीय कार्यों (repetitive works) से भी होता है। जब व्यक्ति को एक ही तरह का कार्य बार-बार लगातार कई दिनों तक करना होता है, तो कुछ दिनों के बाद उसमें उस कार्य से ऊब (boredom) का संवेग उत्पन्न हो जाता है। इस तरह के ऊब से व्यक्ति में ध्यान भंग (distraction of attention) होता है। फलस्वरूप, उसे काम करने में गलतियाँ काफी अधिक होतीं हैं। उद्योग (industry) में कर्मचारियों (employees) को अनेकों ऐसे काम करना होता है जिसका स्वरूप आवृत्तीय (repetitive) होता है। फलस्वरूप, उससे उनमें ऊब का संवेग तेजी से उत्पन्न होता है। इससे उनका ध्यान भंग होता है तथा काम में गलतियाँ (errors) बढ़ने लगतीं हैं। अतः औद्योगिक मनोवैज्ञानिकों (industrial psychologists) का प्रयास यही होता है कि वे ऊब के संवेग को व्यक्ति में उत्पन्न न होने दें।

5. डर एवं दुश्चिंता *(Fear and Anxiety)*—डर (fear) तथा दुश्चिंता (anxiety) दोनों एक-दूसरे से काफी सम्बन्धित संवेग (related emotion) है। डर एक ऐसी संवेगात्मक स्थिति है जिसमें किसी ऐसे खतरनाक (dangerous) वस्तु या घटना के प्रति व्यक्ति को प्रतिक्रिया (reaction) करना होता है जिससे वह आसानी से छुटकारा नहीं पा सकता है। दुश्चिंता (anxiety) चिरकालिक डर (chronic fear) का दूसरा नाम है। दुश्चिंता में मानसिक स्थिति अस्पष्ट (vague) होती है लेकिन यह संचयी (cumulative) होता है और प्रत्येक क्षण यह एक खास समय तक बढ़ते ही जाता है।

डर संवेग शैशवावस्था से ही होता देखा गया है। प्रायः शिशु तीव्र आवाज (loud noise), अंधेरे कमरा, जानवर, एकान्त परिस्थिति आदि से डर जाते हैं। बड़े बच्चों में डर इन उद्दीपकों के अलावा, कुछ काल्पनिक बातों तथा कहानियों के काल्पनिक पात्रों (characters) से भी होता है। वाटसन (Watson, 1920) के अनुसार भय संवेग के विकास में अनुबन्धन (conditioning) का विशेष हांथ होता है। अलबर्ट (Albert) नामक एक बच्चा पर उनका इस सिलसिले में किया प्रयोग उल्लेखनीय है। बच्चे डर संवेग की अभिव्यक्ति अपने आप को फर्निचर आदि के पीछे छिपाकर या फिर जोरों से चिल्लाकर करते हैं। परन्तु बड़ा हो जाने पर वे अपने डर संवेग की अभिव्यक्ति दूसरे ढंग से करते हैं। प्रायः एक विशेष आनन अभिव्यक्ति (facial expression) बनाकर वे डर के संवेग को व्यक्त करते हैं।

6. क्रोध *(Anger)*—क्रोध एक ऐसा संवेग है जिसकी उत्पत्ति एक ऐसा अवरोध या अड़चन (obstacle) से होता है जिसे दूर किया जा सकता है। क्रोध जब अत्यधिक (excessive) होता है तथा चिरकालिक (chronic) होता है तो इसका प्रभाव विनाशक (destructive) होता है। क्रोध भी एक ऐसा संवेग है जो शैशवावस्था से ही देखने को मिलता है। शैशवावस्था (infancy) तथा बचपनावस्था (childhood) में क्रोध की उत्पत्ति हल्के शारीरिक-असुविधा (minor physical discomfort), स्नान कराने, कपड़ा पहनाने तथा उन्हें मनचाहा शारीरिक क्रियाएँ (physical activites) को न करने देने से उत्पन्न होता है। बड़े बच्चों में यानी 13–14 साल के बच्चों में क्रोध दूसरे कारणों से भी उत्पन्न होता है। जैसे, जब इनकी इच्छा संतुष्ट नहीं हो पाती है, तो इनमें क्रोध उत्पन्न होता है। जब उन्हें कोई चिढ़ाता (tease) है तथा जब उनके माता-पिता प्रतिकूल तुलना (unfavourable comparison) दूसरों बच्चों या व्यक्तियों से करते हैं तो इससे भी उनमें क्रोध उत्पन्न होता है।

व्यक्ति क्रोध संवेग की अभिव्यक्ति (expression) दो ढंग से करता है— आवेगशील अनुक्रिया (impulsive responses) के रूप में तथा निरोधी अनुक्रिया (inhibited responses) के रूप में। जब क्रोध की अभिव्यत्ति आवेगशीलता अनुक्रिया (inpulsive responses) के रूप में होती है, तो इसे आक्रमणशीलता (aggression) की संज्ञा दी जाती है। क्रोध संवेग की अभिव्यक्ति आवेगशील अनुक्रिया के रूप में अधिकतर बच्चों द्वारा किया जाता है। वे प्रायः अन्य बच्चों या व्यक्तियों के प्रति भिन्न-भिन्न प्रकार के आवेगशील अनुक्रिया जैसे, दाँत काटकर, सिर का बाल नोचकर, कपड़ा फाड़कर, दूसरे का किताब फाड़कर, गाली देकर आदि के रूप में करते हैं। अतः अधिकतर आवेगशील अनुक्रियाएँ बच्चे दूसरे बच्चों के प्रति ही करते हैं। इस तरह की अनुक्रियाओं को बाह्य दण्डात्मक अनुक्रिया (extrapunitive responses) कहा जाता है। कुछ आवेगशील अनुक्रियाएँ ऐसी भी होती हैं जिन्हें बच्चा स्वयं के प्रति करता है। जैसे, कभी-कभी देखा गया है कि बच्चा क्रोध में आकर अपना ही कमीज स्वयं फाड़ लेता है या अपने सिर का बाल स्वयं नोचने लगता है। इस तरह की अनुक्रिया को आत्मदंडात्मक अनुक्रिया (intrapunitive response) कहा जाता है।

क्रोध की अभिव्यक्ति कुछ निरोधी अनुक्रियाओं (inhibited responses) द्वारा भी होती है। निरोधी अनुक्रिया वैसी अनुक्रिया को कहा जाता है जिसमें क्रोध की अभिव्यक्ति नियंत्रित रूप से (controlled way) होती है। वयस्क अपने क्रोध की अभिव्यक्ति प्रायः निरोधी क्रियाओं द्वारा ही करते हैं। प्रायः देखा गया है कि एक वयस्क व्यक्ति जब किसी दूसरे

व्यक्ति से क्रोधित हो जाता है, तो उससे मिलना-जुलना कम कर देता है। इतना ही नहीं, ऐसा व्यक्ति सामान्य वातावरण (general environment) से भी अपने आप को खींच लेता है। इस तरह के विरोधी अनुक्रियाओं को अदण्डित व्यवहार (impunitive behaviour) कहा जाता है।

7. डाह या ईर्ष्या *(Jealousy)*—डाह एक तरह का जटिल संवेग (complex emotion) होता है और इसमें डर (fear) तथा क्रोध (anger) दोनों संवेग मिला होता है। जब व्यक्ति पहले से मिल रहे अनुराग (affection) में वास्तविक (actual) या काल्पनिक (supposed) कमी महसूस करता है, तो इससे उसमें डाह या ईर्ष्या (jealousy) का संवेग उत्पन्न होता है। जिस व्यक्ति में डाह का संवेग उत्पन्न होता है, वह अपने आप को हमेशा असुरक्षित (insecure) महसूस करता है और हमेशा उसे इस बात का डर बना होता है कि उसका स्थान दूसरा व्यक्ति लेने वाला है। जिस परिस्थिति में डाह का संवेग उत्पन्न होता है, वह मूलतः सामाजिक होता है। कुछ प्रमुख सामाजिक परिस्थितियाँ (social situations) जिसमें डाह का संवेग उत्पन्न होता है, निम्नांकित है—

(i) प्रायः देखा गया है कि माता-पिता अपने किसी बेटा या बेटी को अन्य बेटा-बेटियों की अपेक्षा अधिक दुलार-प्यार देते हैं। इसका परिणाम यह होता है कि अधिक दुलार-प्यार पाने पर अपने भाई या बहन के प्रति छोटे या बड़े भाई-बहनों में डाह का संवेग उत्पन्न होने लगता है। इन लोगों को ऐसा महसूस होने लगता है कि उन पर माता-पिता का ध्यान बिलकुल ही नहीं है।

(ii) स्कूल में जब कोई छात्र यह देखता है कि शिक्षक द्वारा अन्य छात्रों पर विशेष ध्यान दिया जा रहा है और उस पर नहीं, तो वैसी परिस्थिति में अन्य छात्रों के प्रति डाह का संवेग उत्पन्न हो जाता है तथा शिक्षक के प्रति उसमें क्रोध का संवेग उत्पन्न हो जाता है।

(iii) डाह संवेग की उत्पत्ति उस परिस्थिति में भी होता है जब कोई व्यक्ति यह देखता है कि जो वस्तु या सामान (goods) उसके पास होना चाहिए था, वह दूसरे व्यक्ति के पास है परन्तु उसके पास नहीं है। जैसे, मान लीजिए एक ऑफिसर (officer) का पड़ोसी उसी के दफ्तर का किरानी है। ऑफिसर के पास रंगीन टेलिवीजन (television) नहीं है परन्तु किरानी के पास है। ऐसी परिस्थिति में सम्भव है कि उस ऑफिसर में किरानी के प्रति डाह का संवेग उत्पन्न हो जाय।

(iv) डाह संवेग की उत्पत्ति कामुक इच्छाओं (sexual wishes) के कारण भी होता है। उदाहरणस्वरूप, मान लीजिए कि एक ही नवयुवक को दो नवयुवती प्यार करती है और अपनी कामुक इच्छाओं की संतुष्टि चाहती है। ऐसी परिस्थिति में नवयुवक यदि किसी एक युवती के साथ है, तो दूसरी युवती के मन में डाह उत्पन्न होने लगता है।

डाह संवेग की अभिव्यक्ति दो प्रकार से करता है— सीधी (directly) तथा परोक्ष रूप से (indirectly)। बच्चे डाह संवेग की अभिव्यक्ति प्रायः सीधे करते हैं तब वे अपने प्रतिद्वन्द्वी (rival) को पीटते हैं, ढकेल (push) देते हैं, दाँत काटते हैं या किसी प्रतिस्पर्द्धा (competition) में उसे हराने की कोशिश करते हैं। जब बच्चे बड़े हो जाते हैं जैसे 13–14 वर्ष के हो जाते हैं, तो वे प्रायः डाह संवेग की अभिव्यक्ति परोक्ष रूप से ही करते हैं। प्रायः ऐसे बच्चे प्रतिभागी व्यवहार (regressive behaviour) जैसे अंगूठा चूसना (thumb-sucking) तथा बिछावन पर पेशाब कर देना (bed-wetting) आदि व्यवहार करते हैं। ऐसे बच्चे तोड़-फोड़ (destructiveness) भी करना प्रारम्भ कर देते हैं। परोक्ष रूप से अपने प्रतिद्वन्द्वी पर व्यंग्य करना भी प्रारम्भ कर देते हैं। एक वयस्क व्यक्ति डाह संवेग की अभिव्यक्ति परोक्ष रूप से तथा सीधे दोनों ढंग से करता है। यदि व्यक्ति आवेगशील (impulsive) है तो वैसी परिस्थिति में वह डाह की अभिव्यक्ति सीधे करेगा। परन्तु यदि व्यक्ति को अपने संवेग पर नियंत्रण करने का आदत है, तो वैसी परिस्थिति में वह डाह संवेग की अभिव्यक्ति प्रायः परोक्ष रूप से करता है।

इस तरह से हम देखते हैं कि संवेग कई प्रकार के होते है तथा उनकी अभिव्यक्ति (expression) के तरीके (modes) भी भिन्न-भिन्न हैं। व्यक्ति किसी संवेग की अभिव्यक्ति किन-किन तरीकों से करेगा, यह बहुत कुछ परिस्थिति तथा उसका व्यक्तित्व पर निर्भर करता है।

संवेग की माप
(Measurement of Emotion)

संवेग का महत्त्व व्यक्ति के लिए काफी है। संवेग के अभाव में व्यक्ति की जिन्दगी रसहीन तथा उदास होगा। सच्चाई यह है कि संवेग के अभाव में व्यक्ति का मनोवैज्ञानिक रूप से (psychologically) जिन्दा रहना भी सम्भव नहीं है। अतः

मनोवैज्ञानिकों ने इसे मापने की कोशिश की है। इन लोगों ने संवेग को मापने के लिए निम्नांकित पाँच विधियों का प्रतिपादन किया है—

1. गैल्वेनिक त्वक् अनुक्रिया *(Galvanic Skin Response or GSR)*—विगोरोक्स (Vigouroux) तथा फेरे (Fere) नामक फ्रेन्च मनोवैज्ञानिक ने सबसे पहले-पहल 1888 में यह बतलाया कि व्यक्ति के त्वचा में कुछ वैद्युत संचरण (electrical conductance) का गुण होता है जिसे उन लोगों ने विशेष रूप से मापने की कोशिश की। वैद्युत संचरण की यह प्रक्रिया मूल रूप से पसीना ग्रन्थि (sweat gland) के कार्यों द्वारा निर्धारित होता है। त्वचा के वैद्युत संचरण की इस प्रक्रिया को *गैल्वेनिक त्वक अनुक्रिया* (Galvanic Skin Response or GSR) या *मनौल्वेनिक अनुक्रिया* (Psychogalvanic response or PGR) कहा जाता है। इन लोगों ने अपने अध्ययन के आधार पर यह बतलाया कि संवेगात्मक उत्तेजनाओं (emotional excitement) के दौरान वैद्युत संचारण में घट-बढ़ (variations) की प्रक्रिया तेज हो जाती है। बाद में यंग (Young) तथा उनके सहयोगियों ने अपने अध्ययन के आधार पर यह बतलाया है कि GSR का सीधा सम्बन्ध दमित सांवेगिक अनुभवों (repressed emotional experiences) से होता है। अतः GSR की मात्रा को माप कर हम आसानी से संवेग की स्थिति का अंदाज लगा सकते हैं। लेकिन अभी गत वर्षों में अनेक ऐसे अध्ययन हुए हैं जिनके आधार पर लेफ्रानकोईस (Lefrancois, 1983) ने यह स्पष्ट रूप से दिखला दिया कि GSR के आधार पर संवेग को मापना बहुत उचित नहीं है क्योंकि GSR सिर्फ संवेग में नहीं बल्कि भिन्न-भिन्न प्रकार की मानसिक अवस्थाओं (mental states) में भी हुआ करता है। आजकल कुछ मनोवैज्ञानिक ने यह भी दिखला दिया है कि त्वचा के वैद्युत संचरण द्वारा व्यक्ति के सिर्फ सांवेगिक स्थिति (emotional states) की ही नहीं बल्कि उसकी क्रियाशीलता (activation) के स्तर का भी माप होता है। अतः GSR के आधार पर संवेग को मापना अधिक अर्थपूर्ण नहीं है।

2. रक्त चाप में परिवर्तन *(Changes in blood pressure)*—व्यक्ति के रक्तचाप (blood pressure) में हुए परिवर्तन के आधार पर भी संवेग को मापा जा सकता है। प्रायः सभी संवेग में रक्तचाप में परिवर्तन होता है, अर्थात् रक्तचाप में वृद्धि या कमी हो जाती है। मनोवैज्ञानिकों ने अपने प्रयोगों के आधार पर यह दिखलाया है कि क्रोध तथा हर्ष की स्थिति में व्यक्ति का रक्तचाप बढ़ जाता है परन्तु भय की स्थिति में रक्तचाप में हल्का कमी हो जाती हे। मंदन (depression) के संवेग में भी रक्तचाप में कमी हो जाती है। अतः रक्तचाप में वृद्धि या कमी द्वारा संवेग की स्थिति समझी जाती है। मनोवैज्ञानिकों ने झूठ बोलने के दौरान उत्पन्न सांवेगिक स्थिति की माप भी रक्तचाप (blood pressure) में हुए परिवर्तनों के आधार पर किया है। जब व्यक्ति सच न बोलकर झूठ बोलता है तो उसमें एक विशेष संवेगात्मक स्थिति (emotional state) उत्पन्न होती है जिससे उसका रक्तचाप (blood pressure) बढ़ जाता है जो एक विशेष यंत्र जिसे पोलिग्राफ[1] (polygraph) कहा जाता है, द्वारा रेकार्ड (record) किया जाता है। कुछ झूठ संसूचक (lie detector) ऐसे भी होते हैं जो GSR तथा श्वसन (respiration) की गति में हुए परिवर्तन के आधार पर भी झूठ बोलने के दौरान हुए सांवेगिक स्थिति (emotional state) का मापन करता है। यद्यपि रक्तचाप (blood pressure) में हुए परिवर्तन को संवेग के मापन का एक बहुत ही संवेदनशील (sensitive) तथा उपयुक्त (appropriate) तरीका बताया गया है, फिर भी इसके द्वारा वैसे व्यक्तियों के संवेग को नहीं मापा जा सकता है जो उच्च रक्तचाप (hypertension) के रोगी हैं, क्योंकि इन व्यक्तियों का रक्तचाप बिना संवेग का ही अधिक ऊँचा होता है।

3. रेटिंग मापनी *(Rating scales)*—ऊपर वर्णन किये गये दोनों विधियाँ (methods) जिनके सहारे संवेग की माप होती है, का आधार शारीरिक (physiological) है और इन दोनों विधियों की कुछ अपनी-अपनी कठिनाइयाँ भी हैं। अतः मनोवैज्ञानिकों ने संवेग को मापने के कुछ मनोवैज्ञानिक विधियों का भी प्रतिपादन किया है। रेटिंग मापनी (rating scale) एक ऐसा ही मापनी है। इस विधि में किसी व्यक्ति के संवेग को उसके दोस्तों या परिचितों द्वारा दिये हुए मापनी (scale) पर रेट कराया जाता है। उदाहरण के तौर पर रेटिंग मापनी के कुछ एकांशों (items) को इस प्रकार बतलाया जा सकता है—

	3	2	1
क्रोध (Anger)	अधिक	साधारण	कम
भय (Fear)	अधिक	साधारण	कम
प्यार (Love)	अधिक	साधारण	कम
डाह (Jealousy)	अधिक	साधारण	कम

1. "पोलिग्राफ (Polygraph) को सामान्यतः झूठ संसूचक (lie detector) माना जाता है परंतु वास्तव में यह झूठ संसूचक नहीं है और इसके द्वारा सांवेगिक उत्तेजन के दौरान हुए दैहिक परिवत्तनों की माप उत्तम ढंग से होती है।

ऊपर प्रस्तुत किये गये एकांशों (items) के समान ही अनेक एकांश होते हैं जिसपर व्यक्ति के किसी दोस्त या परिचित व्यक्ति जो उनके सांवेगिक स्थिति से पूर्वपरिचित रहता है, द्वारा रेटिंग कराया जाता है। बाद में उस रेटिंग से प्राप्त आँकड़ों (data) का सांख्यिकीय विश्लेषण (statistical analysis) किया जाता है। इस विश्लेषण के आधार पर उसके संवेग का पता चलता है।

4. प्रेक्षणमूलक तथा मनोविश्लेषणात्मक प्रविधियाँ *(Observational and Psychoanalytic techniques)*— प्रेक्षणमूलक प्रविधि (observational method) में कोई कुशल प्रेक्षक (skilled observer) दूसरे व्यक्तियों के व्यवहारों को सूक्ष्म रूप से (minutely) भिन्न-भिन्न प्रकार की परिस्थितियों में प्रेक्षण (observation) करता है और संवेग दिखलाने वाले प्रत्येक व्यवहार को सावधानीपूर्वक लिखते जाता है। बाद में, ऐसे व्यवहारों का विश्लेषण करके प्रेक्षक व्यक्ति के संवेग के बारे में एक निश्चित निष्कर्ष पर पहुँचता है। प्रायः इस विधि द्वारा बच्चों के संवेग को आसानी से मापा जाता है। ऐसे बच्चों को (या किसी एक बच्चा को) जिनका संवेग का अध्ययन करना है, को एक विशेष परिस्थिति में रखा जाता है जहाँ उन्हें एक-दूसरे के प्रति भिन्न-भिन्न तरह के संवेग जैसे क्रोध भय, प्यार आदि दिखलाने का मौका काफी होता है। प्रायः प्रेक्षक छिपकर बच्चों के उन व्यवहारों को सावधानीपूर्वक लिखते जाता है जिससे किसी-न-किसी प्रकार के संवेग की अभिव्यक्ति होती है। ऐसे ही व्यवहारों का विश्लेषण करके प्रेक्षक यह स्पष्ट रूप से पूर्वकथन (prediction) करता है कि अमुक बच्चा में किस तरह का संवेग अधिक प्रधान है तथा अमुक परिस्थिति में वह किस तरह का संवेगात्मक व्यवहार करेगा। परन्तु कभी-कभी देखा गया है कि प्रेक्षणमूलक विधि के आधार पर किया गया पूर्वकथन सही नहीं होता है। एक ही बच्चा में भिन्न-भिन्न समय में समान परिस्थिति होने के बावजूद भी अलग-अलग संवेग उत्पन्न होते हैं। अतः प्रेक्षणमूलक विधि का दोष यह है कि इसमें विश्वसनीयता (reliability) नहीं है।

मनोविश्लेषणात्मक विधि (psychoanalytic method) का प्रयोग मूलतः वयस्कों के संवेग के मापन में होता है। इस विधि का प्रतिपादन फ्रायड (Freud) ने किया था। इस विधि में व्यक्ति को स्वतंत्र रूप से किसी भी चीज के बारे में (बिना किसी हिचकिचाहट) के) बातचीत करने के लिए कहा जाता है। ऐसा देखा गया है कि इस बातचीत के दौरान व्यक्ति अपनी सांवेगिक स्थिति के बारे में धीरे-धीरे बातचीत करना प्रारम्भ कर देता है। मनोविश्लेषक इस बातचीत के आधार पर उसके संवेग के बारे में अंदाज लगाता है। प्रायः देखा गया है कि इस विधि में व्यक्ति एक खास सीमा तक तो खुलकर बातचीत कर लेता है परन्तु उसके बाद अपने संवेगात्मक स्थिति के बारे में वह कुछ नहीं कहना चाहता है और यदि कहता भी है तो सच्ची बात को तोड़-मरोड़ कर। ऐसी परिस्थिति में मनोविश्लेषण के आधार पर किसी व्यक्ति की संवेगात्मक स्थिति के बारे में किसी निश्चित निष्कर्ष पर पहुँचना आसान नहीं रह जाता है।

5. प्रश्नावली विधि *(Questionnaire method)*—इस विधि में व्यक्ति के सांवेगिक स्थिति से सम्बन्धित बहुत से प्रश्न होते हैं जिसे पढ़कर उन्हें स्वयं ही समझना एवं उसका उत्तर देना होता है। उनके द्वारा दिये गये उत्तरों के आधार पर व्यक्ति के संवेग के बारे में जाना जाता है। प्रेसी X–O परीक्षण, फार्म 'ब' (Pressey X-O test, Form B) एक ऐसा ही प्रश्नावली है जिसके सहारे व्यक्ति के संवेग को मापा जाता है। इस प्रश्नावली में शब्दों की तीन अलग-अलग सूचियाँ (lists) होती हैं। पहली सूची के शब्दों में से उन सभी शब्दों को उसे क्रॉस (cross) करना होता है, जिसे वे अपने लिए गलत समझते हैं। दूसरे सूची के शब्दों में से प्रत्येक वैसे शब्दों को उन्हें क्रॉस (cross) करने के लिए कहा जाता है जिसके बारे में वह कभी चिन्तित हुआ था तथा तीसरी सूची में उसे वैसे शब्दों को क्रॉस करने के लिए कहा जाता है जिन्हें वह काफी पसंद करता है या जिसमें उसकी रुचि काफी है। इन तीनों सूचियों में व्यक्ति द्वारा क्रॉस किये गये शब्दों की संख्या जितनी ही अधिक होती है, व्यक्ति को उतना ही अधिक संवेगशील (emotional) माना जाता है। तीनों सूचियों में क्रॉस किये गये शब्दों की कुल संख्या ही संवेगशीलता का प्राप्तांक (score of emotionality) होता है।

इस तरह से हम देखते हैं कि संवेग की माप भिन्न-भिन्न विधियों द्वारा की जाती है। इसमें से कुछ विधियाँ जैसे रेटिंग मापनी (rating scale), प्रेक्षणमूलक तथा मनोविश्लेषणात्मक विधि (observational and psychoanalytic method) तथा प्रश्नावली विधि (questionnaire method) मनोवैज्ञानिक विधियाँ (psychological method) हैं तथा रक्तचाप (blood pressure) में परिवर्तन एवं GSR या PGR का अध्ययन विधि दैहिक विधि (physiological method) है। सच्चाई यह है कि यदि संवेग का मापन दैहिक विधियाँ तथा मनोवैज्ञानिक विधियाँ दोनों के आधार पर की जाती है, तो इसमें परिशुद्धता अधिक होती है।

संवेग का दैहिक सहसम्बद्धता
(Physiological Correlates of Emotion)

संवेग की अवस्था में व्यक्ति में महत्त्वपूर्ण शारीरिक सहसम्बद्धता या परिवर्तन होते हैं। इस तरह के शारीरिक परिवर्तन को हम मूलतः दो भागों में बाँट कर अध्ययन कर सकते हैं—

(अ) बाह्य शारीरिक परिवर्तन (External bodily changes)

(ब) आन्तरिक शारीरिक परिवर्तन (Internal bodily changes)

इन दोनों शारीरिक परिवर्तनों का वर्णन निम्नांकित है—

(अ) बाह्य शारीरिक परिवर्तन *(External bodily changes)*—संवेग में होने वाले बाह्य शारीरिक परिवर्तन से तात्पर्य वैसे परिवर्तनों से है जो स्पष्ट रूप से व्यक्ति द्वारा अभिव्यक्त किया जाता है तथा जिसे हम अपनी आँखों से (बिना किसी उपकरण की सहायता से) देख सकते हैं। जैसे—क्रोध की अवस्था में व्यक्ति का चेहरा लाल हो जाता है, होंठ काँपने लगता है, आँखें बड़ा-बड़ा कर वह बोलता है, आदि-आदि। भय के संवेग की अवस्था में व्यक्ति का चेहरा सूखा नजर आता है तथा वह परिस्थिति से भाग खड़ा होता है। चूँकि ये सभी शारीरिक परिवर्तन ऐसे होते हैं जिन्हें कोई भी व्यक्ति आसानी से देख सकता है, अतः इन सभी तरह के शारीरिक परिवर्तनों को बाह्य शारीरिक परिवर्तन (external bodily changes) कहा जाता है। मनोवैज्ञानिकों ने इस तरह के बाह्य शारीरिक परिवर्तनों को तीन भाग में बाँटकर अध्ययन किया है—

1. आनन अभिव्यक्ति में परिवर्तन (changes in facial expression)
2. शारीरिक मुद्रा में परिवर्तन (changes in bodily postures)
3. स्वर अभिव्यक्ति में परिवर्तन (changes in vocal expression)

इन परिवर्तनों की व्याख्या निम्नांकित हैं—

1. आनन अभिव्यक्ति में परिवर्तन *(Changes in facial expression)*—संवेग में व्यक्ति के चेहरे या मुखाकृति (face) में महत्त्वपूर्ण परिवर्तन होते हैं जिसके आधार पर उक्त संवेग का ज्ञान होता है। मनोवैज्ञानिकों के अनुसार चेहरे में बहुत संवेदनशील (sensitive) एवं छोटी-छोटी पेशियाँ (muscles) होतीं हैं जो संवेग के उत्पन्न होने पर फैलना सिकुड़ना प्रारम्भ कर देती है। अतः चेहरे में संवेग की स्थिति में बहुत जल्द परिवर्तन आता है। इजार्ड (Izard, 1977, 1990) के अनुसार आनन अभिव्यक्ति द्वारा छः प्रमुख संवेगों की स्पष्ट अभिव्यक्ति होती है— खुशी (happiness), उदासी (sadness), आश्चर्य (surprise), डर (fear), क्रोध (anger) एवं घृणा (disgust)। इस सिलसिले में कुछ प्रयोगात्मक अध्ययन अग्रांकित है—

सबसे महत्त्वपूर्ण अध्ययन इस दिशा में लैन्डिस (Landis, 1924) द्वारा किया गया। उन्होंने अपने प्रयोज्यों को भिन्न-भिन्न प्रकार के संवेग उत्पन्न करने वाले कार्य करने के लिए कहा। जब वे इन कार्यों को कर रहे थे, तो उनके आनन अभिव्यक्ति का तस्वीर लिया गया। उन्होंने अपने अध्ययन में पाया कि भिन्न-भिन्न प्रयोज्य एक ही तरह के संवेग उत्पन्न करने वाले कार्य के करने पर अलग-अलग आनन अभिव्यक्ति (facial expression) करते हैं। उसी तरह से कोलमैन (Coleman, 1949) ने गतिशील तस्वीरों (motion pictures) के आनन अभिव्यक्ति के आधार पर भी इसी तरह का परिणाम पाया। इन अध्ययनों से स्पष्ट हो जाता है कि सिर्फ आनन अभिव्यक्ति के आधार पर संवेग का निर्णय करना एक कठिन कार्य है। कुछ मनोवैज्ञानिक ने आनन अभिव्यक्ति के आधार पर संवेग का अध्ययन दूसरे ढंग से किया है। जैसे—फेलेकी (Feleky, 1922) ने कुछ लोगों को आनन अभिव्यक्ति (facial expression) इस ढंग का बनाने को कहा जिससे कि खास-खास संवेग दिखलाई दें। कुछ प्रयोज्यों (subjects) की इन आनन अभिव्यक्तियों को गौरपूर्वक देखकर यह बतलाने को कहा गया कि उनसे किस तरह का संवेग उत्पन्न हो रहा है। फेलेकी (Feleky) ने अपने अध्ययन के आधार पर यह बतलाया कि प्रयोज्यों के बीच इस तरह के आनन अभिव्यक्ति के आधार पर संवेग का निर्णय करने में आपस में काफी सहमति (agreement) थी। अतः वास्तविक अवस्था का आनन तस्वीर (facial pictures) (जिसका

प्रयोग लैन्डिस और कोलमैन ने किया था) की अपेक्षा खास संवेग के लिए बनाये गये आनन तस्वीर (posed focial pictures) के आधार पर संवेग का निर्णय अधिक सही तथा आसान होता है। बाद में सेकिम, गुर तथा साऊसी (Sackeim, Gur & Saucy, 1978) ने एक अध्ययन आनन अभिव्यक्ति के बारे में करके एक काफी महत्त्वपूर्ण बात बतलाया है। इन लोगों के अध्ययन के अनुसार किसी संवेग की अभिव्यक्ति (expression) में चेहरे के दायें भाग का योगदान बायें भाग की अपेक्षा अधिक होता है जिसका प्रधान कारण यह है कि दायें भाग का नियंत्रण मस्तिष्क के बायें गोलार्द्ध (left hemisphere) [जो बड़ा गोलार्द्ध (major hemisphere) भी कहलाता है] द्वारा होता है तथा बायें भाग का नियंत्रण मस्तिष्क के दायें गोलार्द्ध (right hemisphere) द्वारा होता है।

आनन अभिव्यक्ति द्वारा संवेग का अध्ययन करने के लिए जो प्रयोग किये गये हैं उनके आधार पर स्क्लोसवर्ग (Schlosberg, 1952) ने यह बतलाया है कि संवेग में आनन अभिव्यक्ति के तीन पहलू (dimension) ऐसे होते हैं जिसका स्पष्ट प्रत्यक्षण (perception) होता है। वे हैं—सुखद-दुःखद (pleasantness-unpleasantness), अवधान-तिरस्कार (attention-rejection) तथा नींद-तनाव (sleep-tension)। सुखद संवेग में व्यक्ति का दोनों होंठ खुला होता है तथा नाक के छेद का फैलाव अधिक हो जाता है। दुःख संवेग में दोनों होठ बन्द होते हैं तथा उसका पूरा चेहरा सूखा नजर आता है। अवधान की स्थिति में व्यक्ति का आँख पूरा खुला होता है तथा एक निश्चित दिशा में होता है। उसके नाक का छिद्र फैला होता है और मुँह खुला होता है। तिरस्कार की स्थिति में आँख आधी बन्द, दोनों होठ सटे हुए तथा नाक का छिद्र सिकुड़ जाता है। नींद की अवस्था में प्रायः आँख बन्द होते हैं तथा व्यक्ति के गाल तथा होंठ में हल्का फैलाव नजर आता है। तनाव की स्थिति में व्यक्ति के ललाट पर समानान्तर (horizontal) लकीरें दिखलाई देती हैं तथा होंठ प्रायः बन्द होते हैं।

कुछ मनोवैज्ञानिकों ने अपने अध्ययन के आधार पर यह बतलाया है कि कुछ प्रमुख संवेग जैसे— क्रोध, भय, आदि की जो आनन अभिव्यक्ति होती है वह एक जन्मजात प्रक्रिया (inborn process) है क्योंकि सभी संस्कृति के लोग ऐसा करने में सफल होते हैं। बेरोन (Baron, 1992) ने आनन अभिव्यक्ति को संवेग का एक सार्विक भाषा (universal language) माना है। इजार्ड (Izard, 1971) ने एक अध्ययन किया जिसमें 8 चेहरे के चित्रों (जिसके द्वारा भिन्न-भिन्न प्रकार के संवेग दिखलाये जा रहे थे) को भिन्न-भिन्न संस्कृति (culture) से लिए गये प्रयोज्यों को दिया। इन लोगों को यह बतलाना था कि इन चेहरों से किस-किस प्रकार का संवेग व्यक्त हो रहा है। परिणाम में यह देखा गया कि अधिकतर व्यक्तियों ने इन चेहरों के चित्रों के आधार पर सही-सही संवेगों का निर्णय दिया। एकमैन (Ekman, 1982) ने अपने प्रयोग में इसी तरह का निष्कर्ष पाया है। इस अध्ययन में न्यूगिनिया (New Guinea) के लोगों को जिन्हें पश्चिमी संस्कृति (western cultures) से काफी कम सम्पर्क होता है, प्रयोज्य (subjects) बनाया गया। इन लोगों को अमेरिकन लोगों के आनन तस्वीरों (facial pictures) को दिया गया और इनके व्यक्त संवेग को बतलाना था। उसी तरह से अमेरिकन छात्रों को न्यूगिनिया वासी के आनन तस्वीरों को दिया गया और उसके द्वारा व्यक्त संवेग को बतलाने के लिए कहा गया। परिणाम में यह देखा गया कि अमेरिकन छात्र न्यूगिनिया वासी के आनन चित्रों (facial pictures) द्वारा बतलाये गये संवेग का सही-सही निर्णय करने में समर्थ रहे और उसी तरह से न्यूगिनिया वासी अमेरिकन व्यक्तियों के आनन चित्रों (facial pictures) द्वारा बतलाये गये संवेगों को भी सही-सही बतलाने में समर्थ हुए। इन अध्ययनों के आधार पर मनोवैज्ञानिकों द्वारा इस निष्कर्ष पर पहुँच गया कि आनन अभिव्यक्ति द्वारा संवेग की अभिव्यक्ति किया जाना एक जन्मजात प्रक्रिया है और इस तरह से 19वीं शताब्दी में चार्ल्स डार्विन (Charles Darwin) द्वारा कही गयी बात कि आनन अभिव्यक्ति (facial expression) संवेग की एक जन्मजात अभिव्यक्ति है, को लोगों ने सही ठहराया।

आनन अभिव्यक्ति (facial expression) द्वारा संवेग का सही-सही अध्ययन दो कारकों द्वारा अवरुद्ध हो जाता है। *पहला*, प्रायः लोग संवेग को छिपाना सीख लेते हैं। इसका नतीजा यह होता है कि संवेग की अभिव्यक्ति ऐसे लोग चेहरे द्वारा नहीं कर पाते हैं या संवेग कुछ और होता है और आनन अभिव्यक्ति कुछ और का। अक्सर समाज में ऐसे व्यक्ति होते हैं जो क्रोध की अवस्था में भी जिस व्यक्ति से वे क्रोधित रहते हैं, हँसकर तथा मीठी-मीठी बातें करते हैं जिनके आनन अभिव्यक्ति (facial expression) के आधार पर कभी पता नहीं चलता है कि वे क्रोधित हैं। *दूसरा*, व्यक्ति कभी-कभी कई संवेग एक ही साथ दिखलाता है। ऐसी अवस्था में आनन अभिव्यक्ति इतना अस्पष्ट (vague) तथा मिश्रित हो जाता है कि उससे निश्चित रूप से किसी खास संवेग विशेष का निर्णय देना उचित नहीं है क्योंकि जबतक उस परिस्थिति (situation or context) का ज्ञान नहीं होता जिसमें व्यक्ति ने चेहरे की अमुक अभिव्यक्ति किया है, संवेग का सही-सही निर्णय करना कठिन हो जाता है।

2. शारीरिक मुद्रा में परिवर्तन *(Changes in bodily postures)*—प्रत्येक संवेग में शरीर की एक खास मुद्रा (posture) होती है। अतः संवेग से व्यक्ति के शारीरिक मुद्रा में भी परिवर्तन होता है। प्रायः दुःख के संवेग में व्यक्ति का शरीर कुछ झुका हुआ तथा क्रोध में उसका शरीर कुछ अकड़ा हुआ एवं तना हुआ दिखलाई पड़ता है। मनोवैज्ञानिकों ने कुछ प्रयोग के आधार पर यह बतलाया है कि प्रत्येक संवेग में व्यक्ति का हाथ, पैर, सिर आदि की विशेष मुद्रा होती है। यह मुद्रा ऐसी होती है कि इसके आधार पर हम यह कह सकते हैं कि व्यक्ति में विभिन्न संवेगों में से कौन-सा संवेग हो रहा है। शायद यही कारण है कि मूक भूमिका जिसमें नायक या नायिका मात्र अंगों का संचालन करते हैं, को देखकर हम समझ जाते हैं कि उसमें अमुक संवेग हो रहा है। लैन्डिस तथा हंट (Landis & Hunt, 1937) ने एक अध्ययन किया जिसमें बन्दूक के अचानक आवाज होने से उत्पन्न आश्चर्य (surprise) तथा चौंकाने (startle) के संवेग में होने वाली शारीरिक मुद्रा (bodily posture) का विश्लेषण किया गया और बतलाया गया कि इस तरह का संवेग सामान्यतः 15 सेकेण्ड तक का होता है। इस संवेग में सम्मिलित शारीरिक मुद्राओं का विश्लेषण करने पर इन लोगों ने बतलाया कि व्यक्ति की आँख आवाज के 40 मिलीसेकेण्ड बाद बन्द हो जाती है। 100 मिलिसेकेंड बाद उसका चेहरा विकृत हो जाता है, 140 मिलिसेकेण्ड के बाद पेट में हल्का सिकुड़न (contraction) आ जाता है तथा ठेहुना थोड़ा मुड़ जाता है। परन्तु 1.5 सेकेण्ड के भीतर ये सभी शारीरिक मुद्राएँ (bodily postures) समाप्त हो जातीं हैं और व्यक्ति पुनः सामान्य अवस्था में आ जाता है। अतः इसका अंदाज किसी भी व्यक्ति को नहीं हो पाता है। इसी तरह से प्रत्येक संवेग में हमारी शारीरिक मुद्राओं (bodily postures) में कुछ-न-कुछ परिवर्तन आते हैं। क्नैप्प (Knapp, 1978) का मत है कि जब व्यक्ति तीव्र शारीरिक गति (body moment) जैसे—सिर का बाल नोंचना, बेकलता दिखाना आदि करता है तो स्पष्ट रूप से यह अर्थ निकल जाता है कि इसमें कोई तीव्र उत्तेजन या चिंता उत्पन्न हो रहा है। कुछ विशेष तरह की शारीरिक गति जैसे—हाथ के अंगूठा एवं तर्जनी (index finger) के सहारे अपने नाक को पकड़ते हुए बोलना कई संस्कृतियों में घृणा (displeasure or disgust) का चिह्न माना जाता है। यद्यपि शारीरिक प्रदर्शन में एक संस्कृति से दूसरे संस्कृति में कुछ विभिन्नता पायी जाती है फिर भी सभी संस्कृति या समाज के लोगों में कुछ खास-खास संवेगात्मक क्रियाओं जैसे— दूसरों को शुभकामना देने, अलविदा करने, अपमान करने आदि के कुछ सामान्य शारीरिक तरीके होते हैं जिनके माध्यम से व्यक्ति के संवेगों के बारे में अंदाज किया जाता है।

कुछ मनोवैज्ञानिकों जैसे—बेरोन, बर्न तथा कैनटोविज (Baron, Byrne & Kantowitz, 1980) के अनुसार सिर्फ शारीरिक मुद्रा के आधार पर संवेग पहचानने में कठिनाई इसलिए होती है क्योंकि प्रत्येक संवेग की शारीरिक मुद्रा एक-दूसरे से पूर्णतः भिन्न नहीं होती है अर्थात् शारीरिक मुद्रा के कुछ अंश एक से अधिक संवेग में सामान्य रूप से पाये जाते हैं। फलतः शारीरिक मुद्रा को ही मात्र देखकर अभिव्यक्त संवेग को हमेशा ठीक ढंग से समझा नहीं जा सकता है।

3. स्वर अभिव्यक्ति में परिवर्तन *(Changes in vocal expression)*—संवेग की स्थिति में व्यक्ति की आवाज में भी परिवर्तन आ जाता है जिसे सुनकर हम आसानी से व्यक्त संवेग का अंदाज लगा लेते हैं। जैसे— यदि कोई व्यक्ति थोड़ी दूर पर जोर-जोर से बोलता हुआ सुना जाता है तो प्रायः हम अंदाज लगा लेते हैं कि व्यक्ति क्रोधित है। व्यक्ति के आवाज की तीव्रता, बोलने का ढंग, स्वर विराम (stop) तथा स्वर आरम्भ (start) आदि के आधार पर हम अभिव्यक्त संवेग का अंदाज लगाते हैं। इस सिलसिले में भी कुछ प्रयोगात्मक सबूतें (experimental evidences) हैं जिनके आधार पर हम इस निष्कर्ष पर पहुँचते हैं कि स्वर अभिव्यक्ति (vocal expression) द्वारा भी संवेग का अंदाज हमें मिलता है। डुसेनवेरी तथा नोरर (Dusenbery & Knowrer, 1939) ने इस संदर्भ में एक महत्त्वपूर्ण प्रयोग किया। इस प्रयोग में A से K तक के अक्षरों को भिन्न-भिन्न संवेगात्मक आवाज (emotional tone) में किसी व्यक्ति द्वारा पढ़वाया गया और उसका टेपरिकॉर्डिंग किया गया। बाद में इस टेपरिकॉर्डिंग को कुछ प्रयोज्यों को परोक्ष रूप से सुनवाया गया और उन्हें इन अक्षरों से व्यक्त होने वाले संवेग को बतलाने के लिए कहा गया। परिणाम में देखा गया कि अधिकतम प्रयोज्य इन अक्षरों द्वारा व्यक्त संवेग की पहचान करने में सफल हुए। बाद में नोरर (Knowrer, 1941) ने इसी टेप को उल्टी दिशा (backward direction) में बजाया और प्रयोज्यों को व्यक्त संवेग की पहचान करने के लिए कहा गया। ऐसी परिस्थिति में भी प्रयोज्यों ने व्यक्त संवेग की पहचान काफी सफलतापूर्वक किया। बाद में फैयरबैंक्स तथा प्रोनोभोस्ट (Fairbanks & Pronovost, 1939) तथा फैयरबैंक्स तथा होगलिन (Fairbanks & Hoaglin, 1941) ने भी इस तरह का प्रयोग किया और बतलाया कि स्वर अभिव्यक्ति के आधार पर संवेग की पहचान सम्भव है हालाँकि जब स्वर अभिव्यक्ति जटिल (complex) होती है, तो वैसी परिस्थिति में पहचान थोड़ी कठिन हो जाती है।

(ब) आन्तरिक शारीरिक परिवर्तन *(Internal bodily changes)*—संवेग की स्थिति में बाह्य शारीरिक परिवर्तन (external bodily changes) के अलावा व्यक्ति के शरीर के भीतर भी कुछ परिवर्तन होते हैं। इन परिवर्तनों का स्वरूप कुछ ऐसा होता है जिसे हम अपनी आँखों से देख नहीं सकते हैं परन्तु विशेष यंत्र (instrument) के सहारे हम उनका अध्ययन कर सकते हैं। प्रमुख आन्तरिक परिवर्तन जिस पर मनोवैज्ञानिकों ने अधिक बल डाला है, निम्नांकित है—

1. रक्तचाप में परिवर्तन *(Change in blood pressure)*—संवेग की अवस्था में सामान्य रक्तचाप के स्तर में परिवर्तन यानी कमी या वृद्धि हो जाती है जिसका मापन एक विशेष यंत्र यानी स्फिग्मोमैनोमीटर (sphygmomanometer) द्वारा किया जाता है। कुछ संवेग ऐसे होते हैं जिसमें व्यक्ति के रक्तचाप में स्पष्ट रूप से वृद्धि हो जाती है तथा कुछ संवेग ऐसे होते हैं जिसमें रक्तचाप में स्पष्ट रूप से कमी हो जाती है। सामान्यतः क्रोध, भय तथा हर्ष में रक्तचाप में वृद्धि हो जाती है तथा शोक और दुःख में रक्तचाप में कमी होते देखी गयी है। एक्स (Ax, 1953) ने एक अध्ययन कॉलेज के छात्रों पर किया और पाया कि क्रोध की अवस्था में रक्तचाप (blood pressure) में वृद्धि हो जाती है। टाइगरस्टेड (Tigerstedt, 1926) के अध्ययन में 13 छात्रों के रक्तचाप (blood pressure) का मापन 6 घंटे की होनेवाली एक परीक्षा के पहले और बाद में किया गया। उन्होंने पाया कि परीक्षा आरम्भ होने के पहले प्रत्येक छात्र का रक्तचाप काफी अधिक था। परन्तु परीक्षा के बाद रक्तचाप में थोड़ी कमी आ गयी। उल्फ तथा उल्फ (Wolf & Wolf, 1943) ने अपने प्रयोग के आधार पर बतलाया है कि क्रोध में स्त्री तथा पुरुष दोनों में ही रक्तचाप बढ़ जाता है परन्तु डर के संवेग में इन दोनों में रक्तचाप में कमी आ जाती है।

2. रक्त में रासायनिक परिवर्तन *(Chemical changes in blood)*—संवेग की अवस्था में रक्त के रासायनिक तत्त्वों में भी परिवर्तन होते पाये जाते हैं। संवेगावस्था में रक्त में एड्रिनिन (adrenin) जो ऐड्रिनल ग्रन्थि (adrenal gland) का स्राव (secretion) होता है, की मात्रा अधिक हो जाती है जिसके परिणामस्वरूप व्यक्ति अपने आप में अधिक फुर्तीलापन (energetic) तथा सक्रियता (activities) महसूस करता है। सामान्यतः खून में चीनी की मात्रा बढ़ जाती है जिससे व्यक्ति को अतिरिक्त ऊर्जा (energy) मिलती है। फलस्वरूप, वह किसी भी सांवेगिक परिस्थिति के साथ ठीक ढंग से समायोजन (adjustment) कर लेता है। ऐसा भी देखा गया है कि रक्त में लाल कणों की संख्या भी बढ़ जाती है। किसी प्रकार के चोट आदि लगने से रक्त निकलने पर उसमें तीव्रता से जम जाने की प्रवृत्ति होती है। रक्त में सिम्पैथिन (sympathin) नामक रासायनिक तत्त्व की मात्रा भी संवेगावस्था में बढ़ जाती है जिसका परिणाम यह होता है कि सांवेगिक उद्दीपक (emotional stimulus) के हटने के कुछ समय बाद भी व्यक्ति में उत्तेजित अवस्था बनी रहती है। इस तरह से हम देखते हैं कि संवेगावस्था में व्यक्ति के रक्त के रासायनिक तत्त्वों (chemical elements) में भी काफी परिवर्तन हो जाता है।

3. साँस की गति में परिवर्तन *(Changes in the rate of respiration)*—संवेग की अवस्था में साँस की गति में भी परिवर्तन होता पाया जाता है। कुछ संवेग तो ऐसे होते हैं जिनमें साँस की गति तीव्र हो जाती है तथा कुछ संवेग ऐसे होते हैं जिनमें साँस की गति धीमी हो जाती है। साँस लेने तथा छोड़ने के बीच जितना ही कम समय होगा, साँस की गति तीव्र होती है तथा जितना ही अधिक समय होता है, साँस की गति उतनी ही धीमी होती है। साँस की गति में हुए परिवर्तन को विशेष उपकरण (apparatus) जैसे—न्यूमोग्राफ (pneumograph), गैसोमीटर (gasometer) तथा बॉडी प्लेथीसमोग्राफ (body plethysmograph) द्वारा मापा जाता है। अनेक मनोवैज्ञानिकों ने भिन्न-भिन्न सांवेगिक स्थितियों में साँस गति का मापन किया है। स्कैग्स (Skaggs, 1930) के अध्ययन के अनुसार, मानसिक कार्य करते समय साँस की गति तेज हो जाती है। आश्चर्य की स्थिति में साँस की गति तेज परन्तु अनियमित होती है। दुःख (grief), मंदता (depression) और मानसिक संघर्ष की स्थिति में कुछ लोगों ने जैसे—गिल्फोर्ड (Guilford, 1952) तथा सिलभरमैन (Silverman, 1978) ने साँस की गति धीमी होती पायी है।

4. हृदय की गति तथा नाड़ी की गति में परिवर्तन *(Changes in heart beat and pulse beat)*—हृदय चिकनी मांसपेशियों का बना एक खोखला चैम्बर (hollow chamber) है जिसका प्रधान कार्य शरीर में खून का दौरा बनाये रखना है। हृदय में दो तरह की गति (movement) होती है— सिकुड़ना (contraction) तथा फैलना (relaxation)। हृदय के सिकुड़ने से धमनी (artery) होते हुए शुद्ध खून पूरे शरीर में दौड़ जाता है तथा जब हृदय फैलता है, तो शरीर के भिन्न-भिन्न हिस्सों से आ रहे अशुद्ध खून नस (vein) द्वारा इसमें आ जाता है। सिकुड़ने की क्रिया को सिस्टोल गति (systole movement) तथा फैलने की क्रिया को डाइस्टोल (dystole) गति कहा जाता है। हृदय के सिकुड़ने तथा फैलने की क्रिया को एक साथ मिलाकर हृदय गति (heart beat) कहा जाता है। जब हृदय सिकुड़ता है तो इसका प्रभाव धमनी

से स्पष्ट रूप से मालूम हो जाती है जिसे नाड़ी की गति (pulse rate) कहते हैं जिसकी गिनती हम अक्सर कलाई के पास हाथ रखकर भी कर सकते हैं।

संवेग की अवस्था में हृदय की गति तथा नाड़ी की गति दोनों में ही परिवर्तन हो जाता है। ऊपर के विवरण से यह भी स्पष्ट हो जाता है कि नाड़ी की गति हृदय की गति पर भी निर्भर करती है। इसका मतलब यह हुआ कि इन दोनों में एक ही तरह का परिवर्तन होता है। अगर बढ़ेगा तो दोनों तथा घटेगा तो दोनों। कुछ संवेग ऐसे होते हैं जिनमें हृदय की गति बढ़ जाती है। फलस्वरूप, नाड़ी की गति भी बढ़ जाती है। कुछ संवेग में ये दोनों ही गतियाँ कम हो जाती है। लेफ्रानकोईस (Lefrancois, 1983) के अनुसार क्रोध (angry) तथा प्यार (love) की अवस्था में हृदय की गति बढ़ जाती है। एकमैन (Ekman, 1973) ने भी अपने प्रयोग में इसी तरह का परिणाम पाया है। इन्होंने यह भी दिखलाया है कि उदासी (sadness) की अवस्था में हृदय की गति (सामान्य गति की अपेक्षा) कम हो जाती है। शेपार्ड (Shepard, 1962) के अध्ययन के अनुसार चिन्ता की स्थिति में भी हृदय की गति तीव्र हो जाती है।

5. पाचन क्रिया में परिवर्तन *(Changes in gastrointestinal activities)*—संवेग की अवस्था में प्राणी (organism) के पाचन क्रिया में भी परिवर्तन हो जाता है। मनोवैज्ञानिकों ने यह स्पष्ट रूप से दिखला दिया है कि तीव्र संवेग जैसे—भय, क्रोध, चिन्ता में पाचन क्रिया बहुत धीमी हो जाती है। कैनन (Cannon, 1915) ने अपने अध्ययन के आधार पर यह बतलाया है कि जब बिल्ली के सामने कुत्ते को लाया जाता था तो बिल्ली में तीव्र भय का संवेग उत्पन्न होता था जिससे उसकी पाचन क्रिया काफी धीमी पड़ जाती थी। गिलफोर्ड (Guilford, 1952) के अनुसार संवेगात्मक उत्तेजना (emotional excitement) में मलाशय (rectum) तथा वृहदान्त्र (colon) के कार्यों में भी काफी परिवर्तन आता है। इन अंगों की क्रियाएँ (activities) या तो काफी बढ़ जाती है या काफी घट जाती है। संवेग की तीव्रता के आधार पर व्यक्ति में या तो कब्जियत (constipation) हो सकता है या पतला पैखाना (loose motion) हो सकता है। यही कारण है कि प्रायः देखा गया है कि परीक्षा के समय चूँकि छात्रों में संवेगात्मक उत्तेजना (emotional excitement) अधिक हो जाती है, उनमें अतिसार (diarrhoea) की शिकायत प्रायः अधिक देखी जाती है।

6. ग्रन्थीय स्राव में परिवर्तन *(Changes in glandular secretions)*—जैसा कि हम जानते हैं, शरीर के भीतर भिन्न-भिन्न प्रकार की ग्रन्थियाँ (glands) हैं। संवेग में अन्य ग्रन्थियों के अलावा दो ग्रन्थियों से निकलने वाले स्रावों (secretions) में महत्त्वपूर्ण परिवर्तन आते हैं— लार ग्रन्थि (salivary gland) तथा ऐड्रिनल ग्रन्थि (adrenal gland)। लार ग्रन्थि एक तरह का वहिस्रावी ग्रन्थि (exocrine gland) है तथा ऐड्रिनल ग्रन्थि एक अन्तःस्रावी ग्रन्थि (endocrine gland) है। वेन्गर तथा इलिंगटन (Wenger & Ellington, 1943) ने अपने अध्ययन के आधार पर यह बतलाया है कि तीव्र संवेग की स्थिति में व्यक्ति की लार ग्रन्थि (salivary gland) से स्राव (secretions) कम मिलता है। फलतः उसे मुँह के भीतर सूखा-सूखा अनुभव होता है। यही कारण है कि एक डरे हुए वक्ता (frieghtened speaker) का मुँह तुरंत ही सूखने लगता है तथा उसे महसूस होता है कि उसकी जीभ (tongue) लकड़ी का एक छोटा एवं भारी कुंदा है। संवेग की अवस्था में ऐड्रिनल ग्रन्थि (adrenal gland) से ऐड्रिनन (adrenin) काफी निकलता है जो रक्त में मिलकर व्यक्ति में महत्त्वपूर्ण परिवर्तन लाता है। कुछ ऐसे प्रमुख शारीरिक परिवर्तन (bodily changes) निम्नांकित हैं—

(i) ऐड्रिनिन के खून में मिलने से शरीर की ऐच्छिक माँसपेशियों (voluntary muscles) में कम्पन बढ़ जाता है तथा अनैच्छिक मांसपेशियाँ (involuntary muscles) आराम की स्थिति में आ जाती है।

(ii) जब ऐड्रिनिन खून में मिलता है, तो व्यक्ति में थकान कम तथा देरी से महसूस होता है।

(iii) खून में ऐड्रिनिन के मिलने पर शरीर में खून का वितरण (distribution) परिवर्तित हो जाता है। दूसरे शब्दों में, ऐच्छिक मांसपेशियों में खून की आपूर्ति (supply) अधिक तथा पाचन संस्थानों (digestive tracts) में खून की आपूर्ति कम हो जाती है।

(iv) खून में ऐड्रिनिन के मिलने से रक्तचाप (blood pressure) में वृद्धि तथा रक्त में चीनी के स्तर में भी वृद्धि हो जाती है। ऐसी परिस्थिति में लाल रक्त कणों (red corpuscles) की संख्या में भी वृद्धि हो जाती है।

(v) खून में ऐड्रिनिन की मात्रा अधिक होने से शरीर के बाहर रक्त निकलने पर रक्त में जमने की प्रवृत्ति अधिक बढ़ जाती है।

(vi) ऐड्रिनिन के खून में मिलने से फेफड़े में ऑक्सीजन ग्रहण करने वाली कोशिकाएँ अधिक सक्रिय हो जाती हैं।

7. गैल्वेनिक त्वक् अनुक्रिया में परिवर्तन *(Changes in galvanic skin reaction)*—संवेग की अवस्था में गैल्वेनिक त्वक् अनुक्रिया[1] (Glavanic skin reaction या GSR) में भी परिवर्तन हो जाता है। हमारी त्वचा में एक प्रकार का वैद्युत चालकत्व (electrical conductance) की क्षमता होती है जो संवेग की अवस्था में कम या अधिक हो जाती है। मनोवैज्ञानिकों का विचार है कि इस तरह का चालकत्व (conductance) त्वचा के भीतर पसीना ग्रन्थियों (sweat gland) के कार्यों पर निर्भर करता है तथा जिस उपकरण (apparatus) के सहारे इसे मापा जाता है उसे *गैल्वानोमीटर* (Galvanometer) की संज्ञा दी जाती है। प्रायः ऐसा देखा गया है संवेगात्मक उत्तेजना (emotional excitment) में त्वचा में चालकत्व (conductance) तीव्र हो जाता है। फलस्वरूप, त्वचा में निरोध (resistance) कम हो जाता है और वह एक अच्छे चालक (good conductor) के रूप में कार्य करता है। एक्स (Ax, 1953) के अनुसार क्रोध (angry) में GSR में कमी हो जाती है। शॉक तथा कूम्बस (Shock & Coombs, 1937) के अनुसार काफी सुखद तथा काफी दुःखद संवेग में GSR लड़कियों में लड़कों की अपेक्षा अधिक होती है। डाइसिन्गर (Dysinger, 1931) ने भी अपने प्रयोग के आधार पर शॉक तथा कूम्बस के परिणाम की पुष्टि की है। इन्होंने अपने प्रयोग में पाया कि तटस्थ शब्दों (neutral words) को सुनने से जो संवेग प्रयोज्य में उत्पन्न होता था, उससे GSR (या PGR) कम होता है। परन्तु अधिक दुःखद शब्दों (very unpleasant words) तथा अधिक सुखद शब्दों को सुनने से उत्पन्न संवेग की स्थिति में GSR अधिक होता है। अधिक दुःखद शब्दों से उत्पन्न संवेग में GSR औसत रूप से अधिक सुखद शब्दों से उत्पन्न संवेग GSR की अपेक्षा अधिक होता है। अनेकों मनोवैज्ञानिकों ने अपने प्रयोग से इस तरह के परिणाम की पुष्टि की है।

8. आँख की पुतली की अनुक्रिया में परिवर्तन *(Changes in pupillary responses)*—आँख की परितारिका (iris) स्वायत्त तंत्रिका तंत्र (autonomic nervous system) के नियंत्रण में होता है। मनोवैज्ञानिकों ने यह प्रयोग करके दिखलाया है कि संवेग की अवस्था में आँख की पुतली तथा परितारिका के कार्यों में कुछ परिवर्तन आता है। वेन्डर (Bender, 1933) के अनुसार तीव्र संवेग में आँख की परितारिका में फैलाव (dilation) आता है। एक्स (Ax, 1953) के अध्ययन के अनुसार दुःख तथा विरक्ति (disgust) के संवेग में आँख की परितारिका में सिकुड़न को यद्यपि मापना कठिन है, फिर भी इस ढंग का परिवर्तन होता पाया जाता है।

9. मस्तिष्क तरंगों में परिवर्तन *(Changes in brain waves)*—शरीरक्रिया मनोवैज्ञानिकों का विचार है कि संवेग की अभिव्यक्ति (expression) मस्तिष्क तरंगों में हुए परिवर्तनों (changes) द्वारा भी होता है। संवेग की अवस्था में व्यक्ति के मस्तिष्क तरंगों में काफी परिवर्तन होते पाया जाता है। लिंडस्ले (Lindsley, 1951, 1957) ने ऐस प्रयोग किये हैं जिनमें इस बात की पुष्टि की गयी है। मस्तिष्क तरंग (brain waves) का मापन (measurement) एक विशेष उपकरण (apparatus) से होता है जिसे *इलेक्ट्रोनिसफैलोग्राम* (electroecnephalogram) या EEG कहा जाता है। उन्होंने अपने अध्ययन के आधार पर यह बतलाया है कि जब व्यक्ति सामान्य अवस्था (normal state) में होता है तो उसके मस्तिष्क में एक खास ढंग का तरंग बनता है जिसे अल्फा तरंग (alpha wave) कहा जाता है। अल्फा तरंग अधिक ऊँचाई (high amplitude) वाला तरंग होता है जिसकी बारंबारता प्रति सेकण्ड 8 से 12 होती है। अल्फा तरंग द्वारा यह सूचित होता है कि व्यक्ति आराम की अवस्था में है और उसमें किसी भी तरह की संवेगात्मक उत्तेजन (emotional excitment) नहीं हो रहा है। EEG रिकॉर्डिंग से यह भी पता चला है कि जब व्यक्ति संवेगात्मक उत्तेजन की स्थिति में होता है तो एक-दूसरे प्रकार का मस्तिष्क तरंग (brain waves) बनता है जिसे बीटा तरंग (beta waves) कहा जाता है। वीटा तरंग कम ऊँचाई (short amplitude) वाला तरंग होता है जिसकी बारंबारता प्रति सेकेण्ड 18 से 30 होती है। स्पष्ट है कि बीटा तरंग अल्फा तरंग की अपेक्षा एक तरह का तीव्र बनने वाला तरंग (fast making waves) होता है। जब व्यक्ति अधिक उत्तेजित हो जाता है, तो अल्फा तरंग के जगह पर बीटा तरंग (beta waves) बनना प्रारम्भ हो जाता है और शरीरक्रिया मनोवैज्ञानिक आसानी से समझ जाते हैं कि व्यक्ति सवेगावस्था में आ गया है। लिंडस्ले (Lindsley, 1951) ने इन मस्तिष्क तरंगों (brain waves) का गहन अध्ययन करके संवेग के एक विशेष सिद्धान्त का भी प्रतिपादन किया है जिसे संवेग का क्रियाशीलता सिद्धान्त (activation theory of emotion) कहा जाता है।

ऊपर के विवरण से स्पष्ट है कि संवेग की सूचना (indication) व्यक्ति में भिन्न-भिन्न प्रकार के शारीरिक परिवर्तनों के रूप में होता है। सच्चाई यह है कि इन दोनों तरह के शारीरिक परिवर्तनों को एक साथ मिलाकर अध्ययन करने पर ही संवेग की सही पहचान एवं उसका सही अर्थ समझा जा सकता है।

---

1. इसे मनोगैल्वेनिक अनुक्रिया (Psychogalvanic Reaction or PGR) भी कहा जाता है।

अभिप्रेरण तथा संवेग में सम्बन्ध
(Relation between Motivation and Emotion)

अभिप्रेरण (motivation) तथा संवेग दोनों ही मानसिक अवस्थाओं में व्यक्ति सक्रिय (active) रहता है और करीब-करीब मिलता-जुलता व्यवहार करता है क्योंकि इन दोनों अवस्थाओं में व्यक्ति का व्यवहार किसी लक्ष्य (goal) की ओर निर्देशित (directed) होता है। इस समानता (similarity) के बावजूद भी संवेग तथा अभिप्रेरण एक-दूसरे से अलग है—

(i) संवेग (emotion) की स्थिति में व्यक्ति अपने-अपने उत्पन्न भाव (feeling) पर अधिक जोर डालता है तथा लक्ष्य (goal) की ओर पहुँचने पर कम बल डालता है। दूसरे शब्दों में, संवेग में भाव पक्ष अधिक महत्त्वपूर्ण होता है तथा लक्ष्य (goal) की प्राप्ति की ओर वाला व्यवहार उतना अधिक महत्त्वपूर्ण नहीं होता है। परन्तु अभिप्रेरण (motivation) में ठीक उल्टा होता है। इसमें भाव (feeling) पक्ष गौण होता है तथा लक्ष्य पर पहुँचने से सम्बन्धित व्यवहार प्रधान होता है क्योंकि व्यक्ति ऐसे व्यवहार को ही अधिक महत्त्वपूर्ण समझता है। जैसे—यदि कोई व्यक्ति भूखा है (अभिप्रेरण) तो वह जल्द-से-जल्द भोजन (लक्ष्य) की ओर पहुँचने की कोशिश करेगा न कि उससे उत्पन्न भाव (दुःखद) पर ध्यान देगा।

(ii) संवेग में बाह्य उद्दीपक (external stimulus) महत्त्वपूर्ण होता है जबकि अभिप्रेरण में आन्तरिक उद्दीपक (internal stimulus) महत्त्वपूर्ण होता है। प्रायः संवेग किसी-न-किसी बाह्य उद्दीपक की उपस्थिति में होता है। यदि ऐसा उद्दीपक उपस्थित नहीं है व्यक्ति में सामान्यतः संवेग उत्पन्न नहीं होता है। उदाहरणस्वरूप, जब व्यक्ति साँप देखता है तो डर जाता है तथा अपने मित्र को देखता है तो खुश होता है। अगर साँप नहीं होता, यानी बाह्य उद्दीपक नहीं होता, तो व्यक्ति में डर (संवेग) नहीं उत्पन्न होता। उसी तरह से यदि व्यक्ति अपने मित्र को नहीं देखता, तो खुश (संवेग) नहीं होता। अभिप्रेरण (motivation) के लिए किसी बाह्य उद्दीपक (external stimulus) नही बल्कि शरीर के भीतर हुए कुछ परिवर्तन जिन्हें आन्तरिक उद्दीपक (internal stimulus) कहा जाता है, अधिक महत्त्वपूर्ण होता है। जैसे—जब व्यक्ति के शरीर की कोशिकाओं (cells) में पानी की कमी हो जाती है, तो इससे प्यास लगती है (न कि बाहर में पानी देखकर उसे प्यास लगती है)। ठीक उसी तरह से जब व्यक्ति के रक्त में चीनी की मात्रा का स्तर कम हो जाता है, तो इससे उसे भूख लगती है (न कि भोजन देखकर उसे भूख लगती है)। इन उदाहरणों से यह स्पष्ट होता है कि संवेग में बाह्य उद्दीपक (external stimulus) अधिक महत्त्वपूर्ण होता है जबकि अभिप्रेरण में आन्तरिक उद्दीपक अधिक महत्त्वपूर्ण होता है।

(iii) संवेग में स्पष्ट शारीरिक परिवर्तन होते हैं जिन्हें देखकर कोई भी व्यक्ति यह आसानी से समझ सकता है कि व्यक्त क्रोध में है या डरा हुआ है या उसमें कोई संवेग हो रहा है। परन्तु अभिप्रेरण में शारीरिक परिवर्तन तो होता अवश्य है परन्तु वह इतना स्पष्ट नहीं होता है कि उसके आधार पर हम कह सकते हैं कि व्यक्ति में अमुक अभिप्रेरक है। एक भूखा व्यक्ति बाहर से कोई ऐसा व्यवहार नहीं करता है जिसे देखकर यह कहा जा सकता है कि वह भूखा है परन्तु एक क्रोधित व्यक्ति के व्यवहार को देखकर आसानी से यह समझा जा सकता है कि व्यक्ति क्रोध (संवेग) में हैं।

इस तरह से संवेग और अभिप्रेरण में समानता होते हुए भी कुछ विभिन्नताएँ (dissimilarities) हैं।

तंत्रिका तंत्र का संवेग में महत्त्व
(Importance of Nervous System in Emotion)

मनोवैज्ञानिकों ने संवेग की उत्पत्ति में अन्य बातों के अलावा तंत्रिका तंत्र (nervous system) के महत्त्व पर भी काफी बल डाला है। इन लोगों ने इस महत्त्व को निम्नांकित दो भागों में बाँटकर अध्ययन किया है—

1. संवेग में स्वायत्त तंत्रिका तंत्र का महत्त्व (Role of autonomic nervous system in emotion)
2. संवेग में मस्तिष्क कारकों का महत्त्व (Role of brain factors in emotion)

इन दोनों तरह के महत्त्व का वर्णन अलग-अलग ढंग से हम इस प्रकार कर सकते हैं—

1. संवेग में स्वायत्त तंत्रिका का महत्त्व *(Role of autonomic nervous system in emotion)*—जैसा कि हम

जानते हैं, हमारे शरीर की क्रियाओं (activities) का नियंत्रण तंत्रिका तंत्र (nervous system) द्वारा होता है। तंत्रिका तंत्र को मूलतः दो भागों में बाँटा जा सकता है—केन्द्रीय तंत्रिका तंत्र (central nervous system) तथा स्वायत्त तंत्रिका तंत्र (autonomic nervous system)। इसमें से जहाँ तक स्वायत्त तंत्रिका तंत्र का सम्बन्ध है, इसका प्रमुख कार्य शरीर के भीतरी अंगों जैसे—हृदय, फेफड़ा, अन्तःस्रावी ग्रन्थियाँ (endocrine glands), वृक्क (kindneys) आदि के कार्यों को सुचारु रूप से मदद करना होता है। इन अंगों द्वारा संवेग की उत्पत्ति में सीधा योगदान होता है। अतः यह कहा जा सकता है कि संवेग में स्वायत्त तंत्रिका तंत्र का योगदान काफी अधिक होता है।

स्वायत्त तंत्रिका तंत्र (autonomic nervous system) के दो भाग हैं—अनुकम्पी तंत्रिका तंत्र (sympathetic nervous system) तथा उपअनुकम्पी तंत्रिका तंत्र (parasympathetic nervous system)। सामान्यतः अनुकम्पी तंत्रिका तंत्र (sympathetic nervous system) के क्रियाशील (activiate) होने से व्यक्ति के शरीर की ऊर्जा (energy) इस तरह से उत्तेजित हो जाती है कि व्यक्ति संवेगशील एवं संकटकालीन परिस्थितियों में अपने आप को अभियोजित कर लेता है। इस तरह से इस तंत्र के क्रियाशील होने से व्यक्ति के भीतरी अंगों के कार्यों में इस तरह का परिवर्तन होने लगता है कि वह आसानी से उत्पन्न सांवेगिक अवस्था के साथ अपने आप को समायोजित कर लेता है। उपअनुकंपी तंत्रिका तंत्र (parasympathetic nervous system) के क्रियाशील होने से व्यक्ति शांत हो जाता है और उसमें संवेग की मात्रा कमने लगती है। इस तरह से हम देखते हैं कि अनुकम्पी तंत्रिका तंत्र एक-दूसरे के विपरीत कार्य करते है। प्रयोगों के आधार पर यह दिखला दिया है कि अनुकम्पी तंत्रिका तंत्र (sympathetic nervous system) तथा उपअनुकम्पी तंत्रिका तंत्र (parasympathetic system) हमेशा तो नहीं परन्तु अक्सर परस्पर विरोधी कार्य करते हैं।

इन दोनों तंत्रों (systems) में से अनुकम्पी तंत्रिका तंत्र (sympathetic nervous system) का महत्त्व संवेग में काफी अधिक है। विशेषकर तीव्र संवेग (intense emotion) में अनुकम्पी तंत्रिका तंत्र का महत्त्व काफी अधिक बतलाया गया है। तीव्र संवेग में मूत्रीय तंत्रों (urinary tracts) तथा अतड़ियों के कार्यों में काफी परिवर्तन आ जाता है। मुँह से लार की मात्रा निकलना भी कम हो जाता है। यही कारण है कि जब व्यक्ति तीव्र डर के संवेग में होता है तो वह अपने मुँह में सुखेपन (dryness) का अनुभव अधिक करता है। अमाशय-रस (gastric juice) निकलना भी बन्द हो जाता है। इन सबका परिणाम यह होता है कि पाचन क्रिया धीमी हो जाती है। वृहदान्त्र (colon) से मल सामान्य अवस्था के समान जल्दी बाहर नहीं निकलता है। फलस्वरूप, व्यक्ति में कब्जियत (constipation) भी हो जाता है। हिलगार्ड, एटकिन्सन तथा एटकिन्सन (Hilgard, Atkinson & Atkinson, 1983) के अनुसार तीव्र संवेग की स्थिति में अनुकम्पी तंत्र (sympathetic system) का महत्त्व इसलिए अधिक बढ़ जाता है क्योंकि इस तंत्र द्वारा इतना शारीरिक परिवर्तन तीव्र होता है कि व्यक्ति स्वयं उस सांवेगिक परिस्थिति के साथ अपने आप को समायोजित (adjustment) करने के लायक पाता है। इन परिवर्तनों में महत्त्वपूर्ण परिवर्तन निम्नांकित है—

(i) शरीर में रक्तचाप (blood pressure) तथा हृदय की गति बढ़ जाती है।

(ii) साँस की गति तीव्र हो जाती है।

(iii) आँख की पुतली फैल जाती है।

(iv) पसीना ग्रन्थि (sweat gland) की क्रिया तीव्र हो जाती है। फलस्वरूप, स्वेदन (perspiration) तीव्र हो जाती है।

(v) लार ग्रन्थि (salivary gland) की क्रियाशीलता कम हो जाती है। फलस्वरूप, लार (salivation) कम निकलता है। ऐसी अवस्था में बलगम (mucus) भी कम निकलता है।

(vi) रक्त में चीनी का स्तर बढ़ जाता है। फलस्वरूप, व्यक्ति को अतिरिक्त ऊर्जा (energy) प्राप्त होती है।

(vii) अतड़ियों तथा पेट में खून की आपूर्ति (supply) कम हो जाती है। फलस्वरूप, खून की आपूर्ति इन अंगों में कम तथा मस्तिष्क (brain) एवं मांसपेशियों में विशेषकर धारीदार मांसपेशियों (striped muscles) में भी अधिक हो जाता है।

(viii) त्वचा पर के बाल खड़े (erect) हो जाते हैं।

ऊपर के वर्णन से स्पष्ट है कि अनुकम्पी तंत्र (sympathetic system) का संवेग में काफी महत्त्वपूर्ण स्थान है। इसके महत्त्व को हम इस प्रकार से भी समझ सकते हैं— यदि थोड़ी देर के लिए मान लिया जाय कि व्यक्ति सांवेगिक स्थिति

में हैं परन्तु ऊपर वर्णन किये गये शारीरिक परिवर्तन उसमें नहीं हो रहा है क्योंकि अनुकम्पी तंत्र अपना कार्य नहीं कर रहा है। ऐसी सांवेगिक अवस्था को सचमुच में क्या सांवेगिक अवस्था कहा जायेगा? कदापि नहीं, क्योंकि ऐसी अवस्था में संवेग का कोई भी लक्षण नहीं दीख पड़ेगा। अतः अनुकम्पी तंत्र (sympathetic system) के कार्यों की अनुपस्थिति में संवेग की कल्पना ही नहीं की जा सकती है।

स्वायत्त तंत्रिका तंत्र (autonomic nervous system) का दूसरा महत्त्वपूर्ण तंत्र उपअनुकम्पी तंत्रिका तंत्र (parasympathetic system) है जिसके क्रियाशील होने पर व्यक्ति सामान्य अवस्था (normal state) में लौट जाता है। उपअनुकम्पी तंत्र क्रियाशील होने पर व्यक्ति सामान्य अवस्था (normal state) में लौट जाता है। उपअनुकम्पी तंत्र क्रियाशील होने पर व्यक्ति के हृदय की गति धीमी पड़ जाती है, रक्त चाप (blood pressure) सामान्य हो जाता है तथा साथ की मांसपेशियों में खून की आपूर्ति कम होकर पाचन तंत्रों (digestive tracts) में खून की आपूर्ति (supply) बढ़ जाती है। इस तरह से हम देखते हैं कि उपअनुकम्पी तंत्रिका तंत्र हर सम्भव परिवर्तन करके व्यक्ति को संवेगावस्था से पुनः सामान्य अवस्था में ला देता है। अतः हम कह सकते हैं कि उपअनुकम्पी तंत्रिका तंत्र एक अनुरक्षण तंत्र (maintenance system) के रूप में कार्य करता है जबकि हम देख चुके हैं कि अनुकम्पी तंत्रिका तंत्र एक ऊर्जा-व्ययक तंत्र (energy-spending system) के रूप में कार्य करता है। लेकिन इसका अर्थ यह नहीं है कि उपअनुकम्पी तंत्र संवेग की उत्पत्ति में भाग नहीं लेता है। सच्चाई यह है कि कुछ ऐसे संवेग भी होते हैं जिसमें अनुकम्पी तंत्र तथा उपअनुकम्पी तंत्र दोनों साथ-साथ मिलकर कार्य करते हैं। उदाहरणस्वरूप, कामोत्तेजना (sexual excitement) की स्थिति में ज्ञानेन्द्रियाँ (sexual organs) में खून की अधिक आपूर्ति इसी उपअनुकम्पी तंत्र के क्रियाशील होने से होता है। रतिक्रिया (sexual intercourse) में पुरुष जननेंद्रिय (male sex organ) में उत्थान (erection) तथा स्त्री जननेंद्रिय में फैलाव होने में उपअनुकम्पी तंत्रिका तंत्र एक महत्त्वपूर्ण भूमिका निभाता है। इस संवेग में अनुकम्पी तंत्रिका तंत्र (sympathetic nervous system) के समान उपअनुकम्पी तंत्रिका तंत्र व्यक्ति को उत्तेजित तथा संवेगशील होने में मदद करता है। इस उदाहरण से यह भी स्पष्ट हो जाता है कि संवेग में अनुकम्पी तंत्रिका तंत्र (sympathetic nervous system) तथा उपअनुकम्पी तंत्रिका तंत्र (parasympathetic nervous system) दोनों हमेशा एक-दूसरे के विपरीत नहीं बल्कि कभी-कभी एक-दूसरे के साथ मिलकर भी कार्य करते हैं।

2. संवेग में मस्तिष्क कारकों का महत्त्व *(Role of brain factors in emotion)*—संवेग में सिर्फ स्वायत्त तंत्रिका तंत्र ही नहीं बल्कि केन्द्रीय तंत्रिका तंत्र (central nervous system) भी क्रियाशील होता है और महत्त्वपूर्ण कार्य करता है। शरीरक्रिया मनोवैज्ञानिकों (physiological psychologists) ने केन्द्रीय तंत्रिका तंत्र का विशेषकर मस्तिष्क (brain) का महत्त्व काफी बतलाया है। मस्तिष्क के खास-खास हिस्सों (parts) के महत्त्व को संवेग में मनोवैज्ञानिकों द्वारा काफी बल डाला गया है। इन विभिन्न हिस्सों (part) के महत्त्व का वर्णन हम इस प्रकार से कर सकते हैं—

(i) हाइपोथैलमस *(Hypothalamus)*—हाइपोथैलमस का महत्त्व संवेग में काफी अत्यधिक है। इस अत्यधिक महत्त्व का मुख्य कारण यह है कि सचमुच में यह अनुकम्पी तंत्र (sympathetic system) तथा उपअनुकम्पी तंत्र (parasympathetic system) दोनों पर कुछ हद तक अपना नियंत्रण बनाये रखता है। मनोवैज्ञानिकों ने संवेग में हाइपोथैलमस के महत्त्व को दिखलाने के लिए निम्नांकित तीन तरह के प्रयोगात्मक सबूतों (experimental evidences) को प्रदान किया है।

(a) बार्ड (Bard, 1928) ने एक ऐसा प्रयोग किया जिसमें कुछ कुत्ते तथा बिल्लियों के हाइपोथैलमस (hypothalamus) को ऑपरेशन द्वारा काटकर निकाल दिया गया परन्तु प्रमस्तिष्क वल्क (cerebral cortex) को ज्यों-का-त्यों छोड़ दिया गया। दूसरी तरफ कुछ कुत्ते तथा बिल्लियों में प्रमस्तिष्क वल्क (cerebral cortex) को ऑपरेशन द्वारा काटकर निकाल दिया गया तथा हाइपोथैलमस को ज्यों-का-त्यों छोड़ दिया गया। परिणाम में देखा गया कि पहली श्रेणी के पशु (जिसका हाइपोथैलमस निकाल दिया गया था) में कोई संवेग नहीं हुआ जबकि दूसरी श्रेणी के पशु में सांवेगिक अनुक्रियाएँ (emotional reaction) होते पायी गयीं। इससे स्पष्ट रूप से यह साबित हो जाता है कि हाइपोथैलमस का महत्त्व संवेग की उत्पत्ति में काफी है।

(b) अगर हाइपोथैलमस सचमुच में संवेग का मुख्य केन्द्र है तो इसे उत्तेजित करने पर जीव (organism) में भिन्न-भिन्न तरह का संवेग होना चाहिए। यासुकोची (Yasukochi, 1960), (Hess, 1954) तथा ब्रेडी (Brady, 1960) ने कई ऐसे प्रयोग किये हैं जिनमें बिल्लियों एवं कुत्तों के हाइपोथैलमस को इल्क्ट्रोड (electrode)

द्वारा हल्का बिजली प्रवाह (electric current) देकर उत्तेजित किया गया और परिणाम में पाया गया कि इन पशुओं में भिन्न-भिन्न प्रकार के संवेग जैसे— क्रोध, डर, चिड़चिड़ापन (irritation), आक्रमणशीलता (attack) आदि होते देखे गये। इससे साबित हो जाता है कि हाइपोथैलमस का महत्त्व संवेग में काफी है।

(c) कुछ मनोवैज्ञानिकों ने हाइपोथैलमस के महत्त्व को परोक्ष रूप से दिखलाया है। इन लोगों द्वारा हाइपोथैलमस में छोटा घाव (lesion) पैदा करके जीव के संवेगात्मक व्यवहार (emotional behaviour) पर पड़ने वाले प्रभावों का अध्ययन किया है। अगर हाइपोथैलमस द्वारा संवेग नियंत्रित होता है तो ऐसी अवस्था में यानी हाइपोथैलमस में घाव उत्पन्न कर देने पर, जीव में संवेग नहीं होना चाहिए। रेनसन (Ranson, 1939) तथा ह्वीटले (Wheatleu, 1944) ने कुत्तों तथा बिल्लियों पर कुछ प्रयोग करके यह दिखला दिया है कि यदि इनके हाइपोथैलेमस में किसी प्रकार का घाव उत्पन्न कर दिया जाता है तो ऐसी परिस्थिति में पशुओं में कोई निश्चित संवेगात्मक पैटर्न (emotional pattern) नहीं देखने को मिलता है। इससे साबित हो जाता है कि हाइपोथैलमस का महत्त्व संवेग में काफी है।

ऊपर वर्णन किये गये तीनों प्रयोगात्मक सबूतों के आधार पर हम इस निष्कर्ष पर पहुँचते हैं कि संवेग में हाइपोथैलमस का योगदान काफी अधिक है।

(ii) प्रमस्तिष्कीय वल्क *(Cerebral cortex)*—कुछ ऐसे प्रयोग किये गये हैं जिनमें पशुओं के प्रमस्तिष्कीय वल्क (cerebral cortex) को अंशतः ऑपरेशन द्वारा काटकर निकाल दिया गया और संवेग पर पड़ने वाले प्रभावों का अध्ययन किया गया है। परिणाम में देखा गया कि ऐसे पशुओं के संवेगात्मक व्यवहार (emotional behaviour) सामान्य पशुओं के संवेगात्मक व्यवहार से काफी भिन्न थे। बार्ड तथा माउंटकाशल (Bard & Mountcastle, 1947) ने कई प्रयोग पशुओं (कुत्तों तथा बिल्लियों) पर किये और परिणाम में पाये कि प्रमस्तिष्क वल्क रहित पशुओं के संवेग के तीन पहलुओं (aspects) में महत्त्वपूर्ण परिवर्तन हुए। वे तीन पहलू हैं— *दहेली* (threshold), *दिशा* (direction) तथा *सांवेगिक व्यवहार का समय* (timing of emotional behaviours)। सांवेगिक व्यवहार का दहेली (threshold) काफी कम (lower) था। इसका मतलब यह हुआ कि एक सांवेगिक उद्दीपक (emotional stimulus) देने पर पशु में इतना अत्यधिक संवेग उत्पन्न हो जाता था जितना कि उसी उद्दीपक द्वारा किसी सामान्य पशु (जिसके प्रमस्तिष्क वल्क का ऑपरेशन नहीं हुआ था) में संवेग उत्पन्न नहीं होता था। इसका मतलब यह हुआ कि प्रमस्तिष्क वल्क संवेग की तीव्रता (intensity) पर नियंत्रण रखता है। रुच (Ruch, 1967) ने मनुष्य पर एक प्रयोग किया जिसमें उसके प्रमस्तिष्कीय वल्क (cerebral cortex) का अलकोहल द्वारा काफी प्रभावित कर दिया। परिणाम में देखा गया कि इस व्यक्ति को संवेग की तीव्रता पर कोई नियंत्रण नहीं रह गया। प्रायः वह उतना तीव्र संवेग दिखलाता था जितना कि उस परिस्थिति में उसे दिखाना नहीं चाहिए था।

प्रमस्तिष्क वल्करहित पशुओं (decorticated animals) के संवेग की दिशा (direction) में भी अन्तर पाया गया। बार्ड तथा माउंटकाशल (Bard & Mountcastle, 1947) जब इस तरह के कुत्ते की पूँछ को कसकर दबाते थे तो कुत्ते में क्रोध उत्पन्न होता था और वह आगे की ओर आक्रमण करना चाहता था न कि पीछे की ओर, जिधर से उसकी पूँछ दबाया जा रहा है। इससे यह पता चलता है कि इस तरह के पशुओं में संवेगात्मक व्यवहार के अभिव्यक्ति की उचित दिशा का अभाव हो जाता है।

प्रमस्तिष्क वल्करहित पशुओं के संवेगात्मक व्यवहार (emotional behaviour) की निरंतरता (continuity) में भी अन्तर होता है। इस तरह के पशुओं में संवेगात्मक व्यवहार उत्पन्न होकर तुरंत समाप्त हो जाता है जबकि सामान्य पशुओं में एक बार यदि कोई संवेग उत्पन्न हो गया तो वह कुछ समय तक बना होता है। जैसे, इस तरह के एक कुत्ते में क्रोध का संवेग उत्पन्न करने के एक मिनट के बाद बार्ड (Bard) ने उस कुत्ता के मुँह में अँगुली डाला और कुत्ता बिलकुल शांत खड़ा रहा। इससे साबित होता है कि प्रमस्तिष्क वल्क (cerebral cortex) संवेग में निरंतरता कुछ समय तक बनाये रखता है।

ऊपर किये गये वर्णन के आधार पर यह स्पष्ट हो जाता है कि प्रमस्तिष्क वल्क (cerebral cortex) का महत्त्व संवेग में काफी अत्यधिक है।

(iii) लिम्बिक तंत्र *(Limbic system)*—प्रमस्तिष्क गोलार्द्ध (cerebral hemispheres) के भीतरी किनारों के चारों ओर छोटी-छोटी अनेक प्रकार की संरचनाएँ (structures) होती हैं जिन्हें लिम्बिक तंत्र (limbic system) कहा जाता है। इस तंत्र की कुछ संरचनाएँ (structures) ऐसी हैं जिसमें घाव (lesion) उत्पन्न करने पर पशु (जैसे, बन्दर)

में सांवेगिक व्यवहार बहुत जल्द उत्पन्न हो जाता है। परन्तु कुछ संरचनाएँ ऐसी भी हैं जिसमें घाव (lesion) उत्पन्न करने से पशु शांत तथा शिथिल-सा हो जाता है।

निष्कर्ष यह है कि संवेग में मस्तिष्क (brain) के भिन्न-भिन्न अंगों जैसे हाइपोथैलमस, प्रमस्तिष्कीय वल्क (cerebral cortex) तथा लिम्बिक तंत्र (limbic system) आदि का काफी महत्त्व है। इसमें हाइपोथैलमस का महत्त्व मनोवैज्ञानिकों की नजर में काफी अत्यधिक है। शायद यही कारण है कि इनलोगों ने संवेग की विशिष्ट व्याख्या करने के लिए एक विशेष सिद्धान्त का प्रतिपादन किया है जिसे संवेग का हाइपोथैलमिक सिद्धान्त (hypothalamic theory) कहा जाता है।

संवेग का सिद्धान्त
(Theories of Emotion)

संवेग की व्याख्या करने के लिए मनोवैज्ञानिकों ने भिन्न-भिन्न सिद्धान्तों का वर्णन किया है जिसमें निम्नांकित प्रमुख हैं—

1. जेम्स-लांजे सिद्धान्त (James-Lange Theory)
2. कैनन-बार्ड सिद्धान्त (Cannon-Bard Theory)
3. स्कैकटर-सिंगर सिद्धान्त (Schachter-Single Theory)
4. संज्ञानात्मक-मूल्यांकन सिद्धान्त (Cognitive-Appraisal Theory)
5. लिंडस्ले संक्रियण सिद्धान्त (Lindsley Activation Theory)

इन सिद्धान्तों का वर्णन निम्नांकित हैं—

जेम्स-लांजे सिद्धान्त
(James-Lange Theory)

इस सिद्धान्त की प्रतिपादन दो वैज्ञानिकों अर्थात् विलियम जेम्स (William James) जो अमेरीकन मनोवैज्ञानिक थे तथा कार्ल लांजे (Carl Lange) जो डेनिस शरीरक्रिया वैज्ञानिक (Danish physiologist) थे, द्वारा स्वतंत्र रूप से 1880 में किया गया। चूँकि इन दोनों वैज्ञानिकों का विचार संवेग के बारे में एक-दूसरे से मिलते-जुलते थे, अतः इस सिद्धान्त का नाम दोनों के नाम पर रखा गया जो आज जेम्स-लांजे सिद्धान्त के रूप में मशहूर है।

इस सिद्धान्त द्वारा संवेग की व्याख्या सामान्य बोध (common sense) की व्याख्या से ठीक विपरीत है। सामान्यतः जब हम कोई सांवेगिक उद्दीपक जैसे बाघ या भालू देखते हैं, तो डर जाते हैं इसलिए भाग जाते हैं। इसका मतलब यह हुआ कि पहले संवेगात्मक अनुभूति (emotional experience) होती है (डर) और उसके बाद में होता है संवेगात्मक व्यवहार (emotional behaviour) (भागना)। दूसरे शब्दों में, डर की अनुभूति पहले होती है और भाग जाने की क्रिया बाद में होती है। जेम्स-लांजे सिद्धान्त द्वारा ऐसा नहीं होता है। इस सिद्धान्त के अनुसार व्यक्ति बाघ या भालू देखता है, भाग जाता है, इसलिए डर जाता है। हम दुश्मन को देखते हैं, उसकी तरफ से मुँह फेर लेते हैं, इसलिए घृणा हो जाता है। इन उदाहरणों से स्पष्ट है कि जेम्स-लांजे सिद्धान्त के अनुसार पहले संवेगात्मक व्यवहार होता है और तब संवेगात्मक अनुभूति होती है। यदि संवेगात्मक व्यवहार नहीं होगा, तो संवेगात्मक अनुभूति भी नहीं होगी। दूसरे शब्दों में, यदि व्यक्ति बाघ या भालू को देखकर नहीं भागता, तो उसमें डर की अनुभूति भी नहीं होती है।

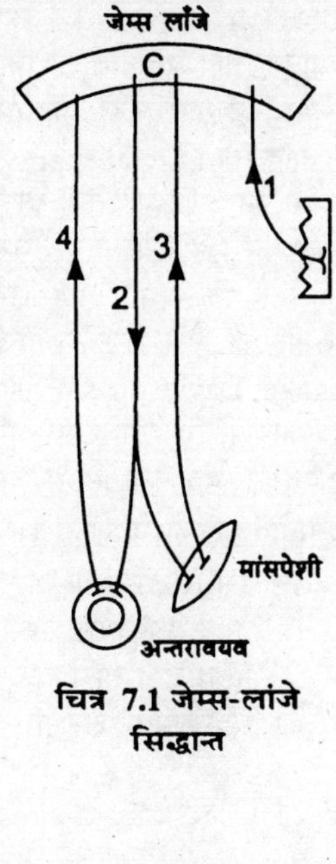

चित्र 7.1 जेम्स-लांजे सिद्धान्त

उपर्युक्त व्याख्या से यह स्पष्ट है कि जेम्स-लांजे सिद्धान्त संवेग की व्याख्या निम्नांकित तीन चरणों (steps) मे करता है—

(i) सबसे पहले व्यक्ति किसी उद्दीपक (stimulus) जो संवेग उत्पन्न कर सकता है, उसका प्रत्यक्षण (perception) करता है। दूसरे शब्दों में, संवेग की प्रक्रिया प्रत्यक्षण पर निर्भर करती है। जब किसी उद्दीपक (stimulus) द्वारा ग्राहक यानी ज्ञानेन्द्रिय (sense organ) में तंत्रिका आवेग (nerve impulse) उत्पन्न होता है, तो वह पथ (संख्या 1) होता हुआ मस्तिष्क में पहुँचता है जिससे व्यक्ति को उद्दीपक का प्रत्यक्षण होता है (चित्र 7.1 देखें)। उदाहरणार्थ यहाँ व्यक्ति भालू या बाघ को अपने सामने होने का प्रत्यक्षण करता है।

(ii) किसी उद्दीपक (बाघ या भालू) का प्रत्यक्षण होने से शरीर के भीतरी अंगों एवं बाह्य अंगों में परिवर्तन हो जाता है जिसके फलस्वरूप व्यक्ति संवेगात्मक व्यवहार (emotional behaviour) करता है। चित्र 7.1 में ध्यानपूर्ण देखने से यह स्पष्ट हो जाता है कि पथ-2 द्वारा तंत्रिका आवेग (nerve impulse) मस्तिष्क से निकलकर शरीर के अन्तरावयव (visceral organs) तथा भीतरी अंगों जैसे हृदय, फेफड़ा, ऐड्रिनल ग्रन्थि, वृक्क (kidney) आदि को उत्तेजित करता है तथा साथ-ही-साथ शरीर के बाहरी अंगों यानी हाथ-पैर की मांसपेशियों को क्रियाशील कर देता है। उदाहरणार्थ, बाघ या भालू देखने के बाद व्यक्ति के हृदय की गति तीव्र हो जाती है, साँस तेजी से चलने लगता है तथा ऐड्रिनल ग्रन्थि से एड्रिनालिन निकलकर खून में मिलना प्रारम्भ हो जाता है आदि-आदि। इन सबका परिणाम यह होता है कि व्यक्ति में तीव्र शारीरिक परिवर्तन (bodily changes) होता है। फलतः वह बाघ या भालू देखकर भाग जाता है यानी संवेगात्मक व्यवहार करता है।

(iii) संवेगात्मक व्यवहार के बाद मस्तिष्क को यह सूचना मिलती है कि अमुक व्यवहार किया गया है। शरीर के भीतर अंगों से (चित्र 7.1 का पथ 4 देखें) तथा शरीर के बाहरी अंगों से (पथ-3 देखें) मस्तिष्क को अमुक सांवेगिक व्यवहार से सम्बन्धित परिवर्तनों की सूचना मिलती है। इस तरह की व्याख्या से दो बातें स्पष्ट हो जाती हैं— पहला तो यह कि संवेगात्मक व्यवहार पहले होता है तथा संवेगात्मक अनुभूति (emotional experience) बाद में। दूसरा यह कि संवेगात्मक अनुभूति का होना संवेगात्मक व्यवहार पर निर्भर करता है। यदि संवेगात्मक व्यवहार नहीं होगा तो संवेगात्मक अनुभूति भी नहीं होगी। बाघ या भालू को देखकर हम भाग जाते हैं (संवेगात्मक व्यवहार होता है) और भागने की यह सूचना मस्तिष्क को मिलती है जिसके फलस्वरूप हम में संवेगात्मक अनुभूति (emotional experience) होती है अर्थात् हम डर जाते हैं।

जेम्स-लांजे सिद्धान्त का समर्थन कुछ वैसे अध्ययन द्वारा किया गया है जो *आनन पुनर्निवेशन प्राक्कल्पना* (facial feedback hypothesis) के क्षेत्र में लायर्ड (Laird, 1984) तथा मैटसुमोटो (Matsumato, 1987) द्वारा किये गए हैं। यह प्राक्कल्पना बतलाता है कि आनन अभिव्यक्ति (facial expression) संवेगात्मक अवस्थाओं को प्रभावित करता है तथा साथ-ही-साथ उन्हें प्रतिबिम्बित (reflect) भी करता है। दूसरे शब्दों में, यह प्राक्कल्पना करता है कि आनन अभिव्यक्तियों (facial expression) में होने वाले परिवर्तनों से कभी-कभी हमारे सांवेगिक अनुभूति में परिवर्तन हो जाता है न कि इन अभिव्यक्तियों द्वारा उन अनुभूतियों की सिर्फ अभिव्यक्ति ही होती है। जैसे, हमलोग हँसते हैं, तो खुशी का अनुभव करते हैं तथा जब तेवर दिखाते हैं या भौं चढ़ाते हैं, तो हमें दुख का अनुभव होता है। इजार्ड (Izard, 1990) का मत है कि यद्यपि यह सही है कि इस प्राक्कल्पना की जाँच में काफी जटिलताएँ सम्मिलित हैं, फिर भी कई मनोवैज्ञानिकों जैसे मैककेन एवं एण्डरसन (McCenne & Anderson, 1987) एवं एकमैन, डेविडसन एवं फ्रि सेन (Ekman, Davidson & Frison, 1990) द्वारा किये गये अध्ययनों से जेम्स-लांजे सिद्धान्त को काफी समर्थन मिला है। अतः जायंस एवं उनके सहयोगियों (Zajonc et. al., 1989) ने यह ठीक ही निष्कर्ष दिया है कि जेम्स-लांजे सिद्धान्त में कुछ निश्चित रूप से सच्चाई है।

मनोवैज्ञानिकों ने जेम्स-लांजे सिद्धान्त की आलोचना (criticism) इस प्रकार की है—

(i) इस सिद्धान्त के अनुसार संवेगात्मक अनुभूति, संवेगात्मक व्यवहार पर निर्भर करती है। परन्तु सच्चाई ऐसी नहीं है। करीब-करीब सभी संवेग में तो एक ही तरह के संवेगात्मक व्यवहार जैसे हृदय की गति में वृद्धि, रक्तचाप में वृद्धि, साँस की गति में वृद्धि एवं इसकी अनियमितता आदि देखने को मिलती है। यदि सचमुच में संवेगात्मक अनुभूति संवेगात्मक व्यवहार पर निर्भर करती तो वैसी परिस्थिति में व्यक्ति को हमेशा एक ही

संवेगात्मक अनुभूति होती क्योंकि करीब-करीब एक ही तरह का संवेगात्मक व्यवहार विशेषकर आन्तरिक शारीरिक परिवर्तन सभी संवेग में हुआ करते हैं। परन्तु ऐसा नहीं होता है। कभी हमें क्रोध का संवेग होता है, तो कभी डर का, तो कभी डाह का। इसका मतलब यह हुआ कि संवेगात्मक अनुभूति, संवेगात्मक व्यवहार पर निर्भर नहीं करती है।

(ii) इस सिद्धान्त के अनुसार संवेगात्मक अनुभूति शारीरिक परिवर्तनों पर निर्भर करती है। यदि संवेगात्मक अनुभूति सचमुच में शारीरिक परिवर्तनों पर निर्भर करती तो जब-जब शारीरिक परिवर्तन व्यक्ति में उत्पन्न होता तब-तब उसमें संवेग की अनुभूति होती है। परन्तु प्रयोगात्मक अध्ययन से यह साबित हो गया है कि ऐसा नहीं होता है। ब्रेडी (Brady, 58) ने एक प्रयोग किया जिससे एक बन्दर को एपाइनफ्राईरिन (epinephrine) का सूई दिया गया जिसके परिणामस्वरूप बन्दर के हृदय की गति तीव्र हो गयी, रक्तचाप बढ़ गया, साँस की गति तीव्र हो गयी तथा हाथ और पैर की मांसपेशियों में खून की आपूर्ति (supply) अधिक हो गयी। इन सभी शारीरिक परिवर्तन के आधार पर बन्दर में क्रोध की सांवेगिक अनुभूति (emotional experience) होनी चाहिए थी परन्तु उसमें कोई ऐसी सांवेगिक अनुभूति शारीरिक परिवर्तनों पर निर्भर नहीं करती है।

(iii) प्रयोगात्मक अध्ययनों से यह स्पष्ट हो गया है कि शरीर के भीतरी अंग (visceral organ) अधिक संवेदनशील (sensitive) नहीं होते हैं, क्योंकि इनमें तंत्रिका (nerves) की संख्या कम होती है तथा ये चिकनी पेशियों (smooth muscles) से बने होते हैं। इसका परिणाम यह होता है कि उसमें आन्तरिक परिवर्तन (internal changes) होने में कुछ समय लगता है। सच्चाई यह है कि व्यक्ति को संवेगात्मक अनुभव इन अंगों में परिवर्तन होने के कुछ पहले हो जाता है। इसका तब स्पष्ट मतलब यह हुआ कि संवेगात्मक अनुभव पहले हो जाते है तथा संवेगात्मक परिवर्तन बाद में होते हैं। ऐसी परिस्थिति में जेम्स-लान्जे का यह विचार कि संवेगात्मक अनुभूति संवेगात्मक परिवर्तन द्वारा ही उत्पन्न होती है, सही नहीं दीख पड़ता है।

(iv) जेम्स-लान्जे सिद्धान्त के अनुसार यदि शारीरिक परिवर्तन या इसकी सूचना मस्तिष्क को न मिले तो संवेगात्मक अनुभूति नहीं होगी यानी व्यक्ति में किसी प्रकार का संवेग नहीं होगा। परन्तु, शेरिंगटन (Sherrington, 1906) ने कुत्ता पर एक प्रयोग कर यह दिखला दिया है कि यह बात गलत है। इस कुत्ते का अन्तरांग (visceral organs) तथा मस्तिष्क को मिलानेवाली सभी तंत्रिकाओं (nerves) को काट दिया गया। ऐसी अवस्था में स्वभावतः शरीर के अन्तरांग में हुए परिवर्तन का अनुभव कुत्ते के मस्तिष्क को नहीं होता था। जब उसके सामने एक बिल्ली को लाया गया, तो कुत्ते में क्रोध का संवेग होते पाया गया जिससे स्पष्ट हो जाता है कि जेम्स-लान्जे का विचार सही नहीं है।

निष्कर्ष के रूप में यह कहा जाता है कि शारीरिक परिवर्तन या सांवेगिक व्यवहार पर ही संवेगात्मक अनुभूति निर्भर नहीं करती है। अतः जेम्स-लान्जे का सिद्धान्त मात्र एक-पक्षीय प्राक्कल्पना (one-sided hypothesis) है जिसका कोई खास प्रयोगात्मक सबूत नहीं है।

कैनन-बार्ड सिद्धान्त
(Cannon-Bard Theory)

इस सिद्धान्त का प्रतिपादन मूलतः कैनन (Cannon 1927), द्वारा किया गया। बाद में बार्ड (Bard, 1934) ने इसका अपने अध्ययनों एवं शोध (research) के आधार पर समर्थन किया। अतः इस सिद्धान्त का नाम दोनों मनोवैज्ञानिकों के नाम पर रखा गया जो *कैनन-बार्ड सिद्धान्त* (Cannon-Bard theory) के नाम से मशहूर है।

इस सिद्धान्त के अनुसार संवेग का कारण हाइपोथैलमस (hypothalamus) है जिसका स्थान केन्द्रीय तंत्रिका तंत्र (central nervous system) के भाग (यानी मस्तिष्क में) प्रमस्तिष्क (cerebrum) तथा थैलमस (thalamus) के नीचे है। संवेग में हाइपोथैलमस तथा थैलमस के इस महत्त्व के कारण ही इस सिद्धान्त का नाम *हाइपोथैलमिक सिद्धान्त* (hypothalamic theory) या *थैलमिक सिद्धान्त* (thalamic theory) भी रखा गया है। इसे *केन्द्रीय सिद्धान्त* भी कहा जाता है क्योंकि इसमें केन्द्रीय तंत्रिका तंत्र (central nervous system) का अधिक महत्त्व होता है।

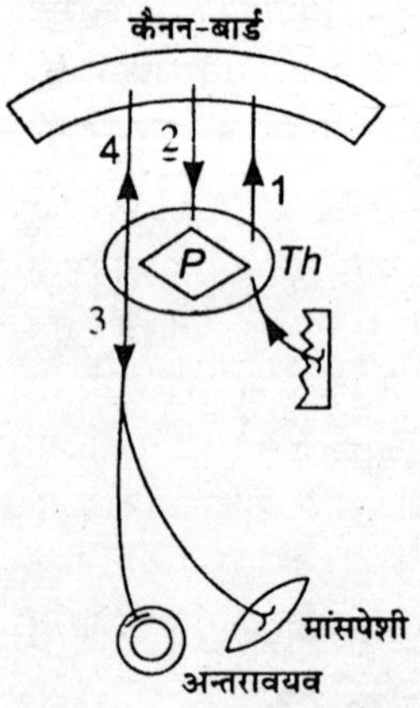

चित्र 7.2 : कैनन-बार्ड सिद्धान्त

इस सिद्धान्त के अनुसार संवेग उत्पन्न करने वाले उद्दीपक (stimulus) द्वारा ज्ञानेन्द्रियों या ग्राहक (receptor) के उत्तेजित होने के बाद उसमें तंत्रिका आवेग उत्पन्न होता है जो प्रमस्तिष्क (cerebrum) में पथ-1 (चित्र 7.2 देखें) द्वारा पहुँचता है। प्रमस्तिष्क में आने के पहले संवेदी तंत्रिका आवेग (sensory nerve impulse) थैलमस तथा हाइपोथैलमस होकर गुजरते हैं। इससे हाइपोथैलमस में अभी क्रियाएँ पूर्णतः उत्पन्न नहीं होती है क्योंकि इसके ऊपर प्रमस्तिष्क वल्क (cerebral cortex) का नियंत्रण होता है। जब तंत्रिका आवेग पथ-I से प्रमस्तिष्क वल्क में पहुँचकर हाइपोथैलमस की क्रियाओं पर से वल्क के अवरोध (inhibition) को हटाने के लिये पथ-2 से तंत्रिका आवेग भेजता है, तो थैलमस या हाइपोथैलमस पूर्ण रूप से क्रियाशील हो जाता है और एक साथ दो दिशाओं में तंत्रिका आवेग (nerve impulse) चलता है। कुछ खास-खास परिस्थिति में पथ-2 द्वारा प्रमस्तिष्क वल्क (cerebral cortex) में अपने-आप उत्पन्न होने वाले तंत्रिका आवेग भी हाइपोथैलमस या थैलमस में आते हैं जिससे वह और भी अधिक तेजी से क्रियाशील हो जाता है। जैसे, जब कोई पहले की संवेगपूर्ण विचार (emotion-laden idea) अचानक व्यक्ति के प्रमस्तिष्क वल्क में आ जाता है तब तंत्रिका आवेग के रूप में यह विचार हाइपोथैलमस में पहुँचता है जिससे वह और भी तेजी से क्रियाशील हो जाता है। इसके बाद एक ही साथ एक दिशा में पथ-3 द्वारा तंत्रिका आवेग अन्तरांग (visceral organs) में तथा हाथ-पैर की मांस्पेशियां (muscles) में पहुँचता है तथा दूसरी दिशा वह है जिसमें ऊपर की ओर तंत्रिका आवेग हाइपोथैलमस से पथ-4 द्वारा प्रमस्तिष्क वल्क (cerebral cortex) में पहुँचता है। जब तंत्रिका आवेग अन्तरांग तथा हाथ-पैर की मांसपेशियों में पहुँचता है तो इससे सांवेगिक व्यवहार उत्पन्न होते हैं। दूसरी तरफ जब तंत्रिका आवेग प्रमस्तिष्क वल्क में पहुँचता है तो इसमें व्यक्तियों को सांवेगिक अनुभूति (emotional experience) होती है। इस विवरण से यह स्पष्ट है कि सांवेगिक व्यवहार तथा सांवेगिक अनुभूति दोनों एक साथ ही (simultaneously) होते हैं न कि सांवेगिक परिवर्तन या सांवेगिक व्यवहार पर सांवेगिक अनुभूति निर्भर करती है जैसा जेम्स-लान्जे सिद्धान्त में कहा गया है। मार्गन, किंग, विस्ज तथा स्कौपलर[1] (Morgan, King, Weisz & Schopler, 1986) ने इस सिद्धान्त पर टिप्पणी करते हुए कहा है, "कैनन-बार्ड सिद्धान्त यह कहता है कि संवेग में होने वाली शारीरिक प्रतिक्रियाएँ एवं अनुभव किया गया संवेग दोनों एक-दूसरे से स्वतंत्र होते हैं और दोनों की उत्पत्ति एक साथ होती है। कैनन-बार्ड सिद्धान्त पर यदि हम ध्यानपूर्वक विचार करें तो यह स्पष्ट हो जायेगा कि इस सिद्धान्त के अनुसार संवेग उत्पन्न होने में निम्नांकित कदम (steps) होते हैं—

(i) संवेग उत्पन्न होने के लिए किसी उद्दीपक (stimulus) द्वारा ज्ञानेन्द्रिय (sense organ) को उत्तेजित होना अनिवार्य है।

(ii) ज्ञानेन्द्रिय से तंत्रिका आवेग हाइपोथैलमस (या थैलमस) होता हुआ प्रमस्तिष्क वल्क (cerebral cortex) में पहुँचता है।

(iii) प्रमस्तिष्क वल्क हाइपोथैलमस पर से अपना नियंत्रण कम कर देता है तथा कुछ विशेष परिस्थिति में ऐसे तंत्रिका आवेग को भी हाइपोथैलमस में भेजता है जिसकी उत्पत्ति विकल्प में ही हुई होती है।

(iv) इसके परिणामस्वरूप हाइपोथैलमस पूर्णरूपेण क्रियाशील हो जाता है।

(v) हाइपोथैलमस के क्रियाशील होने पर तंत्रिका आवेग दो दिशा में यानी ऊपर की दिशा में अर्थात् प्रमस्तिष्क वल्क की ओर तथा नीचे की दिशा में अर्थात् अन्तरांग (visceral organs) तथा बाह्य शारीरिक अंगों की मांसपेशियों की ओर एक साथ जाते हैं। तंत्रिका आवेग को वल्क में पहुँचने पर संवेग का अनुभव होता है तथा अन्तरांग एवं मांसपेशियों में तंत्रिका आवेग के पहुँचने पर संवेगात्मक व्यवहार या शारीरिक परिवर्तन होता है।

कैनन (Cannon, 1927) तथा बार्ड (Bard, 1934) ने कई प्रयोग बिल्ली तथा कुत्ते पर किये हैं जिनमें इन पशुओं के हाइपोथैलमस को काटकर निकाल दिया गया या उसमें एक छोटा घाव (lesion) कर दिया गया। ऐसा होने के बाद पशुओं में किसी प्रकार का संवेग होते नहीं पाया गया। यहाँ तक कि जब एक कुत्ते के हाइपोथैलमस को ऑपरेशन द्वारा निकालकर उसके सामने बिल्ली लायी गयी तो कुत्ता शांत भाव से बिना क्रोध दिखलाये चुपचाप रहा। इस तरह के प्रयोग

1. "The Cannon-Bard theory says that felt emotion and the bodily reaction in emotion are independent of each other, both are triggered simultaneously."

—Morgan, King, Weisz & Schopler : *Introduction to Psychology,* 1986. p. 330

से यह स्पष्ट हो जाता है कि *हाइपोथैलमस संवेग का उद्‌गम स्थान* (origin point) है।

इस तरह से हम देखते हैं कि कैनन-बार्ड सिद्धान्त बहुत हद तक जेम्स-लान्जे सिद्धान्त के अवगुणों को दूर कर देता है और संवेग की एक अधिक वैज्ञानिक व्याख्या प्रस्तुत करता है। जेम्स-लान्जे सिद्धान्त का सबसे बड़ा दावा है कि संवेगात्मक अनुभूति संवेगात्मक व्यवहार पर निर्भर करती है, को कैनन-बार्ड सिद्धांत ने गलत साबित कर दिया है और यह दिखलाया है कि ये दोनों तरह की प्रक्रियाएँ स्वतंत्र हैं और एक ही साथ हाइपोथैलमस के क्रियाशील होने पर निर्भर करती है। लेकिन इस विशेष गुण के बावजूद भी इस सिद्धान्त की आलोचना (criticism) मनोवैज्ञानिकों ने की है जो इस प्रकार है—

(i) कैनन-बार्ड सिद्धान्त के अनुसार संवेग का स्थान (seat) सिर्फ हाइपोथैलमस (या थैलमस) है। परन्तु सच्चाई यह है कि संवेग की उत्पत्ति में हाइपोथैलमस का महत्त्व विकीर्ण (diffuse) है, स्पष्ट नहीं। मास्सरमैन (Masserman, 1943) ने कई प्रयोग करके यह साबित कर दिया है कि सिर्फ हाइपोथैलमस तथा थैलमस के उत्तेजित करने से जो संवेग उत्पन्न होता है, वह अस्पष्ट, विकीर्ण (diffuse), यांत्रिक (mechanical) तथा सांवेगिक रूप से अर्थहीन होता है। उनका एक प्रयोग जो बिल्ली पर किया गया है, काफी उल्लेखनीय है। इस प्रयोग में बिल्ली के हाइपोथैलमस में बिजली का हल्का वोल्टेज देकर धीरे-धीरे उत्तेजित किया गया। जब हाइपोथैलमस पूरा उत्तेजित हो गया तो उसके शरीर के बाल खड़े हो गये मानों वह क्रोधित हो गयी है। परन्तु सचमुच में उसमें क्रोध या अन्य कोई संवेग होने का निश्चित लक्षण नहीं था जिसका स्पष्ट सबूत यह थी कि बिल्ली सामान्य अवस्था के समान ही भोजन कर रही थी। अगर वह निश्चित रूप से किसी संवेगावस्था में होती तो भोजन नहीं करती। इस प्रयोग से स्पष्ट हो जाता है कि संवेग की उत्पत्ति में हाइपोथैलमस का योगदान विकीर्ण (diffuse) होता है अर्थात् इसमें संवेग जैसी अवस्था तो उत्पन्न हो जाती है परन्तु उसमें वास्तविक संवेग नहीं होता है। मास्सरमैन[1] (Masserman, 1943) के शब्दों में इस प्रकार कहा जा सकता है ...... हाइपोथैलमिक उत्तेजन (hypothalmic stimulation) से उत्पन्न क्रियाएँ यांत्रिक (mechanical), विकीर्ण (diffuse), रूढ़िबद्ध (stereotyped), उद्दीपक-बंधित (stimulus-bound) होते हैं तथा इसका कोई सांवेगिक अर्थ नहीं मालूम पड़ता है...''

(ii) मासरमैन (Masserman) की उपर्युक्त आलोचना से यह भी परोक्ष रूप से स्पष्ट है कि संवेग में मस्तिष्क के अन्य भाग भी योगदान करते हैं। ऐसा कहने का आधार यह है कि प्रायः हमें संवेग की अनुभूति स्पष्ट रूप से होती है। यदि सिर्फ हाइपोथैलमस द्वारा ही संवेग की उत्पत्ति होती, तो वह अस्पष्ट होता। किंग तथा मेयर (King & Meyer, 1958) एवं ब्रेडी (Brady, 1960) ने एक प्रयोग कर दिखला दिया है कि मस्तिष्क के अन्य भाग जैसे लिम्बिक तंत्र (limbic system), ऐमिगडाला (amygdala) तथा सेप्टल क्षेत्र (septal area) आदि को उत्तेजित करने पर व्यक्ति में संवेग होते पाया गया है और इन हिस्सों को घायल कर देने से संवेग में कमी हो जाती है।

इन आलोचनाओं के बावजूद भी कैनन बार्ड का सिद्धान्त आज एक प्रमुख सिद्धान्त हैं क्योंकि इस सिद्धान्त के अनुसार हाइपोथैलमस तथा थैलमस संवेग का उद्‌गम बिन्दु है जो अधिकतर मनोवैज्ञानिकों को मान्य है।

जेम्स लांजे सिद्धान्त तथा कैनन-बार्ड सिद्धान्त की तुलना
(Comparison between James-Lange Theory and Cannon-Bard Theory)

जेम्स-लान्जे सिद्धान्त तथा कैनन-बार्ड सिद्धान्त संवेग के दो महत्त्वपूर्ण सिद्धान्त हैं जिनमें कुछ समानताएँ (similarities) तथा कुछ विषमताएँ (dissimilarities) हैं। इन दोनों सिद्धान्तों में प्रमुख समानताएँ (similarities) निम्नांकित हैं—

1. दोनों सिद्धान्त इस बात पर बल डालते हैं कि संवेग के लिए उद्दीपक का प्रत्यक्षण (perception) अनिवार्य है।
2. दोनों सिद्धान्त सांवेगिक अनुभव (emotional experience) तथा सांवेगिक व्यवहार (emotional behaviour) को संवेग का दो महत्त्वपूर्ण पहलू मानता है।
3. दोनों सिद्धान्त यह मानता है कि संवेगात्मक व्यवहार अन्तरांग (visceral organs) तथा शरीर को ऐच्छिक

1. "The activity induced by the hypothalamic stimulation is mechanical, diffused, stereotyped, stimulus-bound and seems to carry no greater emotional connotation..." —Masserman : *Behaviour & Neurosis,* 1943, p. 102

मांसपेशियों जैसे हाथ-पाँव की मांसपेशियों में उपद्रव (disturbance) के फलस्वरूप उत्पन्न होता है।

4. दोनों सिद्धान्त यह भी मानता है कि संवेगात्मक अनुभूति (emotional experience) व्यक्ति को उस समय होता है जब संवेदी तंत्रिका (sensory nerves) द्वारा तंत्रिका आवेग (nerve impulse) प्रमस्तिष्क वल्क (cerebral cortex) में पहुँचता है।

इन समानताओं के बावजूद भी इन दोनों सिद्धान्तों में कुछ विभिन्नताएँ (dissimilarities) हैं जो इस प्रकार है—

1. जेम्स-लान्जे सिद्धान्त के अनुसार संवेगात्मक व्यवहार (emotional behaviour) पहले होता है और संवेगात्मक अनुभूति (emotional experience) बाद में। उदाहरणार्थ, भालू या बाघ देखकर, जेम्स-लान्जे सिद्धान्त के अनुसार, पहले व्यक्ति भाग जाता है और तब उसे अनुभव होता है कि वह डर गया है। परन्तु कैनन-बार्ड सिद्धान्त के अनुसार दोनों अर्थात् संवेगात्मक अनुभूति तथा संवेगात्मक व्यवहार एक साथ (simultaneously) होते हैं।
2. जेम्स-लान्जे सिद्धान्त के अनुसार संवेगात्मक अनुभूति (emotional experience) का होना संवेगात्मक व्यवहार पर निर्भर करता है। यदि संवेगात्मक व्यवहार नहीं होगा तो संवेगात्मक अनुभूति भी नहीं होगी। यदि बाघ या भालू देखकर कोई व्यक्ति भाग नहीं जाता है, तो वह डरेगा भी नहीं। परन्तु कैनन-बार्ड सिद्धान्त में संवेगात्मक व्यवहार तथा संवेगात्मक अनुभूति दोनों एक-दूसरे से स्वतंत्र (independent) होते हैं न कि अनुभूति का कारण व्यवहार होता है।
3. कैनन-बार्ड ने अपने सिद्धान्त में हाइपोथैलमस तथा थैलमस को संवेग का मुख्य स्थान (seat) माना है जबकि जेम्स-लान्जे सिद्धान्त में मस्तिष्क के किसी भी भाग को ऐसे स्थान (seat) के रूप में मान्यता नहीं दी गयी है।
4. जेम्स-लान्जे सिद्धान्त के पक्ष में प्रयोगात्मक सबूत (experimental evidences) नहीं के बराबर है जबकि कैनन-बार्ड के सिद्धान्त के पक्ष में प्रयोगात्मक सबूत काफी है।

इन दोनों सिद्धान्तों की समानताओं एवं विषमताओं पर यदि हम ध्यान दें तो यह स्पष्ट हो जाता है कि कैनन-बार्ड का सिद्धान्त जेम्स-लान्जे सिद्धान्त से कहीं अधिक श्रेष्ठ (superior) है।

स्कैकटर-सिंगर सिद्धान्त
(Schachter-Singer Theory)

संवेग के इस सिद्धान्त का प्रतिपादन दो मनोवैज्ञानिकों अर्थात् स्कैकटर तथा सिंगर (Schachter & Singer, 1962) द्वारा किया गया। इस सिद्धान्त को *संज्ञानात्मक सिद्धान्त*[1] (Cognitive theory) तथा *संज्ञानात्मक-शारीरिक सिद्धान्त* (Cognitive physiological theory) भी कहा जाता है।

इस सिद्धान्त के अनुसार संवेग उत्पन्न करने वाले उद्दीपक का व्यक्ति पहले प्रत्यक्षण करता है। इस प्रत्यक्षण के बाद व्यक्ति में कुछ शारीरिक परिवर्तन (bodily changes) होते हैं। स्कैकटर का कहना है कि प्रत्येक संवेग में करीब-करीब एक ही तरह का शारीरिक परिवर्तन होता है जो स्वाभाविक रूप से अस्पष्ट (vague) होता है क्योंकि इसके आधार पर व्यक्ति यह नहीं बतला सकता है कि उसे कौन-सा संवेग हो रहा है। इसके बाद व्यक्ति अपने पूर्व अनुभूति (past experience) के संदर्भ में उन शारीरिक परिवर्तनों की व्याख्या (interpretation) करता है जो स्पष्टतः एक संज्ञानात्मक प्रक्रिया (cognitive process) है। व्याख्या के परिणामस्वरूप वह समझ पाता है कि उसे किस तरह का संवेग हो रहा है। अतः इस सिद्धान्त में संवेग का ज्ञान होना संवेगात्मक कारक (cognitive factors) तथा शारीरिक परिवर्तनों (bodily changes) की व्याख्या पर निर्भर करता है। संक्षेप में तब यह कहा जा सकता है कि इस सिद्धान्त के अनुसार संवेग के उत्पन्न होने में निम्नांकित तीन कदम (steps) बतलाये गये हैं—

(i) सबसे पहले व्यक्ति संवेग उत्पन्न करने वाले उद्दीपक का प्रत्यक्षण (perception) करता है।

(ii) इस प्रत्यक्षण का परिणाम यह होता है कि व्यक्ति में कुछ आन्तरिक शारीरिक परिवर्तन (bodily changes)

---
1. संवेग के कई सिद्धांत और भी ऐसे हैं जिन्हें संज्ञानात्मक सिद्धान्त (cognitive theory) कहा जाता है। अतः छात्रों को इस नाम से किसी प्रकार संभ्रान्ति (confusion) नहीं होनी चाहिए।

होता है जो अस्पष्ट (vague) होता है, क्योंकि इसके आधार पर यह कहना कठिन हो जाता है कि किस तरह का संवेग हो रहा है। इसे दैहिक उत्तेजन कहा जाता है।

(iii) अपनी पूर्व अनुभूति (past experience) के संदर्भ में व्यक्ति उन शारीरिक परिवर्तनों की व्याख्या करता है जो स्पष्टतः एक संज्ञानात्मक मूल्यांकन की प्रक्रिया (cognitive appraisal) है। व्यक्ति में किस तरह का संवेग हो रहा है, वह इसी व्याख्या पर निर्भर करता है। व्याख्या के अनुसार व्यक्ति जिस तरह का अर्थ लगाता है, उसे वैसे ही संवेग की अनुभूति होती है।

इस सिद्धान्त को संवेग का *द्विकारक सिद्धान्त* (two-factor theory) भी कहा है क्योंकि इसमें संवेग की व्याख्या दैहिक उत्तेजन (physiological stimulation) तथा संज्ञानात्मक मूल्यांकन (cognitive appraisal) दो कारकों के आधार पर किया जाता है।

इस सिद्धान्त के पक्ष में अनेक प्रयोगात्मक सबूत (experimental evidences) मौजूद हैं। मार्शल तथा जिम्बार्डो (Marshall & Zimbardo, 1976), मैसलैंक (Maslach, 1979), स्कैकटर तथा सिंगर (Schachter & Singer, 1962) ने कई प्रयोग ऐसे किये हैं जिनके परिणाम इस सिद्धान्त के पक्ष में गये हैं। उदाहरण के रूप में स्कैकटर तथा सिंगर द्वारा ही किया गया एक प्रयोग जो अधिक लोकप्रिय (popular) भी है, इस प्रकार है—

इस प्रयोग में तीन प्रयोगात्मक समूह (experimental group) थे। तीनों प्रयोगात्मक समूह को एड्रिनालिन[1] (adrenaline) की सूई यह कहकर दी गयी कि उन्हें सुप्रोक्सिन (supproxin) जो एक तरह का विटामिन है, दिया जा रहा है।

तीन प्रयोगात्मक समूह में एक सूचित समूह (informed group) था, दूसरा असूचित समूह (uninformed group) तथा तीसरा गलत सूचित समूह (misinformed group) था। सूचित समूह को तो यह स्पष्ट रूप में बतला दिया गया कि सूई देने से उसमें कुछ सांवेगिक लक्षण (emotional symptoms) जैसे, हाथ में कम्पन, हृदय की गति में तीव्रता, चेहरे पर लाली आना इत्यादि उत्पन्न हो सकते हैं। असूचित समूह (uninformed group) को सूई का होने वाले प्रभाव के बारे में कुछ नहीं बतलाया गया। गलत सूचित समूह को सूई देने से उत्पन्न होनेवाले प्रभाव के बारे में जान-बूझकर गलत सूचना दी गयी। जैसे, इस समूह को कहा गया कि सूई देने से खुजलाहट, सरदर्द, रोंगटे खड़ा होना आदि होंगे (जो सभी गलत थे)। सूई देने के तुरंत बाद तीनों प्रयोगात्मक समूह के कुछ प्रयोज्यों को उल्लास की व्यवस्था (euphoria condition) में तथा कुछ को क्रोध उत्पन्न करने की अवस्था (anger condition) में रखा गया। उल्लास की अवस्था में प्रयोगकर्त्ता का एक सहकर्मी लोगों में हँसी पैदा करने की कोशिश करता था तथा क्रोध की अवस्था में उनका सहकर्मी इस प्रकार से व्यवहार करता था कि प्रयोज्य (subject) में क्रोध उत्पन्न हो। परिणाम में देखा गया कि सूचित समूह (informed group) पर प्रयोगकर्त्ता के सहकर्मी (colleague) द्वारा किये गये व्यवहारों का कोई प्रभाव नहीं पड़ा क्योंकि यह समूह अपने भीतर उत्पन्न सांवेगिक भाव का कारण सूई देना ही समझता था न कि सहकर्मी द्वारा किया गया बाहरी व्यवहार। परन्तु असूचित समूह तथा गलत सूचित समूह के सदस्यों को उल्लास की अवस्था में खुशी हुई तथा क्रोध की अवस्था में उन लोगों में क्रोध उत्पन्न हुआ।

स्कैकटर तथा सिंगर ने इस परिणाम की व्याख्या इस प्रकार की गयी है— एड्रिनालिन की सूई देने से तीनों प्रयोगात्मक समूहों में जो शारीरिक परिवर्तन हुए, वे समान (similar) थे। परन्तु जिन्हें उल्लास की अवस्था में रखा गया उसे खुशी हुई तथा जिन्हें क्रोध की अवस्था में रखा गया उसे क्रोध इसलिए हुआ क्योंकि उनका प्रत्यक्षण (perception) उस विशेष परिस्थिति में होने वाले घटनाओं द्वारा प्रभावित हो रहा था। अतः संवेग का अनुभव मात्र शारीरिक परिवर्तन से नहीं होता है बल्कि उसके संज्ञानात्मक प्रक्रियाओं (cognitive proceses) के आधार पर भी होता है। स्कैकटर-सिंगर सिद्धान्त की व्याख्या को कुछ अन्य मनोवैज्ञानिकों ने भी जैसे कैनटोर, जिल्लमान्न तथा ब्रान्त (Cantor, Zillmann & Bryant, 1975) ने अपने प्रयोग के आधार पर पुष्टि की है।

स्कैक्टर-सिंगर सिद्धान्त (Schachter-Singer theory) से यह स्पष्ट है कि व्यक्ति दैहिक उत्तेजन (physiological arousal) की व्याख्या करने के लिए बाह्य संकेतों (external cues) का उपयोग करता है और तब संवेगात्मक स्थिति (emotional state) नामकरण करता है। मनोवैज्ञानिकों ने यहाँ एक महत्वपूर्ण प्रश्न उठाते हुए कहा है कि इस तरह के दैहिक उत्तेजन (physiological arousal) का स्रोत (source) क्या होता है? इस तरह के दैहिक उत्तेजन का एक प्रमुख

1. ऐड्रिनालिन की सूई देने से व्यक्ति मे हृदय के गति में तीव्रता, रक्तचाप में वृद्धि, साँस की गति में अनियमितता आदि सांवेगिक लक्षण उत्पन्न हो जाते है।

स्रोत (source) जिस पर आजकल अधिक ध्यान मनोवैज्ञानिकों द्वारा दिया जा रहा है, वह है वास्तविक (actual) तथा प्रत्याशित घटनाओं (expected events) का अन्तर। इसे मनोवैज्ञानिकों ने *अन्तर-मूल्यांकन प्राक्कल्पना* (discrepancy-evaluation hypothesis) कहा है। मैण्डलर (Mandler, 1990) के अनुसार, किसी भी दी गयी परिस्थिति में जो घटना वास्तव में घटित होती है और जिसका हमें उम्मीद होता है, में जितना ही अधिक अन्तर होगा उससे दैहिक उत्तेजन (physiological arousal) उतना ही अधिक होगा। इस तरह के दैहिक उत्तेजन का संज्ञानात्मक मूल्यांकन करने के बाद हमें संवेगात्मक अनुभूति का ज्ञान होता है। अन्तर-मूल्यांकन प्राक्कल्पना की वैधता की जाँच मैकडोवेल एवं मैण्डलर (Mac Dowell & Mandler, 1989) द्वारा किये गये प्रयोगों से हुई है। इन प्रयोगों का निष्कर्ष यह रहा है कि अप्रत्याशित घटनाओं से प्रयोज्यों में दैहिक उत्तेजन अधिक मात्रा में उत्पन्न हुआ है क्योंकि ऐसी परिस्थिति में वास्तविक घटना तथा प्रत्याशित घटना में अन्तर काफी अधिक होता है। इसका साक्ष्य हमें अनेक दैनिक परिस्थितियों में मिलता है। जैसे, मान लिया जाय कि कोई छात्र यह उम्मीद करता है कि वह किसी तरह तृतीय श्रेणी में परीक्षा पास कर सकेगा परंतु परीक्षाफल निकलने पर वह अपना नाम यदि प्रथम श्रेणी में देखता है, तो ऐसी परिस्थिति में उसमें दैहिक उत्तेजन (physiological arousal) अधिक होगा क्योंकि वास्तविक एवं प्रत्याशित परीक्षाफल में काफी अंतर है। इसके विपरीत परिस्थिति में भी दैहिक उत्तेजन अधिक होगा क्योंकि इसमें भी वास्तविक तथा प्रत्याशित परीक्षाफल में अन्तर होगा। अन्तर-मूल्यांकन प्राक्कल्पना या सिद्धान्त अन्य बातों के अलावा निम्नांकित दो तथ्यों को भी प्रकाश में लाया है—

(i) दैहिक उत्तेजन का स्तर से संवेगात्मक अनुभूति की तीव्रता का निर्धारण होता है। दैहिक उत्तेजन का स्तर जितना ही अधिक होगा, संवेगात्मक अनुभूति की तीव्रता उतनी ही अधिक होगी।

(ii) संज्ञानात्मक मूल्यांकन (cognitive apparaisal) से संवेगात्मक अनुभूति के विशिष्ट गुण या प्रकार का निर्धारण होता है।

स्कैकटर-सिगर सिद्धान्त की आलोचना कुछ मनोवैज्ञानिकों द्वारा की गयी है। कुछ का कहना है कि इस सिद्धान्त का यह दावा है कि संवेग सिर्फ संज्ञानात्मक कारकों (cognitive factors) द्वारा प्रभावित होता है, सही नहीं है। टामकिन्स (Tomkins, 1981) ने अपने प्रयोग के आधार पर यह दिखलाया है कि कुछ प्राथमिक संवेग (primary emotion) जैसे डर, क्रोध तथा आश्चर्य (surprise) ऐसे होते हैं जो एक निश्चित शारीरिक परिवर्तन (bodily changes) व्यक्ति में उत्पन्न करते हैं तथा जिनकी आनन अभिव्यक्ति (facial expression) भी निश्चित होती है। ऐसी अवस्था में तब स्वभावतः संज्ञानात्मक कारक (cognitive factors) का कोई महत्त्व नहीं रह जाता है क्योंकि व्यक्ति को उस निश्चित शारीरिक परिवर्तन तथा आनन अभिव्यक्ति (facial expression) के आधार पर सम्बन्धित संवेग का ज्ञान हो ही जाता है। कुछ और भी प्रयोगों में जो सबूत पाये गये हैं, वे स्कैकटर तथा सिंगर सिद्धान्त के विरुद्ध में गये हैं। जैसे, मैसलैक (Maslach, 1979) ने अपने अध्ययन में पाया है कि जब प्रयोज्यों को उल्लास उत्पन्न करनेवाली परिस्थिति में रखा जाता तो, वैसी अवस्था में भी दुःखद संवेग (unpleasant emotion) हुआ करते थे, हालाँकि स्कैकटर-सिंगर सिद्धान्त के अनुसार उसमें सिर्फ सुखद संवेग होना चाहिए था। उसी तरह से मार्शल तथा जिम्बार्डो (Marshal & Zimbardo) ने अपने प्रयोग में पाया कि जब दोनों तरह के प्रयोज्यों को, अर्थात् वैसे प्रयोज्यों को जिन्हें एड्रिनालिन (adrenaline) की सूई दी गयी थी तथा जिन्हें इस तरह की सूई न देकर एक निष्क्रिय द्रव (inactive substance) (जिसका कोई प्रभाव नहीं होता था।) दिया गया थां, उल्लास पैदा करने वाले परिस्थिति में रखा गया, तो इन दोनों तरह के प्रयोज्यों (subjects) के संवेग में कोई अन्तर नहीं पाया गया जबकि स्कैकटर-सिंगर सिद्धान्त के अनुसार अन्तर होना चाहिए।

यद्यपि स्कैकटर-सिंगर सिद्धान्त की व्याख्या के प्रतिकूल कुछ प्रयोगात्मक सबूत हैं, फिर भी इसका महत्त्व काफी है और इसकी मान्यता संवेग के संज्ञानात्मक सिद्धान्तों (cognitive theories) में सबसे अधिक है।

संज्ञानात्मक-मूल्यांकन सिद्धान्त
(Cognitive-Appraisal Theory)

यह भी एक तरह का संज्ञानात्मक सिद्धान्त है जिसका प्रतिपादन लेजारस (Lazarus, 1970, 1984) द्वारा किया गया। इस सिद्धान्त के अनुसार वातावरण के भिन्न-भिन्न वस्तुओं (objects) तथा शरीर के भीतर से मिलने वाली सूचनाओं का जब व्यक्ति सही-सही मूल्यांकन (appraisal) करता है, तो उसे संवेग होता है। चूँकि इस मूल्यांकन में संज्ञान (cognition) सम्मिलित होता है, इसलिए इसे संज्ञानात्मक सिद्धान्त (cognitive theory) भी कहा जाता है।

ऊपर के विवरण से यह स्पष्ट है कि इस सिद्धान्त में अनुभव किये गये संवेग का मुख्य आधार भिन्न-भिन्न तरह की सूचनाओं का मूल्यांकन (appraisal) है। संवेग की उत्पत्ति में इस तरह के मूल्यांकन के महत्त्व को सिखलाने के लिए लेजारस, एभेरिल तथा ऑपटन (Lazarus, Averill & Opton, 1970) ने एक प्रयोग किया है जो विशेष रूप से उल्लेखनीय है।

इस प्रयोग में तीन प्रयोगात्मक समूह (experimental group) थे जिन्हें अलग-अलग क्रम में रखकर एक ही फिल्म को दिखलाया गया। फिल्म आस्ट्रेलिया की एक जनजाति (tribe) से सम्बन्धित थी जिसमें छोटे-छोटे बच्चों के यौन अंगों का असभ्य ढंग से चीर-फाड़ (operation) करते दिखलाया गया था। तीनों प्रयोगात्मक समूह को एक ही फिल्म तीन अलग-अलग पृष्ठभूमि ध्वनि (background sound) देकर दिखलायी गयी। पहले प्रयोगात्मक समूह की पृष्ठभूमि ध्वनि में चीर-फाड़ (operation) के हानिकारक प्रभावों पर बल डाला गया था। दूसरे प्रयोगात्मक समूह की पृष्ठभूमि ध्वनि में इस बात पर बल डाला गया था कि चीर-फाड़ वास्तविक नहीं था बल्कि मात्र एक दिखावा था। तीसरे प्रयोगात्मक समूह की पृष्ठभूमि ध्वनि में इस बात पर बल डाला गया था कि उस जनजाति के सामाजिक रीतियों के अनुसार बच्चे को एक नागरिक बनने के लिए उस ढंग का चीर-फाड़ आवश्यक था। परिणाम में यह देखा गया कि पहले प्रयोगात्मक समूह के प्रयोज्यों में सांवेगिक उपद्रव (emotional disturbances) जैसे रक्तचाप में वृद्धि संकेत, हृदय की गति में वृद्धि, साँस की गति में अनियमितता आदि अन्य दोनों प्रयोगात्मक समूहों में हुए ऐसे ही सांवेगिक उपद्रव की अपेक्षा अधिक हुए।

इस प्रयोग के परिणाम से संज्ञानात्मक मूल्यांकन सिद्धान्त को पूर्ण समर्थन मिलता है। तीनों प्रयोगात्मक समूह के सामने उद्दीपक (stimulus) एक ही था, यानी एक ही फिल्म को दिखलाया गया था। परन्तु भिन्न-भिन्न पृष्ठभूमि ध्वनि के कारण प्रयोज्यों को एक ही फिल्म का मूल्यांकन (appraisal) भिन्न-भिन्न ढंग से करना पड़ा। शायद यही कारण है कि पहले प्रयोगात्मक समूह के प्रयोज्यों में अन्य दो प्रयोगात्मक समूह के प्रयोज्यों की अपेक्षा अधिक संवेग उत्पन्न हुए।

आजकल मनोवैज्ञानिकों के बीच इस संज्ञानात्मक मूल्यांकन सिद्धान्त की काफी अधिक मान्यता है क्योंकि इसे संवेग का सबसे अधिक संतोषजनक (satisfacotry) तथा विस्तृत (comprehensive) सिद्धान्त माना गया है। परन्तु इसका मतलब यह नहीं है कि सिद्धान्त में किसी परिवर्तन (changes) की जरूरत नहीं है। सच्चाई यही है कि जैसे-जैसे नये वैज्ञानिक तथ्य (scientific facts) मनोवैज्ञानिकों के सामने आते जायेंगे, वैसे-वैसे इस सिद्धान्त में परिवर्तन करने की आवश्यकता भी महसूस होगी।

लिंडस्ले का सक्रियण सिद्धान्त
(Lindsley's Activation Theory)

संवेग के सक्रियण सिद्धान्त (activation theory) की व्याख्या लिंडस्ले (Lindsley, 1951) ने किया। इस सिद्धान्त के अनुसार संवेग प्रमस्तिष्क वल्क (cerebral cortex) के सक्रियण स्तर पर निर्भर करता है। लिंडस्ले के अनुसार

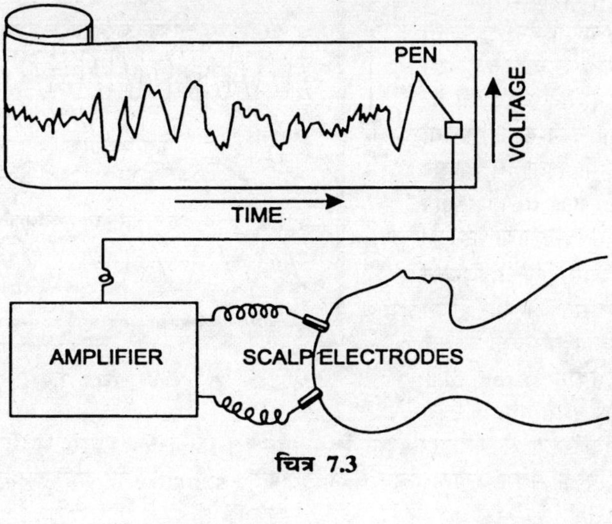

चित्र 7.3

सक्रियण स्तर (level of activation) चार तरह के होते हैं—शून्य स्तर (zero-level), निम्न स्तर (low level), उच्च स्तर (high level) तथा साधारण या मध्य स्तर (moderate level)। सक्रियण का शून्य स्तर (zero level) मृत्यु के बाद होता है। अतः इसके अध्ययन का कोई प्रश्न ही नहीं उठता है। निम्न स्तर (low level) नींद (sleep) के दौरान होते पाया जाता है। क्रोध, डर आदि तीव्र संवेगों में व्यक्ति का सक्रियण स्तर (high) होता है। सामान्य क्रियाओं जैसे पढ़ने-लिखने, खाने-पीने आदि के दौरान व्यक्ति का सक्रियण स्तर साधारण (moderate) होता है। इस तरह से स्पष्ट है कि व्यक्ति जब नींद की अवस्था में होता है, तो उस समय सक्रिय का स्तर सबसे कम होता है और जब व्यक्ति तीव्र संवेग जैसे, क्रोध तथा भय आदि में होता है तो उस समय सक्रियण का स्तर काफी अधिक होता है। नींद के दौरान सक्रियण का स्तर निम्न होने का कारण यह है कि प्रमस्तिष्क वल्क (cerebral cortex) उस समय कम सक्रियण होता है और क्रोध तथा भय आदि संवेग में सक्रियण का स्तर अधिक ऊँचा इसलिए होता है क्योंकि उस समय प्रमस्तिष्क वल्क अधिक सक्रिय होता है। लिंडस्ले ने अपने संवेग के सिद्धान्त में सक्रियण (activation) के इन दोनों छोरों (extremes) की व्याख्या काफी संतोषजनक रूप से की है।

लिंडस्ले का यह सिद्धान्त उन प्रयोगों एवं शोधकार्यों (researches) पर आधारित है जो एलेक्ट्रोएन्सीफैलोग्राम (Electroncephalogram या संक्षेप में EEG) से सम्बन्धित है। एलेक्ट्रोएन्सीफैलेग्राम से सम्बन्धित कुछ अध्ययन तो उन्होंने स्वयं किया था तथा कुछ अध्ययन दूसरे मनोवैज्ञानिकों तथा विशेषज्ञों द्वारा किये गये थे। इन अध्ययनों से यह स्पष्ट हो गया कि प्रमस्तिष्क वल्क (cerebral cortex) के सक्रिय अवस्था में होने से उसमें कुछ विद्युतस्पन्दन (electrical beat) पैदा होता रहता है जिसे हम सामान्यतः मस्तिष्क तरंग (brain wave) कहते हैं। इस तरंग को जिस यंत्र द्वारा मापा जाता है, उसे *एलेक्ट्रोएनसीफैलोग्राफ* (electroencephalograph) कहा जाता है तथा इस यंत्र द्वारा मस्तिष्क तरंगों का रेकार्डिंग एक ग्राफ के रूप में होता है जिसे *एलेक्ट्राअन्सीफैलेग्राम* (electroencephalogram या EEG) कहा जाता है जिसे चित्र 7.3 मे दिखलाया गया है। सक्रियता (activation) के स्तर को ध्यान में रखते हुए यह कहा जाता है कि EEG में दो तरह के मस्तिष्क तरंगें (brain waves) बनते हैं—

(i) अल्फा मस्तिष्क तरंग (Alpha brain wave)

(ii) बीटा मस्तिष्क तरंग (Beta brain wave)

जब व्यक्ति आराम की अवस्था में होता है अर्थात् व्यक्ति का प्रमस्तिष्क वल्क (cerebral cortex) बहुत अधिक सक्रिय नहीं होता है, तो उस समय EEG द्वारा जो मस्तिष्क तरंग रेकार्ड किये जाते हैं, उसे अल्फा रंग (alpha waves) कहा जाता है, जिसकी ऊँचाई (amplitude) अधिक एवं नियमित (regular) होती है और जो प्रति सेकेण्ड 8 से 12 चक्र (cycles) की दर से उत्पन्न होता है। जब व्यक्ति में सक्रियण का स्तर बढ़ता है, तो अल्फा तरंग का बनना बन्द हो जाता है और उसकी जगह पर छोटी ऊँचाई की तरंगें जो प्रति सेकेण्ड 18 से 30 चक्र तक की होती है, बनना प्रारम्भ हो जाता है। ऐसी तरंगें काफी तीव्रता से बनती है तथा अनियमित भी होती है। अल्फा तरंग (alpha waves) तथा बीटा तरंग (beta waves) को चित्र संख्या 7.4 में दिखलाया गया है।

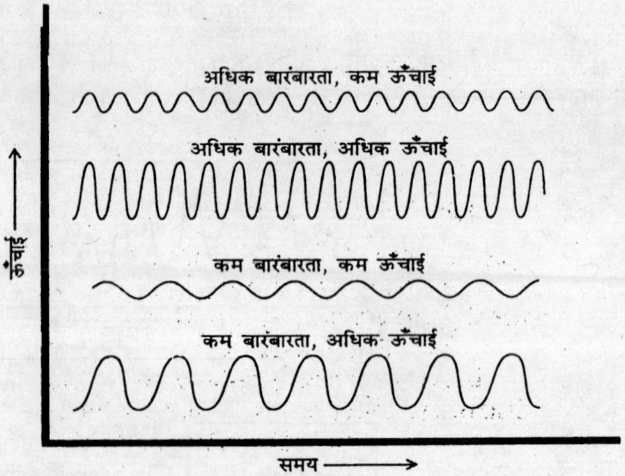

चित्र 7.4

लिंडस्ले का संवेग सिद्धान्त काफी विस्तृत (comprehensive) है और इसके अनुसार संवेग की उत्पत्ति एवं उसके अनुभव में मस्तिष्क के कई भागों जैसे रेटिकुलर फॉरमेशन (reticular formation), थैलमस, हाइपोथैलमस तथा कॉर्टेक्स या वल्क (cortex) का संयुक्त रूप से योगदान होता है। लिंडस्ले (Lindsley) द्वारा संवेग की व्याख्या काफी सरल है, जो इस प्रकार है— जब किसी संवेग उत्पन्न करने वाले उद्दीपक (stimuli) का व्यक्ति प्रत्यक्षण (perceive) करता

है, तो इससे सुषुम्ना होते हुए स्नायु प्रवाह (nerve impulse) रेटिकुलर फॉरमेशन में पहुँचता है जिससे वह उत्तेजित हो जाता है। इसके परिणामस्वरूप रेटिकुलर फॉरमेशन स्नायु प्रवाह को थैलमस तथा हाइपोथैलमस में भेजता है जिससे फिर से दोनों उत्तेजित हो जाते हैं और वे स्नायु प्रवाह के पहुँचने के बाद व्यक्ति को सांवेगिक उत्तेजना (emotional excitement) का अनुभव होता है। इस सरलतम व्याख्या से यह स्पष्ट है कि लिंडस्ले ने संवेग तथा उससे सम्बन्धित सक्रियता (activation) का आधार रेटिकुलर फॉरमेशन (reticular formation) को माना है। यदि रेटिकुलर फॉरमेशन किसी कारण से उत्तेजित नहीं होता है, तो व्यक्ति में न तो संवेग ही होगा और न किसी प्रकार की क्रियाशीलता ही होते पायी जाएगी। दूसरे शब्दों में, इसके उत्तेजित होने पर ही व्यक्ति में क्रियाशीलता बढ़ती है और संवेग भी उत्पन्न होता है। इसके उत्तेजित होने पर व्यक्ति के मस्तिष्क से बीटा तरंगें (beta waves) अधिक निकलती हैं। लिंडस्ले (Lindsley, 1957) ने कुछ ऐसे प्रयोग किये हैं जिनमें पशु के रेटिकुलर फॉरमेशन को काटकर निकाल देने पर या पूर्णतः घायल कर देने पर वह सोया ही रहा गया और अन्त में पशु नींद में मर भी गया। अतः रेटिकुलर फॉरमेशन का उत्तेजित होना ही लिंडस्ले सिद्धान्त के अनुसार संवेग की उत्पत्ति का कारण हैं। लिंडस्ले (Lindsley, 1957) अपने सिद्धान्त की व्याख्या निम्नांकित पाँच प्रमुख प्राक्कल्पनाओं (hypotheses) के रूप में किये हैं।

1. *संवेग में EEG एक विशेष सक्रियता पैटर्न (activation pattern) को बतलाता है जिसमें अल्फा तरंगें समाप्त होकर उसकी जगह पर कम ऊँचाई (low amplitude) की तेज तरंगें (fast waves) बनती हैं (EEG in emotion presents an activation pattern that is characterised by abolition of alpha waves and induction of low amplitude fast waves)*—लिंडस्ले का यह विचार था कि जब प्राणी में संवेग उत्पन्न होता है, तो उसमें एक खास प्रकार की सक्रियता पैटर्न (activation pattern) उत्पन्न होती है। इस पैटर्न के दौरान मस्तिष्क से EEG द्वारा रेकार्ड किये गये तरंग की एक खास विशेषता होती है। मस्तिष्क तरंगें अल्फा तरंगों के समान न होकर बीटा तरंगों यानी कम ऊँचाई की तेज तरंगों के समान होता है। बर्गर (Berger, 1933) ने अपने प्रयोग के आधार पर इस तथ्य की पुष्टि की है। इन्होंने अपने अध्ययन में पाया है कि डर तथा चिन्ता के संवेग में अल्फा तरंगों का बनना समाप्त हो जाता है और उसकी जगह पर कम ऊँचाई वाली तीव्र तरंगें (बीटा तरंगें) बनना प्रारम्भ हो जाती है। जोस्ट (Jost, 1941) ने अपने अध्ययन में पाया कि कुण्ठा (frustration) की स्थिति में बच्चों में अल्फा तरंगें कम हो गयीं। इन अध्ययनों से स्पष्ट हो जाता है कि तीव्र संवेग में व्यक्ति में एक खास सक्रियता पैटर्न होती है जिसमें अल्फा तरंगें कम या खत्म होती पायी जाती है और इसके जगह पर वीटा तरंगें बनने लगती है।

2. *EEG में संवेग में होने वाले सक्रियता पैटर्न को मस्तिष्क स्तंभ (brain stem) के रेटिकुलर फॉरमेशन (reticular formation) को उत्तेजित करके प्राप्त किया जा सकता है (The activation pattern in EEG during an emotion can be reproduced by electrical stimulation of reticular formation)*—संवेगात्मक उत्तेजन (emotional stimulation) में स्नायु प्रवाह (nerve impulse) द्वारा मस्तिष्क स्तंभ (brain stem) का रेटिकुलर फॉरमेशन उत्तेजित हो जाता है। फिर, यहाँ से स्नायुप्रवाह थैलमस तथा हाइथैलमस को उत्तेजित करते हुए कॉर्टेक्स या वल्क (cortex) में पहुँचता है जिससे उत्पन्न होने वाला सक्रियता पैटर्न (activation pattern) ऐसी होती है जिसमें अल्फा तरंगें समाप्त होकर उसकी जगह पर तीव्र अनियमित तरंगें बनने लगती हैं। इससे बिलकुल ही स्पष्ट हो जाता है कि रेटिकुलर फॉरमेशन के उत्तेजित होने से ही विशेष सक्रियता पैटर्न व्यक्ति में विकसित होती है। इस तथ्य की पुष्टि मॉरोज्जी तथा मेगॉन (Moruzzi & Magoun, 1949) ने अपने प्रयोग के आधार पर की है। इस प्रयोग में उन्होंने बिल्ली के रेटिकुलर फॉरमेशन को हल्के विद्युत प्रवाह (mild electric current) द्वारा उत्तेजित किया और पाया कि बिल्ली में सक्रियता स्तर बढ़ गई और कॉर्टेक्स में अल्फा तरंगें करीब-करीब समाप्त हो गई। इन तरंगों की जगह पर कम ऊँचाई वाली एवं तेज और अधिक चक्र बनाने वाली अनियमित तरंगें उत्पन्न हो गई।

3. *जब प्राणी के डाइन्सेफलॉन (diencephalon) जिसमें मूलतः थैलमस तथा हाइपोथैलमस आते हैं, को नष्ट कर दिया जाता है, तो प्रमस्तिष्कीय वल्क (cerebral cortex) में सक्रियण (activation) समाप्त हो जाता है और उसमें अल्फा तरंगें पुनः बनना प्रारम्भ हो जाती है। (When diencephalon which mainly consists of thalamus and hypothalamus is destroyed, it abolishes the activation pattern in cortex and permits restoration of alpha waves)*—उपर्युक्त प्राक्कल्पना के अनुसार प्राणी के डाइन्सेफ्लॉन, जिसमें मूल रूप से अन्य चीजों के अलावा थैलमस तथा हाइपोथैलमस प्रधान है, की सक्रियता (activation) व्यक्ति के संवेग में महत्त्वपूर्ण योगदान करते हैं। जैसा कि ऊपर

कहा गया है, रेटिकुलर फॉरमेशन तंत्रिका आवेग को थैलमस तथा हाइपोथैलमस में भेजता है जहाँ से फिर तंत्रिका आवेग प्रमस्तिष्कीय वल्क (cerebral cortex) में पहुँचता है और तब व्यक्ति को संवेगात्मक अनुभूति होती है। लिंडस्ले, बोडेन तथा मेगॉन (Lindsley, Bowden & Magoun, 1949) ने इस तथ्य की पुष्टि कुछ प्रयोगात्मक सबूतों (experimental evidences) को देकर की है। इन लोगों ने अपने अध्ययन में पशु के डाइन्सेफलॉन को नष्ट कर दिया तो देखा कि पशु निष्क्रिय हो गए। उसके मस्तिष्क से अल्फा तरंगें (alpha waves) अधिक निकलने लगी और बीटा तरंगें समाप्त हो गयीं। इस तरह से पशु में डाइन्सेफलॉन को नष्ट कर देने से सक्रियण पैटर्न (activation pattern) समाप्त हो गयी तथा संवेगात्मक अनुभूति भी खत्म हो गई।

4. *प्राणी के हाइपोथैलमस तथा थैलमस को नष्ट कर देने पर जो सांवेगिक व्यवहार उत्पन्न होते हैं वे हाइपोथैलमस तथा थैलमस को उत्तेजित करने से उत्पन्न सांवेगिक व्यवहार के ठीक विपरीत होते हैं (The emotional behaviours associated with destruction of hypothalamus and thalamus are antithesis of emotional behaviours associated with stimulation of intact thalamus and hypothalamus)*—जब प्राणी का हाइपोथैलमस तथा थैलमस रोगग्रसित होने से या घायल होने से या अन्य किसी कारण से यदि कार्य नहीं करता, तो वैसी हालत में व्यक्ति में संवेगात्मक उदासीनता पाई जाती है और उसमें कुछ वैसे व्यवहार या लक्षण पाए जाते हैं जो ठीक संवेगात्मक स्थिति में उत्पन्न व्यवहार के विपरीत होते हैं। मनोवैज्ञानिक प्रयोगों से यह स्पष्ट हो गया है कि ऐसी स्थिति में प्राणी में सुस्ती, निद्रालुता (somnolence), उदासीनता (apathy), स्तब्धि (catalepsy) आदि तीव्र हो जाते हैं।

5. *डाइन्सेफलॉन तथा निम्नमस्तिष्क स्तंभ (lower brain stem) के रेटिकुलर फॉरमेशन के प्रक्रम (mechanism) EEG के सक्रियता प्रक्रम (activation mechanism) के या तो समरूप (identical) होते हैं या परस्परव्यापी (overlapping) होते हैं। (The mechanism of diencephalon and lower brain stem reticular formation is either identical with or overlaps the EEG activating mechanism)*—इस तथ्य के अनुसार डाइन्सेफलॉन (diencephalon) को विशेषकर हाइपोथैलमस तथा वेटिकुलर फारमेशन को यदि बिजली प्रवाह द्वारा उत्तेजित किया जाता है, तो इससे उत्पन्न सक्रियता-प्रक्रम (activation mechanism) ठीक वैसा ही होता है जैसा EEG द्वारा प्राप्त सक्रियता-प्रक्रम होती है। रैन्सन तथा मेगाऊन (Ranson & Magaun, 1939) ने इस तथ्य की पुष्टि अपने प्रयोगात्मक सबूत के आधार पर की है। इन्होंने यह भी बतलाया है कि डाइन्सेफलॉन को, विशेषकर हाइपोथैलमस को बिजली प्रवाह द्वारा उत्तेजित करने पर उसमें उत्पन्न उन्मोचन (discharge) एक ही साथ दो दिशाओं में जाता है। कुछ उन्मोचन ऊपर दिशा में जाते हैं और कॉर्टेक्स (cortex) में पहुँचते हैं जिससे व्यक्ति को संवेगात्मक अनुभूति (emotional experience) होती है। कुछ उन्मोचन निचली दिशा में चले जाते हैं जो मस्तिष्क स्तंभ (brain stem) तथा सुषुम्ना (spinal cord) होते हुए शरीर की भिन्न-भिन्न मांसपेशियों में चली जाती है। इससे व्यक्ति में संवेगात्मक व्यवहार एवं उससे सम्बन्धित भिन्न-भिन्न क्रियाएँ होतीं हैं। इस तरह के प्रयोगात्मक तथ्य से कैनन-बार्ड के सिद्धान्त की भी पुष्टि होती है क्योंकि उसमें भी हाइपोथैलमस से उत्पन्न उन्मोचन (discharge) की व्याख्या इस प्रकार की गयी है।

लिंडस्ले (Lindsley, 1957) द्वारा प्रतिपादित संवेग का यह सिद्धान्त मनोवैज्ञानिकों के बीच काफी चर्चित है। फलस्वरूप, लोगों ने इस सिद्धान्त के कुछ गुण-दोष बतलाये हैं। लिंडस्ले के सक्रियण सिद्धान्त के तीन प्रमुख **गुण** (merits) हैं, जो निम्नांकित है—

(i) इस सिद्धान्त का सबसे महत्त्वपूर्ण गुण जैसा कि क्लीग्स (Kliggs, 1957) ने बतलाया है, यह है कि इसके द्वारा तीव्र तथा मंद संवेग दोनों की व्याख्या संतोषजनक रूप से ही जाती है। जैसा कि ऊपर किये गये वर्णन से स्पष्ट है, इस सिद्धान्त में संवेग की तीव्रता या मंदता सक्रियण-स्तर (activiation level) पर निर्भर करती है। यदि संवेगात्मक परिस्थिति में व्यक्ति में सक्रियण-स्तर कम होता है तो वैसी परिस्थिति में व्यक्ति में मंद संवेग उत्पन्न होता है परन्तु यदि किसी परिस्थिति में सक्रियण-स्तर अधिक होता है, तो व्यक्ति में तीव्र संवेग होता है। तीव्र क्रोध की अवस्था में सक्रियण-स्तर मंद क्रोध की अवस्था की अपेक्षा अधिक ऊँचा होता है।

(ii) इस सिद्धान्त में लिंडस्ले ने संवेगात्मक व्यवहार तथा असंवेगात्मक व्यवहार में गुण (quality) की नहीं बल्कि मात्रा (quantity) का अंतर माना है। उनका कहना है कि संवेगात्मक व्यवहार असंवेगात्मक व्यवहार रूप से भिन्न नहीं होता है। अन्तर सिर्फ इतना ही नहीं है कि जब उस संवेग से सम्बन्धित सक्रियण स्तर (activation level) कम होता है तो वह व्यवहार असंवेगात्मक व्यवहार होता है, परंतु जब वही सक्रियण स्तर अधिक ऊँचा होता है, तो वह व्यवहार संवेगात्मक व्यवहार हो जाता है। अतः संवेगात्मक तथा असंवेगात्मक व्यवहार में सिर्फ

सक्रियण-स्तर की मात्रा (अधिक या कम) का अन्तर होता है किसी प्रकार के गुण का नहीं। जब व्यक्ति में सक्रियण-स्तर अधिक ऊँचा होता है तो व्यक्ति को तीव्र संवेग का अनुभव होता है जिसमें उसका व्यवहार भी कुछ हद तक असंगठित हो जाता है। यही कारण है कि व्यक्ति तीव्र संवेग में (जैसे तीव्र क्रोध में) पागल-सा व्यवहार करने लगता है। दूसरी तरफ जब व्यक्ति में सक्रियण-स्तर कम होता है, तो व्यक्ति में हल्के संवेग का अनुभव होता है और उसका व्यवहार संगठित रहता है।

(iii) यह सिद्धान्त कैनन-बार्ड सिद्धान्त की अपेक्षा अधिक व्यापक तथा महत्त्वपूर्ण है क्योंकि संवेग की उत्पत्ति में हाइपोथैलमस के अलावा मस्तिष्क (brain stem) के अन्य हिस्सों तथा प्रमस्तिष्कीय कॉर्टेक्स (cerebral cortex) के महत्त्व को भी स्वीकार किया गया है।

इन गुणों के बावजूद भी इस सिद्धान्त में कुछ लोगों ने निम्नांकित **अवगुण** (demerits) बतलाये हैं—

(i) इस सिद्धान्त द्वारा तीव्र संवेग तथा मंद संवेग की व्याख्या तो हो जाती है। परन्तु इन दोनों संवेगों के बीच का संवेग यानी साधारण संवेग (moderate emotions) की व्याख्या नहीं होती है। जैसा कि स्टीभेन्स[1] (Stevens, 1951) ने कहा है, ''संक्षेप में सक्रियण सिद्धान्त छोर के (extreme) संवेगों की व्याख्या तो करता है, परन्तु बीच के तथा मिश्रित संवेगों को तुलनात्मक रूप से बिना व्याख्या किये ही छोड़ देता है।''

(ii) यदि लिंडस्ले के सिद्धान्त पर गौरपूर्वक ध्यान दें तो यह स्पष्ट हो जाता है कि इस सिद्धान्त में संवेग की व्याख्या कम तथा सक्रियण स्तर (activation level) की व्याख्या अधिक की गयी है। इस तरह की असंतुलित व्याख्या को ध्यान में रखते हुए कुछ मनोवैज्ञानिकों जैसे ओलमैन (Wolman, 1973) ने यहाँ तक टिप्पणी किया है कि लिंडस्ले के सिद्धान्त को संवेग का एक सामान्य सिद्धान्त कहने की अपेक्षा इसे सक्रियण (activation) का सिद्धान्त कहना अधिक युक्तिसंगत होगा।

(iii) लिंडस्ले (Lindsley) के सिद्धान्त में जब सक्रियण का स्तर अधिक होता है तो संवेग तीव्र होता है तथा जब सक्रियण का स्तर कम होता है तो संवेग हल्का होता है।
कुछ मनोवैज्ञानिकों ने यह बतलाया है कि सक्रियण का स्तर घटने-बढ़ने से व्यक्ति में सिर्फ संवेग ही नहीं बल्कि अभिप्रेरण (motivation) का भी स्तर घटता बढ़ता है। अतः इन लोगों ने यह आपत्ति उठायी है कि लिंडस्ले के सिद्धान्त में संवेग तथा अभिप्रेरण के अन्तर को स्पष्ट नहीं किया गया है। किस तरह के सक्रियण स्तर (activation level) संवेग एवं अभिप्रेरण (motivation) से भिन्न है, इसे कहीं नहीं समझाया गया है।

(iv) लिंडस्ले के सिद्धान्त में कहीं भी संज्ञानात्मक कारकों (cognitive factors) जैसे पूर्व अनुभूति (past experience), प्रत्यक्षण (perception) आदि के महत्त्व को संवेग में नहीं दिखलाया गया। सच्चाई यह है कि स्कैकटर तथा सिंगर (Schachter & Singer, 1962), लेजारस (Lazarus, 1984) मैन्डलर (Mandler, 1980) ने अपने-अपने संवेग के सिद्धान्तों में यह दिखला दिया है कि संवेग की उत्पत्ति में सिर्फ शारीरिक परिवर्तनों (bodily changes) का नहीं बल्कि संज्ञानात्मक कारकों का भी महत्त्वपूर्ण हाथ होता है। लिंडस्ले ने अपने सिद्धान्त में ऐसे कारकों की चर्चा तक भी कहीं नहीं की है।

इन आलोचनाओं के बावजूद लिंडस्ले का सक्रियण सिद्धान्त (activation theory) एक महत्त्वपूर्ण सिद्धान्त है। मनोवैज्ञानिकों के बीच इस सिद्धान्त की मान्यता काफी अधिक है।

अध्याय सारांश — CHAPTER SUMMARY

1. संवेग से तात्पर्य एक ऐसे आत्मनिष्ठ भाव से होता है जिसमें कुछ शारीरिक उत्तेजन पैदा होता है और फिर इसमें कुछ खास-खास आंगिक प्रक्रियाएँ, अभिव्यक्त व्यवहार आदि भी होते हैं।
2. संवेग की कई विशेषताएँ होतीं है। ऐसी चार विशेषताओं पर प्रकाश डाला गया है।
3. संवेग का विकास एक खास क्रम में होता है। जन्म के समय बच्चा में मात्र उत्तेजन (excitement) के अतिरिक्त कोई निश्चित संवेग नहीं पाया जाता है। फिर बाद में जैसे-जैसे उसकी आयु बढ़ती है, उसमें संवेग विकसित होता

1. "In short, the activation theory appears to account for the extremes but leaves intermediate and mixed states relatively unexplained as yet" —Stevens (Ed.) *Handbook of Experimental Psychology,"* 1951, p. 509.

है। जैसे, 3 महीने की आयु में सिर्फ दुःख तथा आनन्द (delight) का संवेग होता है। फिर छः महीने की आयु होने पर बच्चा में क्रोध एवं डर का संवेग विकसित होता है आदि-आदि।

4. संवेग के कई प्रकार हैं जिसमें सात प्रकार का वर्णन किया गया है।
5. संवेग की माप की कई विधियों का प्रतिपादन किया गया है जिसमें गौल्वेनिक त्वक् अनुक्रिया, रक्तचाप में परिवर्तन, रेटिंग मापनी, प्रेक्षण मूलक तथा मनोवैश्लेषिक प्रविधि तथा प्रश्नावली विधि प्रमुख है।
6. संवेग में बाह्य शारीरिक परिवर्तन तथा आंतरिक शारीरिक परिवर्तन दोनों ही होते हैं।
7. अभिप्रेरण तथा संवेग में समानता के बावजूद विभिन्नता है।
8. संवेग में स्वायत्त तंत्रिका तंत्र तथा मस्तिष्क कारकों के महत्त्व पर भी प्रकाश डाला गया है। इन दोनों कारकों से भिन्न-भिन्न प्रकार के संवेग प्राणी में उत्पन्न होते देखे गए हैं।
9. संवेग की व्याख्या करने के लिए जेम्स-लांजे सिद्धान्त एवं कैनन-बार्ड सिद्धान्त का वर्णन किया गया है।
10. संवेग की व्याख्या संज्ञानात्मक सिद्धान्त तथा संक्रियण सिद्धान्त द्वारा भी की गयी हैं।

□

अध्याय 8

बुद्धि
(INTELLIGENCE)

बुद्धि की परिभाषा एवं स्वरूप
(Definition and Nature of Intelligence)

बुद्धि एक ऐसा सामान्य शब्द है जिसका प्रयोग हम अपने दिन-प्रतिदिन के बोल-चाल की भाषा में काफी करते है। तेजी से सीखने तथा समझने, अच्छे स्मरण तथा तार्किक चिन्तन आदि गुणों के लिए हम दिन-प्रतिदिन की भाषा में 'बुद्धि' शब्द का प्रयोग करते हैं।

मनोवैज्ञानिकों में 'बुद्धि' शब्द का प्रयोग इस सामान्य अर्थ से हटकर विशेष अर्थ में होता है। प्रारम्भ से ही मनोवैज्ञानिकों ने बुद्धि शब्द को परिभाषित करने में कोशिश की है। सबसे पहले बोरिंग (Boring, 1923) ने बुद्धि की एक औपचारिक परिभाषा (formal definition) दिया और कहा कि बुद्धि परीक्षण जो मापता है, वही बुद्धि *(Intelligence is what intelligence test measures)*। परन्तु इस परिभाषा से बुद्धि के स्वरूप (nature) के बारे में किसी निश्चित अर्थ का पता नहीं चलता है। फिर बुद्धि को मापने के लिए बहुत परीक्षण (tests) हैं। इनमें से किस परीक्षण द्वारा किये गये मापन (measurement) को बुद्धि कहा जायेगा। बोरिंग के बाद अनेकों मनोवैज्ञानिकों ने बुद्धि को भिन्न-भिन्न ढंग से परिभाषित करने की कोशिश की है। इस सभी परिभाषाओं को मूलतः तीन भागों में बाँटा जा सकता है—

1. पहले श्रेणी में उन परिभाषाओं को रखा जा सकता है जिसमें बुद्धि को वातावरण के साथ समायोजन (adjustment) करने की क्षमता के आधार पर परिभाषित किया गया है। जो व्यक्ति जितनी ही जल्दी से वातावरण के साथ समायोजन कर लेता है, उसे उतनी ही तीव्र बुद्धि का समझा जाता है।
2. दूसरे श्रेणी में उन परिभाषाओं को रखा गया है जिसमें बुद्धि को सीखने की क्षमता (ability to learn) के रूप में परिभाषित किया गया है। जिस व्यक्ति में यह क्षमता जितनी ही अधिक होती है, उस व्यक्ति में बुद्धि भी उतनी ही होगी।
3. तीसरे श्रेणी में उन परिभाषाओं को रखा गया है जिसमें बुद्धि को अमूर्त्त चिन्तन (abstract reasoning) करने की क्षमता के रूप में परिभाषित किया गया है। यह क्षमता जिस व्यक्ति में जितनी ही अधिक होती है, उस व्यक्ति में बुद्धि भी उतनी ही होगी।

परन्तु बाद में अधिकतर मनोवैज्ञानिकों द्वारा यह अनुभव किया गया कि इन तीनों श्रेणियों की परिभाषाओं का एक सामान्य दोष (common defect) है और वह यह है कि प्रत्येक श्रेणी की परिभाषाओं में बुद्धि के मात्र एक पहलू या पक्ष को आधार मानकर बुद्धि को परिभाषित किया गया है। वास्तव में, बुद्धि में सिर्फ एक ही तरह की क्षमता (या पहलू) सम्मिलित नहीं होती है बल्कि इसमें अनेक तरह की क्षमताएँ जिन्हें सामान्य क्षमता (general ability) कहा जाता है, सम्मिलित होता है। इस उद्देश्य को ध्यान में रखते हुए कुछ मनोवैज्ञानिकों ने बुद्धि को दूसरे ढंग से परिभाषित किया है। इस परिभाषाओं में से निम्नांकित तीन सर्वश्रेष्ठ परिभाषाओं को नीचे दिया जा रहा है—

1. **वेक्सलर**[1] (Wechsler, 1939) के अनुसार, ''बुद्धि एक समुच्चय या सार्वजनिक क्षमता है जिसके सहारे व्यक्ति उद्देश्यपूर्ण क्रिया करता है, विवेकशील चिन्तन करता है तथा वातावरण के साथ प्रभावकारी ढंग से समायोजन करता है।''

---

1. "Intelligence is the aggregate or global capacity of the individual to act purposefuly, to think rationally, and to deal effectively with his environment." —Wechsler : *Measurement of Adult Intelligence,* 1939

2. **रॉबिन्सन** तथा **रॉबिन्सन**[1] (Robinson & Robinson, 1965) के अनुसार, ''बुद्धि से तात्पर्य संज्ञानात्मक व्यवहारों (cognitive behaviours) के सम्पूर्ण वर्ग से होता है जो व्यक्ति में सूझ द्वारा समस्या समाधान करने की क्षमता, नयी परिस्थिति के साथ समायोजन करने की क्षमता, अमूर्त्त रूप से सोचने की क्षमता तथा अनुभवों से लाभ उठाने की क्षमता को दिखलाता है।''
3. **स्टोड्डार्ड**[2] (Stoddard, 1941) के अनुसार, 'बुद्धि उन क्रियाओं को समझने की क्षमता है जिनकी विशेषताएँ— (1) कठिनता, (2) जटिलता, (3) अमूर्त्तता, (4) मितव्ययिता (economy), (5) किसी लक्ष्य के प्रति अनुकूलनशीलता, (6) सामाजिक मान (value) तथा (7) मौलिकता की उत्पत्ति होती है और कुछ परिस्थिति में वैसी क्रियाओं को जो शक्ति की एकाग्रता तथा सांवेगिक कारकों के प्रति प्रतिरोध (resistance) दिखलाता है, करने की प्रेरणा देती है।''

इन सभी परिभाषाओं की एक सामान्य विशेषता यह है कि इन परिभाषाओं में बुद्धि को कई तरह की क्षमताओं का योग माना गया है। यही कारण है कि ऐसी परिभाषाएँ काफी प्रचलित तथा लोकप्रिय (popular) हैं। इस परिभाषाओं का एक सामान्य विश्लेषण (common analysis) करने पर हम निम्नांकित तथ्य पर पहुँचते हैं—

(i) बुद्धि विभिन्न क्षमताओं का सम्पूर्ण योग (aggregate) होता है। इसका मतलब यह हुआ कि बुद्धि में किसी एक प्रकार की क्षमता नहीं होती है। इसमें कई प्रकार की क्षमताएँ होतीं हैं। इन क्षमताओं का पूर्ण योग ही बुद्धि कहलाता है।

(ii) बुद्धि के सहारे व्यक्ति किसी समस्या के समाधान में सूझ (insight) का सहारा लेता है। इतना ही नहीं, किसी समस्या के समाधान में गत अनुभूतियों का लाभ वह इसी बुद्धि के कारण ही उठा पाता है।

(iii) बुद्धि के सहारे व्यक्ति उद्देश्यपूर्ण क्रियाएँ (purposeful act) करता है। जो व्यक्ति जितना ही अधिक उद्देश्यपूर्ण एवं सार्थक क्रियाएँ करता है, उसे उतना ही अधिक बुद्धिमान माना जाता है। निरर्थक तथा उद्देश्यहीन क्रियाएँ करने वाले व्यक्ति को कम बुद्धि का समझा जाता है। अतः बुद्धि का स्वरूप कुछ ऐसा होता है कि इसके सहारे व्यक्ति उद्देश्यपूर्ण क्रियाएँ करता है।

(iv) बुद्धि व्यक्ति को वातावरण के साथ प्रभावकारी ढंग से समायोजन (adjustment) या अनुकूलन (adaptation) करने में मदद करता है। अधिक बुद्धि वाले व्यक्ति अपने आप को किसी भी वातावरण में ठीक ढंग से समायोजन कर लेते हैं। इन व्यक्तियों के समायोजन की क्षमता देखकर अन्य लोग भी काफी प्रभावित होते हैं। कम बुद्धि वाले व्यक्ति में इस तरह के समायोजन की क्षमता कम होती है और व्यक्ति में वातावरण से सम्बन्धित समायोजन की कई समस्याएँ उत्पन्न हो जातीं हैं।

(v) बुद्धि से व्यक्ति में विवेकशील चिन्तन (rational thinking) तथा अमूर्त्त चिन्तन करने में भी मदद मिलती है। इसका मतलब यह हुआ कि जो व्यक्ति बुद्धिमान होता है, उसके सोचने एवं चिन्तन करने का तरीका विवेकपूर्ण, तर्कपूर्ण एवं युक्तिसंगत होता है। ऐसे व्यक्तियों में अमूर्त्त चिन्तन की क्षमता भी अधिक होती है। कम बुद्धि वाले व्यक्ति का चिन्तन अविवेकपूर्ण तथा तर्कहीन होता है। ऐसे व्यक्ति में अमूर्त्त चिन्तन करने की क्षमता भी कम, होती है। ऐसे व्यक्तियों में चिन्तन करने तथा कार्य करने में असंगति (inconsistency) अधिक पायी जाती है।

(vi) बुद्धिमान व्यक्ति प्रायः कठिन एवं जटिल कार्य को समझकर करते हैं। इनके कार्यों में मौलिकता अधिक होती है।

ऊपर के वर्णन से स्पष्ट है कि बुद्धि का स्वरूप (nature) कुछ ऐसा होता है जिसे किसी एक कारक (factor) या क्षमता के आधार पर नहीं समझा जा सकता है। इसमें भिन्न-भिन्न प्रकार की क्षमताएँ होतीं हैं। थर्स्टन (Thurstone,

---

1. "Intelligence refers to the whole class of cognitive behaviours which reflect an individual's capacity to solve problems with insight, to adapt himself to new situations, to think abstractly and to profit from his experiences."
—Robinson & Robinson : *The mentally retarded child,* 1965

2. "Intelligence is the ability to understand activities that are characterized by (1) difficulty (2) complexity (3) abstractness (4) economy (5) adaptiveness to goal (6) social value (7) the emergence of originals, and to maintain such activities under conditions that demand a concentration of energy and a resistance to emotional factors."
—Stoddard : *On the Meaning of intelligence,* 1914

1938) ने अपने अध्ययन के आधार पर बतलाया है कि बुद्धि में कुल 7 ऐसे क्षमताएँ (abilities) होतीं हैं जिन्हें प्रधान मानसिक क्षमताएँ (primary mental abilities) कहा जाता है। गिल्फोर्ड (Guilford, 1967) ने हाल ही में बतलाया है कि बुद्धि में कुल 150 ऐसी क्षमताएँ (abilities) होतीं हैं।

अभी हाल में वर्नन (P.E. Vernon, 1969) ने बुद्धि सम्प्रत्यय के तीन अर्थ बतलाये हैं जो लोकप्रिय होने के साथ-ही-साथ आकर्षक भी दिखता है। उनके द्वारा बतलाये गए बुद्धि के तीन अर्थ इस प्रकार हैं—

(i) जननिक क्षमता के रूप में बुद्धि *(Intelligence as genetic capacity)*—इस अर्थ में बुद्धि पूर्णतः वंशागत (inherited) होता है। इसे हेब्ब (Hebb, 1978) ने 'बुद्धि ए' (Intelligence 'A') कहा है जो स्पष्टतः बुद्धि का एक जीनोटाइपिक (genotypic) प्रकार है तथा इसमें बुद्धि को व्यक्ति का एक आनुवंशिक गुण माना जाता है।

(ii) प्रेक्षित व्यवहार के रूप में बुद्धि *(Intelligence as an observed behaviour)*—इस अर्थ में बुद्धि व्यक्ति के जीन्स एवं वातावरण की अन्तःक्रिया (interaction) का परिणाम होता है तथा जिस सीमा तक व्यक्ति बुद्धिमत्तापूर्ण ढंग से व्यवहार करता है, उस सीमा तक उसे बुद्धिमान समझा जाता है। बुद्धि का यह अर्थ फेनोटाइपिक (phenotypic) प्रारूप का है। इसे हेब्ब (Hebb) ने बुद्धि 'बी' (Intelligence B) कहा है।

(iii) परीक्षण प्राप्तांक के रूप में बुद्धि *(Intelligence as a test score)*—इस अर्थ से बुद्धि का एक क्रियात्मक परिभाषा (operational definition) दी गयी। इस अर्थ में बुद्धि वही है जो बुद्धि परीक्षण मापता है। इसे हेब्ब (Hebb) ने बुद्धि 'सी' (Intelligence 'C') की संज्ञा दिया है।

सैट्टलर (Sattler, 1974) के अनुसार बुद्धि 'A', 'B' तथा 'C' में से बुद्धि 'C' के साथ कई तरह की समस्याएँ सम्बन्धित हैं क्योंकि बहुत-से ऐसे कारक हैं जो परीक्षार्थी (testee) के परीक्षण निष्पादन (test performance) को कम कर सकता है। इनमें परीक्षार्थी में अभिप्रेरण की कमी, परीक्षण के स्वरूप से अनभिज्ञ होना, परीक्षण के निर्देश को ठीक से न समझना, परीक्षक (examiner) का अविश्वास आदि प्रमुख हैं। जब परीक्षार्थी के परीक्षण निष्पादन में इन कारणों से कमी हो जाती है, तो उसे भी बुद्धि 'C' के अर्थ के अनुसार कम बुद्धि का समझा जाएगा जबकि सच्चाई यह है कि इन कारणों के न होने पर उसका निष्पादन अच्छा हो सकता है।

बुद्धि के प्रकार
(Types of Intelligence)

ई॰ एल॰ थॉर्नडाइक (E. L. Thorndike) ने बुद्धि के तीन प्रकार बतलाये हैं जो इस प्रकार हैं—

1. सामाजिक बुद्धि (Social intelligence)
2. अमूर्त्त बुद्धि (Abstract intelligence)
3. मूर्त्त बुद्धि (Concrete intelligence)

इन तीनों प्रकारों का विवरण इस प्रकार है–

1. सामाजिक बुद्धि *(Social intelligence)*—सामाजिक बुद्धि से तात्पर्य वैसी सामान्य मानसिक क्षमता से होता है जिसके सहारे व्यक्ति अन्य व्यक्तियों को ठीक ढंग से समझता है तथा व्यवहार कुशलता दिखलाता है। ऐसे लोगों का सामाजिक सम्बन्ध (social relationship) काफी अच्छा होता है तथा समाज में इनकी प्रतिष्ठा काफी होती है। इनमें सामाजिक कौशलता (social skill) काफी होता है। यही कारण कि ऐसे व्यक्ति एक अच्छे नेता बन जाते हैं।

2. अमूर्त्त बुद्धि *(Abstract intelligence)*—अमूर्त चिन्तन से तात्पर्य वैसी मानसिक क्षमता से होता है जिसके सहारे व्यक्ति शाब्दिक (verbal) तथा गणितीय संकेतों एवं चिह्नों के सम्बन्धों को आसानी से समझा जाता है तथा उसकी उचित व्याख्या कर पाता है। ऐसा व्यक्ति जिसमें अमूर्त्त बुद्धि अधिक होती है, एक सफल कलाकार (artist), पेन्टर (painter) तथा गणितज्ञ आदि होता है।

3. मूर्त्त बुद्धि *(Concrete intelligence)*—मूर्त्त बुद्धि से तात्पर्य वैसी मानसिक क्षमता से होता है जिसके सहारे व्यक्ति ठोस वस्तुओं के महत्त्व को समझता है तथा उसका ठीक ढंग से भिन्न-भिन्न परिस्थितियों में परिचालन करना सीखता है। इस तरह की बुद्धि की जरूरत व्यापार एवं भिन्न-भिन्न तरह के व्यवसायों में अधिकतर पड़ती है। ऐसे बुद्धि वाले व्यक्ति एक सफल व्यापारी (businessman) बन सकते हैं।

इस तरह से हम देखते हैं कि बुद्धि के मुख्य तीन प्रकार हैं। इन प्रकारों (types) के बीच कोई स्पष्ट रेखा नहीं है। ऐसा नहीं है कि जिसमें सामाजिक बुद्धि अधिक होगी, उसमें मूर्त्त बुद्धि तथा अमूर्त्त बुद्धि कम होगी और मूर्त्त बुद्धि अधिक होगी तो अमूर्त्त बुद्धि तथा सामाजिक बुद्धि कम होगी।

मानसिक आयु
(Mental Age)

मनोवैज्ञानिकों ने व्यक्ति की आयु को दो भागों में बाँटकर अध्ययन किया है—

1. तैथिक आयु (chronological age) तथा 2. मानसिक आयु (mental age)

तैथिक आयु (chronological age) से तात्पर्य व्यक्ति के जन्म से लेकर आज तक के समय से होता है। जैसे, मान लीजिए कि किसी व्यक्ति को पैदा हुए 15 वर्ष 3 महीना 7 दिन आज तक हुआ है तो उसकी तैथिक आयु 15 वर्ष 3 महीना 7 दिन की हुई। इस तरह से तैथिक आयु व्यक्ति की वास्तविक आयु होती है जिसे जन्म के दिन से प्रारम्भ माना जाता है।

मानसिक आयु (mental age या MA) एक-दूसरे तरह की आयु है जिसका प्रयोग बुद्धि मापने में मनोवैज्ञानिकों ने काफी किया है। इस संप्रत्यय (concept) का प्रतिपादन बिने (Binet) तथा साईमन (Simon) द्वारा किया गया था। टुकमैन[1] (Tuckman, 1975) ने मानसिक आयु को परिभाषित करते हुए कहा है कि यह एक ऐसा प्राप्तांक (score) है जिसका निर्धारण अपने ही उम्र या अपने से कम या अधिक उम्र के बच्चों के औसत निष्पादन के साथ तुलना करके किया जाता है। एक उदाहरण लीजिए— मान लिया जाय कि कोई बच्चा जिसकी तैथिक आयु या वास्तविक आयु 6 वर्ष की है, 8 वर्ष के बच्चे के लिए बने बुद्धि परीक्षण (intelligence test) पर या इस उम्र के लिए निर्धारित समस्या के समाधान में सफल हो जाता है, तो उस बच्चे की मानसिक आयु 8 वर्ष की होगी जबकि वास्तविक आयु 6 वर्ष की है। उसी तरह यह भी सम्भव है कि 6 वर्ष का बच्चा 4 वर्ष के बच्चों के लिए बने बुद्धि परीक्षण पर सफल हो परन्तु 6 वर्ष के बच्चों के लिये बने बुद्धि परीक्षण पर सफल न हो। ऐसी अवस्था में उस बच्चे की तैथिक आयु तो 6 वर्ष की अवश्य है परन्तु उसकी मानसिक उम्र 4 वर्ष की ही है। यदि 6 वर्ष का बच्चा सिर्फ अपने ही उम्र के बच्चों के लिए बने बुद्धि परीक्षण पर सफल होता है, तो ऐसा कहा जाता है कि इस बच्चे की तैथिक आयु तथा मानसिक आयु समान है, यानी बराबर-बराबर है।

ऊपर के उदाहरण से यह स्पष्ट है कि मानसिक आयु (mental age) वास्तविक आयु या तैथिक आयु (chronological age) से कम, अधिक या बराबर हो सकता है। जब मानसिक आयु तैथिक आयु से कम होता है, तो व्यक्ति मंद बुद्धि का समझा जाता है। जब मानसिक आयु तैथिक आयु से अधिक होता है, तो व्यक्ति तीव्र बुद्धि का समझा जाता है और जब मानसिक आयु तथा तैथिक आयु एक-दूसरे के बराबर होता है, तो व्यक्ति को सामान्य बुद्धि (normal intelligence) का समझा जाता है। इस तरह से हम देखते हैं कि मानसिक आयु के आधार पर व्यक्ति की बुद्धि के बारे में अंदाज लगाया जा सकता है।

बुद्धि लब्धि
(Intelligence Quotient)

बुद्धि मापने के लिए सबसे पहला बुद्धि परीक्षण बिने (Binet) तथा साईमन (Simon) ने 1905 में विकसित किया। इस परीक्षण में बुद्धि को मानसिक आयु (mental age) के रूप में मापकर अभिव्यक्ति किया गया। परन्तु इस से मनोवैज्ञानिकों को अधिक संतुष्टि नहीं हुई। बुद्धि लब्धि के संप्रत्यय को पहली बार जर्मन मनोवैज्ञानिक विलियम स्टर्न (William Stern) ने 1912 में प्रतिपादित किया। स्टर्न के अनुसार बुद्धि लब्धि = मानसिक आयु/तैथिक आयु या 1916 में बिने-साईमन बुद्धि परीक्षण का सबसे महत्त्वपूर्ण संशोधन टरमैन (Terman) ने स्टैनफोर्ड विश्वविद्यालय (Stanford university) ने किया। इसी संशोधन में बुद्धि लब्धि (intelligence quotient या IQ) के संप्रत्यय अधिक स्पष्ट, तीक्ष्य एवं अर्थपूर्ण बनाने के लिए टरमैन (Terman) ने 100 से गुणा करके उससे अवांछित दशमलव भिन्न (Unwanted decimal fraction) को हटाने का प्रस्ताव दिया था। उसके परिणामस्वरूप अब बुद्धि लब्धि को तैथिक आयु के प्रतिशत के रूप में व्यक्त करना संभव हो पाया।

1. "Mental age is a score that is determined by comparing a child's score with the average score of his or her age-mates and with the score obtained by younger and older children in the norming group."

—Tuckman : *Measuring Educational outcomes,* 1965, p. 259

बुद्धि लब्धि (IQ) मानसिक आयु (mental age) तथा तैथिक आयु (chronological age) का एक ऐसा अनुपात (ratio) है जिसमें 100 से गुणा कर प्राप्त किया जाता है। यही कारण है कि इस अनुपात को बुद्धि-लब्धि (ratio IQ) भी कहा जाता था।

सूत्र के रूप में इसे इस प्रकार व्यक्ति किया जा सकता है—

बुद्धि लब्धि = मानसिक आयु/तैथिक आयु $\times$ 100

या, $IQ = MA/CA \times 100$

इसका एक उदाहरण इस प्रकार है— मान लिया जाय कि किसी बुद्धि परीक्षण द्वारा मापने पर 6 साल के बच्चे की मानसिक आयु (mental age) 5 साल की आती है और एक 4 साल के बच्चे की मानसिक आयु 5 साल की आती है तो पहले बच्चे की बुद्धि लब्धि $5/6 \times 100 = 83$ आयेगी तथा दूसरे बच्चे की बुद्धि लब्धि $5/4 \times 100 = 125$ आयेगी। स्पष्टतः दूसरा बच्चा पहले बच्चे से बुद्धि में अधिक प्रखर है। इस तरह बुद्धि लब्धि द्वारा हमें प्रारम्भ के उम्रों में होने वाले तीव्र बौद्धिक विकास (rapid intellectual growth) का स्पष्ट ज्ञान होता है। चूँकि बौद्धिक विकास कम उम्र में यानी 3–4 साल में अधिक तेजी से होती है और अधिक उम्र जैसे 15–16 साल की उम्र होने पर इसकी गति धीमी हो जाती है, अतः मानसिक आयु तथा तैथिक आयु में समान अन्तर होते हुए भी इन दो अवस्थाओं के बुद्धि लब्धि में अधिक अन्तर हो जायेगा। उदाहरणार्थ, मान लिया जाय कि एक 5 साल के बच्चे की मानसिक आयु 4 साल की है तथा एक 15 साल के बच्चे की मानसिक आयु 14 साल है। क्या इन दोनों बच्चों का बौद्धिक स्तर समान है? क्या इन दोनों की बुद्धि लब्धि समान है? कदापि नहीं। 15 साल के बच्चे की बुद्धि लब्धि $14/15 \times 100 = 93$ आता है जबकि 5 साल के बच्चे की बुद्धि लब्धि $4/5 - 100 = 80$ आता है। स्पष्टतः मानसिक आयु तथा तैथिक आयु में समान अन्तर (अर्थात् एक-एक साल का) होने पर भी दोनों बच्चे की बुद्धि लब्धि में अन्तर हो जाता है। ऐसा क्यों? इसलिए कि कम उम्र में बौद्धिक विकास तीव्रता से होता है।

भिन्न-भिन्न बुद्धि लब्धि का अर्थ भिन्न-भिन्न होता है। मनोवैज्ञानिकों ने बुद्धि लब्धि के भिन्न-भिन्न मान (values) के अर्थ को स्पष्ट एवं वस्तुनिष्ठ (objective) करने के लिए एक सामान्य तालिका बनायी है जिसे तालिका 8–A में दिखलाया गया है—

तालिका 8–A : बुद्धि लब्धि के मान तथा उसका अर्थ

बुद्धि लब्धि के मान (Value of IQ)	*(Meaning)*
140 या इससे अधिक	प्रतिभाशाली (Genius)
120 से 139 तक	अति श्रेष्ठ (Very Superior)
110 से 119	श्रेष्ठ (Superior)
80 से 109 तक	सामान्य (Normal)
80 से 89 तक	मन्द (Dull)
70 से 79 तक	सीमान्त मन्द बुद्धि (Borderline feebleminded)
60 से 69 तक	मंद बुद्धि (Moron)
20 से 59 तक	हीन बुद्धि (Imbecile)
20 का इससे कम	जड़ बुद्धि (Idiot)

इस तरह हम देखते हैं कि बुद्धि लब्धि द्वारा हमें व्यक्ति के बौद्धिक स्तर का पता आसानी से चल जाता है।

यद्यपि बुद्धि लब्धि द्वारा व्यक्ति के बुद्धि की अभिव्यक्ति ठीक ढंग से होती है, फिर भी आधुनिक मनोवैज्ञानिकों ने बुद्धिलब्धि के इस अर्थ के प्रति असंतोष व्यक्त किया है। इन लोगों का कहना है कि व्यक्ति की मानसिक आयु (mental age) सामान्यतः 18–19 साल के उम्र के बाद नहीं बढ़ती है परंतु उसका तैथिक आयु (chronological age) में वृद्धि

होती जाती है। ऐसी परिस्थिति में 19 साल के बाद के प्रत्येक उम्र के व्यक्तियों की बुद्धि लब्धि यदि उक्त सूत्र से ज्ञात किया जाए तो वह उत्तरोत्तर कमती जायेगी। अतः आधुनिक मनोवैज्ञानिकों ने बुद्धि लब्धि का आजकल एक नया अर्थ बतलाया है। इस नये अर्थ में बुद्धिलब्धि प्राप्तांक (IQ scores) द्वारा किसी बुद्धि परीक्षण पर समान उम्र के अन्य व्यक्तियों की तुलना में व्यक्ति के निष्पादन (performance) का पता चलता है। दूसरे शब्दों में, व्यक्ति के प्राप्तांक (score) की व्याख्या उसके अपने उम्र के मानक (norms) से किया जाता है। प्रत्येक उम्र या आयु के माध्य प्राप्तांक को स्वेच्छा से 100 मान लिया जाता है और यदि किसी बुद्धि परीक्षण पर किसी व्यक्ति का प्राप्तांक अपने आयु के लिए निर्धारित माध्य अर्थात् 100 से अधिक होता है, तो उसे औसत से ऊपर बुद्धि का परंतु यदि प्राप्तांक निर्धारित माध्य अर्थात् 100 से कम आता है तो उसे औसत से नीचे बुद्धि का समझा जाता है। दूसरे शब्दों में, किसी व्यक्ति का बुद्धि लब्धि प्राप्तांक से इस नये अर्थ में यह पता चलता है कि औसत जिसे *विचलन बुद्धि लब्धि* (deviation IQ) कहा गया है, से किसी बुद्धि परीक्षण पर व्यक्ति का निष्पादन कितना विचलित (deviate) होता है। स्पष्टतः तब बुद्धि लब्धि के नवीनतम अर्थ में मानसिक आयु (mental age) के संप्रत्यय को हटा दिया गया है।

अब प्रश्न उठता है कि विचलन बुद्धि लब्धि (deviation IQ) क्या है? सबसे पहले यहाँ यह बता देना उचित होगा कि विचलन बुद्धि लब्धि का सम्बन्ध बुद्धिलब्धि से कुछ नहीं होता है बल्कि यह एक मानक प्राप्तांक (standard score) है। अतः नाम अपने आप में भ्रामक (misleading) है। विचलन बुद्धि लब्धि ज्ञात करने के लिए पहले मानक प्राप्तांक (Standard score) ज्ञात किया जाता है और फिर इस प्राप्तांक का एक मापनी (scale) जिसका माध्य (Mean) = 100 तथा मानक विचलन (Standard deviation) = 15 होता है, में बदल दिया जाता है और उसी के अनुरूप उसकी व्याख्या की जाती है। इसे एक उदाहरण से इस प्रकार समझा जा सकता है—

मान लिया जाए कि किसी व्यक्ति को एक बुद्धि परीक्षण पर 50 अंक है। उसी परीक्षण को उस व्यक्ति के समान उम्र के अन्य व्यक्तियों पर (N = 100) पर क्रियान्वयन करने पर माध्य = 30 तथा मानक विचलन 10 प्राप्त हुआ। अतः उस व्यक्ति का मानक प्राप्तांक (standard score) होगा—

$\frac{\text{प्राप्तांक माध्य}}{\text{मानक विचलन}} = \frac{50-30}{10} = 2.00$ यदि मानक प्राप्तांक को उस मापनी में बदल दिया जाता है जिसका माध्य = 100 तथा मानक विचलन = 15 है, तो उस पर उस व्यक्ति का प्राप्तांक 2 मानक विचलन माध्य से ऊपर होगा, अर्थात् 130 होगा। उसी तरह से यदि किसी व्यक्ति का मानक प्राप्तांक –1.0 है, तो इस मापनी पर उसका प्राप्तांक एक मानक विचलन माध्य से नीचे होगा अर्थात् 85 होगा। मापनी पर 100 से ऊपर प्राप्तांक आने पर उसे औसत से अधिक बुद्धि का तथा कम आने पर उसे औसत से निम्न बुद्धि का समझा जाता है। इस तरह से हम देखते हैं कि विचलन बुद्धि लब्धि के संप्रत्यय में मानसिक आयु बुद्धि लब्धि (mental age IQ) के बहुत से गुणों की झलक बिना किसी तरह के दोष या कठिनाई का मिलता है। कुछ ऐसे ही गुणों को इस प्रकार सारणीकृत (summarized) किया जा रहा है—

(i) 100 का प्राप्तांक से यह पता चलता है कि व्यक्ति औसत बुद्धि का है।

(ii) 100 से ऊपर का प्राप्तांक तथा 100 से नीचे का प्राप्तांक से क्रमशः औसत से ऊपर एवं औसत से नीचे के बुद्धि स्तर होने का पता चलता है।

(iii) औसत प्राप्तांक (अर्थात् 100) एवं व्यक्ति का बुद्धि लब्धि प्राप्तांक के बीच का अन्तर द्वारा उस व्यक्ति के प्राप्तांक का सापेक्ष स्थान (relative standing or position) का पता चलता है। बुद्धि परीक्षण प्राप्तांकों का स्वरूप लगभग प्रसामान्य वितरण के आकार (shape) का होता है। परिणामस्वरूप, प्रसामान्य वक्र की तालिका के सहारे विचलन बुद्धि लब्धि को आसानी से शततमक (percentile) में बदला जा सकता है जिससे यह पता चल जाता है कि जीवसंख्या (population) के कितने प्रतिशत से उच्च या निम्न परीक्षण प्राप्तांक की उम्मीद की जा सकती है।

फ्लिन्न (Flynn, 1989) ने संसार के आठ प्रमुख देशों अर्थात् आस्ट्रेलिया, बैलजियम, कनाडा, फ्रांस, ग्रेट ब्रिटेन, जापान, नीदरलैंड एवं संघीय राज्य यानी अमेरिका से प्रतिदर्श लेकर एक अध्ययन किया और पाया कि हाल के दशकों में सभी उम्र के व्यक्तियों का औसत बुद्धि लब्धि प्राप्तांक में पर्याप्त वृद्धि हुई है जिस कारण विभिन्न बुद्धि परीक्षणों के मानकों (norms) को इसके साथ समायोजित करने की आवश्यकता है। इसे फ्लिन्न प्रभाव (Flynn effect) इनके अध्ययन के अनुसार बुद्धिलब्धि प्राप्तांक में सबसे अधिक वृद्धि फ्रांस और उसके बाद जापान तथा नीदरलैंड में हुआ है। संघीय राज्य अमेरिका में ऐसी वृद्धि काफी कम हुई है।

बुद्धि की माप
(Measurement of Intelligence)

जेन्सन[1] (1969) ने ठीक ही कहा है, ''बुद्धि बिजली के समान है, जिसे परिभाषित करने की अपेक्षा मापना आसान है।'' यद्यपि यह थोड़ा विरोधाभासी (paradoxical) दीख पड़ता है, फिर भी यह सत्य है कि एक पूर्णतः संतोषजनक परिभाषा बिना दिए हुए ही मनोवैज्ञानिकों ने बुद्धि मापने की भरपूर कोशिश की है। *नवम् मेन्टल मेजरमेन्ट इयरबुक* (The Ninth Mental Measurements Yearbook, 1985) में 77 बुद्धि परीक्षणों के निर्माण एवं सम्बद्ध साहित्य की समीक्षा की गयी है। इसमें से 61 बुद्धि परीक्षण सामान्य बुद्धि स्तर (general intellectual level) को मापते हैं तथा 16 ऐसे परीक्षण हैं जिनके माध्यम से विशिष्ट मानसिक क्षमता (specific mental ability) का मापन होता है। 61 में से 32 बुद्धि परीक्षण ऐसे हैं जिनका क्रियान्वयन समूह में किया जाता है तथा उसे मशीन से या हाथ से प्राप्तांक लेखन (scoring) किया जा सकता है। बाकी 29 बुद्धि परीक्षण ऐसे हैं जिनका क्रियान्वयन वैयक्तिक रूप से (individually) हो सकता है तथा उनका प्राप्तांक लेखन किसी प्रशिक्षण विशेषज्ञ ही कर सकते हैं। जब किसी बुद्धि परीक्षण का उपयोग सामान्य शैक्षिक उपलब्धि (general academic achievement) के बारे में पूर्वकथन करने के लिए किया जाता है तो इसे *शैक्षिक अभिवृत्ति परीक्षण* (scholastic aptitude test) कहा जाता है। बुद्धि की माप बुद्धि परीक्षण (intelligence text) द्वारा की जाती है। सबसे पहला बुद्धिपरीक्षण बिने (Binet) तथा साईमन (Simon) ने मिलकर 1905 में बनाया था। यह बुद्धि परीक्षण आने वाले वर्षों में मनोवैज्ञानिकों के बीच काफी लोकप्रिय (popular) हुआ। फलस्वरूप, इसका कई बार संशोधन (revision) भी किया गया। इस परीक्षण का सबसे महत्त्वपूर्ण संशोधन टरमैन (Terman) द्वारा 1916 में स्टैनफोर्ड विश्वविद्यालय (Stanford University) में किया गया। इस संशोधन में सबसे पहली बार बुद्धि लब्धि के संप्रत्यय को बुद्धि मापने के सूचक (index) के रूप में प्रयोग किया गया। इसके बाद अनेकों मनोवैज्ञानिकों जैसे वेक्सलर (Wechsler), अर्थर (Arthur), कैटेल (Cattell), रेभेन (Raven), गुडएनफ (Goodenough) आदि ने भी बुद्धि परीक्षण बनाकर बुद्धि मापन के क्षेत्र में महत्त्वपूर्ण योगदान दिये हैं। भारत में भी कई मनोवैज्ञानिकों ने बुद्धि परीक्षण का निर्माण किया है। इसमें डॉ॰ एस॰ जलोटा, डॉ॰ मोहन चन्द्र जोशी, डॉ॰ राम नरेश सिंह, डॉ॰ एस मुहसिन आदि प्रमुख हैं।

इस तरह से स्पष्ट है कि बुद्धि का मापन भिन्न-भिन्न बुद्धि परीक्षणों द्वारा किया जाता है। इनमें से कुछ बुद्धि परीक्षण ऐसे हैं जो शाब्दिक (verbal) हैं अर्थात् जिनके एकांशों (items), निर्देश (instruction) आदि में लिखित भाषा का प्रयोग किया गया है तथा कुछ ऐसे भी हैं जिनके एकांशों तथा निर्देश में लिखित भाषा का प्रयोग नहीं होता है और व्यक्ति को दिये गये वस्तुओं (objects) का परिचालन (manipulate) करके कुछ विशेष डिजाइन (design) बनाना होता है। इसके आधार पर ही व्यक्ति के बुद्धि की जाँच की जाती है। कुछ प्रमुख बुद्धि परीक्षणों का प्रयोग जिसका बुद्धि मापन में अधिकतर उपयोग किया गया है निम्नांकित है—

1. बिने परीक्षण (Binet Test)
2. वेक्सलर मापनी (Wechsler Scales)

---

1. "Intelligence, like electricity, is easier to measure than to define." —Jensen : *Educational Review,* 1969, p. 5

3. रेभेन प्रोग्रेसिव मैट्रीसेज (Raven's Progressive Matrices)
4. गुडएनफ ड्रॉ-ए-मैन परीक्षण (Goodenough Draw-a-man Test)
5. पीवॉडी चित्र शब्दावली परीक्षण (Peabody Picture Vocabulary Test)
6. कैटेल संस्कृति मुक्त बुद्धि परीक्षण (Cattel's Culture-free intelligence Test)
7. बच्चों के लिए निर्मित कॉफमैन मूल्यांकन परीक्षणमाला (Kaufman Assessment Battery for Children or K-ABC)

इन परीक्षणों का वर्णन हम अलग-अलग अनुच्छेद में करेंगे।

बिने परीक्षण
(Binet Test)

बुद्धि परीक्षण के इतिहास की अहमियत मनोवैज्ञानिक दृष्टिकोण से काफी अधिक बतलायी गयी हैं। इसका एक प्रमुख कारण यह है कि बिने परीक्षण (Binet test) ऐसा माननीकृत बुद्धि परीक्षण (standardized intelligence test) है जिसकी ओर मनोवैज्ञानिकों का ध्यान गया है तथा इस परीक्षण को समय-समय पर संशोधन (revision) कर उसे और भी अधिक उत्तम बनाने का प्रयास जारी रखा गया है।

इस परीक्षण का निर्माण फ्रेंच मनोवैज्ञानिक अलफ्रेड बिने (Alfred Binet) द्वारा थियोडोर साइमन (Theodore Simon) जो एक मेडिकल डॉक्टर थे, की सहायता से की गयी। फ्रेंच सरकार ने मानसिक रूप से दुर्बल (mentally retarded) बच्चों की पहचान करने के लिए एक बुद्धि परीक्षण का निर्माण का भार बिने पर सौंपा था। बिने ने साइमन की मदद से एक बुद्धि परीक्षण का निर्माण 1905 में किया जिसे तब *बिने-साइमन मापनी* (Binet-Simon Scale) के नाम से पुकारा गया। इस परीक्षण मे कुल 30 एकांश (items) थे जिनके द्वारा मूलतः बच्चों में भाषा का प्रयोग, चिन्तन एवं बोध (comprehension) आदि का मापन होता था। ये सभी एकांश बढ़ते हुए क्रम में सुसज्जित थे। यह एक वैयक्तिक बुद्धि परीक्षण (individually administered intelligence test) है जिसका प्रथम संशोधन 1908 में किया गया। इस संशोधन की मुख्य विशेषता यह थी कि इसमें कुछ नये एकांशों को जोड़े गए थे तथा कुछ असंतोषजनक पुराने एकांशों को हटा दिया गया। 1908 के संशोधन के बाद इस परीक्षण में एकांशों की संख्या बढ़कर 58 हो गयी।

इस परीक्षण का अंग्रेजी रूपान्तर गोड्डार्ड (Goddard) द्वारा 1911 में अमेरिका में किया गया और विभिन्न मानसिक अस्पतालों एवं उपचार-गृहों में इसका प्रयोग मानसिक रूप से कमजोर बच्चों की पहचान में धड़ल्ले से किया जाने लगा। अमेरिका में इसके कई संशोधन (revision) फिर बाद में हुए। जैसे—कुह्लमान्न (Kuhlmann) ने इसका संशोधन 1912, 1922 तथा 1939 में किया। यर्क (Yerkes) ने इसका संशोधन 1915 एवं 1923 में किया तथा हेरिंग (Hering) ने इसका संशोधन 1922 में किया।

परंतु इस परीक्षण का सबसे महत्त्वपूर्ण संशोधन एल॰ एम॰ टरमैन (L. M. Terman) द्वारा 1916 में स्टैनफोर्ड विश्वविद्यालय में किया गया। इस संशोधन ने परीक्षण में चार चाँद लगा दिये। इसकी लोकप्रियता दिन-दुनी तथा रात-चौगुनी हो गयी। इस संशोधन को स्टैनफोर्ड-बिने (Stanford-Binet) के नाम से पुकारा गया। इस संशोधन की प्रमुख विशेषता यह थी कि इसमें बुद्धि-लब्धि (intelligence quotient or I.Q.) के संप्रत्यय का सबसे पहली बार समावेश किया गया। इस परीक्षण के दो तुल्य फार्म थे— L फार्म तथा M फार्म। 1937 में इस परीक्षण का पुनः संशोधन किया गया और यह संशोधन टरमैन तथा मेरिल्ल (Terman & Merrill) द्वारा किया गया और इसे 'नया संशोधन स्टैनफोर्ड-बिने परीक्षण' या संक्षेप में 'दी 1937 बिने' (The 1937 Binet) कहा गया। इस संशोधन की खास विशेषता यह थी कि 1916 की तुलना में इसके माननीकरण को अधिक उन्नत बना दिया गया तथा इसकी वैधता (validity) को अधिक उत्तम किया गया। इसके अलावा परीक्षण के ऊपरी तथा निचली उम्र-सीमाओं का विस्तार किया गया।

स्टैनफोर्ड-बिने मापनी का तीसरा संशोधन 1960 में टरमैन तथा मेरिल्ल द्वारा ही किया गया और इसके द्वारा 2 साल

के बच्चों से लेकर 22 वर्ष 11 महीना तक के वयस्कों की बुद्धि मापने का दावा किया। इस संशोधन में परीक्षण के तुल्य फार्म (equivalent form) के स्वरूप को बनाये रखा गया। इस संशोधन में 1937 के संशोधन के उत्तम एकांशों को रखा गया तथा पुराने एवं अनुपयुक्त एकांशों को हटा दिया गया। अधिकतर चिकित्सकों का मत है कि 4 साल से 12 साल के बच्चों के लिए यह परीक्षण काफी प्रेरणात्मक है। इस परीक्षण का चौथा संशोधन 1986 में किया गया। इस संशोधन में स्टैनफोर्ड-बिने-मापनी को और भी अधिक सर्वोत्कृष्ट बना दिया।

स्टैनफोर्ड-बिने-मापनी में संशोधन का वर्ष
(Revision years of Standford-Binet Scale)

प्रथम	संशोधन	1916
द्वितीय	संशोधन	1937
तृतीय	संशोधन	1960
चतुर्थ	संशोधन	1986
पंचम	संशोधन	2003

चतुर्थ संशोधन की कई प्रमुख विशेषताएँ हैं जो निम्नांकित हैं—

(i) इस परीक्षण में 15 अनुच्छेद (sections) हैं जिनमें से 11 अनुच्छेद में शाब्दिक परीक्षणों (verbal tests) को रखा गया है जिसके माध्यम से परिमाणात्मक चिन्तन (quantitative reasoning), लघुकालीन स्मृति (short-term memory) आदि का मापन होता है। शाब्दिक एकांशों (verbal items) पर उतना अधिक बल पहले के संशोधनों में नहीं दिया गया था।

(ii) पहली बार इस संशोधन में परीक्षण के विभिन्न अनुच्छेदों को बुद्धि के महत्त्वपूर्ण सिद्धान्तों पर आधारित किया गया। इस संशोधित परीक्षण के सैद्धान्तिक मॉडल (theoretical model) के तीन स्तर (level) बनाये गए हैं। पहले स्तर (Level I) पर स्पीयरमैन के g-कारक को रखा गया है जिसे स्तर (Level II) पर लाकर बहुत कुछ कैटेल के सिद्धान्त के अनुसार तीन भागों में बाँटा गया है— ठोस क्षमता (crystallized abilities), तरल या विश्लेषणात्मक क्षमता (fluid or analytical abilities) तथा लघुकालीन स्मृति (short-term memory)। फिर तीसरे स्तर (Level III) पर ठोस क्षमता को दो भागों में बाँटा गया है— शाब्दिक चिन्तन (verbal reasoning) तथा परिमाणात्मक चिंतन (quantitative thinking)। अन्त में प्रत्येक ऐसे क्षमता को मापने के लिए परीक्षण के एकांशों को एक खास ढंग से सम्बन्धित किया गया है (तालिका 8.B) देखें।

(iii) इस संशोधित परीक्षण में मानसिक आयु (mental age) के संप्रत्यय को हटा दिया गया है और बुद्धि लब्धि (intelligence quotient) के संप्रत्यय को एक नया संप्रत्यय (concept) यानी 'मानक आयु प्राप्तांक (Standard Age Score या SAS) द्वारा प्रतिस्थापित किया गया है। SAS का निर्धारण प्रत्येक उप-परीक्षण पर व्यक्ति के निष्पादन (performance) की तुलना में उसी आयु समूह के व्यक्तियों के निष्पादन से करके की जाती है। जैसे यदि एक आठ साल का बालक अन्य आठ साल के बालकों की तुलना में उपपरीक्षणों पर उत्तम निष्पादन (performance) प्राप्त करता है तो उसका SAS ऊँचा (high) होगा परन्तु यदि अन्य आठ साल के बालकों की तुलना में उसका निष्पादन खराब होता है, तो उसका SAS कम हो जाएगा। इससे स्पष्ट है कि SAS का अर्थ करीब-करीब वही है जो IQ का था।

(iv) इस संशोधित परीक्षण का प्रत्येक उपपरीक्षण में खुले प्रश्न (open-ended questions) या कार्य होते हैं जो सिलसिलेवार ढंग से (progressively) कठिन होते जाते हैं। इस परीक्षण के तीन उपपरीक्षण अर्थात् शब्दावली परीक्षण, बोध परीक्षण तथा नकल परीक्षण (Copying test) से दिये गए उदाहरणों से परीक्षण की इस विशेषता का स्पष्टीकरण होता है। (चित्र 8.1 देखें)।

तालिका 8.B : स्टैनफोर्ड-बिने का सैद्धान्तिक मॉडल

(Theoretical Model of Standford-Binet, 1986)

स्तर I: g

स्तर II :	ठोस क्षमताएँ (Crystallized abilities)		तरल/विश्लेषणात्मक क्षमताएँ (Fluid/Analytical abilities)	लघुकालीन स्मृति (Short-term memory)
स्तर III :	शाब्दिक चिन्तन (Verbal Reasoning)	परिमाणात्मक चिन्तन (Quantitative Reasoning)	अमूर्त/दृष्टि चिन्तन (Abstract/visual Reasoning)	
उपपरीक्षण	शब्दावली (Vocabulary)	परिमाणात्मक (Quantitative)	पैटर्न विशेषण (Pattern analysis)	बीड स्मृति (Bead memory)
	बोध (Comprehension)	संख्या क्रम (Number series)	नकल (Coping)	वाक्यों की स्मृति (Memory for sentences)
	बेतुकापन (Absurities)	सूत्र निर्माण (Equation building)	मैट्रीसेज (Matrices)	अंकों की स्मृति (Memory for digits)
	शाब्दिक सम्बन्ध (Verbal relations)		कागज मोड़ना तथा काटना (Paper folding and cutting)	वस्तुओं की स्मृति (Memory for for objects)

शब्दावली परीक्षण (Vocabulary Test)

निम्नलिखित को परिभाषित करें—

(अ) गेंद (ब) सिक्का (स) वाद-विवाद (द) टाल-मटोल

बोध परीक्षण (Comprehensive Test)

निम्नलिखित प्रश्नों का उत्तर दें—

(अ) घरों में दरवाजे क्यों होते हैं? (ब) पुलिस क्यों होती है?

(स) लोग कर (tax) क्यों देते हैं? (द) राजनैतिक पार्टी से लोग क्यों सम्बन्ध रखते हैं?

नकल परीक्षण

(Copying Test)

(अ) ○ (ब) ⌋ (स) ▭ (द) □

चित्र 8.1 : स्टैनफोर्ड-बिने (1986) में प्रयुक्त एकांशों से मिलता-जुलता एकांश

चित्र-8.1 में दिये गए तीनों परीक्षणों में हम देखते हैं कि जैसे-जैसे हम 'अ' से 'द' की ओर बढ़ते हैं, व्यक्ति के लिए सिलसिलेवार ढंग से उत्तर देना आसान से कठिन होता जाता है।

स्टैनफोर्ड-बिने मापनी (Stanford-Binet Scale, 1986) द्वारा 2 साल के बच्चों से लेकर 33 साल के वयस्कों तक की बुद्धि का मापन होता है। कम उम्र के बच्चों के (2 साल से 6 साल तक) लिए चार-चार महीने का अंतराल देकर मानक (norms) तैयार किये गये हैं; 12 से 18 साल के व्यक्तियों के लिए एक-एक साल के अन्तराल देकर मानक तैयार किये गए हैं। 18 साल से 23 साल के वयस्कों के लिए 5-5 साल का अन्तराल देकर तथा 23 से 33 साल के वयस्कों के लिए 10 साल का अन्तराल देकर मानक तैयार किया गया है। छोटे बच्चों के लिए कम ही समय का अन्तराल देकर मानक इसलिए तैयार किये गये हैं क्योंकि इस अवस्था में संज्ञानात्मक विकास (cognitive development) तेजी से होता है। स्पष्टतः तब स्टैनफोर्ड-बिने मापनी एक आयु मापनी (age scale) है क्योंकि इसे आयु-स्तर के अनुकूल एकांशों का समूहन (grouping) किया गया है।

स्टैनफोर्ड-विने परीक्षण (Stanford-Binet Test) का पंचम संस्करण 2003 में प्रकाशित हुआ। इसे संक्षेप में SB-5 कहा जाता है। इसके द्वारा बुद्धि के पाँच संज्ञानात्मक कारकों का मापन होता है। वे पाँच कारक हैं—तरल तर्कणा (Fluid reasoning), ज्ञान (Knowledge), परिमाणात्मक तर्कणा (Quantitative reasoning), चाक्षुष-स्थानिक संसाधन (Visual-spatial processing) तथा चलन स्मृति (Working memory)। इन पाँच कारकों का मापन शाब्दिक (verbal) तथा अशाब्दिक (nonverbal) क्षेत्रों द्वारा होता है। इस संस्करण में कुल दस उपपरीक्षण (subtests) है तथा परीक्षण तीन तरह की बुद्धि लब्धि प्राप्तांक मापन के बाद उपलब्ध कराता है—सम्पूर्ण मापनी बुद्धि लब्धि (Full scale IQ), शाब्दिक बुद्धि लब्धि (Verbal IQ) तथा अशाब्दिक बुद्धि लब्धि (Non verbal IQ)। इस बुद्धि परीक्षण द्वारा दो साल के बच्चे से लेकर 85 या उससे भी अधिक आयु के व्यक्तियों की बुद्धि मापी जाती है।

स्टैनफोर्ड-बिने का मूल्यांकन *(Evaluation of Stanford-Binet)*

स्टैनफोर्ड-बिने परीक्षण के कुछ गुण (merits) तथा परिसीमाएँ (limitations) हैं जिनपर मनोवैज्ञानिकों ने बल डाला है। इसके प्रमुख गुण (merits) निम्नांकित हैं—

(i) स्टैनफोर्ड बिने परीक्षण की सबसे आमूल गुण जो अन्य बुद्धि परीक्षणों में प्रायः देखने को नहीं मिलता है, वह यह है कि परीक्षण का वर्तमान प्रारूप द्वारा मौलिक परीक्षण में प्रस्तावित बुद्धि के मूल अर्थ को परिवर्तित नहीं किया गया है। मौलिक परीक्षण के दोनों गुणों अर्थात् बुद्धि को चिन्तन (reasoning), बोध (comprehension) तथा निर्णय (judgement) के रूप में परिभाषित करना एवं बुद्धि के आयु-संदर्भीय मापन (age-referenced measurement) को स्टैनफोर्ड-बिने परीक्षण (1986) द्वारा कायम रखा गया। अन्य बुद्धि परीक्षणों के संशोधन में देखा गया है कि परीक्षण के मूल अर्थ एवं संरचना को पूर्णतः परिवर्तित कर दिये जाते हैं। ऐसी बात स्टैनफोर्ड-बिने मापनी के साथ नहीं है।

(ii) अनेकों अध्ययनों से यह स्थापित हो चुका है कि स्टैनफोर्ड-बिने परीक्षण एक विश्वसनीय (reliable) तथा वैध (valid) परीक्षण है। थॉर्नडाइक, हेगन एवं स्टाटलर (Thorndike, Hagen & Stattler, 1990) के अनुसार स्टैनफोर्ड-बिने के 15 उपपरीक्षणों की औसत विश्वसनीयता (average reliability) .88 तथा सभी आयु स्तरों पर संयुक्त SAS की विश्वसनीयता .95 से अधिक है। इस परीक्षण की वैधता .40 से .75 तक की है।

(iii) इस परीक्षण द्वारा बच्चों एवं वयस्कों दोनों की बुद्धि की माप होती है।

उपर्युक्त गुणों के कारण मनोवैज्ञानिकों द्वारा इस परीक्षण का उपयोग काफी अधिक किया जा रहा है।

(i) 2½ वर्ष से 5½ वर्ष के बच्चों की बुद्धि मापन के लिए इस परीक्षण को कुछ लोगों ने अधिक विश्वसनीय नहीं पाया है।

(ii) उसी तरह से कुछ मनोवैज्ञानिकों का मत है कि वैसे बच्चे जिनकी बुद्धिलब्धि 140 या इससे भी अधिक है, उसके लिए भी यह परीक्षण अधिक विश्वसनीय नहीं है।

(iii) इस परीक्षण में बुद्धि के शाब्दिक पहलुओं पर सर्वाधिक बल डाला गया है तथा क्रियात्मक पहलू की उपेक्षा की गयी है।

इन हल्के-फुल्के परिसीमाओं के बावजूद स्टैनफोर्ड-बिने मापनी की लोकप्रियता काफी अधिक है तथा मनोवैज्ञानिकों के बीच इस परीक्षण की लोक प्रसिद्धि अधिक है। बिने-साइमन मापनी (1960) का भारतीय अनुकूलन भी एस॰ के॰ कुल श्रेष्ठ (S. K. Kulshresth) द्वारा किया गया है।

वेक्सलर बुद्धि मापनी
(Wechsler Intelligence Scales)

डेविड वेक्सलर (David Wechsler) जो अमेरिका के न्यूयार्क सिटी के बेलेभ्यू अस्पताल (Bellevue hospital) में एक मनश्चिकित्सक (psychiatrist) थे, स्टैनफोर्ड-बिने मापनी से बहुत संतुष्ट नहीं थे। यह बात 1935–38 की है जब स्टैनफोर्ड-बिने परीक्षण अपने दूसरे संशोधित रूप में (The Binet, 1937) प्रकाशित हो गया था। उस समय के इस स्टैनफोर्ड-बिने परीक्षण का एक प्रमुख दोष यह था कि उसके द्वारा वयस्कों की बुद्धि की माप नहीं होती थी। फलस्वरूप, वेक्सलर ने वयस्कों की बुद्धि की माप करने के लिए 1939 में अलग से एक वैयक्तिक परीक्षण (Individual test) का निर्माण किया जिसका नाम *वेक्सलर-बेलेभ्यू बुद्धि मापनी* (Wechsler-Bellevue intelligence scale) रखा गया। इस मापनी द्वारा वयस्क की बुद्धि की माप आसानी से की जाती थी। इस मापनी के दो भाग थे— शाब्दिक मापनी (Verbal Scale) तथा क्रियात्मक मापनी (Performance Scale)। 1955 ई॰ में इस परीक्षण का संशोधित संस्करण (revised edition) प्रकाशित किया गया जिसका नाम *वेक्सलर वयस्क बुद्धि मापनी* (Wechsler Adult Intelligence Scale या WAIS) रखा गया। इस परीक्षण को 1981 में पुनः संशोधित किया गया जिसे 'WAIS–R' कहा गया। फिर WAIS-R का पुनःसंशोधन 1997 में किया गया जिसे WAIS-III कहा गया। 'WAIS-III' के भी दो भाग थे— शाब्दिक मापनी (Verbal scale) तथा क्रियात्मक मापनी (Performance Scale)। शाब्दिक मापनी में 7 उपपरीक्षण (six substests) थे तथा क्रियात्मक मापनी में 7 उप-परीक्षण (subtests) थे। इस तरह से कुल मिलाकर उसमें 14 उप-परीक्षण थे।

WAIS–R' के शाब्दिक मापनी (verbal scale) के 7 उपपरीक्षणों एवं उनका वर्णन निम्नांकित हैं—

(i) **सूचना परीक्षण** *(Information test)*—इसके द्वारा कुछ ऐसी सामान्य सूचनाओं के बारे में ज्ञान (knowledge) का मापन होता है जिसे एक सामान्य वयस्क से उम्मीद की जाती है।

(ii) **बोध परीक्षण** *(Comprehension test)*—इसके द्वारा व्यक्ति से यह पूछा जाता है कि क्यों किसी चीज को किया जाना चाहिए या उसे अमुक परिस्थिति में क्या करना चाहिए? इससे व्यक्ति में समझ या सूझ की स्तर का मापन होता है।

(iii) **अंक विस्तार परीक्षण** *(Digit Span test)*—इसमें तीनों अंकों से लेकर नौ अंकों तक के क्रम को परीक्षक पढ़ता है जिसे सुनकर उसी क्रम में तथा विलोम क्रम में उन अंकों को परीक्षार्थी या व्यक्ति बोलता रहता है। इस परीक्षण द्वारा लघुकालीन स्मृति (short-term memory) का मापन होता है।

(iv) **शब्दावली परीक्षण** *(Vocabulary test)*—इसमें कुछ शब्द होते हैं जिन्हें पढ़कर तथा लिखकर परीक्षक व्यक्ति को देता है। व्यक्ति को उन शब्दों को परिभाषित करना होता है या उसका अर्थ बतलाना होता है।

(v) **अंकगणितीय परीक्षण** *(Arithemetic test)*—इसमें कुछ साधारण गणितीय समस्याएँ होती हैं जिन्हें बिना कागज एवं पेंसिल की मदद से व्यक्ति को समाधान करना होता है। इससे व्यक्ति के परिमाणात्मक चिन्तन का मापन होता है।

(vi) **समानता परीक्षण** *(Similarities test)*—इसमें 15 युग्मित एकांश होते हैं और रोगी को प्रत्येक प्रश्न में दिए गए वस्तुओं के बीच समानता (similarity) बतलाना होता है।

(vii) **अक्षर-संख्या अनुक्रमिकता** *(Letter-Numbering Sequencing)*—यह एक पूरक परीक्षण (supplementary test) है जिसका उपयोग व्यक्ति के बौद्धिक स्तर के बारे में अतिरिक्त सूचना प्राप्त करने के लिए किया जाता है। इसके द्वारा व्यक्ति का चलन स्मृति (working memory) तथा अवधान (attention) का मापन होता है।

WAIS–III के क्रियात्मक परीक्षण (performance test) के पाँच उपपरीक्षण (subtest) निम्नांकित हैं—

(i) **चित्र-पूर्ति परीक्षण** *(Picture completion test)*—इसमें 20 चित्र होते हैं और प्रत्येक चित्र से कुछ महत्त्वपूर्ण अंश गायब होता है। व्यक्ति को यह बतलाना होता है कि कौन-सा अंश गायब है। इसके द्वारा एकाग्रता तथा असंगतता (incongruity) के समझ की माप होती है।

(ii) **चित्र व्यवस्था परीक्षण** *(Picture arrangement test)*—इस परीक्षण में 10 समस्याएँ होतीं हैं। प्रत्येक समस्या में 3 से 6 कार्ड होते हैं जिन्हें खास क्रम में सज्जित करने से एक कहानी बन जाती है। प्रत्येक समस्या के कार्डों

को उल्टे-पुल्टे क्रम में दिया जाता है तथा व्यक्ति को उसे समय सीमा के भीतर अर्थपूर्ण ढंग से सज्जित करना होता है। इससे निर्णय करने की क्षमता, पूर्वाभास करने की क्षमता तथा योजना बनाने की क्षमता का मापन होता है।

(iii) ब्लॉक डिजाइन परीक्षण *(Block Design test)*—इस परीक्षण में 9 कार्ड पर 9 आकार-चित्र बने होते हैं। दिये गए ब्लॉक जिसके विभिन्न भाग (sides) लाल, उजला तथा उजला और लाल दोनों ही रंग से रंगे होते हैं, की मदद से व्यक्ति को विशिष्ट आकार चित्र के समान बनाना होता है। इस परीक्षण द्वारा अशाब्दिक बुद्धि (non-verbal intelligence) जैसे दृष्टि-गति समन्वय (visual-motor coordination) तथा विश्लेषण-संश्लेषण क्षमता (analytic-synthetic ability) का मापन होता है।

(iv) वस्तु-सज्जीकरण परीक्षण *(Object assembly test)*—इसमें चार ऐसी समस्याएँ होतीं हैं जिनके अंश सभी कटे होते हैं। व्यक्ति को प्रत्येक समस्या के सभी कटे हुए अंशों को जोड़ते हुए सुव्यवस्थित कर दिये गए समस्या की वस्तु (object) को बनाना होता है। यह अत्यन्त ही सरल कार्य होता है और इसके द्वारा व्यक्ति के बोध (comprehension) क्षमता का मापन होने के साथ-ही-साथ दृष्टि-पेशीय समन्वय (visual-motor coordination) का भी मापन होता है।

(v) अंक प्रतीक कूटसंकेतन परीक्षण *(Digit Symbol Coding test)*—इस परीक्षण में व्यक्ति को संकेत-प्रतिस्थापन कार्य (code-substitution test) करना पड़ता है जिसमें संख्याओं की एक लम्बी कतार होती है जिसके नीचे के खाली स्थानों को व्यक्ति को भरना पड़ता है। इस कार्य के लिए संकेत (symbol) दिये रहते हैं जिसमें 1 से 9 तक अंक होते हैं और प्रत्येक अंक के साथ एक चिह्न (symbol) होता है। अंकों के नीचे की खाली जगह में उपयुक्त चिह्न को लिखना होता है। व्यक्ति 90 सेकेण्ड के भीतर जितने संकेतों को भर सकता था, भरता है।

(vi) मैट्रीक्स तर्कणा परीक्षण *(Matrix Reasoning Test)*—इसके द्वारा आगमनात्मक तर्कणा (inductive reasoning) का मापन होता है।

(vii) सांकेतिक खोज परीक्षण *(Symbolic Search Test)*—इसके द्वारा व्यक्ति में किसी सूचना को तीव्रता से संसाधित करने की क्षमता का मापन होता है।

इस तरह से हम देखते हैं कि WAIS-III में 7 शाब्दिक परीक्षण तथा 7 क्रियात्मक परीक्षण होते हैं। 7 शाब्दिक परीक्षणों पर व्यक्ति द्वारा प्राप्त मानक अंकों (standard scores) को तथा 7 क्रियात्मक परीक्षणों पर प्राप्त मानक अंकों को जोड़कर इन दोनों मापनियों पर अलग-अलग प्राप्तांक (scores) प्राप्त किया जाता है। शाब्दिक मापनी तथा क्रियात्मक मापनी पर आये प्राप्तांकों को जोड़कर सम्पूर्ण मापनी प्राप्तांक (full scale score) प्राप्त किया जाता है। इन प्राप्तांकों को *विचलन बुद्धि लब्धि* (Deviation I.Q.) में बदल दिया जाता है जहाँ माध्य 100 तथा मानक विचलन 15 होता है। इस मापनी पर तीन तरह के बुद्धि लब्धि ज्ञात किया जाता है— शाब्दिक बुद्धि लब्धि (verbal intelligence quotient), क्रियात्मक बुद्धि लब्धि (performance intelligence quotient) तथा सम्पूर्ण मापनी बुद्धि लब्धि (full scale intelligence quotient)। कई अध्ययनों से स्पष्ट हुआ है कि WAIS-III की विश्वसनीयता (reliability) तथा वैधता (validity) का स्तर काफी संतोषजनक है। फिर WASS-III का पुनःसंशोधन (revision) 2005 में किया गया है जिसे WAIS-IV की संज्ञा दी गयी है।

वेक्सलर ने बच्चों की बुद्धि मापने के लिए भी दो अलग-अलग मापनी (Scale) का निर्माण किया है जो निम्नांकित है—

(अ) Wechsler Intelligence Scale for Children (WISC) तथा

(ब) Wechsler Preschool and Primary Scale of Intelligence (WPPSI)

WISC का निर्माण 1949 में 5 साल के बच्चों की बुद्धि मापने के लिए किया गया। 1974 में WISC को संशोधित कर और अधिक उन्नत बनाया गया तथा उसे WISC-R कहा गया है। 1991 में इसे पुनः संशोधित किया गया और इसे WISC-III कहा गया। इसके द्वारा 6 साल से 17 साल के आयु की व्यक्तियों की बुद्धि मापी जाती है। WISC-III में भी दो तरह के मापनी थे— शाब्दिक मापनी (Verbal Scale) तथा क्रियात्मक मापनी (Performance Scale)। शाब्दिक मापनी के 6 उपपरीक्षण (subtest) हैं जो निम्नांकित हैं—

1. सूचना परीक्षण (Information test)

2. समानता परीक्षण (Similarities test)
3. अंकगणितीय परीक्षण (Arithmetic test)
4. शब्दावली परीक्षण (Vocabulary test)
5. बोध परीक्षण (Comprehension test)
6. अंक विस्तार परीक्षण (Digit Span test)—यह एक वैकल्पिक परीक्षण (alternate test) है जिसका प्रयोग किसी भी एक शाब्दिक परीक्षण के बदले में किया जा सकता है।

क्रियात्मक परीक्षण (Performance Scale) के भी 6 उपपरीक्षण (subtest) हैं जो निम्नांकित हैं—

1. चित्र-पूर्ति परीक्षण (Picture Completion test)
2. चित्र-व्यवस्था परीक्षण (Picture arrangement test)
3. ब्लॉक डिजाइन परीक्षण (Block Design test)
4. वस्तु सुज्जीकरण परीक्षण (Object Assembly test)
5. संकेतीकरण परीक्षण (Coding test)
6. भूलभुलैया परीक्षण (Maze test)—यह एक वैकल्पिक परीक्षण (alternate test) है जिसका प्रयोग संकेतीकरण परीक्षण के बदले किया जा सकता है। इसमें बच्चों को एक समय सीमा के भीतर कागज एवं पेंसिल की मदद से कई भूलभुलैया का समाधान करना होता है।
7. संकेत खोज परीक्षण (Symbol Search Test)—इसके द्वारा सूचना-संसाधन (information processing) की गति का मापन होता है। इसमें 60 एकांश होते हैं जिनमें खोज चित्र में लक्ष्य चित्र छिपा होता है और व्यक्ति को उस लक्ष्य चित्र का पता जल्द-से-जल्द लगाना होता है।

स्पष्ट हुआ कि WISC-III के उपपरीक्षण बहुत हद तक WAIS-III के उपपरीक्षण के समान (similar) है और इसमें वैसे प्रश्न तथा कार्य होते हैं जो बच्चा के लिए उपयुक्त होता है। इस परीक्षण में भी शाब्दिक परीक्षण पर के प्राप्तांक तथा क्रियात्मक परीक्षण पर के प्राप्तांक को जोड़कर सम्पूर्ण मापनी प्राप्तांक (Full Scale score) ज्ञात कियसा जाता है तथा उन्हें फिर विचलन बुद्धि लब्धि (Deviation I.Q.) में बदल दिया जाता है। WISC-III की विशेषता यह है कि इसमें शाब्दिक बुद्धि लब्धि प्राप्तांक, क्रियात्मक बुद्धि लब्धि प्राप्तांक तथा सम्पूर्ण मापनी बुद्धि लब्धि प्राप्तांक के अलावा इस परीक्षण के प्राप्तांकों को चार अन्य कारकों के रूप में भी व्याख्या की जा सकती है— शाब्दिक बोध (verbal comprehension), प्रत्यक्ष-ज्ञानात्मक संगठन, ध्यानभंगता (distractibility) से मुक्ति तथा संसाधन गति (processing speed)। WISC-III का नवीनतम संशोधित रूप को WISC IV कहा गया है जो अभी प्रचलन में हैं।

WPPSI का निर्माण 1967 में वेक्सलर द्वारा 4 साल से लेकर 6½ साल के बच्चों की बुद्धि को मापने के लिए किया गया। इसका संशोधित संस्करण 1989 में प्रकाशित किया गया जिसे WPPSI-R कहा गया। इसके द्वारा 3 साल से लेकर 7 साल 3 महीना के बच्चे की बुद्धि मापी जाती है। इस परीक्षण के करीब-करीब आधे एकांश (items) WISC-III से लिये गए हैं तथा इस परीक्षण में भी शाब्दिक परीक्षण (Verbal scale) तथा क्रियात्मक मापनी (Performance scale) हैं। इस परीक्षण के शाब्दिक परीक्षण में 6 उपपरीक्षण (subtests) हैं तथा क्रियात्मक मापनी में 5 उपपरीक्षण हैं। इस तरह से कुल मिलाकर 11 उपपरीक्षण हैं। शाब्दिक मापनी (Verbal Scale) के 6 उपपरीक्षण इस प्रकार हैं—

1. सूचना परीक्षण (Information test)
2. शब्दावली परीक्षण (Vocabulary test)
3. अंकगणितीय परीक्षण (Arithematic test)
4. समानता परीक्षण (Similarities test)
5. बोध परीक्षण (Comprehension test)
6. वाक्य परीक्षण (Sentence test)—यह एक वैकल्पिक परीक्षण (alternative test) है जिसका उपयोग किसी भी शाब्दिक मापनी के बदले में किया जा सकता है।

क्रियात्मक मापनी (Performance Scale) के पाँच उपपरीक्षण निम्नांकित हैं—

1. पशु घर परीक्षण (Animal House test)
2. चित्र-पूर्ति परीक्षण (Picture Completion test)
3. भूलभुलैया परीक्षण (Mazes test)
4. ज्यामितीय डिजाइन परीक्षण (Geometric design test)
5. ब्लॉक डिजाइन परीक्षण (Block Design test)

WPPSI में तीन परीक्षणों का छोड़कर बाकी सभी परीक्षण वही हैं जो WISC के थे। वे तीन नये परीक्षण हैं— पशु घर परीक्षण (Animal House Test), वाक्य परीक्षण (Sentence test) तथा ज्यामितीय डिजाइन परीक्षण (Geometric Design test)। वाक्य परीक्षण में बच्चों को परीक्षक (examiner) द्वारा बोले गए वाक्य को बोलकर ही दोहराना होता है। पशुघर परीक्षण में रंगीन सिलिंडर को पशुओं के चित्र से बच्चा को सम्बन्धित करना पड़ता है। पशुघर परीक्षण एक तरह का वैकल्पिक परीक्षण है जिसका उपयोग किसी भी क्रियात्मक परीक्षण के बदले किया जा सकता है। ज्यामितीय डिजाइन परीक्षण में बच्चा कई तरह के ज्यामितीय डिजाइन एवं आकारों (shapes) को दिये गए कागज पर पेंसिल के सहारे बनाना होता है। इसका नवीनतम संस्करण जिसे WPPSI-III कहा जाता है, प्रकाशित हो चुका है।

प्रत्येक उपपरीक्षण पर आये प्राप्तांक को एक मानक प्राप्तांक (standard score) में जिसका माध्य (Mean) = 10 तथा मानक विचलन (Standard deviation) = 3 होता है, में बदल दिया जाता है। फिर उसके आधार पर शाब्दिक क्रियात्मक एवं सम्पूर्ण मापनी प्राप्तांक ज्ञात किया जाता है और उसे विचलन बुद्धि लब्धि (deviation I.Q.) में जिसका माध्य = 100 एवं मानक विचलन = 15 होता है, बदल दिया जाता है। WAIS-III तथा WISC-III के समान WPPSI-R भी एक काफी विश्वसनीय (reliable) एवं वैध बुद्धि मापनी है। शाब्दिक एवं क्रियात्मक परीक्षण की औसत विश्वसनीयता .90 पाया गया है तथा वैधता गुणांक .75 से .80 तक पाया गया है।

वेक्सलर द्वारा प्रतिपादित तीनों मापनियों (WAIS-III, WISC-III तथा WPPSI-III) एक तरह का बिन्दु मापनी (point-scale) है जिसमें प्रत्येक विषय क्षेत्र (content area) के लिए एक अलग प्राप्तांक दिये जाते हैं।

वेक्सलर मापनी का मूल्यांकन (*Evaluation of Wechsler Scales*)

वेक्सलर द्वारा निर्मित (WAIS-IV, WISC-III तथा WPPSI-IV का संयुक्त मूल्यांकन एनासटेसी तथा अर्विना (Anastasi & Urbina 2005) द्वारा काफी संतोषजनक ढंग से किया गया। इस मूल्यांकन में इन परीक्षणों के कुछ ऐसे गुण एवं दोषों पर प्रकाश डाला गया है जो काफी महत्त्वपूर्ण है।

इन परीक्षणों के गुणों (merits) को इस प्रकार बतलाया गया है—

(i) WAIS-IV, WISC-III तथा WPPSI-III की तुलना अन्य वैयक्तिक रूप से (individually) क्रियान्वित बुद्धि परीक्षणों से करने पर यह स्पष्ट होता है कि इस परीक्षणों में माननीकरण प्रतिदर्श (standardization sample) का आकार बड़ा था तथा उनमें जीवसंख्या (population) के प्रतिनिधित्व का गुण है। एनासटेसी का मत है कि इस तरह के प्रतिदर्श के आधार पर जो मानक (norms) तैयार किये गए हैं, उनके आधार पर प्राप्तांकों की होने वाली व्याख्या अधिक वैज्ञानिक एवं निर्भर योग्य होती है।

(ii) वेक्सलर के इन तीनों परीक्षणों की नैदानिक उपयोगिता बच्चों एवं वयस्कों की बौद्धिक स्तर का पता लगाने में इतनी अधिक बतलायी गयी है कि अधिकतर चिकित्सकों द्वारा इसे नैदानिक मूल्यांकन (clinical assessment) का एक अपरिहार्य साधन (indispensible tool) माना गया है।

वेक्सलर मापनी के कुछ अवगुण (demerits) भी बतलाये गए हैं जो निम्नांकित हैं—

(i) यदि हम वेक्सलर के इन तीनों मापनियों की तुलना स्टैनफोर्ड-बिने परीक्षण (Stanford-Binet test) से करें तो पाएँगे कि इन तीनों मापनियों के क्रियान्वयन करने में तुलनात्मक रूप से समय एवं श्रम दोनों ही अधिक लगते हैं। कुछेक मनोवैज्ञानिकों का मत है कि नैदानिक मूल्यांकन करने में कभी-कभी वेक्सलर मापनी के इस परिसीमा (limitation) के कारण उन्हें कोई दूसरा बुद्धि परीक्षण के क्रियान्वयन के लिए मजबूर होना पड़ता है।

(ii) एनासटेसी तथा अर्विना[1] (Anastasi & Urbina, 2005) का कहना है कि इन तीनों मापनियों का सबसे अधिक कमजोर बिन्दु यह है कि इसकी वैधता (validity) से सम्बन्धित आनुभाविक आँकड़ों (empirical data) की

1. "...the weakest feature of all the Wechsler scales has been their lack of theoretical grounding, which makes it hard to find a coherent basis for interpretation." —Anastasi & Urbina : *Psychological Testing*, 2005, p. 222

कमी है। एनासटेसी तथा अर्विना (Anatasi & Urbina, 2005) के ही शब्दों में, ''सभी वेक्सलर मापनियों का सबसे कमजोर गुण उनके सैद्धान्तिक आधार की कमी है जिसके कारण उनकी व्याख्या के लिए एक सुसंगत आधार मिलना कठिन साबित होता है।'' ऐसी परिस्थिति में इन मापनियों पर आधारित नैदानिक मूल्यांकन (clinical assessment) की वैधता एवं निर्भरता पर स्वभावतः शंका होने लगती है।

(iii) इन परीक्षणों में आत्मनिष्ठता (subjectivity) अधिक है क्योंकि कुछ एकांश के उत्तर की उपयुक्तता के बारे में अलग-अलग परीक्षक अलग-अलग निर्णय लेने के लिए बाध्य हो जाते हैं।

इन परिसीमाओं के बावजूद वेक्सलर मापनी जैसा दूसरा कोई मापनी अभी उपलब्ध नहीं है जिसके सहारे व्यक्ति की बुद्धि की माप की जा सके।

इसकी लोकप्रियता का सबूत इससे भी मिल जाता है कि अमेरिका के बाहर भी इस परीक्षण का उपयोग काफी हो रहा है। भारत में वेक्सलर मापनी का खासकर WAIS का भारतीय अनुकूलन पी॰ रामालिंगास्वामी द्वारा करके इसे भारतीय परिस्थिति में भी काफी उपयोगी बनाया है।

रैवेन प्रोग्रेसिव मैट्रीसेज
(Raven's Progressive Matrices)

इस परीक्षण का निर्माण जे॰ सी॰ रैवेन (J. C. Raven) द्वारा 1930 के दशाब्दी (decade) के लगभग मध्य में अर्थात 1936 में किया गया। इस परीक्षण द्वारा स्पीयरमैन के बुद्धि सिद्धान्त के g-कारक (g-factor) का मापन होता है। यह एक तरह का अशाब्दिक (non-verbal) बुद्धि परीक्षण है तथा इसका उपयोग भाषारहित (non-language) होने के कारण विभिन्न संस्कृतियों के व्यक्तियों के बुद्धि मापन में सफलतापूर्वक किया गया है। अतः यह एक तरह का *संस्कृति-मुक्त बुद्धि परीक्षण* (Culture-free intelligence test) है।

रैवेन प्रोग्रेसिव मैट्रीसेज (Raven's Progressive Matrices) में बहुविकल्पी एकांश (multiple choice items) होते हैं। प्रत्येक एकांश में मैट्रीक्स (matrix) के रूप में प्रत्यक्षज्ञानात्मक अनुरूपता (perceptual analogy) का कार्य सम्पन्न होता है। सामान्यतः प्रत्येक मैट्रीक्स में तीन कॉलम (column) एवं दो कतार (row) होते हैं। मैट्रीक्स के चित्र कुछ ऐसे होते हैं कि वे प्रत्येक कॉलम एवं प्रत्येक कतार के चित्रों से अर्थपूर्ण ढंग से सम्बन्धित होते हैं। प्रत्येक मैट्रीक्स का एक अंश जो नीचे दायाँ-हाथ के कोने में होता है, लुप्त (missing) होता है। व्यक्ति को कई वैकल्पिक चित्रों में से चुनकर यह बतलाना होता है कि कौन-सा चित्र मैट्रीक्स के लुप्त स्थान पर अर्थपूर्ण ढंग से बैठेगा। (चित्र 8.2 देखें)। इस परीक्षण का मूल उद्देश्य विभिन्न अशाब्दिक सामग्रियों (non-verbal materials) जैसे ज्यामितिक चित्रों में छिपे तार्किक सम्बन्धों (logical relationship) को ढूँढ़ने की क्षमता का मापन करना है। रेवेन प्रोग्रेसिव मैट्रीसेज बुद्धि का एक अशाब्दिक माप (nonverbal measure) है।

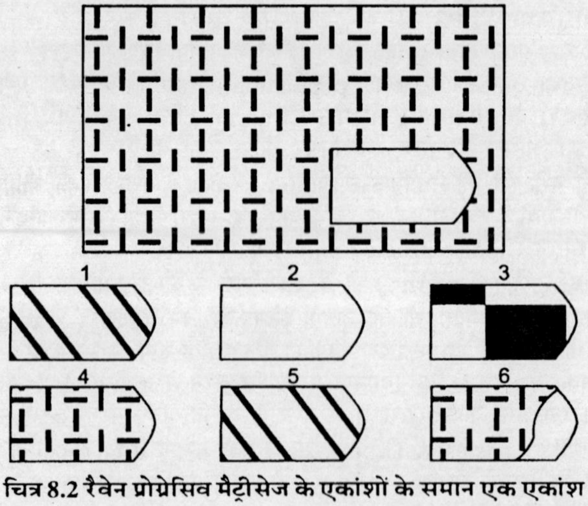

चित्र 8.2 रैवेन प्रोग्रेसिव मैट्रीसेज के एकांशों के समान एक एकांश

रैवेन प्रोग्रेसिव (Raven's Progressive Matrices) के निम्नांकित तीन प्रारूप (form) हैं—

1. स्टैण्डर्ड प्रोग्रेसिव मैट्रीसेज (Standard Progressive Matrices या SPM)

2. रंगीन प्रोग्रेसिव मैट्रीसेज (Coloured Progressive Matrices या CPM)
3. उच्चतर प्रोग्रेसिव (Advanced Progressive Matrices या APM)

इन तीनों का वर्णन निम्नांकित हैं—

स्टैण्डर्ड प्रोग्रेसिव मैट्रीसेज में कुल 60 मैट्रीसेज हैं जिन्हें 5 सेटों में बाँटा गया है। प्रत्येक सेट में 12–12 मैट्रीसेज हैं जिनके समाधान के लिए करीब-करीब एक ही तरह के नियम (principles) की जरूरत पड़ती है। इन मैट्रीसेज की कठिनाई स्तर अलग-अलग होती है। मैट्रीसेज के इन पाँच सेटों के समाधान में प्रत्यक्षज्ञानात्मक विभेद (perceptual discrimination), परिभ्रमण (rotation) तथा पैटर्नस का क्रमपरिवर्तन (permutation) आदि से सम्बन्धित क्षमताओं की जरूरत पड़ती है। SPM द्वारा 5 साल से ऊपर के बच्चों तथा वयस्कों की बुद्धि मापन होता है।

CPM में 12–12 मैट्रीसेज के तीन सेट होते हैं। ये सभी मैट्रीसेज रंगीन होते हैं और SPM के मैट्रीसेज की तुलना में काफी आसान होते हैं। इसके द्वारा 4 साल से 10 साल के बच्चों की बुद्धि की माप होती है तथा 10 साल के ऊपर के वैसे बच्चों की बुद्धि की भी माप होती है जो मानसिक रूप से दुर्बल (mentally retarded) होते हैं।

APM का प्रयोग उन व्यक्तियों के लिए किया जाता है जो बौद्धिक रूप से थोड़ा श्रेष्ठ होते हैं और जिनके लिए SPM के मैट्रीसेज काफी आसान मालूम पड़ते हैं। APM में भी 12–12 मैट्रीसेज के तीन सेट होते हैं और इन मैट्रीसेज की कठिनता स्तर अधिक होती है जिसके समाधान के लिए सूक्ष्म प्रत्यक्षज्ञानात्मक विभेदीकरण की क्षमता की जरूरत पड़ती है।

रैवेन प्रोग्रेसिव मैट्रीसेज का उपयोग नैदानिक परिस्थिति में उतना नहीं हुआ है जितना कि स्टैनफोर्ड-बिने परीक्षण (Stanford-Binet test) तथा वेक्सलर मापनियों (Wechsler Scales) का हुआ है। कुछ मनोवैज्ञानिकों का मत है कि रैवेन प्रोग्रेसिव खासकर के SPM तथा CPM का प्रयोग उन बच्चों की बुद्धि मापने में उपयोगी सिद्ध होता है जो मानसिक रूप से दुर्बल होते हैं तथा जिनमें तार्किक चिन्तन (logical thinking) की कमी होती है।

गुडएनफ ड्रा-ए-मैन परीक्षण (Goodenough Draw-a-Man Test)

मनोवैज्ञानिकों द्वारा इस परीक्षण का प्रयोग बुद्धि मापने में तब किया जाता है जब उन्हें कम समय में रोगी के बुद्धि के बारे में एक स्थूल (rough) सूचना की जरूरत पड़ती है। इसे कुछ मनोवैज्ञानिकों ने बिने-साइमन परीक्षण के सम्पूरक (supplement) के रूप में भी प्रयोग किया है। इस परीक्षण का निर्माण गुडएनफ जो एक महिला मनोवैज्ञानिक थी, द्वारा 1926 में किया गया था। व्यक्ति को जिसकी बुद्धि की माप होनी है, इसमें एक पुरुष का चित्र बनाने को कहा जाता है। इस परीक्षण द्वारा बच्चों की बुद्धि की माप की जाती है। चूँकि 'पुरुष' का चित्र एक ऐसा चित्र है, जिससे सभी बच्चे परिचित होते हैं, अतः गुडएनफ ने इसे उपयुक्त समझकर अपने परीक्षण में समावेश किया था। पुरुष का चित्र बनाने में कलात्मक कौशलों (artistic skill) को महत्त्व नहीं दिया जाता है परन्तु बच्चों के संप्रत्यात्मक चिन्तन (conceptual thinking) तथा प्रेक्षण (observation) की क्षमता पर निश्चित रूप से बल दिया जाता है और इसके लिए उसे विशेष अंक भी मिलते हैं। इसके अलावा चित्र में शरीर के अंगों को दर्शन, अंगों का अनुपात, वस्त्र आदि गुणों के लिए भी उसे साख (credit) प्रदान किया जाता है।

1963 में हैर्रिस (Harris) ने इस परीक्षण का संशोधन (revision) किया, जिसके कारण इसका नाम बदलकर *गुडएनफ-हैर्रिस ड्राइंग परीक्षण* (Goodenough-Harris Drawing Test) रखा गया। इस नये परीक्षण की विशेषता यह थी कि इसमें बच्चा जिसकी बुद्धि की माप होती थी, को तीन चित्र बनाना होता था— एक पुरुष का, एक स्त्री का और एक स्वयं अपना। इस परीक्षण के द्वारा KG से लेकर 9th वर्ग के बच्चों की बुद्धि मापी जाती थी। इस तरह से गुडएनफ-हैरिस ड्राइंग परीक्षण के तीन उपमापनी थे— *पुरुष मापनी* (Male-Scale), *महिला मापनी* (Female-Scale) तथा *आत्म-मापनी* (Self-Scale)। आत्म-मापनी सचमुच में व्यक्तित्व का एक प्रक्षेपण माप (projective measure) के रूप में विकसित किया गया था हालाँकि इसके समर्थन में जो आँकड़े उपस्थित किये गए थे, वे अधिक दुरुस्त (sound) नहीं थे।

इस परीक्षण की विश्वसनीयता (reliability) तथा वैधता (validity) के सम्बन्धित अध्ययनों से स्पष्ट हुआ कि ये दोनों ही गुण काफी संतोषजनक मात्रा में उपलब्ध हैं। डन्न (Dunn, 1967) तथा हैर्रिस (Harris, 1963) के अनुसार

विश्वसनीयता गुणांक .68 से .90 तक पाया गया है तथा वैधता गुणांक .50 तक पाया गया है।

गुडएनफ परीक्षण चूँकि एक संस्कृति-मुक्त परीक्षण (culture-free test) है, अतः इसका प्रयोग सभी संस्कृतियों में हुआ है। नैदानिक परिस्थितियों में भी विशेषकर उपचारगृह (clinic) में इस परीक्षण का उपयोग स्टैनफोर्ड-बिने परीक्षण तथा अन्य शाब्दिक बुद्धि मापनी (verbal intelligence scale) के सम्पूरक (supplement) के रूप में काफी किया गया है। गुड एनफ-हर्रिस ड्राइंग परीक्षण के तकनीकी गुणों को उन्नत बनाने के लिए इसका संशोधन नागलियरी (Naglieri, 1988) द्वारा किया गया। इस संशोधित प्रारूप का नाम है— ड्रा-ए-पटसन : ए क्यानटिटेटिव स्कोरिंग सिस्टम (Draw-A-Feron : A Quantitative Scoring System)। इसे संक्षेप में DAP कहा गया है। DAP में तुलनात्मक रूप से नवीनतम एवं विस्तृत मानक (detailed norms) तैयार किये गए हैं। इसमें क्रियान्वयन विधि को भी पहले से भिन्न एवं उन्नत बनाया गया है तथा इसका प्राप्तांक-लेखन विधि (Scoring system) भी पहले से काफी उन्नत है तथा इस ढंग का है कि उसमें आत्मनिष्ठता (subjectivity) काफी कम रह गयी है। उन्नति के इन तमाम दावों के बावजूद इस संशोधित प्रारूप की आलोचना यह कहकर की गयी है कि इसके द्वारा संशोधित प्राप्तांक-लेखन के प्रस्तावित लाभों के समर्पन में कोई खास सबूत नहीं प्रदान किया गया है।

पीवॉडी चित्र शब्दावली परीक्षण
(Peabody Picture Vocabulary Test or PPVT)

इस परीक्षण का निर्माण डन्न (Dunn, 1959, 1965) द्वारा 2½ साल के बच्चों से लेकर 18 साल के वयस्कों तक की बुद्धि मापने के लिए की गयी है। इस परीक्षण में चार-चार चित्र के 150 सेट होते हैं। व्यक्ति को यह बतलाना होता है कि परीक्षण द्वारा बोले गए शब्द का चार चित्रों में से किससे सही-सही ढंग से वर्णन होता है। स्पष्टतः यह एक शाब्दिक परीक्षण (verbal test) है और उपचारगृहों (clinics) में इसका प्रयोग मात्र एक स्क्रीनिंग उद्देश्यों (screening purposes) से ही किया जाता है।

स्पष्ट हुआ कि मनोवैज्ञानिकों द्वारा कई तरह के बुद्धि परीक्षणों का उपयोग किया जाता है। इन बुद्धि परीक्षणों में स्टैनफोर्ड-बिने परीक्षण (Stanford-Binet test) तथा वेक्सलर बुद्धि मापनी (Wechsler Intelligence scale) का प्रयोग अन्य बुद्धि परीक्षणों की तुलना में अधिक किया गया है।

कैटेल संस्कृति-मुक्त बुद्धि परीक्षण
(Cattell's Culture-Free intelligence Test)

जैसा कि नाम से ही स्पष्ट है कि इस तरह के बुद्धि परीक्षण का उद्देश्य सांस्कृतिक कारकों (cultural factors) के प्रभाव को नियंत्रित कर बुद्धि मापना है। इस परीक्षण के एकांश (items) कुछ ऐसे होते हैं कि उनका उत्तर देने के लिए किसी तरह के विशिष्ट सांस्कृतिक ज्ञान (specific cultural knowledge) की आवश्यकता नहीं होती है और व्यक्ति चाहे किसी भी तरह की संस्कृति में जन्मा हो या उसका पालन-पोषण किया गया हो, उनका उत्तर देने में वह सफल हो पाता है। इस परीक्षण में व्यक्ति विभिन्न वस्तुओं के बीच सम्बन्धों एवं अमूर्त्त चित्रों से सम्बन्धित समस्याओं का उत्तर ढूँढ़ने की कोशिश करता है। ये सभी समस्याएँ कुछ ऐसी होतीं हैं जो सांस्कृतिक कारकों (cultural factors), सामाजिक श्रेष्ठता (social advantages) एवं पर्यावरणी प्रभावों से मुक्त होता है। इस परीक्षण द्वारा सामान्य मानसिक क्षमता कारक जिसे स्पीयरमैन (Spearman) ने 'g' कारक कहा है, का मापन होता है।

निश्चित रूप से मनोवैज्ञानिकों ने कैटेल (Cattell, 1940) को इस बात के लिए श्रेय (credit) दिया है कि वे सबसे पहले मनोवैज्ञानिक थे जिन्होंने संस्कृति-मुक्त बुद्धि परीक्षण विकसित किया परंतु वे लोग कैटेल द्वारा उपयुक्त इस पद के लिए उनकी आलोचना किया है। इन मनोवैज्ञानिकों का मत है कि सचमुच में कोई भी ऐसा परीक्षण नहीं हो सकता है जो संस्कृति के प्रभाव से पूर्णतः मुक्त हो। कोई भी सीखा गया व्यवहार पर संस्कृति का प्रभाव निश्चित रूप से पड़ता ही है। अतः किसी परीक्षण को पूर्णतः *संस्कृति-मुक्त* (culture free) कहना उचित नहीं है। बाद में कैटेल ने उक्त पद में कुछ संशोधन किया और इसका नाम *संस्कृति-स्वच्छ बुद्धि परीक्षण* (Culture-fair intelligence test) दिया। परन्तु उसमें भी लगभग वहीं दोष पाये गए। आलोचकों ने कहा कि विभिन्न संस्कृति या उपसंस्कृति के सदस्यों के लिए किसी

विशिष्ट एकांश में कितनी स्वच्छता (fairness) हो सकती है, इस बारे में उनमें अर्थात् सदस्यों में कोई सहमति नहीं है। इतना ही नहीं, परीक्षण निर्माणकर्त्ता इस बात का ठीक निर्णायक (judge) नहीं भी हो सकते हैं कि वास्तव में कौन एकांश स्वच्छ है या होगा। अतः आजकल मनोवैज्ञानिकों ने संस्कृति मुक्त बुद्धि परीक्षण के जगह पर *संस्कृति-ह्रास बुद्धि परीक्षण* (Culture-reduced intelligence test) का उपयोग करना प्रारम्भ कर दिया है। जैनसन (Jensen, 1980) के अनुसार इस तरह के परीक्षण की कुछ मुख्य विशेषताएँ इस प्रकार हैं—

(i) ऐसे बुद्धि परीक्षण का स्वरूप क्रियात्मक (performance) होता है।

(ii) इनके एकांशों में चित्र, आकृति आदि का प्रयोग किया जाता है।

(iii) ऐसे बुद्धि परीक्षण में व्यक्ति को मौखिक अनुक्रिया (oral response) भी करना पड़ता है।

(iv) ऐसे बुद्धि परीक्षण शक्ति या क्षमता परीक्षण (power test) होते हैं।

(v) ऐसे बुद्धि परीक्षण के एकांश में अशाब्दिक एकांश (non-verbal content) होते हैं।

(vi) ऐसे बुद्धि परीक्षण में व्यक्ति नयी-नयी समस्याओं का समाधान करते हैं।

बच्चों के लिए निर्मित कॉफमैन मूल्यांकन परीक्षणमाला
(The Kaufman Assessment Battery for Children or K-ABC)

इस परीक्षण का निर्माण कॉफमैन तथा कॉफमैन (Kaufman & Kaufman, 1983) द्वारा किया गया है और यह मानसिक क्षमता (mental ability) का एक वैयक्तिक माप (individual measure) है। यह एक काफी लोकप्रिय परीक्षण सिद्ध हुआ है। इसकी लोकप्रियता का अंदाज इसी से लगाया जा सकता है कि 1987 तक इसका उपयोग करके करीब दस लाख बच्चों की बुद्धि मापी जा चुकी थी। मनोवैज्ञानिकों ने इसकी लोकप्रियता के निम्नांकित तीन मुख्य कारण बतलाये हैं—

(i) K-ABC स्टैनफोर्ड-बिने परीक्षण के चौथे संस्करण के समान बुद्धि के एक वैज्ञानिक एवं उत्तम सिद्धान्त (अर्थात् कैटेल द्वारा प्रतिपादित सिद्धान्त) पर आधृत है।

(ii) K-ABC में सांस्कृतिक पूर्वाग्रहों (cultural biases) को काफी नियंत्रित कर रखा गया है। फलतः इसके सहारे विभिन्न संस्कृति के बच्चों की बुद्धि की माप आसानी से किया जाता है।

(iii) K-ABC में ठोस बुद्धि (crystallized intelligence) तथा तरल बुद्धि (fluid intelligence) को एक-दूसरे से अलग करने की कोशिश की गयी है और साथ-ही-साथ कुछ इस तरह की नैदानिक सूचना (diagnostic information) भी प्रदान करने की कोशिश की गयी है जो यह निश्चित कर पाता है कि क्यों बच्चे कुछ कार्य पर उत्तम निष्पादन दिखाते हैं तथा कुछ कार्य पर खराब निष्पादन दिखाते हैं।

K-ABC का उपयोग 2½ साल से 12½ साल के बच्चों की बुद्धि मापने के लिए किया जाता है। परीक्षण के एकांशों (items) में अशाब्दिक चीजों जैसे चित्र एवं आकृतियों का अधिकतर उपयोग किया जाता है जिसके माध्यम से बच्चों को विभिन्न तरह का सूचना संसाधन कार्य (information processing task) करना पड़ता है। इस परीक्षण के मुख्य दो भाग हैं— *मानसिक संसाधन खंड* (mental processing section) तथा *उपलब्धि खंड* (achievement section)। मानसिक संसाधन खंड द्वारा तरल बुद्धि (fluid intelligence) का मापन होता है जबकि उपलब्धि खंड द्वारा ठोस बुद्धि या अर्जित बुद्धि का मापन होता है। मानसिक संसाधन मापनी (Mental processing scale) को दो भागों में बाँटा गया है— *क्रमिक संसाधन* (sequential processing) तथा *समकालिक संसाधन* (simultaneous processing)। क्रमिक संसाधन में समस्याओं को एक-एक करके बच्चे समाधान करते हैं जैसा कि हम दिन-प्रतिदिन की जिन्दगी में गणितीय समस्याओं का समाधान करते हैं। समकालिक संसाधन में बच्चों को दिये गए भिन्न-भिन्न सूचनाओं को एक साथ संगठित करना पड़ता है और तब वह समस्या का समाधान करता है जैसा कि हम एक अनुच्छेद (paragraph) के अर्थ को समझने में करते हैं। उपलब्धि मापनी (achievement scale) द्वारा शब्दावली (vocabulary), सामान्यज्ञान (general knowledge), अंकगणित का ज्ञान आदि का मापन होता है।

कई प्रयोगात्मक अध्ययनों से यह स्पष्ट हो चुका है कि K-ABC एक विश्वसनीय (reliable) तथा वैध (valid) परीक्षण है। कॉफमैन तथा कैमफॉस (Kaufman & Kamphaus, 1984) ने K-ABC का कारक विश्लेषण (factor analysis) किया जिससे यह पता चलता है कि मानसिक प्रक्रिया परीक्षणों (mental processing tests) अर्थात् क्रमिक

संसाधन तथा समकालिक संसाधन का मौलिक संगठन (fundamental organization) आनुभाविक रूप से (empirically) बिलकुल ही सही है। इससे परीक्षण में रचनात्मक वैधता (construct validity) होने का सबूत मिलता है।

जैसा कि ऊपर कहा जा चुका है, K-ABC का सबसे प्रमुख लाभ यह है कि इसके द्वारा तरल बुद्धि तथा ठोस बुद्धि का मापन अलग-अलग होता है तथा तरल बुद्धि को परीक्षण में दो भागों में अर्थात् क्रमिक तथा समकालिक प्रक्रियाओं में बाँटा गया है। मर्ज (Merz, 1984) ने परीक्षण के इस दावे पर आशंका व्यक्त किया है और कहा है कि यह स्पष्ट नहीं है कि मानसिक संसाधन द्वारा वास्तव में तरल बुद्धि का ही मापन होता है। गिलफोर्ड (Guilford, 1980) ने तो यहाँ तक कह दिया है कि क्या तरल बुद्धि नाम की कोई चीज सचमुच में होती है? फिर भी K-ABC को आधुनिक समय में बुद्धि परीक्षण के क्षेत्र में एक महत्त्वपूर्ण उपलब्धि माना गया है।

कुछ प्रमुख भारतीय बुद्धि परीक्षण
(Some important Indian intelligence Tests)

बुद्धि मापने का प्रयास भारतीय मनोवैज्ञानिकों द्वारा भी काफी अधिक किया गया है। इसके परिणामस्वरूप भारतीय मनोवैज्ञानिकों द्वारा भी कई बुद्धि परीक्षण बनाये गये हैं जिनमें प्रमुख हैं— डॉ॰ एम॰ सी॰ जोशी द्वारा निर्मित मानसिक योग्यता परीक्षण (1960), डॉ॰ प्रयाग मेहता द्वारा निर्मित सामूहिक बुद्धि परीक्षण (1962), डॉ॰ आर॰ के॰ टण्डन द्वारा सामूहिक मानसिक योग्यता परीक्षण (1961), प्रो॰ आर॰ के ओझा तथा प्रो॰ राय चौधरी द्वारा निर्मित वाचिक बुद्धि परीक्षण (1971), डॉ॰ एस॰ एस॰ जलोटा द्वारा निर्मित मानसिक योग्य की संशोधित सामूहिक परीक्षण (1971) तथा डॉ॰ एस॰ एम॰ मुहसिन द्वारा निर्मित सामान्य बुद्धि परीक्षण (1983)। ये सभी बुद्धि परीक्षण शाब्दिक बुद्धि परीक्षण (verbal intelligence tests) हैं जिनका उपयोग सिर्फ उन्हीं व्यक्तियों की बुद्धि मापने में किया जाता है जो पढ़े-लिखे हैं तथा जिन्हें भाषा का ज्ञान है क्योंकि इनके एकांशों तथा निर्देश (instruction) हिन्दी भाषा में एक पुस्तिका के रूप में प्रकाशित होते हैं जिन्हें परीक्षार्थी को पढ़कर समझना होता है। इन परीक्षणों के आधार पर व्यक्ति को एक कुल प्राप्तांक (total score) प्राप्त होता है जिसके आधार पर बुद्धि लब्धि (intelligence quotient) या इसी तरह का कोई दूसरा सूचक (index) जैसे कुशाग्रता का सूचक (index of brightness) आदि ज्ञात किया जाता है जिसकी तुलना मानक तालिकाओं (norms table) से करके हम व्यक्ति की बुद्धि के बारे में एक निश्चित निष्कर्ष पर पहुँचते हैं।

इस तरह से हम देखते हैं कि व्यक्ति के बुद्धि की माप भिन्न-भिन्न तरह के परीक्षणों के आधार पर किया जाता है। परीक्षक अपनी आवश्यकताओं एवं परीक्षार्थी की उम्र तथा योग्यता के अनुसार किसी खास परीक्षण का चयन कर लेता है और उसके आधार पर व्यक्ति के बुद्धि का मापन करता है।

बुद्धि परीक्षणों का अनुप्रयोग
(Uses of Intelligence Test)

मनोवैज्ञानिक, मानसिक अस्पताल या उपचारगृहों में नैदानिक मूल्यांकन (clinical assessment) करने में तथा शोध कार्यों में प्रायः बुद्धि परीक्षणों का प्रयोग करते हैं। बुद्धि परीक्षणों में वे वैयक्तिक बुद्धि परीक्षण (individual intelligence tests) का ही अधिक प्रयोग करते हैं। स्टैनफोर्ड-बिने परीक्षण (Stanford-Binet test), वेक्सलर मापनी (Wechsler scales), गुडएनफ-हैरिश ड्राईंग परीक्षण (Goodenough-Harris Drawing test) आदि परीक्षणों का उपयोग काफी किया जाता है। प्रश्न यहाँ यह उठता है कि क्या वे इन परीक्षणों का उपयोग व्यक्ति के बौद्धिक स्तर को मापने में सिर्फ करते हैं या इनसे उसे कुछ और भी फायदा होता है? आधुनिक मनोवैज्ञानिकों का मत है कि नैदानिक अन्तःक्रिया (clinical interaction) बुद्धि परीक्षणों की उपयोगिता से कुछ विस्तृत हो जाती है। आधुनिक मनोवैज्ञानिकों के अनुसार बुद्धि परीक्षणों की कुछ प्रमुख उपयोगिताएँ निम्नांकित हैं—

1. सामान्य बौद्धिक स्तर का आकलन (*Estimation of general intellectual level*)—बुद्धि परीक्षणों की सबसे स्पष्ट उपयोगिता व्यक्ति के सामान्य बौद्धिक स्तर (general intellectual level) का आकलन करने में है। मनोवैज्ञानिक बुद्धि परीक्षणों का उपयोग करके व्यक्ति के वर्तमान अन्तःशक्ति (current potential) का पता लगाते हैं और उसे आधार रेखा (base line) मानकर उनकी वर्तमान उपलब्धियों का मूल्यांकन करते हैं। इससे चिकित्सक को अन्तःशक्ति एवं उपलब्धियों में होने वाले अन्तर के स्तर का पता चलता है। इससे व्यक्ति की समस्याओं को समझने एवं उसके बारे में प्राक्कल्पना (hypotheses) बनाने में काफी मदद मिलती है।

2. शैक्षिक सफलता का पूर्वकथन *(Prediction of academic success)*—चाहे स्टैनफोर्ड-बिने परीक्षण हो या वेक्सलर मापनी हो या अन्य कोई बुद्धि परीक्षण हो, उसके आधार पर छात्रों की शैक्षिक सफलता के बारे में पूर्वकथन (prediction) किया जाता है। यद्यपि बुद्धि परीक्षण के प्राप्तांकों तथा स्कूल के शैक्षिक निष्पादन (academic performance) संप्रत्यात्मक रूप से (conceptually) समरूप (identical) नहीं है, फिर भी इन दोनों के बीच काफी घनिष्ठ धनात्मक सहसम्बन्ध (positive correlation) है। अतः यदि बौद्धिक क्षमता का स्तर ऊँचा है, तो यह उम्मीद की जाती है कि उसके शैक्षिक निष्पादन का स्तर भी ऊँचा होगा। परन्तु कभी-कभी ऐसा देखा जाता है कि किसी छात्र की बौद्धिक क्षमता ऊँचा होने पर शैक्षिक निष्पादन का स्तर नीचा ही रहता है। इस तरह के अन्तर को मनोवैज्ञानिक समझने की कोशिश करते हैं तथा उसके सम्भावित कारणों के बारे में कुछ प्राक्कल्पना (hypotheses) बनाते हैं, फिर उसका अध्ययन करते हैं।

3. व्यक्तित्व का मूल्यांकन *(Appraisal of personality)*—आधुनिक मनोवैज्ञानिकों का मत है कि बुद्धि परीक्षणों पर के प्राप्तांकों (scores) से व्यक्ति की बुद्धि के अलावा उसके व्यक्तित्व समस्याओं का भी अंदाज लगता है। फलतः बुद्धि परीक्षणों की एक उपयोगिता व्यक्तित्व का मूल्यांकन करने में भी है। आधुनिक मनोवैज्ञानिकों का मत है कि सिर्फ यह नहीं महत्त्वपूर्ण है कि व्यक्ति को बुद्धि परीक्षण के एकांशों पर सफलता मिली या असफलता बल्कि उससे सम्बन्धित कई प्रश्नों का उत्तर जानना भी आवश्यक है। जैसे, क्या व्यक्ति को असफलता थोड़े अंकों से प्राप्त हुई या अधिक अंकों से? क्या व्यक्ति अपने खराब निष्पादन (poor performance) के लिए कोई बहाना ढूँढ़ता है? क्या वह आसान एकांशों पर असफल हो जाता है और कठिन एकांशों पर सफल हो जाता है? विभिन्न उपपरीक्षणों (subtests) पर व्यक्ति के निष्पादन का पैटर्निंग (patterning) किस तरह का है? क्या व्यक्ति शब्दावली परीक्षण (vocabulary test) पर अच्छा करता है तथा चित्र-व्यवस्था परीक्षण (picture arrangement test) एवं अंक-विस्तार परीक्षण (Digit span test) पर उसका निष्पादन खराब हो जाता है? क्या शाब्दिक बुद्धि लब्धि क्रियात्मक बुद्धि लब्धि से अधिक है? क्या व्यक्ति को परीक्षण के एकांशों का उत्तर देने के लिए बीच-बीच में प्रोत्साहन जरूरी हो जाता है? आदि-आदि। इन प्रश्नों के उत्तर से व्यक्ति के व्यक्तित्व-सम्बन्धी समस्याओं के बारे में आसानी से अंदाज लगाया जाता है। रॉब्बिन (Robbin, 1965) एवं फ्रैंक (Frank, 1970, 1976) द्वारा किए गए अध्ययनों से ऐसे प्रश्नों के उत्तर के आधार पर मनोविदालिता (schizophrenia), विषाद (depression), मस्तिष्कीय क्षति (brain damage), मद्यव्यसनता (alcoholism) आदि प्रवृत्तियों का पता चलता है।

बुद्धि परीक्षण के प्रकार
(Types of Intelligence Test)

मनोवैज्ञानिकों ने बुद्धि की माप करने के लिए अनेकों तरह के परीक्षण का निर्माण किया है। इन सभी परीक्षणों को मूलरूप से निम्नांकित दो कसौटियों (criterion) के आधार पर वर्गीकरण किया गया है—

1. क्रियान्वयन *(administration)* **के तरीकों के आधार पर**—क्रियान्वयन (administration) के आधार पर बुद्धि परीक्षण दो प्रकार का होता है— एक तो वे परीक्षण हैं जिनका क्रियान्वयन (administration) एक समय में एक ही व्यक्ति पर किया जा सकता है। इस प्रकार के बुद्धि परीक्षण को मनोवैज्ञानिकों ने *वैयक्तिक बुद्धि परीक्षण* (individual intelligence test) की संज्ञा दी है। सबसे पहला वैयक्तिक बुद्धि परीक्षण बिने (Binet) तथा साइमन (Simon) द्वारा 1905 में विकसित किया गया है। इसे बिने-साइमन परीक्षण (Binet-Simon test) कहा जाता है। कोह ब्लॉक डिजाइन परीक्षण (Kohs Block Design test), पास अलॉंग परीक्षण (Pass along test) तथा घन रचना परीक्षण (Cube construction test) भी वैयक्तिक बुद्धि परीक्षण के उदाहरण हैं। क्रियान्वयन (administration) के आधार पर दूसरे प्रकार के बुद्धि परीक्षण वे हैं जिनको एक समय में एक से अधिक व्यक्ति यानी जिनको व्यक्तियों के समूह में दिया जा सकता है। इस प्रकार के परीक्षण को *सामूहिक बुद्धि परीक्षण* (group intelligence test) की संज्ञा दी गयी है। सबसे पहला सामूहिक बुद्धि परीक्षण विश्व युद्ध के दौरान अमेरिका में बनाया गया। युद्ध के समय कम-से-कम समय में बहुत-से सैनिकों के बुद्धि की मापन करने की आवश्यकता महसूस की गयी। चूँकि वैयक्तिक बुद्धि परीक्षण से इस तरह की आवश्यकता की पूर्ति नहीं की जा सकती थी, फलतः मनोवैज्ञानिकों ने कुछ सामूहिक बुद्धि परीक्षण जैसे आर्मी अल्फा परीक्षण (Army Alpha test) तथा आर्मी वीटा परीक्षण (Army Beta test) आदि का निर्माण किया।

भारतीय मनोवैज्ञानिकों ने भी कई सामूहिक बुद्धि परीक्षण (group intelligence test) का निर्माण किया है जिसमें प्रयाग मेहता : सामूहिक बुद्धि परीक्षण 1962), आर॰ के॰ टण्डन : सामूहिक मानसिक योग्यता परीक्षण (1961), एस॰ सी॰ जोशी : मानसिक योग्यता परीक्षण (1960), राम नरेश सिंह : बर्नाट (VANART)—सामान्य बुद्धि परीक्षण (1970) प्रमुख हैं।

2. एकांशों (Items) के स्वरूप के आधार पर—बुद्धि परीक्षणों को एकांश (item) के स्वरूप के आधार पर निम्नांकित चार भागों में बाँटा गया है—

1. शाब्दिक बुद्धि परीक्षण (Verbal intelligence test)
2. अशाब्दिक बुद्धि परीक्षण (Non-verbal intelligence test)
3. क्रियात्मक बुद्धि परीक्षण (Performance intelligence test)
4. अभाषाई बुद्धि परीक्षण (Non-language intelligence test)

इन चार परीक्षणों का उदाहरणसहित मूल्यांकन नीचे प्रस्तुत किया जा रहा है—

1. शाब्दिक बुद्धि परीक्षण *(Verbal intelligence test)*—इस तरह का बुद्धि परीक्षण उन परीक्षणों को कहा जाता है जिसमें लिखित शब्दों (words) अर्थात् लिखित भाषा का प्रयोग निर्देश (instruction) देने तथा परीक्षण के एकांशों या प्रश्नों में किया जाता है। इस तरह से यह स्पष्ट है कि इस तरह का बुद्धि परीक्षण के क्रियान्वयन (administration) के लिए व्यक्ति को पढ़ा-लिखा होना चाहिए ताकि वह पढ़कर सभी बातों को समझ जाय और फिर प्रश्नों का उत्तर लिख कर दे सके। शाब्दिक बुद्धि परीक्षण (verbal intelligence test) को निम्नांकित दो भागों में बाँटा गया है—

(i) शाब्दिक वैयक्तिक बुद्धि परीक्षण (verbal individual intelligence test)

(ii) शाब्दिक समूह बुद्धि परीक्षण (verbal group intelligence test)

इन दोनों परीक्षणों के स्वरूप की व्याख्या निम्नांकित हैं—

(i) शाब्दिक वैयक्तिक बुद्धि परीक्षण *(Verbal individual intelligence test)*—इस तरह के परीक्षण में लिखित शब्दों एवं वाक्यों का प्रयोग होता है तथा साथ-ही-साथ इसका स्वरूप कुछ ऐसा होता है कि इसे एक समय में एक से अधिक व्यक्ति पर क्रियान्वयन (administer) नहीं किया जा सकता है। दूसरे शब्दों में, इस तरह के परीक्षण द्वारा एक समय में किसी एक ही पढ़े-लिखे व्यक्ति के बुद्धि का मापन किया जा सकता है। सबसे पहला बुद्धि परीक्षण जिसका निर्माण फ्रेंच मनोवैज्ञानिक बिने (Binet) तथा साइमन (Simon) दो व्यक्तियों द्वारा किया गया था, शाब्दिक वैयक्तिक बुद्धि परीक्षण (verbal individual intelligence test) ही था। इस परीक्षण में कुल तीस एकांश (items) थे जिनके उत्तर के आधार पर स्कूल के बच्चों की बुद्धि मापी जाती थी। इसका अनुवाद अंग्रेजी में गोड्डार्ड (Goddard) ने 1911 में किया तथा मानसिक रूप से मंदित बच्चों की बुद्धि मापने में इसका काफी प्रयोग किया गया। शाब्दिक वैयक्तिक बुद्धि परीक्षणों के प्रमुख अवगुण (demerits) निम्नांकित हैं—

(a) इस परीक्षण का प्रयोग बुद्धि मापने में तभी किया जाता है जब व्यक्ति पढ़ा-लिखा हो। अनपढ़ व्यक्तियों या बहुत छोटे शिशुओं, जिनमें भाषा का विकास अधूरा रहता है, की बुद्धि की माप इस परीक्षण द्वारा नहीं किया जा सकता है।

(b) ऐसे परीक्षणों द्वारा एक समय में एक ही व्यक्ति की बुद्धि मापी जा सकती है। अतः जब कई व्यक्तियों के बुद्धि की माप एक ही साथ करनी होती है, तो इस तरह के परीक्षण का प्रयोग समय के विचार से कठिन हो जाता है क्योंकि स्वभावतः बुद्धि परीक्षक के पास इतना समय नहीं होता है कि एक-एक करके वह सभी व्यक्तियों के बुद्धि की माप कर सकें।

(ii) शाब्दिक समूह बुद्धि परीक्षण *(Verbal group intelligence test)*—शाब्दिक समूह बुद्धि परीक्षण वैसे परीक्षण को कहा जाता है जिसमें शब्द, वाक्य, संख्या (number) आदि का प्रयोग एकांश (item) तथा निर्देश में होता है तथा जिसे एक समय में एक से अधिक व्यक्तियों पर क्रियान्वयन (administer) किया जा सकता है। दूसरे शब्दों में, इन परीक्षणों द्वारा एक समय में एक से अधिक व्यक्तियों की बुद्धि मापी जा सकती है। इस तरह से शाब्दिक समूह बुद्धि परीक्षण द्वारा शाब्दिक वैयक्तिक बुद्धि परीक्षण (verbal individual intelligence test) का एक महत्त्वपूर्ण दोष (जो इस बात से सम्बन्धित है कि इससे बुद्धि मापने में समय बहुत अधिक लगता है) समाप्त हो जाता है। इस तरह के बुद्धि परीक्षणों की जरूरत प्रथम विश्वयुद्ध के समय सैनिकों की बुद्धि मापने के लिए काफी महसूस की गयी। इसके

फलस्वरूप अमेरिका में कुछ महत्त्वपूर्ण परीक्षण जैसे आर्मी अल्फा परीक्षण (Army Alpha test), आर्मी जेनरल क्लासिफिकेशन परीक्षण (Army general classification test) आदि का निर्माण हुआ। बाद में और भी कई बुद्धि परीक्षण का निर्माण किया गया है जिसे शाब्दिक बुद्धि परीक्षण की श्रेणी में रखा गया। भारत में भी कई मनोवैज्ञानिकों ने शाब्दिक समूह बुद्धि परीक्षण का निर्माण किया है जिसमें एम॰ सी॰ जोशी का मानसिक योग्यता परीक्षण प्रयाग, मेहता का सामूहिक बुद्धि परीक्षण, आर॰ के॰ टण्डन का सामूहिक योग्यता परीक्षण, आर॰ के॰ ओझा तथा राय चौधरी का वाचिक बुद्धि परीक्षण, एस॰ एस॰ जलोटा का मानसिक योग्यता का सामूहिक परीक्षण, एस॰ एम॰ मुहसिन का सामान्य बुद्धि परीक्षण आदि प्रमुख हैं।

शाब्दिक बुद्धि परीक्षण (verbal intelligence test) चाहे व्यक्तिक (individual) हो या सामूहिक (group), इसके एकांशों (items) का उत्तर देने के लिए व्यक्ति को पेंसिल तथा पेपर (उत्तर पत्र) का प्रयोग करना पड़ता है। अतः शाब्दिक परीक्षण (verbal tests) को *पेपर-पेंसिल परीक्षण* (paper- pencil test) भी कहा जाता है।

शाब्दिक समूह बुद्धि परीक्षण (verbal group intelligence test) के प्रमुख दोष (demerits) निम्नांकित हैं—

(a) शाब्दिक सामूहिक बुद्धि परीक्षण द्वारा कई व्यक्तियों को एक साथ बैठाकर उनकी बुद्धि की जाँच की जाती है। ये एक ही कमरे में बैठकर बुद्धि परीक्षण के एकांशों (items) का उत्तर देते हैं। फलतः एक-दूसरे का नकल आसानी से कर लेते हैं जिसके परिणामस्वरूप व्यक्ति की बुद्धि का सही मापन नहीं हो पाता है।

(b) जब कोई व्यक्ति एक साथ बैठकर बुद्धि परीक्षण के एकांशों (items) का जवाब देते हैं तो परिस्थिति कुछ इस प्रकार की हो जाती है कि अकेला बुद्धि परीक्षण उसे ठीक ढंग से नियंत्रित नहीं कर पाता है। इसका प्रभाव व्यक्ति के उत्तर पर पड़ता है जिससे उसके बुद्धि की जाँच ठीक से नहीं हो पाती है।

(c) बुद्धि परीक्षक के लिए इस तरह के परीक्षण में यह सम्भव नहीं हो पाता है कि वह प्रत्येक व्यक्ति पर वैयक्तिक रूप से (individually) ध्यान दें। ऐसी परिस्थिति में यदि कोई व्यक्ति प्रश्नों को देखकर घबड़ा जाता है या किसी अन्य कारण से वह परीक्षण के प्रश्नों का उत्तर नहीं दे पाता है तो इसका सही-सही पता परीक्षक को नहीं लग पाता है। फलस्वरूप, उस व्यक्ति के बुद्धि की माप ठीक ढंग से नहीं हो पाती है।

(d) वैयक्तिक शाब्दिक बुद्धि परीक्षण (individual verbal intelligence test) के समान ही परीक्षार्थी (testee) इसमें कभी-कभी एकांशों के उत्तर अंदाज (guessing) से ठीक कर लेते हैं। खासकर जब किसी एकांश (item) की कठिनता स्तर अधिक होती है, तो इस तरह के अंदाज का उपयोग परीक्षार्थी अधिक करते हैं। ऐसी परिस्थिति में उनकी बुद्धि जाँच इस परीक्षण द्वारा सही-सही नहीं हो पाती है।

2. अशाब्दिक बुद्धि परीक्षण *(Non-verbal intelligence test)*—अशाब्दिक बुद्धि परीक्षण वैसे परीक्षण को कहा जाता है जिसमें भाषा (language) अर्थात् शब्दों, वाक्यों तथा संख्या (number) का प्रयोग निर्देश (instruction) में निश्चित रूप से होता है परन्तु उनके एकांशों (items) में भाषा का प्रयोग नहीं होता है और साथ-ही-साथ व्यक्ति जिसकी बुद्धि मापी जा रही है, को वस्तुओं (objects) का वास्तविक परिचालन का जोड़-तोड़ (manipulation) भी नहीं करना पड़ता है। यहाँ व्यक्तियों को वास्तविक जोड़-तोड़ इसलिए नहीं करना पड़ता है क्योंकि वास्तव में प्रत्येक एकांश (item) में कुछ वस्तुओं का चित्र बना होता है। अतः जब वस्तुएँ सचमुच में उपस्थित ही नहीं होती है, तो उनमें जोड़-तोड़ (manipulation) करने का प्रश्न ही नहीं उठता है। फ्रीमैन (Freeman, 1965) ने रैवेन प्रोग्रेसिव मैट्रिसीज (Raven's Progressive Matrices) को अशाब्दिक बुद्धि परीक्षण (non-verbal intelligence test) का एक उत्तम उदाहरण बतलाया है।

अशाब्दिक बुद्धि परीक्षण का सबसे बड़ा गुण यह है कि चूँकि इसमें भाषा का प्रयोग एकांशों (items) में नहीं होता है, इसलिए प्रयोग छोटे बच्चों, कम पढ़े-लिखे व्यक्तियों तथा मानसिक रूप से मंदित बच्चों के लिए आसानी से किया जा सकता है। ऐसे परीक्षणों का एक सामान्य दोष (demerits) यह है कि इसमें बुद्धि परीक्षक को प्रशिक्षित होना आवश्यक है। साधारण व्यक्ति को या अप्रशिक्षित व्यक्ति को ऐसे परीक्षणों द्वारा बुद्धि मापने में कठिनाई हो सकती है।

3. क्रियात्मक बुद्धि परीक्षण *(Performance intelligence test)*—फ्रीमैन[1] (Freeman, 1965) के अनुसार, क्रियात्मक बुद्धि परीक्षण वैसे परीक्षण को कहा जाता है जिसमें भाषा का प्रयोग निर्देश (instruction) में हो भी सकता

1. "A performance scale is one in which language is used only in the instructions or not at all when directions are given in pantomime." —Freeman : *Theory and practice of Psychological testing,* 1965, p. 280

है या चित्राभिनय (pantomime) तथा हाव-भाव (gesture) द्वारा निर्देश देने पर भाषा का प्रयोग नहीं भी हो सकता है। परन्तु ऐसे परीक्षणों के एकांशों (items) में भाषा का प्रयोग बिलकुल ही नहीं होता है और परीक्षार्थी (testees) के सामने कुछ वस्तुएँ वास्तविक रूप में (न कि चित्र के रूप में) उपस्थित की जाती है जिनका परिचालन या जोड़-तोड़ (manipulation) कर परीक्षार्थी को उसे सही करना पड़ता है। परीक्षार्थी द्वारा किये गये जोड़-तोड़ में परिशुद्धता (accuracy), त्रुटियाँ तथा लगे समय के आधार पर व्यक्ति के बुद्धि की माप की जाती है। ऊपर के विवरण से स्पष्ट है कि क्रियात्मक बुद्धि परीक्षण (performance intelligence test) की निम्नांकित तीन विशेषताएँ (characteristics) होती है।

(a) इस परीक्षण के निर्देश (instruction) में भाषा या संख्या का प्रयोग कभी होता है और कभी नहीं भी होता है।

(b) इस परीक्षण के एकांश (items) में भाषा का प्रयोग बिलकुल ही नहीं होता है।

(c) इस परीक्षण में व्यक्ति के सामने वस्तुओं को वास्तविक रूप में (न कि उनका चित्र बनाकर) उपस्थित किया जाता है और उसमें उसे जोड़-तोड़ करना पड़ता है।

ऊपर की विशेषताओं से यह स्पष्ट हो जाता है कि क्रियात्मक बुद्धि परीक्षण (performance intelligence test) अशाब्दिक बुद्धि (non-verbal intelligence test) से भिन्न (different) है। अशाब्दिक बुद्धि परीक्षण (non-verbal intelligence test) में वस्तुओं (objects) को वास्तविक रूप में नहीं बल्कि उनका चित्र बनाकर व्यक्ति के सामने उपस्थित किया जाता है जबकि क्रियात्मक बुद्धि परीक्षण (performance intelligence test) में वस्तुओं को वास्तविक रूप में परीक्षार्थी के सामने उपस्थित किया जाता है जिसमें वह जोड़-तोड़ (manipulation) करता है। चूँकि अशाब्दिक बुद्धि परीक्षण के एकांश (items) में भी भाषा का प्रयोग नहीं होता है, अतः इस कसौटी पर वह क्रियात्मक बुद्धि परीक्षण के समान हो जाता है।

मनोवैज्ञानिकों ने कई तरह के क्रियात्मक बुद्धि परीक्षण का निर्माण किया है। सबसे पहला क्रियात्मक बुद्धि परीक्षण सेगुइन (Saguine) ने 1866 में निर्मित किया था। इस परीक्षण का नाम *सेगुइन फार्म बोर्ड* (Saguine Farm Board) था जिसका प्रयोग मानसिक रूप से मंदित बच्चों (mentally retarded children) की बुद्धि मापने में किया गया था। इसके बाद कई क्रियात्मक बुद्धि परीक्षणों का निर्माण किया गया जिसमें निम्नांकित तीन काफी प्रसिद्ध हैं तथा जिनका प्रयोग मनोवैज्ञानिकों द्वारा काफी हुआ है—

(a) कोह ब्लॉक डिजाइन परीक्षण *(Kohs Block Design test)*—इस परीक्षण का निर्माण एस॰ सी॰ कोह (S. C. Kohs) द्वारा 1923 में किया गया। इस परीक्षण में लकड़ी के एक-एक वर्ग इंच के 16 ब्लॉक (blocks) होते हैं तथा 10 रंगीन डिजाइन अलग-अलग कार्ड पर छपे होते हैं। परीक्षार्थी को इन ब्लॉकों की सहायता से एक-एक करके सभी डिजाइनों को बनाना होता है। डिजाइन बनाने में लगे समय तथा त्रुटियों के आधार पर बुद्धि की माप की जाती है।

(b) पास-एलाँग परीक्षण *(Pass-Along test)*—इस परीक्षण में 9 डिजाइन अलग-अलग कार्ड पर बने होते हैं। इस परीक्षण में कुल मिलाकर नीले रंग के आयताकार तथा वर्गाकार 13 ब्लॉक (blocks) होते हैं और चार भिन्न-भिन्न आकार के छोटे-छोटे बक्स होते हैं। कार्ड पर बने डिजाइन के विपरीत डिजाइन को बनाकर बुद्धि परीक्षक परीक्षार्थी के सामने रख देता है जिसे एक निर्दिष्ट समय (specified time) में परीक्षार्थी को कार्ड पर दी गयी डिजाइन के समान बनाना होता है। डिजाइन बनाने में लगे समय तथा की गयी त्रुटियों (errors) के आधार पर बुद्धि की माप की जाती है।

(c) घन रचना परीक्षण *(Cube construction test)*—इस परीक्षण की व्याख्या सर्वप्रथम गॉ (Gaw) ने की थी। इसमें 3 मॉडल (model) होते हैं और कुल 26 घन (cube) होते हैं जो सिर्फ दो रंगों में अर्थात् उजला तथा भूरे रंग में होते हैं। दिये गये मॉडल की आकृति के अनुसार परीक्षार्थी को घनों की सहायता से आकृति बनाना पड़ता है। मॉडल बनाने में लगे समय एवं त्रुटियों के आधार पर व्यक्ति के बुद्धि की माप की जाती है।

क्रियात्मक बुद्धि परीक्षण का स्वरूप ही कुछ ऐसा होता है जिसे एक समय में एक ही व्यक्ति पर क्रियान्वयन किया जा सकता है। क्रियात्मक बुद्धि परीक्षण के प्रमुख गुण (merits) निम्नांकित हैं—

(a) इस तरह के परीक्षण में चूँकि भाषा का प्रयोग नहीं होता है, अतः इसका प्रयोग पढ़े-लिखे व्यक्तियों के अलावा अनपढ़, गूंगे, छोटे बच्चों एवं मानसिक रूप से मंदित बच्चों की बुद्धि मापने में आसानी से किया जाता है।

(b) भाषा का प्रयोग नहीं होने से इन परीक्षणों से एक और लाभ होता है। इनके द्वारा किसी भी देश तथा संस्कृति (culture) के व्यक्तियों की बुद्धि मापी जा सकती है।

क्रियात्मक बुद्धि परीक्षण के प्रमुख अवगुण (demerits) निम्नांकित हैं—

(a) इस तरह के परीक्षण द्वारा एक समय में एक ही व्यक्ति के बुद्धि की माप की जा सकती है। फलतः जब कई व्यक्तियों के बुद्धि की माप करनी होती है तो समय के विचार से इस तरह के परीक्षण का प्रयोग सम्भव नहीं हो पाता है क्योंकि किसी बुद्धि परीक्षक को शायद इतना समय तथा धैर्य नहीं होता कि वह एक-एक करके कई व्यक्तियों के बुद्धि की जाँच कर सके।

(b) क्रियात्मक बुद्धि परीक्षण का निर्माण सामान्यतः शाब्दिक बुद्धि परीक्षण (verbal intelligence test) के निर्माण से अधिक कठिन है।

4. अभाषाई बुद्धि परीक्षण (*Non-language intelligence test*)—अभाषाई बुद्धि परीक्षण, जैसा कि नाम से ही स्पष्ट है, पूर्णतः भाषा के बन्धन से मुक्त होता है। अभाषाई बुद्धि परीक्षण वैसे परीक्षण को कहा जाता है जिसमें भाषा का प्रयोग न तो एकांश (items) में और न ही निर्देश (instruction) में होता है। प्रायः इस तरह के परीक्षण में निर्देश हाव-भाव (gesture), निर्देशन (demonstration) तथा चित्राभिनय (pantomime) द्वारा दिया जाता है। साथ-ही-साथ इस तरह के परीक्षण में परीक्षार्थी (testee) को वस्तुओं का वास्तविक जोड़-तोड़ (manipulation) भी नहीं करना होता है। इस तरह मे अभाषाई बुद्धि परीक्षण के निम्नांकित गुण (merits) है—

(i) ऐसे परीक्षणों में निर्देश (instruction) हाव-भाव (gesture), चित्राभिनय (patomime) तथा निर्देशन (demonstration) द्वारा दिया जाता है न कि किसी प्रकार की भाषा द्वारा।

(ii) इन परीक्षणों के एकांश में भाषा का प्रयोग बिलकुल ही नहीं होता है।

(iii) इन परीक्षणों में परीक्षार्थी (testees) को कुछ वस्तुएँ (objects) जैसा कि क्रियात्मक बुद्धि परीक्षण में दिया जाता है, नहीं दिया जाता है। फलतः इस तरह के परीक्षणों में परीक्षार्थी को वास्तविक जोड़-तोड़ (actual manipulation) नहीं करना पड़ता है।

ऊपर के गुणों के आधार पर यह निश्चित रूप से कहा जा सकता है कि इसके तीन गुण में प्रथम दो गुण[1] क्रियात्मक बुद्धि परीक्षण के समान है। गुडएनफ ड्रा-ए-मैन परीक्षण (Goodenough Draw-a-man test) तथा कैट्टेल्ल संस्कृत-मुक्त बुद्धि परीक्षण (Cattell Culture Free intelligence test) इसके प्रमुख उदाहरण है। चूँकि अभाषाई बुद्धि परीक्षण बहुत हद तक क्रियात्मक बुद्धि परीक्षण से मिलता-जुलता है, अतः इसका गुण (merits) तथा दोष (Demerits) दोनों ही क्रियात्मक बुद्धि परीक्षण के समान है।

इस तरह से स्पष्ट है कि बुद्धि परीक्षण के कई प्रकार हैं जिनमें चार प्रमुख हैं— शाब्दिक बुद्धि परीक्षण, अशाब्दिक बुद्धि परीक्षण, क्रियात्मक बुद्धि परक्षण तथा अभाषाई बुद्धि परीक्षण। इन चारों परीक्षणों में कुछ समानताएँ (similarities) तथा कुछ विभिन्नताएँ (dissimilarities) है।

बुद्धि के सिद्धान्त
(Theories of Intelligence)

बुद्धि के स्वरूप (nature) की पूर्णरूपेण व्याख्या तब हो पाती है जब हम बुद्धि के सिद्धान्तों की ओर ध्यान देते हैं। सचमुच में मनोवैज्ञानिकों का प्रारम्भ से ही यह प्रयास रहा है कि बुद्धि की व्याख्या करने के लिए एक वैज्ञानिक सिद्धान्त (scientific theory) का प्रतिपादन किया जाय। इस प्रयास का परिणाम यह हुआ है कि आज हमारे सामने बुद्धि के कई सिद्धान्त प्राप्त (available) हैं। इन सभी सिद्धान्तों को मूल रूप से हम निम्नांकित दो प्रमुख श्रेणियाँ (categories) में बाँटा गया है—

(क) कारकीय सिद्धान्त (Factorial theories)

(ख) प्रक्रिया-उन्मुखी सिद्धान्त (Process-oriented theories)

---

1. हालांकि किसी-किसी क्रियात्मक बुद्धि परीक्षण के निर्देश (instruction) में भाषा का प्रयोग होता है। ऐसी परिस्थिति में अभाषाई परीक्षण का सिर्फ दूसरा ही गुण क्रियात्मक बुद्धि परीक्षण के समान होगा।

इन दोनों तरह के सिद्धान्तों की व्याख्या निम्नांकित हैं—

(क) कारकीय सिद्धान्त *(Factorial theories)*—इस श्रेणी में उन मनोवैज्ञानिकों के सिद्धान्तों को रखा गया है जिन्होंने बुद्धि के संगठन (organisation) की व्याख्या कुछ कारकों (factors) के रूप में किया है। इन कारकों को आपस में मिलाकर व्यक्ति के बुद्धि की व्याख्या की गयी है। प्रायः इन कारकों को विशेष सांख्यिकीय विधि (statistical analysis) जिसे कारक विश्लेषण (factor analysis) कहा जाता है, के आधार पर ज्ञात किया गया है। इस श्रेणी में मनोवैज्ञानिकों के दो समूह है— एक समूह में वैसे मनोवैज्ञानिक हैं जिन्हें *पिण्डक* (lumpers) कहा जाता है तथा दूसरे श्रेणी में वैसे मनोवैंज्ञानिक हैं जिन्हें *विभाजक* (splitters) कहा जाता है। पिण्डक (lumpers) की श्रेणी में वैसे मनोवैज्ञानिकों को रखा गया है जिनका मत है कि बुद्धि समस्या समाधान करने, तर्क करने तथा ज्ञान प्राप्त करने की एक सामान्य (general) एवं संगठित क्षमता (united capacity) है। स्पीयरमैन (Spearman) इस समूह के अग्रणी मनोवैज्ञानिक हैं जिनका मत है कि किसी भी संज्ञानात्मक कार्य पर के निष्पादन का आधार प्राथमिक सामान्य कारक (primary general factor) होता है। विभाजक के समूह में उन मनोवैज्ञानिकों को रखा गया है जिनका यह मत है कि बुद्धि बहुत सारे पृथक मानसिक क्षमताओं जो करीब-करीब स्वतंत्र रूप से क्रियाशील होते हैं, का एक योग होता है। इसमें थर्स्टन (Thurstone), कैटेल (Cattell), थॉर्नडाइक (Thorndike), वर्नन (Vernon), गिलफोर्ड (Guilford) तथा गार्डनर (Gardner) आदि के नाम मशहूर है। हम यहाँ पिण्डक (lumpers) तथा विभाजक (splitters) दोनों समूह के मनोवैज्ञानिकों के सिद्धान्तों की चर्चा स्वतंत्र रूप से करेंगे।

1. स्पीयरमैन का द्विकारक सिद्धान्त (Spearman's Two-factor theory)
2. थर्स्टन का समूह कारक सिद्धान्त (Thurstone Group factor theory)
3. बहुकारक सिद्धान्त (Multi-factor theory)
4. कैटेल का सिद्धान्त (Cattell's theory)
5. गार्डनर का बहु बुद्धि सिद्धान्त (Gardner's theory of Multiple intelligence)
6. पदानुक्रमिक सिद्धान्त (Hierachical theory)

इन सिद्धान्तों का वर्णन निम्नांकित हैं—

1. स्पीयरमैन का द्विकारक सिद्धान्त *(Spearman's two-factor theory)*—इस सिद्धान्त का प्रतिपादन ब्रिटेन के मनोवैज्ञानिक स्पीयरमैन (Spearman) ने 1904 में किया। इन्होंने कारक विश्लेषण (factor analysis) की प्रविधि (technique) द्वारा कई प्रयोगात्मक अध्ययनों से प्राप्त आँकड़ों का विश्लेषण किया और बतलाया कि बुद्धि की संरचना में मूल रूप से दो कारक (factor) निहित होते हैं— *सामान्य कारक* (general factor या g factor) तथा *विशिष्ट कारक* (specific factor या s-factor)।

स्पीयरमैन के अनुसार 'g' कारक से तात्पर्य यह होता है कि प्रत्येक व्यक्ति में कोई भी मानसिक कार्य करने की एक सामान्य क्षमता (general capacity) भिन्न-भिन्न मात्रा में मौजूद होती है। यही कारण है कि 'g' कारक को स्पीयरमैन ने मानसिक ऊर्जा (mental energy) की संज्ञा दी है। स्पीयरमैन के अनुसार जिस व्यक्ति में 'g' कारक जितना ही अधिक होगा वह व्यक्ति उतना ही अधिक सभी तरह के मानसिक कार्यों को करने में प्रवीण होगा। स्पीयरमैन के अनुसार 'g' कारक की दो प्रमुख विशेषताएँ हैं। पहला तो यह कि इस कारक पर सचमुच में किसी तरह के शिक्षण, प्रशिक्षण (training), पूर्व अनुभूति (past experiences) आदि का प्रभाव नहीं पड़ता है। यही कारण है कि इस 'g' कारक को एक जन्मजात कारक (innate factor) माना गया है। दूसरा प्रत्येक व्यक्ति में 'g' कारक की मात्रा निश्चित (fixed) होती हे। परन्तु इसका अर्थ यह नहीं है कि सभी व्यक्तियों में इसकी मात्रा समान होती है। वास्तव में, प्रत्येक व्यक्ति में प्रत्येक मानसिक कार्य करने की जो क्षमता होती है, वह निश्चित नहीं होती है। किसी में इस क्षमता की मात्रा अधिक हो सकती है तथा किसी में इसकी मात्रा कम हो सकती है।

स्पीयरमैन (Spearman) का यह भी विचार था कि प्रत्येक मानसिक कार्य करने में कुछ विशिष्टता (specificity) की भी जरूरत पड़ती है क्योंकि प्रत्येक मानसिक कार्य एक-दूसरे से कुछ-न-कुछ भिन्न होते हैं। स्पीयरमैन ने इस कारक को 'S' कारक की संज्ञा दी है। 'S' कारक की तीन विशेषताएँ बतलायी गयी हैं—

(i) पहला, 'S' कारक का स्वरूप परिवर्तनशील होता है। एक मानसिक क्रिया में एक तरह के 'S' कारक की जरूरत होती है तो दूसरे तरह की मानसिक क्रिया में दूसरे तरह के 'S' कारक की आवश्यकता होती है।

(ii) दूसरा, एक ही व्यक्ति में 'S' कारक की मात्रा भिन्न-भिन्न कार्यों के लिए निश्चित नहीं होती है। एक कार्य के लिए एक व्यक्ति में 'S' कारक की मात्रा अधिक हो सकती है परन्तु उसी व्यक्ति में दूसरे कार्य के लिए 'S' कारक की मात्रा कम हो सकती है। जैसे, एक व्यक्ति में गाना गाने का 'S' कारक अधिक हो सकता है परन्तु उसी व्यक्ति में पेन्टिंग की क्रिया के लिए जिस 'S' कारक की जरूरत है, उसकी मात्रा कम हो सकती है।

(iii) तीसरा, 'S' कारक पर व्यक्ति के प्रशिक्षण (training), पूर्व अनुभूतियों (past experiences) आदि का काफी प्रभाव पड़ता है। प्रशिक्षण देकर हम किसी खास मानसिक कार्य के लिए आवश्यक 'S' कारक की मात्रा को बढ़ा सकते हैं। दूसरे शब्दों में, प्रशिक्षण देकर हम किसी की अच्छा 'तबला मास्टर' बना सकते हैं या अच्छा 'पेन्टर' बना सकते हैं।

स्पीयरमैन ने 'g' कारक तथा 'S' कारक के समर्थन में सहसम्बन्ध विधि (correlation method) के सहारे कुछ सबूत भी प्रदान किया है। इन्होंने भिन्न-भिन्न तरह की मानसिक क्षमता मापने वाले परीक्षण (tests) जैसे शाब्दिक-बोध, स्मृति परीक्षण (memory test), विवेक परीक्षण (reasoning test) आदि को व्यक्तियों के एक बड़े समूह पर क्रियान्वयन (administer) किया और इन परीक्षणों के बीच सहसम्बन्ध (correlation) ज्ञात किया। परिणाम में देखा गया कि सहसम्बन्ध गुणांक (correlation coefficient) धनात्मक (positive) एवं ऊँचा (high) था जो 0.62 से लेकर 0.85 तक का था। इस तरह का उच्च धनात्मक सहसम्बन्ध से क्या पता चलता है? स्पीयरमैन के अनुसार निश्चित रूप से प्रत्येक व्यक्ति में कोई ऐसी मानसिक ऊर्जा या शक्ति होती है जो व्यक्ति को भिन्न-भिन्न परीक्षणों (tests) में समान रूप से मदद करती है। इसी मानसिक शक्ति को स्पीयरमैन ने 'g' कारक कहा है। ऊपर वर्णन किये गये सहसम्बन्ध गुणांकों (correlation coefficients) से अपने आप ही 'S' कारक का भी प्रमाण प्राप्त हो जाता है। भिन्न-भिन्न परीक्षणों (tests) को आपस में सहसम्बन्धित करने पर सहसम्बन्ध गुणांक धनात्मक तो था परन्तु पूर्ण (perfect) अर्थात् 1.00 नहीं था। ऐसा क्यों? सहसम्बन्ध पूर्ण नहीं होना अपने आप में इस बात की सूचना देता है कि प्रत्येक परीक्षण (test) द्वारा मापी गयी मानसिक क्षमता में कुछ विशिष्टता (specificity) की जरूरत होती है। यदि इन सभी परीक्षणों द्वारा मापी गयी मानसिक क्षमता (mental capacity) में सिर्फ 'g' कारक (g-factor) ही होता है तो सहसम्बन्ध पूर्ण (perfect) यानी 1.00 होता। परन्तु 1.00 से कम सहसम्बन्ध इस बात का द्योतक हो जाता है कि प्रत्येक मानसिक क्षमता या कार्य को करने में कुछ ऐसी विशिष्टता (specificity) की जरूरत होती है, जो अन्य मानसिक कार्य या क्षमता की विशिष्टता से भिन्न होती है।

स्पीयरमैन के दो-कारकीय सिद्धान्त के इस सहसंबंधात्मक मॉडल (Correlational Model) को चित्र 8.3 में दिखलाया गया है। चित्र से स्पष्ट है कि चार परीक्षणों (tests) में परीक्षण 1, परीक्षण 2 तथा परीक्षण 3 में सहसंबंध अधिक है क्योंकि इन तीनों परीक्षणों में g-कारक की अधिकता अधिक है जैसा कि छायेदार चित्र (Shaded figure) से स्पष्ट है। परीक्षण 4 का सहसंबंध अन्य तीन परीक्षणों से कम है क्योंकि इसमें g-कारक की कमी है।

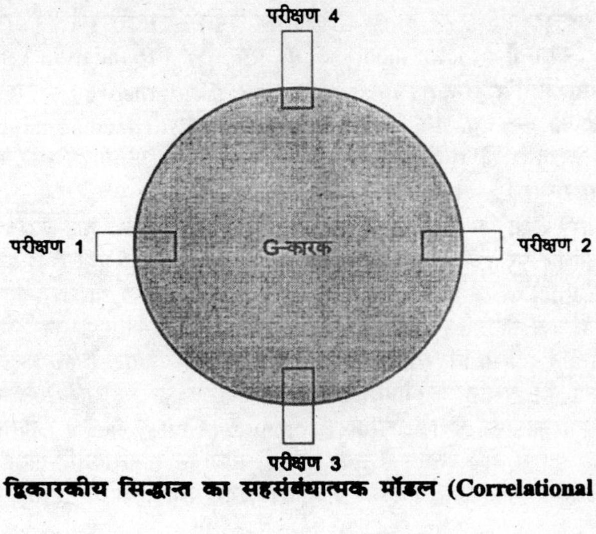

चित्र 8.3 : द्विकारकीय सिद्धान्त का सहसंबंधात्मक मॉडल (Correlational Model)

स्पीयरमैन के द्विकारक सिद्धान्त की उपयुक्त व्याख्या से स्पष्ट है कि स्पीयरमैन के अनुसार बौद्धिक कार्य (intellectual work) में 'g' कारक तथा 'S' कारक दोनों ही सम्मिलित होते हैं। इन दोनों कारकों में 'g' कारक की महत्ता अधिक दी गयी है। 'g' कारक कम होने से व्यक्ति को किसी भी बौद्धिक कार्य करने में पूर्ण सफलता नहीं मिलेगा। इसलिए स्पीयरमैन के बुद्धि सिद्धान्त को *G-कारक सिद्धान्त* (G-factor theory) भी कहा गया है।

स्पीयरमैन के g कारक सिद्धान्त जिसे *राजतंत्रीय सिद्धान्त* (Monarchic theory) भी कहा जाता है, के कई महत्त्वपूर्ण आशय (implication) हैं, जिनमें निम्नांकित प्रमुख हैं—

(i) चूँकि विशिष्ट कारक (specific factor or S factor) बुद्धि परीक्षण के लिए एक तरह का अनोखा कारक होता है, अतः परीक्षण निष्पादन (test performance) में जो वैयक्तिक विभिन्नता होती है, उसका मुख्य कारण सामान्य बुद्धि (general intelligence) या 'g' कारक की वैयक्तिक विभिन्नता ही है।

(ii) इस सिद्धान्त के अनुसार एक उत्तम बुद्धि परीक्षण सिर्फ G कारक को ही अधिक मात्रा में मापेगा। दूसरे शब्दों में, ऐसे बुद्धि परीक्षण में विशिष्ट कारक या S कारक का महत्त्व कम रहेगा।

(iii) इस सिद्धान्त का तीसरा महत्त्वपूर्ण आशय यह है कि G कारक का जो बुद्धि परीक्षण उत्तम ढंग से माप करेगा, वह सभी संज्ञानात्मक कार्यों (cognitive functions) पर के निष्पादन (performance) को उत्तम ढंग से पूर्वकथन करेगा।

स्पीयरमैन के द्विकारक सिद्धान्त की कुछ आलोचनाएँ (criticism) भी की गयी है जो निम्नांकित हैं—

(a) स्पीयरमैन के सिद्धान्त में बुद्धि की व्याख्या सिर्फ दो कारकों यानी 'g' कारक तथा 'S' कारक के आधार पर की गयी है। थर्स्टन (Thurstone, 1938) एवं गिलफोर्ड (Guilford, 1967) ने स्पीयरमैन के इस तथ्य की आलोचना की है और कहा है कि बुद्धि की व्याख्या दो तत्त्वों या कारकों से सम्भव नहीं है। सचमुच में बुद्धि की व्याख्या करने के लिए अनेक कारकों की जरूरत पड़ती है जिसकी स्पीयरमैन ने कल्पना तक भी नहीं की है।

(b) जैसा कि स्पीयरमैन के सिद्धान्त से स्पष्ट है, स्पीयरमैन ने भिन्न-भिन्न मानसिक कार्यों या क्षमताओं के परीक्षणों के बीच उच्च धनात्मक सहसम्बन्ध की व्याख्या 'g' कारक के आधार पर की है। उन्होंने बतलाया है कि उच्च सहसम्बन्ध का कारण इन परीक्षणों (tests) द्वारा मापे गये क्षमताओं के बीच अधिक समानता है जिसे उन्होंने 'g' कारक की संज्ञा दी है। आलोचकों का मत है कि विभिन्न परीक्षणों के बीच उच्च धनात्मक सहसम्बन्ध 'g' कारक के अलावा भी कुछ ऐसे कारक हैं जिनके कारण हो सकता है। आलोचकों का कहना है कि 'g' कारक के अलावा कुछ समूह कारक (group-factor) भी हैं, जिसे मनोवैज्ञानिकों ने *मध्यवर्ती कारक* (intermediate factors) कहा है, और इसके कारण भी उच्च धनात्मक सहसम्बन्ध हो सकता है। स्पीयरमैन ने अपने सिद्धान्त में इन समूह कारकों पर प्रकाश नहीं डाला है।

इन आलोचनाओं के बावजूद स्पीयरमैन का बुद्धि सिद्धान्त बहुत ही महत्त्वपूर्ण सिद्धान्त है और इसे मनोवैज्ञानिकों द्वारा बुद्धि के अन्य कारक सिद्धान्तों (factor theories) की एक नींच (foundation) माना गया है।

2. थर्स्टन का समूह कारक सिद्धान्त *(Thurstone's group factor theory)*—इस सिद्धान्त का प्रतिपादन थर्स्टन (1938) द्वारा किया गया है जो कई वर्षों तक किये गये कारक विश्लेषण (factor analysis) से प्राप्त तथ्यों (facts) पर आधारित हैं। अतः यह बिलकुल ही स्वाभाविक है कि इस सिद्धान्त का प्रतिपादन थर्स्टन ने धीरे-धीरे किया और फिर बाद में इसमें संशोधन होता गया।

इस सिद्धान्त के अनुसार, जैसा कि नाम से ही स्पष्ट है, बुद्धि की व्याख्या कई कारकों के आधार पर की जाती है न कि सिर्फ दो कारकों के आधार पर (जैसा कि स्पीयरमैन के सिद्धान्त में कहा गया है)। इस सिद्धान्त के अनुसार किसी बुद्धिमत्तापूर्ण कार्य (intellectual work) में अनेक छोटे-छोटे विशिष्ट कारक या तत्त्व नहीं पाये जाते हैं (जो अलग-अलग मानसिक क्षमता के द्योतक होते हैं) और साथ-ही-साथ किसी बुद्धिमत्तापूर्ण कार्य में 'g' कारक की भी प्रधानता (predominance) नहीं होती है (जैसा कि स्पीयरमैन ने कहा था)। इससे स्पष्ट है कि थर्स्टन ने स्पीयरमैन के 'g' कारक की मान्यता अस्वीकृत किया है। थर्स्टन के सामूहिक-कारक सिद्धान्त के अनुसार मानसिक प्रक्रियाओं या क्षमताओं (mental abilities) का एक सामान्य प्रधान कारक (common primary factor) होता है जो उन सभी मानसिक प्रक्रियाओं को आपस में एक सूत्र में बाँधे रखता है तथा साथ-ही-साथ इन मानसिक क्रियाओं को अन्य मानसिक क्रियाओं से भिन्न रखता है। ऐसी सभी मानसिक प्रक्रियाएँ जिनका एक प्रधान कारक होता है, आपस में सहसम्बन्धित

(correlated) होते हैं और एक साथ मिलकर एक समूह का निर्माण करते हैं। इस समूह का प्रतिनिधित्व करने वाले कारक को *प्रधान क्षमता* (primary ability) की संज्ञा दी जाती है। इसी तरह से दूसरे की मानसिक प्रक्रियाओं को एक सूत्र में बाँधने वाला एक अन्य प्रधान कारक या क्षमता (primary factor or ability) होता है। ऐसी सभी प्रक्रियाओं का एक अन्य समूह होता है। फिर तीसरे तरह की मानसिक क्षमताओं का एक तीसरा प्रधान कारक (primary factor) होता है जो उन सभी क्षमताओं को आपस में बाँधकर रखता है। इस तरह से थर्स्टन के सिद्धान्त के अनुसार भिन्न-भिन्न मानसिक प्रक्रियाओं अपने अलग-अलग प्रधान कारकों (primary factors) द्वारा एक सूत्र में बँधकर अलग-अलग समूह (group) का निर्माण करती है। अतः बुद्धि में मानसिक क्षमताओं के कई समूह होते हैं जिनमें से प्रत्येक समूह का अपना अलग-अलग कारक (primary factor) होता है जो उन सभी मानसिक क्षमताओं को एक सूत्र में बाँधे रहता है। ऐसे प्रधान कारक एक-दूसरे से स्वतंत्र (independent) हुआ करते हैं अर्थात् उनमें नाम मात्र का ही सहसम्बन्ध (correlation) होता है। परन्तु किसी एक प्रधान कारक के अन्तर्गत आने वाली सभी तरह की मानसिक क्षमताएँ (mental abilities) आपस में काफी सहसम्बन्धित (correlate) होतीं हैं।

थर्स्टन ने अपने सिद्धान्त में सात प्रधान क्षमताओं (primary mental abilities) (मूलतः 6 ही क्षमताएँ थी) का स्पष्टीकरण किया है। उन्होंने सात प्रधान क्षमताओं को मापने के लिए एक परीक्षणमाला (battery) भी तैयार किया जिसे *प्रधान मानसिक क्षमताओं का परीक्षण* (Tests of primary mental abilities या PMA tests) की संज्ञा दी गयी है। उन सात प्रधान मानसिक क्षमताओं का वर्णन निम्नांकित है—

(a) शाब्दिक अर्थ क्षमता *(Verbal meaning ability or V)*—शब्दों तथा वाक्यों के अर्थ समझने की क्षमता को शाब्दिक अर्थ क्षमता कहा गया है जिसे अक्षर V द्वारा सम्बोधित किया गया।

(b) शब्द-प्रवाह क्षमता *(Word-fluency ability or W)*—दिये हुए शब्दों से असम्बन्धित या अलग शब्दों को सोचने की क्षमता को शब्द-प्रवाह कहा गया है। इसे अक्षर W से सम्बोधित किया गया।

(c) स्थानिक क्षमता *(Spatial ability or S)*—किसी दिये हुए स्थान (space) में काल्पनिक रूप से वस्तुओं के परिचालन (manipulate) करने की क्षमता को दैशिक क्षमता कहा गया। इसे अक्षर 'S' से सम्बोधित किया गया। इसे चित्र 8.4 में दिखलाया गया है। चित्र में यह बताना है कि लक्ष्य चित्र (target form) दिए गए A, B, C तथा D में से किसमें छिपा कर रखा गया है।

चित्र 8.4 : स्थानिक क्षमता की जाँच

(d) आंकिक क्षमता *(Numerical ability or N)*—परिशुद्धता (accurately) तथा तीव्रता के साथ आंकिक परिकलन (numerical calculation) करने की क्षमता को आंकिक क्षमता (numerical ability) कहा गया और इसे अक्षर N द्वारा सम्बोधित किया गया।

(e) तर्क क्षमता *(Reasoning ability or R)*—वाक्यों के समूह या अक्षरों के समूह में छिपे नियम (principle) की खोज करने की क्षमता को तर्क क्षमता कहा गया। इसे अक्षर R द्वारा सम्बोधित किया गया।

(f) स्मृति क्षमता *(Memory ability or M)*—किसी पाठ, विषय या घटना को जल्द-से-जल्द याद कर लेने की क्षमता को स्मृति क्षमता (memory ability) कहा गया। इसे अक्षर M द्वारा सम्बोधित किया गया।

(g) प्रत्यक्षज्ञानात्मक गति क्षमता *(Perceptual speed ability or P)*—किसी घटना या वस्तु की विस्तृतता (details) को तेजी से प्रत्यक्षण करने की क्षमता को प्रत्यक्षज्ञानात्मक गति क्षमता कहा गया। इसका सम्बोधन '*P*' अक्षर द्वारा किया गया।

इस तरह से हम देखते हैं कि थर्स्टन ने अपने सिद्धांत में सात प्रधान क्षमताओं के आधार पर बुद्धि की व्याख्या की है। ये सभी क्षमताएँ एक-दूसरे से स्वतंत्र (independent) होतीं हैं, यानी, आपस में सहसम्बन्धित नहीं होतीं हैं।

एटकिन्सन, एटकिन्सन तथा हिलगार्ड (Atkinson, Atkinson & Hilgard, 1983) ने थर्स्टन के सिद्धान्त की समीक्षा की और बतलाया कि इस सिद्धान्त में कुछ दोष (demerits) भी हैं, जो इस प्रकार हैं—

(a) थर्स्टन ने इस बात पर काफी बल डाला है कि उनके द्वारा प्रतिपादित सात प्रधान क्षमताएँ (seven primary mental abilities) एक-दूसरे से स्वतंत्र (independent) हैं अर्थात् उनमें् सहसम्बन्ध (correlation) नहीं है। परन्तु कई मनोवैज्ञानिकों ने यह स्पष्ट रूप से पाया है कि ये सभी क्षमताएँ आपस में पूर्णतः स्वतंत्र नहीं हैं बल्कि वे बहुत हद तक सहसम्बन्धित (correlated) है।

(b) थर्स्टन के अनुसार चूँकि ये सभी सात क्षमताएँ आपस में स्वतंत्र होती हैं, अतः 'g' कारक के समान कोई कारक (factor) वास्तव में नहीं होता है। इसी आधार पर थर्स्टन ने स्पीयरमैन के 'g' कारक को अस्वीकृत किया था। लेकिन जब सचमुच में ये सात क्षमताएँ स्वतंत्र न होकर आपस में सहसम्बन्धित पाये गये तो ऐसी परिस्थिति में स्पीयरमैन के 'g' कारक को ही समर्थन मिल जाता है। थर्स्टन ने भी इस आलोचना को एक तरह से स्वीकार किया है और कहा है कि वे अर्थात् सात क्षमताएँ प्रथम क्रम (first-order) के 'g' कारक नहीं है बल्कि द्वितीय क्रम के 'g' कारक (second-order g factor) हैं।

(c) थर्स्टन के सिद्धान्त का आधार कारक विश्लेषण (factor analysis) था। कारक विश्लेषण (factor analysis) द्वारा कितनी तरह की क्षमताएँ (abilities) की पहचान की जा सकतीं हैं, यह तो निश्चित (fixed) नहीं है। सचमुच में, यह परीक्षण (tests) के एकांशों (items) के स्वरूप (nature) पर निर्भर करता है। अतः थर्स्टन द्वारा यह निश्चित कर देना कि बुद्धि में मूलतः सात ही तरह की प्रधान मानसिक क्षमताएँ (primary mental abilities) होतीं हैं, न तो उचित है और न ही वैज्ञानिक। यही कारण है कि अन्य अनुसंधानकर्त्ताओं (investigators) जैसे गिलफोर्ड (Guilford, 1967), एकस्ट्रोम तथा सहयोगियों (Ekstrom et al., 1976) ने बुद्धि में 20 से 150 तरह की क्षमताओं (abilities) की पहचान की है।

इन आलोचनाओं के बावजूद भी थर्स्टन (Thurstone) का यह सिद्धान्त काफी लोकप्रिय सिद्धान्त है तथा स्पीयरमैन के सिद्धान्त से अधिक श्रेष्ठ (superior) माना गया है।

3. बहुकारक सिद्धान्त *(Multiple factor theory)*—बहुकारक सिद्धान्त में थॉर्नडाइक (Thorndike) तथा गिलफोर्ड (Guilford) के सिद्धान्तों को रखा गया है।

थॉर्नडाइक ने स्पीयरमैन के सिद्धान्त का खण्डन करते हुए कहा कि बुद्धि सिर्फ दो कारकों (factor) या तत्त्वों के मिलने से नहीं होता है बल्कि बुद्धि की रचना बहुत से छोटे-छोटे तत्त्वों (elements) या कारक (factors) के मिलने से होता है। प्रत्येक कारक या तत्त्व एक विशिष्ट मानसिक क्षमता (specific mental ability) का प्रतिनिधित्व करते हैं तथा साथ-ही-साथ एक-दूसरे से स्वतंत्र (independent) होते हैं। ऐसे ही बहुत से कारकों के आपस में मिलने से बुद्धि की रचना होती है, ठीक वैसे ही जैसे अनेक ईंटों के मिलने से एक मकान का निर्माण होता है। जिस तरह प्रत्येक ईंट एक-दूसरे से स्वतंत्र होते हुएभी अपना योगदान करके एक मकान का निर्माण करता है, ठीक उसी तरह से अनेक विशिष्ट मानसिक क्षमताएँ जो एक-दूसरे से स्वतंत्र होतीं हैं, मिलकर बुद्धि का निर्माण करती है। अतः थॉर्नडाइक के इस सिद्धान्त के अनुसार कोई सामान्य बुद्धि (general intelligence) नाम की चीज नहीं होती है जैसा कि स्पीयरमैन ने कहा था। बुद्धि कई विशेष मानसिक क्रियाओं या क्षमताओं का एक योग (aggregate) है। जैसा कि **फ्रीमैन**[1] (Freeman, 1965) ने कहा है, "इस सिद्धान्त के अनुसार, तब सामान्य बुद्धि के समान कोई चीज नहीं होती है, सिर्फ इसमें बहुत-सी विशिष्ट क्रियाएँ (highly specific acts) होती है।"

थॉर्नडाइक के इस सिद्धान्त के अनुसार व्यक्ति के भिन्न-भिन्न मानसिक क्रियाओं (mental acts) के बीच सहसम्बन्ध (correlation) का कारण 'g' कारक नहीं होता है बल्कि उन मानासक प्रक्रियाओं में कई उभयनिष्ठ तत्त्व (common elements) पाये जाते हैं। दिये हुए मानसिक क्रियाओं में जितने ही अधिक उभयनिष्ठ तत्त्व (common elements) होंगे, उनके बीच सहसम्बन्ध (correlation) उतना ही अधिक होगा। उदाहरणार्थ, मान लिया जाय कि मानसिक कार्य 'x' तथा 'y' में अलग-अलग 10–10 तत्त्वों या कारकों की जरूरत है। इन तत्त्वों या कारकों में से 8 ऐसे तत्त्व हैं, जो इन दोनों तरह की मानसिक क्रियाओं को पूरा करने में उभयनिष्ठ (common) हैं। ऐसी परिस्थिति में इन दोनों कार्यों के बीच उच्च

1. "According to this theory, then, there is really no such factor as general intelligence, there are only many highly specific acts," —Freeman : *Theory and Practice of Psychological Testing,* 1965, p. 160

धनात्मक सहसम्बन्ध होगा। दूसरी तरफ थोड़ी देर के लिए मान लिया जाय कि इन दोनों मानसिक कार्यों के बीच मात्र दो-दो ही तत्त्व ऐसे हैं जिन्हें उभयनिष्ठ (common) कहा जा सकता है। ऐसी परिस्थिति में इन दोनों कार्यों के बीच धनात्मक सम्बन्ध तो होगा, परन्तु काफी कम। इस तरह से थॉर्नडाइक ने तत्त्वों या कारकों की उभयनिष्ठता (commonness) के आधार पर स्पीयरमैन के g कारक (g-factor) की (एक तरह से) आलोचना की है।

थॉर्नडाइक का यह भी विचार था कि कुछ मानसिक कार्य ऐसे होते हैं जिनके तत्त्वों या कारकों में उभयनिष्ठता (commonness) कम होती है। ऐसा इसलिए होता है क्योंकि प्रत्येक ऐसे मानसिक कार्य का स्वरूप भिन्न-भिन्न होता है। उदाहरणार्थ, यदि कार्य 'A' तथा कार्य 'B' ऐसे हैं जिनको पूरा करने में अलग-अलग 20–20 कारकों या तत्त्वों की जरूरत पड़ती है और उसमें से 15–15 कारक ऐसे हैं जो उभयनिष्ठ न होकर अउभयनिष्ठ (uncommon) हैं, तो ऐसी परिस्थिति में इन दोनों कार्यों के बीच धनात्मक सहसम्बन्ध की मात्रा कम होगी। तत्त्वों या कारकों के बीच इस तरह की उभयनिष्ठता के कारण ही दो मानसिक कार्यों या उनके मापने के लिए बने परीक्षणों (tests) के बीच सहसम्बन्ध पूर्ण (perfect) नहीं होता है। इस तरह की व्याख्या देकर थॉर्नडाइक ने स्पीयरमैन के 'S' कारक की भी आलोचना की है क्योंकि इस व्याख्या से स्पष्ट हो जाता है कि दो मानसिक कार्यों या उन्हें मापने के लिए बने परीक्षणों (tests) के बीच कम सहसम्बन्ध 'S' कारक के कारण नहीं होता है बल्कि इसलिए होता है क्योंकि इन दोनों मानसिक कार्यों के तत्त्वों (elements) या कारकों के बीच उभयनिष्ठता (uncommonness) होती है।

लेकिन यदि ध्यानपूर्वक देखा जाय तो थॉर्नडाइक का सिद्धान्त स्पीयरमैन के सिद्धान्त से मौलिक रूप से भिन्न नहीं है। सचमुच में थॉर्नडाइक ने 'g' कारक को एक तरह से स्वीकार किया क्योंकि स्पीयरमैन ने जिसे सामान्य कारक या तत्त्व (general factor or element) कहा है उसे थॉर्नडाइक ने उभयनिष्ठ तत्त्व (common element) कहा है तथा जिसे स्पीयरमैन ने विशिष्ट कारक (specific factor) या 'S' कारक कहा है उसे थॉर्नडाइक ने अउभयनिष्ठ तत्त्व (uncommon element) कहा है। अगर इन दोनों सिद्धान्तों में अन्तर है तो सिर्फ इतना कि स्पीयरमैन ने 'g' कारक को छोटी-छोटी इकाइयों (units) या उपकारकों (subfactors) में नहीं बाँटा है जबकि थॉर्नडाइक ने इसे कई उपकारकों (subfactors) का योग (aggregate) माना है।

बहुकारक सिद्धान्त (multifactor theory) में थॉर्नडाइक का सिद्धान्त अब एक पुराना सिद्धान्त माना जाने लगा है। अतः मनोवैज्ञानिकों ने इस श्रेणी के एक-दूसरे सिद्धांत, जिसे गिलफोर्ड (Guilford) ने 1967 में प्रतिपादित किया है, पर अधिक ध्यान देने लगे हैं। गिलफोर्ड के इस सिद्धान्त को *त्रिविमीय सिद्धान्त* (three dimensional theory) या बुद्धि-संरचना सिद्धान्त (Structure-of-intellect theory) भी कहा जाता है। गिलफोर्ड का यह सिद्धान्त थर्स्टन, थॉर्नडाइक

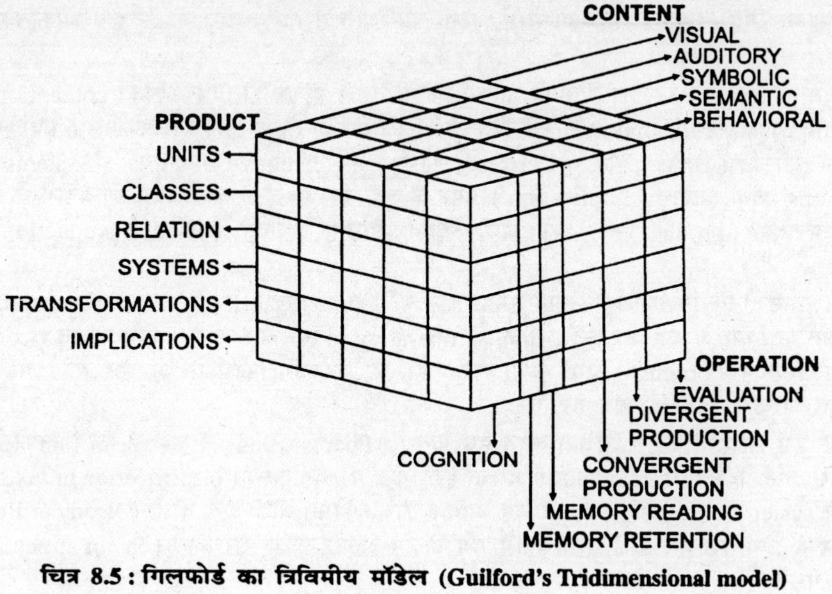

चित्र 8.5 : गिलफोर्ड का त्रिविमीय मॉडेल (Guilford's Tridimensional model)

तथा स्पीयरमैन के सिद्धान्तों से काफी भिन्न है। इस सिद्धान्त में गिलफोर्ड ने मौलिक रूप से बुद्धि में 120 कारकों की पहचान किया था। परंतु अपने मृत्यु के कुछ समय पहले यानी 1988 में इस सिद्धान्त को विस्तारित किया और इसमें कुल 180 कारकों को समावेशित किया।

गिलफोर्ड का विचार था कि बुद्धि के सभी तत्त्वों (elements) को तीन विमाओं (dimensions) में सुसज्जित किया जा सकता है। वे तीन विमाएँ (dimensions) निम्नांकित हैं—

(i) संक्रिया (Operation), (ii) विषय-वस्तु (Content), (iii) उत्पादन (Products)।

इन तीनों विमाओं का वर्णन निम्नांकित हैं—

(i) संक्रिया *(Operation)*—संक्रिया से तात्पर्य व्यक्ति द्वारा किये जाने वाले मानसिक प्रक्रिया के स्वरूप (nature) से होता है। दिये गये कार्य को करने में व्यक्ति द्वारा की गयी मानसिक क्रियाओं का स्वरूप (nature) क्या है, की व्याख्या संक्रिया में होती है। गिलफोर्ड ने संक्रिया के आधार पर मानसिक क्षमताओं (mental abilities) को छह भागों में बाँटा है— मूल्यांकन (Evaluation), अभिसारी चिन्तन (Convergent thinking) अपसारी चिन्तन (Divergent thinking), स्मृति धारण (Memory retention), स्मृति अभिलेखन (Memory recording), संज्ञान (Cognition)। (चित्र 8.5 देखें)। एक उदाहरण लें—मान लिया जाय कि किसी व्यक्ति को सहशिक्षा (co-education) के गुण दोष को बतलाये हुए एक छोटा लेख लिखने को कहा जाता है। इस उदाहरण में उपयुक्त पाँच मानसिक क्षमताओं में से मूल्यांकन (evaluation) की संक्रिया (operation) होते पायी जायेगी। उसी तरह यदि किसी व्यक्ति को 'ईंट' (brick) का असाधारण प्रयोग बतलाने के लिए कहा जाय तो इसमें पाँच में से कौन-सी संक्रिया (operation) का उपयोग अधिकतम होगा? बतलाइए। निश्चित रूप से इस अवस्था में होने वाली संक्रिया को अपसारी चिन्तन (divergent thinking) कहा जाएगा।

(ii) विषय-वस्तु *(Content)*—इस विमा से तात्पर्य उस क्षेत्र (area) से होता है जिनके एकांशों (items) या सूचनाओं (information) के आधार पर संक्रियाएँ (operations) किये जाते हैं। गिलफोर्ड के अनुसार ऐसे एकांशों या सूचनाओं को पाँच भागों में बाँटा गया है। वे भाग है— दृष्टि (Visual), श्रवण (Auditory) सांकेतिक (Symbolic), शाब्दिक (Semantic) तथा व्यवहारपरक (Behavioural)। जैसे ऊपर के उदाहरण में जिसमें मूल्यांकन की संक्रिया तथा अपसारी चिन्तन की संक्रिया सम्मिलित थी, का विषय-वस्तु स्पष्टतः शाब्दिक (Semantic) की श्रेणी का था। ऐसा भी हो सकता है कि व्यक्ति को दिये गये सूचनाओं एवं एकांशों जिसके आधार पर उसे कोई संक्रिया (operation) करना हो, शाब्दिक न होकर चित्र (figure) के रूप में हो। ऐसी परिस्थिति में विषय-वस्तु का स्वरूप आकृतिक (Figural) कहा जायेगा।

(iii) उत्पादन *(Products)*—इस विमा से तात्पर्य किसी विशेष प्रकार की विषय-वस्तु (contents) द्वारा की गयी संक्रिया (operation) के परिणाम (product) से होता है। इस तरह के परिणाम को गिलफोर्ड ने 6 भागों में बाँटा है जो इस प्रकार हैं— इकाई (Units), वर्ग (Classes), सम्बन्ध (Relations), पद्धतियाँ (Systems), रूपान्तरण (Transformations) तथा आशय (Implication) ऊपर के उदाहरण में 'ईंट' का असाधारण प्रयोग के रूप में बताये गये उत्तरों को 'उत्पादन' (product) की विशेष श्रेणी अर्थात् 'सम्बन्ध उत्पादन' (relation production) की श्रेणी में रखा जायेगा।

इस तरह से स्पष्ट है कि गिलफोर्ड ने अपने सिद्धान्त में बुद्धि की व्याख्या तीन विमाओं (dimensions) के आधार पर की है और प्रत्येक विमा के कई कारक हैं। संक्रिया (operation) विमा के 6 कारक, विषय-वस्तु (contents) विमा के 5 कारक तथा उत्पादन (product) विमा के 6 कारक हैं। इस तरह गिलफोर्ड के अनुसार बुद्धि में कुल मिलाकर $6 \times 5 \times 6 = 180$ कारक (factors) होते हैं।

गिलफोर्ड के इस सिद्धान्त की आलोचना करते हुए फेयर्स (Phares, 1984) ने कहा है कि गिलफोर्ड का सिद्धान्त वास्तव में एक सिद्धान्त के रूप में नहीं लगता है बल्कि इसे बुद्धि का वर्गीकरण (classification or taxonomy) करने की एक पद्धति (system) यदि कहा जाय, तो यह अधिक उचित होगा। ब्रौडी एवं ब्रौडी (Brody & Bordy, 1976) ने अपने अध्ययन में पाया कि गिलफोर्ड द्वारा बताये गये अलग-अलग कारक संरचनाएँ (factor structures) बहुत ही स्पष्ट नहीं दीख पड़ते हैं।

4. पदानुक्रमिक सिद्धान्त *(Hierarchical theory)*—ऊपर में बुद्धि के मूलतः तीन तरह के सिद्धान्तों का वर्णन किया गया है—स्पीयरमैन का G-कारक सिद्धान्त (G-factor theory), थर्स्टन का समूह कारक सिद्धान्त तथा बहुकारक सिद्धान्त (multifactor theories)। चूँकि तीनों तरह के सिद्धान्तों के पक्ष में सबूत मिलते हैं, अतः कुछ मनोवैज्ञानिकों

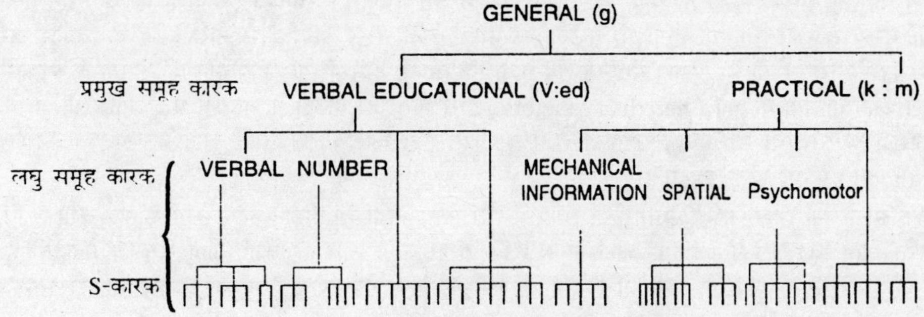

चित्र 8.6 : पदानुक्रमिक मॉडल

जैसे वर्ट (Burt, 1949), वर्नन (Vernon, 1960), हम्फ्रेज (Humphreys, 1962) तथा कैटेल (Cattell, 1971) आदि मनोवैज्ञानिकों ने स्पीयरमैन के G-कारक सिद्धान्त के तत्त्वों (elements), थर्स्टन के समूह कारक सिद्धान्त के तत्त्वों तथा बहुकारक सिद्धान्त (multifactor theories) के तत्त्वों को एक साथ मिलाकर बुद्धि के एक नये सिद्धान्त का प्रतिपादन किया है जिसे *पदानुक्रमिक सिद्धान्त* (hierarchical theory) की संज्ञा दी गयी है।

पदानुक्रमिक सिद्धान्त में बुद्धि को एक पिरामिड (pyramid) से तुलना किया गया जिसमें बुद्धि के भिन्न-भिन्न तत्त्वों या कारकों (factors) को एक पदानुक्रम (hierarchy) के रूप में व्यक्त किया गया। पिरामिड के सबसे ऊपरी भाग में यानी पदानुक्रम के सबसे ऊपरी स्तर पर स्पीयरमैन के G-कारक (G-factor) को रखा गया जिसकी जरूरत सभी तरह के बौद्धिक या मानसिक कार्य को करने में होता है (चित्र 8.5 देखें)। पदानुक्रम (hierarchy) के दूसरे स्तर पर थर्स्टन के समूह कारक (Thurstone's group factor) के समान दो विस्तृत समूह कारक (broad group factors) होते हैं—एक शाब्दिक-शैक्षिक कारक (Verbal-educational factor of V : ed) तथा दूसरा व्यावहारिक-यांत्रिक कारक (Practical Mechanical factor or K : m)। फिर इन दो प्रमुख समूह कारकों (major group factors) को तीसरे स्तर पर अन्य छोटे-छोटे समूह कारकों (minor group factor) में बाँटा गया है जो गिलफोर्ड (Guilford) के बहुकारक (multi factors) के समान है। जैसे शाब्दिक-शैक्षिक कारक को शाब्दिक कारक (verbal factor), संख्या कारक (number factor) आदि में बाँटा गया है। उसी तरह व्यावहारिक-यांत्रिक (practical mechanical factor or K : m) कारक को यांत्रिक कारक (mechanical factor), स्थानिक कारक (spatial factor), मैन्युअल कारक (manual factor) आदि में बाँटा गया है। आगे विश्लेषण करके फिर इन कारकों (factors) को भी छोटे-छोटे उपकारकों (sub-factors) में बाँटा जा सकता है। पदानुक्रम सिद्धान्त के सबसे निचले स्तर पर स्पीयरमैन का एस-कारक (S-factor) होता है जिसके द्वारा एक ऐसी क्षमता का बोध होता है जिसकी जरूरत सिर्फ एक खास मानसिक कार्य में ही होती है।

इस तरह से हम देखते हैं कि बुद्धि के पदानुक्रमिक सिद्धान्त में बुद्धि को एक ऐसा पदानुक्रम मॉडल (hierarchical model) के रूप में व्यक्त किया गया है जिसका आकार एक वंश-वृक्ष (genealogical tree) के समान होता है जहाँ g-कारक सबसे ऊपरी सतह पर तथा S कारक सबसे निचली सतह पर तथा अन्य संकीर्ण समूह कारकों (narrower group factors) को इन दोनों के बीच में रखा गया है।

5. कैट्टेल्ल का सिद्धान्त *(Cattell's theory)*—कैट्टेल्ल (Cattell, 1963, 1987) ने बुद्धि के एक सिद्धान्त का प्रतिपादन किया है जिसके अनुसार बुद्धि में दो महत्त्वपूर्ण तत्त्व (components) होते हैं—

तरल बुद्धि (Fluid intelligence) एवं *ठोस बुद्धि* (Crystallized intelligence)। कैटेल के अनुसार तरल बुद्धि स्पीयरमैन के सिद्धान्त के 'g' कारक के समान है और इसका निर्धारण वंशानुगत कारकों (genetic factors) द्वारा होता है। इसमें वस्तुओं के बीच सम्बन्ध का प्रत्यक्षण करने की क्षमता जैसा कि दृश्यता परीक्षण (analogies test) एवं अक्षर

तथा संख्या शृंखला परीक्षण में जरूरत पड़ती है, सम्मिलित होता है। दूसरे शब्दों में, तरल बुद्धि का सम्बन्ध तर्कणा-क्षमता (reasoning ability) से होता है। ठोस बुद्धि (crystallized intelligence) से तात्पर्य व्यक्ति के अर्जित (acquired) तथ्यात्मक ज्ञान (factual knowledge) से होता है। दूसरे शब्दों में, ठोस बुद्धि में उन क्षमताओं को रखा जाता है जिसे व्यक्ति अपने जिन्दगी की अनुभूतियों में तरल बुद्धि का उपयोग करके उसे अर्जित करता है। इस तरह की अनुभूतियों में स्कूल की अनुभूतियाँ मुख्य रूप से शामिल होतीं हैं। कैटेल का मत था कि तरल बुद्धि द्वारा ठोस बुद्धि के विकास पर एक सीमा (limits) का निर्धारण होता है। इसका मतलब यह हुआ कि अपनी अनुभूतियों से सीखने की क्षमता के विकास की सीमा का निर्धारण आनुवांशिक कारकों (hereditary factors) द्वारा होता है। कैटेल ने यह भी मत जाहिर किया कि तरल बुद्धि का विकास किशोरावस्था में अधिकतम होता है परंतु ठोस बुद्धि का विकास उसके बाद की अवस्था अर्थात् वयस्कावस्था (adulthood) में भी होता रहता है।

इस सिद्धान्त की आलोचना गिलफोर्ड (Guilford, 1980) द्वारा किया गया है। इन्होंने स्पष्ट रूप से यह कहा है कि इस सिद्धान्त पर पूर्णतः यह विश्वास नहीं किया जा सकता है कि तरल बुद्धि नाम की कोई चीज सचमुच में होती है। फिर कैटेल ने तरल बुद्धि तथा ठोस बुद्धि के बीच जो अन्तर किया है, उसका कोई स्पष्ट वैज्ञानिक आधार नहीं दीखता है।

6. गार्डनर का बहुबुद्धि का सिद्धान्त *(Gardner's theory of Multiple intelligence)*—गार्डनर (1983) ने बुद्धि का एक नया सिद्धान्त का विकास किया है जिसे *बहुबुद्धि का सिद्धान्त* (theory of multiple intelligence) कहा है। अपने इस सिद्धान्त में गार्डनर ने महत्त्वपूर्ण बात जो बतलायी है, वह यह है कि बुद्धि का स्वरूप एकाकी (singular) न होकर बहुकारकीय होता है। उन्होंने यह बतलाया है कि सामान्य बुद्धि में मौलिक रूप से सात तरह की क्षमताएँ या बुद्धि सम्मिलित होता है, परंतु गार्डनर (1998, 1999) ने अपने शोध के आधार पर इसमें दो और नये कारकों अर्थात् प्राकृतिक (naturalist) तथा अस्तित्ववादी (existentiolist) को जोड़ा है। इन नौ तरह की बुद्धि का विशेष गुण यह है कि प्रत्येक बुद्धि एक-दूसरे से स्वतंत्र (independent) होता है तथा मस्तिष्क में प्रत्येक के संचालन के नियम अलग-अलग है। इन सभी दस प्रकार के बुद्धि का वर्णन निम्नांकित हैं—

(i) भाषाई बुद्धि (linguistic intelligence)

(ii) तार्किक-गणितीय बुद्धि (logical-mathematical intelligence)

(iii) स्थानिक बुद्धि (spatial intelligence)

(iv) शारीरिक गतिक बुद्धि (body-kinesthetic intelligence)

(v) संगीतिक बुद्धि (musical intelligence)

(vi) व्यक्तिगत-आत्मन बुद्धि (Personal-self intelligence)

(vii) व्यक्तिगत-अन्य बुद्धि (Personal-others intelligence)

(viii) प्राकृतिक बुद्धि (Naturalist intelligence)

(ix) आध्यात्मिक बुद्धि (Spiritual intelligence)

(x) अस्तित्ववादी बुद्धि (Existentialist intelligence)

इन सबों का संक्षिप्त विवरण इस प्रकार हैं—

(i) भाषाई बुद्धि *(Linguistic intelligence)*—इस तरह की बुद्धि में वाक्यों या शब्दों की बोध क्षमता (comprehension ability), शब्दावली (vocabulary) शब्दों के क्रमों के बीच के सम्बन्धों को पहचानने की क्षमता आदि सम्मिलित होता है।

(ii) तार्किक-गणितीय बुद्धि *(Logical mathematical intelligence)*—इस बुद्धि में तर्क करने की क्षमता, गणितीय समस्याओं का समाधान करने की क्षमता, अंकों के क्रम (sequence) के पीछे छिपे सम्बन्ध को पहचानने की क्षमता, सादृश्यता क्षमता (analogical ability) आदि सम्मिलित होते हैं।

(iii) स्थानिक बुद्धि *(Spatial intelligence)*—इसमें स्थानिक चित्र (spatial figures) को मानसिक रूप से परिवर्तन करने की क्षमता तथा स्थानिक कल्पना शक्ति (spatial visualization) करने की क्षमता आदि सम्मिलित होता है।

(iv) शारीरिक-गतिक बुद्धि *(Body-kinesthetic intelligence)*—इस तरह की बुद्धि में अपने शारीरिक गति पर नियन्त्रण रखने की क्षमता तथा वस्तुओं को सावधानीपूर्वक एवं प्रवीण ढंग से (skillfully) घुमाने तथा उपयोग करने की क्षमता सम्मिलित होती है। इस तरह की बुद्धि नर्तकी में तथा व्यायामी (gymnast) में अधिक होता है जिन्हे अपने शरीर की गति पर पर्याप्त नियंत्रण रहता है। साथ-ही-साथ इस तरह की बुद्धि की आवश्यकता क्रिकेट खिलाड़ी, टेनिस खिलाड़ी, न्यूरोसर्जन तथा शिल्पकारियों (artisan) आदि में अधिक होता है क्योंकि इन्हें वस्तुओं का उपयोग प्रवीणतापूर्वक (skillfully) करना पड़ता है।

(v) संगीतिक बुद्धि *(Musical intelligence)*—इस बुद्धि में तारत्व (pitch) तथा लय (rhythm) को प्रत्यक्षण करने की क्षमता सम्मिलित होता है एवं संगीतिक सामर्थ्यता (musical competence) एवं निपुणता विकसित करने की क्षमता होती है। इस तरह की बुद्धि संगीत देने वालों एवं गीत गाने वाले में अधिक होता है।

(vi) व्यक्तिगत-आत्मन् बुद्धि *(Personal-self intelligence)*—इस तरह की बुद्धि में अपने भावों एव संवेगों को मॉनीटर करने की क्षमता, उनमें विभेद करने की क्षमता तथा मानव व्यवहार को निर्देशित करने में उन सूचनाओ को उपयोग करने की क्षमता आदि सम्मिलित होता है। इसे *अंतरावैयक्तिक बुद्धि* (intrapersonal intelligence) भी कहा जाता है।

(vii) व्यक्तिगत : अन्य बुद्धि *(Personal-others intelligence)*—इस तरह की बुद्धि में दूसरे व्यक्तियो की प्रेरणाओं, इच्छाओं एवं आवश्यकताओं को समझने की क्षमता तथा उनकी मनोदशाओं (moods) एवं चितप्रकृति को मॉनीटर करके किसी नयी परिस्थिति में किस तरह से व्यवहार करेगा, के बारे में पूर्वकथन करने की क्षमता आदि से होता है। इसे अन्तर्वैयक्तिक बुद्धि (interpersonal intelligence) भी कहा जाता है।

(viii) प्राकृतिक बुद्धि ***(Naturalistic intelligence)***—इससे प्रकृति में पाये जाने वाले पैटर्न की पहचान करने की क्षमता का मापन होता है। ऐसी क्षमता की सर्वाधिक जरूरत किसानों, जीववैज्ञानिकों (biologistic) तथा वनस्पति या सिर्फ (botanists) को अधिक होती है।

(ix) आध्यात्मिक बुद्धि *(Spiritual intelligence)*—इस तरह की बुद्धि से तात्पर्य ऐसी क्षमता से होती है जिसमें व्यक्ति अपने विकास में कॉस्मिक (Cosmic) तथा आध्यात्मिक समस्याओं तथा उनके समाधान के बारे में सोचता है तथा किसी निश्चित निष्कर्ष पर पहुँचता है। ऐसी बुद्धि साधु-सन्तों, फकीरों, कथा-वाचकों आदि में अधिक होती है।

(x) अस्तित्ववादी बुद्धि *(Existentialist intelligence)*—इसमें व्यक्ति मानव अस्तित्व की वास्तविकता, मृत्यु, जीवन आदि से संबंधित ज्ञान प्राप्त करने की उत्सुकता दिखलाता है। ऐसी बुद्धि की जरूरत बड़े-बड़े दार्शनिक चिंतकों (philosopher thinkers) में अधिक होती है।

गार्डनर का मत है कि प्रत्येक समान्य व्यक्ति में उपर्युक्त तरह की बुद्धि होती है परंतु कुछ विशेष कारणों जैसे आनुवंशिकता (heredity) या प्रशिक्षण के कारण किसी व्यक्ति में कोई बुद्धि अधिक विकसित हो जाती है। ये सभी नौ तरह के बुद्धि एक-दूसरे के साथ अन्तःक्रिया (interaction) करते हैं फिर भी प्रत्येक बुद्धि एक अर्द्ध-स्वायत्त तंत्र (semi-autonomous system) के रूप में कार्य करता है। मस्तिष्क में प्रत्येक बुद्धि एक सम्पुटित मापांक (encapsulated module) के समान होता है जो अपने-अपने नियमों एवं कार्य विधियों द्वारा संचालित होते हैं। कुछ खास तरह के मस्तिष्कीय क्षति (brain damage) होने पर एक तरह की बुद्धि क्षतिग्रस्त हो सकती है परंतु उसका प्रभाव दूसरे तरह की बुद्धि पर नहीं पड़ेगा।

गार्डनर के इस सिद्धान्त का एक आशय (implication) यह है कि इससे इस तथ्य की व्याख्या करने में मदद मिलती है कि क्यों कुछ लोग जिनका कॉलेज का शैक्षिक रिकार्ड काफी प्रखर था बाद की जिन्दगी में उन्हें असफलता हाथ लगी तथा क्यों वैसे लोग जिनका कॉलेज का शैक्षिक रिकार्ड काफी मंद तथा घटिया रहा, बाद की जिन्दगी में उन्हें काफी सफलता मिल पायी। इसका स्पष्ट कारण यह है कि पहले तरह के व्यक्ति में व्यक्तिगत बुद्धि (personal intelligence) की कमी थी परंतु दूसरे तरह के व्यक्ति में व्यक्तिगत बुद्धि की अधिकता थी।

गार्डनर के सिद्धान्त में अन्तिम सात प्रकार के बुद्धि पर कुछ मनोवैज्ञानिक ने टीका-टिप्पणी किया है। फिर भी यह सिद्धान्त से तो यह बिलकुल ही स्पष्ट हो गया है कि बुद्धि को सिर्फ शाब्दिक एवं परिमाणात्मक कौशलों (quantitative skills) के रूप में व्याख्या करना उचित नहीं है और बुद्धि के इस विस्तृत अर्थ को ध्यान में रखकर ही हम समाज के साथ न्याय कर सकते हैं।

अब कारक सिद्धान्त (factors theories) के बारे में किसी निष्कर्ष पर पहुँचने के पहले स्वभावतः मन में एक प्रश्न उठता है कि *पिण्डक-विभाजक समस्या* (lumpers-splitter issue) पर दोलन (pendulum) किस ओर है? उत्तर के रूप में यही कहा जा सकता है कि इस समस्या पर दोलन (pendulum) बीचोबीच है। वर्तमान समय में अधिकतर

मनोवैज्ञानिकों का यह मत है कि बुद्धि में दोनों तरह की क्षमताएँ अर्थात् विभिन्न तरह के संज्ञानात्मक कार्यों (cognitive tasks) एवं समस्याओं को ठीक ढंग से करने की एक सामान्य क्षमता (general ability) तथा अन्य कई विशिष्ट क्षमताएँ (specific abilities) सम्मिलित होती हैं।

(ख) प्रक्रिया-उन्मुखी सिद्धान्त *(Process-oriented theories)*—करीब-करीब 1960 तक बुद्धि के स्वरूप (nature) की व्याख्या कारक सिद्धान्तों (factor theories) द्वारा काफी प्रभावित रही। परन्तु इसके बाद के वर्षों में जब संज्ञानात्मक मनोविज्ञान (Cognitive psychology) पर अधिक बल दिया जाने लगा, तो वैसी परिस्थिति में बुद्धि के स्वरूप की व्याख्या नये-नये सिद्धान्तों द्वारा अधिक की जाने लगी। इन सिद्धान्तों को *प्रक्रिया-उन्मुखी सिद्धान्त* (Process-oriented theories) कहा गया। इस सिद्धान्त की मुख्य विशेषता यह है कि इसके द्वारा बुद्धि के स्वरूप की व्याख्या उसके भिन्न-भिन्न कारकों (factors) के रूप में न करके उन बौद्धिक प्रक्रियाओं (intellectual processes) के रूप में की गयी है जिसे व्यक्ति किसी समस्या के समाधान करने में या सोच-विचार करने में (reasoning) लगाता है। इन सिद्धान्तवादियों (theories) द्वारा बुद्धि (intelligence) के लिए संज्ञान[1] (cognition) तथा संज्ञानात्मक प्रक्रिया (cognitive processes) शब्द का प्रयोग अधिक किया गया है। इन सिद्धान्तवादियों की मूल अभिरुचि निम्नांकित दो तथ्यों की व्याख्या करने से सम्बन्धित है—

(a) व्यक्ति किसी दिये हुए समस्या का समाधान करने में किन-किन प्रक्रियाओं (processes) का सहारा लेता है?

(b) व्यक्ति में बौद्धिक प्रक्रियाओं (intellectual processes) का विकास (development) कैसे होता है? जैसे-जैसे व्यक्ति में परिपक्वता (maturation) बढ़ते जाता है, वैसे-वैसे इन प्रक्रियाओं में किस ढंग का परिवर्तन आता है?

प्रक्रिया-उन्मुखी सिद्धान्त में अनेक मनोवैज्ञानिकों के सिद्धान्तों को रखा गया है जिसमें पियाजे (Piaget, 1970), ब्रुनर (Bruner, 1973), स्टैनवर्ग (Stenberg, 1984), जूआन पासकुएल-लियोनी (Juan Pascual-Leone, 1983), जेन्सन (Jenson, 1969) आदि के सिद्धान्त प्रमुख हैं। इन व्यक्तियों के सिद्धान्तों में से सिर्फ दो व्यक्तियों के सिद्धान्तों की विस्तृत व्याख्या यहाँ की जायेगी क्योंकि इन दोनों व्यक्तियों का सिद्धान्त काफी महत्त्वपूर्ण है। ये दो व्यक्ति हैं— पियाजे (Piaget) तथा स्टेनवर्ग (Stenberg)।

1. पियाजे का सिद्धान्त *(Piaget theory)*—यद्यपि पियाजे (Piaget) ने अपने इस सिद्धान्त का प्रतिपादन 1920–30 तक कर लिया था परन्तु बुद्धि के स्वरूप की व्याख्या करने में उनके सिद्धान्त की गहरी छाप उस समय पड़ी जब उन्होंने इस सिद्धान्त को काफी विस्तृत (comprehensive) किया और उसका संशोधित रूप 1970 में प्रकाशित किया। पियाजे ने अपने सिद्धान्त का नाम *संज्ञानात्मक विकास का सिद्धान्त* (Theory of Cognitive development) रखा।

पियाजे के अनुसार बुद्धि एक प्रकार की अनुकूली प्रक्रिया (adaptive process) है जिसमें जैविक परिपक्वता (biological maturation) तथा वातावरण के साथ होने वाली अन्तःक्रियाएँ (interactions) सम्मिलित होतीं हैं। इनके अनुसार जैसे-जैसे बच्चों में संज्ञानात्मक प्रक्रियाओं का विकास होते जाता है, वैसे-वैसे उनका बौद्धिक विकास (intellectual development) भी होते जाता है। **मार्गन, किंग, विस्ज** तथा **स्कौपलर**[2] (Morgan, King, Weisz & Schopler, 1986) ने ठीक ही कहा है, "पियाजे के विचार में बुद्धि एक ऐसी अनुकूली प्रक्रिया है जिसमें जैविक परिपक्वता का पारस्परिक प्रभाव (interplay) तथा वातावरण के साथ की गयी अन्तःक्रिया (interaction) दोनों ही सम्मिलित होतीं हैं। उनके अनुसार बौद्धिक विकास (intellectual development) कुछ संज्ञानात्मक प्रक्रियाओं (cognitive processes) जैसे प्रकृति के नियम को समझना, व्याकरण के नियम को समझना तथा गणितीय नियमों को समझना आदि के विकास पर निर्भर करता है।"

इस व्याख्या से स्पष्ट है कि पियाजे ने बुद्धि को संज्ञानात्मक प्रक्रियाओं के विकास का दूसरा रूप माना है। उनके

1. संज्ञान (cognition) एक ऐसा सामान्य पद (term) है जिसमें महत्त्वपूर्ण मानसिक प्रक्रियाएँ जैसे, प्रत्यक्षण, समस्या समाधान की क्षमता, स्मृति, चिन्तन, ध्यान, सीखना आदि सभी सम्मिलित होते हैं।

2. "In Piaget's view, intelligence is an adaptive process that involves an interplay of biological maturation and interaction with the environment. He views intellectual development as an evolution of cognitive processes such as understanding the laws of nature, the principles of grammar and mathematical rules"

—Morgan, King, Weisz & Schopler : *Introduction to Psychology,* 1986, p. 528

अनुसार इन संज्ञानात्मक प्रक्रियाओं का विकास निम्नांकित चार अवस्थाओं में होता है—

(i) ज्ञानात्मक-क्रियात्मक अवस्था (Sensory-motor stage)

(ii) प्राक्-प्रचलनात्मक अवस्था (Preoperational stage)

(iii) मूर्त्त प्रचलनात्मक अवस्था (Concrete operational stage)

(iv) औपचारिक प्रचलनात्मक अवस्था (Formal operational stage)

इन अवस्थाओं का वर्णन निम्नांकित हैं—

(i) ज्ञानात्मक-क्रियात्मक अवस्था *(Sensory-motor stage)*—संज्ञानात्मक प्रक्रियाओं के विकास की यह पहली अवस्था है जो जन्म से लेकर 2 वर्षों तक की होती है। इस अवस्था के अनेक विशेषताओं में से दो विशेषताएँ प्रमुख हैं। पहला यह कि इस अवस्था में बच्चा अपने व्यवहारों या क्रियाओं (activities) तथा उसके परिणामों (consequences) के बीच सम्बन्ध कायम करने की कोशिश करता है। उदाहरणस्वरूप, जब वह किसी छोटे बर्तन जैसे चम्मच, थाली आदि को अपने हाथ से पीटता है और उसका परिणाम यानी आवाज सुनता है तो वह इन दोनों क्रियाओं में सम्बन्ध स्थापित करता है और इस तरह से बच्चों में एक विशेष संज्ञानात्मक प्रक्रिया (cognitive process) का विकास होता है जो इस बात से सम्बन्धित होता है कि बर्तन पर हाथ पटकने से आवाज होती है। धीरे-धीरे बच्चा यह भी समझने लगता है कि उसका हाथ तथा पैर उसके शरीर के विशेष अंग हैं परन्तु उसके हाथ का कंगन उसके शरीर का अंग नहीं है।

दूसरी विशेषता यह है कि इस अवस्था में बच्चा अपने आप को वातावरण (environment) के वस्तुओं से अलग करने की क्षमता भी विकसित कर लेता है। अपने आप को वातावरण के अन्य वस्तुओं से वह भिन्न एवं अलग समझने लगता है। कुछ खास-खास क्रियात्मक व्यवहार (motor behaviour) जैसे किसी वस्तु को पकड़ना (catching) तथा छीनना (grasping) आदि द्वारा उसे वस्तुओं का स्थानिक सम्बन्धों (spatial relationship) का भी ज्ञान हो जाता है। बच्चा उन व्यक्तियों के व्यवहारों का भी नकल करना प्रारम्भ कर देता है जो अनुपस्थित होते हैं। इस तरह से बच्चे अपने व्यवहार में नियतता (intentionality) दिखाना प्रारम्भ कर देते हैं। इस अवस्था का सबसे मुख्य गुण यह है कि बच्चे में *वस्तु-स्थायित्व* (object permanance) का संप्रत्यय विकसित हो जाता है। वस्तु-स्थायित्व से तात्पर्य इस बात से होता है कि बच्चे यह समझते हैं कि उनकी नजर (senses) के सामने नहीं होने पर भी किसी वस्तु का अस्तित्व बना रहता है। वस्तु स्थायित्व का गुण इस अवस्था के अन्त में यानी 20–24 महीना के बीच में विकसित होता है। 20 महीना से छोटा शिशु यही समझता है कि जब कोई वस्तु उनकी नजर से ओझल हो गया तो वह वस्तु भी समाप्त हो गया। जैसे, 8 महीने का बच्चा यदि किसी खिलौना को लेने के लिए आगे बढ़ रहा है, परन्तु उस खिलौना को यदि किसी कपड़े से ढँक दिया जाय तो बच्चा यह सोचते हुए तुरंत रुक जायेगा कि अब खिलौना नहीं है। स्पष्ट है कि इस अवस्था तक बच्चे में वस्तु-स्थायित्व का गुण अभी विकसित नहीं हुआ होता है।

(ii) प्राक्-प्रचलनात्मक अवस्था *(Preoperational stage)*—2 से 7 साल की अवस्था को पियाजे (Piaget) ने प्राक्-प्रचलनात्मक अवस्था कहा है। इसे उन्होंने दो भागों में बाँटा है— *प्राक्-संप्रत्यात्मक अवधि* (preconceptual period) जो 2 से 4 साल का होता है तथा *अन्तर्दर्शी अवधि* (intuitive period) जो 4 से 7 साल का होता है। प्राक्-संप्रत्यात्मक अवधि में बच्चा भिन्न-भिन्न प्रकार के संकेत (symbols), प्रतिमाएँ (images), शब्द (words) तथा उसके अर्थो को सीखता है। इस तरह से बच्चों में भाषा का विकास प्रारम्भ होता है। इन प्रतिमाओं, संकेतों (symbols) आदि के सहारे बच्चों को उचित ढंग से चिन्तन करने में मदद भी मिलती है। इस अवधि में संज्ञानात्मक प्रक्रियाओं (cognitive processes) का विकास मूलतः अनुकरण (imitation) तथा खेल (play) द्वारा होता है। इस अवधि के संज्ञानात्मक चिन्तन (cognitive thought) के दो प्रमुख दोष पाये गये हैं— *जीववाद* (animism) तथा *अहंभाव* (egocentrism)। इस अवधि में बच्चे प्रायः निर्जीव चीजों को जीवित समझने लगते हैं। जैसे, पंखा को एक सजीव चीज मानना, कार को एक सजीव चीज मानना, बादल तथा हवा को सजीव चीज मानना आदि कुछ इस तरह के उदाहरण हैं। चिन्तन में इस तरह के दोष को जीववाद (animism) कहा जाता है। अहंभाव (egocentrism) से तात्पर्य चिन्तन में वैसे दोष से होता है जिसमें बच्चा यह सोचता है कि वस्तुएँ उसका पीछा कर रही है क्योंकि वह एक काफी महत्त्वपूर्ण चीज है। प्रायः बच्चे ऐसा कहते हैं कि चाँद, सूर्य, बादल या हवा उनके पीछे चलते रहते हैं।

अन्तर्दर्शी अवधि (intuitive period) में बच्चे अन्तर्दर्शी चिन्तन (intuitive thinking) करते हैं जिसमें कोई क्रमबद्ध तर्क (systematic logic) नहीं होता है। इस अवधि में बच्चे प्रचालन (operation) या नियम के अर्थ को नहीं समझते हैं क्योंकि प्रत्येक प्राचलन या नियम की कुछ तार्किक विपरीतता (logical opposite) होता है, जिसे बच्चे नहीं समझ पाते हैं। जैसे, $3 \times 3 = 9$ होता है और इसका विपरीत, 9 का वर्गमूल 3 होता है। वर्ग तथा वर्गमूल में तार्किक

विपरीतता (logical opposite) का जो सम्बन्ध है, इसे बच्चे नहीं समझते हैं। इस तरह से अन्तर्दर्शी अवधि के चिन्तन में अनपलटन (irreverisibility) का गुण होता है। पियाजे ने कई प्रयोग संरक्षण (conservation) के संप्रत्यय पर करके चिन्तन में होनेवाले इस तरह के दोष को साबित कर दिया है। संरक्षण संप्रत्यय (conservation concept) से सम्बन्धित प्रयोगों में संख्या (number), तत्त्व (elements) तथा भार (weight) से सम्बन्धित समस्याओं का समाधान बच्चे ढूँढ़ते हैं।

(iii) मूर्त्त प्रचलनात्मक अवस्था *(Concrete operational stage)*—यह अवस्था 7 से 11 साल की होती है और इसमें बच्चों में तार्किक चिन्तन (logical thinking), उनके विचारों में क्रमबद्धता (systematization) तथा जटिलता (complexity) आदि बढ़ जाती है। अब इनके चिन्तन में अनपटलन (irreversibility) का गुण हटकर उसके जगह पर पलटन (irreversibility) का गुण विकसित होने लगता है। बच्चा अब समझने लगता है कि 5 रुपया या उसके विपरीत 500 पैसा बराबर ही होते हैं। इस अवस्थाओं में वस्तुओं को उसके विमाओं (dimensions) यानी, ऊँचाई (height), भार (weight), आकार (shape), रंग (colour) आदि के आधार पर वर्गीकृत करने में बच्चे काफी अभिरुचि दिखलाने लगते हैं। इस तरह से इस अवस्था की मूल विशेषता यह होती है कि बच्चों की संज्ञानात्मक प्रक्रियाएँ पहले से अधिक जटिल एवं तार्किक हो जाती है।

(iv) औपचारिक प्रचलनात्मक अवस्था *(Formal operational stage)*—इस अवस्था की शुरुआत 12 साल से हो जाती है और करीब 15 साल तक बनी रहती है। इस अवस्था में बच्चों में अमूर्त्त चिन्तन (abstract thinking), अपसारी चिन्तन (divergent thinking) आदि का गुण सही अर्थों में विकसित होता है। वे अब सामान्य नियमों (general laws) का अर्थ सही अर्थों में समझने लगते हैं और उससे जो सम्भव हो सकता है, प्राक्कल्पना (hypothesis) के रूप में वे सोचकर निकाल लेते हैं। 15 वर्ष की उम्र समाप्त होते-होते वे एक वयस्क (adult) के समान किसी समस्या के समाधान में तार्किक नियमों (logical rules) का प्रयोग करने लगते हैं।

इस तरह से हम देखते हैं कि पियाजे के संज्ञानात्मक विकास सिद्धान्त (cognitive development theory) में बुद्धि को भिन्न-भिन्न अवस्थाओं में होनेवाले संज्ञानात्मक प्रक्रियाओं में हुए परिवर्तन के रूप में व्याख्या की गयी है।

मनोवैज्ञानिकों ने इस सिद्धान्त की कुछ आलोचनाएँ (criticisms) भी किये हैं जो निम्नांकित हैं—

(i) कुछ मनोवैज्ञानिकों का कहना है कि पियाजे (Piaget) द्वारा बच्चों के व्यवहारों का अध्ययन करने की जो कार्यविधि (method) अपनायी गयी थी, वह काफी आत्मनिष्ठ (subjective) थी। इतना ही नहीं उनके द्वारा किये गये प्रयोगों में बच्चों को ऐसे कार्य करने के लिए दिये जाते थे जिनमें उम्र के अनुसार संज्ञानात्मक क्षमता होने पर भी वे उसे ठीक ढंग से नहीं कर सकते थे। ऐसी परिस्थिति में पियाजे द्वारा प्राप्त निष्कर्षों की वैधता कहाँ तक सही हो सकती है, इसका अंदाजा कोई भी व्यक्ति आसानी से लगा सकता है।

(ii) पियाजे अपने इस सिद्धान्त में यह पूर्वकल्पना (assumption) करके चलते हैं कि यदि कोई बच्चा उस कार्य को नहीं कर पाता है जिस अवस्था (stage) के लिए वह कार्य निर्धारित होता है तो इसका मतलब यह हुआ कि उस कार्य से सम्बन्धित संज्ञानात्मक क्षमता (cognitive capacity) की उसमें कमी है *(Lack of response equals lack of cognitive competence)*। गेलमैन (Gelman, 1978, 1979) ने इस आलोचना को विशेषकर प्राक्-प्रचलनात्मक अवस्था (preoperational stage) के लिए अधिक उपयुक्त बतलाया है। इस अवस्था की एक विशेषता संरक्षण (conservation) का गुण है। उन्होंने अपने अध्ययन में पाया कि 3–4 साल के बच्चे प्रायः संख्या (number) से सम्बन्धित उन समस्याओं का समाधान नहीं कर पाते हैं जिनमें अधिक संख्याओं का प्रयोग किया जाता है। इससे स्पष्ट है कि ऐसा कहना कि जो बच्चे समस्या का समाधान नहीं कर पाते हैं, उनमें संज्ञानात्मक क्षमता शून्य होती है, सर्वथा उचित नहीं है। कुछ मनोवैज्ञानिकों जैसे ब्राऊन तथा कुक (Brown & Cook, 1986) ने कहा है कि प्राक् स्कूली छात्र (preschool children) के चिन्तन में उतना अहंभाव (egocentricity) नहीं होता जितना कि पियाजे ने अनुमान किया था।

(iii) पियाजे (Piaget) का विचार था कि प्रत्येक अवस्था के भीतर होने वाले संज्ञानात्मक विकास (cognitive growth) में निरन्तरता (continuity) होती है परन्तु एक अवस्था से दूसरी अवस्था में होनेवाले संज्ञानात्मक विकास में अनिरन्तरता (discontinuity) होती है। दूसरे शब्दों में, प्रत्येक अवस्था के भीतर होनेवाले संज्ञानात्मक परिवर्तन एक-दूसरे से सम्बन्धित होते हैं तथा एक क्रम में होते हैं परन्तु एक अवस्था से दूसरी अवस्था में होनेवाले परिवर्तन स्वतंत्र होते हैं और उनका कोई निश्चित क्रम भी नहीं होता है। परन्तु आलोचकों

का मत है कि जिस तरह प्रत्येक अवस्था के भीतर संज्ञानात्मक विकास में होनेवाले परिवर्तन क्रमिक (gradual), धीरे-धीरे तथा निरंतर होते हैं ठीक उसी प्रकार एक अवस्था से दूसरी अवस्था के बीच संज्ञानात्मक विकास में परिवर्तन क्रमिक एवं निरन्तर होता है। 2 वर्ष के बच्चे में अचानक वस्तु स्थायित्व (object permanence) का संप्रत्यय नहीं विकसित हो जाता है। प्राक्-प्रचलनात्मक अवस्था शुरू होते ही उसके सभी गुण अपने आप बच्चे में नहीं आ जाते हैं बल्कि इसके लिए इससे पहले की अवस्था यानी ज्ञानात्मक-क्रियात्मक अवस्था (sensory-motor stage) में बच्चों को उपयुक्त अनुभवों का होना अनिवार्य होता है।

(iv) आलोचकों का मत है कि पियाजे ने अपने सिद्धान्त में बच्चों में भिन्न-भिन्न प्रकार के संप्रत्यय (concept) तथा चिन्तन (reasoning) के प्रकार का मात्र वर्णन (description) किया है, उसकी व्याख्या (explanation) नहीं की है। यही कारण है कि उनके सिद्धान्त में कुछ प्रश्नों का जवाब हमें नहीं मिल पाता है। जैसे, वस्तु स्थायित्व (object permanence) के संप्रत्यय (concept) के विकास में दृष्टि उद्दीपकों (visual stimuli) से उत्पन्न अनुभवों का कितना महत्त्व होता है? औपचारिक शिक्षा (formal operational thinking) के विकास में कितना होता है? आदि-आदि। इन प्रश्नों का उत्तर हमें पियाजे के सिद्धान्त में इसलिए नहीं मिल पाता है क्योंकि उन्होंने किसी भी ऐसे संप्रत्ययों (concept) की व्याख्या नहीं की है, मात्र उनका वर्णन किया है।

इन आलोचनाओं के बावजूद पियाजे का सिद्धान्त काफी महत्त्वपूर्ण एवं प्रभावकारी (influential) रहा है। पियाजे के सिद्धान्त के संप्रत्ययों (concepts) की जाँच करने के लिए बाद में जो बहुत से प्रयोग किये गये हैं, उनमें से अधिकतर प्रयोगों में पियाजे के विचारों की पुष्टि की गयी है। जैसा कि ब्राऊन तथा **कुक**[1] (Brown & Cook, 1986) ने निष्कर्ष तौर पर कहा है, ''बहुत से प्रतिकृति अध्ययनों (replication studies) में जिसमें पियाजे की कार्यविधि से अधिक तीक्ष्ण कार्यविधि (rigorous method) का उपयोग किया गया है, पियाजे द्वारा प्रस्तावित विचारों का समर्थन मिलता है।''

2. स्टर्नवर्ग का त्रितन्त्र सिद्धान्त (*Sternberg's Triarchic theory*)—बुद्धि के सूचना संसाधन सिद्धान्त का दूसरा नमूना स्टर्नवर्ग (Sternberg, 1985) का सिद्धान्त है। एक संज्ञानात्मक मनोवैज्ञानिक (cognitive psychologist) के रूप में स्टर्नवर्ग का यह दावा है कि बुद्धि को आलोचनात्मक ढंग से सोचने की क्षमता के रूप में समझा जा सकता है। इन्होंने बुद्धि के सिद्धान्त के प्रतिपादन में इस बिन्दु पर अधिक ध्यान केन्द्रित किये हैं कि जब व्यक्ति तर्क करता है या प्रभावी ढंग से किसी सूचना को संसाधित करता है, तो उस समय उसके मन में क्या होता है? इस तथ्य का प्रेक्षण वे कई व्यक्तियों में किये और उसके बाद वे इस निष्कर्ष पर पहुँचे कि सचमुच में मानव बुद्धि (human intelligence) में कई तत्त्व सम्मिलित होते हैं—

स्टर्नवर्ग (Sternberg) के इस सिद्धान्त में निम्नांकित चरणों के आलोक में व्यक्ति किसी सूचना को संसाधित करता है—

(i) **कूटसंकेतन** (*encoding*)—इस चरण में व्यक्ति अपने मस्तिष्क में संगत प्राप्य सूचनाओं (relevant available information) की पहचान करता है।

(ii) **अनुमान** (*inferring*)—प्राप्त सूचनाओं के आधार पर वह कुछ अनुमान लगाता है।

(iii) **व्यवस्था** (*mapping*)—इस चरण में गत परिस्थिति तथा वर्तमान परिस्थिति के बीच प्राणी सम्बन्ध जोड़ता है।

(iv) **उपयोग** (*application*)—इस चरण में व्यक्ति अनुमानित सम्बन्ध का वास्तविक उपयोग करता है।

(v) **अनुक्रिया** (*response*)—इस अंतिम चरण में व्यक्ति समस्या का सम्भावित सबसे उत्तम समाधान ढूँढता है।

किसी मानसिक कार्य को करने में व्यक्ति जिस ढंग से सूचनाओं को संसाधित करता है, उसे ध्यान में रखते हुए स्टर्नवर्ग (Stenberg) ने तीन उपसिद्धान्तों (subtheories) के आधार बुद्धि के जिस सिद्धान्त का प्रतिपादन किया उसे *त्रितन्त्र सिद्धान्त* (triarchic theory) कहा जाता है। वे तीन उपसिद्धान्त (subtheories) निम्नांकित है—

(i) **संदर्भात्मक उपसिद्धान्त** (*Contextual subtheory*)—इसे *संदर्भात्मक बुद्धि* (contextual intelligence) भी कहा जाता है। यह उपसिद्धान्त का सम्बन्ध व्यक्ति के उस क्षमता से होता है जिसके सहारे वह विशिष्ट परिस्थितियों में समस्या समाधान के लिए तैयार होता है। त्रितंत्र सिद्धान्त (triarchic theory) का यह उपसिद्धान्त इस बात पर बल डालता है कि व्यक्ति अपने वातावरण को किस ढंग से मोड़ता है ताकि उसकी क्षमताओं का उत्तम उपयोग हो सके तथा

---

1. "Many replication studies, using methods rigorous than Piaget's, have generally confirmed the patterns described by Piaget."
—Brown & Cook : *Introductory Psychology*, 1986. p. 376.

वह उस परिवर्तित उद्दीपक के साथ ठीक ढंग से अपने आप को समायोजित कर सके। इस उपसिद्धान्त में उन मानसिक प्रक्रियाओं की व्याख्या नहीं की जाती है जिसे समस्या समाधान के लिए सामान्यतः आवश्यक माना जाता है। इस तरह की बुद्धि की *व्यवहारिक बुद्धि* (practical intelligence) भी कहा जाता है।

(ii) अनुभवजन्य उपसिद्धान्त *(Experiential subtheory)*—इस उपसिद्धान्त को अनुभवजन्य बुद्धि (experiential intelligence) भी कहा जाता है इसके अतिरिक्त इसे सर्जनात्मक बुद्धि भी कहा जाता है। इसमें व्यक्ति में सूझ (insight) तथा नये-नये विचारों को सृजन करने की क्षमता सम्मिलित होती है। इस तरह की बुद्धि में व्यक्ति अपने गत अनुभूतियों (past experience) का उपयोग करते हुए नयी समस्याओं का समाधान करता है। इसकी अभिव्यक्ति सर्जनात्मक निष्पादन (creative performance) में अधिक होता है। जिन व्यक्तियों में इस तरह की बुद्धि अधिक होती है, वे अपनी भिन्न-भिन्न अनुभूतियों को इस ढंग से संगठित कर लेते हैं ताकि इनका उपयोग मौलिक ढंग से नयी खोज एवं अनुसधान में किया जा सके।

(iii) घटक उपसिद्धान्त *(Component subtheory)*—इसे घटकीय बुद्धि (componential intelligence) भी कहा जाता है। इस तरह की बुद्धि में अमूर्त चिन्तन (abstract reasoning) करने तथा सूचनाओं को संसाधित करने की क्षमता सम्मिलित होती है। जिन व्यक्तियों में ऐसी बुद्धि अधिक होती है, वे विश्लेषणात्मक ढंग से (analytically) एव आलोचनात्मक ढंग से (critically) सोचने में निपुण होते हैं। ऐसे व्यक्तियों का प्राप्तांक किसी शैक्षिक उपलब्धि परीक्षण पर अधिक आता है और इस तरह से ऐसे व्यक्ति कुशाग्र व्यक्ति या छात्र के रूप में जाने जाते हैं। इसे विश्लेषणात्मक बुद्धि (analytical intelligence) भी कहा जाता है। स्पष्ट हुआ कि यह सिद्धान्त उन मानसिक प्रक्रमों (mental mechanisms) पर बल डालता है जो उस व्यवहार जिसे हम सामान्यतः बुद्धिमत्ता व्यवहार (intelligent behaviour) कहते हैं, के पीछे छिपा होता है। घटक उपसिद्धान्त की व्याख्या से यह भी पता चलता है कि यह सिद्धान्त उपर्युक्त दोनों सिद्धान्तों को एक साथ बाँधे रखता है।

स्टर्नवर्ग (Stenberg) ने घटक उपसिद्धान्त के तहत निम्नांकित तीन तरह के घटक (components) को महत्त्वपूर्ण बतलाया है—

(a) मेटाघटक *(meta component)*—मेटाघटक से तात्पर्य उच्च स्तरीय कार्यपालक प्रक्रियाओं (executive processes) से होता है जिसे व्यक्ति किसी कार्य को करने में योजना बनाने, मॉनीटर करने तथा उसे कार्यरूप देने के लिए अंतिम निर्णय लेने में उपयोग करता है।

(b) निष्पादन घटक *(performance components)*—निष्पादन घटक से तात्पर्य उन प्रक्रियाओं से होता है जिसे किसी कार्य जैसे प्रत्यक्षण, संप्रत्यय पहचान (concept identification) आदि के करने में उपयोग किया जाता है। इस तरह से यह घटक व्यक्ति को अपने गत अनुभूति के आधार पर क्रिया करने में सहायता देता है।

(c) ज्ञान-संग्रहण घटक *(knowledge-acquisition component)*—ज्ञान-संग्रहण घटक से तात्पर्य उन प्रक्रियाओं से होता है जिसे व्यक्ति नयी सूचनाओं को सीखने में उपयोग करता है। जैसे, जब व्यक्ति पुराने विचारों को नये एवं मौलिक तरीका से संगठित करना चाहता है, तो ज्ञान संग्रहण घटक का उपयोग होता पाया जाता है। स्टर्नवर्ग के अनुसार ज्ञानसंग्रहण घटक में भी तीन उपघटक (subscompnents) अर्थात् चयनात्मक कूटसंकेतन (selective encoding), चयनात्मक संयोग (selective combination) तथा चयनात्मक तुलना (selective comparison) होते हैं। इन घटकों के सहारे व्यक्ति व्यावहारिक ज्ञान में काफी वृद्धि करता है।

स्टर्नवर्ग ने मेटाघटक (meta component) को स्पीयरमैन के सिद्धान्त में g-कारक के तुल्य माना है।

स्टर्नवर्ग के इस सिद्धान्त पर अभी शोध जारी है जिसके कारण इसके कई पहलुओं का सत्यापन अभी बाकी है। अतः यह अभी निश्चितपूर्वक नहीं कहा जा सकता है कि स्टर्नवर्ग का सिद्धान्त अपने उद्देश्य की पूर्ति में सफल है या असफल। परंतु इतना तो अवश्य कहा जा सकता है कि स्टर्नवर्ग का विचार बुद्धि लब्धि के मात्र मापन के संप्रत्यय से अलग हटकर संज्ञान (cognition) या समस्या समाधान जैसे व्यवहारिक क्षमता के रूप में बुद्धि की व्याख्या की पुष्टि करता है।

बुद्धि के सिद्धान्तों के बारे में सामान्य निष्कर्ष
(General Conclusions Regarding Theories of Intelligence)

बुद्धि के विभिन्न सिद्धान्तों को ऊपर में दो श्रेणियों (categories) में बाँटकर प्रस्तुत किया गया है— कारक सिद्धान्त (Factor theories) तथा प्रक्रिया-उन्मुखी सिद्धान्त (process oriented theories)। बुद्धि के स्वरूप की व्याख्या करने

में यद्यपि इन दोनों तरह के सिद्धान्त का आधार (base) अलग-अलग है, फिर भी मनोवैज्ञानिकों ने इन दोनों तरह के सिद्धान्तों को एक-दूसरे का विरोधी नहीं बल्कि पूरक (supplementary) माना है। कारक सिद्धान्त जैसे थर्स्टन का प्रधान मानसिक क्षमताओं (primary mental abilities) द्वारा बुद्धि के खास-खास क्षेत्र में व्यक्ति कितना मजबूत या कमजोर है, यह पता चल जाता है। उदाहरणस्वरूप, इन क्षमताओं के आधार पर यह आसानी से पता चल जाता है कि एक व्यक्ति शब्द-प्रवाहित (word fluency) तथा शाब्दिक बोध (verbal comprehension) में बहुत मजबूत है परन्तु तर्क या विवेचना (reasoning) में बहुत कमजोर है। इतना ज्ञात हो जाने के बाद यदि कोई मनोवैज्ञानिक प्रक्रिया-उन्मुखी सिद्धान्त (process-oriented theories) का सहारा लेकर आगे उसका विश्लेषण करता है तो उसे स्पष्ट रूप से यह पता चल जायेगा कि व्यक्ति में विभिन्न घटकों (components) में से कौन-कौन से घटक (component) की कमी के कारण व्यक्ति की तर्कणा या विवेचना की शक्ति कमजोर पड़ रही है और किस-किस घटक की अधिकता के कारण उसका शाब्दिक बोध (verbal comprehension) अधिक मजबूत हो रहा है। इससे स्पष्ट हो जाता है कि कारक सिद्धान्त (Factor theories) तथा प्रक्रिया उन्मुखी सिद्धान्त (Process-oriented theories) एक-दूसरे के पूरक हैं।

बुद्धि में वैयक्तिक विभिन्नता : आनुवंशिकता-वातावरण विवाद
(Individual Difference in Intelligence : Heredity-Environment Controversy)

बुद्धि में वैयक्तिक भिन्नता (individual difference) पायी जाती है। दूसरे शब्दों में, एक व्यक्ति की बुद्धि दूसरे व्यक्ति की बुद्धि से भिन्न होती है। इस भिन्नता के दो प्रमुख कारण हैं— आनुवंशिकता (heredity) तथा वातावरण। यहाँ तक तो मनोवैज्ञानिकों के बीच कोई मतभेद नहीं है। परन्तु जब प्रश्न यह उठाया जाता है कि इस विभिन्नता में कितनी आनुवंशिकता (heredity) का योगदान (contribution) है तथा कितना वातावरण (environment) का योगदान है, तो मनोवैज्ञानिकों के बीच काफी मतभेद उत्पन्न हो गया है। दोनों के पक्ष में प्रयोगात्मक सबूत हैं। पहले इन सबूतों पर विचार कर लिया जाय, तब हम अन्तिम निष्कर्ष की ओर बढ़ेंगे।

1. आनुवंशिकता के पक्ष में सबूत *(Evidences in favour of heredity)*—बुद्धि में आनुवंशिकता (heredity) के महत्त्व को दिखलाने के लिए मनोवैज्ञानिकों ने कई तरह के सबूत प्रदान किये हैं। इन सबूतों में यह दिखलाया गया है कि बुद्धि जीन्स (genes) द्वारा ही प्रभावित होता है। इन सभी सबूतों को निम्नांकित चार भागों में बाँटकर प्रस्तुत किया जा सकता है।

(i) कुछ मनोवैज्ञानिकों ने भिन्न-भिन्न परिवार के बच्चों को जन्म के तुरंत बाद से लेकर उन्हें एक ही वातावरण में रखकर पोष्य माता-पिता (foster parents) द्वारा पालन-पोषण कई वर्षों तक करवाया। इसके बाद इन बच्चों की बुद्धि, इनके पोष्य माता-पिता (foster parents) की बुद्धि तथा वास्तविक माता-पिता (real parents) के बुद्धि की माप की गयी। परिणाम में देखा गया कि ऐसे सभी बच्चों की बुद्धि एक-दूसरे से भिन्न (different) थी यद्यपि उन्हें समान वातावरण में रखा गया था। ऐसा इसलिए हुआ क्योंकि इन बच्चों की आनुवंशिकता अलग अलग थी। यदि वातावरण सचमुच में अधिक प्रभावकारी होता तो इन सभी बच्चों की बुद्धि एक समान होती क्योंकि उन्हें समान वातावरण में रखा गया था। इस तरह का अध्ययन बर्ट (Burt, 1955, 1966) तथा शिल्डस (Shields, 1962) द्वारा किया गया। इतना ही नहीं, इन अध्ययनों से आनुवंशिकता के समर्थन में एक दूसरा तथ्य भी मिलता है। ऐसे बच्चों की बुद्धि अपने पोष्य माता-पिता की बुद्धि से काफी समान (similar) थी। स्कार (Scarr, 1981) ने भी अपने अध्ययन के आधार पर इस समानता की पुष्टि की है। वास्तविक माता-पिता की बुद्धि तथा उनके बच्चों की बुद्धि के बीच सहसम्बन्ध गुणांक (correlation co-efficient) .50 था जबकि पोष्य माता-पिता (foster parents) की बुद्धि तथा उनके द्वारा पाले-पोसे गये बच्चों की बुद्धि के बीच सहसम्बन्ध गुणांक .25 था। इससे साबित होता है कि बुद्धि पर आनुवंशिकता का प्रभाव अधिक पड़ता है।

(ii) कुछ मनोवैज्ञानिकों ने एकांडी जुड़वाँ बच्चों (identical twin children) के बुद्धि की समानता (similarity) की तुलना भ्रात्रीय जुड़वाँ बच्चों (fraternal twin children) के बुद्धि की समानता से की है। जैसा कि हम जानते हैं एकांड़ी-जुड़वाँ बच्चों में आनुवंशिकता की समानता 100% होती है परन्तु भ्रात्रीय जुड़वाँ बच्चों में आनुवंशिकता की समानता औसत रूप से 50% होती है। अगर बुद्धि जीन्स (genes) द्वारा प्रभावित होती है तो एकांड़ी-जुड़वाँ बच्चों की बुद्धि में भ्रात्रीय जुड़वाँ बच्चों की बुद्धि से अधिक समानता (similarity) होनी चाहिए। स्कार (Scarr, 1981) करीब 20 ऐसे ही अध्ययनों (studies) के परिणामों का अवलोकन कर इस निष्कर्ष पर पहुँचे हैं कि सचमुच में एकांडी जुड़वाँ बच्चों

की बुद्धि में काफी अधिक समानता थी जबकि इतनी अधिक समानता भ्रात्रीय जुड़वाँ बच्चों की बुद्धि में नहीं थीं। औसत रूप से एकांड़ी जुड़वाँ बच्चों की बुद्धि में .90 का सहसम्बन्ध गुणांक (correlational co-efficient) देखा गया जबकि भ्रात्रीय जुड़वाँ बच्चों की बुद्धि में .55 का सहसम्बन्ध गुणांक देखा गया। इस अध्ययन से स्पष्टतः इस बात का संकेत मिलता है कि बुद्धि आनुवंशिकता (heredity) से निर्धारित होती है।

(iii) कुछ मनोवैज्ञानिकों ने आनुवंशिकता के पक्ष में तीसरे तरह का सबूत दिया है। इस लोगों ने एकांड़ी जुड़वाँ बच्चों (identical twin children) को जन्म के तुरंत बाद से दो अलग-अलग वातावरण में रखकर उनका पालन-पोषण किया। तुलनात्मक अध्ययन करने के विचार से इन लोगों ने कुछ भ्रात्रीय जुड़वाँ बच्चों (fraternal twin children) को एक ही वातावरण में रखकर पालन-पोषण किया। भिन्न-भिन्न मनोवैज्ञानिकों ने तीन देशों अर्थात डेनमार्क, इंगलैंड तथा अमेरिका के जुड़वाँ बच्चों के करीब 122 युग्म (pair) पर चार अलग-अलग इस तरह के अध्ययन किये। इन चार अध्ययनों में एकांड़ी जुड़वाँ बच्चों जिन्हें अलग-अलग वातावरण में रखा गया था, की बुद्धि में काफी समानता पायी गयी। इस चार अध्ययनों में सहसम्बन्ध गुणांक (.96, 67, .77 तथा .86) पाया गया जो भ्रात्रीय जुड़वाँ बच्चों (fraternal twin children) जिन्हें एक ही वातावरण में रखकर पाला-पोषा गया था, से काफी अधिक था। इस परिणाम से स्पष्टतः यह पता चलता है कि बुद्धि पर आनुवंशिकता का प्रभाव अधिक पड़ता है। इन्हीं चार अध्ययनों के परिणाम के आधार पर जेन्सन (Jenson, 1969, 1972) तथा शॉकले (Shockley, 1972) इस निष्कर्ष पर पहुँचे कि आनुवंशिकता (heredity) बुद्धि के निर्धारण में महत्त्वपूर्ण भूमिका निभाती है जबकि वातावरण की भूमिका काफी सीमित है। जेन्सन (Jensen, 1969) के अनुसार बुद्धि की आनुवंशिकता गुणांक (heritability coeffieicient) .80 है जिसका मतलब हुआ कि करीब बौद्धिक विभिन्नता (intellectual difference) का 80% आनुवंशिकता कारकों पर निर्भर होता है 20% वातावरण सम्बन्धी कारकों पर निर्भर होता है। इसे मनोवैज्ञानिकों ने *जेन्सन प्राक्कल्पना* (Jensen hypothesis) की संज्ञा दी है। दूसरे शब्दों में, बुद्धि के निर्धारण में आनुवंशिकता का महत्त्व वातावरण में चार गुणा अधिक होता है। शॉकले (Shockely, 1972) का भी ऐसा ही विचार था। हाल ही बोचार्ड तथा उनके सहयोगियों (Boucahrd et al., 1990) ने भी एक अध्ययन कर यह दिखलाया कि एकांड़ी जुड़वाँ बच्चों को अलग-अलग वातावरण में पोषने के बावजूद उनके बुद्धिलब्धि में उच्च सहसम्बन्ध होता है। मनोवैज्ञानिकों ने *जेन्सन प्राक्कल्पना* (Jensen hypothesis) की संज्ञा दी है। दूसरे शब्दों में, बुद्धि के निर्धारण में आनुवंशिकता का महत्त्व वातावरण से चार गुणा अधिक होता है। शॉकले (Shockely, 1972) का भी ऐसा ही विचार था। हाल ही में बोचार्ड तथा उनके सहयोगियों (Boucahrd et al., 1990) ने भी एक अध्ययन कर यह दिखलाया कि एकांड़ी जुड़वाँ बच्चों को अलग-अलग वातावरण में पोषने के बावजूद उनके बुद्धिलब्धि में उच्च सहसम्बन्ध होता है।

(iv) व्यक्तियों की बुद्धि में अंतर होने का कारण आनुवंशिकता ही है, इसके समर्थन में कुछ मनोवैज्ञानिकों ने चौथे तरह का सबूत भी प्रदान किया है। बोचार्ड तथा मैकग्यू (Bouchard & McGeoch, 1981) तथा अर्वलेनशेयर, किमरलिंग तथा जोईविस (Erlemeyer, Kimerling & Joivis, 1963) ने अध्ययन कर दिखलाया है कि जिन व्यक्तियों में सगोत्रता (kinship) या रिश्तेदारी होती है उनमें बुद्धि लब्धि (Intelligence quotients) में सहसम्बन्ध (correlation) अधिक होता है परंतु जिनमें ऐसी कोई रिश्तेदारी नहीं होती है, उनकी बुद्धि लब्धि में अधिक समानता नहीं होती है। इन लोगों ने अपने अध्ययन में पाया कि चचेरे, फूफेरे, ममेरे भाई-बहनों के बुद्धि लब्धि सहसम्बन्ध +.15 होता है, अपने भाई-बहनों में यह सहसम्बन्ध बढ़कर +.50 हो जाता है तथा एकांड़ी जुड़वाँ बच्चों में सहसम्बन्ध +.90 तक होता पाया गया है। इस तरह के परिणाम से निश्चित रूप से इस तथ्य का समर्थन मिलता है कि बुद्धि के निर्धारण में आनुवंशिकता (heredity) की भूमिका अहं होती है।

2. वातावरण के पक्ष में सबूत *(Evidences in favour of environment)*—बुद्धि के विकास में सिर्फ आनुवंशिकता (heredity) का ही हाथ नहीं होता है बल्कि वातावरण जो व्यक्ति के संज्ञानात्मक विकास (cognitive development) को उसके गर्भधारण (conception) के दिन से ही प्रभावित करता है, निर्धारित करता है। वातावरण-सम्बन्धी कारकों या पर्यावरणी कारकों (environmental factors) को समर्थन देनेवाले मनोवैज्ञानिकों का विचार है कि व्यक्ति का जीन्स (genes) तो मात्र बुद्धि की ऊपरी तथा निचली सीमा को निर्धारित करता है परन्तु इन सीमाओं के बीच व्यक्ति की बुद्धि-लब्धि (intelligence quotient) कहाँ पर होगी। इसका निर्धारण तो पर्यावरणी कारकों द्वारा ही होता है। इस विचार को मनोवैज्ञानिको ने *प्रतिक्रिया प्रसार* (reaction range) कहा है।

मनोवैज्ञानिकों ने जिन पर्यावरणी कारकों (environmental factors) का प्रभाव बुद्धि पर अधिक पड़ते देखा है,

उसमें प्रधान हैं— आहार (nutrition), स्वास्थ्य (health), उत्तेजनाओं का स्तर (level of stimulation), घर का सांवेगिक वातावरण (emotional climate), आदि। मनोवैज्ञानिकों द्वारा बुद्धि के निर्धारण में इन पर्यावरणी कारकों के महत्त्व को निम्नांकित दो तरीकों से दिखलाया गया है—

इन मनोवैज्ञानिकों ने जुड़वाँ बच्चों (twin children) के अध्ययन, जिसके आधार पर बुद्धि के निर्धारण में आनुवंशिकता (heredity) के महत्त्व को दिखलाया गया है, को उनके कार्यविधि (methodology) के आधार पर आलोचना किया और उनके निष्कर्ष को स्वीकार नहीं किया है। हिर्स्क (Hirsch, 1970), मैकक्लीलैंड (McCelland, 1972), गेग (Gage, 1972), कामिन (Kamin, 1974) ने इस बात की तीव्र आलोचना की है कि प्रमुख चार जुड़वाँ अध्ययनों, जिसमें बुद्धि के निर्धारण में जीन्स का अद्वितीय महत्त्व को दिखलाया गया है, की कार्यविधि में अनेक तरह की त्रुटियाँ (errors) थीं। जैसे, प्रत्येक अध्ययन में भिन्न-भिन्न प्रकार की बुद्धि परीक्षणों का प्रयोग किया गया। कुछ अध्ययनों में उसकी जगह शैक्षिक स्तर (educational level) का प्रयोग किया गया था तथा कुछ अध्ययनों में बुद्धि मापने के लिए जिस बुद्धि परीक्षण का प्रयोग किया गया था, वह माननीकृत (standardised) नहीं था। इन त्रुटियों (errors) के कारण इन मनोवैज्ञानिकों ने जुड़वाँ बच्चों के अध्ययन से प्राप्त बुद्धि में आनुवंशिकता के महत्त्व को स्वीकार नहीं किया है। फिर इन लोगों ने यह भी बताया है कि जुड़वाँ बच्चे (चाहे वे एकांड़ी (identical) हों या भ्रात्रीय (fraternal) हो) तथा साधारण भाई-बहनों को जब एक ही तरह के वातावरण में रखा गया, तो उनमें बुद्धि में समानता वैसे जुड़वाँ बच्चों या साधारण भाई-बहन की अपेक्षा अधिक देखी गयी जिन्हें अलग-अलग वातावरण में रखा गया था। इस तरह के निष्कर्ष से यह स्पष्ट रूप से पता चलता है कि वातावरण का भी प्रभाव बुद्धि पर पड़ रहा था।

दूसरा तरीका जिसके आधार पर बुद्धि के निर्धारण में वातावरण के महत्त्व को दिखलाया गया है, उसमें वैसे अध्ययनों को सम्मिलित किया गया है जिसमें कुछ वैसे बच्चों के बुद्धि की माप की गयी है जो गरीबी तथा प्रेरणात्मक वातावरण (unstimulating environment) में पाले-पोसे गये थे तथा फिर उनकी तुलना उन बच्चों की बुद्धि से की गयी है जो प्रेरणात्मक (simulating), तथा धनी वातावरण में रखकर पाले-पोसे गये थे। रैमे तथा कैम्पबेल (Ramey & Campbell, 1979) तथा स्कील्स (Skeels, 1966) ने इसी तरह का एक अलग-अलग अध्ययन किया है और परिणाम में पाया है कि जिन बच्चों को प्रेरणात्मक तथा धनी वातावरण में रखकर पाला-पोसा गया था, उनकी बुद्धि-लब्धि उन बच्चों की बुद्धि लब्धि (जिन्हें गरीबी तथा अप्रेरणात्मक वातावरण में रखकर पाला-पोसा गया था) की तुलना में अधिक था। इससे यह स्पष्ट प्रमाण मिलता है कि व्यक्ति के बुद्धि पर वातावरण के स्वरूप का भी प्रभाव पड़ता है। अमेरिका में 1965 में राष्ट्रपति जॉनसन (Johnson) के आदेश पर गरीब घर के 2 से 5 साल के बच्चों की बुद्धि में वृद्धि करने के ख्याल से एक विशेष कार्यक्रम चलाया गया। परिणाम में देखा गया कि ऐसे परिवार के जिन बच्चों ने इन कार्यक्रम में भाग लिया था, उनकी बुद्धि-लब्धि में 10 बिन्दु (point) की वृद्धि हो गयी। इस कार्यक्रम के परिणाम से भी वातावरण का बुद्धि पर पड़ने वाला प्रभावकारी महत्त्व स्पष्ट हो जाता है। विसमैन (Weisman, 1966) तथा स्कार्र-सालापेटेक (Scarr-Salapatek, 1971) ने अपने अध्ययनों के आधार पर यह बतलाया है कि प्रतिकूल वातावरण (adverse environment) का सबसे बुरा प्रभाव औसत बुद्धि से ऊपर वाले बच्चों की बुद्धि पर अधिक पड़ता है।

हाल में भी कुछ ऐसे अध्ययन भी किये गये हैं जिनसे यह पता चलता है कि बुद्धि के निर्धारण में पर्यावरण कारकों का महत्त्व है। वैक्स एवं ग्रुएन (Wachs & Gruen, 1982) ने अपने अध्ययन में पाया कि जब घर में शोरगुल एवं दुर्व्यवस्था (chaos) का स्तर ऊँचा होता है, तो बच्चों के बुद्धि स्तर में कमी हो जाती है। इसी तरह गौट्टफ्रिड (Gottfried, 1984) ने अपने अध्ययन में पाया कि जब व्यक्ति के जीवन के आरम्भिक समय में पर्यावरणी उत्तेजन की कमी होती है अर्थात उन पर माता-पिता का ध्यान कम होता है, सफलता के लिए उचित पुरस्कार नहीं दिया जाता है, तथा अन्य विविध क्रियाओं की कमी होती है तो बच्चों की बुद्धि लब्धि में कमी आ जाती है। इन सबों से स्पष्टतः पर्यावरणी कारकों के महत्त्व होने का समर्थन मिलता है।

इसके अलावा कुछ और भी ऐसे सबूत हैं जिनके आधार पर यह कहा जा सकता है कि बुद्धि के निर्धारण में पर्यावरण (environment) की भूमिका होती है। आधुनिक मनोवैज्ञानिकों का मत है कि गत कुछ दशकों (decades) में पूरे संसार में बुद्धि लब्धि में वृद्धि हुई। मनोवैज्ञानिकों का अनुमान है कि व्यक्तियों की आनुवंशिकता में तो कोई खास परिवर्तन नहीं हुआ है। फलस्वरूप इस तरह की वृद्धि का कारण पर्यावरणी ही हो सकता है। दूसरे शब्दों में, लोगों के रहन-सहन के स्तर में वृद्धि तथा शैक्षिक अवसर (educational opportunity) की पर्याप्तता को ही बुद्धि में वृद्धि का कारण माना गया है।

पर्यावरण के पक्ष में कुछ सबूत वैसे अध्ययनों से भी मिला है जिनमें बुद्धि लब्धि को बढ़ाने के लिए विशेष कार्यक्रम आयोजित किये गए थे। रायसी, डारलिंगटन एवं मर्रे (Royce, Darlington & Murray 1983) ने एक अध्ययन किया जिसमें अलाभान्वित पृष्ठभूमि से चयनित बच्चों के शैक्षिक अनुभवों को संवृद्ध करने पर उनके बुद्धिलब्धि प्राप्तांकों में पर्याप्त वृद्धि होते पायी गयी। हालाँकि यह वृद्धि बहुत दिनों तक बनी नहीं रही। कुछ इसी तरह का अध्ययन जिगलर एवं बेरमैन (Zigler & Berman, 1983) ने एक विशेष प्रोजेक्ट जिसे *प्रोजेक्ट हेड स्टार्ट* (Project Head Start) कहा

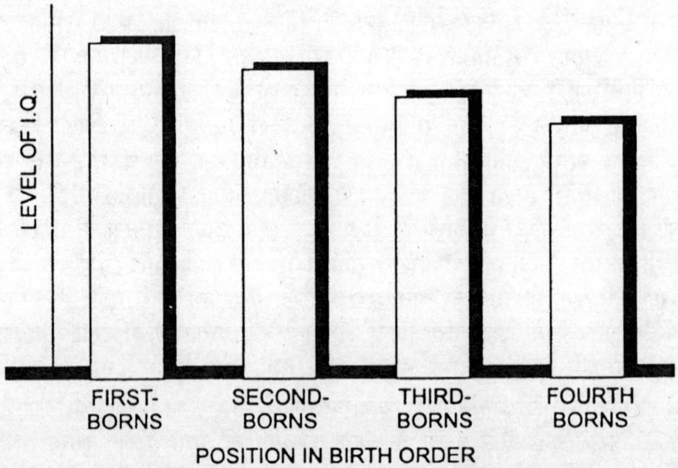

चित्र 8.7 : जन्मक्रम एवं बुद्धि में सम्बन्ध

गया, के तहत प्रारम्भ किया। इस प्रोजेक्ट में अलाभान्वित परिवार से 5 साल के बच्चों का चयन करके उन्हें विशेष बौद्धिक एवं सामाजिक कौशल (social skills) बढ़ाने की प्रशिक्षण दिया गया। परिणाम में देखा गया कि इस तरह के प्रोजेक्ट में भाग लेने वाले बच्चों की बुद्धि लब्धि में उन बच्चों की तुलना में जिन्होंने इस अध्ययन में भाग नहीं लिया था, थोड़ी वृद्धि अवश्य हुई परंतु फिर इस वृद्धि में कमी हो गयी। इन अध्ययनों से इस तथ्य की संपुष्टि होती है कि पर्यावरण को संवृद्ध कर देने से बच्चों की बुद्धि लब्धि पर अनुकूल प्रभाव पड़ता है।

बुद्धि पर पर्यावरणी कारकों के महत्त्व को दिखलाने के लिये उन अध्ययनों से भी सबूत मिलते हैं जो जन्मक्रम (birth order) तथा बुद्धि के बीच के सम्बन्ध को दिखाने के लिए किये गये हैं। जायंस एवं मार्क्स (Zajonc & Markus, 1975) ने स्वयं अध्ययन किये तथा इस क्षेत्र में किये गए कई अध्ययन की समीक्षा भी की। अन्त में, वे इस निष्कर्ष पर पहुँचे कि प्रथम जन्म वाले बच्चों की बुद्धि दूसरे जन्म क्रम वाले बच्चों की बुद्धि लब्धि से अधिक होती है। इसी तरह से दूसरे जन्म क्रम वाले बच्चों की बुद्धि लब्धि तीसरे जन्म क्रम वाले बच्चों की बुद्धि लब्धि से अधिक होती है और फिर तीसरे की चौथे की अपेक्षा अधिक होती है। इसे चित्र 8.7 में दिखलाया गया है। जन्मक्रम तथा बुद्धि में इस तरह के सम्बन्ध की व्याख्या जायंस (Zajonc, 1976, 1986) ने एक विशेष सिद्धान्त जिसे *सम्मिलन सिद्धान्त* (confluence theory) कहा जाता है, द्वारा किया है। इस सिद्धान्त के अनुसार प्रत्येक व्यक्ति का बौद्धिक विकास काफी हद तक उस बौद्धिक वातावरण पर निर्भर करता है जिसमें वह रहता है। प्रथम जन्मक्रम वाले बच्चों को इस बात से फायदा होता है कि बहुत दिनों तक या फिर दूसरा बच्चों जबतक जन्म नहीं ले लेता है तबतक उसे माता-पिता तथा परिवार के अन्य वयस्कों द्वारा काफी अधिक प्रोत्साहनपूर्ण बौद्धिक वातावरण (stimulating intellectual environment) प्राप्त हो पाता है। दूसरे जन्मक्रम वाले बच्चे ऐसे वातावरण में रहते हैं जिनमें माता-पिता का ध्यान प्रथम जन्मक्रम तथा द्वितीय जन्मक्रम वाले बच्चों के बीच बँटा होता है। फलतः ऐसे बच्चों का बौद्धिक वातावरण पहले की अपेक्षा थोड़ा कम उत्तेजनपूर्ण होता है। उसी तरह से तीसरे और चौथे बच्चों का बौद्धिक वातावरण और भी घटिया (inferior) हो जाता है और जैसे-जैसे बच्चों की संख्या में वृद्धि होते जाती है, इनका बौद्धिक वातावरण घटिया होते चला जाता है। जायंस के उक्त अध्ययन एवं व्याख्या ने मनोवैज्ञानिकों के बीच गहरा वाद-विवाद उत्पन्न तो अवश्य किया है परंतु इतना तो स्पष्ट है कि जन्मक्रम से बौद्धिक वातावरण (intellectual environment) प्रभावित होता है और फिर से व्यक्ति की बुद्धि का विकास भी प्रभावित हो

जाता है। रोडजर्स (Rodgers, 1988) ने यह बतलाया है कि जायंस का उक्त सिद्धान्त का अभी सार्विक मान्यता (universal acceptance) नहीं मिली है ओर उसकी वैधता की जाँच के लिए शोध जारी है। वेले (Bayley, 1970) ने एक अध्ययन किया जिसमें उन्होंने पाया कि बुद्धि लब्धि का अन्तर उच्च सामाजिक आर्थिक स्तर तथा निम्न-सामाजिक आर्थिक स्तर के बचचों में जन्म से स्कूल जाने की उम्र होने तक की अवधि में वृद्धि होती जाती है। उच्च सामाजिक-आर्थिक परिवार के बच्चों की बुद्धि लब्धि निम्न सामाजिक-आर्थिक स्तर के बच्चों की बुद्धि की तुलना में अधिक श्रेष्ठ हो जाती है जिसका कारण स्पष्टतः उच्च सामाजिक-आर्थिक स्तर के परिवार का उत्तम एवं प्रोत्साहनपूर्ण वातावरण (stimulating environment) का होना है।

इन अध्ययनों से स्पष्ट हो जाता है कि बुद्धि के निर्धारण में आनुवंशिकता (heredity) के समान पर्यावरणी कारकों (environmental factors) का भी महत्त्व होता है। अब ऐसी परिस्थिति में निष्कर्ष क्या होगा? निष्कर्ष तौर पर यह कहा जाता है कि व्यक्तित्व के शीलगुणों (traits) के ही समान बुद्धि का निर्धारण आनुवंशिकता तथा पर्यावरणी कारकों (environmental factors) की अंतःक्रिया (interaction) द्वारा निर्धारित होता है। हान्जिक[1] (Honzik, 1973) ने बुद्धि में आनुवंशिकता (heredity) तथा वातावरण के तुलनात्मक महत्त्व के वाद-विवाद को देखते हुए बहुत ही उचित निष्कर्ष दिया है जो अधिकतर मनोवैज्ञानिकों को मान्य भी है। उन्होंने कहा है "आनुवंशिकता द्वारा सीमा (limits) का निर्धारण होता है तथा वह मानसिक परीक्षणों के निष्पादन (performance) द्वारा मापे गये बच्चों की बुद्धि के लिए महत्त्वपूर्ण भी है परन्तु इनके बीच सहसम्बन्ध (correlation) कम है जिससे यह पता चलता है कि अनुभावात्मक कारकों (experiential factors) का प्रभाव भी मानसिक विकास के पैटर्नस पर पड़ता है। पर्यावरणी कारकों की शुरुआत बच्चों के जन्म से नहीं बल्कि गर्भाधारण या उससे भी पहले हो जाता है।"

कृत्रिम बुद्धि
(Artificial Intelligence)

कृत्रिम बुद्धि का क्षेत्र एक अन्तरशास्त्री क्षेत्र (interdisplinary field) है जिसमें मनोवैज्ञानिक अन्य वैज्ञानिकों (scientists) के साथ मिलकर कम्प्यूटर की उस क्षमता का अध्ययन करते हैं जिसे यदि कोई एक मानव दिखलावे तो उसे हम बुद्धि कहते हैं। कृत्रिम बुद्धि जैसे पद का प्रतिपादन जॉन मैकार्थी (John McCarthy, 1959) द्वारा किया गया। जब कोई व्यक्ति जटिल मानसिक प्रक्रियाओं (mental operations) को करता है, तो इसके इस गुण को हम सामान्यतः बुद्धि कहते हैं। परंतु इसी तरह की जटिल मानसिक प्रक्रियाएँ जब कम्प्यूटर (computer) द्वारा किया जाता है, तो इसे *कृत्रिम बुद्धि* (artificial intelligence) की संज्ञा दी जाती है। जैसे, अगर किसी कम्प्यूटर को शतरंज खेलने के लिए कार्यक्रमित (programme) किया जाता है तो यह समझा जाएगा कि इसमें कम्प्यूटर की सम्मिलित मानसिक प्रक्रियाएँ कृत्रिम बुद्धि (artificial intelligence) का उदाहरण होगा।

करीब-करीब सभी तरह की बौद्धिक क्षमताएँ जिसे मनुष्य कर सकता है, का कम्प्यूटर कार्यक्रम (computer programme) बनाकर उसे सफलतापूर्वक कम्प्यूटर द्वारा अध्ययन किया जाने लगा है। सेलफ्रिज एवं नाईसर (Selfridge & Neisser, 1960) के अनुसार, पैटर्न प्रत्यभिज्ञान (pattern recognition) का प्रयोग कम्प्यूटर कार्यक्रम द्वारा काफी उत्तम ढंग से किया गया है। विनोग्राड (Winograd, 1972) के अनुसार कुछ ऐसे कम्प्यूटर कार्यक्रम हैं जिनके द्वारा मनुष्यों में भाषा उपयोग एवं बोध (understanding) में सम्मिलित मानसिक प्रक्रियाओं का यचेष्ट अध्ययन किया गया है। कुछ अध्ययनों में कम्प्यूटर का कार्यक्रम कविता (Poetry), संगीत तथा कला (art) आदि को समझने में भी किया गया है। इन अध्ययनों से यह स्पष्ट हुआ कि मनुष्य तथा कम्प्यूटर दोनों ही सूचना-संसाधन तंत्र (information processing system) हैं। दोनों ही द्वारा सूचनाओं को ग्रहण किया जाता है, उनमें विभिन्न ढंगों या तरीकों से जोड़-तोड़ (manipulate) किया जाता है, उन्हें संचित करके रखा जाता है तथा आवश्यकता पड़ने पर उनकी पुनः प्राप्ति (retrievel) भी किया जाता है।

---

1. "Heredity sets the limits and is relevant to the child's intelligence as measured by his mental test performance but the correlations are low and suggest the effect that experiential factors may be having on the mental growth pattern. Environmental factors don't begin with the birth of the child but at conception or before."

—Honzik : *The development of intelligence,* 1973. p. 649.

कम्प्यूटर का प्रयोग विभिन्न तरह के समस्या समाधान में काफी किया गया है। इसके लिए कई तरह के कार्यक्रम (programme) भी विकसित किये गये हैं जिनमें नीवेल तथा साईमन (Newell & Simon, 1964) द्वारा विकसित कार्यक्रम *सामान्य समस्या साधक* (General Problem Solver or GPS) अधिक लोकप्रिय हुआ है। GPS का आधार वैसी सूचनाएँ थी जिसे विभिन्न तरह की समस्याओं का समाधान करते समय किये गये चिन्तन से प्राप्त किये गये थे। वालड्रौप (Waldrop, 1988) के अनुसार यद्यपि GPS विभिन्न तरह की समस्याओं का समाधान करने में निश्चित रूप से सफल था, परंतु इसकी भी कुछ स्पष्ट परिसीमाएँ थीं। GPS विभिन्न तरह की समस्याओं का समाधान के लिए एक ही तरह के सामान्य उपायों (general strategies) का उपयोग करता था। अतः इसमें लचीलापन (flexibility) का गुण कम था। GPS द्वारा उस तरह के सूझ (insight) तेजी से नहीं विकसित होता था जिसे एक मानव वैज्ञानिक विकसित करके समस्या का समाधान कर लेते हैं। इस सभी परिसीमाओं के आलोक में कम्प्यूटर के लिए *विशेषज्ञ तंत्र* (expert systems) का विकास किया गया जो कभी उस कार्य को भी आसानी से कर लेता है जिसे मानव विशेषज्ञ भी उतना ठीक ढंग से नहीं करते हैं। विशेषज्ञ तंत्र बहुत सारे अन्तर सम्बन्ध नियमों (inerelated rules) जिसे अगर/तब (If/then) कथनों के रूप में तैयार किया गया है, पर आधारित है। वालड्रौप (Waldrop, 1985) के अनुसार इन नियमों के अनुसार बीमारियों की पहचान करने, मेडिकल परीक्षाओं की व्याख्या करने तथा भूगर्भ शास्त्रियों को उचित जगह पर तेल आदि के लिए जमीन खोदने के उपर्युक्त कार्यक्रम (programme) तैयार किये गए हैं। परंतु विशेषज्ञ तंत्र की भी अपनी कुछ परिसीमाएँ (limitations) है। जब इस तंत्र को किसी ऐसी अवस्था का सामना करना पड़ता है जिसे कार्यक्रम (programme) में सम्मिलित नहीं किया गया है तो यह तंत्र कुछ भी काम नहीं करता है। ऐसा इसलिए होता है क्योंकि इस तंत्र को वह निर्देश नहीं दिया गया होता है कि किस तरह से मौलिक नियमों की ओर मुड़ा जा सकता है और एक सामान्य ज्ञाता (generalist) के रूप में तर्कण (reasoning) किया जा सकता है। इस समस्या को दूर करने का उपाय एक ऐसा कम्प्यूटर कार्यक्रम (computer programme) विकसित करना था जो एक विशेषज्ञ (expert) तथा सामान्य ज्ञाता (generalist) दोनों के रूप में कार्य कर सके। नीवेल, लायर्ड एवं रोजेन-ब्लूम (Newell, Laird & Rosenbloom 1976) ने एक दूसरा कार्यक्रम (programme) विकसित किया है जिसे SOAR कहा गया है। इसकी खास विशेषता यह है कि वह नयी परिस्थिति में भी ठीक ढंग से कार्य करता है। जब इसे कोई ऐसी परिस्थिति का सामना करना पड़ता है जहाँ अगर/तब कथन सही ढंग से लागू नहीं होता है, तब यह अपने आप मौलिक नियमों की ओर मुड़ जाता है और उस गतिरोध को दूर करता है। SOAR की यह भी एक विशेषता है कि वह अपनी गत अनुभूतियों से कुछ नयी चीजों को सीखता भी है।

इन सबों के बावजूद SOAR में वह लचीलापन (flexibility) नहीं होता है जो एक मानव मस्तिष्क में होता है। SOAR की प्रत्यक्षज्ञानात्मक क्षमता भी सीमित होती है और इसमें संवेग, अभिप्रेरण एवं आत्म-चेतन (self-awareness) जैसे गुणों की कमी होती है। इतना ही नहीं, जब सर्जनात्मक (creativity) तथा असाधारण सूझ (unusual insight) जैसी चीजों की अचानक जरूरत पड़ जाती है, तो अभी तक कोई भी ऐसा कम्प्यूटर कार्यक्रम नहीं विकसित किया गया है जो मानव मस्तिष्क के समान लचीलापन दिखाकर ऐसी समस्याओं से निपट सके। अतः अभी भी मानव बुद्धि की श्रेष्ठता कृत्रिम बुद्धि (artificial intelligence) पर बनी हुई है।

अध्याय सारांश — CHAPTER SUMMARY

1. बुद्धि एक सामान्य क्षमता (general ability) है जिसके सहारे व्यक्ति उद्देश्यपूर्ण क्रिया करता है, विवेकशील चिंतन करता है तथा वातावरण के साथ प्रभावकारी ढंग से समायोजन करता है।
2. बुद्धि के तीन प्रकार बतलाये गए हैं—सामाजिक बुद्धि, अमूर्त्त बुद्धि एवं मूर्त्त बुद्धि।
3. मानसिक आयु (mental age) एक ऐसा संप्रत्यय है जिसके सहारे व्यक्ति की बौद्धिक क्षमता का पता चलता है तथा व्यक्ति की बुद्धि लब्धि ज्ञात किया जाता है।
4. बुद्धि की माप के लिए कई तरह के परीक्षणों का विकास किया गया है। ऐसे सात परीक्षणों का वर्णन इस अध्ययन में किया गया है।

5. बुद्धि परीक्षणों के कई उपयोगिताएँ (uses) हैं। जैसे, इसके द्वारा सामान्य बौद्धिक स्तर का आकलन होता है, शैक्षिक सफलता के बारे में पूर्वानुमान लगाया जाता है तथा व्यक्तित्व का मूल्यांकन भी किया जाता है।
6. बुद्धि परीक्षण को विभिन्न कसौटियों पर कई भागों में बाँटा गया है। शाब्दिक बुद्धि परीक्षण, अशाब्दिक बुद्धि परीक्षण, क्रियात्मक बुद्धि परीक्षण तथा अभाषाई बुद्धि परीक्षण आदि कुछ मुख्य प्रकार है।
7. बुद्धि के कई सिद्धान्त हैं जिन्हें मोटे तौर पर दो भागों में बाँटा गया है— कारकीय सिद्धान्त (factor theories) तथा प्रक्रिया-उन्मुखी सिद्धान्त (process-oriented theories)। कारक सिद्धान्त में स्पीयरमैन, थर्स्टन, कैटेल, गार्डनर आदि का सिद्धान्त तथा प्रक्रिया-उन्मुखी सिद्धान्त में पियाज़े का सिद्धान्त काफी महत्त्वपूर्ण है।
8. बुद्धि के निर्धारण में आनुवंशिकता तथा वातावरण दोनों की भूमिका महत्त्वपूर्ण है। दोनों के पक्ष में सबूत उपलब्ध हैं।
9. कृत्रिम बुद्धि (artificial intelligence) से तात्पर्य उन सारे बौद्धिक क्रियाओं से होता है जिनका संचालन कम्प्यूटर द्वारा किया जाता है।

□

अध्याय 9

व्यक्तित्व
(PERSONALITY)

व्यक्तित्व की परिभाषा
(Definition of Personality)

मनोवैज्ञानिकों ने व्यक्तित्व के अध्ययन में शुरू से ही काफी अभिरुचि दिखलायी है। अतः यह बिलकुल ही स्वाभाविक है कि व्यक्तित्व की अनेकानेक परिभाषाएँ दी गई हों। आल्लपोर्ट (Allport, 1937) ने व्यक्तित्व की दी गयी सभी परिभाषाओं (definitions) को एकत्रित किया और पाया कि व्यक्तित्व की 49 परिभाषाएँ दी जा चुकी हैं। इन परिभाषाओं को उन्होंने पाँच श्रेणियों में विभाजित कर उनका विशेष अध्ययन किया। परिभाषाओं के क्रम में सबसे पुरानी (यानी सबसे पहली) परिभाषा व्यक्तित्व शब्द की उत्पत्ति से सम्बन्धित संप्रत्यय पर आधारित है। व्यक्तित्व का अंग्रेजी अनुवाद personality है जो लैटिन शब्द परसोना (persona) से बना है तथा जिसका अर्थ नकाब (mask) से होता है और जिसे नायक (actor) नाटक करते समय पहनते हैं। इस शाब्दिक अर्थ को ध्यान में रखते हुए व्यक्तित्व को बाहरी वेशभूषा तथा दिखावे (external appearance) के आधार पर परिभाषित किया गया है। जिस व्यक्ति का बाहरी दिखावा भड़कीला होता था, उसका व्यक्तित्व उतना ही अच्छा समझा जाता था तथा जिस व्यक्ति का बाहरी दिखावा साधारण होता था, उसका व्यक्तित्व उतना अच्छा नहीं समझा जाता था। परन्तु ऐसी परिभाषाओं को तुरंत ही अवैज्ञानिक घोषित किया गया और उसके बाद धीरे-धीरे एक-एक करके विभिन्न मनोवैज्ञानिकों ने व्यक्तित्व की अनेकों परिभाषाएँ दीं। ऐसी परिभाषाओं की संख्या 49 थीं जिनका विश्लेषण करने के बाद आल्लपोर्ट (Allport, 1937) ने अपनी ओर से 50वीं परिभाषा व्यक्तित्व का दिया जो आज भी अनेकों मनोवैज्ञानिकों को मान्य है क्योंकि यह परिभाषा काफी विस्तृत (comprehensive) तथा वैज्ञानिक है।

आल्लपोर्ट[1] (Allport, 1937) के अनुसार, ''व्यक्तित्व व्यक्ति के भीतर उन मनोशारीरिक तंत्रों का गतिशील या गत्यात्मक संगठन है जो वातावरण में उसके अपूर्व समायोजन को निर्धारित करता है।''

आलपोर्ट (Allport) की इस परिभाषा में व्यक्तित्व के भीतरी गुणों (inner qualities) तथा बाहरी गुण यानी व्यवहार दोनों को सम्मिलित किया गया है, परन्तु उन्होंने व्यक्तित्व के भीतरी गुणों पर तुलनात्मक रूप से अधिक बल डाला है।

आइजेन्क[2] (Eysenck, 1952) के अनुसार, ''व्यक्तित्व व्यक्ति के चरित्र, चित्तप्रकृति, ज्ञानशक्ति तथा शरीर गठन का करीब-करीब एक स्थायी एवं टिकाऊ संगठन है जो वातावरण में उसके अपूर्ण समायोजन का निर्धारण करता है।''

इस परिभाषा तथा आलपोर्ट की परिभाषा में काफी समानता है। आइजेन्क ने आलपोर्ट के ही समान व्यक्तित्व को परिभाषित करने में व्यक्तित्व के भीतरी गुणों (inner qualities) तथा बाहरी गुण यानी व्यवहार को सम्मिलित किया है

1. "Personality is the dynamic organisation within the individual of those psychophysical systems that determine his unique adjustments to his environment."

—Allport : *Personality : A Psychological Interpetation,* 1937, p. 48

2. "Personality is the more or less stable and enduring organisation of a person's character, temperament, intellect and physique that determine his unique adjustments to his environment."

—Eysenck : *The scientific study of personality,* 1952, p. 16

परन्तु भीतरी गुणों पर अधिक बल डाला है। इस तरह से आलपोर्ट तथा आइजेन्क दोनों के ही परिभाषाओं में व्यवहार (behaviour) पक्ष पर कम बल डाला गया है। चाईल्ड (Child, 1968) तथा वाल्टर मिसकेल (Walter Mischel, 1981) ने ऐसी परिभाषा दी है जो आधुनिक मनोवैज्ञानिकों के बीच अधिक लोकप्रिय (popular) हो पायी है तथा जिसमें आलपोर्ट तथा आइजेन्क की परिभाषा की कमी भी दूर हो गयी है क्योंकि इन परिभाषाओं में व्यक्तित्व के भीतरी गुणों (inner quality) के अलावा व्यवहार पर भी समान रूप से बल डाला गया है।

चाईल्ड[1] (Child, 1968) के अनुसार, ''व्यक्तित्व से तात्पर्य कमोवेश स्थायी आंतरिक कारकों से होता है जो व्यक्ति के व्यवहार को एक समय से दूसरे समय में संगत बनाता है तथा तुल्य परिस्थितियों में अन्य लोगों के व्यवहार से अलग करता है।''

वाल्टर मिसकेल[2] (Walter Mischel, 1981) के अनुसार, ''प्रायः, व्यक्तित्व से तात्पर्य व्यवहार के उस विशिष्ट पैटर्न (जिसमें चिन्तन एवं संवेग भी सम्मिलित है) से होता है जो प्रत्येक व्यक्ति के जिन्दगी की परिस्थितियों के साथ होनेवाले समायोजन का निर्धारण करता है।''

बेरोन[3] (Baron, 2006) के अनुसार, ''व्यक्तियों के अनूठे एवं संवेगों, चिन्तनों तथा व्यवहारों के सापेक्ष रूप से स्थिर पैटर्न के रूप में व्यक्तित्व को सामान्यतः परिभाषित किया जाता है।''

ऊपर में पाँच प्रमुख मनोवैज्ञानिकों की परिभाषाओं का उल्लेख किया गया है। इसमें प्रथम तीन पहले की परिभाषा (आलपोर्ट, चाईल्ड एवं आइजेन्क) है तथा अन्तिम दो (मिसकेल, बेरोन) हाल ही में दी गई परिभाषा है। इन पाँचों परिभाषाओं का एक संयुक्त विश्लेषण (joint analysis) करने पर व्यक्तित्व का अर्थ अधिक स्पष्ट हो जाएगा। इसका एक संयुक्त विश्लेषण इस प्रकार है—

1. मनोशारीरिक तंत्र *(Psychophysical system)*—व्यक्तित्व एक ऐसा तंत्र (system) है जिसके मानसिक (psychological) तथा शारीरिक (physical) दोनों ही पक्ष होते हैं। यह तंत्र ऐसे तत्त्वों (elements) का एक गठन होता है जो आपस में अन्तःक्रिया (interaction) करते हैं। इस तंत्र के मुख्य तत्त्व शीलगुण (trait), संवेग (emotion), आदत (habit), ज्ञानशक्ति (intellect), चित्तप्रकृति (temperament), चरित्र (character), अभिप्रेरक (motives) आदि हैं जो सभी मानसिक गुण हैं परन्तु इन सब का आधार शारीरिक (physical) अर्थात् व्यक्ति के ग्रन्थीय प्रक्रियाएँ एवं तंत्रिकीय प्रक्रियाएँ (neural processes) हैं। इसका स्पष्ट मतलब यह हुआ कि व्यक्तित्व न तो पूर्णतः मानसिक (psychological) है और न पूर्णतः शारीरिक ही। व्यक्तित्व इन दोनों तरह के पक्षों का मिश्रण है।

2. गत्यात्मक संगठन *(Dynamic organisation)*—गत्यात्मक संगठन से तात्पर्य यह होता है कि मनोशारीरिक तंत्र (psychophysical system) के भिन्न-भिन्न तत्त्व (elements) जैसे शीलगुण (traits), आदत (habits) आदि एक-दूसरे से इस तरह सम्बन्धित होकर संगठित हैं कि उन्हें एक-दूसरे से पूर्णतः अलग नहीं किया जा सकता है। इस संगठन में परिवर्तन (change) सम्भव है। यही कारण है कि इसे एक गत्यात्मक संगठन (dynamic organisation) कहा गया है। इस तरह से गत्यात्मक संगठन से स्पष्ट मतलब यह है कि व्यक्तित्व के शीलगुण या अन्य तत्त्व आपस में इस तरह से संगठित होते हैं कि उनमें परिवर्तन भी होते रहते हैं। उदाहरणस्वरूप कोई व्यक्ति नौकरी में जाने के पहले ईमानदार (honesty), उत्तरदायी (responsible) तथा समयानिष्ठ (punctual) हो सकता है परन्तु नौकरी मिलने के कुछ वर्षों बाद उसमें उत्तरदायित्व (responsibility) तथा समयनिष्ठता (punctuality) का शीलगुण ज्यों-का-त्यों हो सकता है। परन्तु सम्भव है कि उसमें ईमानदारी का गुण बदलकर बेईमानी का गुण विकसित हो जाय। इस उदाहरण में

1. "Personality refers to more or less stable, internal factors that make one person's behaviour consistent from one time to another, and different from the behaviour other people would manifest in camparable situations"

   —Child : 'Personality in culture', in Borgatta & Lambert (eds). : *Handbook of Personality Theory and Research,* 1968, p. 83

2. "Personality usually refers to the distinctive patterns of behaviour (including thoughts and emotions) that characterize each individual's adaptation to the situations of his or her life."

   —Walter Mischel : *Introduction to Personality,* 1981, p. 2

3. "Personality is generally defined as individual's unique and relatively stable patterns of behaviour, thoughts and emotions"

   —Baron : *Psychology,* 2006 p. 450

पहले के तीन गुणों के संगठन (organisation) में नौकरी मिलने के बाद एक परिवर्तन दिखलाया गया है। ऐसा भी सम्भव है कि इन तीनों शीलगुणों का संगठन नौकरी मिलने के बाद पूर्णतः बदल जाय (यानी, इसके तीनों शीलगुणों में परिवर्तन हो जाय)। शीलगुणों के संगठन में इस तरह का परिवर्तन गत्यात्मक संगठन (dynamic organisation) का उदाहरण है। इस तरह के संगठन में विसंगठन (disorganisation) भी सम्मिलित होता है जिसके सहारे असामान्य व्यवहार (abnormal behaviour) की व्याख्या होती है। दूसरे शब्दों में, यदि किसी व्यक्ति के शीलगुणों (traits) के संगठन में इस ढंग का परिवर्तन आ जाता है कि उसका व्यवहार विसंगठित (disorganised) हो जाता है तथा जिसके फलस्वरूप वह असामान्य व्यवहार अधिक करने लग जाता है तो इसे भी एक गत्यात्मक संगठन की ही श्रेणी में रखेंगे।

3. संगतता *(Consistency)*—व्यक्तित्व में व्यक्ति का व्यवहार एक समय से दूसरे समय में संगत होता है। संगतता से मतलब यह होता है कि व्यक्ति का व्यवहार दो भिन्न अवसरों पर भी लगभग एक समान होता है। इस कारक पर चाईल्ड के परिभाषा में प्रत्यक्ष रूप से बल डाला गया है। व्यक्ति के व्यवहार में इसी संगतता के आधार पर उसमें अमुक शीलगुण (trait) के होने का अनुमान लगाया जाता है।

4. वातावरण में अपूर्व समायोजन का निर्धारण *(Determination of unique adjustment to environment)*—प्रत्येक व्यक्ति में मनोशारीरिक गुणों का एक ऐसा गत्यात्मक संगठन (dynamic organisation) पाया जाता है कि उसका व्यवहार वातावरण में अपने-अपने ढंग का अपूर्व (unique) होता है। वातावरण समान होने पर भी प्रत्येक व्यक्ति का व्यवहार (behaviour), विचार (thought), होनेवाला संवेग (emotion) आदि अपूर्व होता है जिसके कारण उस वातावरण के साथ समायोजन (adjust) करने का ढंग भी प्रत्येक व्यक्ति में अलग-अलग होता है। आइजेन्क (Eysenck), आल्लपोर्ट (Allport), चाईल्ड (Child) तथा मिसकेल (Mischel) ने इस पक्ष पर समान रूप से अपनी-अपनी परिभाषाओं में बल डाला है। यही कारण है कि 1961 में आलपोर्ट (Allport) ने 1937 की अपनी परिभाषा के अन्तिम पाँच शब्द बदलकर इस प्रकार कर दिए "unique adjustment to his environments की जगह पर "characteristic behaviour and thought" को सम्मिलित किया गया। इस परिवर्तन का उद्देश्य यह बतलाना था कि व्यक्ति का व्यवहार मात्र अनुकूली (adaptive) ही नहीं होता है बल्कि कथनीय (expressive) भी होता है। इसका मतलब यह हुआ कि व्यक्ति वातावरण के साथ सिर्फ समायोजन (adjustment) या अनुकूलन (adaptation) ही नहीं करता है बल्कि उस वातावरण के साथ इस तरह का अन्तःक्रिया (interaction) करता है कि उस वातावरण को भी व्यक्ति के साथ अनुकूलन या अभियोजन योग्य होना पड़ता है।

निष्कर्ष तौर पर यह कहा जा सकता है कि व्यक्तित्व में भिन्न-भिन्न शीलगुणों (traits) का एक ऐसा गत्यात्मक संगठन (dynamic organisation) होता है जिसके कारण व्यक्ति का व्यवहार तथा विचार किसी भी वातावरण में अपने ढंग का अर्थात् अपूर्व (unique) होता है।

व्यक्तित्व के सैद्धान्तिक
(Theoretical Approaches to Personality)

व्यक्तित्व के स्वरूप की व्याख्या करने के लिए विभिन्न तरह के उपागमों (approaches) के तहत कई सिद्धान्तों का प्रतिपादन किया गया है। इस तरह के उपागमों को सैद्धान्तिक उपागम (theoretical approaches) कहा गया है। ऐसे प्रमुख उपागमों का वर्णन यहाँ अपेक्षित है, जो निम्नांकित हैं—

1. मनोविश्लेषणात्मक उपागम *(Psychoanalytic approach)*—व्यक्तित्व का अध्ययन करने का सबसे पहला उपागम मनोविश्लेषणात्मक उपागम (psychoanytic approach) था जिसका प्रतिपादन सिगमण्ड फ्रायड (Sigmund Freud) द्वारा किया गया। इस उपागम में मानव प्रकृति (human nature) के निराशावादी (pessimistic) तथा निश्चयवादी (deterministic) छवि पर बल डाला गया है। इसमें व्यक्तित्व की व्याख्या करने के लिए अचेतन की इच्छाओं, यौन एवं आक्रमकता के जैविक आधारों, आरम्भिक वाल्यावस्था के मानसिक संघर्षों को महत्त्वपूर्ण समझा गया है और इन्हें व्यक्तित्व का प्रमुख निर्धारक माना गया है। इस उपागम के तहत हम फ्रायड द्वारा प्रतिपादित व्यक्तित्व सिद्धान्त की व्याख्या का वर्णन प्रस्तुत करेंगे।

2. नवमनोविश्लेषणात्मक उपागम *(Neopsychoanalytic approach)*—इस उपागम का विकास दो श्रेणी के मनोवैज्ञानिकों द्वारा हुआ है। एक श्रेणी में वैसे मनोवैज्ञानिक हैं जो कभी पहले फ्रायड के काफी नजदीक और निष्ठावान

थे, परंतु फ्रायड द्वारा व्यक्तित्व के कुछ विशेष पहलू पर अधिक जोर दिये जाने के कारण वे उनसे अलग होकर व्यक्तित्व के स्वरूप की एक स्वतंत्र व्याख्या प्रस्तुत किये। इनमें एडलर (Adler) एवं युंग (Jung) के नाम मशहूर हैं। दूसरे श्रेणी में, उन मनोवैज्ञानिकों को रखा गया है जिन्हें फ्रायड से कभी व्यक्तिगत सम्बन्ध (personal relationship) नहीं था परंतु फिर भी वे फ्रायड के विचारों में संशोधन कर उसे उन्नत बनाने की कोशिश किये। ऐसे मनोवैज्ञानिक फ्रायड के मौलिक विचारों का स्वीकार करते हुए उन्हें उन्नत बनाने की भरपूर कोशिश किये। इसमें सुल्लीभान, कैरेन हार्नी (Karen Harney), मर्रे (Murray) तथा इरिक फ्रोम (Erich Fromm) का नाम मशहूर है। नवमनोविश्लेषणात्मक उपागम मनोविश्लेषणात्मक उपागम से निम्नांकित दो बिन्दुओं पर स्पष्ट रूप से भिन्न है—

(i) नवमनोविश्लेषणात्मक उपागम में व्यक्तित्व के सामाजिक कारकों या प्रभावों पर तुलनात्मक रूप से अधिक बल डाला गया है जबकि मनोविश्लेषणात्मक उपागम में व्यक्तित्व के जैविक कारकों (biological factor) पर अधिक बल डाला गया है। ध्यान रहे कि नवमनोविश्लेषणात्मक उपागम में जैविक कारकों को सिर्फ गौण कारक समझा गया है न कि उसे अस्वीकृत कर दिया गया है।

(ii) नवमनोविश्लेषणात्मक उपागम में मानव प्रकृति के आशावादी छवि (optimistic image) पर अधिक बल डाला गया है और इसमें यह माना गया है कि व्यक्तित्व पर्यावरणी कारकों का प्रतिफल (product) अधिक होता है जबकि मनोविश्लेषणात्मक उपागम में मानव प्रकृति के निराशावादी छवि पर अधिक बल डाला गया है तथा व्यक्तित्व को जन्मजात दैहिक कारकों (physiological factors) का प्रतिफल अधिक माना गया है।

3. शरीरगठनात्मक उपागम *(Constitutional approach)*—इस उपागम की विशेषता यह है कि इसमें व्यक्तित्व पैटर्न तथा विकास की व्याख्या शरीर के संगठन एवं उसके आकार-प्रकार तथा उससे सम्बन्धित चित्तप्रकृति (temperament) के रूप में किया गया है। उसके तहत क्रेश्मर (Krestchmer) तथा शेल्डन (Sheldon) द्वारा प्रतिपादित व्यक्तित्व सिद्धान्तों को रखा जाता है।

4. जीवन-अवधि उपागम *(Life-span approach)*—इस उपागम की विशेषता यह है कि इसमें व्यक्तित्व की व्याख्या जन्म से मृत्यु तक व्यक्ति के व्यवहारों में होने वाले परिवर्तनों के आलोक में किया जाता है। व्यक्तित्व के सभी पहलुओं की व्याख्या जन्म से लेकर मृत्यु तक की आठ अवस्थाओं में से प्रत्येक अवस्था में उत्पन्न संकट (crisis) या परिवर्तन बिन्दुओं (turning point) से उत्पन्न समस्याओं के समाधान के रूप में की जाती है। इसके तहत इरिक इरिक्सन (Erik Erikson) के व्यक्तित्व सिद्धान्त को रखा गया है।

अन्य मनोवैज्ञानिकों ने भी व्यक्तित्व विकास में जीवन की कुछ खास-खास अवधियों न कि इरिक्सन के समान सम्पूर्ण अवधि को ही महत्त्वपूर्ण माना है। जैसे—फ्रायड ने जीवन के प्रथम पाँच साल को महत्त्वपूर्ण माना है और उसके बाद फ्रायड के अनुसार व्यक्तित्व का विकास नहीं होता पाया गया है। मर्रे (Murray) का भी विचार फ्रायड के विचार के समान था। आलपोर्ट ने यह माना कि व्यक्तित्व का विकास किशोरावस्था (adolescence) तक चलता रहा है। युंग (Jung) ने यह माना कि व्यक्तित्व का विकास मध्य आयु (middle age) तक चलता रहता है तथा कैटेल ने इरिक्सन के ही समान यह माना है कि व्यक्तित्व का विकास पूरे जीवन अवधि (life span) तक चलता रहता है। इसके बावजूद भी कैटेल द्वारा प्रतिपादित व्यक्तित्व के सिद्धान्त को जीवन-अवधि उपागम (life span approach) के तहत इसलिए नहीं रखा जाता है क्योंकि उन्होंने व्यक्तित्व के विकास में शीलगुण खास कर सतही (surface) एवं स्रोत (source) शीलगुणों को अधिक महत्त्वपूर्ण माना है।

5. शीलगुण उपागम *(Trait approach)*—व्यक्तित्व का यह उपागम का बहुत दिनों से उपयोग व्यक्तित्व को समझने में इसलिए किया जाता रहा है क्योंकि यह उपागम काफी सरल है तथा सामान्य बोध (common sense) पर आधृत है। जैसा कि नाम से ही स्पष्ट है, इस उपागम में व्यक्तित्व की व्याख्या व्यक्तित्व शीलगुणों (personality traits) के रूप में की जाती है। इन शीलगुणों के आधार पर इस तथ्य की व्याख्या की जाती है कि व्यक्ति अमुक व्यवहार क्यों करता है तथा उसके व्यवहार में संगति (consistency) के क्या कारण है। इसके तहत आलपोर्ट (Allport) तथा कैट्टेल्ल (Cattell) द्वारा प्रतिपादित व्यक्तित्व के सिद्धान्तों की व्याख्या होती है। इस तरह से शीलगुण उपागम में व्यवहार के व्यक्तिगत निर्धारक (personal determinant) पर बल डाला जाता है। इस उपागम की प्रमुख मान्यता यह है कि शीलगुणों के ही कारण व्यक्ति विभिन्न परिस्थितियों में संगत ढंग से (consistently) व्यवहार करता है। परिस्थिति (situation) का प्रभाव व्यक्ति पर बहुत थोड़ा पड़ता है।

6. विमीय उपागम *(Dimensional approach)*—इस उपागम के तहत व्यक्ति की व्याख्या एक विमा न कि प्रकार (type) के रूप में की जाती है। चूँकि यहाँ व्यक्तित्व की व्याख्या एक विमा पर की जाती है, अतः व्यक्ति को सम्बन्ध विमा पर उच्च या निम्न के रूप में रेट किया जा सकता है। जैसे, वहिर्मुखता व्यक्तित्व की एक विमा है जिसपर कोई व्यक्ति उच्च या निम्न प्राप्तांक प्राप्त कर सकता है। इसके तहत आइजेन्क के सिद्धान्त तथा कोस्टा एवं मैकक्रे (Costa & McCrae, 1990) द्वारा प्रतिपादित पाँच-कारकीय मॉडल (five-factor model) को रखा जाता है।

7. सांवृत्तिक या मानवतावादी उपागम *(Phenomenological or Humanistic approach)*—इस उपागम द्वारा व्यक्तित्व के अध्ययन में व्यक्ति के आत्मगत अनुभूतियों (subjective expreriences) पर ध्यान डाला जाता है। दूसरे शब्दों में, अध्ययनकर्त्ता इस बात पर ध्यान देता है कि व्यक्ति वातावरण को किस तरह से प्रत्यक्षण करता है। सचमुच में देखा जाय तो व्यक्तित्व अध्ययन का यह सांवृत्तिक उपागम (phenomenological approach) मनोविश्लेषणात्मक उपागम तथा व्यवहारवादी उपागम दोनों के प्रति एक तरह की प्रतिक्रिया (reaction) है। इस उपागम में मनोविश्लेषणात्मक उपागम के दावे को कि मनुष्य का व्यवहार अचेतन अभिप्रेरकों (unconsicous motivation) द्वारा नियंत्रित होता है, को अस्वीकृत किया गया। ठीक उसी तरह से व्यवहारवादी उपागम का यह दावा कि मानव व्यवहार सिर्फ पर्यावरणी कारकों द्वारा प्रभावित होता है, को भी सांवृत्तिक उपागम में अधिक महत्त्व नहीं दिया गया। सांवृत्तिक उपागम में मानवतावादी संप्रत्ययों (humanistic concepts) जिसपर मैसलो (Maslow) ने अधिक बल डाला था, तथा आत्मन् (self) सिद्धान्तों जिसपर रोजर्स (Rogers) ने अधिक बल डाला था, को सम्मिलित किया गया है। अतः सांवृत्तिक उपागम में मैसलो (Maslow) तथा रोजर्स (Rogers) द्वारा प्रतिपादित व्यक्तित्व के सिद्धान्तों की व्याख्या की जाती है।

8. संज्ञानात्मक उपागम *(Cognitive approach)*—इस उपागम द्वारा व्यक्तित्व अध्ययन में इस बात पर बल डाला गया है कि व्यक्ति किन तरीकों से अपने पर्यावरण तथा अपने आप को जानता है, वे उनका किस तरह से प्रत्यक्षण करता है, मूल्यांकन करता है, सीखता है, सोचता है, निर्णय लेता है, तथा समस्या का समाधान करता है। सच पूछा जाय तो संज्ञानात्मक उपागम व्यक्तित्व अध्ययन का सबसे तर्कसंगत या मनोवैज्ञानिक उपागम है क्योंकि इसमें सिर्फ चेतन मानसिक क्रियाओं पर ध्यान केन्द्रित किया जाता है। यद्यपि यह सही है कि व्यक्तित्व अध्ययन के अन्य उपागमों में भी संज्ञानात्मक प्रक्रियाओं का उपयोग किया जाता है परंतु इस उपागम में सम्पूर्ण व्यक्तित्व को ही न कि उसके किसी अंश भाग को उसके संज्ञानात्मक प्रक्रियाओं के रूप में समझने की कोशिश की जाती है। इस उपागम के तहत केली (Kelly) द्वारा प्रतिपादित व्यक्तित्व सिद्धान्त तथा कर्ट लेविन (Kurt Lewin) द्वारा प्रतिपादित व्यक्तित्व के सिद्धान्त का वर्णन किया जाता है।

9. व्यवहारात्मक एवं अधिगम उपागम *(Behavioural and Learning approach)*—इस उपागम में व्यक्तित्व को उद्दीपकों के प्रति विशेष सीखी गई अनुक्रियाओं का एक संग्रहण तथा स्पष्ट व्यवहारों या आदत तंत्रों (habit systems) का एक सेट माना गया है। अतः इस उपागम में व्यक्तित्व से तात्पर्य सिर्फ उन तथ्यों से होता है जिसे वस्तुनिष्ठ रूप से प्रेक्षण किया जाए तथा जिसमें जोड़-तोड़ (manipulation) किया जाए। इस उपागम की दो प्रमुख मान्यताएँ (assumption) हैं— पहला तो यह कि बहुत सारे व्यवहार जिनसे मिलकर व्यक्तित्व का निर्माण होता है, सीखे गये (learnt) या अनुबंधित (conditioned) होते हैं। इसका मतलब यह हुआ कि बहुत सारे ऐसे व्यवहार व्यक्ति के बाल्यावस्था में ही उत्पन्न हो जाते हैं जहाँ से वे ऐसे व्यवहार को सीखना आरम्भ कर देते हैं। इन दोनों पूर्वकल्पनाओं के आलोक में यह कहा जा सकता है कि इस उपागम में व्यक्तित्व का अध्ययन करने के लिए लोगों के अर्जित या सीखे गये व्यवहारों को समझना जरूरी होता है और लोगों के अर्जित व्यवहार को समझने के लिए उनके अधिगम इतिहास (learning history) या उनके वर्तमान वातावरण या दोनों को ही समझना आवश्यक है। इस उपागम के तहत स्कीन्नर (Skinner), हल्ल (Hull) तथा मिल्लर एवं डोल्लार्ड (Miller & Dollard) द्वारा प्रतिपादित व्यक्तित्व सिद्धान्तों का वर्णन किया जाता है।

10. सामाजिक-संज्ञानात्मक उपागम *(Social-cognitive approach)*—इसे पहले सामाजिक-सीखना उपागम (social-learning approach) कहा जाता था। व्यक्तित्व के अध्ययन के लिए इसमें पर्यावरण या परिस्थितिजन्य कारकों (situational factors) के महत्त्व पर बल डाला जाता है। सामाजिक-संज्ञानात्मक उपागम की प्रमुख मान्यता यह है कि व्यवहार व्यक्तिगत चरों एवं पर्यावरणी चरों के सतत अन्तःक्रिया (continuous interaction) तथा उनके संज्ञान

(cognition) पर पड़नेवाले प्रभाव का परिणाम होता है। पर्यावरणी कारक सीखने या अधिगम द्वारा व्यवहार को निर्धारित करते हैं और व्यक्ति के इस व्यवहार से पर्यावरण तथा संज्ञान (cognition) में कुछ परिमार्जन (modificaiton) होता है। व्यक्ति और परिस्थिति एक-दूसरे को परस्पर ढंग से प्रभावित करते हैं और व्यक्तित्व के व्यवहार तथा शीलगुणों को निर्धारित करते हैं। किसी व्यक्ति के व्यवहार के बारे में पूर्वकथन (prediction) करने के लिए हम लोगों को यह जानना आवश्यक हो जाता है कि व्यक्ति के गुण (characteristics) किस तरह से परिस्थिति के गुणों के साथ अन्त:क्रिया करते हैं। इस उपागम के तहत अलबर्ट वैन्डुरा (Albert Bandura), वाल्टर मिशकेल (Walter Mischel) तथा मार्टिन सेलिगमैन (Martin Seligman) द्वारा प्रतिपादित सिद्धान्तों की आलोचनात्मक व्याख्या की जाती है।

स्पष्ट हुआ कि व्यक्तित्व के स्वरूप को समझने तथा उसका अध्ययन करने के लिए कई तहत के उपागमों (approaches) का वर्णन किया गया है। प्रत्येक उपागम के तहत विभिन्न तरह के सिद्धान्तों का वर्णन भिन्न-भिन्न मनोवैज्ञानिकों द्वारा की गयी है। इन सभी प्रमुख उपागमों के अतिरिक्त आजकल एक नया उपागम जिसे *सीमित-क्षेत्र उपागम* (limited-domain approach) कहा जाता है, का विकास हुआ है जिसमें व्यक्तित्व के मात्र एक या दो पहलुओं पर ही विस्तृत चर्चा की जाती है न कि व्यक्तित्व के सम्पूर्ण पहलुओं पर। *उपलब्धि आवश्यकता सिद्धान्त* (achievement need theory) इस उपागम का एक अच्छा नमूना है।

भावमूलक एवं नियमान्वेषी उपागम
(Idiographic and Nomothetic Approach)

व्यक्तित्व मनोवैज्ञानिकों ने व्यक्तित्व को अध्ययन करने के लिए कई तरह के शोध विधियों का प्रतिपादन किया है जिनमें निम्नांकित दो शोध उपागम अधिक लोकप्रिय है—

1. भावमूलक उपागम *(Idiographic approach)*—इस अध्ययन विधि में किसी एक व्यक्ति का विस्तृत विश्लेषण करके तथा उन विमाओं (dimensions) जो उस व्यक्ति को समझने के लिए आवश्यक होता है, का विश्लेषण करके व्यक्तित्व को समझने की कोशिश की जाती है। दूसरे शब्दों में, इस उपागम में विशिष्ट व्यक्तियों (specific individuals) के अनोखेपन या अपूर्वता (uniqueness) के अध्ययन पर बल डाला जाता है। इसमें शोधकर्त्ता उन शीलगुणों के संयोगों (combination) की पहचान करने की कोशिश करता है जो किसी विशिष्ट व्यक्ति के व्यक्तित्व की व्याख्या उचित ढंग से करता है। इस उपागम के प्रमुख समर्थक गोर्डोन आलपोर्ट (Gordon Allport) हैं। इस उपागम द्वारा अध्ययन करके आलपोर्ट ने व्यक्तित्व शीलगुणों (personality traits) को तीन प्रमुख भागों में बाँटा है—कार्डिनल शीलगुण (cardinal traits), केन्द्रीय शीलगुण (central traits) तथा गौण शीलगुण (secondary traits)। इस तीनों तरह के शीलगुणों की पहचान करके आलपोर्ट ने व्यक्तित्व की व्याख्या काफी संतोषजनक ढंग से किया है। इन तीनों तरह के शीलगुणों की विस्तृत व्याख्या आलपोर्ट के सिद्धान्त में किया जाएगा।

2. नियमान्वेषी उपागम *(Nomothetic approach)*—नियमावेषी उपागम भी व्यक्तित्व का अध्ययन करने का एक महत्त्वपूर्ण दृष्टिकोण है। इस उपागम में अध्ययन किये जाने वाले सभी व्यक्तियों की तुलना व्यक्तित्व के चुने गये खास विमाओं (dimensions) पर की जाती है। दूसरे शब्दों में, व्यक्तित्व अध्ययन के इस दृष्टिकोण में अध्ययनकर्त्ता व्यक्तियों के कुछ खास-खास विमाओं जैसे— अन्तमुर्खता (extraversion), उत्तरदायित्व (responsibility) आदि का चयन कर लेता है और ऐसे प्रत्येक विमा पर उन सभी व्यक्तियों की तुलना करता है जिनका वह अध्ययन करना चाहता है। प्रत्येक विमा पर व्यक्तियों द्वारा प्राप्त माध्यों (means) की तुलना आपस में करके किसी निश्चित निष्कर्ष पर पहुँचने की कोशिश की जाती है। गोर्डोन आल्लपोर्ट (Gordon Allport) द्वारा इस उपागम पर भी बल डाला गया है परंतु इसे उतना महत्त्वपूर्ण नहीं बतलाया गया है जितना कि भावमूलक उपागम (idiographic approach) को उन्होंने बतलाया था। आलपोर्ट का मत था कि नियमान्वेषी उपागम में व्यक्ति के भीतर होने वाले प्रक्रियाओं को नजरअंदाज किया जाता है। अत: इस उपागम को उनके द्वारा अन्य मनोवैज्ञानिकों द्वारा भी उतना प्रबल एवं महत्त्वपूर्ण नहीं बतलाया गया है जितना कि भावमूलक उपागम (idiographic approach) को।

प्रकार उपागम
(Type Approach)

प्रकार सिद्धान्त व्यक्तित्व का सबसे पुराना सिद्धान्त है। इस सिद्धान्त के अनुसार व्यक्ति को खास-खास प्रकार (type) में बाँटा जाता है और उसके आधार पर उसके शीलगुणों का वर्णन किया जाता है। मार्गन, किंग, विस्ज तथा स्कोपलर[1] (Morgan, King, Weisz and Schopler, 1986) के अनुसार व्यक्तित्व के प्रकार (type) से तात्पर्य "व्यक्तियों के एक ऐसे वर्ग (class) से होता है जिनके गुण एक-दूसरे से मिलते-जुलते हैं। जैसे— अन्तर्मुखी (introvert) एक प्रकार है और जिन व्यक्तियों को इसमें रखा जाता है उनमें कुछ सामान्य गुण जैसे— संकोचशीलता (shyness), सामाजिक कार्यों में अरुचि, लोगों से कम बोलना या मिलना-जुलना आदि पाया जाता है।

यदि व्यक्तित्व के अध्ययन के इतिहास पर ध्यान दिया जाय तो यह स्पष्ट हो जायेगा कि आज से 2400 वर्ष पहले भी इस सिद्धान्त के द्वारा व्यक्तित्व की व्याख्या की जाती थी। सबसे पहला प्रकार सिद्धान्त (type theory), हिपोक्रेट्स (Hippocrates) ने 400 BC में प्रतिपादित किया था। इन्होंने शरीर-द्रवों (bodily fluid or humors) के आधार पर व्यक्तित्व के चार प्रकार बतलाये हैं। इनके अनुसार हमारे शरीर में चार मुख्य द्रव (humors) पाये जाते हैं—*पीला पित्त* (yellow bile), *काला पित्त* (black bile), *रक्त* (blood) तथा *कफ या श्लेष्मा* (phlegm)। प्रत्येक व्यक्ति में इन चारों द्रवों में से कोई एक द्रव अधिक प्रधान होता है और व्यक्ति का स्वभाव या चित्तप्रकृति (temperament) इसी की प्रधानता से निर्धारित होता है। जिस व्यक्ति में पीले पित्त की प्रधानता होती है, उस व्यक्ति का चित्तप्रकृति या स्वभाव चिड़चिड़ा (irritable) होता है और व्यक्ति प्रायः बेचैन (restless) दीख पड़ता है। ऐसे व्यक्ति तुनुकमिजाजी (hot-blooded) भी होते हैं। इस तरह के *'प्रकार'* (type) को हिपोक्रेट्स ने *'गुस्सैल'* (choleric) कहा है। जब व्यक्ति में काले पित्त (black bile) की प्रधानता होती है, तो वह प्रायः उदास तथा मंदित (depressed) नजर आता है। इस तरह के प्रकार को *विषादी या निराशावादी* (melancholic) कहा गया है। जिस व्यक्ति में अन्य द्रवों की अपेक्षा रक्त (blood) की प्रधानता होती है, वह प्रसन्न (cheerful) तथा खुशमिजाज होता है। इस तरह के व्यक्तित्व के प्रकार (type) का *'उत्साही'* या *'आशावादी'* (sanguine) कहा गया है। जिस व्यक्ति में कफ या श्लेष्मा जैसे द्रव की प्रधानता होती है, वह शांत (calm) स्वभाव का होता है तथा उसमें निष्क्रियता (inactiveness) अधिक पायी जाती है। इसमें भावशून्यता के गुण भी पाये जाते हैं। इस तरह के व्यक्तित्व के प्रकार को *विरक्त* कहा गया।

यद्यपि हिपोक्रेट्स का यह प्रकार सिद्धान्त (type theory) अपने समय का एक काफी महत्त्वपूर्ण सिद्धान्त था, फिर भी आज के मनोवैज्ञानिकों द्वारा इसे पूर्णतः अस्वीकृत (reject) कर दिया गया है। इसका प्रधान कारण यह है कि व्यक्ति के शीलगुणों (traits) तथा उसके चित्तप्रकृति (temperament) का सम्बन्ध शारीरिक द्रवों (bodily fluids) से होने का कोई सीधा एवं वैज्ञानिक प्रमाण नहीं मिलता है। इन मनोवैज्ञानिकों का यह भी कहना है कि हिपोक्रेट्स द्वारा बताये गये शारीरिक द्रव सचमुच में व्यक्ति में होते हैं या नहीं, इसका भी कोई वस्तुनिष्ठ प्रमाण (evidence) नहीं मिलता है।

आधुनिक मनोवैज्ञानिकों द्वारा प्रकार सिद्धान्त को मूलतः दो भागों में बाँटकर उसके द्वारा व्यक्तित्व की व्याख्या की गयी है। पहले भाग में व्यक्ति के शारीरिक गुणों (bodily characteristics) एवं उसके चित्तप्रकृति या स्वभाव (temperament) के सम्बन्धों पर बल डाला गया है तथा दूसरे भाग में व्यक्ति के मनोवैज्ञानिक गुणों (psychological characteristics) के आधार पर उसे भिन्न-भिन्न प्रकारों (types) में बाँटकर अध्ययन करने की कोशिश की गयी है। इस प्रकार सिद्धान्त (type theories) के इन दोनों भागों का वर्णन निम्नांकित है—

1. शारीरिक गुणों *(Bodily characteristics)* के आधार पर—शारीरिक गुणों के आधार पर प्रतिपादित सिद्धान्त (type theory) को शरीरगठन सिद्धान्त (constitutional type) कहा गया है। शारीरिक गुणों के आधार पर दो वैज्ञानिकों अर्थात् क्रेश्मर (Kretschmer) तथा शेल्डन (Sheldon) द्वारा किया गया व्यक्तित्व का वर्गीकरण काफी महत्त्वपूर्ण है।

क्रेश्मर (Kretschmer) जो एक जर्मन मनोचिकित्सक (German psychiatrist) थे, शारीरिक गुणों के आधार पर व्यक्तित्व के चार प्रकार बतलाये हैं। प्रत्येक प्रकार से सम्बन्धित कुछ खास-खास शीलगुण (traits) भी हैं जिनसे

1. "A type is simply a class of individuals said to share a common collection of characteristics."

—Morgan, King, Weisz & Schopler : *Introduction to Psychology,* 1986, p. 569

सम्बन्धित स्वभाव या चित्तप्रकृति (temperament) का पता चलता है। क्रेश्मर ने इस सिद्धान्त का प्रतिपादन दो तरह के मानसिक रोग यानी मनोविदालिता (schizophrenia) एवं उत्साह-विषाद (manic-depression) से ग्रसित व्यक्तियों के प्रेक्षण (observation) के आधार पर किया था। वे चार प्रकार निम्नांकित हैं—

(i) **स्थूलकाय प्रकार** *(Pyknic type)*—ऐसे व्यक्ति का कद छोटा होता है तथा शरीर भारी एवं गोलाकार होता है। ऐसे लोगों की गर्दन छोटी एवं मोटी होती है। इस तरह के व्यक्ति के स्वभाव की कुछ खास-खास विशेषता होती है। जैसे— ऐसे व्यक्ति सामाजिक (social) होते हैं, खाने-पीने तथा सोने में काफी मजा लेते हैं तथा वे खुशमिजाज होते हैं। इस तरह के स्वभाव या चित्तप्रकृति (temperament) को क्रेश्मर *'साइक्लोआड'* (cycloid) की संज्ञा दी है। ऐसे व्यक्तियों में मानसिक रोग उत्पन्न होने पर उत्साह-विषाद (manic-depressive) मनोविकृति के लक्षण विकसित होने की सम्भावना अधिक होती है।

(ii) **कृशकाय प्रकार** *(Asthenic type)*—इस तरह के व्यक्ति का कद लम्बा होता है परन्तु वे दुबले-पतले शरीर के होते हैं। ऐसे व्यक्तियों के शरीर की मांसपेशियाँ विकसित नहीं होती है और शरीर का वजन उम्र के अनुसार होने वाले सामान्य वजन से कम होता है। ऐसे लोगों का स्वभाव कुछ चिड़चिड़ा होता है; सामाजिक उत्तरदायित्व से इनमें दूर रहने की प्रवृत्ति अधिक देखी जाती है, ऐसे व्यक्ति में दिवास्वप्न अधिक होता है तथा काल्पनिक दुनिया में भ्रमण करने की आदत इनमें अधिक तीव्र होती है। मानसिक रोग होने पर इनमें मनोविदालिता (schizophrenia) होने की सम्भावना तीव्र होती है। इस तरह के चित्तप्रकृति या स्वभाव को क्रेश्मर ने *सिजोआड* (schizoid) की संज्ञा दी है।

(iii) **पुष्टकाय प्रकार** *(Athletic type)*—इस प्रकार के व्यक्ति के शरीर की मांसपेशियाँ काफी विकसित एवं गठी होती हैं तथा शारीरिक कद न तो अधिक लम्बा और न ही अधिक मोटा होता है। इनका पूरा शरीर सुडौल एवं हर तरह से संतुलित दिखाई देता है। ऐसे व्यक्ति के स्वभाव में न तो अधिक चंचलता और नहीं अधिक मंदन (depression) होता है। ऐसे व्यक्ति बदलती हुई परिस्थिति के साथ आसानी से समायोजन (adjustment) कर लेते हैं। अतः इन्हें सामाजिक प्रतिष्ठा (social prestige) काफी मिलती है।

(iv) **विशालकाय प्रकार** *(Dysplastic type)*—इस श्रेणी में उन व्यक्तियों को रखा जाता है जिनमें ऊपर के तीन प्रकारों में से किसी भी एक प्रकार का स्पष्ट गुण नहीं मिलता है बल्कि इन तीनों प्रकारों का गुण मिला-जुला होता है।

परन्तु बाद में क्रेश्मर के वर्गीकरण को कुछ वैज्ञानिकों ने जैसे—शेल्डन (Sheldon) ने अपने अध्ययन के आधार पर बहुत वैज्ञानिक नहीं पाया और इसमें विधि-प्रणाली (methodology) से सम्बन्धित कई दोष पाये। इन्होंने यह भी कहा कि क्रेश्मर का यह वर्गीकरण मानसिक रोग से ग्रसित व्यक्तियों की व्याख्या करने में भले ही समर्थ हो परन्तु सामान्य व्यक्तियों की व्याख्या करने में असमर्थ है। फलस्वरूप उन्होंने एक दूसरा सिद्धान्त बनाया जिसे **सोमैटोटाईप सिद्धान्त** (somatotype theory) कहा जाता है।

शेल्डन (Sheldon) ने 1940 में शरीरगठन (physique) के ही आधार पर एक दूसरा सिद्धान्त बनाया जिसे *सोमैटोटाईप सिद्धान्त* (Somatotype theory) कहा गया। इन्होंने शारीरिक गठन के आधार पर व्यक्तित्व का वर्गीकरण करने के लिए 4,000 कॉलेज के छात्रों की नग्न तस्वीरों (naked pictures) का विश्लेषण कर यह बतलाया है कि व्यक्तित्व को मूलतः तीन प्रकारों में बाँटा जा सकता है और प्रत्येक प्रकार (type) के कुछ खास-खास शीलगुण (traits) होते हैं जिनसे उसके स्वभाव या चित्तप्रकृति (temperament) का भी पता चलता है। प्रत्येक प्रकार तथा उससे सम्बन्धित शीलगुणों के बीच का सहसम्बन्ध (0.78) से अधिक था जो अपने आप में इस बात का सबूत है कि प्रत्येक शारीरिक प्रकार (body type) तथा उससे सम्बन्धित गुण आपस में काफी मजबूत हैं। शेल्डन द्वारा बताये गये वे तीन प्रकार तथा उससे सम्बन्धित चित्तप्रकृति के सम्बन्धित गुण (merits) निम्नांकित हैं—

(i) **एण्डोमार्फी** *(Endomorphy)*—इस प्रकार के व्यक्ति मोटे एवं नाटे होते हैं और इनका शरीर गोलाकार दीखता है। स्पष्ट है कि शेल्डन का यह *'प्रकार'* क्रेश्मर के *'स्थूलकाय प्रकार'* (pyknic type) से मिलता-जुलता है। शेल्डन ने यह बतलाया है कि इस तरह के शारीरिक गठन वाले व्यक्ति आरामपसंद, खुशमिजाज, सामाजिक तथा खाने-पीने की चीजों में अधिक अभिरुचि दिखलाने वाले होते हैं। ऐसे स्वभाव को शेल्डन ने *'भिसरोटोनिया'* (viscerotonia) कहा है। (चित्र 9.1 देखें)।

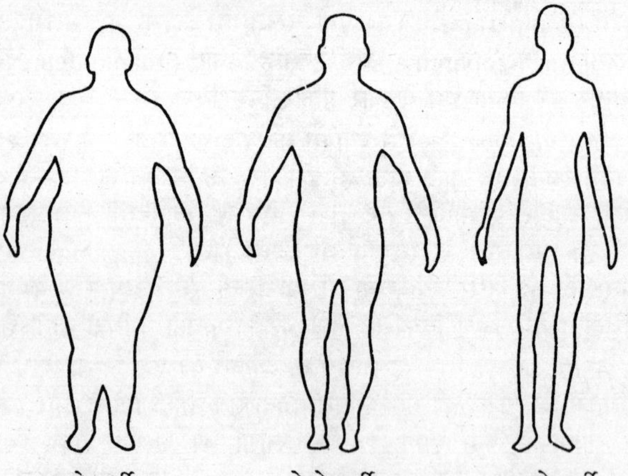

चित्र 9.1

(ii) **मसोमार्फी** *(Mesomorphy)*—इस प्रकार के व्यक्ति के शरीर की हड्डियाँ एवं मांसपेशियाँ (muscles) काफी विकसित होती है तथा शारीरिक गठन काफी सुडौल होता है। ऐसे व्यक्ति के स्वभाव (temperament) को *'सोमैटोटोनिया'* (somatotonia) कहा गया है जिसमें जोखिम (risk) तथा बहादुरी का कार्य करने की तीव्र प्रवृत्ति, दृढ़ कथन (assertion), आक्रामकता (aggressiveness) आदि का गुण पाया जाता है। ऐसे लोग अन्य लोगों को आदेश देने में अधिक आनन्द उठाते हैं। ऊपर के विवरण से स्पष्ट है कि मेसोमार्फी बहुत कुछ क्रेश्मर का पुष्टकाय प्रकार (athletic type) से मिलता-जुलता है (चित्र 9.1 देखें)।

(iii) **एक्टोमार्फी** *(Ectomorphy)*—इस प्रकार के व्यक्ति का कद लम्बा होता है परन्तु ऐसे व्यक्ति दुबले-पतले होते हैं। इनके शरीर की मांसपेशियाँ अविकसित होती हैं और इनका पूरा गठन इकहरा (slender) होता है। इस प्रकार के व्यक्ति के चित्तप्रकृति (temperament) को *'सेरीब्रोटोनया'* (cerebrotonia) कहा जाता है। ऐसे व्यक्ति को अकेला रहना तथा लोगों से कम मिलना-जुलना अधिक पसंद आता है। ऐसे लोग संकोचशील और लजालु भी होते हैं। इनमें नींद-सम्बन्धी शिकायत भी पायी जाती है (चित्र 9.1 देखें)।

शेल्डन ने यद्यपि शारीरिक गठन को तीन प्रकारों में बाँटा है, फिर भी इसे उन्होंने एक सतत् प्रक्रिया (continuous process) माना है। इसका मतलब यह हुआ कि इन तीनों तरह के शारीरिक गठन एवं उससे सम्बन्धित शीलगुण आपस में बिलकुल ही अलग-अलग नहीं होते हैं। फलतः उन्होंने प्रत्येक शारीरिक गठन का मापन 1 से 7 तक की श्रेणियों में बाँटकर किया। दूसरे शब्दों में, 4,000 व्यक्तियों में से प्रत्येक व्यक्ति के शारीरिक गठन की तीनों प्रकारों में (1 से 7 तक में) श्रेणीकरण (ranking) किया। यहाँ 1 श्रेणी (rank) से तात्पर्य 'सबसे कम' तथा 7 श्रेणी (rank) से तात्पर्य 'सबसे अधिक' से है। जैसे— जो व्यक्ति नाटे कद का है परन्तु काफी मोटे तथा गोलाकार गठन का है, उसे एण्डोमाफी पर 7 तथा अन्य दोनों श्रेणियों जैसे— मेसोमार्फी तथा एक्टोमार्फी पर 1-1 की श्रेणी (rank) दी जायेगी। अतः इस तरह के व्यक्ति को शेल्डन ने 7-1-1 कहा है। उसी तरह सम्भव है किसी व्यक्ति को एक्टोमार्फी में 7 दिया जाय। स्वभावतः तब ऐसे व्यक्ति को मेसोमार्फी तथा ऐण्डोमार्फी में 1-1 दिया जायेगा। अतः इस तरह के व्यक्ति को 1-1-7 कहा जायेगा। शेल्डन ने 7-1-1 श्रेणी प्राप्त करने वाले व्यक्ति को *प्रबल एण्डोमार्फ* (predominant endomorph), 1-7-1 वाले व्यक्ति को *प्रबल मेसोमार्फ* (predominant mesomorph) तथा 1-1-7 वाले व्यक्ति को *प्रबल एक्टोमार्फ* (predominant ectomorph) कहा है। शेल्डन ने बतलाया कि सबसे संतुलित व्यक्तित्व (balanced personality) वाला व्यक्ति उन्हें कहा जाता है जिन्हें तीन प्रकारों (types) में बीच की श्रेणी (ranking) यानी 4 प्राप्त होती है। अतः शेल्डन के अनुसार संतुलित व्यक्ति (balanced personality) वह है जिसका श्रेणीकरण 4-4-4 होता है।

2. मनोवैज्ञानिक गुणों के आधार पर *(On the basis of psychological characteristics)*—कुछ मनोवैज्ञानिकों ने व्यक्तित्व का वर्गीकरण मनोवैज्ञानिक गुणों के आधार पर किया है। इसमें युंग (Jung), आइजेन्क (Eysenck) तथा

गिलफोर्ड (Guilford) का नाम अधिक मशहूर है। युंग ने व्यक्तित्व के निम्नांकित दो प्रकार बतलाये हैं—

(i) बहिर्मुखी *(Extrovert)*—इस तरह के व्यक्ति की अभिरुचि विशेषकर समाज के कार्यों की ओर होता है। वह अन्य लोगों से मिलना-जुलना पसंद करता है तथा प्रायः खुशमिजाज होता है। ऐसे व्यक्ति आशावादी (optimistic) होते हैं तथा अपना सम्बन्ध यथार्थता (realism) से अधिक और आदर्शवाद (idealism) से कम रखते हैं। ऐसे लोगों को खाने-पीने को और भी अधिक अभिरुचि होती है। ऐसे लोग समाज के लिए काफी उपयोगी होते हैं।

(ii) अन्तर्मुखी *(Introvert)*—ऐसे व्यक्ति में बहिर्मुखी के विपरीत गुण पाये जाते हैं। इस तरह के व्यक्ति लोगों से मिलना-जुलना बहुत पसंद नहीं करते हैं और उनकी दोस्ती कुछ ही लोगों तक सीमित होती है। इनमें आत्मकेन्द्रिता (self-centredness) का गुण अधिक पाया जाता है। इन व्यक्तियों को अकेलापन अधिक पसंद होता है तथा ऐसे लोग रूढ़िवादी (conservative) प्रकृति के होते हैं तथा पुराने रीति-रिवाजों एवं नियमों को आदर देने वाले होते हैं।

आधुनिक मनोवैज्ञानिकों द्वारा युंग के इन दो प्रकारों की आलोचना की गयी है और इनलोगों ने कहा है कि सभी लोग इन दोनों में से किसी एक श्रेणी में आए ही यह जरूरी नहीं है। अधिकतर लोगों में इन दोनों श्रेणियों के गुण पाये जाते हैं। फलस्वरूप एक परिस्थिति में वे वहिर्मुखी के रूप में व्यवहार करते हैं तथा दूसरी परिस्थिति में वे अन्तर्मुखी के रूप में व्यवहार करते हैं। ऐसे व्यक्तियों को आधुनिक मनोवैज्ञानिकों ने *उभयमुखी* (ambivert) की संज्ञा दी है।

आइजेन्क (Eysenck, 1947) ने भी मनोवैज्ञानिक गुणों (psychological characteristics) के आधार पर व्यक्तित्व के तीन प्रकार[1] बतलाये हैं। इन्होंने युंग के अन्तर्मुखी-वहिर्मुखी सिद्धान्त की सत्यता की जाँच करने के लिए 10,000 सामान्य (normal) एवं तंत्रिका रोगियों (neurotics) पर अध्ययन किया और विशेष सांख्यिकीय विश्लेषण (statistical analysis) कर यह बतलाया कि व्यक्तित्व के निम्नांकित तीन प्रकार (type) होते हैं जो द्विध्रुवीय (bipolar) हैं—

(i) अन्तर्मुखता-बहिर्मुखता *(Inroversion-Extroversion)*—आइजेन्क ने युंग के अन्तर्मुखता (introversion) तथा वहिर्मुखता (extroversion) के सिद्धान्त को तो स्वीकार किया परन्तु युंग के समान उन्होंने इसे व्यक्तित्व का दो अलग-अलग प्रकार (type) नहीं माना। उनका कहना था कि चूँकि ये दोनों प्रकार एक-दूसरे के विपरीत हैं, अतः इन्हें एक साथ मिलाकर रखा जा सकता है तथा एक ही मापनी (scale) बनाकर अध्ययन किया जा सकता है। चूँकि ऐसा नहीं होता है कि ये दोनों तरह के गुण एक ही व्यक्ति में एक साथ अधिक या कम हों, अतः इसे आइजेन्क ने व्यक्ति का एक ही प्रकार (type) या विमा (dimension) माना है जो स्पष्टतः द्विध्रुवीय (bipolar) हैं। जैसे— किसी व्यक्ति में सामाजिकता अधिक है तथा वह लोगों से मिलना-जुलना अधिक पसंद करता है तो यह कहा जाता है कि व्यक्ति इस विमा के वहिर्मुखता (extroversion) पक्ष में ऊँचा है। दूसरी तरफ यदि व्यक्ति अकेले रहना पसन्द करता है, लज्जालु तथा संकोचशील भी है तो ऐसा कहा जाता है कि ऐसा व्यक्ति इस विमा के अन्तर्मुखता (introversion) पक्ष में अधिक ऊँचा है।

(ii) स्नायुविकृति-स्थिरता *(Neuroticism-Stability)*—आइजेन्क के अनुसार व्यक्तित्व का यह दूसरा प्रमुख प्रकार है। व्यक्तित्व के इस प्रकार के पहले छोर पर होने पर व्यक्ति में सांवेगिक नियंत्रण कम होता है तथा उनकी इच्छा शक्ति (will power) कमजोर होती है। इनके विचारों एवं क्रियाओं में मन्दता पायी जाती है। इनमें अन्य व्यक्तियों के सुझाव (suggestion) को चुपचाप स्वीकार कर लेने की प्रवृत्ति अधिक होती है तथा इनमें सामाजिकता (sociability) का अभाव पाया जाता है। ऐसे व्यक्तियों द्वारा प्रायः अपनी इच्छाओं का दमन (repression) किया जाता है। इस प्रकार के दूसरे छोर पर वाले व्यक्तित्व में स्थिरता होती है जिसकी ओर बढ़ने पर उक्त व्यवहारों या लक्षणों की मात्रा घटती जाती है और व्यक्ति में स्थिरता की मात्रा बढ़ती जाती है।

(iii) मनोविकृतिता-पराहं की क्रियाएँ *(Psychoticism-Superego function)*—आइजेन्क (Eysenck, 1952) ने व्यक्तित्व के इस प्रकार (type) को बाद में किये गये शोध (research) के आधार पर जोड़ा है। आइजेन्क ने इस प्रकार की व्याख्या करते हुए कहा कि व्यक्तित्व का यह 'प्रकार' मानसिक रोग (mental illness) की एक विशेष श्रेणी जिसे मनोविकृति (psychosis) कहा जाता है, के तुल्य (equivalent) के गुण अधिक होंगे, आइजेन्क (Eysenck, 1952) के अनुसार मनोविकृति (psychoticism) वाले व्यक्तित्व के 'प्रकार' (type) में क्षीण एकाग्रता (poor

---

1. वस्तुतः आइजेन्क द्वारा बतलाए गए यो तीन प्रकार (type) नहीं हैं, बल्कि तीन विमा (dimension) है। ऐसा होने से आइजेन्क के अनुसार किसी व्यक्ति के व्यक्तित्व को दिए गए प्रत्येक विमा पर उसे रेट किया जा सकता है। आइजेन्क का अपना प्रेक्षण यह था कि सचमुच में कोई व्यक्तित्व ऐसा नहीं होता है जो पूर्णतः किसी एक 'प्रकार' में फिट कर जाए।

concentration), क्षीण स्मृति (poor memory) तथा क्रूरता (cruelty) का गुण अधिक होता है। इसके अलावा ऐसे व्यक्ति में असंवेदनशीलता (insensitivity), दूसरों के प्रति सौहार्द्रपूर्ण सम्बन्ध की कमी, किसी प्रकार के खतरे के प्रति असतर्कता, सृजनात्मकता (creativity) की कमी आदि गुण पाये जाते हैं। इस प्रकार के दूसरे छोर पर पराहं की क्रियाएँ (super-ego functions) होती हैं। जैसे-जैसे इस छोर की ओर हम बढ़ते हैं, उक्त लक्षणों या व्यवहारों की मात्रा घटती जाती है तथा व्यक्ति में आदर्शत्व (ideality) तथा नैतिकता (morality) की मात्रा बढ़ती जाती है।

इस तरह से हम देखते हैं कि आइजेन्क के तीनों प्रकार (type) द्विध्रुवीय (bipolar) हैं। मतलब यह कदापि नहीं है कि अधिकतर व्यक्ति को दो छोरों में से किसी एक छोर पर रखा जा सकता है। सच्चाई यह है कि प्रत्येक 'प्रकार' या विमा (dimension) के बीच में ही अधिकतर व्यक्तियों को रखा जाता है।

गिलफोर्ड (Guilford, 1959) ने आइजेन्क के अन्तर्मुखता-वहिर्मुखता (introversion-extroversion) के 'प्रकार' का काफी विस्तृत रूप से विश्लेषण किया है और पाया कि इन प्रकारों में व्यक्तित्व के कई तरह के शीलगुण (traits) पाये जाते हैं। इस तरह से उन्होंने अपने अध्ययन के आधार पर आइजेन्क (Eysenck, 1947) के विचारों की पुष्टि की है।

अभी हाल में ही फ्रिडमैन तथा रोजेनमैन (Friedman & Rosenman, 1974) ने अपने शोधों के आधार पर व्यक्तित्व को दो प्रकार बतलाये हैं— टाईप ए (Type A) तथा टाईप बी (Type B)। सचमुच में ये दोनों शोधकर्त्ताओं द्वारा कुछ व्यक्तित्व शीलगुणों तथा चक्रीय हृदय रोग (Coronary Heart Disease) पर पड़नेवाले प्रभावों का लगभग 30 वर्षों तक शोध किया गया और टाइप ए तथा टाइप बी व्यक्ति प्रकार इस शोध का परिणाम है।

टाईप ए व्यक्ति वर्कएहोलिक्स (workaholics) होते हैं अर्थात् ऐसे लोग काफी प्रतियोगिता प्रेमी, महत्त्वाकांक्षी (ambitions) व्यर्थ समय बर्बाद न होने देने की पूरी कोशिश करनेवाले तथा चिड़चिड़ा प्रकृति के होते हैं। ऐसे लोग हमेशा हड़बड़ी में होते हैं और ऐसा महसूस करते है कि वे हमेशा काम के बोझ से ढके हुए हैं। ऐसे व्यक्ति काम की गति को कम करने तथा आराम करने में कठिनाई महसूस करते हैं। टाइप ए वाले व्यक्ति में उच्च रक्तचाप (hyper tension) तथा चक्रीय हृदय रोग (Coronary Heart Disease or CHD) के होने की सम्भावना अधिक होती है। कई अध्ययनों से यह स्पष्ट हुआ है कि टाइप ए व्यक्तित्व में CHD उत्पन्न होने की सम्भावना उन जोखिमों से भी ज्यादा होती है जो उच्च रक्तचाप, उच्च कोलेस्टेरोल (cholesterol) तथा धूमपान (smoking) आदि से होता है।

टाईप बी व्यक्तित्व, टाईप ए व्यक्तित्व का विपरीत होता है और जब किसी व्यक्ति में टाइप ए शीलगुणों की अनुपस्थिति होती है, तो उसे **टाइप-बी व्यक्तित्व** (Type-B personality) में रखा जाता है। सामान्यतः टाइप बी व्यक्तित्व प्रतियोगी (competitive) विचार के नहीं होते हैं, क्रोध नहीं करते हैं, शांतप्रिय होते हैं, और किसी कार्य को करने की हड़बड़ी न दिखाकर उसे काफी सोच-समझकर धीरे-धीरे करते हैं। टाइप ए तथा टाइप बी व्यक्तित्व प्रकारों को मापने के लिए दो भारतीय मनोवैज्ञानिकों जिनका नाम उपीन्द्र धर एवं मनीष जैन (Upinder Dhar & Manish Jain) है, द्वारा एक विशेष मापनी तैयार किया गया है जिसे **टाइप ए/बी विहेभियरल पैटर्न स्केल** (Type A/B Behavioural Pattern Scale) कहा गया है जो अधिक लोकप्रिय है। डॉ॰ अरूण कुमार सिंह (लेखक) तथा डॉ॰ अशोक कुमार ने भी टाइप ए/बी/सी परसनलिटी पैटर्न स्केल विकसित किया है जिसके द्वारा टाइप ए, बी एवं सी पैटर्न का मापन होता है।

नवीनतम शोधों से टाईप ए तथा टाइप बी व्यक्तित्व के अतिरिक्त कुछ और भी व्यक्तित्व प्रकारों का नामकरण किया गया है जो इस प्रकार हैं— टाइप सी व्यक्तित्व (Type C personality), टाईप डी व्यक्तित्व (Type D personality), टाईप एच व्यक्तित्व (Type-H personality) तथा टाईप टी व्यक्तित्व (Type T personality) टाईप सी व्यक्तित्व या जिसे *कैंसर-उन्मुखी व्यक्तित्व* (cancer-prone personality) भी कहा जाता है, वैसा व्यक्तित्व होता है जो अत्यधिक अनुपालन दिखलाता है, सांवेगिक रूप से भोथरे (emotionality blunted) होते हैं तथा ऐसे लोग अपनी जिंदगी को सुचारु रूप से चलाने में एवं उन्हें नियंत्रित करने में निःसहाय महसूस करते हैं। ऐसे लोग व्यवहार में सहयोग दिखलाते हैं तथा धैर्य भी रखते हैं परंतु अपने नकारात्मक संवेगों की अभिव्यक्ति नहीं कर पाते हैं। टाईप सी व्यक्तित्व का प्रतिपादन मॉरिस (Moriss, 1989) द्वारा किया गया तथा टेमोशोक एवं ड्रीहर (Temoshok & Dreher, 1992) द्वारा किये गये शोधों से इस बात की स्वयं पुष्टि हो गयी है कि ऐसे व्यक्तित्व में कैंसर होने की सम्भावना काफी अधिक होती है। 1911 में टाईप ए, बी एवं सी (Type A, B & C) वाले व्यक्तित्व को मापने के लिए डॉ॰ अरूण कुमार सिंह (लेखक) एवं डॉ॰ अशोक कुमार (शोध छात्र) द्वारा एक मापनी विकसित किया गया है जिसे टाईप ए बी सी परसनालिटी पैटर्न स्केल (Type A B C personality pattern scale) की संज्ञा दी गयी है। टाईप डी व्यक्तित्व (Type D personality) *डिस्ट्रेस्ड-व्यक्तित्व प्रकार* (Distressed personality type) को कहा जाता है (डेमोलोट, (Demolett, 1999)। टाइप डी व्यक्तित्व वाले व्यक्तियों को नकारात्मक संवेगों (negative emotions) का अनुभव अधिक होता है तथा सामाजिक अंतःक्रियाओं में ऐसे लोग अपने आप को कम-से-कम अभिव्यक्त कर पाते हैं। ऐसे लोग किसी तनावपूर्ण परिस्थिति से

निबटने के लिए नकारात्मक संवेगों को अपने ऊपर अधिक स्वीकार करते हैं।

टाईप एच व्यक्तित्व मनोवैज्ञानिक कठोरता (Psychological Hardiness) दिखलाने वाले व्यक्तित्व को कहा जाता है। ऐसी कठोरता तीन तरह के मनोवैज्ञानिक गुणों (psychological qualities) का एक मिश्रण होता है— *वचनबद्धता* (committment), *चुनौती* (challenge) तथा *नियंत्रण* (control)। इस क्षेत्र में मशहूर महिला मनोवैज्ञानिक कोबासा (Kobasa, 1978) ने महत्त्वपूर्ण शोध किया है और बतलाया है कि जिन व्यक्तियों में कठोरता का स्तर ऊँचा होता है, वे अधिक तनाव वाले परिस्थिति में भी स्वस्थ बने रहते हैं परंतु जिनमें इनका स्तर कम होता है, वे कम तनाव वाले परिस्थिति में भी बीमार हो जाते हैं। वचनबद्धता से तात्पर्य व्यक्तित्व की उस प्रवृत्ति से होता है जिसके द्वारा वह अपने आप को तनावग्रस्त परिस्थिति से निबटने के लिए अपनाये गये तरीकों से जुड़ा हुआ रहता है। नियंत्रण से तात्पर्य व्यक्ति कहाँ तक परिस्थिति को अपने नियंत्रण में कर पाता है, से होता है। चुनौती से तात्पर्य परिवर्तन को स्वीकारने एवं वैसी नयी क्रियाओं को करने की प्रवृत्ति से होती है जिनसे व्यक्ति में वर्द्धन का अवसर मिलता हो। इन तीनों तरह के मनोवैज्ञानिक गुणों से युक्त व्यक्तित्व को टाईप एच (Type H) व्यक्तित्व कहा जाता है। डॉ॰ अरुण कुमार सिंह (लेखक) द्वारा मनोवैज्ञानिक कठोरता को मापने के लिए एक मापनी भी विकसित किया गया है, जिसे *सिंह मनोवैज्ञानिक तगड़ापन मापनी (Singh Psychological Hardiness scale)* कहा गया है।

टाईप टी (Type T) व्यक्तित्व में 'टी' का मतलब थ्रिल (thrill) से होता है। जब व्यक्ति ऐसा होता है जो जोखिम उठाने में तथा नये-नये उत्तेजनों को ग्रहण करने में आनन्दित होता है, तो उसे टाईप टी व्यक्तित्व कहा जाता है। फ्रैंक फारले (Frank Farley, 1990) ने टाईप टी व्यक्तित्व के दो प्रकार बतलाए हैं— *सर्जनात्मक टी व्यक्तित्व* (Creative T personality) तथा *ध्वंसात्मक टी व्यक्तित्व* (Destructive T personality)। सर्जनात्मक टी व्यक्तित्व वैसे व्यक्तित्व को कहा जाता है जो रचनात्मक कार्य करके उत्तेजन प्राप्त करते हैं एवं आनन्दित होते हैं जबकि ध्वंसात्मक टी व्यक्तित्व अपराध, बर्बरता (vandalism) आदि में लिप्त होकर नये-नये उत्तेजन प्राप्त करते हैं।

ऊपर के विवरण से स्पष्ट है कि व्यक्तित्व के प्रकार सिद्धान्त (type theory) में व्यक्तित्व के समान शीलगुणों को एक साथ मिलाकर एक विशेष 'प्रकार' (type) का निर्माण किया जाता है और उसी विशेष 'प्रकार' के अनुसार व्यक्तित्व की व्याख्या की जाती है। इस सिद्धान्त की सबसे बड़ी विशेषता यह रही है कि इसमें व्यक्तित्व को एक संगठित एवं समग्र (as a whole) रूप से अध्ययन करने का प्रयास किया गया है। इस गुण के बावजूद भी इस सिद्धान्त की आलोचना (criticism) की गयी है जो निम्नांकित हैं—

(i) प्रकार सिद्धान्त (type theory) में इस बात की पूर्वकल्पना (assumption) की गयी है कि सभी व्यक्ति किसी-न-किसी 'प्रकार' या श्रेणी में निश्चित रूप से आते हैं। परन्तु सच्चाई यह है कि एक ही व्यक्ति में व्यक्तित्व के कई प्रकारों का गुण मिलता है जिसके कारण उन्हें किसी एक 'प्रकार' में रखना सम्भव नहीं है। उदाहरणस्वरूप अधिकतर व्यक्तियों में अन्तर्मुखी (introvert) तथा वहिर्मुखी दोनों के गुण पाये जाते हैं। अतः उन्हें इन दोनों प्रकारों में से किसी एक 'प्रकार' में रखकर अध्ययन करना सर्वथा भूल होगी।

(ii) प्रकार सिद्धान्त के अनुसार जब किसी व्यक्ति को एक विशेष 'प्रकार' में रखा जाता है तो यह पूर्वकल्पना भी साथ-ही-साथ कर ली जाती है कि उसमें उस 'प्रकार' से सम्बन्धित सभी गुण होंगे। परन्तु सच्चाई इस तरह की नहीं होती है। जैसे— यदि किसी व्यक्ति को 'अन्तर्मुखी' (introvert) की श्रेणी में रखा जाता है तो यह पूर्वकल्पना की जाती है कि उसमें, अन्य गुणों के अलावा, सांवेगिक संवेदनशीलता भी होगी तथा ऐसा व्यक्ति एकान्तप्रिय (seclusive) होगा। परन्तु ये दोनों गुण एक अन्तर्मुखी व्यक्ति में हो भी सकते हैं या नहीं भी हो सकते हैं। एक सांवेगिक रूप से संवेदनशील व्यक्ति अकेले भी रहना पसंद कर सकता है तथा अन्य लोगों के समूह में भी रहना पसंद कर सकता है। अतः प्रकार सिद्धान्त की यह पूर्वकल्पना (assumption) भी बहुत सही नहीं है।

(iii) प्रकार सिद्धान्त द्वारा व्यक्तित्व के संरचना (structure) की व्याख्या तो होती है परन्तु व्यक्तित्व विकास (personality development) की व्याख्या नहीं होती है। इस सिद्धान्त में उन कारकों का उल्लेख नहीं है जिनसे व्यक्तित्व का विकास प्रभावित होता है तथा इस सिद्धान्त से विकास की अवस्थाओं का भी पता नहीं चलता है।

(iv) कुछ मनोवैज्ञानिकों का कहना है कि प्रकार सिद्धान्त (type theory) में विशेषकर शारीरिक गठनां (body builds) के आधार पर किए गए वर्गीकरण में सामाजिक (social) तथा सांस्कृतिक कारक (cultural factors) के महत्त्व को बिलकुल ही गौण रखा गया है। शेल्डन का यह दावा है कि व्यक्ति के शारीरिक संगठन तथा उसके शीलगुणों में जो निश्चित सम्बन्ध होता है, वह व्यापक (universal) होता है तथा सभी परिस्थितियों में समान होता है, उचित नहीं है। विट्टेकर (Whittaker, 1970) के अनुसार इस तरह का सम्बन्ध सचमुच में सामाजिक एवं सांस्कृतिक कारकों (social and cultural factors) द्वारा अधिक प्रभावित होता है।

(v) शेल्डन ने अपने प्रकार सिद्धान्त में शारीरिक गठन (physique) तथा स्वभाव (temperature) से सम्बन्धित शीलगुणों के बीच उच्च सहसम्बन्ध (high correlation) यानी 0.78 से अधिक सहसम्बन्ध पाया है। कुछ आलोचकों का मत है कि यह सहसम्बन्ध वास्तविक नहीं था। चूँकि शेल्डन ने स्वयं ही शारीरिक गठन (physique) तथा स्वभाव या चित्तप्रकृति से सम्बन्धित गुणों का रेटिंग (rating) किया था, अतः सहसम्बन्ध को तो अधिक होना ही था। हॉल्ल तथा लिण्डजे[1] (Hall & Lindzey, 1957) ने ठीक ही कहा है, ''सहसम्बन्ध की मात्रा से अन्वेषणकर्त्ता की पूर्वधारणा (preconception) की शक्ति का पता चलता है न कि शारीरिक गठन (physique) एवं चित्तप्रकृति (temperament) के बीच वास्तविक सम्बन्ध का।''

इन आलोचनाओं के बावजूद भी प्रकार सिद्धान्त की मान्यता आज भी बनी हुई है जिसका प्रमाण हमें इस बात से मिल जाता है कि इन विभिन्न प्रकारां के क्षेत्र में मनोवैज्ञानिकों द्वारा विशेष रूप से अध्ययन किया जा रहा है।

शीलगुण उपागम (Trait Approach)

शीलगुण सिद्धान्त प्रकार सिद्धान्त (type theory) से भिन्न एवं विषम (contrasting) है। शीलगुण सिद्धान्त के अनुसार व्यक्ति की संरचना (structure) भिन्न-भिन्न प्रकार के शीलगुण से ठीक वैसी बनी होती है जैसे एक मकान की संरचना छोटी-छोटी ईट से बनी होती है। शीलगुण (trait) से सामान्य अर्थ होता है व्यक्ति के व्यवहारों का वर्णन (description of human behaviour)। जैसे—सतर्क (alert), सक्रिय (active), मंदित (depressed) आदि कुछ ऐसे शब्द है जिनके सहारे मानव व्यवहार का वर्णन होता है। प्रश्न उठता है कि क्या सभी शब्द जिनसे मानव व्यवहार का वर्णन होता है, शीलगुण है? कदापि नहीं। शीलगुण कहलाने के लिए यह आवश्यक है कि उसमें संगति (consistency) का गुण हो। उदाहरणार्थ, यदि कोई व्यक्ति हर तरह की परिस्थिति में ईमानदारी (honesty) का गुण दिखलाता है तो हम कहते हैं कि उसके व्यवहार में संगति (consistency) है तथा उसमें ईमानदारी का शीलगुण है। परन्तु जब वह कुछ परिस्थिति में ईमानदारी दिखलाता है तथा कुछ में नहीं, तो यह नहीं कहा जा सकता है कि इस व्यक्ति में ईमानदारी (honesty) का शीलगुण है। हाँ, यह थोड़ी देर के लिए कहा जा सकता है कि उसमें ईमानदारी दिखलाने की आदत (habit) है जिसे वह कभी दिखलाता है कभी नहीं। इस तरह से हम कह सकते हैं कि व्यक्ति के व्यवहारों में पूर्ण संगति (consistency) को शीलगुण तथा कम संगति (less consistency) को आदत कहा जाता है। किसी व्यवहार को शीलगुण कहलाने के लिए संगति के अलावा उसमें स्थिरता (stability) का भी गुण होना चाहिए। दूसरे शब्दों में, शीलगुण कहलाने के लिए कम-से-कम थोड़े समय के लिए स्थायित्व (relatively permanence) का गुण भी होना चाहिए। अगर व्यक्ति एक महीना तक हर परिस्थिति में ईमानदारी दिखलाता है परन्तु बाद में नहीं तो इसे शीलगुण नहीं कहा जाएगा। अतः शीलगुण एक ऐसी विशेषता होती है जिसके कारण व्यक्ति संगत ढंग से (consistent way) तथा सापेक्ष रूप से स्थायी ढंग से (relatively permanent way) एक-दूसरे से भिन्न होता है। एटकिन्सन, एटकिन्सन तथा हिलगार्ड[2] (Atkinson, Atkinson & Hilgard, 1983) ने भी शीलगुण को इसी तरह परिभाषित किया है।

शीलगुण सिद्धान्त (trait theory) के अनुसार व्यक्ति का व्यवहार व्यक्तित्व के किसी 'प्रकार' (type) द्वारा

---

1. "The magnitude of his correlations may reflect the strength of the investigator's preconception rather than an actual association between physique and temperament."

—Hall & Lindzey : *Theories of Personality,* 1957, p. 516

2. "A trait refers to any characteristics that differs from person to person in a relatively permanent and cosistent way." —Atkinson, Atkinson & Hilgard : *Introduction to Psychology,* 1983, p. 389

नियंत्रित नहीं होता है बल्कि भिन्न-भिन्न प्रकार के शीलगुणों (traits) द्वारा नियंत्रित होता है जो प्रत्येक व्यक्ति में मौजूद रहना है। इस तरह शीलगुण उपागम व्यक्तित्व के मौलिक इकाई (original unit) को यानी शीलगुण को अलग करके उसके आधार पर व्यक्ति के व्यवहार की व्याख्या करता है।

इस तरह से शीलगुण उपागम में व्यक्तित्व के उन महत्त्वपूर्ण विमाओं (dimensions) की पहचान करने की कोशिश की जाती है जिनके आधार पर व्यक्ति एक-दूसरे से भिन्न समझे जाते हैं। इस उपागम की मान्यता यह है कि यदि एक बार यह जान लिया जाता है कि एक व्यक्ति दूसरे व्यक्ति से किस तरह से भिन्न है, फिर यह आसानी से मापा जा सकता है कि एक व्यक्ति दूसरे व्यक्ति से कितना भिन्न है और तब अध्ययनकर्त्ता उन अन्तरों को विभिन्न परिस्थितियों में व्यक्ति के व्यवहार के अन्तरों के साथ सम्बद्ध कर उसकी व्याख्या करता है। शीलगुण सिद्धान्त में मूल रूप से दो मनोवैज्ञानिकों के विचारों का उल्लेख किया जाता है जो निम्नांकित हैं—

1. आलपोर्ट का योगदान (*Contribution of Allport*)—आलपोर्ट का नाम शीलगुण सिद्धान्त के साथ गहरे रूप से जुड़ा हुआ है। यही कारण है कि आल्लपोर्ट द्वारा प्रतिपादित व्यक्तित्व के सिद्धान्त को *'आलपोर्ट का शीलगुण सिद्धान्त'* (Allport's trait theory) कहा जाता है जिसकी विस्तृत चर्चा हम आगे करेंगे। आलपोर्ट ने शीलगुण को मुख्यतः दो भागों में बाँटा है जो इस प्रकार हैं—

(i) सामान्य शीलगुण (*Common trait*)—सामान्य शीलगुण से तात्पर्य वैसे शीलगुणों से होता है जो किसी समाज या संस्कृति (culture) के अधिकतर लोगों में पाया जाता है। फलतः सामान्य शीलगुण ऐसा शीलगुण है जिसके आधार पर किसी समाज या संस्कृति के अधिकतर लोगों की तुलना आपस में की जा सकती है। उदाहरणार्थ, प्रभुत्व (dominance) की माप (measure) पर मोहन का शीलगुण यदि 70th शततमक (percentile) पर हैं, तो इसका मतलब हुआ कि 70% व्यक्तियों का गुण मोहन की तुलना में कम है। स्पष्टतः यहाँ प्रभुत्व के शीलगुणों के आधार पर मोहन की तुलना अन्य व्यक्तियों से की जा रही है। अतः प्रभुत्व एक सामान्य शीलगुण (common trait) का उदाहरण हुआ।

(ii) व्यक्तिगत शीलगुण (*Personal trait*)—आल्लपोर्ट (Allport) के अनुसार व्यक्तित्व शीलगुण (personal trait) एक दूसरा महत्त्वपूर्ण शीलगुण है जिसे उन्होंने *व्यक्तिगत प्रवृत्ति* (personal disposition) कहना अधिक उचित ठहराया है। उनका विचार है कि व्यक्तिगत प्रवृत्ति अधिक विवरणात्मक (descriptive) है तथा इससे संभ्रान्ति (confusion) भी कम होता है।

व्यक्तित्व प्रवृत्ति (personal disposition) से तात्पर्य वैसे शीलगुणों से होता है जो किसी समाज या संस्कृति के व्यक्ति विशेष तक ही सीमित होता है, अर्थात् उस समय या संस्कृति के सभी व्यक्तियों में वह नहीं पाया जाता है। यही कारण है कि इस तरह के शीलगुणों के आधार पर व्यक्तियों के बीच तुलना नहीं की जा सकती है परन्तु एक ही व्यक्ति का तुलनात्मक (active) अध्ययन भिन्न-भिन्न पहलुओं पर हो सकता है। जैसे यदि हम यह कहते हैं कि श्याम सक्रिय कम परन्तु निष्क्रिय (passive) ज्यादा है, तो यह व्यक्तिगत प्रवृत्ति का उदाहरण होगा। आलपोर्ट (Allport) ने व्यक्तिगत प्रवृत्ति (personal disposition) तथा सामान्य शीलगुण (common traits) में निम्नांकित दो अन्तर बतलाये हैं—

(i) सामान्य शीलगुण (common traits) समाज के अधिकतर व्यक्तियों में पाया जाता है जबकि व्यक्तिगत प्रवृत्ति (personal disposition) समाज के कुछ व्यक्ति विशेष में ही पायी जाती है।

(ii) सामान्य शीलगुण के आधार पर कई व्यक्तियों का तुलनात्मक अध्ययन किया जाता है जबकि व्यक्तिगत प्रवृत्ति के आधार पर एक ही व्यक्ति के भिन्न-भिन्न शीलगुणों का आपस में तुलनात्मक अध्ययन किया जाता है।

आलपोर्ट ने सामान्य शीलगुण (common traits) की अपेक्षा व्यक्तिगत प्रवृत्ति (personal disposition) के अध्ययन पर अधिक बल डाला है। उन्होंने यह भी बतलाता है कि व्यक्ति प्रवृत्ति की संख्या करीब-करीब 18,000 है। उन्होंने यह भी कहा है कि कुछ व्यक्तिगत प्रवृत्ति ऐसी होतीं हैं जो व्यक्तित्व की परिधि (periphery) पर होती है। अतः उसे स्पष्टतः समझा जा सकता है। परन्तु कुछ व्यक्तिगत प्रवृत्ति व्यक्तित्व के भीतर यानी केन्द्र (centre) में होती हैं जिन्हें सीधे और स्पष्टतः तो समझना थोड़ा कठिन है। आल्लपोर्ट (Allport) ने व्यक्तिगत प्रवृत्ति को इस दृष्टिकोण से निम्नांकित तीन भागों में बाँटा है—

(i) कार्डिनल प्रवृत्ति (*Cardinal disposition*)—इस तरह की व्यक्तिगत प्रवृत्ति व्यक्तित्व का इतना प्रमुख एवं प्रबल गुण होता है कि उसे छिपाया नहीं जा सकता है और व्यक्ति के प्रत्येक व्यवहार की व्याख्या इस तरह

से कार्डिनल प्रवृत्ति के रूप में आसानी से की जा सकती है। सभी व्यक्तियों में कार्डिनल प्रवृत्ति नहीं होती है परन्तु जिनमें होती है, वे पूर्णरूपेण उस प्रवृत्ति या गुण से चर्चित होते हैं। जैसे— महात्मा गाँधी के व्यक्तित्व का कार्डिनल प्रवृत्ति (cardinal disposition) शांति एवं अहिंसा में अटूट विश्वास था और इस गुण से पूरे संसार में वे चर्चित हैं। अतः शांति एवं अहिंसा में विश्वास महात्मा गाँधी के कार्डिनल प्रवृत्ति का एक उदाहरण है। उसी तरह से हिटलर तथा नेपोलियन की कार्डिनल प्रवृत्ति क्या थी, इसे छात्र स्वयं ही सोच सकते हैं।

(ii) **केन्द्रीय प्रवृत्ति** *(Central disposition)*—केन्द्रीय प्रवृत्ति सभी व्यक्तियों में पायी जाती है। प्रत्येक व्यक्ति में 5 से 10 ऐसे प्रवृत्तियाँ (disposition) या गुण होते हैं जिनके भीतर उसका व्यक्तित्व अधिक सक्रिय (active) रहता है। एक तरह से यदि कहा जाय कि व्यक्तित्व इन 5 से 10 गुणों के भीतर जिंदा रहता है, तो कोई अतिशयोक्ति (exaggeration) नहीं होगी। इन गुणों या प्रवृत्तियों को केन्द्रीय प्रवृत्ति कहा जाता है। सामाजिकता (socialiability), आत्मविश्वास (self-confidence), उदासी (depression) आदि कुछ केन्द्रीय प्रवृत्ति (central disposition) के उदाहरण हैं।

(iii) **गौण प्रवृत्ति** *(Secondary disposition)*—गौण प्रवृत्ति वैसे गुणों को कहा जाता है जो व्यक्तित्व के लिए कम महत्त्वपूर्ण, कम संगत (consistent), कम अर्थपूर्ण तथा कम स्पष्ट होते हैं। जैसे— खाने की आदत, हेयर स्टाइल (hair style), पहनावा, आदि कुछ ऐसी प्रवृत्तियाँ (disposition) हैं जिनके आधार पर व्यक्तित्व को समझने में कोई खास मदद नहीं मिलती है और न ही इसके आधार पर व्यक्तित्व के बारे में कोई खास अर्थ ही लगाया जा सकता है। आलपोर्ट (Allport) ने यह भी स्पष्ट कर दिया है कि एक व्यक्ति के लिए एक गुण केन्द्रीय प्रवृत्ति (central disposition) हो सकता है परन्तु दूसरे के लिए वही गुण गौण प्रवृत्ति (secondary disposition) हो सकता है। उदाहरणार्थ, वहिर्मुखी (extrovert) के लिए सामाजिकता (sociability) एक केन्द्रीय प्रवृत्ति है परन्तु अन्तर्मुखी (introvert) के लिए सामाजिकता एक गौण प्रवृत्ति है। इस तरह से हम देखते हैं कि आलपोर्ट ने व्यक्तित्व के शीलगुणों (traits) को कई भागों में बाँटकर एक यथोचित व्याख्या प्रस्तुत की है।

2. कैट्टेल का योगदान *(Contribution of Cattell)*—शीलगुण सिद्धान्त में आलपोर्ट के बाद कैटेल का नाम अधिक महत्त्वपूर्ण माना गया है। इन्होंने शीलगुण सिद्धान्त में अपना विशेष योगदान करके इस सिद्धान्त को व्यक्तित्व की व्याख्या करने में काफी प्रबल बनाया है। कैटेल द्वारा प्रतिपादित व्यक्तित्व के सिद्धान्त की व्याख्या हम अलग से आगे करेंगे।

कैट्टेल ने प्रमुख शीलगुणों की खोज की शुरूआत आल्लपोर्ट (Allport) द्वारा बतलाये गए 18,000 शीलगुणों में से 4,500 शीलगुणों को चुनकर किया। बाद में, इनमें से समानार्थ (synonym) शब्दों को एक साथ मिलाकर इसकी संख्या उन्होंने 200 कर दी और फिर बाद में विशेष सांख्यिकीय विधि (statistical method) यानी कारक विश्लेषण (factor analysis) के सहारे अन्तर सहसम्बन्ध (intercorrelation) द्वारा उसकी संख्या 35 कर दी।

कैट्टेल (Cattell) ने शीलगुणों को कई ढंग से विभाजित कर अध्ययन किया है। उनका सबसे मशहूर (popular) वर्गीकरण वह है जिसमें उन्होंने व्यक्तित्व के शीलगुणों को सतही शीलगुण (surface trait) तथा मूल या स्रोत शीलगुण (source trait) के रूप में विभाजन किया है। इन दोनों का वर्णन निम्नांकित है—

(i) **सतही शीलगुण** *(Surface trait)*—जैसा कि नाम से भी स्पष्ट है, इस तरह का शीलगुण व्यक्तित्व के ऊपरी सतह या परिधि पर होता है यानी, इस तरह के शीलगुण ऐसे होते हैं जो व्यक्ति के दिन-प्रतिदिन की अन्तःक्रिया (interaction) में आसानी से अभिव्यक्त हो जाते हैं। इसकी अभिव्यक्ति (expression) इतनी स्पष्ट होती है कि सम्बन्धित शीलगुण के बारे में व्यक्ति में कोई दो मत हो ही नहीं सकते हैं। जैसे— प्रसन्नता (cheerfulness), परोपकारिता (altruism), सत्यनिष्ठा (integrity) कुछ ऐसे शीलगुण हैं जो सतही शीलगुण के उदाहरण हैं जिनकी अभिव्यक्ति व्यक्ति के दिन-प्रतिदिन की अन्तःक्रिया (interaction) में स्पष्ट रूप से होती है।

(ii) **स्रोत या मूल शीलगुण** *(Source trait)*—कैटेल के अनुसार मूल शीलगुण व्यक्तित्व की अधिक महत्त्वपूर्ण संरचना है तथा इसकी संख्या सतही शीलगुण की अपेक्षा कम होती है। मूल शीलगुण (source trait) सतही शीलगुण के समान, व्यक्ति के दिन-प्रतिदिन की अन्तःक्रिया (interaction) में स्पष्ट रूप से व्यक्ति नही हो पाते हैं। अतः इसका प्रेक्षण (observation) सीधे नहीं किया जा सकता है। कैटेल के अनुसार मूल शीलगुण

(source trait) व्यक्तित्व की भीतरी संरचना होती है जिसके बारे में हमें ज्ञान तब होता है जब हम उससे सम्बन्धित सतही शीलगुण (surface trait) को एक साथ मिलाने की कोशिश करते हैं। जैसे—सामुदायिकता (gregariousness), निस्वार्थता (unselfishness) तथा हास्य (humour) तीन ऐसे सतही शीलगुण (surface trait) हैं जिनके एक साथ मिलाने से एक नया मूल शीलगुण (source trait) बनता है जिसे मित्रता (friendliness) की संज्ञा दी जाती है। इस उदाहरण से यह भी स्पष्ट है कि मूल शीलगुण की अभिव्यक्ति (expression) सतही शीलगुणों के रूप में ही होती है। इसलिए कैट्टेल (Cattell) ने सतही शीलगुण को *''शीलगुण सूचक''* (trait indicators) भी कहा है। कैटेल के अनुसार 23 मूल शीलगुण (source traits) ऐसे हैं जो सामान्य व्यक्तियों (normal individuals) में पाये जाते हैं तथा 12 ऐसे मूल शीलगुण हैं जो असामान्य व्यक्तियों (abnormal individuals) में पाये जाते हैं। इस 23 में से 16 को कैट्टेल ने अत्यधिक महत्त्वपूर्ण बतलाया है और इसे मापने के लिए उन्होंने एक विशेष प्रश्नावली (questionnaire) भी तैयार की जिसे *सोलह व्यक्तित्व कारक प्रश्नावली* (Sixteen Personality Factor Questionnaire या Sixteen PF Questionnaire) की संज्ञा दी गयी है।

सामान्य रूप से मूल शीलगुण (source trait) को कैट्टेल (Cattell) ने दो भागों में बाँटा है— पर्यावरण-प्रभावित शीलगुण (environmental-mold traits) तथा स्वाभाविक शीलगुण (constitutional traits)। कुछ मूल शीलगुण ऐसे होते हैं जिनके विकास में आनुवंशिकता (heredity) की अपेक्षा वातावरण-सम्बन्धी कारकों का अधिक प्रभाव पड़ता है। इन्हें *पर्यावरण-प्रभावित शीलगुण* (environmental-mold traits) कहा जाता है। कुछ ऐसे शीलगुण होते हैं जिनके विकास में वातावरण की अपेक्षा आनुवंशिकता (heredity) का प्रभाव अधिक पड़ता है। इस तरह के शीलगुण को स्वाभाविक शीलगुण (constitutional traits) कहा जाता है।

कैट्टेल ने शीलगुणों (traits) का विभाजन उस व्यवहार पर भी किया है जिससे वे सम्बन्धित होते हैं। इस कसौटी के आधार पर शीलगुण के तीन प्रकार हैं— *गत्यात्मक शीलगुण* (dynamic trait), *क्षमता शीलगुण* (ability traits) तथा *चित्तप्रकृति शीलगुण* (temperament trait)। *गत्यात्मक शीलगुण* वैसे शीलगुण को कहा जाता है जिससे व्यक्ति का व्यवहार एक खास लक्ष्य की ओर अग्रसित होता है। मनोवृत्ति (attitude), अर्ग (erg) तथा मनोभाव (sentiments) गत्यात्मक शीलगुण के कुछ उदाहरण हैं। *क्षमता शीलगुण* (ability traits) से तात्पर्य कुछ वैसे शीलगुणों से होता है जो व्यक्ति को किसी लक्ष्य (goal) तक पहुँचाने में काफी प्रभावकारी (effective) सिद्ध होते हैं। *चित्तप्रकृति शीलगुण* (temperament trait) से तात्पर्य वैसे शीलगुणों से होता है जो किसी लक्ष्य पर पहुँचने के प्रयास (effort) से उत्पन्न होता है तथा जिसका सम्बन्ध व्यक्ति की संवेगात्मक स्थिति (emotional state), अनुक्रिया करने की शक्ति (energy) तथा दर (rate) आदि से सम्बन्धित होता है। सांवेगिक स्थिरता (emotional stability), मस्तमौलापन (happy-go-luckiness) आदि चित्तप्रकृति शीलगुण (temperament trait) के कुछ उदाहरण हैं।

कैट्टेल ने यह भी बतलाया है कि व्यक्तित्व के शीलगुणों का अध्ययन करने के लिए मूलतः तीन स्रोत (source) हैं— *जीवन अभिलेख* (life record), *आत्म रेटिंग* (self-rating) तथा *वस्तुनिष्ठ परीक्षण* (objective test)। पहले स्रोत से प्राप्त आँकड़ों (data) को L-data, दूसरे स्रोत से प्राप्त आँकड़ों को Q-data तथा तीसरे स्रोत से प्राप्त आँकड़ों को O-T-data कहा जाता है।

ऊपर में आलपोर्ट तथा कैट्टेल (Cattell) के योगदानों पर विचार करने पर एक प्रश्न उठकर जो सामने आता है, वह यह है कि मानव व्यक्तित्व के प्रमुख शीलगुण या कारक या विमा (dimensions) कौन-कौन हैं? सचमुच में शीलगुण उपागम (trait approach) का मुख्य उद्देश्य इसी प्रश्न का उत्तर ढूँढना है परंतु प्रस्तुत व्याख्या से स्पष्ट है कि उपागम इस प्रश्न का उत्तर संतोषजनक ढंग से देने में सफल नहीं हो पाता है। गत दो दशकों में किए गए महत्त्वपूर्ण शोधों के आधार पर मनोवैज्ञानिकों में इस सिलसिले में कुछ खास विमाओं के बारे में सहमति होते नजर आती है। ऐसे प्रमुख शोधकर्त्ता हैं—कोस्टा एवं मैकक्रे (Costa & McCrae, 1994), होगान (Hogan, 1983), मैकक्रे (McCrae, 1994) नौलर, ला एवं कोमरे (Noller, Law & Comrey, 1987)। इन शोधकर्त्ताओं के बीच लगभग इस बात की सहमति है कि व्यक्तित्व के निम्नांकित पाँच महत्त्वपूर्ण तथा हृस्ट-पुष्ट (robust) विमाएँ हैं जो सभी द्विध्रुवीय (bipolar) हैं—

(i) वहिर्मुखता *(Extraversion or E)*—व्यक्तित्व का यह एक ऐसा विमा (dimensions) है जिसमें एक परिस्थिति में व्यक्ति सामाजिक, मजाकिया, 'स्नेहपूर्ण', वातूनी (talkative) आदि का शीलगुण दिखाता है तो दूसरी परिस्थिति में वह संयमी (sober), गभीर, रूखापन, शांत, सचेत रहने आदि का शीलगुण भी दिखाता है। इस तरह से

वहिर्मुखता को एक द्विध्रुवीय विमा (bipolar dimension) माना गया है।

(ii) सहमतिजन्यता *(Agreeableness or A)*—इस विमा के भी दो छोर या ध्रुव बतलाये गए हैं। इस विमा के अनुसार व्यक्ति एक परिस्थिति में सहयोगी, दूसरों पर विश्वास करने वाला, उदार, सीधा सादा, उत्तम प्रकृति (good natured) आदि से सम्बद्ध व्यवहार दिखता है तो दूसरी परिस्थिति में वह असहयोगी, शंकालु, चिड़चिड़ा, जिद्दी, बेरहम आदि बनकर भी व्यवहार करता पाया जाता है।

(iii) कर्त्तव्यनिष्ठता *(Conscientiousness or C)*—इस विमा में एक परिस्थिति में व्यक्ति आत्म अनुशासित, उत्तरदायी, सावधान एवं काफी सोच-विचार कर व्यवहार करने से सम्बद्ध शीलगुण दिखाता है तो दूसरी परिस्थिति में वही व्यक्ति बिना सोचे-समझे, असावधानीपूर्वक, कमजोर या आधे मन से भी व्यवहार करने से सम्बद्ध शीलगुण दिखाता है।

(iv) स्नायुविकृति *(Neuroticism or N)*—इस विमा में व्यक्ति एक ओर कभी-कभी तो सांवेगिक रूप से काफी शांत, संतुलित, रोगभ्रमी विचारों (hypochondrical thoughts) से अपने आप को मुक्त पाता है तो दूसरी ओर वह कभी-कभी अपने आप को सांवेगिक रूप से काफी उत्तेजित, असंतुलित तथा रोगभ्रमी विचारों से घिरा हुआ पाता है।

(v) अनुभूतियों का खुलापन या संस्कृति *(Openness to experiences or culture or O)*—इस विमा में कभी-कभी व्यक्ति एक तरफ काफी संवेदनशील, काल्पनिक, बौद्धिक, भद्र आदि व्यवहार से सम्बद्ध शीलगुण दिखाता है तो दूसरी ओर वह काफी असंवेदनशील, रुखा, संकीर्ण, असभ्य एवं अशिष्ट व्यवहारों से सम्बद्ध शीलगुण भी दिखाता है।

उपर्युक्त पाँच शीलगुणों को नॉरमैन (Norman, 1963) ने *दी विग फाइव* (The Big Five) की संज्ञा दिया है जो आलपोर्ट, कैट्टेल आदि द्वारा किये गए शोधों पर आधृत है।

उपर्युक्त विमाओं के प्रथम अक्षरों का कूटसंकेतीकरण (coding) 'OCEAN' के रूप में करके हम आसानी से उन्हें याद रख सकते हैं। उक्त 'विग फाइव' विमा को मापने के लिए कोस्टा एवं मैकक्रे (Costa & McCare, 1992) ने एक विशेष प्रश्नावली भी विकसित किया है जिसे *नियो-व्यक्तित्व आविष्कारिका-संशोधित* (NEO-Personality Inventory Revised या NEO-PI-R) कहा गया है।

यद्यपि शीलगुण सिद्धान्त (trait theory) 'प्रकार सिद्धान्त' से अधिक वैज्ञानिक एवं पूर्ण लगता है, फिर भी मनोवैज्ञानिकों ने भी इसकी कुछ आलोचनाएँ (criticism) की हैं, जो निम्नांकित हैं—

(i) शीलगुण सिद्धान्त में कारक विश्लेषण (factor analysis) कर शीलगुण सिद्धान्तवादी (trait theorists) शीलगुणों की कोई एक निश्चित संख्या निर्धारित करने में अब तक असमर्थ रहे हैं। कैटेल के अनुसार इस तरह का शीलगुण 16 है जबकि आलपोर्ट इतनी कम संख्या से संतुष्ट नहीं हैं। नॉरमैन (Norman, 1963) के अनुसार ऐसे शीलगुणों की संख्या मात्र पाँच ही हैं। इस तरह की असहमति से व्यक्तित्व की व्याख्या सही-सही ढंग से नहीं की जा सकती है।

(ii) शीलगुण सिद्धान्तवादियों द्वारा बताये गये प्रमुख शीलगुण की संख्या के बारे में असहमति तो है ही, साथ-ही-साथ ऐसे शीलगुण एक-दूसरे से पूर्णतः स्पष्ट, भिन्न एवं स्वतंत्र नहीं हैं। दूसरे शब्दों में, कुछ प्रमुख शीलगुण दूसरे प्रमुख शीलगुण से इस तरह से जुड़े हुए तथा सम्बन्धित हैं कि लगता है एक ही बात को दो ढंग से कही जा रही है जिससे व्यक्ति के मन में संभ्रान्ति (confusion) अधिक होती है। जैसे— अन्तर्मुखता-वहिर्मुखता (introversion-extroversion) एक तरह का शीलगुण है जो अस्थिरता-स्थिरता (instability-stability) के शीलगुण से ऐसे मिलता है कि इसमें स्पष्टता कम तथा संभ्रान्ति (confusion) अधिक पैदा होती है। अन्तर्मुखता का गुण तथा अस्थिरता का गुण करीब-करीब एक ही समान है। ठीक उसी प्रकार वहिर्मुखता का गुण स्थिरता के गुण से काफी मिलता-जुलता है। इस तरह से शीलगुण सिद्धान्त में संभ्रान्ति (confusion) अधिक तथा स्पष्टता (clarity) कम है।

(iii) शीलगुण सिद्धान्त में व्यक्तित्व की व्याख्या अलग-अलग शीलगुणों के रूप में की जाती है। आलोचकों का मत है कि इस तरह के विश्लेषणात्मक दृष्टिकोण से व्यक्तित्व की एक सम्पूर्ण व्याख्या (whole explanation) नहीं की जा सकती है और तब व्यक्तित्व के बारे में कोई उचित सामान्यीकरण (generalization) या नियम बनाने की बात सिर्फ इस सिद्धान्त के आधार पर सही-सही नहीं की जा सकती है।

(iv) शीलगुण सिद्धान्त में परिस्थितिजन्य कारकों (situational factors) के महत्त्व को स्वीकार नहीं किया गया है।

इस सिद्धान्त के अनुसार यदि किसी व्यक्ति में 'प्रभुत्व' (dominance) का शीलगुण है, तो इसका मतलब यह हुआ कि हर परिस्थिति में वह 'प्रभुत्व' दिखलायेगा और दूसरों पर आधिपत्य रखने की कोशिश करेगा। परन्तु ऐसा होता नहीं है। एक छात्र अपने साथियों के बीच काफी प्रभुत्व दिखला लेता है परन्तु अपने माता-पिता या शिक्षक के सामने वह विनम्रता से पेश आता है। स्पष्ट है कि शीलगुण सिद्धान्त से हमें यहाँ इस छात्र के व्यवहार को समझने में मदद नहीं मिल पाती है।

(v) शीलगुण उपागम का स्वरूप वर्णनात्मक (descriptive) है। इसमें व्यक्तित्व के मौलिक एवं महत्त्वपूर्ण विमाओं (dimensions) का सिर्फ वर्णन किया जाता है परंतु इस बात की व्याख्या नहीं की जाती है कि किस तरह से विभिन्न शीलगुणों का विकास होता है। परिणामतः शीलगुण उपागमों द्वारा व्यक्तित्व के उतने सिद्धान्त नहीं विकसित हो पाये हैं जितना कि अन्य उपागमों द्वारा उत्पन्न हो पाये हैं।

(vi) कई दशकों (decades) तक के महत्त्वपूर्ण शोधों के बावजूद अभी तक मनोवैज्ञानिकों के बीच इस बात की सहमति नहीं है कि वे कौन-कौन से शीलगुण हैं जिन्हें व्यक्तित्व का महत्त्वपूर्ण शीलगुण माना जा सकता है तथा जिन्हें व्यक्तित्व का मौलिक विमा (dimensions) कहा जा सकता है। ऊपर में बतलाये गए व्यक्तित्व के जो पाँच हृस्ट-पुष्ट (robust) महत्त्वपूर्ण विमा बतलाये गये हैं, उसके बारे में कोई सार्वजनिक सहमति (universal acceptance) नहीं है और न ही सभी व्यक्तियों के शोधों में उसे महत्त्वपूर्ण पाया गया है। जैसे—वाल्लर एवं बेन-पारेथ (Waller & Ben-Porath, 1987) ने अपने शोध प्रोजेक्ट में उन पाँच विमाओं को महत्त्वपूर्ण विमा के रूप में उभरते नहीं पाया है।

(vii) ब्लौक (Block, 1995) तथा मैकएडम्स (McAdams, 1992) ने शीलगुण सिद्धान्त की आलोचना करते हुए कहा है कि व्यक्तित्व में शीलगुण के अतिरिक्त बहुत कुछ है जिसकी चर्चा तक इसमें नहीं की गयी है। जैसे, व्यक्ति का संज्ञानात्मक शैली (cognitive style), उसके अचेतन अभिप्रेरण, आत्म-संप्रत्यय (self-concept) कुछ ऐसे ही कारक हैं जो व्यक्तित्व की व्याख्या के लिए आवश्यक है परंतु शीलगुण सिद्धान्त में उसका कोई उल्लेख नहीं है।

(viii) शीलगुण सिद्धान्त से इस प्रश्न का उत्तर नहीं मिलता है कि क्या व्यक्तित्व, शीलगुणों का मात्र एक बंडल होता है या यह इन शीलगुणों का एक संगठन होता है।

(ix) शीलगुण सिद्धान्त व्यक्तित्व में परिवर्तन की व्याख्या करने में भी सक्षम नहीं है। शीलगुण सिद्धान्त से यह पता नहीं चलता है कि व्यक्तित्व में परिवर्तन किस तरह आता है।

उपर्युक्त आलोचनाओं के बावजूद व्यक्तित्व का शीलगुण उपागम एक महत्त्वपूर्ण उपागम है जिसके माध्यम से व्यक्तित्व के स्वरूप को समझने की कोशिश की गयी है।

व्यक्तित्व के निर्धारक
(Determinants of Personality)

व्यक्तित्व के निर्धारक से तात्पर्य कुछ वैसे कारकों (factors) से होता है जिससे व्यक्ति का विकास प्रभावित होता है। मनोवैज्ञानिकों ने इस तरह के कारकों को दो भागों में बाँटा है। कुछ कारक ऐसे हैं जिनका सम्बन्ध व्यक्ति के आनुवंशिकता (heredity) या जैविक प्रक्रियाओं (biological processes) से होते हैं। इस तरह के कारक को *जैविक कारक* (biological determinants) कहा जाता है। कुछ कारक ऐसे हैं जिसका सम्बन्ध व्यक्ति के वातावरण (environment) से होता है। इन्हें *पर्यावरणी कारण* (environmental factors) कहा जाता है। जन्म के बाद व्यक्ति किसी समाज या संस्कृति के वातावरण में पाला-पोषा जाता है। अतः वातावरण से सम्बन्धित भी कुछ ऐसे कारक होते हैं जो व्यक्ति के विकास को प्रभावित करते हैं। इन दोनों तरह के कारकों की व्याख्या निम्नांकित हैं—

(क) जैविक कारक या आनुवंशिक कारक *(Biological factors or hereditary factors)*—जैविक कारक से तात्पर्य स्पष्टतः वैसे कारकों से होता है जो आनुवंशिक (hereditary) होते हैं तथा जो जन्म या जन्म के पहले ही व्यक्ति में मौजूद होते है और व्यक्तित्व के विकास को प्रभावित करते हैं। ऐसे प्रमुख कारक निम्नांकित हैं—

1. शारीरिक संरचना तथा शारीरिक स्वास्थ्य *(Physique and physical health)*—शारीरिक संरचना (physique) से तात्पर्य प्राणी के शरीर के कद, रंग, गठन आदि से होते हैं। जिस व्यक्ति की शारीरिक संरचना सुडौल होती है, उसका

शारीरिक स्वास्थ्य भी अच्छा होता है। व्यक्ति के शारीरिक संरचना से सम्बन्धित ये सभी शीलगुण वंशानुगत होते हैं। यही कारण है कि प्रायः देखा गया है कि लम्बे माता-पिता के बच्चे भी लम्बे होते हैं तथा नाटे माता-पिता के बच्चे भी नाटे होते हैं। गोरे माता-पिता के बच्चे प्रायः गोरे तथा साँवले माता-पिता के बच्चे प्रायः साँवले होते हैं। कभी-कभी बच्चों के शारीरिक शीलगुण (physical traits) माता-पिता के शारीरिक शीलगुणों से न मिलकर उनके पूर्वजों के शीलगुणों से मिलते हैं। ऐसी परिस्थिति में बच्चों के शारीरिक कद की लम्बाई तथा रंग आदि माता-पिता से नहीं भी मिल पाते हैं। आनुवंशिकी (Genetics) के क्षेत्र में मेण्डेल (Mendel) जैसे वैज्ञानिकों ने शोध करके यह दिखला दिया है कि बच्चों के शारीरिक शीलगुण माता-पिता के शारीरिक शीलगुणों का औसत (average) ही होता है। जैसे—पिता अधिक लम्बे हैं और माता अधिक नाटी हैं, तो बच्चों की शारीरिक लम्बाई इन दोनों के औसत लम्बाई के बराबर होने की सम्भावना अधिक होती है।

व्यक्तित्व के इन शारीरिक शीलगुणों (physical traits) तथा स्वास्थ्य (health) का प्रभाव मानसिक शीलगुणों (mental traits) के विकास पर भी पड़ता है। कैसे? प्रायः देखा गया है कि जिन बच्चों या व्यक्तियों का शारीरिक स्वास्थ्य तथा संरचना आकर्षक एवं सुन्दर होता है, उसके प्रति माता-पिता, पास-पड़ोस के लोग, शिक्षक, साथियों एवं अन्य लोगों का व्यवहार काफी अनुकूल (favourable) होता है। फलस्वरूप, ऐसे बच्चों में अच्छे सामाजिक शीलगुणों जैसे— श्रेष्ठता-भाव (feeling of superiority), आत्म-विश्वास (self-confidence), उत्तरदायित्व (responsibility), सामाजिकता (socibility) तथा समयनिष्ठा (punctuality) आदि का विकास तीव्रता से होता है। दूसरी तरफ, जिन बच्चों की शारीरिक संरचना तथा शारीरिक स्वास्थ्य खराब तथा विकर्षक (unattractive) होता है, उसके प्रति अधिकतर लोग उपेक्षा की दृष्टि से देखते हैं। फलस्वरूप, ऐसे बच्चों में हीनता का भाव (feeling of inferiority), संवेगात्मक अस्थिरता (emotional instability), संकोचशीलता आदि का गुण विकसित हो जाता है। कुछ ऐसे अध्ययन भी किये गये हैं जिसमें यह दिखलाया गया है कि जब बच्चों के शरीर में वास्तविक विकृति (actual deformity) होती है तो इससे उनमें मानसिक शीलगुणों का विकास भी प्रभावित होता है। शेफ्फर (Shaffer, 1962) ने एक अध्ययन किया जिसमें लड़कियों का दो समूह लिया गया— एक समूह सामान्य लड़कियों (normal girls) का था तथा दूसरा समूह अपंग लड़कियों (crippled girls) का था। इन दोनों समूहों के लड़कियों की उम्र समान थी। इन दोनों समूहों को सांवेगिक स्थिरता परीक्षण (emotional stability test) देकर उनके प्राप्तांकों (scores) का विश्लेषण किया गया। परिणाम में देखा गया कि अपंग लड़कियों का माध्य प्राप्तांक (mean score) इस परीक्षण पर सामान्य लड़कियों की अपेक्षा कम था जिससे यह बिलकुल ही स्पष्ट हो जाता है कि अपंग लड़कियों में सांवेगिक स्थिरता कम अर्थात् सांवेगिक अस्थिरता सामान्य लड़कियों की अपेक्षा अधिक होती है। इस अध्ययन से यह स्पष्ट है कि शारीरिक संरचना तथा स्वास्थ्य से बच्चों के मानसिक गुणों (mental traits) का भी निर्धारण होता है।

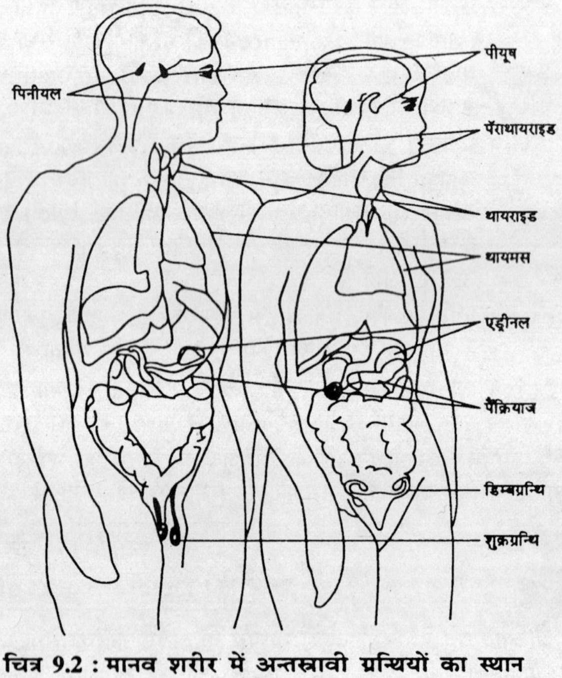

चित्र 9.2 : मानव शरीर में अन्तस्त्रावी ग्रन्थियों का स्थान

2. शरीर रसायन एवं अन्तःस्त्रावी ग्रन्थियाँ *(Body chemistry and the endocrine glands)*—प्रायः ऐसा देखा जाता है कि कभी-कभी हमलोग बहुत सक्रिय हो जाते हैं तथा कभी-कभी बहुत ही निष्क्रिय (passive) और साथ-ही-साथ विषादी (depressed) भी हो जाते हैं। इसका कारण यह है कि हमारे शरीर में रासायनिक परिवर्तन (chemical changes) होते हैं जिसका नियंत्रण कुछ ग्रन्थियों (glands) द्वारा की जाती है। मानव शरीर में दो तरह की ग्रन्थियाँ होती हैं—

वहिःस्रावी ग्रन्थि (exocrine gland) या नलिका ग्रन्थि (duct gland) तथा अन्तःस्रावी ग्रन्थियाँ (endocrine gland) या नलिकाहीन ग्रन्थियाँ (ductless)। वहिःस्रावी ग्रन्थि (exocrine gland) का महत्त्व व्यक्तित्व के निर्धारक के रूप में कुछ भी नहीं है क्योंकि इन ग्रन्थियों का स्राव एक विशेष पथ या नलिका (duct) होकर शरीर के बाहर चला आता है और उसका प्रभाव व्यक्तित्व के विकास पर नहीं पड़ता है। *अश्रुग्रन्थि* (tear gland) तथा *लार ग्रन्थि* वहिःस्रावी ग्रन्थि का एक अच्छा उदाहरण है।

अन्तःस्रावी ग्रन्थियों (endocrine gland) का महत्त्व व्यक्तित्व के निर्धारक के रूप में काफी अधिक है। इससे निकलने वाले स्राव (secretions) को हारमोन्स (hormones) कहा जाता है जो सीधे खून में मिल जाता है और व्यक्तित्व के विकास को प्रभावित करता है। प्रमुख अन्तस्रावी ग्रन्थियाँ जिसके स्राव से व्यक्तित्व का विकास प्रभावित होता है, निम्नांकित है—

(i) पीयुष ग्रन्थि *(Pituitary gland)*—इस ग्रन्थि का स्थान मस्तिष्क में होता है (चित्र 9.2 देखें)। इस ग्रन्थि के अग्रवर्ती (anterior) भाग से जो हारमोन्स निकलता है उसमें सोमैटोट्रोपीन (somatotropin) या वर्द्धन हारमोन (growth hormones) भी जिसे कहा जाता है प्रमुख है। बचपन में इस हारमोन्स के अधिक निकलने से व्यक्ति के शरीर की लम्बाई अधिक हो जाती है तथा इस हारमोन्स की कमी होने पर व्यक्ति बौना (dwarf) हो जाता है। पीयूष ग्रन्थि के परवर्ती भाग (posterior portion) से जो हारमोन्स निकलता है उसे *पिटयूट्रीन* (pituitrin) कहा जाता है जिसका कार्य शरीर में एक खास रक्तचाप (blood pressure) को बनाए रखना, चिकनी मांसपेशियों (smooth muscles) में सजगता तथा वृक्क को सामान्य ढंग से कार्य करने में मदद पहुँचाना आदि होता है।

पीयूष ग्रन्थि के अग्रवर्ती भाग (anterior portion) से सोमैटोट्रोपीन (somatotropin) के अलावा एक और हारमोन्स निकलता है जिसे *ट्रोफिक हारमोन्स* (trophic hormones) कहा जाता है। इस हारमोन्स के सहारे पीयुष ग्रन्थि अन्य अन्तःस्रावी ग्रन्थियाँ जैसे—एड्रीनल ग्रन्थि (adrenal gland), कण्ठ ग्रन्थि (thyroid gland) तथा यौन ग्रन्थि (sex gland) के कार्यों पर अपना नियंत्रण रखता है। इसलिए पीयूष ग्रन्थि को *'मास्टर ग्रन्थि'* (master gland) भी कहा गया है। प्रयोगात्मक अध्ययनों से यह स्पष्ट हो गया है कि यदि इन तीन ग्रन्थियों में से कोई भी ग्रन्थि अपना कार्य ठीक ढंग से नहीं कर पाता है तो वैसी हालत में पीयूष ग्रन्थि का यह अग्रवर्ती भाग उससे उत्पन्न कमी को दूर कर देता है तथा व्यक्तित्व के विकास को बहुत हद तक सामान्य बनाये रखता है।

(ii) एड्रीनल ग्रन्थि *(Adrenal gland)*—इस ग्रन्थि का स्थान वृक्क (kidney) के ऊपर होता है। इस ग्रन्थि के भी दो भाग हैं— बाहरी भाग तथा भीतरी भाग। बाहरी भाग को *एड्रीनल वल्कुट* (adrenal cortex) तथा भीतरी भाग को *एड्रीनल मेडुला* (adrenal medula) कहा जाता है। एड्रीनल वल्कुट के हारमोन्स को *कॉर्टिन* (cortin) कहा जाता है तथा इसके द्वारा कार्बोहाइड्रेट (carbohydrate), नमक (salt) एवं चयापचय (metabolism) का नियंत्रण होता है। वल्कुट द्वारा ठीक ढंग से कार्य नहीं किये जाने पर व्यक्तित्व में निष्क्रियता बढ़ जाती है। इस तरह के व्यक्ति में थकान तथा अनिद्रा (insomnia) भी तीव्र हो जाती है। कॉर्टिन की मात्रा में बहुत कमी हो जाने से व्यक्ति में बेहोशी की अवस्था उत्पन्न हो जाती है।

एड्रीनल मेडुला द्वारा दो तरह का हारमोन्स (hormones) निकलता है— *इपाईनफ्राइन* (epinephrine) या *एड्रीनालीन* (adrenaline) तथा *नॉरइपाईनफ्राइन* (norepinephrine) या *नॉरएड्रीनालीन* (noradraline)। इन दोनों तरह के हारमोन्स को एक साथ मिलाकर *केटकोल हारमोन्स* (catechol hormones) कहा जाता है। मनोवैज्ञानिकों ने अपने प्रयोगों के आधार पर यह दिखला दिया है कि दोनों हारमोन्स में से एड्रीनालीन का महत्त्व अधिक है क्योंकि इसके द्वारा ही व्यक्ति की सांवेगिक स्थिति (emotional state) का नियंत्रण होता है। भय, क्रोध आदि संवेग में इस हारमोन्स का विशेष महत्त्व है। इस तरह से संवेगात्मक परिस्थिति में एड्रीनालीन खून में जब मिल जाता है, तो व्यक्ति भय, क्रोध आदि संवेग द्वारा उत्पन्न आपात स्थिति (emergency situation) में ठीक ढंग से व्यवहार करता है तथा अपने आपको इस परिस्थिति के साथ ठीक ढंग से समायोजित कर लेता है। यही कारण है कि इसे *आपातिक हारमोन्स* (emergency hormones) भी कहा जाता है। एड्रीनालीन के रक्त में मिलने से व्यक्ति में सक्रियता बढ़ जाती है। हृदय की गति तथा श्वसन क्रिया बढ़ जाती है और पाचन क्रिया स्थगित हो जाती है। खून में चीनी की मात्रा भी बढ़ जाती है। इन सभी शारीरिक परिवर्तनों का परिणाम यह होता है कि सांवेगिक रूप से सजग होकर व्यक्ति परिस्थिति का सामना करता है।

(iii) कण्ठ ग्रन्थि *(Thyroid gland)*—इसका स्थान शरीर के कण्ठ के पास होता है। इस ग्रन्थि से निकलने वाले

हारमोन्स को थायराक्सीन (thyroxin) कहा जाता है जिसका प्रभाव पूरे शरीर के चयापचय प्रक्रियाओं (metabolic processes) पर पड़ता है। फलस्वरूप, शरीर का विकास (growth) इसके द्वारा काफी प्रभावित होता है। बचपन में थायरॉक्सीन की कमी होने से बच्चों में बौनापन की स्थिति का तथा सयाना होने पर इसकी कमी होने से एक विशेष शारीरिक अवस्था जिसे माइएक्सडेमा (myxedema) कहा जाता है, उत्पन्न होती है। इसमें चयापचय की गति मंद हो जाती है जिसके फलस्वरूप व्यक्ति के हृदय की गति, श्वसन गति, रक्तचाप, शरीर का तापक्रम सामान्य अवस्था से कम हो जाता है। कण्ठ ग्रन्थि के अधिक क्रियाशील होने पर थायरॉक्सीन अधिक मात्रा में खून में मिलता है। जिसे *हाइपरथायराडिज्म* (hyperthyroidism) की संज्ञा दी जाती है। इस अवस्था के उत्पन्न होने पर व्यक्ति अधिक जोशीला तथा सक्रिय नजर आता है। शरीर का रक्तचाप बढ़ जाता है तथा शरीर का वजन धीरे-धीरे कमता नजर आता है। व्यक्ति का स्वभाव चिड़चिड़ा हो जाता है तथा वह काफी चिन्तित नजर आता है।

(iv) उपकंठ ग्रन्थि *(Parathyroid gland)*—इस ग्रन्थि का स्थान कण्ठ ग्रन्थि के बगल में होता है और आकार में यह बहुत ही छोटा होता है जिसका वजन 0.1 ग्राम के करीब होता है। इस ग्रन्थि से निकलने वाले हारमोन्स को पारथोरमोन (parathormone) कहा जाता है जिसके द्वारा खून में कैल्शियम तथा फॉस्फेट की मात्रा का निर्धारण होता है। खून में कैल्शियम के स्तर द्वारा तंत्रिका उत्तक (nerve tissue) में होनेवाली उत्तेजनशीलता का नियंत्रण होता है। कैल्शियम अधिक होने से तंत्रिकाओं में उत्तेजनशीलता बनी रहती है। दूसरी तरफ यदि खून में पाराथारमोन की कमी हो जाती है जिसके फलस्वरूप कैल्शियम की मात्रा में भी कमी हो जाती है, तो इससे व्यक्ति में शिथिलता बढ़ जाती है और उसके तंत्रिका ऊतक संतोषजनक रूप से कार्य नहीं कर पाते हैं। विट्टेकर (Whittaker, 1970) के अनुसार कुछ पशुओं के उपकंठ ग्रन्थि को ऑपरेशन करके निकाल देने पर पशुओं में शिथिलता काफी बढ़ गयी तथा पशुओं की तो मृत्यु भी हो गयी।

(v) पैंक्रियास *(Pancreas)*—इस ग्रन्थि का स्थान अमाशय (stomach) के नीचे होता है। अन्तःस्रावी ग्रन्थि के रूप में इससे दो तरह के हारमोन्स इनके दो विभिन्न कोशिकाओं (cells) से निकलते हैं। बीटा कोशिकाओं (beta cells) से निकलने वाले हारमोन्स को *इन्सुलिन* (insulin) तथा अल्फा कोशिकाओं से निकलने वाले हारमोन्स को *ग्लूकागोन* (glucagon) की संज्ञा दी जाती है। इन दोनों तरह के हारमोन्स में से इन्सुलिन (insulin) का महत्त्व अधिक है। रक्त में चीनी (blood sugar) की मात्रा इन्सुलिन द्वारा नियंत्रित होती है। पैंक्रियास से उचित मात्रा में इन्सुलिन निकलने पर रक्त में चीनी की मात्रा का ऑक्सीकरण (oxidisation) हो पाता है जिससे शरीर को पर्याप्त ऊर्जा प्राप्त होती है। यदि इन्सुलिन की मात्रा कम निकलती है, तो रक्त में चीनी की मात्रा का स्तर अधिक हो जाता है (क्योंकि चीनी का ऑक्सीकरण नहीं हो पाता है) और पेशाब के सहारे चीनी की बढ़ी हुई मात्रा बाहर आने लगती है जिसे हम मधुमेह (diabetes) रोग कहते हैं। दूसरी तरफ जब इन्सुलिन अधिक मात्रा में उत्पन्न होती है, तो इससे रक्त में चीनी की मात्रा का ऑक्सीकरण अधिक होता है। फलस्वरूप, रक्त में चीनी की मात्रा का स्तर जरूरत से कम हो जाती है। इस अवस्था को *हाईपोग्लिसेमिया* (hypoglycemia) कहा जाता है और ऐसी अवस्था में व्यक्ति चिन्तित नजर आता है। व्यक्ति में भ्रम तथा विभ्रम (hallucination) अधिक होने लगता है। व्यक्ति बेहोशी की अवस्था में भी कभी-कभी चला जाता है।

(vi) यौन ग्रन्थि *(Sex gland)*—महिलाओं की यौन ग्रन्थि (sex gland) को *डिम्बग्रन्थि* (ovary) तथा पुरुष की यौन ग्रन्थि को *अंडग्रन्थि* (testicle) कहा जाता है। अंडग्रन्थि से निकलने वाले हारमोन्स को एण्ड्रोजेन्स (androgens) कहा जाता है जिसके मुख्य दो प्रकार हैं—*टेस्टोस्ट्रोन* (testosterone) तथा *एण्ड्रोस्ट्रोन* (androstrone)। इनसे पुरुषों में प्राथमिक तथा गौण यौन गुण (primary and secondary sex characteristics) का विकास होता है। यौवनावस्था आने पर इस हारमोन्स की मात्रा में वृद्धि हो जाती है। डिम्बग्रन्थि से निकलने वाले हारमोन्स को एस्ट्रोजेन्स (estrogens) तथा प्रोजेस्ट्रोन (progestrone) कहा जाता है। एस्ट्रोजेन्स की मात्रा खून में बढ़ने से लड़कियों में गौण यौन गुण (secondary sex characteristics) जैसे—आवाज महीन हो जाना, शरीर के खास-खास अंगों पर घने बाल उग आना, स्तन का बढ़ जाना आदि गुणों का विकास होता है। प्रोजेस्ट्रोन द्वारा गर्भाशय (uterus) को ठीक ढंग से कार्य करने में मदद मिलती है जिसके फलस्वरूप भ्रूण (fetus) का विकास ठीक ढंग से होता है। क्लार्क (Clark, 1945) ने एक प्रयोग मादा बन्दर पर किया जिसमें यौवनावस्था प्रारम्भ होने के पहले ही उसकी यौन ग्रन्थि (sex gland) को ऑपरेशन द्वारा निकाल दिया गया। परिणाम में देखा गया कि इन बन्दरों में सामान्य मादा बन्दर (जिनका ऑपरेशन नहीं किया गया था) की अपेक्षा यौन क्रियाओं में काफी कमी आ गयी थी।

ऊपर के वर्णन से स्पष्ट है कि भिन्न-भिन्न अन्तःस्रावी ग्रन्थियों का प्रभाव व्यक्तित्व के शारीरिक शीलगुणों (physical traits) तथा मानसिक शीलगुणों (mental traits) के विकास पर काफी पड़ता है। यद्यपि ये सभी अन्तःस्रावी ग्रन्थियाँ एक-दूसरे से स्वतंत्र होकर कार्य करती हैं फिर भी आपस में इन ग्रन्थियों का अन्तःक्रिया (interaction) होता है जिसका परिणाम यह होता है कि यदि किसी एक ग्रन्थि का कार्य कुछ मंद पड़ जाता है, तो उस कार्य को अंशतः दूसरी ग्रन्थि द्वारा पूरा किया जाता है।

3. स्नायु मंडल *(Nervous system)*—व्यक्तित्व के जैविक निर्धारकों में स्नायु मंडल (nervous system) का स्थान प्रमुख है। मनोवैज्ञानिकों का सामान्य विचार यह है कि जिन व्यक्तियों का स्नायु मंडल अधिक विकसित तथा जटिल (complex) होता है, उसकी बुद्धि अधिक होती है तथा उसमें परिस्थिति के साथ समायोजन (adjustment) करने की क्षमता भी अधिक होती है। ऐसी व्यक्तियों या बच्चों के प्रति समाज के अन्य लोगों की मनोवृत्ति अनुकूल (favourable) होती है और इन लोगों द्वारा उनकी प्रशंसा अधिकतर की जाती है। इसका परिणाम यह होता है कि ऐसे व्यक्तियों या बच्चों में सामाजिक शीलगुण (social traits) जैसे—उत्तरदायित्व (responsibility), समयनिष्ठा (punctuality), सांवेगिक स्थिरता (emotional stability), आत्म-विश्वास (self-confidence), अहम् शक्ति (ego-strength) आदि का विकास तेजी से होता है। दूसरी तरफ यदि व्यक्ति का स्नायुमंडल कम विकसित होता है, तो वैसी अवस्था में व्यक्ति कम बुद्धि का होता है तथा उसकी अभियोजन क्षमता भी काफी कम होती है। फलस्वरूप, समाज के अन्य व्यक्ति उसे उपेक्षा एवं घृणा की नजर से देखते हैं जिसका परिणाम यह होता है कि ऐसे व्यक्तियों में असामाजिक शीलगुण तथा चारित्रिक विकृति (character disorder) विकसित हो जाती है। अतः हम देखते हैं कि स्नायुमंडल (nervous system) द्वारा भी व्यक्तित्व के शीलगुणों का विकास प्रभावित होता है।

(ख) पर्यावरणी कारक *(Environmental factors)*—व्यक्तित्व का विकास सिर्फ जैविक कारकों या आनुवंशिक कारकों (hereditary factors) द्वारा ही प्रभावित नहीं होता है बल्कि वातावरण या पर्यावरण (environment) से सम्बन्धित कारकों द्वारा भी प्रभावित होता है। सचमुच में जैविक कारकों द्वारा व्यक्तित्व के विकास के लिए एक चहारदिवारी (boundary wall) कायम किया जाता है और उस चहारदिवारी के भीतर व्यक्तित्व का विकास पर्यावरणी कारकों द्वारा ही होता है। मनोवैज्ञानिकों ने पर्यावरणी कारकों को मुख्यतः निम्नांकित तीन भागों में बाँटा है—

1. सामाजिक कारक (Social factors)
2. सांस्कृतिक कारक (Cultural factors)
3. आर्थिक कारक (Economic factors)

इनकी व्याख्या निम्नांकित है—

1. सामाजिक कारक *(Social factors)*—प्रत्येक व्यक्ति एक समाज में रहता है। अतः समाज की परिस्थितियाँ जैसे— सामाजिक समूह (social groups), सामाजिक संस्थानों, परिवार (family), पास-पड़ोस (neighbourhood) आदि का प्रभाव व्यक्तित्व के विकास पर काफी पड़ता है। मनोवैज्ञानिकों ने इन कारकों से सम्बन्धित बहुत से प्रयोगों का भी वर्णन किया है। इन सभी कारकों की व्याख्या तो यहाँ सम्भव नहीं है परन्तु उनमें से कुछ कारकों की व्याख्या निम्नांकित हैं—

(i) माता तथा पिता *(Mother and Father)*—जन्म के बाद बच्चे की पहली अन्तःक्रिया (interaction) माँ के साथ और फिर पिता के साथ होती है। माता-पिता कई प्रकार के होते हैं। कुछ माता-पिता अपने बच्चों को जरूरत से ज्यादा दुलार-प्यार करते हैं, कुछ काफी सख्ती से पेश आते हैं और कुछ समय के अभाव के कारण अपने बच्चों को उचित मात्रा में दुलार-प्यार चाहकर भी नहीं दे पाते हैं। मनोवैज्ञानिकों के प्रयोगों से यह स्पष्ट हो गया है कि अधिक दुलार-प्यार देने वाले माता-पिता के बच्चों में बड़ा होने पर असुरक्षा की भावना, घबराहट (nervousness) का शीलगुण तथा समायोजन से सम्बन्धित समस्याएँ अधिक होती हैं। सख्ती से पेश आने वाले माता-पिता के बच्चों में अधीनस्थता (submissiveness) का गुण अधिक विकसित हो जाता है। माता-पिता से उचित मात्रा में दुलार-प्यार न मिलने पर बच्चे लजालु तथा सांवेगिक रूप से अस्थिर हो जाते हैं।

(ii) परिवार के सदस्यों का आपसी सम्बन्ध *(Relationship among members of family)*—कुछ परिवार ऐसा होता है जिसमें माता-पिता का एक-दूसरे के प्रति स्नेह, भाई-बहनों का एक-दूसरे के प्रति स्नेह एवं अनुराग तथा

परिवार के अन्य सदस्यों का भी एक-दूसरे के प्रति स्नेह काफी मजबूत होता है। इस तरह के वातावरण में पलने वाले बच्चे परिवार के अन्य सदस्यों का अनुकरण करते हैं और वैसा ही करना सीख जाते हैं। इसका परिणाम यह होता है कि उनमें श्रेष्ठता का भाव (feeling of superiority), आत्म विश्वास (self-confidence) तथा विश्वसनीयता (trust-worthiness) का गुण विकसित होता है। कौनड्राई तथा सिमन (Condry & Simon, 1974) ने इस तथ्य की पुष्टि अपने प्रयोगात्मक अध्ययनों के आधार पर किया है। झगड़ालू परिवार या ऐसे परिवार जहाँ के सदस्यों का आपस में एक-दूसरे के प्रति स्नेह या अनुराग कम होता है, में पलने वाले बच्चों में हीनता का भाव, अन्तर्मुखता (introversion), सांवेगिक अस्थिरता (emotional instability) आदि का शीलगुण अधिक विकसित होते पाया जाता है।

(iii) जन्म क्रम *(Birth order)*—कुछ मनोवैज्ञानिकों का कहना है कि व्यक्तित्व विकास पर बच्चों के जन्मक्रम (birth order) का भी प्रभाव पड़ता है। एडलर (Adler, 1931) ने जन्मक्रम को चार भागों में बाँटकर अध्ययन किया है— प्रथम जन्मक्रम (first born), मध्य जन्म-क्रम (middle born), अन्तिम जन्मक्रम (youngest born) तथा इकलौता बच्चा (only child)। एडलर ने अपने अध्ययन के आधार पर यह बतलाया है कि प्रथम जन्मक्रम वाले बच्चे एकान्तप्रिय एवं अन्तर्मुखी (introvert) होते हैं, सबसे अन्तिम जन्म-क्रम वाले बच्चों में हीनता का भाव (feeling of inferiority) अधिक होता है तथा आत्म-विश्वास तथा आत्म-निर्भरता की कमी देखी गयी है। इकलौते बच्चों में दूसरे पर निर्भरता (dependency) तथा आत्मकेन्द्रिता (self-centredness) आदि का शीलगुण विकसित होता है। ऐसे बच्चे स्वार्थी भी अधिक होते हैं। एडलर के अनुसार मध्य जन्मक्रम वाले बच्चों में आत्म-विश्वास तथा अहम्-शक्ति (ego-strength) अधिक होता है। रोजर्स (Rogers, 1977) के अनुसार ऐसे बच्चों में किसी भी प्रतियोगिता (competition) में सफलता प्राप्त करने की इच्छा काफी तीव्र होती है।

(iv) स्कूली प्रभाव *(School influences)*—बच्चों के व्यक्तित्व के विकास पर स्कूल के वातावरण का भी प्रभाव पड़ता है। मनोवैज्ञानिकों के प्रयोगों से यह स्पष्ट हो गया है कि बच्चों के व्यक्तित्व पर स्कूल का प्रभाव दो क्षेत्रों में पड़ता है। पहला, स्कूली प्रभाव से बच्चों में शीलगुणों का विकास होता है। दूसरा, स्कूली प्रभाव से उनमें आत्म-संप्रत्यय (self-concept) विकसित होता है। हरलॉक (Hurlock, 1978) के अनुसार, वर्ग के सांवेगिक वातावरण (emotional climate), शिक्षक, अनुशासन (discipline), शैक्षिक उपलब्धि (academic achievement) आदि का प्रभाव बच्चों के व्यक्तित्व के विकास पर सबसे अधिक पड़ते देखा गया है। काज, कोल तथा बेरोन (Katz, Cole & Baron, 1976) ने अपने अध्ययन के आधार पर यह बतलाया है कि यदि शिक्षक स्वयं ही कुसमायोजित व्यक्तित्व (maladjusted personality) के होते हैं, तो इससे उनके शिष्यों में असुरक्षा (insecurity) एवं हीनता का भाव, अप्रसन्नता (resentment) आदि का शीलगुण विकसित होता है। जब शिक्षक का व्यक्तित्व समायोजित (adjusted) होता है तो इससे बच्चों में अच्छे-अच्छे सामाजिक शीलगुण (social traits) विकसित होते हैं तथा ऐसे बच्चों में सच्चा आत्म-संप्रत्यय (realistic self-concept) विकसित होता है। जिन बच्चों की शैक्षिक उपलब्धि (academic achievement) की प्रशंसा शिक्षकों द्वारा की जाती है, उन बच्चों में आत्मविश्वास, उच्च अहम् शक्ति (high ego strength) तथा सच्चा आत्म-संप्रत्यय (realistic self concept) आदि तेजी से विकसित होता है।

(v) पास-पड़ोस *(Neighbourhood)*—बच्चों के व्यक्तित्व पर पास-पड़ोस का भी प्रभाव अधिक पड़ते देखा गया है। यदि पास-पड़ोस के लोग सभ्य तथा पढ़े-लिखे होते हैं तो इससे बच्चों में अच्छे शीलगुणों का विकास होता है। ऐसी परिस्थिति में हरलॉक (Hurlock, 1978) के अनुसार, बच्चों में अनुशासन की भावना, समझदारी, उत्तरदायित्व (responsibility), आत्म-सम्मान (self-respect) आदि शीलगुणों का विकास होता है। दूसरी तरफ, यदि पास-पड़ोस में चोर, डकैत, अपराधी व्यक्ति अधिक होते हैं, तो बच्चे भी उन व्यवहारों का अनुकरण करने लगते हैं और धीरे-धीरे उनमें असामाजिक शीलगुण (anti-social traits) विकसित होने लगते हैं।

(vi) सामाजिक स्वीकृति *(Social acceptance)*—सामाजिक स्वीकृति से तात्पर्य व्यक्ति को अन्य व्यक्तियों जिन्हें वह महत्त्वपूर्ण समझता है, द्वारा प्रशंसा तथा अनुमोदन (approval) प्राप्त होने से होता है। प्रायः देखा गया है कि व्यक्ति अपने माता-पिता, शिक्षक तथा साथियों से, सामाजिक स्वीकृति (social acceptance) की तीव्र इच्छा रखता है। ऐसी परिस्थिति में वह अपने व्यक्तित्व में उन शीलगुणों को विकसित करने की कोशिश करता है जिसके द्वारा वह इन महत्त्वपूर्ण व्यक्तियों को प्रसन्न रखकर उनकी स्वीकृति तथा अनुमोदन प्राप्त कर सके। ऐसे व्यक्ति जिन्हें सामाजिक समूह (social group) जिसमें माता-पिता, शिक्षक, साथी-संगी आदि प्रमुख होते हैं, द्वारा सामाजिक स्वीकृति प्राप्त होती है,

उनमें आत्म-विश्वास, नेतृत्व का गुण, श्रेष्ठता का भाव (feeling of superiority) आदि शीलगुण तीव्रता से विकसित होता है। दूसरी तरफ, जिन व्यक्तियों को सामाजिक स्वीकृति प्राप्त नहीं होती है, उनमें अन्तर्मुखता (introversion), आत्महीनता, सामाजिक अभियोजन (social adjustment) की कमी आदि शीलगुण विकसित हो जाते हैं।

2. सांस्कृतिक कारक *(Cultural factors)*—व्यक्तित्व के विकास में संस्कृति (culture) का भी योगदान होता है। संस्कृति एक व्यापक शब्द है जिसका अर्थ समाज के रीति-रिवाज, आदतों, परम्पराओं (traditions), रहन-सहन, तौर-तरीके से होता है। प्रत्येक समाज की एक विशेष संस्कृति होती है और चूँकि प्रत्येक व्यक्ति किसी-न-किसी समाज में जन्म लेता है अतः उस समाज की संस्कृति का प्रभाव उसके व्यवहार एवं व्यक्तित्व पर काफी पड़ता है। एक भारतीय महिला बहुत दिनों के बाद किसी परिचित से मिलने पर दोनों हाथ जोड़कर नमस्कार कर अपनी प्रसन्नता व्यक्त करती है परन्तु एक अमेरिकन महिला ऐसे व्यक्ति से हाथ मिलाकर या चुम्बन लेकर अपनी प्रसन्नता व्यक्त करती है। ऐसा इसलिए होता है कि क्योंकि अमेरिकन संस्कृति भारतीय संस्कृति से भिन्न होती है।

व्यक्तित्व के विकास तथा शीलगुणों के निर्माण में संस्कृति के प्रभाव को दिखलाने के लिए जितने सबूत (evidences) हैं, उसे मनोवैज्ञानिकों ने निम्नांकित दो भागों में बाँटकर प्रस्तुत किया है—

(i) प्रयोगात्मक सबूतें *(Experimental evidences)*—समाज मनोवैज्ञानिकों ने कई ऐसे प्रयोग किये हैं जिनसे यह स्पष्ट हो गया है कि संस्कृति के रीति-रिवाजों तथा परम्पराओं आदि का प्रभाव व्यक्तित्व पर काफी पड़ता है। गार्डीनर (Gardiner, 1969) ने एक अध्ययन किया जिसमें 2,382 बच्चों को जो चार भिन्न-भिन्न देश (अमेरिका, थाइलैंड, ताईवान तथा जर्मनी) के थे, विद्वेष (hostility) के शीलगुण पर तुलना किया गया और परिणाम में देखा गया कि थाइलैंड के बच्चों में विद्वेष का गुण सबसे अधिक एवं अमेरिकन बच्चों में विद्वेष का शीलगुण सबसे कम पाया गया। इसका स्पष्ट कारण यह है कि थाइलैंड की संस्कृति ही कुछ ऐसी है जिसमें विद्वेष (hostility) की भावना अमेरिकन संस्कृति से अधिक होती है। लाओसा, स्वार्ज तथा डियाज-गुरेरो (Laosa, Swartz & Diaz-Guerrero, 1974) ने एक अध्ययन किया जिसमें मेक्सिकन बच्चों (Mexican children) द्वारा खींचे गये रेखाचित्रों (drawings) की तुलना एंग्लो-अमेरिकन बच्चों द्वारा खींचे गए रेखाचित्रों (drawings) से की गयी। परिणाम में देखा गया कि मेक्सिकन बच्चों के रेखाचित्रों में पुरुषत्व (masculinity) से की गयी। परिणाम में देखा गया कि मेक्सिकन बच्चों के रेखाचित्रों में पुरुषत्व (masculinity) तथा अन्य पौरुष गुणों का प्रभाव एंग्लो-अमेरिकन बच्चों की अपेक्षा अधिक था। एंग्लो-अमेरिकन बच्चों द्वारा खींचे गये स्त्री तथा पुरुष के रेखाचित्रों में कोई खास अन्तर नहीं था। प्रयोगकर्त्ताओं के अनुसार ऐसा इसलिए हुआ क्योंकि मेक्सिको की संस्कृति में पुरुषत्व को अधिक श्रेष्ठ माना जाता है तथा पौरुष शीलगुणों के विकास पर अधिक बल डाला जाता है।

संस्कृति का व्यक्तित्व पर प्रभाव बच्चों के पालन-पोषण की विधियों (child-rearning practices) द्वारा भी अभिव्यक्त होती है। प्रत्येक संस्कृति में बच्चों के पालन-पोषण का तरीका भिन्न-भिन्न होता है जिसका परिणाम व्यक्तित्व के विकास पर अत्यन्त गहरा पड़ता है। वेल्श (Welsh, 1974) के अनुसार जिस संस्कृति में बच्चों के पालन-पोषण में शारीरिक दण्ड (physical punishment) का प्रयोग अधिक किया जाता है, उनके बच्चों में आगे चलकर आत्महीनता, अन्तर्मुखता (introversion), आक्रामकता (aggressiveness), विद्वेष (hostility) का शीलगुण अधिक तेजी से विकसित होता है। दूसरी तरफ, उन्होंने यह भी बतलाया है कि जब बच्चों के पालन-पोषण में शारीरिक दण्ड कम-से-कम तथा स्वयं माता-पिता बच्चों के साथ अधिक समय तक अन्तःक्रिया (interaction) करते हैं, तो ऐसी परिस्थिति में ऐसे बच्चों में आगे चलकर वहिमुर्खता (extroversion), उत्सुकता (curiosity), सर्जनात्मकता (creativity) आदि शीलगुणों का विकास तेजी से होता है। सियर्स (Sears, 1970) के भी परिणाम इस तरह के थे।

कुछ ऐसे भी प्रयोग किये गये हैं जिनसे यह पता चलता है कि सांस्कृतिक भिन्नता (cultural differences) के कारण व्यक्ति की बुद्धि तथा सर्जनात्मकता (creativity) के विकास में भी भिन्नता आती है। जेन्सन (Jensen, 1969) द्वारा इस सिलसिले में किये गये अध्ययन में अमेरिकन गोरों (American whites) के बच्चों तथा अमेरिकन निग्रो (American blacks) के बच्चों का तुलनात्मक अध्ययन किया गया और यह दिखलाया गया है कि चूँकि दोनों जातियों की संस्कृति (culture) में भिन्नता होती है और सामान्यतः गोरों की संस्कृति में बुद्धि विकसित होने वाले कारकों (factors) पर अपेक्षाकृत अधिक बल डाला जाता है, इसलिए गोरों के बच्चों का बौद्धिक स्तर निग्रो के बच्चों के बौद्धिक स्तर से ऊँचा होता है। मेडनिक तथा उनके सहयोगियों (Mednick et al. 1975) ने एवं टॉरेन्स (Torrence, 1962) ने

यह बतलाया है कि जिस संस्कृति में बच्चों को प्रारम्भ से ही ज्ञान बढ़ाने का सुअवसर, उत्तेजक वातावरण (stimulating environment), शिक्षकों एवं माता-पिता से प्रोत्साहन आदि मिलता है, उनमें सर्जनात्मकता (creativity) तेजी से विकसित होता है। परन्तु जिस संस्कृति में पलने वाले बच्चों को इस तरह का सुअवसर एवं वातावरण नहीं मिल पाता है, उनमें सर्जनात्मकता की काफी कमी हो जाती है।

(ii) मानवशास्त्रीय सबूतें *(Anthropological evidences)*—व्यक्तित्व पर संस्कृति के प्रभाव को दिखलाने के लिए मनोवैज्ञानिकों के अलावा मानवशास्त्री (anthropologists) भी काफी प्रयास किये हैं। अतः हमारे सामने कुछ मानवशास्त्रीय सबूतें भी हैं जिनके आधार पर हम यह कह सकते हैं कि संस्कृति का प्रभाव व्यक्तित्व पर काफी पड़ता है। इस सिलसिले में ऐसे तो कई मानवशास्त्री द्वारा किये गये प्रेक्षण (observation) एवं अध्ययन उपलब्ध हैं परन्तु मीड (Mead) जो एक महिला मानवशास्त्री हैं, द्वारा किया गया अध्ययन विशेषरूप से उल्लेखनीय हैं।

अपने अध्ययन के आधार पर मीड (Mead) ने यह बतलाया है कि व्यक्तित्व के शीलगुणों में जो यौन विभिन्नता (sex difference) होती है, उसका कारण संस्कृति में विभिन्नता होती है। इस अध्ययन में न्यू गिनिया (New Guinea) की तीन जनजातियों (tribes) यानी ऐरापेश (Arapesh), मुण्डुगुमोर (Mundugumor) तथा शाम्बुली (Tchambuli) के व्यक्तित्व के शीलगुणों (traits) का तुलनात्मक अध्ययन किया गया है। इस अध्ययन के अनुसार ऐरापेश जाति के स्त्री तथा पुरुष दोनों के व्यक्तित्व में सहयोग (co-operativeness), भद्रता (gentleness) तथा विनम्रता (submissiveness) आदि का गुण अधिक होता है। संक्षेप में यह कहा जा सकता है कि इस जाति के लोगों में यौन विभिन्नता (sex difference) कम पायी जाती है तथा स्त्री एवं पुरुष दोनों में ही नारीत्व (feminity) के शीलगुणों की प्रशंसा की जाती है। फलस्वरूप, ऐरापेश जाति के व्यक्तियों में आत्म-विश्वास (self-confidence), सहयोग की भावना (sense of cooperaiton), शांतिप्रियता (peace-loving) आदि शीलगुण होते हैं। मुण्डुगुमोर (Mundugumor) जाति के लोगों की संस्कृति ऐरापेश की संस्कृति से ठीक विपरीत होती है। इस संस्कृति में पुरुषत्व (masculinity) से सम्बन्धित गुणों पर अधिक बल डाला जाता है। स्त्री हो या पुरुष, दोनों को ही आक्रमणशीलता (aggressive) तथा विद्रोही (violent) निश्चित रूप से बनना अच्छा समझा जाता है। जो स्त्री या पुरुष ऐसा नहीं बन पाते हैं, उन्हें उपेक्षा तथा घृणा की दृष्टि से देखा जाता है। फलतः, इस जाति के व्यक्तित्व का कार्डिनल शीलगुण (cardinal trait) आक्रमणशीलता या आक्रामकता (aggressiveness) तथा झगड़ालूपना (quarrel-someness) होता है। शाम्बुली (Tchambuli) जाति की संस्कृति कुछ विचित्र है। इस संस्कृति में पुरुष वही काम करते हैं जो हमारे समाज में नारियाँ करती हैं और स्त्रियाँ वही काम करती हैं जो हमारे समाज में पुरुष करते हैं। प्रायः पुरुष को घर का काम-काज देखना होता है, वे नाचते हैं तथा क्लब में लोगों का मनोरंजन करते हैं। स्त्रियाँ शासक (ruler) होती हैं, घर के बाहर का कार्य करती हैं तथा कठिन एवं जोखिम कार्य करती हैं। इसका परिणाम यह होता है कि पुरुषों के व्यक्तित्व में नारीत्व का गुण जैसे— विनम्रता, लजालुपन, सहयोगिता आदि अधिक होता है तथा नारियों में पुरुषत्व का गुण जैसे आक्रामकता (aggressiveness), प्रभुत्व (dominance) आदि का गुण अधिक पाया जाता है।

प्रयोगात्मक सबूतों (experimental evidences) तथा मानवशास्त्रीय सबूतों (arthropological evidences) के आधार पर यह निश्चित रूप से स्पष्ट हो जाता है कि व्यक्तित्व के शीलगुणों के विकास पर संस्कृति (culture) के रीति-रिवाजों, प्रथाओं आदि का काफी प्रभाव पड़ता है। इसे ध्यान में रखते हुए यह कहा गया है कि *'व्यक्तित्व संस्कृति का आइना है' (Personality is the mirror of culture)*।

3. आर्थिक कारक *(Economic factors)*—व्यक्तित्व के शीलगुणों के निर्माण में परिवार की सामाजिक स्थिति का ही नहीं बल्कि आर्थिक स्थिति का भी प्रभाव पड़ता है। आर्थिक स्थिति ठीक नहीं होने से व्यक्तित्व के विकास तथा शीलगुणों के निर्माण पर अच्छा प्रभाव नहीं पड़ता है। स्टैगनर (Stagner, 1935) ने एक अध्ययन किया जिसमें गरीब परिवार के छात्रों की तुलना ऐसे परिवार के छात्रों से की गयी जो न तो अधिक धनी थे और न ही अधिक गरीब। परिणाम में देखा गया कि गरीब परिवार के छात्रों में हीनता का भाव (inferiority feeling), सांवेगिक अस्थिरता (emotional instability), शर्मीलापन (shyness) तथा सामाजिक अगुआई (social initivative) की कमी आदि औसत परिवार के छात्रों की अपेक्षा अधिक देखी गयी। परन्तु हमेशा ऐसा नहीं होता है। मानव इतिहास में कुछ ऐसे भी उदाहरण हैं जिनसे यह पता चलता है कि एक गरीब परिवार में जन्म लेने तथा पाले-पोसे जाने के बावजूद भी उनके व्यक्तित्व में सामाजिक शीलगुणों जैसे— उत्तरदायित्व (responsibility), आत्म-विश्वास, नेतृत्व (leadership), उच्च अहम्-शक्ति (high ego-strength) आदि काफी विकसित थे। स्व० लाल बहादुर शास्त्री, भारत के भूतपुर्व प्रधानमंत्री इसके ज्वलंत उदाहरण हैं। फ्रैंसिस तथा फिल्लमोर (Francis & Fillmore, 1934) ने अपने अध्ययन में इस तथ्य की पुष्टि की है और बतलाया है कि उनके अध्ययन में गरीब परिवार के बच्चों एवं धनी परिवार के बच्चों में सांवेगिक अभियोजन (emotional adjustment) के शीलगुण पर कोई अन्तर नहीं था।

ऊपर दोनों कारकों की व्याख्या अलग-अलग की गयी है— जैविक कारक (biological factors) तथा पर्यावरणी कारक (environmental factors)। सच्चाई यह है कि व्यक्तित्व के निर्धारण में इन दोनों कारकों का संयुक्त प्रभाव (joint effect) पड़ता है। व्यक्तित्व जैसा भी हो, वह इन दोनों कारकों के अन्तःक्रिया (interaction) का वह परिणाम होता है। अकेले कोई एक कारक उतना महत्त्वपूर्ण नहीं होता है।

व्यक्तित्व का मापन
(Measurement of Personality)

व्यक्तित्व की माप से तात्पर्य व्यक्तित्व के शीलगुणों के बारे में पता लगाकर यह निश्चित करना होता है कि कहाँ तक वे संगठित (organised) या विसंगठित (disorganised) हैं। किसी भी व्यक्ति के भिन्न-भिन्न शीलगुण जब आपस में संगठित होते है, तो इससे व्यक्ति का व्यवहार सामान्य होता है। परन्तु यदि उसके शीलगुण विसंगठित (disorganised) होते हैं तो व्यक्ति का व्यवहार असामान्य (abnormal) हो जाता है। व्यक्तित्व मापन (personality measurement) के सैद्धान्तिक (theoretical) तथा व्यावहारिक (practical) उद्देश्य हैं। मनोवैज्ञानिकों के अनुसार व्यक्तित्व-मापन से व्याक्तित्व के विकास तथा उसके स्वरूप (nature) से सम्बन्धित बहुत से ज्ञान प्राप्त होते हैं जिससे इस क्षेत्र में शोध करने तथा नये-नये सिद्धान्तों का प्रतिपादन करने में मदद मिलती है। इस सैद्धान्तिक उद्देश्य (theoretical purpose) के अलावा व्यक्तित्व मापन के कुछ व्यवहारिक उद्देश्य भी हैं। जैसे— व्यक्ति मापन से यह पता चलता है कि व्यक्तित्व के किस-किस शीलगुण की शक्ति (strength) कितनी है और किस शीलगुण की कमी से व्यक्ति को समायोजन (adjustment) करने में दिक्कत होती है। अतः व्यक्तित्व मापन करके वैसे व्यक्तियों जिन्हें समायोजन में व्यक्तिगत कठिनाई (personal difficulties) होती है, की कठिनाइयों को दूर करने में मदद की जाती है। व्यक्तित्व मापन का दूसरा प्रमुख अनुप्रयोग नेता का चयन तथा उत्तरदायी (responsible) पदों के लिए सही व्यक्तियों का चयन करने में है।

मनोवैज्ञानिकों ने व्यक्तित्व मापन की बहुत-सी विधियों (methods) या परीक्षाणों (tests) का प्रतिपादन किया है। ऐसी प्रमुख विधियों या परीक्षणों को निम्नांकित तीन भागों में बाँटकर अध्ययन किया गया है—

1. व्यक्तित्व आविष्कारिका (Personality Inventories)
2. प्रक्षेपीय विधियाँ (Projective methods)
3. प्रेक्षण विधियाँ (Observational methods)

इन तीनों तरह की विधियों का वर्णन निम्नांकित हैं—

1. व्यक्तित्व आविष्कारिका *(Personality Inventories)*—व्यक्तित्व मापने की यह विधि काफी प्रचलित विधि (popular method) है। इस विधि में व्यक्तित्व के खास-खास शीलगुणों से सम्बन्धित कुछ प्रश्न बने होते हैं जिनका उत्तर प्रायः 'हाँ-नहीं, सही-गलत' आदि में दिया रहता है। व्यक्ति इन प्रश्नों को एक-एक करके पढ़ता है और उसका उत्तर इन दिए गए उत्तरों से चुनकर अर्थात 'हाँ-नहीं' या 'सही-गलत' में से चुनकर देता है। यदि प्रश्न व्यक्ति के लिए सही होता है, तो वह 'सही' या 'हाँ' के रूप में जवाब देता है तथा यदि प्रश्न व्यक्ति के लिए गलत होता है वह 'गलत' या 'नहीं' के रूप में जवाब देता है। जैसे—

1. क्या आपको अनद्रिा की शिकायत है? — हाँ/नहीं
2. क्या आप अकारण ही प्रायः चिन्तित रहते हैं? — हाँ/नहीं
3. क्या आपको माता-पिता से उचित प्यार मिलता है? — हाँ/नहीं

एक ही प्रश्न का सही एवं उचित उत्तर अलग-अलग व्यक्तियों के लिए अलग-अलग हो सकता है। इस तरह की आविष्कारिका के प्रत्येक प्रश्न को व्यक्ति स्वयं पढ़ता है और अपने बारे में एक रिपोर्ट (report) या व्यक्तव्य देता है। इस कारण से इसे *आत्म-रिपोर्ट आविष्कारिका* (self-report inventories) भी कहा जाता है। इस तरह की आविष्कारिका

को *मनोमिति परीक्षण* (psychometric test) भी कहा जाता है क्योंकि ऐसे परीक्षण प्रायः परीक्षण निर्माण (test construction) की सभी आवश्यकताओं को वैज्ञानिक ढंग से पूरा करते हैं। इसे कुछ मनोवैज्ञानिकों ने *पेपर-पेंसिल परीक्षण* (paper-pencil test) भी कहा है।

व्यक्तित्व आविष्कारिका का वैज्ञानिक प्रयोग (scientific use) प्रथम विश्वयुद्ध के समय प्रारम्भ हुआ। इस युद्ध में वैसे सैनिकों को छाँटने की तीव्र आवश्यकता महसूस की गयी जो सांवेगिक रूप से अस्थिर (emotionally unstable) थे। इस उद्देश्य की पूर्ति करने के लिए वुडवर्थ (Woodworth) ने 1918 में एक व्यक्तित्व आविष्कारिका तैयार किया जिसका नाम *'वुडवर्थ परसनल डाटा इनवेंट्री'* (Woodworth Personal Data Inventory) रखा गया। इस आविष्कारिका में कुल 116 प्रश्न थे जिनका उत्तर व्यक्ति को 'हाँ' तथा 'नहीं' में से किसी एक को चुनकर देना होता था। यद्यपि यह आविष्कारिका बहुत वैज्ञानिक ढंग से निर्मित नहीं थी, फिर भी इसकी सफलता से प्रेरित होकर व्यतित्व आविष्कारिका (personality inventory) के निर्माण में बहुत से मनोवैज्ञानिक लग गये। फलस्वरूप, आज व्यक्तित्व आविष्कारिका की संख्या हजारों में हो गयी है। इस सिलसिले में अमेरिका तथा इंगलैंड में काफी शोध (research) हुए हैं जिसके फलस्वरूप कई महत्त्वपूर्ण एवं वैज्ञानिक रूप से निर्मित व्यक्तित्व आविष्कारिका हमारे सामने उपलब्ध हैं। इन सभी की चर्चा तो यहाँ सम्भव नहीं हैं परन्तु उनमें से कुछ की चर्चा जो अत्यन्त महत्त्वपूर्ण हैं, इस प्रकार हैं—

1. माइनेसोटा मल्टीफेजीक पर्सनालिटी इनवेंट्री-2 *(Minnesota Multiphasic Personality Inventory-2)*— MMPI का निर्माण मूलतः हाथावे एवं मैककिनले (Hathaway & Mckinley, 1940) द्वारा किया गया इसमें हाथावे मनोवैज्ञानिक थे तथा मैककिनले एक तंत्रिकाशास्त्री (neurologist) थे। इस परीक्षण में 550 एकांश थे और प्रत्येक एकांश के तीन उत्तर थे— 'True', 'False' तथा 'Cann't say'। इस, मौलिक प्रारूप के दो प्रतिरूप हैं— वैयक्तिक कार्ड प्रतिरूप (individual card form) तथा सामूहिक पुस्तिका प्रारूप (group booklet form)। इस इनवेन्ट्री का उद्देश्य व्यक्तित्व के रोगात्मक शीलगुणों (pathological traits) को मापना है। इस मौलिक प्रारूप में 10 नैदानिक मापनी (clinical scale) हैं तथा चार वैधता मापनी (validity scale) हैं। 10 नैदानिक मापनी द्वारा 10 रोगात्मक शीलगुणों का मापन होता है तथा वैधता मापनी पर के प्राप्तांकों द्वारा व्यक्ति द्वारा दिये गये उत्तरों की विश्वसनीयता तथा वैधता का पता चलता है।

MMPI के कई संशोधित (revised) प्रारूप तैयार किए गए हैं जिनमें सबसे नवीनतम संशोधन को MMPI-2 के नाम से जाना जाता है। यह संशोधन वुचर, डाहस्ट्रोम, ग्राहम, टेलेगन तथा केम्मर (Butcher, Dahlstrom, Grahm, Tellegen & Kaemmer, 1989) द्वारा किया गया। इस परीक्षण में कुल 567 एकांश थे। MMPI-2 में 10 नैदानिक मापनी है तथा तीन मुख्य वैधता मापनी (validity scales) है। इन तीन वैधता मापनी के अतिरिक्त एक और वैधता मापनी है जिसे '?' (या cannot say) से संकेतिक किया जाता है तथा इसमें उन एकांशों को रखा जाता है जिसका उत्तर व्यक्ति नहीं दे पाता है। निटजिल, वर्नस्टीन तथा मिलिक (Neitzel, Bernstein & Milich, 1994) के अनुसार इन सभी चार वैधता मापनियों का सम्बन्ध आविष्कारिका के वैधता (validity) से कुछ भी नहीं है बल्कि इनके द्वारा विभिन्न तरह के वैसी मनोवृत्तियों का पता चलता है जिससे परीक्षण पर की अनुक्रियाएँ विकृत हो जाती हैं। इन सभी 10 नैदानिक मापनी एवं वैधता मापनी का वर्णन इस प्रकार है—

नैदानिक मापनी *(Clinical Scale)*

1. रोगभ्रम *(Hypochondriasis or HS)*—इस मापनी में कुल 32 एकांश हैं और इसके द्वारा उस प्रवृत्ति की माप होती है जिसमें व्यक्ति अपने शारीरिक स्वास्थ्य एवं शारीरिक कार्य के बारे में जरूरत से ज्यादा चिंता दिखलाता है।

2. विषाद *(Depression or D)*—इस मापनी में कुल 57 एकांश हैं और इसके द्वारा भावात्मक विकृति (affective disorder) से सम्बन्ध प्रवृत्तियाँ जैसे उदासी, क्षमता में ह्रास, अभिरुचि एवं ऊर्जा में कमी आदि का मापन होता है।

3. रूपांतर हिस्ट्रीया *(Conversion hysteria or Hy)*—इस मापनी के 60 एकांश हैं और इसके द्वारा एक ऐसा स्नायुविकृत प्रवृत्ति का मापन होता है जिसमें रोगी मानिक संघर्ष एवं चिंताओं से छुटकारा पाने के लिए कोई न कोई शारीरिक लक्षण विकसित कर लेता है।

4. मनोविकृत विचलन *(Psychopathic deviate or Pd)*—इस मापनी में 50 एकांश हैं तथा इसके द्वारा व्यक्ति में सामाजिक एवं नैतिक मानकों को अवहेलना करने वाली प्रवृत्तियाँ तथा दंडात्मक अनुभूतियों से भी कुछ न सीखने की प्रवृत्ति का मापन होता है।

5. पुरुषत्व-नारीत्व *(Masculinity-Feminity M-f)*—इस मापनी में 56 एकांश हैं तथा इसके द्वारा व्यक्ति के सीमांतीय यौन भूमिका (extreme sex role) करने की प्रवृत्ति की माप होती है।

6. स्थिर व्यामोह *(Paranoia or Pa)*—इस मापनी में 40 एकांश हैं जिनके द्वारा व्यक्ति में असामान्य शक करने की प्रवृत्ति तथा दंडात्मक एवं उत्कृष्ठता से सम्बन्ध गलत विश्वास या भ्रान्ति (delusion) का मापन होता है।

7. मनोदौर्वल्यता *(Psychesthenia or Pt)*—इस मापनी में कुल 48 एकांश हैं जिनके द्वारा व्यक्ति में मनोग्रस्ति (obsession), बाध्यता (compulsion), असामान्य डर आदि का मापन होता है।

8. मनोविदालिता *(Schizophrenia or Sc)*—इस मापनी में 78 एकांश हैं इसके द्वारा व्यक्ति में असामान्य चिंतन या व्यवहार करने की प्रवृत्ति का मापन होता है।

9. अल्पोन्माद *(Hypomania or Ma)*—इस मापनी में 46 एकांश हैं और इसके द्वारा व्यक्ति के सांवेगिक उत्तेजन, अतिक्रिया (overactivity) तथा विचारों का विखराव (flight or ideas) का मापन होता है।

10. सामाजिक अंतर्मुखता *(Social introversion or SI)*—इस मापनी में 69 एकांश हैं और इसके द्वारा व्यक्ति के कुछ विशेष प्रवृत्तियाँ जैसे लजालुपना, अन्य लोगों में अभिरुचि न दिखाने की प्रवृत्ति तथा असुरक्षा आदि का मापन होता है।

इस तरह से नैदानिक मापनियों में कुल 536 एकांश हैं।

वैधता मापनी *(Validity Scales)*

? *(Cannot Say)*—इसके अंतर्गत उन एकांशों को रखा जाता है जिनका उत्तर व्यक्ति नहीं दे पाया है। जब इसमें अधिक एकांशों को रखा जाता है, तो इससे यह पता चलता है कि व्यक्ति एकांशों को नहीं समझ रहा है या परीक्षक (tester) के साथ सहयोग नहीं कर रहा है या वह रक्षात्मक मनोवृत्ति (defensive attitude) विकसित कर लिया है।

L *(Lie)*—इस मापनी के 15 एकांश हैं और इसके द्वारा व्यक्ति में झूठ बोलने या अपने आप को गलत ढंग से पेश करने की प्रवृत्ति का मापन होता है।

F *(Frequency or Infrequency)*—इस मापनी में 60 एकांश हैं। इस पर उच्च प्राप्तांक आने से यह पता चलता है कि व्यक्ति लापरवाही से परीक्षण एकांशों के प्रति अनुक्रिया किया है या वह जानबूझ करके अपने रोगात्मक लक्षणों को बढ़ा-चढ़ाकर व्यक्त किया है।

K *(Correction)*—इस मापनी के 30 एकांश हैं और इसके द्वारा व्यक्ति में अपनी समस्याओं के बारे में या तो अत्यधिक सुरक्षात्मक दृष्टिकोण (defensive outlook) या फिर उसके बारे में बहुत ज्यादा कहने की प्रवृत्ति का मापन होता है। उच्च K प्राप्तांक से यह पता चलता है कि व्यक्ति ने अपनी समस्या को दबा दिया है तथा निम्न K प्राप्तांक से यह पता चलता है कि उसने अपनी समस्या को बढ़ा-चढ़ा कर उपस्थित किया है। चाहे K प्राप्तांक उच्च हो या निम्न हो, इससे इस बात का संकेत मिलता है कि नैदानिक मापनियों पर के प्राप्तांकों को संशोधित करने की जरूरत है।

इस तरह से यह स्पष्ट हुआ है कि MMPI-2 में मौलिक MMPI के सभी मापनियों को बरकरार रखते हुए उनके एकांशों को संशोधित किया गया है। MMPI-2 की फिर भी कुछ अपनी और विशेषताएँ हैं जो इस प्रकार हैं—

(i) MMPI-2 के एकांशों को समूहन[1] (grouping) करके 15 नये अंतर्वस्तु मापनी (content scales) बनाए गए हैं जिसके द्वारा व्यक्तित्व के 15 ऐसे कारकों को मापना सम्भव हो पाया है जिसे पहले के 10 नैदानिक मापनियों द्वारा मापना सम्भव नहीं था। चिंतन (anxiety), डर (fear), क्रोध (anger), टाईप ए व्यक्तित्व (Type A personality), समाज-विरोधी प्रवृत्तियाँ (anti-social tendencies), सामाजिक उदासी (social discomfort), पारिवारिक समस्याएँ आदि इसके कुछ मुख्य उदाहरण हैं।

(ii) MMPI-2 में तीन और नये वैधता मापनियों (validity scales) को जोड़ा गया है जिसका उपयोग उपर्युक्त चार वैधता मापनी के साथ-साथ करना होता है। ये तीन वैधता मापनी हैं— भ्रिन (VRIN) तथा ट्रिन (TRIN) बैक साइड एफ स्केल (Back side F scale)। इन तीनों मापनियों द्वारा परीक्षण एकांशों के प्रति असंगत

1. समूहन (grouping) से तात्पर्य विभिन्न नैदानिक मापनियों से कुछ एकांशों को हु-ब-हू रूप में लेकर एक नया मापनी बनाने से होता है। ऐसे मापनी को अंतर्वस्तु मापनी (content scale) कहा गया है।

(inconsistent) ढंग से उत्तर देने की प्रवृत्ति का मापन होता है। ब्रेरी एवं उनके सहयोगियों (Berry et al., 1997) द्वारा इन दोनों नये वैधता मापनियों की प्रभावशीलता (effectiveness) की जाँच की जा रही है।

1991 में किशोरों के व्यक्तित्व को मापन करने के लिए MMPI-Adolescent or MMPI-A विकसित किया गया है। इस परीक्षण में मौलिक MMPI के बहुत सारे विशेषताओं को बरकरार रखा गया है।

MMPI के कुछ लाभ (advantages) तथा अलाभ (disadvantages) हैं।

इसके प्रमुख लाभ (advantages) निम्नांकित हैं—

(i) MMPI परीक्षण के प्रति व्यक्ति के उत्तर देने की मनोवृत्ति (test-taking attitude) का भी पता लगा लेता है। इससे यह पता चल जाता है कि व्यक्ति कहाँ तक उत्तर देने में लापरवाही दिखलाता है, सुरक्षात्मक दृष्टिकोण अपनाता है या अपनी समस्याओं एवं लक्ष्यों को बढ़ा-चढ़ा कर उपस्थित किया है।

(ii) MMPI द्वारा नैदानिक विशेषज्ञ कई तरह की समस्याओं के बारे में प्रत्यक्ष रूप से उत्तर वैज्ञानिक ढंग से ज्ञान प्राप्त कर लेते हैं। ऐसी सुविधा मनोवैज्ञानिक मूल्यांकन के अन्य साधन में उपलब्ध नहीं है।

(iii) चूँकि MMPI का प्राप्तांक-लेखन (scoring) वस्तुनिष्ठ ढंग से (objectively) होता है, अतः यह व्यक्ति के बारे में नैदानिक विशेषज्ञों के आत्मनिष्ठ छवि (subjective impression) से प्रभावित नहीं होता है।

(iv) MMPI की न्याख्या वीमांकिक ढंग से (actuarial fashion) सम्भव है। दूसरे शब्दों में, MMPI में ऐसा प्रावधान है कि जब व्यक्ति को एक निश्चित पैटर्न का प्राप्तांक किसी नैदानिक मापनी पर आता है तो उसमें अमुक गुण या व्यवहार होने की उम्मीद भी अधिक होगी।

इन लाभों के बावजूद MMPI के कुछ अलाभ (disadvantage) हैं जो इस प्रकार हैं—

(i) MMPI कुछ खास तरह के असामान्य व्यवहार या कुसमायोजी व्यावहार के प्रति अधिक संवेदनशीलता नहीं दिखलाता है। जैसे, दुश्चिंता विकृति के कुछ प्रकार, व्यक्तित्व विकृति तथा मनःस्थिति विकृति के कुछ प्रकार ऐसे हैं जिनका मापन MMPI द्वारा नहीं होता है।

(ii) MMPI के एकांशों का स्वरूप शाब्दिक (verbal) है जिस कारण इसके द्वारा सभी तरह के व्यक्तित्व का मापन सम्भव नहीं है। इसमें तीक्ष्ण प्रकार के मनोविक्षिप्ति, कम पढ़े-लिखे व्यक्ति तथा बौद्धिक रूप से दोषग्रस्त व्यक्तियों के व्यक्तित्व का मापन इसके द्वारा सम्भव नहीं है।

(iii) बहुत सारे अध्ययनों में यह पाया गया है कि MMPI द्वारा निर्धारित व्यक्तित्व के कुछ प्रोफाईल टाइप ऐसे हैं जो स्थायी (stable) नहीं है। यह स्पष्ट नहीं अब तक हो पाया है कि इस तरह की अस्थिरता का कारण MMPI में विश्वसनीयता (reliability) की कमी है या व्यक्ति के समायोजन स्तर में होने वाले परिवर्तन के प्रति परीक्षण की संवेदनशीलता है।

(iv) MMPI-2 का सबसे बड़ा दोष यह है कि इसके करीब 74 एकांशों को एक से अधिक मापनी में उपयोग किया गया है जिससे इसके सभी मापनी एक-दूसरे से स्वतंत्र न होकर सहसम्बन्धित हो गये हैं।

इस खामी के बावजूद MMPI का वस्तुनिष्ठ प्राप्तांक-लेखन (scoring) होने के कारण यह एक शोध एवं नैदानिक परीक्षण के रूप में काफी लोकप्रिय साबित हुआ है। आइकेन (Aiken, 1989) के अध्ययन के अनुसार इसे करीब 90% नैदानिक मनोवैज्ञानिकों द्वारा काफी पसंद किया जाता है।

2. कैलफोर्निया साइकोलॉजिकल आविष्कारिका *(California Psychological Inventory or CPI)*—इस परीक्षण का मौलिक निर्माण वर्ष 1957 है, फिर 1987 में गफ (Gough, 1987) द्वारा इसे संशोधित किया गया है। इस आविष्कारिका का विकास व्यक्तित्व के सामान्य शीलगुणों (normal traits) को मापने के लिए किया गया है। इसमें 462 एकांश है जिनका उत्तर 'सही-गलत' के प्रारूप में देना होता है। इसमें से आधे एकांश MMPI से ही लिए गये हैं। इसके द्वारा प्रभुत्व, उत्तरदायित्व, आत्म-स्वीकृति (self-acceptance), आत्म-नियंत्रण (self-control) जैसे शीलगुणों का मापन होता है। इसमें भी तीन वैधता मापनी (validity scales) हैं और इसके द्वारा व्यक्ति के गलत मनोवृत्तियों का पता चलता है। इसकी विश्वसनीयता तथा वैधता काफी अधिक है।

3. बेल समायोजन आविष्कारिका *(Bell adjustment inventory)*—इस आविष्कारिका का निर्माण बेल (Bell) ने 1934 में किया। इस आविष्कारिका का उद्देश्य व्यक्ति में समायोजन (adjustment) सम्बन्धी कठिनाइयों का पता लगाना होता है। इस आविष्कारिका के दो फार्म (form) हैं—*विद्यार्थी फार्म* (students form) तथा *व्यावसायिक*

फार्म (occupational form)। विद्यार्थी फार्म में कुल 140 एकांश (items) हैं जो चार भिन्न-भिन्न क्षेत्रों जैसे— गृह (home), स्वास्थ्य (health), सामाजिक (social) तथा सांवेगिक (emotional) अवस्था से सम्बन्धित समायोजन समस्याओं का पता लगाता है। प्रत्येक प्रश्न का उत्तर 'हाँ', 'नहीं' एवं '?' में से किसी एक पर चिह्न खींचकर दिया जाता है। व्यावसायिक फार्म में इन 140 एकांशों में 20 एकांश (items) और जोड़ दिया गया है ताकि इस फार्म के कुल पाँच क्षेत्र हो जाते हैं जो वयस्कों के समायोजन की ओर इंगित करते हैं। इस परीक्षण का विश्वसनीयता गुणांक 0.75 से 0.89 तक है। वैधता गुणांक (validity coefficient) 0.58 से 0.89 तक पाया गया। इस आविष्कारिका का अनुकूलन (adapation) भारतीय भाषाओं में जैसे हिन्दी तथा मलयालम में भी किया गया है।

4. कैटेल सोलह व्यक्तित्व-कारक प्रश्नावली *(Cattell's Sixteen P.F. Questionnaire)*—इस परीक्षण का निर्माण कैटेल ने कारक विश्लेषण (factor analysis) के आधार पर किया है। इस प्रश्नावली के कई फार्म (forms) हैं जिनके द्वारा 17 वर्ष से अधिक आयु वाले व्यक्तियों के 16 शीलगुणों (traits) को मापा जाता है। कैटेल ने इन शीलगुणों (traits) में तीन तरह के प्रमुख शीलगुणों यानी चित्तप्रकृति शीलगुण (temperament traits), क्षमता शीलगुणों (ability trait) तथा गत्यात्मक शीलगुण (dynamic trait) का समावेश किया है। इस प्रश्नावली में सम्मिलित किये गये सभी 16 शीलगुण द्विध्रुवीय (bipolar) हैं। 16 शीलगुणों को मापने के लिए बने 16 मापनी (scales) पर उच्च प्राप्तांक (high score) तथा कम प्राप्तांक (low score) का खास मतलब होता है जिसे हम इस प्रकार बतला सकते हैं—

उच्च प्राप्तांक (High Score)	**अक्षर चिह्न** (Letter symbol)	**निम्न प्राप्तांक** (Low score)
1. Outgoing	A	Reserved
2. More Intelligent	B	Less Intelligent
3. Stable	C	Emotional
4. Assertive	E	Humble
5. Hapy-Go-Lucky	F	Sober
6. Conspicuous	G	Expedient
7. Bold	H	Shy
8. Tenderminded	I	Thoughminded
9. Suspicious	L	Trusting
10. Imaginative	M	Practical
11. Shrewd	N	Forthright
12. Apprehensive	O	Placid
13. Experimenting	Q1	Traditional
14. Self-sufficient	Q2	Group-tied
15. Controlled	Q3	Casual
16. Tense	Q4	Relaxed

इन 16 कारकों (factors) को प्रथम-क्रम के कारक (first-order-factors) कहा गया है और इन्हीं कारकों के माध्य से दस-ग्यारह द्वितीय क्रम के कारकों (second-order factors) को ज्ञात किया गया है जो इस प्रकार है— चिंता (anxiety), वर्हिमुखता (extroversion), स्वतंत्रता (independence), स्नायुविकृति (neuroticism), नेतृत्व (leadership), वैवाहिक समायोजन (martial adjustment) तथा आत्मपरकता (subjectivity) इत्यादि। इस परीक्षण का विश्वसनीयता गुणांक (reliability coefficient) .34 से .93 तक का पाया गया है तथा संप्रत्यय वैधता (construct validity) 0.85 तक की पायी गयी है।

इसके अलावा भी बहुत से व्यक्तित्व आविष्कारिका (personality inventiories) जैसे— Eysenck Personality

Questionnaire (EPQ), Edwards Personal Preference Schedule (EPPS), Million Clinical Multiaxial Inventory (MCMI), Personality Research Form (PRF), Basic Personality Inventory, Maslow Security-Insecurity Scale आदि हैं जिनका प्रयोग व्यक्तित्व मापन में काफी किया गया है। इनका निर्माण क्रमशः आइजेन्क एवं आइजेन्क (Eysenck & Eysenck 1975), एडवार्डस (Edwards, 1959), मिल्लोन (Millon, 1987), जैक्सन (Jackson, 1984), जैक्सन (Jackson, 1989) तथा मैसलो (Maslow, 1966) द्वारा किया गया है। भारत में भी बहुत सारे व्यक्तित्व आविष्कारिका विकसित किये गये हैं जिनमें प्रमुख हैं—अरूण कुमार सिंह (लेखक) द्वारा निर्मित सिंह भेददर्शी व्यक्तित्व मापनी (Singh Differential Personality Inventory or SDPI), एम॰ डी॰ बंगाली द्वारा निर्मित Youth Adjustment Analyzer (YAA), एच॰ एस॰ अस्थाना द्वारा निर्मित समायोजन सूची, अरूण कुमार सिंह द्वारा निर्मित सिंह मनोवैज्ञानिक कठोरता मापनी (Singh Psychological Hardiness scale) प्रमुख है।

व्यक्तित्व आविष्कारिका के कुछ गुण (merits) तथा दोष (demerits) भी हैं।

इसके प्रमुख गुण (merits) निम्नांकित हैं—

(i) व्यक्तित्व आविष्कारिका द्वारा व्यक्तित्व के शीलगुणों को मापने में काफी सुविधा होती है। एक समय में ही कई व्यक्तियों के शीलगुणों का मापन आसानी से कर लिया जाता है। यही कारण है कि विटेकर (Whittaker, 1970) ने व्यक्तित्व आविष्कारिका को व्यक्तित्व का *शीघ्रगामी माप* (quick measure) कहा है।

(ii) व्यक्तित्व आविष्कारिका का प्रयोग नैदानिक परिस्थिति (clinical situation) तथा सामान्य परिस्थिति दोनों में ही होता है। फलस्वरूप, इस तरह की आविष्कारिका के सहारे भिन्न-भिन्न शीलगुणों (traits) के आधार पर व्यक्तियों का तुलनात्मक अध्ययन करना आसान हो जाता है।

व्यक्तित्व आविष्कारिका के प्रमुख अवगुण (demerits) निम्नांकित हैं—

(i) कुछ व्यक्तित्व मनोवैज्ञानिकों (personality psychologists) का कहना है कि व्यक्तित्व आविष्कारिका (personality inventories) द्वारा व्यक्तित्व का मापना अलग-अलग शीलगुण (traits) द्वारा होता है जो वैज्ञानिक रूप से उचित नहीं है क्योंकि व्यक्तित्व की व्याख्या इस तरह से पृथक कारकों (discrete factors) के रूप में सम्भव नहीं है। फ्रीमैन (Freeman, 1962) के अनुसार चूँकि व्यक्तित्व आविष्कारिका में व्यक्तित्व का मापन सम्पूर्ण रूप से (as a whole) नहीं होता है, अतः इस विधि को बहुत वैज्ञानिक नहीं माना जा सकता है।

(ii) व्यक्तित्व आविष्कारिका (personality inventory) की वैधता (validity) अधिक नहीं होती है। इसका प्रधान कारण यह होता है कि व्यक्तित्व आविष्कारिका की वैधता ज्ञात करने में कोई मान्य कसौटी (acceptable criterion) मनोवैज्ञानिकों को नहीं मिल पाता है। फलस्वरूप, इस तरह की आविष्कारिका से प्राप्त आँकड़े से कोई सही अर्थ नहीं निकल पाता है।

(iii) व्यक्तित्व आविष्कारिका के एकांश (items) बिलकुल ही स्पष्ट एवं प्रत्यक्ष होते हैं। फलस्वरूप, इन एकांशों के सही उत्तर को व्यक्ति आसानी से छिपाकर उसकी जगह पर नकली उत्तर (faked answer) दे देता है। प्रायः देखा गया है कि व्यक्ति इस ढंग से उत्तर देता है कि उन उत्तरों के आधार पर लोग उसमें एक अनुकूल शीलगुण (favourable trait) होने का अनुमान कर ले। ऐसी परिस्थिति में मनोवैज्ञानिकों के लिए व्यक्तित्व आविष्कारिकाओं के आँकड़े के आधार पर कोई सही अर्थ निकालना मुश्किल हो जाता है।

इन आलोचनाओं के बावजूद भी व्यक्तित्व आविष्कारिका (personality inventories) का प्रयोग व्यक्तित्व के मापन तथा उससे सम्बन्धित शोधों (researches) में काफी किया जा रहा है।

2. प्रक्षेपीय विधियाँ *(Projective methods)*—प्रक्षेपीय विधि (projective method) द्वारा व्यक्तित्व की माप परोक्ष रूप से (indirect) होती है। इस परीक्षण में व्यक्ति के सामने कुछ अस्पष्ट (vague) तथा असंगठित (unstructured) उद्दीपक (stimulus) या परिस्थिति दिया जाता है। ऐसे उद्दीपकों एवं परिस्थितियों के प्रति व्यक्ति कुछ अनुक्रिया (response) करता है। इन अनुक्रियाओं (responses) के सहारे व्यक्ति अचेतन रूप से अपनी इच्छाओं, त्रुटियों (errors) एवं मानसिक द्वन्द्वों (mental conflicts) को प्रक्षेपित (project) करता है। इस तरह से प्रक्षेपीय परीक्षण (projective test) वैसे परीक्षण को कहा जाता है जिसके एकांश (items) स्पष्ट एवं असंगठित (unstructured) होते हैं और जिसके प्रति अनुक्रिया (response) करके व्यक्ति अपने भिन्न-भिन्न प्रकार के शीलगुणों की अभिव्यक्ति परोक्ष रूप से (indirectly) करता है।

प्रक्षेपीय परीक्षण (projective test) तथा व्यक्तित्व आविष्कारिका (personality inventories), यद्यपि दोनों ही व्यक्तित्व का मापन करते हैं, उनमें निम्नांकित अन्तर हैं—

(i) प्रक्षेपीय प्रविधि (projective technique) का व्यक्तित्व मापन के प्रति दृष्टिकोण सार्वत्रिक (global) या सम्पूर्ण (as a whole) होता है जबकि व्यक्तित्व आविष्कारिका (personality inventory) का दृष्टिकोण व्यक्तित्व मापन के प्रति परमाण्विक (atomistic) होता है। दूसरे शब्दों में, कहा जा सकता है कि व्यक्तित्व आविष्कारिका में व्यक्तित्व का मापन कुछ खास-खास स्वतंत्र शीलगुणों को अलग-अलग मापकर किया जाता है जबकि प्रक्षेपण विधि में व्यक्तित्व को सम्पूर्ण रूप से (as a whole) माप कर (न कि कुछ निश्चित शीलगुणों का मापन करके) उसके बारे में अध्ययन करने की कोशिश की जाती है।

(ii) प्रक्षेपीय परीक्षण में एकांश (items) या उद्दीपक जिसके प्रति व्यक्ति अनुक्रिया करता है, अस्पष्ट (vague) तथा असंगठित (unstructured) होता है। दूसरे शब्दों में यह कहा जा सकता है कि प्रक्षेपण परीक्षण में एकांश (item) या उद्दीपक इस तरह के होते हैं कि एकांश का अर्थ भिन्न-भिन्न व्यक्ति अलग-अलग ढंग से लगाते हैं। परन्तु व्यक्तित्व आविष्कारिका (personality inventories), के एकांश (item) बहुत ही स्पष्ट तथा संगठित होते हैं जिसका अर्थ सभी व्यक्ति एक समान लगाते हैं।

(iii) चूँकि प्रक्षेपीय परीक्षण के एकांश अस्पष्ट होते हैं, अतः व्यक्ति इनके प्रति जो अनुक्रिया करता है, वह वास्तविक (real) होता है और उसमें किसी प्रकार जोड़-तोड़ (manipulation) या बनावटीपन (faking) या दिखावा नहीं होता है। परन्तु व्यक्तित्व आविष्कारिका के एकांश बिलकुल ही स्पष्ट होते हैं और उस एकांश द्वारा क्या पूछा जा रहा है, उसका अर्थ व्यक्ति सही-सही समझता है। यदि किसी एकांश का उत्तर ऐसा है कि उसे बताना समाज के नियमों या उसकी व्यक्तिगत प्रतिष्ठा (personal prestige) के प्रतिकूल हैं, तो वैसी अवस्था में वह सही उत्तर को छिपाकर उसकी जगह पर एक बनावटी उत्तर (faked answer) दे देता है।

(iv) मनोवैज्ञानिकों ने प्रक्षेपीय परीक्षण (projective test) को व्यक्तित्व का एक अप्रत्यक्ष माप (indirect measure) माना है जबकि व्यक्तित्व आविष्कारिका (personality inventory) को व्यक्तित्व का एक प्रत्यक्ष माप (direct measure) माना है।

व्यक्तित्व मापन के लिए मनोवैज्ञानिकों ने कई तरह के प्रक्षेपीय परीक्षण (projective tests) का वर्णन किया है। मनोवैज्ञानिकों ने प्रक्षेपीय विधि का वर्गीकरण परीक्षण में उपयोग किए गए उद्दीपक, परीक्षण को निर्मित करने तथा क्रियान्वयन करने के तरीका तथा उनसे उत्पन्न होने वाली अनुक्रियाओं के आधार पर भिन्न-भिन्न ढंग से किया है। इसमें लिण्डजे (Lindzey, 1961) ने जो वर्गीकरण अनुक्रिया (response) की कसौटी के आधार पर किया है, वह आज भी बहुत लोकप्रिय है। इनके अनुसार प्रक्षेपीय परीक्षण को निम्नांकित पाँच भाग में बाँटा गया है—

(क) साहचर्य परीक्षण (Association test)
(ख) संरचना परीक्षण (Construction test)
(ग) पूर्त्ति परीक्षण (Completion test)
(घ) चयन या क्रम परीक्षण (Choice or ordering test)
(ङ) अभिव्यंजक परीक्षण (Expressive test)

इन प्रक्षेपीय परीक्षण का वर्णन निम्नांकित है—

(क) साहचर्य परीक्षण *(Association test)*—ऐसे परीक्षण में व्यक्ति अस्पष्ट उद्दीपकों को देखता है और यह बतलाता है कि उसमें वह क्या देख रहा है या फिर उससे वह किस चीज को साहचर्यित कर रहा है। रोशार्क परीक्षण (Rorschach test) तथा शब्द साहचर्य परीक्षण (word association test) इस श्रेणी के दो प्रमुख प्रकार हैं जिनका वर्णन निम्नांकित है—

(i) शब्द साहचर्य परीक्षण *(Word Association test)*—इस परीक्षण में कुछ पूर्व निश्चित उद्दीपक शब्दों (stimulus words) को एक-एक करके व्यक्ति के सामने उपस्थित किया जाता है और व्यक्ति को शब्द सुनने के बाद उसके मन में जो सबसे पहला शब्द आता है, उसे बतलाना होता है।

व्यक्ति मापन के रूप में इस परीक्षण का उपयोग फ्रायड (Freud) तथा उनके शिष्य विशेषकर युग (Jung) द्वारा प्रारम्भ किया गया। युंग (Jung) ने 1904 में 100 शब्दों की एक मानक सूची (standard list) तैयार की और उपयुक्त विधि द्वारा व्यक्ति की अनुक्रियाओं (responses) को प्राप्त किया। उसके बाद उसका विश्लेषण (analysis) करके विशेषकर प्रत्येक अनुक्रिया शब्द (response word) का सांकेतिक अर्थ (symbolic meaning) ज्ञात करके तथा प्रतिक्रिया समय (reaction time) के आधार पर व्यक्ति के सांवेगिक संघर्षों (emotional conflict) का पता युंग ने सफलतापूर्वक लगाया। इसकी सफलता देखकर अमेरिका में केन्ट तथा रोजेन्फ (Kent & Rosanoff) ने 1910 में तथा रैप्पापोर्ट (Rappaport) ने 1946 में अन्य शब्द साहचर्य परीक्षण का निर्माण किया जिसका प्रयोग व्यक्तित्व मापन में विशेषकर साधारण मानसिक रोग (mental disease) से ग्रसित व्यक्तियों के व्यक्तित्व के मापन में सुचारु रूप से किया गया।

(ii) रोशार्क परीक्षण *(Rorschach Test)*—प्रक्षेपण परीक्षण (projective test) में सबसे प्रचलित एवं प्रमुख परीक्षण रोशार्क परीक्षण (Rorschach Test) है जिसका प्रतिपादन स्विटजरलैंड के मनश्चिकित्सक (psychiartist) हरमान रोशार्क (Hermann Rorschach) ने 1921 में किया। इस परीक्षण में 10 कार्ड होते हैं जिसपर स्याही के धब्बे के समान चित्र बने होते हैं (चित्र 9.3 देखें)। इसमें 5 कार्ड पर स्याही के धब्बे जैसी आकृति पूर्णतः काला-उजला (black-white) में छपे होते हैं और 5 कार्ड पर स्याही के धब्बे जैसी आकृति रंगों में होती हैं। प्रत्येक कार्ड एक-एक करके उस व्यक्ति को दिया जाता है जिसका व्यक्तित्व मापना होता है। कार्ड को वह जैसे चाहे घुमा-फिरा सकता है और ऐसा करके उसे बताना होता है कि उसे उस कार्ड में क्या दिखलाई दे रहा है या धब्बे का कोई अंश या पूरा भाग उसे किसी चीज के समान दिखलाई पड़ रहा है। व्यक्ति द्वारा दी गयी अनुक्रियाओं को लिख लिया जाता है और बाद में उसका विश्लेषण कुछ खास-खास अक्षर संकेतों (letter symbols) के सहारे निम्नांकित चार भागों में बाँट कर किया जाता है—

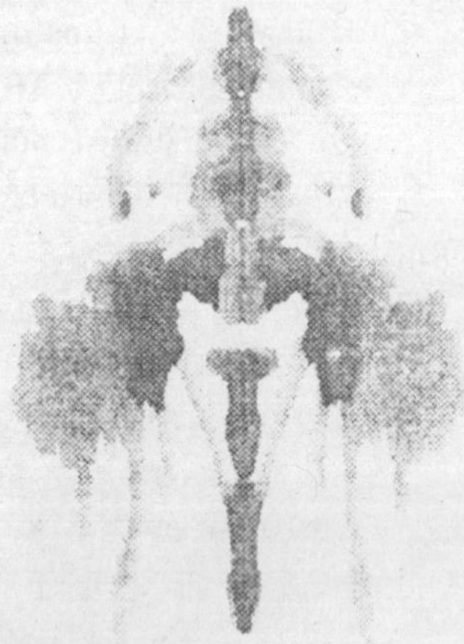

चित्र 9.3 रोशार्क परीक्षण का एक नमूना कार्ड

(a) स्थल-निरूपण *(Location)*—इस श्रेणी में इस बात का निर्णय किया जाता है कि व्यक्ति की अनुक्रिया का सम्बन्ध स्याही के पूरे धब्बे से हैं या उसके कुछ अंश से। अगर अनुक्रिया (response) का आधार पूरा धब्बा होता है, तो उसे एक खास अक्षर संकेत, यानी W से अंकित करते है। यदि अनुक्रिया का आधार धब्बे का बड़ा एवं सामान्य अंश (common detail) होता है, तो उसके लिए D तथा असामान्य एवं छोटे अंश के आधार पर अनुक्रिया होने से उसके Dd का प्रयोग किया जाता है। सिर्फ उजले स्थानों या जगहों के आधार पर अनुक्रिया देने से उसके लिए S का प्रयोग किया जाता है।

(b) निर्धारक *(Determinants)*—इस श्रेणी में इस बात का निर्णय किया जाता है कि धब्बे के किस गुण (feature) के कारण व्यक्ति ने अमुक अनुक्रिया (response) की है। जैसे— मान लिया जाय कि व्यक्ति ने किसी धब्बे में 'चमगादड़' होने की अनुक्रिया की है। इस अनुक्रिया के निर्धारक श्रेणी में इस बात का निर्णय किया जायेगा कि व्यक्ति ने धब्बे के किस गुण (features) अर्थात् आकार, रंग, गति आदि में से किसके आधार पर ऐसी अनुक्रिया की है। इस श्रेणी के लिए लगभग 24 अक्षर संकेतों (letter symbols) का प्रतिपादन किया गया जिसमें कुछ इस प्रकार हैं— आकार (form) के लिए F, रंग (colour) के लिए C, मानव गति अनुक्रिया (human movement response) के लिए M, पशु गति अनुक्रिया (animal movement response) के लिए FM तथा निर्जीव गति अनुक्रिया (inanimate movement response) के लिए m आदि।

(c) विषय-वस्तु *(Content)*—इस श्रेणी में यह देखा जाता है कि व्यक्ति द्वारा दी गयी अनुक्रिया की विषय-वस्तु क्या है। विषय-वस्तु मनुष्य होने पर उसके लिए H तथा पशु होने पर उसके लिए A के संकेत का प्रयोग किया जाता है। मानव के किसी अंग के विवरण (human details) होने पर Hd तथा पशु के किसी अंग के विवरण (animal details) के लिए Ad, आग के लिए Fi, यौन (sex) के लिए घरेलू वस्तुओं के लिए Hh का प्रयोग किया जाता है।

(d) मौलिक अनुक्रिया एवं संगठन *(Original response and Organisation)*—मौलिक अनुक्रिया (original response) से तात्पर्य उस अनुक्रिया (response) से होता है जो अनेकों व्यक्तियों द्वारा किसी कार्ड के प्रति अक्सर दिये जाते हैं। इसलिए इसे *लोकप्रिय अनुक्रिया* (popular response) भी कहा जाता है जिसका संकेत P है। जैसे, प्रथम कार्ड में पूरे धब्बे को चमगादड़ (bat) या 'तितली' (butterfly) के रूप में देखना एक लोकप्रिय अनुक्रिया (popular response) का उदाहरण है। इसी तरह से प्रत्येक कार्ड के लिए कुछ अनुक्रियाओं (response) को लोकप्रिय अनुक्रिया (popular responses) की श्रेणी में रखा गया है। कभी-कभी वह कुछ अनुक्रियाओं को एक साथ संगठित कर लेता है जिसका संकेत Z है।

रोशार्क परीक्षण पर दिये गये अनुक्रियाओं को उपर्युक्त चार भागों में विश्लेषण करने के बाद उसकी व्याख्या की जाती है। उदाहरणार्थ, यदि किसी व्यक्ति द्वारा अधिक संख्या में W की अनुक्रिया की गयी है, तो इससे तीव्र बुद्धि तथा अमूर्त चिन्तन (abstract reasoning) की क्षमता का बोध होता है। D अनुक्रियाओं से व्यक्ति में किसी वस्तु को स्पष्ट रूप से देखने तथा समझने की क्षमता का बोध होता है। Dd अनुक्रिया जो एक सामान्य (normal) वयस्क द्वारा दी गयी कुल अनुक्रियाओं का 5% से अधिक नहीं होता है, द्वारा व्यक्ति के चिन्तन में अस्पष्टता को दिखलाता है। परन्तु यदि ऐसी अनुक्रिया 5% से अधिक हो जाती है, तो इससे व्यक्ति में मनोविदालिता (schizophrenia) जो एक प्रकार का मानसिक रोग है, का संकेत मिलता है। S अनुक्रिया की अधिकता से व्यक्ति में नकारात्मक प्रवृत्ति (negativistic tendency) तथा आत्म-हठधर्मी (self-assertive) होने का संकेत मिलता है। F अनुक्रिया की अधिकता से चिन्तन करते समय एकाग्रता (concentration) की क्षमता का बोध होता है। रंग-सम्बन्धी अनुक्रिया की अधिकता से व्यक्ति की संवेगशीलता (emotionality) या व्यक्तित्व के भावात्मक (affective) शीलगुणों का पता चलता है। रंग-सम्बन्धी अनुक्रिया का बहुत ही कम होना या न होने पर व्यक्ति में मनोविदालिता (schizophrenia) के लक्षण, जैसे— सामान्य वातावरण से अपने आपको अलग करके रखना, भ्रम तथा विभ्रम अधिक होना आदि गुण पाये जाते हैं। गति अनुक्रियाओं (F, FM, m) की अधिकता से व्यक्ति में काल्पनिक क्रियाओं (fanciful activities) तथा उसकी कल्पना शक्ति का बोध होता है। A तथा Ad अनुक्रियाओं को मिलाकर A% तथा H और HD अनुक्रियाओं को मिलाकर H% ज्ञात किया जाता है। A% अधिक होने से बौद्धिक संकीर्णता (intellectual constriction) तथा सांवेगिक असंतुलन (emotional disturbances) ज्ञात होता है तथा H% अधिक होने से उपयुक्त संज्ञानात्मक विकास (cognitive development) होने का संकेत मिलता है। P अनुक्रिया की अधिकता से रूढ़िगत चिन्तन (conventional thinking) तथा इसकी कमी से व्यक्ति में सामाजिक अनुरूपता (social conformity) के शीलगुण की कमी होने का अंदाज मिलता है। एक्सनर (Exner, 1974) के अनुसार P अनुक्रियाओं से व्यक्ति में सर्जनात्मकता (creativity) का भी बोध होता है। Z अनुक्रियाओं से व्यक्ति में उच्च बुद्धि (high intelligence), सर्जनात्मकता (creativity), निपुणता (efficiency) आदि का बोध होता है।

रोशार्क (Rorschach) के समान ही एक और स्याही-धब्बा परीक्षण (ink-blot test) है जिसका प्रतिपादन होल्जमैन (Hotzman) ने 1961 में किया था जिसे *होल्जमैन स्याही-धब्बा परीक्षण* (Hotzman Ink-blot test) कहा जाता है। इसके दो फार्म हैं और प्रत्येक फार्म में 45 कार्ड हैं जिसपर स्याही के धब्बे बने होते हैं। प्रत्येक कार्ड के प्रति अधिक-से-अधिक एक अनुक्रिया (respnse) व्यक्ति को करनी होती है परन्तु व्यक्तित्व मापन में इसकी लोकप्रियता उतनी नहीं है जितनी की रोशार्क परीक्षण का है।

(ख) संरचना परीक्षण *(Construction test)*—इस श्रेणी में वैसे प्रक्षेपीय परीक्षणों को रखा जाता है जिसमें परीक्षण उद्दीपकों (test stimuli) के आधार पर व्यक्ति को एक कहानी या अन्य समान चीजों की संरचना करनी होती है। इस श्रेणी का सबसे प्रमुख परीक्षण *विषय-आत्मबोधन परीक्षण* (Thematic Apperception Test or TAT) है। इस परीक्षण का निर्माण मर्रे (Murray, 1935) ने हारवर्ड विश्वविद्यालय में किया। बाद में यानी, 1938 में मॉर्गन (Morgan) के साथ मिलकर इन्होंने इस परीक्षण का संशोधन (revision) किया। इस परीक्षण में रोशार्क परीक्षण (Rorschach test) के समान उद्दीपक (stimulus) या परिस्थिति बहुत ही अस्पष्ट तथा असंगठित नहीं होती है। इस परीक्षण का उद्दीपक या परिस्थिति तुलनात्मक रूप से अधिक स्पष्ट होती है। इस अर्थ में TAT, रोशार्क परीक्षण से भिन्न है। इस परीक्षण में कुल 31 कार्ड होते हैं जिसमें से 30 कार्ड पर चित्र बने होते हैं तथा 1 कार्ड सादा होता है। जिस व्यक्ति के व्यक्तित्व को मापना होता है, उसके यौन (sex) एवं उम्र के अनुसार इस 31 कार्ड में से 20 कार्ड का चयन (selection) कर लिया जाता है। इस 20 कार्ड में 19 कार्ड पर चित्र अंकित होते हैं और एक कार्ड सादा (black) होता है। किसी एक व्यक्ति पर 20

कार्ड से अधिक नहीं दिया जाता है। प्रत्येक कार्ड के चित्र के आधार पर व्यक्ति जिसका व्यक्तित्व मापन किया जाता है, एक कहानी तैयार करता है जिसमें चित्र से सम्बन्धित घटना के भूत, वर्तमान तथा भविष्य तीनों का वर्णन होता है। इस परीक्षण का क्रियान्वयन (administration) दो सत्रों (sessions) में होता है— पहले सत्र में 10 कार्ड और फिर दूसरे सत्र में अन्तिम 10 कार्ड व्यक्ति को देकर उसके आधार पर कहानी लिखने को कहा जाता है। सबसे अन्त में सादा कार्ड (blank card) दिया जाता है जिसपर अपने मन से किसी चित्र को मानकर उसके आधार पर कहानी लिखने के लिए कहा जाता है। मर्रे ने उपर्युक्त दो सत्रों (sessions) के बीच कम-से-कम 24 घंटों का अन्तर देने की सिफारिश की है। सभी कार्ड के आधार पर कहानी-लेखन का कार्य समाप्त होने पर एक साक्षात्कार (interview) किया जाता है जिसका उद्देश्य (purpose) यह जानना होता है कि कहानी लिखने में व्यक्ति की कल्पना-शक्ति का स्रोत (sources) मात्र चित्र या चित्र से बाहर की कोई घटना भी रही है।

कहानी-लेखन का कार्य समाप्त होने पर उसका विश्लेषण कर व्यक्तित्व के महत्त्वपूर्ण आवश्यकताओं (dominant needs) का पता लगाया जाता है। मर्रे (Murray) के अनुसार इस परीक्षण का विश्लेषण निम्नांकित प्रसंगों में किया जाता है—

(i) नायक *(Hero)*—प्रत्येक कहानी में नायक (hero) या नायिका का पता लगाया जाता है। कहानी में जिस व्यक्ति की मुख्य भूमिका होती है, उसे नायक या नायिका समझा जाता है। कभी-कभी एक ही कहानी में एक से अधिक नायक भी होते हैं। ऐसा समझा जाता है व्यक्ति इस नायक या नायिका के साथ आत्मीकरण (identification) स्थापित कर अपने व्यक्तित्व के शीलगुणों विशेषकर अपनी महत्त्वपूर्ण आवश्यकताओं (needs) को दिखलाता है।

(ii) आवश्यकता *(Needs)*—प्रत्येक कहानी में नायक या नायिका की मुख्य आवश्यकताएँ (needs) क्या-क्या हैं, इसका पता लगाया जाता है। मर्रे (Murray) के अनुसार TAT द्वारा 28 मानव आवश्यकताओं (human needs) का मापन होता है। कुछ ऐसी आवश्यकताएँ हैं— उपलब्धि आवश्यकता (need for achievement), सम्बन्धन आवश्यकता (need for affiliation), प्रभुत्व आवश्यकता (need for dominance) आदि।

(iii) प्रेस *(Press)*—प्रेस से तात्पर्य कहानी के उस वातावरण-सम्बन्धी बलों (forces) से होता है जिनसे कहानी के नायक की आवश्यकता (need) या तो पूरी होती है या पूरी होने से वंचित रह जाती है। मर्रे (Murray) के अनुसार इस तरह के वातावरण-सम्बन्धी बल (environmental forces) 30 से भी अधिक है। आक्रामकता (aggression) तथा शारीरिक खतारा (physical danger) दो महत्त्वपूर्ण प्रेस (press) हैं जिनका वर्णन अधिकांश कहानियों में मिलता है।

(iv) थीमा *(Thema)*—प्रत्येक कहानी में थीमा (thema) का निर्धारण किया जाता है। थीमा से तात्पर्य नायक की आवश्यकता (need) तथा प्रेस अर्थात् वातावरण-सम्बन्धी बल (environmental forces) में हुई अन्तःक्रिया (interaction) से उत्पन्न घटना से होता है। थीमा द्वारा व्यक्तित्व में निरन्तरता (continuity) का ज्ञान होता है।

(v) परिणाम *(Outcome)*—परिणाम से तात्पर्य इस बात से होता है कि कहानी को किस तरह से समाप्त किया गया है। कहानी का निष्कर्ष निश्चित या अनिश्चित है। निश्चित एवं स्पष्ट निष्कर्ष होने से व्यक्ति में परिपक्वता (maturity) तथा वास्तविकता (reality) का ज्ञान होने का बोध होता है।

TAT का हिन्दी अनुकूलन कलकत्ता के प्रो॰ उमा चौधरी ने किया है जिसका उपयोग भारतीय संदर्भ में अधिक किया जा रहा है। इसमें 14 कार्ड हैं जिनमें से कुछ कार्ड का क्रियान्वयन सिर्फ पुरुषों पर, कुछ कार्ड का क्रियान्वयन सिर्फ महिलाओं पर तथा कुछ कार्ड का क्रियान्वयन दोनों लिंग के व्यक्तियों पर किया जाता है।

इस श्रेणी में TAT के समान अन्य कुछ परीक्षणों का भी निर्माण किया गया है जिसका संक्षिप्त वर्णन यहाँ अपेक्षित है जो इस प्रकार है—

(a) बाल आत्मबोधन परीक्षण *(Children's Apperception Test or CAT)*—इस परीक्षण का विकास बेल्लाक (Bellak, 1954) द्वारा किया गया है तथा इसके कार्ड में पशु पात्र है न कि मानव पात्र। TAT के समान ही इसमें बच्चों के व्यक्तित्व की आवश्यकता का मापन प्रत्येक कार्ड के आधार पर लिखी गयी कहानी के माध्यम से होता है।

(b) रोजेनविग तस्वीर-कुंठा अध्ययन *(Rosenwig Picture-Frustration Study)*—इस परीक्षण का निर्माण रोजेनविग (Rosenwig, 1949) द्वारा किया गया। इसमें 24 कार्टून होते हैं जिसमें एक व्यक्ति को दूसरे व्यक्ति के साथ इस ढंग से व्यवहार करते दिखलाया जाता है कि दूसरा व्यक्ति में उसके व्यवहार से निश्चित रूप से कुंठा उत्पन्न हो। यहाँ व्यक्ति को प्रत्येक कार्टून देखकर यह बतलाना होता है कि ऐसी परिस्थिति में कुंठित व्यक्ति की अनुक्रिया क्या होगी।

(c) रोवर्टस आत्मबोधन परीक्षण : बच्चों के लिए *(Roberts Appreception Test for Children or RATC)*—इस परीक्षण का निर्माण मैकअर्थर तथा रोबर्टस (McArthur & Roberts, 1982) द्वारा किया गया। इसमें 27 कार्ड होते हैं और प्रत्येक कार्ड में कुछ बच्चों को अन्य बच्चों या कारकों के साथ अन्तःक्रिया करते हुए दिखलाया जाता है। बच्चों को प्रत्येक कार्ड के आधार पर यह बतलाना होता है कि उसमें दिखाए गए पात्र क्या कर रहे हैं और क्या करेंगे।

(d) वरिष्ठ आत्मबोधन परीक्षण *(Senior Apperception Test or SAT)*—इस परीक्षण का निर्माण वेल्लाक (Bellak) द्वारा किया गया है जिसके माध्यम से 50 साल या उससे अधिक आयु के व्यक्तियों का व्यक्तित्व का मापन होता है। भारत में इस परीक्षण का अनुकूलन प्रो॰ उमा चौधरी द्वारा किया गया है। इस परीक्षण के कार्डों में बुजुर्ग व्यक्तियों तथा उनसे सम्बन्धित विषयों जैसे निर्भरता (dependence) तथा अकेलापन (loneliness) को दिखलाया गया है। इसके द्वारा व्यवहार विकृति (behaviour disorder) तथा व्यक्तित्व गतिकी (personality dynamics) का मापन होता है। इस परीक्षण में कुल 16 कार्ड हैं तथा व्यक्ति की समस्याओं को ध्यान में रखते हुए इनमें से कुछ कार्ड का चयन किया जाता है तथा चयनित कार्डों का क्रियान्वयन एक निश्चित क्रम में किया जाता है। इस परीक्षण के क्रियान्वयन का तरीका TAT के समान ही है।

(ग) पूर्त्ति परीक्षण *(Completion tests)*—इस श्रेणी के प्रक्षेपीय परीक्षण में व्यक्ति को उद्दीपक (प्रायः एक वाक्य) का एक हिस्सा दिखलाया जाता है और दूसरा हिस्सा खाली (blank) होता है जिसकी पूर्त्ति व्यक्ति अपनी इच्छानुसार करता है। यहाँ पूर्वकल्पना यह होती है कि जिस तरह से व्यक्ति वाक्य को पूरा करेगा, उससे उसके व्यक्तित्व के महत्त्वपूर्ण विमाओं का पता चलेगा। इस तरह के परीक्षण को वाक्य-पूर्त्ति परीक्षण (Sentence completion test) कहा जाता है। 1940 में रोहडे तथा हाइड्रेथ (Rohde & Hidreth) ने एक ऐसा परीक्षण बनाया जिसका प्रयोग व्यक्तित्व मापन में काफी किया गया है। रौट्टर (Rotter, 1950) ने एक व्यक्तित्व पूर्त्ति परीक्षण विकसित किया जिसमें 40 अधूरे वाक्य होते हैं और व्यक्ति उन्हें अपनी ओर से पूरा करता है। भारत में डॉ॰ विश्वनाथ मुखर्जी (Biswanath Mukherjee) ने भी इस तरह के परीक्षण का निर्माण किया है। वाक्य पूर्ति परीक्षण (Sentence Completion Test) के एकांश (items) के कुछ उदाहरण इस प्रकार हैः

मैं प्रायः सोचता रहता हूँ कि ....

मेरे माता-पिता मुझसे अक्सर ....

मेरी इच्छा है कि ....

व्यक्ति द्वारा दिये गये उत्तरों का विश्लेषण कर व्यक्तित्व के शीलगुणों के बारे में अंदाज लगाया जाता है।

(घ) चयन या क्रम परीक्षण *(Choice or Ordering test)*—इस श्रेणी के परीक्षण में व्यक्ति परीक्षण उद्दीपकों को एक विशेष क्रम में सुव्यवस्थित करता है या अपनी पसंद या आकर्षकता या अन्य कोई विमा के आधार पर दिए गए परीक्षण उद्दीपकों (test stimuli) में से उसे कुछ को चुनना होता है। पूर्वकल्पना यहाँ यह होती है कि व्यक्ति द्वारा चुने गए उद्दीपकों या उनके एक खास व्यवस्थित क्रम से उसके व्यक्तित्व के शीलगुणों का अंदाज होता है। जोन्डी परीक्षण (Szondi Test) जिसका निर्माण जोन्डी (Szondi, 1947) द्वारा किया गया था, इस श्रेणी का एक प्रमुख परीक्षण है। इस परीक्षण में व्यक्ति को कई फोटोग्राफ के छह समूहों को एक-एक करके दिखलाया जाता है जिसमें से उसे दो ऐसे तस्वीर को चुनना होता है जिसे वह अधिक पसंद करता है तथा दो ऐसे तस्वीर को भी चुनना होता है जिसे वह सबसे अधिक नापसंद करता है। ऐसे चयन से व्यक्तित्व के शीलगुणों के बारे में अनुमान लगाया जाता है।

इस श्रेणी का दूसरा महत्त्वपूर्ण परीक्षण *'काहन टेस्ट ऑफ सिम्बोल ऐरेजमेन्ट'* (Kahn Test of Symbol Arrangement) है जिसका निर्माण काहन (Kahn, 1955) द्वारा किया गया। इसमें व्यक्ति को प्लास्टिक के बने 16 विभिन्न आकारीय वस्तुओं जैसे, पशु, तारा, क्रास आदि को दिखलाया जाता है और उन्हें विभिन्न श्रेणियों जैसे 'घृणा', 'प्यार', 'बुरा', 'अच्छा', 'जीवित', 'मृत' आदि में छाँटना होता है। इसके बाद व्यक्ति को प्रत्येक वस्तु को देखकर मन में आए साहचर्यो को बिना हिचक के बताना होता है ताकि उसके सांकेतिक अर्थ को समझा जा सके। इसके बाद छाँटे गए वस्तुओं की व्याख्या प्रत्येक संकेत के अर्थ के संदर्भ में लगाया जाता है और उसके आधार पर व्यक्ति के अचेतन प्रक्रियाओं के बारे में अनुमान लगा पाना सम्भव हो पाता है।

(ङ) अभिव्यंजक परीक्षण *(Expressive Tests)*—इस श्रेणी के प्रक्षेपीय परीक्षण में व्यक्ति को अपने आप को अभिव्यक्त करने का मौका दिया जाता है। प्रायः यह अभिव्यक्ति उसे एक तस्वीर का आरेखण (drawing) करके करना होता है। किए गए आरेखण के विश्लेषण के आधार पर व्यक्ति के व्यक्तित्व के शीलगुणों का अनुमान लगाया जाता है। इस श्रेणी के मुख्य दो परीक्षण हैं— ड्रा-ए-परसन परीक्षण (Draw-a-Person Test or DAP) तथा घर-पेड़-व्यक्ति परीक्षण (House-Tree-Person Test or H-T-P)। DAP का निर्माण मैकोवर (Machover, 1949) द्वारा किया गया जिसमें व्यक्ति को एक व्यक्ति के चित्र का आरेखण करना होता है। कभी-कभी इसके बाद उसके विपरीत लिंग के व्यक्ति,

आत्मन (self), माँ, परिवार के चित्र का भी आरेखण करने के लिए कहा जाता है। मैकोवर का मत है कि शरीर के प्रत्येक अंग के आरेखण में दिखाए गए अंतर्वेशन (inclusion), बहिष्करण (exclusion), आकार, संगठन, सममिति (symmetry) आदि से व्यक्ति की आत्म-प्रतिमा (self-image), मानसिक संघर्ष, प्रत्यक्षण, चिंतन आदि के बारे में एक स्पष्ट अंदाज लगाना सम्भव हो पाता है।

घर-पेड़-व्यक्ति परीक्षण (H-T-P test) का निर्माण बक (Buck, 1948) द्वारा किया गया। व्यक्ति को इसमें एक पेड़ तथा एक व्यक्ति के चित्र का आरेखण करना होता है और फिर उसकी विवेचना एक साक्षात्कार में करनी होती है। इस विवेचन के आधार पर उस व्यक्ति के व्यक्तित्व के बारे में महत्वपूर्ण सूचनाएँ मिलती हैं।

इन दो प्रमुख परीक्षणों के अतिरिक्त वेण्डर-गेस्टाल्ट परीक्षण (Bender-Gestalt Test) को भी इस श्रेणी का ही एक प्रक्षेपीय विधि कुछ लोगों द्वारा माना गया है। इस परीक्षण द्वारा व्यक्ति के बौद्धिक ह्रास (intellectual deterioration) की मात्रा का पता चलता है। इस परीक्षण का निर्माण लिऊरेटा वेण्डर (Lauretta Bender, 1938) द्वारा किया गया। इस परीक्षण में 9 अति साधारण चित्र होते हैं जिसे देखकर पहले व्यक्ति उसका नकल उतारता है, उसके बाद उसके सामने से डिजाइन हटा लिया जाता है और उसे स्मृति से ही उस डिजाइन का आरेखण करना होता है। इस आरेखण में वह कई तरह की त्रुटियाँ करता है जिसमें चित्र घूर्णन (figure rotation), पुनरावृत्ति (repetition) तथा समन्वय में कमी आदि प्रधान हैं। इन त्रुटियों की गम्भीरता एवं बारंबारता के आधार पर व्यक्ति का अंदाज लगाया जाता है।

यद्यपि प्रक्षेपीय परीक्षण (projective tests) व्यक्तित्व को मापने की एक महत्त्वपूर्ण विधि है, फिर भी मनोवैज्ञानिकों ने इसकी आलोचना की है। आइजेन्क (Eysenck, 1959) द्वारा प्रक्षेपण परीक्षण की प्रमुख आलोचनाएँ (criticisms) इस प्रकार की गयी हैं—

(i) प्रक्षेपीय परीक्षण का आधार कोई अर्थपूर्ण तथा परीक्षणीय (testable) सिद्धान्त नहीं है। फलतः इसके द्वारा किये गये व्यक्तित्व मापन से कोई ठोस निष्कर्ष नहीं निकलता है।

(ii) प्रक्षेपीय परीक्षणों का प्राप्तांक-लेखन (scoring) तथा व्याख्या (interpretation) काफी आत्मनिष्ठ (subjective) है। यह आलोचना विशेषकर RT यानी रोशार्क परीक्षण तथा TAT के लिए और भी ज्यादा सही है। इसका परिणाम यह होता है कि एक ही व्यक्तित्व का मापन करके भिन्न-भिन्न लोग भिन्न-भिन्न तरह के निष्कर्ष पर पहुँचते हैं जो सर्वथा अर्थहीन ही होता है।

(iii) प्रक्षेपीय परीक्षण की वैधता (validity) अधिक नहीं होती है। प्रायः इस परीक्षण की वैधता के आधार पर व्यक्ति का केस इतिहास (case history) आदि तैयार किया जाता है जिसे मनोवैज्ञानिकों ने एक वैज्ञानिक कसौटी (scientific criteria) नहीं माना है। फलतः इन परीक्षणों की वैधता पर अधिक विश्वास नहीं किया जाता है।

(iv) अधिकतर मनश्चिकित्सकों (psychiatrists) का ऐसा विश्वास है कि प्रक्षेपीय परीक्षण के सूचकों (indicators) तथा शीलगुणों (traits) के बीच प्रत्याशित सम्बन्ध (expected relationship) होने का कोई वैज्ञानिक सबूत (scientific evidence) नहीं है।

इन आलोचनाओं के बावजूद भी प्रक्षेपीय परीक्षण (projective tests) का प्रयोग व्यक्तित्व मापन में काफी होता है और मनोचिकित्सा (psychotherapy) में तो इस परीक्षण को एक अभिन्न अंग माना गया है।

3. प्रेक्षण विधियाँ *(Observation methods)*—प्रेक्षण विधि वह विधि है जहाँ एक प्रेक्षक (observer) व्यक्तियों की क्रियाओं (activities) का ध्यानपूर्वक प्रेक्षण एक नियंत्रित परिस्थिति या एक वास्तविक परिस्थिति (natural situation) में करता है तथा फिर उनकी क्रियाओं के लेखा-जोखा का विश्लेषण कर उसके व्यक्तित्व के बारे में एक निश्चित निष्कर्ष पर पहुँचता है। एटकिन्सन, एटकिन्सन, हिलगार्ड तथा स्मिथ (Atkinson, Atkinson, Hilgard & Smith, 1987) के अनुसार प्रेक्षण विधि में मूलतः दो तरह की उपविधियाँ सम्मिलित होती हैं— रेटिंग मापनी (rating scales) तथा साक्षात्कार (interview)। इन दोनों विधियों का वर्णन निम्नांकित है—

(a) रेटिंग मापनी *(Rating Scales)*—रेटिंग मापनी एक ऐसा मापनी (scales) है जिसके सहारे व्यक्तित्व के शीलगुणों (traits) के बारे में लिये गये निर्णय (judgement) को कुछ श्रेणियों में रेकार्ड (record) किया जाता है। इस मापनी में कुछ संख्यात्मक श्रेणियाँ (जैसे— +3, +2, +1, 0, 1, –2, –3) बनी होती है या फिर कुछ आलेखीय श्रेणियाँ (graphic categories) बनी होतीं हैं। इन श्रेणियों का खास-खास अर्थ होता है और प्रेक्षक (observer) या रेटर व्यक्तित्व मापे जाने वाले व्यक्तियों के शीलगुणों के बारे में निर्णय कर अपनी प्रतिक्रिया इन श्रेणियों के माध्यम से व्यक्त करता है। बाद में ऐसे किये गये निर्णयों का सांख्यिकीय विश्लेषण किया जाता है तथा फिर व्यक्तित्व के बारे में एक निश्चित निष्कर्ष पर पहुँचा जाता है। व्यक्तित्व मापने में रेटिंग मापनी की सफलता निम्नांकित बातों पर निर्भर करती है।

(i) रेटिंग मापनी एक विश्वस्त (sound) मापनी हो, जिसे रेटर (rater) भली-भाँति समझता हो तथा जिसमें सम्मिलित किया गया प्रत्येक श्रेणी अच्छी तरह से परिभाषित हो।

(ii) रेटर उन व्यक्तियों से भली-भाँति परिचित हो जिनके व्यवहारों या शीलगुणों का रेटिंग किया जाने वाला है।

(iii) रेटर (Rater) अपने आप को खोखले प्रभाव (halo effect) से दूर रखे। खोखले प्रभाव से तात्पर्य एक प्रकार ऐसा पक्षपात (bias) या पूर्वाग्रह से होता है जो रेटर को एक खास दिशा में (धनात्मक या ऋणात्मक) रेटिंग करने के लिए बाध्य कर देता है। इस ढंग के प्रभाव से रेटिंग की यथार्थता खत्म हो जाती है।

गिलफोर्ड (Guilford, 1959) तथा फ्रीमैन (Freeman, 1962) आदि मनोवैज्ञानिकों ने कई तरह के रेटिंग मापनी का निर्माण व्यक्तित्व मापने के लिए किया है। मापनियों का प्रयोग आज भी मनोवैज्ञानिकों द्वारा व्यक्तित्व मापन में सफलतापूर्वक किया जा रहा है।

(b) साक्षात्कार *(Interview)*—व्यक्तित्व मापन में साक्षात्कार का प्रयोग सर्वाधिक होता है। साक्षात्कार में भेंटकर्त्ता (interviewer) उस व्यक्ति से आमने-सामने की परिस्थिति (face-to-face situation) में कुछ प्रश्नों को पूछकर उनके द्वारा की गयी प्रतिक्रियाओं (reactions) का प्रक्षेण (observation) करता है और इसके आधार पर व्यक्तित्व के बारे में आकलन करता है। साक्षात्कार मूलतः दो तरह के होते हैं— *असंगठित साक्षात्कार* (unstructured interview) तथा *संगठित साक्षात्कार* (structured interview)। संगठित साक्षात्कार में भेंटकर्ता पूछे जाने वाले प्रश्नों की एक निश्चित सूची तैयार करता है जिसे वह प्रत्येक व्यक्ति से जिनके व्यक्तित्व का मापन करता है, एक निश्चित क्रम में पूछता है। इस तरह से संगठित साक्षात्कार में एक मानक पैटर्न (standard pattern) को अपनाते हुए भेंटकर्ता (interviewer) साक्षात्कार करता है। व्यक्तियों द्वारा दिये गये उत्तरों के विश्लेषण पर व्यक्तित्व की माप की जाती है। असंगठित साक्षात्कार (unstructured) में भेंटकर्त्ता (interviewer) प्रश्नों की एक निश्चित सूची अपने पास पहले से नहीं रखता है और व्यक्तित्व मापने के लिए अपनी इच्छानुसार प्रश्न करते जाता है।

संगठित साक्षात्कार (structured interview) का सबसे महत्त्वपूर्ण लाभ यह है कि चूँकि इसमें प्रश्नों की एक निश्चित सूची एवं क्रम होता है जिसे सभी व्यक्तियों से पूछा जाता है, अतः इसके द्वारा कई व्यक्तियों के व्यक्तित्व मापन की तुलना सम्भव है। इसका प्रमुख दोष यह बतलाया गया है कि इसमें भेंटकर्ता को व्यक्तित्व मापने से सम्बन्धित प्रश्नों को गहन रूप से पूछने की स्वतंत्रता नहीं होती है क्योंकि वह पहले से ही निश्चित क्रम के अनुसार प्रश्न पूछने के लिए बाध्य रहता है। असंगठित साक्षात्कार का प्रमुख गुण यह है कि इसके द्वारा व्यक्त्वि का मापन गहन रूप से हो पाता है क्योंकि भेंटकर्त्ता प्रश्नों को अपनी इच्छानुसार तोड़-मरोड़कर पूछ पाता है। इसका मुख्य दोष यह बतलाया गया है कि इस तरह का साक्षात्कार एक व्यक्ति से दूसरे व्यवित तक इतना परिवर्तनशील होता है कि इन व्यक्तियों के बीच तुलना सम्भव नहीं है। इतना ही नहीं, इस तरह के साक्षात्कार में भेंटकर्ता को पूर्वाग्रह (prejudice) या पक्षपात दिखलाने का भी मौका काफी मिलता है जिससे उसके द्वारा किये गये व्यक्तित्व मापन की निर्भरता कम हो जाती है।

व्यक्तित्व मापन के बारे में सामान्य निष्कर्ष *(General conclusion regarding measurement of personality)*—व्यक्तित्व मापने में व्यक्तित्व आविष्कारिका (personality inventories) तथा प्रक्षेपण परीक्षण (projective tests) का प्रयोग अन्य विधियों की अपेक्षा अधिक होता है। इन विभिन्न परीक्षणों में नैदानिक उद्देश्य (clinical purposes) की पूर्ति के लिए प्रक्षेपण परीक्षणों (projective tests) का प्रयोग अधिक किया जाता है। अन्य अवस्थाओं में व्यक्तित्व मापन के लिए व्यक्तित्व आविष्कारिका का प्रयोग तथा प्रेक्षण विधि का प्रयोग अधिक किया जाता है। व्यक्तित्व मापन के क्षेत्र के शोधों (researches) में व्यक्तित्व आविष्कारिका का प्रयोग, प्रक्षेपण परीक्षण तथा प्रेक्षण विधि की अपेक्षा अधिक होता है। व्यक्तित्व मापन को अर्थपूर्ण होने के लिए यह आवश्यक है कि इन विभिन्न तरह के परीक्षणों का प्रयोग एक साथ किया जाय।

सिगमण्ड फ्रायड : व्यक्तित्व का मनोवैश्लेषिक सिद्धान्त
(Sigmund Freud : Psychoanalytic Theory of Personality)

सिगमण्ड फ्रायड (1856-1939) ने करीब-करीब 40 साल के अपने नैदानिक अनुभवों (clinical experiences) के बाद व्यक्तित्व के जिस सिद्धान्त का प्रतिपादन किया है, उसे व्यक्तित्व का *मनोवैश्लेषिक* (psychoanalytic theory) कहा जाता है। व्यक्तित्व को समझने एवं उसकी व्याख्या करने में इस सिद्धान्त की भूमिका उस समय भी काफी थी और आधुनिक मनोवैज्ञानिकों के बीच भी पर्याप्त है।

मनोविश्लेषणात्मक सिद्धान्त मानव प्रकृति या स्वभाव (human nature) के बारे में कुंछ मूल पूर्वकल्पनाएँ (basic assumptions) पर आधारित है। इन पूर्वकल्पनाओं में निम्नांकित प्रमुख हैं—

(i) मानव व्यवहार बाह्य कारकों (external factors) द्वारा निर्धारित होता है तथा ऐसे व्यवहार अविवेकपूर्ण (irrational), अपरिवर्तनशील (unchangeable), समस्थितिक (homeostatic) तथा ज्ञेय (knowable) होते हैं।

(ii) मानव प्रकृति (human nature) पूर्णता (holism), शरीरगठनी (constitutionalism) तथा अप्रलक्षता (proactivity) जैसी पूर्वकल्पनाओं से हल्के-फुल्के ढंग से प्रभावित होती है।

(iii) मानव प्रकृति (human nature) आत्मनिष्ठ (subjectivity) की पूर्वकल्पना से बहुत कम प्रभावित होती है।

इन पूर्वकल्पनाओं (assumptions) पर आधारित मनोविश्लेषणात्मक सिद्धान्त (psychoanalytic theory) की व्याख्या निम्नांकित चार मुख्य भागों में बाँट कर की जाती है—

(क) व्यक्तित्व का संगठन (Organization of personality)

(ख) व्यक्तित्व की संरचना (Structure of personality)

(ग) व्यक्तित्व की गतिकी (Dynamics of personality)

(घ) व्यक्तित्व का विकास (Development of personality)

इन अनुच्छेदों का वर्णन निम्नांकित है—

(क) व्यक्तित्व का संगठन *(Organization of personality)*—फ्रायड ने व्यक्तित्व का संगठन (structure) का वर्णन करने के लिए चेतन के तीन स्तरों का वर्णन किया है जो इस प्रकार हैं—

(i) चेतन *(Conscious)*—चेतन से तात्पर्य मन के वैसे भाग से होता है जिसमें वे सभी अनुभूतियाँ एवं संवेदनाएँ होती हैं जिनका सम्बन्ध वर्तमान से होता है। दूसरे शब्दों में चेतन क्रियाओं का सम्बन्ध तात्कालिक अनुभवों से होता है। फलतः चेतन व्यक्तित्व का लघु एवं सीमित पहलू प्रतिनिधित्व करता है। किसी भी क्षण व्यक्ति के मन में आ रही अनुभूतियों (experiences) का सम्बन्ध उसके चेतन (conscious) से ही होता है।

(ii) अर्द्धचेतन *(Subconscious or preconscious)*—अर्द्धचेतन से तात्पर्य वैसे मानसिक स्तर से होता है जो सचमुच में न तो पूर्णतः चेतन (conscious) होता है और न ही पूर्णतः अचेतन (unconscious)। इसमें वैसी इच्छाएँ, विचार, भाव आदि होते हैं जो हमारे वर्तमान चेतन या अनुभव में नहीं होते हैं परन्तु प्रयास करने पर वे हमारे चेतन मन (conscious mind) में आ जाते हैं। अर्द्धचेतन को अन्य नामों जैसे—*अवचेतन* (preconscious or foreconscious) या *सुलभ स्मृति* (available memory) से भी जाना जाता है। आलमारी में हम अमुक किताब को नहीं पाते हैं और थोड़ी देर के लिए परेशान हो जाते हैं। फिर कुछ सोचने पर याद आती है कि उस किताब को तो हमने अपने मित्र को दे दिया था। यह अर्द्धचेतन मन का उदाहरण होगा। फ्रायड के अनुसार अर्द्धचेतन (subconscious) चेतन क्षेत्र एवं अचेतन क्षेत्र के बीच का एक पुल (bridge) का काम करता है।

(iii) अचेतन *(Unconscious)*—अचेतन का शाब्दिक अर्थ है जो चेतन या चेतना से परे हो। हमारे कुछ अनुभव इस प्रकार के होते हैं जो न तो हमारी चेतन (consciousness) में होते हैं और न ही अर्द्धचेतन (subconscious) में। ऐसे अनुभव अचेतन में होते हैं। अचेतन मन में रहने वाले विचार एवं इच्छाओं का स्वरूप कामुक (sexual), असामाजिक (antisocial), अनैतिक (immoral) तथा घृणित (hateful) होता है। चूँकि ऐसी इच्छाएँ एवं विचारों को दिन-प्रतिदिन की जिन्दगी में पूरा करना सम्भव नहीं हो पाता है, अतः उसको चेतन से हटाकर अचेतन में दमित (repress) कर दिया जाता है, जहाँ जाकर ऐसी इच्छाएँ समाप्त नहीं हो जाती हैं। हाँ, थोड़ी देर के लिए निष्क्रिय अवश्य हो जाती हैं और चेतन में आने का भरसक प्रयास भी करते रहते हैं।

फ्रायड के अनुसार, अचेतन अनुभूतियों और विचारों का प्रभाव हमारे व्यवहार पर चेतन तथा अर्द्धचेतन की अनुभूतियों एवं विचारों से अधिक होता है। यही कारण है कि फ्रायड (Freud) ने अपने सिद्धान्त में अचेतन को चेतन एवं अर्द्धचेतन की तुलना में अधिक महत्त्वपूर्ण एवं बड़ा (large) आकार का बतलाया है। (चित्र 9.4 देखें)।

(ख) व्यक्तित्व की संरचना *(Structure of personality)*—फ्रायड के अनुसार मन के गत्यात्मक मॉडल से तात्पर्य उन साधनों (means) से होता है जिनके द्वारा मूलप्रवृत्तियों (instincts) से उत्पन्न मानसिक संघर्षों (mental conflicts) का समाधान होता है। ऐसे साधन या प्रतिनिधि (agents) तीन हैं— *उपाहं* (id), *अहं* (ego) तथा *पराहं* (super ego)। इन तीनों का वर्णन निम्नांकित हैं—

(i) उपाहं *(Id)*—उपाहं व्यक्तित्व का जैविक तत्त्व (biological component) है जिनमें उन प्रवृत्तियों की भरमार होती है जो जन्मजात होती है तथा जो असंगठित, कामुक (sexual), आक्रामकतापूर्ण तथा नियम आदि को मानने वाली नहीं होती है। एक नवजात शिशु में मूलतः उपाहं की प्रवृत्तियों की ही भरमार होती है। उपाहं की प्रवृत्तियाँ *''आनन्द सिद्धान्त''* (pleasure principle) द्वारा निर्धारित होती है क्योंकि ऐसी प्रवृत्तियों का मुख्य उद्देश्य आनन्द देनेवाली प्रेरणाओं की संतुष्टि करना होता है। इसे उचित-अनुचित, विवेक-अविवेक, समय, स्थान आदि से कोई मतलब नहीं होता है। उपाहं चूँकि पूर्णतः अचेतन (unconscious) होता है, अतः इसका सम्बन्ध वास्तविकता (reality) से नहीं होता है।

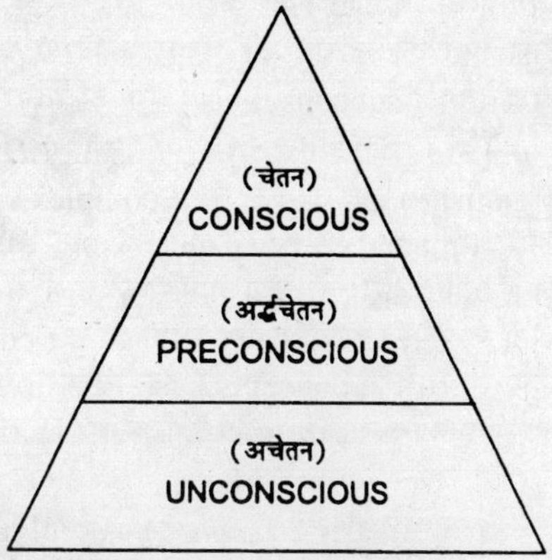

चित्र 9.4 : चेतन, अर्द्धचेतन एवं अचेतन का आकारीय चित्र

उपाहं (id) मूलतः दो तरह के प्रक्रम (mechanism) को अपनाता है—*सहज प्रक्रिया* (reflex action) तथा *प्राथमिक प्रक्रिया* (primary process)। सहज प्रक्रिया में उपाहं तनाव उत्पन्न करने वाले स्रोत (source) के प्रति अपने आप अनुक्रिया कर तनाव को दूर करता है। खासना (coughing), छींकना (sneezing), आँख मिचकाना (blinking) आदि कुछ ऐसी ही सहज प्रक्रियाओं के उदाहरण हैं। प्राथमिक प्रक्रिया में व्यक्ति वैसे उद्दीपकों (stimuli) जिनसे पहले इच्छा की संतुष्टि होती थी, के बारे में मात्र एक कल्पना कर अपना संघर्ष या तनाव दूर करता है। एक बच्चा जो अमुक खिलौना से पहले वह खेलता था, नहीं देने पर उस खिलौने का मात्र कल्पना कर यदि अपनी इच्छा की पूर्ति करता है तथा मानसिक तनाव को दूर करता है तो यह प्राथमिक प्रक्रिया का उदाहरण होगा।

(ii) अहं *(Ego)*—मन के गत्यात्मक पहलू का दूसरा प्रमुख भाग अहं (ego) है। जन्म के कुछ दिन बात तक बच्चा पूर्णतः उपाहं की प्रवृत्तियों द्वारा नियंत्रित होता है। परन्तु सामाजिक नियमों एवं नैतिक मूल्यों के कारण उनकी ऐसी प्रवृत्तियों या इच्छाओं की पूर्ति नहीं होती है जिसके फलस्वरूप उसमें निराशा (frustration) का अनुभव होता है और उसका सम्बन्ध वास्तविकता (reality) से स्थापित होता है। इस प्रक्रिया में उसमें अहं (ego) का विकास होता है। अतः अहं मन का वह हिस्सा है जिसका सम्बन्ध वास्तविकता से होता है तथा जो बचपन में उपाहं की प्रवृत्तियों (id impulses) से ही जन्म लेता है। अहं *वास्तविकता सिद्धान्त* (reality principle) द्वारा नियंत्रित होता है तथा वातावरण की वास्तविकता के साथ इसका सम्बन्ध सीधा होता है। अहं को व्यक्तित्व का निर्णय लेने वाला या *कार्यपालक शाखा* (executive branch) माना गया है। चूँकि अहं अंशतः चेतन (conscious), अंशतः अर्द्धचेतन तथा अंशतः अचेतन (unconscious) होता है, इसलिए अहं द्वारा इन तीनों स्तर पर ही निर्णय लिया जाता है।

(iii) पराहं *(Super ego)*—पराहं को *अहं-से-ऊँचा* (above-I) भी कहा गया है। जैसे-जैसे बच्चा बड़ा होते जाता है, वह अपना तादात्म्य (identification) माता-पिता के साथ स्थापित करते जाता है जिसके परिणामस्वरूप वह यह सीख लेता है कि क्या उचित है तथा क्या अनुचित है। इस तरह के सीखना से पराहं (super ego) के विकास की शुरुआत होती है। पराहं को व्यक्तित्व का *नैतिक शाखा* (moral or ethical branch) माना गया है जो व्यक्ति को यह बतलाता है कि कौन कार्य अनैतिक है। यह *आदर्शवादी सिद्धान्त* (idealistic principle) द्वारा निर्देशित एवं नियंत्रित होता है। इस तरह से बचपन में समाजीकरण (socialization) के दौरान बच्चा माता-पिता द्वारा दिए गए उपदेशों को अपने अहं (ego) में आत्मसात कर लेता और यही बाद में पराहं (super ego) का रूप ले लेता है। पराहं (super ego) विकसित होकर एक तरफ उपाहं (id) की कामुक (sexual), आक्रामक एवं अनैतिक प्रवृत्तियों पर रोक लगाता है तो दूसरी ओर अहं (ego) को वास्तविक एवं यथार्थ लक्ष्यों (real goals) से हटाकर नैतिक लक्ष्यों (moral goals) की ओर ले जाता है। एक पूर्णतः विकसित पराहं (well-developed super ego) व्यक्ति के कामुक एवं आक्रामक प्रवृत्तियों पर नियंत्रण दमन (repression) के माध्यम से करता है। हालाँकि वह दमन का प्रयोग स्वयं नहीं करता है, फिर भी वह अहं को दमन का प्रयोग का आदेश देकर ऐसी इच्छाओं पर नियंत्रण रखता है। यदि अहं (ego) इस आदेश का पालन नहीं करता है, तो इससे व्यक्ति में दोष-भाव (guilt-feeling) उत्पन्न हो जाता है। उपाहं (id) के ही समान

पराहं (super ego) को भी अवास्तविक (unrealistic) कहा गया है क्योंकि पराहं इस बात का ख्याल नहीं करता कि उसके नैतिक आदेशों (moral or ethical order) को पूरा करने में वातावरण में उपस्थित किन-किन कठिनाइयों का सामना अहं (ego) को करना होता है। वह आँख मूँदकर अपने नैतिक आदेशों की पूर्णता (perfection) की लक्ष्य की ओर अहं को खींचने की भरपूर कोशिश करता है। अहं (ego) के समान पराहं (super ego), चेतन (conscious), अर्द्धचेतन (subconscious) एवं अचेतन (unconscious) तीनों ही होता है।

(ग) व्यक्तित्व की गतिकी *(Dynamics of Personality)*—फ्रायड के अनुसार मानव जीव (human organism) एक जटिल तंत्र (complex system) है जिसमें शारीरिक ऊर्जा (physiological energy) तथा मानसिक ऊर्जा (mental energy) दोनों ही होते हैं। शारीरिक ऊर्जा से व्यक्ति शारीरिक क्रियाएँ जैसे— दौड़ना, लिखना, साँस लेना आदि करता है तथा मानसिक ऊर्जा से व्यक्ति मानसिक कार्य जैसे– चिन्तन आदि करता है। फ्रायड के अनुसार इन दोनों तरह की ऊर्जाओं का स्पर्श बिन्दु (contact point) उपाहं (id) होता है। फ्रायड ने इन ऊर्जाओं से सम्बन्धित कुछ ऐसे संप्रत्यय (concepts) का विकास किया है जिनसे व्यक्तित्व की गत्यात्मक पहलुओं (dynamic aspects) जैसे–मूलप्रवृत्ति (instinct), चिन्ता (anxiety) तथा मनोरचनाओं (mental mechanism) का वर्णन होता है। इसका विस्तृत वर्णन निम्नांकित है—

1. मूलप्रवृत्ति *(Instinct)*—मूलप्रवृत्ति से फ्रायड का तात्पर्य वैसे जन्मजात शारीरिक उत्तेजन (innate bodily excitation) से होता है जिसके द्वारा व्यक्ति के सभी तरह के व्यवहार निर्धारित किये जाते हैं। फ्रायड ने मूलप्रवृत्तियों को मूलतः दो भागों में बाँटा है— *जीवन मूलप्रवृत्ति* (life instinct) तथा *मृत्यु मूलप्रवृत्ति* (death instinct)। जीवन मूलप्रवृत्ति को *इरोस* (Eros) तथा मृत्यु मूलप्रवृत्ति को *थैनाटोस* (Thanatos) भी कहा जाता है। जीवन मूलप्रवृत्तियों द्वारा व्यक्ति के सभी तरह के रचनात्मक कार्यों (constructive works) जिसमें मानव वर्ग या जाति का प्रजनन (propagation) भी शामिल है, नियंत्रित होता है। अपने विशेष अहमियत के कारण फ्रायड ने जीवन मूलप्रवृत्ति (life instinct) से यौन मूलप्रवृत्ति (sex instinct) को अलग करके इस पर अपने सिद्धान्त में अधिक बल डाला है क्योंकि इसे व्यक्तित्व विकास के लिए वे काफी महत्त्वपूर्ण माने है। यौन मूलप्रवृत्ति के ऊर्जा बल (energy force) को *लिबिडो* (libido) कहा गया है जिसकी अभिव्यक्ति (experssion) सिर्फ लैंगिक क्रियाओं (sexual activities) के रूप में होती है। मृत्यु मूलप्रवृत्ति या थैनाटोस द्वारा व्यक्ति सभी तरह के ध्वंसात्मक कार्यों तथा आक्रामककारी व्यवहारों (aggressive behaviours) का निर्धारण होता है।

सामान्य व्यक्तित्व (normal personality) में इन दोनों तरह की मूलप्रवृत्तियों (instincts) में एक संतुलन (balance) पाया जाता है। इस संतुलन में प्रायः इरोस की सक्रियता थैनाटोस की सक्रियता से अधिक होती है।

2. चिन्ता *(Anxiety)*—फ्रायड के अनुसार चिन्ता एक ऐसी भावात्मक (affective) एवं दुखद (unpleasant) अवस्था होती है जो अहं (ego) को आलंबित खतरा (impending danger) से सतर्क करता है ताकि व्यक्ति वातावरण के साथ अनुकूली ढंग (adaptive way) से व्यवहार कर सके। फ्रायड ने चिन्ता (anxiety) के तीन प्रकार बतलाये हैं—

(i) वास्तविक चिन्ता (realistic anxiety)
(ii) तंत्रिकातापी चिन्ता (neurotic anxiety)
(iii) नैतिक चिन्ता (moral anxiety)

इन तीनों का वर्णन निम्नांकित है—

(i) वास्तविकता चिन्ता *(Realistic anxiety)*—बाह्य वातावरण में व्याप्त वास्तविक खतरा (real danger) के प्रति की गयी सांवेगिक अनुक्रिया (emotional response) को वास्तविक चिन्ता (realistic anxiety) कहा जाता है। जैसे– आग, साँप, भूकंप, आँधी-तूफान से डर कर चिन्तित होना वास्तविक चिन्ता का उदाहरण है। स्पष्ट हुआ कि इस तरह की चिन्ता की उत्पत्ति बाह्य वातावरण पर अहं की निर्भरता (dependence) से उत्पन्न होती है।

(ii) तंत्रिकातापी चिन्ता *(Neurotic anxiety)*—इस तरह की चिन्ता की उत्पत्ति उपाहं (id) की इच्छाओं पर अहं की निर्भरता (dependence) से होती है। इसमें व्यक्ति को यह आशंका उठती है कि अहं (ego), उपाहं (id) की इच्छाओं को खासकर यौन इच्छाओं (sex desires) तथा आक्रामक इच्छाओं (sex desires) तथा (aggressive impulses) को नियंत्रित करने में समर्थ रहेगा।

(iii) नैतिक चिन्ता *(Moral anxiety)*—जब अहं को पराहं (super ego) से दण्ड दिये जाने की धमकी मिलती है, तो इससे व्यक्ति में नैतिक चिन्ता उत्पन्न होती है। दूसरे शब्दों में, नैतिक चिन्ता की उत्पत्ति का कारण पराहं (super ego) पर अहं (ego) की निर्भरता (dependence) है। जब व्यक्ति उपाहं (id) की अनैतिक विचारों एवं आवेगों को कार्यरूप दे देता है, तो ऐसी परिस्थिति में अहं (ego) को पराहं (super ego) दण्ड देता है और उसके परिणामस्वरूप व्यक्ति में दोष-भाव (guilt-feeling), शर्म एवं आत्म-दोष (self-condemnation) की भावना उत्पन्न हो जाती है।

ये तीनों तरह की चिन्ताएँ आपस में शायद ही कभी एक-दूसरे से पूर्णतः भिन्न रह पाती है। सच्चाई यह है कि एक तरह की चिन्ता किसी दूसरे प्रकार की चिन्ता को जन्म देती है।

3. अहं रक्षात्मक प्रक्रम *(Ego defense mechanism)*—अहं रक्षात्मक प्रक्रम के विचार का प्रतिपादन तो सिगमण्ड फ्रायड (Sigmund Freud) ने किया परन्तु इसकी सूची को उनकी बड़ी पुत्री अन्ना फ्रायड (Anna Freud) तथा अन्य नव-फ्रायडियन (neo-Freudian) द्वारा पूरा किया गया। अहं रक्षात्मक प्रक्रम अहं को चिन्ताओं से बचा पाता है। रक्षात्मक प्रक्रमों का प्रयोग सभी व्यक्ति करते हैं परन्तु इसका प्रयोग अधिक करने पर व्यक्ति के व्यवहार में बाध्यता (compulsion) एवं स्नायुविकृति (neuroticism) का गुण विकसित हो जाता है। सभी रक्षात्मक प्रक्रमों (defence mechanism) में कम-से-कम निम्नांकित दो गुण (merits) अवश्य पाये जाते हैं—

(i) सभी रक्षात्मक प्रक्रम अचेतन स्तर पर कार्य करते हैं। अतः वे *आत्म-भ्रामक* (self-deceptive) होते हैं।

(ii) ऐसे रक्षात्मक प्रक्रम वास्तविकता के प्रत्यक्षण (perception of reality) को विकृत कर देते हैं। फलस्वरूप, व्यक्ति के लिए चिन्ता का स्वरूप कम धमकीपूर्ण हो जाता है।

प्रमुख रक्षात्मक प्रक्रम निम्नांकित है—

(i) दमन *(Repression)*—दमन एक ऐसा रक्षात्मक प्रक्रम है जिसके द्वारा चिन्ता, तनाव, मानसिक संघर्ष उत्पन्न करनेवाली असामाजिक एवं असैनिक इच्छाओं को चेतना से हटाकर व्यक्ति अचेतन में कर देता है। दमन को कभी-कभी *चयनात्मक विस्मरण की घटना* (phenomenon of selective forgetting) भी कहा जाता है।

(ii) यौक्तिकीकरण *(Rationalization)*—यह रक्षात्मक प्रक्रम ''अंगूर खट्टे हैं'' जैसी कहावत की चरितार्थ करता है। इसमें अयुक्तिसंगत (irrational) अभिप्रेरकों एवं इच्छाओं से उत्पन्न मानसिक द्वन्द्व या तनाव का समाधान उन अभिप्रेरकों एवं इच्छाओं को युक्तिसंगत बनाकर अर्थात् तर्क एवं विवेकपूर्ण व्याख्या कर किया जाता है। इस तरह से यौक्तिकीकरण में व्यक्ति अपने अयुक्तिसंगत व्यवहारों को एक युक्तिसंगत एवं तर्कसंगत व्यवहार के रूप में परिणत कर अपने आप एवं दूसरों को संतुष्ट कर अपना मानसिक संघर्ष दूर करने की कोशिश करता है। कोई व्यक्ति अपनी आर्थिक तंगी से उत्पन्न चिन्ता को दूर करने के लिए यदि यह सोचता है कि अपने घर की सूखी रोटी भी दूसरों के घर के मिठाई एवं हलवे से अधिक स्वादिष्ट होती है, तो यह यौक्तिकीकरण का उदाहरण होगा।

(iii) प्रतिक्रिया निर्माण *(Reaction formation)*—यह रक्षात्मक प्रक्रम प्रसिद्ध कहावत, ''सौ-सौ चूहे खाकर बिल्ली हज को चली'' या 'मुँह में राम बगल में छुरी' से मेल खाता है। इस रक्षात्मक प्रक्रम में व्यक्ति अपने अहं (ego) को किसी कष्टकर या अप्रिय इच्छा तथा प्रेरणा से ठीक उस इच्छा एवं प्रेरणा के विपरीत इच्छा या प्रेरणा विकसित कर बचाता है। एक रक्षात्मकं प्रक्रिया के रूप में प्रतिक्रिया (reaction formation) के विकास के दो चरण (steps) सम्मिलित होते हैं। पहले चरण में व्यक्ति अपने अप्रिय एवं कष्टकर विचारों और इच्छाओं को अचेतन में दमन कर देता है तथा दूसरे चरण में वह इन दमित इच्छाओं एवं विचारों के ठीक विपरीत इच्छा चेतन स्तर पर व्यक्त कर अपने तनाव को दूर करता है। भ्रष्ट नेता द्वारा भ्रष्टाचार के विरोध में भाषण देना तथा प्रेम में असफल हो जाने पर अपनी प्रेमिका या प्रेमी से घृणा करना प्रतिक्रिया निर्माण के उदाहरण हैं।

(iv) प्रतिगमन *(Regression)*—प्रतिगमन का शाब्दिक अर्थ पीछे की ओर हो जाना होता है। यह एक ऐसा रक्षात्मक प्रक्रम है जिसमें तनाव या संघर्ष के समाधान के लिए व्यक्ति में बाल्यावस्था के व्यवहारों की ओर पलटने की प्रवृत्ति होती है। इसके कई उदाहरण हमें दिन-प्रतिदिन की जिन्दगी में मिलते हैं। किसी मानसिक तनाव या संघर्ष के उत्पन्न हो जाने पर वयस्क व्यक्ति भी कभी-कभी बच्चों की तरह फूट-फूट कर रोने लगता है या क्रोधित हो उठता है। एक शादी-सुदा लड़की जब सलवार कुरता या बेबी शैली में स्कर्ट ब्लॉज पहनती है, तो यह भी प्रतिगमन का एक अच्छा उदाहरण बनता है।

(v) प्रक्षेपण *(Projection)*—दूसरे लोगों या वातावरण के प्रति अपनी अमान्य प्रस्तुतियों, मनोवृत्तियों एवं व्यवहारों को अचेतन रूप से आरोपित करने की प्रक्रिया को प्रक्षेपण कहा जाता है। प्रायः देखा गया है कि परीक्षा में फेल हो जाने पर छात्र इसका दोष स्वयं पर न लेकर कठिन प्रश्न के पूछे जाने, शिक्षक द्वारा कुछ अध्यायों को नहीं पढ़ाया जाना, परीक्षा के समय माता-पिता द्वारा उन्हें घरेलू कार्यों में व्यस्त रखना आदि बतलाकर फेल हो जाने से उत्पन्न चिन्ता को दूर करता है।

(vi) विस्थापन *(Displacement)*—इस रक्षात्मक प्रक्रम में व्यक्ति अपने संवेग या प्रेरणा (motivation) को किसी वस्तु विशेष या व्यक्ति से अचेतन रूप से हटाकर दूसरे व्यक्ति या वस्तु से सम्बन्धित कर लेता है। स्पष्ट है कि इसमें व्यक्ति अपने मानसिक संघर्ष या चिन्ता को कम करने के लिए सांवेगिक प्रक्रियाओं को मौलिक या सम्बन्धित वस्तु से हटाकर किसी दूसरे तटस्थ व्यक्ति या वस्तु पर स्थानान्तरित कर देता है। जैसे– पिता या माता द्वारा पिटाई होने पर बालक द्वारा अपने छोटे भाई या बहन को पीटना, अपने आप को दफ्तर में अपमानित होने पर घर में आकर पत्नी तथा बच्चों पर गुस्सा दिखलाना, संतानहीन औरतों द्वारा दूसरे के बच्चे के प्रति अधिक प्रेम दिखलाना आदि विस्थापन के कुछ उदाहरण हैं।

उपर्युक्त किये गए रक्षात्मक प्रक्रमों (defense mechanisms) से व्यक्ति अपने आप को बाह्य एवं आन्तरिक तनावों से बचाता है। प्रत्येक रक्षात्मक प्रक्रम के उपयोग में मनोवैज्ञानिक ऊर्जा (psychological energy) खर्च होती है और इसका प्रयोग सभी स्वस्थ व्यक्तियों (healthy individuals) द्वारा किया जाता है।

(घ) व्यक्तित्व का विकास *(Development of personality)*—फ्रायड ने व्यक्तित्व विकास की व्याख्या दो दृष्टिकोण से किया है। पहला दृष्टिकोण इस बात पर बल डालता है कि वयस्क व्यक्तित्व (adult personality) बाल्यावस्था के भिन्न-भिन्न तरह की अनुभूतियों (experiences) द्वारा नियंत्रित होती है तथा दूसरे दृष्टिकोण के अनुसार जन्म के समय लैंगिक ऊर्जा (sexual energy) बच्चों में मौजूद होती है जो विभिन्न मनोलैंगिक अवस्थाओं (psychosexual stages) से होकर विकसित होता है। फ्रायड के इस दूसरे दृष्टिकोण को मनोलैंगिक विकास का सिद्धान्त (theory of psychosexual development) कहा जाता है। इस सिद्धान्त की दो प्रमुख विशेषताएँ हैं—

(i) मनोलैंगिक विकास की पाँच अवस्थाएँ होतीं हैं और इनमें से प्रथम तीन तथा अंतिम अवस्था में एक स्वतंत्र कामुकता क्षेत्र (erogeneous zone) उत्पन्न होता है।

(ii) मनोलैंगिक सिद्धान्त के अनुसार मानव विकास (human development) का मुख्य बल (force) लैंगिक मूलप्रवृत्ति (sexual instinct) होता है जो प्रारम्भिक विकासात्मक वर्षों में कामुकता क्षेत्र (erogeneous zones) से होकर विकसित होता है।

फ्रायड द्वारा प्रतिपादित मनोलैंगिक विकास के सिद्धान्त की पाँच अवस्थाएँ क्रम से निम्नांकित हैं—

(i) मुखावस्था (Oral stage)
(ii) गुदावस्था (Anal stage)
(iii) लिंग प्रधानावस्था (Phallic stage)
(iv) अव्यक्तावस्था (Latency stage)
(v) जनेन्द्रियावस्था (Genital stage)

इन सबका वर्णन निम्नांकित हैं—

(i) मुखावस्था *(Oral stage)*—मुखावस्था मनोलैंगिक विकास की पहली अवस्था है जो जन्म से लेकर करीब-करीब 1 साल की उम्र तक का होता है। इस अवस्था का कामुकता क्षेत्र (erogeneous zone) मुँह होता है। फलस्वरूप बच्चा मुँह द्वारा की जानेवाली सभी क्रियाओं जैसे—चूसना (sucking), निगलना (swallowing), जबड़ा (jaw) से कोई चीज दबाना या जबड़ा में दाँत निकल आने पर दाँत से दबाना आदि लैंगिक सुख प्राप्त करता है। फ्रायड के अनुसार इस अवस्था पर अधिक या कम मात्रा में मुखवर्ती उत्तेजन (oral stimulation) होने से वयस्कावस्था (adulthood) में दो तरह के व्यक्तित्व विकसित होते हैं— *मुखवर्ती-निष्क्रिय व्यक्तित्व* (oral-passive personality) तथा *अनुवर्ती-आक्रामक व्यक्तित्व* (oral-aggressive personality)। मुखवर्ती-निष्क्रिय व्यक्तित्व वाले व्यक्ति आशावादी होते हैं तथा उन्हें दूसरे व्यक्तियों पर विश्वास अधिक होता है। इनमें निष्क्रियता तथा दूसरों पर अत्यधिक निर्भरता का शीलगुण पाया जाता है। मुखवर्ती-आक्रामक व्यक्तित्व वाले व्यक्ति अपनी आवश्यकताओं के लिए दूसरों पर अधिक प्रभुत्व दिखलाते हैं तथा उनका बुरी तरह से शोषण भी करते हैं। ऐसे व्यक्तियों को परपीड़न कार्यों (sadistic activities) में अधिक अभिरुचि होती है।

(ii) गुदावस्था *(Anal stage)*—यह अवस्था जीवन का पहला साल समाप्त होने पर प्रारम्भ होता है तथा दूसरे साल की अवधि समाप्त होने तक बनी रहती है। दूसरे शब्दों में, यह अवस्था 2 से 3 साल के आयु के बीच होती है। इस

अवस्था में कामुकता क्षेत्र (erogeneous zone) मुँह से हटकर शरीर के गुदा क्षेत्र (anal region) में आ जाता है। फलस्वरूप, बच्चे मल-मूत्र त्यागने से सम्बन्धित क्रियाओं से आंनन्द उठाते हैं। इस अवस्था पर अधिक या कम उत्तेजना होने पर वयस्कावस्था में दो तरह के व्यक्तित्व विकसित होते हैं— *गुदा-आक्रामक व्यक्तित्व* (anal-aggressive personality) तथा *गुदा-धारणात्मक व्यक्तित्व* (anal-retentive personality)। गुदा-आक्रामकता व्यक्तित्व में क्रूरता (cruelty), विनाशिता (destructiveness), विद्वेष (hostility), क्रमहीनता (disorderliness) आदि शीलगुणों की प्रधानता होती है तथा गुदा-धारणात्मक व्यक्तित्व (anal-retentive personality) में हठ, कंजूसी, क्रमबद्धता (orderliness) तथा समयनिष्ठा आदि के गुणों की प्रधानता होती है।

(iii) लिंग प्रधानावस्था *(Phallic stage)*—मनोलैंगिक विकास की यह तीसरी अवस्था होती है जो जीवन के चौथे से पाँचवें साल के दौरान की अवस्था है। इस अवस्था का कामुकता क्षेत्र जनेन्द्रिय (genital) होते हैं। लड़कियों की जनेन्द्रियों को योनि (vagina) तथा लड़कों के जनेन्द्रिय को शिश्न (penis) कहा जाता है। फ्रायड का कहना था कि इस अवस्था में प्रत्येक लड़का में *मातृ-मनोग्रन्थि* (oedipus complex) तथा प्रत्येक लड़की में *पितृ-मनोग्रन्थि* (electra complex) विकसित होता है। अतः ये दोनों ही ग्रन्थियाँ सर्वसार्विक (universal) होती हैं। मातृ मनोग्रन्थि (oedipus complex) में लड़का अचेतन रूप से (unconsciously) अपनी माता से लैंगिक प्रेम तथा रतिक्रिया (sexual intercourse) की इच्छा करता है तथा पिता से घृणा करता है। बालक चूँकि यह समझता है कि यह पिता को मान्य नहीं होगा, अतः वह पिता से डरता है और सोचता है कि पिता उसके लिंग (penis) को ही काट देंगे या कटवा देंगे। इस चिंता को *बंधियाकरण चिन्ता* (castration anxiety) की संज्ञा दी गयी है जिससे वयस्कावस्था में तंत्रिकातापी चिन्ता (neurotic anxiety) उत्पन्न होती है। पितृ-मनोग्रन्थि में अचेतन रूप से लड़की पिता से लैंगिक सुख चाहती है तथा माता से घृणा करती है। लड़कियों में माँ के प्रति घृणा का एक कारण यह होता है कि वह यह सोचती है कि उसके पास पिता या अपने भाई के समान लिंग नहीं है जो होना चाहिए था। उसकी माँ ही उसे लिंग से वंचित कर दी है। इसे फ्रायड ने *लिंग-ईर्ष्या* (penis envy) कहा है जो लड़कों में पाये जानेवाले बंधियाकरण चिन्ता (castration anxiety) के तुल्य है। इन मनोग्रन्थियों का सफलतापूर्वक समाधान होने से लड़का तथा लड़की में नैतिकता (morality) विकसित होता है। परन्तु ठीक ढंग से समाधान नहीं होने पर उसका कुप्रभाव वयस्क व्यक्तित्व पर सीधा पड़ता है। फ्रायड के अनुसार जो लड़के शैश्नावस्था (phallic stage) पर आबद्ध (fixated) होते हैं, उनमें वयस्क होने पर व्यक्तित्व के अन्य शीलगुणों में उतावलापन, शेखीबाजी (boastfulness), उच्चाकांक्षा (high ambition) आदि शीलगुणों की प्रधानता होती है। जो लड़की शैश्नावस्था पर आबद्ध (fixated) होती है, उनमें वयस्क होने पर व्यक्तित्व के अन्य शीलगुणों में इश्कबाजी (flirtatiousness), सम्मोहकता (seductiveness) तथा स्वच्छन्द सम्भोगिता (promiscuity) आदि शीलगुणों की प्रधानता होती है।

(iv) अव्यक्तावस्था *(Latency stage)*—मनोलैंगिक विकास की यह चौथी अवस्था है जो लिंगप्रधानावस्था (phallic stage) के बाद प्रारम्भ होती है। यह अवस्था 6 या 7 साल के उम्र से प्रारंभ होकर लगभग 12 वर्ष की आयु तक रहती है। इस अवस्था में बच्चों में कोई नया कामुकता क्षेत्र विकसित नहीं होता है तथा साथ-ही-साथ लैंगिक इच्छाएँ (sexual wishes) भी सुषुप्त (dormant) हो जाती हैं। सही अर्थ में इस अवस्था में लैंगिक इच्छाओं (sexual energy) का उदात्तीकरण (sublimation) होता पाया जाता है अर्थात् लैंगिक इच्छाओं की अभिव्यक्ति भिन्न-भिन्न प्रकार के अलैंगिक क्रियाओं (non-sexual activities) जैसे— शिक्षा, चित्रकारी, खेल-कूद आदि के रूप में होती है। तकनीकी रूप से (technically) इस अवस्था में मनोलैंगिक विकास की एक अवस्था नहीं मानी गयी है क्योंकि इसमें कोई नया कामुकता क्षेत्र (erogeneous zone) तो विकसित होता नहीं है।

(v) जननेन्द्रियावस्था *(Genital stage)*—मनोलैंगिक विकास की यह अन्तिम अवस्था है जो 13 वर्ष की आयु से प्रारंभ होकर निरन्तर चलती रहती है। इस अवस्था में किशोरावस्था (adolescence) तथा प्रौढ़ावस्था (adulthood) दोनों ही सम्मिलित होते हैं। इस अवस्था में किशोर एवं किशोरियों में अनेक तरह के शारीरिक परिवर्तन होते हैं तथा ग्रन्थीय विकास (glandular development) परिपक्व हो जाते हैं। इस अवस्था के प्रारंभ के कुछ वर्ष जो किशोरावस्था के वर्ष होते हैं, में व्यक्तियों में अपने ही लिंग के व्यक्तियों के साथ रहने, उठने-बैठने एवं बातचीत करने की प्रवृत्ति अधिक तीव्र होती है। इसे फ्रायड ने समलिंगकामुकता (homosexuality) कहा है। फ्रायड का दावा है कि प्रारम्भिक किशोरावस्था में सभी व्यक्तियों में समलिंगकामुकता की प्रवृत्ति होती है। परन्तु धीरे-धीरे जैसे-जैसे व्यक्ति प्रारम्भिक

किशोरावस्था से निकलकर वयस्कावस्था (adulthood) में प्रवेश करता है, तो उसकी समलिंग कामुकता प्रवृत्ति कमने लगती है और व्यक्ति में समलिंग कामुकता (homosexuality) की जगह पर विषमलिंग कामुकता (heterosexuality) विकसित होने लगता है। इस अवस्था में व्यक्ति का व्यक्तित्व शारीरिक, मानसिक एवं सामाजिक रूप से परिपक्व हो जाता है और वह सामाजिक रूप से अनुमोदित लैंगिक सम्बन्ध स्थापित कर एक संतोषजनक जिन्दगी की ओर अग्रसर होता है।

स्पष्ट हुआ कि मनोलैंगिक अवस्थाओं (psychosexual stages) से होकर व्यक्ति की लैंगिक ऊर्जा (sexual energy) का धीरे-धीरे विकास होता जाता है जिससे व्यक्ति बाल्यावस्था के निष्क्रियता (passivity) को त्याग कर वयस्कावस्था में सामाजिक रूप से उपयोगी एवं सुखमय जीवन जीता है।

फ्रायड के सिद्धान्त का मूल्यांकन *(Evaluation of Freud's theory)*—फ्रायड (Freud) के सिद्धान्त के कुछ गुण (merits) एवं परिसीमाएँ (limitations) हैं।

इसके कुछ गुण (merits) निम्नांकित हैं—

(i) फ्रायड का यह सिद्धान्त काफी विस्तृत (comprehensive) एवं चुनौतीपूर्ण है। इसके द्वारा व्यक्तित्व विकास की व्याख्या बोधगम्य (understandable) भाषा में की गयी है।

(ii) फ्रायड के सिद्धान्त के अधिकांश संप्रत्यय ऐसे हैं जो आधुनिक व्यक्तित्व मनोवैज्ञानिकों के लिए इस क्षेत्र में वर्णनात्मक शोध (descriptive research) करने के लिए एक महत्त्वपूर्ण साधन (tool) साबित हुए हैं।

(iii) फ्रायड के सिद्धान्त का स्वरूप ही कुछ ऐसा है कि इसके माध्यम से मानव व्यवहार के बारे में ज्ञात तथ्यों को तार्किक रूप से मनोविश्लेषणात्मक ढाँचे में आसानी से ढाला जा सकता है।

इन गुणों के बावजूद मनोविश्लेषणात्मक सिद्धान्त (psychoanalytic theory) की कुछ खामियाँ (demerits) हैं जिनमें निम्नांकित प्रमुख हैं—

(i) फ्रायड के मनोविश्लेषणात्मक सिद्धान्त की विधि वैज्ञानिक नहीं है। चूँकि उन्होंने अपने शोधों को क्रमबद्ध रूप से (systematically) वर्णन नहीं किया है, अतः उससे सही-सही प्राक्कल्पना (hypothesis) तैयार करना सम्भव नहीं हो पाया है।

(ii) फ्रायड के सिद्धान्त के बहुत सारे सम्प्रत्यय अस्पष्ट शब्दों में वर्णित हैं तथा उनकी आनुभविक जाँच (empirical test) भी सम्भव नहीं है और उन्हें मात्र अजाँचनीय सैद्धान्तिक संप्रत्यय (theoretical concepts) के रूप में किसी तरह से लोगों द्वारा स्वीकार किया गया है। लुंडिन (Lundin, 1985) के अनुसार पराहं (super ego) तथा मानसिक ऊर्जा (psychic energy) दो ऐसे संप्रत्यय (concept) के उदाहरण हैं जिनके अस्तित्व को न तो अब तक साबित किया जा सकता है और न उन्हें खंडित ही किया गया है।

(iii) आधुनिक मनोवैज्ञानिकों का मत है कि फ्रायड ने अपने सिद्धान्त को व्यक्तिगत प्रेक्षण (personal observation) पर आधारित किया है जिसके अधिकतम अंश उनके अपने व्यवहार के विश्लेषण से प्राप्त हुए थे तथा कुछ अंश उनके उपचार-गृह (clinic) में आये मानसिक रोगियों (mental patients) द्वारा बतलाये गये अनुभूतियों पर आधारित थे। इन आधुनिक मनोवैज्ञानिकों ने यह आशंका व्यक्त की है कि ऐसी सीमित अनुभूतियों के आधार पर (और वह भी रोगियों की अनुभूतियों के आधार पर) सामान्य व्यक्ति के व्यक्तित्व के सिद्धान्त का प्रतिपादन करना युक्तिसंगत नहीं है।

(iv) फ्रायड ने अपने व्यक्तिगत सिद्धान्त में लैंगिक ऊर्जा (sexual energy) पर जरूरत से ज्यादा बल डाला है। उनका यह कहना कि जन्म के समय ही बच्चा में लैंगिक ऊर्जा मौजूद रहती है तथा जिसका विकास धीरे-धीरे बाल्यावस्था के मनोलैंगिक अवस्थाओं के माध्यम से होता है, आधुनिक मनोवैज्ञानिकों को मान्य नहीं है।

(v) कुछ मनोवैज्ञानिकों का मत है कि फ्रायड के सिद्धान्त के कुछ संप्रत्यय (concept) जरूरत से ज्यादा पौराणिक एवं काल्पनिक कथाओं पर आधारित हैं जिनकी वास्तविकता विश्वास की सीमा से बाहर मालूम पड़ती हे। मातृ-मनोग्रन्थि (oedipus complex) एक ऐसा ही संप्रत्यय है। लुंडिन (Lundin, 1985) के अनुसार यह कहना कि एक अपरिपक्व बालक या बालिका अपने अचेतन में अपने माता या पिता से यौन सम्बन्ध चाहता है, बिलकुल ही एक बेतुका बात लगता है। इतना ही नहीं, फ्रायड ने इस ग्रन्थि को एक सार्वजनिक घटना

(universal phenomenon) कहा है जो सभी प्रजाति (race) के बच्चों में पाया जाता है। परन्तु ऐसे अनेक संस्कृति (culture) हैं जहाँ पिता एवं पुत्र में विद्वेष (rivalry) का कारण परिवार में पिता का प्रबल एवं शक्तिशाली स्थान होता है न कि किसी तरह की लैंगिक ईर्ष्या (sexual jealousy)।

इन आलोचनाओं के बावजूद फ्रायड द्वारा प्रतिपादित व्यक्तित्व का सिद्धान्त आधुनिक व्यक्तित्व मनोवैज्ञानिकों के लिए महत्त्वपूर्ण प्रेरणा का स्रोत रहा है। इसमें कोई शक नहीं है कि व्यक्ति के दिन-प्रतिदिन के व्यवहार पर फ्रायड के सिद्धान्त का काफी प्रभाव पड़ा है। हाल्ल तथा उनके सहयोगियों[1] (Hall et al., 1985) ने बहुत ही सटीक शब्दों में टिप्पणी करते हुए कहा है, '' सही या गलत, सिगमण्ड फ्रायड ने व्यक्तित्व मनोविज्ञान को जाँच के एक सही रास्ते पर ला रखा है और उसके लिए हम सभी लोग उनके आभारी हैं।''

गौर्डन आल्लपोर्ट : व्यक्तित्व का शीलगुण सिद्धान्त
(Gordon Allport : Trait Theory of Personality)

गौर्डन आल्लपोर्ट (Gordon Allport, 1897-1967) का व्यक्तित्व सिद्धान्त एक ऐसा सिद्धान्त है जिसमें मानवतावादी (humanistic) एवं व्यक्तिवादी (personalistic) दृष्टिकोणों से मानव व्यवहार का अध्ययन करने का एक अनुपम संगम देखने को मिलता है। इनके सिद्धान्त में मानवतावादी दृष्टिकोण की परख इस बात से होती है कि इसमें मानव व्यवहार के सभी पहलुओं जिसमें वर्धन की अन्तःशक्तियाँ (potential for growth), अनुभवातीत्व (transcendence) तथा आत्म-सिद्धि (self-realization) भी सम्मिलित है, के अध्ययन पर बल डाला गया है। इनके सिद्धान्त को व्यक्तिवादी (personalistic) के रूप में समझा गया है तथा आलपोर्ट को एक ग्रहणशील मनोवैज्ञानिक (eclectic psychologist) माना गया है क्योंकि वे इस सिद्धान्त के प्रतिपादन में विभिन्न क्षेत्रों, जैसे— दर्शनशास्त्र, समाजशास्त्र, साहित्य आदि से महत्त्वपूर्ण तथ्यों का चयन करके उसे विशेष ढंग से पिरोया है।

आल्लपोर्ट के व्यक्तित्व सिद्धान्त में मानव व्यवहार या मानव प्रकृति के बारे में कुछ महत्त्वपूर्ण पूर्वकल्पनाएँ की गयी है जो निम्नांकित हैं—

(i) इस सिद्धान्त में मानव व्यवहार के कुछ पूर्वकल्पनाओं (assumptions) जैसे विवेकपूर्णता (rationality), अग्रलक्षता (proactivity) तथा विषमस्थिति (heterostasis) पर सर्वाधिक बल डाला गया है।

(ii) इस सिद्धान्त में मानव व्यवहार के कुछ पूर्वकल्पनाओं जैसे पूर्णतावाद (holism) एवं ज्ञेयता (knowability) पर साधारण बल डाला गया है तथा स्वतंत्रता (freedomon) एवं आत्मनिष्ठता (subjectivity) पर नाममात्र का बल डाला गया है। यहाँ संगठनात्मक-पर्यावरणीयता (constitutionalism-environmentalism) तथा परिवर्तनशीलता-अपरिवर्तनशीलता (chageability-unchangeability) के पूर्वकल्पनाओं पर बीचो-बीच ढंग का बल डाला गया है।

आल्लपोर्ट (Allport) के व्यक्तित्व सिद्धान्त (personality theory) को निम्नांकित प्रमुख भागों में बाँटकर अध्ययन किया जा सकता है—

(अ) व्यक्तित्व की संरचना (Structure of Personality)

(ब) व्यक्तित्व की गतिकी (Dynamics of Personality)

(स) व्यक्तित्व का वर्धन (Growth of Personality)

(द) शोध एवं मापन (Research and Assessment)

इन प्रमुख भागों का वर्णन निम्नांकित हैं—

(अ) व्यक्तित्व की संरचना *(Structure of Personality)*—व्यक्तित्व की संरचना की व्याख्या तीन भागों में बाँटकर की गयी है। व्यक्तित्व की परिभाषा (definition of personality), व्यक्तित्व शीलगुण (personality traits) तथा प्रोप्रियम (proprium)। इन सबका वर्णन निम्नांकित हैं—

1. व्यक्तित्व की परिभाषा *(Meaning of Personality)*—आलपोर्ट (Allport, 1937) ने व्यक्तित्व की संरचना

1. "Right or wrong, Sigmund Freud certainly set personality psychology on fruitful paths of inquiry, and for that alone we must be very greateful." —Hall et al. : *Introduction to Theories of Personality*, 1985, p. 63

(structure) की व्याख्या करने में पहले इस क्षेत्र में दिये गए परिभाषाओं की समीक्षा किया और पाया कि उस समय तक अर्थात् 1937 तक व्यक्तित्व का तकरीबन 49 परिभाषाएँ दी जा चुकी थीं। इन्होंने इन परिभाषाओं से उत्तम तथ्यों को चुनकर उन्हें अपनी परिभाषा में शामिल किया और व्यक्तित्व को निम्नांकित ढंग से परिभाषित किया, ''व्यक्तित्व व्यक्ति के भीतर उन मनोशारीरिक तंत्रों का गतिशील या गत्यात्मक संगठन है जो वातावरण में उसके अपूर्व समायोजन को निर्धारित करते हैं।'' (आलपोर्ट, 1937)[1]

1961 में आलपोर्ट ने अपनी परिभाषा में थोड़ा संशोधन किया और अंतिम पाँच शब्द बदलकर इस प्रकार कर दिया—"unique adjustments to his environment" की जगह पर "characteristic behaviour and thought" को सम्मिलित किया गया। इस परिवर्तन का उद्देश्य यह बतलाना था कि व्यक्ति का व्यवहार मात्र अनुकूली (adaptive) ही नहीं होता है बल्कि कथनीय (expressive) भी होता है। इसका मतलब यह हुआ कि व्यक्ति वातावरण के साथ सिर्फ समायोजन (adjustment) या अनुकूलन ही नहीं करता है बल्कि उसके साथ इस तरह की अन्तःक्रिया (interaction) करता है कि उस वातावरण को भी व्यक्ति के साथ अनुकूलन या समायोजन योग्य होना पड़ता है।

आलपोर्ट की इस परिभाषा के मुख्य बिंदुओं की व्याख्या इस प्रकार की जा सकती है—

(i) मनोशारीरिक तंत्र *(Psychophysical System)*—व्यक्तित्व एक ऐसा तंत्र (system) है जिसके मानसिक या मनोवैज्ञानिक (psychological) तथा शारीरिक (physical) दोनों ही पक्ष होते हैं। यह तंत्र ऐसे तत्त्वों का एक गठन होता है जो आपस में अन्तःक्रिया करते हैं। इस तंत्र के मुख्य तत्त्व शीलगुण (trait), संवेग (emotion), चरित्र (character), अभिप्रेरक (motives) आदि हैं जो सभी मानसिक गुण हैं परन्तु इन सबका आधार शारीरिक (physical) अर्थात् व्यक्ति के ग्रन्थीय प्रक्रियाएँ एवं तंत्रिकीय प्रक्रियाएँ (neural processes) होतीं हैं। इसका स्पष्ट मतलब यह हुआ कि व्यक्तित्व न तो पूर्णतः मानसिक या मनोवैज्ञानिक (psychological) होता है और न पूर्णतः शारीरिक ही। व्यक्तित्व इन दोनों तरह के पक्षों का मिश्रण है।

(ii) गत्यात्मक संगठन *(Dynamic organization)*—गत्यात्मक संगठन से तात्पर्य यह होता है कि मनोशारीरिक तंत्र (psychophysical system) के भिन्न-भिन्न तत्त्व जैसे शीलगुण (traits), आदत (habits) आदि एक-दूसरे से इस तरह सम्बन्धित होकर संगठित होते हैं कि उन्हें एक-दूसरे से पूर्णतः अलग नहीं किया जा सकता है। इस संगठन में परिवर्तन (change) सम्भव है। यही कारण है कि इसे एक गत्यात्मक संगठन (dynamic organization) कहा गया है। इस तरह के संगठन में विसंगठन (disorganization) भी सम्मिलित होता है जिसके सहारे असामान्य व्यवहार की व्याख्या होती है। दूसरे शब्दों में, यदि किसी व्यक्ति के शीलगुणों के संगठन में इस ढंग का परिवर्तन आ जाता है कि उसका व्यवहार विसंगठित (disorganized) हो जाता है जिसके फलस्वरूप वह असामान्य व्यवहार अधिक करने लग जाता है तो इसे एक गत्यात्मक संगठन की श्रेणी में ही रखा जाता है।

(iii) निर्धारण *(Determine)*—इस परिभाषा में 'निर्धारण' (determine) का प्रयोग विशेष अर्थ में किया गया है। इससे आलपोर्ट का तात्पर्य यह है कि ''व्यक्तित्व कुछ है तथा कुछ करता है'' ("Personality is something and does something." Allport, 1961, p. 29)। इसका मतलब यह हुआ कि व्यक्तित्व के सभी पहलू व्यक्ति के व्यवहारों एवं विचारों का उत्तेजित (activate) करते हैं तथा उसे निर्देशित (direct) करते हैं।

(iv) विशिष्ट व्यवहार एवं चिन्तन *(Characteristic behaviour and thought)*—इसका अर्थ यह है कि प्रत्येक चीज जिसे व्यक्ति करता है या सोचता है, वह उस व्यक्ति की एक विशिष्टता होती है। इस तरह से प्रत्येक व्यक्ति अनूठा (unique) है तथा वह किसी दूसरे से समान (similar) नहीं होता है।

2. व्यक्तित्व शीलगुण *(Personality traits)*—जैसे फ्रायड के लिए व्यक्तित्व संरचना (personality structure) की इकाई (unit) मूलप्रवृत्ति (instinct) है, उसी तरह आलपोर्ट (Allport) के लिए व्यक्तित्व संरचना की इकाई (unity) शीलगुण (trait) है। आलपोर्ट ने व्यक्तित्व की व्याख्या करने में शीलगुण पर काफी बल डाला है तथा इसका

---

1. "Personality is the dynamic organization within the individual of those psychophysical systems that determine his unique adjustments to his environment."—Allport : *Personality : A Psychological Interpretation*, 937, p. 48

काफी विस्तृत अध्ययन किया है। उनका पी-एच॰ डी॰ शोध ग्रन्थ का सम्बन्ध व्यक्तित्व शीलगुण (personality traits) पर ही आधारित था तथा अमेरिका में इससे पहले व्यक्तित्व शीलगुण पर किसी ने इतना गहन अध्ययन नहीं किया था। सुल्ज[1] (Schultz, 1990) के शब्दों में आलपोर्ट ने शीलगुण को इस प्रकार परिभाषित किया है, ''आलपोर्ट ने शीलगुण को उद्दीपकों के विभिन्न प्रकारों के प्रति समान ढंग से अनुक्रिया करने का झुकाव या पूर्ववृत्ति (predisposition) के रूप में परिभाषित किया है। अपने वातावरण के उद्दीपक पहलुओं की ओर संगत एवं सहनीय (enduring) ढंग से अनुक्रिया करने के तरीकों को शीलगुण कहा जाता है।'' आलपोर्ट की इस परिभाषा से यह स्पष्ट है कि शीलगुण से उनका तात्पर्य व्यवहारों में संगतता (consistency) से है। आलपोर्ट (Allport, 1937) ने शीलगुण के कुछ विशेषताओं पर भी प्रकाश डाला है जिनमें निम्नांकित प्रमुख हैं—

(i) व्यक्तित्व शीलगुण सिर्फ सैद्धान्तिक संप्रत्यय (theoretical construct) नहीं होते हैं बल्कि वे वास्तविक (real) होते हैं और व्यक्ति के भीतर पाये जाते हैं।

(ii) शीलगुण (traits) से व्यक्ति का व्यवहार निर्देशित होता है तथा उसके कारण व्यक्ति एक खास तरह का व्यवहार कर सकने में सफल होता है।

(iii) शीलगुण को आनुभविक रूप से (empirically) दिखलाया जा सकता है। यह बात अवश्य है कि शीलगुण को देखा तो नहीं जा सकता है परन्तु उसके अस्तित्व की जाँच की जा सकती है। ऐसा करने के लिए व्यक्ति के व्यवहारों का प्रेक्षण एक खास समय तक किया जाता है।

(iv) शीलगुण की एक विशेषता यह है कि वे एक-दूसरे से पूर्णतः अलग नहीं होते हैं बल्कि वे कुछ हद तक परस्परव्यापी (overlap) होते हैं। जैसे, आक्रामकता (aggression) तथा विद्वेषिता (hostility) दो अलग-अलग शीलगुण हैं परन्तु वे सभी एक-दूसरे से काफी सम्बन्धित एवं परस्परव्यापी हैं।

(v) शीलगुण परिस्थिति के साथ परिवर्तित (vary) होते हैं। वे एक परिस्थिति में उत्पन्न होते हैं तो दूसरी परिस्थिति में उत्पन्न नहीं होते हैं।

आलपोर्ट (Allport) ने शीलगुणों को दो मुख्य भागों में बाँटा है—

(i) सामान्य शीलगुण (common trait)

(ii) वैयक्तिक शीलगुण (individual trait)

सामान्य शीलगुण से आलपोर्ट का तात्पर्य वैसे शीलगुणों से होता है जो संस्कृति (culture) के कई लोगों में पाया जाता है। सचमुच में सामान्य शीलगुण (common traits) एक तरह की अमूर्त्तता (abstraction) होती है जिससे सामाजिक मूल्यों (social values) तथा सामाजिक रीति-रिवाजों (social mores) की एक झलक मिलती है और इसकी उत्पत्ति एक खास तरह से व्यवहार करने के सामाजिक दबाव (social pressure) से उत्पन्न होता है। आलपोर्ट ने इन शीलगुणों को बहुत महत्त्वपूर्ण नहीं माना है क्योंकि वे मौलिक शीलगुण नहीं हैं क्योंकि इससे मात्र सतही अभिव्यक्ति (surface manifestation) की झलक मिलती है तथा व्यक्ति की वैयक्तिकता (individuality) का एहसास नहीं होता है। चिन्ता (anxiety), अनुरूपता (conformity), सामाजिक या राजनैतिक मनोवृत्ति (social or political attitude) सामान्य शीलगुण के कुछ उत्तम उदाहरण हैं। सामान्य शीलगुण को *विमीय शीलगुण* (dimensional trait) या *नियमान्वेषी शीलगुण* (nomothetic trait) भी कहा गया है।

वैयक्तिक शीलगुण (individual trait) जिसे *वैयक्तिक पूर्ववृत्ति* (personal disposition) या *आकृतिक शीलगुण* (morphological traits) भी कहा जाता है, से तात्पर्य वैसे शीलगुण से होता है जो व्यक्ति विशेष में पाया जाता है तथा जिसपर हम किसी संस्कृति के कई व्यक्तियों की तुलना नहीं कर सकते हैं। इससे व्यक्ति की विशेष समयोजनात्मक क्रियाएँ (acts of adjustment) निर्देशित एवं प्रेरित होतीं हैं। वैयक्तिक शीलगुण को आलपोर्ट ने अधिक महत्त्वपूर्ण बतलाया है क्योंकि इससे व्यक्तित्व की संरचना (structure) का विशेष एवं संगठित अध्ययन सम्भव हो पाता है।

बाद में आलपोर्ट ने अपने शब्दावली में परिवर्तन किया और सामान्य शीलगुण (common trait) के लिए सिर्फ शीलगुण (trait) का प्रयोग किया तथा वैयक्तिक शीलगुण (individual traits) के लिए वैयक्तिक पूर्ववृत्ति (personal

---

1. "Allport defined traits as predispositions to respond, in the same or similar manner, to different kinds of stimuli. Traits are consistent and enduring ways of reacting to the stimulary aspects of our environment."

—Schultz : *Theories of Personality,* 1990, p. 231

disposition) का प्रयोग किया।

आलपोर्ट (Allport) ने *वैयक्तिक पूर्ववृत्ति* (personal disposition) को निम्नांकित तीन भागों में बाँटा है—

(i) कार्डिनल पूर्ववृत्ति या शीलगुण (Cardinal predisposition or trait)

(ii) केन्द्रीय पूर्ववृत्ति या शीलगुण (Central predisposition or trait)

(iii) गौण पूर्ववृत्ति या शीलगुण (Secondary predisposition or trait)

इन तीनों का वर्णन निम्नांकित है—

(i) कार्डिनल पूर्ववृत्ति या शीलगुण *(Cardinal predisposition or trait)*—कार्डिनल पूर्ववृत्ति या शीलगुण से तात्पर्य वैसे शीलगुण से होता है जो व्यक्ति में इतना अधिक व्यापक (pervasive) होता है कि वह प्रत्येक व्यवहार इसी से प्रभावित होकर करता पाया जाता है। अधिकतर लोगों में कार्डिनल शीलगुण नहीं होते हैं परन्तु जिनमें होते हैं, वे उस शीलगुण के लिए विश्वविख्यात होते हैं। जैसे, शांति एवं अहिंसा का शीलगुण महात्मा गाँधी का एक कार्डिनल शीलगुण था। आक्रामकता (aggressiveness) हिटलर एवं नेपोलियन का एक कार्डिनल शीलगुण था जिससे वे विश्वविख्यात थे।

(ii) केन्द्रीय पूर्ववृत्ति या शीलगुण *(Central predisposition or trait)*—केन्द्रीय शीलगुण वैसे शीलगुणों को कहा जाता है जो व्यापक (pervasive) तो नहीं होते हैं परन्तु महत्त्वपूर्ण जरूर होते हैं जिनपर व्यक्ति अपनी जिन्दगी में अधिक प्रकाश डालता है। ऐसे शीलगुण प्रत्येक व्यक्ति में पाया जाता है तथा औसत रूप से इसकी संख्या 5 से 10 होती है। इन शीलगुणों की अभिव्यक्ति व्यक्ति के बारे में कुछ अनुशंसा (recommendation) करते समय प्रायः किया जाता है। इन शीलगुणों की अभिव्यक्ति व्यक्ति प्रायः अपने व्यवहारों में करता है। बहिर्गमन (outgoing), भावुक (sentimental), सचेत (attentive), सामाजिक, आक्रामकता (aggression) आदि कुछ ऐसे ही शीलगुणों के उदाहरण हैं।

(iii) गौण पूर्ववृत्ति या शीलगुण *(Secondary predisposition or trait)*—इस श्रेणी में उन शीलगुणों को रखा जाता है जो कम सुस्पष्ट (less conspicuous), कम संगठित (less organized), कम संगत (less consistent) होते हैं और इसलिए व्यक्तित्व की संरचना के लिए कम महत्त्वपूर्ण होते हैं। जैसे, विशेष हेयर-स्टाइल रखना, खास प्रकार के भोजन करना, विशेष मनोवृत्ति (specific attitude) आदि गौण पूर्ववृत्ति (secondary predisposition) के उदाहरण हैं जिनके आधार पर व्यक्तित्व की संरचना (structure) के बारे में कोई ठोस निष्कर्ष पर नहीं पहुँचा जा सकता है।

3. प्रेप्रियम *(Proprium)*—आलपोर्ट (Allport) का मत है कि व्यक्तित्व असम्बन्धित शीलगुणों (unrelated traits) का मात्र एक बंडल नहीं होता है बल्कि इसमें शीलगुणों की एक संगति (consistency), एकता (unity) एवं समन्वय (integration) पाया जाता है। इसका मतलब यह हुआ कि व्यक्तित्व में कुछ ऐसे नियम (principle) होते हैं जो शीलगुणों, मूल्यों, अभिप्रेरकों को संगठित करता है। इस नियम को आलपोर्ट (Allport) ने *प्रोप्रियम* (proprium) कहा है। प्रोप्रियम (proprium) एक लैटिन शब्द 'proprius' से बना है जिसका अर्थ 'अपना' (own) होता है। आलपोर्ट (Allport) के लिए प्रोप्रियम आत्मन् (self) या अहं (ego) के तुल्य है परन्तु उन्होंने इन दोनों शब्दों का प्रयोग नहीं किया है। आलपोर्ट (Allport) के अनुसार प्रोप्रियम से तात्पर्य व्यक्तित्व के उन सभी पहलुओं (aspects) से होता है जिससे उसमें आन्तरिक एकता (inward unity) तथा संगतता (consistency) आती है। प्रोप्रियम मानव प्रकृति के धनात्मक, सर्जनात्मक, वर्धन-उन्मुखी तथा गतिशीलता के गुणों को दर्शाता है। आलपोर्ट ने प्रोप्रियम के स्वरूप एवं विकास का वर्णन सात अवस्थाओं (stages) के रूप में किया है। ये सात अवस्थाएँ शैशवावस्था से किशोरावस्था तक की होती है जिससे होकर प्रोप्रियम विकसित होता है। किशोरावस्था में आकर प्रोप्रियम का विकास पूर्ण हो जाता है। प्रथम तीन अवस्था अर्थात् शारीरिक-आत्मन् (bodily self), आत्म-पहचान (self-identity) तथा आत्म-सम्मान (self-esteem) का विकास बच्चों के प्रथम तीन वर्ष की आयु में होता है। बाद की दो अवस्थाओं अर्थात् आत्म-विस्तार (self-extension) तथा आत्म-प्रतिमा (self-image) 4 साल से 6 साल की आयु में विकसित होती है तथा 'युक्तिसंगत समायोजन' (rational coping) की अवस्था का विकास 6 साल से 12 साल की आयु में होती है तथा 'उपयुक्त प्रयास' (propriate striving) की अवस्था किशोरावस्था में विकसित होती है। प्रोप्रियम में ये सभी सात पहलुओं का संगम पाया जाता है।

(ब) व्यक्तित्व की गतिकी *(Dynamics of Personality)*—व्यक्तित्व की गतिकी (dynamics) की व्याख्या आलपोर्ट (Allport) ने कार्यात्मक स्वतंत्रता (functional autonomy) तथा चेतन (conscious) एवं अचेतन अभिप्रेरण

(unconscious motivation) के तहत किया है। इन दोनों संप्रत्ययों की व्याख्या इस प्रकार है—

1. कार्यात्मक स्वायत्तता *(Functional autonomy)*—कार्यात्मक स्वायत्तता या संप्रत्यय (concept) एक प्रेरणात्मक सम्प्रत्यय (motivational concept) है। कार्यात्मक स्वायत्तता का संप्रत्यय (concept) यह बतलाता है कि एक सामान्य एवं परिपक्व वयस्क के कुछ अभिप्रेरक (motives) अपने उन गत अनुभूतियों (past experiences) से कार्यात्मक रूप से (functionally) सम्बन्धित नहीं होते हैं जिनसे उनकी उत्पत्ति सम्भवतः हुई है। वैसे अभिप्रेरक अपने मौलिक परिस्थिति (original circumstances) से पूर्णतः स्वतंत्र (independent) या स्वायत्त (autonomous) होते हैं। आलपोर्ट का कहना था कि गत अनुभूतियाँ बीत चुकी होतीं हैं और वर्तमान व्यवहार का सम्बन्ध उन अनुभूतियों से अब नहीं रह जाता है भले ही इस वर्तमान व्यवहार का आधार वही गत अनुभूतियाँ ही क्यों न हों। दूसरे शब्दों में, जिन साधनों (means) से पहले व्यक्ति किसी लक्ष्य (goal) की प्राप्ति करता था, वह अब स्वयं लक्ष्य (goal) हो जाता है। जैसे, किसी वृक्ष का विकास एवं वर्धन (growth) उसके उत्तम बीज के कारण होता है। परन्तु जब वृक्ष पूर्णतः परिपक्व (mature) हो जाता है या बड़ा हो जाता है, तो वह अपने विकास एवं वर्धन के लिए बीज पर आधारित नहीं होता है। वृक्ष अब आत्म-निर्धारक (self-determining) हो जाता है और अब बीज से कार्यात्मक रूप से (functionally) स्वायत्तता (autonomy) प्राप्त कर चुका होता है। उसी तरह से मान लिया जाए कि एक गरीब आदमी काफी मेहनत करता है। अपनी मेहनत के बदौलत वह 30 वर्षों में एक धनी आदमी हो जाता है। ऐसी परिस्थिति में धनी हो जाने के बाद भी व्यक्ति कड़ी मेहनत करता ही रहता था। इस तरह के व्यवहार का अब वह लक्ष्य (goal) नहीं रह जाता है, जो 25–30 साल पहले था। कड़ी मेहनत करना एक समय में एक लक्ष्य (अर्थात् धन कमाना) की प्राप्ति का एक साधन (means) था जो अब अपने आप में एक लक्ष्य में परिवर्तित हो गया। स्पष्ट हुआ कि कार्यात्मक स्वायत्तता से व्यक्ति का व्यवहार प्रभावित होता है।

2. चेतन एवं अचेतन अभिप्रेरण *(conscious and unconscious motivation)*—आलपोर्ट ने अपने व्यक्तित्व सिद्धान्त में चेतन अभिप्रेरण (conscious motivation) पर बल डालते हुए कहा है कि एक स्वस्थ वयस्क इस बात से पूर्णतः अवगत होता है कि वह क्या कर रहा है तथा क्यों कर रहा है। परन्तु इसका मतलब यह नहीं है कि उन्होंने अचेतन अभिप्रेरण (unconscious motivation) के संप्रत्यय की उपेक्षा की है। उन्होंने फ्रायड द्वारा प्रतिपादित अचेतन मस्तिष्क (unconscious mind) की प्रशंसा की है। आलपोर्ट का मत है कि अधिकतर अभिप्रेरण जिसका सम्बन्ध चेतन मस्तिष्क (conscious mind) से होता है, वास्तव में अचेतन में छिपी इच्छाओं से प्रभावित होता है। परन्तु उन्होंने फ्रायड द्वारा दिये गए इस बल को ठुकरा दिया कि अहं (ego) को अपना कोई ऊर्जा (energy) नहीं होता है। उन्होंने फ्रायड के इस मत को भी अस्वीकार कर दिया कि अचेतन व्यक्तित्व को नियंत्रण करता है तथा उसपर प्रभुत्व दिखलाता है। आलपोर्ट के अनुसार असामान्य व्यक्तित्व भले ही अचेतन (unconscious) द्वारा नियंत्रित होता है परन्तु एक परिपक्व एवं सामान्य वयस्क का व्यक्तित्व पूर्णतः चेतन के नियंत्रण में होता है। एक परिपक्व व्यक्तित्व पूर्णरूपेण चेतन विचारों (conscious thoughts) द्वारा प्रेरित होता है। ऐसे व्यक्तियों के लिए अचेतन के विचारों का कोई महत्त्व नहीं होता है।

(स) व्यक्तित्व का वर्धन *(Growth of Personality)*—आलपोर्ट (Allport) का मत था कि कोई व्यक्ति एक खास व्यक्तित्व लेकर पैदा नहीं होता है बल्कि जन्म के बाद वह एक खास व्यक्तित्व को विकसित करता है। इन्होंने अपने सिद्धान्त में व्यक्तित्व विकास की व्याख्या के लिए कोई निश्चित कदम (steps) का वर्णन तो नहीं किया है (प्रोप्रियम के विकास के सात कदमों या चरणों को छोड़कर)। परन्तु यह स्पष्ट कर दिया है कि बाल्यावस्था के व्यक्तित्व (childhood personality) तथा वयस्कावस्था के व्यक्तित्व (adulthood personality) में कार्यात्मक निरंतरता (functional continuity) न होकर एक तरह का विभाजन (dichotomy) होता है। उन्होंने बाल्यावस्था के व्यक्तित्व को मूलतः आनन्द प्राप्त करने वाला, ध्वंसात्मक (destructive), स्वार्थपरक, आश्रित आदि बतलाया है। बच्चे हमेशा अपने अन्तर्नोद (drives), तनाव एवं सहज क्रियाओं के अनुरूप इस ढंग से व्यवहार करते हैं कि उन्हें अधिक-से-अधिक आनन्द प्राप्त हो सके तथा कम-से-कम दुःख या तकलीफ हो सके। इस अवस्था की सबसे महत्त्वपूर्ण बात यह है कि बच्चा अपनी माँ से पर्याप्त सुरक्षा एवं स्नेह की प्राप्ति करना चाहता है और यदि वह ऐसा करने में सफल हो जाता है, तो उसमें धनात्मक मनोवैज्ञानिक वर्द्धन (positive psychological growth) होता है।

दूसरी तरफ यदि बच्चों को माँ से पर्याप्त स्नेह एवं सुरक्षा नहीं मिल पाता है, तो उस परिस्थिति में एक-दूसरे तरह

का व्यक्तित्व विकसित हो जाता है और ऐसे बच्चों में असुरक्षा, आक्रामकता, ईर्ष्या, आत्म-केन्द्रिता (self-centredness) आदि अधिक हो जाते हैं। इस तरह के व्यक्तित्व को अपरिपक्व व्यक्तित्व (immatured personality) कहा जाता है और ऐसा वयस्क व्यक्तित्व सचमुच में बाल्यावस्था के व्यक्तित्व (childhood personality) का मात्र एक कार्यात्मक विस्तार (functional extension) माना जाता है। इन दोनों तरह के व्यक्तित्व में स्पष्ट विभाजन न होकर एक तरह का कार्यात्मक निरंतरता (functional continuity) बनी रहती है।

आलपोर्ट ने अपने सिद्धान्त में यह बतलाया है कि सामान्य विकास (normal development) के अंतिम चरण में व्यक्ति एक परिपक्व एवं मानसिक रूप से स्वस्थ (mentally healthy) व्यक्तित्व विकसित करता है। इस तरह के व्यक्तित्व के उन्होंने निम्नांकित छह कसौटियों (criteria) का वर्णन किया है जो निम्नांकित है—

(i) आत्मन् (self) के ज्ञान का विस्तार (extension)।

(ii) दूसरों के साथ आत्मन् (self) का सौहार्द्रपूर्ण सम्बन्ध (warm relationship)।

(iii) संवेगात्मक सुरक्षा (emotional security)।

(iv) वास्तविक प्रत्यक्षण (realistic perception), कौशलों का विकास (development of skills) तथा कुछ कार्यों के प्रति वचनबद्धता (committment)।

(v) आत्म-वस्तुनिष्ठता (self-objectification) अर्थात् आत्मन् (self) में सूझ (insight) तथा हास्य का ज्ञान।

(vi) जिन्दगी की एक संतोषजनक नीति (unifying philosophy of life) जिससे भविष्य के लक्ष्यों (future goal) की ओर व्यक्ति की जिन्दगी के सभी पहलुओं को निर्देशित किया जाना सम्भव हो।

उपर्युक्त छह कसौटियों के आधार पर आलपोर्ट के अनुसार धनात्मक मानसिक स्वास्थ्य (positive mental health) की पहचान की जा सकती है।

(द) शोध एवं मापन *(Research and Assessment)*—आलपोर्ट के व्यक्तित्व सिद्धान्त का एक महत्त्वपूर्ण पहलू शोध (research) एवं मापन बतलाया गया है। आलपोर्ट ने व्यक्तित्व शोध (personality research) के लिए नियमान्वेषी दृष्टिकोण (nomothetic viewpoints) की तुलना में भावमूलक दृष्टिकोण (idiographic approach) की अहमियत अधिक बतलाया है। उनका कहना था कि नियमान्वेषी दृष्टिकोण जिसमें व्यक्तियों के विभिन्न समूहों के माध्यों (means) की तुलना की जाती है, व्यक्ति के भीतर होने वाली प्रक्रियाओं को नजरअंदाज करता है। सिर्फ भावमूलक दृष्टिकोण से ही वैयक्तिक व्यक्तित्व (individual personality) के बारे में अर्थपूर्ण सूचना मिल सकती है। आलपोर्ट ने व्यक्तित्व शोध में केस अध्ययन विधि (case study method) तथा प्रक्षेपण विधियों (projective tests) को यह कहकर ठुकरा दिया कि इन विधियों द्वारा असामान्य व्यक्तियों का व्यक्तित्व न कि सामान्य व्यक्तियों के व्यक्तित्व का मापन किया जाता है।

व्यक्तित्व के क्षेत्र में आलपोर्ट का सबसे महत्त्वपूर्ण शोध अभिव्यक्त व्यवहार (expressive behaviour) पर किया गया है। यह वह व्यवहार होता है जिससे व्यक्तित्व की अभिव्यक्ति होती है। ऐसा व्यवहार अधिक स्वाभाविक (spontaneous) होता है; इससे व्यक्तित्व के मूल पहलुओं की अभिव्यक्ति होती है; यह सामान्यतः परिवर्तित नहीं होता है; इसका कोई विशिष्ट उद्देश्य (specific purpose) नहीं होता है और इसे व्यक्ति बिना किसी तरह के अपनी चेतना की ही अभिव्यक्ति कर देता है। ऐसे व्यवहारों के विश्लेषण से व्यक्तित्व के शीलगुणों (traits) के बारे में कुछ महत्त्वपूर्ण सूचनाएँ मिलतीं हैं। वर्ग में शिक्षक पढ़ाते समय विषय पर सुनियोजित ढंग से व्याख्यान देने के अलावा विशेष हाव-भाव, आनन अभिव्यक्ति (facial expression) तथा गति (movement) आदि करते हैं जो आलपोर्ट (Allport) के अनुसार अभिव्यक्त व्यवहार (expressive behaviour) के उदाहरण हैं और इसका विश्लेषण कर शिक्षक के कुछ व्यक्तित्व शीलगुणों (personality traits) के बारे में अच्छा ढंग से जाना जाता है। आलपोर्ट तथा कैनट्रील (Allport & Cantril, 1934) तथा ऐस्ट्स (Estes, 1938) ने एक अध्ययन करके प्रयोज्यों के आनन अभिव्यक्ति, बोलने का ढंग तथा हाव-भाव के आधार पर उनके कुछ शीलगुण जेसे— अन्तर्मुखता-वहिर्मुखता (introversion-extroversion) के अस्तित्व के बारे में अंदाज लगाने में सफल हो पाये हैं।

जहाँ तक व्यक्तित्व मापन (personality measurement) का प्रश्न है, आलपोर्ट (Allport) ने इसके लिए कई विधियों का प्रतिपादन किया है। इन विधियों में विषय विश्लेषण (content analysis), परीक्षण (tests) एवं मापनी

(scale), गहन विश्लेषण (depth analysis), रेटिंग्स (ratings), व्यक्तिगत लेखन (personal document), शारीरिक एवं शरीरगठनात्मक निदान (physiological and constitutional diagnosis) आदि प्रमुख हैं। आलपोर्ट ने अन्य दो सहकर्मियों अर्थात् भर्नन एवं लिण्डजे (Vernon & Lindzey) के साथ मिलकर 1960 में व्यक्तित्व मूल्यों (values) के मापने का भी एक परीक्षण बनाया है जिसका नाम *''आलपोर्ट-भर्नन-लिण्डजे स्टडी ऑफ भैल्यू''* (Allport-Vernon-Lindzey Study of values) रखा गया है जिसके माध्यम से स्प्रैंगर (Spranger) द्वारा बतलाये गए छह प्रमुख मानवीय मूल्यों का मापन सफलतापूर्वक होता है। वे छह मूल्य हैं— सैद्धान्तिक मूल्य (theoretical value), आर्थिक मूल्य (economic value), सौन्दर्यपरक मूल्य (aesthetic value), सामाजिक मूल्य (social value), राजनैतिक मूल्य (political value) तथा धार्मिक मूल्य (religious value)।

आलपोर्ट के सिद्धान्त का मूल्यांकन *(Evaluation of Allport's theory)*—आलपोर्ट के व्यक्तित्व सिद्धान्त के कुछ गुण (merits) एवं कुछ परिसीमाएँ (limitations) भी हैं।

इसके प्रमुख गुण (merits) निम्नांकित हैं—

(i) आलपोर्ट (Allport) ने अपना व्यक्तित्व सिद्धान्त शैक्षिक परिस्थितियों (academic setting) में न कि मनोविश्लेषणात्मक परिस्थिति (psychoanalytic setting) में विकसित किया था। अतः इस सिद्धान्त को शिक्षण मनोवैज्ञानिकों (academic psychologists) द्वारा तुलनात्मक रूप से अधिक मान्यता दी गयी है।

(ii) आलपोर्ट के सिद्धान्त का एक विशेष गुण यह बतलाया गया है कि इसमें व्यक्ति के वर्तमान एवं भविष्य को उसके भूत (past) की अपेक्षा महत्त्वपूर्ण समझा गया है। व्यक्ति के प्रेरणा (motivation) एवं व्यवहार को समझने के लिए आलपोर्ट (Allport) ने उसके वर्तमान एवं भविष्य पर जो बल डाला है, वह अपने आप में अद्वितीय है। इसमें व्यक्तित्व की संरचना को वैज्ञानिक ढंग से समझने में काफी मदद मिलती है।

(iii) आलपोर्ट का व्यक्तित्व शोध (personality research) के प्रति जो भावमूलक दृष्टिकोण (idiographic approach) है वह काफी सराहनीय है क्योंकि इससे व्यक्ति विशेष के व्यक्तित्व का विस्तृत विश्लेषण करने तथा उसे समझने में विशेष मदद मिलती है।

(iv) आलपोर्ट के व्यक्तित्व सिद्धान्त में व्यक्तित्व की संरचना की व्याख्या शीलगुणों के रूप में की गयी है। इन्होंने शीलगुणों के विस्तृत प्रकार बतलाकर व्यक्तित्व की संरचना का जो वर्णन प्रस्तुत किया है, उसे आधुनिक मनोवैज्ञानिकों द्वारा एक महत्त्वपूर्ण योगदान माना गया है।

इन गुणों के बावजूद आलपोर्ट के व्यक्तित्व सिद्धान्त की कुछ आलोचनाएँ (criticisms) हैं जिनमें निम्नांकित प्रमुख हैं—

(i) फिस्ट (Feist, 1985) का मत है कि आलपोर्ट का व्यक्तित्व सिद्धान्त दर्शनशास्त्रीय अनुमान (philosophical speculation) एवं सामान्य बोध (common sense) पर न कि वैज्ञानिक अनुसंधान पर आधारित है। आलपोर्ट ने अपने सिद्धान्त के आधार पर बनाये गए प्राक्कल्पनाओं (hypothesis) की जाँच करने के लिए कोई महत्त्वपूर्ण शोध नहीं किये हैं। अतः उनके सिद्धान्त के तथ्यों एवं मान्यताओं की वैधता (validity) अधिक नहीं बतलायी गयी है।

(ii) मनोविश्लेषकों (psychoanalysts) ने आलपोर्ट के कार्यात्मक स्वायत्तता (functional autonomy) के संप्रत्यय पर आपत्ति जतायी है और कहा है कि इसमें व्यक्ति की गत अनुभूतियों को नजरअंदाज कर वर्तमान एवं भविष्य पर अधिक बल डाला गया है। इस तरह के वर्णन से व्यक्तित्व के स्वरूप को सही-सही समझना कठिन है।

(iii) कुछ आलोचकों का मत है कि आलपोर्ट के सिद्धान्त द्वारा मनोवैज्ञानिक रूप से स्वस्थ्य व्यक्ति (psychological healthy person) के कार्यात्मक स्वायत्त अभिप्रेरकों (functionally autonomous motives) का तो वर्णन हो जाता है परन्तु बच्चों, मनोविकृत (psychotic) तथा तंत्रिकातापी (neurotic) व्यक्तियों के अभिप्रेरकों (motives) की व्यांख्या आलपोर्ट के सिद्धान्त में नहीं होती है। ऐसे व्यक्ति क्यों कोई व्यवहार करते हैं, इसका उत्तर हमें आलपोर्ट के सिद्धान्त में नहीं मिलता है।

(iv) कार्यात्मक स्वायत्तता (functional autonomy) के बारे में एक आलोचना यह भी की जाती है कि आलपोर्ट ने इसमें यह नहीं बतलाया है कि किस तरह से मोलिक अभिप्रेरक (original motive) एक स्वायत्त अभिप्रेरक (autonomous motive) में बदल जाता है। उदाहरणस्वरूप, किसी प्रक्रिया द्वारा धन कमाने के लिए कड़ी मेहनत करने का अभिप्रेरक बाद में जब व्यक्ति धनी हो भी जाता है, तो वह अपने आप कड़ी मेहनत करने

का एक स्वतंत्र अभिप्रेरक के रूप में किस तरह बदल जाता है। चूँकि परिवर्तन के प्रक्रम (mechanism) को आलपोर्ट ने नहीं बतलाया है, अतः आलोचकों का मत है कि यह पूर्वकथन (prediction) करना मुश्किल है कि बाल्यावस्था का कौन-सा अभिप्रेरक वयस्कावस्था में एक स्वतंत्र अभिप्रेरक (autonomous motive) के रूप में परिणत हो जाएगा?

(v) आलपोर्ट ने व्यक्तित्व शोध (personality research) के प्रति जो भावमूलक दृष्टिकोण (idiographic approach) अपनाया है, उसकी भी आलोचना आधुनिक मनोवैज्ञानिकों द्वारा की गयी है। इन मनोवैज्ञानिकों का मत है कि व्यक्तित्व के अध्ययन का सही दृष्टिकोण भावमूलक शोध न होकर नियमान्वेषी शोध (nomothetic research) है जिसमें कई व्यक्तियों को (न कि किसी एक व्यक्ति को) एक साथ अध्ययन करके उसका सांख्यिकीय विश्लेषण करके सामूहिक रूप से व्याख्या की जाती है। इस आलोचना के मुख्य समर्थक सूल्ज (Schultz, 1990) हैं।

(vi) आधुनिक मनोवैज्ञानिकों का मत है कि आलपोर्ट ने अपने व्यक्तित्व सिद्धान्त में सिर्फ स्वस्थ्य वयस्क (healthy adult) का अध्ययन किया है तंत्रिकातापी (neurotic) तथा मनोविकृत व्यक्तियों का अध्ययन नहीं किया है। अतः इसकी उपयोगिता काफी सीमित है।

(vii) कुछ आलोचकों जैसे फिट्स (Fitts, 1990) तथा फिशर (Fisher, 1989) का मत है कि आलपोर्ट के व्यक्तित्व सिद्धान्त के कुछ संप्रत्ययों (Concepts) का अध्ययन प्रयोगात्मक विधि द्वारा करना सम्भव नहीं है। जैसे, आलपोर्ट का एक अतिमहत्त्वपूर्ण सं संप्रत्यय अर्थात् कार्यात्मक स्वायत्तता (functional autonomy) को प्रयोगशाला की परिस्थिति में किस तरह अध्ययन किया जा सकता है? इसे प्रयोगकर्त्ता प्रयोगशाला में किस तरह जोड़-तोड़ (manipulate) करता कर सकता है ताकि इसका प्रभाव अन्य चरों पर देखा जा सके? इन प्रश्नों का संतोषजनक उत्तर आलपोर्ट के सिद्धान्त में नहीं मिल पाता है।

(viii) कुछ आलोचकों जैसे सुल्ज (Schultz, 1990) ने आलपोर्ट के इस दावा को अस्वीकार कर दिया है कि बच्चा तथा वयस्क एवं सामान्य तथा असामान्य के व्यक्तित्व में अनिरंतरता (discontinuity) होती है। सुल्ज का मत है कि बच्चों पर तथा असामान्य व्यक्तियों पर कई ऐसे शोध किये गए हैं जिनसे क्रमशः वयस्क एवं सामान्य व्यक्तियों को समझने में काफी मदद मिली है।

(ix) आलोचकों का यह भी मत है कि आलपोर्ट सिद्धान्त में व्यक्तित्व पर सामाजिक कारकों के पड़ने वाले प्रभावों की उपेक्षा की गयी है।

इन आलोचनाओं के बावजूद आलपोर्ट का व्यक्तित्व सिद्धान्त उत्तेजनपूर्ण (stimulating) तथा व्याख्यात्मक (illuminating) दोनों ही है। इनका सिद्धान्त स्पष्ट चिन्तन एवं यथार्थता (precision) का एक ऐसा मानक (standard) प्रदान किया है जो भविष्य के मनोवैज्ञानिकों के लिए प्रेरणा का एक उत्तम स्रोत है।

फ्रायड एवं आलपोर्ट के व्यक्तित्व सिद्धान्तों का एक तुलनात्मक अध्ययन
(A Comparative Study of Freud's and Allport's Theories of Personality)

फ्रायड (Freud) तथा आलपोर्ट (Allport) ने व्यक्तित्व की संरचना (structure) एवं गतिकी (dynamics) को समझने के लिए अलग-अलग सिद्धान्तों का प्रतिपादन किया है। इन दोनों सिद्धान्तों में मुख्य अन्तर निम्नांकित हैं—

(i) फ्रायड का सिद्धान्त पूर्णतः मनोविश्लेषणात्मक ढाँचा (psychoanalytic framework) में विकसित हुआ है। इसमें मानव व्यवहार की व्याख्या करने के लिए मनोविश्लेषणात्मक उपागम (psychoanalytic approach) को मुख्य आधार बनाया गया है। दूसरे तरफ, आलपोर्ट (Allport) के व्यक्तित्व सिद्धान्त में मानवतावादी (humanistic) एवं वैयक्तिकतावादी (individualistic) उपागमों का एक मिश्रण की झलक पाते हैं।

(ii) फ्रायड ने अपने सिद्धान्त में मानव व्यवहार को समझने में अचेतन (unconscious) की भूमिका को काफी महत्त्वपूर्ण बतलाया है क्योंकि इनके अनुसार व्यक्ति का अधिकांश व्यवहार इसी अचेतन से निर्धारित एवं नियंत्रित होता है। आलपोर्ट (Allport) को अचेतन पर फ्रायड द्वारा दिया गया इतना अधिक बल स्वीकार नहीं

है। आलपोर्ट का मत है कि फ्रायड ने अपने सिद्धान्त में अचेतन के महत्त्व को अनावश्यक रूप से बढ़ा-चढ़ा दिया है। इनका कहना है कि एक सामान्य एवं परिपक्व वयस्क के व्यक्तित्व में अचेतन (unconscious) की भूमिका इतनी अधिक महत्त्वपूर्ण नहीं होती है क्योंकि ऐसा व्यक्ति चेतन अभिप्रेरकों (conscious motivations) से अधिक प्रभावित होता है तथा उसका व्यवहार ऐसे अभिप्रेरकों से तुलनात्मक रूप से अधिक नियंत्रित होता है। आलपोर्ट ने यह स्पष्ट किया है कि अचेतन अभिप्रेरकों की महत्त्वपूर्ण भूमिका तंत्रिकातापी (neurotic) या मानसिक रूप से क्षुब्ध (mentally distrubed) व्यक्तियों के व्यवहारों को समझने में अधिक हो सकती है परंतु एक सामान्य एवं परिपक्व व्यक्तित्व को समझने में नहीं।

(iii) फ्रायड ने अपने सिद्धान्त में गत अनुभूतियों (past experiences) की भूमिका को अधिक प्रधान माना है और कहा है कि एक वयस्क व्यक्तित्व (adult personality) की नींव बाल्यावस्था की अनुभूतियों, मानसिक संघर्षो (mental conflict) एवं उसके समाधान के लिए अपनाये गए तरीकों आदि में ही हो जाते हैं। आलपोर्ट ने ठीक इसके विपरीत विचार अपने सिद्धान्त में व्यक्त किये हैं। आलपोर्ट (Allport) के विचार के अनुसार मानव वयस्क व्यवहार बाल्यावस्था के संघर्षों एवं अनुभूतियों का कैदी (prisoner) नहीं होता है। मानव व्यवहार या अभिप्रेरक वर्तमान की अनुभूतियों एवं भविष्य के लक्ष्यों (goals) से गत अनुभूतियों (past experiences) की तुलना में अधिक प्रभावित एवं नियंत्रित होती है। आलपोर्ट (Allport) द्वारा दिये गए इस बल की झलक हमें स्पष्टतः उनके मशहूर संप्रत्यय *कार्यात्मक स्वायत्तता* (functional autonomy) में दीख पड़ती है।

(iv) फ्रायड ने अपने सिद्धान्त में मूलतः स्नायुविकृत (neurotic) एवं मानसिक रूप से क्षुब्ध व्यक्तियों के अध्ययन पर बल डाला है और कहा है कि इन व्यतियों से मिले तथ्यों के सहारे हम सभी तरह के व्यक्तियों को अर्थात् सामान्य एवं असामान्य दोनों तरह के व्यक्तित्व की संरचना का अध्ययन कर सकते हैं। आलपोर्ट (Allport) ने इसका विरोध किया है और कहा है कि मानसिक रोग से युक्त व्यक्तियों के व्यक्तित्व के आधार पर सामान्य व्यक्तियों के व्यवहारों को समझना एक भ्रामक कदम होगा। सामान्य एवं असामान्य के व्यक्तित्व में कोई कार्यात्मक समानता (functional similarity) नहीं है। अतः सामान्य व्यक्तियों के व्यक्तित्व का अध्ययन करके ही मानव व्यवहार के बारे में वास्तविक ज्ञान प्राप्त किया जा सकता है। अन्य दूसरे तरह के लोग जैसे स्नायुविकृत (neurotics) तथा बच्चों के व्यक्तित्व की तुलना सामान्य व्यक्तियों से करना युक्तिसंगत नहीं है।

(v) फ्रायड के लिए व्यक्तित्व की संरचना (structure) की इकाई मूलप्रवृत्ति (instinct) है जबकि आलपोर्ट के अनुसार व्यक्तित्व संरचना की इकाई शीलगुण (trait) है। दूसरे शब्दों में, फ्रायड ने मानव व्यवहार को समझने का सबसे उत्तम इकाई मूलप्रवृत्ति (instinct) को माना है जबकि आलपोर्ट ने मानव व्यवहार को समझने का सबसे उत्तम इकाई शीलगुण (trait) को माना है।

(vi) फ्रायड के व्यक्तित्व सिद्धान्त में मानव प्रकृति (human nature) को अविवेकी (irrational) एवं अचेतन के प्रभावों से जकड़ा हुआ समझा गया है जबकि आलपोर्ट के सिद्धान्त में मानव प्रकृति को विवेकी (rational) तथा चेतन के प्रभावों से नियंत्रित समझा गया है।

स्पष्ट हुआ कि फ्रायड तथा आलपोर्ट के व्यक्तित्व के सिद्धान्त में कई विभिन्नताएँ (differences) है। इन विभिन्नताओं के बावजूद इन दोनों सिद्धान्तों में एक महत्त्वपूर्ण समानता (similarity) है और वह यह है कि फ्रायड तथा आलपोर्ट दोनों ने ही व्यक्तित्व अध्ययन के प्रति एक भावमूलक दृष्टिकोण (idiographic approach) को अपनाया है अर्थात् दोनों ने व्यक्तित्व की संरचना एवं गतिकी (dynamics) को समझने के लिए कुछ ही व्यक्तियों के गहन अध्ययन को महत्त्वपूर्ण माना है।

अध्याय सारांश CHAPTER SUMMARY

1. व्यक्तित्व (personality) व्यक्ति के भीतर उन मनोशारीरिक तंत्रों का गत्यात्मक संगठन है जो वातावरण में उसके अपूर्व समायोजन को निर्धारित करता है।
2. व्यक्तित्व की सैद्धान्तिक व्याख्या करने के लिए दस उपागमों (approaches) का वर्णन किया गया है जिसमें शरीरगठनात्मक उपागम (constitutional approach) तथा शीलगुण उपागम तुलनात्मक रूप से अधिक पौराणिक परंतु महत्त्वपूर्ण है।
3. भावमूलक (idiographic) तथा नियमान्वेषी (nomothetic) उपागम द्वारा भी व्यक्तित्व की व्याख्या की गयी है। गोर्डन आलपोर्ट (Gordon Allport) पहले तरह के उपागम अर्थात् भावमूलक उपागम के समर्थक हैं।
4. प्रकार उपागम (type approach) में व्यक्तित्व को शारीरिक गुणों एवं मनोवैज्ञानिक गुणों के आधार पर वर्गीकृत करके समझने की कोशिश की गयी है। इसमें शेल्डन, क्रेश्चमर, युंग, आइजेन्क आदि के नाम मुख्य है।
5. शीलगुण उपागम (trait approach) में व्यक्तित्व की व्याख्या कुछ खास-खास शीलगुणों (trait) के आधार पर की गयी है। इसमें आलपोर्ट तथा कैटेल का योगदान मुख्य है।
6. व्यक्तित्व के निर्धारक (determinants) के रूप में दो तरह के कारकों की व्याख्या की गयी है— जैविक कारक तथा पर्यावरणी कारक। सचमुच में व्यक्तित्व इन दोनों तरह के कारकों का प्रतिफल है।
7. व्यक्तित्व के मापन की कई प्रविधियों का प्रतिपादन किया गया है जिसमें व्यक्तित्व आविष्कारिका, प्रक्षेपीय विधियाँ तथा प्रेक्षण विधियाँ प्रमुख हैं।
8. सिगमंड फ्रायड द्वारा व्यक्तित्व का मनोवैश्लेषिक सिद्धान्त का प्रतिपादन किया गया जिसमें व्यक्तित्व की संरचना, व्यक्त्वि की गतिकी तथा व्यक्तित्व के विकास पर पर्याप्त बल डाला गया है।
9. गोर्डन आलपोर्ट (Gordon Allport) ने व्यक्तित्व के शीलगुण सिद्धान्त का प्रतिपादन किया है जिसमें भी व्यक्तित्व की संरचना, व्यक्तित्व की गतिकी, व्यक्तित्व का वर्धन तथा शोध एवं मापन पर काफी बल डाला गया है।
10. फ्रायड तथा आलपोर्ट के व्यक्तित्व सिद्धान्तों का एक तुलनात्मक अध्ययन किया गया है जिससे इन दोनों सिद्धान्तों में कुछ विभिन्नताओं का भी पता चला है।

□

अध्याय 10

चिन्तन, समस्या समाधान व्यवहार तथा संप्रत्यय निर्माण
(THINKING, PROBLEM SOLVING BEHAVIOUR AND CONCEPT FORMATION)

चिन्तन की परिभाषा एवं स्वरूप
(Definition and Nature of Thinking)

चिन्तन एक ऐसी मानसिक प्रक्रिया है जो सभी प्राणियों (organisms) में होती है। इसे मनोवैज्ञानिकों ने भिन्न-भिन्न ढंग से परिभाषित किया है। कुछ लोगों ने इसे वातावरण से मिलने वाली सूचनाओं (information) का मानसिक जोड़-तोड़ (mental manipulation) बतलाया है तो कुछ लोगों ने इसे एक ऐसी मध्यस्थ प्रक्रिया (mediating process) माना है जो किसी समस्या (या उद्दीपक) तथा उसके समाधान (यानी, सही अनुक्रिया) के मध्य या बीच में होती है। चिन्तन चाहे जिस तरह की भी मानसिक प्रक्रिया क्यों न हो, इतना तो स्पष्ट है कि इसे सीधे देखा नहीं जा सकता है और इसके बारे में हम व्यवहारों के आधार पर परोक्ष रूप से जान पाते हैं। यही कारण है कि चिन्तन को एक *अव्यक्त मानसिक प्रक्रिया* (implicit mental process) कहा गया है।

कागन तथा **हेभमैन**[1] (Kagan & Haveman, 1976) ने चिन्तन की एक सर्वश्रेष्ठ एवं व्यापक परिभाषा दी है। इनके अनुसार, "प्रतिमाओं, प्रतीकों, संप्रत्ययों, नियमों एवं अन्य मध्यस्थ इकाइयों के मानसिक जोड़-तोड़ को चिन्तन कहा जाता है।" **सिलभरमैन**[2] (Silverman, 1978) ने भी चिन्तन की एक संक्षिप्त परन्तु सटीक परिभाषा दी है। इनके अनुसार, 'चिन्तन एक ऐसी मानसिक प्रक्रिया है जो हमलोगों को उद्दीपक तथा घटनाओं के प्रतीकात्मक प्रतिनिधित्व द्वारा किसी समस्या का समाधान करने में मदद करती है।" **बेरोन**[3] (Baron, 2006) के अनुसार, "चिन्तन में संप्रत्ययों, प्रतिज्ञाप्ति तथा प्रतिमाओं का मानसिक जोड़-तोड़ होता है।" इन परिभाषाओं का विश्लेषण करने पर हमें चिन्तन प्रक्रिया के बारे में कुछ ठोस तथ्य प्राप्त होते हैं, जो निम्नांकित हैं—

(i) चिन्तन में प्रतीकों (symbols), प्रतिमाओं (images) आदि का मानसिक जोड़-तोड़ (mental manipulation) होता है। इसका स्पष्ट मतलब यह हुआ कि चिन्तन में वस्तुओं की वास्तविक उपस्थिति आवश्यक नहीं है। पूर्व ज्ञान के आधार पर हम उन वस्तुओं का कुछ प्रतीक (image) मन में बना लेते हैं और उसी के आधार पर चिन्तन की प्रक्रिया होती है। चूँकि चिन्तन में मानसिक जोड़-तोड़ (mental manipulation) होता है जिसे बाहर से देखा नहीं जा सकता है, अतः चिन्तन एक प्रकार का *अप्रकट व्यवहार* (covert behaviour) है।

(ii) चिन्तन एक मध्यस्थ प्रक्रिया (mediating process) होती है। इसका मतलब यह हुआ कि चिन्तन एक ऐसी प्रक्रिया है जो उद्दीपक (या कोई समस्या) तथा उसके प्रति की गयी सही अनुक्रिया (अर्थात् उसके समाधान) के बीच में होने वाली प्रक्रिया होती है। इससे स्पष्ट है कि चिन्तन की प्रक्रिया में किसी-न-किसी समस्या का समाधान होता है। यही कारण है कि चिन्तन को कुछ मनोवैज्ञानिकों ने जैसे विट्टेकर (Whittaker, 1970, p.

---

1. "Thinking can best be described as the mental manipulation of images, symbols, concepts, rules and other mediational units." —Kagan & Haveman : *Psychology : An Introduction,* 1976, p. 138
2. "Thinking is a process that enables us to find solutions to problems by using symbolic representations of stimuli and events." —Silverman : *Psychology,*, 1978, p. 269
3. "Thinking involves mental manipulation of concepts, propositions and images." —Baron : *Psychology,* 2006, p. 250

375) ने *समस्या-समाधान व्यवहार* (problem-solving behaviour) कहा है। विटेकर ने यह भी बतलाता है कि चिन्तन में या समस्या-समाधान व्यवहार में व्यक्ति प्रायः प्रयत्न तथा भूल (trial and error) करता पाया जाता है।

ऊपर वर्णन किये गये तथ्यों (facts) से चिन्तन के स्वरूप की एक झलक तो अवश्य मिल जाती है परन्तु इसके स्वरूप के बारे में विस्तृत रूप से जानने के लिए हमें उन निष्कर्षों (conclusions) पर भी ध्यान देना होगा जिसे हम्फ्रे (Humphrey, 1963) ने चिन्तन पर व्यक्त किये गये अनेकों मनोवैज्ञानिकों के विचारों का विश्लेषण करके बतलाया है। हम्फ्रे ने चिन्तन के स्वरूप (nature) के बारे में निम्नांकित तथ्यों को हमलोगों के सामने रखा है।

(i) चिन्तन प्रक्रिया की शुरूआत उस समय होती है, जब मनुष्य या पशु के सामने कोई ऐसी समस्या आती है जिसका समाधान वह करना चाहता है। समस्या (problem) से तात्पर्य एक ऐसी परिस्थिति या घटना से होता है जिसमें जीव (पशु या मनुष्य) को लक्ष्य (goal) पर पहुँचने का रास्ता नहीं दिखलाई पड़ता है।

(ii) चिन्तन में समस्या के भिन्न-भिन्न पहलुओं को जो समाधान के पहले अलग-अलग होते हैं, एक साथ संयोजित किया जाता है।

(iii) चिन्तन में गत अनुभूति (past experience) सम्मिलित होता है। लेकिन व्यक्ति वास्तव में गत अनुभूति का उपयोग चिन्तन में किस प्रकार करता है, इसे मनोवैज्ञानिक सही-सही ढंग से पता अभी तक नहीं लगा पाए हैं।

(iv) चाहे मानव चिन्तन हो या पशु चिन्तन, चाहे जीव को (यानी मनुष्य को अथवा पशु को) अप्रकट व्यवहार (convert behaviour) करना हो या प्रकट व्यवहार (overt behaviour) चिन्तन की प्रक्रिया में प्रयत्न तथा भूल (trial and error) की प्रक्रिया होती है। प्रत्येक चिन्तन का उद्देश्य किसी समस्या को सुलझाना होता है। सामान्यतः एक ही बार के प्रयास में समस्या सुलझ नहीं जाती है। इसके लिए कुछ अभ्यास (practice) करना होता है। इसमें त्रुटियाँ (errors) होतीं हैं। दूसरे शब्दों में, जब हम किसी समस्या का समाधान करते हैं तो मन में बहुत तरह की अनुक्रियाएँ एक-एक करके आती है। इसमें गलत अनुक्रिया को हम छोड़ते जाते हैं तथा सही अनुक्रिया को दोहराते जाते हैं। किसी समस्या के समाधान में गलत अनुक्रियाओं को छोड़ते जाना तथा सही अनुक्रिया को दोहराते जाना प्रयत्न एवं भूल के उदाहरण हैं।

(v) चिन्तन में अभिप्रेरण (motivation) का भी विशेष महत्त्व होता है। सच्चाई यह है कि चिन्तन में व्यक्ति का व्यवहार एक निश्चित उद्देश्य की ओर होता है। यही कारण है कि विट्टेकर (Whittaker, 1970) ने कहा है, *''सभी चिन्तन लक्ष्य निर्देशित होते हैं''* (All thinking is goal-directed)।

(vi) चिन्तन में भाषा (language) का भी काफी महत्त्व होता है। चिन्तन करते समय मन में या कभी-कभी जोर से भी हम कुछ बोलते हैं अर्थात् भाषा का प्रयोग करते हैं। यही कारण है कि कुछ मनोवैज्ञानिकों ने चिन्तन को एक प्रकार का *आंतरिक संभाषण* (internal speech) कहा है।

(vii) चिन्तन में भाषा (language) के अलावा प्रतीक (images) का भी उपयोग काफी होता है। अनेक प्रयोगों से यह स्पष्ट हो गया है कि चिंतन में दृष्टि प्रतिमा (visual images) तथा श्रवण प्रतिमा (auditory images) अन्य दूसरे तरह की प्रतिमाओं की अपेक्षा अधिक होते हैं।

हम्फ्रे (Humphrey, 1963) द्वारा प्रस्तुत किये गये उपर्युक्त तथ्यों से चिन्तन के स्वरूप का प्रत्येक पहलू स्पष्ट हो जाता है। इसके आधार पर मनोवैज्ञानिकों ने यह स्पष्ट रूप से बतलाया है कि चिन्तन एक जटिल मानसिक प्रक्रिया (complex mental process) है जिसके सहारे प्राणी किसी समस्या का समाधान करता है।

चिन्तन के प्रकार
(Types of Thinking)

मनोवैज्ञानिकों ने चिन्तन को कई भागों में बाँटकर अध्ययन किया है। जिम्बार्डो तथा रूच (Zimbardo & Ruch, 1977) ने चिन्तन को निम्नांकित दो भागों में बाँटा है—

1. स्वली चिन्तन (autistic thinking)
2. यथार्थवादी चिन्तन (realistic thinking)

इन दोनों चिन्तन का विवरण निम्नांकित है—

1. स्वली चिन्तन *(Autistic thinking)*—स्वली चिन्तन वैसे चिन्तन को कहा जाता है जिसमें व्यक्ति अपनी काल्पनिक विचारों एवं इच्छाओं की अभिव्यक्ति करता है। स्वप्न (dream), स्वप्न-चित्र (fantasy) तथा अभिलाषा आदि सभी स्वली चिन्तन के उदाहरण हैं। यदि कोई छात्र कल्पना करता है कि पढ़ाई खत्म करने के बाद वह एक बड़ा ऑफिसर बनेगा, उसके पास एक सुन्दर बंगला होगा जिसमें एक चमचमाती कार होगी और उस कार में उसकी सुंदर बीबी बैठकर सैर करेगी तो यह निश्चय ही स्वली चिन्तन का उदाहरण होगा। इस तरह के चिन्तन की एक खास विशेषता यह है कि इससे किसी समस्या का समाधान नहीं हो पाता है।

2. यथार्थवादी चिन्तन *(Realistic thinking)*—यथार्थवादी चिन्तन वैसे चिन्तन को कहा जाता है जिसका सम्बन्ध वास्तविकता (reality) से होता है और इसके सहारे व्यक्ति किसी समस्या का समाधान कर पाता है। उदाहरणार्थ, यदि कोई व्यक्ति कार में बैठकर सफर कर रहा है और कार अचानक रुक जाती है। ऐसी समस्या के उत्पन्न होने पर व्यक्ति तरह-तरह की बातें सोचना प्रारम्भ कर देता है। जैसे, कही पेट्रोल तो खत्म नहीं हो गया है, कहीं इंजन में कोई खराबी तो नहीं आ गयी है, कहीं चक्के का टायर तो नहीं फट गया आदि-आदि। इस तरह का चिन्तन यथार्थवादी चिन्तन (realistic thinking) का उदाहरण है।

मनोवैज्ञानिकों ने यथार्थवादी चिन्तन को निम्नांकित तीन भागों में बाँटा है—

(i) अभिसारी चिन्तन (Convergent thinking)

(ii) सर्जनात्मक चिन्तन (Creative thinking)

(iii) आलोचनात्मक चिन्तन (Evaluating thinking)

इन तीनों तरह के चिन्तन का विवरण निम्नांकित हैं—

(i) अभिसारी चिन्तन *(Convergent thinking)*—इस तरह के चिन्तन को *निगमनात्मक चिन्तन* (deductive thinking) भी कहा जाता है। अभिसारी चिन्तन में व्यक्ति दिये गये तथ्यों (facts) के आधार पर किसी सही निष्कर्ष पर पहुँचने की कोशिश करता है। उदाहरणार्थ, यदि आप से पूछा जाय कि 5 में 2 से गुणा करने पर क्या उत्तर आयेगा तो इसके उत्तर देने में निहित चिन्तन अभिसारी चिन्तन (convergent thinking) का उदाहरण होगा। स्पष्ट है कि इस तरह के चिन्तन में व्यक्ति अपनी जिन्दगी के भिन्न-भिन्न क्षेत्रों में प्राप्त अनुभवों (experiences) को एक साथ मिलाकर उसके आधार पर एक समाधान खोजता है।

(ii) सर्जनात्मक चिन्तन *(Creative thinking)*—इस तरह के चिन्तन को *आगमनात्मक चिन्तन* (inductive thinking) कहा जाता है। इस तरह के चिन्तन में व्यक्ति दिये गये तथ्यों में अपनी ओर से नया तथ्य जोड़कर एक निश्चित निष्कर्ष पर पहुँचता है। जबतक व्यक्ति इन नये तथ्यों को अपनी ओर से उसमें नहीं जोड़ता है, अर्थात् इन तथ्यों का सर्जन (create) नहीं करता है, समस्या का समाधान नहीं हो पाता है। उदाहरणार्थ, यदि किसी व्यक्ति से 'कलम' का असाधारण उपयोग (unusual uses) बतलाने को कहा जाय तो वह व्यक्ति चिन्तन करके अपनी ओर से कुछ असाधारण बात कलम के उपयोग के बारे में बतलायेगा। इस तरह के चिन्तन को *सर्जनात्मक चिन्तन* (creative thinking) कहा जाता है। 'कलम' का साधारण उपयोग तो लिखने में होता है अब इसका असाधारण उपयोग क्या हो सकता है? थोड़ा सोचिए। इसी तरह का चिन्तन सर्जनात्मक चिन्तन कहलाता है।

(iii) आलोचनात्मक चिन्तन *(Evaluative thinking)*—इस तरह के चिन्तन में व्यक्ति किसी वस्तु, घटना या तथ्य की सच्चाई को स्वीकार करने के पहले उसके गुण-दोष की परख कर लेता है। हमारे समाज में कुछ व्यक्ति तो ऐसे होते हैं जिन्हें किसी घटना या वस्तु के बारे में जो कुछ भी कहा जाता है, उसे वे सही समझकर मान लेते हैं। तब ऐसा कहा जाता है कि इस तरह के व्यक्ति में आलोचनात्मक चिन्तन की शक्ति कम है। दूसरी तरफ कुछ व्यक्ति ऐसे होते हैं जिन्हें कुछ घटना या वस्तु के बारे में कहने पर उसका गुण-दोष परखते हैं और तब उसे सही या गलत मानते हैं। व्यक्ति में इस तरह के चिन्तन को *आलोचनात्मक चिन्तन* (evaluative thinking) कहा जाता है।

इस तरह हम देखते हैं कि मनोवैज्ञानिकों ने चिन्तन के कई प्रकार बतलाये हैं। इन विभिन्न प्रकारों में अभिसारी चिन्तन (convergent thinking) तथा सर्जनात्मक चिन्तन (creatinve thinking) के अध्ययन पर मनोवैज्ञानिकों ने अधिक बल डाला है।

चिन्तन एवं कल्पना
(Thinking and Imagination)

चिन्तन तथा कल्पना दोनों ही उच्चतर मानसिक प्रक्रियाएँ हैं। कल्पना को परिभाषित करते हुए रेबर[1] (Reber, 1985) ने कहा है, ''गत अनुभूतियों की यादों और गत प्रतिमाओं (images) को पुनर्गठित कर एक नयी संरचना करने की प्रक्रिया को कल्पना कहा जाता है।'' इस परिभाषा से यह स्पष्ट हो जाता है कि कल्पना एक ऐसी मानसिक प्रक्रिया है जिसमें पूर्व अनुभूति (past experiences) के आधार पर व्यक्ति कुछ नये विचारों का निर्माण करता है। इस निर्माण (construction) सर्जनात्मक कल्पना (creative imagination) कहा जाता है और जब व्यक्ति किसी ऐसे विचार (thought) को सामने प्रस्तुत करता है जिसे वह वास्तव में दूसरे व्यक्तियों से प्राप्त किये होता है तो इस तरह की कल्पना को अनुकृत कल्पना (imitative imagination) कहा जाता है।

चिन्तन भी एक ऐसी प्रक्रिया है जिसमें व्यक्ति अपने गत अनुभूतियों का सहारा लेता है और इस बिन्दु पर चिन्तन तथा कल्पना (imagination) दोनों ही प्रक्रियाएँ समान है। इस समानता के बावजूद भी चिन्तन (thinking) तथा कल्पना की प्रक्रिया एक-दूसरे से निम्नांकित अर्थों में भिन्न है—

(i) चिन्तन की प्रक्रिया लक्ष्य-निर्देशित (goal-directed) होता है। जब हमारे सामने कोई समस्या आती है तो हम उसके समाधान के लिए प्रयत्नशील हो जाते हैं और चिन्तन करना शुरू कर देते हैं। चिन्तन के समय व्यक्ति का सारा प्रयास (effect) एक निश्चित लक्ष्य (goal) यानी, उस समस्या के समाधान की ओर होता है। कल्पना में ऐसी बातें नहीं होती है। कल्पना करते समय हमारे सामने कोई निश्चित या अनिश्चित समस्या नहीं होती है। फलस्वरूप, हमारा प्रयास (effect) किसी खास समस्या या लक्ष्य की ओर नहीं होता है। प्रायः यही देखा गया है कि कल्पना करते समय व्यक्ति भिन्न-भिन्न वस्तुओं एवं घटनाओं से सम्बन्धित विचार अपने में यादृच्छिक रूप से (randomly) लाता है।

(ii) चिन्तन में, खासकर यथार्थवादी चिन्तन (realistic thinking) में तर्क होता है परन्तु कल्पना (imagination) में सही अर्थ में कोई तर्क नहीं होता है। चिन्तन करते समय व्यक्ति किसी विषय या घटना के पक्ष या विपक्ष में तर्क करता है। उदाहरणार्थ, कोई छात्र अपने कमरे में टेबुल लैम्प की रोशनी में पढ़ रहा है। अचानक रोशनी बुझ जाती है। अब छात्र के सामने यह समस्या उठ खड़ी होती है कि रोशनी कहाँ से आये कि पढ़ाई जारी रखी जा सके। छात्र अपने मन में कई तरह के तर्क करते हुए चिन्तन कर सकता है। वह सोच सकता है कि सम्भवतः बिजली के मीटर के बगल का फ्यूज तार (fuse wire) जल गया हो। फिर वह सोच सकता है कि चूँकि बगल के कमरे का बल्ब जल रहा है, अतः जरूर ही लैम्प का बल्ब फ्यूज कर गया होगा। अतः छात्र बल्ब की जाँच करेगा और उसके बाद यदि वह यह पाता है कि बल्ब भी ठीक है तो स्पष्टतः वह इस निष्कर्ष पर पहुँचेगा कि टेबुल लैम्प का स्विच (switch) खराब हो गया है। इस उदाहरण से स्पष्ट है कि चिन्तन में क्रमबद्ध (systematic) रूप से व्यक्ति तर्क करता है। कल्पना में ऐसी बात नहीं होती है। कल्पना में कभी एक वस्तु से सम्बन्धित प्रतिमाएँ या पूर्व अनुभूतियाँ मन में आतीं हैं तो कभी दूसरे वस्तु से सम्बन्धित प्रतिमाएँ या पूर्व अनुभूतियाँ। इसमें कोई क्रमबद्धता तथा तर्क सम्मिलित नहीं होता है।

(iii) प्रायः चिन्तन का सम्बन्ध वास्तविकता (reality) से होता है, हालाँकि कुछ चिन्तन का सम्बन्ध वास्तविकता से न होकर काल्पनिक वस्तुओं से भी होता है। जैसे, यदि कोई छात्र गणित की समस्या का समाधान कर रहा है और साथ-ही-साथ सोच रहा है कि कल की पार्टी काफी अच्छी थी तो इसमें उसके द्वारा किये गये चिन्तन का सम्बन्ध वास्तविकता एवं काल्पनिक वस्तुओं दोनों से होता है। परन्तु ऐसा कम होता है। ज्यादातर चिन्तन का सम्बन्ध वास्तविकता (reality) से ही होता है। कल्पना (imagination) का सम्बन्ध वास्तविक चीजों, वस्तुओं एवं घटनाओं से कम तथा अवास्तविक चीजों या वस्तुओं से अधिक होता है। जैसे, एक बच्चा आकाश में काले-काले बादल को उड़ते देख कर उसके साथ वह भी उड़ने की बात सोचता है, तो यह उसकी कल्पना का उदाहरण है।

(iv) चिन्तन में प्रयत्न तथा त्रुटि (trial and error) की प्रक्रिया होती है। ऐसा इसलिए होता है क्योंकि चिन्तन के सहारे व्यक्ति किसी समस्या का समाधान करता है। कल्पना में प्रयत्न तथा त्रुटि की प्रक्रिया नहीं होती है क्योंकि इसका सम्बन्ध किसी समस्या के समाधान से नहीं होता है।

---

1. "The process of recombining memories of past experiences and previously formed images into novel constructions" is called imagination, —Reber : *The penguin Dictionary of Psychology,* 1985, p. 345

(v) चिन्तन में स्पष्ट रूप से कोई-न-कोई समस्या होती है। सच्चाई यह है कि किसी समस्या के उत्पन्न होने पर ही चिन्तन की प्रक्रिया प्रारम्भ होती है। अतः चिन्तन की प्रक्रिया में स्पष्ट रूप से एक निश्चित समस्या होती है। परन्तु कल्पना के साथ ऐसी बात नहीं होती है। कल्पना का सम्बन्ध किसी निश्चित वस्तु, व्यक्ति या घटना से नहीं होता है। हम चुपचाप बैठे रहते हैं। हमारे सामने कोई समस्या नहीं होती है, फिर भी कुछ-न-कुछ हम कल्पना करते रहते हैं।

चिन्तन के साधन/तत्त्व
(Tools or Elements of Thinking)

मनोवैज्ञानिकों द्वारा किये गए अध्ययनों से यह स्पष्ट हुआ है कि चिन्तन में सामान्यतः निम्नांकित तीन तरह के साधनों (tools) का उपयोग व्यक्ति करता है। इन साधनों को चिन्तन का *तत्त्व* (elements) भी कहा जाता है। इन साधनों का वर्णन इस प्रकार है—

(i) प्रतिमा *(Images)*—चिन्तन का सबसे प्रमुख साधन प्रतिमा (images) को माना गया है। जब व्यक्ति संवेदी अनुभूतियों जैसे दृष्टि (visual), श्रवण (auditory), पेशीय (motor), स्वादन (gustatory), घ्राण (olfactory) तथा स्पर्श (factile) आदि का प्रतिनिधित्व अपने मन में करता है, तो इससे प्रतिमा (images) का निर्माण होता है और व्यक्ति सही ढंग से चिंतन प्रक्रिया को कर पाता है। ऐसा कहा जाता है कि प्रसिद्ध वैज्ञानिक अलवर्ट आइनस्टीन (Albert Einstein) अधिकतर चिंतन प्रतिमाओं के सहारे ही किया करते थे। कौस्सलिन तथा उनके सहयोगियों (Kosslyn et. al., 1991) द्वारा किये गए शोधों से यह स्पष्ट हुआ है कि मानसिक प्रतिमाएँ (mental images) चिंतन की प्रक्रिया में उसके कई उद्देश्यों की पूर्त्ति में मदद करता है—

(i) व्यक्ति शाब्दिक निर्देशों (verbal instructions) को समझने में मानसिक प्रतिमा का उपयोग करता है।

(ii) व्यक्ति शब्दों को क्रियाओं के मानसिक तस्वीर (mental pictures) में बदलने में मानसिक प्रतिमाएँ महत्त्वपूर्ण भूमिका निभाती है।

(iii) धनात्मक घटनाओं/दृश्यों (scenes) की मानसिक प्रतिमा बनाकर अपने मनोदशा (mood) को उन्नत करते हुए चिंतन को सुस्पष्ट करता है।

मैक केल्लर (McKellar, 1972) ने सर्वे किया है जिसमें 500 वयस्कों में चिंतन के दौरान उत्पन्न होनेवाले प्रतिमाओं (images) का अध्ययन किया और पाया कि 97% व्यक्तियों में चिंतन के दौरान दृष्टि प्रतिमा (visual images) बनी; 93% में श्रवण प्रतिमा (auditory images) बनी; 84% में पेशीय प्रतिमा (motor images) बनी; 70% में स्पर्श प्रतिमा (tactile images) बनी; 67% स्वादन प्रतिमा (gustatory images) बनी तथा 66% में घ्राण प्रतिमाएँ बनीं। इस सर्वे से यह स्पष्ट होता है कि चिंतन में विभिन्न तरह की प्रतिमाएँ बनती हैं जिनमें दृष्टि प्रतिमा (visual image) सबसे प्रमुख है।

मनोवैज्ञानिकों द्वारा किये गए अध्ययनों से यह स्पष्ट हुआ है कि चिंतन में प्रतिमा की तीव्रता अधिक भी हो सकती है तथा कम भी परंतु मानसिक प्रतिमाएँ समय, स्थान, आकार (size) तथा अन्य भौतिक वास्तविकताओं (physical realities) से बँधे हुए नहीं होते हैं। सामान्यतः प्रतिमाएँ वास्तविक दुनिया के प्रत्यक्ष चिंतन के ही समान होते हैं। कोस्सलिन (Kosslyn, 1975) ने अपने अध्ययन के आधार पर इतना अवश्य ही स्पष्ट कर दिया है कि व्यक्ति बड़ा मानसिक प्रतिमा का निर्माण करने में छोटे मानसिक प्रतिमा के निर्माण की तुलना में अधिक समय लेता है तथा व्यक्ति न केवल वस्तुओं का मानसिक प्रतिमा का निर्माण करता है बल्कि उसमें अपनी इच्छानुसार जोड़-तोड़ कर अपने ढंग से चिंतन करता है।

(ii) संप्रत्यय *(Concept)*—चिंतन का दूसरा महत्त्वपूर्ण साधन संप्रत्यय (concept) है। संप्रत्यय से तात्पर्य एक ऐसे लेवल (label) से होता है जिसके माध्यम से वस्तुओं, व्यक्तियों या घटनाओं का एक ऐसे वर्ग (class) का प्रतिनिधित्व होता है जिसमें कुछ सामान्य गुण (common characteristics) होते हैं। सचमुच में संप्रत्यय एक ऐसा साधन (tool) है जो व्यक्ति को वस्तुओं/व्यक्तियों में एक क्रम (order) उत्पन्न करके चिंतन को सही दिशा प्रदान करता है। जैसे, यदि इन विशेषताओं/गुणों यथा 'चार पैर', 'एक पूँछ, दो कान' तथा 'भौंकता है' तो हम तुरंत 'कुत्ता' का संप्रत्यय मन में विकसित कर लेते हैं और इन सभी विशेषताओं को सभी कुत्ते में होने की कल्पना करते हैं।

मनोवैज्ञानिकों द्वारा दो तरह के सम्प्रत्यय के बीच अंतर किया गया है— *तार्किक संप्रत्यय* (logical concept) तथा *स्वाभाविक संप्रत्यय* (natural concept)। तार्किक सम्प्रत्यय वैसे संप्रत्यय को कहा जाता है जिसे आसानी से नियमों/ गुणों के सेट से परिभाषित किया जा सकता है। जैसे, ज्यामिती में किसी चित्र को त्रिभुज कहलाने के लिए यह आवश्यक है कि उसकी तीन भुजा हो और तीन कोण का योग 180° हो। स्वाभाविक संप्रत्यय थोड़ा तुलनात्मक रूप से अस्पष्ट होते हैं और इसमें विशेषताओं का कोई स्पष्ट एवं विशिष्ट सेट नहीं होता है जिनके आधार पर उसे परिभाषित किया जा सके। सचमुच में स्वाभाविक चिंतन प्रोटोटाइप (prototype) पर आधृत होता है जो व्यक्ति के उत्तम एवं स्पष्टतम अनुभव का प्रतिफल होता है। इन दोनों तरह के संप्रत्यय की भूमिका चिंतन में सराहनीय है परंतु स्वाभाविक संप्रत्यय का उपयोग तुलनात्मक रूप से अधिक लाभप्रद होता है।

सम्प्रत्यय, स्कीमा (Schema) से निकटतम ढंग से विशेषकर स्वाभाविक संप्रत्यय (natural concept) से सम्बन्धित होता है। स्कीमा से तात्पर्य एक ऐसे संज्ञानात्मक फ्रेमवर्क (cognitive framework) से होता है जो व्यक्ति के वातावरण का ज्ञान एवं पूर्वकल्पनाओं का प्रतिनिधित्व करता है। परंतु स्कीमा, संप्रत्यय से अधिक जटिल होता है क्योंकि प्रत्येक स्कीमा के भीतर कई तरह के संप्रत्यय हो सकते हैं और बहुत तरह की सूचनाएँ भी हो सकतीं हैं। जैसे, प्रत्येक व्यक्ति का अपना एक आत्मन-स्कीमा (self-schema) होता है जिसमें वह अपने शीलगुणों (traits) के बारे में तरह-तरह की सूचनाएँ संयोजित करता है। इस फ्रेमवर्क में (अर्थात् स्कीमा में) तरह-तरह के संप्रत्यय जैसे, बुद्धि, उपलब्धि, धन, स्वास्थ्य आदि के बारे में हो सकती है। सच्चाई यह है कि स्पष्ट संप्रत्यय व्यक्ति को एक उचित स्कीमा (schema) बनाने में मदद कर चिंतन में स्पष्टता प्रदान करता है।

(iii) प्रतिज्ञप्ति *(Proposition)*—व्यक्ति के अधिकतर चिंतन में प्रतिज्ञप्ति का निर्माण सम्मिलित होता है और इस प्रतिज्ञप्ति से चिंतन में सुस्पष्टता आती है। प्रतिज्ञप्ति से तात्पर्य ऐसे वाक्यो से होता है जो एक संप्रत्यय को दूसरे संप्रत्यय से जोड़ता है तथा एक अलग कथन के रूप में व्यक्त किया जाता है। जैसे, 'ध्रुवीय भालू के उजले रोयें होते हैं' एक प्रतिज्ञप्ति का उदाहरण है जिसमें एक संप्रत्यय अर्थात् ध्रुवीय भालू तथा उनकी विशेषताओं के बीच सम्बन्ध दिखलाया गया है। चिंतन में व्यक्ति ऐसे कई प्रतिज्ञप्तियों का उपयोग करता है और प्रतिज्ञप्तियों के गुच्छ को *मानसिक मॉडल* (Mental model) की संज्ञा दी जाती है। जान्सन-लेयार्ड, वर्न तथा शेकेन (Johnson-Lhaird, Byrne & Shaeken, 1992) के अनुसार जब व्यक्ति का मानसिक मॉडल सही (correct) होता है तो वह किसी समस्या के समाधान के बारे में सही ढंग से चिंतन कर पाता है परंतु यदि मानसिक मॉडल अनुपयुक्त एवं गलत होते हैं, तो व्यक्ति का चिंतन सही नहीं हो पाता है और समस्या समाधान सही-सही नहीं हो पाती है।

स्पष्ट हुआ कि चिंतन के कई साधन (tools) है जिनका उपयोग कर व्यक्ति अपने चिंतन को स्पष्ट करके दिशा प्रदान करता है।

चिन्तन में भाषा का महत्त्व
(Role of Language in Thinking)

चिन्तन (thinking) में भाषा का महत्त्व क्या है या चिन्तन तथा भाषा में क्या संबंध है, यह मनोवैज्ञानिकों के बीच एक विवादास्पद विषय (controversial issue) है। इस संबंध में मनोवैज्ञानिकों के बीच मतों की विभिन्नता है। हार्टलैंड (Hartland, 1991) ने भाषा तथा चिन्तन के संबंध की व्याख्या करने के लिये मनोवैज्ञानिकों के तीन अलग-अलग समूह की पहचान किया हैं, जिनके विचारों पर ध्यान देना आवश्यक है—

1. मनोवैज्ञानिकों के एक समूह जिसमें ओर्फ (Whorf, 1956) का नाम प्रमुख है, का मत है कि चिन्तन भाषा पर आधारित होता है (Thinking depends upon language)।
2. मनोवैज्ञानिकों का दूसरा समूह जिसमें पियाजे (Piaget, 1968) का नाम प्रमुख है, भाषा चिन्तन पर आधारित होता है, (Language depends upon thought)।
3. मनोवैज्ञानिकों का तीसरा समूह जिसमें वाइगोटस्की (Vygotsky, 1934, 1962) का नाम प्रमुख है, का मत है कि लगभग दो साल के उम्र तक बच्चों में भाषा का विकास स्वतंत्र रूप से होता है। परंतु इसके बाद भाषा और चिन्तन एक-दूसरे पर अन्तर्निर्भर (interdependent) हो जाते हैं और साथ-साथ विकसित होते हैं।

मनोवैज्ञानिकों के इन तीनों विचारधाराओं का वर्णन निम्नांकित हैं—

1. कुछ मनोवैज्ञानिकों का विचार है कि चिन्तन के लिए भाषा आवश्यक है। भाषा के अभाव में चिन्तन की प्रक्रिया नहीं हो सकती है। अतः चिन्तन की प्रक्रिया भाषा प्रभावित (influenced) होती है तथा निर्धारित (determined) भी होती है। इस तरह के विचार व्यक्त करनेवाले मनोवैज्ञानिकों में सापिर (Sapir) तथा उनके शिष्य ओर्फ (Whorf, 1956), ब्रुनर (Bruner, 1964), वर्नस्टीन (Bernstein, 1958) आदि का नाम अधिक प्रसिद्ध है।

सापिर (Sapir) की प्राक्कल्पना यह थी कि भाषा (language) द्वारा चिन्तन की प्रक्रिया काफी हद तक प्रभावित होती है। इस प्राक्कल्पना का समर्थन ब्रुनर (Bruner, 1964) के प्रयोगात्मक सबूतों द्वारा होता है। इन्होंने शिशुओं (infants) तथा प्राक्-स्कूली छात्रों (pre-school children) पर प्रयोग किया और पाया कि इन बच्चों के चिन्तन की प्रक्रिया तथा संज्ञानात्मक विकास अधिक सीमित इसलिए होता है क्योंकि इनमें भाषा पूर्ण रूप से विकसित नहीं होती है। इनके अध्ययन के अनुसार 6-7 साल की उम्र में बच्चे सोचने के लिए अच्छी तरह से भाषा का उपयोग प्रारम्भ कर देते हैं। चूँकि प्राक्-स्कूली बच्चों की उम्र 6 साल से नीचे होती है और उनमें भाषा का विकास पूर्ण नहीं रहता, अतः उनका संज्ञानात्मक विकास विशेषकर चिन्तन की प्रक्रिया ठीक ढंग से नहीं हो पाती है। इस प्रयोग से स्पष्ट है कि भाषा द्वारा चिन्तन की प्रक्रिया प्रभावित होती है। बर्नस्टीन (Bernstein, 1958) ने गरीब तथा धनी परिवार के बच्चों के चिन्तन का एक तुलनात्मक अध्ययन किया। इनके अनुसार गरीब परिवार के बच्चों की भाषा सीमित एवं अविकसित होती है तथा धनी परिवार के बच्चों का संज्ञानात्मक विकास (cognitive development) भी अधूरा एवं अपूर्ण होते पाया। ऐसे बच्चों के चिन्तन एवं तर्क करने की क्षमता धनी परिवार के बच्चों की ऐसी क्षमता की अपेक्षा हमेशा कम होते पायी गयी।

पशुओं पर भी कुछ अध्ययन इस तरह के किये गये हैं जिनसे यह पता चलता है कि भाषा द्वारा चिन्तन (thinking) प्रभावित होता है। प्रीमैक (Premack, 1983) ने एक इस तरह का अध्ययन 'साराह' (Sarah) नामक वनमानुष पर किया। इस वनमानुष को प्लास्टिक के बने भिन्न-भिन्न आकारों (shapes) तथा रंगों के वस्तुओं के सहारे कई शब्दों (words) को सिखलाया गया। प्लास्टिक के बने प्रत्येक वस्तु का अर्थ एक खास 'शब्द' (word) होता था। ढाई साल के इस तरह के प्रशिक्षण के बाद 'साराह' ने 100 शब्दों को सीख लिया और इन शब्दों के सहारे वह अपनी आवश्यकताओं (needs) की भी अभिव्यक्ति करना सीख लिया। बाद में प्रीमैक ने 'साराह' को अन्य वनमानुषों, जिन्हें ऐसा प्रशिक्षण नहीं दिया गया था, के साथ प्रयोगशाला में कई कठिन एवं जटिल समस्याओं (complex problem) का समाधान ढूँढ़ने के लिये दिया। इस समस्याओं के समाधान में उच्च चिन्तन (high thinking) जरूरत थी। परिणाम में देखा गया कि 'साराह' ने अन्य वनमानुषों (chimpanzees) की अपेक्षा इन समस्याओं का समाधान जल्दी कर लिया। प्रीमैक के अनुसार ऐसा इसलिए हुआ क्योंकि 'साराह' को भाषा का प्रशिक्षण दिया गया था। इस अध्ययन से यह भी स्पष्ट हो जाता है कि भाषा द्वारा चिन्तन की प्रक्रिया प्रभावित होती है।

वोर्फ (Whorf, 1956) ने अपने गुरु सापिर (Sapir) के इस कथन को कि भाषा द्वारा चिन्तन प्रभावित होती है, और भी अधिक तीक्ष्ण (sharpen) करते हुए कहा कि भाषा द्वारा चिन्तन प्रभावित (influenced) ही नहीं बल्कि निर्धारित (determined) भी होती है। सचमुच में ओर्फ के योगदान (contribution) को मनोवैज्ञानिकों द्वारा अधिक मान्यता मिली है। ओर्फ (Whorf) की प्राक्कल्पना (hypothesis) यह थी कि भाषा का विकास चिन्तन की प्रकिया से पहले होता है तथा चिन्तन की प्रक्रिया का निर्धारण पूर्णरूपेण भाषा (language) द्वारा ही होता है। इसे *'भाषाई नियतिवाद'* (linguistic determinism) कहा गया तथा साधारण रूप से 'ओर्फ प्राक्कल्पना' (Whorf hypothesis) के नाम से मशहूर हुआ। इस प्राक्कल्पना के अनुसार सभी उच्चस्तरीय चिन्तन भाषा द्वारा ही निर्धारण होता है *(All higher levels of thinking are determined by language)*।

वोर्फ प्राक्कल्पना (Whorf hypothesis) के समर्थन में उन अध्ययनों (studies) का उल्लेख किया जाता है जो भिन्न-भिन्न तरह के भाषा प्रयोग करने वाले व्यक्तियों के प्रत्यक्षज्ञाणात्मक (perceptual) एवं संज्ञानात्मक अन्तर (cognitive difference) से सम्बन्धित है। वोर्फ (Whorf, 1956) ने अपने एक ऐसे ही अध्ययन में ग्रीनलैंड के जाति एस्किमो (Eskimo) तथा अंग्रेजी भाषा बोलने वाले व्यक्तियों के प्रत्यक्षण (perception) एवं चिन्तन की प्रक्रियाओं का तुलनात्मक अध्ययन किया। एस्किमो की भाषा में 'बर्फ' (snow) के लिए कम-से-कम 12 शब्द और है जिनका अर्थ 'बर्फ' ही होता है परन्तु उसका प्रयोग भिन्न-भिन्न प्रकार के बर्फों को समझने तथा प्रत्यक्षण करने में करता है। अंग्रेजी भाषा में 'बर्फ' के लिए सिर्फ एक या दो शब्द है। वोर्फ (Whorf) ने अपने अध्ययन में पाया कि जितने स्पष्ट रूप से भिन्न-

भिन्न प्रकार के बर्फो का प्रत्यक्षण (perception) एवं उसके बारे में चिन्तन एस्किमो (Eskimo) द्वारा किया जाता है, उतना स्पष्ट प्रत्यक्षण एवं चिन्तन अंग्रेजी बोलने वाले व्यक्तियों द्वारा नहीं किया जाता है। इस अध्ययन से स्पष्ट है कि भाषा विकसित होने पर प्रत्यक्षण एवं चिन्तन भी स्पष्ट होते हैं।

वोर्फ प्राक्कल्पना (Whorf hypothesis) का समर्थन उन अध्ययनों से भी होता है जिसे कुछ ऐसी जनजातियों (tribes) पर किया गया है जिनमें भिन्न-भिन्न प्रकार के रंगों के लिए अलग से कोई नाम नहीं होता है। दानी (Dani), न्यू गिनिया (New Guinea) की एक ऐसी जाति है जिसमें भिन्न-भिन्न रंगों को ज्ञात करने के लिए मात्र दो 'शब्द' हैं— 'मिली' (Mili) जिसका अर्थ काला (black) से होता है तथा 'मोला' (Mola) जिसका अर्थ उजला से होता है। के (Kay, 1975) एवं बर्लिन तथा के (Berline & Kay, 1969) ने जब 'दानी' जनजाति के एवं अंग्रेजी भाषा बोलने वाले कुछ व्यक्तियों को (जिन्हें भिन्न-भिन्न रंगों के लिए अलग-अलग 'शब्द' प्रयोग करने की आदत है) भिन्न-भिन्न प्रकार के रंगों के अन्तर का प्रत्यक्षण तथा उसके बारे में सोचकर कुछ बताने के लिए कहा, तो दानी जनजाति के व्यक्तियों में ऐसा करने की असमर्थता पायी गयी जबकि अंग्रेजी भाषा बोलने वाले व्यक्ति ऐसा करने में समर्थ रहे। इसका कारण बतलाते हुए प्रयोगकर्त्ताओं ने कहा कि ऐसा इसलिए हुआ क्योंकि दानी के भाषा में भिन्न-भिन्न रंगों के लिए मात्र दो ही शब्द थे जबकि अंग्रेजी भाषा में भिन्न-भिन्न रंगों के लिए ग्यारह अलग-अलग शब्द हैं।

यद्यपि वोर्फ प्राक्कल्पना (Whorf hypothesis) एक काफी महत्त्वपूर्ण प्राक्कल्पना है फिर भी मनोवैज्ञानिकों ने इसकी आलोचना निम्नांकित ढंग से की है—

(i) वोर्फ प्राक्कल्पना (Whorf hypothesis) के अनुसार भाषा में विभिन्नता (differences) से चिन्तन क्षमता में भी विभिन्नता आती है। डेल[1] (Dale, 1976) ने इस प्राक्कल्पना की आलोचना करते हुए कहा है कि भाषा में विभिन्नता से यह तो स्पष्ट रूप से पता चलता है कि भाषाएँ एक-दूसरे से भिन्न होती हैं परन्तु इसके आधार पर बिना किसी स्वतंत्र माप (independent measure) के यह कह देना कि इसके कारण चिन्तन क्षमता में भी अन्तर होता है, उचित नहीं है। वोर्फ प्राक्कल्पना (Whorf hypothesis) में ऐसा ही किया गया है जिसका कोई वैज्ञानिक औचित्य नहीं दीख पड़ता है।

(ii) वोर्फ प्राक्कल्पना (Whorf hypothesis) की दूसरी आलोचना इस आधार पर भी की गयी है कि भिन्न-भिन्न भाषाओं में विभिन्नता के बावजूद काफी अधिक समानता (similarities) होतीं हैं। जैसे, प्रत्येक भाषा में संज्ञा (noun) तथा क्रिया (verbs) होते हैं और प्रत्येक भाषा में कुछ नियम (rules) होते हैं जिनके अनुसार शब्दों के क्रम (sequence) का निर्धारण होता है। इतना ही नहीं, भाषा की किसी विशेष संरचना जैसे शब्द मिलाकर बोलना, पूरा-पूरा शुद्ध वाक्य बोलना आदि प्रत्येक भाषा बोलने वाले बच्चों में करीब-करीब एक ही समय में विकसित होती है। ब्राउन तथा कूक (Brown & Cook, 1986) के अनुसार ऐसी परिस्थिति में भिन्न-भिन्न भाषा बोलने वाले एक उम्र के सभी बच्चों की चिन्तन क्षमता (thinking ability) एक समान होनी चाहिए थी। यदि ऐसा होता तो वोर्फ प्राक्कल्पना को पूर्ण समर्थन मिलता। परन्तु भाषा में इस समानता के बावजूद भी उनकी चिन्तन क्षमता समान नहीं होती है।

2. मनोवैज्ञानिकों का एक दूसरा समूह ऐसा भी है जिसने उपर्युक्त विचार के ठीक विपरीत विचार व्यक्त किया है। इसमें पियाजे (Piaget, 1923) तथा क्लार्क (Clark, 1973) का नाम अधिक प्रसिद्ध है। इन मनोवैज्ञानिकों का कहना है कि चिन्तन की प्रक्रिया व्यक्ति में पहले होती है और बाद में उससे सम्बन्धित शब्दों (या भाषा) का विकास होता है। दूसरे शब्दों में, चिन्तन की प्रक्रिया के लिए भाषा आवश्यक नहीं है क्योंकि चिन्तन पहले होता है और भाषा का प्रयोग बाद में। इस तरह से चिन्तन की प्रक्रिया भाषा द्वारा प्रतिबिम्बित (reflect) होती है न कि निर्धारित (determined) होती है। पियाजे ने अपने प्रयोग में पाया कि कुछ शब्द जैसे बड़ा (bigger), छोटा (smaller), लम्बा (longer), दूर (farther) आदि का अर्थ बच्चा तबतक नहीं समझता है जबतक कि उसमें इन शब्दों से सम्बन्धित तार्किक संप्रत्ययों (logical concepts) का विकास नहीं होता है। पियाजे (Piaget) के अनुसार बच्चों में चिन्तन करने का तरीका में पहले परिवर्तन (change) होता है और इसके बाद इस परिवर्तित चिन्तन एवं विचारों की अभिव्यक्त करने के लिए उनके भाषा में परिवर्तन होता है। पियाजे ने इस बात पर भी बल डाला है कि छोटे-छोटे बच्चे अपने चिन्तन को अभिव्यक्त करने के लिए न कि एक व्यस्क के समान इससे कुछ संचारित (communicate) करने के लिए भाषा का उपयोग करते हैं। भाषा

1. "...differences in language prove only that languages differ. Without an independent measure of the thought pattern themselves, no conclusions can be drawn." —Dale : *Language Development,* 1976, p. 241

के इस तरह के उपयोग को उन्होंने *आत्मकेन्द्रित भाषा* (egocentric speech) कहा है। पियाजे (Piaget, 1968) का मत है कि छोटे-छोटे बच्चे अन्य लोगों जैसे माता-पिता की उपस्थिति में जो भाषा का उपयोग करते हैं, उसके माध्यम से वे अपने चिन्तन एवं मनोभावों की सिर्फ अभिव्यक्ति करता है न कि उनसे कुछ संचारित (communicate) करता है। पियाजे का मत है कि बच्चों का यह आत्मकेन्द्रित भाषा विशेष विकासात्मक अवस्था (development stage) से संबंधित होता है जहाँ वे यह नहीं समझते हैं कि अन्य लोग का विचार उनसे भिन्न है। जैसे-जैसे बच्चे की आयु बढ़ती जाती है, वे अन्य लोगों के विचार एवं भावों को समझकर फिर उनके प्रति संचारित करते हैं और वे यह समझने लगते हैं कि उनके विचार से भिन्न विचार अन्य लोगों का है, तब आत्मकेन्द्रित भाषा (egocentric language) समाप्त हो जाता है। हार्ले (Harley, 1995) का मत है कि पियाजे के इस विचार को कि चिन्तन भाषा के पहले होता है, का प्रयोगात्मक जाँच वैसे बच्चों के भाषा का विश्लेषण करके किया है जिनमें संज्ञानात्मक क्षति (cognitive impairment) के स्पष्ट सबूत थे। इसके पीछे तर्क यह था कि अगर भाषा के लिए चिन्तन आवश्यक है, तो ऐसे बच्चों की भाषाई कौशल (linguistic skills) दोषपूर्ण होनी चाहिए। विश्लेषण के बाद यह पता चला कि ऐसे बच्चों में से कुछ बच्चे ऐसे थे जिनकी भाषाई कौशल (linguistic skill) अन्य दूसरे तरह की क्षमताओं (abilities) से भी काफी विकसित था। यामाड़ा (Yamada, 1990) ने 'लाऊरा' (Laura) नाम के एक बच्ची का अध्ययन किया जिसमें उन्होंने भाषा तथा अन्य संज्ञानात्मक क्षमताओं (cognitive abilities) के बीच संबंध (relationship) का अध्ययन किया। इस बच्ची पर कई तरह के संज्ञानात्मक क्षमताओं एवं भाषाई क्षमता के परीक्षण क्रियान्वयन किये गए। इस बच्ची की संज्ञानात्मक क्षमता जैसे बुद्धिलब्धि मात्र 41 था परंतु इसकी भाषाई क्षमता (linguistic abilities) काफी विकसित थी और वह जटिल वाक्यों (Complex sentences) को बोलने में सक्षम थी। इस तरह के परिणाम के आधार पर यामाड़ा (Yamada) इस निष्कर्ष पर पहुँचे कि भाषा एवं संज्ञानात्मक क्षमता जिसमें चिन्तन भी सम्मिलित होता है स्वतंत्र रूप से विकसित होते हैं न कि भाषा चिन्तन पर आधृत होता है।

3. कुछ मनोवैज्ञानिक ऐसे भी हैं जो इन दो विपरीत विचारों के बीचों-बीच अपना विचार रखते हैं। ऐसे मनोवैज्ञानिकों का कहना है कि भाषा तथा चिन्तन दो ऐसी प्रक्रियाएँ हैं जो प्रारम्भ में अलग-अलग तथा स्वतंत्र रूप से विकसित होतीं हैं। किसी एक का विकास दूसरे द्वारा प्रभावित नहीं होता है। रूसी मनोवैज्ञानिक वाइगोस्टस्काई (Vygostsky, 1962) का ऐसा ही विचार है। इनके अनुसार दो साल तक की अवस्था में चिन्तन तथा भाषा का विकास बिना एक-दूसरे को प्रभावित किये हुए होता है। परन्तु उसके बाद चिन्तन की अभिव्यक्ति शब्दों में होने लगती है तथा बच्चे शब्दों का प्रयोग भी विवेकी (rational) ढंग से करने लगते हैं। दूसरे शब्दों में, दो साल के उम्र के बाद भाषा एवं चिन्तन एक-दूसरे पर अन्तर्निभर (interdependent) हो जाते हैं। वाइगोस्ट स्काई (Vygotsky, 1934/1986) ने दो साल तक के उम्र के बच्चों द्वारा रोने एवं तुतलाना (babbling) आदि को *प्राक् बौद्धिक भाषा* (pre-intellectual language) कहा है। इस अवस्था में बच्चे वस्तुओं का नाम बतलाने के लिए जिन शब्दों का उपयोग करते हैं, वे सचमुच में वस्तु का गुण होता है। जैसे, बिल्ली को देखकर एक बच्चा उसे 'मॉऊ' कह सकता है क्योंकि बिल्ली की बोली 'म्याऊँ-म्याऊँ' होती है। इस अवस्था का चिन्तन जैसा कि वाइगोस्टकाई ने कहा है, प्रायः अशाब्दिक (non-verbal) होता है और प्रतिमाओं (images) तथा प्रत्यक्षण (perception) पर आधारित होता है। जैसे-जैसे बच्चे की आयु बढ़ती है, वे अपनी क्रियाओं का वर्णन करने के लिए भाषा का उपयोग करने लगते हैं। जैसे यदि किसी खिलौना गेंद से बच्चा खेल रहा है और गेंद उसके आँखों से ओझल हो जाता है, तो वह प्रायः कहता है 'जा'। जैसे-जैसे यह अवस्था आगे बढ़ती है, क्रिया करने के पहले ही न कि उसके बाद, बच्चों द्वारा शाब्दिक वर्णन (Verbal description) किया जाना प्रारंभ हो जाता है। वाइगोस्टकार्ड ने इसे इस तथ्य का संकेत माना कि भाषा एवं चिन्तन अब इस बिंदु पर एक-दूसरे पर अन्तनिर्भर (interdependent) होने लगे है। इनके अनुसार भाषा अब बच्चों के लिए दो भिन्न कार्य करता है—

(i) बच्चे आंतरिक रूप से अब भाषा का उपयोग समस्या समाधान (Problem-solving) तथा चिन्तन करने के लिए करते हैं।

(ii) बच्चे अब भाषा का उपयोग सामाजिक अन्तक्रिया (Social interaction) तथा अन्य लोगों के साथ संचार स्थापित करने के लिए बाह्य रूप से करने लगते हैं।

ऊपर वर्णन किये गये तथ्यों (facts) के आधार पर हम इस निष्कर्ष पर पहुँचते हैं कि इसमें कोई संदेह नहीं है कि भाषा द्वारा चिन्तन की प्रक्रिया प्रभावित अथवा निर्धारित होती है। परन्तु इसके आधार पर यह कह देना कि सभी उच्चतर चिन्तन (higher thinking) भी निश्चित रूप से भाषा पर ही निर्भर होते हैं, उचित नहीं है।

भाषा एवं चिन्तन के सम्बन्ध पर पियाजे एवं वाइगोटस्काई के विचारों में अन्तर
(Difference between Piaget's and Vygotsky's view regarding the Relationship between Language and thinking)

ऊपर में वर्णित तथ्यों के आलोक में भाषा तथा चिन्तन के सम्बन्ध के बारे में पियाजे (Piaget) तथा वाइगोस्टकाई (Vygotsky) के विचारों में प्रमुख अंतर को इस प्रकार सारणीबद्ध किया जा सकता है—

1. पियाजे (Piaget) के अनुसार भाषा चिन्तन (thought) पर आधारित होता है। इसका मतलब यह हुआ कि बच्चों का संज्ञानात्मक विकास (cognitive development) उनके द्वारा उपयोग में लाये गए भाषा (language) का निर्धारण करता है।

दूसरे तरफ, वाइगोटस्काई (Vygotsky) का मत है कि भाषा का विकास व्यक्तियों की सामाजिक अंतःक्रिया (social interaction) के परिणामस्वरूप होता है परंतु चिन्तन का विकास वातावरण में व्यक्ति द्वारा किये गये क्रियाओं के परिणामस्वरूप विकसित होता है।

2. पियाजे के अनुसार बच्चों में दो साल की आयु के पहले जो आत्मकेन्द्रित भाषा (egocentric speech) का उपयोग होता है, वह थोड़े समय के लिए होता है और फिर बाद में वह सामाजिक भाषा (social speech) द्वारा प्रतिस्थापित हो जाता है। आत्मकेन्द्रित भाषा में बच्चे दूसरों को कुछ भी संचारित (communicate) नहीं करते हैं बल्कि यह भाषा बच्चों द्वारा किये गए क्रिया से संबंधित होता है।

दूसरे तरफ वाइगोटस्काई (Vygotsky) का मत है कि आत्मकेन्द्रित भाषा धीरे-धीरे आंतरिक भाषा (inner speech) में बदल जाता है जो फिर जटिल चिन्तन (complex thinking) से संबंधित हो जाता है। आंतरिक भाषा बातचीत में उपयोग किया गया भाषा से भिन्न होता है क्योंकि आंतरिक भाषा में उपयोग किये गए 'शब्द' का अर्थ शब्दकोष के अर्थ से कहीं अधिक होती है। जैसे, आंतरिक भाषा में उपयोग किया गया शब्द 'गाय' में गाय की व्यक्तिगत अनुभूतियाँ, गाय को थपथपाने का अनुभव, गाय के प्रति बच्चों का सांवेगात्मक भाव (emotional fealings) आदि सभी सम्मिलित होता है। इस तरह से यहाँ आंतरिक भाषा चिन्तन एवं भाषा में उन चिन्तनों की अभिव्यक्ति के बीच एक पुल (bridge) का कार्य करता है। इस तरह से धीरे-धीरे आत्मकेन्द्रित भाषा शाब्दिक चिन्तन (verbal thinking) में विकसित हो जाता है जो व्यस्क चिन्तन (adult thinking) का आधार बनता है। वाइगोटस्काई के अनुसार दूसरों लोगों के साथ कुछ संचारित करने के लिए सामाजिक भाषा (social speech) का विकास होता है।

स्पष्ट हुआ कि पियाजे (Piaget) तथा वाइगोस्टस्काई का विचार भाषा तथा चिन्तन के संबंध पर एक-दूसरे से बहुत हद तक भिन्न है।

चिन्तन में वृत्ति या तत्परता का महत्त्व
(Role of Set in Thinking)

मनोवैज्ञानिकों ने चिन्तन (thinking) या समस्या समाधान (problem solving) व्यवहार में मानसिक तत्परता (mental set) के महत्त्व को काफी गहन रूप से अध्ययन किया है। मानसिक तत्परता या संक्षेप में तत्परता से तात्पर्य प्राणी की ऐसी मानसिक स्थिति (mental state) से होती है जिसके सहारे वह दिये गये समस्या का समाधान करने की कोशिश करता है। प्रत्येक समस्या का समाधान करने के पहले व्यक्ति एक प्रकार की मानसिक तैयारी (mental preparedness) करता है कि इसके समाधान के लिए वह किस तरह की अनुक्रिया (response) करेगा। इसे ही मानसिक तत्परता या वृत्ति (mental set) की संज्ञा दी जाती है।

मनोवैज्ञानिकों द्वारा किये गये भिन्न-भिन्न प्रयोगों से यह स्पष्ट हो गया है कि तत्परता से समस्या के समाधान में मदद (facilitation) भी मिलती है तथा बाधा (interference) भी पहुँचती है। तत्परता के इन दोनों तरह के प्रभावों को दिखलाने के लिए मनोवैज्ञानिकों ने प्रयोज्यों (subjects) के तत्परता (set) के दो तरीकों (ways) से प्रभावित कर प्रयोग किये हैं—पहला तरीका वह है जिसमें प्रयोज्यों को कुछ खास-खास शाब्दिक निर्देश (verbal instruction) देकर उसके तत्परता को प्रभावित करने की कोशिश की जाती है तथा दूसरा तरीका वह है जिसमें प्रयोज्यों (subjects) की पूर्व अनुभूतियों (past experiences) को नियंत्रित करके उसके तत्परता को प्रभावित करने की कोशिश की गयी है। पहले तरीके द्वारा अधिकतर ऐसे प्रयोग किये गये हैं जिनसे यह पता चलता है कि तत्परता से किसी समस्या के समाधान में

किस तरह से मदद मिलती है। तत्परता (set) के इस प्रभाव (effect) को *गुणकारी* या *लाभकारी प्रभाव* (advantageous effect) कहा गया है। दूसरे तरीके से अधिकतर वैसे प्रयोग किये गये हैं जिनसे यह पता चलता है कि तत्परता, विशेषकर गलत तत्परता से समस्या के समाधान में किस तरह की बाधा पहुँचती है या इसका समाधान विलम्बित हो जाता है। मनोवैज्ञानिकों ने तत्परता के इस प्रभाव को *अगुणकारी प्रभाव* (disadvantageous effect) कहा है। इन दोनों तरह के प्रभावों (effects) की चर्चा अलग-अलग निम्नांकित है—

1. समस्या समाधान में तत्परता का लाभकारी प्रभाव *(Advantageous effect of set in problem solving)*—किसी समस्या के समाधान में तत्परता (set) का गुणकारी या लाभकारी प्रभाव होता है। दूसरे शब्दों में, जब किसी समस्या के समाधान में हम सही तत्परता विकसित करते हैं, तो इससे उस समस्या का समाधान या हल जल्द कर लेते हैं। तत्परता के इस गुणकारी या लाभकारी प्रभाव को दिखलाने के लिए कई प्रयोग भिन्न-भिन्न मनोवैज्ञानिकों द्वारा किया गया है। इसमें मायर (Maier, 1930) द्वारा किया गया प्रयोग काफी महत्त्वपूर्ण है। मायर ने तत्परता के लाभकारी प्रभाव को दिखलाने के लिए कई प्रयोग किये हैं जिनमें तीन प्रयोग प्रमुख हैं। इन तीनों प्रयोग में इन्होंने यह दिखलाया कि तत्परता को किस तरह से शाब्दिक निर्देश (verbal instruction) द्वारा प्रभावित किया जा सकता है जो बाद में व्यक्ति को समस्या के समाधान में मदद करता है। इनके तीन प्रयोग निम्नांकित हैं—

(i) पेण्डुलम समस्या पर प्रयोग *(Experiment on pendulum problem)*—यह प्रयोग कॉलेज के छात्रों पर किया गया। इन छात्रों को दो पेण्डुलम या दोलक (pendulum) बनाना था। इसके लिए छात्रों को एक-एक करके कमरे में बुलाया जाता था। इस कमरे में बहुत तरह की सामग्रियाँ (materials) जैसे, छोटी लग्गी हथौड़ा, खड़िया (chalk) आदि बिखरे थे। इन सभी सामग्रियों की जरूरत दो दोलन बनाने में नहीं थी, परन्तु इस बात को प्रयोज्यों (subjects) से नहीं कहा गया था। इस प्रयोग में प्रयोज्य को दो दोलक इस ढंग से बनाना था कि प्रत्येक दोलक कमरे में एक निर्धारित स्थल (designated spot) पर होकर झूले। इस समस्या के तीन अंश प्रदर्शन (part demonstrations) थे जिन्हें एक साथ मिला देने से समस्या का समाधान आसानी से हो जा सकता था (अंश प्रदर्शन में समस्या के समाधान के किसी एक पहलू को परोक्ष रूप से दर्शाया जाता था)। इसके अलावा मायर (Maier) प्रयोज्यों (subjects) को एक निश्चित शाब्दिक निर्देश (fixed verbal instruction) भी दिया करते थे जिसका उद्देश्य प्रयोज्यों में एक ऐसी तत्परता कायम करना था जिससे समस्या का समाधान आसानी से हो सके। इस प्रयोग में निम्नांकित पाँच समूहों ने भाग लिया—

समूह I : इसे सिर्फ समस्या दिया गया।

समूह II : इसे समस्या के अलावा अंश प्रदर्शन (part demonstration) भी दिया गया परन्तु यह भी कहा दिया गया कि इस तरह के प्रदर्शन से समस्या का समाधान नहीं होगा।

समूह III : इसे समस्या के अलावा अंश प्रदर्शन यह कहकर दिया गया कि इससे समस्या के समाधान में उसे मदद मिलेगी।

समूह IV : इसे समस्या के अलावा निश्चित शाब्दिक निर्देश भी दिया गया।

समूह V : इसे समस्या, निश्चित शाब्दिक निर्देश तथा अंश प्रदर्शन यह कहकर दिया गया कि यदि इन प्रदर्शनों को एक साथ संयोजित कर लिया जाय, तो इससे समस्या के समाधान में काफी मदद मिलेगी।

इस प्रयोग के परिणाम बड़े रोचक थे। परिणाम में देखा गया कि प्रथम चार समूह में से जिसमें प्रयोज्यों की कुल संख्या 62 थी, केवल

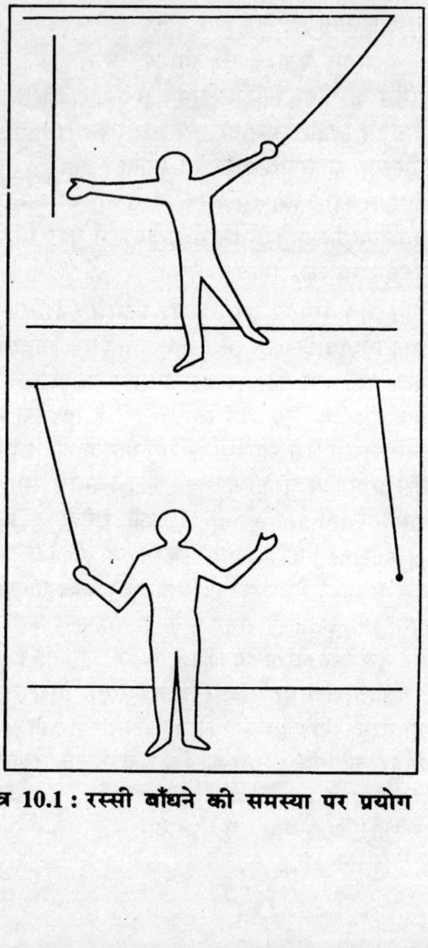

चित्र 10.1 : रस्सी बाँधने की समस्या पर प्रयोग

एक प्रयोज्य ने समस्या का समाधान निर्धारित समय के भीतर किया। पाँचवें समूह के 22 प्रयोज्य (subjects) में से 8 ने समस्या का समाधान किया। इस परिणाम के आधार पर मायर ने निष्कर्ष के रूप में यह बतलाया कि प्रयोज्य को समस्या के समाधान के लिए सिर्फ अंश प्रदर्शन (part demonstration) की ही जरूरत नहीं थी बल्कि एक खास प्रकार की तत्परता (set) की भी जरूरत थी जो उनके प्रयोज्य में एक निश्चित शाब्दिक निर्देश (verbal instruction) देने से उत्पन्न हुआ था। शायद यही कारण है कि पाँचवें समूह के अधिकतर प्रयोज्यों ने समस्या का सही-सही समाधान किया। जो प्रयोज्य असफल रहे, उनमें गलत तत्परता (wrong set) उत्पन्न हो गयी थी।

(ii) रस्सी बाँधने की समस्या पर प्रयोग *(Experiment on string tying)*—मायर (Maier, 1930) का यह दूसरा महत्त्वपूर्ण प्रयोग था जिसमें कॉलेज के ही छात्र प्रयोज्य थे। इस प्रयोग का उद्देश्य यह दिखलाना था कि जब प्रयोग में शाब्दिक संकेत (verbal hints) तथा अशाब्दिक संकेत (non-verbal hints) किसी समस्या का समाधान करते समय दे दिया जाता है तो इससे प्रयोज्य में विशेष तत्परता (set) उत्पन्न हो जाती है जिससे उसे समस्या का समाधान करने में मदद मिलता है। प्रयोज्यों (subjects) को बारी-बारी से एक ऐसे कमरे में लाया जाता था जिसकी छत (ceiling) से दो रस्सी लटक रही थी। रस्सी इतनी छोटी तथा उसके आपस की दूरी इतनी अधिक थी कि प्रयोज्य के लिए एक ही साथ दोनों को छूना सम्भव नहीं था। (देखें (चित्र 10.1)। समस्या यह थी कि इन दोनों रस्सी को एक-दूसरे से कैसे बाँधा जा सकता है? कमरे में इस बार भी काफी सामग्रियाँ (materials) उपस्थित थीं परन्तु उन सभी की जरूरत समस्या समाधान में नहीं थी। ऐसे भी इस समस्या के कई समाधान थे परन्तु मायर (Maier) एक निश्चित समाधान ही चाहते थे। वे चाहते थे कि प्रयोज्य किसी एक रस्सी के लटकते छोर से कोई भारी चीज (जो कमरे में था) को बाँध दे ताकि वह एक दोलक (pendulum) के समान झूलने लगे। फिर इसे जोर से झूला दे और झुलते-झुलते जब दूसरा रस्सी की ओर अधिकतम दूरी पर वह पहुँच जाय, तो प्रयोज्य इसे पकड़कर दूसरे लटकती रस्सी से बाँध दे (देखें चित्र 10.1 का निचला भाग)।

प्रत्येक प्रयोज्य को समस्या के समाधान के लिए मात्र 10 सेकेण्ड का समय दिया जाता था। कुछ लोगों ने तो इस समय के भीतर निर्दिष्ट समाधान (specified solution) कर लिया परन्तु कुछ लोग असफल भी रहे। असफल रहने पर मायर (Maier) ने दो तरह के संकेत (hints) दिये। परिणाम में यह देखा गया कि बिना संकेत के 39% प्रयोज्य ने समस्या का समाधान किया। संकेत (hints) देने के बाद और 38% प्रयोज्यों (subjects) ने समस्या का समाधान किया। और बाकी 23% इस तरह के संकेत के बावजूद भी असफल रहे। मायर ने इस प्रयोग के परिणाम के आधार पर यह बतलाया कि संकेत देने से प्रयोज्य में कुछ विशेष तत्परता (set) उत्पन्न हो गयी जिसके कारण 38% अतिरिक्त प्रयोज्यों ने समस्या का समाधान किया।

(iii) मायर का तीसरा प्रयोग *(Maier's third experiment)*—मायर का तीसरा प्रयोग दो प्रयोगों में किये गए एक विशेष प्रेक्षण (observation) पर आधारित था। मायर ने इन दोनों प्रयोगों में पाया कि कुछ प्रयोज्यों द्वारा समस्या के समाधान में जो असफलता प्राप्त हुई उसका प्रधान कारण यह था कि उनमें एक गलत तत्परता (wrong set) विकसित कर गया था। क्या यह सम्भव नहीं है कि इस तरह के तत्परता को परिवर्तन करके प्रयोज्य दूसरी ऐसी तत्परता विकसित करे जिससे उसे समस्या के समाधान में मदद मिले? मायर (Maier) ने तीसरा प्रयोग इसी उद्देश्य की पूर्ति के लिए किया। इस प्रयोग में प्रयोज्यों (subject) के दो समूह लिए गये— प्रयोगात्मक समूह (experimental group) तथा नियंत्रित समूह (control group)। दोनों समूह के प्रयोज्य (subject) को अलग-अलग तीन समरूप समस्या (identical problems) का समाधान करने को कहा गया। प्रयोगात्मक समूह (experimental group) को समस्या का समाधान प्रारम्भ करने के पहले 20 मिनट का एक भाषण (lecture) दिया गया था जिसमें विशेष रूप से इस बात पर बल डाला गया था कि किसी समस्या के समाधान में जब गलत तत्परता (set) विकसित हो जाता है, तो इसे बदलकर उसकी जगह पर दूसरी तत्परता विकसित की जा सकती है ताकि समस्या का समाधान आसानी से हो सके। परिणाम में देखा गया कि प्रयोगात्मक समूह तथा नियंत्रित समूह द्वारा तीनों समस्याओं के सही समाधान की प्रतिशतता में अधिक अन्तर तो नहीं था परन्तु निश्चित रूप से कम अन्तर पर ही प्रयोगात्मक समूह के सही समाधान का प्रतिशत अपेक्षाकृत अधिक था। अतः मायर का निष्कर्ष यह था कि यदि गलत तत्परता के जगह पर सही तत्परता विकसित हो जाती है, तो इससे समस्या के समाधान में काफी मदद मिलती है।

मायर के इन प्रयोगों के अलावा भी तत्परता के लाभकारी प्रभाव (advantageous effect) को दिखलाने के लिए अनेक मनोवैज्ञानिकों ने जैसे हारलो (Harlow, 1951), जॉनसन (Johnson, 1944) आदि ने प्रयोग किये हैं और इनके निष्कर्ष भी मायर के निष्कर्ष को समान थे। इन सभी तथ्यों को ध्यान में रखते हुए हम इस निष्कर्ष पर पहुँचते हैं कि सही एवं उचित तत्परता (appropriate set) के होने पर किसी समस्या का समाधान करने में काफी मदद मिलती है।

2. समस्या समाधान में वृत्ति या तत्परता का हानिकारक प्रभाव *(Disadvantageous effect of set in problem solving)*—तत्परता (set) से समस्या के समाधान में हमेशा मदद ही नहीं मिलती है बल्कि कभी-कभी बाधा (interference) भी पहुँचती है। मायर (Maier) के प्रयोगों से हमें इस बात का भी पूर्णरूपेण संकेत मिल ही जाता है कि अनुचित तत्परता (inappropriate set) किसी समस्या का समाधान करने में जब विकसित हो जाता है, तो इससे समस्या के समाधान में बाधा (interference) पहुँचती है। वृत्ति के सिर्फ इस हानिकारक प्रभाव को दिखलाने के लिए मनोवैज्ञानिकों ने अलग से कई प्रयोग किये हैं जिसमें प्रयोज्यों (subject) के गत अनुभूतियों (past experiences) को नियंत्रित करके तत्परता (set) के हानिकारक प्रभाव का अध्ययन किया गया है। डंकर (Duncker, 1945) ने गलत तत्परता (wrong set) के इस अंध प्रभाव (blind effect) को (जिसके कारण व्यक्ति उपस्थित समस्या का समाधान नहीं कर पाता है) *'क्रियात्मक अटलता या स्थिरता'* (functional fixedness) कहा जाता है। ऐसा इसलिए कहा गया है क्योंकि व्यक्ति नयी समस्या का समाधान करने में एक तरह से क्रियात्मक रूप से स्थिर (fixed) हो जाता है, यानी, बार-बार एक ही अनुक्रिया करता रहता है जिससे वर्तमान समस्या का समाधान नहीं हो पाता है। वृत्ति के हानिकारक प्रभाव को दिखलाने के लिए कई प्रयोगों में से लूचिन्स (Luchins, 1942) द्वारा किया गया प्रयोग सबसे अधिक उल्लेखनीय है। इन्होंने अनेक प्रयोग पानी-घड़ा समस्या (Water-jar problems) पर किया। इसके एक विशेष प्रयोग में प्रयोज्यों को काल्पनिक रूप से (hypothetically) तीन पानी के घड़े (a, b एवं c) दिये गये। प्रत्येक घड़े में कुछ पानी था और इन्हीं तीन घड़ों के सहारे एक घड़े से दूसरे घड़े में अदल-बदलकर पानी का एक खास स्तर लाना होता था। इस तरह की कुल 9 समस्याएँ थीं जिन्हें एक-एक करके प्रयोज्य को दिया गया। इस सभी समस्याओं का विस्तृत स्वरूप (प्रथम अभ्यास समस्या को छोड़कर) निम्नांकित हैं—

	Containers (घड़ा)			घड़ा में वांछित
	a	b	c	पानी का स्तर
समस्या संख्या 2	21	127	3	100
समस्या संख्या 3	14	163	25	99
समस्या संख्या 4	18	43	10	5
समस्या संख्या 5	9	42	6	21
समस्या संख्या 6	20	59	4	31
समस्या संख्या 7	23	49	4	20
समस्या संख्या 8	15	39	3	18
समस्या संख्या 9	28	76	3	25

यदि हम उपर्युक्त समस्याओं पर ध्यान दें तो समस्या संख्या 2 से 6 तक का समाधान सूत्र b–a–2c से हो सकता है अर्थात् b घड़ा को पूर्णतः दिखाये गये इकाई की मात्रा में भरकर उसमें से a घड़ा की क्षमता को घटा कर पानी निकाल कर फिर b घड़ा से ही c घड़ा की क्षमता के बराबर पानी दो बार निकाल लेने से सबसे बड़े घड़ा में (अर्थात b में) निर्दिष्ट पानी की मात्रा प्राप्त हो जाएगी। इस तथ्य को चित्र 10.2 दिखलाने की कोशिश की गयी है। समस्या संख्या 7 और 8 का समाधान भी इसी सूत्र से किया जा सकता है परंतु इसका समाधान और भी आसानी से अर्थात् बिना b घड़ा के उपयोग के ही वांछित स्तर का पानी प्राप्त किया जा सकता है। समस्या संख्या 9 का समाधान सिर्फ एक लघु विधि (अर्थात् 28–3) से ही किया जा सकता है और किसी भी अन्य विधि से उसका समाधान नहीं किया जा सकता है। समस्या 9 के समाधान की प्रक्रिया को भी चित्र 10.2 में दिखलाया गया है।

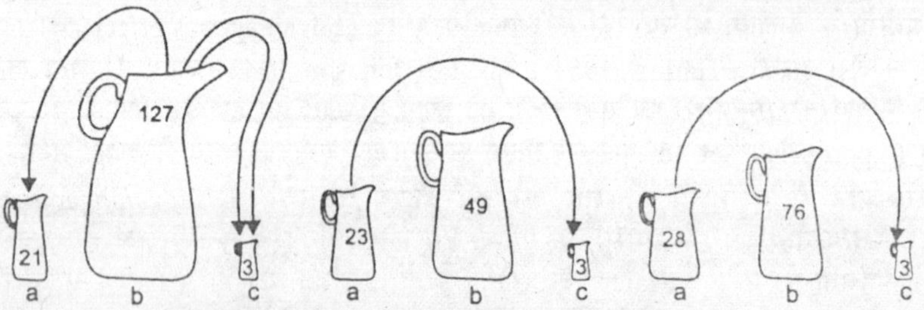

चित्र 10.2 : लूचिन्स का पानी-घड़ा प्रयोग

इस प्रयोग में प्रयोज्यों (subjects) के कई समूह (groups) थे जिन्हें मूल रूप से दो भागों में बाँटा गया था— नियंत्रित समूह (control group) तथा प्रयोगात्मक समूह (experimental group)। पहली समस्या एक तरह की अभ्यास समस्या (practice problem) थी जिसका समाधान दोनों समूहों ने किया। इसके बाद नियंत्रित समूह को हटा दिया गया और प्रयोगात्मक समूह समस्या संख्या 2 से 6 तक का समाधान किया। इसके बाद पुनः नियंत्रित समूह को भी बुला लिया गया और दोनों समूहों को अलग-अलग समस्या संख्या 7, 8 तथा 9 दिया गया। समस्या 7 और 8 कुछ ऐसा था जिसे पहले की विधि (यानी जिस विधि द्वारा समस्या संख्या 1 से 6 तक का समाधान किया गया था) से तो समाधान किया ही जा सकता था परन्तु और भी आसानी से इसे अन्य विधि द्वारा समाधान किया जा सकता था। समस्या संख्या 9 का समाधान पहले की किसी भी विधि से सम्भव नहीं था। इसका समाधान बिलकुल ही नयी विधि से हो सकता था। परिणाम में यह देखा गया कि प्रयोगात्मक समूहों के 70 से 100% प्रयोज्यों ने समस्या संख्या 7 और 8 का समाधान पुरानी विधि से किया (यानी, उस विधि से जिसके सहारे समस्या संख्या 1 से 6 तक का समाधान किया गया था।) ऐसा इसलिए हुआ क्योंकि इन समस्याओं का समाधान करने से प्रयोज्य में एक खास तत्परता उत्पन्न हो गयी थी। नियंत्रित समूह के किसी भी प्रयोज्य ने समस्या संख्या 7 और 8 के समाधान में पुरानी विधि (जिसका अनुभव समस्या संख्या 1 के समाधान में हुआ था) का उपयोग नहीं किया। समस्या संख्या 9 के समाधान में प्रयोगात्मक समूहों के अधिकतर प्रयोज्य नियंत्रित समूहों की अपेक्षा असफल रहे हालांकि इसका समाधान कम समय में ही आसानी से किया जा सकता था। लुचिन्स के इस परिणाम से स्पष्ट है कि समस्या के समाधान करने से उत्पन्न तत्परता हमेशा बाद के समस्या के समाधान में सहायक ही नहीं होती है। शायद यही कारण है कि समस्या संख्या 9 के समाधान में प्रयोगात्मक समूह के अधिकतर सदस्य असफल रहे। इन सदस्यों में समस्या संख्या 1 से 8 तक एक ही विधि से समाधान करने की तत्परता उत्पन्न हो गयी थी जो समस्या संख्या 9 के समाधान के लिए अनुचित (inappropriate) थी।

रीस तथा इजरेल (Rees & Israel, 1935) के प्रयोग से भी तत्परता के *अन्ध प्रभाव* (blind effect) का पता चलता है। समस्या समाधान में उन्होंने तत्परता के अन्ध प्रभाव को दिखलाने के लिए एनाग्राम (anagram) के सहारे प्रयोग किया (अर्थपूर्ण शब्दों के अक्षरों के क्रम को बदलने से जो अर्थहीन शब्द बनता है, उसे एनाग्राम कहा जाता है, जैसे CAMEL से ELAMC बन सकता है या और भी कोई अर्थहीन शब्द बन सकता है जिसे एनाग्राम कहा जाता है) प्रयोगकर्त्ताओं ने 30 एनाग्राम की एक सूची बनायी जिसमें से प्रथम 15 एनाग्राम को एक निश्चित नियम से समाधान करने पर अर्थपूर्ण शब्द बन जाता था अन्तिम 15 एनाग्राम में अन्य वैकल्पिक समाधान भी सम्भव था। परिणाम में देखा गया अधिकतर प्रयोज्यों ने प्रथम 15 एनाग्राम के समाधान में जिस नियम का उपयोग था, उसी नियम द्वारा अन्तिम 15 एनाग्राम का भी समाधान किया। दूसरे शब्दों में, प्रथम 15 एनाग्राम के समाधान में उत्पन्न तत्परता (set) प्रयोज्यों को अन्तिम 15 एनाग्राम के वैकल्पिक समाधान (alternative solutions) ढूँढ़ने में एक तरह से बाधित किया क्योंकि प्रयोज्य उस तत्परता के कारण वैकल्पिक समाधान की बात सोच ही नहीं पा रहे थे।

लूचिन्स (Luchins) तथा रीस और इजरेल (Rees & Israel) के प्रयोगों के परिणाम से यह स्पष्ट हो जाता है कि तत्परता के अनुचित तथा गलत होने पर उससे समस्या के समाधान में काफी बाधा पहुँचती है। इसके अलावा अन्य मनोवैज्ञानिकों जैसे केन्डलर, ग्रीनवर्ग तथा रिचमैन (Kendler, Greenberg & Richman, 1952), रोकीच (Rokeach, 1950) ने भी अपने-अपने प्रयोगों में तत्परता के अन्ध प्रभाव को यानी उसके हानिकारक प्रभाव (disadvantageous effect) को दिखलाया है।

निष्कर्ष यह है कि समस्या के समाधान में यानी चिन्तन में किसी तत्परता का प्रभाव सहायक (facilitating) भी होता है तथा बाधक भी। तत्परता के इस बाधक प्रभाव (interfering effect) को यानी हानिकारक प्रभाव को कुछ विशेष तरीकों द्वारा कम भी किया जा सकता है।

चिन्तन में प्रयत्न तथा त्रुटि का महत्त्व (Role of Trial and Error in Thinking)

प्रत्येक समस्या के समाधान में यानी चिन्तन में प्रयत्न तथा त्रुटि (trial and error) का विशेष महत्त्व है। 'प्रयत्न तथा त्रुटि' (trial and error) शब्द का सबसे पहले प्रयोग पशु मनोविज्ञान (Animal psychology) में लायड मार्गन (Loyd Morgan) ने 1894 में किया जिससे उनका तात्पर्य पशु के वैसे व्यवहारों से था जिसमें पशु कारण-तथा-परिणाम सम्बन्धों (cause-and-effect-relationship) को बिना समझे ही किसी समस्या का समाधान करने की कोशिश करता था। आज भी इस शब्द का प्रयोग इसी अर्थ में किया जाता है।

मनोवैज्ञानिकों ने पशुओं एवं मानव पर अनेक प्रयोग करके यह दिखला दिया है कि जब भी प्राणी (organism) किसी समस्या का समाधान करता है तो वह अचानक नहीं कर लेता है। प्रारम्भ में वह किसी एक विधि का उपयोग करता है, असफल रहने पर फिर दूसरी विधि का उपयोग करता है। इस पर भी असफल रहने पर वह तीसरी विधि का उपयोग करता है। इस तरह से अनेकों प्रयासों (trials) में अपनी त्रुटियों (errors) को सुधारते हुए अन्त में वह उस समस्या का समाधान करने में सफल हो जाता है। इसका सबसे स्पष्ट समर्थन हमें थॉर्नडाइक (Thorndike) द्वारा एक भूखी बिल्ली को पहेली बक्स (puzzle box) में रखकर किये गये प्रयोग से मिलता है। भूखी बिल्ली के सामने समस्या यह थी कि किसी तरह वह उस बक्स का दरवाजा खोलकर बाहर आ जाय ताकि बाहर रखे गये मछली को वह खा सके। इस समस्या के समाधान में बिल्ली ने भिन्न-भिन्न प्रकार की अनुक्रियाएँ (responses) की। जैसे, कभी वह पंजे से बक्स को नोंच-खसोट कर दरवाजा खोलना चाहती थी तो कभी मात्र उछल-कूद कर ही दरवाजा खोल लेना चाहती थी। ये सभी क्रियाएँ त्रुटिपूर्ण क्रियाएँ थीं क्योंकि इससे समस्या का समाधान नहीं हो पा रहा था। फिर बिल्ली का पंजा अचानक सिटकिनी पर पड़ जाता है और दरवाजा खुल जाता है। बाद के प्रयासों में धीरे-धीरे त्रुटिपूर्ण क्रियाएँ कमतीं गयीं और बिल्ली दरवाजे को खोलना अर्थात् समस्या का समाधान करना सीख गयी। इस प्रयोग में बिल्ली द्वारा भिन्न-भिन्न प्रयासों (trials) में उछल-कूद तथा नोंच-खसोट की क्रियाएँ करना प्रयत्न तथा त्रुटि के उदाहरण हैं।

मनुष्यों पर भी कुछ प्रयोग किये गये जिसके परिणाम थॉर्नडाइक के परिणाम के समान थे। रूजर (Ruger, 1910) ने हृदय-एवं-धनुष (heart-and-bow) नामक एक पहेली (puzzle) तैयारी किया जिसे चित्र 10.3 में दिखलाया गया है। यह पहेली मानव प्रयोज्य (human subject) को दे दिया गया और उन्हें 'धनुष की आकृति' को 'हृदय की आकृति' से अलग करने को कहा गया। प्रयोज्यों द्वारा किये सभी प्रयासों (efforts) में अनुक्रियाओं (responses) को रूजर (Ruger) ठीक ढंग से लिखते गये और बाद में उनका विश्लेषण कर बतलाया कि मनुष्य भी थॉर्नडाइक की बिल्ली के समान ही समस्या के समाधान में प्रयत्न तथा त्रुटि का व्यवहार करते हैं। गेल्डार्ड[1] (Geldard, 1963) के अनुसार, ''इन सभी आँकड़ों को रूजर द्वारा विश्लेषण करने पर एक महत्त्वपूर्ण निष्कर्ष निकला— समस्या समाधान की परिस्थिति में मनुष्य वैसी अनुक्रियाएँ करता है जिसे थॉर्नडाइक की बिल्ली द्वारा की गयी अनुक्रिया से अधिक भिन्न नहीं माना जा सकता है।''

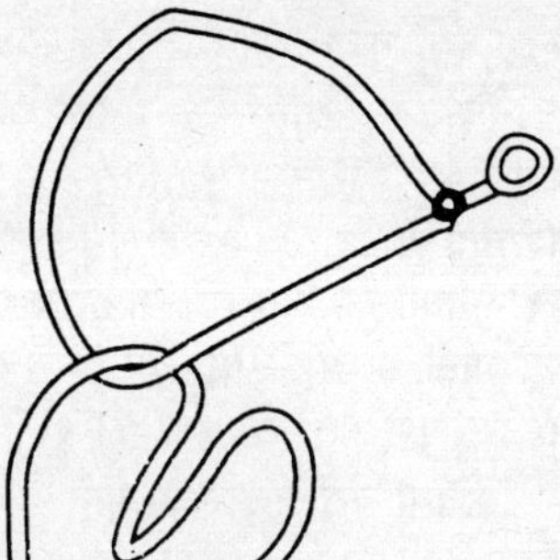

चित्र 10.3 : हृदय एवं धनुप पहेली

कुछ मनोवैज्ञानिकों ने उपर्युक्त प्रयोगों (experiments) की आलोचना की है। जैसे, हाबहाऊस (Hobhouse, 1910) तथा कोहलर (Kohler, 1927) ने थॉर्नडाइक के पहेली बक्स (puzzle box) समस्या की आलोचना करते हुए

1. "His analysis (Ruger's analysis) of all these data led to one important generality—human in problem-solving situations adopt an attack that is not very different from that of Thorndike's cats."

—Geldard : *Fundamentals of Psychology,* p. 227

यह कहा है कि इस समस्या का कुछ भाग बिल्ली के सामने स्पष्ट न होकर छिपा हुआ था। ऐसी परिस्थिति में समस्या के समाधान के लिए यह स्वाभाविक ही था कि बिल्ली प्रयत्न तथा त्रुटि का सहारा लेती। अतः थॉर्नडाइक द्वारा प्रतिपादित समस्या कृत्रिम या अस्वाभाविक था। कोहलर ने 'सुलतान' नामक वनमानुष (chimpanzee) पर कई प्रयोग किये जिसे उसे एक ऐसी परिस्थिति में रखा गया जो बिलकुल वास्तविक एवं स्वाभाविक था तथा जिसका कोई भी अंश वनमानुष से छिपा हुआ नहीं था। उन्होंने सुलतान को एक बड़े कमरे में बन्द कर दिया जिसकी छत से केला लटक रहा था। वनमानुष भूखा था। अतः उसका ध्यान तुरंत ही केले पर गया और उछल-कूद कर उसे प्राप्त कर लेने में असमर्थ रहने के बाद कमरे के एक कोने में पड़े तीन बक्सों की ओर दौड़ पड़ा और केले के ठीक नीचे तीन बक्सों को एक-दूसरे पर रखकर उस पर चढ़ गया और केला प्राप्त कर लिया। इस समस्या में वनमानुष द्वारा किये गये व्यवहार का कोहलर ने जो विश्लेषण किया उससे तो यह स्पष्ट होता है कि सुलतान ने समस्या का समाधान करने में प्रयत्न तथा त्रुटि (trial and error) का सहारा नहीं लेकर अन्तर्दृष्टि (insight) का सहारा लिया। कोहलर के अनुसार सुलतान ने समस्या का समाधान अन्तर्दृष्टि के आधार पर किया जिसका सबूत यह था कि उसने अचानक (abruptly) 'केला' तथा उसके प्राप्त करने के उपायों (means) के बीच के सम्बन्ध का प्रत्यक्षण (perception) किया था।

परन्तु यदि ध्यानपूर्वक देखा जाय, तो कोहलर के 'सुलतान' द्वारा भी समस्या के समाधान में प्रयत्न तथा त्रुटि (trial and error) का सहारा लिया गया। सुलतान ने पहले केले को उछल-कूद कर प्राप्त करने की बार-बार कोशिश की थी जिसे स्पष्टतः प्रयत्न तथा त्रुटि की श्रेणी में रखा जा सकता है। हाबहाऊस (Hobhouse, 1910) ने भी कई तरह की समस्याओं जैसे रस्सी खींचना (string pulling), रस्सी-विभेदीकरण समस्या (string discrimination) आदि पर प्रयोग किया जिसमें कुत्ता, बिल्ली, हाथी, बन्दर आदि प्रयोज्य (subject) थे और पाया कि इन पशुओं द्वारा भी समस्या के समाधान में प्रयत्न तथा त्रुटि (trial and error) का सहारा लिया जाता है।

निष्कर्ष यह है कि पशु हो या मनुष्य, किसी समस्या का समाधान या चिन्तन करने में प्रयत्न तथा त्रुटि (trial and error) का सहारा वह निश्चित रूप से लेता है। इतना अवश्य है कि मनुष्यों में प्रयत्न तथा त्रुटि व्यवहार पशुओं की अपेक्षा कम होती है।

चिन्तन में प्रतिमा का महत्त्व
(Role of Images in Thinking)

चिन्तन में प्रतिमा (image) का अधिक महत्व है। जब भी हम किसी समस्या का समाधान करते हैं, तो गत अनुभूतियाँ कुछ प्रतिमा (image) के रूप में आकर या तो उस समाधान में मदद करती है या बाधा पहुँचाती है।

चिन्तन में प्रतिमा के महत्त्व का वर्णन करने के पहले यह बतला देना उचित होगा कि प्रतिमा किसे कहते हैं। मॉर्गन, किंग तथा रॉबिन्सन[1] (Morgan, King & Robinson, 1981) के अनुसार, ''सामान्यतः गत अनुभूतियों की कुछ विशेषताओं के पृथक्ककरण को प्रतिमा कहा जाता है।'' इससे स्पष्ट है कि गत अनुभूतियों की कुछ खास-खास विशेषताओं को जब हम मानसिक रूप से अलग करने में समर्थ हो जाते हैं, तो इसे ही हम प्रतिमा कहते हैं। उदाहरणार्थ, कल पार्टी में अपने मित्र के विचित्र वेश-भूषा की याद को या गुणों को मस्तिष्क में जब हम लाने में समर्थ हो पाते हैं, तो उस गुण या विशेषता को ही प्रतिमा की संज्ञा दी जाएगी।

प्रतिमा कई प्रकार के होते हैं। ज्ञानेन्द्रियों (sense organ) के आधार पर इसे पाँच भागों में बाँटा गया है— दृष्टि प्रतिमा (visual image), श्रवण प्रतिमा (auditory image), स्वाद-प्रतिमा (taste image), गन्ध प्रतिमा (olfactory image) तथा स्पर्श प्रतिमा (tactual image)। इन विभिन्न प्रतिमाओं में से दृष्टि प्रतिमा तथा श्रवण प्रतिमा अधिक सामान्य (common) है। इन प्रतिमाओं के अलावा एक और प्रतिमा भी होती है जिसे समूर्त्त प्रतिमा (eidetic image) कहा जाता है। समूर्त्त प्रतिमा वैसी प्रतिमा को कहा जाता है जिसमें उस वस्तु का जिसकी वह प्रतिमा है, बिलकुल ही हू-ब-हू या वास्तविक (exact) निरूपण होता है। इस तरह की प्रतिमा बनने पर व्यक्ति को ऐसा लगता है कि वस्तु उसके सामने रखा हुआ है।

---

1. "In general, the images are abstractions of certain features of previous experience."

—Morgan, King & Robinson : *Introduction to Psychology,* 1981. p. 179

चिन्तन में प्रतिमा के महत्त्व को दिखलाने के लिए कई प्रयोग किए गए हैं। इनमें से कुछ तो ऐसे हैं जिनसे यह स्पष्ट रूप से पता चलता है कि चिन्तन में प्रतिमाओं का काफी महत्त्व है। प्रतिमा के अभाव में चिन्तन की प्रक्रिया स्पष्ट रूप से नहीं हो पाती है। दूसरी तरफ, इसके ठीक विपरीत परिणाम भी पाये गये हैं जिसमें यह दिखलाया गया है कि चिन्तन में प्रतिमा का कोई स्थान नहीं होता है। इस तरह के विचार को *प्रतिमाहीन चिन्तन* (imageless thought) की संज्ञा दी गयी है। इन दोनों तरह के परस्पर विरोधी विचारों का वर्णन निम्नांकित है—

चिन्तन में प्रतिमा (image) के महत्त्व को दिखलाने के लिए कई मनोवैज्ञानिकों द्वारा प्रयोग किये गये हैं। 1900 के लगभग में अनेक मनोवैज्ञानिकों जिसमें वुण्ट (Wundt) तथा टिचेनर (Titchener) का नाम अधिक मशहूर है, मनोवैज्ञानिक प्रयोगशालाओं में कई सरल प्रयोग किये जिनका उद्देश्य चिन्तन में या समस्या समाधान में प्रतिमा के महत्त्व को दिखलाना था। इन प्रयोगकर्त्ताओं की प्रयोग विधि काफी सरल थी— प्रयोज्य को एक समस्या दे दी जाती थी जिसका समाधान उन्हें करना होता था। समाधान करने के बाद प्रयोज्य को अन्तर्निरीक्षण (introspection) करके यह बतलाना होता था कि समस्या के देने तथा उसका समाधान करने के बीच किस तरह की चेतन अनुभूतियाँ (conscious experiences) उसके मन में आयी थीं। परिणाम में देखा गया कि अधिकतर प्रयोज्यों द्वारा चेतन अनुभूतियों के रूप में भिन्न-भिन्न प्रकार की मानसिक प्रतिमाओं (images) की झलक आते बतलायी गयी। इस प्रतिमाओं से उन्हें समस्या का समाधान में काफी मदद मिलती थी। प्रयोज्यों ने बतलाया कि प्रतिमाएँ भिन्न-भिन्न प्रकार की थीं— कुछ दृष्टि प्रतिमा थी, कुछ श्रवण प्रतिमा थी, कुछ गतिक प्रतिमा (kinesthetic image) थी। इसमें कुछ प्रतिमाएँ काफी स्पष्ट थीं तथा कुछ तुलनात्मक रूप से कम स्पष्ट थीं। इस तरह के परिणाम के आधार पर इन मनोवैज्ञानिकों ने बतलाया कि चिन्तन में प्रतिमा (images) का काफी महत्त्व होता है। इसके अभाव में चिन्तन की प्रक्रिया स्पष्ट रूप से नहीं हो सकती है। मैककेल्लर (Mckeller, 1972) ने 500 वयस्कों पर एक अध्ययन किया और पाया कि करीब 97% प्रयोज्यों ने कहा कि समस्या समाधान के दौरान इनमें दृष्टि प्रतिमा बने थे, 93% ने श्रवण प्रतिमा की बात कही, 74% ने पेशीय प्रतिमा (motor imagery) की बात कही, 70% ने स्पर्श प्रतिमा की बात कही। स्पष्ट हुआ कि किसी समस्या का समाधान करते समय चिंतन में तरह-तरह की प्रतिमाएँ मन में बनतीं हैं जिनमें दृष्टि प्रतिमा की अधिकता होती है। कहा जाता है कि महान वैज्ञानिक अलवर्ट आस्टीन (Albert Einstein) के अधिकतर चिंतन प्रतिमाओं के ही रूप में होते थे।

संमूर्त्त प्रतिमा (eidetic images) के अध्ययनों से भी इस बात का समर्थन मिलता है कि चिन्तन में प्रतिमा का महत्त्व काफी है। जैसा कि कहा जा चुका है, इस तरह की प्रतिमा बनने पर व्यक्ति को ऐसा महसूस होता है कि वस्तु उसके सामने रखा हुआ है और वह उसका प्रत्यक्षण (perception) करके उसका वर्णन कर रहा है। दूसरे शब्दों में, संमूर्त्त प्रतिमा में मन में किसी वस्तु की बननेवाली प्रतिमा वास्तविक एवं अतिस्पष्ट होती है। मनोवैज्ञानिकों के प्रयोग से स्पष्ट हो गया है कि बच्चों के चिन्तन में इस तरह की संमूर्त्त प्रतिमाएँ अधिक बनती हैं। परन्तु जैसे-जैसे उम्र बढ़ते जाता है, इस तरह की प्रतिमाओं का बनना कमते जाता है। संमूर्त्त प्रतिमा की दो विशेषताएँ होती हैं— व्यक्ति इस प्रतिमा के किसी भी भाग पर अपनी इच्छानुसार अधिक या कम बल (emphasis) डाल सकता है तथा दूसरा जैसा कि आलपोर्ट (Allport, 1924) ने बतलाया है, संमूर्त्त चिन्तन का कम या अधिक होना वस्तु में व्यक्ति की अभिरुचि पर भी निर्भर करता है।

कुछ मनोवैज्ञानिकों जैसे जिम्बार्डो तथा रूच[1] (Zimbrado & Ruch, 1977) का कहना है कि जिन लोगों में संमूर्त्त प्रतिमा (eidetic image) बनाने की क्षमता होती है, वे पहले देखें गये घटनाओं एवं वस्तुओं को आसानी से पुनरुत्पादन (reproduce) तो कर लेते हैं परन्तु उनका प्रयोग नये ढंग से करने में असमर्थ होते हैं। इसका मतलब तब यह हुआ कि संमूर्त्त प्रतिमा से सिर्फ पुनरुत्पादन (reproduction) में मदद मिलता है। इससे व्यक्ति को अमूर्त्त चिन्तन (abstract reasoning) या सर्जनात्मक कल्पना (creative imagination) करने में कोई मदद नहीं मिलता है। इस तथ्य का प्रयोगात्मक समर्थन रूसी मनोवैज्ञानिक लूरिया (Luria, 1968) के अध्ययनों से मिलता है। अतः निष्कर्ष यह है कि समूर्त्त प्रतिमा का महत्त्व अमूर्त्त चिन्तन में गौण होता है। कुछ ऐसे और भी मनोवैज्ञानिक है जिन्होंने यह दिखलाया है कि चिन्तन की प्रक्रिया में प्रतिमा का कोई स्थान नहीं होता है। फ्रैन्सिस गाल्टन (Francis Galton) ने 1883 में बतलाया कि कुछ

---

1. "Individuals with eidetic imagery can reproduce what they have seen, but it is difficult for them to use this information in new ways. Thus eidetic imagery does not appear to play a role in abstract thinking or creative imagination."
—Zimbardo & Ruch : *Psychology and Life*, 1977, p. 208

महान वैज्ञानिकों (scientists) जैसे डाक्टर व इंजीनियर आदि का चिन्तन बिना प्रतिमा (images) के ही होता है। इन लोगों के चिन्तन प्रक्रिया का विश्लेषण करने पर किसी प्रकार की कोई प्रतिमा (images) का सबूत नहीं मिलता है। गाल्टन के इस विचार से प्रेरित होकर करीब-करीब 1900 के लगभग में ही कुछ मनोवैज्ञानिकों ने कई प्रयोग किये और पाये कि सचमुच में बहुत प्रयोज्यों (subjects) द्वारा समस्या के समाधान में किसी प्रकार की प्रतिमा (images) को नहीं होते बतलाया गया। इसके परिणामस्वरूप *'प्रतिमाहीन चिन्तन'* (imageless thought) विवाद का जन्म हुआ। इस विवाद पर सबसे अधिक अध्ययन एक विशेष सम्प्रदाय (school) के सदस्यों द्वारा किया गया। इस सम्प्रदाय (school) को *उर्जवर्ग सम्प्रदाय* (Wurzburg school) के नाम से जाना जाता है। इस सम्प्रदाय के मुख्य सदस्य कुल्पे (Kulpe), मार्बे (Marbe), वाट (Watt) तथा बुहलर (Buhler) आदि है। यद्यपि कुल्पे वुन्ट (Wundt) के शिष्य थे, फिर भी वे वुन्ट के इस विचार से सहमत नहीं थे कि चिन्तन में प्रतिमा का महत्त्व काफी है। उन्होंने अपने प्रयोगात्मक अध्ययन के आधार पर यह स्पष्ट रूप से बतलाया है कि चिन्तन में न तो कोई संवेदन (sensation) होता है और न ही किसी प्रकार की कोई प्रतिमा (image) ही होती है। मार्बे (Marbe) ने वजन उठाने की प्रक्रिया (weight-lifting process) पर अध्ययन किया। इन्होंने प्रयोज्य (subjects) को दो दिये गये वजन में से कौन-सा भारी (heavier) है, बतलाने को कहा। उत्तर दे देने के बाद प्रयोज्यों से उसका उत्तर ढूँढ़ते समय आने वाली अनुभूतियों का अन्तर्निरीक्षण (introspection) करने को कहा गया। अधिकतर प्रयोज्यों ने यह बतलाया कि वे किस तरह से उत्तर ढूँढ़ कर निर्णय कर पाये, इसका वर्णन करना सम्भव नहीं है। उनके मन में किसी प्रकार की कोई प्रतिमा भी नहीं आयी थी। उस समय का चिन्तन बिलकुल ही प्रतिमारहित (imageless) था जिसका वर्णन अन्तर्निरीक्षण (introspection) करके करना सम्भव नहीं था। बुहलर (Buhler) तथा वाट्ट (Watt) के भी परिणाम इसी प्रकार के थे। इन उर्जवर्गवादी मनोवैज्ञानिकों के अनुसार चिन्तन में प्रयोज्यों की मानसिक वृत्ति (attitude) अधिक महत्त्वपूर्ण होती है क्योंकि समस्या के समाधान में इसका ही काफी प्रभाव पड़ते देखा गया न कि प्रतिमाओं का।

निष्कर्ष यह है कि प्रतिमाएँ चिन्तन में कभी-कभी बिलकुल ही स्पष्ट होती है और समस्या के समाधान में महत्त्वपूर्ण भूमिका अवश्य निभाती है। परन्तु चिन्तन कभी-कभी बिना प्रतिमा के भी होता है।

चिन्तन के सिद्धान्त
(Theories of Thinking)

करीब-करीब सभी मनोवैज्ञानिक इस बात से सहमत है कि चिन्तन की शुरूआत उस समय होती है जब व्यक्ति के सामने समस्या (problem) उत्पन्न होती है और चिन्तन का अंत उस समय होता है जब उस समस्या का समाधान हो जाता है। परन्तु चिन्तन की इस पूरी प्रक्रिया में यानी, समस्या उत्पन्न होने तथा उसका समाधान होने तक कौन-कौन-सी प्रक्रियाएँ होती है तथा उसकी व्याख्या कैसे की जा सकती है, इसे लेकर मनोवैज्ञानिकों में मतभेद रहा है। इन प्रक्रियाओं की व्याख्या करने के लिए मनोवैज्ञानिकों ने कुछ सिद्धान्तों का वर्णन किया है जिसमें निम्नांकित दो प्रमुख हैं—

1. केन्द्रीय सिद्धांत (Central theory) तथा
2. परिधीय सिद्धांत या गति सिद्धांत (Peripheral theory or Motor theory)

1. केन्द्रीय सिद्धांत *(Central theory)*—इस सिद्धान्त के अनुसार चिन्तन का आधार केन्द्रीय तंत्रिका तंत्र (central nervous system) होता है। जब व्यक्ति किसी समस्या का समाधान करता है, तो केन्द्रीय तंत्रिका तंत्र में विशेषकर मस्तिष्क में बहुत तरह की अंतक्रियाएँ (interactions) होती हैं जिनका परिणाम यह होता है कि व्यक्ति उस समस्या का समाधान कर लेता है। जबतक व्यक्ति समस्या का समाधान नहीं कर पाता है, तबतक मस्तिष्क में अन्तक्रियाएँ (interactions) चलती रहतीं हैं। इस आशय से यह भी स्पष्ट हो जाता है कि केन्द्रीय सिद्धान्त में शरीर की पेशीय क्रियाओं (motor activities) का महत्त्व नहीं है। दूसरे शब्दों में, चिन्तन की प्रक्रिया में या किसी समस्या में शरीर के पेशीय अंगों (motor organs) या प्रभावक (effectors) द्वारा की गयी क्रियाओं का कोई महत्त्व नहीं होता है।

औसगुड (Osgood 1953) के अनुसार चिन्तन के अध्ययन में दी गयी समस्या एक प्रकार का उद्दीपक (stimulus) होता है। अतः यह व्यक्ति को उत्तेजित (stimulate) करता है जिसके परिणामस्वरूप संवेदी तंत्रिका (sensory neuron) द्वारा तंत्रिका आवेग मस्तिष्क के एक खास क्षेत्र विशेषकर साहचर्य क्षेत्र (association area) में पहुँचता है। फलस्वरूप, व्यक्ति के मस्तिष्क में भिन्न-भिन्न प्रकार की प्रतिमाएँ (images) एवं विचार (ideas) उत्पन्न होने लगते हैं जिनके सहारे

व्यक्ति समस्या का समाधान कर लेता है। इस सिद्धान्त की व्याख्या का समर्थन कुछ संरचनावादियों (Structuralists) तथा गेस्टाल्ट मनोवैज्ञानिकों द्वारा व्यक्त किये गये विचारों से मिलता है।

केन्द्रीय सिद्धान्त की आलोचना इस प्रकार की गयी है—

(i) केन्द्रीय सिद्धान्त चिन्तन की व्याख्या का एक पुराना सिद्धान्त है जिसके समर्थन में कोई ठोस प्रयोगात्मक तथ्य (experimental facts) प्राप्त नहीं है। फलस्वरूप, मनोवैज्ञानिकों ने इस सिद्धान्त को एक कामचलाऊ सिद्धान्त कहा है जिसकी व्याख्या के आधार पर किसी प्रकार का सामान्यीकरण (generalization) नहीं किया जा सकता है। यह सिद्धान्त मात्र सामान्य बोध (common sense) का समर्थन करता है कि चिन्तन व्यक्ति के मस्तिष्क में होनेवाली एक क्रिया है।

(ii) इस सिद्धान्त में शरीर के पेशीय अंगों (motor organs) द्वारा की गयी क्रियाओं (activities) के महत्त्व को स्वीकृति नहीं दी गयी है। अनेकों सबूत (experimental evidences) आज मनोवैज्ञानिकों के सामने इस तरह की उपस्थित हैं जिनके आधार पर यह आसानी से दिखलाया गया है कि चिन्तन में पेशीय क्रियाओं (motor activities) का भी महत्त्व होता है।

2. परिधीय सिद्धांत या गति सिद्धांत *(Peripheral theory or Motor theory)*—इस सिद्धान्त की बुनियाद वाटसन (Watson) की विचारधारा है। वाटसन, जो व्यवहारवाद (Behaviourism) के जनक (father) हैं, के अनुसार चिन्तन एक प्रकार का उपवाचिक बातचीत (sub-vocal talking) है। दूसरे शब्दों में, चिन्तन में हमलोग धीरे-धीरे अपने से ही बातचीत करते हैं। इस तरह से चिन्तन में वागेन्द्रियों (vocal organs) में पेशीय क्रियाएँ (muscular activities) होती है और व्यक्ति अपने आप से बातचीत करना प्रारम्भ कर देता है। बाद में वाटसन (Watson) ने यह भी बतलाया कि सभी तरह के चिन्तन में वागेन्द्रियों की ही मांसपेशियों में क्रियाएँ नहीं होती है बल्कि अन्य अंगों जैसे हाथ एवं पैर की मांसपेशियों में भी क्रियाएँ होती है। जैसे, एक बहरे एवं गूंगे व्यक्ति के चिन्तन में हाथ की अंगुलियों की मांसपेशियों में अधिक क्रियाएँ होते पायीं गयीं। इस तरह से वाटसन (1914) ने कहा, *''हमलोग पूरे शरीर के सहारे चिन्तन क्रिया करते हैं'' (We think with our whole body)*।

वाटसन के उपर्युक्त विचारों से प्रेरित होकर परिधीय सिद्धान्त (peripheral theory) या गति सिद्धान्त का प्रतिपादन किया गया। इस सिद्धान्त के अनुसार जब व्यक्ति के सामने कोई उद्दीपक (stimulus) यानी, समस्या (problem) दिया जाता है, तो उससे उत्पन्न स्नायुप्रवाह मस्तिष्क (brain) में पहुँचता है जो एक रिले स्टेशन (relay station) के समान कार्य करता है। यहाँ से स्नायु प्रवाह को तुरंत उपयुक्त (appropriate) प्रभावक (effector) यानी मांसपेशियों में भेज दिया जाता है जिसके फलस्वरूप व्यक्ति कोई अनुक्रिया करता है। मांसपेशियों की इस अनुक्रिया से पुनः एक स्नायु प्रवाह उत्पन्न होता है जो मस्तिष्क में वापस जाता है। इस तरह की पूरी प्रक्रिया जिसमें वापसी की प्रक्रिया भी सम्मिलित है, तब तक होते रहती है जबतक कि समस्या का समाधान नहीं हो जाता है। इस वापसी प्रक्रिया को मनोवैज्ञानिकों ने *पुनर्निवेशन* (feedback) की संज्ञा दी है। इस व्याख्या से स्पष्ट है कि परिधीय सिद्धान्त में मस्तिष्क में होनेवाली अन्तःक्रियाओं (interactions) को प्रधानता दी गयी है और साथ-ही-साथ परिधीय सिद्धान्त की व्याख्या केन्द्रीय सिद्धान्त से भिन्न भी है। परिधीय सिद्धान्त में पेशीय क्रियाओं (muscular activities) को अधिक महत्त्वपूर्ण माना गया है।

परिधीय सिद्धान्त या गति सिद्धान्त के समर्थन में कुछ प्रयोगात्मक सबूत (experimental evidences) मौजूद है। जैकोवसन (Jaconbson, 1932) ने अपने प्रयोज्य (subject) को कभी बाएँ हाथ से तथा कभी दायें हाथ से 10 पौण्ड का वजन उठाने की कल्पना (चिन्तन) करने को कहा। साथ-ही-साथ जैकोवसन प्रयोज्य के बायें हाथ तथा दायें हाथ के पेशीय क्रियाओं (muscular activities) को विशेष उपकरण (apparatus) द्वारा रिकार्ड (record) करते गये। उन्होंने पाया कि जब प्रयोज्य दायें हाथ से 10 पौण्ड वजन उठाने की बात सोचता था, तो उसके दायें हाथ की पेशीय क्रियाएँ पहले से बढ़ जाती थी और जब वह बायें हाथ से वजन उठाने की बात सोचता था, तो बायें हाथ की पेशीय क्रियाएँ पहले से बढ़ जाती थीं। इस अध्ययन से स्पष्ट हो जाता है कि चिन्तन की प्रक्रिया में पेशीय क्रियाएँ (muscular activities) होतीं हैं। टोट्टैन (Totten, 1935) ने उसी तरह एक अध्ययन किया जिसमें प्रयोज्य (subject) को कुछ ज्यामितीय डिजाइन (geometric design) के बारे में सोचने को कहा गया। परिणाम में देखा गया कि ऐसा करते समय प्रयोज्य के आँख एवं पलकों की मांसपेशियों की क्रियाएँ (activities) पहले से तीव्र हो गयी। मैक्स (Max, 1937) ने गति सिद्धान्त की जाँच के लिए एक प्रयोग किया जिसमें 18 बहरे (deaf) तथा 16 सामान्य (यानी जो अच्छी तरह सुन सकते

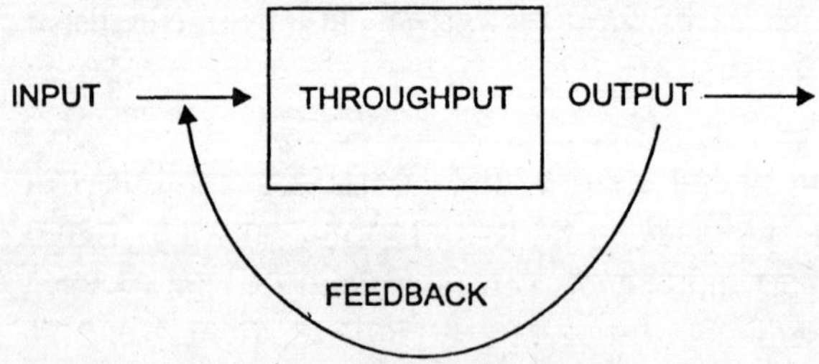

चित्र 10.4 : सर्वोमैकनिज्म

थे) प्रयोज्य थे। इन दोनों तरह के प्रयोज्यों को एक ऐसी बात सोचने को कहा गया जिसमें मानो वे अपने हाथ के सहारे कुछ भारी वजन उठा रहे हैं। ऐसा सोचते समय इन सभी प्रयोज्यों के बाँहों की मांसपेशियों (muscles) की क्रियाओं (activities) का भी रिकार्ड तैयार किया गया। परिणाम में यह देखा गया कि बहरे प्रयोज्यों के बाँह की मांसपेशियों की क्रियाएँ (activities) सामान्य प्रयोज्यों के बाँह की मांसपेशियों की क्रियाओं (activities) के लगभग बराबर थे। इस परिणाम से यह साबित होता है कि सामान्य व्यक्ति के समान बहरे व्यक्ति के चिन्तन में भी मांसपेशीय क्रियाएँ (muscular activities) होती है। अमूर्त्त चिन्तन (abstract reasoning) करते समय जैसे, मन में जोड़, घटाव, गुणा, भाग आदि की क्रियाएँ करते समय बहरों में उनके बाँह की मांसपेशीय क्रियाएँ 84% हुई जबकि इसी परिस्थिति में सामान्य व्यक्ति में ऐसी मांसपेशीय क्रियाएँ 31% हुई। इससे साबित होता है कि अमूर्त्त चिन्तन करते समय बहरे व्यक्तियों में सामान्य व्यक्तियों की अपेक्षा पेशीय क्रियाएँ और भी अधिक होती हैं।

इन विभिन्न प्रयोगों से यह स्पष्ट हो जाता है कि चिन्तन करते समय व्यक्ति में मांसपेशीय क्रियाएँ (muscular activities) होतीं हैं। मनोवैज्ञानिकों ने यह भी दिखलाया है कि इस तरह से होने वाले मांसपेशीय क्रियाओं का पुनर्निवेशन (feedback) द्वारा व्यक्ति को ज्ञान होता है। यही कारण है कि चिन्तन में मांसपेशीय क्रियाओं में एक क्रम (sequence) पाया जाता है। परन्तु चूँकि इस तरह का पुनर्निवेशन (feedback) आन्तरिक (intrinsic) होता है, अतः व्यक्ति को इसका प्रत्यक्ष बोध नहीं होता है और इससे व्यक्ति सीधे अवगत नहीं हो पाता है। इस तरह के पुनर्निवेशन प्रक्रम (feedback mechanism) को जिम्बार्डो तथा रूक (Zimbardo & Ruch, 1977) ने *सर्वोमैकनिज्म* (servo-mechanism) की संज्ञा दी जिसकी एक झलक हमें चित्र 10.4 में मिलती है। सर्वो मैकनिज्म के चार भाग (parts) होते हैं जिसके द्वारा चिन्तन में किये गये मांसपेशीय क्रियाओं का ज्ञान व्यक्ति को होता है और जिसके फलस्वरूप इन क्रियाओं में एक क्रमबद्धता (systematization) भी आती है। वे चार भाग निम्नांकित है—

(i) संसाधक निवेश (Processing input)—संसाधक निवेश से तात्पर्य वैसे उद्दीपकों (stimuli) से होता है जो व्यक्ति में आवेग (impulse) उत्पन्न करते हैं।

(ii) थ्रुपुट (Throughput)—उद्दीपक से आवेग (impulse) उत्पन्न होकर थ्रुपुट (throughput) में पहुँचता है जिसे तंत्रिका तंत्र (nervous system) कहा जाता है। इन आवेगों को तंत्रिका तंत्र में संगठित (organise) किया जाता है।

(iii) निर्गत (Output)—तंत्रिका आवेग थ्रुपुट या तंत्रिका में संगठित होने के बाद मांसपेशियों को उत्तेजित करते हैं जिसके फलस्वरूप व्यक्ति मांसपेशीय क्रियाओं को (muscular activities) करता है।

(iv) पुनर्निवेशन (Feedback)—किये गये मांसपेशीय क्रियाओं की क्रमबद्धता (systematization) का निर्धारण उन सूचनाओं के आधार पर होता है जिसका पुनर्निवेशन (feedback) व्यक्ति को पुनः होता है।

ये चारों प्रक्रियाएँ चिन्तन के प्रमुख चरण (steps) माने गये हैं। कुछ मनोवैज्ञानिकों का कहना है कि इन चारों कदमों में अन्तर करना हमेशा सम्भव नहीं है क्योंकि उनमें अतिव्याप्त (overlapping) का गुण होता है।

कुछ मनोवैज्ञानिकों ने इस परिधीय सिद्धान्त की आलोचना की है। इसकी आलोचना करते हुए मनोवैज्ञानिकों ने यह कहा है कि इस सिद्धान्त में संवेदी क्रियाओं (sensory activities) एवं मस्तिष्क को मांसपेशीय क्रियाओं (muscular activities) की तुलना में बहुत ही कम महत्त्व दिया गया है। इसके अलावा कुछ ऐसे भी क्रियाएँ खासकर स्वचालित क्रियाएँ (automatized activities) होती हैं जिनमें मांसपेशीय क्रियाएँ करने का समय ही नहीं होता है।

इस आलोचना के बावजूद भी परिधीय सिद्धान्त को केन्द्रीय सिद्धान्त से अधिक श्रेष्ठ (superior) माना गया है क्योंकि उसके पक्ष में कई प्रयोगात्मक तथ्य (experimental facts) मौजूद है।

सामान्य निष्कर्ष *(General conclusion)*—प्रयोगात्मक अध्ययनों द्वारा उपस्थित किये गये तथ्यों के आधार पर कोई भी व्यक्ति यह निश्चित रूप से कह सकता है कि परिधीय सिद्धान्त, केन्द्रीय सिद्धान्त से श्रेष्ठ (superior) है। परन्तु इसका मतलब यह नहीं है कि केन्द्रीय सिद्धान्त बिलकुल ही अनुपयुक्त एवं गलत है तथा परिधीय सिद्धान्त बिलकुल ही

सही है। अतः सबसे उपयुक्त तथा तर्कपूर्ण निष्कर्ष, जैसा कि औसगुड (Osgood, 1953) ने कहा भी है, वह होगा जो इन दोनों सिद्धान्तों के बीच एक प्रकार का मध्यमार्ग (compromise) तैयार करता है। औसगुड के अनुसार दोनों सिद्धान्तों की व्याख्या सही है क्योंकि चिन्तन में संवेदी क्रियाएँ तथा पेशीय क्रियाएँ दोनों ही होती हैं। जैसे, एक बच्चे के चिन्तन में पेशीय क्रियाएँ (motor or muscular activities) अधिक तथा संवेदी क्रियाएँ (sensory activities) या केन्द्रीय क्रियाएँ (central activities) कम होती है। परन्तु एक वयस्क के चिन्तन में ठीक इसके विपरीत संवेदी क्रियाएँ अधिक तथा पेशीय क्रियाएँ कम होती है। उसी तरह तीव्र बुद्धि के व्यक्ति के चिन्तन में संवेदी क्रियाएँ तथा मस्तिष्क की क्रियाएँ (brain activities) अधिक होती है तथा कम बुद्धि के व्यक्ति के चिन्तन में पेशीय क्रियाएँ (motor activities) अधिक होती है औसगुड[1] (Osgood, 1953) के शब्दों में हम इस निष्कर्ष पर पहुँचते हैं।

''शायद सबसे तर्कपूर्ण विचार एक मध्यमार्ग (compromise) है। प्रतीकात्मक प्रक्रियाओं के विकास में परिधीय मध्यस्थता आवश्यकता है जो किसी परिपक्व व्यक्ति के केन्द्रीय प्रतिनिधित्व (central representation) में घुसा होता है।''

समस्या समाधान का अर्थ एवं स्वरूप
(Meaning and Nature of Problem Solving)

समस्या समाधान एक प्रमुख संज्ञानात्मक व्यवहार (cognitive behaviour) है। समस्या समाधान उस समय आवश्यक हो जाता है जब व्यक्ति किसी लक्ष्य (goal) पर पहुँचना चाहता है परन्तु लक्ष्य आसानी से उपलब्ध नहीं होता है। जब लक्ष्य आसानी से उपलब्ध हो जाता है, तो कोई समस्या नहीं उत्पन्न होती है और तब समस्या-समाधान का प्रश्न ही नहीं उठता है। जैसे, यदि हम कुछ लिखना चाहते हैं, परन्तु कलम, कागज या पेंसिल उपलब्ध नहीं है, तो यह व्यक्ति के लिए समस्या होगी परन्तु यदि उसके पास कलम, पेंसिल तथा कागज उपलब्ध है तो कोई समस्या नहीं होगी। इसका स्पष्ट मतलब तब यह हुआ कि समस्या समाधान (problem solving) एक ऐसी परिस्थिति होती है जिसमें लक्ष्य तक पहुँचने में कुछ चीजें बाधा उत्पन्न करती हैं। समस्या समाधान को मनोवैज्ञानिकों ने कुछ इस संदर्भ में परिभाषित किया है।

वेरोन[2] (Baron, 2006) के अनुसार, ''समस्या समाधान में विभिन्न अनुक्रियाओं को करने या उनमें से चुनने का प्रयास सम्मिलित होता है ताकि वांछित लक्ष्यों की प्राप्ति की जा सके।''

विटिंग एवं **विलियम्स**[3] (Witting & Williams III, 1984) के अनुसार, ''समस्या का समाधान का अर्थ होता है बाधाओं को दूर करने तथा लक्ष्यों की ओर पहुँचने के लिए चिन्तन प्रक्रियाओं का उपयोग करना।''

इन परिभाषाओं में सम्मिलित तथ्य पर विचार करने से यह स्पष्ट हो जाता है कि समस्या समाधान एक ऐसी प्रक्रिया है जिसमें व्यक्ति समस्या के वर्तमान अवस्था (given state) से लक्ष्य अवस्था (goal state) की ओर जाता है। समस्या से तात्पर्य एक ऐसी अवस्था से होती है जिसमें व्यक्ति कुछ (लक्ष्य) चाहता है परन्तु वह आसानी से प्राप्त नहीं कर पाता है।

मैटलिन (Matlin, 1983) के अनुसार समस्या समाधान के तीन महत्त्वपूर्ण पहलू बताए गए हैं—

(i) **मौलिक अवस्था** *(Original state)*—मौलिक अवस्था से तात्पर्य उस अवस्था से होता है जो समस्या के सामने आने पर प्रारम्भ में उत्पन्न होती है।

(ii) **लक्ष्य अवस्था** *(Goal state)*—लक्ष्य अवस्था से तात्पर्य उस अवस्था से होता है जो लक्ष्य पर पहुँचने अर्थात समस्या समाधान होने के बाद उत्पन्न होती है।

(iii) **नियम** *(Rules)*—नियम से तात्पर्य उन कार्य विधि (procedures) से होता है जिसे व्यक्ति समस्या की मौलिक अवस्था से लक्ष्य अवस्था तक पहुँचने में अपनाता है।

---

1. "Perhaps the most reasonable view is a compromise : the development of symbolic process may require peripheral mediation which becomes telescoped to a largely central represenation in the mature individual."

Osgood : *Method & Theory in Experimental Psychology,* 1953, p. 655

2. "Problem solving involves efforts to develop or choose among various responses in order to attain desired goals."

—Baron : *Psychology,* 2006. p. 267

3. "Problem solving means the use of thought process to overcome obstacles and work towards goals."

—Witting & Williams III : *Psychology : An introduction,* 1984, p. 239

जैसे, मान लिया जाय कि आपको तीन किलोमीटर की दूरी तय करके सब्जी लाने जाना है। इस उदाहरण में समस्या की मौलिक अवस्था (original state) यह चिन्तन हो सकता है कि अभी हम तीन किलोमीटर उस स्थान से दूर हैं, जहाँ हमें अभी पहुँचना है परन्तु जाने का साधन भी कुछ नहीं है। लक्ष्य अवस्था में यह हो सकता है कि हम आखिर सब्जी बाजार पहुँच जायें। नियम में कई तरह की कार्य विधियाँ हो सकती हैं— जैसे पैदल चलकर आना, दूसरे की गाड़ी में लिफ्ट लेकर आना आदि, आदि।

कुछ समस्याएँ आसान होती हैं जिनका समाधान आसानी से हो जाता है। परन्तु कुछ समस्या काफी जटिल होती हैं जिनका समाधान आसानी से नहीं हो पाता है। फलतः इनके समाधान के लिए व्यक्ति को कुछ विशेष तरह के उपाय (strategy) ढूँढ़ना पड़ता है।

समस्या समाधान की विधियाँ या उपाय
(Methods or Strategies of Solving the Problems)

किसी समस्या का समाधान करने के लिए व्यक्ति कई तरह की विधियों या उपायों को अपनाता है। इनमें से कुछ विधि ऐसी है जिसमें समय तो अधिक लगता है परन्तु इससे समाधान निश्चित रूप से होता है। कुछ विधि ऐसी है जिसमें समय तो कम लगता है परन्तु उनसे समस्या का समाधान होना निश्चित नहीं है। इस क्षेत्र में किये गये अध्ययनों के आलोक में यह कहा जा सकता है कि समस्या समाधान के निम्नांकित दो विधियाँ हैं जो काफी महत्त्वपूर्ण हैं—

(क) यादृच्छिक अन्वेषण विधि (Random search method or strategies)

(ख) स्वतः शोध अन्वेषण विधि (Heuristic search method or strategies)

स्वतः शोध अन्वेषण विधि के तहत निम्नांकित तीन प्रविधियों पर सर्वाधिक बल डाला गया है—

1. साधन-साध्य विश्लेषण (means-ends analysis)
2. पश्चगामी अन्वेषण (backward search)
3. योजना विधि (planning strategy or method)

इन विधियों का वर्णन निम्नांकित है—

1. यादृच्छिक अन्वेषण विधि *(Random search method or strategies)*—इस विधि में व्यक्ति समस्या के समाधान के लिए प्रयत्न एवं त्रुटि (trial and error) के उपायों का सहारा लेता है। दूसरे शब्दों में, समस्या के समाधान के लिए वह एक तरह का यादृच्छिक अन्वेषण (random search) करता है जो दो प्रकार का होता है— *अक्रमबद्ध यादृच्छिक अन्वेषण* (unsystematic random search) तथा *क्रमबद्ध यादृच्छिक अन्वेषण* (systematic random search), अक्रमबद्ध यादृच्छिक अन्वेषण में व्यक्ति समस्या के समाधान के लिए सभी तरह के सम्भावित अनुक्रियाओं को करता है। परन्तु ऐसा करने में वह कोई निश्चित क्रम (sequence) को नहीं अपनाता है और न ही पहले किये गये प्रयासों का कोई रेकार्ड ही रखता है। क्रमबद्ध यादृच्छिक अन्वेषण में व्यक्ति समस्या के समाधान के लिए सम्भावित अनुक्रियाओं को एक क्रम में करता है तथा पहले किये गये अनुक्रियाओं का एक रेकार्ड भी रखता है ताकि वह पहले की गलत अनुक्रियाओं को पुनः दोहरा न सके। क्रमबद्ध यादृच्छिक अन्वेषण द्वारा समस्या के समाधान में तुलनात्मक रूप से समय अधिक लगता है परन्तु यह विधि अक्रमबद्ध यादृच्छिक अन्वेषण से अधिक प्रभावी (efficient) है। जैसे, मान लिया जाय कि व्यक्ति को NSO वर्ण विपयर्य (anagram) देकर उसके क्रम को ठीक करके सार्थक शब्द बनाने के लिए कहा जाय, तो क्रमबद्ध अन्वेषण विधि के अनुसार वह 'SNO', फिर 'ONS' और अन्त में 'SON' बना लेगा और इस तरह से समस्या का समाधान कर लेगा। इससे इस बात का अंदाज लग ही जाता है कि यदि कोई लम्बा वर्ण विपयर्य (anagram) जैसे सात या उससे अधिक अक्षरों का हो, तो क्रमबद्ध यादृच्छिक अन्वेषण द्वारा उसका समाधान करने में काफी मदद लगेगा।

यादृच्छिक अन्वेषण चाहे क्रमबद्ध हो या अक्रमबद्ध हो, यह एल्गोरिद्म (algorithm) का उदाहरण है। एल्गोरिद्म एक ऐसी विधि है जो तुरन्त या थोड़े समय के बाद किसी समस्या का समाधान पाने की गारंटी दिलाता है। एल्गोरिद्म में समय तो थोड़ा अवश्य लगता है परन्तु समस्या का समाधान निश्चित रूप से होता है। गुणा के नियम या कोई गणितीय सूत्र एल्गोरिद्म के ही उदाहरण हैं जिनसे समस्या का समाधान या तो तुरन्त या कुछ समय के बाद ही होता है, परन्तु होता है अवश्य।

2. स्वत: शोध अन्वेषण विधि (*Heuristic search strategies or method*)—इस विधि में व्यक्ति समस्या का समाधान करने के लिए सभी विकल्पों को नहीं ढूँढ़ता है बल्कि सिर्फ उन्हीं विकल्पों का चयन करके समस्या समाधान करने की कोशिश करता है जो उन्हें संगत (relevant) प्रतीत होते हैं। रिटमैन (Reitman, 1964) के अनुसार ऐसा अन्वेषण विधि एक लघु नियम (short-cut rule) के समान होते हैं जिससे किसी समस्या का समाधान जल्द हो जाता है। एल्गोरिद्म की तुलना में इसमें कम समय लगता है। परंतु जहाँ एल्गोरिद्म में समस्या समाधान की गारंटी होती है, वहाँ स्वतः शोध विधि में समाधान की गारंटी तो नहीं होती है परन्तु समाधान निकल आने की सम्भावना अधिक बनी होती है। इसे एक उदाहरण द्वारा इस प्रकार समझाया जा सकता है। मान लिया जाय कि कोई व्यक्ति को पाँच अक्षरों का एक वर्ण विपर्यय (anagram) के अक्षरों को ठीक करके शब्द बनाने के लिए कहा जाता है। थोड़े देर के लिए मान लिया जाये कि वह वर्ण विपयर्य 'LEPAP' है। यदि इसे एल्गोरिद्म से समाधान किया जाय तो काफी समय लगेगा क्योंकि इसमें अक्षरों के प्रत्येक संयोग (combination) को व्यक्ति अपनायेगा। इसमें वह उन अक्षर संयोगों पर पहले ध्यान देगा जो अंग्रेजी भाषा में अधिक प्रयोग किये जाते हैं और तब अन्य अक्षर संयोगों पर। इस तरह से वह कोशिश करके उसका समाधान अपेक्षाकृत जल्द ढूँढ़ लेगा—(APPLE) यह स्वतः शोध अन्वेषण (heuristic research) का उदाहरण होगा।

इसके तहत आनेवाली तीन प्रविधियों का वर्णन निम्नांकित हैं—

(i) साधन-साध्य विश्लेषण (*Means-ends analysis*)—साधन-साध्य विश्लेषण एक लोकप्रिय उपाय या विधि है जिसका उपयोग व्यक्ति किसी समस्या के समाधान में प्रायः करता है। इस तरह की विधि में व्यक्ति समस्या को कई छोटी-मोटी उपसमस्या (subproblems) में बाँट देता है। इनमें से प्रत्येक उपसमस्या का समाधान करके समस्या के मौलिक अवस्था (goal state) के बीच के अन्तर को कम कर दिया जाता है अर्थात् समस्या एवं समाधान की दूरी को कम कर दिया जाता है। इस विधि की उपयोगिता कई क्षेत्रों जैसे शतरंज की समस्या का समाधान में, गणितीय समस्याओं के समाधान में एवं कम्प्यूटर द्वारा किसी समस्या का समाधान करने के लिए कार्यक्रम तैयार करने में सिद्ध हो चुकी है। नीवेल एवं साईमन (Newell & Simon, 1972) द्वारा साधन-साध्य विश्लेषण का उपयोग कम्प्यूटर अनुरूपण (computer simulation) उपागम में काफी किया गया है।

(ii) पश्चगामी अन्वेषण (*Backward search*)—यह एक ऐसा स्वतः शोष अन्वेषण (heuristic search) है जिसमें समस्या समाधान करने के ख्याल से व्यक्ति लक्ष्य अवस्था (goal state) से अपना प्रयास प्रारम्भ करता है और पश्चगामी दिशा में कार्य करते हुए प्रारम्भिक मौलिक अवस्था तक आता है। इस तरह का अन्वेषण निम्नांकित दो परिस्थितियों में अधिक लाभप्रद साबित हुआ है—

(a) जब समस्या का स्वरूप कुछ ऐसा होता है जहाँ उसका लक्ष्य अवस्था में मौलिक अवस्था की तुलना में अधिक सूचनाएँ सम्मिलित होतीं हैं।

(b) जब समस्या का स्वरूप कुछ ऐसा होता है कि उसके समाधान के लिए प्रयास अग्रगामी (forward) तथा पश्चगामी (backward) दोनों ही दिशा में सम्भव है।

पश्चगामी अन्वेषण शैक्षिक समस्याओं एवं मनोरंजक समस्याओं के समाधानों में अक्सर किया जाता है। जैसे, मान लिया जाय कि कोई त्र्यक्ति मानव भूलभूलैया (human maze) में सही पथ की खोज कर रहा है। ऐसी परिस्थिति में वह लक्ष्य बिन्दु से सही पथ की ओर आगे बढ़ते हुए कुछ दूर तक आने पर वहाँ उसे छोड़कर वह फिर आरम्भ बिन्दु से सही पथ की ओर आगे बढ़ते हुए उस बिन्दु पर आकर रुक सकता है जहाँ वह लक्ष्य बिन्दु से आगे चलते हुए आकर रुका था। इस तरह से वह भूलभूलैया में सही पथ की खोज निकाल सकने में समर्थ हो पायेगा। यह पश्चगामी अन्वेषण का उदाहरण होगा।

(iii) योजना विधि (*Planning strategy or method*)—इस विधि द्वारा समस्या के समाधान में व्यक्ति समस्या को मुख्य रूप से दो भागों में बाँट देता है— साधारण पहलू (simple aspect) तथा जटिल पहलू (complex aspect)। पहले व्यक्ति साधारण पहलू का समाधान करता है तथा जटिल पहलू को छोड़ देता है। उसके बाद वह जटिल पहलू की ओर अग्रसर होता है और फिर उसका समाधान करता हैं। योजना विधि का एक सामान्य प्रकार सादृश्यता (analogy) है। सादृश्यता में पहले की समस्या के समाधान को ही वर्त्तमान समस्या के समाधान में एक मदद के रूप में उपयोग किया जाता है। जैसे, मान लिया जाय कि एक शिशु ने हिंदी के शब्द 'समर्थ' का उच्चारण करना सीखा है। यदि वह बाद में 'असमर्थ' शब्द को कहीं देखता है और उसे भी वह 'समर्थ' ही कहता है। स्पष्टतः यहाँ शिशु दूसरी समस्या के समाधान

में सादृश्यता (analogy) का उपयोग कर रहा है और कहा है कि सादृश्यता की योजना कुछ विशेष अवस्था में ही सफल हो पाती है। रीड (Read, 1977) ने अपने अध्ययन के आधार पर यह बतलाया है कि सादृश्यता द्वारा किसी समस्या का समाधान होना निम्नांकित शर्तों पर आधृत होता है—

(a) व्यक्ति को यह महसूस हो कि वर्तमान समस्या पहले की समस्या का सादृश्य है।

(b) व्यक्ति को यह याद हो कि पहले की समस्या का समाधान किस तरह किया था।

(c) व्यक्ति पहली समस्या के समाधान के कदमों (steps) को वर्तमान समस्या के समाधान में उपयोग करने की समझ रखता है।

(d) सादृश्यता में सम्मिलित सूचना की पुनः प्राप्ति (retrieve) करने, अनुवादित (translate) करने तथा उनका उपयोग करने में लगा समय उस समय से कम हो जो उसी तरह की सूचना को प्रारम्भ से खोज करने में लगा हो।

स्पष्ट हुआ कि समस्या समाधान की कई विधियाँ हैं जिनका उपयोग करके व्यक्ति समस्या का समाधान करता है तथा समस्या की मौलिक अवस्था तथा लक्ष्य अवस्था की बीच की दूरी को कम करता है।

समस्या समाधान को प्रभावित करने वाले कारक
(Factors Influencing Problem Solving)

मनोवैज्ञानिकों द्वारा किये गये अध्ययनों से यह स्पष्ट हुआ कि कई ऐसे कारक (factors) हैं जिनका समस्या समाधान पर स्पष्ट प्रभाव पड़ता है। ऐसे कारकों में निम्नांकित प्रमुख हैं—

1. कार्यात्मक अटलता (functional fixedness)
2. मानसिक वृत्ति (mental set)
3. प्रशिक्षण (training)
4. समस्या का स्वरूप (nature of problem)
5. दुश्चिंता (anxiety)
6. अवधान विस्तार (span of attention)
7. उद्भवन (incubation)
8. विक्षिप्तिकरण (brain storming)

इन कारकों का वर्णन निम्नांकित है—

1. कार्यात्मक अटलता *(Functional fixedness)*—कार्यात्मक अटलता से समस्या समाधान में बाधा होती है। कार्यात्मक अटलता से तात्पर्य किसी वस्तु के एक विशेष उपयोगिता या कार्य के बारे में एक अटल विचार या चिन्तन से होता है जिसके कारण व्यक्ति उस वस्तु का उपयोग दूसरे ढंग से समस्या समाधान में नहीं कर पाता है। इसका मतलब यह हुआ कि कार्यात्मक अटलता में वस्तु का कोई विशेष उपयोग या कार्य एक अटल (fixed) प्रारूप धारण कर लेता है जिसके कारण व्यक्ति उस वस्तु का उपयोग हमेशा उसी ढंग से करता है। यदि समस्या का स्वरूप ऐसा होता है कि वहाँ उस वस्तु को नये ढंग से कार्यरूप देना है तो उसे उसमें सफलता नहीं मिल पाती है। स्पष्टतः कार्यात्मक अटलता से यह पता चलता है कि व्यक्ति का गत अनुभूति (past experience) किस तरह से किसी समस्या के समाधान में बाधक होता है। समस्या समाधान में कार्यात्मक अटलता के इस महत्त्व को डंकर (Dunker, 1945) ने अपने प्रयोग में स्पष्टतः दिखलाया है। इनके प्रयोग में दो समूह लिए गये—प्रयोगात्मक समूह (experimental group)

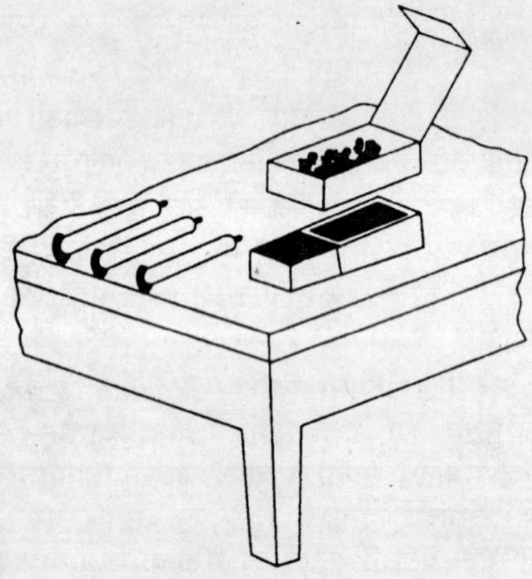

चित्र 10.6 : कार्यात्मक अटलता पर किया गया प्रयोग

तथा नियन्त्रित समूह (control group)। प्रयोगात्मक समूह को तीन छोटे-छोटे कार्ड बोर्ड बक्स दिये गये जिसमें एक में दियासलाई की काँटी, दूसरे में मोमबत्ती तथा तीसरे में कील (tacks) रखे गये थे। नियन्त्रित समूह को भी तीन वैसे कार्ड बोर्ड दिये गये थे परन्तु वे खाली थे। इसके अलावा इन्हें भी दियासलाई की काँटी, मोमबत्ती तथा कुछ कील दिये गये परन्तु वे किसी बक्स में नहीं रखे हुए थे। दोनों समूह के सामने एक ही समस्या थी— मोमबत्ती को दिवाल पर इस तरह रखना कि वह सीधे खड़ी अवस्था (vertical position) में जलता रहे। इसका समाधान यह था कि मोमबत्ती को जला लिया जाय, किसी एक कार्ड बोर्ड बक्स पर थोड़ा पिघलते मोम को गिरा दें, इस पर जलते हुए मोमबत्ती को खड़ी स्थिति में स्थिर कर लिया जाए तथा इस बाक्स को दो काँटी पर रखकर उन काँटियों को दिवाल में अँटका दें या ठोक दें। परिणाम में देखा गया कि प्रयोगात्मक समूह को इस समस्या का समाधान करने में नियन्त्रित समूह की अपेक्षा अधिक कठिनाई हुई। डंकर के अनुसार ऐसा इसलिए हुआ क्योंकि विभिन्न वस्तुओं को कार्ड बोर्ड बक्सों में रखकर दिये जाने से प्रयोगात्मक समूह के प्रयोज्यों के मन से बक्सों को एक डब्बा (container) के रूप में होने की स्थिरता या अटलता (fixedness) उत्पन्न हो गयी। फलतः ऐसे प्रयोज्यों ने बक्सों को दूसरे रूप में व्यवहृत करने जैसे मोमबत्ती को खड़ा करने में उसे एक समर्थन के रूप में उपयोग करने में और फिर दिवाल में कील ठोक कर उसपर रखने की बात सोच ही नहीं पाते थे। नियन्त्रित समूह के प्रयोज्यों में ऐसी बात या ऐसी कार्यात्मक अटलता (functional fixedness) नहीं थी इसलिए उन्हें समस्या का समाधान करने में आसानी हुई। ठीक इसी ढंग का एक अन्य प्रयोग ऐडमसन (Adamson, 1952) द्वारा किया गया और डंकर के प्रयोग के परिणाम की सम्पुष्टि की गयी।

2. मानसिक वृत्ति *(Mental set)*—मानसिक वृत्ति का भी प्रभाव समस्या समाधान पर पड़ता है। समस्या समाधान में कार्यात्मक अटलता (functional fixedeness) जो वस्तु की एक खास विशेषता से सम्बन्धित होता है जबकि मानसिक वृत्ति व्यक्ति की एक खास विशेषता से सम्बन्धित होता है। जब व्यक्ति किसी समस्या का समाधान करता है, तो उसमें एक खास तरह की मानसिक वृत्ति उत्पन्न हो जाती है, जो समस्या समाधानकर्त्ता (problem solver) को किसी दूसरी समस्या के समाधान में भी वही तरीका अपनाने की प्रेरणा देता है हालाँकि इस समस्या का समाधान का नया तरीका पहले से अधिक सुलभ एवं सरल रहता है। इस तरह की मानसिक वृत्ति से समस्या के समाधान में बाधा पहुँचती है। इसका प्रयोगात्मक समाधान लुचिन्स[1] (Luchins, 1942) के द्वारा पानी-घड़ा समस्या (Water-jar problem) पर किये गये प्रयोग से होता है। इस प्रयोग से यह स्पष्ट हुआ कि जब मानसिक वृत्ति अनुपयुक्त (inappropriate) होती है, तो इससे समस्या के समाधान में बाधा पहुँचती है। परन्तु जब मानसिक वृत्ति वर्तमान समस्या के समाधान के लिए उपयुक्त होती है तो उससे समस्या के समाधान में मदद पहुँचती है।

3. प्रशिक्षण *(Training)*—प्रशिक्षण का भी प्रभाव समस्या समाधान पर पड़ता है। समस्या समाधान की उपयुक्त प्रविधियों में प्रशिक्षण देकर समस्या समाधान को आसान बनाया जा सकता है। इस सिलसिले में एक मशहूर अध्ययन डी ल्यू (De Leeuw, 1978) का है। इन्होंने स्कूली बच्चों का दो समूह लिया— एक समूह को एल्गोरिद्म विधि (algorithm strategy) से समस्या समाधान करने की प्रशिक्षण दी गयी जिसमें उन्हें समस्या के बारे में कुछ महत्त्वपूर्ण निर्णय पर पहुँचना सीखलाया गया। दूसरे समूह को स्वतः शोध अन्वेषण (heuristic exploration) द्वारा प्रशिक्षण दिया गया जिसमें छात्रों ने स्वयं ही दी गयी समस्याओं के बारे में निर्णय लिया। प्रशिक्षण समाप्त होने के बाद दोनों समूहों को विशेष तरह की समस्या का समाधान करने के लिए दिया गया। परिणाम में पाया गया कि एल्गोरिद्म विधि द्वारा प्रशिक्षित समूह का निष्पादन स्वतः शोध अन्वेषण द्वारा प्रशिक्षित समूह के निष्पादन से उत्तम था। परन्तु कुछ दिनों के बाद स्वतः शोध अन्वेषण वाले समूह का निष्पादन पहले तरह के समूह से अधिक श्रेष्ठ हो गया। इसका मतलब यह हुआ कि समय बीतने के साथ स्वतः शोध अन्वेषण विधि का प्रशिक्षण समस्या समाधान में अधिक गुणकारी होता है।

4. समस्या का स्वरूप *(Nature of problem)*—समस्याएँ दो प्रकार की हो सकतीं हैं— *स्पष्ट समस्याएँ* (well-defined problem) तथा *अस्पष्ट समस्याएँ* (ill-defined problem)। समस्या के इस स्वरूप का भी प्रभाव समस्या समाधान पर पड़ता है। रिटमैन (Reitman, 1964) के अनुसार स्पष्ट समस्या की कई विशेषताएँ होती हैं जो इन्हें अस्पष्ट समस्या से भिन्न करतीं हैं। स्पष्ट समस्या वैसे समस्या को कहा जाता है जिसमें व्यक्ति क्रमबद्ध ढंग से यह निश्चित कर पाता है कि इसका समाधान सही है; ऐसी समस्या के प्राप्त समाधान के बारे में लोगों में सहमति होती है तथा ऐसी समस्या की मौलिक अवस्था (original state), लक्ष्य अवस्था (goal state) तथा मौलिक अवस्था को लक्ष्य अवस्था में बदलने वाले नियम (rules) सभी बिलकुल ही स्पष्ट होते हैं। अस्पष्ट समस्या (ill-defined problem) में इन विशेषताओं के

---

1. 'लुचिन्स (Luchins, 1942) के इस प्रयोग की चर्चा चिन्तन में वृत्ति या तत्परता का महत्त्व' के शीर्षक के तहत किया गया है।

विपरीत गुण या विशेषता पायी जातीं हैं। मनोवैज्ञानिकों द्वारा किये गये अध्ययनों से यह स्पष्ट हुआ है कि अस्पष्ट समस्या का समाधान स्पष्ट समस्या के समाधान की तुलना में कठिन होती है। लेकिन इसका मतलब यह नहीं है कि अस्पष्ट समस्या का समाधान व्यक्ति कर ही नहीं पाता है। सच्चाई यह है कि कुछ विशेष उपायों (strategies) को अपनाकर जैसे ऐसी समस्या के मौलिक अवस्था को लक्ष्य अवस्था में बदलने वाले नियमों (rules) सभी को संरचित (structured) कर बहुत हद तक उनका समाधान किया जा सकता है।

5. दुश्चिंता *(Anxiety)*—कुछ समस्याएँ ऐसी होतीं हैं जिनका लक्ष्य अवस्था (goal state) व्यक्ति में चिन्ता उत्पन्न कर देता है। जब अधिक मात्रा में व्यक्ति में चिन्ता उत्पन्न हो जाती है तो इसका असर समस्या समाधान पर बुरा पड़ता है और व्यक्ति समस्या समाधान ठीक ढंग से नहीं कर पाता है। मनोवैज्ञानिकों द्वारा किये गये अध्ययनों से यह स्पष्ट हुआ है कि किसी भी समस्या के लिए व्यक्ति में साधारण स्तर की चिन्ता आवश्यक है। इससे सचमुच में समस्या समाधान में एक तरह की मदद मिलती है क्योंकि इससे समस्या समाधान की प्रेरणा प्रबल होती है। परन्तु यदि इसका स्तर बहुत अधिक हो जाता है तो इससे समस्या समाधान में बाधा होने लगती है क्योंकि ऐसी स्थिति में व्यक्ति में संज्ञानात्मक भंगता (cognitive distraction) उत्पन्न होने लगता है।

6. अवधान विस्तार *(Span of attention)*—समस्या समाधान व्यक्ति के अवधान विस्तार से भी प्रभावित होता है। यदि व्यक्ति एक साथ समस्या के कई पहलुओं पर अवधान देने में समर्थ हो पाता है तो इससे वह समस्या के महत्त्वपूर्ण एवं महत्त्वहीन पहलुओं के बीच अन्तर करने में सफल हो जाता है। ऐसी परिस्थिति में वह समस्या समाधान ठीक ढंग से करने में सफल हो पाता है। परन्तु यदि कुछ कारणों से वह समस्या के अधिक पहलुओं पर अवधान नहीं दे पाता है, तो इस तरह का अंतर वह नहीं कर पाता है और ऐसी परिस्थिति में उसे समस्या समाधान में अधिक सफलता नहीं मिल पाती है। ऐसे तो प्रत्येक व्यक्ति का अवधान विस्तार सीमित होता है परन्तु व्यक्ति अपने विशेष प्रयास के द्वारा अवधान विस्तार को कुछ हद तक बढ़ा सकता है और ऐसी स्थिति में उसे समस्या समाधान में कुछ और अधिक सफलता प्राप्त हो सकती है।

7. उद्‌भवन *(Incubation)*—समस्या समाधान पर उद्‌भवन का भी प्रभाव पड़ता है। जब व्यक्ति किसी समस्या का समाधान करते समय कुछ बिन्दु पर अपने आप को असमर्थ पाता है, तो वह थोड़े समय के लिए उस बिन्दु पर ध्यान हटाकर आराम करने लगता है। इस अवस्था को उद्‌भवन कहा जाता है। सच्चाई यह है कि व्यक्ति जब आराम की अवस्था में होता है, जहाँ वह चेतन रूप से भले ही समस्या समाधान पर से अपना ध्यान हटा लेता है, परन्तु अचेतन रूप से वह समस्या के समाधान के बारे में सोचता रहता है। परिणामतः उसे समस्या समाधान करने में विशेष मदद मिलती है। फलतः उद्‌भवन का प्रभाव समस्या समाधान पर अनुकूल पड़ता है।

8. विक्षिप्तिकरण *(Brainstorming)*—समस्या समाधान पर विक्षिप्तिकरण का भी प्रभाव पड़ता है। विक्षिप्तिकरण से तात्पर्य एक ऐसी प्रक्रिया से होती है जिसमें व्यक्ति को एक साथ समस्या के सभी सम्भावित समाधानों के बारे में बतलाना होता है। इस तरह से एक सीमित समय के भीतर प्रयोज्य समस्या का जितना समाधान बतला सकता है, बतलाने के लिए कहा जाता है। इस तरह के विक्षिप्तिकरण का फायदा यह होता है कि व्यक्ति द्वारा बतलाये गये विभिन्न समाधानों में कुछ उत्तम समाधान निकल आते हैं और इस तरह से समस्या का समाधान हो जाता है। मनोवैज्ञानिकों का मत है कि विक्षिप्तिकरण की प्रक्रिया दो ढंग से कार्य करती है। पहला, इसमें व्यक्ति द्वारा समस्या समाधान के लिए किये गये विशेष व्यवहार या क्रिया के सम्भावित परिणाम की पहचान हो पाती है तथा दूसरा, इसमें कुछ वैसे चरण (steps) भी प्रकाश में आते हैं जिनका अनुसरण करके समाधान या लक्ष्य की प्राप्ति की जा सकती है। थाम्पसन (Thompson, 1975) ने अपने अध्ययन में पाया है कि विक्षिप्तिकरण उत्पन्न होने पर करीब 40% प्रयोज्यों ने पहले से अधिक समस्या का समाधान कर पाये।

स्पष्ट हुआ कि समस्या समाधान कई कारकों द्वारा प्रभावित होता है। इन कारकों के बारे में जान लेने से समस्या समाधान कार्य के स्वरूप को समझने में काफी मदद मिलती है।

समस्या समाधान के कदम
(Steps of Problems Solving)

समस्या समाधान में कई तरह के कदम होते हैं। मनोवैज्ञानिकों द्वारा इस बिन्दु पर व्यक्त किए गये विचारों में

विभिन्नता रही है। फिर भी यदि हम उन सबों द्वारा व्यक्त किये गए तथ्यों को ध्यान में रखें तो यह स्पष्ट होगा कि समस्या समाधान में निम्नांकित पाँच स्पष्ट कदम होते हैं—

1. समस्या का स्वरूप समझना (Understanding the nature of problem)
2. समाधान के बारे में सोचना (Generating solution)
3. समस्या समाधान के विभिन्न उपायों में से उत्तम उपाय के बारे में निर्णय करना (Judging the best among the likely solutions)
4. उत्तम उपाय को कार्यान्वित करना (Carrying out the best solution)
5. कार्यान्वित समाधान का मूल्यांकन करना (Evaluation of solution carried out)

इन पाँचों कदमों का वर्णन निम्नांकित हैं—

1. समस्या के स्वरूप को समझना *(Understanding the nature of problem)*—किसी भी समस्या में सबसे पहली अवस्था समस्या के स्वरूप को समझने की होती है। यहाँ व्यक्ति यह समझने की कोशिश करता है कि समस्या सुस्पष्ट (well-defined) है या अस्पष्ट (ill-defined) है, उसके समाधान के लिए किन चीजों एवं किन-किन व्यक्तियों की जरूरत पड़ सकती है, आदि-आदि। कहने का तात्पर्य यह है कि इस अवस्था में व्यक्ति समस्या के विभिन्न पहलुओं की पहचान करता है तथा उसके स्वरूप को समझने की अक्सर कोशिश करता है ताकि वह उसके समाधान के सम्भावित तरीकों को अपना सके।

2. समाधान के बारे में सोचना *(Generating solution)*—समस्या समाधान की यह दूसरी अवस्था होती है जिसमें समस्या समाधानकर्त्ता (problem solver) समस्या के स्वरूप को निश्चित कर लेने के बाद उसके सम्भावित समाधान के बारे में सोचता है। इसके लिए वह अपने गत अनुभूतियों (past experiences) का भी सहारा लेता है तथा वर्तमान समय में उपलब्ध स्रोतों को टटोलता है। इस तरह से वह किसी समस्या के समाधान के बारे में कई तरह के उपायों के बारे में सोच लेता है। वह प्रत्येक ऐसे समस्या का समाधान की एक सूची तैयार कर लेता है। सम्भव है कि किसी समस्या के समाधान के इन दो तरीकों के अलावा उसके सामने अधिक समाधान उपलब्ध हों।

3. समस्या समाधान के विभिन्न उपायों में से उत्तम उपाय के बारे में निर्णय करना *(Judging the best among the likely solutions)*—समस्या समाधान की इस अवस्था में समस्या समाधान-कर्त्ता दूसरी अवस्था में तय किये गये विभिन्न उपायों में से सबसे उत्तम एवं वैज्ञानिक उपाय का चयन करता है। दूसरे शब्दों में, वह यह निश्चित करता है कि इन विभिन्न उपायों में से किस उपाय से सबसे कम समय में तथा बिना किसी तरह के त्रुटि किये ही समस्या का समाधान वह कर पायेगा। इसके लिए वह दूसरी अवस्था में चयनित प्रत्येक उपाय की उपयोगिता का तुलनात्मक अध्ययन करने के बाद इस निष्कर्ष पर पहुँचता है कि अमुक उपाय ही समस्या समाधान का सबसे प्रमुख एवं उपयुक्त उपाय है।

4. उत्तम उपाय को कार्यान्वित करना *(Carrying out the best solution)*—इस अवस्था में व्यक्ति चयनित उपाय को कार्य रूप देता है। दूसरे शब्दों में, वह उससे समस्या का समाधान करता है। अगर चयनित उपाय के बहुत सारे कदम नहीं है, तथा उपाय सरल है तो समस्या का समाधान आसानी से हो जाता है। परन्तु अगर चयनित उपाय जटिल है और उसमें बहुत सारे कदम सम्मिलित हैं तो समस्या का समाधान थोड़ा कठिन हो जाता है। कभी-कभी यह भी देखा गया है कि सावधानीपूर्वक चयनित उपाय को जब कार्यरूप दिया जाता है तो भी समस्या का समाधान नहीं हो पाता है और समस्या समाधान में त्रुटियाँ होतीं रहतीं हैं। इसका कारण यह है कि सम्बन्धित उपाय या चयन करने में ही कुछ त्रुटि या गलती हो जाती है।

5. कार्यान्वित समाधान का मूल्यांकन करना *(Evaluation of solution carried out)*—इस अवस्था में व्यक्ति समस्या समाधान के परिणाम का मूल्यांकन करता है। इस अवस्था में व्यक्ति समाधान में सम्मिलित कदमों के गुण-दोष का परख करता है तथा इन चरणों या कदमों के महत्त्वपूर्ण तथ्यों या बातों को पुनः प्राप्ति संकेतों (retrieval cues) के रूप में संचित करके रखता है ताकि उसका उपयोग वह अन्य समान समस्याओं के समाधान में भविष्य कर सके।

स्पष्ट हुआ है कि समस्या समाधान में कई कदम या चरण होते हैं। इन चरणों की जरूरतों को यदि ठीक ढंग से व्यक्ति उपयोग करता है तो समस्या का समाधान करने में उसे काफी सफलता मिलती है।

संप्रत्यय का स्वरूप एवं महत्त्व
(Nature and Importance of Concept)

चिन्तन एक जटिल मानसिक प्रक्रिया है तथा इसका एक महत्त्वपूर्ण पक्ष सम्प्रत्यय (concept) का विकास (formation) है। सम्प्रत्यय एक ऐसे प्रतीक को कहा जाता है जिससे वस्तुओं की सामान्य विशेषताओं का पता चलता है। अतः इसका महत्त्व सिर्फ चिन्तन (thinking) में ही नहीं है बल्कि व्यक्ति के भाषा विकास में भी काफी अधिक है।

मनोवैज्ञानिकों ने सम्प्रत्यय (concept) को चिन्तन का एक प्रमुख साधन (tool) माना है क्योंकि इससे समस्या के समाधान में यानी चिन्तन में काफी मदद मिलती है। अब प्रश्न यह उठता है कि सम्प्रत्यय को वैज्ञानिक अर्थ में कैसे परिभाषित किया जा सकता है। ऐसे तो भिन्न-भिन्न मनोवैज्ञानिकों ने संप्रत्यय को अपने-अपने ढंग से परिभाषित किया है परंतु इनमें से सबसे उपयुक्त एवं विस्तृत परिभाषा हुल्स तथा उनके सहयोगियों एवं बेरोन द्वारा किया गया है। **हुल्स, इगेथ** एवं **डीज**[1] (Hulse, Egeth & Deese, 1980) के अनुसार, "कुछ नियम द्वारा गुणों का आपस में मिलना ही संप्रत्यय कहलाता है। **बैरोन**[2] (Baron, 2006) के अनुसार, "सम्प्रत्यय उन वस्तुओं, घटनाओं, अनुभूतियों या विचारों जो एक या अधिक अर्थ में एक-दूसरे से समान होते हैं, के लिए एक तरह का मानसिक श्रेणी होती है।"

यदि हम इन परिभाषओं का विश्लेषण करे तो हमें निम्नांकित दो महत्त्वपूर्ण तथ्य मिलते हैं—

(i) गुणों का समुच्चय या समूह *(Set of features)*—इस तथ्य से स्पष्ट है कि सम्प्रत्यय (concept) का निर्माण तभी हो सकता है जब वस्तु में कुछ गुण (features) या विशेषताएँ हों। इस तरह के गुण या विशेषता' के दो लक्षण होते हैं— पहला यह कि गुण ऐसा हो जिसका पृथक्ककरण (abstraction) किया जा सके तथा दूसरा यह कि गुण ऐसा हो जो विषमता (contrast) दिखलावें। अगर ये दो लक्षण नहीं है, तो उसे गुण (feature) की संज्ञा नहीं देंगे। उदाहरणार्थ, 'घास हरा होता है।' इस वाक्य में घास का 'गुण' हरापन (greenish) है जिसमें ऊपर के दोनों लक्षण पाये जाते हैं। घास के हरापन के गुण को स्पष्टतः घास के अन्य गुणों से पृथक किया जा रहा है। 'हरापन' में विषमता भी स्पष्ट रूप से है, यानी यह रंग अन्य रंगों से बिलकुल ही विषम या अलग है। थोड़ी देर के लिए मान लिया जाय कि दुनिया की हर वस्तु हरे ही रंग की हो जाती है, तो ऐसी अवस्था में इसकी विषमता (contrast) की क्षमता समाप्त हो जायेगी और इसे 'गुण' की श्रेणी में नहीं रखा जायेगा।

संप्रत्यय (concept) के निर्माण में प्रायः इसी तरह के कई गुणों का एक समूह होता है। जैसे, निम्नांकित गुणों के आधार पर आपके मन में कौन-सा संप्रत्यय (concept) उत्पन्न होता है— 'चार पैर, एक पूँछ, भौंकना। इन गुणों को मिलाने पर आप इस सामान्य निष्कर्ष पर पहुँचेंगे 'कुत्ता'। यहाँ 'कुत्ता' संप्रत्यय का उदाहरण हुआ।

(ii) नियम *(Rule)*—संप्रत्यय (concept) का बोध होने के लिए सिर्फ यही आवश्यक नहीं है कि व्यक्ति के सामने कई गुण (features) उपस्थित हो बल्कि यह भी आवश्यक है कि ये सभी गुण कुछ विशेष नियम (rule) द्वारा आपस में सम्बन्धित हों। मॉर्गन, किंग, विस्ज तथा स्कौपलर (Morgan, King, Weisz & Schopler, 1986) के अनुसार इन नियमों को दो भागों में बाँटा गया है— एल्गोरिद्म या गणितीय नियम (algorithmic rule) तथा स्वतःशोध नियम (heuristic rule)। गणितीय नियम से तात्पर्य उस नियम से होता है जिसके लागू करने से व्यक्ति को सफलता निश्चित रूप से प्राप्त होती है। जैसे, किसी अंक में शून्य (zero) से गुणा करने पर उत्तर हमेशा शून्य होगा, एक गणितीय नियम का उदाहरण होगा। स्वतः शोध नियम (heuristic rule) में व्यक्ति को सफलता की कोई गारंटी नहीं होती है। परिस्थिति के अनुसार इन दोनों नियमों में से किसी एक का प्रयोग कर व्यक्ति चिन्तन करता है तथा संप्रत्यय को सीखता है। ऊपर के उदाहरण में व्यक्ति तीन गुणों अर्थात 'चार पैर', 'एक पूँछ' तथा भौंकना' को एक साथ मिलाकर एक संप्रत्यय यानी 'कुत्ता' होने का निर्णय लेता है जो एक तरह का समुच्चय बोधक नियम (conjunctive rule) हैं क्योंकि इसमें तीन गुणों को एक साथ बाँधा जा रहा है। परिस्थिति के अनुसार समुच्चय बोधक नियम (conjunctive rule) को हम गणितीय नियम

---

1. "Concept is a set of features connected by some rule."
—Hulse, Egeth & Deese : *The Psychology of Learning*, 1980, p. 214

2. "Concepts are mental categories for objects, events, experiences or ideas that are similar to one another in one or more respects."
—Baron : *Psychology*, 2006, p. 250

की श्रेणी में भी रख सकते हैं या स्वतः शोध नियम (heuristic rule) के श्रेणी में रख सकते हैं। इस उदाहरण में इसे एक गणितीय नियम की श्रेणी में रखा जायेगा क्योंकि ये तीनों गुण सिर्फ एक ही जानवर, यानी 'कुत्ता' में ही पाया जाता है। इसका कोई दूसरा उत्तर नहीं हो सकता है। तीन गुणों में से 'भौंकना' के जगह पर 'दो सींग' का गुण जोड दिया जाता है तो इस परिस्थिति का समुच्चय बोधक नियम (conjunctive rule) स्वतः शोध नियम (heuristic rule) की श्रेणी में आ जाएगा क्योंकि इसका उत्तर निश्चित नहीं होगा और इस नियम में व्यक्ति की अपनी इच्छा का महत्त्व अधिक हो जाता हे। कोई 'गाय' का संप्रत्यय बना सकता है तो कोई 'भैंस' का तो कोई 'भेंड़' का। इस व्याख्या से यह स्पष्ट है कि जब किसी वस्तु के कई गुण एक खास नियम द्वारा आपस में सम्बन्धित कर लिए जाते हैं, तो इससे उत्पन्न स्थिति को संप्रत्यय (concepts) की संज्ञा दी जाती है।

अब प्रश्न उठता है कि संप्रत्यय का महत्त्व क्या है? दूसरे शब्दों में, संप्रत्यय किस तरह चिन्तन के लिए या समस्या समाधान के लिए उपयोगी एवं मददगार सिद्ध होता है। मनोवैज्ञानिकों द्वारा किये गये शोधों से यह स्पष्ट हुआ है कि निम्नांकित पाँच ऐसे कारक हैं जिनसे संप्रत्यय की उपयोगिता सिद्ध है—

(i) कुछ मनोवैज्ञानिकों जैसे जॉनसन-लायर्ड एवं वाटसन (Johnson-Laird & Watson, 1977) का मत है कि संप्रत्यय (concept) के बिना प्रत्येक वस्तु या घटना अनोखा होगा और उसके बारे में चिन्तन करना या किसी तरह का सामान्यीकरण (generalization) करना सम्भव नहीं हो पायेगा। चिन्तन में अक्सर व्यक्ति को विभिन्न वस्तुओं एवं घटनाओं को एक समान समझना होता है और संप्रत्यय व्यक्ति को विभिन्न वस्तुओं एवं घटनाओं को जो एक-दूसरे के समान होते हैं, को सम्बन्धित करने में मदद करता है। जैसे, संप्रत्यय के अभाव में 'आम' (mango) एक अलग एवं अनोखा वस्तु के समान होगा क्योंकि यह उन सभी वस्तुओं से असम्बन्धित होगा जिसे हम जानते हैं।

(ii) साकेल (Sakel, 1977) के अनुसार संप्रत्यय से स्मृति में एक तरह की मितव्ययिता (economy) उत्पन्न होती है। जब व्यक्ति विभिन्न समान वस्तुओं (similar object) को एक संप्रत्यय के रूप में समूहन (grouping) करता है, तो व्यक्ति संप्रत्यय के मात्र गुणों को ही याद करके उन सभी वस्तुओं का गुण बतला सकने में समर्थ होता है। उसे कभी वस्तुओं के अलग-अलग गुणों को स्मृति में याद नहीं रखना पड़ता है। जैसे 'पक्षी' एक संप्रत्यय है जिसमें सभी तरह के पक्षियों का गुण संचित है। अतः जब हमें किसी पक्षी जैसे 'कोयल' का कभी वर्णन करना होता हे, तो इसके गुणों को अलग से याद नहीं करना पड़ता है।

(iii) ब्रुनर, गुडनाऊ एवं अस्टीन (Bruner, Goodnow & Austin, 1956) का मत है कि संप्रत्यय का एक विशेष फायदा यह है कि इसके चलते व्यक्ति को सतत सीखना (constant learning) की आवश्यकता नहीं रह जाती है। सचमुच में संप्रत्यय की यह उपयोगिता पहले के उपयोगिताओं से सम्बन्धित है।

(iv) ब्रुनर, गुडनाऊ एवं अस्टीन (Bruner, Goodnow & Austin, 1956) का मत है कि संप्रत्यय से यह भी पता चलता है कि किसी वस्तु के प्रति किस तरह से प्रतिक्रिया किया जाए। दूसरे शब्दों में, संप्रत्यय के कारण व्यक्ति पहले से ही यह समझ जाता है कि उसे किस तरह से अनुक्रिया करनी चाहिए। जैसे कहीं 'आग' देखकर हम उससे दूर हटने की अनुक्रिया करते हैं क्योंकि 'आग' के संप्रत्यय को हम पहले से जानते हैं।

(v) ब्रुनर, गुडनाऊ एवं अस्टीन (Bruner, Goodnow & Austin, 1956) ने यह भी मत जाहिर किया है कि संप्रत्यय की उपयोगिता इसलिए भी है क्योंकि इससे वस्तुओं एवं घटनाओं को सम्बन्धित करने में मदद मिलती है। हम विभिन्न वस्तुओं के श्रेणियों को जानते हैं जो एक संरचित पैटर्न द्वारा एक-दूसरे से सम्बन्धित हैं। ऐसा इसलिए हो जाता है क्योंकि हमें उनका संप्रत्यय (concept) मालूम है। जैसे, हम जानते हैं कि मालदह एक तरह का आम है जो एक 'फल' है। जैसे, हम उसे 'मालदह' के रूप में श्रेणीकृत करते है तो हम इस श्रेणी से आगे जाकर उसे 'फल' के श्रेणी से आसानी से सम्बन्धित भी कर बैठते हैं।

स्पष्ट हुआ कि संप्रत्यय जिसका प्रयोग हम समान वस्तुओं या एकांशों को एक साथ समूहन करने में करते हैं, की कई उपयोगिताएँ हैं। इसकी सबसे बड़ी उपयोगिता यह है कि यह चिन्तन का एक प्रमुख साधन (tool) के रूप में कार्य करता है जिससे चिन्तन के स्वरूप में सफलता एवं विशिष्टता आती है।

संप्रत्यय के प्रकार
(Types of Concept)

जैसा कि हम जानते हैं समान वस्तुओं, घटनाओं एवं अनुभूतियों के मानसिक श्रेणी (mental category) को संप्रत्यय (concept) कहा जाता है। सामान्यतः संप्रत्यय (concept) के दो मुख्य प्रकार हैं— *कृत्रिम संप्रत्यय* (artificial concept) तथा *स्वाभाविक संप्रत्यय* (natural concept)। कृत्रिम संप्रत्यय वैसे संप्रत्यय को कहा जाता है जिसे नियमों (rules) या गुणों (properties) के सेट द्वारा स्पष्टतः परिभाषित किया जाता है। जैसे, एक वर्ग (square) उस चित्र को कहा जाता है जिसके चार भुजा हों तथा जिसके चारों कोण (angles) 90° का हो। इसी तरह से त्रिभुज उसे कहा जाता है जिसके तीन भुजा हों तथा तीनों कोण का योग 180° हो। ये दोनों ही कृत्रिम संप्रत्यय के उदाहरण हैं जिनका गणित एवं विज्ञान के क्षेत्र में विशेष महत्त्व है। स्वाभाविक संप्रत्यय (natural concept) वैसे संप्रत्यय को कहा जाता है जिसके कोई स्पष्ट परिभाषिक गुण (definining features) नही होते हैं, इनका कोई स्पष्ट सीमा-रेखा या किनारा नहीं होता है। जैसे क्या मुर्गी एक जानवर है? यहाँ 'जानवर' एक स्वाभाविक संप्रत्यय का उदाहरण है। परंतु 'जानवर' कहलाने के लिये कौन-कौन परिभाषिक गुणों का होना अनिवार्य है, इसकी कोई निश्चित सीमा नहीं है। स्पष्ट है कि स्वाभाविक संप्रत्यय की सीमा रेखा (boundaries) अस्पष्ट होती है। इस तरह का स्वाभाविक संप्रत्यय (natural concept) का आधार एक आदर्श (prototype) होता है। आदर्श की उत्पत्ति का आधार व्यक्ति की अपनी गत अनुभूतियाँ (experiences) होतीं हैं और कोई भी नया एकांश (items) जो इस श्रेणी के योग्य है, की तुलना व्यक्ति उन अनुभूतियों के साथ करता है। इस तरह के एकांश के गुण अधिक संख्या में यदि आदर्श (prototype) के साथ मिलते हैं तो बहुत सम्भावना इस बात की होती है कि उसे व्यक्ति 'संप्रत्यय' (concept) में शामिल कर लेगा। जैसे, एक स्वाभाविक संप्रत्यय (natural concept) 'वस्त्र' को ही लिया जाए। इसमें अधिकतर लोग कमीज, पैजामा, पैन्ट, साड़ी आदि को रखते हैं। लेकिन ऊनी कोर्ट, स्वेटर आदि को इसमें रखे जाने की सम्भावना कम है। ऐसा इसलिए होता है क्योंकि पहली परिस्थिति में सम्मिलित किए गए एकांशों की अधिक-से-अधिक विशेषताएँ 'वस्त्र' के बारे में मौजूद आदर्श (prototype) में मिलती है परंतु दूसरी परिस्थिति में सम्मिलित किए गए एकांशों की कम विशेषताएँ 'वस्त्र' के बारे में मौजूद आदर्श से मिलते हैं। इस उदाहरण से तब यह स्पष्ट होता है कि इस बात का तय किया जाना कि कोई भी एकांश एक दिए हुए स्वाभाविक संप्रत्यय (natural concept) में सम्मिलित किया जाएगा या नहीं, एक प्रसंभाव्य उपाय (probabilistic strategy) जिसे व्यक्ति अपनाता है, पर निर्भर करता है। जब कोई भी नये एकांश (new items) की समानता किसी श्रेणी के आदर्श (prototype) से अधिक होती है, तो उस नये एकांश को एक स्वाभाविक संप्रत्यय (natural concept) में सम्मिलित किये जाने की सम्भावना तीव्र हो जाती है। अतः यह कहा जाता है कि कोई भी एकांश (item) कम या अधिक मात्रा में किसी श्रेणी के योग्य समझा जाता है और इसी मात्रा पर इसे एक स्वाभाविक संप्रत्यय (natural concept) में सम्मिलित किये जाने की सम्भावना बनी होती है।

उपर्युक्त सामान्य प्रकार के अलावा संप्रत्यय (concept) के दो विशिष्ट प्रकार है— *साधारण संप्रत्यय* (simple concept) तथा *जटिल संप्रत्यय* (complex concept)। साधारण संप्रत्यय वैसे संप्रत्यय को कहा जाता है जिसकी एक ही विशेषता (feature or property) होता है। जैसे, पीला, लाल आदि। जटिल संप्रत्यय वैसे संप्रत्यय को कहा जाता है जिसे दो या दो से अधिक विशेषताओं के रूप में परिभाषित किया जाता है। जैसे लाल गाय, हरा बल्ब आदि-आदि जटिल संप्रत्यय के उदाहरण हैं। इन दोनों में मनोवैज्ञानिकों का ध्यान जटिल संप्रत्यय (complex concept) पर अधिक गया है जिसे उन्होंने निम्नांकित पाँच भागों में बाँटा है—

1. समुच्चयबोधक संप्रत्यय *(Conjunctive concept)*—जब किसी वस्तु के दो या दो से अधिक गुणों को जोड़ने पर कोई संप्रत्यय (concept) बनता है, तो इसे समुच्चय बोधक संप्रत्यय कहा जाता है। मॉर्गन, किंग तथा रॉबिन्सन[1] (Morgan, King & Robinson, 1981) के अनुसार, ''जब वस्तु या घटना के दो या दो से अधिक गुणों या विशेषताओं के आधार पर किसी संप्रत्यय को परिभाषित किया जाय, तो इसे समुच्चयबोधक संप्रत्यय कहा जाता है।'' जैसे, भारतीय राष्ट्रपति के पद के उम्मीदवार को (i) भारत का नागरिक होना चाहिए (ii) उसकी उम्र 35 वर्ष से कम नहीं होनी चाहिए

1. "Conjunctive concepts are defined by the joint presence of two or more features of objects or events."

—Morgan, King & Robinson : *Introduction to Psychology,* 1981

तथा (iii) उसे किसी कानून की अदालत द्वारा सजा नहीं होनी चाहिए। यहाँ हम पाते हैं कि भारतीय राष्ट्रपति के उम्मीदवार के संप्रत्यय को तीन विशेषताओं को जोड़कर परिभाषित किया गया है। अतः यह समुच्चयबोधक संप्रत्यय का उदाहरण है।

2. वियोजक संप्रत्यय *(Disjunctive concept)*—जब वस्तुओं की कई विभिन्नताओं के बावजूद भी कोई एक विशेषता ऐसी होती है जिसके कारण उसे एक वर्ग में रखा जाता है, तो ऐसी परिस्थिति में उत्पन्न संप्रत्यय को वियोजक संप्रत्यय (disjunctive concept) कहा जाता है। मॉर्गन, किंग तथा रॉबिन्सन[1] (Morgan, King & Robinson, 1981) के अनुसार, ''वियोजक संप्रत्यय में कई विशेषताओं में से किसी एक विशेषता के कारण ही वस्तु को संप्रत्यय के वर्ग में रखा जाता है।'' जैसे, बाघ, चीता, सिंह, भेड़िया चार अलग पशु हैं और प्रत्येक की अलग-अलग विशेषताएँ हैं। परन्तु इस विभिन्नता के बावजूद भी उनमें एक ऐसी विशेषता है जो समान है और उसके आधार पर उन्हें एक वर्ग यानी जंगली जानवर की श्रेणी में रखते हैं। यहाँ जंगली जानवर का संप्रत्यय एक वियोजक संप्रत्यय का उदाहरण है।

3. सम्बन्धात्मक संप्रत्यय *(Relational Concept)*—जैसा कि नाम से ही स्पष्ट है कि विशेषताओं के बीच सम्बन्धों (relationship) के आधार पर जो संप्रत्यय (concept) बनते हैं उसे सम्बन्धात्मक संप्रत्यय (relationship) कहा जाता है। मॉर्गन, किंग तथा रॉबिन्सन (Morgan, King & Robinson, 1981) के शब्दों में, ''सम्बन्धात्मक संप्रत्यय गुणों या विशेषताओं के सम्बन्धों के आधार पर बनते हैं।'' दिन प्रतिदिनि की जिन्दगी में 'नजदीक', 'दूर', 'छोटा', 'बड़ा', 'भारी', 'हल्का', 'लम्बा' आदि का संप्रत्यय सम्बन्धात्मक संप्रत्यय का उदाहरण है। उदाहरणार्थ, 'प्रिन्सिपल' कॉलेज में सबसे बड़ा पद है, यहाँ 'बड़ा' एक सम्बन्धात्मक संप्रत्यय का उदाहरण है।

4. प्रतिबंधित संप्रत्यय *(Conditional concept)*—प्रतिबंधित संप्रत्यय से तात्पर्य वैसे संप्रत्यय से होता है जो ''अगर ... तब '' (If ... then) जैसे वाक्य संरचनाओं से घिरे होते हैं। स्पष्टतः इसका मतलब यह हुआ कि ऐसे संप्रत्यय का निर्माण तब होता है जब इसमें उल्लेखित शर्त पूरा हों। जैसे, यदि कोई प्रयोगकर्त्ता अपने प्रयोग में यह शर्तबद्ध कथन देता है कि संप्रत्यय कहलाने के लिए अगर कोई वस्तु काला है तब उसे आयताकार भी होना आवश्यक है तो ऐसा संप्रत्यय प्रतिबंधित संप्रत्यय (conditional concept) का उदाहरण होगा।

5. द्विप्रतिबंधित संप्रत्यय *(Biconditional concept)*—जैसा कि नाम से ही स्पष्ट है, इस तरह के संप्रत्यय का निर्माण दोहरे शर्त वाले वाक्य संरचनाओं से होता है। प्रायः ऐसे वाक्य की शुरूआत (If and only) (अगर और सिर्फ अगर) से प्रारम्भ होते हैं। जैसे, यदि कोई प्रयोगकर्त्ता प्रयोग के दौरान यह दोहरा शर्त्त रखते हुए कहता है कि कोई भी काला वस्तु को संप्रत्यय (concept) तभी कहा जाएगा जब वह वस्तु सिर्फ केवल आयताकार हो, तो द्विप्रतिबंधित संप्रत्यय का उदाहरण होगा।

स्पष्ट हुआ कि संप्रत्यय के कई प्रकार है। इनमें से साधारण तथा समुच्चयबोधक संप्रत्यय का सीखना काफी आसान है तथा प्रतिबंधित एवं द्विप्रतिबंधित संप्रत्यय का सीखना काफी कठिन है। इस तथ्य का प्रयोगात्मक सत्यापन बोर्न (Bourne, 1974) के अध्ययन से हो चुका है।

संप्रत्यय निर्माण को प्रभावित करनेवाले कारक
(Factors Influencing Concept Formation)

जैसा कि हम जानते हैं, विशेषताओं या गुणों का किसी विशेष नियम द्वारा सम्बन्धित होने से जो उत्पन्न होता है, उसे संप्रत्यय (concept) कहा जाता हे। अतः संप्रत्यय निश्चित रूप से वस्तुओं के सामान्य गुणों या विशेषताओं का एक प्रतीकात्मक संरचना (symbolic construction) है। जैसे, चार पैर, एक पूँछ तथा भौंकना गुणों से एक विशेष संप्रत्यय यानी कुत्ता बनता है जिसमें इस तीनों गुणों का एक प्रतीक (symbol) मिलता है।

संप्रत्यय के निर्माण मे या इसे सीखने में मनोवैज्ञानिकों ने दो तरह की प्रक्रियाओं (processess) को महत्त्वपूर्ण बतलाया है— *पृथक्करण* (abstraction) तथा *सामान्यीकरण* (generalization)। पृथक्करण की प्रक्रिया एक तरह की विश्लेषणात्मक प्रक्रिया (analytical process) है जिसके आधार पर भिन्न-भिन्न वस्तुओं के एक ऐसे सामान्य गुण अलग

1. "In a disjunctive concept, any one of the several properties puts an object in the class of an object."

—Morgan, King & Robinson *Ibid.*

कर लिया जाता है जिसके आधार पर संप्रत्यय (concept) विकसित हो जाता है। उदाहरणार्थ, सेब, नारंगी, लीची तथा आम सभी एक ही वर्ग अर्थात् 'फल' के सदस्य हैं। अतः इन चारों वस्तुओं से एक सामान्य गुण का पृथक्करण (abstraction) करके 'फल' का संप्रत्यय विकसित किया गया। मनुष्यों तथा पशुओं दोनों ही द्वारा संप्रत्यय के सीखने में इस प्रक्रिया का सहारा लिया जाता है। संप्रत्यय सीखने में एक दूसरी प्रक्रिया जिसे सामान्यीकरण (generalization) की प्रक्रिया कहा जाता है, भी होता है। यह प्रक्रिया पृथक्करण की प्रक्रिया के बाद उत्पन्न होती है। इस प्रक्रिया में व्यक्ति अलग किये गये गुण या विशेषता को उन सभी वस्तुओं में होने की उम्मीद करता है, जो उस वर्ग के होते है। जैसे, यदि किसी बच्चे को कुत्ता काट लेता है तो बच्चा प्रत्येक कुत्ता में 'काटने' का गुण होने की उम्मीद करता है।

संप्रत्यय का विकास या उसके सीखने में इन दोनों प्रक्रियाओं का सक्रिय योगदान होता है। मनोवैज्ञानिकों ने अपने प्रयोगों के आधार पर इस तरह के कई कारकों (factors) को महत्त्वपूर्ण बतलाया है, जिससे संप्रत्यय सीखने (concept learning) की प्रक्रिया प्रभावित होती है। ऐसे कुछ कारकों का वर्णन निम्नांकित हैं—

1. स्थानान्तर *(Transfer)*—संप्रत्यय विकास (concept development) पर स्थानान्तरण (transfer) का काफी प्रभाव पड़ता है। वर्तमान संप्रत्यय को सीखने में पहले सीखे गये संप्रत्यय के प्रभाव को स्थानान्तरण (transfer) कहा जाता है। इस तरह का स्थानान्तरण दो तरह का होता है—. धनात्मक स्थानान्तरण (positive transfer) तथा ऋणात्मक स्थानान्तरण (negative transfer)। पहले सीखे गये संप्रत्यय के समान संप्रत्यय को यदि व्यक्ति सीख रहा है तो वैसी परिस्थिति में वर्तमान संप्रत्यय को सीखने में मदद मिलती है और इसे धनात्मक स्थानान्तरण कहा जाता है। जैसे, यदि व्यक्ति पहले कई वियोजक नियम (disjunctive rule) द्वारा संप्रत्यय सीख चुका है (यानी, पहले वह वियोजक संप्रत्यय सीख चुका है) और वर्तमान संप्रत्यय भी उसी प्रकार का है तो उसे इसे सीखने में मदद मिलेगी। दूसरी तरफ यदि पहले सीखे गये संप्रत्ययों से वर्तमान संप्रत्यय को सीखने में बाधा पहुँचती है तो इसे ऋणात्मक स्थानान्तरण कहा जाता है। खासकर जब किसी वस्तु की विशेषताएँ पहले सीखी गयी संप्रत्यय की विशेषताओं के समान लगती है परन्तु वास्तव में वे आपस में किसी दूसरे नियम (rule) से सम्बन्धित होते हैं तो ऐसी परिस्थिति में व्यक्ति को नये संप्रत्यय सीखने में बाधा पहुँचती है।

2. विभिन्नता *(Distinctiveness)*—कुछ वस्तुएँ ऐसी होतीं हैं जिनसे किसी सामान्य विशेषता (common feature) को ढूँढ निकालना आसान होता है क्योंकि वे बहुत ही स्पष्ट एवं भिन्न (distinct) होते हैं। इस तरह की सामान्य विशेषता के आधार पर किसी संप्रत्यय को सीखना काफी आसान हो जाता है। दूसरी तरफ कुछ वस्तुएँ ऐसी होतीं हैं जिनसे किसी सामान्य विशेषता (common feature) का पृथक्करण (abstract) आसानी से नहीं किया जा सकता है क्योंकि सामान्य विशेषता अन्य विशेषताओं के साथ इस तरह घुले-मिले होते हैं कि उन्हें अलग करना कठिन होता है। दूसरे शब्दों में, इस तरह की सामान्य विशेषता में विभिन्नता (distinctiveness) का गुण अधिक नहीं होता है। फलस्वरूप, इसके आधार पर किसी संप्रत्यय (concpet) को सीखना कठिन हो जाता है। मॉर्गन, किंग तथा रॉबिन्सन[1] (Morgan, King & Robinson, 1981) ने कहा है, "कोई भी चीज जो संप्रत्यय की सामान्य विशेषताओं को स्पष्ट करता है, से संप्रत्यय सीखने में मदद मिलती है। कोई भी चीज जो इन सामान्य विशेषताओं को छिपा लेता है या असंगत विस्मृति (irrelevant details) में छिपा लिया जाता है, से संप्रत्यय सीखने की प्रक्रिया मंदित हो जाती है।"

3. सामग्रियों में जोड़-तोड़ करने की क्षमता *(Ability to manipulate materials)*—यदि व्यक्ति में सामान्य विशेषताओं (common features) से सम्बन्धित सामग्रियों को पहचानने तथा पुनर्व्यवस्थित करने (rearrange) की क्षमता अधिक होती है, तो इससे संप्रत्यय सीखने की प्रक्रिया तेजी से होती है। दूसरी तरफ यदि किसी व्यक्ति में ऐसी क्षमता नहीं होती है तो संप्रत्यय सीखने की प्रक्रिया मंदित हो जाती है। ब्रुनर, गुडनाऊ तथा अस्टीन (Bruner, Goodnow & Austin, 1956) ने 81 उद्दीपकों के आधार पर संप्रत्यय सीखने का जो प्रयोग किया है, इससे यह बिल्कुल ही स्पष्ट हो जाता है। उनके जिन प्रयोज्यों में उक्त क्षमता थी, वे काफी कम समय में संप्रत्यय को आसानी से सीखे गये थे। परन्तु जिन वस्तुओं में ऐसी क्षमता नहीं थी, उन्होंने संप्रत्यय सीखने में काफी समय लिया।

---

1. "Anything that makes the common properties of the concept stand out aids concept attainment; anything that obscured these properties or embeds them in irrelevant details retards concept attainment."

—Morgan, King & Robinson : *Introduction to Psychology,* p. 182

4. निर्देशात्मक वृत्ति (*Instructional set*)—मनोवैज्ञानिकों ने अपने प्रयोगों के आधार पर यह साबित कर दिया है कि जब प्रयोज्य (subject) को दी गयी सामग्रियों में सामान्य तत्त्व (common element) की खोज करने का निर्देश (instruction) दिया जाता है, तो इससे संप्रत्यय को सीखने में काफी मदद मिलती है और व्यक्ति इसे जल्दी सीख लेता है। दूसरी तरफ जब प्रयोज्य को इस तरह का निर्देश नहीं दिया जाता है तो संप्रत्यय को सीखने में काफी कठिनाई होती है और व्यक्ति बहुत धीरे-धीरे संप्रत्यय को सीखता है। सच्चाई यह है कि इस तरह के निर्देश देने से व्यक्ति में एक विशेष तत्परता या वृत्ति (set) उत्पन्न हो जाती है जो उसे समस्या का समाधान करने में मदद करती है।

5. संगत उपलब्ध सूचनाएँ (*Relevant available information*)—लॉघलिन (Laughlin 1973) ने अपने प्रयोगों के आधार पर बतलाया है कि संप्रत्यय को सीखते समय यदि सभी उचित एवं संगत सूचनाएँ (relevant information) व्यक्ति के सामने एक साथ रखी जाती है, तो इससे व्यक्ति संप्रत्यय (concept) को जल्द सीख लेता है। परन्तु ऐसी सूचनाओं को यदि एक-एक करके व्यक्ति के सामने दिया जाता है तो वैसी परिस्थिति में संप्रत्यय सीखने में उसे कठिनाई होती है। उदाहरणार्थ, यदि किसी व्यक्ति को कोयल का संप्रत्यय सीखने के लिए संगत सूचनाएँ जैसे, 'दो पैर', 'दो डायना', 'एक चोंच', 'काला रंग', 'गाने की क्षमता' आदि को एक साथ दे दें, तो वह आसानी इस संप्रत्यय को सीख लेगा। दूसरी तरफ जब इन्हीं सूचनाओं को एक साथ न देकर बारी-बारी से दें तो स्वभावतः 'कोयल' का संप्रत्यय सीखने में कठिनाई होगी। संप्रत्यय निर्णय पर असंगत गुणों (irrelevant attribute) का भी प्रभाव पड़ता है। जब असंगत गुणों की संख्या बढ़ जाती है, तो व्यक्ति इसी पर अधिक ध्यान देने लगता है तथा संगत गुणों की उपेक्षा करने लगता है। अतः वह एक अधिक अर्थहीन प्राक्कल्पना विभूषित कर लेता है।

6. नियम का स्वरूप (*Nature of rule*)—जैसा कि हम जानते हैं, भिन्न-भिन्न विशेषताएँ जब आपस में किसी नियम द्वारा सम्बन्धित हो जाती है, तो इससे संप्रत्यय का निर्माण होता है। मनोवैज्ञानिकों ने अपने प्रयोगों के आधार पर यह दिखलाया है कि इन विशेषताओं को आपस में सम्बन्धित करनेवाले नियम जब सरल (simple) होते हैं, तो संप्रत्यय को जल्द सीख लिया जाता है। दूसरी तरफ जब ऐसे नियम जटिल (complex) होते हैं, तो इससे संप्रत्यय का सीखना कठिन हो जाता है। निस्सर तथा बीनी (Neisser & Weene, 1962) ने अपने अध्ययन के आधार पर यह बतलाया है कि सरल संप्रत्यय (simple concept) का सीखना समुच्चय बोधक संप्रत्यय (conjunctive concept) को सीखने से इसी कारण आसानी से होता है। बोर्न (Bourne, 1967) ने नियम की जटिलता के कारण ही वियोजक संप्रत्यय (disjunctive concept) का सीखना समुच्चयबोधक संप्रत्यय (conjunctive concept) के सीखने से आसान होता है। अतः मनोवैज्ञानिकों का सामान्य निष्कर्ष यही रहा है कि जैसे-जैसे विशेषताओं को अर्थपूर्ण ढंग से आपस में जोड़ने वाले नियम जटिल होते चले जाते हैं वैसे-वैसे संप्रत्यय सीखने में कठिनाई बढ़ती जाती है।

7. शब्द भंडार (*Vocabulary*)—संप्रत्यय सीखने की प्रक्रिया व्यक्ति के शब्द-भण्डार द्वारा भी प्रभावित होती है। जब किसी व्यक्ति का शब्द-भण्डार बड़ा होता है, तो वह आसानी से भिन्न-भिन्न शब्दों का अर्थ समझ जाता है और इन शब्दों के आधार पर सामान्य विशेषताओं को आसानी से वह पृथक्करण (abstraction) कर लेता है। अतः जिन व्यक्तियों का शब्द-भण्डार बड़ा होता है, वह किसी संप्रत्यय (concept) को आसानी से सीख लेता है। दूसरी तरफ जिन व्यक्तियों में शब्द-भण्डार कम होता है, उन्हें शब्दों को समझने तथा उससे सामान्य विशेषताओं को पृथक्करण करने में काफी कठिनाई होती है। अतः ऐसे व्यक्तियों द्वारा संप्रत्यय सीखना मंदित गति से होता है।

8. धनात्मक एवं ऋणात्मक उदाहरण (*Positive and negative instances*)—संप्रत्यय निर्माण धनात्मक उदाहरण तथा ऋणात्मक उदाहरण द्वारा भी प्रभावित होता है। धनात्मक उदाहरण से तात्पर्य वैसे उदाहरण से होता है जो सीखने जाने वाले संप्रत्यय (concept) का एक सही उद्धरण होता है। ऋणात्मक उदाहरण से तात्पर्य वैसे उदाहरण से होता है जो सीखे जाने वाले संप्रत्यय का एक गलत एवं अनुपयुक्त उद्धरण होता है। स्मोक (Smoke, 1932) ने सबसे पहले एक प्रयोग कर यह दिखलाया कि संप्रत्यय निर्माण में ऋणात्मक उदाहरण बिलकुल ही अर्थहीन साबित होता है। प्रश्न यह उठता है कि ऋणात्मक उदाहरण संप्रत्यय निर्माण में इतना बेकार एवं महत्त्वपूर्ण क्यों साबित होता है। होभलैंड एवं विश (Hovland & Weiss, 1953) का मत है कि ऐसा इसलिए होता है क्योंकि धनात्मक उदाहरण (positive examples) ऋणात्मक उदाहरण (negative examples) की तुलना में संप्रत्यय निर्माण में सीखने वाले व्यक्ति को अधिक संगत सूचनाएँ प्रदान करता है। होभलैंड एवं विंश (Hovland & Weiss, 1953) ने अपने प्रयोग में यह कोशिश किया कि धनात्मक एवं ऋणात्मक उदाहरणों द्वारा समान ढंग की सूचना सीखने वालों की दी जाय। इस तरह की समानना

की परिस्थिति होने के बावजूद भी धनात्मक उदाहरण वाले परिस्थिति के 100% प्रयोज्यों ने संप्रत्यय को सीख लिया जबकि ऋणात्मक उदाहरण वाले परिस्थिति के मात्र 17% प्रयोज्यों ने ही संप्रत्यय को सीखा। होभलैण्ड एवं विश के अनुसार ऋणात्मक उदाहरण इसलिए कठिन होता है क्योंकि व्यक्ति ऐसी सूचनाओं का सही उपयोग नहीं कर पाता है। फ्रिवर्गस एवं टुलभिं। (Friebergs & Tulving, 1961) ने अपने प्रयोग में पाया कि व्यक्ति नकारात्मक या ऋणात्मक उदाहरण (negative examples) से संप्रत्यय सीखना (concept learning) में फायदा तब उठाता है जब उसे इसमें कुछ प्रशिक्षण दिया जाता है।

9. पर्यावरणी चर (*Environmental variables*)—मनोवैज्ञानिकों द्वारा किये गए अध्ययनों से यह स्पष्ट हुआ है कि संप्रत्यय निर्माण पर पर्यावरणी चरों का भी प्रभाव पड़ता है। मनोवैज्ञानिकों ने यह प्रश्न उठाया कि जब व्यक्ति संप्रत्यय (concept) को अकेले में नहीं बल्कि अन्य लोगों की उपस्थिति में सीखने की कोशिश करता है तो इसका प्रभाव संप्रत्यय सीखने पर काफी पड़ता है। प्रायः संप्रत्यय सीखने के प्रयोग में प्रयोज्य को कुछ आकृति दिया जाता है और उनके प्रति वह एक अनुक्रिया करता है और प्रयोगकर्त्ता उसे यथार्थता के अनुसार 'सही' या 'गलत' कहता है। प्रायः यह एकान्त परिस्थिति होती है। परंतु जब उसे यही कार्य अन्य व्यक्तियों के बीच में यदि करना होता है तो इसका प्रभाव संप्रत्यय सीखना पर क्या पड़ता है? इस सिलसिले में कुछ अध्ययन है जो इस पर प्रकाश डालते हैं। लॉघलिन तथा उनके सहयोगियों (Laughlin et al., 1972) ने एक प्रयोग किया जिसमें प्रयोज्यों के दो समूह लिये गए— प्रयोगात्मक समूह (experimental group) तथा नियंत्रित समूह (control group)। प्रयोगात्मक समूह के प्रयोज्य जब संप्रत्यय सीखने की समस्या का समाधान कर रहे थे तो उनका विडियो रेकॉर्डिंग किया गया। प्रयोगकर्त्ताओं के अनुसार ऐसी परिस्थिति प्रयोज्यों में तनाव उत्पन्न करने वाली थी क्योंकि संप्रत्यय सीखते समय अन्य लोगों की उपस्थिति उसमें एक तरह का विकर्षण (distraction) उत्पन्न कर रहा था। नियंत्रित परिस्थिति में प्रयोज्यों द्वारा संप्रत्यय सीखने से सम्बन्धित समस्या का समाधान करते समय उनका विडियो रेकॉर्डिंग नहीं किया गया। प्रयोगकर्त्ताओं ने प्रयोग में दो तरह के आश्रितचरों (dependent variables) का उपयोग किये थे— समाधान करने में लगे प्रयासों (trials) की संख्या तथा प्रयोज्यों द्वारा गलत प्राक्कल्पनाओं (incorrect hypotheses) का निर्माण। परिणाम में पाया गया कि यद्यपि दोनों समूह के प्रयोज्यों द्वारा संप्रत्यय सीखने में लगभग एक समान ही प्रयास लिये गए परंतु प्रयोगात्मक समूह के प्रयाज्यों द्वारा नियंत्रित समूह के प्रयोज्यों की तुलना में गलत प्राक्कल्पना अधिक संख्या में बनाये गए जिससे उनका संप्रत्यय विकास अधिक प्रभावित हुआ।

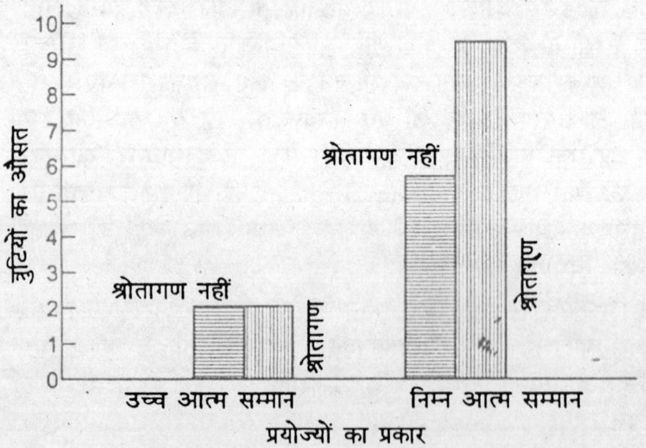

चित्र 10.6 : संप्रत्यय निर्माण पर पर्यावरण चरों के प्रभाव का अध्ययन (शराऊगर पर आधृत)

संप्रत्यय निर्माण में पर्यावरण चरों के महत्त्व को दिखलाने के लिए शराऊगर (Sharugar, 1972) ने भी एक महत्त्वपूर्ण प्रयोग किया है। इस प्रयोग में संप्रत्यय निर्माण कार्य (concept formation task) दो तरह की परिस्थिति में किया गया। कुछ प्रयोज्यों ने संप्रत्यय निर्माण कार्य एकान्त परिस्थिति में किये तथा कुछ प्रयोज्यों ने यही कार्य अन्य लोगों की उपस्थिति में किये। प्रयोगकर्त्ता ने प्रयोज्यों के आत्म-सम्मान (self-esteem) को मापकर उनके दो श्रेणी किये— उच्च आत्म सम्मान (high self-esteem) वाले प्रयोज्य तथा निम्न आत्म-सम्मान (low self esteem) वाले प्रयोज्य। अतः इस प्रयोग में दो तरह के स्वतंत्र चर (independent variable) थे— अन्य व्यक्तियों की उपस्थिति तथा अनुपस्थिति (एकान्त) की अवस्था एवं उच्च-आत्म सम्मान तथा निम्न-आत्म सम्मान वाले प्रयोज्य। परिणाम में जैसा कि चित्र 10.6 में दिखलाया गया है, उच्च आत्म-सम्मानी प्रयोज्यों द्वारा निम्न आत्म-सम्मानी प्रयोज्यों की तुलना में उत्तम निष्पादन (performance) दिखलाया गया क्योंकि इनके द्वारा की गयी त्रुटियों की औसत संख्या कम थी। परन्तु अन्य लोगों की उपस्थिति तथा अनुपस्थिति का प्रभाव इन दोनों तरह के प्रयोज्यों पर निम्न पाया गया। (चित्र 10.6 में देखें)। ऐसे प्रयोज्य

जिनमें आत्म-सम्मान अधिक था, पर इस बात का कोई प्रभाव नहीं पड़ा कि संप्रत्यय की समस्या का समाधान करते समय कोई दूसरा व्यक्ति उन्हें देख रहा है या नहीं। परन्तु वैसे प्रयोज्य जिनमें आत्म-सम्मान की कमी थी, द्वारा संप्रत्यय की समस्या का समाधान करने में अधिक त्रुटियाँ उस परिस्थिति की गयी जब उन्होंने यह देखा कि उनके कार्य को अन्य लोगों द्वारा देखा जा रहा है।

स्पष्ट हुआ कि संप्रत्यय सीखना या उनका निर्माण कई कारकों द्वारा प्रभावित होता है। इन कारकों पर ध्यान देकर संप्रत्यय सीखने की प्रक्रिया को अधिक प्रभावी बनाया जा सकता है।

संप्रत्यय सीखना की विधि
(Methods or Procedures of Concept Learning)

संप्रत्यय सीखना के क्षेत्र में किये गये प्रयोगों का अवलोकन करने से यह स्पष्ट होता है कि संप्रत्यय सीखना या निर्माण में मुख्यतः दो तरह की विधियों का उपयोग किया जाता है जो निम्नांकित हैं—

1. प्राप्ति या ग्रहण विधि (Method of reception)
2. चयन विधि (Method of selection)

इन दोनों विधियों का वर्णन निम्नांकित है—

1. प्राप्ति या ग्रहण विधि *(Method of reception)*—इस विधि में प्रयोज्यों को एक-एक करके उन सारे उद्दीपकों या वस्तुओं को दिये जाते हैं जिनके आधार पर उन्हें सीखना है। प्रत्येक बार उद्दीपक या वस्तु के देने के तुरंत बाद प्रयोज्य को यह बतलाना होता है कि क्या वह वस्तु संप्रत्यय का उदाहरण है या नहीं। प्रयोज्य द्वारा किये गये निर्णय के बाद प्रयोगकर्त्ता उन्हें यह बतला देता है कि उनके द्वारा लिया गया निर्णय सही था या गलत। इस तरह से प्रयास तब तक दिये जाते हैं जबतक कि वह सही संप्रत्यय (correct concept) को विकसित नहीं कर लेता है। इस विधि का सफलतापूर्वक उपयोग लेभाईन (Levine, 1963) तथा कोल्टहार्ट (Coltheart, 1971) के प्रयोगों में देखने को मिलता है।

प्राप्ति या ग्रहण विधि की सबसे प्रमुख विशेषता यह है कि जो भी उद्दीपक या वस्तु के आधार पर संप्रत्यय विकसित होना है उस पर एक मात्र नियंत्रण सिर्फ प्रयोगकर्त्ता (experiments) का होता है क्योंकि प्रत्येक बार वह अपनी स्वेच्छा से कोई भी उद्दीपक को व्यक्ति के सामने उपस्थित कर सकता है। उसका विशेष फायदा यह होता है कि यदि प्रयोज्य को सीखे जाने वाले संप्रत्यय के बारे में पहले से मन में कोई प्राक्कल्पना (hypotheses) यदि हो, तो वह उसकी जाँच करने में असमर्थ रहता है क्योंकि संगत वस्तु या उद्दीपक (relevant object or stimulus) को उपस्थित करना तो उनके हाथ में न होकर प्रयोगकर्त्ता के हाथ में होता है।

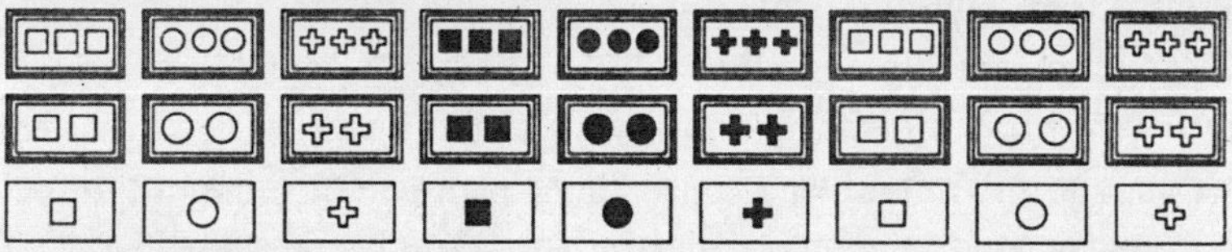

चित्र 10.7 : संप्रत्यय सीखना कार्य में व्यवहृत उद्दीपक (ब्रुनर, गुडनाऊ एवं अस्टीन पर आधृत)

2. चयन विधि *(Method of selection)*—इस विधि द्वारा संप्रत्यय निर्माण या संप्रत्यय सीखने में प्रयोज्यों को सारे उद्दीपक या वस्तु जिनके आधार पर संप्रत्यय सीखना होता है, प्रयोजय को दिया जाता है और प्रयोज्य उनमें से उन वस्तुओं या उद्दीपकों का चयन करता है जिसे वह संप्रत्यय का एक संगत उदाहरण (relevant example) समझता है। प्रयोगकर्त्ता इसके बाद उन्हें यह बतला देता है कि उनके द्वारा चयनित वस्तु सही है या गलत है। इस तरह के चयन की प्रक्रिया से इस विधि द्वारा व्यक्ति संप्रत्यय को सीखता है। इस विधि का उत्तम उपयोग ब्रुनर, गुडनाऊ एवं अस्टीन (Bruner, Goodnow & Austin, 1956) द्वारा किया गया एक बहुचर्चित प्रयोग में मिलता है। इस प्रयोग में जो उद्दीपक का उपयोग किया गया था, वे आपस में चार गुणों के खयाल से एक-दूसरे से भिन्न थे— आकार (shape), रंग

(colour), वस्तुओं की संख्या (number of objects) तथा किनारा की संख्या (number of boarders)। प्रत्येक गुण (feature) के तीन-तीन प्रकार थे (देखें चित्र 10.7)। अतः इस प्रयोग में कुल उद्दीपकों की संख्या $3 \times 3 \times 3 \times 3 =$ 81 थे। इस तरह से तीन आकार (shape) के वस्तुएँ थीं—वर्गाकार, वृत्तिय एवं जोड़ आकारीय। रंगों के तीन प्रकार थे—लाल, काला तथा हरा; वस्तुओं की संख्या भी तीन तरह से परिवर्तित होती थी— किसी आकृति में तीन वस्तु, किसी में दो तथा किसी में एक वस्तु होती थी; किनारा की संख्या भी तीन तरह से परिवर्तित होती थी— किसी आकृति में तीन किनारा की रेखा थी, किसी में दो तथा किसी में एक। इस प्रयोग में प्रयोज्यों से यह कहा गया कि इन सभी उद्दीपकों में से विभिन्न उद्दीपकों के संयोग (combination) से मिलाकर कुछ संप्रत्यय का निर्माण होता है। उन्हें इनमें से ऐसे उद्दीपकों का चयन करके उन संप्रत्ययों का पता लगाना था। इस तरह से प्रयोज्य इन सभी 81 उद्दीपकों में से अपनी समझ से कुछ उद्दीपक को चुनता था और चयन के बाद प्रयोगकर्त्ता उनके द्वारा चयनित उद्दीपक को 'सही' या 'गलत' (जैसा भी हो) कहता था।

इस विधि द्वारा संप्रत्यय सीखने का विशेष लाभ यह है कि इसमें प्रयोज्य अपनी समझ से वैसे वस्तुओं का चयन कर सकता है जिससे वह संप्रत्यय के बारे में विभिन्न प्राक्कल्पनाओं (hypotheses) की जाँच कर सकता है। इससे प्रयोगकर्त्ता को भी प्रयोज्य द्वारा चयनित उद्दीपक के आधार पर यह पता चल जाता है है कि उसके (प्रयोज्य) के मन में संप्रत्यय के बारे में किस तरह का प्राक्कल्पना (hypotheses) विकसित हुआ है।

स्पष्ट हुआ कि संप्रत्यय सीखने में उक्त दो तरह की विधियों का प्रतिपादन किया गया है। इनमें से चयन विधि (method of selection) द्वारा तुलनात्मक रूप से अधिक सफल प्रयोग किये गये हैं।

स्पष्ट हुआ कि संप्रत्यय सीखने में उक्त दो तरह की विधियों का प्रतिपादन किया गया है। इनमें से चयन विधि (method of selection) द्वारा तुलनात्मक रूप से अधिक सफल प्रयोग किये गये हैं।

सर्जनात्मक या रचनात्मक चिन्तन
(Creative Thinking)

परिभाषा एवं स्वरूप *(Definition and Nature)*—सर्जनात्मक चिन्तन (creative thinking) चिन्तन का एक प्रमुख प्रकार है। सर्जनात्मक चिन्तन को कई अर्थों में प्रयोग किया गया है। हरलॉक (Hurlock) ने सर्जनात्मक चिन्तन के क्षेत्र में किये गये शोधों (researches) एवं अध्ययनों की समीक्षा (review) करके बतलाया कि सर्जनात्मक चिन्तन को मनोवैज्ञानिकों ने आठ अर्थों में प्रयोग किया है। सर्जनात्मक चिन्तन (creative thinking) का सबसे लोकप्रिय अर्थ (popular meaning) गिलफोर्ड (Guilford, 1967) द्वारा बतलाया गया है। इन्होंने चिन्तन को दो भागों में बाँटा है—

अभिसारी चिन्तन (Convergent thinking) एवं अपसरण चिन्तन (Divergent thinking)।

अभिसारी चिन्तन में व्यक्ति दिये गये तथ्यों के आधार पर किसी सही निष्कर्ष पर पहुँचने की कोशिश करता है। इस तरह के चिन्तन में व्यक्ति एक रूढ़िवादी तरीका (conventional path) अपना कर अर्थात् समस्या-सम्बन्धी दी गयी सूचनाओं के आधार पर उसका समाधान करता है। अपसरण चिन्तन (divergent thinking) में व्यक्ति भिन्न-भिन्न दिशाओं में चिंतन कर समस्या का समाधान करने की कोशिश करता है। जब वह भिन्न-भिन्न दिशाओं में चिन्तन करता है तो स्वभावतः वह समस्या के कई सम्भावित उत्तरों पर सोचता है और अपनी ओर से कुछ नये एवं मूल (original) चीजों को जोड़ने की कोशिश करता है। इस तरह के चिन्तन की एक और विशेषता यह है (जो इसे अभिसारी चिन्तन से अलग करता है) कि इसमें व्यक्ति आसानी से एक पूर्व सुनिश्चित कदमों के अनुसार चिन्तन नहीं कर पाता है (क्योंकि उसे कुछ नया एवं मूल चिन्तन करना होता है)। परन्तु अभिसारी चिन्तन (convergent thinking) में व्यक्ति बहुत आसानी से एक पूर्व निश्चित क्रम (sequence) में चिन्तन कर लेता है। मनोवैज्ञानिकों ने अपसरण चिन्तन (divergent thinking) को *सर्जनात्मक चिन्तन* (creative thinking) के तुल्य माना है। ऐसे तो सर्जनात्मक चिन्तन को कई मनोवैज्ञानिकों ने परिभाषित किया है परन्तु अधिकतर परिभाषाएँ संक्षिप्त होने के कारण सर्जनात्मक चिन्तन की व्याख्या ठीक

ढंग से नहीं कर पायी है। सर्जनात्मक चिन्तन की सबसे उचित एवं विस्तृत (comprehensive) परिभाषा ड्रेवडाल[1] (Drevdohl, 1956) ने दी है जो इस प्रकार है—

''सर्जनात्मक चिन्तन या सर्जनात्मकता व्यक्ति की उस क्षमता को कहा जाता है जिससे वह कुछ ऐसी नयी चीजों, रचनाओं (compositions) या विचारों को पैदा करता है जो नया होता है एवं जो पहले से उसे ज्ञात नहीं होता है। यह एक काल्पनिक क्रिया या चिन्तन संश्लेषण (thought synthesis) हो सकता है ... इसमें गत अनुभूतियों से उत्पन्न सूचनाओं का एक नया पैटर्नस और सम्मिश्रण (combination) सम्मिलित हो सकता है ... यह निश्चित रूप से उद्देश्यपूर्ण या लक्ष्य-निर्देशित होता है न कि एक निराधार स्वप्न चित्र (idle fantasy) होता है ... यह वैज्ञानिक, कलात्मक या साहित्यिक रचना के रूप में हो सकता है।''

सर्जनात्मक चिन्तन या सर्जनात्मकता के इस विस्तृत परिभाषा (comprehensive definition) का विश्लेषण करने पर हमें कुछ ऐसी विशेषताओं का पता चलता है जिससे सर्जनात्मक चिन्तन के स्वरूप (nature) पर स्पष्ट रूप से प्रकाश पड़ता है। इनमें से प्रमुख विशेषताएँ निम्नांकित हैं—

(i) सर्जनात्मक चिन्तन एक ऐसी प्रक्रिया है जो लक्ष्य-निर्देशित (goal-directed) होता है। इसमें व्यक्ति को लक्ष्य निश्चित रूप से पता होता है और उसका प्रत्येक व्यवहार इसी लक्ष्य से सम्बन्धित होता है। व्यक्ति इस ढंग का व्यवहार अपने व्यक्तिगत या सामूहिक लाभ के लिए भी करता है।

(ii) सर्जनात्मक चिन्तन में व्यक्ति कुछ नया एवं भिन्न चीजों की रचना करता है इसलिए यह उस व्यक्ति के लिए भी अनूठा (unique) होता है। इस तरह की अनूठी रचनात्मक कार्य शाब्दिक (verbal), अशाब्दिक (nonverbal), मूर्त्त (concrete) या अमूर्त्त (abstract) कुछ भी हो सकती है तथा यह व्यक्ति के लिये लाभदायक भी होता है। इस विशेषता के आलोक में मैटलिन[2] (Matlin, 1983) ने सर्जनात्मकता को परिभाषित करते हुए कहा है, ''सर्जनात्मकता में एक ऐसा नया समाधान ढूँढ़ा जाता है जो असाधारण एवं लाभदायक दोनों ही होता है।''

(iii) सर्जनात्मक चिन्तन में व्यक्ति समस्या के भिन्न-भिन्न पहलुओं पर भिन्न-भिन्न दिशाओं (divergent directions) में चिन्तन करता है। इस तरह से भिन्न-भिन्न दिशाओं में चिन्तन करने की क्षमता को अपसरण चिन्तन (divergent thinking) भी कहा जाता है। यही कारण है कि सर्जनात्मक चिन्तन में अपसरण चिन्तन भी सम्मिलित हुआ माना जाता है। मॉर्गन, किंग विस्ज तथा स्कोपलर[3] (Morgan, King, Weisz & Schopler, 1986) ने इसलिए कहा है, ''सर्जनात्मक रूप से सोचते समय लोग भिन्न-भिन्न दिशाओं में सोचते हैं और इस तरह से समस्या के बारे में उनमें बहुत सारे विचार आते हैं।''

(iv) सर्जनात्मक चिन्तन करने की क्षमता व्यक्ति द्वारा पहले से प्राप्त सार्थक ज्ञान पर निर्भर करती है। यह सार्थक ज्ञान (accepted knowledge) जितना ही अधिक होगा, सर्जनात्मक चिन्तन की क्षमता उतनी ही अधिक होगी।

(v) सर्जनात्मक चिन्तन में स्वली चिन्तन (autistic thinking) नियंत्रित ढंग से (controlled way) सम्मिलित होती है। दूसरे शब्दों में, सर्जनात्मक रूप से सोचते समय व्यक्ति कुछ अर्थपूर्ण कल्पनाएँ करता है। इसी अर्थपूर्ण कल्पना का ही परिणाम होता है कि व्यक्ति कुछ वैज्ञानिक, कलात्मक तथा साहित्यिक रचना कर पाता है।

---

1. "Creative thinking or creativity is the capacity of persons to produce compositions, products or ideas of any sort which are essentially new or novel and previously unknown to the producer. It can be imaginative activity or thought synthesis ... it may involve the formation of new patterns and combination of informations derived from past experiences... it must be purposeful or goal-directed, not idle fantasy ... it may take the form of an artistic, literary or scientific production," —Drevdohl : *Journal of Clinical Psychology,* 1956, p. 22
2. "Creativity involves finding a solution that is both unusual and useful." —Matlin : *Cognition,* 1983, p. 249
3. "When thinking creatively, people tend to think in a divergent manner, thus having many varied thoughts about a problem." —Morgan, King, Weisz & Schopler : *Introduction to Psychology,* 1986, p. 246

(vi) सर्जनात्मक चिन्तन में एक सीमा तक अभिसारी चिन्तन (convergent thinking) भी सम्मिलित होता है। अभिसारी चिन्तन करके व्यक्ति कुछ इस तरह की सूचनाएँ एवं सामग्रियों को इकट्ठा करता है जिनसे उसे रचनात्मक या सर्जनात्मक समाधान (creative solution) में मदद मिलती है। मॉर्गन, किंग, विस्ज तथा स्कोपलर (1988) ने कहा है, "अन्तिम सर्जनात्मक समाधान के लिए रचनात्मक रूप से सोचनेवाला व्यक्ति अभिसारी चिन्तन द्वारा महत्त्वपूर्ण सूचनाओं (information) एवं विचारों को एकत्रित करता है।"

ऊपर के विवरण से स्पष्ट हो जाता है कि सर्जनात्मक चिन्तन एक जटिल प्रक्रिया है। इस तरह के चिन्तन करने की क्षमता सभी व्यक्तियों में अधिक हो ही, यह आवश्यक नहीं है।

सर्जनात्मक चिन्तन की अवस्थाएँ
(Stages of Creative Thinking)

सर्जनात्मक चिन्तन का स्वरूप काफी जटिल होता है। इसमें व्यक्ति किसी समस्या के भिन्न-भिन्न पहलुओं पर भिन्न-भिन्न दिशाओं (divergent directions) में चिन्तन कर कुछ नये विचारों एवं तथ्यों की रचना या सर्जन (creation) करता है। मनोवैज्ञानिकों ने सर्जनात्मक चिन्तन तथा समस्या समाधान व्यवहार के विश्लेषण करने पर यह बतलाया है कि इसमें कुछ अवस्थाएँ (stages) सम्मिलित होतीं हैं। वालास (Wallas, 1926), पैट्रीक (Patrick, 1937), विनाके (Vinacke, 1952) तथा कोफर (Cofer, 1957) के अनुसार चाहे व्यक्ति सामान्य चिन्तन द्वारा किसी समस्या का समाधान कर रहा हो या वह सर्जनात्मक रूप से चिन्तन कर रहा हो, उसमें निम्नांकित चार अवस्थाएँ (stages) होतीं हैं—

1. आयोजन *(Preparation)*—सर्जनात्मक चिन्तन में या किसी समस्या के समाधान में आयोजित यह सबसे पहली अवस्था होती है। इस अवस्था में समस्या से सम्बन्धित आवश्यक तथ्यों एवं प्रमाणों को एकत्रित करने की तैयारी या आयोजन किया जाता है। समस्या को ठीक ढंग से परिभाषित करके उसके पक्ष-विपक्ष में प्रमाण एकत्रित किया जाता है। ऐसा करने में व्यक्ति प्रयत्न तथा त्रुटि (trial and error) का भी सहारा लेता है। आइन्सटिन (Einstein) को यदि भौतिकी (Physics) तथा गणित (Mathematics) का विस्तृत ज्ञान नहीं होता तो वे सापेक्षता का सिद्धान्त (theory of relativity) का प्रतिपादन नहीं कर पाते। अपने इस विस्तृत ज्ञान के आधार पर समस्या से सम्बन्धित तथ्यों तथा प्रमाणों को उन्होंने पहले जमा करने की तैयारी की। उसी तरह से राईट भाइयों (Wright brothers) द्वारा जब हवा म उड़ने की बात सोची गयी तो उन्होंने पहले भौतिक विज्ञानों (physical sciences) के ज्ञान के आधार पर इस समस्या से सम्बन्धित तथ्यों एवं प्रमाणों को एकत्रित करने का आयोजन किया होगा। इस तरह से प्रत्येक रचनात्मक चिन्तन विभिन्न प्रकार के तथ्यों एवं प्रमाणों को एकत्रित करने का आयोजन करता है। समस्या के स्वरूप तथा व्यक्ति के ज्ञान के अनुसार यह अवस्था लम्बे या कम समय तक के लिए होता है। यदि समस्या जटिल है तथा व्यक्ति का ज्ञान सीमित है तो वह अवस्था लम्बे समय तक जारी रह सकता है। परन्तु यदि समस्या में जटिलता कम है तथा व्यक्ति का ज्ञान भंडार अधिक परिपक्व है, तो यह अवस्था कम समय तक ही जारी रहता है। जिम्बार्डो तथा रूक (Zimbardo & Ruch, 1977) के अनुसार इस अवस्था पर व्यक्ति की आयु तथा बुद्धि का भी प्रभाव पड़ता है।

2. उद्भवन *(Incubation)*—किसी भी सर्जनात्मक चिन्तन या समस्या व्यवहार की दूसरी अवस्था उद्भवन (incubation) की होती है। इस अवस्था में व्यक्ति में निष्क्रियता बढ़ जाती है और थोड़े समय के लिए समस्या के बारे में वह चिन्तन करना छोड़ देता है। जब कई ढंग से कोशिश करने के बाद भी किसी समस्या का समाधान नहीं हो पाता है, तो इस अवस्था की उत्पत्ति होती है। इस अवस्था में व्यक्ति समस्या के समाधान के बारे में चिन्तन करना छोड़कर या तो सो जाता है या विश्राम करने लगता है। पैट्रीक (Patrick, 1935) ने कवियों (poets) तथा कलाकारों (artists) पर अध्ययन करके इस बात की पुष्टि की है कि सर्जनात्मक चिन्तन में उद्भवन (incubation) की अवस्था होती है। मनोवैज्ञानिकों का कहना है कि इस अवस्था में यद्यपि व्यक्ति अपना ध्यान समस्या की ओर से पूर्णतः हटा लेता है, फिर भी अचेतन रूप से उसके बारे में सोचते रहता है। इस तरह से इस अवस्था में चेतन रूप से (consciously) व्यक्ति समस्या के बारे में चिन्तन करना छोड़ देता है परंतु अचेतन रूप से (unconsciously) उसके समाधान के बारे में चिन्तन जारी रखता है।

3. प्रबोधन *(Illumination)*—इस अवस्था में अचानक व्यक्ति को समस्या का समाधान दीख पड़ता है। सिलभरमैन[1] (Silverman, 1978) के अनुसार, ''समाधान के अकस्मात अनुभव को प्रबोधन कहा जाता है।'' यह अवस्था प्रत्येक रचनात्मक चिन्तन या सर्जनात्मक चिन्तन में पायी जाती है। उद्‌भवन (incubation) अवस्था में जब व्यक्ति अचेतन रूप से (unconsciously) समस्या के भिन्न-भिन्न पहलुओं (aspects) को पुनर्संगठित (reorganise) करते रहता है, तो अचानक उसे उस समस्या का समाधान नजर आ जाता है। प्रबोधन की यह घटना सूझ (insight) के समान है। मनोवैज्ञानिकों के अनुसार व्यक्ति में उद्‌भवन की अवस्था के बाद प्रबोधन (illumination) की अवस्था कभी भी उत्पन्न हो सकती है। यहाँ तक कि कभी-कभी व्यक्ति को स्वप्न (dream) में भी प्रबोधन का अनुभव होते पाया गया है।

4. प्रमाणीकरण या संशोधन *(Verification or Revision)*—प्रमाणीकरण या संशोधन सर्जनात्मक चिन्तन या समस्या समाधान व्यवहार की चौथी अवस्था है। इस अवस्था में प्रबोधन की अवस्था से प्राप्त समाधान या निष्कर्ष की जाँच या मूल्यांकन किया जाता है। इस अवस्था में व्यक्ति यह देखने की कोशिश करता है कि उसे जो समाधान प्राप्त हुआ है वह ठीक है या नहीं। जाँच करने के बाद जब व्यक्ति इस निष्कर्ष पर पहुँचता है कि समाधान या निष्कर्ष सही नहीं था तो वह सम्पूर्ण कार्यविधि का संशोधन (revision) करता है और पुनः एक-दूसरे समाधान की खोज करता है।

ऊपर के विवरण से स्पष्ट है कि सर्जनात्मक चिन्तन की चार अवस्थाएँ हैं जो एक निश्चित क्रम (sequence) में होतीं हैं। कुछ मनोवैज्ञानिकों ने इन अवस्थाओं की आलोचना की है और कहा है कि सभी सर्जनात्मक चिन्तन में (creative thinking) ये सभी अवस्थाएँ नहीं होतीं हैं। दूसरे शब्दों में, कुछ अवस्थाओं के नहीं होने पर भी व्यक्ति में सर्जनात्मक चिन्तन होता है। मन, फर्नेल्ड तथा फर्नेल्ड (Munn, Fernald & Fernald, 1969) के अनुसार सर्जनात्मक चिन्तन की इन अवस्थाओं की दो प्रमुख आलोचनाएँ (criticisms) हैं, जो इस प्रकार हैं—

(i) सभी सर्जनात्मक चिन्तन में चारों अवस्थाएँ मौजूद रहे, यह आवश्यक नहीं है। जैसे, सर एलेक्जेण्डर फ्लेमिंग (Sir Alexander Fleming) जिन्होंने पेन्सिलिन की खोज की, के इस खोज के सर्जनात्मक चिन्तन में न तो उद्‌भवन (incubation) और न ही प्रबोधन (illumination) की ही कोई अवस्था पायी गयी थी।

(ii) इन चारों अवस्थाओं द्वारा सर्जनात्मक प्रक्रिया (creative process) का विस्तृत ज्ञान हमें नहीं हो पाता है। इन अवस्थाओं से सिर्फ यह पता चलता है कि सर्जनात्मक चिन्तन किस क्रम (sequence) में होता है। परन्तु सर्जनात्मक प्रक्रिया के अन्य पहलुओं के बारे में हमें इससे कुछ ज्ञान प्राप्त नहीं होता है।

यद्यपि सर्जनात्मक चिन्तन की इन अवस्थाओं की आलोचना की गयी है, फिर भी हमारे दिन प्रतिदिन का अनुभव तथा अधिकतर वैज्ञानिकों, कलाकारों एव कवियों के सर्जनात्मक चिन्तन का विश्लेषण इस बात का सबूत है कि इस प्रकार का चिन्तन उपर्युक्त अवस्थाओं के अनुसार ही होता है।

सर्जनात्मक विचारक के गुण
(Characteristics of Creative Thinker)

मनोवैज्ञानिकों ने सर्जनात्मक व्यक्तियों (creative individuals) के चिन्तन का विस्तृत अध्ययन किया है। केट्टनर तथा उसके सहयोगियों (Kettner et al, 1959) ने कारक विश्लेषण (factor analysis) करके सर्जनात्मक विचारकों (creative thinker) के कुछ गुणों (characteristics) का निर्धारण किया है। इसमें से कुछ प्रमुख गुण (merits) निम्नांकित हैं—

1. बुद्धि *(Intelligence)*—सर्जनात्मकता (creativity) का बुद्धि के साथ गहरा सम्बन्ध है। मनोवैज्ञानिकों ने अपने प्रयोगों के आधार पर यह दिखलाया है कि कम बुद्धि वाले व्यक्ति में सर्जनात्मक चिन्तन नहीं के बराबर होता है। परन्तु उसका मतलब यह नहीं है कि सभी अधिक बुद्धि वाले व्यक्ति में सर्जनात्मकता (creativity) हो ही। 110-120 की बुद्धि लब्धि (intellignece quotient) तक सर्जनात्मकता (creativity) तथा बुद्धि (intelligence) में धनात्मक सहसम्बन्ध (positive correlation) पाया गया है। दूसरे शब्दों में, इस स्तर तक बुद्धि बढ़ने से सर्जनात्मकता भी बढ़ती है। परन्तु इससे ऊपर जाने पर जैसे बुद्धि लब्धि का स्तर 140 या इससे भी ऊपर होने पर व्यक्ति में सर्जनात्मकता (creativity) नहीं के बराबर होते देखा गया है। गेजेल्स तथा जैक्सन (Getzels & Jackson, 1962) ने तीव्र बुद्धि के स्कूली छात्रों

1. "The sudden realisation of a solution is known as illumination." —Silverman : *Psychology,* 1978, p. 252

में पाया कि उनमें सर्जनात्मक तथा बुद्धि के बीच सहसम्बन्ध (correlation) मात्र 0.11 से 0.49 तक ही था। बेरोन (Baron, 1961) ने भी अपने अध्ययन में पाया कि बुद्धि लब्धि के 120 से अधिक होने पर सर्जनात्मकता के साथ बुद्धि का रिश्ता समाप्त होने लगता है। इन अध्ययनों से हम इस तथ्य पर पहुँचते हैं कि सर्जनात्मक चिन्तन के लिए बुद्धि का एक साधारण स्तर (moderate level) जैसे बुद्धिलब्धि का 100-120 तक होना अनिवार्य है। परन्तु सभी तीव्र बुद्धि वाले व्यक्ति जिनका बुद्धि स्तर 120 से भी ऊपर है, सर्जनात्मक चिन्तन (creative thinking) करनेवाले होंगे, जरूरी नहीं है, बल्कि अधिकतर केसेज में वे सर्जनात्मक चिन्तन नहीं ही करनेवाले होते हैं।

2. स्वतंत्रता *(Independence)*—सर्जनात्मक विचारक (creative thinker) के विचार (thought) तथा क्रियाओं में स्वतंत्रता देखी जाती है। ऐसे व्यक्ति इस बात की परवाह नहीं करते हैं कि उनके विचार या उनके द्वारा की जा रही क्रियाएँ (activities) अन्य व्यक्तियों के विचार या क्रियाओं से मिलती-जुलती है या नहीं। दूसरे शब्दों में, सर्जनात्मक विचारक व्यक्तिपरक (individualistic) होते हैं। मैकिनौन (Mackinnon, 1962) ने अधिक सर्जनात्मक व्यक्तियों एवं कम सर्जनात्मक व्यक्तियों के गुणों का एक तुलनात्मक अध्ययन (comparative study) किया और पाया कि अधिक सर्जनात्मक व्यक्ति अधिक आविष्कारशील (more inventive), अधिक स्वतंत्र (more indepedent) तथा अधिक व्यक्तिपरक (more individualistic) होते हैं जबकि कम सर्जनात्मक व्यक्ति विश्वसनीय (reliable) आश्रित (dependent) तथा सहनशील (tolerant) होते हैं।

3. हास्य भाव *(Sense of humor)*—सर्जनात्मक विचारक (creative thinker) की एक विशेषता यह भी पायी गयी है कि वे किसी घटना, चीज या वस्तु को गम्भीरतापूर्वक नहीं लेते हैं बल्कि उसकी व्याख्या हास्यकर ढंग (humorous way) से करते हैं। दूसरे शब्दों में, ऐसे व्यक्तियों में मनोविनोद एवं हास्य का अंदाज तीव्र होता है। मन्न, फर्नेल्ड तथा फर्नेल्ड (Munn, Fernald & Fernald, 1969) ने एक अध्ययन किया जिसमें अधिक सर्जनात्मक व्यक्तियों (highly creative people) तथा अधिक बुद्धिमान व्यक्तियों (highly intelligent people) के व्यक्तित्व के कई शीलगुणों को उनके अपने लिए महत्त्व (importance) के क्रम (order) में सजाने (arrange) के लिए कहा गया। परिणाम में देखा गया कि अधिक सर्जनात्मक व्यक्तियों द्वारा हास्य के शीलगुण को दूसरे कोटि (rank) में रखा गया जबकि इस शीलगुण को अधिक बुद्धिमान व्यक्ति द्वारा अन्तिम कोटि (last rank) में रखा गया। इस अध्ययन से स्पष्ट है कि सर्जनात्मक विचारक में हास्य भाव अधिक होता है परन्तु अधिक बुद्धिमान व्यक्तियों में इस तरह का भाव कम होता है।

4. नवीनता तथा जटिलता में अभिरुचि *(Interest in novelty and complexity)*—सर्जनात्मक विचारक हमेशा किसी नवीन जटिल समस्या के समाधान में अधिक अभिरुचि दिखलाते हैं। ऐसे लोगों को किसी रूढ़िवादी समाधान (conventional solution) में आनन्द नहीं आता है। वे हमेशा यह कोशिश करते हैं कि अपने चिन्तन के आधार पर किसी नयी चीज या घटना की खोज करें। इस तरह के शीलगुण (trait) को वेल्श (Welsh, 1975) ने 'मौलिकता' (origence) की संज्ञा दी है। इसका स्पष्ट मतलब यह हुआ है कि सर्जनात्मक विचारकों में मौलिकता का गुण होता है न कि रूढ़िवादी विचारों को ग्रहण करने का। बेरोन (Baron, 1961) ने अपने अध्ययन में पाया कि जब प्रयोज्यों को चित्रांकन (drawings) तथा रंगसाजी (painting) करने की पूरी स्वतंत्रता दी गयी तो प्रायः रचनात्मक या सर्जनात्मक विचारकों द्वारा एक नया बेढंगा (irregular) तथा जटिल चित्रांकन किया गया जिससे सामान्य व्यक्तियों को किसी प्रकार का अर्थ निकालना सम्भव नहीं था। बाद में, वे अपनी मूल रचनाओं (productions) में भी इस तरह की नवनीता एवं जटिलता का समावेश करते पाये गये।

5. स्वाग्रही तथा प्रबल *(Self-assertive and dominance)*—सर्जनात्मक विचारक काफी स्वाग्रही (self-assertive) होते हैं। दूसरे शब्दों में, ऐसे व्यक्ति अपने विचारों की अभिव्यक्ति खुलकर करते हैं तथा काफी जोरदार शब्दों में उसके लिए तर्क प्रस्तुत करते हैं। वे तनिक भी इस बात की परवाह नहीं करते है कि इस विचार का लोग हँसी भी उड़ा सकते हैं। इतना ही नहीं, इनमें प्रबलता (dominance) का गुण होता है। ऐसे व्यक्ति हमेशा अपने विचारों एवं व्यवहारों का प्रभुत्व दूसरों पर दिखलाते हैं क्योंकि तार्किक क्षमता (logical ability) अधिक विकसित होती है।

---

1. "Reasoning, in general, refers to "thinking with the implication that the process is logical and coherent. More specifically, it is problem-solving where well-formed hypotheses are tested systematically and solutions are logically deduced."
—Honzik : *The development of intelligence,* 1973. p. 649.

6. दमन का कम-से-कम प्रयोग *(Least use of suppression)*—जिन लोगों में सर्जनात्मक चिन्तन की क्षमता अधिक होती है, वे लोग अपनी इच्छाओं को दमन (suppression) द्वारा कम-से-कम नियंत्रित करते पाये गये हैं। जैसा कि हम जानते हैं, दमन (suppression) एक ऐसी प्रक्रिया है जिसमें जान-बूझकर व्यक्ति अपनी इच्छाओं एवं आवेगों (impulses) को अचेतन में भेजता है। ऊपर की विशेषता का स्पष्ट अर्थ यह हुआ कि ऐसे व्यक्ति अपनी प्रत्येक इच्छाओं एवं आवेगों का आदर करते हैं तथा उसका एक ठोस मूर्त्त रूप (concrete form) जल्द-से-जल्द देना चाहते हैं। बेरोन (Baron, 1961) ने अपने अध्ययन में पाया कि कम बुद्धिवाले व्यक्ति अपनी इच्छाओं (wishes) एवं आवेगों (impulses) का नियंत्रण इस दमन प्रक्रिया द्वारा अधिक करते हैं जबकि अधिक सर्जनात्मक क्षमता वाले व्यक्ति ऐसा नहीं करते हैं।

इस तरह से हम देखते हैं कि अधिक सर्जनात्मक चिन्तन करनेवाले व्यक्तियों को उनके शीलगुणों (traits) के आधार पर समझा जा सकता है। अब आप स्वयं ही निर्णय कर सकते हैं कि क्या आप भी एक सर्जनात्मक विचारक (creative thinker) हैं?

तर्कणा के अर्थ एवं स्वरूप
(Meaning and Nature of Reasoning)

तर्कणा एक प्रकार का वास्तविक चिन्तन (realistic thinking) है। व्यक्ति तर्कणा के माध्यम से अपने चिन्तन को क्रमबद्ध (systematic) बनाता है तथा तर्क-वितर्क के आधार पर एक निश्चित निष्कर्ष पर पहुँचता है। रेबर[1] (Reber, 1985) ने तर्कणा के दो अर्थ बताये हैं— सामान्य अर्थ में, तर्कणा एक प्रकार का चिन्तन है जिसकी प्रकिग्रा तार्किक (logical) तथा संगत (coherent) होती है। विशिष्ट अर्थ में (specifically) तर्कणा समस्या-समाधान व्यवहार है जहाँ अच्छी तरह से निर्मित प्राक्कल्पनाओं की क्रमबद्ध रूप से जाँच की जाती है तथा समाधान तार्किक ढंग से निगमित (deduce) किया जाता है। रेबर के इस विचार से यह स्पष्ट हो जाता है कि तर्कणा में व्यक्ति किसी घटना या विषय के पक्ष तथा विपक्ष में तर्क करते हुए एक परिणाम पर पहुँचता है। उदाहरणार्थ, मान लिया जाए कि कोई छात्र कमरे में टेबुल लैम्प की रोशनी में पढ़ रहा है। अचानक रोशनी बुझ जाती है। अब छात्र के सामने यह समस्या उठ खड़ी होती है कि रोशनी कहाँ से आए कि पढ़ाई जारी रखी जा सके। छात्र अपने मन में कई तरह के तर्क करते हुए चिन्तन कर सकता है। यह सोच सकता है कि सम्भवतः बिजली मीटर के बगल का फ्यूज तार (fuse-wire) जल गया हो। फिर वह सोच सकता है कि चूँकि बगल के कमरे का बल्ब जल रहा है, अतः जरूर ही लैम्प का बल्ब फ्यूज कर गया होगा। अतः छात्र बल्ब की जाँच करेगा और उसके बाद यदि वह यह पता है कि बल्ब भी ठीक है तो स्पष्टतः वह इस निष्कर्ष पर पहुँचेगा कि टेबुल लैम्प का स्विच (switch) खराब हो गया है। परन्तु जब वह यह पाता है कि स्विच भी ठीक है तो इस निष्कर्ष पर पहुँचता है कि टेबुल लैम्प का होल्डर (holder) जिसमें बल्ब लगा है, वहीं कुछ खराब होगी। इस उदाहरण में तर्कणा की प्रक्रिया स्पष्ट रूप से झलकती है। छात्र क्रमबद्ध रूप से तर्क करते हुए एक खास परिणाम पर पहुँचता है। इससे तर्कणा के स्वरूप (nature) के बारे में हमें निम्नांकित तथ्य प्राप्त होते हैं—

(i) तर्कणा चिन्तन की एक प्रक्रिया है।
(ii) तर्कणा में क्रमबद्धता (systematization) पाई जाती है।
(iii) तर्कणा में व्यक्ति पक्ष-विपक्ष में तर्क करते हुए एक निश्चित निष्कर्ष पर पहुँचता हो।

तर्कणा के प्रकार
(Kinds of Reasoning)

मनोवैज्ञानिकों ने तर्कणा के निम्नांकित पाँच प्रकार बताए हैं—

(i) निगमनात्मक तर्कणा (Deductive reasoning)
(ii) आगमनात्मक तर्कणा (Inductive reasoning)
(iii) आलोचनात्मक तर्कणा (Evaluative reasoning)
(iv) सादृश्यवाची तर्कणा (Analogical reasoning)

(v) प्रसंभाव्यता तर्कणा (Probablistic reasoning)

इन पाँचों तरह की तर्कणाओं का वर्णन निम्नांकित हैं—

(i) निगमनात्मक तर्कणा *(Deductive reasoning)*—निगमनात्मक तर्कणा वैसी तर्कणा को कहा जाता है जिसमें व्यक्ति पहले से ज्ञात नियमों एवं तथ्यों के आधार पर एक निश्चित निष्कर्ष पर पहुँचने की कोशिश करता है। इस ढंग की तर्कणा मानव एवं पशु दोनों ही द्वारा की जाती है। निगमनात्मक तर्कणा इस तरह के न्यायवाक्यों (syllogism) के आधार पर निकाले गए परिणाम में स्पष्ट रूप से सम्मिलित होते हैं—

जहाँ जहाँ धुआँ होता है, आग होती है।

पहाड़ पर धुआँ है।

∴ पहाड़ पर आग है।

सभी मनुष्य मरणशील हैं।

मोहन एक मनुष्य है।

∴ मोहन मरणशील है।

(ii) आगमनात्मक तर्कणा *(Inductive reasoning)*—आगमनात्मक तर्कणा वैसी तर्कणा को कहा जाता है जिसमें व्यक्ति दिए तथ्यों में अपनी ओर से जबतक उसमें नहीं जोड़ता, अर्थात इन तथ्यों का सर्जन (create) नहीं करता, समस्या का समाधान नहीं हो पाता है। रूच[1] (Ruch, 1967) ने आगमनात्मक चिन्तन को परिभाषित करते हुए कहा है, ''आगमनात्मक चिन्तन में चिन्तक अपनी कल्पना के आधार पर कुछ ऐसी नयी चीजों को जोड़ता है जो प्रस्तुत आँकड़ों से सीधे ज्ञात नहीं कर लिए जा सकते थे।'' इस तरह की तर्कणा सर्जनात्मक चिन्तक (creative thinker) द्वारा अधिक प्रयोग में लाई जाती है।

(iii) आलोचनात्मक तर्कणा *(Evaluative reasoning)*—इस प्रकार की तर्कणा में व्यक्ति किसी वस्तु, घटना के बारे में सोचते समय या किसी समस्या का समाधान करते समय प्रत्येक उपाय के गुण एवं दोष की परख कर लेता है। वह प्रत्येक विचार (idea) की प्रभावशीलता (effectiveness) को ठीक ढंग से जाँच करके ही एक अन्तिम निर्णय लेता है। दूसरों द्वारा किसी तथ्य या विचार को दिए जाने पर भी उसे वह हू-ब-हू स्वीकार नहीं करता। उसके गुण-दोष की परख के बाद ही वह किसी निश्चित निष्कर्ष पर पहुँचता है।

(iv) सादृश्यवाची तर्कणा *(Analogical reasoning)*—इस तरह की तर्कणा में उपमा के आधार पर तर्क-वितर्क करते हुए चिन्तक किसी निष्कर्ष पर पहुँचता है। जैसे, मान लिया जाय कि शिक्षक छात्र से यह प्रश्न पूछते हैं कि रानी लक्ष्मीबाई राणा प्रताप के समान एक वीरांगना कैसे थी? इस समस्या के समाधान के लिए छात्र यह सोच सकता है कि रानी लक्ष्मीबाई ने अँगरेजों से हार नहीं मानी थी और ठीक उसी तरह राणा प्रताप ने भी सम्राट अकबर से हार स्वीकार करना अपने मान के खिलाफ समझा था। सचमुच राणा प्रताप, जैसे वीर पुरुष के समान ही रानी लक्ष्मीबाई भी एक मशहूर वीरांगना थी। इस तरह के चिंतन सादृश्यवाची तर्कणा कहा जाता है।

(v) प्रसम्भाव्यता तर्कणा *(Probabilistic reasoning)*—इस तरह की तर्कणा में व्यक्ति उन तरीकों पर ध्यान देता है जिसमें उन्हें यह निर्णय करना होता है कि किसी विशेष घटना के होने की प्रसम्भाव्यता (probability) क्या है। जैसे, मान लिया जाए कि आप किसी सिक्का को 8 बार हवा में ऊपर की ओर उछालते हुए नीचे जमीन पर गिराते हैं। सिक्का के दो पहलू है— चित (head or H) तथा पट (tail or T) यदि आप से यह पूछा जाए कि ऐसी परिस्थिति में उत्तर निम्नांकित में से कौन होगा?

1. T H H T H T H T   2. T T T T H H H H   3. H H H H T T T T

अधिकतर उम्मीद है कि व्यक्ति अपना सही उत्तर के रूप में 1 को चुनेगा क्योंकि इसमें चित या पट के होने की सम्भावना यादृच्छिक (random) बतलाया गया है। हमलोग यह जानते हैं कि सिक्के के उछाल का परिणाम यादृच्छिक ही होता है। उत्तर 2 तथा उत्तर 3 में जो चित तथा पट के परिणाम बतलाये गए हैं उनमें क्रमबद्धता (systemalization) अधिक है क्योंकि उत्तर 2 में प्रथम चार T की संभावना दिखलायी गयी है तथा उत्तर 3 में प्रथम चार में H की संभावना दिखलायी गयी है।

1. "In inductive reasoning the thinker, through imagination, adds something new, something not directly derivable from the data on hand." —Ruch : *Psychology and Life,* 1968, p. 333

इस तरह हम देखते हैं कि तर्कणा (reasoning) के कई प्रकार हैं। व्यक्तियों को चाहिए कि उनमें उपर्युक्त तरह की तर्कणा (reasoning) का स्वस्थ विकास (health development) बाल्यावस्था में ही हो जाए।

तर्कणा में महत्त्वपूर्ण कदम या सोपान
(Important Steps in Reasoning)

तर्कणा (reasoning) की एक प्रमुख विशेषता यह बताई गई है कि इसमें क्रमबद्धता (systematization) होती है। चिन्तक कुछ खास-खास सोपानों या चरणों से होते हुए क्रमबद्ध ढंग से किसी समस्या के समाधान के लिए चिन्तन करता है। अध्ययनों से यह पता चला है कि तर्कणा में निम्नांकित प्रमुख सोपान (steps) होते हैं—

(i) समस्या का पहचान (Recognition of a problem)

(ii) आँकड़ों का संग्रहण (Collection of data)

(iii) अनुमान पर पहुँचना (Drawing inference)

(iv) अनुमान के अनुसार प्रयोग करना (To do experiment according to inference)

(v) निर्णय करना (Decision-making)

इस सोपानों का वर्णन उदाहरण सहित निम्नांकित हैं—

(i) समस्या की पहचान *(Recognition of a problem)*—प्रत्येक तर्कणा (reasoning) की शुरूआत तभी होती है जब व्यक्ति के सामने कोई समस्या उत्पन्न होती है। समस्या के नहीं रहने पर व्यक्ति में चिन्तन या तर्कणा का कोई प्रश्न ही नहीं उठता। अतः पहला सोपान व्यक्ति द्वारा समस्या की पहचान का है। उदाहरणस्वरूप, मान लिया जाए कि छात्र अपने कमरे में 'उच्चतर मनोवैज्ञानिक प्रयोग एवं परीक्षण' नामक पुस्तक की खोज कर रहा है, क्योंकि आज उसे कक्षा में मनोवैज्ञानिक प्रयोग से सम्बन्धित महत्त्वपूर्ण तथ्यों को पढ़ाया जानेवाला है। अतः समस्या यहाँ यह है कि उसने अमुक किताब कहाँ रख दी है।

(ii) आँकड़ों का संग्रहण *(Collection of data)*—इस दूसरे सोपान में व्यक्ति समस्या के समाधान से सम्बन्धित तथ्यों को एकत्र करता है। तथ्यों को एकत्र करने में वह अपनी गत अनुभूतियों का सहारा लेता है। जैसे उपर्युक्त उदाहरण में इस दूसरे सोपान पर व्यक्ति यह देखने की कोशिश करेगा कि वह पुस्तक कहाँ-कहाँ रखा करता था। उसके भाई-बहन भी प्रायः उस पुस्तक को काम में लाते थे। अतः उसके मन में यह बात आएगी कि उनसे भी पूछ लेना चाहिए कि उन्होंने तो पुस्तक को कहीं रख दी नहीं है।

(iii) अनुमान पर पहुँचना *(Drawing inference)*—जब व्यक्ति हर तरह के सम्भावित आँकड़ों का संग्रह कर लेता है तब किसी-न-किसी अनुमान पर पहुँचने की कोशिश करता है। जैसे उपर्युक्त उदाहरण में छात्र इस अनुमान पर पहुँच सकता है कि लगता है कि "हम इस पुस्तक को अपने दोस्त सोहन को 10 दिन पहले दिये थे।"

(iv) अनुमान के अनुसार प्रयोग करना *(To do experiment according to inference)*—इस सोपान में व्यक्ति द्वारा लगाए गए अनुमान के अनुसार कार्य किये जाते हैं। जैसे उपर्युक्त उदाहरण में छात्र का यह अनुमान था कि उसने पुस्तक को अपने दोस्त सोहन को 10 दिन पहले ही दे दिया था। अतः वह सोहन के घर पर आकर सोहन से उक्त किताब के बारे में पूछताछ करेगा।

(v) निर्णय करना *(Decision making)*—तर्कणा का यह अन्तिम सोपान होता है जहाँ चिन्तक (thinker) एक निश्चित निष्कर्ष पर पहुँच जाता है। उसके द्वारा लिए गए निर्णय से समस्या का समाधान हो भी सकता है या नहीं भी। यदि समस्या का समाधान नहीं होता है, तो वह पुनः दूसरे तरह का अनुमान लगाकर उस पर कार्य करना प्रारम्भ कर देता है। उक्त उदाहरण में सोहन के घर जाने से यदि अमुक किताब मिल जाती है, तब तो समस्या का समाधान हो जाता है। परन्तु, यदि सोहन यह कहता है कि उसने तो पाँच दिन पहले ही किताब उसे लौटा दी थी, तो अब ऐसी परिस्थिति में छात्र अपने संग्रह किए गए आँकड़ों के आधार पर कोई नया अनुमान लगायेगा और उसी के अनुकूल कार्य करेगा।

इस तरह हम देखते हैं कि तर्कणा एक ऐसी मानसिक प्रक्रिया है जिसमें क्रमबद्धता (systematization) अधिक होती है तथा जिसमें तर्क-वितर्क के सहारे व्यक्ति किसी अनुमान पर और फिर उसके आधार पर अन्तिम निष्कर्ष पर पहुँचता है।

अध्याय सारांश CHAPTER SUMMARY

1. चिंतन में संप्रत्ययों, प्रतिज्ञप्ति तथा प्रतिमाओं का मानसिक जोड़-तोड़ होता है।
2. चिंतन को दो प्रमुख भागों में बाँटा गया है—स्वली चिंतन (autistic thinking) तथा यथार्थवादी चिंतन (realistic thinking)। यथार्थवादी चिंतन को भी तीन प्रकारों में बाँटा गया है— अभिसारो चिंतन, सर्जनात्मक चिंतन तथा आलोचनात्मक चिंतन।
3. चिंतन एवं कल्पना दोनों ही उच्चतर मानसिक प्रक्रियाएँ हैं फिर भी इन दोनों में कम-से-कम पाँच विंदुओं पर अंतर अवश्य है।
4. चिंतन में भाषा का महत्त्व स्पष्ट रूप से दिखलाया गया है। इस सिलसिले में वोर्फ (Whorf, 1956) तथा ब्रुनर (Bruner, 1964) एवं वर्नस्टीन (Bernstein, 1958) का योगदान काफी प्रशंसनीय है।
5. चिंतन में वृत्ति (set) या मानसिक तत्परता का विशेष महत्त्व होता है। मनोवैज्ञानिक अध्ययनो से यह स्पष्ट हुआ है कि समस्या समाधान या चिंतन में मानसिक तत्परता का लाभकारी (advantageous) तथा अलाभकारी (disadvantageous) दोनों ही प्रभाव पड़ता है।
6. चिंतन में प्रयत्न एवं त्रुटि (trial and error) का भी महत्त्व बतलाया गया है। चिंतन में प्रतिमाओं (images) की भी पर्याप्त भूमिका होती है।
7. चिंतन के सिद्धान्त मुख्य रूप से दो हैं— केन्द्रीय सिद्धान्त (central theory) तथा परिधीय सिद्धान्त या गति सिद्धान्त (peripheral or motor theory)।
8. मनोवैज्ञानिकों ने संप्रत्यय (concept) को परिभाषित करते हुए कहा है कि कुछ नियम द्वारा गुणों का आपस में मिलना ही संप्रत्यय कहलाता है।
9. संप्रत्यय के कई प्रकार हैं जिनमें पाँच प्रकार अधिक लोकप्रिय है।
10. संप्रत्यय निर्माण कई कारकों द्वारा प्रंभावित होता है जिनमें नौ कारकों को अधिक महत्त्वपूर्ण बतलाया गया है।
11. संप्रत्यय सीखना की दो विधियाँ (methods) हैं— प्राप्ति या ग्रहण विधि तथा चयन विधि।
12. सर्जनात्मक या रचनात्मक चिंतन (creative thinking) से तात्पर्य एक ऐसा चिंतन से होता है जो असाधारण, नवीन एवं लाभदायक होता है।
13. सर्जनात्मक चिंतन के चार अवस्थाएँ (stages) होतीं हैं— आयोजन, उद्भवन, प्रबोधन, तथा प्रमाणीकरण या संशोधन।
14. सर्जनात्मक विचारक के छह विशेषताओं पर प्रकाश डाला गया है।
15. तर्कणा एक प्रकार का वास्तविक चिंतन है जिसकी प्रक्रिया तार्किक एवं संगत होती है। मनोवैज्ञानिकों ने तर्कणा के पाँच प्रकार बतलाये हैं— निगमनात्मक तर्कणा, आगमनात्मक तर्कणा, आलोचनात्मक तर्कणा सादृश्यवाची तर्कणा तथा प्रसंभाव्यता चिन्तन। मनोवैज्ञानिकों ने किसी भी तरह के तर्कणा में पाँच सोपानों का वर्णन किया है।

□

अध्याय 11

सांख्यिकी का एक सामान्य परिचय
(GENERAL INTRODUCTION TO STATISTICS)

जीवसंख्या तथा प्रतिदर्श
(Population and Sample)

सांख्यिकी (statistics) में जीवसंख्या का जिसे समृष्टि (universe) भी कहा जाता है, से तात्पर्य ऐसे व्यक्तियों या वस्तुओं से होता है जिसे शोधकर्त्ता (researcher) अपने शोध के संदर्भ में स्पष्ट रूप से परिभाषित करता है तथा उसकी पहचान करके रखता है। **लिण्डक्विस्ट**[1] (Lindquist, 1970) ने जीवसंख्या को परिभाषित करते हुए कहा है, ''जीवसंख्या व्यक्तियों या प्रेक्षणों (observations) का एक ऐसा समूह है जिसे आसानी से पहचाना जा सकता है।'' **करलिंगर**[2] (Kerlinger, 1964) ने जीवसंख्या को परिभाषित करते हुए कहा है, ''जीवसंख्या से तात्पर्य वस्तुओं, घटनाओं एवं लोगों के किसी भी अच्छे ढंग से परिभाषित वर्ग के सभी सदस्यों से होता है।'' इन परिभाषाओं से स्पष्ट है कि सांख्यिकीय अर्थ (statistical sense) में जीव संख्या का मतलब व्यक्तियों के अलावा किसी भी तरह की वस्तुओं (objects) सदस्यों (members) से होता है। जैसे-पुस्तकालय में किताबों की संख्या, विश्वविद्यालय में शिक्षकों की संख्या, शहर में डॉक्टरों की संख्या आदि सभी जीवसंख्या (population) के उदाहरण हैं।

जीवसंख्या सामान्यतः दो तरह का होता है—

(i) परिमित जीवसंख्या (Finite Population), तथा

(ii) अपरिमित जीवसंख्या (Infinite Population)

परिमित जीवसंख्या (finite population) वैसे जीवसंख्या को कहा जाता है जिसके सदस्यों की गिनती की जा सकती है। *अपरिमित जीवसंख्या* (infinite population) वैसे जीवसंख्या को कहा जाता है जिसके सदस्यों की गिनती नहीं की जा सकती है। सभी विश्वविद्यालय शिक्षकों का समूह एक परिमित जीवसंख्या (finite population) का उदाहरण है पर नदी में मछलियों की संख्या एक अपरिमित जीवसंख्या का उदाहरण है। मनोवैज्ञानिक तथा शैक्षिक शोधों में परिमित जीवसंख्या (finite population) का ही प्रयोग ज्यादा किया जाता है।

कुछ विशेषज्ञों (experts) का मत है कि जीवसंख्या को वास्तविक (real) या काल्पनिक (imaginative) जैसे श्रेणियों में भी बाँटा जा सकता है। वास्तविक जीवसंख्या (real population) से तात्पर्य वैसे जीवसंख्या से होता है जिसका अस्तित्व वास्तव में होता है तथा काल्पनिक जीवसंख्या से तात्पर्य वैसे जीवसंख्या से होता है जिसका अस्तित्व काल्पनिक होता है। पुस्तकालय में किताबों की सम्पूर्ण संख्या एक वास्तविक जीवसंख्या के उदाहरण है तथा भूत-प्रेतों की सम्पूर्ण संख्या एक काल्पनिक जीवसंख्या का उदाहरण है।

प्रतिदर्श (sample) जीवसंख्या से चुनी गयी वह संख्या है जो जीवसंख्या का प्रतिनिधित्व करती है। जैसे, यदि मान लिया जाए कि कोई शोधकर्त्ता किसी विश्वविद्यालय के 10,000 छात्रों के सम्पूर्ण जीवसंख्या से 1000 छात्रों को चुन लेता

1. "Population is a group of individuals or observations which can be easily identified."

—Lindquist : *Statistical Analysis in Educational Research,* 1970, p. 2

2. "The term population or universe means all the number of any well-defined class of people, events or objects."

—Kerlinger : *Foundations of Behavioural Research,* 1964, p. 52

है तो यह चुना हुआ 1000 छात्रों का समूह एक प्रतिदर्श (sample) का उदाहरण होगा। प्रतिदर्श जीवसंख्या का सही-सही प्रतिनिधित्व कर सके, इसके लिए आवश्यक है कि शोधकर्त्ता उसका चयन निष्पक्ष भाव से करें।

जीवसंख्या का अध्ययन उससे एक प्रतिदर्श (sample) चुनकर नहीं बल्कि सीधे भी किया जा सकता है। यह बात उस परिस्थिति में अधिक उपयुक्त (appropriate) बैठती है जहाँ जीवसंख्या के सदस्यों की संख्या कम होती है। किसी जीवसंख्या के सीधे अध्ययन के फलस्वरूप प्राप्त सांख्यिकीय मान (statistical value) को *प्राचल* (parameter) कहा जाता है। परन्तु प्रतिदर्श के अध्ययन के फलस्वरूप प्राप्त सांख्यिकीय मान (statistical value) को सांख्यिकी (statistics) कहा जाता है। जैसे, अगर 10,000 छात्रों पर कोई बुद्धि-परीक्षण (intelligence test) क्रियान्वयन करके उनपर आये प्राप्तांकों (scores) का यदि माध्य (mean) ज्ञात किया जाता है, तो यह *प्राचल माध्य* (parameter mean) का उदाहरण होगा, परन्तु जब उस बुद्धि परीक्षण को चुने हुए मात्र 1000 छात्रों पर क्रियान्वयन करके माध्य ज्ञात किया जाता है, तो वह माध्य (mean) मात्र एक *सांख्यिकीय माध्य* (statistical mean) या *प्रतिदर्श माध्य* (sample mean) का उदाहरण होगा।

सांख्यिकी का अर्थ
(Meaning of Statistics)

सांख्यिकी का विज्ञान के रूप में विकास 19वीं सदी में हुआ तथा इसका प्रयोग अनेक शास्त्रों (disciplines) में होता आया है। अतः, इसके कई अर्थ बतलाये गए हैं। एक अर्थ में सांख्यिकी का मतलब गणितशास्त्र (mathematics) के एक वैसी शाखा से होता है जो सांख्यिकी सिद्धांत (statistical theory) के बारे में बतलाता है। दूसरे अर्थ में, सांख्यिकी से मतलब परिमाणात्मक तथ्यों (quantitative facts) की व्याख्या मात्र से होता है। जनसाधारण सांख्यिकी का प्रयोग इस अर्थ में अधिकतर करते देखे जाते हैं। जैसे, जब कोई व्यक्ति सड़क दुर्घटना का ब्यौरा देते हुए कहता है कि इस वर्ष कुल 500 आदमी मरे तथा 1500 व्यक्ति घायल हुए तो यहाँ पर सांख्यिकी का प्रयोग उक्त अर्थ में हुआ।

तीसरे अर्थ में, सांख्यिकी का मतलब एक ऐसे विज्ञान से होता है जिसके द्वारा संख्यात्मक तथ्यों का संकलन (organisation), विवेचन (treatment), विश्लेषण (analysis) एवं व्याख्या (interpretation) की जाती है। समाजशास्त्र, मनोविज्ञान तथा शिक्षा में सांख्यिकी का प्रयोग इसी तीसरे अर्थ में अधिक होता है। इस अर्थ में **लॉविट्ट**[1] (Lovitt) ने सांख्यिकी को परिभाषित करते हुए कहा है, ''सांख्यिकी वह विज्ञान है जो घटनाओं की व्याख्या, विवरण तथा तुलना के लिए संख्यात्मक तथ्यों का संकलन, वर्गीकरण तथा सारणीकरण करता है।'' **फर्गुसन** तथा **टाकाने**[2] (Ferguson & Takane, 1989) ने सांख्यिकी को परिभाषित करते हुए कहा है, ''सांख्यिकी प्रणाली विज्ञान की एक ऐसी शाखा है जिसके द्वारा प्रयोगों तथा सर्वेक्षणों के आधार पर प्राप्त आँकड़ों का संकलन (collection), वर्गीकरण, विवरण तथा विवेचना किया जाता है।''

उपर्युक्त परिभाषाओं से यह स्पष्ट है कि सांख्यकी का सम्बन्ध सिर्फ संख्यात्मक आँकडों (numerical data) से होता है। इसका मतलब यह हुआ कि जिन घटनाओं या तथ्यों की व्याख्या संख्या (number) द्वारा नहीं की जा सकती है, उसकी व्याख्या सांख्यिकी द्वारा असम्भव है। सांख्यिकी इन संख्यात्मक आँकड़ों का जो प्रायः प्रयोग, सर्वेक्षण तथा साक्षात्कार के आधार पर प्राप्त होते हैं, संकलन, वर्गीकरण, विवरण तथा विवेचन करती है। दूसरे शब्दों में, हम कह सकते हैं कि प्रयोगों तथा सर्वेक्षणों से जो आँकड़े मिलते हैं, उससे तब तक कोई अर्थ नहीं निकलता जबतक कि उसका सांख्यिकीय विश्लेषण (statistical analysis) नहीं किया जाता है। सांख्यिकी ऐसे मूल आँकड़ों को जो अक्रमबद्ध (unsystematic) होते हैं, क्रमबद्ध (systematic) बनाकर उनका वर्गीकरण (classification), विश्लेषण (analysis) तथा व्याख्या (interpretation) करता है और तब प्रयोगकर्त्ता उसके आधार पर एक निष्कर्ष निकालता है।

---

1. "Statistics is the science which deals with the collection, classification and tabulation of numberical facts as the basis for explanation, description and comparison of phenomena." —Lovitt.
2. "Statistics is the branch of scientific methodology. It deals with collection, classification, description and interpretation of data obtained by the conduct of surveys and experiments."
—Ferguson & Takane : *Statistical Analysis in Psychology and Education*, 1989, p. 6

वर्णनात्मक सांख्यिकी तथा आनुमानिक सांख्यिकी
(Descriptive Statistics and Inferential Statistics)

उपयोग के दृष्टिकोण से सांख्यिकी को दो भागों में बाँटा गया है—

(i) वर्णनात्मक सांख्यिकी (Descriptive Statistics), तथा

(ii) आनुमानिक सांख्यिकी (Inferential Statistics)।

वर्णनात्मक सांख्यिकी वह है जिसका उद्देश्य संख्यात्मक तथ्यों (numberical facts) का साधारण ढंग से वर्णन करना होता है। जैसे, माध्य एक वर्णनात्मक सांख्यिकी का उदाहरण है जो हमें यह बतलाता है कि पूरे आँकड़े का औसत मान (average value) क्या है? उसी तरह मानक विचलन जो वर्णनात्मक सांख्यिकी का दूसरा उदाहरण है, हमें यह बतलाता है कि व्यक्तियों के किसी समूह में आपस में कितनी परिवर्तनशीलता (variability) है। सहसम्बन्ध गुणांक (coefficient of correlation) हमें यह बतलाता है कि व्यक्तियों के एक ही समूह के दो प्रेक्षणों (observations) का आपस में कितनी निकटता (closeness) है। सहसम्बन्ध गुणांक भी वर्णनात्मक सांख्यिकी का ही एक उदाहरण है क्योंकि इससे संख्यात्मक आँकड़ों का सामान्य ढंग से वर्णन मात्र होता है। इससे किसी प्रकार का कोई अनुमान (inference) नहीं निकाला जाता है।

आनुमानिक सांख्यिकी (inferential statistics) का दूसरा नाम *प्रतिचयन सांख्यिकी* (sampling statistics) तथा *आगमनात्मक सांख्यिकी* (inductive statistics) भी है। *गिलफोर्ड*[1] (Guilford, 1956) के अनुसार, ''आनुमानिक सांख्यिकी हमें यह बतलाता है कि एक प्रतिदर्श (sample) के प्राप्तांकों (scores) के आधार पर मिले सांख्यिकी उस बड़ी जीवसंख्या का किस हद तक प्रतिनिधित्व करता है जिससे कि वह प्रतिदर्श लिया गया था।'' इस तथ्य को *फर्गुसन* तथा *टाकाने*[2] (Ferguson & Takane, 1989) ने अधिक स्पष्ट शब्दों में इस प्रकार कहा है, ''सांख्यिकीय प्रक्रियाएँ जिसके द्वारा प्रतिदर्श आँकड़ों के आधार पर जीवसंख्या के गुणों के बारे में अनुमान लगाया जाता है, उन्हें प्रायः प्रतिचयन सांख्यिकी कहा जाता है।'' आनुमानिक सांख्यिकी का प्रयोग अनुसंधानों से प्राप्त आँकड़ों तथा इन अनुसंधानों के दौरान हुई त्रुटियों की जानकारी करने के लिए होता है। हमें इन त्रुटियों का सहज ज्ञान मानक त्रुटि (standard error) से होता है। मानक त्रुटि वह सूचक संख्या (index number) है जो सांख्यिकी (statistics) तथा प्राचल (parameter) के बीच के अन्तर को बतलाता है। अगर हम किसी विश्वविद्यालय में पढ़ने वाले सभी विद्यार्थियों के बुद्धि के बारे में उनके माध्य बुद्धि लब्धि (mean I.Q.) के आधार पर अनुमान करें तो ऐसा करने से हमें त्रुटियों (errors) का अंदाज उस माध्य के मानक त्रुटि (standard error of Mean) के आधार पर मिलेगा और यह आनुमानिक सांख्यिकी का उदाहरण होगा।

प्राचलिक सांख्यिकी तथा अप्राचल सांख्यिकी
(Parametric Statistics and Non-parametric Statistics)

विशेषज्ञों (experts) का मत है कि सांख्यिकी में कभी-कभी जीवसंख्या (population) के बारे में कुछ पूर्वकल्पनाएँ करनी पड़ती हैं। इन पूर्वकल्पनाओं (assumption) के आधार पर सांख्यिकी को दो भागों में बाँटा गया है।

(i) प्राचलिक सांख्यिकी (parametric statistics), तथा

(ii) अप्राचल सांख्यिकी (non-parametric statistics)

प्राचलिक सांख्यिकी (parametric statistics) वे सांख्यिकी हैं जो जीवसंख्या (population) जिससे कि प्रतिदर्श (sample) लिया जाता है, के बारे में कुछ शर्त्तों (conditions) पर आधारित होता है। ऐसी प्रमुख शर्त्तें तीन हैं, जो

---

1. "Sampling statistics tell us how well the statistics we obtain from measurements of single samples probably represent the larger populations from which samples were drawn."

—Guilford : *Fundamental Statistics in Psychology and Education,* 1956, p. 5

2. "Statistical procedures used in the drawing of inferences about the properties of populations from sample data are frequently referred to as sampling statistics."

—Ferguson & Takane : *Statistical Analysis in Psychology and Education.* 1989, p. 8

नीचे दी गयी है—

(i) प्रेक्षण (observation) अवश्य ही स्वतंत्र तथा निष्पक्ष हो। दूसरे शब्दों में यह कहा जा सकता है कि जीवसंख्या से प्रतिदर्श (sample) का चयन (selection) करते समय किसी व्यक्ति या वस्तु का चयन इस ढंग से नहीं हो कि वह शोधकर्त्ता या प्रयोगकर्त्ता के किसी प्रकार के पक्षपात (bias) या पूर्वाग्रह (prejudice) के कारण लिया गया हो या किसी एक व्यक्ति के चयन से दूसरे व्यक्ति का चुना जाना प्रभावित हो गया हो। इस तरह की प्रक्रिया को यादृच्छिक प्रतिदर्श विधि (method of random sampling) कहा जाता है।

(ii) यथासम्भव प्रतिदर्श का चयन सामान्य रूप से वितरित जीवसंख्या (normally distributed population) से हो।

(iii) जो भी चर (variable) का अध्ययन किया जाने वाला हो उसे ऐसा होना चाहिए कि उसकी माप अंतराल मापनी (interval scale) पर सम्भव हो ताकि गणितीय परिकलन (arithmetical calculation) जैसे जोड़, घटाव, गुणा, माध्य निकालना आदि किया जा सके।

सीगेल तथा *कास्टेलन*[1] (Siegel & Castellan, 1988) के अनुसार, ''चूँकि ये सभी शर्त्तें ऐसी हैं जिनकी साधारणतः जाँच नहीं की जाती है, यह कल्पना कर ली जाती है कि ये शर्त्तें मौजूद हैं। प्राचलिक सांख्यिकी (parametric statistics) के परिणाम की सार्थकता उपर्युक्त शर्त्तों की सत्यता पर आधारित होती है।'' माध्य (mean), 'टी' परीक्षण (*t* test), 'एफ' परीक्षण (*F* test), मानक विचलन (standard deviation) आदि प्राचलिक सांख्यिकी के प्रमुख उदाहरण हैं।

अप्राचल सांख्यिकी (non-parametric statistics) वे हैं जो जीवसंख्या जिनसे कि प्रतिदर्श लिया जाता है, के बारे में कोई खास शर्त्त नहीं रखती है। चूँकि, ऐसी सांख्यिकी जीवसंख्या के वितरण के बारे में कोई शर्त्त नहीं रखती है, इसलिए इन्हें *वितरण-मुक्त सांख्यिकी* (distribution-free statistics) भी कहा जाता है। हालाँकि इसे वितरण-मुक्त सांख्यिकी कहा जाता है, लेकिन इसका मतलब यह नहीं है कि इसको कोई भी पूर्वकल्पना (assumption) या शर्त्त नहीं है। सच्चाई तो यह है कि प्राचल सांख्यिकी भी अपनी संख्यात्मक आँकड़ों के बारे में कुछ पूर्वकल्पना करता है। जैसे, प्रेक्षण (observation) स्वतंत्र एवं निष्पक्ष हो, चर जिसका अध्ययन किया जा रहा है, में निरंतरता (continuity) हो तथा आँकड़े क्रमसूचक मापनी (ordinal measurement) या नामित मापनी (classificatory scale) पर प्राप्त हुए हों। माध्यिका (median) शततमक (percentile) स्पीयरमैन कोटि-अन्तर विधि (Spearman rank difference method), केण्डाल कोटि-अन्तर विधि (Kendall's rank difference method) मान-विटनी यू परीक्षण (Mann-Whitney U Test) आदि अप्राचल सांख्यिकी (non-parametric statistics) के कुछ प्रमुख उदाहरण हैं।

ब्रैडली (Bradley, 1968) ने अप्राचल सांख्यिकी (non-parametric statistics) की तुलना प्राचलिक सांख्यिकी (parametric statistics) से करते हुए उसके निम्नांकित लाभ (advantages) तथा परिसीमाओं (limitations) का वर्णन किया है—

(1) व्युत्पत्ति की सरलता *(Simplicity of derivation)*—प्राचलिक सांख्यिकी का व्युत्पत्ति (derivation) के लिए गणित के क्षेत्र में एक स्तर की सक्षमता की जरूरत पड़ती है परन्तु अधिकतर अप्राचल सांख्यिकी मात्र साधारण संयोजी (combinational) सूत्रों से आसानी से ज्ञात कर लिया जा सकता है। कहने का तात्पर्य यह है कि अप्राचल सांख्यिकी की व्युत्पत्ति (deviation) प्राचलिक सांख्यिकी की व्युत्पत्ति (deviation) की तुलना में आसान है।

(2) अनुप्रयोग की सहजता *(Ease of application)*—अप्राचल सांख्यिकी में प्रायः जो गणितीय परिकलन (mathematical calculation) की जरूरत होती हैं, वे हैं श्रेणीकरण (ranking), गिनती (counting), जोड़ (addition) तथा घटाव (subtraction)। परन्तु प्राचलिक सांख्यिकी में इससे अधिक उच्च स्तर के गणितीय परिकलन की जरूरत पड़ती है। अतः, अप्राचल सांख्यिकी को प्राचलिक सांख्यिकी (parametric statistics) की अपेक्षा व्यवहार में लाना ज्यादा आसान है।

(3) अनुप्रयोग की तीव्रता *(Speed of application)*—जब प्रतिदर्श का आकार (size) छोटा होता है या बीच (moderate) का होता है, तो वैसी परिस्थिति में अप्राचल सांख्यिकी (non-parametric statistics) का उपयोग

1. "Since these conditions are not ordinarily tested, they are assumed to hold. The meaningfulness of the results of a parametric test depends on the validity of these assumptions."

—Siegel & Castellan : *Non-paranetric Statistics,* 1988, p. 33

प्राचलिक सांख्यिकी की अपेक्षा काफी उपयुक्त होता है तथा तेजी के साथ किया जा सकता है।

(4) अनुप्रयोग का क्षेत्र *(Scope of application)*—अप्राचल सांख्यिकी (non-parametric statistics) की पूर्वकल्पनाएँ (assumptions) प्राचलिक सांख्यिकी की पूर्वकल्पनाएँ की अपेक्षा काफी कम सख्त (rigid) होती है। अतः, इसका प्रयोग भिन्न-भिन्न प्रकार के प्रतिदर्शो (samples) पर किया जा सकता है। अतः अप्राचल सांख्यिकी का क्षेत्र प्राचलिक सांख्यिकी (parametric statistics) की अपेक्षा अधिक बड़ा है।

(5) अपेक्षित मापनी के प्रकार *(Type of Measurement required)*—अप्राचल सांख्यिकी के प्रयोग में अधिकतर क्रमसूचक आँकड़े (ordinal data) की जरूरत होती है हालाँकि कभी-कभी इसका प्रयोग नामित आँकड़ों (nominal data) पर भी किया जाता है। प्राचलिक सांख्यिकी (parametric statistics) के प्रयोग में अंतराल आँकड़े (interval data) या आनुपातिक आँकड़े (ratio data) की जरूरत होती है। सामान्यतः क्रमसूचक आँकड़े या नामित आँकड़े जो क्रमशः क्रमसूचक मापनी (ordinal scale) तथा नामित मापनी (nominal scale) से प्राप्त होते हैं अंतराल आँकड़े या आनुपातिक आँकड़े जो क्रमशः अंतराल मापनी (interval scale) तथा आनुपातिक मापनी (ratio scale) से प्राप्त होते हैं, की अपेक्षा अधिक आसानी से प्राप्त किये जा सकते हैं।

(6) पूर्वकल्पनाओं को अतिक्रमण करने की सुप्रमाव्यता *(Susceptibility to violation of assumptions)*—अप्राचल सांख्यिकी की पूर्वकल्पनाएँ (assumptions) कम-से-कम विस्तृत (elaborate) होती हैं। अतः, किसी भी शोधकर्त्ता (researcher) द्वारा अतिक्रमण (violate) करने की सम्भावना कम-से-कम होती है। परन्तु प्राचलिक सांख्यिकी की बहुत सारी पूर्वकल्पनाएँ (assumptions) होती हैं और ऐसी अधिक सम्भावना है कि अनेक प्रयोग में शोधकर्त्ता (researcher) उनकी कुछ पूर्वकल्पनाओं को अतिक्रमण (violate) कर दें। इतना ही नहीं, ब्रेडली का यह भी मत है कि अप्राचल सांख्यिकी का स्वभाव ही कुछ ऐसा होता है कि कभी हुए किसी भी प्रकार के अतिक्रमण (violations) को बहुत आसानी से पकड़ा जा सकता है। परन्तु प्राचलिक सांख्यिकी में ऐसी बात नहीं है।

(7) प्रतिदर्श के आकार का प्रभाव *(Influence of sample size)*—जब प्रतिदर्श (sample) का आकार यानी N = 10 या उससे कम हो तो वैसी परिस्थिति में अप्राचल सांख्यिकी (non-parametric statistics) का प्रयोग प्राचलिक सांख्यिकी से अधिक आसान (easier) तथा तीव्र (quick) होता है। इस तरह की परिस्थिति में प्राचलिक सांख्यिकी (parametric statistics) की पूर्वकल्पनाओं की अवहेलना (violations) स्वाभाविक रूप से हो जाती है और तब ऐसी स्थिति में अप्राचल सांख्यिकी (non-parametric statistic) प्राचलिक सांख्यिकी (parametric statistics) की अपेक्षा अधिक उपयुक्त तथा लाभप्रद होता है।

(8) सांख्यिकी क्षमता *(Statistical efficiency)*—व्यावहारिकता (practicality) के विचार से यानी किसी शोध (research) या प्रयोग (experiment) से प्राप्त आँकड़ों का विश्लेषण करने में लगे मानव प्रयास (human effort) को ध्यान में रखते हुए यह कहा जा सकता है कि अप्राचल सांख्यिकी (non-parametric statistics) प्राचलिक सांख्यिकी (parametric statistics) की अपेक्षा अधिक सुविधाप्रद (convenient) है। सांख्यिकी क्षमता (statistical efficiency) के गणितीय कसौटी (mathematical criteria) के आधार पर यही कहा जा सकता है कि अप्राचल सांख्यिकी की पूर्वकल्पनाएँ (assumptions) की संतुष्टि होने पर यह सांख्यिकी प्राचलिक सांख्यिकी (parametric statistics) से श्रेष्ठ (superior) होता है और ऐसी परिस्थिति में यदि अप्राचल सांख्यिकी तथा प्राचलिक सांख्यिकी दोनों का प्रयोग किया जाता है तो अप्राचल सांख्यिकीय की सांख्यिकी क्षमता (statistical efficiency) प्राचलिक सांख्यिकी की क्षमता से अधिक होता है। परन्तु जब N बड़ा होता है, तो वैसी परिस्थिति में अप्राचल सांख्यिकी की क्षमता प्राचलिक सांख्यिकी की क्षमता की अपेक्षा हमेशा कम होती है।

सांख्यिकी की उपयोगिताएँ एवं सीमाएँ
(Uses and Limitations of Statistics)

आजकल सांख्यिकी का प्रयोग सभी प्रमुख क्षेत्रों जैसे— अर्थशास्त्र, वाणिज्य (commerce), मनोविज्ञान, शिक्षा, समाजशास्त्र में काफी किया जा रहा है। फलतः, इसकी उपयोगिताएँ पहले से काफी अधिक बढ़ गयी है। सांख्यिकी की

प्रमुख उपयोगिताएँ (uses) निम्नांकित हैं—

(1) सांख्यिकी हमें प्राप्त आँकड़ों के परिणाम (results) का विश्लेषण करने में मदद करता है। सांख्यिकी का प्रयोग करके हम चरों (variables) के बारे में एक यथार्थ निष्कर्ष निकाल पाते हैं।

(2) सांख्यिकी द्वारा परिकलन (calculation) में हम विशिष्टता (specialization) अर्जन करते हैं। सांख्यिकी द्वारा हमें वैज्ञानिक भाषा (scientific languages) तथा उससे सम्बन्धित शब्दकोष (vocabulary) को समझने में मदद मिलती है। सांख्यिकी का ज्ञान रहने से ऐसी भाषाओं को पढ़कर एक यथोचित निष्कर्ष पर हम आसानी से पहुँच जाते हैं। इससे ज्ञान की वृद्धि करने में काफी मदद मिलती है।

इन उपयोगिताओं के बावजूद भी सांख्यिकी (statistics) की कुछ परिसीमाएँ (limitations) हैं। सांख्यिकी की परिसीमाओं (limitations) के बारे में कुछ उक्तियाँ भी काफी प्रचलित हैं। इनमें से एक प्रमुख उक्ति डिजरैली (Disraeli) का है। उन्होंने कहा है— *''झूठ तीन तरह के होते हैं— झूठ, सफेद झूठ तथा सांख्यिकी।'* (There are three types of lies-lie, dam lie and statistics) सांख्यिकी की प्रमुख *परिसीमाएँ* (Limitations) निम्नांकित हैं—

(1) कुछ विशेषज्ञों का कहना है कि सांख्यिकी नीरस (dry) विषय है क्योंकि इससे हमें आँकड़ों (data) की सिर्फ अवस्थाओं (conditions) के बारे में पता चलता है। जबतक किसी व्यक्ति का सम्बन्ध उन अवस्थाओं में किसी-न-किसी रूप में नहीं होता है, सांख्यिकी नीरस (dry) एवं उबाऊ (boring) होता है। उदाहरणार्थ, यदि किसी फैक्ट्री में कर्मचारियों के वेतन में औसत रूप से 30 रुपये की वृद्धि होती है, तो उसे जानकर हमें कोई खुशी नहीं होती है। हाँ, यदि हम स्वयं उस फैक्ट्री के कर्मचारी हों या हमारे परिवार का कोई सदस्य उसका कर्मचारी है, तो हमें खुशी होगी या उससे हमें कोई नीरसता नहीं होगी।

(2) सांख्यिकी एक तरह से व्यक्तित्वलोप (depersonalization) पैदा करता है क्योंकि यह व्यक्ति विशेष पर बल न डालकर पूरे समूह पर बल डालता है। जैसे, यदि कोई व्यक्ति यह कहता है कि किसी अमुक समूह के व्यक्तियों का माध्य ऊँचाई (mean height) 5' 2" है तो स्पष्टतः इससे हमें किसी व्यक्ति विशेष की ऊँचाई का कोई ज्ञान प्राप्त नहीं होता है। समूह के किसी भी व्यक्ति की ऊँचाई 5' 2" से अधिक भी हो सकती है या कम भी।

(3) सांख्यिकी में प्रायः आवश्यक आँकड़ों (necessary data) के ही अभाव में तुलनाएँ (comparisons) की जाती हैं जिससे हमें एक भ्रमात्मक सूचक (misleading index) प्राप्त होता है। उदाहरणस्वरूप, यह कहना है कि औसत रूप से शहरी कर्मचारियों का वेतन ग्रामीण कर्मचारियों के वेतन से अधिक होता है, अपने आप में एक अर्थहीन कथन होगा क्योंकि जबतक हम शहर तथा गाँव दोनों के आवासीय खर्च (cost of living) को ध्यान में नहीं रखते हैं, सिर्फ इस तरह की सांख्यिकीय तुलना (statistical comparison) के आधार पर हम किसी निष्कर्ष पर नहीं पहुँच सकते हैं।

(4) सांख्यिकी विधियों द्वारा साहचर्य (association) के आधार पर प्रायः कारण-सम्बन्धी अनुमान लगाया जाता है जो सर्वथा गलत है। सच्चाई यह है कि सांख्यिकीय विधियाँ (statistical methods) दो चरों (variables) के बीच कारण-कार्य सम्बन्धों को नहीं दिखलाता है। यह सिर्फ इन चरों के बीच साहचर्य (association) की मात्रा को बतलाता है, इसके बीच के कारण-कार्य सम्बन्ध को नहीं। जैसे, शिक्षा (education) आय (income) में क्या साहचर्य (association) है, इसका पता तो हमें सांख्यिकीय विधि से चल जाता है परन्तु शिक्षा तथा आय में किसी तरह का कारण-कार्य सम्बन्ध (causal relationship) है, इसका पता हमें सांख्यिकी विधियों द्वारा नहीं चल पाता है।

(5) सांख्यिकी में प्रतिदर्श (sample) के आधार पर जनसंख्या (population) के बारे में जो सामान्यीकरण (generalization) किया जाता है, वह सर्वथा सही नहीं होता है, हालाँकि प्रायः लोग यही समझते हैं कि इस तरह का किया गया सामान्यीकरण हमेशा सही एवं वैज्ञानिक ही होगा। जब सामान्यीकरण विशेषकर छोटे प्रतिदर्श (small sample) या अयादृच्छिक प्रतिदर्श (non-random sample) से किया जाता है तो उसे लोग सही मानकर विशेष भूल करते हैं। इस तरह की भूल सांख्यिकी की एक प्रमुख देन है।

इस तरह से हम देखते हैं कि सांख्यिकी की लाभदायक उपयोगिताओं के बावजूद इसकी अनेक परिसीमाएँ (limitations) हैं जिन्हें भी ध्यान में रखना आवश्यक है।

आधुनिक युग में सांख्यिकी (statistics) का महत्त्व काफी बढ़ गया है। मनोविज्ञान, शिक्षा तथा समाजशास्त्र जैसे व्यवहारपरक विज्ञानों (behavioural sciences) में भी आजकल इसका महत्त्व काफी बढ़ गया है। मनोवैज्ञानिक एवं

शैक्षिक शोधों (psychological and educational researches) में सांख्यिकी का सर्वाधिक उपयोग मापन (measurement) तथा प्रयोगों (experiments) में होता है।

केन्द्रीय प्रवृत्ति का अर्थ
(Meaning of Central Tendency)

केन्द्रीय प्रवृत्ति से मतलब वैसे सूचकों (indices) से होता है जो किसी समूह के प्राप्तांकों (scores) का प्रतिनिधित्व करता है। ऐसे सूचक हमेशा प्राप्तांकों के केन्द्रीय मान (central value) को बतलाते हैं। साधारण बोलचाल की भाषा में इन सूचकों को औसत (average) की संज्ञा दी जाती है। जैसे-मान लीजिए कि शिक्षक अपने छात्रों से गणित के वर्ग के निष्पादन (performance) के बारे में जानना चाहते हैं। शिक्षक के लिए यह सम्भव नहीं है कि वह हर विद्यार्थी के अंकों को याद रखें और न तो सब विद्यार्थियों के अलग-अलग अंक के आधार पर वह वर्ग के निष्पादन के अच्छा या बुरा होने का कोई अन्दाजा ही लगा सकते हैं। लेकिन यदि वे सभी विद्यार्थियों द्वारा प्राप्त अंकों का एक केन्द्रीय मान 75 अंक (100 में) आता है तो शिक्षक अब आसानी से यह कह सकते हैं कि अधिकतर विद्यार्थियों का निष्पादन गणित में अच्छा रहा है। यहाँ अंक 75 पूरे वर्ग के सभी विद्यार्थियों के अंकों का प्रतिनिधित्व कर रहा है। उसी तरह मान लीजिए कि इतिहास के वर्ग में विद्यार्थियों के अंकों का केन्द्रीय मान 30 (100 में) आता है तो शिक्षक यह आसानी से कह सकते हैं कि इतिहास के वर्ग का निष्पादन गणित के वर्ग के निष्पादन से अच्छा नहीं है। स्पष्ट है कि केन्द्रीय प्रवृत्ति हमें अंकों या प्राप्तांकों के मध्य (central) का मान बतलाता है। इस माध्य के मान (value) को हमलोग सांख्यिकी में केन्द्रीय मान (central value) तथा बोलचाल की भाषा में औसत (average) कहते हैं।

केन्द्रीय प्रवृत्ति की माप
(Measures of Central Tendency)

सांख्यिकी में केन्द्रीय प्रवृत्ति के तीन मुख्य माप (measures) हैं—

(i) माध्य (Mean), (ii) माध्यिका (Median), (iii) बहुलक (Mode)।

ध्यान रहे कि ये तीनों माप केन्द्रीय प्रवृत्ति का एक सरसरी विवरण (summary description) प्रदान करता है। इसके आधार पर किसी विशेष प्राप्तांक की वास्तविक स्थिति का पता नहीं लगाया जा सकता है।

इन तीनों की व्याख्या नीचे की जा रही है—

(i) माध्य *(Mean)*—इसका प्रतीक (symbol) $\overline{X}$ है जिसे 'एक्स बार' पढ़ा जाता है। माध्य तीन प्रकार (types) के होते हैं—

ज्यामितीय माध्य (Geometric Mean), हरात्मक माध्य (Harmonic Mean) तथा अंकगणितीय माध्य (Arithmetic Mean)। पहले दोनों प्रकार के माध्यों का प्रयोग गणित (mathematics) में ज्यादा होता है, अतः हम इसकी चर्चा यहाँ नहीं करेंगे। सांख्यिकी में खासकर शैक्षिक (educational) तथा मनोवैज्ञानिक (psychological) सांख्यिकी (statistics) में माध्य का प्रयोग इसी अंकगणितीय माध्य (Arithmetic Mean) के अर्थ में होता है। सुविधा के ख्याल से अंकगणितीय माध्य को सिर्फ माध्य (Mean) कहकर भी पुकारा जाता है। अब प्रश्न यह उठता है कि माध्य या अंकगणितीय माध्य क्या है? प्राप्तांकों के योग को उसकी संख्या से विभाजित करने पर जो भागफल आता है उसे अंकगणितीय माध्य कहा जाता है। जैसे- 3 विद्यार्थियों ने इतिहास के परीक्षण (test) में 33, 40 तथा 50 अंक प्राप्त किये। इन तीनों का योग $33 + 40 + 50 = 123$ हुआ। यदि 123 को विद्यार्थियों की संख्या से विभाजित किया जाता है तो $\frac{123}{3} = 41$ भाग हुआ। यह 41 इन तीन विद्यार्थियों के अंकों का अंकगणितीय माध्य हुआ। बोल-चाल की भाषा में इसे औसत[1] (Average) कहते हैं।

1. सांख्यिकी में औसत (average) और अंकगणितीय माध्य (arithmetic mean) में अन्तर है। औसत से मतलब माध्य (mean), माध्यिका (median) तथा बहुलक (mode) तीनों से होता है। पर जब हम अंकगणितीय माध्य कहते हैं तो इससे सिर्फ इसी माध्य का बोध होता है, माध्यिका तथा बहुलक का नहीं।

(ii) माध्यिका *(Median)*—माध्यिका का प्रतीक (symbol) *Mdn* है। वर्ट, निडट तथा अहमान (Wert, Neidit and Ahmann)[1] ने माध्यिका की परिभाषा देते हुए कहा है, ''माध्यिका किसी वितरण का वह बिन्दु (point) है जिसके ऊपर तथा नीचे 50%-50% केसेज आते हैं।'' दूसरे शब्दों में हम कह सकते हैं कि माध्यिका किसी वितरण का वह बिन्दु है जो वितरण को दो बराबर भागों (50-50%) में बाँट देती है। जब प्राप्तांकों को बढ़ती (increasing) या घटती (decreasing) क्रम (order) में व्यवस्थित किया जाता है, तब माध्य की स्थिति माध्यिका (Median) कहलाती है। जैसे, पाँच विद्यार्थियों के मनोविज्ञान के अंक को लीजिए जो इस प्रकार हैं– 32, 40, 38, 60, 51। इन्हें बढ़ती क्रम में इस प्रकार व्यवस्थित करते हैं— 32, 38, 40, 51, 60। इसमें माध्यिका 40 है क्योंकि इसके ऊपर दो अंक (51 तथा 60) तथा नीचे दो अंक (32 तथा 38) हैं यानी माध्यिका अंकों के वितरण को दो बराबर भाग में बाँट रही है। इस तरह से माध्यिका शततमक (percentile) का एक विशिष्ट केस होता है। सचमुच में माध्यिका 50वाँ शततमक (50th percentile) पर का प्राप्तांक (score) होता है।

(iii) बहुलक *(Mode)*—बहुलक[2] किसी वितरण का वह बिन्दु (point) है जो सबसे अधिक बार आता है। जैसे, मान लीजिए कि मनोविज्ञान के किसी वर्ग में विद्यार्थियों को निम्नलिखित अंक प्राप्त होते हैं— 40, 35, 55, 65, 55, 32, 55, 48, 60, 55। इसमें बहुलक 55 है क्योंकि अंकों के पूरे वितरण में यह 4 बार आया है जो कि सबसे अधिक है। आवृत्ति वितरण में बहुलक उस वर्गान्तर का मध्यबिंदु होता है जिसकी आवृत्ति सबसे अधिक होती है।

अंकगणितीय माध्य का परिकलन
(Calculation of Arithmetic Mean)

छात्र माध्य का अर्थ अब समझ चुके हैं। इसे और अधिक स्पष्ट रूप से समझने के लिए इसके परिकलन (calculation) की ओर ध्यान दीजिए। माध्य के परिकलन के सम्बन्ध में दो परिस्थितियाँ आतीं हैं। एक तो वह जहाँ आँकड़े अव्यवस्थित (ungrouped) होते हैं तथा दूसरी वह जहाँ आँकड़े व्यवस्थित (grouped) होते हैं। दोनों तरह के आँकड़ों से माध्य के परिकलन करने की विधियाँ अलग-अलग हैं। पहले हम यह समझायेंगे कि अव्यवस्थित आँकड़ों से माध्य कैसे ज्ञात किया जाता है।

1. अव्यवस्थित आँकड़ों से माध्य निकालना *(Mean from ungrouped data)*—अव्यवस्थित आँकड़ों से माध्य निकालने की विधि बहुत सरल है तथा *N* कम रहने पर यह विधि अधिक लोकप्रिय (popular) है। प्राप्तांकों को पहले जोड़ लिया जाता है। फिर योगफल को प्राप्तांकों की संख्याओं (numbers) से भाग दे दिया जाता है और भाग देने के बाद प्राप्त मान (value) माध्य कहलाता है। इसका सूत्र नीचे दिया जा रहा है—

$$\overline{X} = \frac{\Sigma X}{N} \qquad \text{...सूत्र 11.1}$$

यहाँ पर, $\overline{X}$ = माध्य (Mean)

Σ = कुल योग (The sum of)

X = प्राप्तांक (Score)

N = प्राप्तांकों की संख्या या व्यक्तियों की संख्या (Number of scores or individuals)

एक उदाहरण—मान लीजिए कि अंग्रेजी परीक्षण (English test) में 10 विद्यार्थियों का प्राप्तांक इस प्रकार आया—

10, 18, 16, 15, 19

15, 14, 25, 16, 18

---

1. "The median is that point in the distribution above which and below which 50 per cent of cases lie."

—Wert, Neidit and Ahnmann : *Statistical Methods in Educational and Psychological Research,* 1954, p. 28

2. Guilford : *Fundamental Statistics in Psychology and Education,* 1965, p. 55.

प्रश्न यह है कि अव्यवस्थित आँकड़ों से माध्य कैसे ज्ञात किया जा सकता है; सुविधा के लिए इन आँकड़ों को निम्नलिखित ढंग से एक तालिका में लिख दिया जाता है—

तालिका

(Table) - 1

विद्यार्थियों की संख्या	प्राप्तांक (X)
1	10
2	18
3	16
4	15
5	19
6	15
7	14
8	25
9	16
10	18
N = 10	ΣX = 166

$$\overline{X} = \frac{\Sigma X}{N} = \frac{166}{10} = 16.6 \text{ उत्तर}$$

यहाँ माध्य = 16.6 हुआ।

2. व्यवस्थित आँकड़ों से माध्य निकालना *(Mean from grouped data)*—जैसा कि छात्र जानते हैं कि व्यवस्थित आँकड़े वे आँकड़े हैं जिन्हें आवृत्ति वितरण में सारणीबद्ध (tabulate) किया गया हो। जब *N* काफी बड़ा होता है तो प्राप्तांकों को आवृत्ति वितरण में व्यवस्थित कर लेते हैं और तब माध्य की प्रक्रिया शुरू की जाती है। ऐसे व्यवस्थित आँकड़ों से माध्य ज्ञात करने की दो प्रमुख विधियाँ हैं—

(क) लम्बी विधि (Long Method)

(ख) लघु विधि (Short Method) या कूट-संकेत प्राप्तांक विधि (Coded Score Method) या कल्पित माध्य विधि (Assumed Mean Method)।

इन दोनों विधियों का वर्णन नीचे किया जा रहा है—

(क) लम्बी विधि *(Long Method)*—लम्बी विधि से माध्य ज्ञात करने का सूत्र इस प्रकार है—

$$\overline{X} = \frac{\Sigma fX}{N} \quad \text{...सूत्र 11.2}$$

यहाँ, $\overline{X}$ = माध्य (Mean)

Σ = कुल योग (The Sum of)

f = बारंबारता या आवृत्ति (Frequency)

X = मध्यबिन्दु (Midpoint)

N = कुल आवृत्तियों की संख्या (Number of total frequencies)

यहाँ पर छात्र को मध्य बिन्दु (midpoint) का अर्थ समझाना आवश्यक है। मध्यबिन्दु किसी वर्गान्तर (class interval) की दोनों सीमाओं के बीच का बिन्दु है। दूसरे शब्दों में हम यह कह सकते हैं कि मध्य बिन्दु किसी वर्गान्तर में आये हुए प्राप्तांकों का माध्य (mean) है। जब हम वर्गान्तर में निहित प्राप्तांकों को किसी एक प्राप्तांक या अंक द्वारा बतलाना चाहते हैं तो ऐसी परिस्थिति में हम मध्यबिन्दु (midpoint) ज्ञात करते हैं। अतः मध्य बिन्दु किसी भी अन्तराल (interval) का वह बिन्दु है जो उस अन्तराल में निहित सभी प्राप्तांकों का प्रतिनिधित्व करता है। मध्य बिन्दु निकालने का सूत्र इस प्रकार है—

$$\text{Midpoint} = \frac{\text{Upper Score} + \text{Lower Score}}{2}$$ ...सूत्र 11.3

यहाँ तालिका 2 के 50–54 वर्गान्तर का मध्यबिन्दु निकालना है तो इस सूत्र के अनुसार

$$\text{Midpoint} = \frac{50+54}{2} = 52$$

मध्यबिन्दु ज्ञात करने का तरीका जान लेने के बाद माध्य (mean) लम्बी विधि से इस प्रकार निकाला जाता है। अब एक उदाहरण देखें—काट परीक्षण (cancellation test) पर 50 विद्यार्थियों ने निम्नलिखित प्राप्तांक (score) पाये। प्रश्न यह है कि लम्बी विधि द्वारा इन व्यवस्थित प्राप्तांकों का माध्य कैसे ज्ञात किया जा सकता है? माध्य निकालने के लिए पहले 4 कॉलम बनाएँगे—

1 प्राप्तांक (Scores)	2 (Midpoint) मध्यबिन्दु *X*	3 (Frequency) आवृत्ति *f*	4 आवृत्ति तथा मध्यबिन्दुओं का गुणनफल *fX*

तालिका (Table) - 2

1 प्राप्तांक (Scores)	2 मध्यबिन्दु (Midpoint) *X*	3 आवृत्ति (Frequency) *f*	4 आवृत्ति तथा मध्यबिन्दुओं का गुणनफल (Product of frequency and Midpoint) *fX*
95–99	97	1	97
90–94	92	1	92
85–89	87	4	348
80–84	82	3	246
75–79	77	6	462
70–74	72	12	864
65–69	67	7	469
60–64	62	6	372
55–59	57	6	342
50–54	52	3	156
45–49	47	1	47
		$N = 50$	$\Sigma fX = 3495$

$$\overline{X} = \frac{\sum fX}{N}$$

$$= \frac{3495}{50} = 69.9 \text{ उत्तर}$$

लम्बी विधि द्वारा माध्य ज्ञात करने में निहित कदम (involved steps) इस प्रकार है:—

(i) सबसे पहले खाना या कॉलम 1 में वर्गान्तर को लिखा जाता है।

(ii) सभी मध्यबिन्दुओं को कॉलम 2 में उसके वर्गान्तरों के सामने लिखा जाता है। इस कॉलम के ऊपर में X लिखते हैं।

(iii) मध्यबिन्दु के कॉलम के बाद कॉलम 3 में आवृत्तियों (frequencies) को उसके वर्गान्तरों के सामने लिखते हैं। इस कॉलम के ऊपर में f लिखते हैं।

(iv) अन्तिम कॉलम में आवृत्ति (f) एवं मध्यबिन्दु (X) का गुणनफल लिखते हैं।

(v) इसके बाद कॉलम 4 के योग (ΣfX) को N से (सूत्र के अनुसार) भाग देते हैं और भागफल को माध्य कहा जाता है।

(ख) लघु विधि *(Short Method)*—लम्बी विधि से माध्य ज्ञात करने में हम देखते हैं कि कई अंकों वाला गुणा भाग करना पड़ता है। खासकर यह समस्या और भी जटिल हो जाती है जब वर्गान्तर तीन अंकों (digits) में अभिव्यक्त किया जाता है। जैसे, 145–149, 150–154 आदि। ऐसी परिस्थिति में लम्बी विधि से माध्य ज्ञात करने से त्रुटि होने की सम्भावना बढ़ जाती है। इस समस्या के निदान के लिए माध्य (mean) ज्ञात करने की एक लघु विधि (short method) प्रतिपादित की गयी है। इस विधि में वास्तविक माध्य (actual mean) कल्पित माध्य (assumed mean) के आधार पर निकाला जाता है। अतः इस विधि को *कल्पित माध्य विधि* (assumed mean method) भी कहा जाता है। इस विधि को *कूट संकेत प्राप्तांक विधि* (coded score method) भी कहा जाता है क्योंकि इससे माध्य मध्यबिन्दुओं को कूट संकेत प्राप्तांकों (coded score) में बदलकर ज्ञात किया जाता है। लघु विधि से माध्य ज्ञात करने का सूत्र इस प्रकार है।

$$\overline{X} = AM + Ci \qquad \text{...सूत्र 11.4}$$

यहाँ पर, $\overline{X}$ = माध्य (Mean)

AM = कल्पित माध्य (Assumed Mean)

(यहाँ कल्पित माध्य उस वर्गान्तर का मध्यबिन्दु (Midpoint) होता है जिसमें कल्पित माध्य की कल्पना की जाती है।)

C = शुद्धि (Correction)

i = वर्गान्तर की लम्बाई या आकार (length or size of class interval) यहाँ C इस सूत्र से ज्ञात किया जाता है:

$$C = \frac{\sum fx'}{N} \qquad \text{...सूत्र 11.5}$$

यहाँ पर Σ = कुल योग (The sum of)

fx' = आवृत्ति (frequency) तथा विचलन[1] (deviation) का गुणनफल।

N = आवृत्तियों का कुल योग (total number of frequencies)।

---

1. सांख्यिकी में माध्य से प्राप्तांक के विचलन (The deviation of a score from mean) का प्रतीक है; x (छोटी एक्स)। प्राप्तांक का यह विचलन यदि कल्पित माध्य से होता है तो इसके लिए x ऊपर में एक प्राईम लगा दिया जाता है; $= x'$। पर यदि वह विचलन वास्तविक माध्य से होता है तो उसके लिए सिर्फ x लिखा जाता है। छात्र को x' तथा x के अन्तर को हमेशा याद रखना चाहिये।

सूत्र 11.4 के द्वारा अब हम माध्य निकालने के प्रमुख सोपानों (steps) को निम्नलिखित ढंग से बता सकते हैं:—

(i) सबसे पहले पाँच कॉलम वाली एक तालिका (table) बनानी होगी।

(ii) कॉलम 1 में प्राप्तांकों को वर्गान्तर (class interval) के रूप में लिख दिया जाता है।

(iii) कॉलम 2 में हर वर्गान्तर के सामने उसके मध्यबिन्दुओं (midpoints) को लिखा जाता है। इसे X से नामांकित किया जाता है।

(iv) कॉलम 3 में हम वर्गान्तर के सामने उनकी आवृत्तियों (frequencies) को लिखा जाता है। इसे f से नामांकित किया जाता है।

(v) कॉलम 4 में प्राप्तांकों के विचलन (deviation) को लिखा जाता है। यहाँ प्राप्तांकों का विचलन (x') कल्पित माध्य (assumed mean) से होता है। प्रश्न अब यह उठता है कि पूरे वितरण (distribution) में कल्पित माध्यम की कल्पना कहाँ पर की जाय। इसके सम्बन्ध में कोई स्थायी नियम नहीं है। लेकिन कल्पित माध्यम की कल्पना करते समय एक बात का ध्यान रखना चाहिए। सम्भवतः कल्पित माध्य उस वर्गान्तर में माना जाना चाहिए जो वितरण के बीच में हो तथा जिसमें आवृत्ति (frequency) सबसे ज्यादा हो। जिस वर्गान्तर में कल्पित माध्य की कल्पना की जाती है, उसके सामने x' के कॉलम (यानी, कॉलम 4) में शून्य (0) लिखते हैं (तालिका 3 में देखें)। यहाँ x' के कॉलम, यानी कॉलम 4 में 70–74 वर्गान्तर के सामने '0' लिखा गया है क्योंकि हमने कल्पित माध्य की कल्पना इसी वर्गान्तर में किया है। कल्पित माध्य इस वर्गान्तर (70–74) के मध्य बिन्दु को ही कहा जाता है। यानी, कल्पित माध्य यहाँ 72 है। यहाँ पर ध्यान देने योग्य बात यह है कि इस कल्पित माध्य से ऊपर के प्राप्तांक धन (+) तथा नीचे के प्राप्तांक ऋण (–) में विचलित होंगे। अब हमें हर वर्गान्तर के मध्यबिन्दुओं (midpoints) को इस कल्पित माध्य से विचलित (deviate) कराना है। जो मध्यबिन्दु इस कल्पित माध्य से जितने कदम ऊपर की ओर विचलित होगा, उसके सामने धन (+) लिखकर उसके कदमों की संख्या लिख दी जाती है। ठीक उसी ढंग से जो मध्यबिन्दु इस कल्पित माध्य से जितना कदम नीचे की ओर विचलित होगा, उसके सामने ऋण (–) लिखकर उसके कदमों की संख्या लिख दी जाती है। जैसे—मध्य बिन्दु 77 कल्पित माध्य के वर्गान्तर (70–74) से एक कदम ऊपर की ओर विचलित हो रहा है। अतः इसके सामने 1 लिख दिया गया है। उसी तरह मध्यबिन्दु 87 तीन कदम ऊपर की ओर विचलित हो रहा है, इसलिए इसके सामने 3 लिखा गया है। फिर 97 मध्यबिन्दु से पाँच कदम ऊपर की ओर विचलित हो रहा है, अतः इसके सामने 5 लिखा गया है। अब एक नजर कल्पित माध्य के नीचे के मध्यबिन्दुओं के विचलन पर डालें। मध्यबिन्दु 67 कल्पित माध्य के वर्गान्तर (70–74) से एक कदम नीचे की ओर विचलित हो रहा है। अतः इसके सामने –1 लिखा गया है। इसी तरह मध्यबिन्दु 52 कल्पित माध्य से 4 कदम नीचे की ओर विचलित हो रहा है। अतः इसके सामने –4 लिखा गया है। इसी तरह मध्य बिन्दु 47 पाँच कदम नीचे की ओर विचलित हो रहा है, इसीलिए इसके सामने –5 लिखा गया है।

(vi) कॉलम 5 में आवृत्ति (कॉलम 3) तथा विचलन (कॉलम 4) के गुणनफल को लिखा जाता है। इस गुणनफल के कॉलम को fx' से नामांकित किया जाता है। जैसे—तालिका 3 के कॉलम 5 में 95–99 वर्गान्तर के सामने 5 लिखा हुआ है। यह आवृत्ति 1 तथा विचलन 5 का गुणनफल (5×1) है। उसी ढंग से 85–89 वर्गान्तर के सामने 12 लिखा हुआ है। यह आवृत्ति 4 तथा विचलन 3 का गुणनफल (4×3) है। उसी तरह से 60 – 64 वर्गान्तर के सामने –12 लिखा हुआ है। यह आवृत्ति 6 तथा विलचन –2 का गुणनफल है। इसी तरह से सभी वर्गान्तरों के सामने fx' निकालकर लिखा गया है। ध्यान रहे कि '0' से ऊपर सभी fx' का मान (value) धनात्मक (+) होगा तथा सभी नीचे के fx' का मान ऋणात्मक (–) होगा।

(vii) सभी वर्गान्तर का fx' ज्ञात कर लेने के बाद सभी धनात्मक fx' को एक साथ जोड़ लिया जाता है तथा सभी ऋणात्मक fx' को एक साथ जोड़ दिया जाता है। फिर ज्यादा में से कम को घटा दिया जाता है। यदि धनात्मक fx' का योग ज्यादा हुआ तो घटा हुआ मान धन (+) में आता है और यदि ऋणात्मक fx' का योग ज्यादा हुआ तो घटा हुआ मान (value) ऋण (–) में आता है। उपर्युक्त उदाहरण में ऋणात्मक fx' का मान धनात्मक $\Sigma fx'$ के मान से ज्यादा है अतः fx' का मान ऋण (–) में आया है।

(viii) $\Sigma fx'$ निकाल लेने के बाद उसको N से भाग देकर शुद्धि (correction) निकाला जाता है और शुद्धि ज्ञात कर लेने के बाद फिर उसे i से गुणा कर दिया जाता है। इस तरह से Ci का मान (value) निकल जाता है। इसके बाद सूत्र 11.4 के अनुसार माध्य ज्ञात किया जाता है।

तालिका 8 में व्यवस्थित आँकड़ों से ही माध्य इस विधि द्वारा इस प्रकार ज्ञात होगा—

तालिका (Table) - 3

1 प्राप्तांक (Scores)	2 मध्यबिन्दु (Midpoints) X	3 आवृत्ति (Frequency) f	4 विचलन (Deviation) x'	5 आवृत्ति तथा विचलन का गुणनफल (Product of frequency and deviation) fx'
95–99	97	1	5	5
90–94	92	1	4	4
85–89	87	4	3	12
80–84	82	3	2	6
75–79	77	6	1	6
70–74	72	12	0	+33
65–69	67	7	–1	–7
60–64	62	6	–2	–12
55–59	57	6	–3	–18
50–54	52	3	–4	–12
45–49	47	1	–5	–5
		$N = 50$		–54

$\Sigma fx' = 33 - 54 = -21$

$X = AM + Ci$

$AM = 72$

$$C = \frac{\sum fx'}{N} = \frac{-20}{50} = -0.42$$

$i = 5$

$Ci = (-.42)(5) = -2.10$

Mean $= 72 + (-2.10) = 72 - 2.10 = 69.9$ उत्तर।

अंकगणितीय माध्य की विशेषताएँ
(Characteristics of Arithmetic Mean)

माध्य के परिकलन (calculation) की विधियाँ जान लेने के बाद छात्र को यह भी जानना अति उत्तम होगा कि माध्य की कौन-कौन-सी *विशेषताएँ* (properties) हैं ताकि माध्य का अर्थ और भी अधिक स्पष्ट हो जाए। माध्य की कुछ प्रमुख विशेषताओं का उल्लेख नीचे किया जा रहा है:—

(i) वितरण के किसी भी प्राप्तांक में परिवर्तन (change) से या उसकी अनुपस्थिति (absence) से माध्य बहुत ही जल्दी प्रभावित होता है। जैसे— प्राप्तांक 5, 4, 8, 9 तथा 24 का माध्य 10 है। अगर इसमें से किसी भी प्राप्तांक को बदल दिया जाए तो माध्य में तुरंत परिवर्तन आ जायेगा। जैसे— अगर प्राप्तांक 24 की जगह पर 30 कर दिया जाता है तो माध्य 10 से बढ़कर 11.2 हो जाएगा। उसी तरह से यदि किसी प्राप्तांक को (मान लीजिए 5) हटाकर उसकी जगह पर शून्य कर दिया जाता है तो माध्य 10 से घटकर 9 हो जाएगा। इसका मतलब यह हुआ कि अंकगणितीय माध्य वितरण

या चर के प्रत्येक प्राप्तांक के मूल्य (value) को अपने में सम्मिलित करता है। अतः इसका उपयोग अंतराल (interval) तथा अनुपात (ratio) चरों के लिए अधिक महत्त्वपूर्ण माना जाता है।

(ii) माध्य किसी भी वितरण का संतुलन बिन्दु (balance point) होता है। इसका मतलब यह हुआ कि यदि प्राप्तांकों का विचलन (deviation) वास्तविक माध्य (actual mean) से लिया जाय तो धनात्मक विचलन (positive deviation) तथा ऋणात्मक विचलन (negative deviation) दोनों बराबर-बराबर होंगे और दोनों का योग शून्य होगा। जैसे, ऊपर के उदाहरण में 5, 4, 8, 9 तथा 24 प्राप्तांक हैं जिनका माध्य 10 है। इसमें सिर्फ प्राप्तांक 24 ही 10 से अधिक है, अतः धनात्मक विचलन 24 – 10 = +14 होगा। चूँकि 5, 4, 8 तथा 9 प्राप्तांक माध्य 10 से कम है, अतः इनका विचलन ऋणात्मक होगाः

$$\begin{aligned} 5 - 10 &= -5 \\ 4 - 10 &= -6 \\ 8 - 10 &= -2 \\ 9 - 10 &= -1 \\ \hline &\;\; -14 \end{aligned}$$

इस तरह से हम देखते हैं कि यहाँ धनात्मक विचलन +14 है तथा ऋणात्मक विचलन भी उतना ही है, अर्थात् –14 है। दोनों का योग शून्य है। अतः निश्चय ही 10 जो इन प्राप्तांकों का माध्य है, इस वितरण का एक संतुलन बिन्दु (balance point) है।

(iii) माध्य अनियत सीमा (indeterminate limit) से कभी नहीं निकाला जाता है। यदि वितरण इस प्रकार का है कि सबसे ऊपर के वर्गान्तर की ऊपरी सीमा (upper limit) या सबसे नीचे के वर्गान्तर की निचली सीमा (lower limit) का निर्धारण (determination) नहीं किया जा सकता है तो इससे माध्य (mean) का परिकलन (calculation) कभी भी सम्भव नहीं है। इस तरह के वितरण (distribution) जहाँ किसी भी वर्गान्तर की सीमा अनियत (indeterminate) हो उसे *मुक्तोत्तर वितरण* (open-ended distribution) कहा जाता है। उदाहरण नीचे दिया जा रहा है।

तालिक (Table) – 4

A		B	
प्राप्तांक (Scores)	आवृत्ति (Frequency) f	प्राप्तांक (Scores)	आवृत्ति (Frequency) f
60 and above	2	80 – 84	4
58 – 59	3	75 – 79	3
56 – 57	5	70 – 74	8
54 – 55	6	65 – 69	16
52 – 53	7	60 – 64	17
50 – 51	12	55 – 59	5
48 – 49	8	50 – 54	3
46 – 47	4	45 – 49	2
44 – 45	2	40 – 44	5
42 – 43	1	Below 39	6

उदाहरण 'A' में सबसे ऊपर के वर्गान्तर की ऊपरी सीमा (upper limit) मालूम नहीं की जा सकती है। उसी तरह उदाहरण 'B' में सबसे नीचे के वर्गान्तर की निचली सीमा (lower limit) का निर्धारण नहीं किया जा सकता है। इस तरह

के वर्गान्तर (class interval) को हम डी॰ एन॰ सी॰ अंतराल (D. N. C. Interval) कहते हैं। D. N. C. का मतलब है 'Did Not Complete.' चूँकि इन वर्गान्तरों की ऊपरी सीमा तथा निचली सीमा नहीं जानी जा सकती है, अतः इनका मध्यबिन्दु (midpoint) भी नहीं निकाला जा सकता और जब मध्यबिन्दु नहीं जाना जा सकता तो माध्य (mean) का निकालना कभी भी सम्भव नहीं है।

(iv) अंकगणितीय माध्य (arithmetic mean) की चौथी प्रमुख विशेषता यह है कि वितरण में इससे अर्थात् अंकगणितीय माध्य (arithmetic mean) से प्राप्तांकों के विचलन (deviation) के वर्ग का योग (sum of squares) हमेशा अन्य किसी भी प्राप्तांक से लिए गये विचलनों के वर्ग के योग से कम होता है। इस गुण के आधार पर अंकगणितीय माध्य (arithmetic mean) को इस प्रकार भी परिभाषित किया गया है— अंकगणितीय माध्य केन्द्रीय प्रवृत्ति का वह माप (measure) है जहाँ विचलनों के वर्ग (square) का योग न्यूनतम होता है। वर्गों के न्यूनतम योग (minimum sum) के आधार पर अंकगणितीय माध्य (arithmetic mean) प्राप्त करने के इस तरीका को माध्य का न्यूनतम वर्ग गुण (least square property) कहा जाता है। माध्य के इस गुण की महत्ता उस समय सबसे अधिक होती है जब इसका उपयोग वक्र फिटिंग (curve fitting) जैसे कार्य में होता है। अंकगणितीय माध्य के इस गुण की स्पष्टता तालिका 5 के अध्ययन से हो जाता है।

तालिका (Table) – 5

1	2	3	4	5	6
X	$(X-\bar{X})$	$(X-\bar{X})^2$	$(X-6)^2$	$(X-3)^2$	$(X-5)^2$
6	–2	4	0	9	1
5	–1	1	1	4	0
4	0	0	4	1	1
3	+1	1	9	0	4
2	+2	4	16	1	9
Total = 20		10	30	15	15
N = 5					

$$X = \frac{\Sigma X}{N} = \frac{20}{5} = 4$$

तालिका-5 से स्पष्ट है कि वितरण में पाँच प्राप्तांक अर्थात् 6, 5, 4, 3 एवं 2 है जिनका योग 20 है तथा अंकगणितीय माध्य = 4 है। कॉलम तीन में जब इस अंकगणितीय माध्य से विचलन का वर्ग ज्ञात करके उसका योग निकाला गया तो वह 10 आया परंतु जब अन्य प्राप्तांक जैसे 6 (कॉलम 4), 3 (कॉलम 5) तथा 5 (कॉलम 6) से विचलन के वर्ग का योग क्रमशः 30, 15 तथा 15 है। स्पष्ट हुआ कि अंकगणितीय माध्य (अर्थात् 4) से लिए गये विचलन के वर्ग का योग ही न्यूनतम अर्थात् 10 है।

(v) माध्य के साथ आसानी से कोई भी अंकगणितीय (arithmetic) तथा बीजगणितीय (algebraic) जोड़-तोड़ (manipulation) किया जा सकता है। अतः जब आगे किसी प्रकार का सांख्यिकीय परिकलन (statistical calculation) करना हो तो माध्यिका (median) तथा बहुलक (mode) की अपेक्षा माध्य ज्यादा लाभप्रद होता है।

(vi) सामान्य परिस्थितियों में माध्य में प्रतिचयन स्थिरता (sampling stability) माध्यिका तथा बहुलक की अपेक्षा ज्यादा होती है क्योंकि माध्य प्रतिचयन घट-बढ़ (sampling fluctuation) से भी जल्दी प्रभावित नहीं होता है।

माध्यों का औसत निकालना
(Averaging Means)

शिक्षा, मनोविज्ञान एवं समाजशास्त्र के शोधों में अक्सर ऐसी परिस्थितियाँ आतीं हैं जहाँ शोधकर्त्ता को दो या दो से अधिक समूहों के माध्यों (means) का औसत ज्ञात करना होता है। ऐसी स्थिति में सामान्यतः निम्नांकित दो हालात

सामने उभर कर आते हैं—

(1) जब विभिन्न समूहों का N समान (equal) होता है, तथा

(2) जब विभिन्न समूहों का N असमान (unequal) होता है।

जब दो या दो से अधिक समूहों का माध्यों का औसत करना हो और सभी समूह के N समान हो तो हालात बिलकुल ही सरल होता है— सभी माध्यों को जोड़कर उसके N से भाग दे दिया जाता है। जैसे—

$$\overline{X}_1 = 60 \qquad N_1 = 20$$

$$\overline{X}_2 = 40 \qquad N_2 = 20$$

$$\overline{X}_3 = 50 \qquad N_3 = 20$$

$$\overline{X}_4 = 70 \qquad N_4 = 20$$

ऊपर में चार समूहों का माध्य $(\overline{X})$ दिया गया है और सभी का N बराबर है। यदि इन चार समूहों के माध्यों का औसत ज्ञात करना हो, तो इस प्रकार इसे ज्ञात किया जाएगा—

$$\overline{X}_T = \frac{\Sigma X}{N}$$

$$\overline{X}_T = \frac{60+40+50+70}{4} = \frac{220}{4} = 55$$

परंतु जब इन चारों समूह का N भिन्न-भिन्न हों, तो $\overline{X}_T$ उपर्युक्त सूत्र से निकाला नहीं जा सकता है। इसका एक उदाहरण इस प्रकार है:—

$$\overline{X}_1 = 60 \qquad N_1 = 20$$

$$\overline{X}_2 = 40 \qquad N_2 = 30$$

$$\overline{X}_3 = 50 \qquad N_3 = 35$$

$$\overline{X}_4 = 70 \qquad N_4 = 50$$

इसका X_T इस प्रकार ज्ञात करने के लिए हम माध्य के सूत्र को इस प्रकार भावानुवाद करेंगे—

$$\overline{X} = \frac{\Sigma X}{N}$$

$$\therefore \qquad \Sigma X = \overline{X}(N)$$

अब इसके अनुसार हम पहले प्रत्येक समूह के प्राप्तांकों का कुल योग निकालेंगे, उसे एक साथ जोड़ देंगे और तब उसे सभी समूहों के N के योग से भाग देंगे और भागफल $\overline{X}_T$ होगा। जैसे—

$\overline{X}$	N	ΣX
60	20	1200
40	30	1200
50	35	1750
70	50	3500
	$\Sigma N = 135$	$\Sigma X = 7650$

$$\therefore \qquad \overline{X}_T = \frac{7650}{135} = 56.6$$

अतः चारों समूह का N अलग-अलग होने पर इन चारों समूह के माध्यों का औसत 56.6 हो गया जो निश्चित रूप से उस परिस्थिति से भिन्न है जब इन चारों का N समान था।

माध्यिका का परिकलन
(Calculation of Median)

माध्यिका (Median) केन्द्रीय प्रवृत्ति का दूसरा प्रमुख माप है। माध्यिका का अर्थ हम पहले ही बता चुके हैं। हम यहाँ उसके परिकलन (calculation) के बारे में बतायेंगे। माध्य के समान ही माध्यिका ज्ञात करने में दो प्रकार की परिस्थितियाँ आती हैं। एक तो वह जहाँ आँकड़े अव्यवस्थित (ungrouped) होते हैं तथा दूसरी वह जहाँ आँकड़े आवृत्ति वितरण में व्यवस्थित (grouped) होते हैं। दोनों तरह के आँकड़ों से माध्यिका ज्ञात करने की विधि अलग-अलग है।

(1) अव्यवस्थित आँकड़ों से माध्यिका निकालना *(Median from ungrouped data)*—अव्यवस्थित आँकड़ों से माध्यिका ज्ञात करना बहुत ही आसान है। N के छोटा (small) रहने पर हम माध्यिका को सीधे अव्यवस्थित आँकड़ों से ही निकालते हैं। दिये हुए आँकड़ों को बढ़ती क्रम (increasing order) जैसे 1, 2, 3, 4, 5 या घटती क्रम (decreasing order) जैसे, 5, 4, 3, 2, 1 में सजा लेते हैं। उसके बाद निम्नलिखित सूत्र द्वारा माध्यिका के स्थान (position) का पता लगाते हैं—

$$\text{Median} = \text{The } \frac{(N+1)}{2} \text{ th number} \qquad \text{...सूत्र 11.6}$$

यहाँ N = प्राप्तांक या आँकड़ों की कुल संख्या है।

इस सूत्र से माध्यिका के सिर्फ स्थान का पता लगता है न कि उसके वास्तविक मान (actual value) का। दूसरे शब्दों में, इस सूत्र के द्वारा सिर्फ यह पता चलता है कि माध्यिका कहाँ पर होगी, लेकिन यह पता नहीं चलता है कि माध्यिका का मान (value) क्या होगा।

अव्यवस्थित आँकड़ों से माध्यिका निकालते समय दो ढंग की परिस्थितियाँ आती हैं।

(i) जब N समांकी (even) होता है।

(ii) जब N विषम (odd) होता है।

जब N समांकी (even) होता है तो माध्यिका हम इस प्रकार ज्ञात करते हैं। मान लीजिये कि 8 विद्यार्थियों को काट परीक्षण (Concellation test) पर निम्नलिखित प्राप्तांक आया (जिसकी माध्यिका ज्ञात करनी है) 4, 9, 6, 5, 10, 12, 14, 13।

इन प्राप्तांकों को पहले बढ़ते क्रम (increasing order) में इस प्रकार व्यवस्थित कर लेते हैं 4, 5, 6, 9, 10, 12, 13, 14।

यहाँ पर N = 8 है।

माध्यिका का सूत्र है—

$$Mdn = \text{The } \frac{(N+1)}{2} \text{ th number}$$

$$= \frac{8+1}{2} = \frac{9}{2} = 4.5 \text{ th number}$$

अतः यहाँ पर माध्यिका 4th तथा 5th संख्या (4.5) के बीच में पड़ रही है। विद्यार्थी अक्सर यहाँ भूल से 4.5 को ही माध्यिका समझ बैठते हैं। यह 4.5 माध्यिका का स्थान (position) है। उपर्युक्त आँकड़ों में 4.5th संख्या 9 तथा 10 के बीच में आती है (चाहे बायें से गिना जाय या दायें से गिना जाय।)

$$\therefore \quad 4.5\text{th Number} = \frac{9+10}{2} = \frac{19}{2} = 9.5$$

इस तरह से 4.5th संख्या (number) 9.5 है। अतः माध्यिका = 9.5 है। इसके ऊपर 4 प्राप्तांक –10, 12, 13 तथा 14 (50%) है तथा इसके नीचे 4 प्राप्तांक –4, 5, 6 तथा 9 (50%) है।

जब N विषम (odd) होता है, तब माध्यिका इस प्रकार ज्ञात की जाती है। मान लीजिए 7 विद्यार्थियों को किसी मौखिक परीक्षण में निम्नलिति प्राप्तांक आये 14, 13, 10, 20, 25, 19, 26। इससे माध्यिका ज्ञात करने के लिए पहले इन प्राप्तांकों को बढ़ते क्रम (increasing order) में इस प्रकार व्यवस्थित कर लेंगे—

10, 13, 14, 19, 20, 25, 26

यहाँ पर N = 7 है।

माध्यिका का सूत्र—

$$\text{Mdn} = \text{The } \left(\frac{N+1}{2}\right) \text{ th number}$$

$$= \frac{7+1}{2} = \frac{8}{2} = 4 \text{ th number}$$

इन आँकड़ों में बायें या दायें से गिनने पर 4th संख्या 19 है। अतः यही 19 माध्यिका है। इसके ऊपर 3 प्राप्तांक – 20, 23 तथा 26 (50%) है तथा नीचे प्राप्तांक –10, 13 तथा 14 (50%) है।

(2) व्यवस्थित आँकड़ों से माध्यिका निकालना *(Median from grouped data)*—जब N बड़ा होता है, यानी प्राप्तांकों की संख्या काफी अधिक होती है, तो उससे माध्यिका सीधे ज्ञात करना मुश्किल होता है। यहाँ प्राप्तांकों को पहले आवृत्ति वितरण (frequency distribution) में व्यवस्थित कर लेते हैं और तब माध्यिका ज्ञात की जाती है।

व्यवस्थित आँकड़ों से माध्यिका निम्नलिखित सूत्र द्वारा ज्ञात की जाती है:

$$Mdn = l + \left(\frac{\frac{N}{2} - F}{fm}\right) i \qquad \text{...सूत्र 11.7}$$

यहाँ पर, Mdn = माध्यिका (Median); l = उस वर्गान्तर की वास्तविक निचली सीमा जिसमें माध्यिका पड़ती हो (exact lower limit of the class interval upon which the median lies); $\frac{N}{2}$ = प्राप्तांकों की कुल संख्या का आधा (one half of the total number of scores); F = उस वर्गान्तर के नीचे की सभी आवृत्तियों का योग जिसपर माध्यिका पड़ती है (sum of all frequencies lying below class interval upon which the median lies); fm = उस वर्गान्तर की आवृत्ति जिसमें माध्यिका पड़ती है (frequency within the class interval upon which the median falls); i = वर्गान्तर की लम्बाई या आकार (length or size of class interval)।

एक उदाहरण के रूप में तालिका-6 के व्यवस्थित आँकड़ों से माध्यिका नीचे ज्ञात की जा रही है—

तालिका (Table) - 6

प्राप्तांक (Scores)	आवृत्ति (Frequency) f	
95 – 99	1	↓
90 – 94	1	
85 – 89	4	
80 – 84	3	
75 – 79	6	15
70 – 79	12	
65 – 69	7	23
60 – 64	6	↑
55 – 59	6	
50 – 54	3	
45 – 40	1	
N = 50		$\frac{N}{2}=\frac{50}{2}=25$

$$Mdn = 1 + \left(\frac{\frac{N}{2} - F}{fm}\right) i$$

$l = 69.5;\ \frac{N}{2} = \frac{50}{2} = 25;\ F = 23; fm = 12; i = 5$

सूत्र के अनुसार—

$$Mdn = 69.5 + \left(\frac{25-23}{12}\right)5 \ = 69.5 + \left(\frac{2}{12}\right)5$$

$$= 69.5 + (0.1666)\ 5 = 69.5 + (0.167) (5)$$

$$= (69.5 + 0.835) = 70.335$$ उत्तर

सूत्र 11.7 के आधार पर माध्यिका ज्ञात करने के प्रमुख सोपानों (steps) को नीचे दिया जा रहा है:—

(i) व्यवस्थित आँकड़ों से माध्यिका निकालने में सबसे पहला कदम है $\frac{N}{2}$ का पता लगाना होता है। जैसा कि छात्र जानते होंगे N का अर्थ होता है आवृत्तियों (frequencies) का योग। यहाँ आवृत्तियों का योग 50 है। अतः $\frac{N}{2} = \frac{50}{2} = 25$ हुआ। इसके बाद यह ज्ञात किया जाता है कि यह $\frac{N}{2}$ वितरण (distribution) में कहाँ पर पड़ रहा है। इसके लिए आवृत्तियों (frequencies) को नीचे से हम गिन-गिन कर जोड़ते जाते हैं। जैसे तालिका 6 में नीचे से 65 – 69 वर्गान्तर तक की आवृत्तियों को जोड़ने पर 23 आता है। लेकिन हमें चाहिए 25 क्योंकि $\frac{N}{2} = 25 = 25$ है। अतः इसके ऊपर के

वर्गान्तर (यानी, 70–74) की आवृत्ति (जो कि 12 है) को भी हम इसमें जोड़ते है क्योंकि 25 इसी वर्गान्तर में पड़ रहा है। इसका मतलब यह हुआ कि माध्यिका 70–74 वर्गान्तर में कहीं पर पड़ रही है।

(ii) जब आवृत्तियों (frequencies) को नीचे से गिनते हुए उस वर्गान्तर तक पहुँच गये जिसमें कि माध्यिका, अर्थात $\frac{N}{2} = 25$ पड़ रहा है, तो उस वर्गान्तर की वास्तविक निचली सीमा (exact lower limit) लेते हैं। इसे सूत्र में l से दिखाते हैं। इस उदाहरण में नीचे से आवृत्तियों को गिनने पर 70-74 वर्गान्तर में 25 $\left(\text{यानी, } \frac{N}{2}\right)$ पड़ता है। इस वर्गान्तर की वास्तविक निचली सीमा 69.5 है। अतः $l = 69.5$ हुआ।

(iii) $\frac{N}{2}$ तथा l ज्ञात कर लेने के बाद हम F ज्ञात करते हैं। जिस वर्गान्तर में $\frac{N}{2}$ पड़ता है, उसके नीचे जितनी आवृत्तियाँ (frequencies) हैं, उन सबको एक साथ जोड़ दिया जाता है आवृत्तियों का यह कुल योग F होता है। जैसे, इस उदाहरण में 70–74 वर्गान्तर (जिसमें $\frac{N}{2}$ पड़ रहा है) के नीचे की आवृत्तियों को जोड़ने पर 23 आता है। अतः $F = 23$ हुआ।

(iv) इसके बाद हम fm ज्ञात करते हैं। fm उस वर्गान्तर की आवृत्ति (frequency) है जिसमें माध्यिका $\left(\frac{N}{2}\right)$ पड़ रही है। इस उदाहरण में 70 – 74 में $\frac{N}{2}$ पड़ रहा है। अतः इस वर्गान्तर की आवृत्ति जो 12 है, fm हुआ।

(v) इसके बाद हम i ज्ञात करते है जिसका मतलब वितरण के वर्गान्तर की लम्बाई से होता है। इस उदाहरण में $i = 5$ है। इस i को $\left(\frac{\frac{N}{2} - F}{fm}\right)$ के प्राप्त मान (value) के साथ गुणा कर देते हैं। गुणनफल को l के मान (value) में जोड़ दिया जाता है। योगफल को माध्यिका कहा जाता है। उदाहरण देखें।

व्यवस्थित आँकड़ों से माध्यिका निकालते समय कुछ असाधारण परिस्थितियाँ (uncommon situations) भी आ जाती हैं। जैसे—कभी-कभी यह देखा गया है कि आवृत्ति वितरण (frequency distribution) इस तरह का होता है कि माध्यिका का स्थान (यानी $\frac{N}{2}$) किसी वर्गान्तर की ठीक वास्तविक सीमा (exact limit) पर पड़ता है तथा साथ-ही-साथ उसके ऊपर या नीचे के वर्गान्तर की आवृत्ति शून्य (zero) होती है। इसका एक उदाहरण आगे दिया जा रहा है।

तालिका (Table) - 7

प्राप्तांक (Scores)	आवृत्ति (Frequency) (f)
60 – 64	2
55 – 59	5
50 – 54	6
45 – 49	0
40 – 44	8
35 – 39	2
30 – 34	3
	N = 26

$$\frac{N}{2} = \frac{26}{2} = 13$$

इस उदाहरण में $\frac{N}{2} = 13$ है। यहाँ आवृत्तियों को नीचे से गिनने पर माध्यिका का स्थान (यानी, $\frac{N}{2} = 13$) ठीक 40–44 वर्गान्तर पर पड़ रहा है जिसका 39.5 – 44.5 वर्गान्तर की वास्तविक सीमा (exact limit) है। उसी तरह से यदि आवृत्तियों (frequencies) को ऊपर से गिना जाय तो $\frac{N}{2} = 13$ ठीक 50 – 54 वर्गान्तर पर पड़ रही हैं जिसका 49.5 – 54.5 वर्गान्तर की वास्तविक सीमा (exact limit) है। 40–44 वर्गान्तर के ठीक ऊपर का वर्गान्तर तथा 50 – 54 वर्गान्तर के ठीक नीचे का वर्गान्तर (यानी, 45-49) की आवृत्ति शून्य है। इस तरह की असाधारण परिस्थिति में माध्यिका उस वर्गान्तर का मध्य बिन्दु (midpoint) होता है जिसकी आवृत्ति शून्य है। तालिका 7 के उदाहरण में 45–49 वर्गान्तर की आवृत्ति शून्य है। इसकी वास्तविक सीमा (exact limit) 44.5 - 49.5 है जिसका मध्यबिन्दु (midpoint) $\frac{44.5 + 49.5}{2} = \frac{94.0}{2} = 47$ है। अतः इस उदाहरण में माध्यिका (median) 47 होगा।

कभी-कभी ऐसा होता है $\frac{N}{2}$ ठीक किसी वर्गान्तर की वास्तविक सीमा पर पड़ रहा है और साथ-ही-साथ दो लगातार वर्गान्तर की आवृत्ति शून्य रहती है। इसका उदाहरण आगे दिया जा रहा है:—

तालिका (Table) - 8

प्राप्तांक (Scores)	आवृत्ति (Frequency) (f)
20 – 21	1
18 – 19	1
16 – 17	1
14 – 15	1
12 – 13	1
10 – 11	0
8 – 9	0
6 – 7	2
4 – 5	2
2 – 3	1
	N = 10

$$\frac{N}{2} = \frac{10}{2} = 5$$

इस उदाहरण में माध्यिका का स्थान अर्थात $\frac{N}{2} = 5$ है। अगर इसे आवृत्ति के कॉलम में नीचे से गिना जाय तो यह 6-7 वर्गान्तर में पड़ रहा है। उसके ऊपर दो लगातार वर्गान्तर ऐसे हैं जिनकी आवृत्तियाँ (frequencies) शून्य है। उसी

तरह से अगर $\frac{N}{2} = 5$ को ऊपर से आवृत्ति के कॉलम में गिना जाय तो $\frac{N}{2}$ यानी 5, 12-13 वर्गान्तर में पड़ रहा है। इसके नीचे दो वर्गान्तर ऐसे हैं जिनकी आवृत्तियाँ शून्य हैं। ऐसी परिस्थिति में माध्यिका इन दोनों वर्गान्तरों (जिनकी आवृत्तियाँ (frequencies) शून्य हैं) की वास्तविक सीमा (exact limit) का मध्यबिन्दु (midpoint) होता है। इस उदाहरण में 8-9 तथा 10-11 वर्गान्तर ऐसे हैं जिनकी आवृत्ति शून्य है। इन दोनों को एक साथ मिलाकर 8-11 का वर्गान्तर बना दिया जाता है जिसकी वास्तविक सीमा 7.5 – 11.5 है। अब इसका मध्यबिन्दु (midpoint) निकाला जाता है $\frac{7.5+11.5}{2} = \frac{19}{2} = 9.5$। इस उदाहरण में माध्यिका (median) 9.5 होगा।

कभी-कभी ऐसा भी होता कि आवृत्ति-वितरण में $\frac{N}{2}$ ठीक किसी वर्गान्तर के वास्तविक सीमा (exact limit) पर पड़ रहा है तथा साथ-ही-साथ उसके बाद तीन या तीन से अधिक वर्गान्तर में शून्य आवृत्ति आ जाती है। इस तरह की परिस्थिति में माध्यिका (median) ज्ञात नहीं करनी चाहिए; क्योंकि ऐसी परिस्थिति में निकाली गयी माध्यिका केंद्रीय प्रवृत्ति (central tendency) का ठीक-ठीक प्रतिनिधित्व नहीं करती है।[1]

माध्यिका की विशेषताएँ
(Characteristics of Median)

मुझे पूरी उम्मीद है कि अब छात्र किसी भी तरह के अव्यवस्थित या व्यवस्थित आँकड़ों से माध्यिका का परिकलन (calculation) आसानी से कर लेंगे। फिर भी माध्यिका के अर्थ को और अधिक स्पष्ट करने के लिए उसकी *विशेषताओं* (properties) पर ध्यान देना अनिवार्य है। माध्यिका की कुछ प्रमुख विशेषताएँ नीचे दी जा रही हैं:—

(i) माध्यिका किसी प्राप्तांक के मान (value) में परिवर्तन होने से प्रभावित नहीं होता है। जैसे— नीचे के प्राप्तांकों 6, 8, 10, 12, 14, 16, 50 की माध्यिका 12 है क्योंकि इसके ऊपर तीन प्राप्तांक (14, 16 तथा 50) हैं तथा इसके नीचे भी तीन प्राप्तांक (6, 8 तथा 10) हैं। अगर इसमें से प्राप्तांक 50 के जगह पर प्राप्तांक 30 कर दिया जाता है, तो भी माध्यिका 12 ही रहेगी। अतः माध्यिका किसी प्राप्तांक के मान (value) में परिवर्तन होने से प्रभावित नहीं होता है। ऐसी परिस्थिति में माध्य (mean) में काफी परिवर्तन आ जाएगा। इस तरह से माध्यिका माध्य से भिन्न है।

(ii) माध्यिका सिर्फ यह बतलाती है कि इसके ऊपर तथा नीचे बराबर-बराबर प्राप्तांक हैं। लेकिन इन प्राप्तांकों की आपसी दूरी (distance) पर यह कोई प्रकाश नहीं डालती। जैसे—उपर्युक्त उदाहरण में माध्यिका 12 है और इसके ऊपर तीन प्राप्तांक (14, 16 तथा 50) हैं तथा इसके नीचे तीन प्राप्तांक (6, 8 तथा 10) हैं। यहाँ हम पाते हैं कि नीचे के सभी प्राप्तांकों में दो-दो का अन्तर है। लेकिन ऊपर के प्राप्तांक 14 और 16 में सिर्फ दो का तथा 16 और 50 में 34 का अन्तर है। माध्यिका इस असमान (unequal) अन्तरों के प्रति अनुक्रियात्मक (responsive) नहीं होता है।

(iii) मुक्तोत्तर वितरण में (open-ended distribution) जिसका उदाहरण सहित वर्णन माध्य (mean) की विशेषताएँ बतलाते समय हम कर चुके हैं, केन्द्रीय प्रवृत्ति की माप का सबसे उत्तम तथा उपयुक्त तरीका माध्यिका ही है।

(iv) माध्य की तरह माध्यिका भी प्रतिदर्श घट-बढ़ (sampling fluctuation) से कम प्रभावित होती है। लेकिन माध्यिका की तुलना में माध्य (mean) प्रतिदर्श घट-बढ़ से और भी कम प्रभावित होता है।

(v) माध्यिका वितरण का अवीजगणितीय माप (non-algebraic measure) है। अतः अलग-अलग वितरणों के माध्यिकाओं को जोड़कर संयोजित वितरण (combined distribution) का माध्यिका ज्ञात नहीं किया जा सकता है।

---

1. J.P. Guilford — *Fundamental Statistics in Psychology and Education,* 1965, p. 52.

बहुलक की विशेषताएँ तथा परिकलन
(Properties and Calculation of Mode)

हम बहुलक (mode) का अर्थ पहले ही बता चुके हैं। जहाँ तक बहुलक के परिकलन (calculation) का प्रश्न है, यहाँ भी दो तरह की परिस्थितियाँ आतीं हैं। एक तो वह जहाँ कि आँकड़े अव्यवस्थित (ungrouped) होते हैं तथा दूसरी वह जहाँ आँकड़े व्यवस्थित (grouped) होते हैं। इन दोनों तरह के आँकड़ों से बहुलक निकालने की विधि अलग-अलग है।

(1) अव्यवस्थित आँकड़ों से बहुलक निकालना *(Mode from ungrouped data)*—अव्यवस्थित आँकड़ों से बहुलक (mode) ज्ञात करने की विधि इतनी सरल है कि दिये हुए आँकड़ों को मात्र निरीक्षण (inspection) करके ही कहा जा सकता है कि इसमें बहुलक कौन है। इस तरह के बहुलक को अपरिष्कृत बहुलक[1] (crude mode) कहते हैं। एक उदाहरण नीचे दिया जा रहा है जिनमें एक मौखिक परीक्षण पर 10 विद्यार्थियों के प्राप्तांकों को दिया जा रहा है—5, 3, 8, 15, 10, 8, 12, 8, 13 तथा 18.

इन आँकड़ों को मात्र निरीक्षण करके यह कहा जा सकता है कि इसमें अपरिष्कृत बहुलक 8 है क्योंकि यह पूरे वितरण में 3 बार आया है।

(2) व्यवस्थित आँकड़ों से बहुलक निकालना *(Mode from grouped data)*—जब आँकड़े आवृत्ति वितरण में व्यवस्थित हैं, तो अपरिष्कृत बहुलक (crude mode) उस वर्गान्तर का मध्यबिन्दु (midpoint) होता है, जिसमें आवृत्तियाँ (frequencies) सबसे ज्यादा है। तालिक 2 में हम पाते हैं कि 70–74 वर्गान्तर में आवृत्तियों की संख्या 12 है जो कि उस वितरण के अन्य सभी वर्गान्तरों की आवृत्तियों से ज्यादा है अतः अपरिष्कृत बहुलक 70–74 वर्गान्तर का मध्यबिन्दु (midpoint) अर्थात् $\frac{(70+74)}{2} = \frac{144}{2} = 72$ है।

बहुलक को मात्र निरीक्षण (inspection) के आधार पर न ज्ञात करके सूत्र द्वारा भी ज्ञात किया जा सकता है। इस तरह के बहुलक को वास्तविक बहुलक (True Mode) कहते हैं। सूत्र इस प्रकार है:—

$$Mo = 3\,Mdn - 2M \qquad \text{...सूत्र 11.8}$$

यहाँ पर,
Mo = बहुलक (Mode)
Mdn = माध्यिका (Median)
M = माध्य (Mean) 50

उपर्युक्त 10 विद्यार्थियों द्वारा मौखिक परीक्षण पर पाये गये प्राप्तांकों से वास्तविक बहुलक (True Mode) सूत्र 11.8 द्वारा इस प्रकार ज्ञात कर सकते हैं—

$$M = 10 \qquad \text{Mdn} = 9$$
$$Mo = 3\text{Mdn} - 2\text{M}$$
$$= (3)(9) - (2)(10) = 27 - 20 = 7$$

इस उदाहरण में वास्तविक बहुलक (true mode) अपरिष्कृत बहुलक (crude mode) से एक कम है। (एक ही वितरण से यदि बहुलक विभिन्न सूत्रों द्वारा परिकलित किया जाता है तो इसके उत्तर में थोड़ी भिन्नता आ सकती है। इससे छात्रों के मन में कोई भ्रम नहीं होना चाहिए।) जैसा कि ऊपर बताया जा चुका है तालिका-2 के वितरण का अपरिष्कृत बहुलक 72 है। इसी वितरण का माध्य (mean) 69.9 है तथा माध्यिका (median) 70.335 या 70.3 (एक दशमलव अंक तक पूर्णांकन करने पर) है। सूत्र 11.8 के अनुसार वास्तविक बहुलक इस प्रकार ज्ञात किया जायेगा।

---

1. अपरिष्कृत बहुलक (Crude Mode) तथा वास्तविक बहुलक (True Mode) में अन्तर है। अपरिष्कृत बहुलक वह है जो आँकड़ों को मात्र निरीक्षण (inspection) करके बतलाया जाता है। वास्तविक बहुलक वह है जिसे सूत्र (formula) के आधार पर परिकलन (calculation) किया जाता है। इसीलिए वास्तविक बहुलक को परिकलित बहुलक (Calculated Mode) भी कहा जाता है। अक्सर अपरिष्कृत बहुलक वास्तविक बहुलक के ठीक बराबर नहीं आता है।

$$Mo = (3)(70.3) - (2)(69.9)$$
$$= 210.9 - 139.8 = 71.1$$

यहाँ पर भी हम पाते हैं कि वास्तविक बहुलक (true mode) तथा अपरिष्कृत बहुलक (curde mode) में कुछ अन्तर है। वास्तविक बहुलक अपरिष्कृत बहुलक से 0.9 कम है।

अब हम बहुलक (mode) की कुछ विशेषताओं पर भी प्रकाश डालना उचित समझते हैं। बहुलक केन्द्रीय प्रवृत्ति की एक ऐसी माप (measure) है जिसे बहुत आसानी तथा जल्दी से ज्ञात किया जाता है। लेकिन यह केंद्रीय प्रवृत्ति की एक स्थूल (rough) तथा अस्थिर (unstable) माप है। मिनियम[1] (Minium) ने कहा है कि बहुलक ही केन्द्रीय प्रवृत्ति की एक ऐसी माप है जो उस तरह के आँकड़े से भी ज्ञात किया जा सकता है जिसे नामित या वर्गात्मक मापनी (nominal scale) द्वारा व्याख्या की गयी हो।

बहुलक की मुख्य विशेषताएँ निम्नांकित है:—

(i) बहुलक वितरण के अनत्य प्राप्तांक (extreme score) से प्रभावित नहीं होता है।

(ii) जब आँकड़े नामित (nominal) मापनी पर प्राप्त होते हों, तो सिर्फ बहुलक द्वारा ही केन्द्रीय प्रवृत्ति की माप की जा सकती है।

(iii) इसे किसी भी वितरण में बहुत ही आसानी से ज्ञात किया जा सकता है।

(iv) बहुलक एक प्रतिदर्श (sample) से दूसरे प्रतिदर्श (sample) तक काफी परिवर्तित होते रहता है। अतः यह प्रतिदर्शन अस्थिरता (sampling fluctuation) से काफी प्रभावित होता है।

(v) माध्यिका के समान बहुलक के साथ भी बीजगणितीय परिकलन (algebraic treatment) नहीं किया जा सकता है। इसका मतलब यह हुआ कि विभिन्न वितरणों के अलग-अलग बहुलकों को आपस में जोड़कर उन सभी वितरणों का एक संयोजित बहुलक ज्ञात नहीं किया जा सकता है।

माध्य, माध्यिका तथा बहुलक में सम्बन्ध
(Relation among of Mean, Median & Mode)

कई इस प्रकार के वितरण (distribution) होते हैं जिनका माध्य, माध्यिका तथा बहुलक एक ही होता है। मनोविज्ञान तथा शिक्षा में ऐसे वितरण को प्रसामान्य वितरण (normal distribution) कहा जाता है। कुछ ऐसे वितरण भी होते हैं जिनमें माध्य, माध्यिका तथा बहुलक समान न होकर एक-दूसरे से निकट होते हैं। ऐसी परिस्थिति में इन तीनों के सम्बन्ध को निम्नांकित सूत्र से व्यक्त किया जाता है:—

$$\text{Mean} - \text{Mode} = 3\,(\text{Mean} - \text{Median})$$ ...सूत्र 11.9

इस सूत्र के आधार पर माध्य, माध्यिका तथा बहुलक को निम्नांकित सूत्र से भी ज्ञात किया जा सकता है—

$$\text{Mean} = \frac{3\,\text{Median} - \text{Mode}}{2}$$ ...सूत्र 11.10

$$\text{Median} = \frac{1}{3}\,(2\,\text{Mean} + \text{Mode})$$ ...सूत्र 11.11

$$\text{Mode} = 3\,\text{Median} - 2\,\text{Mean}$$ ...सूत्र 11.12

अगर वितरण में से कोई दो माप मालूम हो और तीसरा माप निकालना हो तो वैसी परिस्थिति में उक्त सूत्र का सहारा लेना अधिक उचित बतलाया गया है।

---

1. E. W. Minium -- *Statistical Reasoning in Psychology and Education,* 1970, p. 65.

माध्य, माध्यिका तथा बहुलक का उपयोग
(Uses of Mean, Median & Mode)

माध्य (Mean) का उपयोग

(i) साधारणतः जब वितरण प्रसामान्य (normal) होता है तो माध्य का निकालना उचित होता है। दूसरे शब्दों में, जब वितरण वैषम्य (skewed) नहीं है, तब माध्य का परिकलन अधिक यथार्थ होता है।

(ii) जब दूसरे सांख्यिकी (statistics) जैसे मानक विचलन (standard deviation), सहसम्बन्ध गुणांक (co-efficient of correlation) का परिकलन (calculation) करना हो, तो माध्य (Mean) का परिकलन उचित होता है।

(iii) जब वितरण में सर्वाधिक विश्वसनीय (reliable) तथा स्थायी (stable) केंद्रीय प्रवृत्ति ज्ञात करनी हो, तब माध्य का परिकलन आवश्यक होता है।

माध्यिका (Median) का उपयोग

(i) जब वितरण का ठीक मध्यबिन्दु (midpoint) (यानी 50% बिन्दु) ज्ञात करना हो, तब माध्यिका का परिकलन (calculation) उचित है।

(ii) जब वितरण अपूर्ण हो, अर्थात् जब वितरण इस तरह का हो कि इसके ऊपर के वर्गान्तर की ऊपरी सीमा (upper limit) या नीचे से वर्गान्तर की निचली सीमा (lower limit) मालूम नहीं की जा सकती है, तो माध्यिका का परिकलन किया जाता है।

(iii) जब हमारे पास इतना समय नहीं है कि माध्य (mean) ज्ञात कर सके और हम केंद्रीय प्रवृत्ति की एक ऐसी माप (measure) भी चाहते हैं जो अधिक स्थिर (stable) हो, तो माध्यिका का परिकलन उचित है।

(iv) जब वितरण वैषम्य (skewed) हो, तो माध्यिका का परिकलन किया जाता है।

(v) जब हम सिर्फ यह जानना चाहते हैं कि कोई भी प्राप्तांक वितरण के मध्यबिन्दु के ऊपर है या नीचे है, तो इसके लिए भी हमें माध्यिका का परिकलन अनिवार्य हो जाता है।

बहुलक का (Mode) उपयोग

(i) जब केंद्रीय प्रवृत्ति का एक स्थूल अंदाज (rough estimate) लगाना हो तो बहुलक (Mode) का परिकलन किया जाता है।

(ii) जब केन्द्रीय प्रवृत्ति को ज्ञात करने के लिए हमारे पास बहुत ही कम समय है, तब बहुलक का परिकलन किया जाता है।

परिवर्तनशीलता का अर्थ
(Meaning of Variability)

प्राप्तांकों के केन्द्रीय प्रवृत्ति के बारे में सिर्फ जान लेने से हम बहुत सही-सही निष्कर्ष पर नहीं पहुँचते हैं। इसके लिए हमें उन प्राप्तांकों की परिवर्तनशीलता (variability) का भी पता लगाना होता है। प्राप्तांकों की परिवर्तनशीलता का अर्थ प्राप्तांकों की केन्द्रीय प्रवृत्ति (central tendency) से प्रसरण (spread) या विकीर्णन (scatter) से होता है। यदि किसी आँकड़े में प्राप्तांक की दूरी माध्य (mean) से कम है, तो हम कह सकते हैं कि ऐसे प्राप्तांकों की परिवर्तनशीलता कम है। दूसरी तरफ, यदि अलग-अलग प्राप्तांकों की दूरी माध्य से ज्यादा है, यानी प्राप्तांकों तथा माध्य में काफी अन्तर है तो हम यह कहते हैं कि ऐसे आँकड़ों में परिवर्तनशीलता ज्यादा है। प्राप्तांकों की इस परिवर्तनशीलता के बारे में जानना आवश्यक है। इसे एक उदाहरण द्वारा इस प्रकार स्पष्ट किया जा सकता है। मान लीजिए कि 100 लड़के तथा 100 लड़कियों को एक अंकगातीय परीक्षण (arithmetical test) दिया गया। लड़कों का माध्य (mean) 50.5 आया तथा

लड़कियों का माध्य 50.4 आया। जहाँ तक इन दोनों माध्यों का प्रश्न है इससे यही अर्थ निकलता है कि लड़कों तथा लड़कियों की अंकगणितीय क्षमता (arithmetic ability) बराबर-बराबर है, यानी, इसमें कोई अन्तर नहीं हैं। लेकिन थोड़ी देर के लिए मान लीजिए कि लड़कों के अंक का प्रसार (range) 30 से 70 है और लड़कियों के अंक का प्रसार 45 से 50 है। इससे साफ पता चलता है कि सामान्य रूप से लड़कों के प्राप्तांकों में लड़कियों के प्राप्तांकों की अपेक्षा परिवर्तनशीलता (variability) ज्यादा है क्योंकि यहाँ माध्य से प्राप्तांकों का विचलन अधिक है।

परिवर्तनशीलता की पाँच विभिन्न माप
(Five different measures of Variability)

जैसा कि अभी हमलोग पिछले अनुच्छेद (section) में देख चुके हैं कि प्राप्तांकों की परिवर्तनशीलता प्राप्तांकों का एक प्रमुख गुण है। प्राप्तांकों के आधार पर जब हम कोई निष्कर्ष निकालना चाहते हैं, तो यह आवश्यक हो जाता है कि हम उनकी परिवर्तनशीलता के बारे में भी ज्ञान प्राप्त कर लें। प्राप्तांकों की परिवर्तनशीलता मापने के पाँच प्रमुख तरीके हैं, जो इस प्रकार हैं—

(i) परास (Range)

(ii) अर्ध अंतश्चतुर्थक परास या चतुर्थक विचलन (Semi-interquartile range or Quartile deviation)

(iii) औसत विचलन (Average or Mean deviation)

(iv) मानक विचलन (Standard deviation)

(v) प्रसरण (Variance)

ध्यान रहे कि परिवर्तनशीलता का कोई भी माप प्राप्तांकों के प्रसरण (spread) या विकीर्णन (scatter) का एक सरसरी विवरण (summary description) होता है जैसा कि माध्य, माध्यिका या बहुलक केन्द्रीय प्रवृत्ति (central tendency) का एक सरसरी विवरण होता है। परिवर्तनशीलता का कोई भी माप यह नहीं बतलाता है कि कोई विशेष (particular) प्राप्तांक (score) केन्द्रीय प्रवृत्ति से कितना विचलित हो रहा है क्योंकि वह अर्थात् परिवर्तनशीलता की माप एक सरसरी अंक (summary figure) होता है जो वितरण के पूरे प्राप्तांकों के प्रसरण के बारे में सूचना देता है।

परिवर्तनशीलता की इन पाँचों मापों (measures) की व्याख्या हम अलग-अलग अनुच्छेद (section) में करेंगे।

परास की विशेषताएँ एवं परिकलन
(Properties and Calculation of the Range)

परास (range) परिवर्तनशीलता का एक सामान्य तथा स्थूल (rough) माप है। जब हम कम समय में ही प्राप्तांकों की परिवर्तनशीलता (variability) के बारे में जान लेना चाहते हैं, तो वैसी परिस्थिति में हम परास निकाल कर काम चलाते हैं। परास दिये हुए प्राप्तांकों में न्यूनतम प्राप्तांक तथा अधिकतम प्राप्तांक के बीच के अन्तराल (interval) को कहा जाता है। जैसे, मान लीजिए कि पाँच विद्यार्थियों को किसी परीक्षण पर निम्नलिखित प्राप्तांक आए—

50, 10, 60, 15 तथा 70

इन आँकड़ों में न्यूनतम प्राप्तांक 10 तथा अधिकतम प्राप्तांक 70 है। अतः इसका प्रसार 70 – 10 = 60 हुआ। परास (Range) निकालने का सूत्र नीचे दिया जा रहा है:

Range = (Highest Score-Lowest Score) + 1 ...सूत्र 11.13

यद्यपि परास परिवर्तनशीलता की एक ऐसी माप है जिसे हम बहुत जल्द ज्ञात कर सकते हैं, फिर भी कुछ परिस्थितियों में खासकर जब N बहुत छोटा है, तो प्रसार विश्वसनीय (reliable) नहीं होता। परास के सूत्र में +1 इसलिए किया जाता है क्योंकि परास की गणना की शुरुआत निम्न प्राप्तांक की वास्तविक सीमा से प्रारम्भ होकर उच्च प्राप्तांक की वास्तविक सीमा तक होती है।

अर्ध अंतश्चतुर्थक परास या चतुर्थक विचलन की विशेषताएँ एवं परिकलन
(Properties and Calculation of Semi-interquartile Range or Quartile Deviation)

चतुर्थक विचलन परिवर्तनशीलता की माप की दूसरी प्रमुख विधि है। चतुर्थक विचलन (Quartile deviation या Q) किसी वितरण के 75th शततमक (percentile) तथा 25th शततमक (percentile) के बीच की दूरी का अर्द्धभाग होता है। 25th शततमक को Q_1 तथा 75th शततमक को Q_3 भी कहते हैं। 50th शततमक को Q_2 कहा जाता है। Q_1 तथा Q_3 के बीच की दूरी (distance) को अंतश्चतुर्थक परास (interquartile range) कहते हैं। जब इसी दूरी को 2 से विभाजित कर दिया जाता है, यानी उस दूरी को आधा (half) कर दिया जाता है, तो उसे हम अर्द्ध अंतश्चतुर्थक परास (semi-interquartile range) या चतुर्थक विचलन (quartile deviation) या Q कहते हैं।

इस प्रकार हम देखते हैं कि चतुर्थक बिन्दु (Quartile point) ऐसी तीन प्राप्तांक बिन्दुएँ (score points) हैं जो वितरण (distribution) को चार बराबर-बराबर भागों में बाँटती हैं। इसे नीचे के चित्र द्वारा और अधिक स्पष्ट किया जा सकता है।

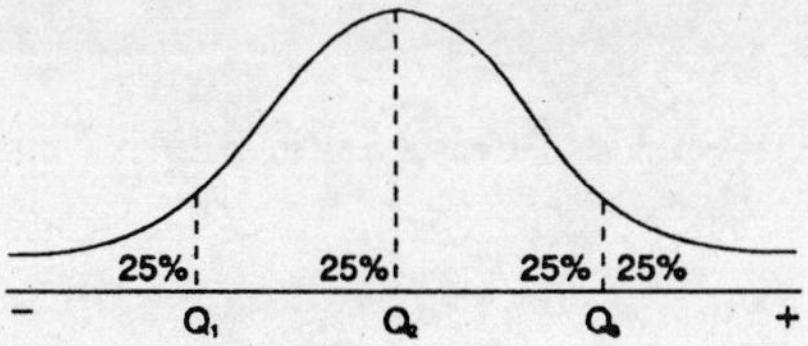

चित्र : 11.1

उपर्युक्त चित्र में Q_1 Q_2 तथा Q_3 ये तीनों चतुर्थक बिन्दु मिल कर पूरे वितरण को चार भाग में बाँट रहे हैं। Q_1 तक वितरण का पहला 25% भाग दिखाया गया है। Q_1 से Q_2 तक वितरण का दूसरा 25% भाग है। Q_2 से Q_3 तक वितरण का तीसरा 25% भाग है तथा Q_3 से ऊपर वितरण का चौथा 25% भाग है। इसी Q_1 तथा Q_3 के बीच की दूरी के आधे भाग को Q कहते हैं। [प्रसामान्य वितरण (normal distribution) में इसी को प्रसम्भाव्य त्रुटि (probable error or PE) कहते हैं।] कभी-कभी हमलोग Q तथा PE को एक-दूसरे के बदले में (interchangeabiy) प्रयोग करते हैं, लेकिन PE का अधिकतर प्रयोग प्रसामान्य वितरण वक्र (normanl distribution curve) के ही संदर्भ में होता है। वितरण की परिवर्तनशीलता (variability) की माप Q से हम वहाँ पर करते हैं जब केन्द्रीय प्रवृत्ति की माप माध्य (Mean) द्वारा न कर माध्यिका (Median) द्वारा किया जाता है। Q निकालने का सूत्र निम्नलिखित है:—

$$Q = \frac{Q_3 - Q_1}{2}$$ ...सूत्र 11.14

यहाँ Q = चतुर्थक विचलन (Quartile deviation)

Q_3 = तीसरा चतुर्थक (3rd Quartile or 75th percentile)

Q_1 = पहला चतुर्थक (1st Quartile or 25th percentile)

सूत्र से स्पष्ट है कि Q ज्ञात करने के लिए पहले हमें Q_1 तथा Q_3 ज्ञात करना होगा। Q_1 तथा Q_3 ज्ञात करने का सूत्र नीचे दिया जा रहा है:—

$$Q_1 = l + i\left(\frac{\frac{N}{4} - cum.\, f_1}{fq}\right)$$ ...सूत्र 11.15

तथा, $$Q_3 = l + i\left(\frac{\frac{N}{4} - cum.f_1}{fq}\right)$$ ...सूत्र 11.16

इन दोनों सूत्रों की व्याख्या इस प्रकार है:

सूत्र 11.15 की व्याख्या—

$\frac{N}{4} = N$ का चौथाई भाग

l = उस वर्गान्तर की वास्तविक निचली सीमा (exact lower limit) जिस पर $\frac{N}{4}$ पड़ता है।

i = वर्गान्तर का आकार

$cum. f_1$ = उस वर्गान्तर के ठीक नीचे वाले वर्गान्तर की संचयी आवृत्ति (cumulative frequency) जिस पर $\frac{N}{4}$ पड़ता है।

fq = उस वर्गान्तर की आवृत्ति (frequency) जिस पर $\frac{N}{4}$ पड़ता है।

सूत्र 11.16 की व्याख्या—

$\frac{3N}{4} = N$ का 3 चौथाई

l = उस वर्गान्तर की वास्तविक निचली सीमा (exact lower limit) जिस पर $\frac{3N}{4}$ पड़ता है।

i = वर्गान्तर का आकार

$cum. f_1$ = उस वर्गान्तर के ठीक नीचे वाले वर्गान्तर की संचयी आवृत्ति (cumulative frequency) जिसपर $\frac{3N}{4}$ पड़ता है।

fq = उस वर्गान्तर की आवृत्ति जिस पर $\frac{3N}{4}$ पड़ता है।

Q निकालने की प्रक्रिया का एक उदाहरण नीचे दिया जा रहा है:—

50 विद्यार्थियों का प्राप्तांक किसी अंकगणितीय परीक्षण (arithmetic test) पर इस प्रकार आया:—

तालिका (Table) – 9

प्राप्तांक (score)	आवृत्ति (frequency)	संचयी आवृत्ति (cum. frequency)
80 – 84	1	50
75 – 79	4	49
70 – 74	9 $\frac{3N}{4}$ निहित है।	45
65 – 69	1 → 36	36
60 – 64	1	35
55 – 59	10	34
50 – 54	3	24
45 – 49	4	21
40 – 44	6 $\frac{N}{4}$ निहित है।	17
35 – 39	5 → 11	11
30 – 34	2	6
25 – 29	3	4
20 – 24	1	1
	N = 50	

तालिका 9 से हमें Q ज्ञात करना है। Q ज्ञात करने के लिए, जैसा कि हम पहले कह चुके हैं, Q_1 तथा Q_3 निकालना पड़ता है। Q_1 निकालने के लिए सबसे पहले $\frac{N}{4}$, निकालना पड़ता है। इस तालिका में $\frac{N}{4} = \frac{50}{4} = 12.5$ है। अब हमें यह देखना है कि यह $\frac{N}{4}$, यानी 12.5, किस वर्गान्तर में निहित है या किस वर्गान्तर पर पड़ रहा है। ऐसा करने के लिए हम आवृत्ति के कॉलम में नीचे से आवृत्तियों को जोड़ते जाते हैं और पाते हैं कि $\frac{N}{4}$ यानी 12.5 वर्गान्तर 40 – 44 में निहित है। इसका मतलब यह हुआ कि Q_1 इसी वर्गान्तर में पड़ रहा है। अतः Q_1 का मान (value) इस प्रकार होगा—

$$Q_1 = l + i\left(\frac{\frac{N}{4} - cum.\, f_1}{fq}\right)$$

$$= 39.5 + 5\left(\frac{12.5 - 11}{6}\right) = 39.5 + 5\frac{1.5}{6}$$

$$= 39.5 + (5)(0.25) = 39.5 + 1.25 = 40.75।$$

Q_3 निकालने के लिए सबसे पहले $\frac{3N}{4}$ ज्ञात किया जाता है। इस उदाहरण में $\frac{3N}{4} = \frac{(50)(3)}{4} = \frac{150}{4} = 37.5$ है। आवृत्ति के कॉलम में नीचे से हर वर्गान्तर की आवृत्तियों को जोड़ते हुए ऊपरी की ओर बढ़ने पर पाते हैं कि 70 – 74 वर्गान्तर में ही $\frac{3N}{4}$ यानी, 37.5 निहित है। इसका मतलब यह हुआ कि Q_3 इसी वर्गान्तर में पड़ रहा है। अतः Q_3 का मान (value) इस प्रकार ज्ञात किया जायेगा।

$$Q_3 = l + i\left(\frac{\frac{N}{4} - cum.\, f_1}{fq}\right)$$

$$= 69.5 + 5\left(\frac{37.5 - 36}{9}\right) = 69.5 + 5\frac{1.5}{9}$$

$$= 69.5 + 5\,(0.166) = 69.5 + 0.83 = 70.33$$

$$Q = \frac{Q_3 - Q_1}{2}$$

$$= \frac{70.33 - 40.75}{2} = \frac{29.58}{2} = 14.79 \text{ उत्तर}$$

Q की सबसे बड़ी विशेषता यह है कि मुक्तोत्तर वितरण में (open-ended distribution) परिवर्तनशीलता की माप के रूप में इसे बिना किसी पूर्वकल्पना (assumption) के प्रयोग किया जा सकता है।

औसत विचलन की विशेषताएँ तथा परिकलन
(Properties and Calculation of Average Deviation)

औसत विचलन या माध्य विचलन (Average deviation or Mean deviation) परिवर्तनशीलता की माप की तीसरी विधि है। आधुनिक सांख्यिकी में इसका प्रयोग कम गया है लेकिन पुराने प्रयोगात्मक शोध (research) में इसका प्रयोग बहुत ज्यादा होता देखा गया है। औसत विचलन प्रत्येक प्राप्तांक का माध्य से (कभी-कभी माध्यिका तथा बहुलक से भी) विचलनों (deviations) का औसत (average) होता है। दूसरे शब्दों में, माध्य (mean) से प्राप्तांकों के जितने भी विचलन (deviation) होते हैं, उनके औसत को औसत विचलन (Average Deviation or AD) या माध्य विचलन (Mean Deviation or MD) कहते हैं। औसत विचलन निकालते समय विचलनों के चिह्न (sign) पर कोई ध्यान नहीं दिया जाता है, तथा सभी विचलनों को धन (plus) मान लिया जाता है। इस तरह के विचलनों को जहाँ उनके चिह्नों पर कोई ध्यान नहीं दिया जाता है, को *निरपेक्ष विचलन* (absolute deviation) कहा जाता है। अब औसत विचलन ज्ञात करने का एक उदाहरण अव्यवस्थित आँकड़ों (ungrouped data) से इस प्रकार है। मान लीजिए कि 5 विद्यार्थियों का किसी बुद्धि परीक्षण (intelligence test) पर निम्नलिखित प्राप्तांक आये 8, 5, 15, 6 तथा 16 अब इससे हमें औसत विचलन ज्ञात करना है। यह नीचे के सूत्र द्वारा इस प्रकार ज्ञात किया जायेगा।

$$AD = \frac{\Sigma|x|}{N}$$ ...सूत्र 11.17

यहाँ AD = औसत विचलन (*Average Deviation*)

(छोटा एक्स) x^1 = हर प्राप्तांक का माध्य से लिया गया विचलन (deviation)

$||$ = यह इस बात का संकेत करता है विचलनों को जोड़ते समय चिह्न (Sign) पर कोई ध्यान नहीं दिया गया है।

Σ = योग का चिह्न

N = प्राप्तांकों की संख्या

इसमें x को जो विचलन (Deviation) का चिह्न है, नीचे के सूत्र से निकालते हैं:—

Deviation (या x) $= X - \overline{X}$ ...सूत्र 11.18

यहाँ, (बड़ा एक्स) X = प्राप्तांक

$\overline{X}$ = प्राप्तांकों का माध्य

अब उपर्युक्त उदाहरण से औसत विचलन इस प्रकार ज्ञात करेंगे:

प्राप्तांक (Score)	विचलन[2] (x)
8	–2
5	–5
15	5
6	–4
16	6
50	$\Sigma\|X\| = 22$

$$X = \frac{\Sigma X}{N} = \frac{50}{5} = 10$$

$$AD = \frac{\Sigma|x|}{N} = \frac{22}{5} = 4.4$$

औसत विचलन को व्यवस्थित आँकड़ों (grouped data) से ज्ञात करने का सूत्र कुछ भिन्न (different) है। यह सूत्र इस प्रकार है:—

$$AD = \frac{\Sigma|fx|}{N}$$ ...सूत्र 11.19

इस सूत्र के सभी प्रतीकों (Symbols) का अर्थ सूत्र 11.17 के प्रतीकों के अर्थ के समान ही है। सिर्फ '*fx*' प्रतीक (symbol) का अर्थ प्राप्तांकों के विचलन (deviation) तथा वर्गान्तर की आवृत्ति (frequency) के गुणनफल से होता है। इसे नीचे के उदाहरण द्वारा हम और अधिक स्पष्ट AD ज्ञात करके अगले पृष्ठ पर दिखाया जा रहा है:—

1. छात्र यह ध्यान देंगे कि छोटा एक्स (x) से मतलब प्राप्तांकों के विचलन से होता है तथा बड़ा एक्स (X) का मतलब प्राप्तांक से या मध्यबिन्दु (midpoint) से होता है। इसी अर्थ में इन दोनों अक्षरों का प्रयोग आगे भी किया गया है।
2. x सूत्र 11.18 द्वारा ज्ञात किया गया है।

तालिका (Table) – 10

प्राप्तांक (Score)	आवृत्ति (f)	मध्यबिन्दु (Midpoint) X	मध्यबिन्दु तथा आवृत्ति का गुणनफल (fX)	विचलन (x)	आवृत्ति तथा विचलन का गुणनफल (fx)
85 – 89	3	87	261	22.5	67.5
80 – 84	2	82	164	17.5	35.0
75 – 79	6	77	462	12.5	75.0
70 – 74	3	72	216	7.5	22.5
65 – 69	10	67	670	2.5	25.0
60 – 64	2	62	124	–2.5	–5.0
55 – 59	2	57	114	–7.5	–15.0
50 – 54	5	52	260	–12.5	–62.5
45 – 49	3	47	141	–17.5	–52.5
40 – 44	4	42	168	– 22.5	– 90.9
	N = 40		$\Sigma fX = 2580$		$\Sigma fx = 450.0$

$$\overline{X} = \frac{\Sigma fx}{N} = \frac{2580}{40} = 64.5$$

माध्य निकालने के बाद विचलन (deviation) निकाला जाता है जो छोटा एक्स (x) के कॉलम में लिखा गया है। इसे सूत्र 11.18 द्वारा ज्ञात करते हैं। यहाँ हम वर्गान्तर के मध्यबिन्दु (midpoint) में से माध्य (mean) को घटाया जाता है। इसके बाद इन विचलनों (deviations) को आवृत्ति (frequency) से गुणा करके गुणनफल को fx कॉलम में लिखा जाता है। इन सबों को जोड़ने के बाद 450 आता है जो Σfx कहलाता है। अब इसका औसत विचलन सूत्र 11.19 के अनुसार हम इस प्रकार निकालते हैं—

$$AD = \frac{\Sigma|fx|}{N} = \frac{450}{40} = 11.25 \text{ उत्तर।}$$

मानक विचलन की विशेषताएँ तथा परिकलन
(Properties and Calculation of Standard Deviation)

मानक विचलन (Standard Deviation) परिवर्तनशीलता की माप की सबसे प्रमुख तथा स्थायी (stable) माप है। इसका प्रयोग सांख्यिकी में अधिक होता है। मानक विचलन का प्रतीक (symbol) σ है जिसे हम ग्रीक का अक्षर सिग्मा (sigma) पढ़ते हैं। इसका संकेत S भी है। किसी वितरण में माध्य (mean) से प्राप्तांकों के विचलनों (deviations) के वर्गों (squares) के माध्य के वर्गमूल (square root) को ही मानक विचलन (Standard deviation) की संज्ञा देते हैं। इसीलिए मानक विचलन को **मूल-माध्य-वर्ग विचलन**[1] (Root-Mean-Square deviation) भी कहा जाता है। मानक विचलन बहुत कुछ औसत विचलन से मिलता-जुलता है, क्योंकि इसमें भी हर प्राप्तांक का विचलन (deviation) निकालते हैं और तब आगे की प्रक्रिया करते हैं। इतना होते हुए भी मानक विचलन तथा औसत विचलन में तीन प्रमुख अन्तर है। *पहला* तो यह है कि औसत विचलन में प्राप्तांकों का विचलन कभी-कभी माध्य से न निकाल कर माध्यिका (median) तथा बहुलक (mode) से भी निकालते हैं। लेकिन मानक विचलन में प्राप्तांकों का विचलन हमेशा माध्य

1. J. P. Guilford— *Fundamental Statistics in Psychology and Education,* 1965, p. 73.

(mean) से ही ज्ञात करते हैं। दूसरा अन्तर यह है कि औसत विचलन निकालने में विचलन के चिह्न (sign) को ध्यान में नहीं रखते हैं तथा ऋण (minus) के चिह्न को भी धन (plus) के चिह्न के समान मानकर आगे भी प्रक्रिया करते हैं। लेकिन मानक विचलन में विचलनों के चिह्न (चाहे ऋण हो या धन हो) को ध्यान में रखकर आगे की प्रक्रिया करते हैं। *तीसरा* अन्तर यह है कि मानक विचलन परिवर्तनशीलता की एक प्रमुख तथा लोकप्रिय (popular) माप है जबकि औसत विचलन एक ऐसी माप है जिसका प्रयोग आजकल करीब-करीब समाप्त ही हो गया है।

मानक विचलन को हम अव्यवस्थित तथा व्यवस्थित आँकड़ों से अलग-अलग सूत्रों द्वारा ज्ञात करते हैं। पहले हम अव्यवस्थित आँकड़ों से मानक विचलन ज्ञात करने की प्रक्रिया की चर्चा करेंगे।

अव्यवस्थित आँकड़ों से मानक विचलन का परिकलन
(Calculation of Standard Deviation from ungrouped data)

अव्यवस्थित आँकड़ों से मानक विचलन के परिकलन (calculation) करने का सूत्र नीचे दिया जा रहा है:

$$\sigma \text{ (या, S) } = \sqrt{\frac{\sum x^2}{N}}$$ ...सूत्र 11.20

यहाँ σ = मानक विचलन

x = प्राप्तांकों का माध्य (mean) से विचलन (deviation)

N = प्राप्तांकों की संख्या

$\sqrt{}$ = वर्गमूल (square root) का चिह्न

एक उदाहरण नीचे दिया जा रहा है—

मान लीजिये कि 8 विद्यार्थियों का किसी परीक्षण (test) पर निम्नलिखित प्राप्तांक आए— 10, 14, 7, 9, 5, 5, 4 तथा 2। इसका मानक विचलन ज्ञात करने के लिए निम्नलिखित सोपानों (steps) को ध्यान में रखना होगा:

1. उपर्युक्त आँकड़ों से पहले हम माध्य (mean) निकालेंगे।
2. इसके बाद इस माध्य से प्रत्येक प्राप्तांक (score) का विचलन (deviation) सूत्र 11.18 द्वारा ज्ञात करेंगे।
3. प्रत्येक विचलन का वर्ग (square) निकालेंगे।
4. वर्गों (squares) के योग (sum) को N से भाग देंगे।
5. भागफल का वर्गमूल (square root) निकालेंगे।
6. वर्गमूल के बाद जो अंक आयेगा, उसे ही मानक विचलन (standard deviation) की संज्ञा देंगे।

उपर्युक्त सोपानों को ध्यान में रखते हुए अब हम ऊपर दिये गये आँकड़ों से इस प्रकार मानक विचलन निकालेंगे:

प्राप्तांक (Score या X)	विचलन (x)	विचलनों का वर्ग (x^2)
10	3	9
14	7	49
7	0	0
9	2	4
5	–2	4
5	–2	4
4	–3	9
2	–5	25
$\Sigma X = 56$		$\Sigma x^2 = 104$

$$X = \frac{\sum X}{N} = \frac{56}{8} = 7$$

$$\sigma = \sqrt{\frac{\sum x^2}{N}} = \sqrt{\frac{104}{8}} = \sqrt{13} = 3.605 \text{ उत्तर।}$$

अव्यवस्थित प्राप्तांकों से (ungrouped scores) मानक विचलन निकालने का एक और तरीका है जो अधिक सरल है। इस तरीका से मानक विचलन निकालने में विचलन (deviation) निकालने की कोई जरूरत नहीं होती है। इसका सूत्र इस प्रकार है:

$$\sigma = \frac{1}{N}\sqrt{N\sum X^2 - (\sum X)^2} \qquad \text{...सूत्र 11.21}$$

यहाँ σ = मानक विचलन (Standard deviation)

N = प्राप्तांकों की संख्या (number of scores)

X = प्राप्तांक

सूत्र 11.21 को इस प्रकार भी लिखा जा सकता है—

$$\sigma = \sqrt{\frac{N\Sigma X^2 - (\Sigma X)^2}{N^2}}$$

यहाँ सभी चिह्नों (symbols) के अर्थ पूर्ववर्त हैं।

सूत्र 11.21 के सहारे मानक विचलन के परिकलन (calculation) करने में निम्नलिखित सोपानों (steps) को ध्यान में रखा जाता है:

1. सबसे पहले दिये हुए प्रत्येक प्राप्तांक का वर्ग (square) कर लीजिये।
2. सभी वर्गीकृत प्राप्तांकों को एक साथ जोड़ लीजिये। योगफल को ΣX^2 कहा जाता है।
3. ΣX^2 में N से गुणा कीजिए। गुणनफल को $N\Sigma X^2$ कहा जाता है।
4. सभी प्राप्तांकों को एक साथ जोड़ लीजिए। योगफल को ΣX कहा जाता है।
5. ΣX का वर्ग कर लीजिए। वर्गीकृत प्राप्तांकों को $(\Sigma X)^2$ कहा जाता है।
6. $N\Sigma x^2$ में से $(\Sigma X)^2$ को घटा लीजिये और इसके बाद उसका वर्गमूल (square root) निकाल लीजिए।
7. वर्गमूल निकालने के बाद जो अंक आये उसमें $\frac{1}{N}$ से गुणा कीजिए। गुणनफल ही मानक विचलन (standard deviation) कहलायेगा।

उपर्युक्त सोपानों को ध्यान में रखते हुए इसका एक उदाहरण नीचे दिया जा रहा है। मान लीजिए कि 10 विद्यार्थियों को किसी परीक्षण पर (test) निम्नलिखित प्राप्तांक आये। इससे मानक विचलन सूत्र 11.21 द्वारा इस प्रकार ज्ञात किया जायेगा।

प्राप्तांक (Score) (या X)	X^2
15	225
14	196
10	100

16	256
20	400
30	900
35	1225
18	324
29	841
20	400
$\Sigma X = 207$	$\Sigma X^2 = 4867$

$N = 10$

$$\sigma = \frac{1}{X}\sqrt{N\sum X^2 - (\sum X)^2}$$

$$= \frac{1}{10}\sqrt{10(4867) - (207)^2}$$

$$= \frac{1}{10}\sqrt{48670 - 42849} = \frac{1}{10}\sqrt{5821}$$

$$= \frac{1}{10}(76.295) = 7.6295 = 7.63 \text{ उत्तर।}$$

व्यवस्थित आँकड़ों से मानक विचलन का परिकलन
(Calculation of Standard Deviation from grouped data)

व्यवस्थित आँकड़ों (grouped data) से मानक विचलन निकालने के दो प्रमुख तरीके हैं:—

(i) लम्बी विधि (Long method)

(ii) लघु विधि (Short method)

इन दोनों विधियों की व्याख्या नीचे की जा रही है:—

(i) लम्बी विधि (Long method) द्वारा मानक विचलन का परिकलन—इस विधि से मानक विचलन ज्ञात करने में प्राप्तांकों का विचलन वास्तविक माध्य (actual mean) से लिया जाता है। यह विधि माध्य (mean) निकालने की लम्बी विधि पर आधारित है। लम्बी विधि से मानक विचलन निकालने का सूत्र नीचे दिया जा रहा है:

$$\sigma = \sqrt{\frac{\sum fx^2}{N}}$$ ...सूत्र 11.22

यहाँ, σ = मानक विचलन (Standard deviation)

Σfx^2 = वास्तविक माध्य (actual mean) से प्राप्तांकों के वर्गीकृत विचलनों (square deviation) तथा आवृत्तियों के गुणनफल का योग। N = आवृत्तियों का योग।

लम्बी विधि द्वारा मानक विचलन निम्नलिखित सोपानों (steps) को ध्यान में रखते हुए निकाला जाता है:

1. प्रत्येक वर्गान्तर का मध्यबिन्दु (midpoint) निकाल लें।
2. प्रत्येक मध्यबिन्दु को उसके वर्गान्तर के f से गुणा करें। गुणनफल को 'fX' कहा जाता है। सभी 'fX' को एक साथ जोड़ दें। योगफल को 'ΣfX' कहा जाता है।

3. 'ΣfX' में N से भाग दें। भागफल वास्तविक माध्य (actual mean) होगा।
4. वास्तविक माध्य को प्रत्येक वर्गान्तर के मध्यबिन्दु में से घटा दें। इससे विचलन, यानी x (छोटा एक्स), का मान (value) पता लग जायेगा।
5. x का वर्ग (square) कर दें, इससे x^2 निकल जायेगा।
6. x^2 को फिर f से गुणा कर दें। गुणनफल fx^2 हो जायेगा।
7. सभी fx^2 को एक साथ जोड़ने पर Σfx^2 पता लग जायेगा।
8. Σfx^2 में N से भाग दें और आये हुए अंक का वर्गमूल निकाल दें। इसके बाद जो अंक आयेगा, वही मानक विचलन कहलायेगा।

उपर्युक्त सोपानों के आधार पर मानक विचलन निकालने का एक उदाहरण दिया जा रहा है। मान लीजिये कि 30 विद्यार्थियों को प्रभुत्व परीक्षण (Dominance test) पर निम्नलिखित प्राप्तांक आये। इसमें लम्बी विधि द्वारा मानक विचलन इस प्रकार ज्ञात किया जायेगा।

तालिका (Table) – 11

प्राप्तांक (Score)	आवृत्ति (f)	मध्यबिन्दु (X)	(fX)	विचलन (x)	(x^2)	(fx^2)
85 – 89	1	87	87	22.5	506.25	506.25
80 – 84	1	82	82	17.5	306.25	306.25
75 – 79	2	77	154	12.5	156.25	312.50
70 – 74	3	72	216	7.5	56.25	168.75
65 – 69	9	67	603	2.5	6.25	56.25
60 – 64	8	62	496	– 2.5	6.25	50.00
55 – 59	2	57	114	– 7.5	56.25	112.50
50 – 54	1	52	52	– 12.5	156.25	156.25
45 – 49	1	47	47	– 17.5	306.25	306.25
40 – 44	2	42	84	– 22.5	506.25	1012.50
	$N = 30$		$\Sigma fX = 1935$			$\Sigma fx^2 = 2987.50$

$$\overline{X} = \frac{\Sigma fX}{N} = \frac{1935}{30} = 64.5$$

$$\sigma = \sqrt{\frac{\Sigma fx^2}{N}} = \sqrt{\frac{2987.50}{30}} = \sqrt{99.5833} = 9.979 = 9.98 \text{ उत्तर।}$$

(ii) लघु विधि (*Short method*) द्वारा मानक विचलन का परिकलन—लघु विधि द्वारा मानक विचलन निम्नलिखित सूत्र द्वारा ज्ञात किया जाता है:

$$\sigma = i\sqrt{\frac{\Sigma fx^2}{N} - C^2} \qquad \text{...सूत्र 11.23}$$

यहाँ, σ = मानक विचलन (Standard deviation)

i = वर्गान्तर का आकार (size)

Σfx^2 = कल्पित माध्य (assumed mean) से प्राप्तांकों का वर्गीकृत विचलनों (squared deviation) तथा आवृत्तियों के गुणनफल का योग

C = शुद्धि (correction)

लघु विधि द्वारा मानक विचलन निकालने के प्रमुख सोपानों को नीचे दिया जा रहा है:

1. सबसे पहले वितरण में कल्पित माध्य (assumed mean) मानना होगा।
2. इसके बाद विचलन[1] (x') वाले कॉलम में कल्पित माध्य के सामने 'O' लिखकर सभी वर्गान्तरों का विचलन ज्ञात करना होगा।
3. फिर सभी विचलनों में 'f' से गुणा करते हैं। गुणनफल 'fx' कहलाता है।
4. सभी धनात्मक fx को एक साथ तथा सभी ऋणात्मक fx को एक साथ जोड़ते हैं और फिर इन दोनों को एक दूसरे में से घटाकर Σfx का मूल्य ज्ञात करते हैं।
5. प्रत्येक fx' को x' से गुणा कर fx'^2 निकालते हैं जिसका योग $\Sigma fx'^2$ कहलाता है।
6. इसके बाद C (correction) सूत्र द्वारा निकालते हैं। यहाँ $\Sigma fx'$ निकालते समय धन (+) तथा ऋण (–) के चिह्न का ध्यान रखा जाता है। C के मान (value) का फिर वर्ग (square) कर देते हैं जिसे C^2 कहा जाता है।
7. '$\Sigma fx'^2$', में N से भाग दिया जाता है और भागफल में से 'C^2' को घटा लिया जाता है।
8. 'C^2' के घटने के बाद जो अंक बच जाता है, उसका वर्गमूल निकाला जाता है और उसके बाद प्राप्त अंक में 'i' से गुणा कर दिया जाता है। गुणनफल को मानक विचलन कहा जाता है।

उपर्युक्त सोपानों (steps) को ध्यान में रखते हुए तालिका 11 के ही आँकड़ों से लघु विधि द्वारा मानक विचलन ज्ञात करने का एक उदाहरण नीचे दिया जा रहा है।

तालिका (Table) – 12

प्राप्तांक (Score)	आवृत्ति (f)	मध्यबिन्दु (X)	विचलन (x)	(fx)	(fx'^2)
85 – 89	1	87	4	4	16
80 – 84	1	82	3	3	9
75 – 79	2	77	2	4	8
70 – 74	3	72	1	3 (+14)	3
65 – 69	9	67	0	0	0
60 – 64	8	62	– 1	–8	8
55 – 59	2	57	– 2	– 4	8
50 – 54	1	52	– 3	– 3	9
45 – 49	1	47	– 4	– 4	16
40 – 44	2	42	– 5	– 10 (–29)	50
	N = 30			$\Sigma fx' = -15$	$\Sigma fx'^2 = 127$

$$C = \frac{\Sigma fx'}{N} = \frac{-15}{30} = -0.5$$

1. छोटा एक्स प्राइम x' तथा सिर्फ छोटा एक्स (x) दोनों से ही विचलन (deviation) ज्ञात होता है। लेकिन दोनों में अन्तर है। एक्स प्राइम (x') द्वारा कल्पित माध्य से प्राप्तांकों का विचलन ज्ञात होता है तथा सिर्फ एक्स (x) से वास्तविक माध्य से प्राप्तांकों का विचलन ज्ञात होता है। छात्र इस अन्तर को हमेशा याद रखेंगे।

$$C^2 = (-0.5)^2 = 0.25$$

$$\sigma = i\sqrt{\frac{\sum fx'^2}{N} - C^2} = 5\sqrt{\frac{127}{30} - .25}$$

$$= 5\sqrt{4.23 - 0.25} = 5\sqrt{3.98} = (5)(1.99) = 9.95$$ उत्तर।

मानक विचलन की कुछ प्रमुख विशेषताएँ निम्नलिखित हैं:

1. माध्य (mean) की तरह ही मानक विचलन भी उग्र प्राप्तांक (extreme score) से बहुत जल्दी प्रभावित होता है। जैसे— 7, 5, 2, 8, 9, 11 तथा 14 प्राप्तांक का मानक विचलन 3.62 है। अगर इसमें एक और प्राप्तांक 44 जोड़ दिया जाता है तो मानक विचलन 3.62 से बढ़कर 12.38 हो जाता है। इसी विशेषता के कारण वैसे वितरण (distribution) से मानक विचलन नहीं निकालना चाहिए जहाँ पर उग्र प्राप्तांक (extreme score) हो या जिस वितरण में काफी वैषम्य (skewness) हो। उपर्युक्त उदाहरण में प्राप्तांक 44 एक उग्र प्राप्तांक का उदाहरण है।
2. मानक विचलन में Q तथा AD की अपेक्षा प्रतिदर्शन या प्रतिचयन स्थिरता (sampling stability) ज्यादा होती है क्योंकि यह प्रतिचयन घट-बढ़ (sampling fluctuation) से प्रभावित न के बराबर होता है।
3. मानक विचलन की कुछ विशेषताएँ माध्य (mean) की विशेषताओं के ही समान है। अतः जिस वितरण (distribution) से माध्य निकालना सम्भव हो, उससे मानक विचलन ज्ञात करना चाहिए तथा जिस वितरण से माध्य निकालना सम्भव नहीं हो, उससे मानक विचलन भी ज्ञात नहीं किया जाना चाहिए। जैसे, मुक्तोत्तर वितरण (open-ended distribution) से चूँकि माध्य नहीं ज्ञात किया जा सकता, इसलिए मानक विचलन भी नहीं ज्ञात किया जाना चाहिए। ऐसे वितरण से Q सबसे उपयुक्त (appropriate) सांख्यिकी होगा।
4. प्रत्येक प्राप्तांक से यदि एक स्थिरांक (constant score) को घटा या जोड़ दिया जाय, तो इससे मानक विचलन प्रभावित नहीं होता है।
5. यदि वितरण के प्रत्येक प्राप्तांक में एक निश्चित अंक से गुणा कर दिया जाता है, तो मानक विचलन में उस अंक के गुणन के बराबर वृद्धि हो जाएगी।

प्रसरण की विशेषताएँ तथा परिकलन
(Properties and Calculation of Variance)

प्रसरण (variance) परिवर्तनशीलता की माप की पाँचवीं विधि है। चूँकि प्रसरण का प्रयोग वर्गात्मक सांख्यिकी (descriptive statistics) में यदाकदा होता है, इसलिए परिवर्तनशीलता की यह माप (measure) बहुत प्रचलित नहीं है। प्रसरण का प्रयोग हम अनुमानिक सांख्यिकी (inferential statistics) में अधिक करते हैं। प्राप्तांक के माध्य (mean) से हुए वर्गीकृत विचलनों (squared deviation) के योग को N से विभाजित करने पर जो भागफल आता है, वही प्रसरण[1] (Variance) कहलाता है। दूसरे शब्दों में, प्रसरण प्राप्तांकों के विचलन के वर्ग (square) का माध्य है। इसका सूत्र नीचे दिया जा रहा है:

$$\text{Variance} = \frac{\sum x^2}{N} \qquad \text{...सूत्र 11.24}$$

यहाँ, Σx^2 = प्राप्तांक के विचलन (माध्य से) के वर्गों का योग; N = प्राप्तांकों की संख्या।

उपर्युक्त सूत्र से यह स्पष्ट है कि यह मानक विचलन (standard deviation) निकालने के सूत्र 11.20 से मिलता-जुलता है। प्रसरण के सूत्र का यदि वर्गमूल (square root) निकाल दिया जाय, तो उससे मानक विचलन (standard

1. "Variance is the sum of squared deviations of scores taken from mean and divided by their N. —Author

deviation) ज्ञात हो जायेगा। अतः यह कहा जाता है कि मानक विचलन प्रसरण का वर्गमूल है अर्थात् $\sigma = \sqrt{\text{Variance}}$ होता है। इसी को उलट कर यह भी कहा जा सकता है कि प्रसरण (variance) मानक विचलन का वर्ग (square) है, अर्थात् Variance = σ^2 होता है। एक उदाहरण देखिये। तालिका 12 के आँकड़ों का मानक विचलन 9.95 है। अतः इनका प्रसरण होगा— $(9.95)^2$ यानी, 99.0025। यदि इस प्रसरण को, यानी 99.0025 का वर्गमूल निकाल दिया जाय, तो वह 9.55 हो जायेगा जो कि मानक विचलन है। एक दूसरा उदाहरण नीचे दिया जा रहा है। मान लीजिए कि 5 विद्यार्थियों का प्राप्तांक किसी परीक्षण पर निम्नलिखित ढंग से आया। उससे प्रसरण तथा मानक विचलन इस प्रकार निकालेंगे।

प्राप्तांक (X)	विचलन (x)	(x^2)
20	–3	9
22	–1	1
25	2	4
18	–5	25
30	7	49
$\Sigma X = 115$		$\Sigma x^2 = 88$

$$\overline{X} = \frac{\sum x}{N} = \frac{115}{5} = 23$$

$$\text{Variance} = \frac{\sum x^2}{N} = \frac{88}{5} = 17.6$$

$$\sigma = \sqrt{\frac{\sum x^2}{N}} = \sqrt{\frac{88}{5}} = \sqrt{17.6} = 4.195 = 4.20$$

$$\sigma = \sqrt{\text{Variance}} = \sqrt{17.6} = 4.2$$

मानक विचलन के आधार पर प्रसरण इस प्रकार निकाला जायेगा।

Variance = $\sigma^2 = (4.2)^2 = 17.64 = 17.6$

परिवर्तनशीलता के विभिन्न मापों की विशेषताओं का एक सारांश
(A Summary of the characteristics of different measures of Variability)

परास (Range) की मुख्य विशेषताएँ

(i) वितरण के उच्चतम एवं न्यूनतम प्राप्तांकों के बीच का अंतर बतलाता है।

(ii) वितरण के प्राप्तांकों के अवस्थापन (location) के प्रति बहुत अनुक्रियाशील नहीं होता है।

(iii) अंशतः यह प्रतिदर्श के आकार (size) पर आधारित होता है।

(iv) प्रतिदर्शन अस्थिरता (sampling fluctuation) से यह काफी प्रभावित होता है।

(v) वितरण के वर्णनात्मक उद्देश्यों (descriptive purpose) के अतिरिक्त इससे कोई और उद्देश्य की पूर्त्ति नहीं होती है।

(vi) परास परिवर्तनशीलता का एक अविश्वसनीय माप होता है क्योंकि इसका सम्बन्ध वितरण के आयतन एवं न्यूनतम प्राप्तांक से केवल होता है।

औसत विचलन (Average deviation) की विशेषताएँ

(i) औसत विचलन अंकगणितीय माध्य से निरपेक्ष विचलनों (absolute deviations) का अंकगणितीय माध्य होता है।

(ii) औसत विचलन वितरण के प्रत्येक प्राप्तांकों के परिवर्त्तनों (variations) को ध्यान में रखकर उसका विश्लेषण करता है।

(iii) औसत विचलन का उपयोग करके वितरण के परिवर्तनशीलता की माप वैसे लोग भी आसानी से कर लेते हैं जिनका ज्ञान सांख्यिकी में काफी कम होता है।

(iv) औसत विचलन चूँकि प्रत्येक प्राप्तांक के विचलन (deviation) पर आधारित होता है, अतः वितरण का कोई भी एक अनत्य प्राप्तांक (extreme score) इसके मूल्य (value) को बढ़ा सकता है।

(v) औसत विचलन का सांख्यिकी सिद्धान्तों में काफी सीमित उपयोग किया जाता है।

अर्ध अंतश्चतुर्थक परास की विशेषताएँ *(Characteristics of Semi-interquartile Range)*

(i) यह माध्यिका, प्रथम चतुर्थक विंदु तथा अंतिम चतुर्थक विंदु की दूरी का माध्य होता है।

(ii) मानक विचलन (Standard deviation) की तुलना में यह वितरण में उपस्थित किसी भी अनत्य प्राप्तांक (extreme score) से कम प्रभावित होता है।

(iii) मुक्तोत्तर वितरण (open-ended distribution) से परिवर्तनशीलता (variability) ज्ञात करने में यह विशेष रूप से उपयोगी सिद्ध हुआ है।

(iv) वितरण के वर्णानात्मक उद्देश्य (descriptive purpose) से परे यह बहुत लाभदायक नहीं होता है।

(v) जब वितरण के प्राप्तांक क्रमित (ordered) हो या सामूहिक (grouped) हों, तो इसका परिकलन काफी आसान होता है।

(vi) यह प्रतिदर्शन अस्थिरता (sampling fluctuation) से मानक विचलन की तुलना में अधिक प्रभावित होता है।

मानक विचलन की विशेषताएँ *(Characterstics of Standard Deviation)*

(i) मानक विचलन प्रसरण (variance) का वर्गमूल (square root) होता है।

(ii) यह वितरण में प्रत्येक प्राप्तांक के अवस्थापन (location) से प्रभावित होता है।

(iii) यह प्रतिदर्शन अस्थिरता (sampling fluctuations) से न के बराबर प्रभावित होता है।

(iv) उच्चतर सांख्यिकी परिकलनों में इसका उत्तम उपयोग होता है।

(v) आनुमानिक सांख्यिकी (inferential statistics) में मानक विचलन एक काफी महत्त्वपूर्ण सांख्यिकी के रूप में उपयोग किया जाता है।

(vi) वितरण में अनत्य प्राप्तांक (extreme score) के प्रति यह संवेदनशील (sensitive) होता है।

प्रसरण की विशेषताएँ *(Characteristics of Variance)*

(i) यह माध्य से प्राप्तांकों के विचलनों का माध्य वर्ग (mean square) होता है।

(ii) वर्णानात्मक सांख्यिकी में इसका उपयोग नहीं के बराबर होता है।

(iii) आनुमानिक सांख्यिकी (inferential statistics) में यह सांख्यिकी की काफी महत्त्वपूर्ण भूमिका होती है क्योंकि बहुत सारे अन्य सूचकांक इसी पर आधारित होता है। एफ परीक्षण (F test) में इसी प्रसरण की ही विशेष भूमिका होती है।

(iv) प्रसरण की अभिव्यक्ति वर्गित प्राप्तांक इकाई (square score unit) में होती है।

अध्याय सारांश CHAPTER SUMMARY

1. जीवसंख्या (Population) से तात्पर्य व्यक्तियों या प्रेक्षणों का एक ऐसा समूह से होता है जिसे आसानी से पहचाना जा सकता है। जीवसंख्या से चयनित किये गए संख्या को प्रतिदर्श (statistics) कहा जाता है।
2. सांख्यिकी के चार प्रकारों का वर्णन किया गया है— वर्णनात्मक सांख्यिकी, आनुमानिक सांख्यिकी, प्राचलिक सांख्यिकी तथा अप्राचल सांख्यिकी।
3. सांख्यिकी की उपयोगिताएँ हैं फिर भी इनके कई परिसीमाएँ हैं।
4. केन्द्रीय प्रवृत्ति के तीन मापों की व्याख्या की गयी है। वे तीन माप हैं— माध्य (mean), माध्यिका (Median) तथा बहुलक (mode)। ये तीनों माप केन्द्रीय प्रवृत्ति का एक सरसरी विवरण (summary description) होता है। इसके आधार पर वितरण में किसी एक व्यक्ति के प्राप्तांक का अंदाज नहीं लगाया जा सकता है। इन सबों की परिसीमाओं एवं उपयोगिताओं का भी वर्णन किया गया है।
5. परिवर्तनशीलता के पाँच मापों की व्याख्या की गयी है। वे पाँच माप हैं— परास (range), अर्ध अंतश्चुर्थक परास या चतुर्थक विचलन (Semi-inteqrertile range or quertile deviation), औसत विचलन (average deviation), मानक विचलन (Standard deviation) और प्रसरण (variance)। ध्यान रहे कि केन्द्रीय प्रवृत्ति के माप के समान ही परिवर्तनशीलता का माप भी एक सरसरी विवरण (summary description) होता है। अतः इससे यह नहीं पता चलता है कि कोई विशेष प्राप्तांक केन्द्रीय प्रवृत्ति से कितना विचलित हो रहा है। परिवर्तनशीलता की कोई भी माप वितरण के पूरे प्राप्तांकों के प्रसरण के बारे में सूचना देता है। प्रत्येक माप की कुछ उपयोगिता है तो उसकी कुछ परिसीमाएँ भी हैं।

□

निबंधात्मक एवं वस्तुनिष्ठ प्रश्न
(ESSAY AND OBJECTIVE QUESTIONS)

अध्याय 1

विषय प्रवेश
(INTRODUCTION)

निबंधात्मक या दीर्घ उत्तरीय प्रश्न *(Essay of Long Answer Questions)*

1. मनोविज्ञान के स्वरूप एवं कार्यक्षेत्र का वर्णन करें।
   (Describe the nature and scope of psychology.)
2. मनोविज्ञान के उभरते क्षेत्रों का वर्णन करें।
   (Describe the emerging fields of a psychology.)
3. मनोविज्ञान के मुख्य लक्ष्य बतलावें। इस सिलसिले में उद्दीपक-जीव-अनुक्रिया सूत्र का महत्त्व बतलायें।
   (Discuss the goals of psychology. In this context discuss the significance of S-O-R formula.)
4. प्रयोग की परिभाषा दें। प्रयोगात्मक विधि के लाभों एवं परिसीमाओं का वर्णन करें।
   (Define experiment. Discuss the merits and limitations of experimental method.)
5. मनोवैज्ञानिक शोधों में प्रयुक्त होने वाले विभिन्न प्रकार के प्रेक्षणों का वर्णन करें।
   (Discuss the different types of observation used in psychological researches.)
6. निम्नलिखित पर संक्षिप्त नोट लिखें
   (Write short notes on the following)
   (a) अनुदैर्ध्य विधि *(Longitudinal method)*
   (b) डाक सर्वे *(Mail Survey)*
   (c) नैदानिक या केस अध्ययन विधि *(Clinical or Case study method)*
   (d) क्रॉस-सांस्कृतिक विधि *(Cross-cultural method)*
7. प्रेक्षण विधि से आप क्या समझते हैं? प्रेक्षण के विभिन्न प्रकारों पर प्रकाश डालते हुए प्रेक्षण विधि के गुणों एवं दोषों का वर्णन करें।
   (What do you mean by observation method ? Throwing light upon the nature of the different types of observation, describe the merits and limitations of observation method.)
8. मनोविज्ञान बिल्कुल ही एक सामान्य बोध नहीं है, इसके लिए क्या तर्क आप देंगे?
   (What logic can you give to prove that psychology is not a test of common sense ?)

वस्तुनिष्ठ प्रश्न *(Objective Questions)*

1. मनोविज्ञान में पहला प्रयोगशाला की स्थापना किनके द्वारा की गयी?
   (क) विलियम जेम्स (William James) (ख) विलियम वुण्ट (William Wundt)
   (ग) विलियम मैकडुगल (William McDougall) (घ) सर फ्रैंसिस गाल्टन (Sir Francis Galton)
2. निम्नलिखित में से किसे मनोविज्ञान के विषय-वस्तु में शामिल किया जा सकता है?
   (क) मनोविज्ञान के पुस्तकों का अध्ययन करना (ख) मनोवैज्ञानिक उपकरणों का चित्र बनाना
   (ग) प्राणी के व्यवहार एवं संज्ञानात्मक प्रक्रियाओं का अध्ययन करना।
   (घ) मनोवैज्ञानिकों से किसी विषय पर विचार-विमर्श करना।

3. निम्नांकित में से किस मनोविज्ञान को सामान्यतः मनोवैज्ञानिकों के शैक्षिक क्षेत्र से बाहर रखा गया है?
(क) प्रयोगात्मक मनोविज्ञान (Experimental psychology)
(ख) व्यक्तित्व मनोविज्ञान (Cognitive psychology)
(ग) व्यक्तित्व मनोविज्ञान (Personality psychology)
(घ) परामर्श मनोविज्ञान (Counselling psychology)
4. निम्नांकित में से किस क्षेत्र में मनोविज्ञानियों की संख्या सबसे अधिक है?
(क) समाज मनोविज्ञान (ख) परामर्श मनोविज्ञान
(ग) नैदानिक मनोविज्ञान (घ) शिक्षा मनोविज्ञान
5. अंतर्निरीक्षण विधि (introspection method) में प्रयोज्य (subject) तथा अध्ययनकर्त्ता (investigator)
(क) दो अलग-अलग व्यक्ति होते हैं (ख) एक ही व्यक्ति होता है
(ग) की जरूरत नहीं होती है (घ) में से केवल अध्ययनकर्त्ता की जरूरत पड़ती है
6. निम्नांकित में से किसे अन्तर्निरीक्षण विधि के दोष में शामिल नहीं किया जा सकता है?
(क) अन्तर्निरीक्षण विधि में पशु, पक्षियों तथा शिशुओं का अध्ययन सम्भव नहीं है।
(ख) अन्तर्निरीक्षण विधि में वस्तुनिष्ठता अधिक होती है।
(ग) अन्तर्निरीक्षण विधि द्वारा असामान्य व्यक्तियों का अध्ययन सम्भव नहीं है।
(घ) अन्तर्निरीक्षण विधि द्वारा सभी तरह की अनुभूतियों का अध्ययन सम्भव नहीं है।
7. जिस प्रेक्षण में प्रेक्षक व्यक्ति के व्यवहारों का अध्ययन दूर से ही अर्थात उनके कार्यों में बिना हाथ बँटाये करता है, उसे कहा जाता है—
(क) स्वाभाविक प्रेक्षण (Naturalistic observation) (ख) सहभागी प्रेक्षण (Participant observation)
(ग) असहभागी प्रेक्षण (Non-participant observation) (घ) नियंत्रित प्रेक्षण (Controlled observation)
8. जिस समूह में स्वतंत्र चर (independent variable) उपस्थित रहता है, उसे कहा जाता है—
(क) वांछित समूह (desired group) (ख) नियंत्रित समूह (control group)
(ग) प्रयोगात्मक समूह (experimental group) (घ) तुल्य समूह (equivalent group)
9. प्रयोगात्मक विधि में निम्नांकित में से किसकी कमी पायी जाती है—
(क) आन्तरिक वैधता (internal validity) (ख) बाह्य वैधता (extrernal validity)
(ग) परीक्षण वैधता (test validity) (घ) अन्तर्वस्तु वैधता (content validity)
10. जिस सर्वे (survey) में एक ही प्रतिदर्शन (sample) को आवश्यकतानुसार थोड़े-थोड़े समय पर कई बार अध्ययन किया जाता है, उसे कहा जाता है—
(क) साक्षात्कार सर्वे (interview survey) (ख) डाक सर्वे (mail survey)
(ग) पैनेल सर्वे (panel survey) (घ) दूरभाष सर्वे (telephone survey)
11. निम्नांकित में से कौन-सा सर्वे को कम-से-कम समय में सम्पन्न कर लिया जा सकता है—
(क) दूरभाष सर्वे (ख) साक्षात्कार सर्वे (ग) डाक सर्वे (घ) पैनेल सर्वे
12. यदि कुछ वर्षों तक व्यक्ति के व्यवहार में होने वाले परिवर्तन का क्रमबद्ध अध्ययन करने के लिए कहा जाए तो आप निम्नांकित में से किस विधि को सबसे उपयुक्त समझेंगे?
(क) प्रेक्षण विधि (observatiom method)
(ख) कालानुक्रमिक या अनुदैर्ध्य विधि (longitudinal method)
(ग) प्रयोगात्मक विधि (घ) सर्वे विधि
13. प्रयोगात्मक अध्ययनों में निम्नांकित में से कौन-सी समस्याएँ सबसे अधिक जटिल एवं पेचीदा होता है?
(क) प्रयोगकर्त्ता पूर्वाग्रह (experimental bias) तथा प्रयोज्य पूर्वाग्रह (subject bias)
(ख) प्रयोगकर्त्ता पूर्वाग्रह तथा प्रतिदर्श पूर्वाग्रह (sampling bias)
(ग) प्रतिदर्श पूर्वाग्रह तथा प्रयोज्य पूर्वाग्रह
(घ) नैतिक समस्याएँ तथा सांख्यिकीय समस्याएँ
14. द्विअन्ध प्रविधि (double blind technique) क्या है?
(क) इसमें प्रयोगकर्त्ता तथा प्रयोज्य दोनों को ही यह पता नहीं होता है कि प्रयोगात्मक समूह (experimental group) कौन है।
(ख) इसमें प्रयोगकर्त्ता तथा प्रयोज्य दोनों को ही यह पता नहीं होता है कि प्रयोगात्मक समूह कौन है तथा नियंत्रित समूह कौन है।

(ग) इसमें प्रयोगात्मक समूह को यह पता नहीं होता है उनके प्रयोगकर्त्ता कौन हैं।
(घ) इसमें प्रयोगात्मक समूह तथा नियंत्रित समूह दोनों को ही यह पता नहीं होता है कि प्रयोगकर्त्ता कौन है।

15. निम्नांकित में से किसे मनोवैज्ञानिक अध्ययनों की विशेषताओं में शामिल *नहीं* किया जा सकता है।
(क) मनोवैज्ञानिक अध्ययन वस्तुनिष्ठ होता है
(ख) मनोवैज्ञानिक अध्ययन में मनोवैज्ञानिक चरों (psychological variables) का मापन होता है।
(ग) मनोवैज्ञानिक अध्ययन प्रायः पुनरार्वत होते हैं।
(घ) मनोवैज्ञानिक अध्ययन का स्वरूप प्रयोगात्मक (experimental) होता है।
16. मौलिक शोध (fundamental research) द्वारा व्यावहारिक समस्याओं का समाधान किया जाता है। सही/गलत
17. सबसे यथार्थ सर्वे वह होता है जिसमें उत्तरदाता (respondents) की संख्या अधिक होती है। सही/गलत
18. स्वाभाविक प्रेक्षण (naturalistic observation) में शोधकर्त्ता प्राणी के व्यवहार को नियंत्रित करने का प्रयास करते हैं। सही/गलत
19. अमेरीकन मनोवैज्ञानिक संघ डिवीजन, 1991 के अनुसार मनोविज्ञान के कुल 50 डिविजन हैं। सही/गलत
20. आश्रित चर (dependent variable) को अनुक्रिया चर कहा जाता है। सही/गलत
21. प्रयोगात्मक विधि मात्र एक विधि है जो चरों के बीच कारण-परिणाम सम्बन्ध के अध्ययन के लिए उपयोग किया जाता है। सही/गलत
22. प्रयोग का परिणाम शोधकर्त्ता या प्रयोज्य के प्रत्याशाओं से प्रभावित हो सकता है। सही/गलत
23. नियंत्रित समूह को स्वतंत्र चर (independent variable) से अनावृत्त (expose) किया जाता है। सही/गलत
24. प्रयोग में यादृच्छिक आवंटन (random assignment) का उपयोग सिर्फ प्रयोगकर्त्ता पूर्वाग्रह (experimenter's bias) को नियंत्रित करने के लिए किया जाता है। सही/गलत
25. रिक्त स्थानों की पूर्ति करें—
(i) गिरोमनोविज्ञान (Geropsychology) में .... के मानसिक स्वास्थ्य का अध्ययन किया जाता है।
(ii) अमेरीकन मनोवैज्ञानिक संघ द्वारा मनोविज्ञान के .... डिवीजन बतलाये गये हैं।
(iii) नियंत्रित एवं क्रमबद्ध प्रेक्षण का दूसरा नाम .... है।
(iv) मनोविज्ञान की सबसे बड़ी शाखा .... मनोविज्ञान है।
(v) मनोविज्ञानियों की कुल संख्या का करीब .... अकेले नैदानिक मनोविज्ञानी है।
(vi) .... में अध्ययनकर्त्ता तथा प्रयोज्य एक ही व्यक्ति होता है।
(vii) जिस समूह में स्वतंत्र चर अनुपस्थित होता है, उसे .... समूह कहा जाता है।
(viii) .... प्रेक्षण में प्रेक्षणकर्त्ता स्वयं भी व्यक्तियों के क्रियाकलापों में हाथ बँटाता है।
(ix) व्यवहार में होने वाले क्रियात्मक परिवर्तनों को लम्बे समय तक अध्ययन करने का सबसे उत्तम विधि .... विधि है।
(x) प्रयोग का उद्देश्य .... चर के बारे में पूर्वकथन करना होता है।

उत्तर

1. (ख)	2. (ग)	3. (घ)	4. (ग)	5. (ख)	6. (ख)
7. (ग)	8. (ग)	9. (ख)	10. (ग)	11. (क)	12. (ख)
13. (क)	14. (ख)	15. (घ)	16. गलत	17. गलत	18. गलत
19. गलत	20. सही	21. सही	22. सही	23. गलत	24. गलत

25. (i) वृद्ध (ii) 48 (iii) प्रयोग (iv) नैदानिक (v) 43%
(vi) अंतरर्निरीक्षण (vii) नियंत्रित (viii) सहभागी (ix) अनुदैर्ध्य (x) आश्रित

अध्याय 2

व्यवहार का दैहिक आधार
(PHYSIOLOGICAL BASES OF BEHAVIOUR)

निबंधात्मक या दीर्घ-उत्तरीय प्रश्न (*Essay or Long-Answer Questions*)

1. ग्राहक, प्रभावक तथा समायोजक का अर्थ बतलावें। ग्राहक के मुख्य प्रकारों का वर्णन करें।
(Give the meaning of receptor, effector and adjustor. Describe the major types of receptors.)

2. प्रभावक से आप क्या समझते हें? प्रभावक के मुख्य प्रकारों का वर्णन करें।
   (What do you mean by effector ? Describe the major types of effectors.)
3. न्यूरोन के प्रकार, संरचना तथा कार्य का वर्णन करें।
   (Describe the types, structure and fucntion of neuron.)
4. तंत्रिका आवेग से आप क्या समझते हैं? इसका संचार कैसे होता है?
   (What do you mean by nerve impulse ? How is it conducted ?)
5. निम्नलिखित मस्तिष्कीय केन्द्र की संरचना तथा कार्य का वर्णन करें—
   Describe the structure and function of the following brain centres—
   (a) लघुमस्तिष्क (cerebellum) (b) हाइपोथैलेमस (hypothalamus) (c) अग्रमस्तिष्क (forebrain)
6. सुषुम्ना की संरचना तथा कार्य पर प्रकाश डालें।
   (Throw light upon the structure and function of spinal cord.)
7. स्वायत्त तंत्रिका तंत्र क्या है? इसके द्वारा किन-किन अंगों का संचालन एवं नियंत्रण होता है?
   (What is autonomic nervous system ? What organs are regulated and controlled by it ?)
8. न्यूरोट्रांसमिटर क्या है? संधिस्थलीय संचरण में इसका क्या महत्त्व है?
   (What is neurotransmitter ? Discuss its role in synaptic transmission.)
9. प्रमस्तिष्क गोलार्द्धों की विशिष्टीकरण पर प्रकाश डालें।
   (Throw light upon the specialisation or laterisation of cerebral hemisphere.)
10. विभक्त मस्तिष्क क्या है? विभक्त मस्तिष्क खोजों से प्रमस्तिष्क गोलार्द्धों की विशिष्टीकरण के स्वरूप के बारे में क्या पता चलता है?
    (What is split-brain ? What light split-brain researches throw upon the specialization of cerebral hemisphere ?)
11. तंत्रिका तंत्र विशेषकर मस्तिष्क के कार्यों का अध्ययन करने की प्रमुख विधि का वर्णन करें?
    (Describe the major methods of studying functions of nervous system particularly the brain.)
12. निम्नलिखित पर संक्षिप्त नोट लिखें—
    Write the short notes on the following—
    (a) रेटिकुलर फॉरमेशन (reticular formation)
    (b) साहचर्य क्षेत्र (association areas)
    (c) विभक्त मस्तिष्क (split brain)

वस्तुनिष्ठ प्रश्न (*Objective Questions*)

1. तंत्रिका तंत्र की सूक्ष्मतम इकाई (smallest unit) कौन-सा है?
   (क) न्यूरोन (neuron) (ख) न्यूरोट्रांसमीटर (neurotransmitter)
   (ग) एक्सॉन (axon) (ग) कोश शरीर (cell body)
2. मांसपेशियाँ, कंडरा (tendon), संधि (joints) आदि में निम्नलिखित में से कौन-सा ग्राहक (receptor) पाया जाता है?
   (क) अन्तर्ग्राहक (interoceptor) (ख) बाह्यग्राहक (exteroceptor)
   (ग) मध्य ग्राहक (proprioceptor) (घ) नोसीग्राहक (noticeptor)
3. 'आँख' निम्नांकित में से किस तरह का ग्राहक (receptor) है?
   (क) बाह्य ग्राहक (ख) अन्तर्ग्राहक (ग) मध्यग्राहक (घ) नोसीग्राहक
4. शरीर के भीतरी वातावरण (internal environment) को नियंत्रित रखने का दायित्व निम्नांकित में से किसका सर्वाधिक है?
   (क) थैलेमस (ख) अन्तःस्रावी ग्रन्थि (endocrine gland)
   (ग) वहिस्रावीग्रन्थि (exocrine gland) (घ) हाइपोथैलेमस
5. मनुष्य के हाथ, पैर आदि में निम्नांकित में से किसकी प्रधानता होती है?
   (क) चिकनी मांसपेशी (smoothed muscles) (ख) रेखित मांसपेशी (striped muscles)
   (ग) हृदय मांसपेशी (cardiac muscles) (घ) ग्रन्थि (gland)
6. पैंक्रियाज (Pancreas) को निम्नांकित में से किस श्रेणी में रखा गया है?
   (क) मांसपेशी (ख) वहिःस्रावी ग्रन्थि (ग) अन्तःस्रावी ग्रन्थि (घ) ग्राहक
7. तंत्रिका आवेग (nerve impulse) की उत्पत्ति किस तरह से होती है?
   (क) उद्दीपक द्वारा ग्राहक के उत्तेजित होने से

(ख) कोश झिल्ली (cell membrane) के बाहर एवं भीतर के आयन (ion) में विनिमय (exchange) होने से
(ग) कोश झिल्ली में तरल पदार्थ के बढ़ने से
(घ) संधिस्थल पर न्यूरोट्रांसमीटर की उत्पत्ति से

8. साहचर्य न्यूरोन कहाँ पाये जाते हैं?
(क) पैर में (ख) हाथ में
(ग) सुषुम्ना में (घ) सुषुम्ना तथा मस्तिष्क दोनों में

9. न्यूरोहारमोन (neurohormone) किसे कहा जाता है?
(क) वह हारमोन्स जो यौन ग्रन्थि से निकलता है।
(ख) वह हारमोन्स जिससे शारीरिक वर्द्धन (physical growth) होता है।
(ग) वह हारमोन्स जो तंत्रिका तंत्र (nervous system) के कार्य को प्रभावित करता है।
(घ) वह हारमोन्स जिससे इनसूलिन का स्राव करता है।

10. मनुष्यों में तंत्रिका आवेग की अधिकतम गति (maximum speed) कितनी होती है?
(क) प्रति मिनट 100 मीटर (ख) प्रति सेकंड 100 मीटर
(ग) प्रति मिली सेकंड 100 मीटर (घ) प्रति माइक्रोमिली सेकंड 100 मीटर

11. मनुष्यों में तंत्रिका आवेग की आवृत्ति (frequency) अधिकतम कितनी होती है?
(क) प्रति सेकंड 500 तंत्रिका आवेग (ख) प्रति सेकंड 800 तंत्रिका आवेग
(ग) प्रति सेकंड 1000 तंत्रिका आवेग (घ) प्रति सेकंड 400 तंत्रिका आवेग

12. पुनर्वापसी (reputake) किसे कहा जाता है?
(क) हृदय में गंदे खून की सफाई के लिए उसके वापसी को।
(ख) एक्सॉन की पुटिकाओं (vesciles) द्वारा न्यूरोट्रांसमीटर फिर से सोख लेने की प्रक्रिया को।
(ग) प्रभावक (effector) द्वारा किये गये कार्यों की सूचना मस्तिष्क को मिलने की प्रतिक्रिया को।
(घ) संधिस्थलीय संरचण (synaptic transmission) को।

13. भाषा (language) तथा भाषण (speech) आदि के विकास का नियंत्रण निम्नांकित में से सामान्यतः कौन करता है?
(क) बायाँ गोलार्द्ध (left hemisphere) (ख) दायाँ गोलार्द्ध (right hemisphere)
(ग) कॉरपस कैलोजम (corpus collosum) (घ) रेटिकूलर फॉरमेशन (reticular formation)

14. सामान्यतः नाचने गाने की क्षमता के विकास का नियंत्रण निम्नांकित में से कौन करता है?
(क) दायाँ गोलार्द्ध (right hemisphere) (ख) मध्य मस्तिष्क (midbrain)
(ग) हाइपोथैलमस (hypothalamus) (घ) लघुमस्तिष्क (cerebellum)

15. विभक्त मस्तिष्क शोधों (split-brain researches) से निम्नांकित में से किस तथ्य का पता चला है?
(क) मस्तिष्क के दोनों गोलार्द्धों का रंग हल्का पीला होता है।
(ख) मस्तिष्क के दोनों गोलार्द्धों के कार्यों की अलग-अलग विशेषता होती है।
(ग) मस्तिष्क का बायाँ गोलार्द्ध का वजन दायाँ गोलार्द्ध के वजन से अधिक होता है।
(घ) मस्तिष्क के दोनों गोलार्द्धों की संरचना बराबर-बराबर होती है।

16. कॉरपास कैलोजन (corpus collosum) को काट देने पर निम्नांकित में से किस तरह की परिस्थिति उत्पन्न हो जाती है।
(क) हाइपोथैलमस का थैलमस सम्बन्ध विच्छेद हो जाता है।
(ख) बायाँ गोलार्द्ध का दायाँ गोलार्द्ध से सम्बन्ध विच्छेद हो जाता है।
(ग) मध्य मस्तिष्क का अग्रमस्तिष्क से सम्बन्ध विच्छेद हो जाता है।
(घ) पश्चमस्तिष्क (hind brain) का मध्यमस्तिष्क से सम्बन्ध विच्छेद हो जाता है।

17. एडरेनोजेनाइटल संलक्षण (adrenogenital syndrome) में क्या होता है?
(क) एण्ड्रोजोन्स (androgens) की मात्रा सामान्य से कम हो जाती है।
(ख) एण्ड्रोजेन्स की मात्रा सामान्य से अधिक हो जाती है।
(ग) एस्ट्रोजेन्स (estrogens) की मात्रा सामान्य से कम हो जाती है।
(घ) एस्ट्रोजेन्स की मात्रा सामान्य से अधिक हो जाती है।

18. कम्प्यूटराइज्ड एक्सिएल टोमोग्राफी (computerised axial tomography) क्या है?
(क) मांसपेशियों द्वारा किये गए कार्यों को मापने का एक तरीका।
(ख) तंत्रिका आवेग (nerve impulse) को मापने का एक तरीका।

(ग) तंत्रिका तंत्र (nervous system) के कार्यों का अध्ययन का एक तरीका।
(घ) ग्रंथियों से निकलने वाले स्राव को मापने का एक तरीका।

19. हाइपोथायराडिज्म (hypothyroidism) का सम्बन्ध निम्नांकित में से किससे है?
(क) अश्रुग्रन्थि (ख) कंठ ग्रन्थि (ग) एड्रीनल ग्रन्थि (घ) पीयूष ग्रन्थि
20. न्यूरोन के चयापचयी कार्यों (metabolic functions) का सम्पादन कोश शरीर द्वारा होता है। सही/गलत
21. जब न्यूरोन आराम की अवस्था में होता है तो उसके झिल्ली विभव (membrane potential) में –70 मिली भोल्ट होता है। सही/गलत
22. आराम की अवस्था में न्यूरोन के भीतर धनात्मक वैद्युतीय आवेश बाहर की तुलना में अधिक होता है। सही/गलत
23. जब न्यूरोन अधिक उत्तेजित हो जाता है, तो धनात्मक आवेशित कण न्यूरोन के भीतर अधिक संख्या में प्रवेश कर जाते हैं। सही/गलत
24. इन्ड्रोफिन्स (Endorphins) एक ऐसा न्यूरोट्रॉसमीटर है जिससे व्यक्ति में दर्द कम हो पाता है और सुखाभास होने लगता है। सही/गलत
25. मस्तिष्क तथा सुषुम्ना मिलकर परिधीय तंत्रिका तंत्र का निर्माण करते हैं। सही/गलत
26. हिपोकैम्प्स (Hippocampus) लिम्बिक तंत्र का ऐसा हिस्सा है जो स्मृति के निर्माण में महत्त्वपूर्ण भूमिका निभाता है। सही/गलत
27. उम्र बीतने से मस्तिष्क का सुन्मयता (plasticity) बढ़ता है। सही/गलत
28. अन्तःस्रावी गन्थि (Endorcrine glands) रक्त में इन्जाइम (enzyme) का स्राव करता है। सही/गलत
29. एड्रिनल ग्रन्थि का स्थान मानव शरीर के मस्तिष्क में होता है। सही/गलत
30. भाषा बोलने एवं समझने का केन्द्र वर्निक क्षेत्र (Wernicke's area) होता है। सही/गलत
31. डोपामाइन (dopamine), नोरइपाईनफ्राईन (noreepinephrine), इपाईनफ्राईन (epinephrine) तथा सेरोटोनिन (serotonine) को एक साथ मिलाकर मोनोएमाईन्स (monoamines) कहा जाता है। सही/गलत
32. रिक्त स्थानों की पूर्ति करें—
(i) तंत्रिका आवेग को .... भी कहा जाता है।
(ii) संधिस्थल पर तंत्रिका आवेग का संचरण .... की मदद से होता है।
(iii) .... में तंत्रिका आवेग का उत्पन्न होना सम्भव नहीं है।
(iv) .... में केवल तीव्र उद्दीपक ही तंत्रिका आवेग उत्पन्न करने में सक्षम होते हैं।
(v) विश्राम की अवस्था में न्यूरोन के कोश झिल्ली के ऊपर में .... आवेश होते हैं।
(vi) उत्तेजन की अवस्था में न्यूरोन के कोश झिल्ली के बाहर एवं भीतर आवेशों का .... प्रारम्भ रहता है।
(vii) व्यक्ति के आन्तरिक वातावरण में समस्थिति बनाने का उत्तरदायित्व .... ग्रन्थि पर होती है।
(viii) डोपामाइन (dopamine) एक तरह का .... है।
(ix) न्यूरोट्रांसमीटर से उत्तरसंधिस्थलीय न्यूरोन (postsynaptic neuron) के ग्राहक क्षेत्र में .... प्रभाव तथा अवरोधक प्रभाव उत्पन्न होते हैं।
(x) विभक्त मस्तिष्क में .... कटा हुआ होता है।

उत्तर

1. (क)	2. (ग)	3. (क)	4. (ख)	5. (ख)	6. (ग)
7. (ख)	8. (घ)	9. (ग)	10. (ख)	11. (क)	12. (ख)
13. (क)	14. (क)	15. (ख)	16. (ख)	17. (ख)	18. (ग)
19. (ख)	20. सही	21. सही	22. गलत	23. सही	24. सही
25. गलत	26. सही	27. गलत	28. गलत	29. गलत	30. सही
31. सही					

32. (i) स्पाईक (ii) न्यूरोट्रांसमीटर (iii) निरपेक्ष दुर्दम्य अवधि (iv) सापेक्ष दुर्दम्य अवधि
(v) धनात्मक (vi) विनिमय (vii) अन्तस्रावी (viii) न्यूरोट्रांसमीटर
(ix) उत्तेजन (x) कॉपरस कैलोजम

अध्याय 3

संवेदन, प्रत्यक्षण एवं अवधान
(SENSATION, PERCEPTION AND ATTENTION)

निबंधात्मक या दीर्घ-उत्तरीय प्रश्न (*Essay or Long-Answer Questions*)

1. प्रत्यक्षण एक चयनात्मक प्रक्रिया है। व्याख्या करें।
   (Perception is a selective process. Explian).
2. संवेदन की परिभाषा दें। प्रत्यक्षण तथा संवेदन में अंतर करें।
   (Define sensation. Make distinction between sensation and perception.)
3. मानव आँख की संरचना तथा कार्य का वर्णन करें। क्या मानव आँख की तुलना एक फोटो खींचने वाला कैमरा से किया जा सकता है?
   (Describe the stucture and function of human eye. Can human eye be compared with that of a lens camera.)
4. मानव कान की संरचना तथा कार्य का वर्णन करें।
   (Describe the structure and function of human ear.)
5. मानव कान के अन्त भाग (inner part) की संरचना तथा कार्य का वर्णन करें।
   (Describe the structure and function of inner part of human ear.)
6. प्रत्यक्षण के गेस्टाल्टवादी सिद्धान्त का आलोचनात्मक व्याख्या करें।
   (Present a critical explaination of Gestaltistic approach to perception.)
7. प्रत्यक्षण के निदेश-अवस्था सिद्धान्त का वर्णन करें।
   (Describe the directive state theory of perception.)
8. प्रत्यक्षज्ञानात्मक संगठन जन्मजात है या अर्जित? प्रत्यक्षणात्मक संगठन के नियम की आलोचनात्मक व्याख्या करें।
   (Are the factors of perceptual organisation innate or acquired ? Critically examine the laws of perceptual organisations.)
9. आकृति पृष्ठभूमि प्रत्यक्षण से आप क्या समझते है? उदाहरण देकर प्रत्यक्षणात्मक संगठन के नियमों का वर्णन करें।
   (What do you understand by figure-ground perception. Describe, with examples, the principles of perceptual organisation.)
10. दूरी तथा गहराई के प्रत्यक्षण में एकनेत्री संकेत तथा द्विनेत्री संकेत के महत्त्व का वर्णन करें।
    (Describe the role of monocular cues and binocular cues in perception of depth and distance.)
11. दृष्टि दिक् या स्थान प्रत्यक्षण में गतिविहीन एकनेत्री संकेतों के महत्त्व का वर्णन करें।
    (Describe the importance of movementless monocular cues in visual space perception.)
12. गहराई एवं दूरी के प्रत्यक्षण के सिद्धान्तों का वर्णन करें।
    (Describe the theories of perception of distance and depth.)
13. प्रत्यक्षण में मानसिक वृत्ति के महत्त्व का वर्णन करें।
    (Describe the role of mental set in perception.)
14. प्रत्यक्षण में व्यक्तिगत कारकों की भूमिका का वर्णन करें।
    (Describe the role of personal factors in perception.)
15. प्रत्यक्षण में सामाजिक एवं सांस्कृतिक कारकों के महत्त्व का वर्णन करें।
    (Describe the importance of social and cultural factors in perception.)
16. गति प्रत्यक्षण कितने प्रकार के होते है? वास्तविक गति प्रत्यक्षण की व्याख्या मनोवैज्ञानिकों द्वारा किस प्रकार की गयी है?
    (Discuss the types of perception of movement ? How do psychologists explain the perception of real movement?)
17. आभासी प्रत्यक्षण के प्रमुख प्रकारों का उदाहरण सहित वर्णन करें।
    (Describe, with examples, the major types of apparent motion.)
18. क्या प्रत्यक्षण में सुघटता होती है? क्या ऐसी सुघटता अर्जित होती है?
    (Is perception plastic in nature ? Is such plasticity acquired ?)
19. "हमलोग किसी वस्तु का प्रत्यक्षण अपने अनुसार करते हैं न कि वस्तु के अनुसार" इस कथन की समीक्षा करें।
    ("We percetive objects not as they are but as we are" critically examine the statement.)

20. रंग दृष्टि के यंग-हेल्महोल्ज सिद्धान्त की समीक्षा करें।
(Critically examine Young-Helmholtz theory of colour vision.)
21. रंग दृष्टि के हेरिंग सिद्धान्त की समीक्षा करें।
(Critically examine Hering's theory of colour vision.)
22. ''रंगदृष्टि की पूर्ण व्याख्या न तो यंग-हेल्महोल्ज सिद्धान्त से होती है न ही हेरिंग सिद्धान्त द्वारा।'' इस कथन की समीक्षा करें।
("The complete explanation of colour vision is done neither by Young-Helmholtz theory nor by Hering theory." Examine the statement critically.)
23. श्रवण प्रत्यक्षण के स्थान सिद्धान्त की आलोचनात्मक समीक्षा करें।
(Critcally review the place theory of auditory perception.)
24. श्रवण प्रत्यक्षण की बारंबारता सिद्धान्त की आलोचनात्मक समीक्षा करें।
(Critically review the frequency theory of auditory perception.)
25. भ्रम तथा प्रत्यक्षण में अन्तर बतलावें। भ्रम के प्रमुख प्रकारों का वर्णन करें।
(Distinguish between illusion and perception. Describe the major types of illusion.)
26. भ्रम के प्रमुख सिद्धान्तों का वर्णन करें।
(Describe the major theories of illusion.)
27. चयनात्मक अवधान की परिभाषा दें। इसकी व्याख्या करने के लिए किन्हीं दो सिद्धान्तों या मॉडल का वर्णन करें।
(Define selective attention. Describe any two models to explain it.)
28. दीर्घीकृत अवधान के स्वरूप पर प्रकाश डालें। दीर्घीकृत अवधान के प्रमुख निर्धारकों का वर्णन करें।
(Throw light upon the nature of sustained attention. Discuss the major determinants of sustained attention.)
29. दीर्घीकृत अवधान के किन्हीं दो सिद्धान्तों का आलोचनात्मक व्याख्या करें।
(Critically explain any two theories of sustained attention.)
30. निम्नलिखित पर संक्षिप्त नोट लिखें—
Write short notes on the following—
(a) प्रत्यक्षण में सीखने की भूमिका (Role of learing in perception)
(b) फाई घटना (Phi-phenomenon)
(c) भ्रम तथा विभ्रम में अन्तर (Difference between illusion and hallucination)
(d) प्रत्यक्षण का केन्द्रीय निर्धारक (Central determinants of perception)

वस्तुनिष्ठ प्रश्न (*Objective Questions*)

1. जिस प्रक्रिया के द्वारा ज्ञानेन्दियाँ सूचनाओं को ग्रहण करती हैं तथा मस्तिष्क को फिर सूचित करती है, को प्रत्यक्षण (perception) कहा जाता है। सही/गलत
2. अधिकतर लोग जिनमें वर्णान्धता (colour blindness) होती है, कोई भी रंग नहीं देखते हैं। सही/गलत
3. अक्षिपटल का वह ग्राहक कोश जो हमें धीमी रोशनी में भी देखने में मदद करता है, को शलाकाएँ (rods) कहा जाता है। सही/गलत
4. प्रत्यक्षण के गेस्टाल्ट सिद्धान्त के अनुसार निम्नांकित में कौन कथन असत्य है?
(क) व्यक्ति किसी वस्तु का प्रत्यक्षण अलग-अलग न करके सम्पूर्ण रूप से (as a whole) करता है।
(ख) प्रत्यक्षणात्मक संगठन का स्वरूप अर्जित होता है।
(ग) व्यक्ति जिस वस्तु या घटना का प्रत्यक्षण करता है, उसके मस्तिष्क में सम्बन्धित क्षेत्र में भी कुछ परिवर्तन हो जाता है।
(घ) दृष्टि क्षेत्र में ससंजक बल (cohesive force) तथा अवरोधक बल (restraining force) दोनों ही मौजूद रहते हैं।
5. प्रत्यक्षण के व्यवहारवादी उपागम या सिद्धान्त के अनुसार प्रत्यक्षण का आधार निम्नांकित में से कौन-सा होता है?
(क) केवल कालिक अन्तःक्रिया (temporal interaction)
(ख) केवल स्थानिक अन्तःक्रिया (spatial interaction)
(ग) कालिक अन्तःक्रिया तथा स्थानिक अन्तःक्रिया दोनों ही
(घ) उद्दीपक पैटर्न (stimulus pattern)
6. निम्नांकित में से किस उपागम में प्रत्यक्षण का आधार व्यक्ति की आवश्यकता, मूल्य (value) आदि को माना गया है?
(क) गिब्सोनियन उपागम (Gibsonian approach)
(ख) गेस्टाल्ट उपागम (Gestalt approach)

(ग) निदेश-अवस्था उपागम (Directive state approach)
(घ) सूचना संसाधन उपागम (Information processing approach)

7. रेखीय परिदृश्य (linear perspective) को निम्नांकित में से किस तरह का संकेत आप मानेंगे?
(क) गतिविहीन एकनेत्री संकेत (motionless monocular cue)
(ख) गतिपूर्ण एकनेत्री संकेत (monocular cue with motion)
(ग) द्विनेत्री संकेत (binocular cue)
(घ) गति बोधक गहराई संकेत (Kinctic depth cue)

8. गिब्सन के अनुसार दूरी एवं गहराई के प्रत्यक्षण में निम्नांकित में से किसे सबसे अधिक महत्त्वपूर्ण माना है?
(क) व्यक्ति के अनुभव एवं प्रशिक्षण को (ख) उद्दीपक में निहित सूचना को
(ग) एकनेत्री संकेत (monocular cues) को (घ) द्विनेत्री संकेत (binocular cues) को

9. प्रत्यक्षज्ञानात्मक रक्षा (perceptual defence) का प्रतिलोम क्या होता है?
(क) प्रत्यक्षज्ञानात्मक निगरानी (Perceptual vigilance)
(ख) प्रत्यक्षज्ञानात्मक दहेली (perceptual threshold)
(ग) अवचेतन प्रत्यक्षण (subliminal perception)
(घ) अतिन्द्रिय प्रत्यक्षण (extrasensory perception)

10. कभी-कभी व्यक्ति को कुछ ऐसा प्रत्यक्षण होता है जो ज्ञानेन्द्रिय (sense organ) में होने वाले ज्ञात दैहिक प्रक्रियाओं से स्वतंत्र होता है। इस तरह के प्रत्यक्षण को कहा जाता है—
(क) अवचेतन प्रत्यक्षण (ख) अतिन्द्रिय प्रत्यक्षण
(ग) प्रत्यक्षणात्मक निगरानी (घ) भ्रम (illusion)

11. आकाशमिता (levitation) का अर्थ क्या होता है?
(क) दूसरे के मन में उत्पन्न विचार को बिना उपयुक्त संचार के ही बतला देने की क्षमता।
(ख) अपने साथ भविष्य में होने वाले घटनाओं का ज्ञान होने की क्षमता।
(ग) ऐसी वस्तुओं एवं घटनाओं का प्रत्यक्षण की क्षमता जो ज्ञानेन्द्रिय को किसी प्रकार का उद्दीपक नहीं प्रदान करता है।
(घ) अपनी मानसिक शक्ति या इच्छा से बाह्य वस्तुओं में बिना किसी तरह के शारीरिक बल का उपयोग किये परिवर्तन लाने की क्षमता।

12. जिस ग्राहक कोश द्वारा व्यक्ति को रंग का प्रत्यक्षण होता है, उसे सूचियाँ (cones) कहा जाता है। सही/गलत

13. जब व्यक्ति आम के फल को देखता है, तो वह उसमें लगे पंखुड़ियों, पत्तों आदि का अलग प्रत्यक्षण न करके सबों का एक साथ प्रत्यक्षण करता है, इसे कहा जाता है—
(क) प्रत्यक्षणात्मक स्थिरता (ख) प्रत्यक्षणात्मक रक्षा
(ग) प्रत्यक्षणात्मक संगठन (घ) प्रत्यक्षणात्मक निगरानी

14. मानव शरीर का सबसे बड़ा ज्ञानेन्द्रिय किसके प्रति संवेदनशील होता है—
(क) रसायनिक सांद्रता (chemical concentation) (ख) स्पर्श (touch)
(ग) आवाज (sound) (घ) रोशनी (light)

15. प्रत्यक्षज्ञानात्मक संगठन का सबसे मौलिक नियम (fundamental principle) कौन है?
(क) भॉली नियम (Volley principle)
(ख) अंधेरा समायोजनशीलता घटना (dark adaptation phenomenon)
(ग) आकृति-पृष्ठभूमि सम्बन्ध (figure-ground relationship)
(घ) समानता का नियम (similarity principle)

16. स्थान सिद्धांत (place theory) तथा बारंबारता सिद्धान्त (frequency theory) से किसकी व्याख्या होती है?
(क) आवाज अवस्थीकरण (sound localization)
(ख) श्रवण दहेली परिवर्तन (auditory threshold shift)
(ग) तारत्व प्रत्यक्षण (pitch perception)
(घ) इनमें से किसी का नहीं

17. .... का तंत्रिका बहरापन (nerve deafness) में सबसे बड़ी भूमिका होती है—
(क) रोग (disease) (ख) जन्मदोष (birth defects)
(ग) उम्र प्रभाव (aging) (घ) अत्यधिक आवाज से जिन्दगी भर अनावृत्त होते रहना

18. श्रवण संवेदन का ग्राहक कोक्लिया (Cochlea) में पाया जाता है। सही/गलत
19. तारत्व (pitch) का मापन इकाई हर्ज (Hertz) तथा प्रबलता (loudness) का मापन इकाई डेसिबल (decibel) होता है। सही/गलत
20. तारत्व का निर्धारण मुख्यतः आवाज की बारंबारता (frequency) द्वारा तथा प्रबलता का निर्धारण मुख्यतः आवाज ऊँचाई (amplitude) द्वारा होता है। सही/गलत
21. गंध संवेदन (smell sensation) का तकनीकी नाम घ्राण (olfaction) है। सही/गलत
22. उत्तम स्वादी (super tasters) में स्वाद कलियों (taste buds) की संख्या उतनी ही होती है जितनी की अस्वादी (non-tastes) तथा मध्यम स्वादी (medium tasters) में होती है। सही/गलत
23. प्रत्येक स्वाद कली में करीब 1000 ग्राहक होते हैं। सही/गलत
24. स्वाद ग्राहक कोशिकाओं का जीवन अवधि छोटा होता है और वे सतत प्रतिस्थापित होते रहती है। सही/गलत
25. घ्राण संवेदन का ग्राहक घ्राण इपिथेलियम (olfatory epithelium) में अवस्थित होता है। सही/गलत
26. छायाभासी प्रविधि (shadowing technique) क्या है?
    (क) एक वस्तु की छाया दूसरे वस्तु पर देकर दोनों के बीच अन्तर को अध्ययन करने की प्रविधि।
    (ख) इस प्रविधि में प्रयोज्य प्रयोगकर्त्ता द्वारा कहे हुए बातों को सुनकर उसे दोहराता है।
    (ग) इस प्रविधि में प्रयोज्य किसी वस्तु की छाया में दूसरे वस्तु की तस्वीर बनाता है।
    (घ) इस प्रविधि में प्रयोगकर्त्ता प्रयोज्य को अपने पीछे-पीछे चलना सीखाता है।
27. चयनात्मक अवधान के मार्गविरोधी सिद्धान्त के अनुसार निम्नांकित में से कौन-सा कथन सथ्य है?
    (क) चयनात्मक अवधान (selective attention) का कारण सूचना संसाधन (information processing) के क्षेत्र में एक तरह का उत्पन्न रुकावट होता है।
    (ख) चयनात्मक अवधान का कारण साधन-सीमित कार्य (resource-limited task) होता है।
    (ग) चयनात्मक अवधान का कारण आँकड़े सीमित कार्य (data-linked task) होता है।
    (घ) चयनात्मक अवधान का कारण व्यक्ति में सूचनाओं को संसाधित करने की एक सीमित क्षमता (limited capacity) होती है।
28. चयनात्मक अवरोध के सिद्धान्तों में सबसे पहला सिद्धान्त किनके द्वारा प्रतिपादित किया गया था?
    (क) ट्रीसमैन (Triesman) द्वारा (ख) ब्रौडबेन्ट (Broadbent) द्वारा
    (ग) नॉरमैन एवं बोबरो (Norman & Bobrow) द्वारा (घ) नाईसर (Neisser) द्वारा
29. फिल्टर-तनुकरण मॉडल (Filter-attenuation model) के अनुसार निम्नांकित में से कौन कथन सत्य है?
    (क) सूचना संसाधन में अवरुद्धता प्रारम्भ में उत्पन्न न होकर बाद में उत्पन्न होता है।
    (ख) सूचना संसाधन में अवरुद्धता बाद में उत्पन्न न होकर प्रारम्भ में उत्पन्न होता है।
    (ग) अवधान प्रत्यक्षण (perception) को नियंत्रित करता है।
    (घ) किसी कार्य पर ध्यान देने के लिए मानसिक प्रयास करने की शक्ति सीमित होती है।
30. नॉरमैन एवं बोबरो मॉडल (Norman & Bobrow model) के अनुसार निम्नांकित में कौन कथन सत्य है?
    (क) आँकड़े सीमित कार्य (data-limited task) पर अभ्यास का प्रभाव काफी पड़ता है।
    (ख) साधन-सीमित कार्य (resource-limited task) पर अभ्यास का प्रभाव काफी पड़ता है।
    (ग) अवधान प्रत्यक्षण को नियंत्रित करता है। (घ) प्रत्यक्षण अवधान को नियंत्रित करता है।
31. दीर्घीकृत अवधान (sustained attention) के क्षेत्र में किये गए प्रयोगों के आलोक में निम्नांकित में से कौन कथन सत्य है?
    (क) दीर्घीकृत अवधान एक तीव्र प्रक्रिया (intense activity) है जिसमें व्यक्ति को काफी मानसिक प्रयास करना पड़ता है।
    (ख) दीर्घीकृत अवधान में व्यक्ति में सतर्कता स्तर निम्न होता है।
    (ग) द्रीर्घीकृत अवधान एक तरह विभाजित अवधान होता है।
    (घ) दीर्घीकृत अवधान में अस्थिरता नहीं पायी जाती है।
32. मनोवैज्ञानिक अध्ययनों के आलोक में उत्तेजन स्तर तथा निष्पादन स्तर के सम्बन्ध का आलेख पर किस तरह से दिखाया जाता है?
    (क) विलोमित यू (inverted U) के समान (ख) एक सीधी रेखा के समान
    (ग) भी (V) अक्षर के समान (घ) सी (C) अक्षर के समान
33. निम्नांकित में से किस परिस्थिति में विवेचित उद्दीपक (critical stimulus or signal) की पहचान व्यक्ति स्पष्ट रूप से कर सकता है।
    (क) ज़ब विवेचित उद्दीपक 60dB का हो तथा 200 मिली सेकंड के लिए उपस्थित किया गया हो।
    (ख) जब विवेचित उद्दीपक 40dB का हो तथा 200 मिली सेकंड के लिए उपस्थित किया गया हो।
    (ग) जब विवेचित उद्दीपक 60dB का हो तथा 400 मिली सेकंड के लिए उपस्थित किया गया हो।

(घ) जब विवेचित उद्दीपक 70dB का हो तथा 250 मिली सेकंड के लिए उपस्थित किया गया हो।

34. मनोवैज्ञानिक अध्ययनों के आलोक में निम्नांकित में से कौन-सा कथन सत्य है?
(क) विवेचित संकेत (critical signal) की पहचान की प्रतिशत मंद घटना गति (sloow event rate) में अधिक होती है।
(ख) विवेचित संकेत की पहचान की प्रतिशत तीव्र घटना गति (fast event rate) में अधिक होती है।
(ग) विवेचित संकेत की पहचान की प्रतिशत मंद घटना गति तथा तीव्र घटना गति में बराबर-बराबर होती है।
(घ) विवेचित संकेत की पहचान उद्दीपक की तीव्रता पर अधिक निर्भर करती है।

35. जेरीसन मॉडल के अनुसार दीर्घीकृत अवधान की व्याख्या किस तरह की गयी है?
(अ) उत्पन्न प्रेक्षण दर प्राक्कल्पना (elicited observing rate hypothesis) के रूप में।
(ब) ऐकिक एकाग्र कार्य (unitary attentive act) के रूप में।
(स) व्यक्ति के प्रत्याशा (expectancy) के रूप में।
(द) व्यक्ति के निर्णय प्रक्रियाओं (decision processes) के रूप में
दिये गए कूटसंकेतों (codes) के आधार पर उत्तर दें।
(क) अ तथा द (ख) ब तथा स (ग) अ तथा ब (घ) अ तथा स

36. दीर्घीकृत अवधान के न्यूरोदैहिक सिद्धान्तों के अनुरूप निम्नांकित में से कौन कथन सत्य है?
(अ) RAS (Reticular activating system) की सक्रियता पर दीर्घीकृत अवधान निर्भर करता है।
(ब) कॉरपस कैलोजम (corpus callosum) की उत्तेजनशीलता दीर्घीकृत अवधान को प्रभावित करता है।
(स) प्रमस्तिष्कीय अभ्यसन (cortical habituation) के कारण निगरानी कार्य का निष्पादन में ह्रास होता है।
(द) प्रमस्तिष्कीय संचरण (cortical transmission) की आवेगशीलता दीर्घीकृत अवधान को प्रभावित करता है।
दिये गए कूटसंकेतों (codes) के आधार पर उत्तर दें—
(क) अ तथा द (ख) ब तथा स (ग) स तथा द (घ) अ तथा स

37. दीर्घीकृत अवधान के विभिन्न सिद्धान्तों के बारे में कुछ सामान्य कथन नीचे दिये गए हैं। निम्नांकित में से कौन कथन असत्य है?
(क) दीर्घीकृत अवधान के सिद्धान्तों में सैद्धान्तिक विश्लेषण पर्याप्त है।
(ख) दीर्घीकृत अवधान के सिद्धान्तों द्वारा उत्साहपूर्ण खोज की गयी है।
(ग) दीर्घीकृत अवधान के सिद्धान्तों द्वारा विस्तृत सूचना संग्रहण (accumulation of detailed information) की गयी है।
(घ) दीर्घीकृत अवधान के सिद्धान्तों द्वारा ऐसे अवधान के स्वरूप के बारे में गहरी समझ एवं छान-बीन की जा चुकी है।

38. रिक्त स्थानों की पूर्ति करें—
(i) प्रत्यक्षज्ञानात्मक स्थिरता एक तरह का प्रत्यक्षज्ञानात्मक .... है।
(ii) ध्वनि प्रत्यक्षण के स्थान सिद्धान्त के अनुसार ध्वनि का प्रत्यक्षण का आधार .... होता है।
(iii) मानव कर्ण अधिक-से-अधिक .... की ध्वनि ग्रहण कर सकता है।
(iv) पड़ा-खड़ा भ्रम में खड़ी रेखा पड़ी रेखा से .... प्रतीत होती है।
(v) जब नेत्र गोलक किसी वस्तु को देखते समय नाक की ओर गति उत्पन्न करता है तो इस तरह के व्यवहार को .... कहा जाता है।
(vi) ऊँचाई संकेत (height cue) एक तरह का .... संकेत है।
(vii) गेस्टाल्ट मनोवैज्ञानिकों के अनुसार प्रत्यक्षज्ञानात्मक संगठन का स्वरूप .... होता है।
(viii) प्रत्यक्षज्ञानात्मक निगरानी (perceptual vigilance) का प्रतिलोम .... होता है।
(ix) उपयुक्त संचार के अभाव में दूसरों के मन की बात को बतला देने के व्यवहार को .... कहा जाता है।
(x) .... में व्यक्ति उन उद्दीपकों की भी पहचान कर लेता है जिनकी तीव्रता चेतन पहचान की देहली से कम होती है।

उत्तर

1. गलत	2. गलत	3. सही	4. (ख)	5. (ग)	6. (ग)
7. (क)	8. (ख)	9. (क)	10. (ख)	11. (घ)	12. सही
13. (ग)	14. (ख)	15. (ग)	16. (ग)	17. (घ)	18. सही
19. सही	20. सही	21. सही	22. गलत	23. गलत	24. सही
25. सही	26. (ख)	27. (क)	28. (ख)	29. (क)	30. (ख)
31. (क)	32. (क)	33. (घ)	34. (क)	35. (ग)	36. (घ)
37. (क)					

32. (i) विकृति (ii) वेसीलर झिल्ली (iii) 20,000 Hz (iv) बड़ी
(v) अभिबिन्दुता (vi) एकनेत्री (vii) जन्मजात (viii) प्रत्यक्षज्ञानात्मक रक्षा
(ix) दूरबोध (x) अवचेतन प्रत्यक्षण

अध्याय 4

अधिगम या सीखना
(LEARNING)

निबंधात्मक या दीर्घ-उत्तरीय प्रश्न *(Essay or Long Answer Questions)*

1. "अधिगम या सीखना की संक्रियात्मक परिभाषाएँ वैज्ञानिकों की क्रियाओं के लिए सहायक होती है।" विवेचना कीजिए।
("Operational definitions of learning facilitate scientist's activity." Discuss.).
2. सीखना या अनुबन्धित अनुक्रिया सिद्धान्त क्या है? क्लासिकी अनुबन्धन तथा क्रियाप्रसूत अनुबन्धन में अन्तर बतलायें।
(What is conditioned response theory of learning ? Distinguish between classical conditioning and operant conditioning.)
3. प्रयोगात्मक सबूत देते हुए सीखने की प्रक्रिया में अभिप्रेरण के महत्त्व पर प्रकाश डालें।
(Citing experimental evidences throw light upon the role of motivation in learning.)
4. साधनात्मक अनुबन्धन से आप क्या समझते हैं? साधनात्मक अनुबन्धन के विभिन्न प्रकारों का उदाहरण सहित वर्णन करें।
(What do you mean by instrumental conditioning ? Describe, with examples, the different types of instrumental conditioning.)
5. परिवर्जन सीखना तथा मुक्ति सीखना में उदाहरण सहित अन्तर करें।
(With examples, make distinction between avoidance learning and escape learning.)
6. उदाहरण देते हुए सूझ द्वारा सीखना प्रेक्षणात्मक सीखना में अन्तर बतलावें।
(Citing examples make distinctions between insightful learning and observational learning.)
7. थॉर्नडाइक द्वारा प्रतिपादित सीखने के सिद्धान्त की आलोचनात्मक वर्णन करें।
(Critically describe Thorndike's theory of learning.)
8. 1930 के पहले तथा बाद में थॉर्नडाइक के अधिगम सिद्धान्त का तुलनात्मक अध्ययन प्रस्तुत करें।
(Present a comparative study of Thorndike's theory of learning before and after 1930.)
9. प्रभाव नियम तथा संक्षिप्त प्रभाव नियम के अन्तर पर प्रकाश डालें।
(Throw light upon the difference between law of effect and the truncated law of effect.)
10. प्रभाव प्रसार से आप क्या समझते हैं? क्या यह प्रभाव नियम को समर्थन प्रदान करता है?
(What is spread of effect ? Does it extend support to the law of effect ?)
11. उदाहरण देकर प्रतिवादी अनुक्रिया तथा क्रियाप्रसूत अनुक्रिया में अन्तर बतलावें।
(Citing examples make distinction between respondent and operant response.)
12. स्कीन्नर द्वारा प्रतिपादित सीखने के सिद्धान्त की आलोचनात्मक वर्णन करें।
(Critically describe Skinner's theory of learning.)
13. क्रियाप्रसूत अनुबंधन के नियमों पर प्रकाश डालें। क्रियाप्रसूत अनुक्रिया के सीखने में पुनर्बलन अनुसूची का महत्त्व बतलावें।
(Throw light upon the principles of operant conditioning ? Discuss the importance of schedule of reinforcement in learning of operant response.)
14. मैगजिन प्रशिक्षण क्या है? अनुक्रिया के सीखने में इसकी भूमिका बतलावें।
(What is magazine training ? Discuss its role in learning of operant response.)
15. सूझ सिद्धान्त की आलोचनात्मक व्याख्या करें।
(Critically explain insight theory learning.)
16. सूझ द्वारा सीखने की विशेषताओं का वर्णन करें।
(Describe the characteristics of insightful learning.)
17. इस कथन का अर्थ बतलावें, "गेस्टाल्ट मनोवैज्ञानिकों के लिए अधिगम मूलतः एक प्रत्यक्षणात्मक घटना है।"
(Give the meaning of statement, "For Gestalt psychologists, learning is basically a perceptual phenomenon.")
18. क्रमपरिवर्तन से आप क्या समझते हैं? सूझ द्वारा सीखने में इसकी भूमिका पर प्रकाश डालें।
(What do you mean by transposition ? Throw light upon its role in learning by insight.)

वस्तुनिष्ठ प्रश्न *(Objective Questions)*

1. अनुबन्धन प्रयोगों (conditioning experiences) में अनुबंधित अनुक्रियाओं का विलोपन (extinction) किस कारण होता है?
   (क) अन्तोर्द (drive) की कमी — (ख) पुनर्बलन (reinforcement) की अनुपस्थिति
   (ग) अवरोध (inhibition) में वृद्धि — (घ) प्रत्याशा (expectancy) में कमी
2. निम्नलिखित में किसे सीखने की श्रेणी में सम्मिलित किया जाएगा?
   (क) सिर्फ अभ्यास के कारण व्यवहार में होने वाला परिवर्तन।
   (ख) अभ्यास एवं अनुभूति दोनों के कारण व्यवहार में होने वाला परिवर्तन।
   (ग) अभ्यास, अनुभूति एवं अन्तोर्द (drive) के कारण व्यवहार में होने वाला परिवर्तन।
   (घ) उपर्युक्त में सभी तरह के परिवर्तन को।
3. शाब्दिक सीखना (verbal learning) में निम्नांकित में से किस विधि का उपयोग प्रयोज्यों को प्रेरित करने में *नहीं* किया जा सकता है?
   (क) दुश्चिंता (anxiety) — (ख) भोजन एवं पानी से वंचन (deprivation)
   (ग) दंड (punishment) — (घ) पुरस्कार (reward)
4. अधिकतम नकारात्मक अंतरण (negative transfer) निम्नांकित में से किस रूपावली (paradigm) में होता है?
   (क) A–B, A–C — (ख) A–B, A–Br — (ग) A–B, A–B' — (घ) A–B, B–A
5. क्लासिकी अनुबंधन के क्षेत्र में सबसे ज्यादा मौलिक शोध पैवलव द्वारा किया गया था। सही/गलत
6. आई॰ पी॰ पैवलव एक रूसी मनोवैज्ञानिक थे। सही/गलत
7. स्कीनर बक्स में पशु के व्यवहार का लेखा-जोखा का पता निम्नांकित में से किससे चलता है?
   (क) मैगजीन प्रशिक्षण (magazine training) — (ख) शेपिंग (shaping)
   (ग) संचयी रेकार्डिंग (cumulative recording) — (घ) लीभर दबाना (lever pressing)
8. निम्नांकित में से शेपिंग का तत्व कौन है?
   (क) विभेदी पुनर्बलन (differential reinforcement) तथा अनुक्रमिक उपगमन (successive approximation)।
   (ख) प्राथमिक पुनर्बलन (primary reinforcement) तथा गौण पुनर्बलन (secondary reinforcement)
   (ग) नकारात्मक पुनर्बलन (primary reinforcement) तथा धनात्मक पुनर्बलन (positive reinforcement)
   (घ) विलोपन (extinction) तथा स्वतः पुनर्लाभ (spontaneous recovery)
9. सीखने की परिस्थिति में प्राणी उस अनुक्रिया को करना चाहता है जो कम प्रयास में किया जा सके तथा जिसके बाद पुनर्बलन तेजी से मिल जाय। इस तथ्य का सम्बन्ध निम्नांकित में से किससे है?
   (क) लक्ष्य प्रवणता प्राक्कल्पना (goal-gradient hypothesis)
   (ख) प्रणोद-ह्रास प्राक्कल्पना (drive reduction hypothesis)
   (ग) आदत परिवार अनुक्रम (habit family hypothesis)
   (घ) उद्दीपक तीव्रता गत्यात्मकता (stimulus-intensity dynanism)
10. पुनर्बलन के आकार (size) में वृद्धि होने से निष्पादन स्तर (performance level) में तेजी से परिवर्तन आता है। इस तथ्य का सम्बन्ध निम्नांकित में से किससे है?
    (क) क्रेस्पी प्रभाव (Crespi effect) — (ख) प्रभाव निमय (law of effect)
    (ग) उद्दीपक सामान्यीकरण (stimulus generalization) — (घ) रोजेनेथल प्रभाव (Rosenthal effect)
11. पैवलव ने अनुबन्धन सिद्धान्त (conditioning theory) में निम्नांकित में से किसे सर्वोच्च स्थान दिया?
    (क) पुनर्बलन (reinforcement) — (ख) प्रासंगिकता (contingency)
    (ग) सामीप्यता (contiguity) — (घ) निष्प्रमन (overshadowing)
12. किसी भी उद्दीपक (stimulus) को एक प्रभावी CS होने के लिए यह आवश्यक है कि वह UCS के आने के बारे में सही एवं सार्थक (nonredundant) सूचना दे। इस प्रकार के कथन पर कौन अधिक बल डाले हैं?
    (क) पैवलव (Pavlov) — (ख) रेकोलरा (Rescolra)
    (ग) वैगनर (Wagner) — (घ) कामीन (Kamin)
13. निम्नांकित में से किस परिस्थिति में प्राणी में निष्क्रियता (passivity) सबसे अधिक पायी जाती है?
    (क) परिवर्जन सीखना (avoidance learning) — (ख) मुक्ति सीखना (escape learning)
    (ग) अर्जित निस्सहायता (learning helplessness) — (घ) दंड प्रशिक्षण (punishment training)

14. पैवलव द्वारा कुत्ता पर किये गए प्रयोग में आवाज (tone) एक अनुबंधित उद्दीपक (conditioned stimulus) था। सही/गलत
15. सुनीता को पुल पार करते समय सड़क दुर्घटना हो गयी। अब जब भी उसे कोई पुल पार करना होता है तो वह काफी घबड़ा जाती है। उसके इस भाव (feeling) की व्याख्या निम्नांकित में से किससे उपयुक्त ढंग से होती है?
(क) विलोपन (extinction) (ख) सामान्यीकरण (generalization)
(ग) विभेदन (discrimination) (घ) स्वतःपुनर्लाभ (spontaneous recovery)
16. जब अनुबंधित उद्दीपक (conditionined stimulus) को बार-बार स्वाभाविक उद्दीपक (uncondititioned stimulus) उपस्थित किये बिना ही दिया जाता है तो इससे अनुबंधित अनुक्रिया (conditioned response) की शक्ति धीरे-धीरे क्षीण होते चली जाती है और अन्त में बिल्कुल ही समाप्त हो जाती है। इस प्रक्रिया को कहा जाता है—
(क) सामान्यीकरण (ख) विभेदन (ग) विलोपन (घ) स्वतः पुनर्लाभ
17. दिन प्रतिदिन की जिंदगी में निम्नांकित में से किसे क्लासिकी अनुबंधन द्वारा ग्रहण नहीं किया जाता है?
(क) कौशल (skills) (ख) धनात्मक भाव (positive feelings)
(ग) ऋणात्मक भाव (negative feelings) (घ) डर एवं दुर्भीति (phobias)
18. क्लासिकी अनुबंधन होने के लिए यह आवश्यक है कि स्वाभाविक उद्दीपक (unconditioned stimulus) अनुबंधित उद्दीपक (conditionted stimulus) के तुरंत बाद दिया जाए तथा इन दोनों का युग्मित उपस्थिति (paired presentation) कई बार किया जाए। परंतु इस कथन का एक अपवाद भी है जो निम्नांकित में से कौन है—
(क) अनुबंधित लार अनुक्रिया (conditioned salivation response)
(ख) अनुबंधित क्रियाप्रसूत अनुक्रिया (conditionied operant response)
(ग) अनुबंधित स्वाद विरुचि (conditioned taste aversion)
(घ) अनुबंधित औषध सहनशीलता (conditioned drug tolerance)
19. प्रयास एवं त्रुटि अधिगम पर बिल्ली को पहेली बक्स में रखकर किसने अधिक शोध किया?
(क) वाटसन (ख) स्कीनर (ग) थॉर्नडाइक (घ) पैवलव
20. यद्यपि सोनू ने अक्षर 'B' को इस ढंग से लिखा कि वह देखने में 'D' जैसा था। फिर भी उसके शिक्षक ने उसकी प्रशंसा यह कहकर किया कि उसके पहले प्रयास से यह अधिक सफल प्रयास था। यहाँ उसके शिक्षक द्वारा किस प्रविधि का उपयोग किया जा रहा है?
(क) पुनर्बलन प्रविधि (ख) क्रियाप्रसूत (operant) सीखना
(ग) शेपिंग (shaping) (घ) उपर्युक्त सभी का
21. निम्नांकित में से किसमें क्रियाप्रसूत अनुक्रिया (operant response) के होने का दर (rate) अधिकतम होता है?
(क) निश्चित अनुपात अनुसूची (fixed ratio schedule)
(ख) परिवर्त्य अनुपात अनुसूची (variable ratio schedule)
(ग) निश्चित अन्तराल अनुसूची (fixed interval schedule)
(घ) परिवर्त्य अंतराल अनुसूची (variable interval schedule)
22. नकारात्मक पुनर्बलन (negative reinforcement) से किसी अनुक्रिया के होने की सम्भावना कम जाती है। सही/गलत
23. दंड (punishment) स्थूल तौर पर नकारात्मक पुनर्बलन (negative reinforcement) के समान है। सही/गलत
24. प्रायः दंड अवांछित व्यवहार को विलोपित नहीं करता है। सही/गलत
25. खंड I में दिये गए मनोवैज्ञानिक के नामों को खंड II में दिये गए उनके सिद्धांतों/नियमों से सुमेलित करें तथा दिये गये कूट संकेत (code) के आधार पर उत्तर दें—

खण्ड I	**खण्ड II**
(च) पैवलव	(त) प्रभाव नियम (law of effect)
(छ) स्कीनर	(थ) पुनर्बलन अनुसूचि (schedule of reinforcement)
(ज) थॉर्नडाइक	(द) सूझपूर्ण सीखना (insightful learning)
(झ) कोहलर	(ध) लारस्रावी अनुबंधन (salivary conditoning)

कूट संकेत (codes)
(क) च—ध, छ—थ, ज—त, झ—द (ख) च—थ, छ—त, ज—ध, झ—द
(ग) च—द, छ—त, ज—थ, झ—द (घ) च—ध, छ—थ, ज—द, झ—त
26. रिक्त स्थानों की पूर्ति करें—
(i) माऊर्र (Mowrer) के अनुसार परिवर्जन सीखना में .... अनुबन्धन तथा .... अनुबन्धन दोनों ही सम्मिलित होते हैं।
(ii) प्रेक्षणात्मक सीखना एक तरह का .... सीखना है।

(iii) जिस अनुबन्धन (conditioning) में UCS पहले तथा CS बाद में आता है, उसे .... अनुबन्धन कहा जाता है।
(iv) अव्यक्त विलोपन (latent extinction) का संप्रत्यय अनुक्रिया-अवरोध सिद्धान्त (response inhibition theory) के .... आता है।
(v) ..,............ में दो या दो से अधिक अनुसूची को लगातार एक-दूसरे के बाद पूरा होने पर ही पुनर्बलन दिया जाता है।
(vi) .... में पुनर्बलन प्राणी की अनुक्रिया से स्वतंत्र होता है।
(vii) .... से तात्पर्य इस बात से होता है कि प्रत्येक प्राणी में खतरा से बचाव का एक जन्मजात तरीका होता है।
(viii) .... में प्राणी यह सीखता है कि परिस्थिति का नियंत्रण उसकी शक्ति से परे हैं।
(ix) लगातार कई समस्याओं के समाधान करने से प्राणी के .... में वृद्धि हो जाती है।
(x) विसकोनसीन जेनरल टेस्ट उपकरण का प्रयोग .... सीखना के प्रयोग में होता है।

उत्तर

1. (ख)	2. (ख)	3. (ख)	4. (ख)	5. सही	6. गलत
7. (ग)	8. (क)	9. (ग)	10. (क)	11. (ग)	12. (ख)
13. (ग)	14. सही	15. (ख)	16. (ग)	17. (क)	18. (ग)
19. (ग)	20. (ग)	21. (ख)	22. गलत	23. गलत	24. सही
25. (क)					

26. (i) क्लासिकी; साधनात्मक (ii) संज्ञानात्मक
(iii) पश्चगामी (iv) विरुद्ध
(v) शृंखला अनुसूची (vi) स्वतः शेपिंग (autoshaping)
(vii) प्रजाति विशिष्ट रक्षा क्रिया (species-specific defense reaction)
(viii) अर्जित निस्सहायता (ix) अधिगमन प्रवृत्ति (learning set)
(x) विभेदन

अध्याय 5

स्मृति
(MEMORY)

निबंधात्मक या दीर्घ-उत्तरीय प्रश्न (*Essay or Long Answer Questions*)

1. स्मृति के स्वरूप पर प्रकाश डालें। स्मृति के प्रमुख तत्त्वों का वर्णन करें।
(Discuss the nature of memory. Describe the major elements of memory.)
2. संवेदी स्मृति क्या है? इसके प्रमुख प्रकारों का उदाहरण सहित वर्णन करें।
(What is sensory memory ? Describe, with examples, its major types.)
3. प्रतिमा-सम्बन्धी स्मृति तथा प्रतिध्वनिक स्मृति में अन्तर बतलावें।
(Make distinction between iconic memory and echoic memory.)
4. लघुकालीन स्मृति को विशेषताओं पर प्रकाश डालें। लघुकालीन स्मृति में रिहर्सल की भूमिका बतलावें।
(Throw light upon the characteristics of short-term memory ? Discuss the role of rehearsal in short-term memory.)
5. क्या मनोवैज्ञानिकों ने मिलर द्वारा प्रतिपादित जादूई संख्या को मान्यता दी है? लघुकालीन स्मृति का आदर्श अवधि क्या होता है?
(Do psychologists have given acceptance to magical number of Miller ? What is the ideal duration of short-term memory ?)
6. दीर्घकालीन स्मृति की विशेषताओं पर प्रकाश डालें। दीर्घकालीन स्मृति से सूचनाओं की पुनः प्राप्ति किस तरह होती है?
(Throw light upon the characteristics of long-term memory ? How is information retrieved from long-term memory.)
7. प्रासंगिक स्मृति तथा अर्थगत स्मृति का अर्थ बतलावें। इन दोनों में अन्तर के प्रमुख बिन्दुओं पर प्रकाश डालें।
(Give the meaning of episodic memory and semantic memory. Throw light upon its major distinction.)
8. क्या दीर्घकालीन स्मृति पर अभिप्रेरणात्मक कारकों का प्रभाव पड़ता है? प्रयोगात्मक सबूत देते हुए उत्तर दें।
(Do motivational factors affect long-term memory ? Give answer citing experimental evidences.)

9. निम्नलिखित पर संक्षिप्त नोट लिखें—
   Write short notes on the following—
   (क) फ्लैशबल्ब स्मृति (flashbulb memory)
   (ख) पोलियाना नियम (Pollyana principle)
   (ग) स्मृति के तत्त्व (components of memory)
10. स्मृति में संरचनात्मक एवं पुनर्संरचनात्मक प्रक्रियाओं का प्रयोगात्मक सबूतों के साथ वर्णन प्रस्तुत करें।
    (Present with experimental evidences, the description of constructive and reconstructive process in memory.)
11. स्मृति के मापने की विधियों का वर्णन करें।
    (Describe the methods of measuring memory).
12. विस्मरण के सन्तनन-दृढ़ीकरण सिद्धान्त की आलोचनात्मक व्याख्या करें।
    (Critically explain the preservation-consolidition theory of forgetting.)
13. पृष्ठोन्मुख अवरोध के द्विकारक सिद्धान्त की आलोचनात्मक व्याख्य करें।
    (Critically explain the two-factor theory of retroactive inhibition.)
14. विस्मरण के बाधक सिद्धान्त या हस्तक्षेप सिद्धान्त की आलोचनात्मक समीक्षा प्रस्तुत करें।
    (Present a critical review of interference theory of forgetting.)
15. विस्मरण के उद्दीपक-कूटसंकेतन सिद्धान्त की आलोचनात्मक वर्णन करें।
    (Critically describe the stimulus-encoding theory of forgetting.)
16. आप अपने स्मृति को उन्नत कैसे बनायेंगे?
    (How will you improve your memory ?)
17. सामान्यीकरण किसे कहते हैं? उद्दीपक सामान्यीकरण को प्रभावित करने वाले कारकों का वर्णन करें।
    (What is generalization ? Describe the factors that affect stimulus generalization.)
18. विभेदन क्या है? विभेदन सीखने की विभिन्न विधियों का वर्णन करें।
    (What is discrimination ? Describe the different methods of discrimination learning.)
19. शाब्दिक सीखना क्या है? शाब्दिक सीखने के विभिन्न विधियों का वर्णन करें।
    (What is verbal learning ? Describe the difference methods of verbal learning.)
20. शाब्दिक सीखने के अध्ययन में उपयुक्त सामग्रियों का वर्णन करें।
    (Describe the materials used in the study of verbal learning.)

वस्तुनिष्ठ प्रश्न *(Objective Questions)*

1. निम्नांकित में से कौन सही क्रम में है?
   (क) पुनःप्राप्ति (retrieval)—संचयन (storage)—कूटसंकेतन (encoding)
   (ख) संचयन—पुनःप्राप्ति—कूटसंकेतन
   (ग) कूटसंकेतन—पुनःप्राप्ति—संचयन
   (घ) कूटसंकेतन—संचयन—पुनःप्राप्ति
2. निम्नांकित में से किसे संवेदी स्मृति (sensory memory) में रखा जा सकता है?
   (क) प्रासंगिक स्मृति (episodic memory) (ख) अर्थगत स्मृति (semantic memory)
   (ग) प्रतिध्वनिक स्मृति (echoic memory) (घ) कार्य विधि स्मृति (procedural memory)
3. निम्नांकित में से किनकी अवधि (duration) सबसे कम होती है?
   (क) प्रतिमा सम्बन्धी स्मृति (iconic memory) (ख) प्रतिध्वनि स्मृति (echoic memory)
   (ग) लघुकालीन स्मृति (short-term memory) (घ) आत्मचरित स्मृति (autobiographical memory)
4. निम्नांकित में से कौन कथन असत्य (false) है?
   (क) प्रतिमा-सम्बन्धी स्मृति (iconic memory) साहचर्यात्मक (associative) होती है।
   (ख) प्रतिमा-सम्बन्धी स्मृति पर अभ्यास का प्रभाव नहीं पड़ता है।
   (ग) प्रतिमा-सम्बन्धी स्मृति की अवधि प्रतिध्वनि स्मृति (echoic memory) से छोटी होती है।
   (घ) प्रतिमा-सम्बन्धी स्मृति संवेदी स्मृति (sensory memory) का एक प्रकार है।
5. उस परिस्थिति में जहाँ व्यक्ति निश्चित रूप से यह महसूस करता है कि अमुक एकांश (item) को वह जान रहा है परंतु उसे तुरंत प्रत्याह्वान करने में असमर्थ पाता है, को कहा जाता है—
   (क) धारण असफलता (retention failure) (ख) विस्मरण (forgetting)
   (ग) संकेत आधारित विस्मरण (cue-dependent forgetting)

(घ) जिह्वा की नोंक की घटना (tip-of-the-tongue phenomenon)

6. निम्नांकित में से किन दो को आप संवेदी स्मृति की श्रेणी में रखेंगे?
(A) प्रतिध्वनिक स्मृति (B) प्रतिमा सम्बन्धी स्मृति
(C) आत्मचरित स्मृति (D) प्रक्रियात्मक स्मृति
नीचे दिये गये कूटसंकेतों (codes) के आधार पर उत्तर दें—
(क) A तथा C (ख) B तथा D (ग) D तथा C (घ) A तथा B

7. अक्सर आपके मन में वह स्मृति ताजी हो जाती है जो आपको यह याद दिलाती है कि आपके पिता को कैसे बेरहमी से बदमाशों ने कुछ साल पहले पीटा था। इस तरह की स्मृति को आप निम्नांकित में से किस श्रेणी में रखेंगे?
(क) प्रासंगिक स्मृति (episodic memory) (ख) अर्थगत स्मृति (semantic memory)
(ग) प्रक्रियात्मक स्मृति (procedural memory) (घ) फ्लैशबल्ब स्मृति (flashbulb memory)

8. सबसे लघुत्तम स्मृति को लघुकालीन स्मृति (short term memory) कहा जाता है। सही/गलत

9. पेटरसन एवं पेटरसन के अध्ययन के अनुसार STM की सही अवधि (duration) निम्नांकित में से कौन है?
(क) 6 सेकेंण्ड (ख) 10 सेकेण्ड (ग) 18 सेकेण्ड (घ) 30 सेकेण्ड

10. निम्नांकित में से किस तरह के कूटसंकेतीकरण (coding) से STM सबसे अधिक प्रभावित होता है?
(क) दृष्टि कूटसंकेतीकरण (visual coding) (ख) अर्थगत कूटसंकेतीकरण (semantic coding)
(ग) ध्वनिक कूटसंकेतीकरण (acoustic coding) (घ) उपर्युक्त में से कोई भी नहीं

11. STM से LTM में सूचनाओं के अंतरण में निम्नांकित में से किसकी भूमिका सबसे प्रधान होती है?
(क) संपोषण रिहर्सल (maintenance rehearsal) (ख) विस्तृत रिहर्सल (elaborative rehearsal)
(ग) अवधान (attention) (घ) मानसिक समीक्षा (mental review)

12. STM में किसी एक एकांश (item) को संसाधित (processing) करने में लगभग कितना समय लगता है?
(क) 250 मिलीसेकेंण्ड (ख) 500 मिलीसेकेण्ड
(ग) 750 मिलीसेकेण्ड (घ) 950 मिलीसेकेण्ड

13. स्मृति का एक प्रमुख तत्त्व (component) विस्मरण (foregetting) होता है। सही/गलत

14. सूची I को सूची II से सुमेलित करें—

सूची I	**सूची II**
(A) ह्रास सिद्धान्त (Decay theory)	(i) मेल्टन (Melton)
(B) द्विकारक सिद्धान्त (Two-factor theory)	(ii) इविंगहास (Ebbinghaus)
(C) स्वतंत्रता प्राक्कल्पना (Independence hypothesis)	(iii) क्रेक एवं लॉकहार्ट (Craik & Lochart)
(D) संसाधन-के-स्तर विचारधारा (Level-of-processing viewpoints)	(iv) मैग्यू (McGeoch)

दिये गए कूट संकेतों (codes) के आधार पर उत्तर दें—

	A	B	C	D		A	B	C	D
(क)	I	V	IV	III	(ख)	I	II	III	IV
(ग)	II	I	IV	III	(घ)	II	III	V	IV

15. विस्मरण के स्वतंत्रता प्राक्कल्पना (independence hypothesis) का निर्माण मूलर तथा पिलजेकर द्वारा किया गया था। सही/गलत

16. अर्थगत स्मृति (semantic memory) घोषणात्मक स्मृति (declarative memory) का एक प्रकार है। सही/गलत

17. व्यक्तिगत रूप से अनुभव की गयी अनुभूतियों की स्मृति को प्रासंगिक स्मृति (episodic memory) कहा जाता है। सही/गलत

18. मनोवैज्ञानिक शोधों से यह स्पष्ट हुआ है कि अधिक सुखद एकांशों (pleasant items) का प्रत्याह्वान कम सुखद एकांशों की अपेक्षा अधिक होता है। इस तथ्य का सम्बन्ध निम्नांकित में से किससे है?
(क) पोलयाना नियम (Pollyana principle) (ख) संकेत आधृत प्रत्याह्वान (cue-dependent recall)
(ग) चिह्न आधृत प्रत्याह्वान (trace-dependent recall) (घ) वार्ड होमलैंड घटना (Ward-Hovland Phenomenon)

19. व्यक्ति के पेशीय कौशलों (motor skills) तथा आदतों (habits) से सम्बद्ध स्मृति को अघोषणात्मक स्मृति (mondeclarative memory) कहा जाता है। सही/गलत

20. स्मृति के स्वरूप को संरचनात्मक (constructive) तथा पुनर्संरचनात्मक मानने में निम्नांकित में से किसकी भूमिका अधिक महत्त्वपूर्ण है?
(क) स्कीमा (schema) (ख) सांकेतिक प्रत्याह्वान (cued recall)
(ग) प्रत्यभिज्ञान (recognition) (घ) पुनरुत्पादन (reproduction)

21. विस्मरण की प्रक्रिया में निम्नलिखित सामग्रियों का सही क्रम (order) क्या है?
(A) कविता (poems) (B) निरर्थक पद (nonsense syallables)
(C) गद्यांश (passage) (D) सूझ-आधृत सीखना (insight based learning)
दिये गये कूटसंकेतों के आधार पर उत्तर दें—
(क) B, C, A, D (ख) B, A, C, D (ग) A, C, D, B (घ) D, C, B, A

22. दीर्घकालीन स्मृति (long-term memory) के कौन उपतंत्र में चेतन रूप से की गयी सचेतता (consciouns awareness) की जरूरत नहीं पड़ती है?
(क) प्रासंगिक स्मृति (episodic memory) (ख) अर्थगत स्मृति (semantic memory)
(ग) उद्योगात्मक स्मृति (non-declarative memory) (घ) घोषणात्मक स्मृति (declarative memory)

23. निम्नांकित में कौन विधि धारण या स्मृति को मापने का एक संवेदनशील माप (sensitive measure) है?
(क) प्रत्याच्छान (recall) (ख) पुनःसीखना (relearning)
(ग) प्रत्यभिज्ञान (retrieval) (घ) पुनःप्राप्ति (retrieval)

24. निम्नांकित में से किसने अर्थहीन पद (nonsense syllable) का आविष्कार किया तथा विस्मरण वक्र रेखांकित किया?
(क) स्पर्लिंग (Sperling) (ख) वार्टलेट (Bartlett)
(ग) वर्ट (Brutt) (घ) इविंगहॉस (Ebbinghaus)

25. वृद्ध लोगों के दीर्घकालीन स्मृति में विस्मरण का मुख्य कारण स्मृति चिह्नों का ह्रास (decay) होता है। सही/गलत

26. विस्मरण का मुख्य कारण हस्तक्षेप (interference) होता है। सही/गलत

27. हस्तक्षेप को कम करने का सबसे उत्तम तरीका यह है कि सीखने के बाद मनोरंजन किया जाय। सही/गलत

28. जब कोई व्यक्ति संख्या 10 को देखकर लार स्राव करने की अनुक्रिया करता है और उसके बाद जब वह 80/8 देखने पर भी लार स्राव की अनुक्रिया करता है, तो इस तरह की घटना को क्या कहा जाता है—
(क) विभेदन (ख) सामान्यीकरण (generalization)
(ग) अर्थगत सामान्यीकरण (Semantic generalization) (घ) इनमें से कुछ भी नहीं

29. विभेदन (discrimination) का विपरीत क्या होता है?
(क) सामान्यीकरण (ख) विलोपन (extinction)
(ग) अध्यंकन (imprinting) (घ) मध्यस्थ अधिगम (mediational learning)

30. निम्नांकित में किस एक को विभेदन सीखने की विधि में शामिल नहीं किया जा सकता है?
(क) पृथक प्रयास विधि (discrete trial method) (ख) स्वचालिक विधि (automated method)
(ग) स्वतंत्र क्रिया प्रसूत विधि (free operant method) (घ) प्रत्याह्वान विधि (recall method)

31. रिक्त स्थानों की पूर्ति करें—
(i) लघुकालीन स्मृति में सूचनाओं का बना रहना .... रिहर्सल पर निर्भर करता है।
(ii) LTM से विस्मरण का मुख्य कारण .... प्रक्रम है।
(iii) उद्दीपक कूटसंकेतन सिद्धान्त का विकास .... के शोधों से हुआ है।
(iv) मिलर (Miller) के जादुई संख्या के अनुसार STM की क्षमता .... तक सीमित होती है।
(v) प्रासंगिक स्मृति का दूसरा नाम .... स्मृति है।
(vi) प्रक्रियात्मक स्मृति एक तरह का .... स्मृति है।
(vii) स्वतंत्रता प्राक्कल्पना का प्रतिपादन .... द्वारा किया गया था।

उत्तर

1. (घ)	2. (ग)	3. (क)	4. (क)	5. (घ)	6. (घ)
7. (घ)	8. गलत	9. (ग)	10. (ग)	11. (ख)	12. (क)
13. सही	14. (ग)	15. गलत	16. सही	17. सही	18. (क)
19. सही	20. (क)	21. (क)	22. (ग)	23. (ख)	24. (घ)
25. गलत	26. सही	27. गलत	28. (ग)	29. (क)	30. (घ)

31. (i) संपोषक (ii) बाधा (iii) टुलविंग (iv) 7 ± 2
(v) आत्मचरित (vi) दीर्घकालीन (vii) मैग्यू

अध्याय 6

अभिप्रेरण
(MOTIVATION)

निबंधात्मक या दीर्घ-उत्तरीय प्रश्न (*Essay or Long Answer Questions*)

1. आवश्यकता-प्रणोद-प्रोत्साहन सूत्र की व्याख्या करें। अभिप्रेरित व्यवहारों की मुख्य कसौटियों का वर्णन करें।
   (*Explain need-drive-incentive formula. Discuss the major criteria of motivated behaviour.*)
2. जैविक अभिप्रेरकों के दैहिक आधारों का वर्णन करें।
   (*Describe the physiological bases of biogenic motive.*)
3. प्रयोगात्मक सबूत के साथ व्यक्ति के प्रमुख अर्जित अभिप्रेरकों का वर्णन करें।
   (*Describe, with experimental evidences, the important acquired motives of the person.*)
4. पशु प्रणोद के मापन के मुख्य विधियों का वर्णन करें।
   (*Describe the major methods of assessing animal drive.*)
5. मानव प्रणोद के मापन के मुख्य विधियों का वर्णन करें।
   (*Describe the major methods of assessing human drive.*)
6. अभिप्रेरण के आवश्यकता-पदानुक्रम मॉडल की आलोचनात्मक व्याख्या करें।
   (*Critically explain need-hierarchy model of motivation.*)
7. कुंठा के प्रकारों का वर्णन करें। कुंठा से उत्पन्न विभिन्न प्रकार के अभिप्रेरकों के संघर्ष का वर्णन करें।
   (*Describe the types of frustration. Describe the different types of conflict of motives produced by frustration.*)
8. अभिप्रेरकों के संघर्ष के समाधान के तरीकों का वर्णन करें।
   (*Describe the ways of resolution of conflict of motives.*)

वस्तुनिष्ठ प्रश्न (*Objective Questions*)

1. अभिप्रेरिक व्यवहार की कुछ अपनी विशेषताएँ होती हैं। निम्नांकित में से किसे इन विशेषताओं की सूची में नहीं रखा जा सकता है?
   (क) अभिप्रेरक व्यवहार लक्ष्य निर्देशित होता है।
   (ख) अभिप्रेरित व्यवहार चक्रीय (cyclical) होता है।
   (ग) अभिप्रेरिक व्यवहार में समस्थिति (homeostasis) में असंतुलन उत्पन्न हो जाता है।
   (घ) अभिप्रेरित व्यवहार में रक्तचाप, हृदय गति तथा श्वसन गति तीव्र हो जाती है।
2. फ्रायड के अनुसार मूलप्रवृत्ति (instinct) के दो मुख्य प्रकार हैं जो निम्नांकित में से कौन-सा है?
   (क) आक्रमकता तथा चिन्ता (ख) अहं (ego) तथा पराहं (super ego)
   (ग) ऐरोस तथा थैनाटोस (Eros & Thanatos) (घ) उपाहं (Id) तथा पराहं (super ego)
3. लक्ष्य-उन्मुखी व्यवहार में खासकर जैविक अभिप्रेरकों (biogenic drive) में प्राणी में निम्नांकित परिवर्तन होते हैं—
   (अ) प्रणोद (drive) (ब) आवश्यकता (need)
   (स) प्रोत्साहन (incentive) (द) पुरस्कार (reward)
   उपर्युक्त परिवर्तनों का सही क्रम (correct sequence) निम्नांकित में से कौन-सा है?
   (क) ब, अ, स, द (ख) ब, अ, द, स (ग) अ, ब, स, द (घ) अ, स, ब, द
4. लेटरल हाइपोथैलेमस (lateral hypothalamus) भूख उत्तेजन केन्द्र होता है। सही/गलत
5. भेन्ट्रोमिडीयल हाइपोथैलेमस (Ventromedial hypothalamus or VMH) भूख संतुष्टि केन्द्र (hunger satiety centre) के रूप में कार्य करता है। सही/गलत
6. डबल-डिप्लेसन प्राक्कल्पना (double-depletion hypothesis) के अनुसार प्यास के दो दैहिक कारण बतलाये गए हैं। नीचे दिए गए कारणों में से उसे चुनें—
   (अ) कोशीय निर्जलन (cellular dehydration) (ब) हाइपोभोलेमिया (hypovolemia)
   (स) रक्त में चीनी (sugar) की मात्रा में वृद्धि (घ) औसमोरिस्पेटर (osmoreceptor) का उत्तेजित होना।
   नीचे दिये गए कूटसंकेतों (codes) के आधार पर उत्तर दें।
   (क) अ तथा द (ख) ब तथा स (ग) अ तथा ब (घ) ब तथा द

7. कोलेसीस्टोकोनिन (Cholecystokonin or CKK) एक ऐसा हारमोन्स है जिसका सूई यदि दे दिया जाय तो इससे प्राणी में—
   (क) भूख अधिक बढ़ जाती है
   (ख) भूख और प्यास दोनों में ही वृद्धि हो जाती है
   (ग) भूख कम हो जाती है
   (घ) भूख और प्यास दोनों में ही कमी आ जाती है
8. भेन्ट्रोमेडियल हाइपोथैलेमस (Ventromedial hypothalamus or VMH) के नष्ट हो जाने से या क्षतिग्रस्त हो जाने पर क्या परिणाम होता है?
   (क) प्राणी अधिक मोटा हो जाएगा क्योंकि उसकी भूख चाहे वह जितना भी खाये, की तुष्टि कभी नहीं होती है।
   (ख) प्राणी काफी दुबला-पतला हो जाएगा क्योंकि उसे बहुत कम भूख लगेगी।
   (ग) प्राणी का मुँह हमेशा सूखा रहेगा और वह प्रायः प्यास का अनुभव करेगा।
   (घ) प्राणी को पानी पीने की आवश्यकता कभी नहीं महसूस होगी।
9. प्यास एक तरह का—
   (क) चक्रीय आवश्यकता (cyclic need) है।
   (ख) अचक्रीय आवश्यकता (noncyclic need) है।
   (ग) विशिष्ट आवश्यकता (specific need) है।
   (घ) सामान्य आवश्यकता (general need) है।
10. भूख के स्थानीय उद्दीपक सिद्धान्त (local stimulus theory) के अनुसार भूख की उत्पत्ति होती है—
   (क) भूख दर्द (hunger pangs) से
   (ख) बहुत देर से भोजन नहीं करने से
   (ग) आमाशय की मांसपेशियों में संकुचन होने से
   (घ) रक्त में चीनी की मात्रा बढ़ जाने से।
11. समस्थिति (homeostasis) की अवस्था बनाये रखने में निम्नांकित में से किसकी भूमिका अधिक महत्त्वपूर्ण है?
   (क) थैलेमस (thalamus)
   (ख) हाईपोथैलेमस (hypothalamus)
   (ग) लघु मस्तिष्क (cerebellum)
   (घ) अग्रपालि (parietal lobe)
12. समस्थिति (homeostasis) क्या है?
   (क) वह शारीरिक प्रक्रिया जिसके सहारे व्यक्ति अन्तःस्रावी ग्रन्थियों (endorcrine glands) पर नियंत्रण बनाये रखता है।
   (ख) वैसी शारीरिक प्रक्रिया जिसके सहारे व्यक्ति बाह्य वातावरण के साथ उचित समायोजन बनाये रखता है।
   (ग) वैसी शारीरिक प्रक्रिया जिसके सहारे व्यक्ति आन्तरिक वातावरण के साथ उचित समायोजन बनाये रखता है।
   (घ) वैसी शारीरिक प्रक्रिया जिसके सहारे व्यक्ति आन्तरिक एवं बाह्य दोनों तरह के वातावरण के साथ उचित समायोजन बनाकर रखता है।
13. उपलब्धि आवश्यक (need for achievement) का मापन निम्नांकित में से किससे अधिक उपर्युक्त ढंग से होता है।
   (क) रोशार्क परीक्षण (Rorschach Test)
   (ख) विषय-आत्मबोधन परीक्षण (Thematic apperception test)
   (ग) माइनेसोटा मल्टीफेजिक परसनालिटी इन्वेन्ट्री (Minnesota Multiphasic Personality Inventory)
   (घ) ब्लैकी परीक्षण (Blacky Test)
14. जब बच्चों को बाल्यावस्था में अधिक स्वतंत्रता प्रशिक्षण (independence training) दी जाती है, तो इससे उनमें—
   (क) सम्बन्धन आवश्यकता अधिक होती है।
   (ख) उपलब्धि आवश्यकता (need for achievement) अधिक होती है।
   (ग) आक्रामकता व्यवहार अधिक होती है।
   (घ) अनुमोदन व्यवहार (approval behaviour) अधिक होती है।
15. सभी आक्रामक व्यवहार कुंठा (frustration) से उत्पन्न होता है परंतु सभी तरह के कुंठा से आक्रमक व्यवहार उत्पन्न नहीं होता है। इस कथन का सम्बन्ध निम्नांकित में से किस प्राक्कल्पना (hypothesis) से है?
   (क) कुंठा-आक्रमकता प्राक्कल्पना (Frustration-aggression hypothesis)
   (ख) वर्कोविज प्राक्कल्पना (Berkowitz's hypothesis)
   (ग) स्वतंत्रता प्राक्कल्पना (Independence hypothesis)
   (घ) वर्कोविज एवं गीन प्राक्कल्पना (Berkowitz & Geen hypothesis)
16. कुछ व्यक्ति आक्रमकता इसलिए दिखाते हैं कि वह अन्य लोगों का ध्यान अपनी ओर आकृष्ट कर सके। इस तरह की आक्रमकता को निम्नांकित में से किस श्रेणी में रखा जाएगा?
   (क) वैरपूर्ण आक्रमकता (hostile aggression)
   (ख) साधनात्मक आक्रमकता (instrumental aggression)
   (ग) दमित आक्रमकता (repressed aggression)
   (घ) स्पष्ट आक्रमकता (overt aggression)
17. मैकक्लैंड (McClelland) का योगदान निम्नांकित में से किस क्षेत्र में सबसे प्रमुख है?
   (क) सम्बन्ध की आवश्यकता (need for affiliation)
   (ख) आक्रमकता अभिप्रेरण (aggressiveness motive)
   (ग) उपलब्धि अभिप्रेरक (achievement motive)
   (घ) शक्ति अभिप्रेरक (power motive)

18. जो भोजन मीठा होता है तथा जिसमें वसा (fat) अधिक होता है, से भूख उत्तेजित होती है। सही/गलत
19. वसा कोशिकाएँ (fat) की संख्या कभी कम नहीं होती है। सही/गलत
20. नीचे दिये गए कथन (assertion) एवं उसके तर्क (reason) पर ध्यान दें और दिये गये उत्तर कूटसंकेतों (answer codes) में से सही उत्तर का चयन करें।
कथन : अधूरे कार्यों की स्मृति लंबे समय तक बनी होती है।
तर्क : आवश्यकता (need) से प्राणी में तनाव (tension) उत्पन्न होता है।
उत्तर कूटसंकेत (answer codes)
(क) कथन एवं तर्क दोनों ही सही है (ख) कथन सही है परंतु तर्क गलत है।
(ग) तर्क सही है परंतु कथन गलत है (घ) कथन तथा तर्क दोनों ही गलत है
21. नीचे में से कौन एक छोड़कर सभी भूख का संकेत देते हैं?
(क) हारमोन सी सी के (harmone CCK)
(ख) लेटरल हाइपोथैलेमस (lateral hypothalamus) की क्रियाएँ
(ग) रक्त में ग्लूकोज का निम्न स्तर (घ) इन्सूलिन का उच्च स्तर
22. शरीर की कोशिकाओं से उस समय पानी निकल जाता है और वे सूख जाती हैं जब व्यक्ति को—
(क) अधिक पसीना निकलता है (ख) जरूरत से ज्यादा नमक खा लेता है
(ग) डायरिया या उल्टी हो जाती है (घ) जरूरत से ज्यादा अल्कोहल पी लेता है
23. जिस दर (rate) ऊर्जा या शक्ति उत्पन्न करने के लिए शरीर से कैलोरी (calory) खर्च करता है, उसे चयापचयी दर (metabolic rate) कहा जाता है। सही/गलत
24. अधिकतर सामाजिक अभिप्रेरक अनार्जित (unlearned) होते हैं। सही/गलत
25. ऊर्जा उत्पन्न करने के लिए हमारा शरीर कैलोरी खर्च करता है और इस कार्य के लिए कौन सबसे अधिक उत्तरदायी है?
(क) खर्च किया गया कैलोरी (calories consumed) (ख) खाने की आदत (eating habits)
(ग) वसा कोशिकाएँ (fat cells) (घ) चयापचयी दर (metabolic rate)
26. मैसलो द्वारा प्रतिपादित मॉडल में सुरक्षा की आवश्यकता से ऊपर कौन-सी आवश्यकता को रखा गया है?
(क) आत्मसिद्धि की आवश्यकता (need for self-actualization)
(ख) सम्मान की आवश्यकता (esteem need)
(ग) सदस्य होने एवं स्नेह पाने या देने की आवश्यकता (need to belong to or need to love or be loved)
(घ) इनमें से कोई नहीं
27. माता-पिता की नकारात्मक मनोवृत्ति के कारण लक्ष्य पर नहीं पहुँचने से उत्पन्न कुंठा को आप किस श्रेणी की कुंठा में रखेंगे—
(क) पर्यावरणी कुंठा (environmental frustration) (ख) व्यक्तिगत कुंठा (personal frustration)
(ग) संघर्ष-उत्पन्न कुंठा (conflict-produced frustration) (घ) इनमें से कुछ भी नहीं
28. शिक्षक द्वारा वर्ग में डाँट पड़ने पर छात्र यदि घर आकर अपनी छोटी बहन पर गुस्सा का इजहार करता है, तो यह किसका उदाहरण बनता है—
(क) विस्थापन (displacement) (ख) उदात्तीकरण (sublimation)
(ख) रूपान्तर (conversion) (घ) प्रतिक्रिया निर्माण (reaction formation)
29. रिक्त स्थानों की पूर्ति करें—
(i) भूख एक तरह का .... आवश्यकता है।
(ii) भूख के स्थानीय उद्दीपक सिद्धान्त का प्रतिपादन .... द्वारा किया गया है।
(iii) एस्ट्रोजन एक .... हारमोन्स है।
(iv) स्वतंत्रता परीक्षण अधिक होने से उपलब्धि आवश्यकता .... है।
(v) अवरोध विधि (obstruction method) द्वारा .... आवश्यकता का मापन होता है।

उत्तर

1. (घ)	2. (ग)	3. (क)	4. सही	5. सही	6. (ग)
7. (ग)	8. (क)	9. (क)	10. (ग)	11. (ख)	12. (ग)
13. (ख)	14. (ख)	15. (क)	16. (ख)	17. (ग)	18. सही
19. सही	20. (क)	21. (क)	22. (ख)	23. सही	24. गलत
25. (घ)	26. (ग)	27. (क)	28. (क)		

29. (i) चक्रीय (ii) कैनन (iii) महिला (iv) बढ़ती (v) पशु

अध्याय 7

संवेग
(EMOTION)

निबंधात्मक या दीर्घ-उत्तरीय प्रश्न (*Essay or Long Answer Questions*)

1. संवेग का अर्थ बतलावें। इसकी विशेषताओं का वर्णन करें।
   (Give the meaning of emotion. Describe its characteristics.)
2. बच्चों में संवेग का विकास कैसे होता है? उदाहरण देकर बतलावें।
   (How does emotion develop among children ? Explain with examples.)
3. संवेग के विकास में सीखना का महत्त्व बतलावें।
   (Explain the importance of learning in development of emotion.)
4. उपर्युक्त उदाहरणों के साथ संवेग के मुख्य प्रकारों का वर्णन करें।
   (Describe, with examples, the major types of emotion.)
5. संवेग के मापन के विभिन्न विधियों का वर्णन करें।
   (Describe the different methods of assessing emotion.)
6. संवेग के बाह्य शारीरिक सहसम्बन्धता का वर्णन करें।
   (Describe the external bodily correlates of emotion.)
7. संवेग के आन्तरिक शारीरिक सहसम्बन्ध का वर्णन करें।
   (Describe the internal bodily correlates of emotion.)
8. संवेग में तंत्रिका तंत्र के महत्त्व का वर्णन करें।
   (Describe the importance of nervous system in emotion.)
9. संवेग के कैनन-बार्ड सिद्धान्त की आलोचनात्मक व्याख्या प्रस्तुत करें।
   (Present a critical explanation of Cannon-Bard theory of emotion.)
10. संवेग के कैनन-बार्ड सिद्धान्त एवं जेम्स लांजे सिद्धान्त का एक तुलनात्मक अध्ययन प्रस्तुत करें।
    (Make a comparative study of James-Lange theory and Cannon-Bard theory emotion.)

वस्तुनिष्ठ प्रश्न (*Objective Questions*)

1. उत्तेजित संवेगावस्था में किसकी प्रबलता अधिक होती है?
   (क) कायिक तंत्रिका तंत्र (somatic nervous system)
   (ख) केन्द्रीय तंत्रिका तंत्र (central nervous system)
   (ग) अनुकम्पी तंत्रिका तंत्र (sympathetic nervous system)
   (घ) उपअनुकम्पी तंत्रिका तंत्र (parasympathetic nervous system)
2. संवेग की उत्पत्ति में सबसे स्पष्ट भूमिका किसकी होती है?
   (क) रेटिकुलर फॉरमेशन (reticular formation) की (ख) थैलेमस (thalamus) की
   (ग) हाइपोथैलेमस (hypothalamus) की
   (घ) गैल्वेनिक त्वक् अनुक्रिया (Galvanic skin response) की
3. संवेग में अनुकम्पी तंत्र (sympathetic system) के उत्तेजित होने से निम्नांकित में से किसका स्राव (secretion) अधिक होता है?
   (क) इन्सुलिन (insulin) की
   (ख) इपाइनफ्राइन (epinephrine) तथा नारइपाइनफ्राइन (norepinephrine) की
   (ग) एस्ट्रोजेन (estrogen) की
   (घ) एण्ड्रोजेन (androgen) की
4. गैल्वेनिक त्वक् अनुक्रिया (Galvanic Skin Response or GSR) क्या है?
   (क) एक ऐसी त्वक् अनुक्रिया जिससे यह पता चलता है कि व्यक्ति का हृदय गति तीव्र हो गया है।
   (ख) एक ऐसी त्वक् अनुक्रिया जिससे यह पता चलता है कि मस्तिष्क काफी क्रियाशील एवं उत्तेजित है।

(ग) हथेली की त्वचा एक ऐसी अनुक्रिया है जो यह बतलाता है कि जैसे-जैसे व्यक्ति अधिक उत्तेजित होते जाता है त्वक् संचारण (skin conductance) में वृद्धि होते जाती है।
(घ) पीठ की त्वचा की एक ऐसी अनुक्रिया जो यह बतलाता है कि व्यक्ति के अधिक उत्तेजित होने पर त्वक् सचारण में कमी हो जाती है।

5. ब्रिजेज (Bridges) के अनुसार बच्चे में क्रोध का संवेग प्रथम बार कब उत्पन्न होता है?
(क) 3 महीने की आयु होने पर (ख) 6 महीने की आयु होने पर
(ग) 9 महीने की आयु होने पर (घ) 12 महीने की आयु होने पर

6. निम्नांकित में से किसे संवेग का एक उचित मापक नहीं माना जा सकता है?
(क) गैल्वेनिक त्वक् अनुक्रिया (GSR) (ख) रक्तचाप में परिवर्तन
(ग) शरीर के तापक्रम में परिवर्तन (घ) प्रश्नावली विधि

7 GSR की माप निम्नांकित में से किन विधियों द्वारा होती है?
(क) फेरे विधि एवं टारकैनोफ विधि (ख) फेरे विधि एवं प्रश्नावली विधि
(ग) प्रश्नावली विधि एवं टारकैनोफ विधि (घ) प्रश्नावली विधि एवं प्रेक्षण विधि

8. निम्नांकित में से किसे GSR का दैहिक निर्धारक (physiological determinant) *नहीं* माना जा सकता है?
(क) पेशीय क्रियाएँ (muscular activities)
(ख) रक्त संचालन से सम्बद्ध प्रक्रियाएँ (blood circulatory activities)
(ग) पसीना ग्रन्थियों से सम्बद्ध क्रियाएँ (activities of sweat glands)
(घ) मस्तिष्क की क्रियाएँ (activities of brain)

9. निम्नांकित में से किस सिद्धान्त में संवेगात्मक अनुभूति का उत्पन्न होना संवेगात्मक व्यवहार पर निर्भर करता है?
(क) कैनन-वार्ड सिद्धान्त (Cannon-Bard theory) (ख) जेम्स-लांजे सिद्धान्त (James Lange theory)
(ग) स्कैकटर-सिगर सिद्धान्त (Schachter-Singer theory) (घ) लीपर सिद्धान्त (Leeper's theory)

10. निर्देश : नीचे 10 से 13 के प्रश्नों में संवेग से संबंधित एक कथन (assertion) दिया गया है तथा उस कथन का तर्क (reason) भी दिया गया है। दिये गये उत्तर कूटसंकेतों में से सही उत्तर का चयन करें।
कथन : संवेगात्मक अनुभूति एवं संवेगात्मक व्यवहार दोनों ही एक साथ होते हैं।
तर्क : संवेग की उत्पत्ति का आधार हाइपोथैलेमस तथा थैलमस की क्रियाएँ होती हैं।
उत्तर संकेत (Answer codes)
(क) कथन तथा तर्क दोनों ही सही है (ख) कथन सही है परंतु तर्क गलत है।
(ग) तर्क सही है परंतु कथन गलत है। (घ) कथन एवं तर्क दोनों ही गलत है।

11. कथन : आनन्दायक मनोदशा (happy mood) में हमलोग अच्छी-अच्छी बहुत सारी बातें सोचते हैं।
तर्क : संज्ञान संवेग से प्रभावित नहीं होता है।
उत्तर : संकेत (answer codes)
(क) कथन तथा तर्क दोनों ही सही है। (ख) कथन सही है परंतु तर्क गलत है
(ग) तर्क सही है परंतु कथन गलत है। (घ) कथन तथा तर्क दोनों ही गलत है।

12. कथन : दैहिक उत्तेजन के आधार पर यह पता लगाया जा सकता है कि व्यक्ति झूठ बोल रहा है या सच।
तर्क : झूठ बोलना एक तरह का संज्ञानात्मक अनुक्रिया (cognitive response) है।
उत्तर : संकेत (answer codes)
(क) कथन तथा तर्क दोनों ही सही है। (ख) कथन सही है परंतु तर्क गलत है।
(ग) तर्क सही है परंतु कथन गलत है। (घ) कथन तथा तर्क दोनों ही गलत है।

13. कथन : संवेग में तीव्र शारीरिक परिवर्तन होते हैं।
तर्क : गत अनुभूतियों के आलोक में हम शारीरिक परिवर्तनों के आधार पर अमुक संवेग की पहचान करते हैं।
(क) कथन तथा तर्क दोनों ही सही है। (ख) कथन सही है परंतु तर्क गलत है।
(ग) तर्क सही है परंतु कथन गलत है। (घ) कथन तथा तर्क दोनों ही गलत है।

14. निम्नांकित में से किस कथन को जेम्स-लांजे सिद्धान्त की आलोचना के रूप में स्वीकार किया जा सकता है?
(क) संवेगात्मक अनुभूति का होना संवेगात्मक व्यवहार पर निर्भर करता है।
(ख) संवेगात्मक अनुभूति तथा संवेगात्मक व्यवहार एक-दूसरे से स्वतंत्र है।
(ग) संवेग में हाइपोथैलेमस की महत्त्वपूर्ण भूमिक नहीं होती है।
(घ) संवेग में अन्तरावयव तथा मांसपेशियों की सक्रियता होती है।

15. संवेग में संवेदी (sensory) तत्त्व होता है। सही/गलत
16. पोलिग्राफ (polygraph) द्वारा सांवेगिक उत्तेजन स्तर का मापन होता है। सही/गलत
17. मूल संवेग (basic emotions) अनार्जित (unlearned) एवं सार्वत्रिक (universal) होते है। सही/गलत
18. 'व्यक्ति बाघ देखता है, भाग जाता है, इसलिए डर जाता है।' इस उक्ति से किस सिद्धान्त का समर्थन होता है?
    (क) कैनन-वार्ड सिद्धान्त का। (ख) स्कैक्टर सिंगर सिद्धान्त का।
    (ग) लिंडस्लेय के सिद्धान्त का। (घ) जेम्स-लांजे के सिद्धान्त का।
19. जेम्स-लांजे सिद्धान्त के आलोक में निम्नांकित में से कौन कथन सही है?
    (क) संवेगात्मक अनुभूति तथा संवेगात्मक व्यवहार एक-दूसरे से स्वतंत्र होते हैं।
    (ख) संवेगात्मक अनुभूति होने का कारण हाइपोथैलमस है।
    (ग) संवेगात्मक व्यवहार पर संवेगात्मक अनुभूति निर्भर करता है।
    (घ) संवेगात्मक अनुभूति उत्पन्न होने के कारण संवेगात्मक व्यवहार होता है।
20. जेम्स-लांजे सिद्धान्त तथा कैनन-वार्ड सिद्धान्त में व्यक्त समानताएँ से सम्बन्धित कुछ कथन नीचे दिये गये हैं। इनमें से असत्य कथन कौन-सा है?
    (क) दोनों ही सिद्धान्त के अनुसार उद्दीपक (stimulus) का प्रत्यक्षण अनिवार्य है।
    (ख) दोनों सिद्धान्त सांवेगिक अनुभूति तथा सांवेगिक व्यवहार को संवेग का दो महत्त्वपूर्ण पहलू मानता है।
    (ग) दोनों सिद्धान्त का यह मानना है कि संवेगात्मक अनुभूति व्यक्ति को उस समय होता है जब पेशीय तंत्रिका द्वारा तंत्रिका आवेग प्रमस्तिष्क बल्कुट में पहुँचता है।
    (घ) दोनों सिद्धान्त यह मानता है कि संवेगात्मक व्यवहार अन्तरावयव (visceral organs) तथा शरीर की ऐच्छिक मांसपेशियो में उपद्रव (disturbance) के फलस्वरूप होता है।
21. रिक्त स्थानों की पूर्ति करें—
    (i) संवेग एवं अभिप्रेरण दोनों में ही व्यक्ति .... व्यवहार दिखाता है।
    (ii) कैनन-वार्ड के अनुसार संवेग का केन्द्र .... होता है।
    (iii) ईर्ष्या (hostility) एक ऐसा संवेग है जिसकी अभिव्यक्ति .... द्वारा नहीं होती है।
    (iv) उच्चस्तरीय संवेग से तर्कसंगत चिंतन (rational thinking) में .... होती है।
    (v) कुछ शोधकर्त्ताओं का मत है कि महिलाओं में संवेग पुरुषों की अपेक्षा अधिक .... होता है।

उत्तर

1. (ग)	2. (ग)	3. (ख)	4. (ग)	5. (ख)	6. (ग)
7. (क)	8. (घ)	9. (ख)	10. (क)	11. (ख)	12. (ख)
13. (क)	14. (ख)	15. सही	16. गलत	17. सही	18. (घ)
19. (ग)	20. (ग)				

21. (i) लक्षण-निर्देशित (ii) हाइपोथैलेमस (iii) चेहरा (v) कमी (vi) तीव्र

अध्याय 8

बुद्धि
(INTELLIGENCE)

निबंधात्मक या दीर्घ-उत्तरीय प्रश्न *(Essay or Long Answer Questions)*

1. बुद्धि की एक परिभाषा दें। इसके प्रमुख प्रकारों का वर्णन करें।
   (Define intelligence. Describe its major types.)
2. अमूर्त बुद्धि तथा मूर्त बुद्धि में क्या अंतर है? बुद्धि का मापन कैसे होता है?
   (What is the difference between abstract intelligence and concrete intelligence ? How is intelligence measured ?)
3. बुद्धिलब्धि तथा विचलन बुद्धिलब्धि के अन्तर को सोदाहरण समझावें।
   (With examples, make distinction between intelligence quotient and deviation intelligence quotient.)
4. उदाहरण के साथ स्पीयरमैन द्वारा प्रस्तावित बुद्धि के द्विकारक सिद्धान्त की आलोचनात्मक व्याख्या करें।
   (With examples, present a critical explanation of Spearman's two-factor theory of intelligence.)

5. थर्स्टन द्वारा प्रस्तावित बुद्धि के समूह कारक सिद्धान्त की आलोचनात्मक व्याख्या करें।
(Critically explain Thurstone's group factory theory of intelligence.)
6. उदाहरण के साथ तरल बुद्धि तथा ठोस बुद्धि में अन्तर करें।
(With examples, make distinction between liquid intelligence and crystallized intelligence.)
7. गिलफोर्ड के त्रिविमीय मॉडल की आलोचनात्मक व्याख्या करें।
(Critically explain the tridimentional model of Guilford.)
8. गार्डनर द्वारा प्रस्तावित बुद्धि के सिद्धान्त की आलोचनात्मक व्याख्या करें।
(Critically explain the Multi-intelligence theory proposed by Gardner.)
9. स्टर्नवर्ग द्वारा प्रस्तावित बुद्धि के सिद्धान्त की आलोचनात्मक व्याख्या करें।
(Critically explain the theory of intelligence proposed by Sternberg.
10. बुद्धि के निर्धारण में आनुवंशिकता-वातावरण विवाद पर प्रकाश डालें।
(Throw light upon the heredity-environment controversy in determination of intelligence.)
11. तर्कणा के स्वरूप का वर्णन करें। तर्कणा में निहित महत्त्वपूर्ण कदम या सोपान का वर्णन करें।
(Discuss the nature of reasoning. Describe the important steps involved in reasoning.)

वस्तुनिष्ठ प्रश्न *(Objective Questions)*

1. वेशलर ने बुद्धि को परिभाषित करने में किस उपागम (approach) का सहारा लिया है?
(क) आणविक उपागम (atomistic approach) (ख) सार्वजनिक उपागम (global approach)
(ग) मोलर उपागम (molar approach) (घ) मनोमितिक उपागम (psychometric approach)
2. एक सफल पेन्टर (painter) में किस तरह की बुद्धि की प्रबलशीलता होता है?
(क) अमूर्त बुद्धि (abstract intelligence) की (ख) मूर्त बुद्धि (concrete intelligence) की
(ग) सामाजिक बुद्धि (social intelligence) की (घ) तरल बुद्धि (liquid intellignece) की
3. मानसिक आयु के संप्रत्यय को किसमें महत्त्वहीन समझा गया है?
(क) बुद्धि लब्धि (intelligence quotient) में।
(ख) विलचन बुद्धि लब्धि (deviation intelligence quotient) में।
(ग) कुशलता सूचकांक (index brightness) में
(घ) मानक प्राप्तांक (standard score) में
4. अगर किसी व्यक्ति का बुद्धि मानक प्राप्तांक (intelligence standard score) + 2σ हो, तो उसका विचलन बुद्धि लब्धि (deviation IQ) यदि माध्य = 100 तथा मानक विचलन = 15 हो, तो कितना होगा?
(क) 85 (ख) 115 (ग) 130 (घ) 145
5. "बुद्धि का स्वरूप बिजली के समान होता है जिसे मापना आसान है परंतु परिभाषित करना मुश्किल है।" यह उक्ति किनका है?
(क) स्पीयरमैन (Spearman) (ख) जेनसन (Jenson)
(ग) बिने (Binet) (घ) गार्डनर (Gardner)
6. सबसे पहला बुद्धि परीक्षण निम्नांकित में से कौन है?
(क) वेक्सलर बुद्धि परीक्षण (Wechsler intelligence scale)
(ख) बिने साइमन परीक्षण (Binet-Simon test)
(ग) रैवेन प्रोग्रेसिव मैट्रिसेज (Raven's Progressive Matrices)
(घ) गुडएनफ ड्रा-ए-मैन-परीक्षण (Goodenough Draw-A-Man test)
7. वेक्सलर बुद्धि परीक्षण को आप किस तरह की श्रेणी में रखेंगे?
(क) शाब्दिक परीक्षण (verbal test) (ख) क्रियात्मक परीक्षण (performance test)
(ग) अशाब्दिक परीक्षणं (non-verbal test) (घ) शाब्दिक क्रियात्मक परीक्षण (verbal performance test)
8. सही सुमेल बतलायें—

परीक्षण	**प्रकार**
(अ) रैवेन प्रोग्रेसिव मैट्रीसेज	(च) शाब्दिक परीक्षण
(ब) बिने साइमन परीक्षण	(छ) अंशाब्दिक परीक्षण
(स) पास अर्लॉग परीक्षण	(ज) क्रियात्मक परीक्षण

दिये गए कूटसंकेतों (codes) के आधार पर उत्तर दें—

(क) अ तथा ज (ख) ब तथा छ (ग) स तथा च (घ) अ तथा छ

निर्देश : *एकांश संख्या 9 से 13 तक में एक-एक कथन (assertion) दिया गया है तथा उनका एक-एक तर्क (reasoning) भी दिया गया है। प्रत्येक एकांश के दिये गए कूटसंकेतों (codes) में से सही उत्तर का चयन करें।*

9. कथन (assertion) : अधिक बुद्धि वाले व्यक्ति सभी तरह की परिस्थितियों में उत्तम निष्पादन (performance) दिखाते हैं।
   तर्क (reasoning) : बुद्धि के निर्धारण में g-कारक की वर्चस्व होता है।
   उत्तर संकेत (answer codes)
   (क) कथन और तर्क दोनों ही सही है। (ख) कथन सही है परंतु तर्क गलत है।
   (ग) तर्क सही है परंतु कथन गलत है। (घ) कथन तथा तर्क दोनों ही गलत है।
10. कथन (assertion) : कुशाग्र बुद्धि वाले व्यक्ति सर्जनात्मक (creative) होते हैं।
   तर्क (reasoning) : बुद्धि तथा सर्जनात्मकता में धनात्मक सम्बन्ध होता है।
   उत्तर संकेत (answer codes)
   (क) कथन और तर्क दोनों ही सही है। (ख) कथन सही है परंतु तर्क गलत है।
   (ग) तर्क सही है परंतु कथन गलत है। (घ) कथन और तर्क दोनों ही गलत है।
11. कथन (assertion) : कुशाग्र बुद्धि वाले माता-पिता के बच्चे भी तीव्र बुद्धि के होते हैं।
   तर्क (reasoning) : बुद्धि का निर्धारण आनुवंशिक (hereditary) कारकों से होता है।
   उत्तर संकेत (Answer codes)
   (क) कथन और तर्क दोनों ही सही है। (ख) कथन सही है परंतु तर्क गलत है।
   (ग) तर्क सही है परंतु कथन गलत है। (घ) कथन और तर्क दोनों ही गलत है।
12. कथन (assertion) : प्रथम जन्म क्रम वाले बच्चे की बुद्धि बाद के जन्मक्रम वाले बच्चों की अपेक्षा अधिक प्रखर होती है।
   तर्क (reasoning) : व्यक्ति के बुद्धि पर पर्यावरण का प्रभाव पड़ता है।
   उत्तर संकेत (Answer codes)
   (क) कथन और तर्क दोनों ही सही है। (ख) कथन सही है परंतु तर्क गलत है।
   (ग) तर्क सही है परंतु कथन गलत है। (घ) कथन और तर्क दोनों ही गलत है।
13. कथन (assertion) : संगीतज्ञ (musician) तीव्र बुद्धि के होते हैं।
   तर्क (reasoning) : व्यक्ति की बुद्धि में S-कारक की प्रधानता होती है।
   उत्तर संकेत (Answer codes)
   (क) कथन और तर्क दोनों ही सही है। (ख) कथन सही है परंतु तर्क गलत है।
   (ग) तर्क गलत है और परंतु कथन सही है। (घ) कथन और तर्क दोनों ही गलत है।
14. पहला वैध (valid) बुद्धि परीक्षण स्टैनफोर्ड विने परीक्षण था। सही/गलत
15. वेक्सलर ने वयस्कों एवं बच्चों दोनों के लिए बुद्धि परीक्षण विकसित किये। सही/गलत
16. अंक विस्तार परीक्षण (digit span test) को वेक्सलर एक क्रियात्मक परीक्षण माने हैं। सही/गलत
17. यदि किसी व्यक्ति का समायोजी कार्यवाही (adaptive functioning) असंतोषजनक है और उसकी बुद्धि लब्धि 70 से नीचे है, तो उसे मानसिक रूप से दुर्बल (retarded) कहा जाता है। सही/गलत
18. नर्तकी में निम्नांकित में किसकी प्रधानता अधिक होती है?
   (क) सांगीतिक बुद्धि (musical intelligence) (ख) व्यक्तिगत बुद्धि (personal intelligence)
   (ग) शारीरिक गतिक बुद्धि (body-kinetic intelligence) (घ) तरल-बुद्धि (liquid intelligence)
19. कैटेल के अनुसार निम्नांकित में से कौन कथन सत्य है?
   (क) बुद्धि में 'g' एवं 's' दो प्रधान कारक होते हैं।
   (ख) बुद्धि का स्वरूप तरल (liquid) एवं ठोस (crystallized) दोनों ही होता है।
   (ग) बुद्धि अंशतः जन्मजात तथा अंशतः अर्जित होती है।
   (घ) बुद्धि सिर्फ दो प्रकार का होता है—भाषीय (lunguistic) तथा स्थानिक (spatial)
20. दिये गये आकृतियों या चित्रों को मानसिक रूप से परिवर्तन करने की क्षमता को कहा जाता है—
   (क) अमूर्त क्षमता (abstract ability)
   (ख) स्थानिक क्षमता (spatial ability)
   (ग) प्रत्यक्षज्ञानात्मक गति क्षमता (perceptual speed ability)
   (घ) तर्क क्षमता (reasoning ability)

21. बुद्धि-लब्धि परीक्षण स्कूल में सफलता का उत्तम भविष्यवाणी करता है। सही/गलत
22. प्रोजेक्ट हेड स्टार्ट (Project Head Start) का सम्बन्ध किससे है?
(क) व्यक्तित्व को उन्नत बनाने से। (ख) सर्जनात्मकता (creativity) को उन्नत बनाने से
(ग) बुद्धि (intelligence) को उन्नत बनाने से (घ) इनमें से किसी से नहीं।
23. कम्प्यूटर द्वारा दिखलाये गए बौद्धिक क्षमता को आप निम्नांकित में से किस श्रेणी में रखेंगे?
(क) सामाजिक बुद्धि (social intelligence) (ख) मूर्त बुद्धि (concrete intelligence)
(ग) अमूर्त बुद्धि (abstract intelligence) (घ) कृत्रिम बुद्धि (artificial intellignece)
24. 'महाराणा प्रताप जैसे वीर पुरुष के समान ही रानी लक्ष्मीबाई भी एक मशहूर वीरांगना थीं।' इस कथन में सम्मिलित तर्कणा को आप किस श्रेणी में रखेंगे—
(क) निगमनात्मक तर्कणा (deductive reasoning) (ख) आगमनात्मक तर्कणा (inductive reasoning)
(ग) आलोचनात्मक तर्कणा (evaluative reasoning) (घ) सादृश्यवाची तर्कणा (analogical reasoning)
25. रिक्त स्थानों की पूर्ति करें—
(i) गिलफोर्ड मॉडल में बुद्धि के कुल .... कारक होते हैं।
(ii) 'g' कारक एक .... है।
(iii) ठोस बुद्धि (crystallized intelligence) का स्वरूप .... होता है।
(iv) पदानुक्रमिक मॉडल में सबसे ऊपरी स्तर पर .... कारक को रखा गया है।
(v) गार्डनर के अनुसार बुद्धि के .... कारक होते हैं।
(vi) रैवेन प्रोग्रेसिव मैट्रिसेज एक तरह का .... बुद्धि परीक्षण है।
(vii) एकांडी जुड्वाँ बच्चों की आनुवंशिकता .... समरूप होती है।

उत्तर

1. (ख)	2. (क)	3. (ख)	4. (ग)	5. (ख)	6. (ख)
7. (घ)	8. (घ)	9. (क)	10. (ख)	11. (घ)	12. (क)
13. (घ)	14. सही	15. सही	16. गलत	17. सही	18. (ग)
19. (ख)	20. (ख)	21. सही	22. (ग)	23. (घ)	24. (घ)
21. (i) 180	(ii) जन्मजात	(iii) अर्जित	(v) g	(vi) छह	
(vi) अशाब्दिक	(vii) शत प्रतिशत				

अध्याय 9

व्यक्तित्व
(PERSONALITY)

निबंधात्मक या दीर्घ-उत्तरीय प्रश्न (*Essay or Long Answer Questions*)

1. व्यक्तित्व की परिभाषा दें तथा इसके स्वरूप पर प्रकाश डालें।
(Define personality and throw light upon its nature.)
2. व्यक्तित्व के प्रकार उपागम का आलोचनात्मक व्याख्या करें।
(Present a critical explanation of type approach to personality.)
3. व्यक्ति के शीलगुण उपागम की आलोचनात्मक व्याख्या करें।
(Present a critical explanation of trait approach to personality.)
4. निम्नलिखित पर संक्षिप्त नोट लिखें—
Write short notes on the following—
(i) भावमूलक उपागम (idiographic approach)
(ii) नियमान्वेषी उपागम (nomothetic approach)
(iii) दी विग फाईब का शीलगुण संप्रत्यय (trait concept of the Big five)
5. व्यक्तित्व के मापन के रूप में प्रक्षेपण विधियों का मूल्यांकन करें।
(Evaluate the projective methods as measures of personality.)

6. व्यक्तित्व मापन के आत्म-निवेदन आविष्कारिकाओं के महत्त्व का मूल्यांकन करें।
   (Evaluate the importance of self-report inventories in the measurement of personality.)
7. व्यक्तित्व के जैविक निर्धारकों का उदाहरण सहित वर्णन करें।
   (Describe, with examples, the biological determinants of personality.)
8. व्यक्तित्व के पर्यावरणीय निर्धारकों का उदाहरण सहित वर्णन करें।
   (Describe, with example, the environmental determinants of personality.)
9. निम्नलिखित पर संक्षिप्त नोट लिखें
   (Write short notes on the following—
   (अ) रोशार्क परीक्षण (Rorschach Test)
   (ब) विषय आत्मबोधन परीक्षण (Thematic Apperception Test)
   (स) प्रेक्षण विधि (Observation method)
10. फ्रायड द्वारा प्रतिपादित व्यक्ति के मनोविश्लेषणात्मक सिद्धान्त की आलोचनात्मक व्याख्या करें।
    (Critically explain Psychoanalytic theory of personality as proposed by Sigmund Freud.)
11. व्यक्तित्व के आकारात्मक मॉडल तथा गत्यात्मक या संरचनात्मक मॉडल का तुलनात्मक अध्ययन करें।
    (Make a comparative study of topographical and dynamic or structural model personality.)
12. गॉर्डन आलपोर्ट द्वारा प्रतिपादित व्यक्तितव के शीलगुण सिद्धान्त की आलोचनात्मक व्याख्या करें।
    (Present a critical explanation of trait theory of personality as proposed by Gordon Allport.)
13. फ्रायड एवं आलपोर्ट द्वारा प्रतिपादित व्यक्तित्व सिद्धान्तों का तुलनात्मक अध्ययन करें।
    (Make a comparative study of theories of personality as proposed by Freud and Allport.)

वस्तुनिष्ठ प्रश्न *(Objective Questions)*

1. व्यक्तित्व के जिस उपागम (approach) में व्यक्ति विशेष के व्यवहारों को समझने तथा विभिन्न परिस्थितियों में उनके होने वाले व्यवहारों का पूर्वकथन करने पर बल डाला जाता है, उसे कहा जाता है—
   (क) भावमूलक उपागम (idiographic approach) (ख) नियमान्वेषी उपागम (nomethetic approach)
   (ग) संज्ञानात्मक उपागम (cognitive approach) (घ) शीलगुण उपगमा (trait approach)
2. सिकन्दर महान के व्यक्तित्व का एक महत्त्वपूर्ण शीलगुण उच्च आकांक्षा (aspiration) था। उनके इस शीलगुण को किस श्रेणी का शीलगुण कहा जाएगा?
   (क) केन्द्रीय शीलगुण (central trait) (ख) कार्डिनल शीलगुण (cardinal trait)
   (ग) गौण शीलगुण (secondary trait) (घ) स्रोत शीलगुण (source trait)
3. व्यक्तित्व का एक नियम कुछ ऐसा होता है जो शीलगुणों, मूल्यों एवं अभिप्रेरणों को संगठित करते हैं। ऐसे नियम को आलपोर्ट (Allport) ने क्या कहा है?
   (क) केन्द्रीय शीलगुण (central trait) (ख) कार्डिनल शीलगुण (cardinal trait)
   (ग) अहं (ego) (घ) प्रोप्रियम (proprium)
4. किसी वृक्ष का विकास एवं वर्धन (growth) उसके उत्तम बीज के कारण होता है। परंतु जब वह वृक्ष पूर्णतः परिपक्व हो जाता है, या बड़ा हो जाता है तो वह अपने विकास एवं वर्धन के लिए बीज पर आधारित नहीं होता है। इससे निम्नांकित में से किस नियम (principle) पर प्रकाश पड़ता है?
   (क) प्रबलता का नियम (principle of prepotency) (ख) संधि का नियम (principle of fusion)
   (ग) पूरक का नियम (principle of susidation)
   (घ) कार्यात्मक स्वायतत्ता का नियम (principle of functional autonomy)
5. उपाहं (id) नैतिकतवादी नियम से निर्धारित होता है। सही/गलत
6. प्राप्य या सुलभ स्मृति (available memory) का दूसरा नाम क्या है?
   (क) चेतन (conscious) (ख) अर्द्धचेतन (subconscious)
   (ग) व्यक्तिगत अचेतन (personal unconscious) (घ) सामूहिक अचेतन (collective unconscious)
7. एक भ्रष्ट नेता द्वारा भ्रष्टाचार के विरोध में भाषण देना निम्नांकित में से किस रक्षा प्रक्रम (defence mechanism) का उदाहरण है?
   (क) यौक्तिकीकरण (rationalization) (ख) प्रतिक्रिया निर्माण (reaction formation)
   (ग) प्रतिगमन (regression) (घ) प्रक्षेपण (projection)

8. मनोविश्लेषण व्यक्तित्व का एक सिद्धान्त होने के साथ ही मानसिक रोगों के उपचार की चिकित्सा (therapy) भी है। सही/गलत
9. व्यक्तित्व का वह हिस्सा जो हमारे जैविक इच्छाओं को संतुष्ट करने में तथा व्यवहार का उपयुक्त तरीका दिखाने में अहम् भूमिका निभाता है, कहा जाता है—
(क) उपाहं (id) (ख) अहम् (ego)
(ग) पराहं (super ego) (घ) अहम आदर्श (ego ideal)
10. फ्रायड ने अचेतन को व्यवहार का मुख्य अभिप्रेरक माना है। सही/गलत
11. रक्षा प्रक्रम (defence mechanism) का उपयोग सिर्फ मनोवैज्ञानिक रूप से अस्वस्थकर व्यक्तियों द्वारा ही किया जाता है। सही/गलत
12. 'खाओ, पीओ और मौज करो' की ओर व्यक्तित्व का कौन हिस्सा आपको आकर्षित करता है—
(क) उपाहं (ख) अहम्
(ग) पराहं (घ) अहम् आदर्श (ego ideal)
13. फ्रायड के अनुसार यौन मूल प्रवृत्ति (sex instinct) यौवनावस्था में उत्पन्न होता है। सही/गलत
14. साफ-सुथरा तथा चीजों को सुव्यवस्थित रखने की अधिक चिंता फ्रायड के अनुसार किस अवस्था पर स्थायीकरण (fixation) का संकेत देता है?
(क) मुखावस्था (oral stage) (ख) गुदावस्था (anal stage)
(ग) लिंग प्रधानावस्था (phallic stage) (घ) अव्यक्तावस्था (latency stage)
15. आलपोर्ट के अनुसार व्यक्ति को उत्तम ढंग से परिभाषित करने वाला सबसे प्रमुख शीलगुण कौन होता है?
(क) सामान्य (common) शीलगुण (ख) स्रोत (source) शीलगुण
(ग) गौण (seondary) शीलगुण (घ) कार्डिनल (cardinal) शीलगुण

*16-18 **निर्देश** : नीचे से 16 से 18 तक के प्रश्नों में व्यक्तित्व के विभिन्न क्षेत्रों से एक-एक कथन (assertion) दिया गया है तथा उसके साथ प्रत्येक का एक-एक तर्क (reason) भी दिया गया है। दिये गये उत्तर कूटसंकेतों (codes) में से सही उत्तर का चयन करें।*

16. **कथन :** व्यक्तित्व विकास में बाल्यावस्था की अनुभूतियाँ महत्त्वपूर्ण होती है।
तर्क : व्यक्तित्व का इतिहास ही व्यक्तित्व होता है।
उत्तर संकेत (answer codes)
(क) कथन तथा तर्क दोनों ही सही है। (ख) कथन सही है परंतु तर्क गलत है।
(ग) कथन गलत है परंतु तर्क सही है। (घ) कथन तथा तर्क दोनों ही गलत है।
17. **कथन :** उत्तम मानसिक स्वास्थ्य वाले व्यक्ति की सामाजिक अभिरुचि विस्तृत होती है।
तर्क : मानसिक स्वास्थ्य विभिन्न तरह की अभिरुचि को जन्म देता है।
उत्तर संकेत (answer codes)
(क) कथन तथा तर्क दोनों सही है। (ख) कथन सही है परंतु तर्क गलत है।
(ग) कथन गलत है परंतु तर्क सही है। (घ) कथन एवं तर्क दोनों ही गलत है।
18. **कथन :** व्यक्ति का वर्तमान अभिप्रेरक उसके व्यवहार का मुख्य निर्धारक होता है।
तर्क : वर्तमान अभिप्रेरक की उत्पत्ति गत इच्छाओं एवं अभिप्रेरकों से स्वतंत्र होता है।
उत्तर संकेत (answer code)
(क) कथन तथा तर्क दोनों ही सही है। (ख) कथन सही है परंतु तर्क गलत है।
(ग) कथन गलत है परंतु तर्क सही है। (घ) कथन तथा तर्क दोनों ही गलत है।
19. कार्यात्मक स्वायतत्ता के नियम का प्रतिपादन फ्रायड द्वारा किया गया है। सही/गलत
20. रिक्त स्थानों की पूर्ति करें—
(i) .... वाले व्यक्ति में प्रतिस्पर्शद्धता तथा उपलब्धि अभिप्रेरक प्रबल होता है।
(ii) .... को विषाद (depression) का एक जोखिम कारर्क कहा गया है।
(iii) सामूहिक अचेतन का क्षेत्र व्यक्तिगत अचेतन से अधिक .... होता है।
(iv) पीढ़ी-दर-पीढ़ी से चली आ रही बातें .... में संयोजित होती हैं।
(v) कार्यात्मक स्वायतत्ता (functional autonomy) के संप्रत्यय का विकास .... द्वारा किया गया है।

उत्तर

1. (क)	2. (ख)	3. (घ)	4. (घ)	5. गलत	6. (ख)
7. (ख)	8. सही	9. (ख)	10. सही	11. गलत	12. (क)
13. गलत	14. (ख)	15. (घ)	16. (क)	17. (ख)	18. (क)
19. गलत					

20. (i) द्वितीय जन्मक्रम (ii) अर्जित निस्सहायता (iii) बड़ा
(iv) सामूहिक चेतन (v) आलपोर्ट

अध्याय 10

चिन्तन एवं संप्रत्यय निर्माण
(THINKING AND CONCEPT FORMATION)

निबंधात्मक या दीर्घ-उत्तरीय प्रश्न (*Essay or Long Answer Questions*)

1. चिन्तन की परिभाषा दें। इसकी प्रमुख विशेषताओं का वर्णन करें।
(Define thinking. Discuss its major characteristics.)
2. चिन्तन में भाषा के महत्त्व की व्याख्या करें।
(Explain the importance of language in thinking.)
3. चिन्तन में वृत्ति या तत्परता की भूमिका का वर्णन प्रयोगात्मक सबूतों के साथ करें।
(Discuss, with experimental evidences, the role of set in thinking.)
4. चिन्तन में प्रयत्न एवं त्रुटि की प्रक्रिया का वर्णन करें।
(Discuss the importance of trial and error in thinking.)
5. चिन्तन में प्रतिमाओं की भूमिका पर प्रकाश डालें।
(Throw light upon the role of images in thinking.)
6. चिन्तन के किस सिद्धान्त को आप अधिक उपयुक्त मानते हैं? अपने उत्तर का प्रयोगात्मक समर्थन दें।
(Which theory of thinking do you consider most suitable ? Support your answer with experiments.)
7. चिन्तन के विभिन्न सिद्धान्तों की आलोचनात्मक व्याख्या करें।
(Present a critical explanation of different theories of thinking.)
8. संप्रत्यय की परिभाषा दें। इसकी उपयोगिताओं पर प्रकाश डालें।
(Define concept. Throw light upon its utilities.)
9. उदाहरण देते हुए संप्रत्यय के प्रमुख प्रकारों का वर्णन करें।
(Describe, wiith examples, the major types of concept.)
10. संप्रत्यय सीखना को प्रभावित करने वाले कारकों का वर्णन करें। संप्रत्यय का मापन किस तरह से किया जाता है?
(Describe the factors that influence concept learning. How is concept measured ?)
11. उदाहरण के साथ संप्रत्यय सीखना में सम्मिलित प्रमुख योजनाओं का वर्णन करें।
Describe, with examples, the strategies involved in concept learning.

वस्तुनिष्ठ प्रश्न (*Objective Questions*)

1. निम्नांकित में से कौन चिन्तन में हमेशा सम्मिलित नहीं होता है?
(क) भाषा (language) (ख) संप्रत्यय (concept)
(ग) प्रतिमा (symbol) (घ) प्रतीक (sign)
2. स्वप्न चित्र (fantasy) को किस श्रेणी का चिन्तन माना गया है?
(क) अभिसारी चिन्तन (convergent thinking) (ख) सर्जनात्मक (creative thinking)
(ग) आलोचनात्मक चिन्तन (evaluative thinking) (घ) चिन्तन (autistic thinking)
3. वोर्फ प्राक्कल्पना (Whorf hypothesis) के संदर्भ में निम्नांकित में कौन कथन सत्य है?
(क) भाषा द्वारा चिन्तन प्रभावित होता है।
(ख) भाषा का चिन्तन पर कोई प्रभाव नहीं पड़ता है।

(ग) भाषा चिन्तन को केवल प्रभावित ही नहीं बल्कि निर्धारित भी करता है।
(घ) चिन्तन भाषा को प्रभावित एवं निर्धारित करता है।

4. निम्नांकित में से किसने चिन्तन या समस्या समाधान में कार्यात्मक अटलता (functional fixedness) पर अधिक बल डाला है?
(क) डंकर (Duncker) ने
(ख) डंकर एवं लूचिन (Duncker & Luchins) दोनों ही।
(ग) डंकर तथा मायर ने
(घ) मायर (Maier) ने

5. किसी समस्या समाधान कार्य में समस्या समाधानकर्त्ता (problem solver) निम्नांकित विधियों का उपयोग कर सकता है—
(a) साधन-लक्ष्य विशेष (means-end analsysis)
(b) प्राक्कल्पना जाँच (hypothesis testing)
(c) एल्गोरिथमिक (algorithmic)
(d) स्वतः शोध या अन्वेषात्मक मुक्ति (heuristic)
इनके उपयोग में न्यूनतम से अधिकतम कठिनाई स्तरों का सही क्रम निम्नांकित में से कौन-सा है?
(क) b, c, d, a (ख) a, b, d, c (घ) b, a, c, d (घ) d, a, b, c

6. कार्यात्मक अटलता (functional fixedness) का सम्बन्ध निम्नांकित में से किससे होता है?
(क) समस्या समाधान के कार्य की विशेषताओं से।
(ख) समस्या समाधानकर्त्ता की विशेषताओं से।
(ग) समस्या समाधान की प्रयोगात्मक परिस्थिति से।
(घ) उपर्युक्त में से किसी से भी नहीं।

7. ब्रुनर, गुडनाऊ तथा अस्टीन द्वारा संप्रत्यय सीखने पर किये गए प्रयोगों में निम्नांकित में से किस पर बल डाला गया है?
(क) रिक्त प्रयास प्रविधि (blank trial procedure) पर।
(ख) ग्रहण विधि (method of reception) पर।
(ग) चयन विधि (method of selection) पर।
(घ) फोकस जुआ (focus gambling) पर।

8. समस्या समाधान में डंकर (Duncker) के प्रयोग से क्या पता चलता है?
(क) समस्या समाधान में व्यक्ति एक मानसिक वृत्ति उत्पन्न हो जाती है।
(ख) समस्या समाधान में कार्यात्मक अटलता (functional fixedness) एक महत्त्वपूर्ण तथ्य है।
(ग) समस्या समाधान यादृच्छिक (random) न होकर एक सुनियोजित योजना के अनुसार होता है।
(घ) समस्या समाधान में स्वली चिन्तन (autistic thinking) की भूमिका प्रधान होती है।

9. संप्रत्यय निर्माण (concept formation) की एक योजना (strategy) में प्रयोज्य संप्रत्यय (concept) के धनात्मक उदाहरण (positive example) पर ही ध्यान देता है परंतु भविष्य की प्रयासों में वह इनके साथ दो या दो से अधिक गुणों में एक साथ परिवर्तन करते हुए उपस्थित आकृतियों में से किसी आकृति का चयन करता है। यह योजना निम्नांकित में से कौन-सा है?
(क) समकालिक योजना (simultaneous strategy)
(ख) क्रमिक अवलोकन (successive scanning)
(ग) रूढ़िवादी फोकसिंग (conservating focusing)
(घ) फोकस जुआ (focus gambling)

10. निम्नांकित कथनों पर ध्यान दें—
(i) कुछ संप्रत्यय (concept) गुणों या विशेषताओं के सेट पर आधारित नहीं होते हैं।
(ii) ऐसे संप्रत्ययों का कोई स्पष्ट सीमा रेखा भी नहीं होता है।
(iii) ऐसे संप्रत्ययों को एक आदर्श (prototype) द्वारा आसानी से परिभाषित की जा सकती है।
उक्त सभी विशेषताएँ निम्नांकित में से किसमें पायी जाती है?
(क) कृत्रिम संप्रत्यय (artificial concept)
(ख) स्वाभाविक संप्रत्यय (natural concept)
(ग) वियोजक संप्रत्यय (disjunctive concept)
(घ) समुच्चयबोधक संप्रत्यय (conjunctive concept)

11. हमारी प्रतिमाएँ (images) सामान्यतः उतनी स्पष्ट होती हैं जितना कि वास्तविक चीजें। सही/गलत

12. चिंतन में सबसे सामान्य दो प्रतिमाएँ दृष्टि एवं श्रवण प्रतिमाएँ होती हैं। सही/गलत

13. संप्रत्यय (concept) का सबसे खास उदाहरण प्रोटोटाइप (prototype) होते हैं। सही/गलत

14. ऐसा नाम जिसके माध्यम से वस्तुओं, लोग, घटनाओं का एक ऐसे वर्ग का प्रतिनिधित्व होता है जिसके कुछ उभयनिष्ठ गुण (common attribute) होते हैं, निम्नांकित में से कौन है?
(क) प्रतिमा
(ख) धनात्मक उदाहरण (positive instance)
(ग) संप्रत्यय
(घ) प्रोटोटाईप (prototype)

15. किसी समस्या के समाधान में निम्नांकित में से किसके द्वारा पूर्ण गारंटी प्रदान किया जाता है?
(क) एल्गोरिद्म (algorithm)
(ख) प्रयत्न एवं त्रुटि
(ग) स्वतःशोध
(घ) पूर्व ज्ञान का उपयोग

16. मानसिक वृत्ति (mental set) उत्तम विचारक का एक गुण होता है। सही/गलत

17. भाषाई सापेक्ष प्राक्कल्पना (linguistic relativity hypothesis) का समर्थन शोध द्वारा नहीं किया गया है। सही/गलत

18. स्वप्नचित्र बनाना स्वली चिंतन (autistic thinking) का एक उदाहरण है। सही/गलत

19. $5 \times 2 \times \frac{1}{2} \times 0$ जैसी अंकगणितीय समस्या के समाधान में आगमनात्मक चिह्न (inductive thinking) की भूमिका सबसे प्रधान होती है। सही/गलत

20. मायर (Mair) द्वारा पेंडुलम समस्या समाधान पर प्रयोग किया गया था। सही/गलत

21. रिक्त स्थानों की पूर्ति करें—
   (i) रिक्त प्रयास प्रविधि का प्रतिपादन .... द्वारा किया गया था।
   (ii) समस्या समधान के अंतिम पहलू (aspect) को .... अवस्था कहा जाता है।
   (iii) पश्चगामी अन्वेषण (backward search) एक तरह का .... अन्वेषण होता है।
   (iv) कार्यात्मक अटलता (functional fixedness) से समस्या समाधान में .... उत्पन्न होता है।
   (v) मानसिक वृत्ति से समस्या समाधान में .... तथा .... दोनों ही होती है।
   (vi) न्यायवाक्यों (syllogism) के आधार पर निकाले गये परिणाम में .... तर्कणा सम्मिलित होता है।
   (vii) तर्कणा .... चिन्तन का एक विशिष्ट रूप है।
   (viii) उद्‌भवन (incubation) में समस्या समाधानकर्त्ता की भूमिका काफी .... होती है।

उत्तर

1. (ग)	2. (घ)	3. (ग)	4. (ख)	5. (क)	6. (क)
7. (ग)	8. (ख)	9. (घ)	10. (ख)	11. गलत	12. सही
13. सही	14. (ख)	15. (क)	16. सही	17. सही	18. सही
19. गलत	20. सही				

21. (i) लेभाई (ii) लक्ष्य अवस्था (iii) स्वतःशोध (iv) बाधा
   (v) मंदद, बाधा (vi) निगमनात्मक (vii) यथार्थवादी (viii) निष्क्रिय

अध्याय 11

सांख्यिकीय का एक सामान्य परिचय
(GENERAL INTRODUCTION TO STATISTICS)

निबंधात्मक या दीर्घ-उत्तरीय प्रश्न *(Essay or Long Answer Questions)*

1. एक उपयुक्त उदाहरण देते हुए जीव संख्या तथा प्रतिदर्श में अंतर करें।
   (Criting relevant examples make distinction between population and sample.)
2. सांख्यिकी का अर्थ बतलावें तथा उसके विभिन्न प्रकारों का वर्णन करें।
   (Give the meaning of Statistics and describe its different types.)
3. केन्द्रीय प्रवृत्ति का अर्थ बतलावें। इसके विभिन्न मापों का उदाहरण सहित वर्णन करें।
   (Give the meaning of central tendency. With examples, describe the different measures of central tendency.)
4. माध्य, माध्यिका एवं बहुलक का उपयोग बतलावें।
   (Describe the uses of Mean, Median and Mode.)
5. माध्य, माध्यिका एवं बहुलक में उदाहरण सहित अंतर करें।
   (With examples, make distinction between Mean, Median and Mode.)
6. परिवर्तनशीलता का अर्थ बतलावें। इसके विभिन्न मापों का वर्णन करें।
   (Give the meaning of Variability. Describe its different measures.)
7. मानक विचलन के अर्थ एवं विशेषताओं पर प्रकाश डालें। यह औसत विचलन (average deviation) से किस तरह से भिन्न है?
8. अर्ध अंतशचतुर्थक परास से आप क्या समझते हैं? इसकी विशेषताओं का उल्लेख करें।
   (What do you mean by semi-interquartile range ? Describe its characteristics.)

वस्तुनिष्ठ प्रश्न *(Objective Questions)*

1. माध्य (mean) को अंकगणितीय माध्य भी कहा जाता है। सही/गलत

2. वितरण में अधिक बारंबारता वाले प्राप्तांक को माध्यिका कहा जाता है। सही/गलत
3. निम्नांकित में से कौन बेमेल (odd) है?
(क) माध्य (mean) (ख) माध्यिका (median)
(ग) प्रसरण (variance) (घ) बहुलक (mode)
4. अगर आपको केन्द्रीय प्रवृत्ति (central tendency) का एक स्थिर माप (stable measure) ज्ञात करना हो तो आप किसे चुनेंगे?
(क) माध्य (ख) माध्यिका
(ग) बहुलक (घ) माध्यिका एवं बहुलक दोनों को
5. यदि प्राप्तांकों का वितरण 8, 6, 7, 9, 6, 5, 4, 6 हो तो इसमें बहुलक कौन है?
(क) 8 (ख) 6 (ग) 5 (घ) 4
6. निम्नांकित में से किस सूत्र से अंकगणितीय माध्य (arithmatic mean) ज्ञात होता है?
(क) AM + Ci (ख) AM + C + i
(ग) (A + M) (C + i) (घ) $\frac{AM}{Ci}$
7. "DNC" वाले वितरण से माध्य ज्ञात करना आसान होता है। सही/गलत
8. यदि किसी वितरण का माध्यिका 5 है और माध्य 2 है तो बहुलक क्या होगा?
(क) 8 (ख) 11 (ग) 10 (घ) 5
9. परिवर्तनशीलता (variablity) का सबसे स्थूल माप (rough meausre) कैसा है?
(क) परास (range) (ख) चतुर्थक (quartile)
(ग) मानक विलयन (घ) औसत विचलन (average deviation)
10. यदि किसी वितरण (distribution) में प्राप्तांकों (scores) का विचलन वास्तविक माध्य (actual means) से लिया गया हो तो, विचलन का योग होगा—
(क) 1 होगा (ख) 5 होगा (ग) 0 होगा (घ) – 10 होगा
11. निम्नांकित में से किसे मूल-माध्य-वर्ग विचलन (root-mean square deviation) कहा जाता है?
(क) औसत विचलन (average deviation) को (ख) मानक विचलन (standard deviation) को
(ग) चतुर्थक विचलन (quartile deviation) को (घ) प्रसरण (variance) को
12. रिक्त स्थानों की पूर्ति करें—
(i) मानक विचलन प्रसरण (variance) का .... होता है।
(ii) .... परिवर्तनशीलता का सबसे अविश्वसनीय माप है।
(iii) दूसरा चतुर्थक (quartile two) .... शततमक भी कहा जाता है।
(iv) माध्यिका का उपयोग .... सांख्यिकी में होता है।
(v) जीवसंख्या से निर्दिष्ट संख्या में चुने गए प्रयोज्यों को .... कहा जाता है।
(vi) .... से ऊपर तथा नीचे किसी वितरण में 50%-50% प्राप्तांक होते हैं।
(vii) किसी वितरण में सबसे अधिक बारंबारता वाले प्राप्तांक को .... कहा जाता है।

उत्तर

1. सही 2. गलत 3. (ग) 4. (क) 5. (ख) 6. (क)
7. गलत 8. 11 9. (क) 10. (ग) 11. (ख)
12. (i) वर्गमूल (ii) परास (iii) 50वाँ (iv) अप्राचल
(v) प्रतिदर्श (vi) माध्यिका (vii) बहुलक

❑